本书为国家新闻出版总署"十二五"重点图书出版规划项目

总 主 编 钱理群
分 卷 主 编 钱理群　吴福辉　陈子善
本 卷 主 编 吴福辉
本卷副主编 吴晓东　高恒文
执 笔 人 钱理群　吴福辉　吴晓东　高恒文　汤哲声　丁亚平
图 片 主 持 吴福辉

部分图片由李淑英、任海燈提供

国家出版基金项目

总主编 钱理群
本卷主编 吴福辉

中国现代文学编年史

以文学广告为中心（1928—1937）

北京大学出版社
PEKING UNIVERSITY PRESS

图书在版编目（CIP）数据

中国现代文学编年史：以文学广告为中心 1928—1937／吴福辉主编.
—北京：北京大学出版社，2013.5

ISBN 978-7-301-21807-5

I.①中… II.①吴… III.①中国文学－现代文学史－1928—1937 IV.① I209.6

中国版本图书馆 CIP 数据核字（2012）第 304420 号

书　　　　名：	中国现代文学编年史——以文学广告为中心（1928—1937）
著作责任者：	吴福辉　主编
策 划 编 辑：	张凤珠
责 任 编 辑：	魏冬峰　徐丹丽
标 准 书 号：	ISBN 978-7-301-21807-5/I·2567
出 版 发 行：	北京大学出版社
地　　　　址：	北京市海淀区成府路205号　100871
网　　　　址：	http：//www.pup.cn　新浪官方微博：@北京大学出版社
电 子 信 箱：	zpup@pup.cn
电　　　　话：	邮购部 62752015　发行部 62750672　编辑部 62756467 出版部 62754962
印 刷 者：	北京大学印刷厂
经 销 者：	新华书店 730毫米×1020毫米　16开本　47.75 印张　781千字 2013年5月第1版　2013年5月第1次印刷
定　　　　价：	98.00元

未经许可，不得以任何方式复制或抄袭本书之部分或全部内容。
版权所有，侵权必究
举报电话：010-62752024　电子信箱：fd@pup.pku.edu.cn

总 序

钱理群

这是一部探索性、区别于现有文学史,有特定角度、有所发现、有所突破、有特色的中国现代文学史。但同时,它也必然是有局限甚至是有遮蔽的。我们追求的是一种"有缺憾的价值"。它是现有文学史的一个补充,是另一种展现其丰富性和叙述的多种可能性的方式。我们的预期读者是已经初步具有相关文学史知识的青年学生、研究生、文学研究者和爱好者。我们不担负普及、传授现代文学史知识的任务。

提出编写探索性文学史的任务,是基于以下三个方面的学术背景与考虑:
其一,学科的发展呼唤新的想象力和创造力。
文学史著作的写作,从来都是现代文学研究的热门。近年来,有关会议开了不少,提出了各种设想,具体实践并不多;专著更出了不少,但大都陈陈相因,重复劳动的多。真正有独创性的著作是有的,2009年、2010年先后出版的吴福辉先生的《插图本中国现代文学史》和严家炎先生主编的《二十世纪中国文学史》就是两部既集大成又有新开拓的大作。这其实是多年积累的结果。但就整体而言,现代文学研究学科的当下状态却不能不令人忧虑:表面的繁荣下面,掩盖着实质上的平庸化。因此,学科的发展,正呼唤新的想象力、新的创造力。
其二,文学和文学史观念的发展和变化,要求对现有的文学史结构与叙述有新的突破。
应该说,这些年来,我们对"文学"与"文学史"以及"现代文学"的理解,已经发生了许多变化,并形成了新的研究思路,即在原始史料的重新开掘的基础上，把现代文学的文本还原到历史中，还原到书写、发表、传播、结集、出版、典藏、整理的不断变动的过程中，去把握文学生产与流通的历史性及其与时代政治、经济、思想、文化、教育、学术的复杂关系。事实上这些方面已经出现了许多有价值的新成果，并揭示出一个更为阔大、丰富与复杂的文学史图景。而这样一个将文学生产与流通融贯为一体，注重文学市场作用，注重文学个人创作与社会文化关系的文学史图景，是更能显示现代文学与古典文学相区别的新的文学风貌的，但却是现在通行的文学史结构、叙述模式所难以容纳的。这样的文学史研究与书写中的内容与形式的矛盾，要求在文学史写作形式上有一个新的突破，创造新的结构方式、新的叙述方式；形式的突破，也必然带来对现代文学史图景的新的开掘与认识，创造出新的研究模式。

其三，对当下中国学术研究危机的大焦虑、大关怀，要求以研究的实绩作学术的坚守。

当下中国学术研究的危机，是有着深刻的体制与社会的原因的。作为个人，要改变这一状况，几乎是无能为力的。我们所能做的，就是"从我做起"，或者聚集一批志同道合的朋友，一起来做一些我们自己愿意做的研究工作。所谓"志同道合"，除了专业研究的共同兴趣之外，最主要的，一是多少怀有文学理想主义、学术献身精神，二是拒绝浮躁与诱惑，能够坐下来，老老实实做学问。这样的聚合，既可以相濡以沫，又可以实实在在地做一些有利于学术发展的实事，以研究实绩来坚守我们所信奉的学术精神、态度和学风。我们并不奢望影响学界，但"坚守"即是对某种我们不以为然的潮流、风气的抵抗，本身是自有其意义的。

具体地说，我们要在这部探索性的文学史里，进行三个方面的尝试。

第一，"以文学广告为中心"。

我们所说的"文学广告"，包括具有文学史价值与影响的重要的文学作品广告，翻译作品广告，文学评论、研究著作广告，文学期刊广告，文学社团广告，戏剧、电影演出广告，文学活动广告及其他。同时，我们所说的"文学广告"，又包括具有广告性质的发刊词、宣言、编后记、文坛消息、公开发表的通信……选择狭义和广义的文学广告，作为文学史叙述的基本材料，是因为文学广告本身就是历史的原始资料，它的汇集具有史料长编的意义。而史料长编式的文学史结构方式,一直是学术界的一个追求(从朱自清到茅盾),也为这些年我们设想的"接近文学原生形态的文学史结构方式"提供了一种可能性。

更重要的是,文学广告又是文学生产与文学流通的交汇点。它有四个方面的意义。一是显示作者、译者或者出版者的写作、翻译、出版过程与意图,进而显示一定的文学发展趋向。二是显示最初的接受,不仅表现了作者,特别是出版者对读者接受的一种预期与引导,而且在一定意义上,文学广告又是简短的书评,可以一定程度上反映读者的最初接受和市场状况。三是有的广告还提供了文坛活动、文学创作、作家个人的许多信息,可以引出文学背后的故事,揭示一些文学事件。四是文学广告也是一种文体,还会涉及装帧、印制诸多侧面,本身就具有文体史、文化史上的意义。以文学广告为中心,更能体现"文学生产与流通一体化"的文学史观念。

从广告出发,就意味着我们不仅关注文学的生产与流通,还关注文学创作的语境和接受,关注广告所揭示的典型文学现象,关注广告背后的文化活动、文学事件、文人生活和交往,包括文人之死……这些都是以往的文学史不涉及,也很难进入文学史叙述的,却恰恰成为我们的最大特点,并会有自己的独立发现。在这方面,是有相当大的展开空间的。

从广告出发的另一个含义,就是我们对文学广告这样一个现代文学所特有的文学、文化现象的特殊关注。有关文学广告的产生、发展、形式、广告语言、有关论争,以及相关的稿费问题、盗版问题、营销策略问题等等,在我们的文学史里都会有所反映。这也会大大丰富我们所描述的文学史图景。

第二,"编年史"的体例。

完全按自然时间排列,就可以避免将丰富、复杂的文学现象纳入某一观念,进行有序化处理所带来的一些弊端。特别是将新文学作家和通俗作家,有不同思想、艺术追求的社团、刊物、流派、作家、作品……都置于同一历史时间和空间里,就可以从根本上消解文学史的等级叙述和判断,从而更接近文学发展纷乱、缠绕的无序化的原初形态。

当然,这样的编排也会有过于繁杂、读者阅读时不得要领的问题。我们采取的弥补办法,是在每一分卷前设一"前言",对每一个十年的文学现象,作一个简要的梳理,并期待对现代文学发展的历史做出不同于现有历史叙述的新的概括和体认。更重要的是,全书条目的选择与叙述,都暗含着我们对现代文学发展的一些基本关系的持续关注，如文学与时代政治、社会、经济问题的关系，文学与出版、教育、学术……的关联，中外文化的交流，文学内部语言、文体、题材、流派、风格……的发展，等等，都形成了我们的历史叙述中的内在线索，看似散漫无序、时断时续，但有心的读者是不难看出其间的蛛丝马迹的。对这些内在线索，在某些关节点上，我们也会做出分析与说明；但大多数情况下，都是写而不点破，这或许正可以为读者留下想象和思考的空间。

第三，"书话体"的叙述文体。

文学广告本身就是一种书话；用书话体来讲文学广告，是顺理成章的。书话是一种更为自由的文体：可以以文学广告为由头，写广告有关的背景，即广告背后的故事；也可以"以小见大"，抓住一点，发挥出去，讲一段历史，一个或几个文学史典型现象或问题；还可以对广告文本进行分析和评论。一切本着"有话即长，少话即短"的原则，任意抒写。

当然，作为文学史里的书话，它是有两个基本要求的：一是以叙述为主，特别注重典型细节的描述；同时又要有文学史的眼光与判断，有一定的深度，即将叙述与思辨结合起来、史料与史识结合起来，熔知识性、趣味性、思想性于一炉，有情，有理，有味，这样就可以摆脱严肃、死板，让人望而生畏的"文学史面孔"，至少具有可读性，让读者有亲切感。

书话体还要展示个性。本书是一次集体写作，我们一开始就明确：写法有大体的一致就可以，不必完全统一。文风更可以百花齐放，或幽默，或简洁，或严谨，或潇洒，各人尽量发挥自己的长处，不要勉强束缚自己。全书要展现整体的风貌；各人写的解说又各自署名，各有个性，这可能也是一个特色。

不难看出，以上三个方面具有可操作性的尝试背后，是有我们自己的文学史观作为支撑的。除了前面已经谈到的"将文学生产与流通融为一体的文学史观"、"接近文学原生形态的文学史追求"以外，还有两个重要方面。

首先是"大文学史"的观念和眼光：不仅关注文学本身，也关注现代文学与现代教育、现代出版市场、现代学术……之间的关系，关注文学创作与文学翻译、研究之间的关系，关注文学与艺术（音乐、美术、电影……）之间的关系，等等。

其二是"生命史学"的观照。在我们看来，文学史的核心是参与文学创造和文学活动的"人"，而且是人的"个体生命"。因此，"个人文学生命史"应该是文学史的主体，某种程度上文学史就是由一个个具体的个人文学生命的故事连缀而成的。文学史就是讲故事，而且是带有个人生命体温的故事。所谓"个人生命体温"是指在文学场域里人的思想情感、生命感受与体验，具有个体生命的特殊性、偶然性甚至神秘性，而且是体现在许多具体可触可感的细节中的。而所谓文学场域，也是生命场域，是作者、译者和读者、编辑、出版者、批评家……之间生命的互动，正是这些参与者个体生命的互动，构成了文学生命以至时代生命的流动。这里强调的几个要素——生命场域、细节、个体性，都是文学性的根本；这就意味着，我们要用文学的方式去书写文学史，写有着浓郁的生命气息、活生生的文学故事，而与当下盛行的知识化与技术化、理论先行的文学史区别开来。

最后需要说明的是，以上所说，都是我们的主观追求，它的现实实现必然和预期的目标存在距离。或许更为重要的是，我们所追求的"特色"本身，也就包含了"局限"。即以"以文学广告为中心"而言，它在提供特殊的观照视角的同时，也会带来一些先天的缺憾：有些文学现象（甚至是重要的文学现象）是文学广告视野之外的，我们无法涵盖；文学广告的不平衡，也可能带来叙述的不平衡；广告词本身的商业性，有时也会形成某种遮蔽，等等。再加上种种主客观的原因，尽管我们以极大努力去查阅原始资料，搜寻文学广告，但功夫依然下得不够，多有遗漏，而且还有出现差错的可能。集体写作方式本身也会产生不平衡、不和谐现象。因此，我们一开始就确定以"发挥特色，承认局限"为编写工作的原则，提出应始终贯彻自我质疑、自我限定的精神，以保持学术的清醒，并以此为本书编写的又一个特色：这是一个开放性的文本，它期待专家和读者的批评、质疑。

2012 年 9 月 25 日

前 言

吴福辉

本套书及本卷文学史的作者们，是由五年前聚合起来的这个学术群体构成的。其主要成员大都有文学史著述的长久经验和思考经历，现在他们经过务虚、讨论和实践，有了编写这套文学史的共识，其中包括对于所谓"大文学史"、"编年史"、"文学广告为中心"和"书话体"这些概念的大体一致的理解（请参看本书的总序）；又经过寻找广告、确定条目、着手写作、通读编审各项的过程，目前呈现在大家面前的是一种陌生的因而也是全新的、以文学广告作为中心视点进而能折射出文学万象的历史著作。在本套书的整体篇幅中，对于这半个世纪的文学叙述，有发端，有准备，有延续，而此卷却正处于它的收获季节、黄金季节，算得上是这部文学史的重心所在。

本卷所涉为1928—1937年的中国文学现象，以往的文学史教科书习惯地称它是"现代文学第二个十年"。这一断代的文学史，经了我们的重新发现、钩沉材料，换取眼光并加以梳理后，呈现出一副崭新的面貌。透过貌似"破碎"的叙述，突出了一个丰满生动的文学时代。这个文学时代的主题词是：分解，转折，综合。上一时期五四时代主要是形成新文学。这有别于整个古典意义的新文学的对面，自然是旧文学。后人如我辈一说起新文学，往往会被它对旧文学摧枯拉朽的巨力所撼；但当时大部分人只是站在风眼之外，或许觉得新事物不过如一阵清风吹入莽林而已。可到了1930年代，五四"新文学"的威力和活力就显示出来了，那即是带头分解。过去的"新文学"，部分地转为左翼文学（"左联"为代表），部分地转为"自由派"文学（"新月"可代表）；"新月"分前后期，后期也分解了，部分融入"京派"文学；"语丝"分解，转为"京派"并成为它的主体。这时的左翼对面，是国民政府掌控的文学。而旧文学呢，分解为其时的市民通俗文学；新文学的一支异类则"长入"市民文学后，形成新的海派。这即是"分解"、"转折"后再行"综合"的基本线索。到了这时期，文学形成更多的板块。每一个板块都不小，互相冲突，互相渗透，你中有我，我中有你。所谓"新文学"独大的情势全然改变了，20世纪中国现代文学的全景全身、基本轮廓，在这时便浮现出来。

本卷在表露这一时期文学的分解性、转折性方面，不遗余力。严格来说，整个20世纪中国文学都处在从古典形态向现代形态转型的时期。在大转型的语境中，这是一次相对较小而意义深远的文学转折。转折中有突变渐变，有分也有合。对五四有继承，如大手笔动员老作家编辑十卷本的《新文学大系》；有质疑，如多次"大众语"讨论显示多样的动机。在关于胡适为何只写半部白话文学史的条目里，提出胡适可能在上卷已说完了开创性的五四话语，下卷虽占据更丰富的宋以后的白话文学材料，却调动不起他再说的兴趣和热情了。这是一种疏通两个文学时代的文学史话语。梁实秋用新古典主义批评浪漫主义的题目也一样，既可以总结五四浪漫主义，又可以指明"新月派"前后对待浪漫主义的不同态度，以及革命文学浪漫主义的由来。这些连贯史迹的叙述，特别突出了"转折"二字。向左翼的转折，如创造社及其刊物的"左转"、南国社和田汉的"左转"。左翼内部还有一种切实的转变，如《北斗》克服政治僵硬性向吸收非左翼作家支持的文学性办刊方针改变。由"激进"向中性倾斜的，如《语丝》中人向《骆驼草》的转化，林语堂由"叛徒"向"叛徒与隐士"的转化。从浪漫向写实转移的，如论及王统照《山雨》的出现；洪深则是从现代主义的奥尼尔向写实转移，遂有《五奎桥》剧作。戴望舒背离"新月派诗"的风格，才会在出版《望舒草》的时候删去他前期诗歌的代表作《雨巷》。而许多的"转变"并非一定是180度的，它可能是微变，是调整，也显示了这个文学时代的转型性，像五四期的"学衡派"大将吴宓，在这个时候经过与徐志摩、朱自清、叶公超等人的交往，而调整了和新文学作家的关系，便是一例。通过冰心在左派报纸上要求更正她关于"普罗文学"（无产阶级文学）谈话的报道，我们可以看到"普罗"当时的强大趋势，和非左翼作家所持的独特立场。而本卷对"开明人"面临大转变的矛盾心理，对"开明人"的笃厚文品、风格所做的深入剖析，指出他们敏感于革命的破坏性，而选择坚守文化启蒙主义的立场，致力于现代文学出版和文学教育的拳拳之心，又是另一类作家"不转变"的事例。这样，

1928—1937年激烈转折的文学气氛，被准确地烘托出来了。

在此格局下，本卷梳理出的文学史线索很多都是新颖独到的，即使是看似旧的线索如左翼文学、通俗文学等，也都开掘出特殊的侧面，具备了新的文学史观察点。

我们可以看到，注重作家的写作、生存状态，表现一个文学时期代表性作家形成的历史原貌，"人"的凸显是过去任何一种文学史很难实现的。本卷几个条目列数当时人们心目中的"四大作家"，从评传和文学传记的角度提出郭沫若、茅盾、张资平、郁达夫四人，而从书店出版创作选本的角度又提出鲁迅、周作人、冰心、郁达夫四人。后者怕更有书籍销量的根据，让人们看到了作家经典化的实际过程。以上两种分法带有五四后的过渡印迹，到了1930年代的中后期，鲁迅、周作人、胡适，已经被公认是第一个十年的代表作家，他们会被选为《中国新文学大系》的编者就绝非偶然，分化后各自成为左翼、"京派"、"新月派"的旗帜也就毫不足怪了。而更重要的是1920年代末到1930年代初出现的第二代作家，如何渐次登上文坛。本卷叙述了茅盾如何在五四评论家、编辑家的身影之后，在这时期成为杰出小说家的（左翼核心之一）。沈从文如何从籍籍无名之辈通过丰盈的小说、散文创作，获得了"京派"新坛主的地位。施蛰存由于编辑著名的《现代》杂志和写作精神分析小说，成为"海派"的重要作家。张恨水以一部《金粉世家》奠定了章回体小说的现代化基础，更因《啼笑因缘》在上海《新闻报》连载而走向全国。这些作家都成为一个流派的代表性人物。而后来越发上升的巴金、老舍、曹禺也都在这时依靠轰动性的作品极大地提高了中国小说、话剧的地位，因而大放光芒。激烈动荡的时代环境成了涌现优秀作家的一个客观条件，现代中国的大部分重要作家在这一时期现身，20世纪没有哪一个"十年"能达到如此的水平！

而把刊物、书店、作品、流派的研究，同作家、编者、读者、出版家、教育家的叙述结合，将现代文学从内部到外部，在文学的生产、流通、传播、评介、教育各方面加以打通，把这段时间的文学面貌揭示得异常细致、生动，更是别样的文学史所无法达到的。比如左翼作家依托短期的自办刊物、书店，甚至是用假托的机构出版作品（鲁迅助叶紫、萧红、萧军虚设奴隶社，借书店之名自费出书），或长期依托正规的老牌书店，或南下的北新书局、新兴的现代书局、文化生活出版社等，以城乡激进知识青年为主要读者群，冒着被查禁的危险推行左翼文学和新兴文学。而城市中相对稳定的知识青年和学生是"新月派"、"京派"的主要读者或文学教育对象,他们有新月书店、开明书店、中华书局等作依托。"新感觉派"、"海派"面对的是都市白领和新市民群,现代书局、良友图书印刷公司等的经营理念、策略和宣传运作套路正与其相得益彰。具有国民政府背景的"民族主义文学"和中国文艺社作家,依靠的是城市机关青年、青年军官读者,由硬性派定的书局或拥资自办发行机构出版《前锋周报》、《前锋月刊》、《文艺月刊》等等,这幅文学图景也是既成块儿又交叉的。通过发行、教育,本书的笔触深入到过去文学史从来达不到的"文学影响"层面,叙述了文学与"人"的关系:开明书店、文化生活出版社各自的风格,它们施行的语文教育在当时青年学生中的作用;北京大学附近的"拉丁区"如何养成"精神流浪汉"式的叛逆文人群体;大学的文学课程设置的变化,朱自清、沈从文、废名、叶公超、梁宗岱等先后在清华、北大、武大带头教授的新文学课,怎样打破了唯古典文学教育为尊的旧体系,最早实行了现代文学教育。而其他各类与文学相关的文化事件,如尊孔、看"萧"(萧伯纳访华)、争取建立话剧上演税制、定县乡村建设(内含一个"农民戏剧实验")、作家之死(徐志摩、刘半农、鲁迅葬礼的反响)等,也把文学史的触角伸向了1928—1937年中国社会、思想、经济的各方面,由文学的作用及反作用,激射出文学实践对人类精神世界发生影响的广阔场景(当然只能选取一些典型的文学"反应"),则成为本卷的显著特征。

在这总体情况下我们很容易发现,即便是与过去文学史教科书在叙述上相类似的线索,也已然有了不小的更动。在复杂多样的文学生态中,从过去的左翼独尊演变为多元的叙述;多元中表现了对左翼和"京派"的看重。左翼文学的思想革命先行固然具有一致性,但不同的作家都是带着各自的思想资源、不同的革命动机汇入的:鲁迅坚持五四的启蒙主义、改造中国的理想,看重柔石等切实的左派青年;蒋光慈等早期俄国留学生的思想风格,同从日本回国的后期创造社青年唯我独革、激扬文字的气势显然有异;"第三种人"遭误读的"同路人"立场,貌似左翼而终究脱离之的穆时英写作道路,不同国际路线的左翼人士所接受的层叠不同的马列思潮影响等等,这必然带来左翼内外的矛盾斗争。我们在继续关注左翼外部受到国民党政府的文化压迫、禁锢之外,也注意到它与其他文学流派的竞争关系(文学改编电影便有通俗电影、软性电影的掣肘,

"京海论争"也会波及地处上海租界的左翼），更注意左翼内部冲突的表达：像革命启蒙主义和革命功利主义之间的分歧，广泛合作还是将自己高度孤立的宗派问题，对待左派文艺思想的痼疾"机械唯物论"派生的概念化、公式化的争议，都通过鲁迅、胡风的理论特质，"两个口号之争"等条目予以深化。左翼对中国现实主义文学不断探索的正反两方面的经验教训，它对时代小说尤其是时代长篇的贡献，其杂文、戏剧、报告文学等文体的独特成就，学习世界进步文学的持久热情，都在本卷中得到充分的展开，表现了左翼文学研究的新视界、新高度。至于"京派"，它围绕《骆驼草》、《水星》、《大公报·文艺》、《文学杂志》这些报刊的形成过程和具备的创作特色，在本卷几乎有被放大之嫌。"京派"将思想的中外资源、文学的人性描写、下层的风俗描写，将世界眼光与中国本土（包括边城地区）艺术传统融合而有所创造，沈从文、废名的诗意、诗体小说，"纯诗"的探索，现代主义的引进诗域，周作人开创的"闲话体"小品，都在各条目中得到阐述。有时，在通读全卷的过程中，会觉得鲁迅、周作人这两兄弟对此时期文学以及此后中国现代文学的影响，是否被强调得过于严重了，但他们的影响的确不单单是在左翼、"京派"这较小的文学圈子之内，确乎已经远远超越。

  前面提到左翼、"京派"在文体方面的业绩，这里还可细数。此时期文学整体的文体演进，过去强调的是浪漫主义的衰退和现实主义的突进，这自然是对的，本卷则进一步对现代主义在此时的全面渗入诗歌、小品、小说诸方面，给予格外的注意。诗有后期"新月派"的"唯美主义"承续，有陈梦家编选《新月诗选》时重视不够的"戏剧性独白体"，叶公超对《荒原》的引进和阐释，《现代》月刊聚集的"现代诗"创作，林庚的白话古意诗。小说与现代主义关联的有"京派"的"意象小说"、"海派"的"新感觉小说"。即使不扯上"现代派"，也实实在在属于现代演进的小说现象，便有都市小说、家族小说、大河小说、乡土小说之分。乡土小说本是五四先期发达的文体，到了此时则分化出左翼乡土的萧红、沙汀、端木蕻良等不同品质；乡土风俗化有废名，喜剧化有彭家煌，现代牧歌化有沈从文。此外，还有其他四种文体为其他文学史视野所未顾及者：第一，儿童文学。从来的文学史不专写儿童文学，顶多在谈叶圣陶、冰心的时候捎带一笔。本卷设多个条目谈儿童文学，并提出以张天翼的童话《大林和小林》为标志的左翼儿童文学，以陈伯吹为标志的职业儿童文学家的出现，试图填补空白。第二，游记文学。游记是散文的一种，郁达夫的《屐痕处处》是有名的艺术性游记，但到了文学史谈散文的章节往往把它挤到很小的位置上。现在我们从郁达夫为浙江公路局写游记谈起，一直扩大到众多的海外游记，揭开了游记写作同旅游结伴的现代形式，表达了含商业性的文学之正面经验。另外，具体指出了游记文体的灵魂是在"风景的发现"。第三，传记文学。分别评介郭沫若的《创造十年》、胡适的《四十自述》、沈从文的《从文自传》和谢冰莹的《女兵自传》，揭示了传记文学表现作家自己、表现社会和有助于理解作家作品的多样功能。第四，理论评论。这里有鲁迅、瞿秋白、胡风等引入火种的马克思主义文艺理论的翻译和实践，他们所写的作家论可与茅盾的相互辉映；有朱光潜引进西方美学体系的中国式运用，其欣赏中国诗文的评论文字得以进入文学史视野就显得分外新鲜。

我们不把通俗文学放置在文体里面去讲，是因它的意义不止于文体。1928—1937年是现代文学整体注重"文学通俗化"、"文学大众化"的时代。随着国民党政府推行"通俗文艺"的史料被发现，本卷文学史也意识到这个问题的新鲜价值和新颖切入点。各种社团流派都在提倡通俗文学，但它们各有不同的文学指向。瞿秋白的评论鲜明地揭橥左翼提倡通俗，是为发动工农、教育工农的政治目的。当时的左翼身处上海，多半是为发动工人和下层市民而"大众"，到了苏区后的通俗化、大众化的对象和参考物，便是农民和乡间文化了（有苏区文艺专条）。左翼还有理论通俗化的思路。国民党则有"通俗文艺运动计划书"在内部执行，现设了专条介绍。它的目的也是动员、争夺民众，文学的用力是放在增加民众的国家意识和民族意识方面；它重视歌曲（诗歌）、戏剧这两种形式也和苏区文艺"同"曲"异"工。不过国民党天然远离农民，对推动农村通俗文艺只是停留在口头上罢了，这和它发动"民族主义文学"一样，都是"后发"的：是左翼通俗文学运动发轫在前，才有国民政府想要后发制人却又声势不壮、队伍不齐的效应。"京派"的通俗还有一个城市亚流派，便是林语堂系的《论语》、《人间世》，提倡"幽默"、"性灵"，在市民通俗性方面也有特色。而原来的"鸳鸯蝴蝶礼拜六派"到了30年代便出现了现代通俗大家张恨水，标志着市民文学的发展。张恨水改造了章回小说体裁，使之走向现代，融和了南北市民的趣味。他这派的小说也能够提供人物典型（条目里有张秋虫刻画"胡调人"的资料），并将通俗小说类型化，发展出社会言情小说、滑稽小说、侦探小说、国难小说、弄堂小说等名目来。文学通俗化的一个题中应有之义是语言的通俗化。30年代有多次"大众语"的讨论，这里的各种观点，有左翼的，有知识者的，或继承五四或反对欧化，但都反映了民族语言现代进程的大方向。到了抗战军兴，作家们无论哪一派都有了接近民众的可能与需要，通俗文学的问题就更加迫切地摆在作家们面前。

还可列出若干条本卷所含的文学史线索来，比如30年代的女性文学即一条。比起五四来，这时期的女性作家人数更多，创作的起点更高。第二代女性作家里，丁玲的女性独立意识几乎贯穿她日后的全部作品；白薇是命运抗争型的；萧红的深沉地域文化认知和她的生命写作紧密相连；林徽因纯是知识型的。专门的女性创作选的编辑出版和女性作家论的出现，是其比第一代女性文学家地位增强的标尺。30年代中国文学与世界的关联也是一条。马克思主义文艺理论的不懈翻译，苏联文学近况的紧密介绍，俄欧思潮经日本这一渠道的有力传播，《世界文库》等大型译本丛书的汇集，都表明其时对外国文学经典更有目标的、更整体的吸收态势。或许还可列出一些线索的条条来，其显著者，相信读者自会感觉得到。

本卷的执笔人计有吴晓东、高恒文、汤哲声、丁亚平（丁亚平是为写电影条目由我特邀的）、钱理群、吴福辉六位。吴福辉作为分卷主编负责统稿，钱理群为全书主编进行终审。这种文学史的写作对于我们来说也是尝试性的，新颖和不成熟往往结伴而行，加之所拖时日虽久，却并不等于从容、淡定能下十年磨一剑的工夫。所以本书"急就章"的缺陷不容遮掩。我们诚恳期待学界内外的批评。

读者如能读到这篇谫陋的前言，等于已经打开了本卷。谨向在这个时代仍有兴趣翻阅文学史的各位致敬。

2012年10月13日初稿于小石居

目录

总　序　钱理群 / 001
前　言　吴福辉 / 001

1928 年

1 月　《创造周报》复刊骤止却引来《文化批判》/ 002
　　　前十年新诗集的出版与销售 / 007
3 月　《小雨点》："莎菲的这几篇小说在新文学运动史上的地位" / 012
4 月　胡适的"半部"文学史 / 017
5 月　"开明人"的选择与"开明风格" / 023
7 月　陈铨的《天问》与吴宓的"可哀" / 029
　　　广告的艺术、作用和外国儿童文学的翻译 / 033
8 月　近代英美诗选的最佳编著者 / 037
11 月　左翼刊物在政治、文学与营销之间 / 042
12 月　"南国诗人"田汉与南国社首次沪上公演 / 048
　　　　林语堂：又一个"叛徒与隐士"？ / 055

1929 年

2 月　中国化的"颓加荡"：邵洵美及其唯美主义实践 / 062
　　　蒋光慈《丽莎的哀怨》遭批评 / 070
4 月　巴黎情境与巴金的国际主义视景 / 075
9 月　梁实秋的"新古典主义"批评文字 / 083
　　　鲁迅为青年作家写序 / 087
　　　大学文学教育与新文学 / 092
11 月　20 年代末文坛的一道独特风景线 / 097

1930 年

2 月　《科学的艺术论丛书》出版与鲁迅等对马克思文艺理论的译介 / 104

　　　张秋虫的《新山海经》与现代中国的"胡调人" / 109

3 月　洪灵菲的《流亡》一度流行 / 113

　　　原汁原味的"海派弄堂小说" / 117

　　　中国左翼作家联盟成立 / 121

　　　唯美主义的《死水》 / 126

5 月　从查封艺术剧社到捣毁影片公司 / 133

　　　《骆驼草》:"趣味的恶化,作者方向的转变"? / 137

6 月　民族主义文艺运动的倡导 / 143

7 月　现代滑稽小说的"俗"和"雅" / 148

8 月　国民党中宣部刊物《文艺月刊》的宣言和编辑策略 / 153

　　　《小品文选》:梁遇春的小品文理论 / 156

9 月　被称为"扛鼎"之作的叶圣陶长篇《倪焕之》 / 162

　　　国民党中宣部对文艺刊物、作品的查禁 / 165

1931 年

1 月　《啼笑因缘》的形成和"啼笑因缘旋风" / 172

2 月　传统型的侦探小说:程小青的《霍桑探案》 / 176

3 月　中国传统章回小说走向现代化 / 181

　　　黄震遐:《陇海线上》和《黄人之血》 / 187

　　　关于"左联五烈士"被害事件 / 190

6 月　用作品给作家或社团起绰号(1930 年代初文学生态) / 196

11 月　"从别国里窃得火来":鲁迅及左翼对苏联文学的介绍 / 202

　　　悼念徐志摩 / 207

12 月　冰心要求更正她关于"普罗文学"的谈话 / 214

1932 年

- 5 月 "一·二八事变"与战争文学热 / 219
  - 传记文学写作的"勃兴期" / 225
  - 30 年代的"歌德热"及歌德在中国 / 230
  - 新文学作家评传和作家论 / 232
  - 《现代》杂志与"现代派"诗 / 234
  - 《现代》:中国杂志史上的一个"准神话" / 240
- 6 月 《地泉》三部曲和它的五大序言的"清算"作用 / 249
- 7 月 从《现代儿童》看儿童文学的兴起 / 254
  - 叶灵凤的《灵凤小说集》及其他 / 258
  - 《珊瑚》:"五光十色"的爱国杂志 / 262
- 8 月 国民党政府推动的通俗文艺运动 / 266
- 9 月 周作人的《中国新文学的源流》和鲁迅的"晚明观" / 270
  - 电影《啼笑因缘》显示世俗生活的现代性趋向 / 275
- 10 月 告别奥尼尔:洪深 30 年代的转向 / 281
  - 左翼新人沙汀短篇集《法律外的航线》 / 287
- 11 月 "新月派"的另一独特贡献 / 292
  - "旧文人"在 30 年代 / 297
- 12 月 《自由谈》里的"伪自由书体"杂文写作 / 302
  - 爱国小说、国难小说和抗战小说 / 307
  - "文章之美":"破天荒"的废名小说 / 313

1933 年

- 2 月 郁达夫的《她是一个弱女子》 / 322
- 3 月 田汉的转变 / 326
  - 穆时英与左翼的殊途:从《南北极》到《公墓》 / 332
  - 《西线无战事》与"非战小说"的主题广告 / 339
  - "茶话"与"咖啡座":"海派"散文的都市语境 / 348

4月	作为中介的日本 / 357	
	换个角度看"文艺自由论辩" / 364	
5月	左翼文艺运动的国际联系和相互支持 / 372	
	读者热购《子夜》/ 377	
6月	刘云若及其"津味小说" / 382	
	丁玲失踪及其长篇小说《母亲》的出版 / 387	
8月	《望舒草》:为什么删去《雨巷》? / 391	
	"高尔基在中国"与"中国的高尔基" / 394	
	30年代回眸初期白话诗 / 401	
9月	现代书局首创编写《中国文艺年鉴》 / 406	
	叶圣陶为巴金写广告谈《家》的典型性和成书过程 / 410	
10月	《山雨》和王统照的创作道路 / 416	
	《春蚕》成为文学与民族电影融合的新形态 / 419	
	沈从文一语惊起"京海论争" / 425	
11月	彭家煌的遗作 / 429	
12月	《月下小景》:沈从文的"新十日谈" / 433	

1934年

3月	评论界推介现代女作家 / 439	
	白薇戏剧集《打出幽灵塔》长久引人注目 / 445	
4月	《人间世》的创刊与林语堂的小品文运动 / 450	
	"看萧和'看萧的人们'" / 458	
	苏区"文艺大众化"运动新模式 / 463	
5月	蒲风诗集《茫茫夜》与中国诗歌会的创作 / 468	
8月	旅游产业的兴起与中国现代"风景的发现" / 473	
	国民政府尊孔盛典与胡适、周作人、鲁迅的"孔子观" / 484	
9月	"大众语文论战"的始末 / 488	
10月	中国现代作家的欧洲游记 / 492	

沪上"八大女明星"和丁玲的"梦珂" / 497

"古意"与新意:《春野与窗》的意义 / 505

11月 《水星》的"个性" / 511

12月 吴组缃处女集《西柳集》深得茅盾佳评 / 515

北大"拉丁区"的"精神流浪汉" / 519

《边城》:"牧歌"的意义 / 523

1935 年

1月 走向成熟的老舍和30年代长篇小说创作 / 529

田汉《回春之曲》的大剧场演出 / 532

3月 阿英遴选小品文的眼光 / 537

赵家璧与《中国新文学大系》/ 544

4月 北新书局版的"半部文学史" / 552

5月 《世界文库》:中外名著翻译、整理之集大成 / 559

艾芜30年代的南国世界 / 562

6月 晚明小品:周作人和俞平伯的"低回"趣味 / 567

王文显的喜剧艺术和《委曲求全》的演出 / 575

1935—1937年几次话剧的经典演出 / 578

7月 文坛忆念刘半农 / 583

丰子恺的"消夏新书" / 588

9月 "文化生活出版社人"的信仰与精神 / 594

12月 《奴隶丛书》与萧红的《生死场》/ 600

1936 年

1月 夏丏尊的文学创作和教育事业 / 606

开明语文读物和语文教育及新文学的传播 / 610

3月 林徽因的眼光 / 614

4月 大陆视野中的台湾二三十年代文学 / 619

		海上惊《雷雨》/ 624
5月		鲁迅和凯绥·珂勒惠支及新兴木刻运动 / 629
6月		《谈美》:一个美学家的人生情怀和社会关怀 / 634
		在"两个口号"论争下中国文艺家协会等成立 / 639
		夏衍的报告文学精品《包身工》/ 644
		胡风渐露理论特质和锋芒 / 648
7月		显示各派作家面影的书简集 / 653
		以"软"击"硬":刘呐鸥的《永远的微笑》/ 657
8月		《中国的一日》征文写作推动了1930年代中期的报告文学潮 / 662
10月		鲁迅去世 / 668
11月		鲁迅与瞿秋白在左翼文艺运动中的相遇 / 672
		历时五年的定县"农民戏剧实验"/ 678
12月		叶圣陶指认张天翼老舍的幽默不同 / 684

1937 年

5月	《文学杂志》:"京派"的未竟事业 / 690
	"《画梦录》是一种独立的艺术制作"/ 696
	话剧上演税制的倡导与确立 / 699
6月	王统照等力推端木蕻良 / 703
	李劼人的"大河小说"/ 707
7月	《荒原》:叶公超的独到阐释及其意义 / 713

后　记　吴福辉 / 717

参考文献 / 722

索　引 / 732

1928 年

1月

《创造周报》复刊骤止却引来《文化批判》

《创造周报》复活了

一

复活预告

时辰滚滚地流去,转瞬之间,在我们的文艺界瞌睡着的当中,时代又已经前进得离我们很远了。文艺应该站在时代的前头,至少也得跟在时代的尾后前进。可诅咒的瞌睡,可耻辱的落伍!我们不甘于任凭我们的文艺界长此消沉,任凭我们的文艺长此落后的几个人,发愿恢复我们当年的,不幸在恶劣的环境中停顿了的《创造周报》,愿以我们身中新燃着的烈火,点起我们的生命与我们消沉到了极点的文艺界,完成我们当年未竟的志愿。我们的文学革命已经告了一个段落,我们今天要根据新的理论,发扬新的精神,努力新的创作,建设新的批评——我们将在复活的《创造周报》开始新的简册。我们在这里正式宣布,我们的休息已经告终,我们决在十七年的第一个星期日再与诸君相见。亲爱的朋友们哟,请听,请听,我们卷土重来的雄壮的鼙鼓!

二

编辑委员

成仿吾 郑伯奇 王独清 段可情

三

特约撰述员

鲁迅 蒋光慈 张资平 陶晶孙 穆木天 赵伯颜
潘怀素 麦克昂 李初梨 冯乃超 彭坚 李白华
李声华 袁家骅 许幸之 倪贻德 敬隐渔 林如稷

夏敬农　黄药眠　杨正宗　孟　超　张牟殊　杨邨人
黄鹏基　张曼华　高世华　聂　犎　邱韵铎　成绍宗等

（原载1928年1月1日《创造月刊》第1卷第8期）

《创造月刊》的姊妹杂志　《文化批判》月刊出版预告

　　本志为一部分信仰真理的青年学者，在鬼气沉沉，浊流横溢的时代不甘沉默而激发出来的一种表现，其目的在以学者的态度，一方面介绍最近各种纯正的思想，他方面更对于实际的诸问题为一种严格的批判工作。它将包含哲学，政治，社会，经济，艺术一般以及其余有关系的各方面的研究与讨论。

　　本社受《文化批判》同人诸君的委托，谨预告《文化批判》月刊将于民十七年元月中与诸君相见。预定函购等概依《创造月刊》办法。

　　我们深信《文化批判》将在新中国的思想界开一个新的纪元。我们切望海内外觉悟的青年同志们一致起来拥护这思想界的新的生命的力。

　　创造社谨启

（原载1928年1月1日《创造月刊》第1卷第8期）

　　除了上面这两则广告，一个是为复活《创造周报》大造声势，一个是突然预告另创办《文化批判》之外，创造社当年还有一则《〈创造周报〉改出〈文化批判〉月刊紧要启事》，夹在了当中。稀奇的是这三个广告都是登在同一期刊物上的。所不同的，只是恢复《创造周报》的消息是载于刊物的初版，另两个却刊在了二版。我们还可以如此设想：或许就是为了要紧急登载不再出版《创造周报》的消息，才来个二版也不一定。事情的仓促程度，急转弯的决心，都隐隐地透出内幕的颇不平静。这是怎么回事呢？

　　原来大革命失败后，左派文人急剧地从政治、军事第一线纷纷退下，在上海隐蔽起来，同时也意味着重新集结力量。远在厦门大学期间，鲁迅就在给许广平的信中表示，想"与创造社联合起来，造一条战线"。两方都有这种愿望，只是没有机会实现。这时大家都到了上海，创造社的部分成员便提出联合鲁迅的建议。1927年11月的一天，郑伯奇、蒋光慈、段可情事先征求了郭沫若的意见，主动来闸北景云里访问鲁迅，并提议合办一个刊物。他们的建议立刻得到鲁迅的响应,鲁迅还积极主张与其筹办一个新刊物,还不如恢复《创造周报》便利。这意见是更尊重创造社的,自然获得大家的赞同。这样也就有了郑伯奇、段可情十天后再次与鲁迅会晤,讨论共同编辑《创造周报》的一些细节的事。两次见面,在鲁迅日记里均可查到。于是,到了同年12月3日,上海《时事新报》登出了《创造周报》复刊的广告。在发布的30人特约撰述员名单中,鲁迅以第一名的位置领衔,麦克昂(郭沫若)名列其中,很快要另组太阳社的蒋光慈、孟超也在其内。这个名单的广泛性是显而易见的。不久,此启事便加上"复活了"这样热烈的字眼,又出现在《创造月刊》第1卷第8期上,长长的特约撰述员的名单照登不误。

可是戏剧性的大转弯来了。创造社的骨干之一成仿吾其时正在日本,他成功地动员了冯乃超、李初梨、彭康、朱镜我、李铁声五人放弃学业,提前回国参与创造社倡导"无产阶级文学"的活动,却并不知道这一段时间里联合鲁迅、恢复《创造周报》的过程。这批人于1927年底纷纷回国后,就在创造社内部造反,批评郭沫若的"幻想",断然要求创造社转换方向。按照几个月后成仿吾发表的《全部的批判之必要——如何才能转换方向的考察》所言(我们不妨把这些话看成是当时他们这批人说服郭沫若的理由):如要建立新的"普罗文学",必须对过去的文艺做一次"总结算",所谓"全部的批判"必须"沉潜到经济过程的批判","再上升经生活过程的批判与意识过程的批判"。而涉及的批判对象,就包括了五四以来的老作家。《语丝》等早已固结而反动",怎么还能联合?联合岂非倒退?其时,创造社的主将郭沫若本来就既有联合鲁迅的一面,又有批判鲁迅的一面,在内部"创造社小伙计"如此强烈的攻势下,他便也转了向。上述几则广告就联袂出现了。

我们从广告的用词也可以看出,原来停刊的《创造周报》和现在创办的《文化批判》都是以理论批评为主并带一点点创作的刊物。《文化批判》本来的刊名定的是"抗流"二字,可见它的激进态度。1928年1月15日在上海创刊了,署丁歌主编,实际是创造社留日归国

创造社后期刊物《文化批判》创刊号

人员朱镜我、冯乃超编。创造社出版部自己出版发行。创刊号有成仿吾《祝词》一篇，引列宁语称"没有革命的理论，没有革命的行动"，表明此刊的文化理论性质。"祝"字的语气里有第一代的创造社元老今后做指导者，刊物便交给第二代去打理的意思。创刊号还有编者的《编辑初记》一篇，说明此刊本输入思想、学说加以通俗化的宗旨。等它一期期地出版，离通俗化的目标日远，而理论火力却越来越强，与《创造月刊》一起，成了创造社理论战的主要炮口。如若检点一番，仅5期的《文化批判》，重要文字如下：

冯乃超：《艺术与社会生活》（第1号）
李初梨：《怎样地建设革命文学》（第2号）
麦克昂：《留声机器的回音——文艺青年应取的态度的考察》（第3号）
李初梨：《请看我们中国的Don Quixote底乱舞——答鲁迅〈醉眼中的朦胧〉》（第4号）
冯乃超：《人道主义者怎样地防卫着自己》（同上）
彭康：《"除掉"鲁迅的"除掉"》（同上）
朱镜我：《关于精神的生产底一考察》（同上）

《创造月刊》不愧是《文化批判》的姊妹刊，理论文字相互配合默契。仅1928年全年即有：

成仿吾：《从文学革命到革命文学》（第1卷第9期）
成仿吾：《全部的批判之必要——如何才能转换方向的考察》（第1卷第10期）
麦克昂：《桌子的跳舞》（第1卷第11期）
彭康：《什么是"健康"与"尊严"——〈新月的态度〉底批评》（第1卷第12期）
冯乃超：《冷静的头脑——评驳梁实秋的〈文学与革命〉》（第2卷第1期）
杜荃：《文艺战线上的封建余孽——批评鲁迅的〈我的态度气量和年纪〉》（同上）
彭康：《革命文艺与大众文艺》（第2卷第4期）
克兴：《小资产阶级文艺理论之谬误——评茅盾君底〈从牯岭到东京〉》（第2卷第5期）

加上蒋光慈 1928 年在《太阳月刊》第 1、2 期发表的《现代中国文学与社会生活》《关于革命文学》，钱杏邨在同年同刊物第 3 期所发表的《死去了的阿 Q 时代》各文，用冯雪峰后来的话说，一本刊物一半的文字都在批判鲁迅。这一年真是"革命文学论争"的理论年！这"革命文学论争"，是在新文学发展到一定历史阶段受政治运动的影响发生的。大革命的失败和国共第一次合作的破裂是其国内条件，世界无产阶级运动造成的"红色三十年"是其国际环境。远在 1920 年代初，早期共产党人们围绕着《中国青年》等杂志就曾提出过建立"革命文学"或"无产阶级艺术"的命题，引起过一些讨论，为这场理论运动做了先期的准备。现在是为了寻路，为了使新文学得以推进，更进一步提出了左翼文艺运动本身带突破性的目标来。它的理论建设和问题并存：第一，根据文学和经济基础的关系，和阶级、社会的关系，提出"革命文学"存在的必要性、可能性，认为"革命文学，不要谁的主张，更不是谁的独断，由历史的内在的发展——连络，它应该而且必然地是无产阶级文学"。不过较少讨论在"必然"出现的"无产阶级文学"的萌发期里，应警惕些什么，应预防些什么。第二，初步说明"革命文学"的性质作用。李初梨就批评了创造社过去"文学是自我的表现"的观念，提出"从新来定义'文学'"，明确地说出"一切的文学，都是宣传。普遍地，而且不可逃避地是宣传；有时无意识地，然而常时故意地是宣传"的主张。我们可以在后面读到鲁迅对这个"文学是什么"的意见，来比较究竟哪一种看法更符合马克思主义文艺理论的标准。第三，认定文学要接近、要表现农工大众，认定作家"要努力获得阶级意识"，改造自己的小资产阶级立场，口号是"我们还得再把自己否定一遍"。而这个问题，便是文艺为了谁，表现谁，主要题材应该写谁，最后是怎样改造自己的世界观，"小资产阶级"阶级属性的帽子要戴在谁的头上等，在以后的日子里，一直成为革命文学内部纠结的问题。而今天我们比较能看清楚的，是"革命文学论争"中对待鲁迅等的批判的是与非。由于当时无产阶级文艺思想的不完备，在接受由苏俄和日本传播的新兴文学思想时，受到苏联"拉普"、日本"福本主义"的"左倾"思潮的影响，后期创造社、太阳社等对鲁迅和五四文学的定性，对文学与政治、阶级的关系的认识，都存在很大的局限。自己原本就是激进的"小资产阶级"，学了几句革命理论，里面还掺了几分教条，就盛气凌人指责别人不革命，自己就是"无产阶级"了。比如冯乃超在《艺术与社会生活》中就语带人身攻击地讽刺鲁迅"是常从幽暗的酒家的楼头，醉眼陶然地眺望窗外的人生"。杜荃（郭沫若）在《文艺战线上的封建余孽——批评鲁迅的〈我的态度气量和年纪〉》一文对鲁迅的"上纲"，如说其"是资本主义以前的一个封建余孽"，"是二重性的反革命的人物"等，简直登峰造极。

鲁迅的应对是后发制人。从1928年3月以后，他开始写出《"醉眼"中的朦胧》第一篇应战文字。后来随着论争的进程，写了《文艺与革命》、《我的态度气量和年纪》等大约十几篇杂文。就创造社诸人对中国、对革命的认识的片面性、急躁情绪、不许别人革命的思想作风，进行深入剖析。对文艺是不是宣传、革命作家是不是革命的留声机等理论问题，也一一给予回答，较少片面性和机械论。如说："我以为一切文艺固是宣传，而一切宣传却并非全是文艺。"鲁迅既坚持了文艺与社会的一定关系，又强调文艺所以是文艺的独特性。这与他在这个时期努力学习和译介马克思主义文艺理论，将其引入自己的思想灵魂，引入这场文学论争是有关的。鲁迅的这种情况我们在其他条目里还将论及。

《文化批判》的诞生，标志了创造社后期的到来。它主动引发的"革命文学论争"是"左联"成立之前的一大事件，推动了马克思主义文艺理论在中国的传播，对左翼内部不同派别关于马克思主义文艺思想的不同理解以及他们之间的团结，都有深远影响。郭沫若在回顾创造社的历史时就说："新锐的斗士朱、李、彭、冯由日本回来，以清醒的唯物辩证论的意识，划出了一个《文化批判》的时期。"这即《文化批判》这批刊物产生的历史意义。

（吴福辉）

前十年新诗集的出版与销售

诗歌广告

（三版）野草　（鲁迅著　散文诗　实价二角半）
扬鞭集（上卷）（刘半农著　实价四角半）
扬鞭集（下卷）（刘半农著　实价六角）

瓦釜集（刘半农著　实价四角）
（三版）春水（冰心女士著　实价五角）
（三版）浪花（CF女士著　实价五角）
微雨（李金发著　实价六角）
食客与凶年（李金发著　实价六角）
（二版）夜哭（焦菊隐著　实价三角半）
（二版）晨曦之前（于赓虞著　实价四角）
昨日之歌（冯至著　实价四角）
深誓（章衣萍著　实价二角半）
十二个（周敔译　实价三角半）
国外民歌译（刘半农译　实价五角半）
客音情歌集（钟敬文编　实价三角）
樵歌（章衣萍校点　实价八角）
香奁集（刘半农校　实价二角半）
战鼓（蒋光慈著　印刷中）
心曲（一骚著　印刷中）
影儿（林憾著　印刷中）

（原载1928年1月21日《语丝》第4卷第6期）

　　沈从文在30年代写过一篇讨论新诗发展历史的文章。一开始就谈到新诗在发展初期，"侧重推翻旧诗，打倒旧诗，富有'革命'意味"，担负的是思想启蒙与文学解放的任务，"凡有勇气执笔的人几乎都可以写诗。一切刊物必有诗"[1]。在这个人们争相读新诗、写新诗的时代，新诗出版的兴旺，就是一个必然的文化现象。据《初期新文艺出版物编目》统计，从1919年到1923年间，共出版各类诗集（包括个人诗集、同人合集与诗歌选集）18部，而同时期出版的小说，短篇、长篇加起来也只有13种。[2]如研究者所说，"新诗不仅是新文学的急先锋，而且在新文学初期出版品中，也是中坚力量"，它甚至直接培育了足

---

[1] 沈从文：《新诗的旧账——并介绍诗刊》，原载1935年11月10日天津《大公报·文艺》第40期，署名上官碧。引自《沈从文全集》第17卷，第94—95页，太原：北岳文艺出版社，2002年版。

[2] 参见文学研究会编：《星海》(《文学百期纪念》)，上海：商务印书馆，1924年版。转引自姜涛：《"新诗集"与"新书局"：早期新诗的出版研究》，载《中国现代文学研究丛刊》2003年第4期。

以和传统的商务、中华等老书局相对抗的"新书局"。①首先是亚东图书馆，它在胡适的大力支持下，依托北大为中心的早期白话诗人群，几乎成了新诗的专卖店，前述18种新诗集中，有7种是由亚东出版的，其中胡适《尝试集》、康白情《草儿》、俞平伯《冬夜》、汪静之《蕙的风》，不仅是新诗史上的奠基之作，而且都是畅销书：《尝试集》出版三年就出了四版，印数达一万五千册；《蕙的风》前三年也销了两万册。据说早期上海新书业，有销量的书一版印两三千册，普通的只有五百册或一千册，印数上万，就相当可观了。《冬夜》也印了三版。《草儿》三版修订时改成《草儿在前集》，还出了第四版。但即使好销，新诗集也不能成为亚东经济上的主要支撑：诗集定价只有几角，而亚东出品的标点本《水浒》、《红楼梦》等古典名著每套要售几元钱。显然，新诗集的主要作用仅在提升书店的品格。因此，随着书店地位的稳定和市场的变化，亚东逐渐不再重视新诗出版，1923年陆志韦的诗集出版时，就因为稿费问题与书店发生了点摩擦。

继之而起的是泰东图书局，它因为出版郭沫若的《女神》而从出版界脱颖而出。以后重要的诗集，如闻一多的《红烛》，也都在泰东出版，显然取代了亚东的位置。我们已有过讨论，就不再多说。

但新诗的"尝试期"一过，新诗集的出版，就逐渐落入了低谷。沈从文在前引文章里，对此有一个分析：这是因为诗"在文学商业化意义下实（却）碰了头。新诗标准一提高，新诗读者便较少。读者较少，它的发展受了影响，因之新诗集成为'赔钱货'，在出版业方面可算得最不受欢迎的书籍"。这就是说，新诗集出版受冷落，恰恰是新诗提高自己水准所致。如沈从文所说，"要建设新诗，新诗得有个较高标准"，不能"写诗如作文"，"自由"到人人都可写可读的地步，而"得要有个限制，在文字上，在形式上，以及从文字与形式共同造成的意境上，必须承认几个基本的原则"。在郭沫若的"诗体大解放"以后的诗人，从"新月派"到"现代派"，实际上都在试图建立中国新诗的新诗体、新规范。他们使新诗成为"诗"以后，就不可能人人都读新诗，写新诗；诗一旦只被少数人阅读，就失去或减弱了它的商业性能，它之被书商们所看轻，以至

---

① 姜涛：《"新诗集"与"新书局"：早期新诗的出版研究》。以下关于亚东书局和泰东书局出版新诗集的讨论，主要参考该文。

北新书局出版标志

拒绝,就是必然的。这样,就像沈从文所说的那样:"凡是单行本诗集差不多全得自费出版,凡是专载诗歌刊物总不易支持一年以上。"①因对新诗规范化做了杰出贡献,在新诗史上占有极高地位的徐志摩,他的第一部诗集《志摩的诗》就是自己出钱让中华书局印行的。还有一个例子:也是尝试期的重要诗人刘大白的《旧梦》,在商务印书馆从付印到出版,经过了二十个月之久,诗人自嘲说,"比人类住在胎中的月数,加了一倍"。原因是要赶印教科书,与"教育商务"无关的"东西"只能让位。②

于是,就有了我们这里要讨论的,《语丝》上刊登的北新书局出版的新诗集的广告。创立于1925年的北新,主要依托《语丝》作者群,特别得到鲁迅与周作人的支持,是继亚东与泰东之后,新诗最热心的出版者。赵景深的《现代新诗集目录》上收有100种诗集,北新出版的便有18种。③鲁深的《五四以来新诗集简目》和《五四以来新诗集简目补遗》中比较了各书店出版的新诗集:开明、商务各19种,泰东17种,亚东13种,新月10种,而北新却有33种,位居榜首。④

北新在《语丝》上的广告,可注意者有三。其一,鲁迅的《野草》和冰心的《春水》,都印到三版;据研究者提供的材料,到1936年11月,《野草》发行到11版,《春水》到1934年,则达到12版。鲁迅、冰心,还有周作人,是北新的三大台柱。《野草》与《春水》得益的大概是一种综合的畅销效应:同在北新出版的鲁迅的《呐喊》印行了22版,冰心的《寄小读者》印行了23版。鲁迅与冰心,和郁达夫一起,是新文学第一个十年的三大畅销作家,北新也出

---

① 沈从文:《新诗的旧账——并介绍诗刊》,第91页,见《沈从文全集》第17卷。
② 刘大白:《〈邮吻〉付印自记》,见《刘大白研究资料》,第133页,天津:天津人民出版社,1986年版。
③ 诗盦(赵景深):《现代新诗集目录》,载1929年《开明》第2卷第4号。
④ 鲁深:《五四以来新诗集简目》,见张静庐:《中国近现代出版史料·现代丁编》,上海:上海书店出版社,2003年版。

版了郁达夫的《日记九种》,印了9版之多。[①]其二,焦菊隐的《夜哭》和于赓虞的《晨曦之前》印行了2版,也很值得注意。以后的文学史很少提到这两本诗集,但在当时却是很有影响的。沈从文1930年在中国公学讲新诗,作为重点介绍的,汪静之的《蕙的风》、闻一多的《死水》、刘半农的《扬鞭集》、徐志摩和朱湘的诗之外,就是焦菊隐的《夜哭》,说这是"一本表现青年欲望的最好的诗",因此,"较之闻一多的诗,(更)为青年男女所喜爱",到1930年《夜哭》"三年中有四版的事实,为中国新兴刊物中关于诗歌集子最热闹的一件事"。沈从文还谈到于赓虞"同样是北方为人所熟习的诗人,且同样使诗表现到的,是青年人苦闷与纠纷"[②]。其三,同样引人注目的,是李金发的《微雨》、《食客与凶年》,冯至的《昨日之歌》,以及刘半农的《扬鞭集》上、下和《瓦釜集》,虽然已出版多年,却还是初版,就已经是不折不扣的滞销书了,而这几部诗集恰恰在诗歌艺术上都有自觉的探讨,并得到学界的好评,这样的"叫好不卖座"的情况,是发人深思的。但即使如此,北新还是坚持为他们出书,像被称为"诗怪"的李金发的主要诗集,都由北新连续推出,这显然是促进新诗发展的出版理想超出了商业的利益考虑:诗人与出版人在寂寞中的相互搀扶,是令人感动的。

(钱理群)

[①] 陈树萍:《北新书局新文学书籍出版研究——经典、推销与滞销》,载《南京师范大学文学院学报》2008年第3期。

[②] 沈从文:《论焦菊隐的〈夜哭〉》,第117、116、115、119页,见《沈从文全集》第16卷。

3月

《小雨点》:"莎菲的这几篇小说在新文学运动史上的地位"

小雨点　　陈衡哲著　　实价六角

（陈衡粹女士作封面）

胡适之先生在本书的序文里说,"……试想,鲁迅先生的第一篇创作——狂人日记——是何时发表的,试想当日有意作白话文学的人怎样稀少,便可以了解莎菲的这几篇小说在新文学运动史上的地位了。……"

任叔永先生在本书的序文里说,"……我们晓得有了文学天赋的人,他做文学家的根本可算是有的了;其余的便是他的训练与修养。作者是专修历史的人,他的文学作品,不过是正业外的小玩意;但她的作品,却也未尝没有她的训练与修养。我们看了这十来篇小说,至少可以看出她文学技术的改变与进步。……"

作者自己在本书的序文里说,"……我每作一篇小说,必是由于内心的被扰,那时我的心中,好像有无数不能自己表现的人物在那里硬迫软求的要我替他们说话。……"

（原载 1928 年 3 月 10 日《新月》第 1 卷第 1 号）

陈衡哲的名字,一般的文学史著作不大提起,这里似乎有"作家简介"的必要:

陈衡哲（1890—1976）,笔名莎菲（Sophia H.Z.Chen）,祖籍湖南衡山,1890年出生于江苏常州,1914年考取清华留美学额后赴美,先后在美国沙瓦女子大学、芝加哥大学学习西洋史、西洋文学,分获学士、硕士学位。1920年被聘为北京大学教授,讲授西洋史;1920年9月与任鸿隽结婚;后来曾先后任职于商务印书馆、东南大学、四川大学等；著有短篇小说集《小雨点》，散文集《衡哲散文集》，史学著作《西洋史》、《文艺复兴》，自传《一个中国女人的自传》，等等；1949 年后任上海市政协委员，1976 年去世。

《小雨点》是作者唯一的一本小说集，这本小说集本身并不重要，重要的是其中的《一日》这篇小说，因为它有特殊的文学史意义，关乎文学史的一个重要问题。《一日》最初发表于 1917 年 6 月美国《留美学生季报》新 4 卷夏季 2 号，发表时间早于鲁迅《狂人日记》几近一年，这是很有意义的，正如广告引述胡适序言中的话所谓的，有其"在新文学运动史上的地位"。胡适的原话比广告中节略引述的要完整：

《小雨点》广告

> 当我们还在讨论新文学问题的时候，莎菲却已开始用白话做文学了。《一日》便是文学革命讨论初期中的最早的作品。《小雨点》也是《新青年》时期最早创作的一篇。民国六年以后，莎菲也做了不少的白话诗。我们试回想那时期新文学运动的状况，试想鲁迅先生的第一篇创作——狂人日记——是何时发表的，试想当日有意作白话文学的人怎样稀少，便可以了解莎菲的这几篇小说在新文学运动史上的地位了。①

胡适的这个判断，基本上是从文学史的角度做出的，大体上符合事实，并非完全是溢美之辞，因为不仅"《一日》便是文学革命讨论初期中的最早的作品"，而且胡适在美国提倡白话文学受到朋友们激烈反对之时，陈衡哲是唯一的一个

---

① 胡适：《〈小雨点〉序》，见《小雨点》，上海：新月书店，1928 年版。引自夏志清：《小论陈衡哲》，见夏志清：《新文学的传统》，第 90 页，北京：新星出版社，2005 年版。

支持者，并以实际行动支持胡适，"开始用白话做文学了"。据陈衡哲自述：

> 《一日》是我最初的试作，是在一九一七年写的。那时在留美学生界中，正当白话与文言之争达到最激烈的时候。我因为自己在幼时所受教育的经验，同情是趋向于白话的；不过因为两方面都有朋友，便不愿加入那个有声有色的战争了。这白话文的实际试用，乃是我用来表示我同情倾向的唯一风针。①

可见陈衡哲确实是最早响应胡适倡导新文学并付诸实践的人。胡适说："民国五年七八月间，我同梅（引按，梅光迪）任（引按，任鸿隽）诸君讨论文学问题最多，又最激烈。……她（引按，陈衡哲）不曾积极地加入这个笔战；但她对于我的主张的同情，给了我不少的安慰与鼓舞，她是我的一个最早的同志。"②

于是，有论者据此以为《小雨点》才是中国现代第一篇白话短篇小说。1978年，夏志清《小论陈衡哲》一文先说，"通常新文学史上讲起第一篇现代白话小说，总推鲁迅的《狂人日记》，连我自己在《中国小说史》里也跟着这样说的"，继而认为"最早一篇现代白话小说是陈衡哲的《一日》"，"《一日》毫无疑义是响应胡适'文学革命'最早的一篇小说"③。国内的研究者，有人因此也沿袭夏志清的这个新的看法。

其实，这个问题很简单。问题的焦点是，五四新文学史从什么时间讲起？如果是从胡适所谓的"民国五年七八月间"他同梅光迪等人论争开始，那么陈衡哲的《一日》当然就是中国现代新文学史上的第一篇白话小说。如果是以1917年《新青年》发表胡适《文学改良刍议》和陈独秀《文学革命论》为起点，那么《狂人日记》当然是五四新文学的第一篇小说；而胡适、陈衡哲等人在美国的文学主张和创作，最多也只能属于五四新文学的前史。

《小雨点》是以书中一篇小说为书名的，可见作者对这篇作品的重视。这也就是说，从文学史的角度，研究者看重《一日》，和作者是不一样的：作者重视的是作品的质量，研究者重视的是《一日》的文学史意义。陈衡哲自己是这样

---

① 陈衡哲：《〈小雨点〉自序》，见《小雨点》，上海：新月书店，1930年版。
② 胡适：《〈小雨点〉序》，见《小雨点》，上海：新月书店，1928年版。引自夏志清：《小论陈衡哲》，见夏志清：《新文学的传统》，第89页。
③ 夏志清：《新文学的传统》，第89—90页。

说《一日》的:

> 这篇写的是美国女子大学的新生,在寄宿舍中一日间的琐屑生活情形。他既无结构,亦无目的,所以只能算是一种白描,不能算为小说。但他的描写是很忠诚的,又因为他是我初次的人情描写,所以觉得应该把他保存起来。①

可见作者也只是因为《一日》是她的第一篇作品,才觉得有点意义,值得收入第一本小说集。任叔永是作者的丈夫,他在序言中也说:

> 她的《一日》是最初一篇作品,差不多不算是一篇小说,我已经说过了。第一篇《小雨点》虽然足以表现作者的想象力,但她的叙述还不免有欠圆满的地方。第三篇《波儿》就不同了。②

这里所谓的《一日》"差不多不算是一篇小说",和陈衡哲说的"不能算为小说",判断几乎一致。

《小雨点》出版以后,还是受到了评论家们的注意。1929年,左翼著名的批评家钱杏邨发表《关于陈衡哲创作的考察》一文,实际上是对刚刚出版的小说集《一日》的评论;作者对陈衡哲的创作评价很高,认为陈衡哲的创作比"一般女作家的创作"要优秀,"作者的创作所表现的她却能用理智支配她的感情,完全用理智的力来叙述一切创作中的事件,而且绝对没有旧时代的女性的'多愁多病'的形态",但认为《一日》是"最失败的"作品,这是对作品的思想和艺术的评论,完全没有提及《一日》"在新文学运动史上的地位"③。1933年,王哲甫《中国新文学运动史》出版,这几乎是最早的一部新文学史著作。作者在书中对《小雨点》这篇小说给予高度评价,认为"这虽然是一篇浅显的象征化的故事,但因为作者善于运用这种题材,所以不觉得平凡,而巧譬善喻地,把人生的意义表现出来,在中国文体上,可称为特创的作品",却没有提及《一日》,甚至把陈衡哲看做是"新文学创作第二期"的作家,同样是完全无视胡适及后来的论者所

---

① 这是陈衡哲在《一日》发表时,自己加在作品前面的说明文字。引自夏志清:《小论陈衡哲》一文的附录,见夏志清:《新文学的传统》,第99页。

② 引自夏志清:《小论陈衡哲》,见夏志清:《新文学的传统》,第91页注释①。

③ 原载1929年12月12日《海风周报》,引自黄人影(阿英)编:《当代中国女作家论》,第256—257页,上海:光华书局,1933年版。

重视的陈衡哲的创作及其《一日》的"在新文学运动史上的地位"①。

最后，值得一说的是，1930年3月，新月书店出版《小雨点》的再版本，《新月》发表了新的广告：

> 这是一部作者从自己十年来的作品中精选出来的十个短篇小说集。这些作品里面，大部分都含有重要的人生问题，而以作者很敏锐的感觉，很成功的技巧，表现出来。再版时为便于学校采为文学读本起见，特将两篇无关紧要的序文删去，并减售大洋五角。②

这个广告不再引述胡适、任叔永和作者的序言了，胡适所谓的"在新文学运动史上的地位"的问题，也就在广告中消失了。

（高恒文）

---

① 王哲甫：《中国新文学运动史》，第229—230页，北平：杰成印书局，1933年版。
② 载1929年4月10日《新月》第3卷第2号。

4月

胡适的"半部"文学史

新月书店不日出版的新书

白话文学史　胡适著

作者本意只欲修改七年前所作《国语文学史》旧稿,但去年夏间开始修改时,即决定旧稿皆不可用,须全部改作。此本即作者完全改作的新本,表现作者最近的见解与工力。本书特别注重"活文学"的产生与演进,但于每一个时代的"传统文学"也都有详明的讨论。故此书虽名为《白话文学史》,其实是今日唯一的中国文学史。全书约四十万字,先出上卷,约二十万字。

（原载1928年4月10日《新月》第1卷第2号）

《白话文学史》初稿写于1921年,胡适几经增删修改,于1928年由新月书店出版了上卷。而下卷则终不能问世,与胡适的《中国哲学史大纲》[①]同命运。黄侃曾因此调侃胡适是"著作监",写书总是"绝后"。话虽然阴损,但想必道出了当时许多胡适的读者的同感。1929年9月上海《革命周报》上有文章说:"我去冬在报上看见胡先生的《白话文学史》上卷出版的广告,心中异常欢喜,因为渴望了许久的名著居然也出版了。同时心中又起了一种莫名其妙的不快之感。为什么缘故呢?因为我知道胡先生原是一个有著作能力,而又肯努力的人,不过是他的大著每每只出上卷,以下的便死也不肯出来了。他的《哲学史大纲》上卷不是出版了多年,销售过了几万份吗?可是下卷直至今连出版的消息都未听见。此次文学史上卷总算是出版了,但下卷不知又要到何时才能

[①]《中国哲学史大纲》（上卷）,原为胡适留学美国哥伦比亚大学时的博士论文《中国古代哲学方法之进化史》,1917年胡适据此编成"中国哲学史"的讲义,在北大授课。1918年整理成书,由蔡元培作序,1919年2月由商务印书馆出版。

出来。好在有一位疑古玄同先生为爱读胡先生的大著的人们向他提了一个严重的抗议，胡先生也亲自在他的序里担保两三年之内必定把下卷弄出，这话大概有几分可靠吧？"①

事实证明，为《白话文学史》封面题字的"疑古玄同先生"的"严重的抗议"没有起到多大作用，而胡适本人的担保也并不可靠。时人和后来的研究者都关注过胡适这种"断尾"的写作现象，也纷纷臆测过外因与内因。温源宁这样分析其中的原因：

> 适之为人好交，又善尽主谊。近来他米粮库的住宅，在星期日早上，总算公开的了。无论谁，学生，共产青年，安福余孽，同乡客商，强盗乞丐都进得去，也都可满意归来。穷窘者，他肯解囊相助；狂狷者，他肯当面教训；求差者，他肯修书介绍；向学者，他肯指导门径；无聊不自量者，他也能随口谈谈几句俗话。到了夜阑人静时，才执笔做他的考证或写他的日记。但是因此，他遂善做上卷书。②

胡适《白话文学史》（上卷）书影，商务印书馆1928年初版。

在温源宁看来，因为谁都把胡适之视为"我的朋友"的缘故，导致胡适应酬太多，遂成"最好的上卷书作者"。胡适在美国留学期间即已深交的朋友陈衡哲也说："林语堂说胡适是最好的上卷书作者，这话幽默而真实。胡先生太忙了，少去证婚，少去受捧，完成未完的下卷多好！"为胡适作传的胡不归则认为，胡适之所以是"半部博士"，是因为："第一，他的兴趣太广了。哲学的问题没有做完，历史考证的兴趣又引起他了。文学的作品才写得一半，政治的理论又发生了。这样，所以使他不能专心。第二，他对于著作是极其慎重的，不

---

① 丑文：《读胡适之先生的〈白话文学史〉》，载1929年9月上海《革命周报》第101—110期合订本，第11册。

② 温源宁著，林语堂译：《胡适之》，见温源宁著，江枫译：《不够知己》，第390页，长沙：岳麓书社，2004年版。该文末注明出处："录自上海文艺书局1934年12月版《名家传记》。"但查上海文艺书局1934年12月版《名家传记》，其中《胡适之》一文作者署林语堂，误。

肯轻易发表……"①有研究者据此总结道：

> 胡适的白话文学史和他的中国哲学史大纲一样，只有上半部分，没有下半部分。之所以没有续写，原由可以有很多，我们可以有多种设想，如1928年之后，胡适声誉日隆，一面有大量的行政事务和学术事务要处理，另一面还要整理国故（如著《淮南王书》），考订佛学（如出版《神会和尚遗集》、撰写《菏泽大师神会传》等），但笔者个人的揣测，是胡适对续写没有了兴趣和热情。尽管宋以后大量的话本、戏曲、小说等都是白话文学史的上好材料，特别是元代，无论是杂剧、散曲还是小说，均最符合胡适的标准（当时胡适曾以为施耐庵、罗贯中都是元末的人）。但是那些开创性的思想已经在上半部分得到了较充分的阐释，区分文学作品的价值和质量的标准既是以白话为准，似乎要说的话已经不多，或者说一部白话文学史到此已经完成，除非从社会学角度或叙事学角度等方面再辟新路。
>
> 另外，他的白话文学思想也部分为学界所接受，或者说是五四一代人的共识，如陈独秀、鲁迅、傅斯年等均有相似的表述，再如郑振铎，其《插图本中国文学史》和其后的《中国俗文学史》显然也是受这一思潮深刻影响。②

胡适没有续写下去的个中原因可能尚待进一步挖掘。但如果回到《白话文学史》问世伊始的历史现场，文坛当时对此书的评价也是需要考虑的一个因素。证诸当年舆论界的评论，对此书持批评态度的也大有人在。

《白话文学史》的上卷共十六章，从汉朝民歌写到唐朝新乐府，侧重的是白话文学发展史。尽管本书名为"白话文学史"，但胡适立意更为高远，在《白话文学史·自序》中称："这书名为'白话文学史'，其实是中国文学史。"因为"'白话文学史'就是中国文学史的

胡适手迹

---

① 参见扬子：《说说胡适的两部"断尾"史》，载《中华读书报》2010年1月29日。
② 蒋原伦：《胡适〈白话文学史〉及其本质主义文学观》，载《文艺研究》2011年第12期。

中心部分。中国文学史若去掉了白话文学的进化史，就不成中国文学史了，只可叫做'古文传统史'罢了。"恰如王瑶所说："几乎每一位研究中国文学学者的最后志愿，都是写一部满意的中国文学史。"①《新月》上该书的广告即称"本书特别注重'活文学'的产生与演进，但于每一个时代的'传统文学'也都有详明的讨论"，这肯定道出了胡适"实则中国文学史"的本意。而关于"白话文学"的"白话"，胡适则说："'白话'有三个意思：一是戏台上说白的'白'，就是说得出、听得懂的话；二是清白的'白'，就是不加粉饰的话；三是明白的'白'，就是明白晓畅的话。"胡适正是借助这种"白话"观去筛选中国古代文学，筛子上剩下来的即是白话文学："依这三个标准，我认定《史记》《汉书》里有许多白话，古乐府歌辞大部分是白话的，佛书译本的文字也是当时的白话或很近于白话，唐人的诗歌——尤其是乐府绝句——也有很多的白话作品。这样宽大的范围之下，还有不及格而被排斥的，那真是僵死的文学了。"②

这一系列的表述，都引发了文坛的商榷。

批评的焦点之一是胡适在序中强调的"这书名为'白话文学史'，其实是中国文学史"的表述。《新月》广告中也把《白话文学史》提升到"今日唯一的中国文学史"的高度。这种宣传策略以及胡适自己的说法，引起了书评人的一致诟病。如1929年《清华周刊》发表署名文章《评胡适白话文学史上卷》，即称读胡适的这部《白话文学史》"处处感觉到他的偏见，武断，杂乱无系统，这或者是'白话'两个字，害了他理想中的中国文学史吧？可是他又说：'这书名为白话文学史，其实是中国文学史。'要是胡先生真个不客气，说它是中国文学史，那么，我们对于这书的批评，便更要加多了"③。上海《革命周报》上发表文章《读胡适之先生的〈白话文学史〉》说："胡先生在序中说'这书名为白话文学史，其实是中国文学史'。我读了之后，总觉得有些文不对题。一，中国文学史应当从有文学作品时说起，而胡先生却从汉朝说起。二，胡先生的文学史中所举的例，都是韵文（诗和词），所举的代表作家亦是韵文作家，而对散文及散文作家却一字不提，似

---

① 王瑶：《评林庚著〈中国文学史〉》，载1947年10月《清华学报》第14卷第1期。
② 胡适：《白话文学史》上卷，第13页，上海：新月书店，1928年版。
③ 张旭光：《评胡适白话文学史上卷》，载1929年12月7日《清华周刊》第32卷第8期（第473号）。这篇文章又以"张大东"的署名在1929年6月9日《国闻周报》第6卷第22期上重复发表。

乎只认韵文才是白话或近于白话的文学作品的样子,其实这是胡先生的偏见。"①

批评的焦点之二是胡适对"白话"的理解。《一般》杂志刊载署名杨次道的文章,就胡适关于"白话"的核心议题加以评说:"即就适之'白话文学'的主张而言,一,说得出听得懂,二,不加粉饰,三,明白晓畅,其实这都是修辞学上最低的限度,并不是修辞上最高的能事。而且同一篇作品,在你看了清楚明白,在他看了曲折深奥。仁者见仁智者见智,原无一定的标准。"②与钱锺书、吴晗、夏鼐并称为清华"文学院四才子"的张荫麟也撰文指出胡适此书定义混乱,筛选和褒贬多由主观的毛病,在复述了胡适关于白话的三个"意思"之后,作者写道:

> 吾人观此定义,其最大缺点,即将语言学上之标准与一派文学评价之标准混乱为一。夫朴素之于华饰,浅显之于蕴深,其间是否可有轩轾之分,兹且不论,用文言之文法及 Vocabulary 为主而浅白朴素之文字,吾人可包括之于白话,然用语体亦可为蕴深或有粉饰之文笔。吾人将不认其为白话文乎?胡君之所谓白话,非与文言之对待,而为 Wordsworthian 之与 Non-Wordsworthian 之对待。审如是,则直名其书为中国之 Wordsworthian 文学史可耳。何必用白话之名以淆观听哉?③

在当年诸种评论文章中,张荫麟的这篇精心之作堪称最具客观性和学理性。其客观性同时表现在并未把《白话文学史》一棍子打死,而对其突出贡献也有中肯的评价:

> 此书之主要贡献,盖有三焉。
> (一)方法上,于我国文学史之著作中,开一新蹊径。旧有文学通史,大抵纵的方面按朝代而平铺,横的方面为人名辞典及作品辞典之糅合。若夫趋势之变迁,贯络之线索,时代之精神,作家之特性,所未遑多及,而胡君特于此诸方面加意。
> (二)新方面之增拓。如《佛教的翻译文学》两章,其材料皆前此文学史上作家所未曾注意,而胡君始取之而加以整理组织,以便于一般读者之

---

① 丑文:《读胡适之先生的〈白话文学史〉》,载1929年9月上海《革命周报》第101—110期合订本,第11册。
② 杨次道:《读胡适之白话文学史》,载1929年11月《一般》第6卷第3号。
③ 张荫麟:《评胡适〈白话文学史〉上卷》,载1928年12月3日《大公报·文艺》第48期。

领会也。

（三）新考证，新见解。如《自序》十四及十五页所举王梵志与寒山之考证、白话文学之来源及天宝乱后文学之特别色彩等，有极坚确不易者。至其白话文之简洁流畅，犹余事也。

而同样从方法论和世界观的角度立论的是李泽厚："胡适自己以及所谓'胡适派'的许多人的工作，都多半表现为一些细枝末节的考证、翻案、辨伪等等……但就总体来说，胡适以及'胡适派'的学者们对中国通史、断代史或思想史、哲学史，都少有具有概括规律意义的宏观论点、论证或论著。""他之所以永远不能完成他的《中国哲学史》，而花几十年去搞《水经注》的小考证，都反映了、代表了、呈现了他的这种方法论，而且这不止是方法论，同时是他的世界观和个性特点。"[①]李泽厚的评价或许揭示的是胡适的两部断尾史的下卷难以为继的更内在原因。

（吴晓东）

[①] 李泽厚：《中国现代思想史论》，第97—98页，北京：东方出版社，1987年版。

5月

"开明人"的选择与"开明风格"

开明书店启事

启者：敝店创设以来，出版各种书籍，对于形式内容，竭力研求，不敢稍息，承国内外读书界交口称誉，欣感莫名。敝店受宠之余，益当奋勉精进，以求克副期望。因特创制此项批评调查表，夹入书中，敬求台端于读毕此书之后，对于书中瑕瑜，尽情指责，填写赐寄，俾便参酌舆论，于再版时改善订正。敝店敬备优待券，并各种赠品，于收到此表后，即行寄奉，藉达雅意。倘蒙赐寄长篇批评（如本表不敷缮写，可另用它纸写成夹入），并当在敝店不定期刊《开明》上发表，酌赠一元以上十元以下之书券。如承将书中误字校出，填入后列勘误表，尤所欢迎。想台端为促进文化，改善出版物起见，定当乐予赞助也。专此奉恳，敬颂台祺。

开明书店谨启
（原载1928年5月开明书店出版的刘大白著
《旧诗新话》环衬上所贴"征求意见表"）

这是一篇不可多得的另类广告。吸引我们的，是广告后面的"开明人"和"开明风格"。

这就需要追述一段历史。开明书店是1926年8月由被商务印书馆排挤出来的章锡琛创办的，其中一些骨干是从商务转到开明的。但仔细考察开明的主要成员和作者，又可以发现，他们中相当一部分人，都是立达学园的同事，有的还是春晖中学的同人。这里，显然有一个"春晖中学—立达学园—开明书店"的历史发展过程：大约是1922—1924年间，匡互生、夏丏尊、朱自清、丰子恺、朱光潜、刘薰宇、刘叔琴等聚集于浙江上虞白马湖畔的春晖中学；1924年，因教育主张和校长经亨颐不合，集体辞职，以匡互生为首，带了一部分学生，

1928年,开明书店同人摄于上虞白马湖,左起分别为叶圣陶、胡愈之、章锡琛、贺昌群、周予同、章克标、夏丏尊。

又和上海公学分出来的部分师生一起,于1925年春创办了立达中学,又称立达学园,后成立立达学会,创办综合性刊物《一般》,叶圣陶、茅盾、胡愈之、陈望道等纷纷加入。以后,由于匡互生因车祸去世,同人间出现分歧,到30年代又陆续聚集到开明书店,其最重要的标志,就是1930年底,叶圣陶出任开明书店编辑,夏丏尊为编译室主任。春晖中学、立达学园的另一位核心人物朱自清虽然到北平清华大学任教,朱光潜也到国外留学,但他们都和开明书店保持密切联系,也应该属于"开明人"。[①]

人事的变迁外,更重要的是精神发展的历程。朱自清于1928年3月在《一般》上发表的《那里走——呈萍郢火栗四君》,大体上可以看做是最终聚集在开

[①] 以上叙述参看陈梦熊:《群贤毕集,风采可睹——跋开明书店创办十周年纪念编辑暨著译人员合影照片》,载《新文学史料》1985年第3期;潘文彦等:《丰子恺传》(二),载《新文学史料》1980年第3期;《叶圣陶生平年表》,见《叶圣陶研究资料》,第26、27、28、29、37页,北京:北京十月文艺出版社,1988年版。

明书店的这个知识群体的思想自白。朱自清这篇文章一开始就点明是写给"郢"（叶圣陶）等四位朋友的。据朱自清的分析，五四新文化运动发动以来的十年历史，在其起端，是一个"文学革命"的时代，"我们要的是解放，有的是自由，做的是学理的研究"，"所发见的是个人价值"，"个人是一切评价的标准；认清了这标准，我们要重新评定一切传统的价值"①。——这也是春晖中学、立达学园时期同人们的选择。他们在白马湖畔的"小杨柳屋"和上海江湾的"学园"里，尽情享受个体的精神自由和志同道合的乐趣，这是五四思想解放运动带给他们的；同时，他们又热情地践行五四启蒙主义：在春晖中学，推行"智、德、体、美、群"全面发展的教育方针，对学生的培养，"以实施基本训练，发展个性，增进知能，预备研究高深学问，并适应社会生活为宗旨"②；在立达学园、学会，则以"修养人格，研究学术，发展教育，改造社会"为追求，实践"教育独立自由的主张"和"重在启发思想，陶冶情感"的教育思想。③但在写文章的1928年，也就是经历了1927年大革命的失败，面对国、共两党尖锐对立，你死我活的斗争现实，朱自清、叶圣陶这类知识分子立刻敏感到时代已经"从思想的革命（转）到政治的革命，从政治的革命到经济的革命"，历史的要求已经和五四大不相同，发生了根本的变化："要的是革命，有的是专制的党，做的是军事行动和党纲，主义的宣传"，"在这革命时期，一切的价值都归于实际的行动"，"一切权力属于党"，"一切的生活也都该党化"，"党所要求于个人的是牺牲，是无条件的牺牲"，并且必然地要"毁掉我们的最好的东西：文化"。在这时代的大变动里，朱自清、叶圣陶这些现代中国的哈姆雷特们，由此产生了"性格与时代的矛盾"：一方面，承认这是"创造一个新世界的必要的历程"，另一方面又要固守知识分子的自我，但又看清因循的、没有定见的、优柔寡断的、矛盾的、缺乏行动的欲望和能力的自我，既"不配革命"，也不愿、不会反对革

---

① 朱自清：《那里走——呈萍郢火栗四君》，原载1928年3月5日《一般》第4卷第3号，见《朱自清全集》第4卷，第230页，南京：江苏教育出版社，1996年版。

②《中国名校丛书·浙江省春晖中学·本卷前言》，第4页，北京：人民教育出版社，1999年版；上虞市城市档案中心：《春晖中学校学则》1928年第41卷（下），第42页，转引自刘家思：《关于〈雷雨〉首演的深度考察》，载《中国现代文学研究丛刊》2008年第5期。

③ 分别见：《立达学会及其事业》，载《一般》诞生号；朱光潜：《回忆上海立达学园和开明书店》，《出版史料》1987年第4辑；叶圣陶：《夏丏尊先生》，见《叶圣陶集》第6卷，第289页，南京：江苏教育出版社，2004年版。

命,"精神既无所依据,自然只有回到学术,文学,艺术的老路上去,以避免那惶惶然的袭来","做些自己爱做的事业,就是将来轮着灭亡,也总算有过称心的日子,不白活了一生"。这样的"革命"与"反革命"之外的"第三条路"的选择,看起来确有"逃避"之嫌,从另一面看,又未尝不是对五四启蒙传统的一种坚守。尽管不能摆脱"被逼迫,被围困的心情"和"向着灭亡走"的阴影,但毕竟在大时代的混乱中,保持了自我的真实。①

这就意味着,以叶圣陶、朱自清为代表的,我们以"开明人"命名的这批知识分子,是通过自己的特殊道路走向中国新文化、新文学的第二个十年的,他们在"或革命或反革命"的时代对立里,选择了一条中间偏左的道路,在文化启蒙主义的坚守里,找到了自己安身立命之所。具体到开明人,他们的文化启蒙又主要集中在"出版—教育"领域。如叶圣陶在开明书店成立20周年的总结里所说:"我们把我们的读者群规定为中等教育程度的青年,出版一些书刊,绝大部分是存心奉献给他们的。这与我们的学识修养和教育见解都有关系。"②这表明开明书店的工作实际是春晖、立达时期的追求的一个自然延续。但另一方面,也显示了开明人的商业出版眼光。在二三十年代,中国的中等教育有一个大的发展。1930年全国接受中等教育的学生数量达到515,000左右,超过高等教育十倍以上。还有一个数字:1929年度江苏中等学校毕业生回到中学担任教职员的人数占毕业生总数的21.5%。这样迅速扩张中的中学生、中学里的教职员,以及中等程度的社会各行业的青年,无疑是接受新文学、新文化读物的潜在读者,这是一个相当可观的市场。③开明人正是在这个读者群里找到了自己的用武之地。

开明书店的出版物,主要是两大块:其一是中学教材为主体的大、中、小学教材和课外辅助读物,计有:初小、高小、初中、高中"教学及自修适用"的读本,如夏丏尊、叶圣陶《国文百八课》,叶圣陶《开明小学国语读本》,叶圣陶、郭绍虞、周予同、覃必陶《开明新编国文读本》,朱自清、叶圣陶、吕叔

---

① 朱自清:《那里走——呈萍郢火栗四君》,见《朱自清全集》第4卷,第230—232、233、239—240、236—237、227、244页。
② 叶圣陶:《开明书店二十年》,载《中学生》第178期。
③ 教育部编:《第一次中国教育年鉴》,上海:开明书店,1934年版。转引自叶桐:《新文学传播中的开明书店》,载《中国现代文学研究丛刊》1999年第1期。

湘《开明新编高级国文读本》和《开明文言读本》,林语堂《开明英文读本》,杨东莼《开明新编高级本国史》等;"大学读本",如朱光潜《文艺心理学》、朱东润《中国文学批评史大纲》、周谷城《周著中国通史》等;"开明中学讲义",如丰子恺《开明图画讲义》、《开明音乐讲义》等;"开明青年丛书",如朱光潜《谈美》,夏丏尊、叶圣陶《文心》,吕叔湘《文言虚词》,王了一《中国语法纲要》等。其二是新文学作品,计有:"冰心著作集",如《冰心小说集》、《冰心散文集》、《冰心诗集》等;"巴金著作集",如《家》、《春》、《秋》、《巴金短篇小说集》等;"茅盾著作集",如《幻灭》、《蚀》、《子夜》、《春蚕》等;"沈从文著作集",如《边城》、《湘行散记》、《湘西》、《长河》、《从文自传》等;"夏衍著作集",如《心防》、《法西斯细菌》等等;以及叶圣陶《倪焕之》、朱自清《背影》、丁玲《在黑暗中》、丰子恺《缘缘堂随笔》、钱锺书《人·兽·鬼》等。开明书店还出版了三种期刊:《中学生》、《开明少年》和《国文月刊》,办过函授学校。今天回过头来看,开明书店出版的书,经过历史的检验,相当部分已经成为中国现代教育与文学的经典。在三四十年代,更是产生了广泛的影响,如叶圣陶所期待的那样,开明的图书,"在图书馆的书架上,在中学青年的案头,都可以占个不多不少的位置",真正成为"每个文学青年的丰富的知识泉源,忠实的行动顾问"[①]。这样,开明书店就培育了自己稳定的读者群,开明人(编者与作者)和开明读者之间,通过开明读物的出版与阅读,形成了一个"与新文学具有文化修养、思想认识和语言一致性的'语言文化共同体'",这一"共同体"的意义并不限于开明书店本身,而且是"新文学发展的重要成果和继续发展的基础"[②]。

在某种程度上,开明人是以教育家的身份、理念和修养从事教育文化图书的出版事业,人们通常说的"开明风格"也就打上了教育家的烙印。叶圣陶曾把开明书店的出书原则,概括为"有所为有所不为":"有所为,就是出书出刊物,一定要考虑如何有益于读者;有所不为,明知对读者没有好处甚至有害的东西,我们一定不出。"这里的"一切为读者负责"的精神,正是教育上的"一切为学生负责"精神的一个延伸与发展。叶圣陶还说:"我们做的工作,就是老

[①] 叶圣陶:《〈中学生杂志丛刊〉编印缘起》(1935年8月1日),见《叶圣陶集》第18卷,第306页。
[②] 叶桐:《新文学传播中的开明书店》。

师们的工作。我们跟老师一样,待人接物都得以身作则,我们要诚恳地以平等的态度对待我们的读者。"[1]平等之外,还有严格与认真:开明书店向来以极少出版差错而享誉出版界,这正是语文教员的职业道德所致。还有教师的自律:本条目选用的《开明书店启事》就是这样的典型,其所强调的"形式内容竭力研求,不敢稍怠";愈是"交口称誉",愈要"奋勉精进";以及高姿态征求意见,无一不显示出一种高度的责任感和精益求精、力求完美、自责自省的精神。这是教育家风范和出版家风范的统一。在其精神底蕴里,又显然有宗教的情怀。朱自清曾盛赞夏丏尊"以宗教精神来献身于教育"[2],这是可以用来概括从事出版事业的"开明人"的。

(钱理群)

---

[1] 叶圣陶:《开明书店创办六十周年纪念会上的讲话》,见《叶圣陶集》第7卷,第328页。
[2] 朱自清:《教育家的夏丏尊先生》,见《朱自清全集》第4卷,第461页。

7月

陈铨的《天问》与吴宓的"可哀"

天问　　陈铨著

（长篇小说）（不日出版）　分上下两册　每册实价七角

我们为什么近年来只看见人写短篇小说？为什么？

因为长篇小说，真不是个容易的尝试。它需要时间，理智，观察，选择，感觉，记忆，尤其是作者艺术上充分的修养与警练动人的文笔；缺一样这尝试便是整个的失败。

现在好了，这位一鸣惊人的作者给了我们一篇洋洋二十万言的成功的供状——《天问》。《天问》里面，像整个的人生一样，包含着一出古今相同的悲剧：里面不仅思想清纯，结构严紧，描写清切，分析细微，理论透彻；还看的出天真的与虚伪的冲突，情爱与罪恶的对垒和仁慈与残暴的搏斗。这些都是造成人生千变万化的要素。所以一方面因为《天问》是人生真实的描写，我们看了就知道什么人生的究竟；一方面因为人生本身始终是个哑谜，我们想猜透它归根还只有去"问天"。不过一个人凭空决不会感觉到如此深切，除非读了像《天问》这样动人的作品才能够。

（原载1928年7月10日《新月》第1卷第5号）

中国现代文学史上提到陈铨，是1940年代"战国策派"的主要人物。其实早在20年代末，他就是一个很有名气的小说家了，在二三十年代创作并出版了好几部长篇小说。这里且以《天问》为中心，谈几个问题。

陈铨（1903—1969），四川富顺县人，1919年毕业于成都中学，1921年考入清华留美预备学校。1928年赴美国阿伯林大学留学，1930年获硕士学位；同年赴德国克尔大学留学，1933年转入柏林大学，获博士学位。1934年归国，短暂任教于武汉大学，同年转到清华大学任教。以后曾任教于西南联合大学、同济大学、南京大学。1957年被划为"右派",1961年摘"右派"帽子,1969年病逝。作为作家,陈铨于清华读书期间就开始小说创作,先后创作并发表、出版小说《革命的一幕》(1927年创作,1934年出版)、《天问》(1928年出版)、《恋爱之冲突》(1929年出版)、《彷徨中的冷静》(1935年出版)和《死灰》(1935年出版)等。1940年代创作戏剧《野玫瑰》、《蓝蝴蝶》、《黄鹤楼》、《金指环》、《无情女》和小说《狂飙》等。作为学者,陈铨除了是40年代著名的"战国策派"主要人物之外,30年代开始就发表、出版一系列的学术著作,如1936年由作者翻译后出版的博士论文《中德文学研究》,1943年出版的《文学批评的新动向》等。①

《天问》广告

这个广告把《天问》说成"这样动人的作品",几乎是对一部杰作的赞美了。有意思的是,《新月》几次登载了《天问》的广告,并且内容都不一样。比如第2卷第6、7号合刊上的广告:

> 这是一部二十余万字的长篇小说。你不看则已,你若是看了一页,你非要看完了全部不止。作者的笔墨有这样的魔力!你看完了一遍,你一定要看第二遍,作者的文章有这样的妙处!因为作者得到一个做小说的秘诀——结构严谨。这里面有销魂的韵事,有英武的击斗,有深刻的讽刺,曲曲折折的说不尽的穿插起伏,但是都经过作者的一枝老辣犀利的笔锋给串起来了,真可说是一气呵成,天衣无缝。这样的小说,据天津大公报文学周刊的编者批评说:"只有石头记差可比拟"。爱读小说的读者,请你们自己鉴赏鉴赏看。②

---

① 参阅季进、曾一果:《陈铨:异邦的借镜》,北京:文津出版社,2005年版。
② 载1929年9月10日《新月》第2卷第6、7号合刊。

如此夸张的赞美，确实是"广告"了，幸亏是对"爱读小说的读者"说的。再看第3卷第2期上的广告：

> 顾仲彝先生说：在许多新作品中我认为最满意的长篇是《天问》。你看他自开卷云章爱慧林起，曲曲折折，经过了许多悲欢离合，一步紧似一步，一幕深似一幕，直到云章拔剑自刎止，前后照应，线索分明，绝无支离不接的通病，我承认他为文坛上一本极好的长篇创作。①

实际上还是上一则广告所谓的"结构严紧"，只是说得很有作品实据的样子，不像说"只有石头记差可比拟"那样过头罢了。《新月》上的这几则广告，像是极力推荐这部作品，变着花样更换广告词，把好话说尽，又像是反讽，故意不惜把话说绝，这是《新月》的广告中一个绝无仅有的例外。

《天问》当然没有这样优秀。这里且看一个严肃的专业评论——常风30年代在对陈铨另外一部作品的一篇书评中说：

> 陈铨君的第一部创作《天问》，在十七年初次刊行的时候，曾引起文坛上相当的注意。第一，这部小说约有二十万字，在当时的新文学创作中有这样长的篇幅的尚不多见；第二，即有长篇巨著，如老舍君的《老张的哲学》《赵子曰》，但就性质说，陈铨君的《天问》是与之大异其趣的；除了这，那就是《天问》的本身的成就了。新文学运动开始后，我们的创作几乎都在一种外国的影响下孕育而成。文字半欧化了，描写用的是外国的手法，甚至创作中的某一种情态也是外国的。我们的作家似乎未曾注意到：我们自己的古董作家——施耐庵、曹雪芹、吴敬梓——也可以供给我们技巧与写法；当时似乎也无人作这样的企图。明白了这种情形，我们就可以了解《天问》这本小说的艺术的价值。《天问》中有许多可令我们欣喜和赞赏的地方，不是因为作者应用我们过去的伟大作家的技巧与写法，而是因为《天问》给我们证实了这些技巧与写法是值得学习的；同时还给我们的新小说开辟了一条可以走的新途径。
>
> 《天问》的地方背景是四川的富顺。这本小说有许多很好的乡土描写。许多风景描绘纯用白描，文字质朴有力，人物的描写与性格的分析方面，

---

① 载1930年4月10日《新月》第3卷第2号。

虽有不少的缺陷，就大体说在当时总是一部可称赞的作品。①

这是很有分寸的批评，主要是指出的作品的长处，其实也没有什么了不得，而所谓的"人物的描写与性格的分析方面，虽有不少的缺陷"一语，虽然是夹在称赞的话中间，故意说得很平淡，其实是含蓄地指出了作品的一个十分重要的"缺陷"，因为"人物的描写与性格的分析"是小说成功的关键。

《天问》的故事是这样的：主人公云章是药材店的小伙计，他爱上了药材店老板的女儿慧林；他也明白自己的爱情不会实现，就离开药材店试图改变自己卑下的人生；后来云章在军队当上了旅长，衣锦还乡，但慧林早已结婚了；他为了达到娶慧林的目的，竟然杀害了慧林的丈夫；凶案败露之后，云章在慧林面前忏悔，被捕之前自杀在慧林的面前。爱情与谋杀，这显然是一个通俗小说的故事，并且其爱情叙事，既有五四以来爱情小说爱情至上的思想特点，又有晚清"哀情小说"的儿女情与英雄气的叙事特征。

《天问》前后的陈铨的小说《革命前的一幕》和《彷徨中的冷静》等，也都是叙述爱情故事的，甚至与时俱进地更新为"革命加恋爱"的叙事，但如常风所说，"《革命的前一幕》与《天问》相比，很明显的是一部失败的作品"；"假若《革命的前一幕》给了我们的是失望，则这部《彷徨中的冷静》所给予我们的正是相同的，或者是更大的失望。"②

痛恨新文学的吴宓，却对《天问》这部白话小说十分欣赏。《吴宓日记》云：

> 晚，燃烛读陈铨所著小说《天问》，甚佳。……陈君成绩如此；宓拟著小说，二十年于兹，一字未成。可哀也已。……直至午前三时半，全书读毕，始寝。③

吴宓对《天问》评价过高，恐怕与他被小说中的充满"哀情"的爱情故事触动了自己的苦恋有关，而吴宓一直只是"拟著"的小说，即《新旧因缘》，正是一直存在于虚构之中的爱情故事，1928年初，吴宓曾和陈铨商讨过这部小说故事情节的安排：

---

①② 常风：《陈铨:〈彷徨中的冷静〉》，转引自袁庆丰、阎佩荣选编：《常风：彷徨中的冷静》，第32—33页，天津：天津人民出版社，1998年版。

③ 吴宓：《吴宓日记》第4册，第159页，北京：三联书店，1998年版。

晚8—10陈铨来谈《新旧因缘》小说之结构。陈铨建议修改如下，可较为紧凑。即由留美时代之中间写起（或以通信体起）。使李令芬在北京为寒苦之教员。由刘希哲函李，报告王福良与梁美格爱情之增进，刘表示爱李之意，亦随之而愈深愈明。李始不信此事，及王、梁在美已结婚，弃绝李，刘乘机急回国，至京，欲与李结婚，李持从一而终之说，不允。而内心交战，病益深，遂死。李死，刘遂不复娶。王、梁之结局则如前所定。而留美以前之事，则仅于谈话及回忆中插叙，不入正文。如是，则前半之事演于美国，后半则在北京，较原定计划可更简单而紧凑矣。①

可见吴宓要写的就是和陈铨的《天问》及《革命前的一幕》、《彷徨中的冷静》等几乎一样的爱情故事，并且几乎就是自己爱情的"自叙传"。

（高恒文）

广告的艺术、作用和外国儿童文学的翻译

《木偶奇遇记》广告

如果哪位先生或太太嫌你的小孩子在家里胡闹，我们介绍你买一本《木偶奇遇记》给他。他看了这本书，就不会再吵了。你不信吗？我们来报告你一件新闻：丰子恺先生曾把这本书的故事讲给他的三个小孩子听，他们听得出神了，连饭都不要吃，肚子饿都忘了。难道这是我们编造出来的吗？你们有机会去问问丰先生看。

（原载1928年7月10日《开明》创刊号）

这是一篇别开生面的广告，其特点在于二"透"：吃透了《木偶奇遇记》这本"书"的魅力，它能吸引孩子；也吃透了"读者"的心理，孩子渴望好玩的书，家长希望有让孩子安静下来的书。为了说服家长，还特地拉来了丰子恺这

---

① 吴宓：《吴宓日记》第4册，第10页，北京：三联书店，1998年版。

样的名人。广告就起到了将图书、出版社和读者连接起来的桥梁作用。如果再扩大了看,新文学广告还可以为新文学传播培养有一定接受水平的稳定的读者群,形成作者与读者相互沟通的文学场。

尽管图书广告历来就有,五四新文学的新书刊、新书局,从一开始就把广告视为传播新文学,和旧文学争夺市场的重要手段;但30年代,随着报刊发行和出版的日趋成熟,以及成熟的文化、文学市场的形成,对文学广告的重视,对广告艺术的追求,以及对广告的运用、操作技术,都达到了前所未有的程度,并且形成了"挖空心思做广告"、"大手笔写小广告"的传统。新文学第一流的作家、出版家鲁迅、叶圣陶、巴金、施蛰存、胡风等都深谙广告撰写之道,屡有佳作。有人总结他们的经验,就是"文学家的鉴赏力"、"编辑家的眼光"和出版家"精明的商业头脑"结合起来,"三者相得益彰"。同时又以文学笔调写广告,注重"别出心裁的文字表达",就形成了独特的"广告文学",既充满诗性,有文化味、书卷气,又充分掌握读者阅读心理、市场需求,抓准"广告眼"。[①]像鲁迅为《俄罗斯的童话》写的广告:"高尔基所做的大抵是小说和戏剧,谁也决不说他是童话作家,然而他偏偏要做童话。他所做的童话里,再三再四的教人不要忘记这是童话,然而又偏偏不大像童话。说是做给成人看的童话罢,那自然倒也可以,然而又可恨做得太出色,太恶辣了。"[②]这几乎可以看做是一个书评,但却成功地引发了读者的阅读期待,而且又是极其个人化的,读者一看就知道这是鲁迅的笔法。这种个性化的广告,就形成了不同出版社的不同风格,如叶圣陶为广告主笔的开明书店的"朴实,厚重",巴金的文化生活出版社的"真率,诗性"等等。

还有最大限度地发挥广告效应的自觉努力。这里所选的《木偶奇遇记》的广告,就发表在开明书店推广科编印的《开明》上。这是一个专为推销本社出版的图书的宣传刊物,三十二开,双月刊,每期十六面,薄薄的一本,装帧朴素,内容丰富,除了广告、书评外,还设有作家介绍、欣赏指导、作品缩影、出版珍讯等栏目,而且有不少名家执笔。类似开明书店的《开明》,生活书店也

---

① 参看李辉:《施蛰存写广告》、王建辉:《图书广告谈屑》、范军:《让书籍广告更精彩》,见范用编:《爱看书的广告》,第174、210、212—213页,北京:三联书店,2004年版。

② 鲁迅:《俄罗斯的童话》,印入1935年8月上海文化出版社出版的《俄罗斯的童话》版权页后,见《鲁迅全集》第8卷,第515页,北京:人民文学出版社,2005年版。

编印了《读书与出版》《读书服务》等刊物,有效地把书店的出版物推向图书市场。像《木偶奇遇记》,《开明》除了刊发广告,还先后连续五期,发表了九篇名家的评论和读者的读后感,这就造成了一种轰动效应。更典型的是夏丏尊翻译的《爱的教育》,原先是由商务印书馆出版的,销路不好,转到开明书店,就在《开明》上发动了连续四年的宣传攻势:

《木偶奇遇记》插图

从创刊号(1928年7月)到停刊号前一期(1931年11月),前后11期发表了31篇评论、鉴赏指导和读者的反馈,其中"儿童文学专号"(第1卷第8号)一期就集中发表了10篇评介,如此持久的、高密度、高强度的宣传,就把《爱的教育》一书,由不受注意变成畅销,[①]使越来越多的读者,主要是中小学校的老师、学生,教育工作者,认识到它的价值,不仅风行一时,而且深刻地影响了三四十年代的中国教育,影响了成长于三四十年代,甚至五十年代的中国年轻一代。应该说,开明书店出版的《爱的教育》和《木偶奇遇记》都是影响了几代人的。

《爱的教育》《木偶奇遇记》能风行一时,还因为30年代的中国,以上海为中心的中国大、中城市,出现了为数不少的中产阶级,他们特别关心子女的教育,包括课外的阅读,这就形成了一个巨大的儿童图书市场。研究者告诉我们,30年代中期儿童文学成为一大出版热点。出版家王云五当时就指出:"最近几年,尤其是民国二十三年至二十五年间(按:即1934—1936年),儿童用书的出版最为热闹,商务印书馆有小学生文库五百册,幼童文库五百册,小学分年补充读物六百册;中华书局有小学生文库四百五十册,小学各科副读本三百册;世界书局有儿童文库二百册。"[②]这同时也是一个儿童文学翻译热时期。翻译丛书中比较有规模的就有:开明书店的《世界少年文学丛刊》约75种(1927—

[①] 参看欧阳文彬:《广告中的学问》,见《爱看书的广告》,第191—192页。

[②] 王云五:《十年来的中国出版事业——1927—1936》,见张静庐辑注:《中国现代出版史料乙编》,第347页,北京:中华书局,1955年版。

1949），世界书局的《世界少年文库》47 种（1930—1935），商务印书馆《小学生文库》中各种译作 38 种（1933—1937）、《世界儿童文学丛书》12 种（1930—1946），开华书店（后改名为"中学生书局"）将世界名著译本重新编述的《通读本文学名著丛刊》24 种，中华书局的《世界童话丛书》22 种（1933—1940），等等。①

　　30 年代的儿童文学翻译热的另一个动力，仍然来自五四启蒙主义，其中的突出代表，就是鲁迅。鲁迅早在五四时期就翻译了《爱罗先珂童话集》、《桃色的云》，特别是《小约翰》这部"神秘的写实的童话诗"（鲁迅亲拟的广告词），②更是倾注了他极大的心血。1935 年鲁迅翻译苏联作家班台莱耶夫的《表》时，又发出了这样的感慨："十来年前，叶绍钧先生的《稻草人》是给中国的童话开了一条自己的创作的路的，不料此后不但并无蜕变，而且也没有人追踪，倒是拼命的向后转。看现在新印出来的儿童书，依然是司马温公敲水缸，依然是岳武穆王脊梁上刺字……"于是就有了这样的"不小的野心"："第一，是要将这样的崭新的童话，绍介一点进中国来，以供孩子们的父母，师长，以及教育家，童话作家来参考；第二，想不用什么难字，给十岁上下的孩子们也可以看。"③可以看出，鲁迅此时的启蒙对象，不仅是孩子，更是他们的父母、师长和教育家、童话作家，这是意味深长的。鲁迅在 30 年代还和许广平合译了德国女作家海尔密尼亚·至尔·妙伦的《小彼得》，这是鲁迅婚后爱情的见证，又别有一种意义。④

（钱理群）

---

① 参看李今：《二十世纪中国翻译文学史·三四十年代·俄苏卷》，第 33 页，天津：百花文艺出版社，2009 年版。
② 见鲁迅：《〈未名丛刊〉是什么，要怎样》，见《鲁迅全集》第 8 卷，第 468 页。
③ 鲁迅：《〈表〉译者的话》，原载 1935 年 3 月《译文》第 2 卷第 1 期，见《鲁迅全集》第 10 卷，第 437 页。
④ 参看鲁迅：《〈小彼得〉译本序》，见《鲁迅全集》第 4 卷，第 155 页。

8月

近代英美诗选的最佳编著者

近代英美诗选

叶公超　闻一多　编著　（分英美两册）

　　中国的新诗是从那里演化出来的？一般诗人的背景都受过些甚么影响？能答复这两个问题的人，自然知道现在中国的新诗和英美诗——尤其是和近代英美诗的密切关系。

　　这两本诗选的目的，是在介绍近代英美诗中最能引起我们的兴趣的作品，一百多家诗人不同的个性都包括在里面，还附有各诗人的传略和精当的短评。凡是有字典不能解释的字和成语都附有详尽的注释，这选本不但是专门研究文学的一个人（引按，原文误为"一人个"）唯一的向导，而且是大学近代文学课程里一部必不可少的教科书。

　　闻一多先生在新诗坛里的地位早已经为一般人所公认。叶公超先生是中国唯一能写英文诗的诗人。他们两位把这精选拿出来贡献给大家，不是文艺界的幸福么？

（原载1928年8月10日《新月》第1卷第6号）

　　1928年夏，叶公超为《新月》编辑出版了《近代英美短篇散文选》，另与闻一多共同编选《近代英美诗选》。

　　叶公超和闻一多，确实是编选这样一本《近代英美诗选》的最佳人选。

　　闻一多是著名诗人，并且有相当的诗学理论素养，自不待言。他对英美近代诗也很熟悉，不仅有翻译，而且在创作中有所借鉴，因而是有很深入的理解的。他在《新月》上发表过《白朗宁夫人的情诗》（第11至21首）、哈代的《幽舍的麋鹿》和霍斯曼的《情愿》、《从十二方的风穴里》等译作。梁实秋回忆

他和闻一多在美国留学时说:

> 我所选的课程有一门是"近代诗",一共讲二十几个诗人的代表作品。还有一门是"丁尼生与伯朗宁"。一多和我一同上课。他在这两门课程里得到很大的益处。……一多的《死水》,在技术方面很得力于这时候的学习。在节奏方面,一多很欣赏吉伯林,受他的影响不小。在情趣方面,他又沾染了哈代与霍斯曼的风味。……一多对于西洋文学的造诣,当然不止于此,但正式学的有系统的学习是在此时打下一些根基。①

又说:

> 一多对于英诗,尤其是近代的,有深刻的认识,但是对于整个的英国文学背景并没有足够的了解。②

这都是有根据的事实和评说。关键之处在于,闻一多"对于英诗,尤其是近代的,有深刻的认识";也就是说,闻一多所熟悉并且受到影响的主要是英国的浪漫主义(包括唯美主义)诗歌。对此,卞之琳也说:"就外来影响说,他自己写诗,主要受过英国十九世纪诗,特别是浪漫派诗的一些影响","我认为徐、闻等被称为'新月'派的诗创作里,受过英国十九世纪浪漫派传统和它在维多利亚时代的变种以至世纪末的唯美主义和哈代、霍思曼的影响是明显的,受波德莱尔和他以后法、德等西欧诗风的影响是少见的"③。所谓"波德莱尔和他以后法、德等西欧诗风",即通常所谓的象征主义或现代主义诗风。梁实秋的回忆和卞之琳的评论,是很一致的。

而叶公超则恰恰对19世纪末至20世纪的英美现代主义诗歌更熟悉、更欣赏。

广告词中所谓的"叶公超先生是中国唯一能写英文诗的诗人",准确的说法也许应该是第一个在美国出版过英文诗集的诗人。叶公超自中学时代就赴美求学,先后在伊利诺伊州之尔宾纳中学、缅因州之贝兹(Bates)大学和麻州之爱

---

① 梁实秋:《闻一多在珂泉》,见《梁实秋怀人丛录》,第3页,北京:中国广播电视出版社,1991年版。

② 梁实秋:《谈闻一多》,见《梁实秋怀人丛录》,第136页。

③ 卞之琳:《完成与开端:纪念诗人闻一多八十生辰》,见卞之琳:《人与诗:忆旧说新》,第6、9页,北京:三联书店,1984年版。

默思（Amherst）大学攻读。后来又到英国剑桥大学深造。叶公超回忆说：

> 我在爱默思大学念了三年书，受益匪浅。爱默思的教育，完全是人文教育。当时著名的诗人佛洛斯特（Robert Frost）就在该校任教，我跟随他念了二年书。……到四年级，他教我创作诗歌、小说。我也因此出了一本英文诗集叫 Poems。
>
> 我在美读书期间，对诗歌的兴趣最高。那时正盛行意象主义（Imagism），但佛氏走的是旧式的，并没有走意象一派。
>
> 此外，艾略特（T.S.Eliot）也说（是？）当时极为著名的诗人与批评家。我在英国时，常和他见面，跟他很熟。大概第一个介绍艾氏的诗与诗论给中国的，就是我。①

叶公超创办的刊物《学文》月刊

叶公超 30 年代发表的《爱略特的诗》和《再论爱略特的诗》②，不仅表明他是"第一个介绍艾氏的诗与诗论给中国"的人，而且也证明了他是当时中国对艾略特最有研究的人。并且，叶公超主持后期《新月》杂志，大大改变了杂志的风貌，使《新月》由偏爱英国浪漫主义文学，转为注重英美现代主义文学，这对当时中国的新诗和小说的创作，具有一定的影响。正如下之琳说：

> 叶公超接编《新月》杂志，实际上使刊物面貌已大有改变。诗歌方面发表了更多除了语言风格、实质上已非新月派正统诗格局的作、译。我就在他经手下发表过从尼柯孙《魏尔伦》一书中译出的一章，加题叫"魏尔伦与象征主义"；也发表过我的《恶之花拾零》（译诗十首）。后来他特嘱我为《学文》创刊号专译托·斯·艾略特著名论文《传统与个人的才能》，亲自为我校订，为我译出文前一句拉丁文 motto。这些不仅多少影响了我自己在三十年代的诗风，而且大致对三四十年代一部分较能经得起时间考验的

---

① 叶公超：《文学·艺术·永不退休》，载 1979 年 3 月 15 日《台湾时报·副刊》。
② 叶公超：《爱略特的诗》，载 1934 年 4 月《清华学报》第 9 卷第 2 期；叶公超：《再论爱略特的诗》，载 1937 年 4 月 5 日《北平晨报·文艺》第 13 期。

新诗篇的产生起过一定的作用。①

这个判断是符合文学史实际的。

有意思的是，叶公超在他和闻一多编著的《近代英美诗选》出版不久，还先后写过两篇关于英美出版的英美诗选的书评：《〈美国诗抄〉、〈现代英美代表诗人选〉》和《〈牛津现代英诗选〉》。②可见他不仅关心英美现代诗，而且十分关心相关的诗选著作。《牛津现代英诗选》是著名的英国诗人叶慈编著的，叶公超在书评中有十分中肯的批评。首先，叶公超表明了自己对"诗选"的看法，他认为：

> 简单地说，只有两种诗选是有价值的：一种是历史的，就是，先根据某种见解来断定一个时代的主要成就，然后选出若干首代表作品来作例证；另一种是个人的，就是，根据某种理论或主张或个人的癖爱来选成的。

这个看法很对，历来中外经典的诗选，都不出这两种的范围。同时，叶公超还说：

> 选诗的人是选给人家读的，不是选来为自己欣赏或修养的。这里面似乎含有一种牺牲，一种舍己从众的情愿和本领。也许主观过于坚强的人是不宜于做这种事的。英国人所谓 Catholicity of taste 实在是难能可贵的造化。

由此看来，叶公超还是倾向于第一种——"历史的"——诗选。根据自己对诗选的看法，叶公超认为："叶慈的这部《诗选》似乎介于二者之间的东西，但不幸的是并不能兼并二者之长。"主要缺点有两点：一是"除艾略特和庞特外，没有美国人"；"泰戈尔的翻译诗在现代英诗坛上可以说是毫无地位，更谈不到什么影响"，却选了七首；"把许多英国人常读的美国诗人除外，而单把一首白居易的长诗收集进去，未免太不顾到事实了"。二是遗漏了奥恩（Wilfred Owen）的作品，叶公超说，"为什么一首诗的地位都不给他，我却不明白"，因为在叶公超看来：

> 我感觉英美现代诗人中有四个人在技术方面是有贡献的：第一是霍布金司，第二是庞特，第三是艾略特，最后就是奥恩。③

---

① 卞之琳：《赤子心与自我戏剧化：追念叶公超》，载《文汇月刊》1989年第12期。
② 叶公超：《〈美国诗抄〉、〈现代英美代表诗人选〉》，载1929年4月《新月》第2卷第2号；叶公超：《〈牛津现代英诗选〉》，载1937年6月《文学杂志》第1卷第2期。
③ 叶公超：《〈牛津现代英诗选〉》。

这个判断显然属于"历史的"眼光,也表明叶公超对现代英美诗的艺术发展,很有文学史的理解。

从以上的考察来看,广告词所谓的"这选本不但是专门研究文学的一个人唯一的向导,而且是大学近代文学课程里一部必不可少的教科书",并非虚言。

(高恒文)

11 月

左翼刊物在政治、文学与营销之间

创造社出版部四种刊物　同时举行一万部突破运动

　　向来本部所出各种刊物，均备受读者诸君的欢迎，就中尤以创造月刊为特出，除汇刊读者外由常年预订及按期零购者，前后不下万数，于此可见该刊在社会上之声誉，本无庸我们自己来吹嘘的了，至于最近的一年中，我们的新书的突增，杂志的蜂拥，除照常出版创造月刊等外，并印思想月刊，日出旬刊，文艺生活周刊，这无非是随时代的进展，应读者的需要的，我们深望今日的读者，用更多的精神，来注意我们这种种时代的产物。这里又拟定了几条单纯的优待办法，就是：

　　凡联合预定本部刊物（创造月刊，思想月刊，日出旬刊，或文艺生活）一种全年十份者增赠各该刊物一份，两种十份者增赠全年两份，以上类推。定半年者亦赠半年。

　　刊物定价，仍照价办法（详见第一期本刊末页）。

　　此项运动，暂不限定截止期日，由出版者临时通告，但须及早订购，速来参加突破运动！

　　创造社出版部

（原载 1928 年 11 月 15 日《日出》旬刊第 2 期）

左联中心机关杂志征求直接订户

　　自《拓荒者》《大众文艺》《艺术》等杂志继续被封禁过后，经验告诉我们，靠书店的合法营业路线，绝对不能出版代表我们斗争活动的杂志，同时本联盟活动的深入，迫切的需要有一个坚强的领导机关杂志。所以我们现在要筹备一个中心杂志，需要读者诸君起来作直接订户。不管压迫怎样的残酷我们决心把它冲破,绝对不会半途中止,而且每期能够送到诸君之前。

从农村,工厂,战线,一切地下层,同志们,快送你们的报告来!!!

左联中心机关杂志迫切地需要此类文字,火急送来,以一切革命情绪,斗争感情,生活苦痛,来充实革命运动啊!

（原载 1930 年 8 月 15 日《文化斗争》第 1 卷第 1 期）

左翼作家联盟为建立机关杂志《前哨》向广大革命群众的通告

《前哨》是中国无产阶级文学运动之总的领导机关杂志。它的编辑计划已经准备好了,第一期创刊号打算在十月出版。同志们,为促进革命之深入,无产阶级文学运动之前进,拥护我们大家所有的杂志。

起来,做本杂志之直接订户!

起来,把一切斗争记录,从农村,工厂,学校,战线,各地下层寄给我们,充实革命运动。

起来,加入左联加入通信运动!

起来,给我们以一切物质上精神上的援助!

（原载 1930 年 8 月 22 日《文化斗争》第 1 卷第 2 期）

《北斗》合订本第一卷再版　每册实价一元

北斗发行未久,已被国内外读者大众所称许,公认为一九三一年我国文坛唯一的好刊物。在过去,因我们的发行路线太差,未能普遍于各地各处,以至有的读者还仅闻其名而未见其形的,有的或仅读到一两期而未能窥得全豹的,……这是多么不爽人意的一回事呵!

最近,各埠读者来信补购一卷各期者,日必十数起。但事实上一卷各期,有的都已经售罄,有的所存亦不过几十本了。敝局为应读者需要起见,不惜工本,特再版合订一千本。尚未阅过第一卷,或未窥得其全豹的读者们,都请早日来购,以免向隅!实价每本一元。外埠邮购,不收寄费。(回件如须挂号,另加挂号费八分) 同业批发,叨光现钱。

（原载 1932 年 7 月 20 日《北斗》第 2 卷第 3、4 期合刊）

这里的前两则广告乍看很有悖于一般刊物营销的规则，加上第三条《北斗》的广告，就很能看出一条从创造社一直走向左翼文学的线索。这时的后期创造社（以及太阳社）正忙于批判鲁迅，但如从他们所办刊物和行销的方式看去，貌似对立的"左倾"作家的做法，和不久将联合起来的左翼作家们自然是相通的。

创造社初期的刊物，文学性很强，如《创造》季刊、《创造周报》、《创造日》等，发表了众多有个性的诗歌、小说兼批评文字。虽然附着在资本不大的书局或报纸身上，却都能维持一年到两年以上的出版期，影响都不算小。到了1925年至1927年间的《洪水》半月刊（1924年创刊的《洪水》周刊只出了一本就停刊达一年之久，这里不计），大体仍保持创造社的品位，但已发生了变化。这变化既表现在刊物的管理上，很重要的一件事是1926年3月在上海宝山路三德里A11号成立的创造社出版部，作家自己经营，《洪水》半月刊自第13期到第36期终刊就是由出版部发行；这变化也表现在刊物的风貌上，文学批评和文艺理论本是《洪水》的基本内容，这时却越来越增加思想、政治成分，登载政论，纪念"五一节"、"五卅节"，为迎接"大革命"、提倡"无产阶级文学"而宣传，文学团体所办的刊物越来越不像文学刊物了。这种风气弥漫开来，使原本是"纯文艺刊物"的《创造月刊》到了1928年提倡"革命文学"，也开始不"纯"。1928年当年轰轰烈烈拒绝与鲁迅合作的《文化批判》，还有《流沙》、《畸形》，就一律成为思想文化刊物，一律在出版几个月后即停刊了。所以就有了本条目的第一则广告：创造社出版部为自家现存的四种杂志发起一个"一万部突破运动"！优待办法之类尚属商业操作，但其"一万部"的指标要由发起一项"运动"来解决，就很特别了。因为1928年正是"革命文学"论争之年，创造社的刊物越发地政治化。从广告我们可以知道《创造月刊》原来达到过"不下万数"的骄人发行数字，现在却要与《思想》月刊、《日出》旬刊、《文艺生活》周刊捆绑在一起，设法突破一万发行数的大关，以维持生存。可见创造社的文字越离开文学，它的发行量越低，逼得它只好用社会动员的方式，依仗自己在青年读者群中的声誉来呼吁了。遥想《洪水》半月刊时代，据当时主要编辑周全平回忆，"从第一期到第十二期，《洪水》的定户从五十增加到六百；《洪水》的印数从一千增加到三千"，"《洪水》便缓缓地从上海而泛滥到各处了"①。这三千册的印数显然已够养活一个刊物。如果《创造月刊》、《思想》、《日出》、《文艺生活》四刊能达到当年平均的《洪水》水准,即有一万两千份,就不需要发动什么"一万部突破运动"来补救。而补救的效果显然不灵,《思想》到年底关门,《日出》只出版了两个月,《文艺生活》仅存在一个月,甚至连累及《创造月刊》,到1929年1月,后者也跟着停刊。

当然,"左倾"文学刊物的命运首要在于它的思想政治立场,也派生出了其他。周全平有全力办《洪水》的经历,他说起停刊的原因,认为是"经济力的魔手扼住我们的咽喉。办《洪水》的经费并不十分大,但在衣食不周的我们穷人看来,实在是无可设法的了"②。政府当局的高压是悬在"左倾"作家头上的另一把剑,用《洪水》编者的话来说,对于稿子"有的不敢用,有的不敢说。万一天从人愿,把我们头上的高压力除去了的时候,读者诸君或者可以认识真正的《洪水》的本体"③。再加上创造社文人的自由散漫、不善经营而又残存着的名士气,他们所受书局老板的盘剥分外多(叫得也响),于是,就构成"左倾"文学刊物处在"政治高压"、"经济剥削"、"经费薄弱"三个方面的矛盾交织之中。为了反抗,"想不借资本家的力量来经营","好达到读者和著作家合作的目的"④,就有了创造社出版部的建立,就有了后期创造社同人要从"商品化,奴隶化的今日艺术求我们的真正的艺术的解放"⑤的呼声了。

1930年初终于达成了左翼作家的大联合,原来"左倾"文学刊物的以上矛盾自然就带入到"左联"刊物上来。我们只要看"左联"最初的三个文学刊物,毫无例外地都是从后期创造社等刊物转化而来,就能明了一二。如《大众文艺》是原创造社成员郁达夫、陶晶孙于1928年9月创刊,到1930年的3月1日出第2卷第3期"新兴文学专号"时,转为"左联"机关刊物。鲁迅编的《萌芽月刊》是1930年1月1日创办的,到"左联"成立后的第3期转为它的刊物。原太阳社的《拓荒者》是1930年1月10日创刊,到第3期也变成"左联"机关刊物。它们的命运,在政治高压下没有一种能超越创刊的本年。然后,

---

① 全平:《关于这一周年的〈洪水〉》,载1926年12月1日《洪水周年增刊》。
② 全平:《我们同声叫喊》,载1925年10月1日《洪水》第1卷第2期。
③ 《编辑后》,载1927年1月16日《洪水》第3卷第25期。
④ 《末了的几句话》,载1926年12月16日《洪水》第1卷第7期。
⑤ 《编辑后记》,载1928年8月10日《创造月刊》第2卷第1期。

蒋光慈主编的《拓荒者》

就是继起的"左联"刊物《巴尔底山》、《世界文化》，一直到上面第三则广告所举的"左联"正式独立要办的《前哨》出世。这些刊物都充满了青年人的热情，文学创作之外的思想理论内容夹杂甚多，而且因政治和经济的双重压迫，它们出了几期即不得不停，造成"左联"刊物多而短命的特点。

《前哨》被称为"左联"的中心刊物，它的创办最具鲜明的战斗性。所以它否定自己有"靠书店的合法营业路线"之可能。创刊号原定在"左联"成立的第二个月出版，一直拖到七八月间，出来的是"纪念战死者专号"，强烈抗议当局屠杀革命作家李伟森、胡也频、柔石、殷夫、冯铿和宗晖六人。"左联"对这本刊物早有准备，于是我们就看到了利用扩大的政治动员的办法，向广大革命群众征求"直接订户"的广告！

但是，左翼文学刊物所面临的矛盾是多样的，政治之外还有文化、经济、商业等。《前哨》的直接订户究竟有多少，这个独特的刊物广告究竟是宣传还是有实际作用，我们今日已无法认定。不过《文学导报》1931年8月停刊后，第二个月即9月20日即创办《北斗》，在编辑方针上有了变动，可以看出"左联"内部对如何办刊曾经有过怎样的"检讨"。丁玲主编的《北斗》，一出版就站住了脚。到后来居然如第四则广告所显示的，连合订本都可以加印一千了。它与《前哨》的区别十分明显：第一它是公开出版物，并非"地下"。第二是文学性刊物，以创作为主，兼发评论与翻译。一共发表了鲁迅的《我们不再受骗了》，茅盾（何典）《喜剧》，丁玲《水》，张天翼《大林和小林》，瞿秋白（司马今等）的《乱弹》和翻译，冯雪峰（丹仁）的评论，白薇的剧本，艾青、葛琴的早期作品，并组织了两次影响深远的以"创作不振之原因及其出路"和"文学大众化问题"为题的征文等。第三发表了许多非左翼作家的作品，如冰心、叶圣陶、郑振铎（西谛），特别是"京派"和"自由派"作家如徐志摩、沈从文、凌叔华、戴望舒的作品。所以《北斗》成了"左联"刊物中一颗明亮的星，以至于1934年美国记者伊罗生在鲁迅和茅盾协助下编辑《草鞋脚》一书，提及刊物时，他们关于《北斗》的说法是："这是那时期唯一的公开的左翼文艺刊物。""执笔者除了左联的作家外，也有'自由主义'的中间作家。这是和以前《拓荒者》等不同的地方。以前《拓荒者》对于'自由主义'的中间作家是取了关门的态度，而《北斗》则是诱导的态度。""《北斗》在青年中间很有些相当的影响。"[①]这是客观的评价。《北斗》之后的"左联"刊物，如《文学月报》注重创作，也发表"自由主义"作家的作品，北方"左联"的《文学杂志》、《文艺月报》同样重视创作，虽不如非左翼的几个大型文学杂志《现代》、《文学》、《文学季刊》那么厚重，出版时间那么长，但能在那样恶劣的环境下破土生长，已属不易了。

（吴福辉）

[①]《中国左翼文艺定期刊编目》，鲁迅、茅盾合作，茅盾执笔，见《茅盾全集》第20卷，第92页，北京：人民文学出版社，1990年版。

12月

"南国诗人"田汉与南国社首次沪上公演

（一九二八年十二月）十五日　南国社在方浜路梨园公所开始举行预期三天的第一次在沪公演。上演的剧目有《苏州夜话》、《生之意志》、《名优之死》、《古潭的声音》①、《湖上的悲剧》、《最后的假面》等。洪深在此期间加入南国社，并在《名优之死》剧中扮演刘振声一角。

（原载张向华编：《田汉年谱》，北京：中国戏剧出版社，1992年版）

南国社第一次上海公演剧目

1.《古潭里的声音》（一幕抒情剧）

诗人……………………　万籁天氏

取日古诗人"蛙跃古池中"意。写一诗人从物的诱惑中救出一舞女，居之寂寞的高楼上，及至归来，则此女郎又受灵的诱惑，跃入楼下古潭。诗人为复仇，欲将古潭捶碎，但诗人之声与古潭之声俱远矣。

2.《苏州夜话》（一幕悲喜剧）

刘叔康（老画师）………　唐槐秋氏　　卖花女………………　唐叔明女士
杨小凤（女学生）……　姚素贞女士　　学生甲，乙，丙，丁……　刘菊庵，徐贤任，左明，张慧灵诸君

借一老画师父女之奇遇写战争与贫穷对于人生的影响（虽经八九次试演，但此次是脚本写成后第一次正式公演）。

---

① 《古潭的声音》1928年12月最初公演以及最初发表在《南国》周刊上的名字其实为"古潭里的声音"。再度发表在《南国》月刊1929年第1卷第2期时方更名为"古潭的声音"，《编辑后记》中称："《古潭里的声音》从前在南国周刊上发表过，但那是独角戏，现在恢复她的原状改成母子两人了。"《田汉戏曲集》第5卷自序也谈及第二稿的改动："在由广州回后第二次公演的剧本依旧有所谓《古潭的声音》，而且这声音更加悠长而繁复了。本来只有几千字的现改成万以上了，本只一个角色——诗人的，现添上诗人之母了。"

3.《生之意志》(一幕喜剧)

父·················· 唐槐秋氏　女 ·················· 吴似鸿女士
子·················· 刘菊庵君　仆 ·················· 左明君

屠格涅夫的《父与子》写新旧思想之冲突，此则写一自处谨严的老人对于其子女之浪漫的行动之激怒，终则屈服于新生命的威严之前，破颜一笑。

4.《湖上的悲剧》(一幕诗剧)(改订演出)

老仆(守庄的)·········· 左明君　其弟 ·················· 唐叔明女士
杨梦梅(诗人)·········· 万籁天氏　平白薇 ·············· 王素女士

现实与罗曼斯的错综，以一诗人之悲惨的记忆为经，幻出一凄艳的场面，写出灵肉分裂生活之苦恼。

5.《名优之死》(两幕悲剧)

杨大爷·················· 唐槐秋氏　萧玉兰 ·············· 唐叔明女士
刘振声(名优)·········· 万籁天氏　小丑 ·················· 左明君
其友·················· 金德隣氏　后台经理 ············ 张恩袭君
刘凤仙·················· 杨闻莺女士　新闻记者 ·········· 王松影君

以大京班后台为背景，写一名角和名角所爱之女伶，与捧这女伶的劣绅之三角的战斗，艺术与爱胜利乎？金钱与势力胜利乎？

(原载 1930 年 5 月 20 日《南国》月刊第 2 卷第 1 期)

施蛰存在《南国诗人田汉》一文中回顾了自己在 20 年代上海大学时期的老师田汉所办的半月刊《南国》名字的由来：

《南国》有一个法文刊名"lemidi"，意思是"南方"。歌德的《迷娘歌》里曾说到南方是"橙桔之乡"，是浪漫的青年男女的乐园。田老师就用这个典故，给他的文艺小刊物取名。后来他组织剧运，也就用"南国"为剧社的名称。

当时，田老师还是一个热情的浪漫主义者，他写的初期剧本，也都是浪漫主义的。他是湖南人，永远怀念着他的橙桔之乡。他曾经自称为"南国诗人"，给我们朗诵过苏曼殊的诗："忽闻邻女艳阳歌，南国诗人近若何？欲寄数行相问讯，落花如雨乱愁多。"①

---

① 施蛰存：《南国诗人田汉》，见《北山散文集》(一)，第 296 页，上海：华东师范大学出版社，2001 年版。

对南国时期的田汉来说,恐怕没有比"南国诗人"更好的命名了。贯穿田汉整个南国时期的创作与演出实践的,正是一种浪漫主义的"南国"气质。这种气质决定了田汉这一时期剧本的艺术主题、剧场氛围和审美风格,甚至也决定了主人公形象的选择。《南归》、《苏州夜话》、《名优之死》、《湖上的悲剧》、《古潭的声音》都是以诗人和艺术家为主人公。《南归》中的男主人公更是集流浪诗人和波西米亚艺术家于一身:

　　我孤鸿似地鼓着残翼飞翔,
　　想觅一个地方把我的伤痕将养。
　　人间哪有那种地方,哪有那种地方?
　　我又要向遥远天边的旅途流浪。

即使《古潭的声音》中被诗人拯救出来安置在古潭边楼上的舞女也同样有波西米亚艺术家的气质:

　　我是一个漂泊惯了的女孩子,南边、北边,黄河,扬子江,哪里不曾留过我的痕迹,可是哪里也不曾留过我的灵魂,我的灵魂好像随时随刻望着那山外的山,水外的水,世界外的世界……我本想信先生的话,把艺术作寄托灵魂的地方,可是我的灵魂告诉我连艺术的官殿她也是住不惯的,她没有一刻子能安,她又要飞了……

她这次"飞"往的地方是充满着灵的诱惑的古潭。在上面南国社沪上公演的戏单里是这样介绍这出戏的剧情的:"取日古诗人'蛙跃古池中'意。写一诗人从物的诱惑中救出一舞女,居之寂寞的高楼上,及至归来,则此女郎又受灵的诱惑,跃入楼下古潭。诗人为复仇,欲将古潭捣碎,但诗人之声与古潭之声俱远矣。"

《古潭的声音》最早的创作动机产生于1921年田汉读日本诗人松尾芭蕉的俳句"古潭蛙跃入,止水起清音"所受到的触动,当时田汉就想构思一出围绕古潭的戏剧。《田汉戏曲集》第5卷自序谈及《古潭的声音》的最初构想:"在我的想象中的这脚本,做那跃入古潭里的蛙的是一诗人,而在将要跃入的那刹那留住他的是他的老母,于是这里有生与死,迷与觉,人生与艺术的紧张极了的斗争,——这是我最初就想要捉牢的'呼吸'。"田汉从"古潭蛙跃入"的情境中试图"捉牢"的是人生、艺术与形而上的多重动机。其中的"形而上"追求,按照美国汉学家康斯坦丁·东的说法,集中表现在田汉探索"未知"的倾向中,而

"这种对于未知的探索,和对超乎静止、世俗的现实之外不确定的幸福的寻找,在《古潭的声音》里变得更为怀旧而热烈,更为象征化与神秘化了"①。

无论是《南归》中的诗人,还是《古潭的声音》中的舞女,在某种意义上都是田汉自我的投射。而《湖上的悲剧》按田汉的自叙,也同样是"反映我当时世界观底一首抒情诗,什么都涂了浓厚的我自己的色彩"。这种融自我与超验于一体的风格,正是"南国"期田汉的"新浪漫主义"的真髓。"所谓新浪漫主义,便是想要从眼睛所看到的物的世界去窥破眼睛看不到的灵的世界,由感觉所能接触到的世界去探知超感觉世界的一种努力。"②这一时期田汉的戏剧观,可以概括为对"灵与肉的冲突与调和"的探讨,田汉也堪称是较早地感受到灵与肉的分离与冲突这一"新浪漫主义"精神现象的戏剧家,并以对灵与肉的调和的追寻,触碰到了五四时期特有的现代精神的核心。正如康斯坦丁·东指出的:"没有一个现代中国戏剧家在20年代享有比田汉更高的声誉了。田汉获得盛名的一个原因,就是他能够将自己的剧作与那混沌的、混乱不定的时代情绪和气质融为一体。他的剧本不但反映了时代,而且给予时代以诸多的影响。"③

"南国"时期的田汉,最能代表这种"混沌的、混乱不定的时代情绪和气质",而田汉的气质,其实也可以看成是整个南国社的缩影。南国社堪称是现代文学史上最具有波西米亚气质的浪漫主义团体,汇聚了一批典型的都市流浪艺术家。④南国社的成员陈白尘曾经这样回顾自己所隶属的这一群体:"1928年3月起,荒凉的西爱咸斯路上突然多了一群生气勃勃的青年男女,他们或者长发披肩,高视阔步;或者低首行吟,旁若无人;或者背诵台词,自我欣赏;或者男女并肩,高谈阔论;他们大都袋中无钱,却怡然自得,做艺术家状。这就是

---

① 康斯坦丁·东:《孤独地探索未知:田汉1920—1930年的早期剧作》,见柏彬、徐景东等编:《中国当代文学研究资料·田汉专集》,第651页,南京:江苏人民出版社,1984年版。
② 田汉:《新浪漫主义及其他》,《田汉文集》第14卷,第168页,石家庄:花山文艺出版社,2000年版。
③ 康斯坦丁·东:《孤独地探索未知:田汉1920—1930年的早期剧作》,见柏彬、徐景东等编:《中国当代文学研究资料·田汉专集》,第640页。
④ 葛飞认为:"上海的'波希米亚人'是东方的才子气和西方恶魔主义、浪漫主义的混合物。波希米亚式艺术家是一个世界性景观,然从传统的现代转换角度立论,我们可以说,中国的'波希米亚人'实在是自放于'海'的才子。"见葛飞:《戏剧、革命与都市漩涡——1930年代左翼剧运、剧人在上海》,第77页,北京:北京大学出版社,2008年版。

我们南国艺术学院的学生，他们把上海的西爱咸斯路当做巴黎的拉丁区。"①他们的姿态或许多少显得刻意，但是一种自由和解放的浪漫情怀也正由这种张扬的姿态所标举。

《上海画报》"南国戏剧特刊"发表文章用充满诗情的语言不遗余力地赞颂南国社：

> 南国是国内当代惟一有生命的一种运动。
>
> 南国，浪漫精神的表现——人的创造冲动为本体争自由的奋发，青年的精灵在时代的衰朽中求解放的征象。
>
> 从苦闷见欢畅，从琐碎见一致，从穷困见精神——南国，健全的，一群面目黧黑衣着不整的朋友；一小方仅容转侧的舞台，三五个叱咤立办的独幕剧——南国的独一性是不可错误的；天边的雁叫，海波平处的兢霞，幽谷里一泓清浅的灵泉，一个流浪人思慕的歌吟；他手指下震颤着弦索，仙人掌上俄然擎出的奇葩——南国的情调是诗的情调，南国的音容是诗的音容。②

作者择取了一系列与浪漫精神相匹敌的语词：冲动、自由、奋发、精灵、解放、苦闷、欢畅、穷困、健全……虽然文风略显华丽雕琢，但赞美之情是发自内心的。尤其是"独一性"的说法，道出的是南国社的无可替代性。而用"诗的情调"和"诗的音容"来概括南国，透过戏剧的形式捕捉的则是诗的内里。

这篇热情洋溢的文章以及与该文章同一版面刊出的陆小曼的题词"南国光明"，评价的是南国社的上海公演。

1927年底，田汉与欧阳予倩、徐悲鸿等商议把"南国电影剧社"改组为"南国社"，并"由研究室开始向社会作实际活动"③，这种"实际活动"的主题即是后来南国社的一系列戏剧演出活动。

南国社演出伊始，首先面临的是一系列的窘境和困难。洪深在《南国社与田汉先生》中道出了这些难处：

---

① 陈白尘：《对人世的告别》，第310页，北京：三联书店，1997年版。
② 《南国的精神》载1929年7月30日《上海画报》第492期"南国戏剧特刊"。有研究者认为《南国的精神》为诗人徐志摩所作，参见朱勇强：《新发现的徐志摩佚文〈南国的精神〉》，载《中国现代文学研究丛刊》1986年第3期。
③ 田汉：《我们的自己批判》，载1930年《南国》月刊第2卷第1期。

我们有五重困难，我们缺少了五样紧要东西：一没有剧本，二没有演员，三没有金钱，四没有剧场，五没有观众。幸而田汉是个跌不怕，打不怕，骂不怕，穷不怕的硬汉。没有剧本么？他自己来翻译，自己来创作；没有演员么？寻几个同志，组织一个南国社，刻苦的练习起来；没有金钱么？索性不希望国家的津贴，有钱人的资助，自己负了债来穷干；没有剧场么？先寻一个小剧场，或者借人家的剧场；观众不来么？我们自己走到观众那里去，拿出些好东西给他们看看，再对他们说，还有比这个更好的东西藏在家里呢，慢慢地引观众走入我们门里来。①

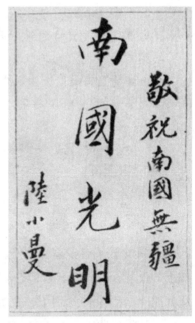

陆小曼为南国社公演题词"南国光明"

可以说，支撑着"跌不怕，打不怕，骂不怕，穷不怕"的田汉的也正是一种浪漫主义的精神，从而以大无畏的气概，"知其不可为而为之"地推动着自己的戏剧创作和南国社的演出，并使得这场"在野的艺术运动"取得了即使当事人都有些难以置信的"如在梦中"般的成功。《民国日报》在南国社1929年1月赴南京演出期间曾每日开辟"南国专刊"，登出了题为"万人空巷迎南国"的文章，称"中国之有新戏剧，当自南国始"②。

南国社的首次公演则是在1928年12月15日，选择了上海方浜路梨园公所的剧场，上演的剧目如上所述。田汉对扮演《名优之死》中的名优刘老板刘振声的演员洪深最为推重，称自己的老友洪深"那时刚刚从戏剧协社脱退出来，也有一肚子抑郁磊落的情怀，而他又会唱些京戏，他真是一个刘老板"③。其他演员也群情激奋，跃跃欲试。陈明中在《第一次公演的意义》以及《第一次公演三日以后》两篇文章中充满激情地描述了第一次公演的前前后后：

---

① 洪深：《南国的戏剧·代序》，见阎折梧编：《南国的戏剧》，第2—3页，上海：萌芽书店，1929年版。

② 阎折梧编：《南国的戏剧》，第132页。

③ 丁景唐：《上海的田汉故居和南国社旧址——田汉在打浦桥日晖里的时候》，载《新文化史料》1998年第2期。

在朔风凛冽的冬日，在雪月争辉的深宵，有一群"波西米亚人"踯躅于法租界金神父路的新新里日晖里之间，凡一月有余之久——这是南国社公演前的一批演员与职员在工作后归去安息了。而他们每个人所憧憬着的是公演的三天有广大的观众将接受他们热情的赠礼！

公演的日期快要到了！每个社员都在热诚的期待……期待的是什么？——

"观众的热闹"与"金钱的获得"乎？

"真实的人性"之捕捉与"同情的慰安"之追寻乎？

"戏剧运动"的进展与"南国的风情"之发扬乎？①

这一系列的"乎"，既蕴含着演职员们对公演的"热诚的期待"，也体现着对南国社公演的意义的多重性理解。而当演出终于开始之后，沪上传媒登载了观众如下的反应："这次公演的观众每场都是挤满了全剧场；在第一天日场大半的观众都是十二点半钟就到了，直等到三点钟才开幕，然而在这整整的两个半钟头之内，从没有听见一声鼓掌催促的声音……表演的时候，观众都能静静地听着，看着，细味着，而没有半点儿喧声……"②

陈明中在演出之后也如实写下自己"梦一般"的感受："好像是飘渺的梦一样度过了三天，千百个不相识的灵魂闯入了一座幽秘的荒园，——呵，那不是南国在梨园公所的公演吗？灼热的眼泪呀！得意的笑颜呀！同情的慰安呀！感谢观众一致的爱护，你们给与我们的惠赐，已经够满足了。"③

这次沪上公演按计划从12月15日到17日演出五场，结果"场场满座"，于是在12月22、23日又续演两天。④次年阎折梧编的《南国的戏剧》一书，记录了当时各媒体对南国社公演的评价：

> 第一是字林西报的评论，对于此次表演各剧，均甚赞美；并谓田汉氏的剧本原很成功，而又得左明氏唐叔明女士两个天才的演员之帮助，所以"相得益彰"；而于其余演员，亦谓各有特长。民国日报青白栏有万里君之《到南国去！》一文，末谓"朋友们！假使你愿意鉴赏艺术——鉴赏真正的

---

① 明中：《第一次公演的意义》，见阎折梧编：《南国的戏剧》，第97页。
② 小丽：《不断地干吧》，载1928年12月20日上海《民国日报·闲话》。
③ 明中：《第一次公演三日以后》，见阎折梧编：《南国的戏剧》，第97—98页。
④ 《南国公演的过去简记》，见阎折梧编：《南国的戏剧》，第218页。

戏剧艺术的话,那末也请到'南国'去!假使你愿看看我们这一群'波西米亚人'从穷苦和一切的艰难中干出来的戏剧成绩的话,那末也请到南国去!"……此外民众日报"花花絮絮"栏有莫邪与静远两君的批评,也认为"南国这次公演,实是现在上海戏剧运动的第一燕,其功绩是不可埋灭的"。①

有一家报纸还引用"红豆生南国,春来发几枝,愿君多采撷,此物最相思"来表达对南国社演出的惊艳之感。②

"上海戏剧运动的第一燕"的评价,对于"南国诗人"田汉筚路蓝缕的戏剧实践堪称是最好的褒奖。当田汉再吟诵起苏曼殊的诗"南国诗人近若何",当初那"落花如雨"般的"愁云惨雾"当云开雾散了吧。当然,在观众的各种反应中,也有对南国社演出的建议和批评,而这些建议和批评直接促成了田汉在30年代初期的转变。③

(吴晓东)

林语堂:又一个"叛徒与隐士"?

《翦拂集》　林语堂著　实价五角

"我们应该能肉搏奋击,至少也能诟谇恶骂,不能诟谇恶骂,也应能痛心疾首憎恶仇恨。若一点憎恶仇恨的心也没有,已经变为枯萎待毙的人了。"这是语堂先生打狗中提倡气节的痛快话。语堂先生是最早主张"先除文妖再打军阀"的人。这本文集所收的都是对北京学者文妖段章嫖客而发的言论。凡段祺瑞的"革命政府",章士钊的"整顿学风",名流学者的彷徨软化,正人君子的丧心病狂,叭儿狗的无耻阿谀,言论家的出卖公理,三一八的屠杀,长安街的巷战,

---

① 阎折梧编:《南国的戏剧》,第101—102页。
② 同上书,第133页。
③ 关于田汉在30年代初期的转变,详细叙述见本卷1933年3月《田汉的转变》一文。

多经过作者用单刀直入的笔调及嫉恶如仇的精神,尽情写出,读之不但可明白当日知识界分裂的真相,也可令人追思往日言论界奋斗的精神。

（原载 1928 年 12 月 17 日《语丝》第 4 卷第 49 期）

《翦拂集》书影

林语堂的创作,1920 年代是第一个阶段,1930 年代是第二个阶段。《翦拂集》是林语堂的第一本散文集,1928 年出版,所收作品主要是他 20 年代在北京的创作,并且主要是发表在《语丝》上的文章,是第一个阶段的作品。林语堂的创作,第一和第二个阶段是大有不同的。对此,郁达夫解释说:"《翦拂集》时代的真诚勇猛,的是书生本色,至于近来的耽溺风雅,提倡性灵,亦是时势使然,或可视为消极的反抗,有意的孤行。"①而林语堂自己在 1928 年《〈翦拂集〉序》的开头第一段,就自我解释说:

据说出文集是文人的韵事。在作者死后,朋友们替他搜集遗著以表示其爱好珍惜者且勿论。在作者生时刊行的,至少也应有悲欢交集的一种感叹,然而在于我却是如枯木似的,一点的蓬勃的气象也没有。我惟感叹一些我既往的热烈及少不更事的勇气,显然与眼前的沉寂与由两年来所长进见识得来的冲淡的心境相反衬,益发看见我自己目前的麻木与顽梗。这自然有种种的原因:一是自己年龄的不是,只能怪时间与自己;一是环境使然,在这北伐业已完成,训政将要开始,天下确已太平之时,难免要使人感觉太平人的寂寞与悲哀。

"既往的热烈及少不更事的勇气"、"目前的麻木与顽梗"云云,是这段话的中心思想所在;什么"种种原因",全然是愤激之辞。林语堂 1895 年出生,此刻 33 岁,正当风华正茂,哪来的"年龄的不是"？"环境使然"才是他要说的真正

---

① 郁达夫:《中国新文学大系·散文二集·导言》,见《中国新文学大系·散文二集》,第 16—17 页,上海:良友图书印刷公司,1935 年版。

原因，表达他对政治、社会的彻底失望；此亦郁达夫所谓"时势使然"之意也。"太平人的寂寞与悲哀"，这是对刚刚成立的国民党政府的讽刺；要说幽默，这才是真正的幽默。作者在下文还说：

> 激烈理论是不便于任何政府的，在段祺瑞的"革命政府"提倡激烈理论是好的，但是在这革命已经成功的时代，热心于革命事业的元老已不乏人，若再提倡激烈理论，岂不是又与另一个"革命政府"以不便？这是革命前后时代理论上应有的不同。①

这当然还是愤激之辞，但也确实透露出林语堂思想的变化，预示着他30年代"幽默大师"形象的出现。如果说林语堂的这个自述说明了他思想的变化与政治的关系，那么，与此相应，他在《林语堂自传》中则这样解释他的散文创作的文体变化与政治的关系：

> 我初期的文字即如那些学生的示威游行一般，披肚沥胆，慷慨激昂，公开抗议。那时并无什么技巧和细心。我完全归罪于北洋军阀给我们的教训。我们所得的出版自由太多了，言论自由也太多了，而每当一个人可以开心见诚讲真话之时，说话和著作便不能成为艺术了。这言论自由究有甚好处？那严格的取缔，逼令我另辟蹊径以发表思想。我势不能不发展文笔技巧和权衡事情的轻重，此即读者们所称为"讽刺文学"。我写此项文章的艺术乃在发挥关于时局的理论，刚刚足够暗示我的思想和别人的意见，但同时却饶有含蓄，使不至于身受牢狱之灾。这样写文章无疑是马戏场中所见的在绳子上跳舞，需眼明手快，身心平衡合度。在这个奇妙的空气当中，我已经成为一个所谓幽默或讽刺的写作者了。②

可见30年代林语堂在上海提倡"幽默的小品文"，绝不仅仅是单纯的艺术的追求，"使不至于身受牢狱之灾"才是真实的原因，全身之策也。

郁达夫曾经这样评说林语堂：

> 周作人先生常喜引外国人所说的隐士和叛逆者混处在一道的话，来作解嘲；这话在周作人身上原用得着，在林语堂身上，尤其用得着。③

---

① 载1928年12月22日《语丝》。
② 林语堂：《林语堂自传》，第31页，石家庄：河北人民出版社，1991年版。
③ 郁达夫：《中国新文学大系·散文二集·导言》，见《中国新文学大系·散文二集》，第16—17页。

周作人的"叛徒与隐士"之说，已成名言，是论说20年代后期周作人人生道路选择的重要依据，但郁达夫这样说这个名言"在林语堂身上，尤其用得着"，此说似未引人注意。

"叛徒"自不必说；而"隐士"，周作人是有自己的定义的。1928年，他在《〈燕知草〉跋》中说："我们要知道，明朝的名士的文艺诚然是多有隐遁的色彩，但根本却是反抗的"；"现在中国情形又似乎正是明季的样子，手拿不动竹竿的文人只好避难到艺术世界里去，这原是无足怪的"①。1935年，他在《〈论语〉小记》中说："中国的隐逸都是社会或政治的，他有一肚子理想，却看得社会浑浊无可实施，便只安分去做个农工，不再来多管，见了那知其不可而为之的人，却是所谓惺惺惜惺惺，好汉惜好汉，想了方法要留住他。"②周作人强调的是，虽然"根本却是反抗的"，但结果毕竟是"避难到艺术世界里去"，对社会"不再多管"。周作人说到做到，30年代开始，他谈"吃茶"、谈"骨董"，写作"读书抄"，一副不问世事的样子，宛然老僧入定，隐居于"苦雨斋"。而林语堂在上海倡导"幽默的小品文"，鼓吹"幽默"，提倡"性灵"，诚如郁达夫所谓的"耽溺风雅"，一副不甘寂寞的样子，怎么能说"叛徒与隐士"之说在他身上"尤其用得着"呢？难道是郁达夫看出周作人自诩"吃苦茶"、"玩骨董"、"种胡麻"、"咬大蒜"，实则如鲁迅所谓"其实是还藏些对于现状的不平的"③？更看穿了林语堂的"幽默大师"形象不过是明哲保身的表演或"大隐隐于市"的策略而已？

进而言之，郁达夫上面的说法，是有微讽的。因为郁达夫紧接着还说：

> 他（引按，林语堂）是一个生长在牧师家庭里的宗教革命家，是一个受外国教育过度的中国主义者，反对道德因袭以及一切传统的拘谨自由人；他的性格上的矛盾，思想上的前进，行为上的合理，混合起来，就造成了他的幽默的文章。
>
> 他的幽默，是有牛油气的，并不是中国向来所固有的《笑林广记》。他的文章，虽说是模仿语录的体裁，但奔放处也赶得上那位疯狂致死的超人

---

① 俞平伯：《燕知草》书末跋文，上海：开明书店，1928年版。
② 载1935年1月《水星》第1卷4期，署名"知堂"。
③ 鲁迅：《340506 致杨霁云》，见《鲁迅全集》第12卷，第403页，北京：人民文学出版社，1981年版。

尼采。唯其浑朴，所以容易上人家的当；我只希望他勇往直前，勉为中国二十世纪的拉勃来，不要因为受了人家的暗算，就矫枉过正，走上了斜途。

人生到了四十，可以不惑了；林语堂今年四十，且让我们刮目来看他的后文罢！①

这里有分析，也有论说；是讽喻，也是忠告，可谓语重心长。"隐士和叛逆者混处在一道的话"为什么"在林语堂身上，尤其用得着"？就因为林语堂思想和性格上的矛盾，决定了他既做不了真正的"叛徒"，也做不成真正的"隐士"。也就是说，林语堂意欲"使不至于身受牢狱之灾"，而以"幽默"娱人并且自娱，结果却是"矫枉过正，走上了斜途"，误人误己。

郁达夫对林语堂的评语，不仅是深刻的，而且妙语惊人。"他的幽默，是有牛油气的"一语，极其机智。这不仅是说林语堂的"幽默"，"并不是中国向来所固有的"，尽管他在提倡"幽默"时张口"公安"闭口"性灵"，其实是西方的舶来品，而且也指出林语堂30年代在国难深重的中国提倡"幽默"，实在是水土不服，不识时务。正如"语丝"时代林语堂提出"费厄泼赖"，引得鲁迅撰文《论"费厄泼赖"应该缓行》，主张痛打"落水狗"，予以忠告。②但鲁迅则认为：

关于近日小品文的流行，我倒并不心痛。以革新或留学获得名位，生计已渐充裕者，很容易流入这一路。盖先前原着鬼迷，但因环境所迫，不得不新，一旦得志，即不免老病复发，渐玩古董，始见老庄，则惊其奥博，见《文选》，则惊其典赡，见佛经，则服其广大，见宋人语录，又服其平易超脱，惊服之下，率尔宣扬，这其实还是当初沽名的老手段。③

这段话显然是说林语堂的，也很有道理，只是十分刻薄了。

是的，林语堂是矛盾的；他既羡慕中国的"土匪"的痛快，亦迷恋西方的绅士风度；正如郁达夫所说，"他是一个生长在牧师家庭里的宗教革命家，是

---

① 郁达夫：《中国新文学大系·散文二集·导言》，见《中国新文学大系·散文二集》，第16—17页。
② 参阅林语堂：《语丝的体裁》，载1925年11月23日《语丝》；林语堂：《插论语丝的文体——稳健、骂人及费厄泼赖》，载1925年12月14日《语丝》；鲁迅：《论"费厄泼赖"应该缓行》，载1926年1月10日《莽原》第1期。按，"费厄泼赖"，英语Fair play的音译，体育、竞技用语，意为光明正大的比赛，不能用不正当的手段；英语中后来引申义为将这种精神应用在社会生活之中，是绅士应有的品德。
③ 鲁迅：《340506 致杨霁云》，见《鲁迅全集》第12卷，第402页。

一个受外国教育过度的中国主义者"。读《翦拂集》，读林语堂早期散文，将其《祝土匪》和《插论语丝的文体——稳健、骂人及费厄泼赖》对照阅读，才是"林语堂散文的读法"！

（高恒文）

1929 年

2月

中国化的"颓加荡":邵洵美及其唯美主义实践

花一般的罪恶

邵洵美著　精装九角　平装五角

沉寂的诗坛,久不闻到花般的芬芳。邵先生谁也认为最努力于诗的一人。他的诗格,是轻灵的,娇媚的,浓腻的,妖艳的,香喷的;而又狂纵的,大胆的——什么的都说的出来,人家所不能说不敢道的。简直首首是香迷心窍是灵葩,充满着春的气息,肉的甜香;包含着诱惑一切的伟大的魔力。真值得我们欣赏,赞叹,沉醉在他的诗境里边。

(原载1929年2月1日《金屋月刊》第1卷第2期)

邵洵美的第二本诗集《花一般的罪恶》1928年5月由他自己当老板的上海金屋书店出版,继诗集《天堂与五月》[①]之后,进一步奠定了邵洵美作为中国的"颓废—唯美派"代表诗人不二人选的地位。1929年2月,这则《花一般的罪恶》的广告也在邵洵美和章克标担任主编的《金屋月刊》上发表。因此,很有理由推断,这则广告与邵洵美本人脱不了干系,其风格本身就有邵洵美颓废而唯美的诗风,"轻灵"、"娇媚"、"浓腻"、"妖艳",庶几是《花一般的罪恶》的浓缩版。这一广告也的确形象地具现了邵洵美诗歌唯美主义和颓废主义兼而有之的美学特征,揭示了诗集所代表的中国现代文坛"颓加荡"的典型诗风,连同他主编的唯美主义期刊(《狮吼》和《金屋月刊》等),一起汇入到邵洵美孜孜努力的唯美主义的总体性实践之中。而《狮吼》和《金屋月刊》在20年代末30年代初的文坛也集结了一批唯美主义的爱好者,并以此为阵地,使得中国

[①] 邵洵美:《天堂与五月》,上海:光华书局,1926年12月付印,1927年1月发行。

现代文学史出现了一个文学史家命名为"《狮吼》—《金屋》作家群"①的唯美主义群体。

而邵洵美本人的诗集《天堂与五月》《花一般的罪恶》以及1936年出版的《诗二十五首》②则是践行"颓废—唯美"艺术主张的最好标本。其中《花一般的罪恶》以其少有的"狂纵""大胆",更是引起了文坛正反两方面的广泛关注。

翻阅初版本的《花一般的罪恶》,仅是诗集的封面就具有"颓废—唯美"色调,除了书名和作者,只在正下方绘了一大朵六瓣形的纯黑色的花,暗合了书名"花一般的罪恶"。这一封面设计正是出自邵洵美本人之手。

邵洵美为自己的诗集《花一般的罪恶》设计的封面

给诗集取名"花一般的罪恶",或许是向颓废派诗歌的鼻祖、恶魔主义诗人波德莱尔的《恶之花》致敬。在同样由金屋书店出版的邵洵美评论集《火与肉》中的《史文朋》一文中,邵洵美对史文朋和波德莱尔的诗风做过如下评价:

> 他俩是创造主,是一切真的,美的,情的,音乐的,甜蜜的诗歌底爱护神。他俩底诗都是在臭中求香;在假中求真;在恶中求善;在丑中求美;在苦闷的人生中求兴趣;在忧愁的世界中求快活;简括一句说"便是在罪恶中求安慰"。③

这段评价触及了史文朋和波德莱尔的核心追求,也道出了颓废美学的精髓所在。而邵洵美创意独具地把"颓废"翻译成了音译与意译兼具的"颓加荡"④,也使西方这一颓废主义的专有名词获得了30年代特有的中国语境表达,或许也预示着邵洵美以自己的身体力行真正使西方的颓废审美中国化的努力。正因如此,

---

① 参见解志熙在《美的偏至:中国现代唯美—颓废主义文学思潮研究》中的命名,上海:上海文艺出版社,1997年版。
② 邵洵美:《诗二十五首》,上海:上海时代图书公司,1936年版。
③ 邵洵美:《史文朋》,见《火与肉》,第20页,上海:金屋书店,1928年版。
④ 解志熙则把邵洵美"首创"的"颓加荡"这一翻译称为"庸俗化译法",参见《美的偏至:中国现代唯美—颓废主义文学思潮研究》,第230页。

徐悲鸿1925年所绘邵洵美像

苏雪林称邵洵美是"中国唯一的颓废诗人",并对"颓加荡"的翻译加以申说:"所谓'颓加荡'是个译音字,原文是Decadent,这个字的名词是Decadence,有堕落衰颓之义。中国颓废派诗人不名之为颓废而音译之为'颓加荡'倒也很有趣味。"①

具体说来,邵洵美的这种"颓加荡"的趣味,虽然不乏波德莱尔和魏尔伦(邵洵美译成"万蕾")式的颓废,但骨子里更是英国式的唯美。他似乎更赞赏的是王尔德和乔治·摩尔。在《贼窟与圣庙之间的信徒》一文中,他以惯用的夸张与矫饰表达了对摩尔的《一个少年的忏悔录》的倾慕:"啊,这才是我理想中的忏悔录吓,我羡慕他的学问渊博,我羡慕他的人生观,他也和王尔德O.Wilde一般张着唯美派的旗帜,过着唯美派的生活,不过王尔德带着些颓废派的色彩,而他却有一种享乐派的意味。我以为像他那一种生活,才是真的生活,才是我们所需要的生活。"②这段话道出了邵洵美真正推崇的也许并不是波德莱尔的恶魔主义,而是一种唯美派兼享乐派的人生观。因此就可以理解何以邵洵美的诗作中,充满的是本能的欲望和官能的享受:

  啊欲情的五月又在燃烧,
  罪恶在处女的吻中生了;
  甜蜜的泪汁总引诱着我
  将颤抖的唇亲她的乳壕。
  这里的生命像死般无穷,
  像是新婚晚快乐的惶恐;
  要是她不是朵白的玫瑰,
  那么她将比红的血更红。
    ——邵洵美《五月》

---

① 苏雪林:《论邵洵美的诗》,载1935年11月1日《文艺》第2卷第2期。
② 邵洵美:《贼窟与圣庙之间的信徒》,见《火与肉》,第51—52页。

睡在天床上的白云，
伴着他的并不是他的恋人；
许是快乐的怂恿吧，
他们竟也拥抱了紧紧亲吻。

啊，和这一朵交合了，
又去和那一朵缠绵地厮混；
在这音韵的色彩里，
便如此吓消灭了他的灵魂。
——邵洵美《颓加荡的爱》

陈梦家称："邵洵美的诗，是柔美的迷人的春三月的天气，艳丽如一个应该赞美的艳丽的女人，只是那缱绻是十分可爱的。《洵美的梦》，是他对于那香艳的梦在滑稽的庄严下发出一个疑惑的笑。如其一块翡翠真能说出话赞美另一块翡翠，那就正比是洵美对于女人的赞美。"① 柔美艳丽却又妖冶放荡的女人确是邵洵美笔下永恒的题材，正如苏雪林所说："一切刺激中，女色当然是最基本的，最强烈的刺激，所以邵洵美的诗对于女子肉体之赞美，就不绝于书了。"② 苏雪林还用"以情欲的眼观照一切"的说法概括邵洵美的诗。如她所论及的《春》："啊，这时的花总带着肉气，/不说话的雨丝也含着淫意"，如《花一般的罪恶》："那树帐内草褥上的甘露，/正像新婚夜处女的蜜泪；/又如淫妇上下体的沸汗，/能使多少灵魂日夜迷醉。"这些诗作都印证着沈从文的批评：邵洵美"以官能的颂歌那样感情写成他的诗集。赞美生，赞美爱，然而显出唯美派人生的享乐，对于现世的夸张的贪恋，对于现世又仍然看到空虚"③。沈从文的观察或许揭示了中国式的唯美派兼享乐派的最大问题，即享乐的

邵洵美为徐志摩和陆小曼画的漫画，上书："一个茶壶，一个茶杯，一个志摩，一个小曼。"

---

① 陈梦家编选：《新月诗选·序言》，上海：新月书店，1933年版。
② 苏雪林：《论邵洵美的诗》。
③ 沈从文：《我们怎样去读新诗》，载1930年10月《现代学生》创刊号。

官能性，对于现世的"夸张的贪恋"，在官能的耽溺中却没有升华，尤其是匮乏西方的宗教感的渗透，只剩下世俗的无止境的享乐。

平心而论，与好朋友徐志摩相类，邵洵美的确具有鲜明的诗人气质，虽然他的诗歌也的确没有达到一流的境界。《诗二十五首》中有一首《你以为我是什么人》：

> 你以为我是什么人？
> 是个浪子，是个财迷，是个书生，
> 是个想做官的，或是不怕死的英雄？
> 你错了，你全错了，
> 我是个天生的诗人。

在某种意义上，邵洵美这首诗既是自我定位，也是自我申辩。因为精力旺盛的邵洵美简直是无所不能，出版家、翻译家、评论家、社会活动家、散文家、商人、编辑、诗人，集上海滩文人所能胜任的职业于一身。因此，认为自己"是个天生的诗人"的邵洵美可能觉得有必要正人视听。《金屋月刊》上的广告便称邵洵美是"谁也认为最努力于诗的一人"，话虽说得有些满，却可以看成是邵洵美的自我期许。在《诗二十五首》长达13页的自序中，邵洵美称："我写新诗已有十五年以上的历史，自信是十二分的认真；十五年来虽然因了干着吉诃德先生式的工作，以致不能一心一意去侍奉诗神，可是龛前的供奉却从没有分秒的间断，这是我最诚恳最骄傲的自由。"①这番话同时可能是针对鲁迅对其批评的某种无意识辩解。鲁迅在《准风月谈》后记里曾说："邵洵美先生是所谓'诗人'，又是有名的巨富'盛宫保'的孙婿，将污秽泼在'这般东西'的头上，原也十分平常的。但我以为作文人究竟和'大出丧'有些不同，即使雇得一大群帮闲，开锣喝道，过后仍是一条空街，还不及'大出丧'的虽在数十年后，有时还有几个市侩传颂。穷极，文是不能工的，可是金银又并非文章的根苗，它最好还是买长江沿岸的田地。然而富家儿总不免常常误解，以为钱可使鬼，就也可以通文。使鬼，大概是确的，也许还可以通神，但通文却不成，诗人邵洵美先生本身的诗便是证据。"②

---

① 邵洵美：《诗二十五首》，第1—2页，上海：上海时代图书公司，1936年版。
② 鲁迅：《准风月谈·后记》，见《鲁迅全集》第5卷，第384页，北京：人民文学出版社，1981年版。

鲁迅的话可能极深地伤害了自命为"诗人"的邵洵美的自尊。尽管邵洵美及其同党们对鲁迅的谩骂也同样不绝如缕且有过之而无不及。①

其实，即使从诗歌创作本身出发，对邵洵美这种"颓加荡"的风格，文坛的批评声也从未断过。如孙梅僧于《苦茶》第4期发表文章，指责邵洵美的诗歌肉欲气息太重，通篇充斥着"火"、"肉"、"吻"、"毒"、"舌"、"唇"、"玫瑰"、"处女"等字句的堆砌，却叫人看不懂，同时指出"唯美""顾名思义应该用全副的精神去创造美"，而邵洵美却误入歧途。②即使是"新月派"同人也试图与邵洵美式的唯美主义撇清关系："我们不敢附和唯美与颓废，因为我们不甘愿牺牲人生的阔大，为要雕镂一只金镶玉嵌的酒杯。美我们是尊重而且爱好的，但与其咀嚼罪恶的美艳不如省念德性的永恒，与其到海陀罗凹腔里去收集珊瑚色的妙药还不如置身在扰攘的人间倾听人道那幽静的悲凉的清商。"③至于瞿秋白等左翼批评家则直接斥责唯美派的创作为"色情"。④

文学史家对邵洵美表现出不同倾向的判断。李欧梵认为邵洵美的诗歌具有一种"风格上的力量"，这种力量体现为"大肆铺张了建筑在'物'上的华美多彩的意象——天然或人工物品，尤其是花、植物、水和奇石——以此营造一个'原质幻想'世界，也即欧洲艺术中对'颓废想象'的一个重要特征"，邵洵美的诗同时也表现出一种"缤纷的想象力"⑤；解志熙则称《花一般的罪恶》"只有赤裸裸的感官欲望和生命本能的宣泄，呈现给读者的是由所谓女性的'红唇'、'舌尖'、'乳壕'、'肚脐'、'蛇腰'直至女性的'下体'所组成的'视觉之盛宴'，而唯一的主题即是鼓励人们在颓废的人间苦中及时行乐"，"如果说邵洵美对中国唯美—颓废主义文学思潮有什么独特'贡献'的话，那就是他率先将美感降低为官能快感，并藉唯美之名将本来不乏深刻人生苦闷的'颓废'庸俗化为'颓加荡'的低级趣味"⑥。

文学史研究者还对邵洵美的编辑和出版实践里反映出的唯美主义的追求进

---

① 参见王京芳：《邵洵美和鲁迅》，载《鲁迅研究月刊》2009年第6期。
② 参见邵洵美：《关于〈花一般的罪恶〉的批评》，载1928年第1期《狮吼》半月刊复活号。
③《〈新月〉的态度》，载1928年3月10日《新月》创刊号。
④ 瞿秋白：《猫样的诗人》，见《瞿秋白文集》（一），第270页，北京：人民文学出版社，1953年版。
⑤ 李欧梵：《上海摩登：一种新都市文化在中国1930—1945》，第266、267页，北京：北京大学出版社，2001年版。
⑥ 解志熙：《美的偏至：中国现代唯美—颓废主义文学思潮研究》，第229—230页。

行了探讨。①邵洵美编辑的《狮吼》和《金屋月刊》都模仿了英国的两份唯美主义杂志《黄面志》和《萨伏依》，在杂志插图和封面的设计上，也刻意模仿比亚兹莱画风，他主持的金屋书店所出版的书籍也同样讲究新颖别致，风格唯美。有论者这样追述邵洵美在书籍的装帧设计上所用的心思：

  在当时金屋书店出版的书籍，最精致也最讲究。书页不是用古雅的米黄色的书纸，就是用粗面的重磅厚道林纸，虽则是薄薄的一本三四十页的小书，看起来，却显得又厚又可爱。封面又是在芸芸的出版物当中，别出心裁，使爱书家常常不可释手。在当年的出版物中，除创造社的书价较贵之外，要算金屋书店的书价最昂。②

  与出版物相匹配的是金屋书店的风格，据章克标回忆："这时的金屋书店，虽然只是小小的一个靠马路的单间，却由他自己设计监造，很费心地装修了一下。因为靠马路有大的玻璃橱窗，很可以陈列些书，布置的美观大方。招牌用黑底金字，门面装潢也金碧辉煌，富丽堂皇，十分典雅。店里面设备也好，沙发、写字台、营业柜台、陈列的书架，都是配合房间的大小而特制的。"③尽管鲁迅曾讽刺邵洵美是通过"开一只书店，拉几个作家，雇一些帮闲，出一种小报"，"捐做'文学家'"④，但装潢精致典雅的金屋书店毕竟发挥了邵洵美汇聚文学圈子的"会宾楼"兼"文艺客厅"的功能，为邵洵美的文坛交游提供了一个有唯美品位的空间。在社交场合，邵洵美也呈现出一个"唯美主义者"的形象，仿效乔治·摩尔、王尔德等西方的唯美主义者，讲究服装和修饰，注重谈吐的优雅风趣，试图像乔治·摩尔那般做个流连于"跳舞场，酒吧间，街上的学生"。"概而言之，无论是着装、谈吐还是赌博、抽鸦片，邵无不奉行'为艺术而生活'的信条，往往略过内容，而直接关注其审美化和形式的层面。以上种种，都在当年的文坛建构了一个兴趣广泛、具有艺术家气质的'唯美的纨绔子'形象。"⑤

---

① 参见费冬梅：《"花一般的罪恶"——论邵洵美的唯美主义实践》，北京大学硕士论文，2010年。
② 温梓川：《邵洵美金屋藏娇》，见《文人的另一面——民国风景之一种》，第264页，桂林：广西师范大学出版社，2004年版。
③ 章克标：《不成功的金屋》，见《章克标文集》（下），第130页，上海：上海社会科学院出版社，2003年版。
④ 鲁迅：《准风月谈·各种捐班》，见《鲁迅全集》第5卷，第264页。
⑤ 费冬梅：《"花一般的罪恶"——论邵洵美的唯美主义实践》。

章克标对这一"唯美的纨绔子"有如下评价:

> 我觉得洵美一个人有三个人格,一是诗人,二是大少爷,三是出版家。他一生在这三个人格中穿梭往来,盘回反复,非常忙碌,又有调和……这三个人格得以调和与开展,主要依靠金钱资财。大少爷要挥霍结交,非钱不行;办出版事业、开店当然需要资本,而且未必一定会赚钱,赔了本时,还得把钱补充、追加进去;做诗人似乎可以不要钱了,古时贫苦而闻名天下的诗人很多,但现代社会,做诗人要结社集会,要出刊物,印集子,参加各种社会活动,到处都得花钱。所以钱是最为必须的一种基础,基本的根基,有了钱才可以各方面有展布。

在章克标看来,邵洵美之所以在三个人格之间游刃有余地穿梭,从根本上说取决于"大少爷"这一角色,以及"钱"所奠定的"基本的根基"。"这便将邵洵美的文学艺术活动的'根基'剥落出来,相对邵洵美对自身艺术身份的推重而言,章克标这个'无产者'从自身角度对其进行观照,揭示出了更为深刻的问题。从这里,我们发现了邵洵美身份的尴尬,发现了其自我认同与他人认知之间的罅隙所在。"①

而重释邵洵美唯美主义的实践,在还原其应有的历史原初面貌的同时,也同样会发现其尴尬的文化处境。正如有研究者指出的那样:"海派唯美主义产生的是欲望的人,而非审美的人。""唯美主义是非常精英化的事物,而它的海派继承者则把它进行了实用主义的转化,由针对中产阶级的对台戏变为世俗上层(中国的中产阶级)的时髦消费品,由超道德变为人之常情式的道德,由反社会变成反激进变革,赤子之心变为自我安慰、自欺欺人的人格弱点,无用之用的社会批判功能变成较低级的自我安慰功能,精英主义变为平庸主义,恶之花变为猥琐之花……一言以蔽之,唯美主义传入上海变成了它原本所代表的事物的反面。"②这一评判虽然显得有些过于严厉,但也切中了唯美主义固有的某些要害。

(吴晓东)

---

① 费冬梅:《"花一般的罪恶"——论邵洵美的唯美主义实践》。
② 参见赵元:《论"海派—唯美派"的文学》,北京大学硕士论文,2001年。

蒋光慈《丽莎的哀怨》遭批评

丽莎的哀怨　蒋光慈先生著

优待读者　欢迎预定

　　此书系蒋光慈先生近著。内容叙述一个俄国贵族女子,因为俄国政变的经过,把她驱逐出国,漂流到上海来,本来是贵族的妇人,一变而惨度卑微的贱业,谁说不是受着赤党的毒害吗?谁说不是受着金钱的祸胎呢!文笔描写细腻,读之令人可歌可泣。全书六万字,兹为优待读者起见,特发行预约。

　　准于八月一日出版　　用六十磅洁白毛道林印　　每册实价大洋五角五分
　　预约售大洋四角　　上海现代书局印行

(原载1929年2月20日《大众文艺》第6期)

《丽莎的哀怨》广告

　　蒋光慈真正的创作生命只有六年,但他留下了足够多的文学史话题。《丽莎的哀怨》1929年当年出版不久,即遭到左翼阵营内部的严辞批评。现代书局的这句广告词固然会引起异议:漂泊上海的白俄妇人沦为娼妓,最后自尽了,却道是"谁说不是受着赤党的毒害吗?谁说不是受着金钱的祸胎呢"?但这是现代书局的口气。现代书局是个中性的商业机构,它出过许多进步书籍,也出过南京当局压过来的有"民族主义文学运动"背景的书刊,它的广告语把无产阶级的"赤党"和资产阶级的"金钱"各打五十板,这在当年也算是一种商业策略吧,足可见《丽莎的哀怨》的社会阅读效果并不简单。同样是这部作品，起初左翼的刊物如《拓荒者》1930年1月的创刊号所载的广告词，却并没有看出什么问题来："读者要知道白俄妇女在上海的生活吗？要了解旧俄之何以殁落，新俄之何以生长吗？要读富于异国情调之作品吗？请一读蒋光慈先生的这一部长篇《丽莎的哀怨》！"它甚至还透露此书几个月来的畅销状况，说"本书出版后，风行一时，业已再版出书"。不过从后来可以见到的资料表明，蒋光慈此小说在中共内部是受过警告的，只是蒋并没有听取，加上他不愿参加组织活动（主要是飞行集会等），让其参加反主动提出退党要求来，终于酿成了被开除党籍的严重后果。上海共产党地下刊物《红旗日报》的消息是这样说的：

> 《丽莎的哀怨》，完全从小资产阶级的意识出发，来分析白俄，充分反映了白俄没落的悲哀，……给读者的印象是同情白俄反革命后的哀怨，代白俄诉苦，诬蔑苏联无产阶级的统治，经党指出他的错误，叫他停止出版，他延不执行。①

这是接近内部材料的说法。而公开的评论，最初正面肯定的有冯宪章的《〈丽莎的哀怨〉与〈冲出云围的月亮〉》②，反驳的有华汉（阳翰笙）的《读了冯宪章的批评以后》③。后来1932年重版华汉的《地泉》，被邀写序的五人中有的在评价那一段革命文学的错误倾向时，还以蒋光慈或是《丽莎的哀怨》为代表。一般的批判，采用的都是"同情"说，即在描写了白俄女性沦落的时候错误地"同情"了"反革命的阶级"，等于诬蔑了十月革命。阿英（钱杏邨）便说："这种感情主义的发展的结果，是产生了一部出人意外的蒋光慈的对白俄表示同情怜恤备至悲天悯人的长篇——《丽莎的哀怨》。"④

蒋光慈是资深的共产党员作家。他1901年出生于安徽霍邱。五四时期在省五中读书，受《新青年》等影响思想激进，成为学生领袖，担任过芜湖学生自治会副会长。后结识了陈独秀、恽代英等，1920年于上海经陈独秀介绍参加社会主义青年团。1921年与刘少奇等成为第一批被派往莫斯科劳动大学的学生。

---

① 《蒋光慈被共产党开除党籍》，载1930年10月20日《红旗日报》第3版。
② 冯宪章：《〈丽莎的哀怨〉与〈冲出云围的月亮〉》，载1930年3月《拓荒者》第1卷第3期。
③ 华汉（阳翰笙）：《读了冯宪章的批评以后》，载1930年5月《拓荒者》第1卷第4、5期合刊。
④ 阿英（钱杏邨）：《革命的罗曼谛克——序华汉的三部曲〈地泉〉》，见《阿英全集》第1卷，第674页，合肥：安徽教育出版社，2003年版。

1924年归国，懂俄语，了解苏联文艺界的现状，在共产党掌握的上海大学任教，遂成为最早发表"革命文学"的理论、最早提供"革命文学"创作作品（诗歌、小说均很风行）的作家。他会写出一部替白俄诉冤、诬蔑苏联的作品，是很难令人接受和相信的。

《丽莎的哀怨》用第一人称叙述丽莎的故事。这在总体上很容易把叙述者的感情立场与主人公的感情立场相混淆。比如从来不问政治的丽莎回忆布尔什维克的革命如何打碎她旧时的美丽梦想，自然她是否定革命的，但这不等于叙述者否定革命。蒋光慈是富有浪漫情绪的文人。他这时候虽然在创作上已经走出低谷，最早的《短裤党》直接写上海工人武装起义迎接北伐，里面穿插起义领袖、工人的恋爱，《野祭》、《菊芬》开创了"革命加恋爱"的文学模式，一纸风行，他自己已是新成立的左翼团体太阳社的主将，但文学界并没有给他的意识、技巧还嫌粗糙的作品以较高评价。就连与他有些过从的郁达夫，也曾当面提出不客气的批评。①婚姻上、写作上的挫折使他的情绪波动，某种自我哀怨的心绪加上想要突破一般的革命文学的老套子，可能是他选择白俄题材的原因。当然，按照当时某种左翼的观点，丽莎的丈夫既然是白俄军官，丽莎既然是贵族夫人，就都在打倒之列，作者不仅要否定她过去剥削阶级的生活，否定她当前的没落，给她无出路的自杀结局（实际就是这样结尾），而且对目前她要维持家庭而出卖肉体的悲惨下场不能抱丝毫的同情，同情了就是立场反动了。丽莎似乎只能有白俄反动军官家属一个身份，不能有沦落女性的另外的身份。实际上，丽莎与丈夫白根是有些区别的，她目前的境遇和思想也是复杂的。小说写她于革命前在闺房里的天真念头是这样："革命也许是很可怕的东西，革命也许就是把皇帝推倒……也许革命是美妙的东西，也许革命的时候是很有趣味，是很热闹……但是我从未想到革命原来是这样残酷。"②现在每天牛不如死的流亡生活让她想到的是："如果当年我爱上了那个卷发的木匠伊凡，而且嫁了他，那我的现在的境况将要是怎样的呢？做一个劳苦的木匠的妻，是不是要比做一个羞辱的卖淫妇为好些呢？……如果他能用他的劳力以维持他家庭的生活，能用诚挚的爱情以

---

① 见郁达夫《光慈的晚年》所忆："我倒很愿意对死者之灵，撤回我当时对他所发的许多不客气的批评。"载1933年5月1日《现代》第3卷第1期。

② 《蒋光慈文集3·丽莎的哀怨》，第9—10页，上海：上海文艺出版社，1985年版，省略号为原文所有。

爱他的妻子,而且保护她不至于做一些羞辱的事情,如我现在所做的一样,那他在人格上是不是要比一般卑鄙的贵族们为可尊敬些呢?……天哪,我现在情愿做一个木匠的妻了!我现在情愿做一个木匠的妻了!"①请看,作者同情的并不是白俄的没落、灭亡,而是同情白俄妇女的羞辱、不能自拔和非人的殉葬命运。不能说这种分寸蒋光慈拿捏得有多么成功,但他那大胆尝试的勇气本来还是可嘉的。

蒋光慈"革命加恋爱"的作品,可以按照"恋爱"(即个人感情、私利)与"革命"(即党的工作、集体公利)的关系,分成三种情节模式。茅盾在《"革命"与"恋爱"的公式》一文中曾经替他这样概括过:第一,"为了革命而牺牲恋爱",也可引申为了革命大我而牺牲小我,如《鸭绿江上》、《田野的风》;第二,"'革命与恋爱'怎样'相因相成'了",如《野祭》、《菊芬》;第三,"革命产生了恋爱",如《短裤党》。②这些小说并非是凭空杜撰的,正相反,它们往往都有蒋光慈在苏联留学的实生活,在上海、武汉等地的实生活,自己与宋若瑜、吴似鸿先后恋爱结婚的实生活为原型(还可举丁玲写《韦护》以瞿秋白的恋爱为原型,洪灵菲的《流亡》三部曲以自己的恋爱为原型)。问题出在,"革命加恋爱"的小说于认识生活、构思作品之际让概念化侵入,以至于让对革命的想象取代了对革命的精心结构和艺术表达,情节人物主旨都陷入了一种套路,一种公式。这种创作方法后来被命名为"革命的罗曼谛克",是左翼"革命文学"初期暂时占据优势的创作趋向。它虽然显得幼稚,写恋爱即是小资产阶级般的缠绵而真实,写革命常常虚空,需用理想化的概念来弥补,写思想转变往往突兀僵硬,但是它有读者。1920年代末期的激进青年与市民读者,成就了蒋光慈的文学市场价值。根据当时报纸广告上的零星统计,《少年漂泊者》到1933年已印16版,《纪念碑》到1932年已印10版,《野祭》在1927年至1929年两年里至少印了5版,《丽莎的哀怨》也是一印再印。蒋光慈是左翼有数的畅销书作家。

《丽莎的哀怨》挨了批判之后,蒋光慈的身体已经很差。他到日本休养了三个多月,勤奋地写出了《冲出云围的月亮》(还译完苏联长篇小说《一周间》,

---

① 《蒋光慈文集3·丽莎的哀怨》,第68页。前一个省略号为引者所加。

② 这里括弧里的话均引自茅盾:《"革命"与"恋爱"的公式》,见《茅盾全集》20卷,第337—338页,北京:人民文学出版社,1990年版。

写了日记《异邦与故国》等）。这部中篇的核心故事是现代女性曼英在大革命失败后精神一度堕入病态幻灭状态，竟用患梅毒的身体作为反抗资产阶级的武器，本人也陷入迷茫。但最后在坚定的革命者李尚志的带动下，终于克服了个人报复的行为，走出了困境。这也是有大革命后真实的现实为根据的。此类人物的气味我们可以从茅盾等作家的笔下闻到。不过这一题材在蒋光慈的笔下还是演变为一个公式：革命和恋爱最终可以统一。待到写最后一个长篇《咆哮了的土地》时（易名为《田野的风》，单行本出版于身后），他已被党开除，病势日重，但他坚持写完。应当说《咆哮了的土地》是蒋光慈最后的也是相对成熟的作品。地主之子李杰和矿工出身的革命者张进德一起来到家乡开展土地革命，李杰面临着革命与个人感情的严重冲突，仍然是"革命加恋爱"故事的延续。这里既有男女之情，更有面对父亲发生的大义灭亲的考验，尤其是农民自卫队要他下命令火烧李家老楼时，面对病床上的母亲和未满十岁的妹妹有可能被活活烧死的现实，作者所写的李杰的心理、行为，基本还是可信的。

但蒋光慈已看不到《咆哮了的土地》出版了。他在被开除出共产党几个月后，在作品遭到自己同志严厉批判的压抑环境中，走完他短暂的人生之路。到了1953年，因蒋光慈被开除出党有李立三左倾路线的背景在内，他遂被平反，并将其遗骸迁葬于上海的虹桥公墓，由陈毅书写了"作家蒋光慈之墓"的碑文。《丽莎的哀怨》则在2010年，被今人选入了《中篇小说金库》（广东省出版集团、花城出版社出版）。这当然不能代替文学史的评价，只能说明今日的读者有可能从另外的角度和价值标准来重新认识这篇小说。1933年，郁达夫就以朋友身份说过："我总觉得光慈的作品，还不是真正的普罗文学，他的那种空想的无产阶级的描写，是不能使一般要求写实的新文学的读者满意的。"[①]丁玲回忆最初的写作年代，说在重读《小说月报》自己作品的时候才懊悔"陷入恋爱与革命冲突的光赤式的陷阱里去了"[②]。（"光赤"是蒋光慈的另一名字，使用得更早些）这两段话，就分别指出了他的文学特质，至今仍然是能够成立的。

（吴福辉）

[①] 郁达夫：《光慈的晚年》，载1933年5月1日《现代》第3卷第1期。
[②] 丁玲：《我的创作生活》，见《丁玲文集》第5卷，第381页，长沙：湖南人民出版社，1984年版。

4月

巴黎情境与巴金的国际主义视景

介绍新人巴金

　　巴金君的长篇创作《灭亡》已于本号刊毕了。曾有好些人来信问巴金君是谁，这连我们也不能知道。他是一位完全不为人认识的作家，从前似也不曾写过小说。然这篇《灭亡》却是很可使我们注意的。其后半部写得尤为紧张。

　　（叶圣陶撰，原载 1929 年 4 月 10 日《小说月报》第 20 卷第 4 号）

　　巴金在 1934 年出版的《巴金自传》中这样回溯自己的长篇小说处女作《灭亡》[①]1927 年在巴黎写作时的情形：

> 　　每夜回到旅馆里，我稍微休息了一下这疲倦的身子，就点燃了煤气炉，煮茶来喝。于是巴黎圣母院的悲哀的钟声响了，沉重地打在我的心上。
> 　　在这样的环境里过去的回忆又继续来折磨我了。……我想到那过去的爱和恨，悲哀和欢乐，受苦和同情，希望和挣扎，我想到那过去的一切，我的心就像被刀割着痛，那不能熄灭的烈焰又猛烈地燃烧起来了。为了安慰这一颗寂寞的青年的心，我便开始把我从生活里得到的东西写下来。每晚上一面听着圣母院的钟声，我一面在一本练习簿上写一点类似小说的东西，这样在三月里我写成了《灭亡》前四章。[②]

　　考察巴金创作的一生，最初走上写作道路时的巴黎情境对他具有至关重要的作用。在异域孤寂的环境中，巴金的爱与恨、悲哀和欢乐、受苦和同情、希望和挣扎……诸种情感烈焰般地在心中燃烧，冶炼成长篇小说《灭亡》。他也把一种

[①] 巴金：《灭亡》，原载 1929 年 1 月至 4 月《小说月报》第 20 卷第 1 号至第 4 号，单行本由上海开明书店 1929 年 10 月初版。

[②] 巴金：《巴金自传》，第 144—145 页，上海：第一出版社，1934 年版。

空前浓烈的情感强度灌注到小说的字里行间，进而孕育成为自己一生的写作风格的酵母。

巴黎期间，在巴金的思想历程中具有重要意义的事件还有巴金充满激情地投入的具有国际共产主义性质的声援活动，声援的对象是即将被美国政府处死的两位意大利人——沙柯（N. Sacco）和鱼贩子樊宰底（B. Vanzetti）：

> 于是我不再在卢骚的铜像前哀诉了。我不再是失了向导的盲人了。我不再徘徊了。我已经找到了我的向导。那个德丹监狱里的囚徒，意大利的鱼贩子在我的眼前变成了比"日内瓦公民"还要伟大的巨人。"全世界中最优美的精神"如今不存在于大学里、学院里、书斋中、研究室里了。他是在金圆国家的一个监狱内，一个刑事犯的囚室内。
>
> 于是我怀着感动而紧张的心情，像朝圣地的进香客那样地虔诚，坐在我的寂寞冷静的屋子里，用大张的信纸将我的胸怀，我的悲哀，我的挣扎，我的希望……完全写下来，写给那个德丹监狱里的囚徒。我的眼泪和希望都寄托在那些信笺上面了。
>
> 一个阴雨的早晨我得到了从波士顿寄来的邮件，除了一包书外，还有一封英文长信，一共是四张大的信笺，而且是两面写的。我看见颤抖似的笔迹和奇怪的拼字法与文法，我的眼泪就流出来了。我热烈地读着这封信，声音和手都抖得厉害，我每读几行就要停顿一下，因为有什么东西堵塞了我的咽喉。
>
> 他的信是以感谢的句子开始的。他感谢我的同情和信任，他说："青年是人类的希望。"又说："你必须再生活若干惨痛的岁月，才可以懂得你给了垂死的老巴尔托以何等的快乐和安慰。"……他跟我谈话像父亲对儿子，哥哥对兄弟。他说他应该使我明白这一切，以后我才会有勇气来面对生活的斗争，不致感到幻灭。他叫我要忠实地生活，要爱人、帮助人。最后他还以兄弟般的快乐的心情拥抱我。
>
> 四页信笺就这样地结束了。我痴痴地坐在桌子前，好像是在做梦。我把信拿在手里，读了又读。我终于伏在桌上哭了。
>
> 从此我的生活有了目标，而我也有面对生活斗争的勇气了。我说我要生活下去，而且要经历惨痛的岁月，即使那个"全世界中最优美的精神"会消灭在电椅上，我也要生活下去，我要做他所叫我做的事。①

---

① 《巴金自传》，第103—105页，南京：江苏文艺出版社，1995年版。

在《灭亡》序中，巴金称："我有一个'先生'，他教我爱，他教我宽恕。然而由于人间的憎恨，他，一个无罪的人，终于被烧死在波士顿，查理斯顿监狱的电椅上。就在电椅上他还说他愿意宽恕那个烧死他的人。我没有见过他，但我爱他，他也爱我。"①这个教给巴金爱与宽恕的"先生"即是在狱中给巴金写过两封信的"意大利的鱼贩子"樊宰底。

必须充分估计这个意大利"先生"带给巴金的意义。在巴金阅读的大量无政府主义著作之外，巴黎生涯给巴金的最大触动恐怕正是这位"讲了我心里的话"的樊宰底，他展示给巴金的是"全世界中最优美的精神"，他使巴金的生活有了目标，也有了面对生活进行斗争的勇气，进而孕育了巴金作品中对世界的爱与献身的精神。而巴金的"写一个蕴蓄着伟大精神的少年的活动与灭亡"②的处女作的写作，也是把樊宰底的影响化为自我拯救的过程："我写得快，我心里燃烧着的火渐渐地灭了，我才能够平静地闭上眼睛。心上的疙瘩给解开了，我得到了拯救。""这以后我一有空就借纸笔倾吐我的感情，安慰我这颗年轻的孤寂的心。"③

巴金的处女作就是在这样一种国际性处境中完成的。异域的新鲜感受、法国式的浪漫主义、国际化的左翼政治视野以及流行于欧洲的无政府主义思潮，共同构建了巴金在巴黎时期带有国际主义倾向的文学视野，也塑造了《灭亡》的几种内在的国际化视景，进而延续到巴金后来的创作生涯之中。或许正因如此，《中国文艺年鉴（1932）》从浪漫主义的出路和全人类的普遍性的高度盛赞巴金："书写个人的感情的罗曼主义的作品既在这个时代里逢到了它的末路，罗曼主义的特质假若还有在文艺作品里存在的可能，那便要找一条新的出路去走，而最好的办法是把个人的，特殊的，扩大到全人类，普遍的方面去。在这种尝试上有了成效的，是巴金。我们甚至可以说，文学上的罗曼主义是因了巴金才可能把寿命延续到一九三二年以后去。""在怠惰和疲惫的状态下支持着的文坛上，近年来只有巴金可以算是尽了最大的努力的一个。他以热烈而动人的笔致，抒写着全人类的疾苦，以博得广大的同情。他的作品范围非常博大，而且多量地采取异域的题材，

---

①《灭亡》，第6页，上海：开明书店，1934年版。
② 1928年12月10日《小说月报》第19卷第12号《第20卷内容预告》称："《灭亡》，巴金著，这是一位青年作家的处女作；写一个蕴蓄着伟大精神的少年的活动与灭亡。"
③《巴金自传》，第3页，南京：江苏文艺出版社，1995年版。

他的流畅而绮丽的风格也能在热情的场面紧紧抓住读者的注意力。"①

巴金出现在中国现代文坛上的意义正在于展示给中国文坛的是新鲜的"异域的题材"以及作品中"热情的场面",并"以热烈而动人的笔致,抒写着全人类的疾苦",由此"把个人的,特殊的,扩大到全人类,普遍的方面去"。如巴金出版于1931年的短篇小说集《复仇》,共收14个短篇,其中12篇的主人公皆被作者设计为欧洲人物。在《复仇·自序》中,巴金称:

> 虽然是几篇短短的小说,但人类底悲哀都展现在这里面了。这里有被战争夺去了爱儿的法国老妇,有为恋爱所苦恼着的意大利的贫乐师,有为自己底爱妻为自己底同胞复仇的犹太青年,有无力升学的法国学生,有意大利的亡命者,有薄命的法国女子,有波兰的女革命党,有监狱中的俄国囚徒。他们是人类底一份子,他们是同样有人性的生物。他们所追求的都是同样的东西——青春,生命,活动,幸福,爱情,不仅为他们自己,而且也为别的人,为他们所知道、所深爱的人们。失去了这一切以后所发出的悲哀,乃是人类共有的悲哀。②

巴金处女作《灭亡》书影

从《灭亡》到《复仇》,巴金的创作一开始就反映出了国际主义视野和关怀。而其中的"人类的普遍性"、"异域的题材"以及小说中"热情的场面",也正与巴金在巴黎最初的创作历程密切相关。

巴金1929年出现在中国文坛,因此也许有着别人无法替代的意义。没有谁比他更能彰显文学的情感的力量和浪漫的激情,故而,"文学上的罗曼主义是因了巴金才可能把寿命延续到一九三二年以后去"。在社会剖析派冷静客观的文学风格渐成风气的30年代,巴金以激烈的情感状态见长的"罗曼主义"堪称独

---

① 《一九三二年中国文坛鸟瞰》,见中国文艺年鉴社编辑:《中国文艺年鉴(1932)》,第16—17页,上海:现代书局,1933年版。

② 巴金:《复仇·自序》,见《复仇》,第1—2页,上海:新中国书局,1931年版。

树一帜,或许五四浪漫主义在行将寿终正寝之际,的确因为巴金的出现而得以延长生命。苏雪林也指出:"巴金在当代作家中是最富于情感的一个。情感之热烈,至于使他燃烧,使他疯狂。在他作品的字里行间,我们好像觉得他两眶辛酸泪在迸流,把着笔的手腕在颤抖。"①这种情感的力量充分体现在处女作《灭亡》中,小说展现出的无论是爱的情感,还是憎的力量,都强烈无比。也许从小说人物性格塑造的角度上看,《灭亡》中的主人公杜大心难说丰满,甚至有符号化的迹象,但是其情感的力量和献身的姿态弥补了巴金最初写作功力之不足,换句话说,真正赢得了读者的心的,是巴金本人的激情和热情。苏雪林即把巴金的浪漫主义也归于巴金的热情:"因为热情太无节制,所以巴金的作品常不知不觉带着浪漫色彩。《灭亡》中的杜大心是一位罗曼蒂克的革命家;《死去的太阳》女郎程庆芳的死,是一幅美丽动人的浪漫图画。"这种没有节制的热情,或许正是巴金进入30年代文坛独有的通行证。

但是巴金的浪漫,却并非五四狂飙突进式的浪漫。巴金的文学力量在于他感知黑暗的能力。如同巴金在《光明》自序里所说:"每夜,每夜,一切都静寂了,人间的悲剧也都终局了,我还拿着笔在白纸上写黑字,好像我底整个生命就在这些白纸上。这时候我底眼前现了黑影。这黑影逐渐扩大,终于在我底眼前变成了许多幅悲惨的图画。我底心好像受了鞭打,很厉害地跳动起来,我底手也不能制止地迅速在纸上动。我自己是不复存在了,至少在这时候。不仅是一个阶级,差不多全人类都要借我底笔来申诉他们底苦痛了。"②在《复仇》自序中,巴金表达的是更加强烈的情绪:"每夜每夜我底心疼痛着,在我底耳边响着一片哭声。似乎整个的黑暗世界都在我周围哭了。""我哭,为了我底无助而哭,为了看见人类底受苦而哭。""我虽不能苦人类之所苦,而我却是以人类之悲为自己之悲的。我底心里燃烧着一种永远不能够熄灭的热情,因此我底心就痛得更加厉害了。"③

巴金所塑造的主人公,也因此大都具有改造黑暗社会的献身精神和人道主义情怀,具有基于对黑暗的控诉而产生的浓烈的大爱。这种感知黑暗和控诉黑暗的能力在《激流》三部曲以及《憩园》与《寒夜》等创作中也一以贯之。因

---

① 苏雪林:《中国二三十年代作家》,台北:纯文学出版社,1983年版。
② 巴金:《光明》,第1—2页,上海:新中国书局,1932年版。
③ 巴金:《复仇》,第2页。

此，巴金式的人道主义与他所接受的无政府主义相契合的关节就在对人类幸福献身的理想中。正如巴金翻译的克鲁泡特金的《人生哲学》所写："人生哲学底目的也是要在社会中创造出一种空气，使得人类中大多数都全然依着冲动地，即毫无踌躇地，去完成那些最能产生万人底福利及每个单独的个人底完全幸福之行动。"晚年的巴金回忆自己最初的写作道路时这样说："可以说我的写作生活就是从人道主义开始的。《灭亡》，我的第一本书，靠了它我才走上文学的道路，即使杜大心在杀人被杀中毁灭了自己，但鼓舞他的牺牲精神的不仍是对生活、对人的热爱吗？"①

也正是从这种"对生活、对人的热爱"的角度上看，巴金对无政府主义思潮的接受，也许可以获得一种新的观照视角。正如巴金所说：

> 我所喜欢的和使我受到更大影响的与其说是思想，不如说是人。凡是为多数人的利益贡献出自己一切的革命者都容易得到我的敬爱。我写《灭亡》之前读过一些欧美"无政府主义者"或巴黎公社革命者的自传或传记，例如克鲁泡特金的《自传》；我也读过更多的关于俄国十二月党人和十九世纪六七十年代俄国民粹派或别的革命者的书，例如《牛虻》作者丽莲·伏尼契的朋友斯捷普尼雅克的《地下的俄罗斯》和小说《安德列依·科茹霍夫》，以及妃格念尔的《回忆录》。我还读过赫尔岑的《往事与回忆》，读了这许多人的充满热情的文字，我开始懂得怎样表达自己的感情。在《灭亡》里面斯捷普尼雅克的影响是突出的，虽然科茹霍夫和杜大心并不是一类的人。而且斯捷普尼雅克的小说高出我的《灭亡》若干倍。我记得斯捷普尼雅克的小说里也有"告别"的一章，描写科茹霍夫在刺杀沙皇之前向他的爱人（不是妻子）告别的情景。②

《灭亡》表现出的巴金对无政府主义和俄罗斯十二月党人以及俄国民粹派等革命者的热爱，不仅仅是由于思想上获得了启蒙，而且是情感和姿态上的以及人物的人格上的激发，这也是巴金在巴黎时期从意大利在美国的那个"鱼贩子"身上获得的力量。

巴金的处女作还同时展示了巴金性格中的忧郁性，这种忧郁根源于巴金进

---

① 巴金：《巴金译文选集·序》，见《巴金书话》，第272—273页，北京：北京出版社，1996年版。
② 巴金：《谈〈灭亡〉》，见《巴金书话》，第79—80页。

巴金致李健吾信手迹

入文坛伊始在社会观和世界观方面找不到历史远景所带来的固有的矛盾性，这与旅居巴黎的巴金所处的迷茫混狂的欧洲总体性社会历史环境有关。在《谈〈灭亡〉》中巴金说：

> 我常常讲起我的作品中的"忧郁性"，我也曾虚心地研究这"忧郁性"来自什么地方。我知道它来自我前面说过的那些矛盾。我的思想中充满着矛盾，自己解决不了的矛盾。所以我的作品里也有相当浓的"忧郁性"。倘使我找到了正确的道路，参加了火热的实际斗争，我便不会再有矛盾了，我也不会再有"忧郁"了。《灭亡》的主人公杜大心也是一个充满矛盾的人。在他的遗著中有着这样的一句话："矛盾，矛盾，矛盾构成了我的全部生活。"他的朋友李冷说："他的灭亡就是在消灭这种矛盾。"[1]

或许无法把杜大心视为巴金的自我投射，在《灭亡》序中巴金就已申明："自然杜大心不是我自己。"不过，杜大心的矛盾，也必然是巴金自己所具有的矛盾的忠实反映。

---

[1] 巴金：《谈〈灭亡〉》，见《巴金书话》，第77页。

巴黎将近两载的生活对于巴金有着多重的意义："我在法国学会了写小说。我忘记不了的老师是卢梭、雨果、左拉和罗曼·罗兰。我学到的是把写作和生活融合在一起，把作家和人融合在一起。我认为作品的最高境界是二者的一致，是作家把心交给读者。我的小说是我在生活中探索的结果，一部又一部的作品就是我一次又一次的收获。我把作品交给读者评判。我本人总想坚持一个原则，不说假话。"[1]这种贯彻一生的"原则"，也同样可以追溯到巴金的巴黎情境中。

（吴晓东）

---

[1]《巴金自传》，第4页，南京：江苏文艺出版社，1995年版。

9月

梁实秋的"新古典主义"批评文字

梁实秋先生两种批评

浪漫的与古典的

吴密（引按，"宓"之误）先生说："……《浪漫的与古典的》一书，为文虽仅九篇，而议论精湛，材料充实，为现今中国文学批评界仅见之作。（文学批评之佳者，虽有零篇，未见专书，）故于其书出版伊始，乐得而介绍之。梁君自序中，谓曾从美国哈佛大学白璧德先生（Irving Babbitt）研究西洋文学批评，乃能有今之著述，愿深致谢云云。即不见此序，而细读梁君之书者，亦知其受白璧德先生之影响不少。然梁君之书，实有其见解独到之处……"

实价五角半

文学的纪律

这是梁实秋先生的第二本批评文集，较《浪漫的与古典的》，材料更为丰富，态度更为鲜明。我们现今的文艺界太混乱了，我们也厌倦了，正好换换胃口，读读这一部严谨的批评。

实价五角半

（原载1929年9月10日《新月》第2卷第6、7号合刊）

这是《新月》第2卷6、7号上以一整页篇幅登出的广告，标题"梁实秋先生两种批评"以大号字排版，十分醒目。

在前期"新月"时代，陈源（西滢）、闻一多、饶孟侃等，均为著名的批评家，并且批评和新诗成为前期"新月"双峰并立的文学景观，在文坛和文学史上均有重要成就与影响。但在后期"新月"时代，随着陈源远去武汉大学并

《梁实秋先生两种批评》广告

几乎停止写作,闻一多沉浸于古典文学研究,其文学创作的成就与影响日渐大于文学理论与批评,幸好有梁实秋新近留学回国并加盟,他专治文学理论与批评,成为该流派后期几乎唯一的理论家、批评家,有着巨大的影响。这里需要补充的一点是,其实叶公超也是专治理论与批评的,在后期"新月"和"京派"中具有重要的地位与影响:他是《新月》、《学文》的主要编者之一,是《文学杂志》的编委之一;他的现代主义诗论直接影响了"京派"诗人的创作,甚至影响了朱自清的新诗批评。只是他很少写作并发表文章,所以在圈子以外的文坛上几乎没有什么影响。《新月》第1卷第12号同样以一整页篇幅的广告推出梁实秋的《古典的与浪漫的》、《骂人的艺术》时,通栏标题为"新月书店出版之批评新著",其实《新月》所有广告中,作为"批评新著"的"新月"同人的作品,也只有梁实秋的书,这在客观效应上也突出了梁实秋作为后期"新月"几乎唯一的批评家的地位。

  梁实秋的影响当然不是这种广告效应,也不仅因为后期"新月"中几乎仅有他专治理论与批评,甚至也并不仅仅来自他和鲁迅、左翼批评界的几次著名的论战所带来的巨大影响。他作为批评家的声望,其实也因为他确实有其坚实的理论的立场。这一立场就是广告中引述吴宓的话所提示的"受白璧德先生之影响"的新古典主义文学理论。虽然在白璧德那里,新古典主义不仅是一种文学理论,更重要的还是文化理论,但梁实秋却坚守新古典主义的文学理论,批评的对象集中在文学而没有扩张到文化领域,理论兴趣似乎没有白璧德的第一代中国弟子吴宓等人宽广,因而也没有了吴宓等人的驳杂与缠夹不清的毛病。从吴宓到梁实秋,白璧德在中国的影响的这种变化,其实是一个值得注意的问题。五四是一个文化概念而不仅仅是一个文学概念,吴宓等人的"学衡"派和其对立面关心的不仅是文学,更主要的是文化,文学只是突破口而已。到了梁实秋的这个"新月"时代，即使五四那一代也已经不再保持宽广的文化视野，由"通儒"转为学有专攻的"专家"，所以有鲁迅感慨"新青年"同人分化、各奔前程的著名说法："后来《新青年》的团体散掉了，有的高升，有的退隐，有的前进"云云①，其实也可以从学术史的角度来理解为时代与学术互动的历史变化，即使陈独秀、李大钊"革命"去了，"革命家"也是一种"专家"，未必不可以视为"专业"的变化。

"浪漫的与古典的"这个书名很有意味。新古典主义的直接批评对象就是浪漫主义，并且视卢梭为罪魁祸首。这里不妨再看《新月》第2卷第8号刊登的《白璧德与人文主义》一书的广告词：

> 这是梁实秋先生编的吴宓先生等译的白璧德教授的论文集。林语堂先生听说本书将要出版，就在《语丝》上说"可怜一百五十年前已死的浪漫主义始祖卢梭，既遭到白璧德教授由棺材里拖出来在哈佛讲堂上鞭尸示众，指为现代文学思想颓丧的罪魁，不久又要来到远东，受第三次的刑戮了。"但卢梭究竟是不是现代文学思想的罪魁呢？究竟白璧德先生曾否在哈佛讲堂上把卢梭鞭尸示众呢？究竟本书的刊行是否仅仅使卢梭在远东受第三次的刑戮呢？要解答这些问题，道听途说的话是不尽可靠的，我们要读一读这本书，自然就恍然了。②

这个广告词写得极有广告效应，林语堂的话引得十分到位；看似对林语堂的话有所质疑，其实林语堂说的基本符合事实，至少关于白璧德之说是事实，这是有白璧德的文章为证，有吴宓的文章可佐证的。更重要的是，视卢梭为"现代文学思想颓丧的罪魁"，甚至是整个现代思想的颓丧的罪魁或开端，也不仅是新古典主义思想家白璧德的一家之言，比如罗素在其著名的《西方哲学史》里就是这么说的，且有专章论述。这样看来，书名"浪漫的与古典的"就不仅指书的内容与论题了，而是有其寓意的。

这个寓意就是，梁实秋以"古典的"来批判"浪漫的"，其批判的矛头一方面指向五四以来的中国新文学，因为正如李欧梵所揭示的那样，从五四新文学直到"新月派"，中国新文学的基本特征就是浪漫主义，③另一方面，批判的矛头

---

① 鲁迅《〈自选集〉自序》，见《鲁迅全集》第4卷，第456页，北京：人民文学出版社，1981年版。
② 载1929年10月10日《新月》第2卷第8号。
③ 参阅李欧梵：《中国现代作家浪漫的一代》，王志宏等译，北京：新星出版社，2005年版。

则指向了当时正在兴起的"革命文学",因为"革命文学"的实质不仅是文学的浪漫主义,其政治性质则是政治浪漫主义,[①]而卢梭正是法国大革命这场政治浪漫主义运动的最重要的精神导师。[②]从这样的角度来理解梁实秋对五四以来的文学的批评和他与鲁迅、与"革命文学"派的论战,也许有助于我们透过他的文学批评的实践的事实与表象,看到问题的实质之所在,有助于我们真正理解其所谓的"古典的"指新古典主义的文学思想的实质。

这样看来,当梁实秋试图以"古典的"这种"文学的纪律"来匡正中国新、旧各种"浪漫的"文学时,他在文坛上也就陷入了十分孤立的境地,因为他与鲁迅、与左翼的论战不仅在左翼文学界看来思想陈腐,远远落后于现时代(左翼以"新进"力量自居,视五四一代如鲁迅、周作人、茅盾为"落后";而茅盾《庐隐论》所谓的"庐隐的停滞"即同样批评庐隐停留在五四,"停滞"乃"落后"婉转语),而且他对五四以来新文学的批评则更显得甚至落后于五四时代,"古典的"也太显得"古"了,保守主义的性质也似乎太"保守"了,早在五四时代就被批评得很狼狈的吴宓对他的欣赏、赞誉也不足以予以实质的援助,正如吴宓等人的"学衡"派没有实现其力挽狂澜之雄心大志一样,梁实秋的批评没能改变、阻挡正在兴起的新的文学运动。

更有意思的是,梁实秋这种以"古典的"对"浪漫的"批评,使得他在"新月派"中的处境也颇为微妙。因为除了他的新古典主义所包含的人文主义理念和"新月派"相通之外,其强调"文学的纪律"的文学理论实质上与"新月派"文学创作却是冲突的,因为正如卞之琳所说,作为"新月派"的主要文学成就的诗歌,从闻一多、徐志摩到林徽因,"几乎没有越出浪漫派雷池一步"[③],这是梁实秋在徐志摩去世后叶公超主编《新月》时期,和"新月派"渐行渐远的原因之所在。而梁实秋的"落后"又进一步表现在,他的文学观与"新月派"分化以后部分陷入与"京派"文学观的冲突,即他的新古典主义与"京派"象征主义诗歌的

[①] 参阅安敏成:《现实主义的限制——革命时代的中国小说》,姜涛译,南京:江苏人民出版社,2011年版;弗朗西斯·马尔赫恩:《当代马克思主义文学批评》,刘象愚、陈永国、马海良译,北京:北京大学出版社,2003年版。

[②] 参阅罗素:《西方哲学史》何兆武译,北京:商务印书馆,2008年版;理查德·塔纳斯:《西方思想史》,吴象婴、晏可佳、张广勇译,上海:上海社会科学出版社,2007年版。

[③] 卞之琳:《徐志摩诗重读志感》,见卞之琳:《人与诗:忆旧说新》,第24页,北京:三联书店,1984年版。

思想矛盾，导致他虽然身处北平却不属于"京派"的处境，①以至于一再化名发表文章批评林徽因、卞之琳、何其芳等，激起"京派"元老周作人、废名和曾经同属"新月派"的沈从文等人的恼火并撰文反批评。②

这样，我们看到的文学史事实是，梁实秋固守其"古典的"立场无可厚非，但他的固执却使得他的文学观显得褊狭——一种当时文坛他所批评的各方（不仅是鲁迅，不仅是左翼）都难以理解、接受的褊狭，这是今天的研究者无论怎样"同情地理解"他的批评、他的论战，或发掘其新古典主义理论对中国现代文学"激进主义"的平衡意义时，都难以回避的事实。

（高恒文）

鲁迅为青年作家写序

叶永蓁《小小十年》广告

全书二十余万言，内容是一个现代的革命青年的自叙。有鲁迅先生的序文，说明了本书的意义之所在及本书主人公——即作者——的长处和弱点，因此，这一部小说更加值得读了。书中有作者自绘插图十余幅，都是别具风格之作。

（原载1929年9月15日《春潮月刊》第1卷第9期）

1929年7月21日夜，鲁迅在给朋友的信中谈道："天气大热，我仍甚忙，终日为别人打杂，近来连眼睛也有些坏了。"③此时鲁迅正在为北新编《奔流》，繁杂的编务缠身；还要为相识、不相识的年轻人看稿、写序。眼前就有一位：叶永蓁。他的名字在1929年6月12日第一次出现在鲁迅日记里："上午复叶永蓁信。"——叶永蓁，原名叶会西，浙江乐清人，黄埔军校第五期学生，是一个地

---

① 参阅高恒文：《"京派"文人：学院派的风采》，第185—192页，上海：上海教育出版社，2000年版。
② 卞之琳：《追忆邵洵美和一场文学小论争》，载《新文学史料》1989年第3期。
③ 鲁迅致章廷谦，1929年7月21日，见王世家等编：《鲁迅著译编年全集》第11卷，第49页，北京：人民文学出版社，2008年版。

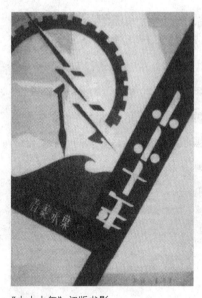

《小小十年》初版书影

道的军人,以后也一直担任国民党军队的军官,与文学没有任何关系;只是大革命失败后流落上海,凭着21岁的热情与勇气,写了一部自传体的小说,想要出版,没有任何门路,就写信给鲁迅求助。鲁迅12日刚回复,叶永蓁13日先回一信,15日又登门拜访,18日、19日再连来两信,如此穷追不舍,鲁迅或有烦言,但并不拒绝,他是理解年轻人的急切心情,甚至欣赏其执著的。23日鲁迅日记里就有了这样的记载:"上午得叶永蓁信并插画十二枚。"大概是推荐、写序之事都最后定夺了。28日叶永蓁再追一信,鲁迅又回信。大概花了一个星期的时间,为之改稿,到7月7日,才算改定。①

从7月28日写出的《叶永蓁作〈小小十年〉小引》里,我们得知,鲁迅主要是觉得"说理之处过于多","有些累赘","校读时删节了一点",但鲁迅又赶紧申明:"倘使反而损伤原作了,那便成了校者的责任。"鲁迅又说,年轻作者"还有好像缺点而其实是优长之处,是语汇的不丰。新文学兴起以来,未忘积习而常用成语如我的和故意作怪而乱用谁也不懂的生语如创造社一流的文字,都使文艺和大众隔离,这部书却加以扫荡了,使读者更易于了解"。——这样地指出年轻人作品的不足,同时又引发自我反省的序作者,大概是不多见的吧。

鲁迅如此认真地为一位素不相识的青年远不成熟的作品写序,固然表现了他一贯的"中间物"意识和"孺子牛"精神,令人感动,但也要看到,叶永蓁的作品确实引起了鲁迅的某种共鸣,使得他觉得有话可说、要说。仔细读这篇《小引》,不难发现,鲁迅的许多话都有言外之意,或者说都是有感而发的。

此时,鲁迅正在和太阳社、创造社进行"革命文学"的论战。鲁迅在《小引》中特地申明:"我不是什么社的内定的'斗争'的'批评家'之一员,只能直说自己所愿意说的话",这里"什么社"指的就是创造社和太阳社。鲁迅一开始就给叶永蓁的小说以一个客观的定位:"这是一个青年的作者,以一个现代的

---

① 鲁迅相关日记见《鲁迅著译编年全集》第11卷,第7、8、37、42、45页。

活的青年为主角,描写他十年中的行动和思想的书",是"一部感伤的书,个人的书","他描出了背着传统,又为世界思潮所激荡的一部分青年的心"①。这或许就是鲁迅最初看到这部著作的基本判断。问题是如何看待这样的作品。在创造社、太阳社的"斗争的批评家"眼里,这都是"非革命"的文学,是"非无产阶级"的"小资产阶级的文学",就有"反革命"之嫌,是应予扫荡的。而在鲁迅看来,"在现在中国这样的社会中,最容易希望出现的,是反叛的小资产阶级反抗的,或暴露的作品","对于这些的作品,我以为实在无须称之为无产阶级文学,作者也无须为了将来的名誉起见,自称为无产阶级的作家的"②。

问题更在于,怎样才能创造出"斗争批评家"所要求的"无产阶级的革命文学"?回答似乎简单而明确:即使是小资产阶级,只要宣布"转变"立场,掌握了无产阶级意识,获得了大众,就俨然是"无产阶级作家"了。这就是所谓"突变"之说。这正是鲁迅所要质疑的,也是他对叶永蓁的小说唯一保留之处:作者一再宣称,自己"从本身的婚姻不自由而渡到伟大的社会改革",由"一个个人主义者,遥望着集团主义的大纛",鲁迅却一再点破:"我没有发见其间的桥梁。"这样的没有真实理由和过程的"转变",不过是自欺欺人。在鲁迅看来,不敢正视自己思想上的真实困惑,而以"唯我为无产阶级"自炫,这不过是在"革命"大旗下的新的"瞒和骗"的文学。叶永蓁的《小小十年》尽管也未能免俗地一再暗示"转变"以"重上征途",但作者的具体描写,却如实地写出了一个"曾经革命而没有死的青年",在"旧的传统和新的思潮"的冲突中,"爱和憎的纠缠,感情和理智的冲突,缠绵和决撒的迭代,欢欣和绝望的起伏","并无遮瞒,也不装点"。这正是鲁迅愿意推荐这部不相识的无名作者的作品的原因:"多少伟大的招牌,去年以来,在文摊上都挂过了,但不到一年,便以变相和无物,自己告发了全盘的欺骗。中国如果还会有文艺,当然先要以这直说自己所本有的内容的著作,来打退骗局以后的空虚。因为文艺家至少是必须有直抒己见的诚心和勇气的,倘不吐露本心,就谈不到什么意识。"③——这里所说"伟大的招牌"自然是指创造社、太阳社批评家所鼓吹的"革命文学"。在

---

① 鲁迅:《叶永蓁作〈小小十年〉小引》,见《鲁迅全集》第4卷,第152、150、151页,北京:人民文学出版社,2005年版。
② 鲁迅:《上海文艺之一瞥》,见《鲁迅全集》第4卷,第307页。
③ 鲁迅:《叶永蓁作〈小小十年〉小引》,见《鲁迅全集》第4卷,第150、151页。

这个意义上,我们是可以把鲁迅为青年写的这篇序言看做是他在"革命文学论争"中的一次重要发言的。

也正因为如此,鲁迅对叶永蓁著作的肯定,必然要引起"斗争的批评家"的反应。这里正好有一篇关于《小小十年》的评论,作者是站在"革命文学"倡导者一边的沈端先(夏衍)。文章提到了鲁迅的判断:这是一部"感伤的书","个人的书",却做出了完全相反的评价。因为他另有一种文学观念与标准:"艺术的目的是在唤醒读者的空想将他们的感情在一定的目的之下组织起来,而使他们认识一条正当的出路。"强调文学的"组织"作用,要求文学为读者"指出正当的出路",据说这是"无产阶级文学"的绝对要求。用这样的眼光看,《小小十年》,不仅是"小资产阶级"的,而且是"以革命为穿插的言情小说"[①]。这就将其视为"鸳鸯蝴蝶派"的变种,有封建的、资产阶级的"双重反革命"之嫌了。

鲁迅自然不会理会这样的革命高论,仍然坚持自己的文学观念与标准。不到一个月,又于1929年8月20日写出了《柔石作〈二月〉小引》。两篇《小引》是可以视为姐妹篇的,鲁迅同样赞赏了年轻作者如实地写出了"徘徊"于革命浪潮之外,偶尔跟着革命"大齿轮转动",而终于被"挤出"的"近代青年中这样的一种典型",在鲁迅看来,这样的不加粉饰地写出真实的作品,是能够引起读者"照见自己的姿态的","那实在是很有意义的"[②]。

如果说叶永蓁仅是偶然的闯入者,序言写完,书出版,就基本没有来往;那么柔石却在鲁迅晚年的生命史上,起到了很大的作用。鲁迅说,柔石是他在上海"惟一的不但敢于随便谈谈,而且还敢于托他办点私事的人",说柔石是鲁迅身边他最信任、最亲近的年轻人,大概是不会错的。但也许还需要补充一点:鲁迅大概在和柔石接触不久,就知道他是一个革命者,一个共产党员;而鲁迅对世间人和事、团体与组织的判断,从来就重视"亲历"的经验作用,在某种程度上,他正是根据自己对身边的革命者、共产党人的观察,来考察中国革命和中国共产党的。他在著名的《为了忘却的记念》里,谈到柔石给他留下的印象:"无论从旧道德,从新道德,只要是损己利人的,他就挑选上,自己背起

[①] 夏衍:《小小十年》,原载1930年1月《拓荒者》第1卷第1期,见《夏衍全集》第8卷,第253—254、255、256页。

[②] 鲁迅:《柔石作〈二月〉小引》,见《鲁迅全集》第4卷,第153、154页。

来";为扶植"刚健质朴的文艺",一起印《朝花旬刊》《文苑朝华》时,"大部分的稿子和杂务都归他做,如跑印刷局,制图,校字之类",他总默默地做,从无怨言。还有一件事,更让鲁迅动情:"柔石在年底曾回故乡,住了好些时,到上海后很受朋友的责备。他悲愤地对我说,他的母亲双眼已经失明了,要他多住几天,他怎么能够就走呢?我知道这失明的母亲的眷眷的心,柔石的拳拳的心。"这都有力地印证了鲁迅在"革命文学论争"里坚持的"革命观":"革命是并非教人死而是教人活的。"①革命与人道主义并非不相容:"革命尤其是现实的事,需要各种卑贱的,麻烦的工作,决不如诗人想象的那般浪漫。"②鲁迅后来表示:"那切切实实,足踏在地上,为着现在中国人的生存而流血奋斗者,我得引为同志,是自以为光荣的。"③他说这番话时,心里一定想着柔石这样的年轻革命者、共产党人。

柔石在《二月》之后,又写出了《为奴隶的母亲》。如研究者所说,小说"写了一个浙东农村里'典妻'的故事,描写了劳动妇女在家庭关系和社会结构中的奴隶地位,暴露了贫富悬殊的阶级对立"④,柔石的乡村生活经验在马克思主义的阶级观念的观照下,就得到了一种描写的深度与力度。这里的阶级分析是和人的感情、人性的深入开掘有机胶合在一起的,而非简单的外加;而柔石又充分发挥了被鲁迅称许的"工妙的技术",写得极为节制,几乎是不动声色地讲述了一个人间最惨烈的故事,既没有煽情,也没有廉价的同情,却别有一种内在的震撼力。后来斯诺在鲁迅的支持和指导下,编选《活的中国:现代中国短篇小说选》,向世界介绍中国现代文学,包括"革命文学"的实绩,就选入了柔石的《为奴隶的母亲》,这应该是得到鲁迅的赞同的。鲁迅在总结"革命文学论争"时,在对倡导者的失误提出尖锐批评的同时,也肯定了参与"革命文学"运动的"新份子里,是很有极坚实正确的人存在的"⑤,这其中就有柔石,也可包括鲁迅后来陆续为之写序的萧红、萧军、叶紫、葛琴们。

(钱理群)

①⑤ 鲁迅:《上海文艺之一瞥》,见《鲁迅全集》第4卷,第304页。
② 鲁迅:《对于左翼作家联盟的意见》,见《鲁迅全集》第4卷,第238—239页。
③ 鲁迅:《答托洛斯基派的信》,见《鲁迅全集》第6卷,第610页。
④ 蓝棣之:《解读〈为奴隶的母亲〉并兼与〈生人妻〉比较》,载《中国现代文学研究丛刊》1990年第1期。

大学文学教育与新文学

中国文学系的目的与课程组织（摘要）

我们的课程的组织，一方面注重研究我们的旧文学，一方面更参考外国的现代文学。为什么注重研究旧文学呢？因为我们文学上所用的语言文字是中国的；我们文学里所表现的生活，社会，家庭，人物是中国的；我们文学所发扬的精神，气味，格调，思想也是中国的。换句话说，我们是中国人；我们必须研究中国文学。我们要创造的也是我们中国的新文学，不过是我们这个时代的新文学罢了。

为什么更要参考外国现代文学呢？正因为我们要创造中国新文学，不是要因袭中国旧文学。中国文学有它光荣的历史，但是某一时代的光荣的历史，不是现在的，更不是我们的，只是历史的而已。

……

根据以上的理由，所以我们中国文学系的课程，一方面注重研究中国各体的文学，一方面也注重外国的文学各体的研究。

（原载1929—1930学年年度《国立清华大学一览》）

这里引录的，是新潮社的老作家杨振声在1928年就任清华大学国文系主任以后，在朱自清的支持下制定的国文系的课程目标与设置，是可以视为国文系改革的宣言的。其中心是强调国文系的目的是要"创造我们这个时代的新文学"，强调新文学和外国文学课程的开设，以实现"新旧文学的贯通与中外文学的结合"[1]。问题是，为什么在此时要提出这样的改革方案？

沈从文的《文运的重建》一文或许可以提供一个背景。他谈到从"民十五"即1926年起，"文学势力由北而南"所造成的"文运"的变化：一方面是文学的重心由学校转向市场和政治斗争的中心地带，和商业资本与政治"结合为一"；另一方面，大学的文学教育则日趋保守："五四文学革命的发源地"的北大"只好放弃了北大之所以为北大的进取精神，把师生的精力向音韵训诂小学

---

[1] 杨振声：《为追悼朱自清先生讲到中国文学系》，载1948年《文学杂志》第3卷第5期。

朱自清（左六）、陈竹隐与郑振铎夫妇等合影

考据方面去发展。这结果在学术上当然占了一个位置，即'老古董'位置"，风气所及，到民国十八年即1929年，"国内许多著名大学，浙江、中山、武大等校，做国文不许用语体文，并不出奇，实在十分自然！"①由杨振声、朱自清、沈从文，或许还有胡适，这样的新文学中人看来，这自然是对五四新文化运动传统的一种背离。沈从文所谓"文运重建"，就是要恢复五四时期大学教育与新文学相结合的传统。杨振声、朱自清在改革清华国文系时，强调国文系的目的是促进新文学的创造，而非仅是旧文学的传承，强调借助外国文学课程来"增益我们创造自己的文学的工具"，这都是延续了五四文学革命的观念和思维。②1931年胡适出任北京大学文学院院长，特别是1934年主持国文系以后，也开始了对国文系的改革，强调"大学之国文系当兼顾到三方面：历史的；欣赏与批评的；创造的"③，内含着两个要点：一是着重"历史"，即要用科学的态度与方

---

① 沈从文：《文运的重建》，见《沈从文全集》第12卷，第80、81—82页，太原：北岳文艺出版社，2002年版。

② 《中国文学系的目的和课程的组织》，《国立清华大学一览》（1929—1930学年度）。

③ 胡适：《中国文学的过去与来路》，见欧阳哲生编：《胡适文集》第12册，第28页，北京：北京大学出版社，1998年版。

法研究与建构中国文学的历史,并建立全新的以文学史为主体的国文系课程结构,取代以体悟与鉴赏作品、陶冶性情为方法与目的的传统的文学教育。这也是五四时期胡适"整理国故"的思路。其二是突出"创造",试图将新文学的研究与创作引入大学课堂。胡适仍然坚持五四的观念,认为新文学的来路有两条,一是"民间文学",二是"欧洲文学",①因此,除策划增设"新文艺试作"课程外,还加强了外国文学和民间文学的课程建设。为此,特别引进徐志摩、梁实秋、朱光潜等外文系教授到国文系兼课,这和同时解聘仅长于旧体诗词的鉴赏而与现代学术研究格格不入的旧文人林损、许之衡,形成鲜明对比。②几乎与此同时,在上海的中国公学的国文系主任陆侃如也提出要以"研究过去的中国文学"以"创造新文学"为国文系的目标。③这样,至少在几个重要的大学里就形成了一个大学国文系改革的潮流。

正是在这样的潮流之下,新文学进入了大学课程体制。最早在大学讲新文学的是周作人,1922年他在燕京大学开设"国语文"、"习作和讨论"课,就是从现代起手,先讲胡适之的《建设的革命文学论》,其次是俞平伯的《西湖六月十八夜》,底下就没有什么了。因为此时新文学尚在发端时期,冰心还在班上听课呢。之后周作人讲课的重点就是明末小品了。最后就有了1932年他在辅仁大学系统演讲的讲稿《中国新文学的源流》,这应该是30年代有关新文学的历史讲述的重要成果,影响也很深远。④杨振声除倡导大学文学教育改革,自己也于1929年在燕京大学讲授"现代文学"。当时的学生萧乾后来回忆说,杨振声"上半年讲的是五四以来的中国新文学:鲁迅、茅盾、蒋光慈、郁达夫以及沈从文等20年代作家;下半年讲授托尔斯泰、屠格涅夫、陀思妥(耶)夫斯基、哈代以及罗曼·罗兰等外国作家",正是实践了他的注重新文学和外国文学的教育理念。⑤1932年南方的武汉大学也由苏雪林开设了"新文学研究"课,并留有

---

① 胡适:《中国文学的过去与来路》,见欧阳哲生编:《胡适文集》第12册,第31页。
② 以上分析参看季剑青:《北平的大学教育与文学生产(1928—1937)》第一章第二、三节,北京:北京大学出版社,2011年版。
③ 陆侃如:《国文系课程说明书》(1928年6月),见《中国公学大学部中国文学季刊》创刊号(1929年夏)。转引自季剑青:《北平的大学教育与文学生产(1928—1937)》,第42页。
④ 参看张传敏:《民国时期大学里的新文学教师们》,载《新文学史料》2008年第4期。
⑤ 萧乾:《我的恩师杨振声》,《人生百味》,北京:中国世界语出版社,1999年版,转引自季培刚:《杨振声编年事辑初稿》,第81—82页、84页,济南:黄河出版社,2007年版。

《中国二三十年代的作家》的讲稿。1933年前后，金陵大学、辅仁大学、广州大学都开设过新文学研究的课程。①影响最大的，是朱自清于1929年春在清华大学开设的"中国新文学研究"课，后来他还在北平师范大学和燕京大学讲授，并写有讲稿《中国新文学研究纲要》。40年代成为朱自清研究生的王瑶曾有这样的评价："这门课程实际上既有文学史的性质，也有当代文学批评的性质"，而《纲要》可以说是最早用历史总结的态度来系统研究新文学的成果"。王瑶具体分析说，朱自清是"以作家的创作成果作为主要研究对象"，"他很重视各种不同的创作倾向和流派的发展，而且非常注意作家的个人风格"，他采用的"先有总论然后按文体分类来写文学史的方法"，更是为以后的文学史写作提供了一种范式。②

王瑶在评介朱自清的《纲要》时，特别回顾了新文学从"创造"而"入史"的过程。因此提到了胡适写于1923年的《五十年来之中国文学》，这应该是新文学进入历史叙述的开始，但只写到1922年，显然是将新文学作为传统文学的"最后一章"。1926年出版的赵景深的《中国文学小史》、1929年陈子展的《中国近代文学之变迁》、1930年陈子展的《最近三十年中国文学史》、1932年钱基博的《现代中国文学史长编》，都是把新文学作为近代文学的最后、最近发展来叙述。直到1933年出版的王哲甫的《中国新文学史》才是第一部具有系统规模的中国新文学史的专著，这本书也是作者将在山西省立教育学院讲课的讲稿整理形成的，它和朱自清的《中国新文学研究纲要》的出现，标志着新文学终于从传统文学中分离出来，单独成史。在这以后陆续出版的王丰园的《中国新文学运动述评》（1935）、吴文祺的《新文学纲要》（1936），也和朱自清的《纲要》一样，兼具文学史和当代文学批评的性质，而且都是明确以五四为开端的新文学作为研究对象，从而开创了新文学的历史叙述。无论是新文学史专著的撰写，还是在大学开设新文学史课程，都有着同样的动因和目的，就是要为新文学提供历史的合法性，争取正统地位，这同时也是将新文学创作经典化和知识化的过程。

如研究者已经注意到的那样，30年代在大学开设新文学课程，除了朱自清

---

① 参看张传敏：《民国时期的大学新文学课程》，载《新文学史料》2008年第2期。
② 王瑶：《念朱自清先生·七，〈中国新文学研究纲要〉》，见《王瑶全集》第5卷，第608、609页，石家庄：河北教育出版社，1990年版。

式的出于"历史的兴趣",也还有另外的动力,即希望"介入当下的文学创作",通过历史的叙述和经验总结,来倡导某种文学观念、标准,重构某种文体想象,即所谓"诗坛的重建"。研究者分析了这一时期另外两门课程的重要收获:沈从文于1930年在上海中国公学和武汉大学讲新文学编写的讲稿《新文学研究——新诗发展》,以及废名于1935—1937年间,在北大开设"现代文艺"课,讲授新诗时的讲稿《谈新诗》,都体现了这样的自觉追求。① 这背后其实还有更大的理想,就是胡适所说的,要把大学,特别是北大重新"养成一个健全的文学中心"②。这在30年代自然只能是一种奢望。而且仅靠国语系开设新文学课程,也难以达到这样的目的。倒是这一时期外文系所开设的一些课程,确实给30年代的文学创作提供了新的文学资源。叶公超1930年在清华大学开设的"英美现代诗",1932、1935—1936学年在北大外文系开设的"近代诗"、"现代英国文学",以及梁宗岱1931年在北大开设的法国"近代名著选读"、"近代小说"、"近代诗",王文显在清华大学外文系开设的"近代戏剧",以及1929—1930年间,英国著名批评理论家瑞恰慈在清华大学外文系和北大英语系讲授英美近代批评理论,都曾风靡校园,为30年代"现代派"诗歌、现代戏剧的发展和现代批评的建立,起到了引领、推动作用。正是在这样的文学与教育的新潮流中,培育出了卞之琳、何其芳、李广田、曹葆华、林庚、吴组缃、曹禺、李健吾、李长之等出色的诗人、散文家、小说家、戏剧家和批评家。③

(钱理群)

---

① 详见姜涛:《1930年代的大学课堂和新诗的历史讲述》第四节,见《巴枯宁的手》,北京:北京大学出版社,2010年版。

② 胡适致梁实秋(1934年4月26日),见梁实秋:《看云集》,第49页,台北:皇冠出版社,1984年版。

③ 以上讨论参看季剑青:《北平的大学教育与文学生产(1928—1937)》第一章第五节、第二章第二节。

11月

20年代末文坛的一道独特风景线

新文艺丛书

本丛书由徐志摩先生主编,所选各稿,无论译述与创作,均经过徐先生仔细的校阅;取材严格,文字优美。其主旨在供给一般爱好文艺的人们一种良好的读物。

旅店及其他	沈从文著	一册五角
日本现代名家小说集	查士元译	第一辑五角　第二辑六角
结婚集	梁实秋译	一册五角
一幕悲剧的写实	胡也频著	一册五角
轮盘	徐志摩著	一册六角
波多莱尔散文诗	邢鹏举译	一册六角
珊拿的邪教徒	王实味译	一册五角
休息	王实味著	一册二角半
口供	郭子雄著	一册三角半
一个女人	丁玲女士著	一册三角半
少女书简	夏忠道著	一册三角半
幻醉及其他	谢冰季著	一册七角

(原载1929年11月1日《学衡》第72期)

这则广告确实是1920年代末中国文坛一道独特的风景线,因为:一、一向反对新文学的《学衡》,竟然也刊登了这样一个新文学丛书的广告;二、刚刚被左翼文学界批评的"新月派"首领徐志摩主编的丛书中,竟然有好几位左翼作家的作品。

《学衡》登载这个广告,与这套《新文艺丛书》是徐志摩主编,有很大关系。吴宓自述云：早在哈佛大学读书时，"我初和志摩认识"；"回到中国之后，在南京，在北京，在清华，也曾会见过志摩，但是次数不多"；1926年10月3日，至北海公园"祝徐志摩君与陆小曼女士结婚之礼"；1931年11月19日，"志摩遇难时，我正担任天津大公报文艺副刊编辑，便立刻请叶公超君撰一哀文，题为志摩的风趣"；12月6日，出席徐志摩追悼会，"在会场中便作成挽诗一首"，"投寄北平晨报"①。吴宓的挽诗：

> 牛津花国几经巡，檀德雪莱仰素因。
> 殉道殉情完世业，依新依旧共诗神。
> 曾逢琼岛鸳鸯社，忍忆开山火焰尘。
> 万古云霄留片影，欢愉潇洒性灵真。②

诗写得不是很好，但"殉道殉情完世业，依新依旧共诗神"一联，却是写实，也很准确；虽然有新诗、旧诗之别，但亦能相得"共诗神"。到徐志摩逝世三周年，吴宓"情不自禁的，作了一首再挽徐志摩的诗"：

> 君亡三载我犹存！异道同悲付世论。
> 碎骨红颜知己泪，呕心诗卷爪泥痕。
> 名山路险轻孤注，情海冤深甚覆盆。
> 离合是非都不省，明星灿灿远天繁。③

是挽诗，也是自伤，似乎比第一首写得好。直到1936年，吴宓还发表《徐志摩与雪莱》一文，文章开头是这样说的：

> 在《宇宙风》第八期中，读了郁达夫先生《怀四十岁的志摩》一文，使我十分感动。郁先生本着"惺惺惜惺惺"的意思，说："清热的人，当然是不能取悦于社会，周旋于家室，更或至于不善用这热情的。"所以，"悼伤志摩，或者也就是变相的自悼罢！"其实，古今东西的文人诗人，凡是哀悼之作，无非指出那人与我中间性情行事遭遇的一二共同之点，既主观而又客观，虽自悼亦是悼人。如此方是真诚的哀悼，不是应酬敷衍趋附声光；如此方是自己说自己心中的话，不是强文就题堆砌词句。④

---

①②③④ 吴宓：《徐志摩与雪莱》，载1936年3月《宇宙风》第12期。

吴宓这样感慨于郁达夫的"清热"、"自悼"之说，深以为是，他的议论可作他挽徐志摩诗的笺注。重要的是，还是因为徐志摩，吴宓不仅这样欣赏新文学作家的白话文，而且在《宇宙风》这样的白话杂志上发表白话的文章！

这样看来，《学衡》上发表徐志摩主编的《新文艺丛书》的广告，就不那么令人费解了。

事实上，吴宓对新文学不像20年代初那么反对、歧视，也不仅仅是为徐志摩的原因，而是与他1926年以后在清华大学与朱自清、叶公超、浦江清等人的交往，大有关系。查《吴宓日记》，在《学衡》登载这则广告前后，吴宓与朱自清、叶公超等新文学作家交往如下①：

1929年7月1日，"夕偕浦江清访朱自清"；

8月31日，"十一时，叶崇智（引按，即叶公超）来，在此午饭。宓陪至北院、南院看住房。又至校外散步。至下午六时别去，谈甚畅"；

9月3日，"午十一时叶崇智来，在此午饭。下午三时别去"；

9月8日，"十时，叶崇智来，在此午饭。下午三时别去。宓与谈离婚事，叶极不赞成，……宓深知叶君所言者是，但恐未能照行"；

9月21日，"赴叶崇智君招宴于一亚一粤菜馆，客有余上沅"；

10月6日，"夕，宴毕树棠、浦江清、朱自清、叶崇智于室中，皆《文副》（引按，吴宓主编的《大公报》文学副刊）撰稿人也"；

10月14日，"叶崇智来校，暂居宓室中，钱君榻上。至今日其北院11号之宅已整理完妥，遂迁去"；

10月22日，"夕5–7叶偕Winter来宓室中，计划宓室应如何装潢，布置"；

10月28日，"晚与叶谈，叶勖宓应有sense of humour及detachment。不可太过serious及earnest，而沉溺于任何事中。虽有意为某事，须为之若无心者方妙。——此皆良言，宓应从之"；

12月31日，"下午2–4在图书馆与朱自清谈，慰其丧妻。朱询宓离婚事，宓为略述情形。朱谓外人大都以宓离婚为奇怪，以为与宓平日之学说不合"；

1930年1月21日，"晚7–10在室中宴叶崇智、毕树棠、朱自清、浦江清，

---

① 《吴宓日记》第4册，第265、274、277、280、294、300、303、305、307、313页，北京：三联书店，1998年版；第5册，第12、28、52、60、65页。

谈新文学";

4月21日,"是晚8-10访朱自清,同出散步。初谈诗词,继谈男女恋爱";

4月8日,"早饭后,至叶崇智处,又用早饭。……晚饭后,叶君又来,邀宓至朱自清室中便宴。饮酒,杂谈。复与叶君散步月下,至深夜始归";

4月22日,"夕5-9在室中宴客。客为朱以书、顾随、郑骞、浦江清、毕树棠、朱自清、叶崇智。多谈新文学及新出之书";

4月30日,"3-7偕叶崇智、朱自清二君至达园游赏藤花,并由叶君邀食馄饨等"。

这样密切的交往,虽然是因为同事关系而来,但也可以看做吴宓与新文学作家的往来关系,说明吴宓也并不是和新文学作家不相往来;他们在一起"谈新文学"、"谈新文学及新出之书",也会影响吴宓对新文学、白话文素来的偏见甚至歧视吧?

至于第二点,则比较简单了。因为徐志摩和沈从文在"新月派"中关系密切,而沈从文和丁玲、胡也频也是关系密切,那么这套由徐志摩主编的丛书中,有丁玲、胡也频乃至王实味等左翼作家的作品,也就没什么可奇怪的了。更何况徐志摩交游广泛,本来也没有多么固执的门户、流派之见;20年代,他还带着胡适去郭沫若的住处拜访过。事实上,稍后丁玲在上海主编"左联"机关刊物《北斗》杂志,也曾在第一、二、三期上发表过徐志摩、林徽音(因)、沈从文、凌叔华等人的作品,虽然这与"左联"特殊的办刊意图有关。

1929年《学衡》杂志上的这则广告,所显示的中国文坛独特的风景线,其实也不仅仅是关乎新与旧、左与右的问题,这套丛书中的《波多莱尔散文诗》,也是值得注目的。《波多莱尔散文诗》,即今天通译的波德莱尔的《巴黎的忧郁》。波德莱尔的散文诗在中国现代的译介和影响,是个有意义、有学术价值的大题目,显然不是这里所要讨论的,但徐志摩与波德莱尔散文诗的关系很有意味,值得一说。

徐志摩1924年翻译了波德莱尔《恶之花》中的《死尸》一诗,发表在《语丝》上。译诗前有徐志摩长篇议论,开篇即云:"这首《死尸》是菩特莱尔的《恶之花》诗集里最恶亦最奇艳的一朵不朽的花。"这显然是徐志摩一贯的浪漫、夸张的说法,接下来就继续发挥这个说法,其中有云:"十九世纪下半期文学的欧洲全闻着他的异臭,被他毒死了的也不少,被他毒醉了的更多,现在死去的已经复活，醉昏的已经醒转，他们不但不恨他，并且还来钟爱他，深深的惆怅那样异常的香息也叫重浊的时灰压灭了，如今他们便嗅穿了鼻孔也拓不回他那消散了的臭味！"这是说波德莱尔《恶之花》的影响，却完全是夸张的、浪漫主义的诗的语言。后文则发挥关于诗的音乐性的议论："诗的真妙处不在他的字义里，却在他的不可捉摸的音节里。"此说比较平实，但紧接着竟然是这样一段话："他（引按，诗的音乐性）刺戟着也不是你的皮肤（那本来就太粗太厚！），却是你自己一样不可捉摸的魂灵——像恋爱似的，两对唇皮的接触只是一个象征；真相结合的，是你们的灵魂。"后面还有什么"我虽则是乡下人，我可爱音乐，'真'的音乐"；"我不仅会听有音的乐，我也会听无音的乐"云云。①这不仅是离题万里的肆意发挥，即徐志摩文章著名的"跑野马"，而且近乎肉麻了。难怪鲁迅忍不住著文《"音乐"？》②，从题目到正文戏拟徐志摩的笔法，极尽挖苦、嘲讽。对此，卞之琳说："这篇先就《死尸》谈波德莱尔的按语中为鲁迅举出来挖苦说是'神秘谈'的一段文字，却有几分像《尤利西斯》意识流或自由联想式的文风（后来他写散文甚至论文也一直有点这一类的文风），真不知道他扯到哪里去了。"③

鲁迅的挖苦并没有减少徐志摩对波德莱尔的热情。1929年，徐志摩著文《波特莱的散文诗》。"波特莱"，即波德莱尔。全文只有这样一段比较实在的文字：

> 对穷苦表示同情不是平常的事，但有谁，除了波特莱，能造作这样神化的文句：（引按，原文的引文略）
> "她们在哀伤上也得省俭。"——我们能想象更莹彻的同情，能想象更莹彻的文字吗？④

此外，虽然文中引述了雨果评论波德莱尔的名句"他创造了一种新的战栗"，也引述了麦雷（J.M.Murry）评论普鲁斯特"是二十世纪的一个新感性"，但几乎没有展开什么论述，似乎并没有领会或者理会雨果和麦雷精彩评论的原意。

徐志摩对波德莱尔这样热情，他到底理解、领会了多少？且看卞之琳的说法：

---

① 载1924年12月1日《语丝》第3期。
② 载1924年12月15日《语丝》第5期。
③ 卞之琳：《〈徐志摩译诗集〉序》，见《卞之琳文集》中卷，第327页，合肥：安徽教育出版社，2002年版。
④ 载1929年12月《新月》第2卷第10号。

> 尽管徐志摩听说也译过美国民主诗人惠特曼的自由体诗，确也译过法国象征派先驱波德莱尔的《死尸》，尽管他还对年轻人讲过未来派，他的诗思、诗艺几乎没有越过19世纪英国浪漫派雷池一步。①

卞之琳还说：

> 徐志摩写诗，要说还是和20世纪英美现代派有缘，那么也仅限于和哈代（如果可以说作为诗人的哈代也是跨到20世纪英国现代派的桥梁）。他曾自己标明"仿托·斯·艾略特"的一首诗却一点也不像。倒是他的《轮盘》这篇小说不但有一点像凯瑟琳·曼斯菲尔德现代小说，而还有一点维吉妮亚·伍尔孚意识流小说的味道。如其不错，那么他在小说创作里可能是最早引进意识流手法（后来在1934年林徽因发表的短篇小说《九十九度中》更显得有意学维吉妮亚·伍尔孚而更为成功的）。②

卞之琳和徐志摩亦师亦友，对徐志摩为人为文均有深入的理解，他的这个说法应该是很可信的。由此亦可见，徐志摩对波德莱尔并无深入理解，爱好而已。

徐志摩主编的这套丛书中的《波多莱尔散文诗》，正是以他的这篇《波特莱的散文诗》作为序言。

20年代后期中国文坛这道独特的风景线中，徐志摩与波德莱尔，并不是什么引人注目的看点，但是，后期"新月派"的变化，则是一个重要的景观，有论者以为"新月派"有可能由浪漫主义向现代主义转变，就是以徐志摩与波德莱尔作为论据之一，其实，即使有所谓的后期"新月派"的变化，那也是在徐志摩"云游"之后，是由后期《新月》主编叶公超引导的走向现代主义的变化，并且是在《新月》停刊之际叶公超主编《学文》时期完成的。

(高恒文)

---

① 卞之琳：《徐志摩诗重读志感》，载《诗刊》1979年第9期。
② 卞之琳：《〈徐志摩选集〉序》，载《新文学史料》1982年第4期。

1930 年

2月

《科学的艺术论丛书》出版与鲁迅等对马克思文艺理论的译介

科学的艺术论丛书

（1）艺术论　蒲力汗诺夫著　鲁迅译　实价六角五分
（2）艺术与社会生活　蒲力汗诺夫著　雪峰译　实价三角五分
（3）新艺术论　波格达诺夫著　李今译　实价三角
（4）艺术之社会的基础　卢那卡尔斯基著　吴谦译　实价七角
（5）艺术与文学　蒲力汗诺夫著　雪峰译　近出
（6）文艺与批评　卢那卡尔斯基著　鲁迅译　实价九角
（7）文艺批评论　列什涅夫著　沈端先译　近出
（8）文学评论　梅林格著　雪峰译　实价五角五分
（9）蒲力汗诺夫论　雅各武莱夫著　林伯修译　近出
（10）霍善斯坦因论　卢那卡尔斯基著　鲁迅译　近出
（11）社会的作家论　伏洛夫斯基著　画室译　实价四角
（12）艺术与革命　冯乃超译　近出
（13）文艺政策　鲁迅译　实价七角
（14）艺术社会学初案　雪峰译　近出
上海光华书局发行

（原载1930年2月1日《萌芽月刊》第1卷第2期）

又：该刊1卷1期所登该丛书广告仅12种（缺《社会的作家论》、《艺术社会学初案》），每书有内容概述，前总题："全丛书十二本，鲁迅，雪峰，苏汶，沈端先，林伯修，冯乃超，诸先生翻译；雪峰先生负责编辑。"译者中李今署苏汶，吴谦署鲁迅。

1928年12月9日当天的鲁迅日记,曾录下这样短短的一句:"柔石同画室来。"[①]"画室"即冯雪峰,为冯常用的笔名。这是他第一次在私下场合与鲁迅的会见,地点在鲁迅由广州到上海之后最先租住的东横浜路景云里寓所。面见鲁迅而由柔石陪同,是因在此之前他与鲁迅虽已有少许的接触和书信往来,却仍不够熟识;他和柔石却是杭州浙江省一师的前后同学,因爱好文学而相知。现在的柔石是帮助因躲避追捕上月刚从家乡义乌转移来沪的冯雪峰,去接触鲁迅的。冯其时已是中共党员,在北京大学旁听期间学会了日语,这时去见鲁迅,一是听柔石讲述知道鲁迅对青年非常之好,颇想接近,二是正想请教自己两年来从日文转译马克思主义文艺理论著作过程中所遇到的疑难问题。他听说鲁迅也在做类似的工作,使用的自然也是日语,所以这一次的见面是意料中的事情。那天晚间三人的具体谈话内容我们不得而知,无从猜测,但有一件事是确定的,就是这次短时间的拜访促成了鲁迅与冯雪峰的一次重要合作。他们商定,要来编辑一套马克思主义文艺理论的翻译丛书,那就是半年后即迅速登场的《科学的艺术论丛书》(后曾一度改名为"马克思主义文艺论丛")。

上面这则广告是光华书局所作,实际上这丛书起先在上海水沫书店就印行了。所列的14种译本,并未出全,即遭当局查禁。仅出的8种都在这个广告里标出了定价。所以这套书虽然有多种广告,此种却是最为标准的。从面世的8种译本来看,大部是苏俄理论家的作品,计普列汉诺夫2种,卢那察尔斯基2种,波格丹诺夫、梅林(仅此人为德国理论家)、伏洛夫斯基及综合集各1种。其中鲁迅一人就译了3种,冯雪峰也是3种,占了核心译者的位置。另有一说是《科学的艺术论丛书》共出了9种,所差的1种大概是冯雪峰译德国弗里契的《艺术社会学》。此书他确实译出了,但是不是这目录里第14的《艺术社会学初案》,则有待进一步的考证。丛书的译者阵容强劲,如果再加上瞿秋白(他卷进了中共的政治领导中心漩涡,要稍迟些才会投身理论翻译),可说初期向国内"偷运"马克思主义文艺理论之火的主要人物都在这里了。

在中国,马克思主义文艺理论的最初译介即发生于1920年代,是以翻译公认的马克思主义文艺学经典理论家、宣传家的阐释性著作和介绍苏俄历来文艺论战的情况为早期特色的。这时候,苏俄自十月革命胜利之后政权内部不断发

[①]《鲁迅全集》第14卷,第735页,北京:人民文学出版社,1981年版。

生的文化争议，一直未曾停止过，如最早的列宁与波格丹诺夫"无产阶级文化派"的论争仍有余波，继之以1923年以来托洛茨基、"列夫派"、"岗位派"的争论等，都是最现实的状况。马克思主义的文艺理论和政策其时并没有形成绝对的权威，执行中的分歧、纷扰是很自然的。而马克思主义的创始人马克思、恩格斯关于文艺的手稿、书信等文档还保存在德国社会民主党的图书馆内，未得清理与公布，所以对阐释性著作的再阐释就成为争议的焦点。而中国的背景是：早期倾向马克思主义的知识分子先锋人物，已经陆续了解到一些苏俄文艺论争的观点，并根据自己的理解做出了介绍。比较有分量的文字，如中共第一批留苏学生中的蒋光慈（侠僧）1924年写的《无产阶级革命与文化》（载《新青年季刊》第3期）、茅盾（沈雁冰）1925年发表的《论无产阶级艺术》（连载于1925年《文学周报》第172期、173期、175期、196期），都采自苏俄文艺论战的材料和早期马克思主义文艺家的论著。时间到了1928年，国内发生"革命文学"的论争，后期创造社、太阳社的青年作家揭起了"革命文学"、"无产阶级文学"的大旗，并受到日本左倾文艺思想的影响，对鲁迅、茅盾等五四老作家发起了猛烈攻击。后期创造社、太阳社批判鲁迅的观点其渊源也来自他们自认的马克思主义文艺理论，发表阵地主要即《文化批判》、《创造月刊》等。这样，初期的马克思主义文艺理论在中国的传播，就显示了它的全部复杂性。一方面，为"无产阶级文学"的建立输送、提供了理论依据，在唯物史观指导下初步建立起文艺从属政治的"阶级的文学"的概念，推行带着各种色彩的新型的"现实主义"，张扬了幼稚期的"革命文学"。另一方面，从开始就受到庸俗社会学的干扰，对马克思主义的文艺理论作简单化的解释：在文艺的"性质"上将阶级的文学与阶级的政治做缺乏中介的对接，将文学和宣传混同，要求直接为党派政治服务；在文艺"队伍"上，排斥所谓的"小资产阶级"，打击"小资产阶级作家"和"同路人作家"，造成内部的"关门主义"、"宗派主义"，自我萎缩了而不是壮大团结了革命文学家的阵营。值得庆幸的是，这并非中国初期传播马克思主义文艺理论状况的全部。以鲁迅、冯雪峰为代表的理论翻译界，在某种程度上可能对此做一定的纠正（当然不可能全部纠正）。

鲁迅从五四文学革命起，就一向关注苏俄的文学和思潮，到了1920年代更加关心其文艺现状。1925年任国桢选译了《苏俄文艺论战》，为《未名丛刊》之一，鲁迅便曾写《前记》予以推荐。到了"革命文学"倡导期，正如鲁迅所说是这场论争客观上促进、加快了他学习马克思主义文艺理论的进程。1928年7月22日他在给韦素园的信中说:"以史底惟物论批评文艺的书,我也曾看了一点,以为那是极直捷爽快的,有许多昧暧难解的问题,都可说明。但近来创造社一派,却主张一切都非依这史观来著作不可,自己又不懂,弄得一榻胡涂。"①这些话,把马克思主义理论的深刻性和当时运用的片面性都说到了。我们看他日记所载1928年的书账,仅马克思主义的经典理论著作就添置达六十余种,像《空想的科学社会主义》、《史的唯物论》、《马克思主义的作家论》、《马克思主义与艺术运动》、《艺术与唯物史观》、《俄国共产党的文艺政策》、《列宁给高尔基的信》等。其中有些唯物论辩证法或唯物史观的书名互相重复,可能是要多方比较吧,也照样一本本地购进。直到1932年鲁迅编定《三闲集》撰写序言时,他还总结性地说道:"我有一件事要感谢创造社的,是他们'挤'我看了几种科学底文艺论,明白了先前的文学史家们说了一大堆,还是纠缠不清的疑问。并且因此译了一本蒲力汗诺夫的《艺术论》,以救正我——还因我而及于别人——的只信进化论的偏颇。"②

鲁迅在领衔编辑《科学的艺术论丛书》之前,曾参与陈望道编的《文艺理论小丛书》工作,两者性质极其相近。《文艺理论小丛书》1928年至1932年由大江书铺出版过四种,都是由日本左翼理论家的编著转译的。鲁迅译的是片上伸《现代新兴文学的诸问题》,1929年4月出版。这年6月,还由大江书铺出版了他翻译的卢那察尔斯基的论文集《艺术论》。然后才是这套《科学的艺术论丛书》里所译的三种。所以加在一起,零星的翻译不算,要谈鲁迅对马克思主义文艺理论的译介,主要是这五本书。在"左联"成立之前,这是鲁迅为中国人民窃天火输入马克思主义文艺理论的一次集中表现,从中明显可以发现鲁迅这时期向左翼革命文学倾斜的一部分思想的来源。鲁迅理论翻译的选目重心,宣示了他介绍、运用马克思主义文艺理论来解决中国文艺现实的意义,"既是为解除个人思想的困惑,求索新的精神武器,也是为中国草创期的马克思主义批评筚路蓝缕,奠定发展的方向和基础"③。具体的特征如下:第一,追本溯源。经

---

① 《鲁迅全集》第11卷,第629页。
② 《鲁迅全集》第4卷,第6页。
③ 艾晓明:《中国左翼文学思潮探源》,第196页,长沙:湖南文艺出版社,1991年版。本文得到艾晓明此书很多的启发。

过对马克思主义文艺的经典理论家普列汉诺夫、卢那察尔斯基的介绍，探求马克思主义理论对文艺的发生、文艺是什么、文艺的作用这些问题所做的根本性的解释。既然物质的功利性劳动产生了艺术，那么按照唯物史观的解释，社会、阶级的历史功能必然是会与文艺相关的，宣传便是文学的功用之一，但这是文学的外部属性，并非内在属性。内在的属性是与人的美感、审美趣味的来源相关。后来对革命、党派与文学的关系的种种偏离，均始于对文艺内外属性的误解。第二，两面作战。就是在接受马克思主义基本理论的时候，既针对自身的陈旧思想，严格解剖自己，认识到过去进化论不能解释的社会、历史、文艺诸问题，唯物史观能予以解释，进而推进自己的思想达到一个新的高度；又关心1930年代前后在新形势下运用马克思主义文艺理论，来回答"革命文学"内部（如后期创造社和太阳社的某些人，直至后来"左联"的某些人）和外部（如"新月派"人）的各种思潮表现。在"革命文学"内部，由于对中国现实黑暗性缺乏清醒的认识而易犯的左派幼稚病，由于"左倾"狂热而庸俗化、简单化地理解文艺问题，像是否需要团结"同路人"作家和全面继承人类已有文化遗产等，都曾摆在鲁迅的面前。在"革命文学"外部，有关于文学的阶级性、人性的争议，需确立马克思主义文艺批评的理论鲜明性、实践性，以便毫不含糊地面对。第三，博大而不狭隘。几乎在专心翻译苏俄马克思主义理论家著作的同时，鲁迅还兼顾其他东西方理论的引进。1929年4月出版的文艺理论集《壁下译丛》，就是与这套马克思主义文艺理论丛书的翻译并行的。《壁下译丛》所收25篇论文，除一人是德国作家开培尔之外，其余九人片山孤村等均是日本各种流派的作家、理论家。观点有新有旧。鲁迅在此书《小引》中还特意点明，对旧的不能过分轻视，说"近一年来中国应着'革命文学'的呼声而起的许多论文，就还未能啄破这一层老壳，甚至于踏了'文学是宣传'的梯子而爬进唯心的城堡里去了"。而对于集子中"三分之一总算和新兴文艺有关"的呢，鲁迅说他编进了争论双方的东西，"可以看看固守本阶级和相反的两派的主意之所在"①。这种取精用宏的态度，正是他一贯对待外来文化的立场。

到了后来的"左联"时期，瞿秋白、郭沫若、周扬、胡风等都有对马克思主义文艺理论的介绍。其中数瞿秋白的成就最高。1932年后，瞿秋白根据苏联

---

① 《鲁迅全集》第10卷，第279—280页。

国内对普列汉诺夫的批判，提出对机械论的批评，但他还是肯定普氏对待历史文化遗产的正确思想。瞿秋白根据苏联共产主义学院《文学遗产》第1、2期公布的新资料，首次翻译了恩格斯的三封论文艺的书信和列宁论托尔斯泰的两篇文章，这是他开启的马克思主义文艺理论在中国传播的新阶段。

（吴福辉）

张秋虫的《新山海经》与现代中国的"胡调人"

《新山海经》长篇小说是张秋虫最近出版的《海市莺花》的第二部，伟大巨著。同《海市莺花》为姐妹作，看过《海市莺花》者，非看此书不可！

《新山海经》写的是些山精海怪，其实并非真的是山中之精，海中之怪。

据作者说，书中多精怪，都往来在实山上海之间，实山上海间的精怪要知他的本来面目是怎样的，请看此书！

作者用十二分胆量，为刻骨之描写，不仅肉感动人亦香艳，亦丑恶，文心狠毒。书中描写荒淫暴虐之军阀远不如盗匪；描写吮疮舐痔之官僚远不如龟奴；描写妖冶浪漫之名媛远不如娼妓；描写捧伶媚妓之文人远不如娈童。

文字不高深而通俗，人人能了解；描写不怒骂而嬉笑，笔笔有胆量；事实不荒诞而奇杂，件件有来历；肉感不显露而含蓄，处处能动人。

所有军阀时代之……风流史伶妓孽冤报已尽收作者笔底，穷形尽相，绘影绘声！比较吴道子一幅鬼戏图尤为得趣，世间未必有此事，亦未必无此事，作者深望世间无此事，又希望有此事者勿看此书，否则看后丑态举呈，倘不气死，亦当羞死，是作者的罪过。

全书五十万言，五十大回，分订五大厚册，逐回刊载，计五十编五彩精印。

全书描写，比较《海市莺花》更进一层，格外写得有声有色。

定价：全书五大册订装一大匣定价五元，特价大洋三元，外埠寄费二角一分。……凡购《新山海经》而连购《海市莺花》书得五特价再打折……

（原载1930年2月20日《新闻报》）

最初的时候，张秋虫也只是一个"串堂跑会"的角色。大概也就在1925年左右，在一些杂志上偶尔可以看到他的名字。据他自己说，他当时也很能满足这样"打打文字祭"的生活。有一次，他和朋友张冥飞闲聊。张冥飞对他的才华大加赞赏，却对他小有成就就自满的心态十分可惜。张冥飞对他说：人家杨尘因写了一部《新华春梦记》，虽然并不怎么样，流行数十年没有问题，向恺然创作了《留东外史》五本竟然可以称作不朽之作。非常可惜您到现在还一事无成。听到这样的评价之后，张秋虫深有感触。于是他就剃了一个和尚头，闭门著书。工夫不负有心人，经过四个月的努力，他终于创作出一部自以为能够拿得出手的作品，这就是1930年6月由中央书店出版的小说《新山海经》。这部小说确实给他带来了巨大声誉，也成了现代通俗小说的一部经典作品。

为什么叫《新山海经》呢？郭璞作《山海经叙》中说："物不自异，待我而后异，异果在我，非物异也。"也就是说，大千世界本有各异的万事万物，没有什么可奇怪的，"不怪所可怪"。张秋虫不同意这样的看法，他说，这是因为生活在其中的人由于惯性常使得本来很奇怪的事情变成平常，变成"熟视无睹"了，应该是"怪其所怪"。所以，他在《山海经》前面加上一个"新"字。

在这样的创作原则之下，张秋虫放开笔墨，尽情地搜罗1928年前后发生在北京的各种怪事。有妓女的"元老派"和"太子派"之争，有小报记者捧角毁角之伎俩，有道学家之女如何不道德，有新婚之妇如何抛弃新郎，有张作霖、张学良父子的矛盾，也有冯玉祥的倒曹反吴……小至家庭琐事，大到国家之变，千奇百怪，应有尽有，正如前述广告所言："描写荒淫暴虐之军阀远不如盗匪；描写吮疮舐痔之官僚远不如龟奴；描写妖冶浪漫之名媛远不如娼妓；描写捧伶媚妓之文人远不如娈童。"就像一个装满各种怪异事件的百宝箱，张秋虫一件件地展示，让人目不暇接。

如果仅仅是这样写怪异之事，张秋虫的《新山海经》也就不会如此引人注目了。因为这种怪异之事的汇集本在通俗小说作家那里并不少见，例如李涵秋的《广陵潮》、陶翠寒的《民国艳史演义》、包天笑的《上海春秋》等小说都是运用这种手法写的，而且在当时都颇有影响。与其他小说不同的是，张秋虫的《新山海经》集中写了一种现代社会的"胡调人"。什么是现代社会的"胡调人"呢？1928年6月21日，张秋虫在《紫罗兰》上发表了一篇小说《烦闷的安慰》。小说主人公叫西君。此人的言行为现代社会的"胡调人"做了注解。

他们都是接受过现代教育的青年人,却混迹于各种场所消费人生。他们对周围的环境和自己的所作所为的胡乱和恶劣都十分清楚,却自甘堕落、自愿"胡调"。小说中的西君有这样的话:"一个人能够没有心肝没有脑筋是何等可以快乐的事啊。""我也在睡梦中寻生活,而头脑却无时无刻不是清醒的,这是没有法想的。"睁着眼睛"胡调",清醒地走向死亡,就是这些现代社会"胡调人"的生活取向。

《新山海经》中有三个贯穿始终的社会"胡调人":金一刀、江竟无、祖终穷。这三个人都曾接受过新式教育,都曾有过远大的理想,也都算是"才子"。但是他们的理想在现实社会中无法实现,于是就混迹于花界之中。他们知道所做的一切不是"畜生道"就是"饿鬼道",但是不做"畜生"和"饿鬼",又能做什么呢?对于这些现代社会的"胡调人",张秋虫认为不是他们不想好好做人,是社会让他们做不成好人。张秋虫在小说中说了这样一段话:"读书时代的青年,不知怎的都会有那么大的志气……等到出了学校的门,投身到法力无边的社会里去,或者因为娶妻生子穿衣吃饭的关系,少则三五个月,多则三五个年头,志气便渐渐地消灭了,宗旨也渐渐地改变了……于是他发现以前的见解是错误的,是幼稚可笑的,他现在总算觉悟了,有了经验了,走到政治上光明之路了……"社会的法力那么强大,要想适应它就只能混下去,问题是有些人不愿意混下去,却又无力向社会抗争,怎么办呢?于是"胡调人"出现了。张秋虫说:"身无媚骨,不知道降志辱身,不知道趋炎附势,穷愁潦倒,不能取悦世人,自己知道一肚皮不合时宜,这一辈子没有得意的希望,索性自暴自弃,狂放不羁,不敢再作奢愿……他的怨毒之气,上彻云霄,恨不得拿切菜刀杀几个人泄愤,恨不得来一个大地震,使全世界的人同归于尽,即使这个目的达不到,至少也得自己弄死一个婴婴宛宛的女性,这口气也就平了些儿,再不然自己死在任何女性的身上也是情愿的。"(第11回)反正是"将近无"("江竟无")、"祖宗穷"("祖终穷")了,干脆就"精一刀"("金一刀"),"胡调"自我,"胡调"人生。在张秋虫看来,现代社会的"胡调人"还是反抗社会压迫的一种表现方式呢。

其实,现代社会的"胡调人"形象也并不是张秋虫的创造。民国初年的时候有一部著名的"海派狭邪小说"叫《九尾龟》。小说中那个"嫖界英雄"章秋谷可算是第一个现代社会"胡调人"。这个受过良好教育的具有才华的富家子弟，不愿在政府中做事，而整日混迹于上海的妓院之中，成为妓院是非的调停者、裁判者。对他的所作所为，章秋谷的母亲临终之前有一番评说："你平日间专爱到堂子里头去混闹，别人都说你不该这样。只有我一个人知道你的意思，无非是为了心上不得意，便故意到堂子里头去这般混闹，借此发泄你的牢骚，所以我也从没有说你一句，只要你把这个恃才傲物的性格改掉了，我就死了也瞑目的了。"（第189回）同样是与社会不合，而发泄自我，"胡调"人生。当然，与《新山海经》专写现代社会"胡调人"相比，《九尾龟》主要写妓院妓女的故事，章秋谷还只是一个人物而已。不过，从中可以说明一个问题，那就是写这种社会的"胡调人"是通俗小说作家的一个传统。我们如果向历史追溯，可以在明清的"狭邪小说"中找到更多这样的人物形象，只不过现代作家身处现代社会，现实生活告诉人们妓女们再也不是想象中知书达理的才女佳人，而是满怀心机靠肉体获取经济利益的很现实的女人，于是小说中的人物也不可再扮演成满腹经纶的翩翩公子，只能是在丑恶环境中混迹的"丑恶"男人了。明明知道是"畜生道"、"饿鬼道"偏要在其中混，总要找个理由吧，于是怀才不遇、社会不合就成了最好遮羞布，"做个信陵君"，期待被重用就成了他们最好的心理安慰。当然，从文学史的角度上说，这些现代社会的"胡调人"还是有一定价值的。它告诉我们，现代文学中不仅有精神扭曲的知识分子、报国无门的知识分子，还有一批充满着怨气"胡调"于社会的知识分子。

张秋虫出生在杭州的一个富庶家庭，曾经在上海接受过现代教育，吃穿不愁的他后来一直在社交界混迹。良好的教育和他个人的生活经历使得他的小说不仅生活气息浓厚，也相当生动，艺术水平显然高于民初通俗文学作品，这是《新山海经》得以畅销的原因之一。

（汤哲声）

3 月

洪灵菲的《流亡》一度流行

流亡　已三版

本书计十万言,为革命文学上之巨著。书中叙一革命青年失败后,亡命四方,历遭家庭和社会各方面之冷眼,穷苦备尝,境遇凄凉;而后来更能坚然决然,再上革命之前线去;真足以代表现代青年之反抗精神也!书中材料,十分丰富;南至南洋,北至北平,各地的社会情形,均有叙述,加以作者生动之笔法,客观之描写,既有趣味,又极深刻!关心社会者,不可不读;关心文艺者,尤为不可不入手一篇也。每册实价大洋七角。

(载1930年3月1日《大众文艺》第2卷第3期"新兴文学专号")

这则广告突出了小说故事的基本矛盾、发生的场景地域、笔法与主题,很有点号召力。仅看其情绪的激越,也与作品的文本正相匹配,留下了时代的情绪面影。《流亡》的作者洪灵菲1902年生于广东潮安,1924年加入共产党,是一个追随革命的热血青年。他也是早期"革命浪漫谛克"写作的重要一员,"左联"成立前与戴平万、杜国庠等组成我们社,同后期创造社、太阳社并肩投身革命文艺。"左联"成立时,他是发起人与七常委之一。他的写作生命比蒋光慈还要短,仅三四年的时间,其余都在从事实际的革命工作。1933年洪灵菲在北平地下党机构活动期间遭当局宪兵三团被捕,

洪灵菲《流亡》书影,现代书局1928年版。

后被秘密杀害，具体日期已湮没不可考。我们从他生前所有的创作文字，可以窥见他的敏感、坚贞、随时随地都能喷发出烈焰似的性格来。

　　《流亡》的题材来自洪灵菲本人的经历。大革命失败后，他为躲避通缉曾有大半年时间在广东、香港、新加坡、泰国等地漂泊。《流亡》的主人公叫沈之菲，很能显示小说的自传性质。就像五四有五四青年文学一样，洪灵菲、蒋光慈、柔石、胡也频等也共同创作了"四·一二"政变后革命低潮时期的青年文学。这一段青年文学为任何一段青年文学所不可代替。其中有失败后的困境，动荡不拘的生活，青春期恋爱的放弃或重建，精神的沉沦和勃兴。而《流亡》发挥了"流浪小说"、"青年流亡小说"体式在叙述上的独特长处，使它的主人公沈之菲在超强的颠沛流离之中，感受到拘留所的铁窗风味、路途跋涉的艰难困苦、殖民地南洋各国的畸形怪状，加上对地方和异国特殊情调的着力渲染，便汇聚成了小说揭露现实的多彩多姿的画幅。而面对与现代女性黄曼曼双双逃亡的传奇经历，作者加强了一边要坚持革命，一边要追求革命式的恋爱的描写。于是小说开头一对男女革命流亡者，在被追捕的路途中躲入一座停厝棺材的古屋，竟起意要当晚就地结婚。书中的主人公宣称，"革命和恋爱都是生命之火的燃烧材料"，"因为恋爱和吃饭这两件大事，都被资本制度弄坏了，使得大家不能安心恋爱和安心吃饭，所以需要革命"。作者还借浪漫的自然景物来烘托这种情绪：越是流亡的人儿意志稍有低沉的时刻，越是男女两人显得儿女情长的时候，小说就越发撇开牧歌情调，而表现出壮阔的意境。如沈之菲被关在拘留所一夜无眠，早晨蓦地见到朝阳的壮美，还有沈之菲在湄南河激流单人独木划舟闯滩的力的较量，以及在香港海湾望见夕阳的宏丽，感到的都是"有生命的，自由的，欢乐的浪花"那样的景物，都暗示出革命者在失败中仍然义无反顾扑向光明的气象。这就给小说所营造的失败氛围难免带来的凄婉情调上蒙了一层刚健、壮丽的色泽。两个方面结合得如此之紧，以至于就成为洪灵菲独具的文学气味了。

　　《流亡》又带动洪灵菲的整个创作，提供了众多流亡者的形象。他以后的《归家》、《金章老姆》、《气力出卖者》，叙述流落"番邦"的那些穷苦华工；《在洪流中》、《家信》等描写的是与《流亡》一样的革命漂泊者。短篇小说《在木筏上》，把这两类流浪者在南洋异邦的环境下聚在一处了。当然，写得最有血有肉的人物，还是像自己一类的革命流亡青年，以沈之菲为代表。沈之菲身处逆境，却仍然保持了一个五四觉醒者对封建礼教的愤怒叛逆，对一切旧事物全力反抗的气概。而对于革命的憧憬，简直是用一种呼喊的方式，一种拥抱爱人的方式，浪漫至极地迸发。《流亡》之后接写的《前线》、《转变》，后来被统称为"流亡三部曲"，共同构成他的代表之作。其中《转变》里的人物，在幻觉里就有一段"呼喊式"的革命咏叹调出现：

"革命"这两个字幻成一幅美丽的，悲壮的图画在他的脑里闪耀。在这幅图画里，有大旗，有战鼓，有人影，有枪声，有星光，有月痕，有血迹。他觉得革命是科学的，同时也是艺术的；是散文的，同时是诗的。是理性的，同时是情感的……

可见"革命"是多么合乎这类青年的心愿。洪灵菲就是如此礼赞"革命"，并将它充分文学化了。而到了描摹这种革命青年的思想感情、心路历程的时候，因为是从自身的痛苦复杂的经验出发的，洪灵菲又能够非简单化地写出他们的矛盾性，包括对革命兴奋之后的失落，愤激的孤独掺杂着颓伤，想要融入时代和集体却又不能全然忘却自我的矛盾等等。所以像沈之菲这样的人物会这样想："这一次流亡的结果，令我益加了解人生的意义和对于革命的决心。"决绝献身的英雄主义，与他囿于旧道德的束缚，时时受制于对父母的孝顺和眷顾，是同时描写的。小说粗粝崇高的美感，也是和九曲回肠的缠绵细腻并存的。"革命浪漫谛克"的这种写法，在当年的青年读者那里得到某种共鸣，他们可以在此类作品里得到抚慰，得到心灵的交流和提升，所以十分流行。

早就有人指出，洪灵菲和郁达夫的浪漫气质有一定的关系。恰巧，洪灵菲是郁达夫在广东高等师范学校短期教过的学生，文学上受到后者明显的影响。连《流亡》的出版都是郁达夫向现代书局推荐的结果。洪灵菲的文学修养、气质，自然与郁达夫有许多不同：他的自叙传小说大大加深了"大革命时期"一代青年的政治气味，视角较为宽广，但自我解剖的力度减弱，两性描写比较肤浅（在一定程度上并未涉及两性，只是描摹了两情而已），文字少提炼（郁达夫也有散漫的文字，但代表作就相当精粹）。最显著的是洪灵菲的"浪漫"感情的主观宣泄性更强。为了情感宣泄的需要，甚至可以影响到叙述的详略笔法。《流亡》写逃亡的水路就缺乏节制，无必要地拉长，带出可有可无的人物。人物对话虽然大部晓畅流利，但雕镂性差，洋洋洒洒如一篇讲演词。当人物情感极度扩张时，幻觉和梦魇的插入便成了洪灵菲常用的笔致了。如《流亡》里写狱中的沈之菲梦见自己单枪匹马去解救难友，与军警大战；写梦里孙中山先生前来致词等等。还有在叙述时随处根据人物的感情需要穿插政治性的议论，包括人物的议论和叙述人的议论，在《流亡》俯拾皆是。沈之菲入狱后，深恨出卖自己的叛徒，便插入整段用反语构成的杂文式议论。沈之菲流落上海时，饥饿使得他忽发奇想，竟说要"减衣缩食去买一瓶白玫瑰，以失望为肥鸡，嘲弄为肥鹅，暗算为肥鸭，危机为肥猪，凌辱、攻击为肥牛，肥蛇，饱餐一顿，痛饮一番"。这类较为幼稚的文字显然是作者得意的，常被夸张地使用。而且，这时的叙述、描写等都被幻想加议论所淹没，小说的叙事节奏遭到破坏。他这种特殊体的"革命浪漫谛克"特色，也就显露无余了。

《流亡》出版后，便即流行。小资产阶级革命知识青年的文学，自有都市激进青年读者的呼应。钱杏邨在评论中就不自禁地说，"在灵菲的著作中发现了我的世界的一部，如在拧着自己的皮肉"①。上面广告所说印三版，即1928年4月初版，同年9月二版，次年三版，在当时就算比较畅销了。与《流亡》有连续关系的自传体长篇，《前线》和《转变》两部，也都在1928年相继印出，销量均不如《流亡》，但也得到广泛的传播。按照当时左翼文学的风气，洪灵菲后来尝试直接表现工人的写法，如中篇《气力出卖者》，比起表现农民的《在洪流中》和《归家》来，稍逊一筹。另一部中篇小说《大海》，是写他熟悉的故乡广东潮汕地区的农民运动的（海丰陆丰合称海陆丰地区的农运很是知名，又出了个领袖人物彭湃），在那里他努力描写新旧两代农民所走过的反抗道路，塑造不同的人物典型，但概念化的毛病仍不能尽避。应当说，他已经非常致力于描写工农了，却究竟赶不上他写"自身"这类的青年知识者来得生动、传神。可以说，洪灵菲始终脱不出"革命加恋爱"的左翼初期文学的光影。

（吴福辉）

---

① 阿英（钱杏邨）：《中国新兴文艺考察的断片·流亡》，见《阿英全集》第1卷，第218页，合肥：安徽教育出版社，2003年版。此话写在1928年。

原汁原味的"海派弄堂小说"

《春水微波》

三十万言长篇社会小说　王小逸杰作　庞亦鹏插图　是十九年份第一部名作

事实　哀艳凄清　可歌可泣　描写　紧张热烈　奇趣横生
穿插　滑稽突梯　笑痛肚皮　人物　活色生香　呼之欲出

看过这部风情绝妙的《春水微波》,可以解决色情狂病!神酥骨醉!宛似醍醐灌顶!

有不可思议的快感!有意想不到的神秘!

……

金钱万恶　弱女肉身供布施　香衾锦帐　蓦来了禽兽阿翁
春心荡漾　浴房姣婢献香唇　藕股分飞　凤明霞变落汤鸡
媚骨痴情　弄软了个郎两腿　檀奴乍遇　可怜虫作销魂语
读《春水微波》可知家庭的黑暗　读《春水微波》可知伦常的罪恶
读《春水微波》可知纨绔的丑态　读《春水微波》可知银星的笑料
读《春水微波》可知闺房的活剧　读《春水微波》可知情天的惨酷
读!读!读!读过《春水微波》,才知此书真是奇文。

(原载1930年3月6日《新闻报》)

从既有的文学史看,讲到"海派小说"都是讲述穆时英、刘呐鸥、施蛰存等"新感觉派小说",总是论述"海派小说"光怪陆离的都市描述和感觉主义、精神分析等艺术手法的运用。如果涉及30年代初那场"京派"、"海派"之争,还有人会将身在上海的鲁迅列为"海派小说"作家。这些评述并不全面。如果"海派小说"这个名称能够成立的话,传统文学的"海派小说"显然占有重要的地位。

传统文学作家主要是市民作家。世俗的文化修养和平民的生活环境使得他们的小说具有很强的原生态性质,可以称作原汁原味的"海派弄堂小说"。这批作家中最有成就者有王小逸、苏广成(王大苏)、蓝白黑(汪焚稻)、陈亮(田舍郎)等。这里主要分析王小逸和陈亮的代表作品,论述"海派弄堂小说"的特点。王小逸是 30 年代"海派弄堂小说"的代表作家,他的代表作品有《春水微波》、《石榴红》、《王公馆》、《同工茧》等。陈亮是 40 年代"海派弄堂小说"的代表作家,他的代表作品有《小梅香》、《小裁缝》、《三姑娘》、《阴错阳差》等。

"海派弄堂小说"写的是上海生活,却是上海社会风气最激烈的批判者。他们笔下的上海社会就是一个充满着陷阱的大黑缸。《春水微波》写一个出身于弄堂的平民女孩丁慧,为了改变自己的命运与一个富家子弟叶兆雄谈恋爱,结果被叶兆雄玩弄,成了叶的姨太太。不甘心的丁慧自己闯社会,想做个电影明星,结果又被编导们算计,空手而回。叶兆雄的父亲

王小逸的"弄堂言情小说"《春水微波》,上海文化出版社 2006 年新版。

前来安慰,却要霸占她。绝望的丁慧只能跳进黄浦江。可是她的一跳又能给社会带来什么呢?上海滩照样是灯火通明,黄浦江照样是"春水微波"。这是一个悲剧的故事,广告却写得很香艳,但也就是"广告"而已。通过婚姻改变自己的命运,同样的故事出现在陈亮 40 年代的小说《阴错阳差》中。小说写的是小市民出身的兄妹俩,为了挤入上流社会而把自己的婚姻当做跳板的故事。与《春水微波》中纯真的丁慧不一样,他们兄妹也算是有心计的人,他们挖空心思攀上富贵之家,为了达到目的忍辱负重至不齿的地步,可是他们怎么斗得过黑暗的社会呢?最后兄妹两个人财两空。这些描述透露出作者的价值判断:上海社会存在着贫富两个阶层而且等级森严,贫民想要成为富人根本不可能;在上海社会中纯真的本性根本无法生存,这是一个充满算计的社会,虽然市民阶层也有一些小聪明,但是根本就不是富人阶层的对手。这样的价值判断显示的城市市民立场,几乎能够涵盖所有的"海派弄堂小说"。

这类小说描述得最为生动的,当然还是上海市民心态和生活状态。小说人物都是那些在上海滩挣命的小生产者、小职员、小商小贩以及女工等,改变命运的历程构成了小说的主要情节。特定人群的奋斗史使得他们的小说具有浓郁的市民气息。小说几乎都是围绕着一个或数个市民女性的婚姻命运展开,并且

几乎都以悲剧告终。有意味的是作家除了指责社会不公之外,还指出市民女性本身的缺陷是造成悲剧的重要原因。这些市民女性不是完全被动地被社会或者家庭推到凶险的陷阱中,而是多少有些主动地投入其中,成为社会的牺牲品。陈亮《小梅香》的人物是烟厂里的一个女工,由于生得漂亮成为厂里有权有势者的追逐对象,结果被厂里权力最大和钱财最多的王厂长软硬兼施地娶为小老婆,最后在无聊的生活中撞火车自杀了。小梅香的悲剧肇源于社会的黑暗,也归因于她的人生观。我们可以与郁达夫笔下的另一个烟厂女工陈二妹(《春风沉醉的晚上》)作个比较。小梅香并不像陈二妹那样厌恶自己的烟厂而是十分喜欢,这固然是生活所迫,更主要的是她以能去烟厂工作为荣,认为可以在同伴面前获取羡慕的眼光,可以得到从厂长到车间主任的另眼相看,虚荣心是她爱厂的主要动力。她对厂里的那些"管理人"也不像陈二妹那样深恶痛绝,相反是怀有私心地利用他们:为了得到一点好处,她允许他们在她那里得到一些好处;她明知道王厂长娶她是为了玩弄她,但就是经不起金钱的诱惑而愿意钻进去。明明知道是陷阱,还要往里面钻,其中有市民阶层改变命运的强烈愿望,有生活压力的无奈,也有虚荣心的推动。"海派弄堂小说"生动地描述了上海市

上海石库门外貌

民众生相。这些人生活贫困，但是都十分要面子，只要嫁了一个有钱人，回娘家时有汽车坐，邻里争看羡慕不已，父母就会得意万分，身价倍增，至于以后怎样似乎并不顾及，即使以后混得不好，也要竭力保持住面子上的风光（《小裁缝》）。他们都精明强干善于经营，知道怎样赚钱，失败了也不气馁，总是寻找机会东山再起（《石榴红》）。他们也互相猜疑，互相勾心斗角，但在对待黑势力上又互相帮助、互相支持，知道依靠众人的力量才能生存（《小梅香》）。这些市民们勤劳，但并不那么朴实，多少带有点狡猾；他们总是以自己的切身利益为出发点，如果直接触及自己的切身利益，他们也能团结（《石榴红》）；他们也讲道德，但是在金钱面前，似乎就很软弱无力。同样，那些地痞、流氓、"白相人"已没有一点中国传统的侠义精神（与"津派小说"相比较），只剩下奸诈和霸道（《三姑娘》）……这就是上海市民的生存状态和生存技巧，散发出了这座城市浓浓的市民文化气氛。搅动这种文化气氛的有一根魔棒，那就是金钱！

有意思的是虽然"弄堂小说"的描述让人对金钱的力量留下了非常深刻的印象，但是小说的作者却不承认，他们在小说中不断地对市民的那些势利行为给予谴责，总是让那些势利人的努力落空，以悲剧告终。他们还不时地在小说中加上"我们的人格是没有代价的"（《阴错阳差》中沈杰仁语）这样的豪言壮语，来显示他们的自尊。说实在的，小说的这些批判理念只表现在语言和小说的结尾上，故事的内容却有着对金钱的赞许，明显地表现出作家对金钱力量的认可，渴望而不可得，批判的理念在小说人物的实际行为面前显得多么虚弱和苍白，所以读他们的小说经常有作家批评理念和小说的实际描写反差巨大的感觉。为什么会有这样的矛盾心态呢？这与这些作家的生活环境与文化理念的差距有关。这些通俗小说作家本身就是市民，他们整日生活在市民生活的环境之中，对生活的熟悉使得他们的小说符合生活的实际，可是，他们又都以小说家自居，既然是小说家总是要启蒙劝诫读者应该怎样生活。这些通俗小说家们又能用什么文化思想启蒙劝诫读者呢？只能是传统的道德观念，尽管这些道德观念在现实面前是那么虚空，他们也只能这么说！

要论政治理念、文化理念，通俗小说作家的"海派弄堂小说"比不上新文学作家的"海派小说"。但是，他们有一点是新文学作家比不上的，那就是本色。他们创作小说就是根据生活的原样，再加上自己的一点生活感受铺演而成。王小逸、陈亮等人都长期生活在上海弄堂里，那里什么人都有，他小说中的那些人和事都有生活原型。本色的描写使得他们的小说具有特殊的吸引力。环境是曲折的弄堂、小店的铺面、吆喝的叫卖声和不时散发出来的小菜的香味；人物是来去匆匆的女工、交头接耳的市井女性、善于应变的买卖人、四处混迹的"白相人"和奸猾霸道的帮会中人。市民最热心、最有兴趣的话题莫过于生死婚嫁和那些突变、奇遇事件，而这些话题正是"海派弄堂小说"涉及最多的素材。所以尽管这些"海派弄堂小说"的结构并不严谨，有些小说简直就是社会生活材料的堆积，人物形象也不够鲜明，性格的展现被全知型的故事叙述所淹没，但是仍然能够得到市民们的共鸣。道理很简单，小说所谈论的话题就发生在市民的生活中，作者的编织更使这些话题有了传奇的色彩，新奇感贯穿其中，就自然产生吸引力了。

（汤哲声）

中国左翼作家联盟成立

中国左翼作家联盟的成立

自从创造社被封，太阳社，我们社，引擎社等文学团体自动解散以后，酝酿了很久的左翼作家联盟的组织，因为时机的成熟，已于三月二日正式的成立了。

成立会是下午二时举行的，当时到会的有冯乃超，华汉，龚冰庐，孟超，莞尔，邱韵铎，沈端先，潘汉年，周全平，洪灵菲，戴平万，钱杏邨，鲁迅，画室，黄素，郑伯奇，田汉，蒋光慈，郁达夫，陶晶孙，李初梨，彭康，徐殷夫，朱镜我，柔石，林伯修，王一榴，沈叶沉，冯宪章，徐幸之，等五十余人。

宣布开会以后，推定了鲁迅，沈端先，钱杏邨三人成立主席团。先由冯乃超，郑伯奇报告筹备经过。接着就是中国自由运动大同盟代表的讲演。往下由鲁迅，彭康，田汉，华汉等相继演说。然后通过筹备委员会拟定的纲领，至四时，开始选举，当选定沈端先，冯乃超，钱杏邨，鲁迅，田汉，郑伯奇，洪灵菲七人为常务委员，周全平，蒋光慈二人为候补委员。往后为提案，共计约十七件之多，主要是：组织自由大同盟的分会，发生左艺（翼）文艺的国际关系，组织各种研究会，与各革命团（体）发生密切的关系，发动左翼艺术大同盟的组织，确定各左翼杂志的计划，参加工农教育事业等。

当时所确定的这个组织的行动总纲领的主要点是：（一）我们文学运动的目的在求新兴阶级的解放。（二）反对一切对我们的运动的压迫。同时决定了主要的工作方针，是：（一）吸收国外新兴文学的经验，及扩大我们的运动，要建立种种研究的组织。（二）帮助新作家之文学的训练，及提拔工农作家。（三）确立马克斯主义的艺术理论及批评理论。（四）出版机关杂志及丛书小丛书等。（五）从事产生新兴阶级文学作品。

当时所通过的纲领（行动纲领是附在这后面的）是：

"社会变革期中的艺术，不是极端凝结为保守的要素，变成拥护顽固的统治之工具，便向进步的方向勇敢迈进，作为解放斗争的武器。也只有和历史的进行取同样的步伐的艺术，才能够唤喊它的明耀的光芒。

诗人如果是预言者，艺术家如果是人类的导师，他们不能不站在历史的前线，为人类社会的进化，清除愚昧顽固的保守势力，负起解放斗争的使命。

然而，我们并不抽象的理解历史的进行和社会发展的真相。我们知道帝国主义的资本主义制度已经变成人类进化的桎梏，而其'掘墓人'的无产阶级负起历史的使命，在这'必然的王国'中作人类最后的同胞战争——阶级斗争，以求人类彻底的解放。

那么，我们不能不站在无产阶级的解放斗争的战线上，攻破一切反动的保守的要素，而发展被压迫的进步的要素，这是当然的结论。

　　＊　　　　＊　　　　＊　　　　＊

我们的艺术不能不呈献给'胜利不然就死'的血腥的斗争。

艺术如果以人类之悲喜哀乐为内容，我们的艺术不能不以无产阶级在这黑暗的阶级社会之'中世纪'里面所感觉的感情为内容。

因此，我们的艺术是反封建阶级的，反资产阶级的，又反对'稳固社会地位'的小资产阶级的倾向。我们不能不援助而且从事无产阶级艺术的产生。

我们的理论要指出运动之正确的方向，并使之发展。常常提出中心的问题而加以解决，加紧具体的作品批评，同时不要忘记学术的研究，加强对过去艺术的批判工作，介绍国际无产阶级艺术的成果，而建设艺术理论。

　　＊　　　　＊　　　　＊　　　　＊

我们对现实社会的态度不能不支持世界无产阶级的解放运动，向国际反无产阶级的反动势力斗争。"

一直开到七点钟,才宣告散会。

现在,社务是在向各方面积极的进行着。(记者)

(原载 1930 年 3 月 10 日《拓荒者》第 1 卷第 3 期)

中国左翼作家联盟(简称"左联")成立的消息,除《拓荒者》这一条外,还见《萌芽月刊》上的《左翼作家联盟的成立》,《大众文艺》的《左翼作家联盟成立了》,《巴尔底山》的《记左联第一次全体大会》,《沙仑》的《左翼作家联盟的成立》等,均由左翼自己的文学刊物所报道,而以上述这条为最早。国际左翼人士如美国的史沫特莱,日本的尾崎秀实、山上正义,也通过他们的渠道在上海的外文报和德国、日本的报刊上做了一定的披露。

因为整个建立的过程属于"地下状态",当事人之后的回忆在有些地方多有分歧,如酝酿过程、发起人、前后的组织领导、六年中发展的盟员、分盟的隶属关系等,但大体的历史情况是清楚的。成立会的地点,消息中没有挑明,是在上海虹口窦乐安路中华艺术大学的一个教室召开的。这个原址今日仍在。中华艺术大学是一座具有左翼进步文艺传统的艺术教育学校,陈望道任校长,校内师生不少是共产党员或青年团员。当年"左联"的形成,自有其内外政治、文化的形势:共产党与国民党在北伐战争后期公开分裂,中共紧急调整方针开展土地革命、重组武装,在都市聚集产业工人和文化力量。党内一时执行的"左倾"路线及苏联"拉普"、日本"纳普"的"左倾"文化路线的影响,直接造成"革命文学论争"的发生,而在一定意义上,"左联"成立正是"革命文学论争"的一个结果。

创造社、太阳社等的批判鲁迅、茅盾引起了中共高层的注意。1929 年下半年,党中央周恩来、李富春等先后过问此事,经过李立三找鲁迅谈话,决定停止论争,团结起来组织新的文学团体。由潘汉年领导,沈端先(夏衍)因没有具体参加论争被指定

中国左翼作家联盟成立大会原址——上海中华艺术大学

为"左联"的主要筹备人,很快形成了鲁迅等 12 人的筹备组,其中仅鲁迅、郑伯奇两人不是共产党员。筹备组在北四川路"公啡"咖啡馆二楼的小房间里,开了一系列的会议,主要是确定发起人名单和草拟纲领。鲁迅参加过一两次,而最后的一次筹备会是在 1930 年 2 月 16 日召开的,《萌芽月刊》3 月 1 日(第 1 卷第 3 期)曾以"上海新文学运动者底讨论会"为题做过报道,说:

> 到会者有沈端先,鲁迅等十二人。对于过去的运动,讨论结果,认为有重要的四点应当指摘:(一)小集团主义乃至个人主义,(二)批判不正确,即未能应用科学的文艺批评的方法及态度,(三)过于不注意真正的敌人,即反动的思想集团以及普遍全国的遗老遗少,(四)独将文学提高,而忘却文学底助进政治运动的任务,成为为文学的文学运动。……
>
> 但作为讨论会底结果,还有更重要的一事,即全场认为有将国内左翼作家团结起来,共同运动的必要。在讨论会上已成立了这较广大的团体组织的筹备委员会,也许不日就有左翼作家的组织出现吧。

这就暗示了左翼文学家团结的产物"左联"的即将诞生。

在征求鲁迅意见的时候,他坚决反对给他"委员长"、"书记长"的名义。对于发起人名单,他曾提出应当有郁达夫。实际当天与会的作家中,郁达夫、蒋光慈因事因病没有出席。冯乃超、郑伯奇的筹备报告,冯讲的是筹备经过,郑则对"左联"纲领草案做了说明。"左联"纲领起草中,据夏衍回忆因筹备人大部懂日文,主要是参考了日本"纳普"的,也征询过懂俄文的蒋光慈,经他介绍了苏联"拉普"纲领及组织情况。① 所以纲领在谈到无产阶级文艺的对立面时,仍然采用了"反封建阶级的,反资产阶级的,又反对'稳固社会地位'的小资产阶级的倾向"的字样。对待小资产阶级的问题是此前不久鲁迅、茅盾与创造社、太阳社争论的焦点之一,这里留下了余痕。会上代表中国自由运动大同盟致词的,一度传为潘漠华,其实潘并没有参加此会。用"自由运动大同盟"的名义也是障眼法,真正代表中共在此会上致词的是潘汉年。而建立各种研究会,当时通过的是"马克思主义文艺理论研究会"、"国际文化研究会"、"文艺大众化研究会"三个。整个报告、演说都没有做正式记录。鉴于保密和安全的考虑,会议安排了纠察队,随时准备从后门撤退(冯雪峰、柔石还要负责鲁迅

---

① 夏衍:《懒寻旧梦录》,北京:三联书店,1985 年版。

安全），到傍晚时即宣布结束，预定的讲演人也没有全部发言。鲁迅的讲话是几天后由冯雪峰根据记忆补成草稿，经鲁迅修改，添加了平时私下里不止一次讲过的意思，才发表在《萌芽月刊》第1卷第4期上的。那就是著名的《对于左翼作家联盟的意见》，其中的许多话，都可看做是鲁迅对"革命文学论争"意味深长的一次总结。

"左联"是一政治性文学团体，标志着左翼文学的崛起。它的领导机构是常务委员会（又称执行委员会），核心是中共党团组织。先后担任过党团书记的有冯乃超、冯雪峰、丁玲、耶林、阳翰笙、周扬，周扬的任期相对较长。日常工作有秘书处，下设大众文艺委员会、创作批评委员会、理论研究委员会、国际联络委员会、小说研究委员会、诗歌研究委员会等。"左联"的盟员发展到四百多人。前后成立过北平的北方"左联"，天津、保定、东京、青岛、广州等"左联"，但学界对"左联"分盟的情况及与总盟的关系，由于材料纷杂，没有统一的见解。"左联"承认自己是国际革命作家联盟的支部之一，常驻代表为萧三。

"左联"对1930年代左翼文学创作运动起到很大的组织作用。起初的"左"的关门主义、宗派主义、机械唯物论、以政治代文学（主要活动放在飞行集会、建立工人夜校上面）、创作概念化、题材决定论等倾向，在中后期得到一定程度的克服。曾经发起过对"民族主义文学"、"新月派文学"、"文艺自由论"、"第三种文学"等的批判，并努力介绍苏联和世界的革命文学、进步文学，推动马克思主义文艺理论在中国的传播。"左联"时期，革命文学取得令人瞩目的成就。"左联"的著名作家有：鲁迅、瞿秋白、茅盾、郁达夫、田汉、蒋光慈、冯雪峰、洪深、阿英、丁玲、周扬、胡风、夏衍、张天翼、沙汀、艾芜、叶紫、端木蕻良、田间等。因为各种缘故没有参加"左联"，却围绕"左联"成为著名左翼作家的有：萧红、萧军、吴组缃、艾青、臧克家等。"左联"的主要刊物有：《世界文化》、《萌芽月刊》、《拓荒者》、《文学导报》（创刊号为《前哨》）、《十字街头》、《大众文艺》、《北斗》、《文学月报》、《文学》（半月刊）、《光明》等，因遭政府当局的封杀，大部旋生旋灭，难以持久，但仍不屈地生长。"左联"盟员为革命而牺牲的作家有柔石、胡也频、殷夫（白莽）、李伟森、冯铿、洪灵菲、应修人等。

"左联"自身也存于对"革命文学"不断认识的过程之中。盟内的革命启蒙主义思想和革命功利主义思想此消彼长，领导上的民主作风和专断作风的矛盾也始终不断。到1935年后半年，全国建立抗日民族统一战线的呼声日益高涨。萧三遵照中共驻共产国际代表王明的意见写信回国，指示解散"左联"以适应新形势的要求。"左联"这时的领导人周扬、夏衍提出"国防文学"的口号，筹备成立"中国文艺家协会"，予以响应。他们征求鲁迅意见的时候，鲁迅最初对解散了"左联"后如何保持在文艺界抗日统一战线中的核心作用表示担心。为了顾全大局，鲁迅又提出解散后发表宣言的建议，以免在社会上造成"溃散"的印象。但最终是宣言未发，1936年初"左联"自动解散了。6月，"中国文艺家协会"发表成立宣言。同月，鲁迅提出了"民族革命战争的大众文学"的口号，发表了《中国文艺工作者宣言》。在"两个口号"声中，落下了"左联"的帷幕。

（吴福辉）

唯美主义的《死水》

《死水》

闻一多著　实价五角半

闻一多先生的诗是认真做的，他的诗也应该认真去读。非那样读，不能发现《死水》里的宝藏。研究新诗的人不要忘了这里有一个最好的范本。

本书封面，是闻一多先生自作的，新颖并且别致，是现代新书中第一等的装帧。

（原载1930年3月10日《新月》第3卷第1号）

《死水》是闻一多继《红烛》之后的第二本诗集，关于《死水》乃至闻一多诗作的整体论述，已经很充分了，难有新说。这里且补充一些史料，以便更深入地理解闻一多的作品。

梁实秋和闻一多是多年的同学兼好友，在清华留美预备学校和美国留学期间都在一起，因此梁实秋很熟悉闻一多的创作历程和特点，他到台湾以后写的《闻一多在珂泉》、《谈闻一多》两篇长文，是研究闻一多的重要史料。谈到留美期间的闻一多，梁实秋说："那时候，他是以诗人和艺术家自居的，而且他崇拜的是唯美主义。"①尽管对闻一多的唯美主义思想特征，80年代以来的研究有所注意，但真正以此来论述闻一多20年代创作的有深度的研究，却很少见。《诗的格律》所提出的著名的"三美"理论，何尝不是唯美主义诗学观的一种

闻一多《死水》广告

体现？而《死水》中的作品，既是浪漫主义的，也是唯美主义的，甚至更是唯美主义的，尤其是其中的《死水》这首名作。浪漫主义诗中固然也有新奇、险怪的意象，但以"翡翠"、"桃花"来形容"死水"，还是唯美主义对新奇、险怪形象迷恋的体现，尽管诗人对"死水"是持愤激的批判态度的，但这只不过是这种迷恋的特殊表现形式而已。波德莱尔的《恶之花》中也有写毒品、腐尸的作品，那不仅仅是通常所谓的"现代主义"的表现，而恰恰也是唯美主义的体现。波德莱尔的作品，闻一多是否读过，不得而知，但把波德莱尔传播到英国的戈蒂耶，闻一多是熟悉的；这位波德莱尔的崇拜者，英国著名的唯美主义者，正是从唯美主义角度理解、欣赏波德莱尔的，而不是如后来的现代主义者们那样感受到的是"现代性的战栗"。通常都是把《死水》这首诗当做闻一多在回国之后写的作品，视为讽刺20年代中国的黑暗、丑恶的社会现实，但梁实秋回忆说，这首诗是闻一多在美国留学时写的，并且批评通常所谓的这首诗

---

① 梁实秋：《闻一多在珂泉》，见《梁实秋怀人丛录》，第8页，北京：中国广播电视出版社，1991年版。

的爱国思想：

　　在英诗班上，一多得到很多启示。例如丁尼生的细腻写法和伯朗宁之偏重丑陋的手法，以及现代诗人霍斯曼之简练整洁的形式，吉伯林之雄壮铿锵的节奏，都对他的诗作发生很大的影响。例如他以后所写的《死水》（引按，所引原诗略）。这首诗可以推为一多的代表作之一，我们可以清楚的看出这整齐的形式，有规律的节奏，是霍斯曼的作风的影响。那丑恶的描写，是伯朗宁的味道，那细腻的刻画，是丁尼生的手段。这首诗的主旨是写现实的丑恶，当然也有"化腐朽为神奇"的企图，一多为人有一强烈的矛盾，理想与现实的要求在他心里永远在斗争，他想在艺术里、诗里求得解脱与协调。我在前面提到的 Grigson 编的那本书也提到这一首诗，他说："'一沟绝望的死水'当然即是中国，闻一多终其生都在希望着破铜烂铁能变成翡翠一般的绿。"在这完全是附会。一多写这首诗的时候，正是我们一同读伯朗宁的长诗《指环与书》的时候。他有爱国思想，但不是表现在这首诗里。①

这个说法，没有旁证材料可以证实，但值得充分重视。

广告中说《死水》的封面"是闻一多先生自作的，新颖并且别致"。"新颖并且别致"之处，实际上就是典型的唯美主义画风所体现的独特的情调和气息。这使我们想起徐志摩对闻一多 1925 年回国后在北京住处的描述：

　　一多那三间画室，布置的意味就先怪。他把墙壁涂成一体墨黑，狭狭的给镶上金边，像一个裸体的非洲女子手臂上脚踝上套着细金圈似的情调。有一间屋子朝外壁上挖出一个方形的神龛，供着的，不消说，是米鲁薇纳丝一类的雕像。他的那个也够尺外高，石色黄澄澄的像蒸熟的糯米，衬着一体黑的背景，别饶一种澹远的梦趣，看了叫人想起一片倦阳中的荒芜的草原，有几条牛尾几个羊头在草丛中转动。这是他的客室。

　　那边一间是他做工的屋子，犄角上支着画架，壁上挂着几幅油色不曾干的画。屋子极小，但你在屋里觉不出你的身子大；带金圈的黑公主有些杀伐气，但她不至于吓瘪你的灵性；裸体的女神（她屈着一只腿挽着下沉的亵衣）免不了几分引诱性，但她决不容许你逾分的妄想。白天有太阳进

---

① 梁实秋：《谈闻一多》，见《梁实秋怀人丛录》，第 104—106 页。

来，黑壁上也沾着光；晚上黑影进来，屋子里仿佛有梅斐士滔佛利士的踪迹；夜间黑影与灯光交斗，幻出种种不成形的怪相。①

还有比这更具有唯美主义情调的吗？

1928年1月《死水》出版，闻一多的新诗创作基本上就结束了，此后他埋头研究中国古典诗，是作为学者形象出现的。但是，偶有例外。1931年1月，已经"三年不写诗"的闻一多，突然在《诗刊》创刊号上发表了一首诗——《奇迹》：

> 我要的本不是火齐的红，或半夜里
> 桃花潭水的黑，也不是琵琶的幽怨，
> 蔷薇的香，我不曾真心爱过文豹的矜严，
> 我要的婉娈也不是任何白鸽所有的。
> 我要的本不是这些，而是这些的结晶，
> 比这一切更神奇得万倍的一个奇迹！
> 可是，这灵魂是真饿得慌，我又不能
> 让他缺着供养，那么，即便是糟糠，
> 你也得募化不是？天知道，我不是
> 甘心如此，我并非倔强，亦不是愚蠢，
> 我是等你不及，等不及奇迹的来临！
> 我不敢让灵魂缺着供养，谁不知道
> 一树蝉鸣，一壶浊酒，算得了什么，
> 纵提到烟峦，曙壑，或更璀璨的星空，
> 也只是平凡，最无所谓的平凡，犯得着
> 惊喜得没主意，喊着最动人的名儿，
> 恨不得黄金铸字，给装在一支歌里？
> 我也说但为一阕莺歌便噙不住眼泪
> 那未免太支离，太玄了，简直不值当。
> 谁晓得，我可不能那样：这心是真
> 饿得慌，我不能不节省点，把藜藿
> 权当作膏粱。
> 可也不妨明说，只要你——

---

① 徐志摩：《诗刊弁言》，载1926年4月1日《晨报副刊》。

> 只要奇迹露一面，我马上就抛弃平凡
> 我再不瞅着一张霜叶梦想春花的艳
> 再不浪费这灵魂的膂力，剥开顽石
> 来诛求白玉的温润，给我一个奇迹，
> 我也不再去鞭挞着"丑"，逼他要
> 那分背面的意义；实在我早厌恶了
> 这些勾当，这附会也委实是太费解了。
> 我只要一个明白的字，舍利子似的闪着
> 宝光，我要的是整个的，正面的美。
> 我并非倔强，亦不是愚蠢，我不会看见
> 团扇，悟不起扇后那天仙似的人面。
> 那么
> 我便等着，不管等到多少轮回以后——
> 既然当初许下心愿，也不知道是在多少
> 轮回以前——我等，我不抱怨，只静候着
> 一个奇迹的来临。总不能没有那一天
> 让雷来劈我，火山来烧，全地狱翻起来
> 扑我，……害怕吗？你放心，反正罡风
> 吹不熄灵魂的灯，愿这蜕壳化成灰烬，
> 不碍事，因为那，那便是我的一刹那
> 一刹那的永恒——一阵异香，最神秘的
> 肃静，（日，月，一切星球的旋动早被
> 喝住，时间也止步了）最浑圆的和平……
> 我听见阊阖的户枢訇然一响，
> 传来一片衣裙的窸窣——那便是奇迹——
> 半启的金扉中，一个戴着圆光的你！①

这首诗写于青岛大学，当时闻一多和梁实秋都在那里任教。梁实秋对这首诗有这样的解释：

> 实际是一多在这个时候在情感上吹起了一点涟漪，情形并不太严重，

---

① 载 1931 年 1 月《诗刊》创刊号。

> 因为在情感刚刚生出一个蓓蕾的时候就把它掐死了，但是在内心里当然是有一番折腾，写出诗来仍然是那样的回肠荡气。①

这个解释很恰当，对"本事"点到为止，"回肠荡气"四字也很准确。由此我们可以联想到闻一多在美国留学时写的一首英文诗。当时闻一多曾将诗抄示梁实秋，并且在信中自我解释说："人匪木石，孰能无情！"梁实秋对这首英文诗也有这样的解释：

> 一多的这一首英文诗，本事已不可考，想来是在演戏中有了什么邂逅，他为人热情如火，但在男女私情方面总是战战兢兢的，在萌芽时就毅然掐死它，所以这首诗里有那么多的凄怆。②

可见这首英文诗是可以和《奇迹》对照阅读的。但是，我以为，将《奇迹》和冯至的《十四行集》的第一首诗对照阅读，将是更有意义的。冯至的诗是这样的：

> 我们准备着深深地领受
> 那些意想不到的奇迹，
> 在漫长的岁月里忽然有
> 彗星的出现，狂风乍起；
>
> 我们的生命在这一瞬间，
> 仿佛在第一次的拥抱里
> 过去的悲欢忽然在眼前
> 凝结成屹然不动的形体。
>
> 我们赞颂那些小昆虫，
> 它们经过了一次交媾
> 或是抵御了一次危险，
>
> 便结束它们美妙的一生。
> 我们整个的生命在承受

---

① 梁实秋：《谈闻一多》，见《梁实秋怀人丛录》，第142页。
② 同上书，第119页。

狂风乍起，彗星的出现。①

很显然，闻一多的《奇迹》是回肠荡气的抒情，而冯至的这首诗则是对生命的沉思，体现着理性的清明；《奇迹》是典型的浪漫主义诗风，而冯至的这首诗却是象征主义的，有着《奇迹》所没有的形而上意味。

（高恒文）

---

① 冯至：《十四行集》，桂林：明日社，1942年版。引自《冯至全集》第1卷，第216页，石家庄：河北教育出版社，1999年版。

5月

从查封艺术剧社到捣毁影片公司

左翼作家联盟反对查封艺术剧社宣言

艺术剧社是一个新兴的戏剧团体,曾经公演两次,得到广大群众的欢迎和爱护,不料竟于4月29日①被上海市公安局用强暴的手段,查抄封锁了!有心于新兴戏剧运动的人们,艺术戏剧产生的历史虽不久,然而已经为中国的戏剧运动开辟出一条新路。而该社最近的行动,正表示要努力去完成这个重要的使命;不料以摧残文化运动为能事的当局就于此下其毒手了!

努力新兴文化运动的同志们!当局的这种无理的压迫,不仅是对于一个剧社的问题,乃是对于一切新兴的文化集团总进攻的第一声信号!这样的事实一定要继续不断地发生。我们绝对不应该坐视不理,我们要立刻奋起反抗这种无理的压迫!

左翼作家联盟是新兴文化运动的一翼。对于一切新兴学术运动,无疑义地有密切的联系。我们不能忍受当局对于艺术剧社这样的压迫。我们为拥护一切新兴文化运动的发展,所以要召集一切革命的民众,起来共同奋斗!我们尤其希望努力新兴文化运动的同志们,应该团结起来,坚决的反对当局摧残一切文化运动的手段。我们一致争取集会、言论、出版、演剧的自由!

(原载1930年5月10日《拓荒者》第1卷第4、5期合刊)

1930年4月28日晚八时左右,上海特别市公安局二十余名警察、包探突然包围了窦乐安路12号的住房,手持凶器,冲进屋去,对那里的艺术剧社进行查封,搜出了几件破衣服、草帽,立刻断定这些东西是预备化妆到工厂去的,其时正好有一位社员找了一个黄包车夫进屋来搬运行李,就更如临大敌,以为这

---

① 查同时发布的《艺术剧社为反抗无理被抄封、逮捕告上海民众书》及《上海戏剧运动联合会为艺术剧社被封告国人》,查封时间应为4月28日,此处有误。

1930年上海艺术剧社演出《西线无战事》时的夏衍（右）、陶晶孙。

是要纠集工人开会。最后，将演戏的道具假子弹、旧军服作为反动的证据带走，又逮捕了五人。

国民党当局为什么要于此时查封艺术剧社？左翼作家联盟在《反对查封艺术剧社宣言》里说"当局的这种无理的压迫，不仅是对于一个剧社的问题，乃是对于一切新兴的文化集团总进攻的第一声信号"，是有道理的：这正是国民党政府对刚于3月成立的"左联"及方兴未艾的左翼运动的一个回击。选择艺术剧社，是因为它是共产党直接领导的，并第一个打出了"普罗列塔利亚戏剧"（无产阶级戏剧）口号的左翼戏剧团体。它成立于1929年10月下旬，据夏衍回忆，当时他所在的中共上海闸北区第三街道支部，正奉党中央之命，筹备成立"左联"，在一次座谈会上，提出要组织一个剧社来推动"民众戏剧的革命化"。它的成员包括了创造社的冯乃超、郑伯奇、陶晶孙，太阳社的钱杏邨、孟超，刚从日本回来的沈端先（夏衍）、叶沉（沈西苓）、许幸之，还有一批爱好戏剧的文艺青年，其中后来成名者有石凌鹤、陈波儿、王莹、刘保罗、司徒慧敏等，可以说集中了当时和以后中国戏剧的主要骨干力量。尽管他们都是一些穷艺术家，只能在极简陋的条件下排练演出，自身艺术准备也不足，连普通话都掌握不好，自称"两间东倒西歪屋，一桌南腔北调人"，但从一开始就表现了极强的艺术活力。第一次公演于1930年1月在上海宁波同乡会举行，选择的剧目是美国辛克莱的《梁上君子》、德国米尔顿的《炭坑夫》、法国罗曼·罗兰的《爱与死之角逐》，观众都是共产党和赤色工会组织来的进步工人和学生，台上演到暴露资产阶级丑恶的时候，台下立刻发出热烈掌声和欢呼声，这次演出，就被认为是中国话剧第一次向工人打开了大门。特邀来看戏的外国进步记者有美国的史沫特莱、日本《朝日新闻》的尾崎秀实，以及曾经参加过广州暴动的日本记者山上正义，他们也都在上海的外文报上做了宣传，这就产生了国际影响。3月，又在一家日本经营的演艺馆举行第二次公演，剧目是冯乃超等创作的独幕剧《阿珍》和根据德国作家雷马克原著改编的《西线无战事》。因为是大戏，需用人多，文艺界同人纷纷自愿前来"跑龙套"，自然十分轰动。当局更为关注的，是艺术剧社还组织移动演剧，即巡回演出，在店员、电气工人、纱厂工人等的游艺会上演出《炭坑夫》等剧，得到了强烈响应。艺术剧社还和摩登剧社联合在江苏南通旅行公演，把影响扩大到了上海以外，以后成为优秀演员的赵丹就是因这一次南通演出而被吸引到戏剧运动中来的。正是左翼戏剧这种走向工人、走向外地的趋向，引起了当局的不安。在4月28日的这次查禁中，警察对剧社与工人的关系特别敏感，原因即在于此。

查封艺术剧社的同时，当局还查封了和艺术剧社有密切关系的中华艺术大学和《沙仑》杂志。不久，南国社在中央大剧院演出《卡门》，因为内容"过激"被勒令停演。这一年秋天，南国剧社也被查封。[①]

重要的是，1930年对艺术剧社的查禁，透露出一个消息：国民党政府在对付左翼文艺运动时，不仅利用国家权力，通过建立审查制度，对图书出版进行监控，而且直接动用国家专政机器，进行鲁迅说的"武力征伐"。

鲁迅是在1934年10月16日写的《准风月谈·后记》里，总结中国文坛大事时做出这样的概括和判断的。也就是说，从1930年到1934年国民党政府逐渐加强了对思想文化界的管控。鲁迅在这篇《后记》里，就如实抄录下了同时发生在1933年的几次暴力事件的报道，我们也照录如下——

> 昨晨九时许，艺华公司在沪西康脑脱路金司徒庙附近新建之摄影场内，忽来行动突兀之青年三人，向该公司门房伪称访客，一人正在持笔签名之际，另一人遂大呼一声，则预伏于外之暴徒七八人，一律身穿蓝布短衫裤，蜂拥夺门冲入，分投各办事室，肆行捣毁写字台玻璃窗以及椅凳各器具，然后又至室外，打毁自备汽车四辆，晒片机一具，摄影机一具，并散发白纸印刷之小传单，上书"民众起来一致剿灭共产党"，"打倒出卖民众的共产党"，"扑灭杀人放火的共产党"等等字样，同时又散发一种油印宣言。最后署名为"中国电影界铲共同志"。约逾七分钟时，由一人狂吹警笛一声，众暴徒即集合列队而去……

(1933年)11月13日《大美晚报》

[①] 有关艺术剧社查封事件，可参看《艺术剧社为反抗无理被封告上海民众书》、夏衍：《难忘的1930年》、郑伯奇：《回忆艺术剧社》、凌鹤：《回忆50年前的上海艺术剧社》，以上四文均收入《中国左翼戏剧家联盟史料集》，北京：中国戏剧出版社，1991年版。

今日上午十一时许，北四川路八百五十一号良友图书印刷公司。忽有一男子手持铁锤，至该公司门口，将铁锤击入该店门市大玻璃窗内，击成一洞。该男子见目的已达，立即逃避。……良友公司经售各种思想左倾之书籍，与捣毁艺华公司一案，不无关联。今日上午四马路光华书局据报后，惊骇异常，即自投该管中央捕房，请求设法保护，而免意外……

（1933年）11月13日《大晚报》

河南路五马路口神州国光社总发行所，于昨晚七时，正欲打烊时，突有一身衣长袍之顾客入内，状欲购买书籍。不料在该客甫入门后，背后即有三人尾随而进。该长袍客回头见三人进来，随即上前将该书局之左面走廊旁墙壁上所挂之电话机摘断。而同时三短衣者即实行捣毁，用铁锤乱挥，而长衣者亦加入动手，致将该店之左橱窗打碎，四人即扬长而逸。而该店时有三四伙友及学徒，亦惊不能作声。

（1933年）12月1日《大美晚报》

鲁迅手头还保存了一份传单，并做了这样的描述："是一种钢笔版蓝色印的警告，店名和馆名空着，各各填以墨笔，笔迹不像是读书人，下面是一长条紫色的木印"，赫然刻着"上海影界铲共同志会"几个大字。其文也大有义愤填膺、替天行道的气势——

敝会激于爱护民族国家心切，并不忍文化界与思想界为共党所利用，因有警告赤色电影大本营——艺华公司之行动。现为贯彻此项任务计，拟对于文化界来一清算，除对于良友图书公司给予一初步警告外，于所有各书局各刊物均已有精密之调查。素知贵……对于文化事业，热心异人，为特严重警告，对于赤色作家所作文字，如鲁迅，茅盾，蓬子，沈端先，钱杏邨及其他赤色作家之作品，反动文字，以及反动剧评，苏联情况之介绍等，一律不得刊行，登载，发行。如有不遵，我们必以较对付艺华及良友公司更激烈更彻底的手段对付你们，决不宽假！此告。①

这一次集中的武力征伐，出面的是"上海影界铲共同志会"，口口声声是

---

① 以上材料转引自鲁迅：《准风月谈·后记》，见《鲁迅全集》第5卷，第415—419页，北京：人民文学出版社，2005年版。

"激于爱护民族国家心切",显然打的是民意牌,而动手的却是一批雇来的地痞流氓。但其官方背景却是掩盖不住的,双方的配合相当默契。就在铲共同志会用全武行表达"民意"的同时,中央图书审查委员会委员吴醒亚、潘公展于1933年11月呈文国民党中央执行委员会,建议改组电影检查委员会,绝对禁止"宣传共产之影片"流传。1935年5月,国民党中央执行委员会决定成立中央电影事业指导委员会,以加强对影片和电影剧本的审查。①

鲁迅在《准风月谈·后记》的结尾,意味深长地点明《文艺月刊》的主编、并一直纠缠自己的王平陵"是电影检查会的委员,我应该谨守小民的规矩"。这是暗示"武力征伐"与"文力征伐"的相互配合②:这正是国民党政府文化统治的硬、软两手;而动用黑社会中人充当打手,则意味着这样的文化统治已经流氓化了。

(钱理群)

《骆驼草》:"趣味的恶化,作者方向的转变"?

发刊词

我们开张这个刊物,倒也没有什么新的旗鼓可以整得起来,反正一晌都是于有闲之暇,多少做点事儿,现在有这一张纸,七天一回,更不容偷懒罢了。

不谈国事。既然立志做"秀才",谈干什么呢?此刻现在,或者这个"不"也不蒙允许的,那也就没有法儿了。

不为无益之事。凡属不是自己"正经"的工作,而是惹出来的,自己白费气力且也不惜,(其实岂肯不惜呢?)恐怕于人也实在是多事,很抱歉的,这便认为无益之事,想不做。

专门的学问,这里没有,因为我们都不专,但社外的关乎学术的来稿,本

---

① 见《中华民国史档案资料汇编》第5辑第1编"文化"(一),第348页、354—355页,南京:江苏古籍出版社,1994年版。

② 鲁迅:《准风月谈·后记》,见《鲁迅全集》第5卷,第430、420页。

刊也愿为登载。

文艺方面，思想方面，或而至于讲闲话，玩古董，都是料不到的，笑骂由你笑骂，好文章我自为之，不好亦知其丑，如斯而已，如斯而已。

"乐莫乐兮新相知"，海内外同志，其给我们这个乐乎，盍兴乎来。讲（谨）此祝福。

（原载 1930 年 5 月 12 日《骆驼草》第 1 期）

1930 年 5 月，《骆驼草》创刊。该刊的具体事务先后由冯至、废名操持，精神领袖自然是作为老师和"北方文坛盟主"的周作人。废名、俞平伯则是主要撰稿人。这样，《骆驼草》既是一个同人刊物，也是周作人和废名、俞平伯等师生形象在 1930 年代初一个意味深长的展示。

1930 年创刊的"京派"刊物《骆驼草》

20 年代后期，现实社会和政治的黑暗，令周作人越来越绝望，因而一直盘踞在他心头的"流氓鬼"逐渐退隐，不过偶尔闪现而已，而"绅士鬼"则逐渐占了上风，所以他在 1928 年称赏俞平伯的《燕知草》文章"雅致"，认为"这又就是他近于明朝人的地方"，并这样解释过：

不过我们要知道，明朝的名士的文艺诚然是多有隐遁的色彩，但根本却是反抗的，……现在中国情形又似乎正是明季的样子，手拿不动竹竿的文人只好避难到艺术世界里去，这原是无足怪的。①

这不能简单看做是为俞平伯的思想与文学趣味开脱，其实也是周作人自己思想的曲折表述。还有一条旁证材

---

① 周作人：《〈燕知草〉跋》，见《周作人散文全集》第 5 卷，第 517 页，桂林：广西师范大学出版社，2009 年版。

料,即同年写给胡适的信中,周作人这样劝勉因为"人权"讨论而被国民党政府施压的胡适:

> 我想劝兄以后别说闲话,而且离开上海。最好的办法是到北平来。说闲话不但危险,而且妨碍于你的工作,这与"在上海"一样地妨碍于你的工作——请恕我老实地说。我总觉得兄的工作在于教书作书(也即是对于国家、对于后世的义务)——完成那《中国哲学史》、《文学史》,以及别的考据工作(《水浒传考》那一类)。①

这样劝勉一直在"治学"同时"议政"的胡适远离政治中心上海而退回到学术中心的北平来,专心"治学"而放弃"议政",不是也透露了周作人自己人生选择的取向么?

而与此同时的废名,面对1926年国民党的"清党"、1927年的"张大元帅入京,改办京师大学校",终于以付诸"休学"的实际行动来表示他激烈的抗议,到西山"隐居"去了,似乎是在实践着周作人所谓的"隐遁""但根本却是反抗的"说法。由于1926年之后,北京处于白色恐怖之中,文人、学者纷纷南下,文坛迅速萎缩,只剩下周作人和他的几个学生,因而废名和周作人的交往也更加密切了。周作人女儿若子的葬礼,都邀请废名参加,可见其亲密程度。这种密切交往的结果,自然是随着废名对周作人理解的深入而日渐认同周作人的思想及其人生选择。这样,到了1930年《骆驼草》创刊,废名作为全心全意追随周作人的忠实弟子的形象终于出现在世人面前。

《骆驼草》的发刊词出诸废名的手笔,声明"不谈国事"、"不为无益之事"、"专门的学问这里没有",有的只是:

> 文艺方面,思想方面,或而至于讲闲话,玩古董,都是料不到的,笑骂由你笑骂,好文章我自为之,不好亦知其丑,如斯而已,如斯而已。②

而"不为无益之事",指的是"凡属不是自己'正经'的工作",也就是说,只有"自己"的"事"才是"'正经'的工作","自己"之外的均属"无益"之

---

① 《胡适来往书信选》上册,第538—539页,北京:中华书局,1979年版。
② 此处及下文关于《骆驼草》的史实之叙述,参阅高恒文:《"京派"文人:学院派的风采》,第9—15页,上海:上海教育出版社,2000年版。

事。①对此，无论对废名还是《骆驼草》，鲁迅都看得很明白：他说废名"写文章自以为对于社会毫无影响"②；《骆驼草》"以全体而论，也没有《语丝》开始时候那么活泼"③。而就与周作人的关系而论，这篇《发刊词》显然是周作人"不讨好的思想革命"、"教训之无用"思想的回声，甚至让人联想到周作人《自己的园地》一文中这样愤激的话："倘若用了什么名义，强迫人牺牲了个性去侍奉白痴的社会，——美其名曰迎合社会心理，——那简直与借了伦常之名强人忠君，借了国家之名强人战争一样的不合理了。"④而就字句的关联而言，所谓"不为无益之事"，"笑骂由你笑骂，好文章我自为之，不好亦知其丑"云云，则似乎可以说是出典于周作人《自己的园地》一书的自序：

> 我们太要求不朽，想于社会有益，就太抹杀了自己；其实不朽决不是著作的目的，有益社会也并非著者的义务，只因他是这样想，要这样说，这才是一切文艺存在的根据。我们的思想无论如何浅陋，文章如何平凡，但自己觉得要说时便可以大胆的说出来，因为文艺只是自己的表现，所以凡庸的文章正是凡庸的人的真表现，比讲高雅而虚伪的话要诚实的多了。⑤

这样，由《骆驼草》已全然看不到周作人在《语丝》创刊时的"流氓鬼"仍然在心头活跃的形象，更看不到废名曾经希望"联合起来继续从事《新青年》的工作"的"激烈的思想"。所以，《骆驼草》的创刊，具有意味深长的象征意义，标志着周作人、废名等师生不同于20年代的姿态。

《骆驼草》刚刚创刊，就受到左翼作家的批评。俞平伯有《又是没落》一文反批评，他以"创作欲是自足的，无求于外"之说来辩解，并且这样声明："我之与《骆驼草》只是被废名兄拉作文章而已"，不属于某"党"某"派"。其实，如研究者所说，俞平伯在只存在了半年的《骆驼草》上发表了九篇文章之多，创刊号与终刊号上均有文章，⑥可谓善始善终，怎么能说"只是被废名兄拉作文章

---

① 载1930年5月《骆驼草》第1期。
② 鲁迅：《势所必至，理有固然》，见《鲁迅全集》第8卷，第380页，北京：人民文学出版社，1981年版。
③④ 鲁迅致章廷谦的信，1930年5月24日，见《鲁迅书信集》上册，第255页，北京：人民文学出版社，1976年版。
⑤ 载1922年1月27日《晨报副镌》，署名"仲密"。
⑥ 参阅钱理群：《周作人论》，第400页，上海：上海人民出版社，1991年版。

而已"?""创作欲是自足的,无求于外"这个辩解,更像周作人的说法,是周作人五四之后一再申说的基本的文学观:《自己的园地》提出"以个人为主人,表现情思而成艺术","不为福利他人而作"①;《〈自己的园地〉旧序》云,"我并不想这些文章会于别人有什么用处,或者可以给予多少怡悦;我只想表现凡庸的自己的一部分,此外并无别的目的"②。更具反讽意味的是,俞平伯似乎忘了他的《诗底进化的还原论》的"诗的效用是能深刻地感多数人向善的"论点了。"党",未必是;"派",是存在的。沈从文称周作人为"北方文坛的'盟主'",并批评俞平伯、废名与之"趣味的相同"③,就是指"骆驼草"这个小小的文学团体、流派。有意味的是,1932年11月13日,周作人在致俞平伯的信中说:

> 又见《中学生》(引按,《中学生》杂志)上吾家予同(引按,周予同)讲演,以不佞为文学上之一派,鄙见殊不以为然,但此尚可以说见仁见智,唯云不佞尚保持五四前后的风度,则大误矣。一个人的生活态度时时有变动,安能保持十三四年之久乎?不佞自审近来思想益销沉耳,岂尚有五四时浮躁凌厉之气乎。④

不难看出,周作人其实并没有决然否定这个"文学上之一派"的存在,那么所谓"思想益销沉耳,岂尚有五四时浮躁凌厉之气乎",就应该也包括属于此"派"、意气相投的俞平伯。周作人此说,显然有惺惺相惜之意吧?此亦可见俞平伯否认某"派"之说,完全是辩解之词。

关于《骆驼草》,鲁迅的看法、左翼的批评,是众所周知的事实,无须复述,但沈从文的批评,却被忽略了,这不能不说是一个不应有的疏忽。沈从文在《论冯文炳》一文中批评了废名《桥》以后的创作是"趣味的恶化",并且这样解释说:

> 趣味的恶化,作者方向的转变,或者与作者在北平的长时间生活不无关系。在现时,从北平所谓"北方文坛盟主"周作人、俞平伯等人,散文中糅杂了文言文,努力使它在这类作品中趣味化,且从而非意识的或意识

---

① 载1922年1月22日《晨报副镌》,署名"仲密"。
② 载1923年8月22日《晨报副镌》。
③ 沈从文:《论冯文炳》,见《沫沫集》,第6页,上海:大东书局,1934年版。
④ 《周作人散文全集》第6卷,第15—16页。

的感到写作的喜悦，这"趣味的相同"，使冯文炳君以废名笔名发表了他的新作，我觉得是可惜的。这趣味将使中国散文发展到较新情形中，却离了"朴素的美"越远，而同时作品的地方性，因此一来亦已完全失去。代替这作者过去优美文体显示一新型的，只是畸形的姿态一事了。①

所谓"冯文炳君以废名笔名发表了他的新作"，就是指废名20年代后期创作的《桥》等作品。而我们知道，周作人恰恰对《桥》及其以后的《莫须有先生传》赞不绝口，他1931年在《〈枣〉和〈桥〉的序》中说：

> 我读过废名君这些小说所未忘记的是这里边的文章。……我觉得废名君的著作在现代中国小说界有他独特的价值者，其第一的原因是其文章之美。②

其后又在《〈莫须有先生传〉序》中说：

> 《莫须有先生》的文章的好处，似乎可以旧式批语评之曰，情生文，文生情。这好像是一道流水，大约总是向东去朝宗于海，他流过的地方，凡有什么汊港湾曲，总得灌注潆洄一番，有什么岩石水草，总要披拂抚弄一下子才再往前去，这都不是他的行程的主脑，但除去了这些也就别无行程了。③

沈从文当然知道周作人这种高度的评价。这里我们关注的不仅仅是对小说的评价问题，而是沈从文这种批评的特殊意义。《论冯文炳》的具体写作时间已不可考，该文收入作者的批评文集《沫沫集》中，该书是1934年出版的，因此可以判断是沈从文1933年9月回到北平之前的文章，也就是说，是沈从文成为"京派"一员之前的文章。更重要的则是，沈从文所谓的"趣味的恶化，作者方向的转变，或者与作者在北平的长时间生活不无关系"，显然是20年代后期到30年代之初，因此，沈从文所谓的"趣味的相同"，显然是对《骆驼草》前后的周作人、俞平伯、废名的审美趣味的批评；进而言之，将其看做是对《骆驼草》的批评，也是可以的。

（高恒文）

---

① 沈从文：《论冯文炳》，见《沫沫集》，第6页。
②《周作人散文全集》第5卷，第664页。
③ 载1932年《鞭策》第1卷第3期。

6月

民族主义文艺运动的倡导

民族主义文艺运动宣言（摘要）

中国民族主义文艺运动者，于民国十九年六月一日，集会于上海，发表宣言如下：

（一）

……从新文艺运动发生以后，至于今日，因为从事于新文艺运动的人，对于文艺的中心意识底缺乏，努力于形式的改革而忽略于内容的充实，至一切残余的封建思想，仍在那里无形地支配一切，这是无可讳言的。

同时我们看见那自命左翼的所谓无产阶级的文艺运动，他们将艺术"呈现给'胜利不然就死'的血腥的斗争"。……在这样的两个极端的思想中，我们还可以看见许多形形式式的局面。每一个小组织，各拥有一个主观的见解。因之，今日中国的新文坛艺坛上满呈着零碎的残局。……

……我们认为眼下中国文艺底危机是由于多型的对于文艺的见解，而在整个新文艺发展底进程中缺乏中心的意识。因此突破这个当前的危机底唯一方法，是在努力于新文艺演进进程中底中心意识底形成。

（二）

艺术作品在原始状态里，不是从个人的意识里产生而是从民族的立场所形成的生活意识里产生的。在艺术作品内所显示的不仅是那艺术家的才能，技术，风格，和形式，同时，在艺术作品内显示的也是那艺术家所属的民族底产物。……

我们很可以从这些文艺的记录上明瞭文艺的起源——也就是文艺底最高的使命，是发挥它所属的民族精神和意识。换一句说，文艺的最高意义，就是民族主义。

（三）

民族主义文艺底充分发展，一方面须赖于政治上的民族意识底确立，一方面也直接影响于政治上民族主义的确立。

就前者言：民族文艺底充分发展必须有待于政治上的民族国家的建立。民族文艺底发展必伴随以民族国家底产生……

最近像中国的国民革命，土耳其共和国建立，爱尔兰的自治运动，菲律宾的独立运动，朝鲜，印度，越南的独立运动，更充满了民族运动的记录。故近代文艺，因此也满呈着民族主义底运动，诚如政治上的出路是民族主义，故文艺发展底出路也集中于民族主义。……

（四）

民族是一种人种的集团，这种人种的集团底形成，决定于文化的，历史的，体质的及心理的共同点。过去的共同奋斗，是民族形成唯一的先决条件；继续的共同奋斗，是民族生存进化的唯一的先决条件。……

艺术和文学是属于某一民族的。为了某一民族的，并由某一民族产出的，其目的不仅在表现那所属民族底民间思想，民间宗教……；同时在排除一切阻碍民族进展的思想，在促进民族的向上发展底意志，在表现民族在增长自己的光辉底进程中一切奋斗的历史。因之，民族主义的文艺，不仅在表现那已经形成的民族意识；同时，并创造那民族底新生命。

（五）

……我们此后的文艺活动，应以我们的唤起民族意识为中心；同时，为促进我们民族的繁荣，我们须促进民族的向上发展的意志，创造民族的新生命。我们现在所负的，正是建立我们的民族主义的文学与艺术重要伟大的使命。

（原载1930年6月29日、7月6日《前锋周报》第2、3期）

1928年国民党定都南京、初步统一中国以后，就于当年10月26日发布《训政宣言》，宣布进入"以党治国"的训政时期，开始着手制定并推行在国民党一党严密管控下的雄心勃勃的现代民族国家的建设计划。在文化艺术上也提出了"党治文化"、"党治文学"，制定"本党的文艺政策"的要求。1929年6月，在国民党中央召开的全国宣传工作会议上，通过了"确定本党之文艺政策"案，议决："（一）创造三民主义的文学（如发扬民族精神，阐发民治思想，促进民生建设等文艺作品),(二),取缔违反三民主义之一切文艺作品(如斫丧民族生命,反映封建思想,鼓吹阶级斗争等文艺作品)。"①但"三民主义文学"口号出笼后,文坛几无回应,创作上更是乏善可陈,国民党《中央日报》登广告称为"三民主义文艺的第一部创作"的《杜鹃啼倦柳花飞》(作者鲁觉吾是国民党山东党部宣传官员),后来连中宣部的审查报告也说,该书"对于党义的宣传,更是莫名其妙,根本就不是文艺的作品"。

"民族主义文艺"杂志《前锋月刊》创刊号

正是在这样的尴尬中,1930年3月,中国共产党领导的左翼作家联盟宣告成立,高举起了"无产阶级革命文学"的旗帜,并且得到了鲁迅为首的左翼作家的热烈响应。这无疑是对国民党的"党治文学"的巨大挑战。1930年6月上海的前锋社发表《民族主义文艺运动宣言》,打出"民族主义文艺"的旗号,至少摆出了与"左联"抗衡的架势。尽管前锋社的领军人物范争波、朱应鹏分别是上海市党部执行委员会委员、警备司令部的侦缉队长和市党部监察委员会委员,有明显的官方背景,但依然聚集了一些非官方的大学教授和李金发这样的文艺界人士,还吸引了一批血气方刚、思想激进的文学青年和青年军官。前锋社先后创办了《前锋周报》(1930年6月22日创刊)、《前锋月刊》(1930年10月10日创刊)和《现代文学评论》(1931年4月10日创刊),后两个刊物由现代书局出版,逐渐淡化了民族主义色彩。《现代文学评论》上,不但发表了赵景深、谢六逸、朱湘、张资平这样的中间派作家的文稿,"左联"作家郁达夫、周扬、叶灵凤、周毓英等竟然也在上面。这引起了"左联"的警惕,后来周毓英和叶灵凤都因此被"左联"除名,罪名就是"实际的为国民党民族主义运动奔跑,道地的做走狗"。前锋社除三大刊物之外,还有一批与之相互声援的团体和刊物,如上海的《草野周刊》、《时代青年》、《当代文艺》、《南风月刊》,南京的《开展》周刊、《开展》月刊、《青年文艺》、《长风》半月

---

①《全国宣传会议第三日》,载1929年6月6日《中央日报》。

刊、《流露》月刊，杭州的《初阳旬刊》《青萍月刊》《黄钟》，等等。值得注意的是，其中有些刊物是以在校大学生为主体的，而且在学生中很受欢迎。研究者认为，在1930年左右，在校学生以及在各地党政机关、军队和学校任职的毕业生已经形成了一个规模相当可观的"受教育阶层"，他们事实上成为各种政治、文学派别争取的对象，其中一部分人就被民族主义文艺运动所吸引，成为其基础力量。①鲁迅也看到了这一点，将他们称作是"'民族主义'旗下"的"小勇士们"②。

"三民主义文学"广受冷落，而"民族主义文艺运动"却在部分中间派作家和青年中得到响应，这是颇耐人寻味的。于是，我们注意到，《民族主义文艺运动宣言》（以下简称《宣言》）里强调"文艺底最高使命，是发挥它所属的民族精神和意识"，"文艺的最高意义，就是民族主义"，"民族主义底目的，是在形成独立的民族国家"。《宣言》又阐发了民族主义文艺与民族国家相辅相成的关系：一方面"民族文艺底充分发展必须有待于政治上的民族国家的建立"，另一方面"文艺上的民族运动，直接影响及于政治上的民族主义底确立"。因此，民族主义文艺的任务是以文艺"唤起民族意识"，"创造那民族底新生命"，亦即在精神意识上推进民族国家的建立。《宣言》明确地在文学上提出了民族主义的要求，并把文艺创作与民族国家建设直接联系起来，这在新文学史上还是第一次。30年代的中国在实现统一以后，也确实面临着全面推行现代民族国家建设的任务，如果我们不囿于党派之见，就必须承认，这种民族主义话语的兴起，是适应时代、国家发展的需要，无疑有着异常真实的历史合理性。事实上，在近现代中国思想、文化、文学的发展中，民族主义始终是一条或隐或显的线索：从晚清起民族主义就是知识群体所幻想的"救国保种"的利器，主要围绕"排满"问题而展开；民国成立以后，民族主义更成为一个主导话语；在五四以后的自由主义、无政府主义、社会主义思潮背后，都可以看到民族主义的影子，1922年成立的青年党，更是高举起"国家至上，民族至上"的旗帜；"五卅"运动爆发后，民族主义情绪极度高涨，一下子就冒出数十个国家主义团体，著名的自

---

① 参看倪伟：《"民族"想象与国家统制：1928—1948年南京政府的文艺政策及文学运动》，第108—110页，上海：上海教育出版社，2003版。

② 鲁迅：《"民族主义文学"的任务和运命》，见《鲁迅全集》第4卷，第324页，北京：人民文学出版社，2005年版。

由主义知识分子梁实秋、闻一多、罗隆基等都向民族主义、国家主义靠拢。前锋社在1930年发动民族主义文艺运动之所以在知识分子和青年中拥有一定的群众基础，大概不是偶然的。

但由掌握国家权力的国民党人来发动这场运动，又是有其政治意图的：既要在文艺上为南京政府奠定合法性基础，又以此在意识形态上和共产党领导的左翼运动相对抗。问题在于，民族主义文艺运动的倡导者将民族主义绝对化，以至唯一化。通篇《宣言》贯穿一个思想，就是要以民族主义作为"中心的意识"，这显然是为国民党要推行的"一个国家，一个主义，一个政党，一个领袖"的意识形态专政张目。一些民族主义刊物（如《黄钟》）吹捧德国法西斯主义，宣扬英雄崇拜、力的崇拜，都显示了民族主义法西斯化的倾向。国民党人用民族话语对抗左翼的阶级话语，也必然导致在"民族利益为最高利益"的说教下，对民族共同体内部的种种现实差异，特别是阶级差异的有意遮蔽和抹杀。这在社会矛盾、阶级矛盾日趋尖锐的30年代无疑起到了为权势者粉饰太平的作用。因此，国民党主导的民族主义文艺运动遭到左翼知识分子和某些独立知识分子的抵制和批判，也是必然的。鲁迅指出，这是"为帝国主义所宰割的民族中的顺民"所为，其所提倡的民族主义文学是为"流氓政治"尽"宠犬"之职分的"流尸文学"。[①] 胡秋原则认为民族主义文学是中国的法西斯文学，是"特权者文化上的'前锋'"，"他巡逻思想上的异端，摧残思想的自由，阻碍文艺之自由创造"[②]。也有的知识分子把矛头同时指向左、右两翼："他们都是'为'的文学。民族主义文学者，乃'为'民族的文学，普罗文艺者，乃'为'普罗而文学也"，"这个'为'字在文学上是要不得的"[③]。——不过，这已经是另一场论争的话题了。

（钱理群根据倪伟《"民族"想象与国家统制：1928—1948年南京政府的文艺政策及文学运动》一书中第一章第一节，第二章第一、二、三节，第三章第一节编写）

[①] 鲁迅：《"民族主义文学"的任务和运命》，见《鲁迅全集》第4卷，第320、319页。
[②] 胡秋原：《阿狗文艺论——民族文艺理论之谬误》，见吉明学、孙露茜编：《三十年代"文艺自由论辩"资料》，第7—8页，上海：上海文艺出版社，1990年版。
[③]《王家棫来信》，载1930年11月16日《真美善》第7卷第1期。

7月

现代滑稽小说的"俗"和"雅"

程瞻庐《葫芦》

世界书局出版　程胆庐著　《葫芦》全书两册定价一元二角

是一部极好的社会小说　是一部极好的滑稽小说　用笔诙谐　描写深刻
书中将旧社会之怪现状描写得淋漓尽致惟妙惟肖令人拍案惊奇喟然长叹
死猫大出丧活人居然做孝子　猪獭做寿文豪大拍猪马屁
道学先生私伦尼姑丑恶百出　姨太太假肚皮大闹笑话
臭皮匠梦想做富翁受愚送命　呆遗老受人（捉）弄可怜又可笑

（原载1930年《红玫瑰》第6卷第31号）

徐卓呆《女侠红裤子》

徐卓呆先生最近杰作　二十万言长篇武侠香艳滑稽小说

徐卓呆先生是当代滑稽小说专家，这部《女侠红裤子》是徐先生呕心沥血的杰作，不同凡响，别开蹊径，内容侠义香艳兼收，文笔滑稽讽刺并存。字字发噱，令人喷饭，句句有趣，笑痛肚皮。本书中的主人翁是一个绝世美丽的女侠客，女侠客住在扳扳村，姓骆排行十四，人称她"扳扳六十四，碰碰脱裤子"，喜打不平，惯作风流，屡以脱裤为其伎俩，许多英雄豪侠见其红裤一脱，莫不心神荡漾，不能自主，模模糊糊，如坠九里雾中，因为这条红裤子中，有迷魂阵，能摄人心魄，这条红裤子是她随身法宝。诸君看了，包你张口大笑，笑得嘴都合不拢。当此夏日沉闷，手此一编，笑口常开，可以消暑解闷，是绝妙的清凉剂，喜欢徐卓呆小说者不可不读。

（原载1930年7月2日《新闻报》）

程瞻庐的《葫芦》是30年代连载于《红玫瑰》的滑稽小说。这部小说曾经吸引了众多读者，是30年代《红玫瑰》的当家之作。小说情节很离奇，一边是为懒猫送葬，家人戴孝，风光无限，一边是名士之死，无人问津，冷冷落落；上面躺着的是一只硕大无比、身穿寿衣的肥猪，下面跪着的是黑压压的一地人群；地里自动钻出了一个石碑，地上吓倒了一帮乡人……这就是《葫芦》的故事情节。原来，这只懒猫曾经在无意中打翻了一碗毒药，放毒药的人正是那位名士；肥猪曾在旅馆失火之时背着商人泅水逃难，商人由此发家，从此将肥猪视作福星供养；地里埋些黄豆，发芽时就会推着石碑拱出地面，要的就是乡人们顶礼

程瞻庐像

膜拜……这就是《葫芦》的故事背后的故事。通过这样的故事情节，我们可以看到三点：一是故事情节设计出人意表；二是充满了世俗的气息；三是完全是一种道德诉求。这三点就是中国现代滑稽小说的特点。

在中国现代文学史上，鲁迅提倡过讽刺文学，林语堂提倡过幽默文学，而滑稽文学则是传统文学作家最为热衷的文体。现代滑稽文学有小说，也有诗文和戏剧，成就最高、影响力最大的还是滑稽小说。中国现代滑稽小说根据作家的创作视角可分"俗"和"雅"两大流派，它们的代表作家则是程瞻庐和徐卓呆。

程瞻庐（1879—1943），江苏苏州人，相当长的时间在苏州图书馆工作。他最早写弹词成名。民国初年，他写了部弹词《孝女蔡蕙弹词》投给了《小说月报》，主编恽铁樵认为写得不错，准备发表，就预付了稿费。弹词后来发表出来了，恽铁樵再看一遍，认为写得实在太好，感到前面预付的稿费太低了，于是再发稿费。恽铁樵的这一举动被传为文坛佳话，也使得程瞻庐一举成名。程瞻庐后来转写滑稽小说，而且数量极多，代表作品有《茶寮小史》及其续编、《黑暗天堂》、《众醉独醒》和《快活神仙传》、《葫芦》、《滑稽新史》、《情茧》、《童树的年轮》等等。后面五部小说都发表在《红玫瑰》上，因此，程瞻庐有"红玫瑰巨子"之称。

程瞻庐的滑稽小说之所以"俗"，首先是他基本上是以平民的角度、世俗的

眼光来臧否是非的。他的小说主要写两种题材，一是教育和知识分子；二是社会风气。他对当时的教育制度和知识分子基本上持批评的态度，认为他们无论是新是旧，都对平民不负责任。他在《茶寮小史》中曾有这样的评述："……新的，新得不可开交，旧的，旧得莫名其妙，新的推倒纲常，扫除名教，只指望摧烧二千年圣经贤传，拆散二十二行省学官文庙，旧的锢塞聪明，冬烘头脑，只指望读韩文把鳄鱼吓退，读孝经把黄巾咒倒……你们这些有程度的人，先自颠倒，却叫没知识的人，怎不胡闹？"他把新知识分子称作"鹦鹉派"，是鹦鹉学舌，跟着外国人跑，将旧知识分子称作"蝙蝠派"，善变，却见不得阳光。社会最需要的是"平民派"，却始终不见。对社会风气，他同样持批评的态度，一方面是所谓的新人物到处招摇撞骗，一方面是很多迷信的做法造成很多愚夫愚妇，因此一片黑暗。程瞻庐小说的"俗"还在于他基本上是说民俗滑稽故事。这些故事取之于世俗生活，听之于民间传言，婚丧嫁娶是故事的基本素材，地方绅士、名士就算是最高的社会阶层了，大量的是乡村儒生、市井中人，茶寮是他写得最多的故事发生场所，动物是他最喜欢解构的滑稽形象。另外，他的小说语言也相当的市井化，例如《茶寮小史》中有一句相当出彩的市井语言："小鬼头，你敢取笑老子，且试试老子的拳头滋味，管教你全副脊筋，变成拍碎的绿豆饼！""拍碎的绿豆饼"，这个比喻贴切、新鲜，仔细想想也十分形象。俗念、俗人、俗形、俗地、俗语，从世俗之中写是非颠倒，写人兽不分，写愚夫愚妇，写酸人酸态，并挖掘出滑稽的趣味。

徐卓呆就不同了。他写滑稽，却颇有名士风采。徐卓呆的创作风格与他的文化修养有很大关系。程瞻庐生于苏州，活动于苏州，是个地地道道的市民作家，徐卓呆虽也是苏州出生，却是传统作家中为数不多的外国留学生。他是清末日本留学生，学的是徒手操、哑铃操、棍棒操等体操专业。回国后，他曾将这些操绘成图谱，经由商务印书馆出版，成为当时新式国民学校的教材。由于受到日本留学生演"新剧"的影响，他成为当时颇为流行的"新剧"演员，还编过近三十部"新剧"剧本。不过，与欧阳予倩等人演"时政新剧"不同，徐卓呆的表演和创作更侧重于社会滑稽，他实际上是民初"新剧"从"时政新剧"转型到"滑稽新剧"的重要推手。20世纪20年代初，电影开始时髦起来，徐卓呆也办了一个名叫"蜡烛"的电影公司，自编自演了近十部喜剧电影。他真正开始写滑稽小说要到20世纪30年代。由于有较为开阔的文化视野和丰富的创作经验，他的滑稽小说品位比较高，一出手，就得到满堂喝彩。在众人哄抬之下，他干脆专心写起滑稽小说来，成为现代中国写滑稽小说最丰的作家之一。他的代表作品有《乐》、《何必当初》、《万能术》、《女侠红裤子》、《李阿毛外传》等。

不像程瞻庐只是在滑稽故事中劝诫读者怎样做人，徐卓呆喜欢在滑稽的情节之中寻找一点人生哲理。在他看来，他所推崇的人生哲理具有普世价值，既可治国，也利于做人。长篇小说《万能术》写一个叫陈通光的仆人忽然得到了千里眼、顺风耳的本领，而且可以根据自己的意念指挥宇宙之中的一切事物，成了一个"超人"。他的这个本领给内阁中的"吃饭总长"知道了，将他请来显神通，解决全国吃饭问题。陈通光意念一动，天上果然下了白米，哗啦啦地湮灭了房屋，堵塞了河流，阻塞了交通，更主要的是农民起来造反了；为了平息农民的造反，天上就开始下钞票，结果通货膨胀，市民起来造反了。只能问神灵，有什么办法解决问题，神灵的指示是：限今日辞职，否则寸断而死。为了不辞职，不死，内阁总理命令陈通光让地球停转。地球戛然停转了，结果由于惯性作用，人和那些动物飞上天摔死了，没有摔死的也被涌上来的海水淹死了，世界上只剩下一个人，那就是陈通光。作者通过这样一个故事想说明什么道理呢？那就是人吃虫，虫搅人，吞蛙；蛙吃虫，蛙搅人，吞蛇；蛇吃蛙，蛇搅人，吞野鸡；野鸡吃蛇，野鸡搅人，吞枪……只是头痛医头，脚痛医脚，不解决根本问题，病痛只能循环往复，直至死亡。这就是徐卓呆要告诉读者的人生哲理。为了说明人本来就是平等的，是社会造成的社会等级，他写了一篇小说《浴堂里的哲学家》，小说写人脱了衣服全一样，因此他评述说：万恶衣为首，百善裸为先。不是写吃饭，就是写洗澡，滑稽的故事情节中寻找点哲理，前者体现的是趣味，后者体现的是思想，这就是徐卓呆滑稽小说的特点。

对知识分子的嘲讽是滑稽小说不变的主题，徐卓呆也不例外。不过，与那些嘲讽老文人的酸态腐气不同，徐卓呆嘲讽的是新文人的作假作恶。这些新文人有好学历，却没有好道德。20世纪20年代短篇小说开始流行，而且以会否写短篇小说作为是否新文人的标志，文坛上出现了造假之风。对此现象，徐卓呆写了篇《洋装的抄袭者》讽刺小说抄袭者。小说开始先说一段抄袭的技巧，后面附上了一篇短篇小说。不久，他又发表了篇《告发抄袭者》的小说，披露上期《洋装的抄袭者》背后的故事，还附上一份小字典，告诉人们抄袭者常用的技巧，例如："乔治"改"宝玉"、"乒乓"改"围棋"、"香烟头"改"瓜子皮"等等。两部小说读后，令人忍俊不禁，思之，则唏嘘不已。徐卓呆显然是对那些顶着新的光环，不学无术四处招摇撞骗的所谓新文人十分反感。他认为这些人不仅是造假者，而且是社会的作恶者。他曾经写过一篇小说《甚为佳妙》，小说中的主人公王鹿希是一位研究后期印象派的所谓艺术家，此人"头发长得披到肩头，头颈里，一个黑绸做的大领结，足足有戏台上武生胸口那个白绸子的彩球一样大小。穿一身黑呢洋装，肩头和背上，都有一星星白屑。这里头头发中的头垢，因为不用木梳去剿灭，它就猖獗到衣服上来了。"就是这么一个人物，描画物产地图用去一年都没能画好，还用十分卑劣的手法将编辑部主任赶走，从此他整日坐在办公桌前，"双手拿着报纸，一只左脚搁在桌上，口中连连念着：富丽堂皇……主任一番……甚为佳妙"。这部小说受到很多人的追捧，被《红玫瑰》杂志推崇为作者三四年创作中"唯一杰作"。

徐卓呆的滑稽小说题材相当广泛，什么"武侠滑稽"、"侦探滑稽"、"社会滑稽"等等，他都写，前文所引的《女侠红裤子》广告说的就是他的一部"武侠滑稽"的代表作。不过，不管他写什么题材的滑稽小说总是透着一股睿智的聪明劲，作家的那股聪明劲又往往通过人物形象的塑造和情节设计表现出来，这是很多人喜欢他小说的重要原因。《女侠红裤子》中那个女侠，别看她是"扳扳六十四"，却在关键的时候展示她的智慧，只有她这样的人才能在江湖上混。20世纪40年代，徐卓呆还写过一部小说，叫《李阿毛外传》。徐卓呆笔下的李阿毛是个骗子，到处骗吃骗喝，小说由12篇小故事组成，12则故事也就是12种骗术。可是看完小说，读者似乎并不恨他，除了李阿毛骗术有趣之外，更主要的是你不得不承认，他行骗有道。20世纪40年代的中国，"反饥饿"是平民重要的社会诉求，李阿毛骗些吃喝实在是万不得已。读者会从李阿毛的行骗之中感到生活的艰难和苦涩，对他那些做法的同情大于谴责。小说写到这个份儿上，不能不说是徐卓呆的智慧所致。他笔下的"李阿毛"也因此成为40年代民间社会广泛流传的名字。

其实，无论是程瞻庐，还是徐卓呆，无论是"俗"，还是"雅"，滑稽小说都是寻求笑外之意和丑中之美的。在会心一笑之后，若有所思，这就是优秀滑稽小说的魅力。应该说，这点他们两人都做到了。

（汤哲声）

8月

国民党中宣部刊物《文艺月刊》的宣言和编辑策略

达赖满 DYNAMO 的声音（摘要）

（文艺月刊社同人）

凭我们那种浅薄的视觉，就向来没有看见历史上的，现代的，一切古往今来的文艺创作家，是为着某一个时代而创造文艺，为着某一个阶级，而写作文艺。……他们只是感觉到一个最深刻的印象，引起了极真挚的同情，这同情好比是瀑泉一般的要自然的流走，像繁卉逢着夜雨一般的要自然的生长，一切都是听之于自然罢了，决不会渗入了故意和不自然的成分，默认自己为某一阶级而创作文艺，是拥护某一阶级的忠仆。要不然，他们的作品，只不过是人类意识的复写纸，巴黎蜡人馆里像人的面具，就再也不会有一毫苏苏的生气了。就再也不会得着全人类的同情了。

……文艺家是时代的预言者，是灵魂的冒险者，他具有纯洁无邪的热忱，超越一切的敏锐的感觉，透视一切的犀利的目光，热烈的丰富的情绪和想象；他能深刻地了解自己的痛苦，同时又最诚挚的怜悯社会的沉沦；他有希求社会向上的一颗热烈的心。……所以，文艺家并不存心代表任何阶级来说话，而任何阶级的苦痛确是在文艺家那种明澈无尘的悬镜里映照出来；文艺家并不有意表现着什么时代精神，而时代却常常在文艺家真情的狂澜里冲荡出来。……文艺所要求的，是忠于人性的描写；文艺家的修养，就在如何发挥真实的人性；文艺家的责任，就在如何可以把这真实的人性用纯粹的艺术方式表示出来。

……文艺既非有闲阶级的消遣品，也不是无产阶级的洗冤录。……大家走拢来些，手携着手，肩并着肩，把最真实最宝贵的东西贡献出来，为我们自己，为我们的民族，为我们的国家。在此时，我们绝不应该丧心病狂，把金卢布掩盖了天真洁白的人格，不惜发掘自己的坟茔，把自己几千年来，一大段民族的

南京出版的《文艺月刊》创刊号

光荣史,轻轻地撕去,反而崇奉宰杀自己兄弟姊妹们的毒蛇猛兽,让他们高踞在宝座之上。自己本来快要从白色帝国主义的铁蹄下解放出来了,又来苦心孤诣造成一个变本加厉的赤色帝国主义者……

……其实,在我们看来,吟风弄月也罢,呼打喊杀也罢,反正还不是几个冥想的文艺家关在屋子里一种纯主观的情绪的反映。……只要是为着表示坚实的自信,为着暴露纯洁的感动,为着宣泄大众的忧郁,为着鼓舞民族的自觉,……无论是描写的什么,无论你是用哪种文艺的形式,谁能说这些不是文艺呢!……唯有你——文艺,是永远不会消灭!……

(原载1930年8月15日《文艺月刊》第1卷第1期)

中国文艺社成立于1930年7月间,由国民党中宣部直接领导,其骨干成员有王平陵、左恭、缪崇群等,出版两种刊物:《文艺月刊》,1930年8月15日创刊,每期容量15万到20万字,是当时不多的几种大型刊物之一;《文艺周刊》,创刊于1930年9月间,附于国民党中央机关报《中央日报》。

王平陵晚年回忆说,之所以要成立中国文艺社,创办《文艺月刊》、《文艺周刊》,是因为"民国十九年(1930年),共党宣传阶级斗争的'普罗文艺',气焰嚣张,不可一世,青年们盲目附和,如疯若狂,腐蚀中国优秀文化传统,为祸甚烈"[1],必须予以认真应对。这就是说,中国文艺社、《文艺月刊》、《文艺周刊》,和前锋社、《前锋月报》、《前锋周报》同时出现于1930年6、7、8、9月,是有着同样背景的,都是对成立于1930年3月的中国左翼作家联盟,以及由此而掀起的"无产阶级文艺"运动的一个回应。此时执政的国民党占尽了政治、经济、军事的优势,却在意识形态和思想、文化、文艺领域处于被动应对的地位,这是很耐人寻味的。

---

[1] 袁道宏:《王平陵先生之文艺生活》,见《王平陵先生纪念集》,第162—163页,台北:正中书局,1975年版。

如果说，属于国民党组织部CC派系统的前锋社旗帜鲜明地打出了最能体现自己意志的"民族主义文艺"旗号，不仅以此对抗"左联"的"无产阶级文艺"，而且要求所有作家的创作都要服从于所代表的国家、民族的利益；而属于国民党宣传部系统的中国文艺社，就似乎没有那样理直气壮、剑拔弩张，相反，却要将自己的民族主义立场模糊化，而打出"人性的文学"、"个人的文学"的旗帜，强调"文艺所要求的，是忠于人性的描写"，是作家个人情感的自然宣泄，而必须拒绝"为某一阶级创作"，成为阶级斗争的工具。这实际上就是要以人性论、个人主体性的话语来对抗"左联"的阶级话语，以此来争夺中间派的作家。

但作为国民党中宣部的刊物，《文艺月刊》又不可能放弃作为其统治合法性基础的民族主义和国家主义的意识形态。在宣言里，就毫不掩饰地表达了其反共反苏（苏共即所谓"赤色帝国主义"）的立场；同时，又向作家提出：不能仅仅宣泄个人情感，还要致力于创建一个想象共同体，使"大家走拢来写，手携着手，肩并着肩，把自己最真实最宝贵的东西贡献出来，为我们自己，为我们的民族，为我们的国家"。既要用文学的个人主体性、人性打击文学的阶级性，同时又要把这种主体论、人性论统摄到民族主义的论述之中，这构成了《文艺月刊》宣言的内在矛盾。于是，就只有把文艺家神秘化。据说文艺家的先知先觉，就使得他所谓个人情愫的抒发，本身即包含了时代精神，尽到自己对国家与民族的责任。

《宣言》的这种论述，其实是早期创造社"自我表现论"与文学研究会的"为人生"、"为时代"的观点的并不高明的掺和。不可忽视这样一种相对粗糙的论述在当时纷乱的话语空间中所能起到的作用。左翼的阶级文学论虽然有着强大的理论威力，但在一般知识分子圈中还不能取得压倒一切的优势，多数知识分子，包括"新月派"的自由主义作家和一部分文学研究会作家，还不同程度地坚守五四的启蒙立场，个人、自我、人性等概念依然构成他们思想的核心，用阶级的观念打量一切、规范文学，是他们所难以接受的。在这样的思想背景下，以个人、人性的文学论对抗文学阶级论，是会有一定效用的。

当然，这也和《文艺月刊》所采取的编辑策略直接相关。《文艺月刊》虽时有批评左翼"普罗文学"的文章，但也仅限于文学批评的范围；而且他们几乎从不正面阐发其隐含的民族主义立场，尽量弱化党派色彩，竭力营造一个中间偏右的纯文学刊物的形象。另外，刊物也利用自己每月都能得到中宣部1200元的高额津贴、财源丰厚的优势，以优厚的稿酬吸引作者，还不断组织各种活动联络作者与读者，扩大社会影响。《文艺月刊》确实团结了相当广泛的作家，既有沈从文、梁实秋、凌叔华、陈梦家、方玮德、于赓虞等"新月派"作家，也有袁牧之、马彦祥等原南国社、摩登社的成员，洪深、欧阳予倩、袁昌英等老剧作家，还有巴金、老舍、王统照、靳以、蹇先艾、黎锦明、臧克家等现实主义作家、诗人、李金发、戴望舒、卞之琳、何其芳、孙毓棠、曹葆华、林庚等"现代派"诗人，施蛰存、杜衡、穆时英、黑婴等"现代派"小说家，一些"左联"作家聂绀弩、鲁彦、何家槐等，也都在其上发表过作品。抗战爆发后，《文艺月刊》从1937年10月改出《文艺月刊·战时特刊》，就拥有了更多作者，刊物上也出现了郭沫若、茅盾、田汉、艾青等的名字。这也是它复杂的一面。

（钱理群主要根据倪伟《"民族"想象与国家统制：1928—1948年南京政府的文艺政策及文学运动》一书第二章第二节编写）

《小品文选》：梁遇春的小品文理论

英汉对照　小品文选

梁遇春译注　实价一元二角

小品文（Essay）是中国文坛上新开的一朵小花，可惜英美小品文的译本太少，所以青年写起小品文不能像写短篇小说那样有良好的成绩。并且小品文的妙处，全在那种拈花微笑的境界同灵活轻松的文笔，想去欣赏，读者的外文程度一定要比较好才行。这本小品文选的目的就是想增加一般学生对于西洋小品文的鉴赏能力，将来自己写出小品文，也能够像他们那样可喜。

这本集子里选有从十八世纪到现在二十位英国小品文名家（一半是当代的文人），每人都有一篇代表的作品，读者很可以看出英国小品文的演进同目前的趋势。

小品文最注重的是风格，所以这二十篇全是流利可贵的绝妙散文，想增进自己英文程度的人们很可将它们拿来欣赏。

北新书局发行

（原载 1930 年 8 月 16 日《现代文学》第 1 卷第 2 期）

那么多的中国现代文学史著作，即使说到小品文作家梁遇春，也不过匆匆"一瞥"而已，偶有专门的论文，讨论的也自然是其小品文的创作，这恐怕也是由于废名、叶公超分别写过高度称赞梁氏小品文的文章，而关注其《小品文选》等译作的研究者，十分罕见，连几种"中国现代翻译文学史"之类的著作，也不肯多看几眼这个十分勤奋而很有成就的译者多达"二十四种"的译著。后来有学者编校《梁遇春散文全编》，别出心裁地将梁氏的小品文创作和译作汇集一编，[1]可谓大有识见。

梁遇春不仅有这样一本"英汉对照"的《小品文选》，此前一年，还在开明书店出版了《英国小品文选》，此后的 1935 年又在北新书局出版了《小品文续选》，等等。这些译著当合而观之，自有其特殊的意义。

梁遇春没有专门写过什么关于小品文的论述文章，他的见解却十分清楚地见诸其译著的序文和注释，十分重要，不仅对于研究梁氏创作，而且对于研究中国现代的小品文理论，也有重要意义，对此，反倒是一位研究周作人的英国学者给予了高度评价，称赏梁氏小品文是"最理想的英国式的随笔"，认为梁氏的小品文观"很有见地"。[2]因此，除了一般的阅读欣赏，梁遇春的几种英国小品文译著的重要性，就在于可以从中更清楚地看出他的小品文观，从他精心挑选、翻译的作品看出他的艺术趣味，这样也就可以对梁氏的创作有更为深入的理解。

小品文，或者说随笔，最著名的定义，就是 1925 年鲁迅翻译的厨川白村的所谓"闲话"的那段话。30 年代谈论小品文，几乎都引用它，如曹聚仁《现代文艺手册》、任辛《谈小品文》。厨川白村的定义确实很精彩，但是，梁遇春从英国散文中归纳、总结出来的小品文的特征，似乎更为明确，至少可以看做对厨川白村的定义的重要补充。比如厨川白村的"闲话"说之中，最重要的是反

---

[1] 吴福辉编：《梁遇春散文全编》，杭州：浙江文艺出版社，1992 年版。
[2] 卜立德：《英国随笔与中国现代散文》，载《中国现代文学研究丛刊》1989 年第 3 期。

早逝的梁遇春

复强调小品文的特质在于"其兴味全在于人格底调子",作者必须"将自己的个人底人格的色彩,浓厚地表现出来",那么,究竟怎么才能"表现出来"呢?怎么"闲话"呢?似乎就语焉不详了。梁遇春《小品文选》的序言,首先就谈小品文的"定义":"大概说起来,小品文是用轻松的文笔,随随便便地来谈人生,因为好像只是茶余酒后,炉旁床侧的随便谈话,并没有俨然地排出冠冕堂皇的神气,所以这些漫话絮语很能够分明地将作者的性格烘托出来,小品文的妙处也全在于我们能够从一个具有美妙的性格的作者眼睛里去看一看人生。"①这个"定义"似乎和厨川白村的定义没有太大的差别,但梁遇春接着说:"许多批判家拿抒情诗同小品文相比,这的确是一对很可喜的孪生兄弟,不过小品文是更洒脱,更胡闹些吧!"正是这个"胡闹"的说法,在英国学者卜立德看来"很有见地",因为小品文"作家不摆架子,一跟读者熟不拘礼,也允许他偶尔说笑打诨"。如果说这个"定义"还是笼统了,那么,在一篇小品文译作的注释里,梁遇春则告诉我们,小品文作者"从一个具有美妙的性格的作者眼睛里去看一看人生",其"胡闹"的意义则是:"凡是做小品文章的人,多数都装自己是个单身汉而且是饱经世故的老人,因为单身汉同老头子对于一切事情常常有特别的观察点,说起话来也饶风趣。"②在另外一条注释里则说得更清楚、透彻:"做小品文字的人最要紧的是观察点(the point of view),无论什么事情,只要从个新观察点看去,一定可以发现许多新的意思,除去不少以前的偏见,找到无数看了足以发噱的地方。所以做小品文字的人装老,装单身汉,装做外国人,装穷,装傻,无非是想多懂些事情的各方面。"③

---

① 吴福辉编:《梁遇春散文全编》,第 435 页。
② 梁遇春翻译斯梯尔的《毕克司达夫先生访友记》,见《英国小品文选》,上海:开明书店,1932 年版。引自吴福辉编:《梁遇春散文全编》,第 353 页。
③ 梁遇春翻译哥尔德斯密斯的《黑衣人》,见《英国小品文选》,上海:开明书店,1932 年版。引自吴福辉编:《梁遇春散文全编》,第 363 页。

梁遇春特意反复强调"观察点（the point of view）"，不仅将"从一个具有美妙的性格的作者眼睛里去看一看人生"的说法明确化了，也指出了小品文的一个最重要的艺术技巧。这显然是他翻译英国小品文，从具体的作品中发现的这一常见的技巧。这种写法，类似现代诗的"小说化"、"非个人化"，或者说类似于现代叙述学理论所谓的"叙述视点"，叙述者与作者的分离，因此在同一个小品文作者笔下，因为"装老，装单身汉，装做外国人，装穷，装傻"，也就可能有不同的叙述者、不同的声音在说话了，作品自然"足以发噱"，充满了多层次的反讽意味，从而避免了叙述者与作者同一的那种单一的写法了。梁遇春《小品文》序文中以为："含蓄可说是近代小品文的共同色彩，甚么话都只说一半出来，其余的意味让读者自己去体会。"这里"只说一半出来"，不仅是说多少的意思，也有怎么说的意思，因为有了特殊的"观察点"，读者不仅观照叙述者"装老，装单身汉，装做外国人，装穷，装傻"的风趣，而且尚需体会"作者"或"隐含作者"的思想，这样的作品自然也就比作者和叙述者同一的那种叙述形式的作品，"含蓄"得多了。再者，作者直接的自我述说、议论，表达的是问题的某一个方面，而"装老，装单身汉，装做外国人，装穷，装傻"，则可以从不同的"观察点"观照世界与人生、历史与社会，作多方面的观察，这也是所谓的"无论什么事情，只要从个新观察点看去，一定可以发现许多新的意思，除去不少以前的偏见，找到无数看了足以发噱的地方"之意。

梁遇春的"观察点"之说，在中国现代小品文理论史上的贡献与意义，值得充分重视，而由此考察梁氏的创作，自然有新的、深入的理解。梁遇春的《寄给一个失恋人的信》（一、二）、《醉中梦话》（一、二）、《谈"流浪汉"》、《"春朝"一刻值千金》、《救火夫》、《她走了》等作品，不是一再在"装"吗？装失恋、装醉汉、装流浪汉、装离婚、装救火夫、装睡懒觉，一"装"而风趣盎然，"足以发噱"。放大视野，再看周作人的小品文，从《水里的东西》到著名的三大"礼赞"，乃至《闭户读书论》等等，岂不是"装"？《水里的东西》诚如研究者所说："光看标题已经有绅士味儿。绅士没有职业，所以没有业务专长：即使他知道术语也会避开不用，所以用'水里的东西'这最简单、最普通的字样来表示他是外行。"[①] 也许我们可以接着说：这样刻意不以专家口吻说话，

---

① 卜立德：《英国随笔与中国现代散文》。

不就是为了取得"亲切"的态度吗？不是专家却又这样留心"水里的东西"，谈得这样津津有味，岂不正是一种"闲适"的风度吗？而三大"礼赞"、《闭户读书论》等，则是故意对"赞"、"论"这种庄严文体的"戏拟"，充满反讽意味。还有钱锺书，《写在人生边上》中的作品，充满戏谑，《魔鬼夜访钱锺书先生》、《说笑》、《吃饭》、《一个偏见》等连题目都"足以发噱"，不就是因为作者从一个特殊的"观察点"来谈人生，和常识开玩笑，拿日常琐事大做文章，因而使得文章妙趣横生、令人解颐吗？

梁遇春在艾迪生（Joseph Addison）《论健康之过虑》的一条注释里说："十八世纪写小品文字的作家常喜欢虚做一封来信，后面再加按语，用这法子可以将一件事情正反两面都写出来，既没有用辩说体那样枯燥，比起对话体，文情又有从容不迫，娓娓清谈之致，不像那样针锋相对，没有闲逸的风味。Addison同Steele最爱用这种布局。"①与此同类的，也有不是"虚做一封来信，后面再加按语"的，而是直接"虚做"一封"去信"，梁氏的《寄给一个失恋人的信》（一、二），显然就是这种写法。论中国现代小品文，有"书信体"之说，其实只是一个笼统的说法而已，有的是从中国固有的"书牍"而来的，有的则是从梁氏所谓"虚做"书信而来的，其间大有不同，前者是实写的通信，后者却是"虚做"的文章，说到底也是因为设计一个特别的"观察点"来"为文而造情"。周作人著名的《乌篷船》，显然也属于"虚做"一类。

梁遇春有一篇小品文《人死观》，论者十分以为新奇，称赏作者奇思妙想，甚至有专文论述的，但庶几难逃"读书未遍，妄下雌黄"之讥，因为梁遇春在雷利（Walter Raleigh）《吉诃德先生》译文的一条注释里说过："'爱'和'死'是小品文家最喜欢讨论的题材，尤其是'死'，因为死这题目可以容纳无限幻想，最合于捧着烟斗靠在躺椅时的沉思默虑。"并且告诉我们：英国许多作家"都有很好的关于'死'的作品"②。验之于《小品文选》等译作，仅从题目来看，《死的恐惧》、《死同死的恐惧》等，就是谈论"死"的小品文。那么，梁遇春有此《人死观》，有什么奇怪的呢？在梁氏看来，显然是少见多怪罢了，更

---

① 梁遇春翻译艾迪生的《论健康之过虑》，见《英国小品文选》，上海：开明书店，1932年版。引自吴福辉编：《梁遇春散文全编》，第358页。

② 梁遇春翻译雷利的《吉诃德先生》，见《英国小品文选》，上海：开明书店，1932年版。引自吴福辉编：《梁遇春散文全编》，第423页。

何况《人死观》中大量材料几乎全部来自英国作品,更像是一篇谈论英国人的"死"之"观"的文字。与此少见多怪的同时,若又对《寄给一个失恋人的信》(一、二)、《她走了》、《苦笑》、《坟》、《无情的多情和多情的无情》等更多谈论"爱"的作品视而不见,无视从文章数量上看梁遇春似乎更重视的却是"爱"之"观"这一事实,原因一样是因为不知道梁氏说过"'爱'和'死'是小品文家最喜欢讨论的题材"这样一句话。

(高恒文)

9月

被称为"扛鼎"之作的叶圣陶长篇《倪焕之》

叶圣陶著《倪焕之》

实价一元二角　三十二开本　四百数十余面
硬面布脊金绘　钱君匋装帧　开明书店

这是一部直接描写时代的东西,茅盾先生谓是"扛鼎"的工作。可作五四前后至最近革命十余年来的思想史读。其中有教育者,有革命者,有土豪劣绅,有各色男女,有教育的垦荒,有革命的剪影,有纯洁的恋爱,有幻灭的哀愁,一切都以写实的手腕出之,无论在技巧上,在内容上,都够得上划一时代。

(原载1930年9月1日《中学生》第8号)

叶圣陶《倪焕之》书影,1929年初版。

20年代末,《倪焕之》与《蚀》的创作和发表,在现代长篇小说发展史上是一个重要事件,也是当年的文学大事件。《蚀》的第一部《幻灭》在《小说月报》上刊登,要比《倪焕之》1928年1月开始在《教育杂志》月刊连载略早几个月。《幻灭》、《动摇》的单行本也出得快些。《倪焕之》似乎是边登边写,连载12期用去了整整一年,据叶圣陶年谱所载,到这年的11月15日全书才写毕。但紧接着它就在1929年8月由开明书店出版了。而茅盾的《蚀》却要等三部曲之三的《追求》面世后,直至1930年5月才合在一起也由开明书店出版。

《倪焕之》初版本署名叶绍钧，附录收有夏丏尊的《关于〈倪焕之〉》、茅盾的《读〈倪焕之〉》（节选）和《作者自记》三文。开明书店是从商务印书馆派生出来的，其中多有文学研究会中人，他们之间的友谊坚牢持久。叶圣陶虽然没有茅盾那么激进，但北伐前已是国民党左派，茅盾的共产党活动就经常借叶圣陶的家来进行，彼此并不掺和，也不回避。所以他们两人在中国带头写起了"时代小说"，是有共同基础的。茅盾对《倪焕之》的评论，一直被看做是权威性的，上述广告开头使用的"扛鼎"一词便是茅盾语，所陈小说的本事几乎也是由茅盾文章改述的。我们只要看一下茅盾如下的概括就明白了："叶绍钧以前有过《隔膜》、《火灾》、《线下》、《城中》、《未厌集》等五个短篇集，《倪焕之》是他的第一个长篇，也是第一次描写了广阔的世间。把一篇小说的时代安放在近十年的历史过程中的，不能不说这是第一部；而有意地要表示一个人——一个富有革命性的小资产阶级知识分子，怎样地受十年来时代的壮潮所激荡，怎样地从乡村到都市，从教育到群众运动，从自由主义到集团主义，这《倪焕之》也不能不说是第一部。在这两点上，《倪焕之》是值得赞美的。"①

倪焕之是贯穿全书的人物，是从辛亥革命到五四后这一历史阶段中国知识分子的典型。他的追求，无论是走带有个人色彩的教育救国道路，或与现代女性金佩璋建筑在互敬互爱共赴事业基础上的新型婚恋关系，都作为正面的形象得以表现。乡镇土豪如蒋士镳的破坏只是理想教育计划崩坏的一个外部原因，更重要的内部因素是教育队伍本身的鱼龙混杂，意志薄弱，沉醉于平庸生活的信仰的不坚定。这里对倪焕之和金佩璋婚后生活的细致描写让人自然联想到鲁迅的《伤逝》。五四浪潮给倪焕之以新的推动，他后来艰难地克服自己，投身到改造社会的群众运动中去，在"五卅"和大革命失败的苦闷中病逝，但仍寄希望于未来的青年一代。许多评论者早就指出，书中影响倪焕之的思想"从自由主义到集团主义"的革命者王乐山，生活原型即是与叶圣陶熟悉的朋友侯绍裘。侯绍裘是早期共产党人，曾任中共江苏省委书记和国民党左派江苏省党部常委，1927年"四·一二"前夕在南京遇害。如果当做"思想史"来读《倪焕之》，这种思想影响的路径，在当年极为普遍。很多五四知识分子是这样走过来的，叶圣陶周围就有许多共产党人。但因倪焕之是个"小资产阶级"，而1928年到

---

① 茅盾：《读〈倪焕之〉》，见《茅盾全集》第19卷，第207页，北京：人民文学出版社，1991年版。

1930年正是"革命文学论争"的时期，争论焦点之一便是能不能写"小资产阶级"，以及如何写"小资产阶级"，所以茅盾评价倪焕之的时候就特别强调他是"一个富有革命性的小资产阶级知识分子"，而另外的一种评论就会挑剔，认为"这部创作假如说是新兴文坛划时代的作品，那未免有点夸耀，这正是小布尔乔亚文战营垒中的一幕悲剧"①。这个"小布尔乔亚"的阶级指向原本符合倪焕之的身份，只是用在这里却带着批评"旧"文学的意思而已。

中国现代长篇小说起于1920年代。创造社作家张资平1922年出版的《冲积期化石》是较早的一部，社会性的自传体色彩很浓，结构松散。同年稍迟出版的有文学研究会王统照的《一叶》，后来又有1923年连载到1929年才出单行本的《黄昏》，都用悲哀的情调写从旧家庭突围追求个人婚恋自由的悲凄故事。这些长篇只有十万字左右，包括经常被人当做长篇来看的杨振声的《玉君》仅五六万字，写争取自由婚恋的阻力既有旧式家庭的父母之命，又有同在进步一方的狭隘嫉妒的私利，人生图景虽比短篇开阔，但在结构上都缺乏长篇的控制力量。而《倪焕之》、《蚀》都有二十万字左右的篇幅，尤其在围绕一个中心人物或一个人物群体展开并组织时代场景和个人悲欢方面，取得相当的成功。可以说真正现代意义的中国长篇小说，是从这两部作品开始的。中国时代长篇小说的传统，也是以这两部作品发端的。

《倪焕之》的另一意义是能透视中国一部分知识分子的心路，即广告所述的当"思想史"读的价值。国共的第一次合作和分裂，给思想基础原本相仿的共产党人与国民党左派带来极大的震动。仍然坚持无产阶级理想的文人，写小资产阶级知识者的思想经历，最终要达到脱离苦痛、矛盾而追求光明；这里有写尽磨难而不轻设抽象光明前途，也有于革命低谷时期偏要发不屈不挠革命高调者的。而另一部分人在这历史转折时代，经过沉思，放弃政治抉择，确定从事进步文化工作（包括文学工作）。时间在1928年到1930年间，文人群是在文学研究会、后期创造社及某些个人之间。我们读1928年朱自清发表的《那里走——呈萍郢火栗四君》，一群文学研究会的作家就面临选择道路的问题。朱自清要询问的朋友，萍是指茅盾，火是刘薰宇，郢就是叶圣陶。在这封长信里，朱自清站在时代的十字路口，分析自己的出身、阶级属性、个人性格与时代的

---

① 华：《新书一瞥·〈倪焕之〉》，载1929年12月15日《现代小说》第3卷第3期。

矛盾，及选择道路的痛苦。他觉得自己在五四那个思想革命的时代（所谓三个步骤中的"第一步骤"），"要的是解放，有的是自由，做的是学理的研究"，颇合自己心思。到了"国家的解放"和"Class Struggle"（阶级斗争）这两个"政治的革命"和"经济的革命"的步骤时，就"动摇"不定了。"我解剖自己，看清我是一个不配革命的人"，"我既不能参加革命或反革命"，就只能"超然"走自己的学术、文学之路了！应当说朱自清的这种处境很有代表性。叶圣陶曾表示过共鸣，回答说："现在这时代，确是教人徘徊的。"倪焕之的某种徘徊性，正可理解为作者这种思想的体现。而茅盾在所有朋友中是走左翼道路的，他深知朱自清，据该文中说"见面时，常叹息于我的沉静，他断定这是退步"。最后茅盾越出《蚀》，而写了《子夜》。朱自清此文对自我的剖析非常典型，还可举几个要点：第一，觉得自己之所以不能革命，"小半由于我的性格，大半由于我的素养"。即"我的情调，嗜好，思想，伦理，与行为的方式，在在都是 Petty Bourgeoisie 的，我彻头彻尾，沦肌浃髓是 Petty Bourgeoisie（小资产阶级）的"。第二，心灵深处惧怕阶级斗争会"毁掉我们最好的东西——文化"。虽然他知道这文化的一部应随着阶级的灭亡而灭亡。第三，懂得"Proletariat（无产阶级）在革命的进行中，容许所谓 Petty Bourgeoisie 同行者；这是我也有资格参加的"[①]。如果说这种自我定位，叶圣陶与朱自清是比较接近的话，我们就可据此理解"开明派"作家长期的革命"同行者"的立场，也就明白了当最后的悲剧降临时，倪焕之这个小资产阶级人物对未来的希望为何是似有若无了。

（吴福辉）

国民党中宣部对文艺刊物、作品的查禁

十九年七八九三个月审查文艺刊物报告（摘要）

最近数月以来，本部对于反动刊物加以严厉的取缔，所谓左倾的文艺杂

---

① 朱自清：《那里走——呈萍郢火栗四君》，载 1928 年 3 月 5 日《一般》第 4 卷第 3 号。

志，差不多都已先后查禁。虽然还有几种希图化名延长生命的，但不过侥幸的出到一两期，也就同归于尽了。至于书店方面，除了为虎作伥的现代书局，仍在公然发行赤化刊物外，其他多因血本关系，不肯再为他们印刷，所以反动文艺作品，近来已少发现。一般反动分子，也因此大起恐慌，要想自己建立他们的出版发行事业。在左翼作家联盟等主办的中心机关杂志——《文化斗争》里面一篇左联执行委员会的《无产阶级文学运动新的情势及我们的任务》的论文，其中的几段说话，更可反证他们经此打击之后，确已陷入穷途末路了。它的原文说："自《拓荒者》、《大众文艺》、《艺术》……等杂志继续被封禁过后，经验告诉我们，靠书店的合法营业路线，绝对不能出版代表我们斗争活动的杂志"……"目前统治阶级在文化上向革命营垒的进攻，一天天的加紧。书店的查封，刊物的查禁，邮政的封锁，戏剧演出的压迫，文化的摧残比之君主专制时代、北洋军阀时代来得更凶。然而这还是下策，特别是教育机关的垄断，对革命学生的进攻，向广大学生群众的欺骗，更有积极性，更有组织化（如全国运动大会及童子军的检阅以及民族主义文学的结合），所以进攻方式来得更加巧妙。……"

在他们自己的口供当中，已可看出一般反动分子，正在战栗发抖，猖獗的气焰，已经渐渐的消煞了。现在本党同志和一般爱好文艺的青年，纷纷组织阐扬三民主义文学的团体，在上海方面有《前锋周报》，南京方面有《文艺月刊》、《开展》月刊、《流露》月刊、《橄榄》半月刊等等的发行，更把这乌烟瘴气，几被笼罩了的中国文坛，弥漫着青白的曙光，使一般迷蒙歧途的青年，得走一条正确的出路，在三民主义旗帜之下向前努力。

但是今后对于反动分子的暗中活动，仍然未可忽视。他们在左翼作家联盟成立以后，并组织了什么社会科学家联盟、各学校文学研究会、左翼剧团联盟、左翼美术家联盟等等的团体。代表它们重要言论的中央机关杂志，就是上面所说《文化斗争》。该刊虽经通令查禁，但是它没有一定的发行地址，且系自设的印刷发行机关，难免不再继续发行，这是值得加以注意的。

（摘选自《国民党中宣部审查1930年7至9月份出版物总报告》，现收中国第二历史档案馆）

这份国民党中宣部的审查报告，通篇虚张声势，多有邀功之辞，但也还是勾勒了一幅"1930年中国出版形势图"。在查禁与反查禁、围剿与反围剿的搏斗背后，人们看到了国、共两党在争夺文化、文学话语权，争取决定中国未来的青年方面，展开了一场生死决战，而且是各有胜负得失，扭成一团的。从国民党方面来说，大概到了1930年，才全面地形成了它的文艺政策，布下了文化统治的格局：一方面，亮出自己的旗帜（民族主义为主，辅之以文学人性论、个人论），组织自己的队伍（前锋社与中国文艺社），从正面出击；一方面，则充分利用国家权力，进行思想文化文艺的监控、管制与镇压。

应该说，这样的文化专制主义是国民党政府的既定国策。在定都南京以后，即公布《暂行反革命治罪法》，规定对宣传与三民主义不相容之主义者将以反革命论处。1928年5月召开第一次全国教育会议，确定三民主义为国民教育的宗旨；7月，国民党中常委通过决议，决定在全国各级学校增加党义课程，强制实行党化教育。1929年1月，国民党中央执行委员会决议通过《宣传品审查条例》，规定凡与党政有关的各种宣传品均需呈送中央宣传部审查，凡"宣传共产主义及阶级斗争者"，"宣传国家主义、无政府主义及其他主义，而攻击本党主义、政纲、政策及决议案者"均为反动宣传者，应予"查禁、查封或究办之"。南京政府又于1929年8、9月，分别在南京、上海、北平、天津、汉口、广州等重要城市建立邮件检查所，对违反《宣传品审查条例》的邮件立即扣押，并送当地党部宣传部依例处理。仅1929年一年，国民党中宣部所查禁的各类刊物即达270种之多，其中包括《创造月刊》、《幻洲》、《无轨列车》等文学刊物，[①]而据《十九年七八九月份查禁反动刊物报告》，1930年仅三个月就查禁"反动刊物"89件，计共产党69件，（国民党）改组派12件，无政府主义派3件。我们这里引述的《十九年七八九三个月审查文艺刊物报告》，则将所审查刊物和书籍分为"良好的"、"谬误的"、"反动的"、"平常与欠妥的"四类，国民党自己的刊物《文艺月刊》、《前锋周报》自然是"良好的"典范，唯美主义的《真美善》月刊则因为对文坛各派别"没有什么偏袒"被当做"平常与欠妥"类的典型，潘汉年等主编的《文艺斗争》和沈端先（夏衍）编辑的《沙仑》，则被看做是"左倾分子的一个中心机关杂志"和"偏于普罗文艺的宣传"，实属"反动"刊物而严加查禁。

不能低估这种查禁的作用。鲁迅在回顾自己这一时期的写作时，就说："当

[①] 转引自倪伟：《"民族"想象与国家统制：1928—1948年南京政府的文艺政策及文学运动》，第5—6页，上海：上海教育出版社，2003年版。

(一九)三〇年的时候,期刊已经渐渐的少见,有些是不能按期出版了,大约是受了逐日加紧的压迫。《语丝》和《奔流》,则常遭邮局的扣留","那时我能投稿的,就只剩了一个《萌芽》,而出到五期,也被禁止了","所以在这一年内,我只做了收在集内不到十篇的短评"①。

1931年的"九·一八"事变,1932年的"一·二八"事变,都促发了民族主义情绪的急剧高涨,并迅速发展为极端民族主义。正是在这样的背景下,1932年3月,在蒋介石授意之下,贺衷寒、邓文仪、康泽等在南京发起成立"三民主义力行社",其外围组织分两层,即"青会"("革命青年同志会"和"革命军人同志会")和"复兴社"。复兴社公开打出"一个主义,一个领袖"的旗帜,主张"酌采德、意民族复兴运动精神",实行铁血救国。大概到1932年底,法西斯主义一时间成为国内思想界的热门话题,很多人都把法西斯主义当做一种更为强烈、也更有力量的民族主义。一些知识分子也认为专制是建立统一民族国家的必要阶段。于是,就有了1934年以《独立评论》为主战场展开的"民主与独裁"的论战。蒋廷黻、丁文江等明确主张实行"开明专制",要求在政治、经济上加强中央集权,集全国之力加速现代工业化进程,解决国内经济危机,同时为不可避免的中日战争积蓄力量。于是,就有人进一步鼓吹"文化统制",扬言"要救民族,要救国家,非先从文化统制不为功"②。一时间,左翼文学和幽默文学,成为主要攻击对象。前者被认为是"赤色帝国主义文化侵略"的工具③,其最大罪恶"便是消灭民族意识,迷醉青年心理"④;后者则被指为"亡国文化"的代表,罪名是"以笑消沉民族意识"⑤。

就在这样的氛围下,1934年2月,国民党中央宣传委员会发出密令,一举查禁图书149种。著名左翼作家的著名著作,几乎都被包罗在内。消息传出,上海书业界"群情惶骇,莫可言喻",遂联合上书,疾呼"际此教育衰颓、商业

---

① 鲁迅:《二心集·序言》,见《鲁迅全集》第4卷,第193页,北京:人民文学出版社,2005年版。
② 吴以鸣:《复兴民族文化之创立及其统制》,载1934年2月15日《汗血月刊》第2卷第5号"民族文化建设专号"。
③ 徐导之:《怎样铲除普罗文化》,载1934年1月15日《汗血月刊》第2卷第4号"文化围剿专号"。
④《普罗毒的传布》,载1933年10月15日《汗血月刊》第2卷第1号。
⑤ 陶亢德:《群言堂》,载1934年9月16日《论语》。以上关于1931年以后民族主义极端化的相关材料与分析,均来自倪伟:《"民族"想象与国家统制:1928—1948年南京政府的文艺政策及文学运动》第四章第一节。

凋敝之秋，商店等勉强维持，已觉万分竭蹶，受此重大打击，势将无以自存。且此后出版各家，凝于此种严厉之处置，将不复敢印行书籍，对于文化前途，似乎不无妨碍"。此言也绝非夸大，因为30年代左翼文学已经占据了文学市场相当大的部分，一律禁毁，对出版社、书店自然是致命一击。当局最后略作让步，决定将149种图书分别处理：或继续查禁，或暂缓发售，或勒令删改；允许重新发售的不过37种。此最后批示，当时的天津《大公报》曾有披露，不妨选录几条，以见审查官的立场与眼光。如"应禁止发售之书目"：《伪自由书》，鲁迅著，"多讥讽时事攻评政府当局之处，以'伪自由书'为书名，其意亦再诋毁当局"；《水》，丁玲著，"或描写农民暴动，或描写地主和佃户对抗情形，或描写学生及工人群众宣传反动情形"；《韦护》，丁玲著，"描写一个共产党员的革命与恋爱的冲突"。"应删改之书目"，如《咖啡店之一夜》，田汉著，"内有《午饭之前》，描写工人生活，颇含斗争意识，应删去"。《文艺论集》，郭沫若著，"P298有'马克思和列宁终竟是我辈青年所当钦崇的杰士'一语，应删去"。《子夜》，茅盾著，"P98至P124，讥刺本党，应删改。十五章描写工厂，应删改"①。——总之，不准"讥讽时事"，不准"诋毁本党"，不准"描写工厂"，不准写"地主和佃户对抗"，不准以赞赏口吻"言及马克思列宁"，甚至不准写"革命者恋爱"。

但毕竟说出了不准的理由，就比官威莫测要好，书业界由此得到启发，干脆申请出版前的审查，官方（国民党中央宣传委员会）也就乘势于1934年6月，在上海设立"中央图书杂志审查委员会"，并公布了《图书杂志审查办法》，规定一切图书杂志付印前应将稿件送审，被允许出版的图书杂志必须在封面底页上印审查证号码，出版后还要送中央图书杂志审查委员会备案，如发现与审查稿件不符，就要受内政部处分。这样，就终于把对作者写作的控制提到了出版即与读者见面之前。

这自然会造成严重的后果。如鲁迅所说，"现在的书报，倘不是先行接洽，特准激昂，就只好一味含胡，但求无过"②。而且还有更为沉重之语："我曾经和几个朋友闲谈。一个朋友说：现在的文章，是不会有骨气的了，譬如向一种日

---

① 《禁书之善后（续）》，载1934年4月9、11、12、14日天津《大公报》。
② 鲁迅：《且介亭杂文二集·后记》，见《鲁迅全集》第6卷，第478页。

报上的副刊去投稿罢，副刊编辑先抽去几根骨头，总编辑又抽去几根骨头，检查官又抽去几根骨头，剩下来还有什么呢？我说：我是自己先抽去了几根骨头的，否则，连'剩下来'的也不剩"，"因此除了官准的有骨气的文章之外，读者也只能看看没有骨气的文章"，不过是"奴隶文章"而已。①

(钱理群)

---

① 鲁迅：《花边文学·序言》，见《鲁迅全集》第5卷，第438页。

1931 年

1月

《啼笑因缘》的形成和"啼笑因缘旋风"

　　社会言情，张恨水，啼笑因缘，新闻报快活林。樊家树情致缠绵，沈凤喜温柔婉约。何丽娜风流跌宕。关秀姑豪爽任侠。红楼水浒，啼笑因缘迷，三友书社，三朋书店，明星公司，啼笑因缘。郑小秋饰樊家树，夏佩珍饰关秀姑，胡蝶饰沈凤喜何丽娜。

（原载1931年1月11日《新闻报》）

　　这是众多的《啼笑因缘》广告中比较短小的一篇，披露出来的有关信息却相当齐全。它首先告诉我们，这是一部"社会言情"小说：既有社会内容，也有言情故事，不同于"鸳鸯蝴蝶派"时期基本上是讲言情故事的"言情小说"。"社会言情"是《啼笑因缘》的基本性质，也是张恨水为中国小说所做的贡献。

《啼笑因缘》1931年版书影

　　广告接着介绍刊登《啼笑因缘》的《新闻报·快活林》，再说小说中的四个主人公，提醒读者注意小说塑造的人物典型，这也是点到了要害。有意思的是，广告用"红楼水浒"介绍四位主人公的特点：或有《红楼梦》的"缠绵情长"，或有《水浒传》的"豪爽任侠"。这也正是小说最吸引读者之处。广告特意提到"三友书社，三朋书店，明星公司"，则是讲《啼笑因缘》连载之后的后续效应，它们分别是出版全本的书局，出售全本的书店，以及将其拍摄为电影的公司。最后则用当红明星郑小秋、夏佩珍、胡蝶来哄抬小说和电影。这样，短短几句广告语，就将《啼笑因缘》从连载到拍成电影的全过程，及其美学特点、故事魅力和市场效应，统统交代清楚了。

其实，广告之后的故事还有很多。比如，《啼笑因缘》是张恨水在上海重要的报纸上发表的第一部长篇小说，了了他的一个心愿。早年他曾投稿《小说月报》却未能发表；后来他在北京发表《春明外史》、《金粉世家》等小说，在北方成为最受欢迎的作家，可是由于交通不便，加上军阀混战不断，在上海张恨水并没有多少名气。这对张恨水来说不能不是一个遗憾：上海毕竟是当时现代传统文学的大本营，在上海发表小说，无疑是取得全国影响的重要途径。

机会终于来了。1929年5月，阎锡山邀请上海的新闻代表团访问北京，上海《新闻报》副刊总编严独鹤也在受邀之列。在北京，严独鹤听到了张恨水声名之盛，看到了他的文笔，就通过朋友钱芥尘认识了张恨水。严独鹤当面邀请张恨水为《新闻报》副刊写一部长篇小说，张恨水也当场答应。后来严独鹤回到上海，又来信催稿，提出了两个条件：一不能太长，上海人没有耐心；二要多加一点"噱头"，南方人喜欢看。

应该说张恨水对这部小说相当地重视。答应下来以后，他就一直苦思冥想地寻找素材。想了几天就是想不出来，于是到天桥转转，路过钟楼的时候，在台阶上看见一个面目憔悴的中年男子在弹三弦，一个不起眼的姑娘打着鼓唱，听众也不多。看见这样的场景，张恨水很有感慨：生活艰难啊。回到家中在床上辗转反侧睡不着，想起了一件往事：1925年，有一次朋友门觉夫约他和好友张友鸾到四平海升园听高翠兰唱大鼓戏。没几天就听说，高翠兰被军阀田旅长抢走了。当时张恨水就猜测，高翠兰可能是自愿的。果然，不久田旅长和高翠兰笑眯眯的照片被登了出来。由于这是被"抢"的，高翠兰父母不愿意就这样失去一棵摇钱树，双方讨价还价，没能谈成，就和田旅长打起官司。田旅长被判一年，高翠兰被父母领回。可是高翠兰并不高兴，再也不愿意上书场，整日在家哭哭啼啼。他对这个题材很满意，但怎么写呢？他想到了他的小说《天上人间》的结构。在《天上人间》中他让一个大学教授与两个女人谈恋爱，这两个女人一个是富豪的女儿，一个是缝补工的女儿，这样的故事情节，一方面是大众喜欢看的三角恋爱，另一方面也写出了不同社会阶层的现实生活。他又想到了严独鹤叫他在小说中加"噱头"。他看到当时的上海小说界，武侠小说大行其道，于是决定在小说中再增加一组侠客形象。故事情节想好了，就想为小说取名：不能太雅，又不愿太俗，于是想起了刚刚结束的《春明外史》最后两句诗"欲除烦恼须成佛,各有因缘莫羡人",由此而产生灵感:就叫"啼笑因缘"。把这样的构想和一些好友一谈,大家都说好。于是张恨水写好了写作提纲,从1930年3月开始了《啼笑因缘》的写作。

小说的第一批稿子寄给了严独鹤。1930年3月17日终于在《新闻报》的副刊《快活林》上连载了。连载的《啼笑因缘》立即赢得无数读者,报纸订阅量大大增加,读者纷纷给报馆写信,谈自己的读后感想。一股"啼笑因缘旋风"随即形成。以致30年代初的上海成了《啼笑因缘》的上海,那时上海市民见面,如果不谈《啼笑因缘》就会被讥为不通世事。甚至还有这样的轶事:由于没有单行本,很多读者只能收藏连载报纸,但是收藏的连载报纸容易缺失,于是就有人在报纸上刊登启事,愿意代为抄写《啼笑因缘》。《啼笑因缘》1930年11月30日刚刚连载完,第二天《快活林》主编严独鹤就告知读者,"明星影片公司,已决定摄制影片";"《啼笑因缘》小说……排印将竣,约月内可以出版"。一个月不到,《啼笑因缘》单行本于12月底即已出版。接下来,1931年明星公司、大华公司之间关于《啼笑因缘》电影摄制权官司,又陆陆续续地拖了大半年,1932年,由张石川导演,胡蝶、郑小秋主演,明星公司摄制的《啼笑因缘》正式与观众见面,掀起了又一轮《啼笑因缘》热"。

张恨水是个深谙市场效应的小说家。为了吊住读者的胃口,他的小说总是留下一个开放性的尾巴。《啼笑因缘》同样如此。这部小说的结尾对各人结局都有暗示,但并不明确表露出来。这只是"卖关子",实际上并没有写续集的打算。可是这一次他坚持不住了。因为《啼笑因缘》卖得好,出版商看到有利可图,就开始组织人续写,于是惜红馆主等人的《续啼笑因缘》就出版了,徐哲身的《反啼笑因缘》出版了,还有各种化名写的《啼啸因缘》、《成笑因缘》也出版了。架不住出版商的一再催促,张恨水只好匆匆再作《续啼笑因缘》,并急急忙忙地于1933年出版。这部被逼出来的《续啼笑因缘》效果并不好,却说明一个问题,即身处于"啼笑因缘旋风"中的作者本人也只能随风而舞。

《啼笑因缘》1930年11月在《快活林》上连载接近尾声的时候,《快活林》主编严独鹤看到了其中的商机,与严谔声、徐耻痕三人迅速成立了三友书社,抢先获得了《啼笑因缘》单行本的出版权。截至1933年1月30日缩编本出版时,单行本已经销售5万余部。单行本最初的定价是2.6元。扣除给张恨水的版税和成本费,他们三人每人获利均在万元以上。

小说发表后，电影、话剧、评弹、鼓词、说书等各种曲艺纷纷改编《啼笑因缘》。当然也闹出很多纠纷，其中最著名的是两家电影公司为了小说改编电影的权利打起了官司。这是怎么回事呢？

1931年明星影片公司买到了《啼笑因缘》的版权，由严独鹤为编剧，准备拍有声电影6部，并且在报上发表启事，不准他人侵犯版权。可是当时上海的广东大舞台正在改编同名京剧，明星影片公司就通过律师发出警告，不准上演。可是人家已经快改完了，即将上演，只好请黄金荣出面调解，京剧改为《成笑因缘》上演了。这个时候，与明星影片公司一直处于竞争状态的大华电影社气不过，就与黄金荣勾结，走后门从政府的内政部得到了《啼笑因缘》的版权，然后又高薪挖明星影片公司的主要演员。明星公司没有办法就赶进度，想先放映，占领市场。终于在1932年6月，开始放映第一集了。当时剧院里座无虚席。正要放映的时候，大华电影社不知用什么手段从法院弄来一个"通令"，不许放映。明星影片公司措手不及，只好交了3万元罚金，影片到下午5点才开始放映。电影放映之后就很火。大华电影社很不舒服，黄金荣从幕后转到了台前，说大华电影社拍的电影是他要拍的，并且要大华电影社到南京内政部去告状。明星影片公司害怕起来，只好请与黄金荣地位相当的杜月笙出面，并按照杜的指示，请章士钊做法律顾问。最后是黄、杜调解，敲了明星影片公司10万元巨款，双方才算"和解"。这就是民国时期轰动一时的"啼笑官司"。

（汤哲声）

2月

传统型的侦探小说：程小青的《霍桑探案》

霍桑探案　程小青杰作

程小青先生是中国第一流的作家

《霍桑探案汇刊》是有理智有科学常识的第一伟大作品

内容，完全以中国的社会为背景，毫无欧化牵强之病。是启迪民众科学常识的好课本。是洞察民众奸邪诈伪的良导师。人们要做（从）消遣娱乐中得到无量的学识，非看这部《霍桑探案汇刊》不可。因为《霍桑探案汇刊》有下列八大特点：

1　以灵活的语体文笔曲折幻复之奇案而无欧化晦涩之弊

2　剧情离奇紧张处有千钧一发之劳读之……惊心动魄其结果则处处不越情理范围

3　结构谨严对话紧凑有引人入胜之妙

4　背景完全依据我国现实状况凡社会之……虚伪欺诈等情况兼罗读之发人深省

5　唤起人们好奇心而启发理智

6　养成科学头脑以应付一切疑难问题

7　增加社会经验足以防……离间之诈伪

8　增益读者兴味引起对于文艺之欣赏

所以值得人们狂热的欣赏

（原载1931年2月28日《新闻报》）

程小青像

如果要问中国侦探小说作家作品中影响最大的是谁，回答是肯定的，那就是程小青和他的《霍桑探案》。其实，程小青原来设计的大侦探名字不叫"霍桑",而叫"霍森"。1914年秋,他参加《新闻报·快乐小品》征文,写了一篇侦探小说《灯光人影》,给小说中的侦探取名"霍森"。可是排字工人误植,将"霍森"排成"霍桑"。程小青一看,"霍桑"也不错,干脆将他的大侦探取名"霍桑"。

程小青小说具有什么样的特点呢?我们先欣赏他的一篇小说《舞宫魔影》。

《舞宫魔影》写的是广寒宫舞场红舞星柯秋心的死亡之谜。作为一个在上海滩红得发紫的红舞星自然有复杂的社会关系,而这些看似笑脸和鲜花的关系之中却处处显露出杀机。两位江湖无赖陈大彪、张小黑天还未黑就站在舞场门口等着柯秋心,目的是要抢她脖子上那根被上海滩的小报炒得沸沸扬扬

程小青侦探小说《霍桑探案汇刊之一·弹之线路》,上海文华美术图书公司1933年再版。

的天价项链;大丰纱厂经理贾三芝为了使柯秋心和他亲近,哄吓诈骗样样都来,一副不达目的决不罢休的模样;同是舞女的徐楚玉,因为舞姿略差被人冷落在一边,她向柯秋心迷人的舞蹈抛去冷冷的眼光;还有那位文学家杨一鸣为了达到邀请柯秋心陪他们新婚夫妇外出度蜜月,竟然将自己的定情戒指送给了柯秋心,导致新娘爱美半夜去找柯秋心拼命……在这些线索的交织之下,柯秋心死了,而且确认为被杀。谁是凶手呢?这些人都有动机,而且都来过现场。在拘捕贾三芝时,贾三芝竭力拒捕;初审中杨一鸣夫妇各自承认了他们的爱意和妒意;柯秋心的侍女小莲指认是陈大彪和张小黑干的;关键的时候,舞女徐楚玉竟失踪了……读者指认任何一条线索似乎都是"合理"的。但是,作者却指出了一条别人难以置信的线索:凶手是柯秋心的表哥王百喜。这的确出乎读者的预料之外,他是柯秋心的监护人,是一起到上海"打天下",处处关心柯秋心身体健康的人,于公于私都不应该是他杀了柯秋心。但是作者摆出的理由是令人信服的。这位自称是柯秋心表哥的王百喜其实是一位在精神上肉体上束缚柯秋心的"魔鬼",柯秋心只不过是他赚钱的工具。当柯秋心要摆脱他寻求自由之时,他竟然杀了她。当这些黑幕被揭开之后,凶手之谜自然被揭开了。

程小青曾对他的小说结构做过这样的介绍:"我觉得这一种自叙体裁,除了在记叙时有更真实和更亲切的优点以外,而且在情节的转变和局势的曲折上,也有不少助力。譬如写一件复杂的案子,要布置四条线索,内中只有一条可以达到抉发真相的鹄的,其余三条都是引入歧途的假线,那就必须劳包先生的神了,因为侦探小说结构方面艺术,真像是布了一个迷阵。作者的笔头,必须带着吸引的力量,把读者引入迷阵的核心,回旋曲折一时找不到出路,等到最后结束,忽然把迷阵的秘门打开,使读者豁然彻悟,那才能算尽了能事。为了布置这个迷阵,自然不能不需要几条似通非通的线路,这种线路,就须要探索中的辅助人物,如包朗、警官、侦探长等等提示出来。"①从文本的目的上说,侦探小说就是写怎样辨认凶手,而侦探小说的可读性就在于凶手的最后辨认往往在一般人的预料之外,同时又在逻辑推理的力度之中。侦探小说作家为了达到这样的效果,在写作过程中一方面大量地设置迷局,另一方面又为他最后确认的结局作铺垫。他们常用的方法就是"多线索障眼法",即设置多条近似的线索,让读者发挥自以为是的想象,得出错误的结论,而作者却指出一条读者难以置信的线索,通过推论让读者确认这是正确的。这是一种侦探小说创作的传统手法,在爱伦·坡和柯南·道尔那里大量地使用过。在中国,对这种手法使用得最为娴熟者就是程小青。

程小青小说的传统型特点,还表现在对私人侦探的刻画和整部作品的谋篇布局上。和爱伦·坡的杜宾、柯南·道尔的福尔摩斯一样,程小青的霍桑在整个侦破过程中表现出了超乎寻常的智慧和神勇。他不被表面现象所迷惑,能够在复杂的谜团之中保持清醒的头脑;能在意想不到之处获取很有价值的证据;他行动敏捷,论辩有力,常常在别人束手无策之时带来新的希望。与他相比较的是那些官方侦探,他们思维简单,行动迟缓,常为小利而大喜,而且每前进一步都来自霍桑的启发。小说的结构也是传统的先设悬念后释义的惯用手法。就以《舞宫魔影》来说,小说一开始就让柯秋心处于危险之中,似乎处处都有向她伸来的魔爪,读者始终处于为她的安全担心之中。小说结束时,让所有的涉嫌者作为听证人,读者和这些涉嫌者一样处于不安之中,最后在霍桑的指点下,点出那个看似

---

① 程小青:《侦探小说的多方面》,见《霍桑探案》第 2 集,上海:上海文华美术图书公司,1933年版。

最应受到同情的人就是凶手。读者和涉嫌者在预料之外自然会产生众多的疑问，随着这些疑问被一一地剖析，涉嫌者解脱了，读者也就在其中获得阅读快感。

程小青是柯南·道尔的《福尔摩斯探案集》中译本主要翻译者之一。他的侦探小说有着较强的模仿痕迹。但是，程小青毕竟是中国的侦探小说家，小说之中处处显露出时代特征和中国的道德标准。他的小说故事发生的环境基本上是上海，特别喜欢写舞场。舞场作为中国二三十年代社会风气的窗口，其中发生的故事本身就充满了时代的气息。程小青笔下的霍桑孜孜研求的决心和缜密过人的智慧与西方的那些私人侦探是一样的。但是，他有两个独特之处，一是他爱憎分明的观念。"你瞧我几时曾向人家讨过功？我所以这样孜孜不息，只因顾念着那些在奸吏、土棍、刁绅、恶霸势力下生活的同胞们。他们受种种不平的压迫，有些陷在黑狱里含冤受屈，没处呼援。我既然看不过，怎能不尽一份应尽的天职？我工作的报酬就在工作的本身。"①他扮演着一个惩恶者的角色。二是他的"道德观念"。"在正义的范围之下，我们并不受呆板的法律的拘束。有时遇到那些因公义而犯罪的人，我们往往自由处置。因为在这渐渐趋向于物质为中心的社会之中，法制精神既然还不能普遍实施，细弱平民受冤蒙屈，往往得不到法律的保障。故而我们不得不本着良心权宜办事。"②什么是"良心"，那就是中国道德。他又扮演着一个教化者的角色。惩恶者和教化者不仅使得霍桑为人谦和，行为规范，彬彬如一君子，还直接影响了他的办案。他常常以道德代替法律。凶手犯罪只要"事出有因"，他或者只查原因，不追究责任；或者隐瞒真相，惩恶助善；或者私放真凶，另寻出路。为善者即使行凶也有善报，作恶者即使被杀也死有余辜。这些法律上决不允许的做法，霍桑屡屡犯之。霍桑的形象和行为迎合了中国读者的阅读心理，却不符合侦探小说的生活性和真实性，变成了思想启蒙书，不符合侦探小说中人物的设置以及形象的生动性，变成了一部单纯的案件侦破始末记。程小青的霍桑身上种种不合西方侦探小说规范之处，显示的是中国的道德文化与侦探小说美学追求的差异。

程小青的小说具有很强的平民气息。小说人物大多是小职员、舞女、学生、仆人等等，他将这些人物写得很鲜活。《舞宫魔影》中柯秋心在现实生活中顽强

---

① 程小青：《逃犯》，见《霍桑探案》，北京：群众出版社，1987年版。
② 程小青：《白沙巾》，见《霍桑探案》。

拼搏，却又无可奈何；杨一鸣一片痴情，却又懦弱无能；贾三芝的凶暴狠毒、陈大彪的粗鲁无赖、王百喜的狡诈虚伪……都给人留下了深刻的印象。作者还十分注重对人物心理的刻画。柯秋心一方面被杨一鸣的真诚所打动，另一方面又不愿讲出自己的身世，作者将这种调侃于口、感动于心的心理表现得细致入微。同样，杨一鸣对柯秋心痴心痴情，又有愧于妻的心理，也在他既想脱下手上的定情戒指，又迟疑不决的举动之中生动地表现了出来。侦探小说主要以情节取胜，但是没有出众的文学描写，小说就不滋润。程小青的小说在中国众多的侦探小说家中为人们所追捧，他高于他人的文学修养是个重要原因。

程小青可以看做欧美古典型侦探小说在中国的传人，不过他也加了不少"中国佐料"。程小青出生于上海淘沙场（今南市）一个小职员家庭，原名程青心，号茧翁，曾用名福林（乳名）、程辉斋。从民国初年开始，程小青一直致力于《霍桑探案》的创作。相当长的时间他住在苏州东吴大学（现苏州大学）旁，每天早晨起床后跑到东吴大学小河的沙滩上，独坐在石头上，手上拿着一根树枝在沙滩上划来划去，等到太阳升高，群鸟出林，宛然一笑，归家命笔。30年中，他让霍桑破了各种各样的案件。1946年，世界书局陆续出版了《霍桑探案全集袖珍丛刊》，共计30种：《珠项圈》《黄浦江中》《八十四》《轮下血》《裹棉刀》《恐怖的活剧》《舞后的归宿》（又名《雨夜枪声》）、《白衣怪》《催命符》《矛盾圈》《索命钱》《魔窟双花》《两粒珠》《灰衣人》《夜半呼声》《霜刃碧血》《新婚劫》《难兄难弟》《江南燕》《活尸》《案中案》《青春之火》《五福党》《舞宫魔影》《狐裘女》《断指团》《沾泥花》《逃犯》《血手印》《黑地牢》。1949年之后，他也写了一些小说，但代表他小说成就的无疑还是《霍桑探案》。

值得一说的是，程小青不仅给中国文坛提供了真正意义上的侦探小说，也是中国侦探小说理论研究的开创者。现代中国的侦探小说理论十分贫乏，除了那些感想式的评点之外，也就是程小青的著述了。他写过《谈侦探小说》《侦探小说多方面》《科学的侦探术》等长篇侦探小说理论文章。程小青认为侦探小说是社会表现、科学思考和文学想象的结合体，也就是前面广告词中所说的"八大特点"。

（汤哲声）

3月

中国传统章回小说走向现代化

春明外史

空前的社会言情长篇小说　　恨水著作　　爱读小说者人人欢迎

　　本书是其精心精选之作　布局　结构　写情　写景　都较他书优美　阅之身心俱快

有意想不到之情节　有出神入化之描写
有各种阶级之人物　有捉摸无定之疑案
有喜怒哀乐之穿插　有甜适爽快之交情

洵是天地间之至义，自应快观，庶几不负此生。

　　特价　精装六大厚册共两千三百余页　加赠锦盒一只定价五元
　　特价八折实售四元外阜函购寄费每部加两角一分邮票通用

——（原载1931年3月18日《新闻报》）

张恨水《啼笑因缘》最初广告

　　张恨水先生以前的著作很多，但大都刊在北方报纸上，南方读小说者，似乎还和他不很认识。可是《啼笑因缘》在快活林刊登以后，阅者诸君，对于他的著作，在刊载期间，引起了无限的同情，和热烈的赞赏。同时对于啼笑因缘所叙的情节，以及书中主要人物的结果，不断的注意。海上文坛中，最近竟有"啼笑因缘迷"这样一个新口号。于是张恨水先生和读者诸君虽未见面，而在精神上和文字上，早已成为熟朋友了。这回张君来沪，曾对于我有恳切的表示，说感于诸同文的雅爱，和阅报诸君的鉴赏，以后允为快活林继续撰著长篇小说，因此快活林中，一俟《荒江女侠续集》刊毕，仍接刊恨水先生著作，我想这一定是阅者诸君,所一致欢迎的。

(原载 1930 年 12 月 1 日《新闻报·快活林》)

这两则广告前一则叙述的是张恨水小说的艺术特征,后一则叙述的是张恨水小说产生的阅读效果。看起来是对两部小说的叙述,实际上可以看做张恨水小说的因果效应。正因其有了小说美学的"优美",才有了被读者"一致欢迎"的结果。

中国传统通俗小说都善于讲故事,但是能够将故事讲得生动才是作家的水平。中国传统章回小说基本上是"传奇体"或者"话本体"。到清末民初时"传奇体"和"话本体"被"报章体"所取代。从传承上说,张恨水的小说是清末民初章回小说"报章体"的延续,但是他的小说却比清末民初的"报章体"小说生动好看,原因在他对清末民初的"报章体"小说进行了现代化改造。这样的改造从《春明外史》开始,至《金粉世家》成型,到《啼笑因缘》走向成熟。

1924 年 4 月 16 日连载在《世界晚报·夜光》上的《春明外史》是张恨水的成名之作。《春明外史》以北京的社会生活为背景,写了报人杨杏园与两个女人的缠绵情感故事。离奇的社会轶闻和强烈的情感煽动,是传统章回小说吸引读者屡试不爽的表现方式,还谈不上是《春明外史》的创新。《春明外史》的创新之处在于张恨水解决了怎样将传统章回小说中散乱的材料集中起来的问题。他让所有的材料都服从一个人的命运,用一个人作为小说的主人公从头到尾把故事情节贯穿起来。这样的小说布局就给小说带来了三大好处。一是人物形象生动鲜明:当所有的故事情节围绕小说主人公展开时,主人公从内心到外表各个方面都能得到充分的展现。二是小说中间有一个贯穿始终的人物形象后,这个人就成了小说的主脑,小说中的所有事情都跟这个人有关系,材料再多,再复杂都不会凌乱。主脑就是小说中的根,从根子上伸展出去的各种枝枝叶叶都是枝枝有来源,叶叶有依据。三是小说有了一个完整的结构。人物的命运起伏和发

张恨水像

展成为小说主要的情节结构，他的命运完整地被描述，小说结构自然就能完整地体现。小说中的杨杏园是来自安徽的一个报人。他来到北京就是小说的起端；他到北京来看到各种各样的生活，这是小说的延伸；他最后死在北京，这是小说的结局，整部小说的结构相当地完整。

《金粉世家》是张恨水的鼎盛之作，给他带来了巨大声誉。从"引新入俗"的角度来说，为小说建立主脑的特点仍旧保留着，但不是一个人物，而是金总理一家，小说实际上写了金家四个儿子与四个女儿的故事，这也说明张恨水驾驭长篇小说的能力在增强。在章回小说现代化改造的道路上，这部小说的贡献同样有二：一是引进了心理描写。中国传统的章回小说受话本的影响很大，人物心里想什么并不直接描述，而是通过写人物语言、表情、动作暗示人物的心理。但《金粉世家》将人物的心理活动直接写到小说中间来，人物性格的刻画深度明显地加强。同名电视剧中金燕西和冷清秋最终分手主要是家庭社会地位距离太大，其实在小说里写得很清楚，就是金燕西的大男子主义。金燕西的这个思想正是通过他的心理活动表现出来的。小说中金燕西的大哥与大嫂、二哥与二嫂都常常吵架，当金燕西与冷清秋快结婚前，他们又在吵架，这时对金燕西有一段心理描写，为后来他们的分手打下了一个伏笔：

> 我将来和清秋结了婚，难道也是这个样子不成？无论如何，我想自己得先振作起来，不要长了别人的威风……若是男子对他夫人有很厚的爱情，却落了一个惧内的结果，岂不让天下男人都不敢爱他妻？

男人的气势、男人的尊严等观念在金燕西的思想中极为重要。他始终就没有把冷清秋放到与他平等的位置上。冷清秋出身平民家庭，为了自尊，她又特别看重自我的位置，因此金燕西与冷清秋后来分手似乎很自然。第二个贡献是场面描写。场面描写拓展的是小说的空间概念。中国传统章回小说的最大特点就是叙述故事中的因果关系，它是一种线性的时间结构。《金粉世家》注意到在同一时期、同一场合写不同人物的表现，这就是场面描写。小说中金燕西办了个诗社，还开了诗会。总理的儿子办诗会，他身边的人是真的喜欢写诗吗？不是的，是想巴结他在其他方面有所发展。诗会中金燕西也写了诗，诗很臭，但所有的人都说这首诗最好。这个场面描写把每个人的心理状态都写了出来。还有一个精彩的场面是金总理葬礼的描写。官场上的婚丧嫁娶往往是各种矛盾最激烈的时候，总理死了以后，虽然大树倒下了，但是人家盘根错节的很多关系在这儿，你怎么出面，送什么礼物，以及怎么讲话，都很重要。在这个场面上，张恨水将人情世故刻画得相当深刻。

《春明外史》、《金粉世家》都是一百多万字，1930年写作的《啼笑因缘》二十万字不到，但这部小说却是张恨水的成熟之作。其成熟的标志是小说以人物描写为中心。传统章回小说叙事文体在《春明外史》中还有，在《金粉世家》中已经淡化，到了《啼笑因缘》则完全发生了变化。

且看《啼笑因缘》里四个人物的出场：

> 见他穿了一件蓝湖绉夹袍，在大襟上挂了一个自来水笔的笔插。白净的面孔，架了一副玳瑁边圆框眼镜，头上的头发虽然分齐，却又卷起有些蓬乱，这分明是个贵族式的大学生。

这是樊家树，袍子是知识分子的象征，自来水笔是洋学生的象征，头发梳得很齐，但是有点蓬乱，有点贵族气息，蓬蓬松松很潇洒。再看：

> 这时出来一位姑娘，约莫有十八九岁，挽了辫子在后面梳着一字横鬏，前面只有一些很短的刘海，一张圆圆的脸儿，穿了一身的青布衣服，衬着手脸倒还白净，头发上拖了一根红线，手上拿了一块白十字布，走将出来。

这是关秀姑。梳着一字横鬏、刘海、红绳子，处处都透露出关秀姑是山东人，是来自农村的一个小姑娘。我们再看：

> 说话时，来了一个十六七岁的姑娘，面孔略尖，却是白里泛出红来，显得清秀，梳着复发，长齐眉边，由稀稀的发网里，露出白皮肤来。身上穿旧蓝竹布长衫，倒也干净齐整。说着，就站在那妇人身后，反过手去，拿了自己的辫梢到前面来，只是把手去抚弄。家树先见她唱大鼓的那种神气，就觉不错，现在又见她含情脉脉，不带点儿轻狂，风尘中有这样的人物，却是不可多得。

白里泛出红来，显得清秀，穿旧蓝竹布长衫，倒也干净齐整，拿着辫梢含情脉脉地躲在一个妇人的后面来偷偷地看樊家树。这是一个单纯清秀的小家碧玉形象，这是写沈凤喜。再看：

> 这个时候,有一个十七八岁的女子,穿了葱绿绸的西洋舞衣,两只胳膊和雪白的前胸后背,都露了许多在外面。以为这人美丽是美丽,放荡也就太放荡了……

不用多说,这是何丽娜。不再是从头到脚地写人物:某人、某者、某也,头上戴什么帽子,身上穿什么衣服,脚下穿什么鞋子,从什么地方来,到什么地方去,面面俱到,十分详细;而是抓住最传神、最能体现人物形象特征的那些地方勾勒几笔。按照鲁迅的话说,这是白描手法。此时张恨水的人物描写已经相当娴熟了。

在《啼笑因缘》中张恨水还做到了运用人物性格推动小说情节的发展。最为精彩的是沈凤喜出身贫寒,纯真、羞涩,但是这个人的性格中有一个毛病,比较爱虚荣,爱攀比。这个毛病使得她喜欢钱。她的叔叔沈三弦,是个心地很坏的典型的小市民,他把沈凤喜推给军阀刘将军做小老婆。沈凤喜与刘将军第一次见面就打牌。牌桌上有很多门道,今天这四个人坐下来打牌,其实中心人物只有一个,就是沈凤喜。其他三个人都有数的,今天要输钱给你。于是,第一次打牌的沈凤喜糊里糊涂地赢了四百个大洋。沈凤喜一生都没有见过这么多钱。小说是这样写的:赢了多少钱,她不知道,因为当着很多人的面她不便点钱。一回到家,她把门一关,赶快喊妈妈快出来,干什么呢?点钱。沈凤喜兴奋地点过钱后把钱包了起来,放在自己的枕头旁边,睡觉之前看一看,醒来以后再看一看。这个情节,说明沈凤喜太爱钱了。这为后来的发展埋下了一个重要的伏笔。沈凤喜屈服于刘将军,一方面是刘将军的强迫,她被刘将军抓到公寓里面来,就不让她走;另一方面也有沈凤喜性格的缺点。小说是这样演绎的:樊家树走的时候,将沈凤喜托付给他的一个朋友,就是关秀姑的父亲关寿峰。沈凤喜被刘将军关起来,关寿峰组织了一群人去救她。关寿峰趴在屋檐上往下看,看到沈凤喜一个人在那里,按照原来的计划,可以把她救出来,但是他没有救,为什么?他准备救的时候,门开了,刘将军进来了。不要以为刘将军进来就是施暴,他并没有,而是往地下一跪。如果仅仅是跪,可能对沈凤喜没有用,因为她心里面确实还有樊家树的影子。她一看这个刘将军不单单跪在那儿,手上还举了一个账簿子,那个账簿里很多支票,上面的有二十万。她眼睛就盯着这个账簿上的二十万元钱,轻轻地一笑说,将军还跪在这里干什么呢?然后把账簿子拿了过来。看到这个地方，关寿峰走了，不救她了。小说的情节从这里开始由纯情转向惨情，其间沈凤喜的性格起了很重要的作用。

从《春明外史》到《啼笑因缘》，张恨水完成了章回小说的现代化过程。对这个过程，我们有三个评价：

第一个评价，张恨水小说接受的"新"元素，核心的内容是写人。文学作品中强调写人不是张恨水的发明，而是鲁迅等新文学作家的特色。张恨水只是把在当时已经广为流行、并成为中国文学正宗的新文学的美学要素放到传统章回小说创作中来。问题是他为什么要将那些新文学的美学要素引入到章回小说的创作中来呢？深层的原因还是市场的逼迫。20世纪二三十年代新小说受到读者的欢迎，"趋新"自然就成为他改造通俗小说的发展路径。只要是市场欢迎的美学元素就接受过来，根据这样的原则，张恨水实际上还对民间文学做了新的改造。《金粉世家》中的金燕西和冷清秋的爱情生活写得很生动，如果仔细推敲他们的爱情故事的情节，就会感觉到"唐伯虎点秋香"、"苏小妹三难新郎"等故事的气息。

第二个评价，尽管说他的小说是"引新入俗"，但是应该说明的是，他的小说还是通俗小说，他努力追求小说的商品效应和市场效应。张恨水是用小说来养家的，他家16个人全靠他来养。用张恨水自己的话来说，他就是个文字劳工，写小说就是要赚钱。《啼笑因缘》里面对市场价值的追求，有两个例子非常明显。这部小说除了言情之外，还加了很多武侠因素，关氏父女实际上是武侠人物。为什么加上武侠呢？一方面是连载这部小说的《新闻报》的编者有这个要求，另一方面张恨水非常明白，当时的武侠小说在南方广为流行，读者很喜欢看，穿插了武侠就有市场效应。还有一个例子是张恨水开创了中国言情小说的"三角恋"。前面的"鸳鸯蝴蝶派"写过很多言情小说，但是他们从来不写三角恋爱，小说中只是一个才子和一个佳人，哭哭啼啼的，不会有一个才子与三四个佳人同时谈恋爱的情况。张恨水的这三部小说都有多角恋爱的故事，那就是很有名的所谓"众女追一男"的模式。在小说结构上，张恨水的小说还是章回小说的结构，他只是把"章"改为"回"，只不过是名字发生了一些变化，基本格局没有变。章回小说是通俗小说模式的一个标志，张恨水并没有打破，所以我们认可张恨水是章回小说大家的说法。

第三个评价，张恨水小说的引新入俗实际上是完成了现代章回小说文体的又一次改造。这个文体的核心内容是：说故事、写人物。这种模式的建立对中国章回小说创作产生了重要的影响。如果仅仅是写故事，没有生动的人物形象和人物性格，小说的格调就不高，美的东西就不突出。这是传统章回小说中常见的毛病。反过来说，如果仅仅是人物刻画，没有生动的故事，人物形象也不能生动地塑造，小说也不能吸引人，这是某些新小说存在的通病。只有两者结合才能形成好小说。根据这样的思路，我们把眼光向后搜寻，就看到了张爱玲的小说。张爱玲的小说都有一个精彩的故事，但是都有一个曲折的人生。如果我们打破雅俗的观念再往后看，甚至可以看到20世纪八九十年代的文学作品。如果隐隐约约地把这条线索贯穿起来的话，就更应重视张恨水的贡献，说他开创出中国小说文体的一条创新之路也未尝不可。

张恨水的小说受到大家"一致欢迎"，虽是广告语言，却绝非炒作，这是他对传统章回小说改造的必然结果。

（汤哲声）

黄震遐：《陇海线上》和《黄人之血》

诗人的归来　黄震遐的新著

陇海线上　萧君

压倒西线无战事　将在前锋月刊五期发表

大家总不会如此的健忘，在去年八月二十四日的《申报·艺术界》上，登载了一段叶秋原君《纪念诗人黄震遐君》的文章。当时无论识者与不识者，莫不震惊悼惋，为我们诗人壮烈的战死沙场之上而唏嘘下泪了。……殊知在春风吹动、万绿抽芽的这时候，杳无音迹的诗人竟会安然的归来。……他不仅是在前线上卓立了扫平叛乱的功勋，把北方民众的痛苦解除，而且还带有许多惊心动魄的著作回来。……就中一篇《陇海线上》把他们由从军起，直至阵地上的进行，在战线上昏无日夜的生活，痛快淋漓的描写出来，直欲压倒雷马克的

《陇海线上》广告与评论

《西线无战事》。况且，战争小说中多半是把民族的意识同到地方的色彩很容易忽略的，可是黄震遐君则反是，处处以细腻的笔触描写下来。……

至于诗的方面，他尤其是进步得怕人，《琴与剑》是一首代表作，全是充满了有力的调子，修辞也愈臻完美。……

（原载 1931 年 3 月 28 日《申报·本埠增刊·艺术界》）

黄震遐无疑是前锋社最重要的作家。他的创作，特别是诗歌创作，较好地体现了"民族主义文艺"的创作理念，代表了前锋社创作的最高水平，也暴露了其内在的矛盾。

我们现在所知道的，仅是黄震遐为广东南海人，1930 年 5 月投笔从戎，加入中央军校教导团，随军开赴中原大战前线。如报道里所说，一度传说已牺牲在战场。后死里逃生，写出了《陇海线上》，其实算不上创作小说，更像是一篇自述。这也就决定了小说的内在矛盾：一方面，有极强的主观意志与意图：通过写这场中原大战反映"民族奋斗的历史的过程"；另一面又有真切的战地实际体验、敏锐的心理感受、真实的细节呈现。作者的笔墨仿佛也有两副：奔放的，不加收束的放纵描写和诙谐的，甚至有几分油滑的语言，相互夹杂与消解，在"民族"、"革命"等神圣和虚幻的光影下，暴露出战争的荒诞性。这位真诚的民族主义作家，尽管心怀用战争解救民族和民众的理想，却不能不面对饱受战乱之苦的中原老百姓的厌憎："他们连自己是河南人都不晓得，更何况国家！……他们对于国家没有丝毫了解，尤其是看见了我们中央军也发生厌恶之心，遂于不知不觉中，将一个完好的民族运动，改写为迷信扰乱的土匪行为。"这不仅显示了这些民族主义者的身份尴尬：主观意图的"民族运动的战士"和民众眼里、也即实际生活里的"土匪"的巨大反差；而且也暴露了建立现代民族国家的宏伟目标与普通民众的国家、民族意识淡薄、匮缺之间的巨大反差。这样,《陇海线上》就在一些细部真切触及了30年代中国民族主义运动的一些核心问题,这就难怪会获得其同志们的强烈共鸣和一片喝彩。而在左翼批评家看来,这些尴尬和矛盾正是"无意中表现了'吊民伐罪'的军队是屠杀民众的刽子手"[①]。

作为诗人的黄震遐也许是更为重要的。他的诗歌深受拜伦影响,情调热烈,想象幽深奇特,尤其喜欢用繁促的尾韵,从而大大加快了诗的节奏与速率,宛如繁弦急管,平添了一分粗豪之气。除军旅诗外,他最具个人特色的是历史叙事诗,《黄人之血》是其代表作。选择元朝蒙古人西征的故事为题材,鲁迅和茅盾都据此而指责作者是"企图唤起'西征'俄罗斯的意识,以便再作第二次的进攻苏联"[②],黄震遐或许在《黄人之血》中流露了反苏的情绪,但他的真正意图恐并不在此,而是要表现从他的民族主义观出发的世界历史想象:世界历史就是东方和西方之间互相争雄、轮回胜出的历史。而在他的理解里,东方和西方的争战,实际上就是黄种人和白种人之间的争战。这背后,就是一个以"种族"为核心的民族主义观,"黄人之血"的意象,暗示的是一个以"黄种种群"为内核的想象共同体。在黄震遐的描述里,白种人的西方世界,是一个"末世纪荒淫颓废的玉台,里面充满了黑黯的瘟疫和不义之财",而黄种人的东方世界则"是清洁而直率的人海,浩浩荡荡地将一切淫秽整个掩埋",他预言"将来历史的轮回翻转过来",将改写东西方的权力关系:衰病的东方黄种人(中国)俨然成为世界的主人,骄横的西方白种人则匍匐于脚下。这样,《黄人之血》就在元代蒙古人西征的历史躯壳里,注入了某些中国民族主义者征服西方和世界的现代梦想。

前锋社作家中,黄震遐之外,还有李赞华,他是以艺术技巧的圆熟而引人注目的。被推为民族主义文学的"伟大的创作"的短篇小说《变动》,写共产党的"匪乱"造成的内地农村动荡,全篇都是避实就虚的侧面描写。另一篇《矛盾》,写一位曾经的革命青年,如今却"在洋大人支配下混饭吃"的洋行里度职

---

① 石萌(茅盾):《〈黄人之血〉及其他》,原载1931年9月28日《文学导报》第1卷第5期,见《茅盾全集》第19卷,第284页,北京:人民文学出版社,1991年版。
② 石萌(茅盾):《〈黄人之血〉及其他》,见《茅盾全集》第19卷,第285—286页。参看鲁迅:《"民族主义文学"的任务和运命》,见《鲁迅全集》第4卷,第323—324页,北京:人民文学出版社,2005年版。

员生活的凝滞、无聊与堕落，内聚焦叙事视点和意识流手法的运用，都相当纯熟，最后引发了这样的反省："我为什么能够抛弃民族的生死不顾，度过这两年懵懂的生活呢？"尽管略有些突兀，但批评家却因此而赞扬小说"含有民族主义文艺的中心意识"①。

（钱理群主要根据倪伟《"民族"想象与国家统制：1928—1948年南京政府的文艺政策及文学运动》一书中第三章第二、三节编写）

关于"左联五烈士"被害事件

在地狱或人世的作家？

一封读者来信　探讨他们踪迹

编者按：二期发稿后，在许多来信中有下面的一封信，打听柔石、胡也频、梅岭等作家行止的。关于此消息，本报尚未有所闻，谨刊出原函，以待确实知道他们的读者来报告。唯吾人但愿后者之不确也。

编辑先生：……最近听说青年作家柔石、胡也频、冯铿（一名梅岭）、白莽（一名殷夫）等四人忽于一月十七日同时失踪，原因不明，至今已二月余，尚无着落。胡君底爱人丁玲女士及柔石等的亲友，到处寻访，依然毫无线索可寻。关心文艺界者皆凄怆终日。后忽一传闻，谓胡君等皆被逮捕，早于一月前枪毙。原因则云或与所谓"左翼文艺运动"有关，听者震痛。夫此四君者，皆为最近中国文坛上活泼有为之青年，对于文艺上文化上皆粗有贡献。果如后说，则不能不令人深长思之矣。贵新闻社本严笃中正效忠于文化之立场上，其有以教我否？若有关于此不幸传闻之真确消息，务请在贵刊上有所公布，以安读者为祷，此请筹安。

《文艺新闻》读者蓝布上

---

① 汤彬：《矛盾》，载1931年2月12日《申报·书报介绍》。

（蓝布先生：来示所询，无可奉复，谨刊出尊函，示以不安，而"安"先生对他们的惦记。……新闻部　三，二一。

又三月二十二日《福报三日》刊新文坛消息，其中有关于胡君者，谨再附录如下：

三月前胡也频曾为《小说月报》作一短篇小说曰《牺牲》。不谓后竟作为反动文艺而被捉将官里去，至今犹未获释去与其爱人丁玲女士聚首享温柔之乐。若胡也频者，可谓为文艺而牺牲，则其先前有《牺牲》小说之作，殆也为此次入狱之征兆乎？

（原载1931年3月30日《文艺新闻》）

很多人都是通过鲁迅《为了忘却的记念》而知道"左联五烈士"的。他在文章一开头就说："一九三一年的二月七日夜或八日晨，是我们的五个青年作家同时遇害的时候。"这五个青年作家，即为柔石、殷夫、胡也频、冯铿、李伟森，牺牲时分别为30岁、22岁、28岁、24岁、28岁。鲁迅因此说："不是年青的为年老的写纪念，而在这三十年中，却使我目睹许多青年的血，层层淤积起来，将我埋得不能呼吸，我只能用这样的笔墨，写几句文章，算是从泥土中挖一个小孔，自己延口残喘，这是怎样的世界呢？"如此沉重之语，是极具震撼力的。

最让人压抑和痛苦的，是国民党统治下的中国，"禁锢得比罐头还严密"。如鲁迅所说，"当时上海的报章都不敢载这件事，或者也许是不愿，或不屑载这件事，只在《文艺新闻》上有一点隐约其辞的文章"[①]——就是这里选录的《在地狱或人世的作家？》，用读者致编者信的方式，透露出"与左翼文艺运动有关"的"青年作家"柔石等四人（没有提及李伟森）1月17日"失踪"（实际是在东方饭店参加党内会议被捕），"一月前枪毙"（实际是2月7日国民党警备司令部秘密杀害于上海郊区龙华），他们是"为文艺而牺牲"的，未敢言及的，是他们的革命者、共产党人身份。

在3月30日用这样的方式，将柔石等遇害的消息公开于世以后，4月，"左联"又决定要"为已死五青年作家出纪念专集"（"左联五烈士"的说法大概由

[①] 鲁迅：《为了忘却的记念》，见《鲁迅全集》第4卷，第493、502页，北京：人民文学出版社，2005年版。

殷夫像

柔石像

胡也频像

此而来），得到鲁迅的支持。鲁迅将"纪念战死者专号"命名为"前哨"，并亲自题签；又写了《柔石小传》和《中国无产阶级革命文学和前驱的血》一文。文章写道："中国的无产阶级革命文学在今天和明天之交发生，在污蔑和压迫之中滋长，终于在最黑暗里，用我们的同志的鲜血写了第一篇文章"，"我们的同志的血，已经证明了无产阶级革命文学和革命的劳苦大众是在受一样的压迫，一样的残杀，作一样的战斗，有一样的运命，是革命的劳苦大众的文学"①。鲁迅以前所未有的鲜明态度对"中国无产阶级革命文学"给予了充分肯定与高度评价，而他的立足点是"无产阶级革命文学"和"革命的劳苦大众"之间同受压迫、同作战斗、同样运命的血肉联系，这样的认识、分析和把握是十分深刻的。鲁迅因此也和"左联"建立了更为密切的联系。

纪念专号在4月25日编好以后，却找不到敢于承印的印刷所。好不容易通过私人关系找到一位老板，条件是"如果出了问题，就说是工人自愿印的，老板根本不知道"。冯雪峰后来回忆说："我们只得联络了几个革命的排字工人，他们在半夜到天亮之前，遮住灯光，没有一点声音地来给我们排印。我们就守在他们旁边，他们排好一段我们校对一段，务必在天亮以前把刊物印好拿出印刷厂。"经过这一番曲折，刊物正式出版已经是1931年7月下旬了。②

---

① 鲁迅：《中国无产阶级革命文学和前驱的血》，见《鲁迅全集》第4卷，第493页。
②《冯雪峰谈左联》，冯夏熊整理，见《雪峰文集》第4卷，第553页，北京：人民文学出版社，1985年版。参看陈漱渝：《关于〈前哨〉的出版日期》，载《新文学史料》1980年第1期。

在纪念专号里，除《中国左翼作家联盟为国民党屠杀大批革命作家宣言》之外，还发表了《为国民党屠杀同志致各国革命文学和文化团体及一切为人类进步而工作的著作家思想家书》，强调"我们的五个被难的同志，不仅是我们联盟的分子，也是全中国人所知道的著述家，小说家，诗人"，表示"我们加倍的期望着你们有力的声援！反对中国的白色恐怖！"此呼吁书被译成英文、日文、法文迅速分发，并得到革命作家国际联盟的响应，发表了《为国民党屠杀中国革命作家宣言》，表示"坚决的反抗国民党逮捕和屠杀我们的中国同志，反对蒋介石的'文学恐怖政策'，同时表示极深切的信仰——相信中国的革命文学和无产阶级文学，虽然受着残酷的摧残，仍旧要发达和巩固起来"，署名的有法捷耶夫（苏）、巴比塞（法）、辛克莱（英）、果尔德（美）等著名作家，还有德国、波兰、奥地利、捷克、匈牙利、拉德维亚、保加利亚、罗马尼亚等国共28位作家。①

在向国际左翼作家的呼吁里，强调五烈士是中国有影响的作家，这并非虚言。尤其是柔石、胡也频、殷夫，对30年代中国文学的发展都有自己的独特贡献。柔石已有过介绍。说起胡也频，人们首先想起的是他和丁玲、沈从文一起创办的《红黑》月刊，他们当时都是齐名的新兴作家。丁玲为他编过《也频诗选》，序文里说："我喜欢他的诗，是数倍超过于那些小说。"沈从文则说胡也频早期热恋丁玲时写的诗，"差不多每一首都是用全人格奉献给女子的卑谦心情写成的情诗。这诗的形式，无疑的从李金发诗一种体裁得到暗示或启发，一种在文字性格方面为畸形的构图，以另外属于'未来'的一格，而在试验中存在的"②。新诗研究者则关注他牺牲两三年前的《欲雨的天色》、《生命的象征》、《权力与真理》等诗，"少了些爱情的吟咏，多了些自然礼赞、时代关注，乃至自身生命的审视和思考，淡淡苦闷颓废的阴影中掩不住人间不平的愤激抗争，情调幽深而凝重，已经超出李金发象征诗的轨道，凸显了现代意味的象征与浪漫融汇的特有艺术风致"③。他的小说，特别是思想"左倾"以后写的长篇《到

---

① 《革命作家国际联盟为国民党屠杀中国革命作家宣言》，原载1931年8月20日《文学导报》第1卷第3期。见陈早春编选：《中国左翼作家联盟文件选编》，载《新文学史料》1980年第1期。

② 沈从文：《记胡也频》，见《沈从文集》第13卷，第19—20页，太原：北岳文艺出版社，2002年版。

③ 孙玉石：《我思想，故我是蝴蝶……——30年代卷导言》，见《百年中国新诗史略》，第82—83页，北京：北京大学出版社，2010年版。

莫斯科去》、《光明在我们前面》，虽然流于生硬，脱离不了"革命加恋爱"的套数，却也是时代思潮的反映，自有一种人格的力量。如文学史家唐弢所说，"献身于爱情或献身于革命事业，在他是同样的虔诚与认真"①。

殷夫的诗，编成《孩儿塔》一书，真诚地表现了那一代年轻人的心灵历程：从知识个体的孤独、寂寞与彷徨（《啊，亲爱的……》，《祝——》），到在革命集体中找到自己的归宿："我突入人群，高呼／'我们……我们……我们'／啊，响应，响应，响应，／满街上是我们的呼声！""我融入一个声音的洪流，／我们是伟大的一个心灵。／满街都是工人，同志，我们／满街都是粗暴的呼声。""一个巡捕拿住我的衣领，／但我还狂叫，狂叫，狂叫，／我已不是我，／我的心合着大群燃烧！"（《1929年5月1日》）。从五四时期宣称"我……我崇拜我"（郭沫若《我是个偶像的崇拜者》）到30年代宣布"我们是十二万五千工人农民"（殷夫《我们》），是反映了时代精神中心、时代诗歌主调的转移的。于是，就出现了那个时代所特有的亲情与阶级情的矛盾和父子兄弟之间的冲突与决别："二十年来手足的爱和怜，／二十年来的保护和抚养，／请在这最后一滴泪水里，／收回吧，作为恶梦一场"，"别了，哥哥，别了，／此后各走前途，／再见的机会是在，／当我们和你所属的阶级交了战火。"（《别了，哥哥》）这些诗情，恐怕已经很难为今人所理解，本身也包含深刻的历史经验教训；但在30年代，以至1940年至1960年的革命年代里，却是打动了许多人的。鲁迅说，殷夫的"《孩儿塔》的出世并非要和现在的一般诗人争一日之长，是有别一种意义在。这是东方的微光，是林中的响箭，是冬末的萌芽，是进军的第一步，是对于前驱者的爱的大纛，也是对于摧残者的憎的丰碑。一切所谓圆熟简练、静穆幽远之作，都无须来作比方，因为这诗属于别一世界"②。

"左联五烈士"被杀害事件，始终有一个未解之谜：这些革命作家究竟为何被捕？直到"文革"结束后的80年代初，才由冯雪峰的儿子根据其公开发表和没有发表的手稿，整理出来的《冯雪峰谈左联》一文，第一次透露："左联五烈士是1931年1月17日下午在上海东方饭店开会时被捕的，同时被捕的有三十多人。这个会和左联无关，是党内的一部分同志反对王明的六届四中全会的集

---

① 唐弢：《丁玲和胡也频》，《晦庵书话》，见《唐弢文集》第5卷，第479页，北京：社会科学文献出版社，1995年版。
② 鲁迅：《白莽作〈孩儿塔〉序》，见《鲁迅全集》第6卷，第512页。

会。"①因此，这些共产党人被捕后，掌握了党中央和江苏省委领导权的王明，却态度冷漠，不但不予营救，而且断言这些人是"反党的右派分子"，是"咎由自取"；即使烈士牺牲以后，王明仍表示："对这些人的错误还是要继续清算。"②这样，"左联五烈士"和其他战友，不仅死于国民党之手，而且是共产党内残酷斗争的牺牲品。当年，冯雪峰等"左联"负责人，组织纪念五烈士，不仅冒着被国民党抓捕的危险，而且要承受党的最高领导层阻止纪念的巨大压力，其间历史的沉重，恐怕是作为党外人士的鲁迅，当年写《为了忘却的纪念》时也不曾体会和料及的。

(钱理群)

---

① 《冯雪峰谈左联》，冯夏熊整理，见《雪峰文集》第4卷，第552页。
② 参看朱正：《鲁迅与左联五烈士》，见《鲁迅的人脉》，第52—56页，上海：东方出版中心，2010年版。

6月

用作品给作家或社团起绰号(1930年代初文学生态)

作家或社团绰号首次登载于1931年6月8日的《文艺新闻》第13号

林语堂	Little Cratic
周作人	雨天的书
丁玲	一个人(的)诞生

作家绰号一览表(以各个译著名称为题)

某日某某等数作家聚于某处,谈到作家们的绰号,于是即以各个作家所译著的书名,分别的配合其各个的生活、思想、行为、地位以题其绰号;兹为摘录如下——(恕不加详细说明)

鲁迅	苦闷的象征
茅盾	追求
郁达夫	迷羊
夏丏尊	棉被
樊仲云	烟
傅东华	饥饿
许钦文	若有其事
郭沫若	漂流三部曲
张资平	靡(糜)烂
(未完)	

(原载1931年6月8日《文艺新闻》第13号)

作家绰号一览表(以各个译著名称为题)

胡适之	白话文学史上卷	陈学昭	倦旅
胡也频	光明在我的(们)面前	孙福熙	巴黎捞针
柔石	一个伟大的印象	陈望道	断截美学

冯铿……………… 虹（红）的日记　　汪馥泉 ……………… 初夜权
殷夫 ……………… 伏尔迦的黑渊　　王独清 ……………… 圣母像前
（欢迎此类投稿）

（原载1931年6月15日《文艺新闻》第14号）

自十三、十四两号发表作家绰号后，兹接读者伴云及白玲等来稿，特选刊于后。

刘复 ………………………… 何典　　凌叔华 ………………… 女人
闻一多 ……………………… 死水　　滕固 …………………… 迷宫
西滢 ………………………… 闲话　　冰心 …………………… 寄小读者
周全平 ……………………… 残兵　　章衣萍 ………………… 枕上随笔
叶绍钧 ……………………… 倪焕之　金满成 ………………… 花柳病春
刘大杰 ……………………… 支那女儿　冰莹 ………………… 革命化的恋爱
叶鼎洛 ……………………… 未亡人　东亚图（病）夫 ……… 鲁男子
沈从文 ……………………… 不死日　赵景深 ………………… 国外文坛消息
叶灵凤 …………… 女娲氏之遗孽　徐霞村 …… 嘴上生花的人（待续）
巴金 ………………………… 灭亡

（原载1931年6月29日《文艺新闻》第16号）

戏剧家绰号一览表（以各个之著作导演之剧本及表演角色为题）

自作家绰号一览表发表后，接到若干热情读者的此类投稿，谨先将戏剧家们的绰号登出，不日且将有各社团的有趣味的绰号表。

丁西林……………… 一只马蜂　　熊佛西 ………………… 洋状元
洪深 ………………… 冯大少爷　　陈大悲 ………………… 红花瓶
田汉 ………………… 屋上狂人　　袁牧之 ………………… 贤一郎
欧阳予倩 …………… 屏风后　　　陶晶孙 ………………… 木人剧
马彦祥 ……………… 戏剧家之妻　王平陵 ………………… 跑龙套
余上沅 ……………… 国剧运动　　左明 …………………… 小丑
赵太侔 ……………… ？？？　　　陈凝秋 ………………… 南归
向培良 ……… 生的留恋与死的诱惑

（原载1931年7月6日《文艺新闻》第17号）

自作家绰号发表后，接到许多读者来稿，可惜重复的太多，不能都披露出来。现在把文学戏剧团体的绰号刊出，（以各个所演的剧本或所出的书籍为代表。）以后请停寄此类投稿。

新月社 …………… 人权论集
创造社 …………… 洪水
文学研究会 ………… 灰色的马
沉钟社 …………… 昨日之歌
未名社 …………… 莽原
狂飙社 …………… 弦上
语丝社 …………… 杂感
幻州社 …………… 上部、下部
广东文学研究会 ……… 你去吧！
万人社 …………… 文丐论
狂飙演剧部 ………… 战士的儿子
南国戏剧部 ………… 未完成的杰作
戏剧协社 …………… 少奶奶的扇子
辛酉剧社 …………… 狗的跳舞
复旦剧社 …………… 寄生草
艺术剧社 …………… 西线无战事
联合剧社 …………… 可怜的裴加
北平戏剧学院 ……… 模特儿
大道剧社 …………… 街头人

作家或社团绰号末次登载于 1931 年 7 月 13 日的《文艺新闻》第 18 号

广东戏剧研究所………… 金瓶梅
山东实验剧院………（不可思议注）

（原载 1931 年 7 月 13 日《文艺新闻》第 18 号）

《文艺新闻》是"左联"的一种外围报刊。它发起用作品的名字来给作家起绰号，最初恐怕只是为了扩大左翼文学的影响，带有宣传的性质。这从刊载的第一、二份名单可以明显看出来。那名单除鲁迅、茅盾、郭沫若、丁玲、陈望道之外，"左联五烈士"中的四位胡也频、柔石、冯铿、殷夫都榜上有名。如果按文学的实绩，冯铿等本是登不上去的。不过随着这份带有广告效应的"绰号"名单的增加，到第五份载毕，我们从名单上已经能够感受到它的宽广视角。即便今日看去，也足可补一般文学史叙述之空隙了。

如果是从左翼作家和非左翼作家的比例上看，在前四份名单里，56名作家中左翼大约只占三分之一，并不太多。非左翼作家如周作人、胡适、林语堂、夏丏尊、闻一多、陈西滢、叶绍钧（圣陶）、沈从文、巴金、叶灵凤、凌叔华、冰心、章衣萍、赵景深等，其中包括"新月派"、"开明派"、"京派"、"海派"、独立的民主作家，毫不拘谨地展开各种色彩的创作群体。虽然这名单也有自己的观点和角度，像胡适的作品举的是《白话文学史》上卷，既突出他提倡白话的功绩，也有暗讽他"擅长"写半本书的味道。林语堂举的是 Little Cratic（小评论，小品文），他当时在英文的《中国评论周报》开小品文专栏，用洋文表示正是道出他文体的外来风格。冰心是《寄小读者》，章衣萍是《枕上随笔》，都属代表性的散文。赵景深却是个意外，竟是"国外文坛消息"，因他是编辑家、翻译家和文学史教授。刘复（半农）不提他五四时期打过的硬仗，不提他给《新青年》写的文章和白话诗，甚至语言学，而是拎出他新近发现、校点的《何典》，可见在青年眼里他落后了。这个作家名单的宽松，作品的多样，非常可观，并不存在关门主义的狭隘与偏见。

如果将绰号名单中当时有名以后仍然有名的作家，与当时有名（姑且把被编绰号的作家都看成是成名者）以后没了名气的作家相比较，那就恰巧倒了过来，在文学史上今日沉淀下来还能占一席之地的作家大约占三分之二强，无名作家反是少数。像樊仲云、傅东华、孙福熙、汪馥泉、金满成、赵太侔、向培良、左明、陈凝秋（塞克）等就算是缺乏名气的了，专搞现代文学的人还是影影绰绰地知道他们。至于那些著名的作家在1931年的当儿，名单所举的作品许多已相当贴切，均能显示他们的文学贡献，表明独特的文学个性。比如鲁迅，并不采用他早期的《呐喊》，而用他翻译厨川白村的《苦闷的象征》，探索作家的心理，意味深长。在1930年代的人们看来，鲁迅并不是振臂一呼百应的"英雄"，倒是个辗转于痛苦挣扎而前进的思想斗士。茅盾用的是他开始创作小说的书名，但并不用《幻灭》、《动摇》，却用《追求》，显然认为他具有远大的创作前景。郭沫若用《漂流三部曲》暗示他被放逐国外。郁达夫用《迷羊》，仿佛提醒他正处于写作的岔路口。丁玲用《一个人的诞生》，赞她这个左翼青年作家破土而出，冉冉上升。而张资平举了《糜烂》，就像故意略去他业已写出的重要作品，直截了当地在批评他的"堕落"了。这种惟妙惟肖的绰号的编撰，在前两个名单中尤其显著。

我们还可以看到这里所列的作家作品，许多是有代表性的，如闻一多的《死水》、西滢的《闲话》、叶圣陶的《倪焕之》、胡也频的《光明在我们前面》、叶灵凤的《女娲氏之遗孽》、丁西林的《一只马蜂》、熊佛西的《洋状元》等，至今在文学史上都占据一定的地位。而沈从文的无名作《不死日》，巴金的处女作《灭亡》，便说明这两位日后名声大震的作家，这时仅小有名气，他们的代表性作品还没来得及问世呢。对于东亚病夫（曾朴）这位晚清谴责小说家，绰号名单不但将其列入，且还举出他《孽海花》之外、后期的自传体小说《鲁男子》，是肯定了一位旧时作家与时俱进的倾向新文学的态度（同时翻译法国雨果、左拉、莫里哀的名作，与儿子曾虚白创办真美善书店和《真美善》半月刊等）。这是一种开明、可喜的文学立场。

因为左翼戏剧运动的特别活跃，所以我们可以看到第四份绰号名单里有专门的话剧界的记录。名单中大部分剧作家都是赫赫有名的，写剧、导演、表演三位一体的人尤其众多，以至于我们今天会以某个剧本的名字缺失为憾，其实却可能是被其饰演的某个角色名字代替了。余上沅名下注着"国剧运动"，注意到其戏剧运动倡导者的贡献；其实，余上沅还是一位重要的戏剧教育家，他创办了中国第一个由政府主持的现代戏剧教育机构——国立北京艺术专门学校戏剧系。这个系培养出的学生有张寒晖（兰璞）、章泯（谢兴）、左明等，后来成为进步戏剧活动的骨干分子。

第五批绰号名单还显示了五四以来文学社团的多元。这里夹杂了戏剧社团，呈混合状。21个社团，大部是有名望的、长久开展活动的；少数的社团机构只是大家不熟，其实也很重要，如广东戏剧研究所，是1929年2月由欧阳予倩应广州当局李济深等人的邀请创办的，并自任所长。此机构以戏剧研究为主，兼办戏剧学校、剧场、刊物等，唐槐秋、马彦祥等参与其间，延续了三年，对南国的话剧事业产生了很好的影响。所演的《金瓶梅》，是欧阳予倩乘五四之风为给古典小说人物翻案而写的剧作，剧名应是《潘金莲》才对。其他像谈戏剧协社，强调《少奶奶的扇子》的演出，讲艺术剧社突出《西线无战事》的演出，都是抓住了中国戏剧演出史上的大事。其他的文学社团如创造社用它近期出版的刊物《洪水》代表；未名社用其最有影响的刊物《莽原》代表；语丝社不用《语丝》杂志代表，只写了"杂感"二字，着重于其文体贡献；新月社也没用它著名的《新月》月刊做名片，反用了《人权论集》，大概是因为此书遭国民党党部机关的上下围剿，大大提高了刚迁至上海的新月社的知名度，但这已经是属于文学外的政治思想范畴的问题了。

我们从这宣传性的绰号名单里，能够窥探到当时文坛的一些复杂信息，但这不能代替严肃的文学批评。对于重要作家作品的衡量标准，只能是在长久的文学批评实践中逐渐建立起来，而且在现代中国，还要严重地受到政治环境的穿插、侵染，不可能完全独立。即便如此，这也不失为一份丰富多样的现代文学档案材料，一份1930年代初关于中国文学的活生生的资料。

（吴福辉）

11月

"从别国里窃得火来"：鲁迅及左翼对苏联文学的介绍

《毁灭》和《铁流》的出版预告

毁灭　为法捷耶夫所作之名著，鲁迅译，除本文外，并有作者自传，藏原惟人和弗里契序文，译者跋语，及插画六幅，三色版作者画像一幅。售价一元二角，准于十一月卅日出版。

铁流　为绥拉菲摩维支所作之名著，批评家称为"史诗"，曹靖华译，除本文外，并有极详确之序文，注释，地图，及作者照相和三色版画像各一幅，笔迹一幅，书中主角照相两幅，三色版《铁流图》一幅。售价一元四角，准于十二月十日出版。

外埠读者　购买以上二书，每种均外加邮寄挂号费各一角，无法汇款者，得以邮票代价，并不打扣，但请寄一角以下的邮票来。

特价券　以上二书曾各特印"特价券"四百枚，系为没有钱的读者起见，并无营业的推销作用在内，因此希望此种券尽为没有钱的读者所得。《毁灭》特价六角，《铁流》八角，外埠每种外加邮寄挂号费各一角，同时购二种者共一角五分。

代售处　上海北四川路底内山书店　上海四马路五一二号文艺新闻社代理部　（此二代售处，特价券均发生效力。）

上海三闲书屋谨启

（鲁迅撰，原载 1931 年 11 月 23 日《文艺新闻》第 37 号）

1930 年，鲁迅在其著名的《"硬译"与"文学的阶级性"》一文里，把自己的翻译，特别是对苏联文学理论和创作的翻译，称为"从别国里窃得火来"，"煮自己的肉"。他说："我自信并无故意的曲译，打着我所不佩服的批评家的伤处了的时候我就一笑，打着我的伤处了的时候我就忍痛。"[1]此时的鲁迅，正

---

[1] 鲁迅：《"硬译"与"文学的阶级性"》，《鲁迅全集》第 4 卷，第 214、215 页，北京：人民文学出版社，2005 年版。

处于创造社、太阳社和新月社左、右两派"文豪""笔尖的围剿"之中。创造社、太阳社以"无产阶级革命文学"的垄断者自居,宣布鲁迅的文学是"有闲的资产阶级,或者睡在鼓里的小资产阶级"的文学,必要扫荡之;①"新月派"则打着维护"资产的文明"的旗帜,断定无产阶级文学运动"在理论上尚不能成立,在实际上也并未成功"②。他们对"无产阶级革命文学"的垄断或否定,最重要的依据,便是苏联的文艺理论与创作实践。鲁迅既对左右双方的振振有词都持怀疑态度,就只有自己来翻译和研究,这是鲁迅的方法:"看一看真金,免得受硫化铜的欺骗。"③鲁迅后来在《三闲集》序言里说,"要感激创造社的,是他们'挤'我看了几种科学底文艺论"④,更准确地说,是创造社、"新月派""挤"得鲁迅开始了对苏联文艺理论与创作的翻译与研究(理论翻译见另文)。

但这却意味着鲁迅翻译重心的变化:由着重介绍弱小民族的文学转而到苏联"窃火",同时依然关注俄罗斯文学。最后,终其一生,鲁迅共翻译介绍了十五个国家一百多位作家的二百多种作品,总字数超过二百五十万,数量和他自己的全部著作大致相等,其中俄国和苏联的译作占一半以上。⑤冯雪峰说"鲁迅翻译俄罗斯和苏联文学,用去的时间就大概占据了他全部文学工作时间的四分之一"⑥,这是反映了客观事实的。更重要的是,这反映了一种时代思潮。研究者告诉我们,在新文学第一个十年,苏联文学译本仅有 2 种,到 1928—1939 年间,就急剧上升为 167 种,仅次于法国(250 种)、英国(222 种),如加上俄国(160 种),就远远超过西方国家与日本。⑦其时正是"红色的三十年代",当西方面临经济大萧条,苏联却向世界宣布"五年计划四年完成","苏联梦"就自然代替了"西方梦",思想日趋"左倾"的知识分子和读者,迫切希望通过

---

① 成仿吾:《从文学革命到革命文学》,载 1928 年 2 月 1 日《创造月刊》第 1 卷第 9 期。见《"革命文学"论争资料选编》(上),第 135 页,北京:人民文学出版社,1981 年版。

② 梁实秋:《文学是有阶级性的吗?》,载 1929 年 9 月 10 日《新月》第 2 卷第 6、7 号。

③ 鲁迅:《随便翻翻》,见《鲁迅全集》第 6 卷,第 142 页。

④ 鲁迅:《〈三闲集〉序言》,见《鲁迅全集》第 4 卷,第 6 页。

⑤ 戈宝权:《鲁迅——杰出的翻译家》,见《中外文学因缘——戈宝权比较文学论文集》,第 307 页,北京:北京出版社,1992 年版。

⑥ 冯雪峰:《鲁迅和俄罗斯文学的关系及鲁迅创作的独立特色》,见《六十年来鲁迅研究论文选》,第 669 页,北京:中国社会科学出版社,1982 年版。

⑦ 李今:《二十世纪中国翻译文学史·三四十年代·俄苏卷》,第 1—2 页,天津:百花文艺出版社,2009 年版。

文学作品了解那块"黑土地"上的变革、战斗、建设和成功。苏联文学的代表作，在很短的时间内，都被介绍到中国。其中影响最大的有：《士敏土》（革拉特柯夫著，蔡咏裳、董绍明译，1929）、《第四十一》（拉夫列尼约夫著，曹靖华译，1929）、《母亲》（高尔基著，沈端先译，1929—1930）、《一周间》（里别进斯基著，蒋光慈译，1930）、《铁流》（绥拉菲摩维支著，曹靖华译，1931）、《静静的顿河》（肖洛霍夫著，贺非译，1931；赵洵、黄一然译，1936））、《夏伯阳》（富曼诺夫著，傅东华译，1936）、《被开垦的处女地》（肖洛霍夫著，周立波译，1936），以及鲁迅翻译的《十月》（雅各武莱夫著，1933）和《毁灭》（法捷耶夫著，1931）。

　　如研究者所说，鲁迅的翻译关注点始终有二，一是"通过苏联文学来认知什么是无产阶级文学"，二是"通过苏联文学去认识和想象无产阶级革命和第一个社会主义国家的'真实'"①。他因此选择了两种类型的苏联文学。一类是以他所翻译的《十月》与《竖琴》为代表的"同路人"文学。"同路人"作家是"从文学进向革命底实生活"的，他们同情和描写革命，但"时时总显出旁观的神情"，在这个意义上，"同路人"的文学"还是'非革命'的"，"它的生命，是在照着所能写的写：真实"，"不过给读者看看那时那地的情形，算是一时的稗史"②。——这使我们很自然地想起鲁迅对叶永蓁的《小小十年》，以至柔石的《二月》的评价，在他看来，当时的中国向往革命的作家所能写出的也只能是"同路人的文学"；在某种意义上，鲁迅也是把自己看做革命的同路人的，他说过，他虽然同情下层人民，但和他们依然是"隔膜"的，他所写的只是自己"眼里所经过"的人生。③鲁迅认为，他和他这样的知识分子是写不出无产阶级革命文学的；真正的无产阶级文学只能由无产者自己开口、写出。因此，他更看重、更要向中国读者介绍的，是《毁灭》这样的"无产者的文学"。这些"从革命底实生活进向文学的无产者作家"，他们"一落笔，就无一不自己就在里面，都是自己们的事"，他们写下的文字"是用生命的一部分，或全部换来的东西，非身经战斗的战士，不能写出"，因此，也就能够写

---

①　李今：《二十世纪中国翻译文学史·三四十年代·俄苏卷》，第156页。
②　鲁迅：《〈一天的工作〉前记》、《〈十月〉首二节译者附记》，见《鲁迅全集》第10卷，第396—397、360页。
③　鲁迅：《俄文译本〈阿Q正传〉序》，见《鲁迅全集》第7卷，第84页。

出革命的真实,"他是不要骗人的,他要替群众说话,他并且能够说出群众所要说的话"①。于是,鲁迅注意到,在曾经的游击队员法捷耶夫写出的游击队的故事里,作为革命创造的"新人"来描写的主人公,那位坚强的游击队长莱奋生,"不但有时动摇,有时失措",队伍也最后"全部溃灭"。这和中国的极左批评家倡导的"主角无不超绝,事业无不圆满的小说一比较,实在是一部令人扫兴的书"。鲁迅却由此看到了真正的无产阶级文学,因为这里所展现的是真实的革命:"革命有血,有污秽,但有婴孩","只要有新生的婴孩,'溃灭'便是'新生'的一部分,中国的革命文学家和批评家常在要求描写美满的革命,完全的革命人,意见固然是高超完善之极了,但他们也因此终于是乌托邦主义者"②。——如果虑及以后的中国革命和革命文学是吃了乌托邦主义的大亏的,鲁迅的论述就尤显得超前了。

鲁迅翻译的《毁灭》于1931年9月由大江书铺出版,为躲过检查,用的是"隋洛文"的笔名(当时国民党浙江党部正在通缉"堕落文人"鲁迅,"隋洛文"的笔名,即由此而来),但还是不能公开出售,只能在内山书店和一些小书店半公开地售卖。于是鲁迅自己拿出一千现洋,以实际并不存在的"三闲书屋"的名义,于1931年11月印了《毁灭》第二版,同时印行了曹靖华译的《铁流》和《士敏土之图》(德国青年木刻家凯尔·梅斐尔德作),并在广告里宣称"敝书屋……仗了三个有闲,一千资本,来认真绍介诚实的译作,有益的画本,货真价实,童叟无欺。宁可折本关门,决不偷工减料"③。《铁流》被看做是苏联无产阶级革命文学"划时代的纪念碑"性的经典之作,它对中国左翼文学的最大意义和影响,是提供了一种新的写作模式。周扬曾将其概括为"表现群众的光荣的斗争生活,书中的英雄也只是这群众的集团的希望和意志的表现者"④。如研究者注意到的那样,丁玲写于1931年的《水》,描写的"不是一个或两个主人公,而是一大群的大众,不是个人的心理的分析,而是集体的行动的开展",

---

① 鲁迅:《〈一天的工作〉前记》、《〈溃灭〉第二部一至三章译者附记》、《〈一天的工作〉后记》,《鲁迅全集》第10卷,第397、371、407页。
② 鲁迅:《〈毁灭〉后记》、《〈溃灭〉第二部一至三章译者附记》,见《鲁迅全集》第10卷,第366、372页。
③ 鲁迅:《三闲书屋印行文艺书籍》,见《鲁迅全集》第8卷,第505页。
④ 起应(周扬):《绥拉菲摩维奇——〈铁流〉的作者》,载1931年10月《文艺新闻》第31号。

这显然是受到了《铁流》的启示。以后萧军的《八月的乡村》也"明显地留有《毁灭》和《铁流》的影子"①。有意思的是，鲁迅曾应中国共产党的约请，会见过红军将领陈赓，计划将红军反围剿的故事写成一部中篇小说，并且说："要写，只能像《铁流》似的写，有战争气氛，人物的面目只好模糊一些了。"此计划终因鲁迅自觉没有实际经验，很难写出真实而作罢。②

鲁迅为《毁灭》、《铁流》写的《出版预告》里，特意宣布要发送"特价券"，希望"此种券尽为没有钱的读者所得"，这反映了译者与出版者的一种期待：这两部"无产者的文学"能够真正进入"没有钱"的底层民众的精神世界。这其实也是左翼文学运动的期待。因此，二书一出，作为"左联"大众文学委员会负责人之一的周文，就用中国传统的章回小说形式，将译本改编成"大众通俗缩写本"，以便使"一般文化水准比较落后的大众"能够接受。此通俗缩写本由"左联"大众文学委员会作为《大众文艺丛书》出版后，立即遭到国民党政府查禁，又于1941年在延安重版，并迅速在各革命根据地流传，由八路军留守兵团政治部、边区大众读物出版社，苏南、苏中、冀中、东北、华东等地新华书店不断翻印，有十种之多。③据林伯渠回忆："延安有一个很大的印刷厂，把《铁流》不知翻了多少版，印了多少份，参加长征的老干部，很少没看过这书的，它成了教育部队的教科书。"④实际上，《毁灭》和《铁流》都成了中国革命和中国左翼文学的教科书。

（钱理群）

---

① 李今：《二十世纪中国翻译文学史·三四十年代·俄苏卷》，第168、169页。
② 冯雪峰：《回忆鲁迅》，见《鲁迅回忆录》（专著，中册），第614—615页，北京：北京出版社，1999年版。
③ 周七康：《周文与大众通俗缩写本〈毁灭〉和〈铁流〉》，载《新文学史料》2005年第1期。
④ 曹靖华：《〈铁流〉新版后记》，见《曹靖华研究专集》，第58页，郑州：黄河文艺出版社，1987年版。

悼念徐志摩

脚步轻些，过路人！　休惊动这惨死的诗魂

诗哲徐志摩之死

诗卷晦新月　笔会悼长空

　　诗哲徐志摩于本月19日自南京，乘中国航空公司京平线济南航空公司飞机北上，不料该机抵距济南五十哩党家庄附近，忽遇弥天大雾，蒙住飞机师双目，不能认出航空线，进退俱属不能，致触开山山顶倾覆，机身着火，机油四溢，熊熊不能遏止。飞行师王贯一、梁壁堂、徐志摩同时被火烧死，焦头烂额，倒于开山山谷中，机中所带之四十余包邮件，亦付一炬。

　　当徐死讯传出后，胡适曾两度由北平来电讯慰，新月派文人亦深志哀惋。外间并有徐之死牵连至恋爱关系之谣传。笔会并于二十二日午后聚会，全体志哀，起立作三分钟默悼。

（原载1931年11月30日《文艺新闻》）

　　这则"文艺新闻"，不仅文字太差，且不得体：什么"烧死"、"焦头烂额"、"死讯"，十分刺目，令人骇然；突然冒出"外间并有徐之死牵连至恋爱关系之谣传"一句，文理不通，亦不当有此"谣传"之报道；至于什么"笔会"，亦未加说明。

　　徐志摩逝世时，哀悼、纪念的文章，佳作很多，如周作人的《志摩纪念》、梁遇春的《kissing the fire（吻火）》、叶公超的《志摩的风趣》等等；稍后的几年里还陆续有怀念文章问世，亦有精彩之作，如林徽因的《纪念志摩逝世四周年》、郁达夫的《志摩在回忆里》等等。这里且看徐志摩逝世时的几篇文章。

逝世前的徐志摩

叶公超的文章是徐志摩去世的第二天写的，应吴宓之约，发表在吴宓主编的《大公报·文艺》上。那是一个文言的副刊，这篇白话的文章，应该是很醒目的。叶公超在文章的开头就说：

> 我不忍细想那猛击的震动，那暴烈的毁焰，和那最后的知觉。志摩曾无意中向我说过，他相信雪莱最美的时候，就在他最后知觉的刹那间，这句话想起来多么像志摩的人，他的想像的渺茫，他倾倒中的单纯，他追求理想的兴致，和他谈吐的风趣。风趣是他自己爱用的字眼，它最足使我想起已去的志摩。他最不能忍受的是平凡，是没有声色的存在，所以他想像雪莱的死，在波涛浪花之中，也别有一种超逸的风趣。志摩不病死，而从烟雾迷里坠落，惨死于冲击之下，毁焰之中，我们当然何等哀拗，但是我都觉得他生平的精神又多么谐和。我不能想像志摩，那生气勃勃的志摩，平淡的病死在床上，如斯蒂芬生说的 "died a dull death"。那样，我觉得更加惨澹。

悼念和纪念徐志摩的文章，大都是回忆人与事的，或者是写徐志摩的为人和个性，但几乎没有一篇文章像叶公超这样谈论徐志摩的死，并且诠释得这样生动而贴切，文章的主旨"志摩的风趣"亦在其中也，到底是文章高手。"我不能想像志摩，那生气勃勃的志摩，平淡的病死在床上"，此说极为精彩，像徐志摩这样一个生气勃勃的浪漫主义诗人，一个在诗中一再幻想着"云游"的人，还有比在飞机上于空中烈焰一闪而腾空西去更辉煌、更浪漫的吗？叶公超的文章是这样结束的：

> 我总觉得志摩的散文是在他诗之上，他自己却不以为然，他曾说过他的散文多半是草率之作，远不如在诗上所费的功夫。这些都是以后的问题了。志摩虽死，他的诗文仍在，后世可以无憾。但是我们所永久丧失的却是志摩的人，他那种别有的风趣，那种温厚纯真豪爽的性格。①

由诗文回到性格，结束在"风趣"二字，不离文章的主旨，但是，"我总觉得志摩的散文是在他诗之上"，这是一个迥异于当时评论和后世文学史论的独特判断。但也不是空谷足音，至少在"京派"作家中，也有人持类似的看法，比如杨振声、卞之琳等。卞之琳在《〈徐志摩选集〉序》中说：

> 一般人都承认徐志摩是诗人，他写散文，实际上也像是写诗，所以诗

---

① 载1931年11月30日《大公报·文艺》。

胜于文。但过去也颇有人（例如杨振声）认为徐志摩写散文，少受拘束，所以文比诗好。两说都有一定的道理。

卞之琳这里说得很含蓄，至少他对徐志摩散文是很欣赏的吧？所以卞之琳在下文又说：

> 徐志摩在新文学史上作为散文家的地位似乎还有待确认。他的杂样散文，别具一格：生动、活泼、干脆、利落，多彩多姿，有气有势。他写散文，以白话，特别以口语为基本，酌量加上文言辞藻、土俚片语、欧化句法，在大多数场合，融合无间。但是他也常常像写骈骊文一样，行文中铺张，浮夸，太多排比，太多堆砌，甚至装腔作势、矫揉造作。①

虽然也有批评，也没有明确认为"文比诗好"，但和上面的议论联系起来看，显然还是很重视徐志摩散文的。第二年，卞之琳在《〈冯文炳选集〉序》中，才明确地说："平心而论，徐文不如徐诗，冯小说远胜冯诗，此所短彼所长，不能相提并论。"②问题在于，叶公超、卞之琳等人崇尚现代主义诗歌，对徐志摩的浪漫主义诗歌，虽然能欣赏，但显然不会评价很高，这是他们推崇徐志摩散文的根本原因。

再看梁遇春的《kissing the fire（吻火）》。文章不长，值得全文引述：

> 回想起志摩先生，我记得最清楚的是他那双银灰色的眸子，其实他的眸子当然不是银灰色的，可是我每次看见他那种惊奇的眼神，好像正在猜人生的谜，又好像正在一页页揭开宇宙的神秘，我就觉得他的眼睛真带了一些银灰色。他的眼睛又有点像希腊雕像那两片光滑的，仿佛含有无穷情调的眼睛，我所说银灰色的感觉也就是这个意思罢。
>
> 他好像时时刻刻都在惊奇着。人世的悲欢，自然的美景，以及日常的琐事，他都觉得是那么有兴致（Gusto），就是说出悲哀的话时，也不是垂头丧气，厌倦于一切了，却是发现了一朵"恶之华"，在那儿惊奇着。
>
> 三年前，在上海的时候，有一天晚上，他拿着一根纸烟向一位朋友点燃的纸烟取火，他说道："kissing the fire。"这句话真可以代表他对于人生的态度。人世的经验好比是一团火，许多人都是敬鬼神而远之。隔江观

---

① 载《新文学史料》1982年第4期。
② 载《新文学史料》1984年第2期。

火,拿出冷酷的心境去估量一切,不敢投身到轰轰烈烈的火焰里去,因此过个暗淡的生活,简直没有一点的光辉,数十年的光阴就在计算怎么样才会不上当里面消逝去了,结果上了个大当。他却肯亲自吻着这团生龙活虎般的烈火,火光一照,化腐臭为神奇,遍地开满了春花,难怪他天天惊异着,难怪他的眼睛跟希腊雕像的眼睛相似,希腊人的生活就是像他这样吻着人生的火,歌唱出人生的神奇。

这一回在半空中他对于人世的火焰作最后的一吻了。①

西谚云,"眼睛是心灵的窗户";中国古训云,"存乎人者,莫良于眸子"。梁遇春从徐志摩"那双银灰色的眸子"说起,说到徐志摩的"惊奇"、"兴致",这是对徐志摩的独特个性的别致说法,而这其实也就是叶公超"志摩的风趣"的意思,换一种说法,说得很精妙,是小品文的一种写法。最妙的还是文中对徐志摩说"kissing the fire"这句话的细节叙述,徐志摩形容吸烟的这句话,确属妙语,而梁遇春由此将徐志摩的"惊奇"、"兴致"发挥到"吻火",最后竟然以"这一回在半空中他对于人世的火焰作最后的一吻了"一句,形容徐志摩的飞机失事,这样结束全文,文风奇峭而隽永,韵味深长,实在是惊人的才思,就同是写徐志摩的文章而论,大有出乎乃师叶公超之上之妙。梁遇春的小品文,成就非凡,师友如叶公超、废名等人均有高度的评价。有意味的是,废名慧眼,这样评论说:"我常想,中国的白话文学,应该具备过去文学的一切之长,在这里徐志摩与秋心(引按,梁遇春)两位恰好见白话文学的骈体文的好处,不过徐君善于运用方言,国语的欧化,秋心君则似乎可以说是古典的白话文学之六朝文了。此二君今年相继而死,真是令人可惜的事。""白话文学的骈体文",这是很有见地的评论。废名还说:

今年他做了一篇短文,所以悼徐志摩先生者,后来在《大公报·文艺副刊》发表,当他把这短短的文章写起时,给我看,喜形于色,"你看怎么样?"我说"Perfect! Perfect!"他又哈哈大笑,"没有毛病罢?我费了五个钟头写这么一点文章。以后我晓得要字斟句酌。"因为我平常总是说他太不在字句上用功夫。②

---

① 梁遇春:《泪与笑》,第100—101页,上海:开明书店,1934年版。
② 载1932年7月11日《大公报·文艺》。

这里说的"一篇短文",就是《kissing the fire（吻火）》。最后一句似乎有自以为是之嫌,但叶公超也是这样说的:

> 驭聪（引按,梁遇春）作文往往兴到笔流,故文字上不免偶有草率的痕迹,唯写《吻火》、《春雨》和最后这篇论文却很用了些功夫。《吻火》是悼徐志摩的。写的时候大概悼徐志摩的热潮已经冷下去了。我记得他的初稿有二三千字长,我说写得仿佛太过火一点,他自己也觉得不甚满意,遂又重写了两遍。后来拿给废名看,废名说这是他最完美的文字,有炉火纯青的意味。他听了颇为所动,当晚写信给我说:"以后执笔当以此为最低标准。"[①]

可见废名说的是事实。

最后再看周作人的《志摩纪念》。文章的第一段是这样的:

> 面前书桌上放着九册新旧的书,这都是志摩的创作,有诗,文,小说,戏剧,——有些是旧有的。有些给小孩们拿去看丢了,重新买来的,《猛虎集》是全新的,衬页上写了这几行字:"志摩飞往南京的前一天,在景山东大街遇见,他说还没有送你《猛虎集》,今天从志摩的追悼会出来,在景山书社买得此书。"

睹书思人,扉页的题识,尤见深情。下文说"志摩的诗,文,以及小说戏剧在新文学上的位置与价值,将来自有公正的文学史家会来精查公布",而于散文,特别指出:

> 散文方面志摩的成就也并不小,据我个人的愚见,中国散文中现有几派,适之仲甫一派的文章清新明白,长于说理讲学,好像西瓜之有口皆甜,平伯废名一派涩如青果,志摩可以与冰心女士归在一派,仿佛是鸭儿梨的样子,流丽轻脆,在白话的基本上加入古文方言欧化种种成分,使引车卖浆之徒的话进而为一种富有表现力的文章,这就是单从文体变迁上讲也是很大的一个贡献了。

这也是特别重视徐志摩的散文。接下来这样说到私交:

[①] 叶公超:《〈泪与笑〉跋》,见梁遇春:《泪与笑》,第144页。

> 照交情来讲，我与志摩不算顶深，过从不密切，所以留在记忆上想起来时可以引动悲酸的情感的材料也不很多，但即使如此我对于志摩的人的悼惜也并不少。的确如适之所说，志摩这人很可爱，他有他的主张，有他的派路，或者也许有他的小毛病，但是他的态度和说话总是和蔼真率，令人觉得可亲近，凡是见过志摩几面的人，差不多都受到这种感化，引起一种好感，就是有些小毛病小缺点也好像脸上某处的一颗小黑痣，他是造成好感的一小小部分，只令人微笑点头，并没有嫌憎之感。

这是很含蓄的话，因为我们知道，《语丝》和《现代评论》之间的论争，周氏兄弟和陈源的恩怨，周作人和徐志摩是有过笔墨意气的；所谓"小毛病小缺点"，大概是有所指吧？但这段话说得这样真诚，是很感人的；能有这样的理解，也是古训所谓的"恕"吧？下文进一步称赞徐志摩的"诚实"，并且有所发挥：

> 这个年头儿，别的什么都有，只是诚实却早已找不到，便是爪哇国里恐怕也不会有了罢，志摩却还保守着他天真烂漫的诚实，可以说是世所希有的奇人了。……知识阶级的人挑着一副担子，前面是一筐子马克思，后面一口袋尼采，也是数见不鲜的事。

"前面是一筐子马克思，后面一口袋尼采"，这是嘲讽鲁迅？进一步的发挥则是：

> 关于志摩的私德，适之有代为辩明的地方，我觉得这并不成什么问题。……假如是文以载道派的艺术家，以教训指导我们大众自任，以先知哲人自任的，我们在同样谦恭地接受他的艺术以前，先要切实地检察他的生活，若是言行不符，那便是假先知，须得谨防上他的当。现今中国的先知有几个禁得起这种检察的呢，这我可不得而知了。①

"文以载道派的艺术家"，这是指左翼文学家吧？虽然是以对照的写法来肯定徐志摩的"诚实"，但这样借悼念死者来嘲讽活着的人，借机敲打宿敌，显然有违周作人所追求、并且也是颇为自诩的"平淡"的文风。然而，废名在《知堂先生》一文中，称颂"知堂先生总是合礼"时说：

> 我常记得当初在《新月杂志》读了他的《志摩纪念》一文，欢喜慨叹，此文篇末有云："我只能写可有可无的文章，而纪念亡友又不是可以用这种

---

① 载1932年1月《新月》第4卷第1期。

文章来敷衍的，而纪念刊的收稿期又迫切了，不得已还只得写，结果还只能写出一篇可有可无的文章，这使我不得不重又叹息。"无意间流露出来的这一句叹息之声，其所表现的人生之情与礼，在我直是读了一篇寿世的文章。他同死者生平的交谊不是抒情的，而生死之前，至情乃为尽礼。[①]

所谓"他同死者生平的交谊不是抒情的"，大概也是指周作人和徐志摩在20年代中期有过一场笔墨官司吧？因此废名觉得，周作人能够尽释前嫌，写这样一篇真挚的悼念文章，十分难得，乃至有"至情乃为尽礼"之说，这不免有些夸张了。

悼念、纪念徐志摩的文章，非常值得一读，有令人深思的评论，也可以欣赏精彩的文章艺术。

(高恒文)

[①] 载1934年10月5日《人间世》第13期。

12月

冰心要求更正她关于"普罗文学"的谈话

冰心更正　记事无根而失实

小说月报社转来冰心女士信,请求更正本报二十号所载彼对《文化新闻》记者之谈话;函云:"文艺新闻记者先生:来信及二十年九月十四日的文艺新闻,早已收到,因忙未即复,甚歉。关于我对于普罗文学之谈话,报章所载,与我与记者所谈大有出入,至于所谓'受了卢布'之语,更无根据,因着无根据的一句话,使我受了批评,是很意外的一件事!年来外边对于我的记事和言论无根而失实者甚多,我从来没有注意过,更正过,这是头一次——希望也是末一次,专此布达,请　撰安　谢冰心　十一月廿五日。"

(原载 1931 年 12 月 14 日《文艺新闻》第 40 号)

"左联"外围性质的《文艺新闻》所载的这封冰心来信,是一珍贵的文学史料。事情的由来,起于《文艺新闻》第 22 号所载冰心与《文化新闻》记者的谈话。上面的《更正》把第 22 号的事情误写成第 20 号了,我们现在可以很容易地从 1931 年 8 月 10 日《文艺新闻》第 22 号第 2 版上查到原文,标题为"贤妻良母的冰心说:'普洛文学实难称为文学'——与文化新闻记者谈话",并配了冰心的头像照片。冰心信中所称收到"二十年九月十四日的文艺新闻",那是另一期,为第 27 号。第 27 号有什么内容,要让编者特意不远千里寄往这时住在北平燕京大学燕南园,并且刚生下第一个孩子(吴平)不久的冰心呢?当然事出有因。原来那期《文艺新闻》第 3 版上登载了一篇《美国的金元　中国人的血肉》的批判文章,署名"星虚"(显然是化名),批的正是冰心。《文艺新闻》的编者大概执行的是"行不改名,坐不改姓"方针,明人不做暗事,把批判文章直接给被批判者寄去了。批判的依据仍是冰心与《文艺新闻》记者的那次谈话,但所引文字与第 22 号所载的并不相同。这点不同非同小可,它是引起冰心要更正、抗辩的真正原因。不妨将冰心谈"普罗文学"（无产阶级文学）的两种文本摘录如下。

第 22 号《文艺新闻》中《贤妻良母的冰心说》（略）一稿所载是：

问：对于普洛文学之意见如何？
答：普洛文学，于今高涨已极，推其原因，亦不过因中国政治之紊乱，一般受生活压迫者之心理的反映。
问：普洛文学究竟有无文学之价值？
答：一种文学决不是有目的的，亦不能用之作宣传，普洛文学实难称为文学。

第 27 号《文艺新闻》里《美国的金元　中国人的血肉》一文的转引是这样：

南华日报曾载有一篇《冰心女士及其反普罗文学论》。其中引了一段冰心女士的谈话，如下：
"普罗文学，从前虽曾有一度高涨，然推其原因，亦不过因中国政治紊乱，一般受生活压迫者之极端心理的反映，又可说是受了卢布的人，凭空去制造以转移人心，其实这一种变态的文艺，没有什么价值的。"

两者似曾相识，明显的区别是做过标题的"普洛文学实难称为文学"一语在后者《南华日报》的引文中消失了；前面相似的一段话可证《南华日报》之语的出处也在冰心与《文艺新闻》记者的那场谈话里，却无端多出"受了卢布"的一席话。

我们现在已很难考证两段话之有无，或哪一句话说了哪一句没说。我们可以看出的问题，第一是冰心更关心"卢布"问题。因为那是国民党当局压迫左翼文学经常使用的语言和借口。作为一个五四时期文学研究会的资深作家，有许多老朋友当时已转为左翼，她虽不主张左翼，甚至对左翼的创作风气也可能不以为然，但一向温婉、正直，提倡爱的哲学，十足同情怜悯贫苦百姓的冰心会拿左翼"受了卢布"去攻击"普罗文学"，是很难想象的。所以她克服了平时的洁癖，改变对旁人的污言不予理会的态度，决定第一次也是末一次写信抗辩这个"卢布"之说。第二，从《南华日报》后面多出来的"卢布"句，与前面话的承接关系来看，确实有可疑之处。明明冰心前句谈"普罗文学"的发生，举出"政治紊乱"和"一般受生活压迫者之极端心理的反映"（《文艺新闻》版

冰心与吴文藻

本无"极端"二字）是比较贴题的，那么在已经承认了这两点之后，怎么可能突然认为"普罗文学"是"凭空"而来，滑向"卢布"说、"变态"说呢？故从今人看来，至少在逻辑上是讲不通的。第三，不是说左翼批评冰心都属子虚乌有，也不是说冰心感受不到这种批评。冰心在信中已经表明，"年来外边对于我的记事和言论无根而失实者甚多"，这里就包含着各种对于她的批评以及她置之不理的立场。而左翼媒介的态度也很明显：如果根据某些记者公布出来的新闻，包括这次谈话原来发布的文本，他们是要批判对"普罗文学"的一切诬蔑之词的，是要向冰心抗议的；但他们也尊重冰心现在站出来的说话，在无法证实真伪的情况下，他们愿意客观地发表此信。这起码表明冰心对"普罗文学"的看法，并未到让左翼无法忍受的程度。但既然"记事无根而失实"，此后也没见左翼媒介做过澄清事实的任何努力，更无道歉举动。

但是，这个事件给了我们观察冰心这样的作家与左翼关系的绝好机会。也可以反证左翼文学当时的情况。从冰心一面说，她看出了左翼文学的产生与中国政治社会的现实是密切相连的。她虽没有投身其中，却也不愿意与之对峙。实际的情况是她在创作上既不盲从于左翼，又不免受到左翼的影响。仅从冰心来信分析，她那克制的和冷冷的有涵养的态度十分明显。在左翼方面，其表现出来的"关门主义"也够严重：不是去弥合或团结，而是故意制造双方的距离。比如《文艺新闻》刊载批评冰心的"星虚"文章就写得简单粗暴；从几则新闻的标题以及记者发问的倾向性上说，强调的都是冰心过着优裕的生活，似乎就必然轻视左翼文学（第22号《文艺新闻》载冰心谈话，记者问其生活状况，回答竟是："我的生活，自始至终都是舒服的。"这哪里像是出身名门的闺秀的用语）等等。不过我们也不要一叶障目，以为这是左翼最标准的态度。我们可以拿茅盾在这之后所写的《冰心论》为例，来说明左翼对冰心的真实评价。茅盾在1930年代大约写了六七篇类似《鲁迅论》、《王鲁彦论》、《徐志摩论》的作家论，旨在超出一般的评论水平，对五四有代表性的作家做带有学术性的研究。冰心被他选作重要的一位。茅盾肯定她第一期写的问题小说，认为五四"激发了冰心女士第一次的创作活动"，"是那时的人生观问题，民族思想，反封建运动，使得冰心女士同'五四'期所有的作家一样'从现实出发'"。又认为她第二期在"基督教教义和泰戈尔哲学"的影响下，写了宣扬"爱的哲学"的小说散文，"'舍现实的'，而取'理想的'"，"乃是一种'逃避'"。茅盾将冰心看做是在五四时期跟上了时代的脚步，而在五四后已经处于某种停顿状态的一类文人典型，这种评价立场自然是左翼的，但他绝不低估冰心。在文章结尾的地方，茅盾大段地引出冰心的近作《分》，说"在她的小说《分》里头，我们仿佛看到一些'消息'了"。他讲了《分》所写的故事：两个婴儿出生在同一家医院里，一个是大学教授的儿子，一个是屠户的儿子，本无贵贱之分。但大学教授儿子的"我"作为叙事人，已经知道屠户儿子的"小朋友"，将来只是"道旁的小草"，而"我"将是"房里的一朵小花"，两者的命运在出院时立现。评论者说《分》与另一篇《冬儿姑娘》都是"这位富有强烈的正义感的作家"既"悲哀"于"小花"，又"赞美着刚决勇毅的小草"的证据。于是茅盾引用冰心过去所说的"领略人生，要如滚针毡，用血肉之躯去遍挨遍尝，要他针针见血"，而对曾经同是一个文学团体的老朋友冰心发出期待："即是像冰心女士那样属于'花房'中的人，也许将要当真'滚着'了罢？"①

茅盾充满期望的呼声犹在耳际，他代表了左翼和冰心关系的更高层次。而由一次谈话传播失实的正面负面，有意或无意，我们可以见到左翼文学当时在思想界、文学界、青年界初显的力量。作为中间人士的冰心既感压力，也一直受其影响。《分》就初载于1931年1月《新月》第3卷第11期上，比整个"普罗文学"谈话的时间还在前。可见那种影响早就存在，并非一日、一事之功。后来冰心在抗战时期有所为有所不为，到1950年代之后仍是有所为有所不为，一直是做共产党的朋友的。

（吴福辉）

---

① 茅盾：《冰心论》，见《茅盾全集》第20卷，第153—167页，北京：人民文学出版社，1990年版。

1932 年

5月

"一·二八事变"与战争文学热

上海战影

彩色精印　装帧美观　第一集　第二集　每册实价五角　现代书局出版

本画册搜集此次上海抗日血战经过之实地摄影。每集百数十幅，多为外间所绝未披露过者。特用彩色精印，三色封面。举凡十九路军在淞沪昆太等地抗日之实况，士兵奋勇杀敌之情形，日方之军事行动及其轰炸文化机关之残暴，无不应有尽有，搜罗完备。第二集尤多总退却后在第二道防线内之种种活动。十六开一巨册，装帧美观，实为此次抗日血战之最好纪念册，外埠邮购，邮费免收。挂号每册另加六分。

上海抗日血战史

现代书局最新出版　前时事新报现上海晨报编辑主任何西亚编
实价大洋一元二角　介绍一部伟大的现代史　全书四百页——三十余万言
附战地摄影四十六幅——战区地图一大幅

上海抗日之战，炮声震动全世界，战争之烈，流血之多，牺牲之大，遭劫之惨，俱属空前所未有。本局有鉴于斯，爰就战事暂告缓和之间，特请上海名记者何西亚先生，纂述是书，就史学之眼光，用立体的观察，本其平素经验，聚精会神，以事纂集。故包罗宏富，巨细靡遗。全书分五大编计二十章，四百余节。举凡此次战事发动之前因后果，十九路军及第五军抗战之悲壮惨烈，国际之调停干涉，列强之明争暗斗，政府之决心抵抗，国人之同仇敌忾，战区之灰烬瓦砾，灾民之死里逃生，无不详述颠末，一贯相承；他如迁都，罢市，炮轰南京，伪国铺张，美国海操，苏俄动员，以及我国市民学校之义勇军大刀队等之组织与作战,各界之踊跃捐输热忱慰劳,妇女界之活跃,外交界之折冲,亦莫不专立章目,分别编录。手此一部,即无异置身战场,足以惊心动魄;又无异纵目全局,大可一览无遗。与其他坊间芜杂凑集投机敛钱者,绝对不同。本书卷首,除附有战地摄影战区地图外,并另刊有编者长序万余言,尤为名贵。

(原载 1932 年 5 月 1 日《现代》创刊号)

  1932 年的沪上文坛和出版界出现了战争题材的热潮,与 1932 年 1 月 28 日上海经历的抗击日本侵略者的淞沪抗战有最直接的关系。一直持续到 3 月 3 日的淞沪抗战给上海造成了巨大的损害:战争爆发的第二天凌晨,日机从停泊在黄浦江上的"能登吕"号航空母舰起飞轰炸闸北,宝山路上的商务印书馆及藏书超过 30 万册的东方图书馆均被炸毁,闸北一片火海。中国十九路军的浴血奋战以及上海市民对中国军队的大力支持,也成为文学和出版领域可歌可泣的题材。这次对日战争,在 1932 年现代书局出版的《上海战影》和《上海抗日血战史》中得到了详尽的呈现。《上海战影》共两集,每集收图百数十幅,为上海抗日血战经过之实地摄影。《上海抗日血战史》也附战地摄影 46 幅,同时收入一幅战区地图。两本书都是在第一时间出版的反映上海抗日血战的大型图书。

  其中《上海抗日血战史》的确称得上是广告所说"包罗宏富,巨细靡遗"的精心之作。全书五编内容分别为:"神勇御暴鏖战记"、"国内团结御外侮"、"列强的密切注意"、"举国同仇敌其忾"、"名都空前大劫灰",为中国现代史保存下了丰富而具体的抗战资料。从中也可以见出冒着枪林弹雨在前线从事战地采访和新闻报道的记者的功劳。

  除了纷纷奔赴前线的战地记者,不少作家也亲临战场,耳闻目

《上海抗日血战史》广告

1932年2月4日，鲁迅与茅盾、叶圣陶、胡愈之等43人联名发表《上海文化界发告世界书》，抗议日军的侵略暴行。

睹，用文字记录了这场团结御侮的抗战。战事停歇后，作家们也有暇充分消化和整理自己对战争的记录和记忆，从而为文学史从文学与战争关系的角度审视"一·二八"提供了足够丰富与翔实的文学性史料。

有趣的是，30年代沪上文坛诸种不同政治派别的作家，无论"左中右"，都把笔触伸向战争题材。

"一·二八"事变之后，基本属左翼阵营的鲁迅、茅盾、叶圣陶、陈望道、胡愈之、冯雪峰、周扬、田汉、夏衍等43人联名发表《上海文化界发告世界书》，声讨日本帝国主义的侵略，反对国民党的不抵抗主义，呼吁全世界无产阶级和革命文化团体支援中国抗日斗争，组织"中国著作家抗日会"，力图推动上海文学艺术家和新闻工作者积极参与宣传抗日，揭露日军暴行。继而创作和出版了大量抗战作品。其中最重要的收获是作家们奔赴第一线之后集中写出了一批报告文学，如楼适夷的《向着暴风雨前进》、《战地的一日》，叶圣陶的《战时琐记》，夏衍的《两个不能遗忘的印象》、《劳勃生路》，洪深的《时代下几个必然的人物》等等。

1932年4月，由南强编辑部编（实际上是阿英编选）的《上海事变与报告文学》出版①，该书分"几番大战"、"火线以内"、"士兵生活"、"战区印象"、"十字旗下"、"新线印象"等6辑，收《曹家桥之役》、《江湾血战》、《炮火线下战士的生活》、《到火线里去》、《前线插曲》等报告文学28篇，这些报告文学最初曾经发表于《时事新报》、《大晚报》、《文艺新闻》战时特刊《烽火》、《大美晚报》、《太平洋月报》、《时报》、《社会与教育》等报刊，实录了战时景象。阿英为这部书写的序《从上海事变说到报告文学》中称：

> 作家们也是如此。无论属于那一个阶级的作家，除去直接奉侍帝国主义者的而外，都曾参加了这一次的战役，从事于组织的活动与文笔的活动。——在文笔活动方面，产生最多的，是近乎 Reportage 的形式的一种新闻报告；应用了适应于这一事变的断片叙述的报告文学的形式，作家们传达了关于一二八以后各方面的事实。在他们的这些短的作品之中，是反映了战争的经过，几次大战的全景，火线以内的情形，后方民众的活动，救护慰劳的白描，以及其他一切等等事件。②

《上海事变与报告文学》也成为中国现代文学史上第一部报告文学选集，标志着报告文学的形式与战争的直接关联性。正是淞沪抗战把报告文学这一体式第一次推到了文学史的前台，"是最新的形式的文学"，也是报道战争的最直接最快捷的文学形式，在报道战争、进行动员方面，"具有着无限的鼓动效果"。阿英还归纳了报告文学的作者应当"据有毫不歪曲报告的意志，强烈的社会的感情，以及企图和被压迫者紧密的连结的努力"③这三个条件，对报告文学的体式在中国的成熟起到了值得一书的历史作用。

在左翼阵营之外，自由主义、民族主义作家们也纷纷介入对战争的书写。值得一提的作品有民族主义阵营的黄震遐的《大上海的毁灭》④，以及与黄震遐

---

① 南强编辑部编：《上海事变与报告文学》，上海：南强书局，1932年版。
② 阿英：《从上海事变说到报告文学》，见《上海事变与报告文学》，第1—2页。
③ 同上书，第3页。
④ 黄震遐：《大上海的毁灭》，1932年5月28日起连载于上海《大晚报》，后由大晚报社在同年出版单行本。

同为前锋社同人的张若谷的《战争·饮食·男女》①。

张若谷在淞沪战争爆发之后曾经与黄震遐以及《真美善》编辑曾虚白一起到战场去探访消息,②为《战争·饮食·男女》一书中的战争场景提供了第一手材料。该书的上编为"抗日战争素描",计有:《从军乐(小引)》《一二八午夜》《在吴淞炮火线下》《吴淞第二次冒险》《不怕死的同志们》《无情的铁鸟蛋》《神勇三连长》等16篇战地速写,这些速写汇入了"一·二八"之后沪上文坛报告文学的热潮中。

在《从军乐(小引)》中,张若谷写道:

> 一月二十八日午夜的炮声不但惊醒了上海三百万醉生梦死的市民,同时激励了全国四万万同胞的热血和义愤。一向爱好和平的中华民族,一听见那凶残的日军占领我国东北富庶土地的噩耗,民气已经激昂到万分,一二八夜,日军又突侵侮上海,自然更燃起爱国的火焰,在每一个国民的脉搏里,赤血都在沸腾。忠勇的十九路军队,洒血掷骨,和敌军决死抗战。民众也都纷起组织义勇军,参加战役。许多有志的热血青年们,弃家从军的义侠事件,在每天报纸上,终是数见不鲜。
>
> 记者为了刺探战地消息,常赴前线,混在作战军士的堆里,亲身经历军队中的生活。不分拂晓,黑夜,雨晨雪夕,大家在枪林弹雨之中,无情炮火线下,呼吸着壮的空气。③

文章一改作者以往"海派"的唯美旖旎文风,与左翼阵营的报告文学书写风格有趋同的迹象,也意味着以战争为题材的报告文学想要写出个性来是不太容易的。

不过该书命名为"战争·饮食·男女",只在上编写了战争,中编命名为"灵与肉的饮食",下编则起名"男女两性的苦闷",并引用孟子的"饮食男女,人之大欲存焉"作为中编的题记,这种把战争主题与饮食、男女放在一处的奇妙并置,可谓意味深长,一方面透露出"战争"也同样可以成为"海派"文化消费的对象;另一方面,则暗示着,战争的题材和意义并不比饮食男女更为重大。作者在《从军乐(小引)》中讥讽的"上海三百万醉生梦死的市民",在战

---

① 张若谷:《战争·饮食·男女》,上海:良友图书印刷公司,1933年版。
② 张若谷:《战争·饮食·男女》代序《随军回忆》。
③ 张若谷:《战争·饮食·男女》,第1页。

争告一段落之后，终于可以继续沉迷在饮食男女纸醉金迷醉生梦死之中，而无法预料另一场更惨烈漫长的战争即将到来。

黄震遐的《大上海的毁灭》则是民族主义派别的代表性小说。小说虽然也歌颂了十九路军的浴血奋战，但同时也表现出对上海被战争毁灭的恐惧以及战争悲观主义的情绪。小说第23章有一封前线参战的连长写给人物之一草灵的一封信：

> 攻他们么？当然是可以，然而事先替我们侦察的飞机在哪里？临时掩护我们前进的火炮又在哪里？敌人是陆海空军全备，我们却只有陆军，陆军是具备步，骑，炮，工，战车五种，而我们却只有步兵，而步兵，敌人在每一连的正面上，有两挺重机关枪和六挺轻机关枪，我们却只有两挺轻机关枪。啊，草灵同志，比例是这样，我们有没有攻呢，大胆地告诉你吧，我们是攻了，而且是前仆后继地冲锋前进，不过，结果却不像战争，只像屠杀而已。①

接下来，是读了信的草灵在日记里大发感慨："无论哪一次，过去的历史都很清楚地告诉我们，凡是物质居劣势的交战国，苟非有多数民众来填补战场上的空隙，一天天像大批原料似的投进熔炉里去消耗着，这个交战国的结果就往往都是惨败。所以，在近代战术运用下的悲惨战斗，若单靠有限的常备军去堵塞敌人进路，实在只是空谈，梦想，故即使政府加派二三十万大兵到淞沪战场之上，而其抵抗期亦最大限度只能维持半载，敌人仅须以其常备军之半数与我支撑，在物质上就可远胜我军十倍。"

小说人物草灵自居于在战争中"物质居劣势"一方的国民，把"堵塞敌人进路"看成是"空谈，梦想"，并悲观地预见了中国最后必然惨败的结果。

当年鲁迅曾经撰文引用了《大上海的毁灭》中草灵的下面一段日记：

> 十九路军打，是告诉我们说，除掉空说以外，还有些事好做！
> 十九路军胜利，只能增加我们苟且，偷安与骄傲的迷梦！
> 十九路军死，是警告我们活得可怜，无趣！
> 十九路军失败，才告诉我们非努力，还是做奴隶的好！

鲁迅接着一针见血地指出：

---

① 黄震遐：《大上海的毁灭》，第303页，上海：大晚报馆，1932年版。

> 这是警告我们，非革命，则一切战争，命里注定的必然要失败。现在，主战是人人都会的了——这是一二八的十九路军的经验：打是一定要打的，然而切不可打胜，而打死也不好，不多不少刚刚适宜的办法是失败。"民族英雄"对于战争的祈祷是这样的。而战争又的确是他们在指挥着，这指挥权是不肯让给别人的。战争，禁得起主持的人预定着打败仗的计画么？好像戏台上的花脸和白脸打仗，谁输谁赢是早就在后台约定了的。呜呼，我们的"民族英雄"！[1]

鲁迅揭露的是所谓"民族英雄"的真正嘴脸，昭示出战争构成的是文学家良心、立场和政治倾向的最好的一块试金石。

（吴晓东）

传记文学写作的"勃兴期"

郭沫若先生二部连续性自传

《划时代的转变》（实价，大洋七角，现代书局）

本书为郭沫若先生自序传中最重要的一本。他抓住了辛亥革命反正前后中国社会由封建的政制向资本主义制度转换期中的主要现象，以及作者自己在思想上的转换，以唯物论的观点，充分描写与表现了出来。全书十万言，道林纸精印。

《黑猫》（实价，三角五分，现代书局）

本书是《划时代的转变》的续篇。主要的内容是叙述作者结婚的经过，及当时社会情形。作者是旧式婚姻下的一个俘虏，他痛悔着自己当时对于婚姻的机会主义错误。在这个时代中，与作者陷于同一命运中的，一定不少。本书因此是现代青年不可不读之书。

---

[1] 鲁迅：《对于战争的祈祷》，见《鲁迅全集》第5卷，第40页，北京：人民文学出版社，1981年版。

出版报告——划时代的杰作《创造十年》（郭沫若著）

　　本书系郭沫若先生最近脱稿之长篇创作，系以创造社主要人物及经过事实为经，而以在时代转换中之种种活动为纬。创造社之活动在初期中国新文艺运动中有不可磨灭之勋绩，对于后来之影响尤大。惟外间对于其活动颇多误解及隔膜。本书则以发动人的立场，以自传的体裁，详细解剖并报道酝酿与实现之经过，故不仅为中国新文艺运动中之最重要史料，且亦为目前荒漠的文艺园地中唯一突破水平线的杰作！

（原载 1932 年 5 月 1 日《现代》创刊号）

　　在创刊号刊登上述广告后，在第 6 期上，《创造十年》的广告又登了一次，并加上"1932 年中国划时代的杰作"这样的广告词，还补充了一段文字："卷首冠有万余言的《发端》一篇，对于鲁迅先生于 1931 年在《文艺新闻》上所发表的演讲稿《上海文艺之一瞥》其中关于创造社方面各种事实的曲解，有极锐利和严肃的解剖与批判。"这段后加文字与广告词，都很值得注意。

　　时在日本避难的郭沫若早在 1929 年就开始写自传：这一年先由上海光华书局出版了《我的幼年》，后又在现代书局出版《反正前后》，1931 年更名为《划时代的转变》再版。1931 年现代书局又出版了《黑猫》。因此，前述广告中，《划时代的转变》与《黑猫》都是旧版书（《黑猫》在 1932 年再版了一次）；1932 年的新著是《创造十年》，5 月创刊号的广告是一个预告，第 6 期发行时（1932 年 10 月），《创造十年》已经于上一月出版问世了。于是就有了点题的这段新文字。鲁迅的《上海文艺之一瞥》是他对近代以来上海都市文化的一个历史考察，其中谈及当年创造社与文学研究会的论争，以及革命文学论争；在肯定创造社倡导的"革命文学""实在具有社会的基础，所以在新份子里，是很有极坚实正确的人存在的"同时，又指出其"左倾"错误："好像革命一到，一切非革命者都得死"，这"还是中了才子＋流氓的毒"。郭沫若对此做出了强烈反应，以为鲁迅在"一瞥之间""替创造社创作出了一部'才子加流氓痞棍'的历史"，因此，就下"决心来写这部《十年》"，用"以创造社为中心的我自己十年间的生活"来自写创造社的历史，并用反讽的语气高喊："革命的文学研究会万岁！文学的正统万岁！文坛总司令鲁迅先生万岁！"还特意将"万"字写成"卍"，这样的暗示，使读者很容易就联想起在"革命文学论争"中，郭沫若用

"杜荃"的笔名所写的《文艺战线上的封建余孽》,在那里是明确指控鲁迅"是一位不得志的法西斯谛"的。许多文学史家都说,"左联"成立以后,鲁迅和创造社的联合,意味着他们已经消除了分歧,其实这样的判断还是把历史简单化了。有意思的是,1958年《创造十年》收入人民文学出版社出版的《沫若文集》第7卷时,有人建议将《发端》删去,郭沫若特地写了一条小注,表示"鲁迅的《上海文艺之一瞥》既未删改,为了保留事实的真相,我也就把《发端》仍然保留下来。好在我这篇文章是在鲁迅生前写的。我虽然写了这篇文章,并无改于我对鲁迅先生的尊敬"。

胡适《四十自述》书影

中国的传记文学却因此有了重要的收获。《现代》的广告词说"划时代"或有夸大之处,但说这是一部标志性的著作却不为过。研究者指出,早在20世纪初,梁启超就写出了《近世第一女杰罗兰夫人传》等传记作品,1930年,胡适在《书舶庸谭》序言里正式提出了"传记文学"的概念,并于1931年开始在《新月》上连载《四十自述》,在他的大力倡导与示范下,30年代中国现代传记文学出现了一个"勃兴期"[①]。而据胡适在1933年所写的《四十自述》序所说,郭沫若的《创造十年》,应该是开自传写作的"风气"之作。

1932年,还同时孕育、产生两部将流传史册的现代自传作品。这一年秋天,沈从文在写作《记胡也频》(1932年由上海光华书局出版)之后,用两个月的时间,写出了《从文自传》。沈从文后来回忆,他当时正在青岛大学教散文习作,因此他写自传有明显的文体试验的意图,他说:"正不妨解除习惯上的一切束缚,试改换一种方法,干脆明朗,就个人记忆到的写下去。"同时,这也是对"个人生命发展过程"的一次"温习","也可以让读者明白我是在怎样环境下活过来的一个人"。他又说,"部分读者可能但觉得'别具一格,离奇有趣'。

---

① 参看卞兆明:《论胡适的传记文学理论和创作》,载《江苏社会科学》2006年6期;袁媛:《二十世纪三十年代中国传记刍言》,载《南京师范大学文学院学报》2006年2期。

谢冰莹《一个女兵的自传》书影

只有少数相知亲友，才能体会到近于出入地狱的沉重和辛酸"①。这些话都颇耐寻味。无论如何，《从文自传》就以这自觉的文体意识和生命意识，及二者间的纠缠，而和其他作家的自传相区别了。在这个意义上我们可以说，沈从文是通过《从文自传》的写作，找到了自己的。1934年，《从文自传》由上海第一出版社出版的同时，《边城》出版了，《湘行散记》也开始在报刊上发表了。沈从文的学生汪曾祺后来说，他从中学到了"怎样成为作家"，"这本书实可称为一本'美的教育'"②。

到了这年的冬天，因写作《从军日记》而为文坛所瞩目的女作家谢冰莹，"无缘无故地遭受到一个打击"，匆忙离开了就职的厦门中学，回到长沙，"正是心灰意冷，感到一切幻灭的时候"，因为良友图书公司编辑赵家璧的约请，开始了《一个女兵的自传》的写作。这是一次真正的生命的投掷和搏击："有时一连写上三天三夜也不想睡觉；有时一连十来天也不动笔。"作家一开始就下定决心，"要百分之百地忠实，一句假话也不写"，正是这样的赤裸裸地直面人生和自己的写作态度，使这位逃出封建家庭，独自闯荡大都市的女作家，在自传公之于众以后，竟然日夜"惶惶不安"，"怕惹来许多无谓的麻烦，和严厉的批评"。但书出版不到半年，又要再版，"当时的青年男女们，真是人手一册"，出版社转来许多读者来信，他们接受了这本自传，30年代的中国需要这样的真实。③

第二年，1933年9月，《胡适自传》由亚东图书馆出版了。在《自序》里，胡适谈到了文学传记具有"历史"与"文学"的双重品格，因此担负了"给史家做材料，给文学开生路"的双重功能与使命，由此带来的是写作选择上的困

---

① 沈从文：《〈从文自传〉后记》，见《沈从文全集》第13卷，第367页，太原：北岳文艺出版社，2002年版。

② 汪曾祺：《沈从文的寂寞——浅谈他的散文》，见《汪曾祺全集》3卷，第263、264页，北京：北京师范大学出版社，1998年版。

③ 谢冰莹：《关于〈女兵自传〉》，见《女兵自传》，第2、3、5页，成都：四川文艺出版社，1985年版。

境：他开始用"小说的体裁"写第一章"我的母亲的订婚"，后来又回到了"谨严的历史叙述的老路上去了"。9月4日的《申报·自由谈》发表了郁达夫《传记文学》一文，批评"近来市场上只行了些自唱自吹的自传与带袭带抄的评传之类"，而"从没有看见过一篇活生生地能把人的弱点短处都刻画出来的传神文字"。11月1日《文学》第1卷第5号又发表了茅盾的《传记文学》，指出在中国"古代典籍中间，我们有着不少人物传记，但只是历史的一部分，目的只在于供史事参考，并没有成为独立的文学"。在茅盾看来，"描写人物生平的文学，是到了近代个人主义思想充分发展以后，才特别繁荣滋长"，"现代资本主义国家，出版物中，人物传记往往占最大的销数，这只是因为描写个性发展，事业成功的文学容易受中产阶级读者欢迎的缘故"。因此，他认为，"在封建家族思想没落，集团主义思想兴起的中国，也不会有伟大的传记文学的产生"。这样一些讨论都表现出对传记文学的理论兴趣与创作实践的关注，这也是文学传记"勃兴"的一个重要方面。

茅盾提到人物传记发达与资本市场、中产阶级读者的关系，30年代传记文学在上海的勃兴，也显然有市场经营的因素。当时最有影响的通俗画报《良友》就曾于1930年第45期开始，连续刊载了七篇《现代成功人自述》，其中有球王李惠堂、交际家黄警顽、女社会活动家王立明、医学家伍连德等。1935年又开辟了《名人生活回忆录》专栏，大受遭遇失败、渴望成功的市民读者的欢迎。一位长沙的舒容先生来信说："我常常对朋友说，《良友》光是(《名人生活回忆录》)这一篇东西，已经值回四角钱(《良友》每册售价)以上。"① 同时兴起的与传记有关的日记、书信出版热，也取得了同样的市场效应，最有影响的有：《胡适日记》(1934，文化研究社)、鲁迅《两地书》(1933，青光书局)、《沫若书信集》(1933，泰东书局)、郑振铎《欧行日记》(1934，良友图书印刷公司)、《达夫日记集》(1935，北新书局)等。到30年代后期，抗日战争爆发，大批抗战先烈传、抗日将领传的出版，就更是把成功者传记发展为民族英雄传记，将政治与市场结合为一体了。其中也产生了沙汀的《我所见的H将军》(《随军散记》)这样的传记文学代表作。——不过，这已经是后话了。

（钱理群）

---

① 马国亮：《〈良友〉忆旧》，第158页，北京：三联书店，2002年版。

30年代的"歌德热"及歌德在中国

献给一九三二年歌德百年纪念祭

歌德两大名著　郭沫若译　现代书店发行

少年维特之烦恼　增订本　实价六角

本书是少年歌德最伟大的不朽名著。书中主人公维特之性格,便是"狂飙突进时代"少年歌德自身之性格,便是少年歌德自身之思想。本书在1774年出版后,一般青年大起共鸣。追慕维特之遗风,而效学其装束。青衣黄裤的"维特热"流行于一时,苦于性的烦闷的青年,读此书而实行自杀者有人,自杀之后在衣囊襟袋中每每有挟此小书以殉者。本书动人有如此者。

浮士德　实价大洋一元二角

本书是老年歌德的不朽名著,是费了他数十年的长时期的努力才写成的。译者郭沫若先生亦费尽十年辛苦才译出来。译者自己说:"原作本是韵文,我也全部用韵文译出了。……为要寻相当的字句和韵脚,竟有为一两行便虚费了我半天功夫的时候。"想见本书翻译之精审,实为与原著同具不朽的名译。全书四百另二页,三十二开本,道林纸精印,卷首刊少年歌德与老年歌德名贵铜图二幅,末附译者译后序四页。

（原载1932年5月1日《现代》创刊号）

《现代》创刊号除了广告外,还在《艺文情报》专栏里发表了《哥德百年忌琐闻》的消息,详细介绍了德国举国纪念的情形,并有这样的感慨:"德国现在正当民生凋敝,经济恐慌之时,而对于哥德,却举行如此盛大之纪念,其重视艺文为何如。"第1卷第3期除再登广告外,还另附《歌德逝世百年纪念画报》,包括歌德一生的肖像、家庭环境,以及各种纪

宗白华等著《歌德之认识》书影,钟山书局1933年版。

念活动的照片：歌德墓、铜像、纪念币、邮票、明信片，《浮士德》、《少年维特之烦恼》郭沫若译本封面等等。这一年，翻译界、学术界、新闻出版界，掀起了一个"歌德热"，《大公报》文艺副刊、《北平晨报》、《清华周刊》、《读书杂志》、《德华日报》、《鞭策周刊》、《新时代月刊》等报刊集中发表了一批纪念和研究文章，撰稿人有宗白华、陈铨、方玮德、柳无忌、张君劢、黎锦明、张竞生、胡秋原等著名学者与作家。——这里，自然也有市场的炒作，如《新时代月刊》就是一商业性刊物，它的第2卷第2、3期合刊标榜"哥德纪念号"，有关歌德的文字却很少，所谓"纪念"就成了一个招牌。①但大量的纪念还是严肃的，《小说月报》就筹划了"哥德百年忌专号"，内收宗白华、施蛰存、赵景深等的文章，后因这年的中日沪战商务印书馆被炸而毁于战火中。1932年前后，还出版了一大批歌德作品的译本与研究著作：《歌德自传》(即《诗与真》，张竞生节译，世界书局1930年版)、《歌德之创造》(陈西滢译，新月书店1930年版)、《少年歌德》(柳无忌著，北新书局1930年版)、《哥德》(黎青主著，商务印书馆，1930年版，为《万有文库》第一集第一千种)、《少年维特之烦恼》(罗牧译，北新书局1931年版；傅绍先译，世界书局1931年版)、《威廉·迈斯特的修业时代》(即《威廉·迈斯特的学习时代》，伍蠡甫译，黎明书店1933年版)、《歌德评传》(张月超著，神州国光社1933年版)、《歌德之认识》(宗白华等著，南京钟山书店1933年版)、《歌德论》(陈淡如辑，乐华图书公司1933年版)。——可以说，1932年前后的"歌德百年纪念"活动，构成了歌德作品翻译、研究史与中德文化交流史上的一个重要事件。

据阿英的《关于歌德作品的初期的中译》介绍，中国读者是从1903年上海作新社译印的《德意志文豪六大家列传》中的《可特传》(译者赵必振，又名"曰生")里，第一次知道歌德的。1904年王国维在《教育世界》连载的《红楼梦评论》里，就将《红楼梦》与歌德的《浮士德》相提并论。1907年鲁迅在他的第一篇学术论文《人之历史》中，特意介绍"瞿提"(歌德)的自然科学著作《植物形态论》，并这样表述他的歌德观："瞿提者，德之大诗人也，又邃于哲理，故其论虽凭理想以立言，不尽根于事实，而识见既博，思力复丰，则梨然知生物有相互之关系，其由来本于一原。"②

---

① 参看张勇：《"摩登主义"文化与文学研究》，清华大学中文系博士论文，2008年。
② 鲁迅：《人之历史》，见《鲁迅全集》第1卷，第11页，北京：人民文学出版社，2005年版。

中国第一个"歌德热"起于20年代。1920年春夏，在后来结集为《三叶集》的书信讨论中，郭沫若、宗白华、田汉就将歌德与孔子并称为"向四方八面，立体发展"的"天才"，说歌德是"德国文化上的大支柱"，"近代文艺上的先河"，并因"他所处的时代同我们的时代很相近"，而有意组织"歌德研究会"，"把全部的歌德移植到我们中国来"[①]。1922年，歌德逝世九十周年，宗白华即在他主持的《时事新报·学灯》上于忌日第二天的3月23日集中刊登了西谛（郑振铎）的《歌德死辰纪念》、愈之（胡愈之）的《从〈浮士德〉所见的歌德人生观》、谢六逸的《歌德纪念杂感》，以及冰心为纪念歌德而作的《向往》一诗。同年8月至9月，《东方杂志》以三期一万余字的篇幅，连载了闻天（张闻天）的《歌德的浮士德》，这是最早的歌德研究论文，是九十周年祭的理论收获，它与前述百周年祭中发表的宗白华的《歌德之人生启示》（载1932年3月《大公报》文艺副刊第220期至第222期），以及1948年冯至的《歌德论述》，都是中国歌德研究史上的标志性论著，记录了歌德和他所创造的"浮士德"在20世纪中国大地"行走"的历史足迹。[②]

（钱理群）

新文学作家评传和作家论

四大评传最新出版

郭沫若评传　李霖编　实价七角

沫若先生在中国文艺界，始终是以一个前线作家的资格而站在最活动的地位的。他的作品有诗歌，有小说，有戏曲，都是充满着全生命的活力的。本书是集评论沫若先生作品的文章之大成。

[①] 郭沫若、宗白华、田汉：《三叶集》，第12、14、18、75页，上海：亚东图书馆，1923年第3版。
[②] 以上关于歌德在中国行走的历史叙述，主要依据张辉博士论文《审美现代性批判——二十世纪上半叶中德审美思想的现代性关联》及所编《二十世纪上半叶德国美学东渐大事年表》。

茅盾评传　伏志英编　实价七角

茅盾先生以中国革命高潮的某一部分现象，写作了时代反映三部曲而轰动一时。本书关于其全部作品及思想，均有评论。全书凡十余万言，注意中国文坛情况者，不可不人手一编。

张资平评传　史秉慧编　实价七角

中国近年来的创作真是沉闷极了。但这荒凉的园地中，我们的老作家张资平先生仍孜孜不倦的发表其精彩的杰作，对于他的一般言论，可以说是毁誉参半，可是这些仍是值得每个爱好文艺的青年加以注意的。

《郁达夫论》书影

郁达夫评传　素雅编　实价七角

郁达夫先生在文艺界的地位，在是毋需我们再来介绍了。本书凡十万余言，内容极为丰富。凡关于郁先生的作品，思想，以及其给人的印象等无不有论述，为爱好文艺者所必读。

（原载 1932 年 5 月 1 日《现代》创刊号）

评传也是一种传记文体，但又有"评"的要求，就近于研究：这是介于文学与学术之间的文体。因此，最初有影响的评传，如杨鸿烈的《大思想家袁枚评传》、胡适的《菏泽大师神会传》、陈翊林的《张居正传》等，传主大都是古代的历史人物。1932 年现代书局集中推出现代作家的"四大评传"，自然引人注目。

其实，这还不是研究的专著，而是传主的小传与评论文章编辑而成，它和同时期出现的大量的"作家论"并无实质的区别，这也是 30 年代出版的一个热点。我们可以随意指出的，就有《鲁迅论》（李何林编，北新书局 1930 年版）、《冰心论》（李希同编，北新书局 1932 年版）、《当代中国女作家论》（黄人影编，光华书局 1933 年版）、《丁玲评传》（张白云编，春光书店 1934 年版）、《作家论》（茅盾等著，上海文学出版社 1936 年版）等等。但这样的"评传"与"论"的集中出现，除了方便读者对其所倾心的作家的了解，有市场的需求以外，也还有一种研究的期待，它确实起到了为以后的研究积累资料的作用，这是为文学史的写作作准备的。其实，评传和作家论的对象的选择本身，就已经包含了历史筛选的意义。郭沫若、茅盾、郁达夫、张资平，以及鲁迅、冰心、丁玲，这都是最受读者欢迎的作家，他们在文学史上的历史地位在这样的影响里已经初步确立了。

因此，我们可以注意到，这里的广告词，无不隐含着一种"史"的评价，如强调郭沫若"前线作家"的"地位"，他的创作所具有的同时涉猎诗歌、小说、戏曲多种文体的"生命的活力"；突出茅盾作品"以中国革命高潮的某一部分现象"作描述对象，"反映"大"时代"的价值；提醒读者注意张资平创作及言论所遭遇的"毁誉参半"的命运；而谈到"郁达夫先生在文艺界的地位"又故意的引而不发……这都不仅是宣传策略，而且也是显示了一种研究眼光的。

这些都提供了一个信息：现代文学萌发于五四，发展到它的第二个十年，不仅立稳了脚跟，而且有了进入历史叙述的要求与条件。因此，30年代现代文学开始成为文学史的研究对象，就是顺理成章的。作家评传、作家论之外，还进一步有了新文学史专著，以及大学里的新文学史课程。

（钱理群）

《现代》杂志与"现代派"诗

诗集的征求

近两年来，我对于中外现代诗很感兴味。我国新诗集自胡适的《尝试集》以降，至今无论书局或个人印行者，为数必然很可观了。只是我所能得到的，只有现在的各书局中所能买到的，其他已绝版或私人印行的，均无从罗致。我很希望这些诗集的作者能将他们的著作检惠一份，使我可以借此关于我国近十年来的诗看一看全豹，或许，如果可能的话，我还想给它们编一个详细的目录。（施蛰存）

（原载1932年5月1日《现代》创刊号）

一个杂志创造一个流派，这在中外文学史上多有先例。《现代》杂志在"现代派"诗的创生和发展过程中的作用是举足轻重的。这不仅因为"现代派"得名于《现代》杂志，更因为这份杂志是集中刊载和阐释"现代派"诗歌最重要的阵地。它还带动了其他一系列寿命或长或短的杂志的问世。

　　1935年孙作云发表《论"现代派"诗》一文，把30年代登上诗坛的一大批年轻的都市诗人具有相似倾向的诗歌创作概括为"现代派诗"。其重要的标志就是1932年5月在上海创刊的，由施蛰存、杜衡主编的《现代》杂志。此后几年，卞之琳在北平编辑《水星》(1934)，戴望舒主编《现代诗风》(1935)，到了1936年，由戴望舒、卞之琳、梁宗岱、冯至主编的《新诗》杂志，把这股"现代派"的诗潮推向高峰。伴随着这一高峰的，是1936年至1937年大量新诗杂志的问世。"如上海的《新诗》和《诗屋》，广东的《诗叶》和《诗之页》，苏州的《诗志》，北平的《小雅》，南京的《诗帆》等等，相继刊行……那真如雨后春笋一样地蓬勃，一样地有生气。"[①]以至于作为"现代派"诗人一员的路易士认为"1936—37年这一时期为中国新诗自五四以来一个不再的黄金时代"[②]。因此，所谓的"现代派"，大体上是对30年代到抗战前夕新崛起的有大致相似的创作风格的年轻诗人的统称。其中汇聚了上海、北平、南京、武汉、天津等许多大城市的诗人群体。

　　《现代》杂志上发表诗歌的诗人群则要庞杂一些。施蛰存离职前编辑的《现代》，从1932年5月创刊，到1934年10月第5卷第6期终刊，共两年零五个月，计29本。现代文学史家、诗人吴奔星写有《中国的〈现代〉派非西方的"现代派"——兼论戴望舒其人其诗》一文，对《现代》上发表诗歌的作者做了详细统计：

> 施蛰存编的《现代》除译诗外，共发诗176首，作者71人。且按出现先后开列于后（人名后括号内的数字表示发诗首数）：戴望舒（14）、施蛰存（9）、朱湘（2）、严敦易（2）、莪伽（艾青）（10）、史卫斯（3）、何其芳（2）、曦晨（1）、郭沫若（2）、李金发（6）、臧克家（3）、陈琴（1）、侯汝华（3）、龚树揆（1）、伊湄（2）、洛依（2）、宋清如（清如）

---

① 孙望：《战前中国新诗选》初版后记，南昌：江西人民出版社，1983年版。
② 路易士：《三十自述》，见《三十前集》，上海：诗领土出版社，1945年版。

(6)、吴惠风(2)、钟敬文(1)、金克木(11)、孙默岑(1)、林庚(5)、陈江帆(5)、水弟(1)、李心若(20)、吴汶(3)、欧外欧(1)、爽啁(1)、南星(3)、少斐(1)、放明(1)、舍人(1)、林加(1)、李同愈(1)、王一心(2)、次郎(1)、吴天颖(1)、王振军(1)、杨志粹(1)、林英强(1)、辛予(1)、杨世骥(6)、玲君(1)、王华(1)、路易士(2)、汀石(1)、金伞(1)、刘际勗(1)、李微(1)、沈圣时(1)、严翔(1)、黑妮(1)、郁琪(1)、钱君匋(3)、禾金(1)、王承曾(1)、吴奔星(1)、周麟(1)、许幸之(1)、老舍(1)、宋植(1)、老任(1)、叶企范(1)。[1]

这批诗人中，既有五四时期即已成名的郭沫若等，也有象征派和"新月派"的诗人如李金发、朱湘等，也有无法纳入现代派诗人群的艾青、臧克家等。就一本大型的综合性杂志，《现代》上登载的诗歌不可谓多，但是施蛰存有意识的倡导，则对"现代派"诗潮的形成起了推波助澜的作用。除了在创刊号上有意识地征集诗集，在此后的《现代》杂志上陆续登出施蛰存撰写的《关于本刊所载的诗》[2]、《又关于本刊中的诗》[3]，同时刊发戴望舒的诗论《望舒诗论》[4]，构成了《现代》杂志诗歌观念的纲领性文献。

施蛰存《现代》杂志第4卷第1期上发表的《又关于本刊中的诗》一文，则可以看做"现代派"的宣言："《现代》中的诗是诗。而且是纯然的现代的诗。它们是现代人在现代生活中所感受的现代的情绪，用现代的辞藻排列成的现代的诗形。""所谓现代生活，这里面包含着各式各样独特的形态：汇集着大船舶的港湾，轰响着噪音的工场，深入地下的矿坑，奏着Jazz乐的舞场，摩天楼的百货店，飞机的空中战，广大的竞马场……甚至连自然景物也与前代的不同了。这种生活所给予我们的诗人的感情，难道会与上代诗人们从他们的生活中所得到的感情相同吗？"

施蛰存倡导的"现代派"诗表现出对"现代诗形"的自觉，是"纯然的现代的诗"，"是现代人在现代生活中所感受的现代的情绪，用现代的辞藻排

---

[1] 参见吴奔星：《中国现代诗人论》，第207—208页，西安：陕西人民出版社，1988年版。
[2] 施蛰存：《关于本刊所载的诗》，载1933年9月《现代》第3卷第5期。
[3] 施蛰存：《又关于本刊中的诗》，载1933年11月《现代》第4卷第1期。
[4] 戴望舒：《望舒诗论》，载1932年《现代》第2卷第1期。

列成的现代的诗形",吻合于30年代中国沿海地区高速推进的现代化与都市化进程,是现代都会时代精神的反映。而真正符合施蛰存所倡导的现代诗形的,是一些更年轻的都会化的诗人,如徐迟就把自己描述成一个都市新人类的形象:"从植着杉树的路上,我来了哪,/挟着网球拍子,哼着歌:/menuet in G; Romance in F. // 我来了,雪白的衬衣,/# 与 b 爬在我嘴上,/印第安弦的网影子,在胸脯上。"(《二十岁人》)他的《赠诗人路易士》是大都会现代诗人的传神写照:

> 你匆匆地来往,
> 在火车上写宇宙诗,
> 又听我说我的故事,
> 拍拍我的肩膀。
>
> 出现在咖啡座中,
> 我为你述酒的颂;
> 酒是五光的溪流,
> 酒是十色的梦寐。
>
> 而你却鲸吞咖啡,
> 摸索你黑西服的十四个口袋,
> 每一口袋似是藏一首诗的,
> 并且你又搜索我的遍体。

在他们的笔下,现代生活主要表现为都市生活。而他们的都市生活也的确是五光十色的。

正像当时"海派"的"新感觉派"小说家那样,"现代派"诗人其实也同样没有贡献出波德莱尔在巴黎世界中生成的现代都市哲学。更值得关注的是"现代派"诗人所提供的对现代都市生活的心理感受和体验。在诗中他们追求视觉、听觉、味觉、触

《良友》画报所登《上海之高·阔·大》,画面由都会图景组成。

觉、嗅觉等诸种感官的复合体验，传达出现代都市所能提供的人类心理体验和感性时空的新视野。诸如徐迟、施蛰存、陈江帆、玲君、李心若等为数不多的诗人更注重都市的感受和体验，注重对都市风景炫奇式的展览。不过单有这些是不够的，他们还没有把都市的外在景观和对都市的心理体验落实到诗学层面，生成一种"有意味的形式"。或者说，他们还没有获得一种诗学途径，即把体验到的都市内容与文本形式相对应的途径。他们的贡献是捕捉到了一些直观的都市化意象。如"舞在酒中"的舞女，繁杂的管弦乐，"蜂巢般地叫唤着"的"工业风的音调"，"贴在摩天楼的塔上的满月"……构成了视觉和声音的盛宴。陈江帆的都市之夜则是"属于唱片和手摇铃的夜"（《减价的不良症》）。他们的诗中充斥了琳琅满目的具体化意象，构成了都市文化中标志性的符码，反映了都市的特定景观。

这是徐迟的《都会的满月》：

夜夜的满月，立体的平面的机件。
贴在摩天楼的塔上的满月。
另一座摩天楼低俯下的都会的满月。

短针一样的人，
长针一样的影子，
偶或望一望都会的满月的表面。

知道了都会的满月的浮载的哲理，
知道了时刻之分，
明月与灯与钟的兼有了。

这里的"都会的满月"指的是上海摩天楼上的大钟，它像一轮人造的满月，汇聚了满月、灯、钟几种功能，是都市的夜晚的标识物。时间与空间在这座钟上获得了统一，是一个机械时代的最直观的反映。"短针一样的人，长针一样的影子"，这水到渠成的比喻恰恰把都市中人与现代机械和现代时间联系在一起，既传达出炫目的体验，也反映了诗人的现代时间观念与意识。在都会的满月中的确浮载着哲理。

施蛰存的倡导，使"现代派"的诗歌汇入都市现代性的总主题之中。这里面有现代意识的自觉。但分析诗人们现代感受的层面，可以感到现代感受并不一定限于都市经验。他们的现代感受更表现为一种分裂的形态。而施蛰存本人则像戴望舒一样，在趣味上与现代生活是异趣的。《嫌厌》是一个反映他对都市与乡村的矛盾心态的例子，一边是都市赌场中永远环行着的轮盘赌，是红的绿的和白的筹码，是有着神秘的多思绪的眼的女郎，另一边则是对乡土的怀想：

> 我要向她俯耳私语：
> "我们一同归去，安息
> 在我们底木板房中，
> 饮着家酿的蜂蜜，
> 卷帘看秋晨之残月。"
> 但是，我没有说，
> 夸大的"桀傲"禁抑了我。

诗人心底渴望归去，但不甘失败于都市的"桀傲"又禁抑了他。相当多的"现代派"诗人徘徊在这种游移不定的心绪中。即使是徐迟的诗中，乡土的意象也不时叠加在都市的旋律之上："爵士音乐奏的是：春烂了。/春烂了时，/野花想起了广阔的田野。"（《春烂了时》）"广阔的田野"是隐现于"现代派"诗歌中的潜在背景。

相当多的都市"现代派"诗人其实与乡土有着深刻的精神关联，他们对于现代生活有一种天然的疏离感。

施蛰存也试图实践自己关于写现代生活的主张，但并不成功。如《桃色的云》："在夕暮的残霞里，/从烟囱林中升上来的/大朵的桃色的云，/美丽哪，烟煤做的，/透明的，桃色的云。"尽管这里面似乎有一丝对现代大工业的反讽意味，但充其量只能是浮光掠影地捕捉所谓现代生活的最表面的部分。即使是徐迟，他写田园诗情，也比他的都市图景更为精彩。"现代派"其实没有处理好的，恰恰是所谓现代的生活领域。当施蛰存强调诗人的感情的时候，他的诗歌主张是走在正途上；而当施蛰存以现代生活作为一个重要标准来衡量"现代派"诗的时候，他其实没有意识到，描写了现代生活的不一定就是现代的诗，关键在于有没有一种现代意识，一种反思的眼光。

而大多数的"现代派"诗人的作品内容和题材是与现代生活有距离的。尤其是乡土的追寻、古典的情怀、哲理的吟咏，都可以说远离了现代生活。但这并不意味着它们的诗歌没有现代性或现代感。相反，也许更有意味和深度的诗作恰恰来自那些与大都市的现代生活保持着观照距离的诗人们。尤其是同时有"京派"背景的"汉园三诗人"以及林庚、金克木等诗人。

尽管无法把中国的"现代派"与西方同期的"现代主义"画等号，但"现代派"诗人正是从后期象征主义以及艾略特、庞德、瓦雷里等西方现代主义诗人那里汲取了更多的诗学营养，尤其是借鉴了意象主义的原则，同时在李金发为代表的初期象征派诗歌艺术实践的基础上创造性地转化了波德莱尔、魏尔伦的象征主义诗艺。他们是在反拨浪漫主义直抒胸臆的诗风的过程中走上诗坛的，对"做诗通行狂叫，通行直说，以坦白奔放为标榜"的倾向"私心里反叛着"，从而把诗歌理解成一种"吞吞吐吐的东西"，"它底动机是在表现自己和隐藏自己之间"。戴望舒的主张具有代表性："诗是由真实经过想象而出来的，不单是真实，亦不单是想象。"①因此，"现代派"诗歌在真实和想象之间找到了平衡，既避免了"坦白奔放"的"狂叫""直说"，又纠正了李金发的初期象征派过于晦涩难懂的弊病。在诗艺上，"现代派"诗人注重暗示的技巧，很少直接呈示主观感受，而是借助意象、隐喻、通感、象征来间接传达情调和意绪，这使得"现代派"诗歌大都具有含蓄和朦胧的诗性品质。

（吴晓东）

《现代》：中国杂志史上的一个"准神话"

现代最伟大的文艺刊物

《现代》创刊

施蛰存主编

本杂志每期十万余言，凡是属于文艺这园地的，便是本杂志的内容，担任

---

① 戴望舒：《望舒诗论》，载1932年《现代》第2卷第1期。

经常执笔的都是现代文坛第一流的作家。每期并附有精美名贵文艺画报四页,为一九三二年最伟大最充实的纯文艺刊物。此种刊物为本局之基本定期杂志,本局当以全副力量经营,务使出版时间提早,于出版前送达订户,决无脱期之弊。

(原载 1932 年 5 月 3 日《申报》)

《现代》创刊宣言

本志是文学杂志,凡文学的领域,即本志的领域。

本志是普通的文学杂志,由上海现代书局请人负责编辑,故不是狭义的同人杂志。

因为不是同人杂志,故本志并不预备造成任何一种文学上的思潮、主义,或党派。

因为不是同人杂志,故本志希望能得到中国全体作家的协助,给全体的文学嗜好者一个适合的贡献。

因为不是同人杂志,故本志所刊载的文章,只依照着编者个人的主观为标准。至于这个标准,当然是属于文学作品的本身价值方面的。

因为本刊在创刊之始,就由我主编,故觉得有写这样一点宣言的必要。虽然很简单,我却以为已经够了。但当本志由别人继承了我而主编的时候,或许这个宣言将要不适用的。所以,这虽然就是本志的创刊宣言,但或许还要加上"我的"两个字更为适当些。

二十一年,五月一日。施蛰存
(原载 1932 年 5 月 1 日《现代》创刊号)

1932 年的前几个月堪称是上海文坛的"灾难的岁月"。"日本帝国主义的炮火在这年头刚诞生的时候就直接的轰炸了久已成为文化中心的上海。这其间,重要的文化机关被毁灭,交通的网线被截断,出版事业完全停顿。……

《现代》杂志创刊号

1932年在最初四个月之间根本没有文坛。"①正是在这个意义上，有观察家指出："文坛的恢复，是以五月一日《现代》杂志创刊为纪元。"②而中国办刊史上堪称一个"《现代》的纪元"也从此开始，最终创造了中国杂志史上的一个"准神话"。

之所以称为"准神话"，是因为由于各种各样主观和客观历史因素的制约，《现代》离真正的神话还有些许距离。现代书局在《申报》上为《现代》做的广告自称"最伟大最充实的纯文艺刊物"就有自吹自擂之嫌，不过《现代》在此后的编辑过程中，"担任经常执笔的都是现代文坛第一流的作家"的承诺基本上兑现了。纵观《现代》杂志的作者群，堪称一个极为豪华的阵容，新文学的知名作家差不多一网打尽。其中发表过小说的有郁达夫、茅盾、叶圣陶、老舍、废名、张资平、林徽因、穆时英、施蛰存、刘呐鸥、张天翼、巴金、沈从文、靳以、鲁彦、郑伯奇、彭家煌、丁玲、沙汀、徐訏、叶紫、芦焚、丘东平等；发表过诗歌的有郭沫若、李金发、戴望舒、施蛰存、朱湘、艾青、何其芳、臧克家、玲君、史卫斯、陈江帆、宋清如、林庚、金克木、钟敬文、鸥外鸥、吴奔星、路易士、邵洵美、南星等；发表过散文的有鲁迅、周作人、丰子恺、叶灵凤、梁实秋、赵家璧等；发表过文学批评的有杜衡、胡秋原、周扬、杨邨人、苏雪林、韩侍桁、梁实秋、伍蠡甫等；发表过剧本的有欧阳予倩、白薇、李健吾、钱杏邨、洪深、陈白尘等。而且许多现代文学史上的名篇，都是在《现代》杂志上最先面世。单以小说为例，就有茅盾的《春蚕》、巴金的《海底梦》、老舍的《猫城记》、郁达夫的《迟桂花》、叶圣陶的《秋》、施蛰存的《薄暮的舞女》、沈从文的《春》、张天翼的《蜜蜂》、穆时英的《上海的狐步舞》、刘呐鸥的《赤道下》等。这些作家作品也因此保证了《现代》杂志多少当得上"最伟大最充实的纯文艺刊物"的自誉。

《现代》取得的办刊成就，主要得益于主编施蛰存的办刊方针以及现代书局的大力支持和经营策略。在上海成为左翼的大本营，左翼刊物也屡遭查禁的海上文坛险恶的政治气候中，现代书局的老板洪雪帆和张静庐一直考虑办一个"不冒政治风险的文艺刊物"③，因此，他们独具慧眼地看中了党派色彩并不鲜明

---

①②《一九三二年中国文坛鸟瞰》，见中国文艺年鉴社编辑：《中国文艺年鉴（1932）》，第3—4页，上海：现代书局，1933年版。

③ 施蛰存：《重印全份〈现代〉引言》，见《现代》（合订本）第1卷，上海：上海书店，1984年版。

的施蛰存。也因为如此,在《创刊宣言》中,施蛰存主要强调了现代书局作为东家的地位之重要性以及期望给杂志带来的非同人性的特点。1981年施蛰存在《〈现代〉杂忆》一文中更为详尽地指出《现代》这种非同人性的重要性:

> 五四运动以后,所有的新文化阵营中刊物,差不多都是同人杂志。以几个人为中心,号召一些志同道合的合作者,组织一个学会,或社团,办一个杂志。每一个杂志所表现的政治倾向、文艺观点,大概都是一致的。当这一群人的思想观点发生了分歧之后,这个杂志就办不下去。《新青年》、《少年中国》、《创造》,都可为例子。我和现代书局的关系,是雇佣关系。他们要办一个文艺刊物,动机完全是起于商业观点。但望有一个能持久的刊物,每月出版,使门市维持热闹,连带地可以多销些其他出版物。我主编的《现代》,如果不能满足他们的愿望,他们可以把我辞退,另外请人主编。在这样的情况之下,我的《现代》绝不可能办成一个有共同倾向性的同人杂志。因此,我在《创刊宣言》中强调说明了这一点。我主编的各期刊物的内容,也充分贯彻了这个精神。①

这种非同人杂志的定位,也决定了《现代》不想推动某种"思潮和主义"的非党派性,也因此可以海纳作者,广交读者,的确是后来《现代》取得成功的一个极为关键的办刊方略。

在《现代》创刊宣言中,施蛰存最后强调的是《现代》用稿的标准:"因为不是同人杂志,故本志所刊载的文章,只依照着编者个人的主观为标准。至于这个标准,当然是属于文学作品的本身价值方面的。"编者个人的主观成为标准,这是主编权力的体现,也是主编方略的体现,而以"文学作品的本身价值方面"的标准为核心的甚至是唯一的标准,的确有助于保证《现代》刊载的作品的基本艺术质量。

不过,何谓"文学作品的本身价值方面"的标准,也自有分教。从杂志的得名即可看出《现代》的"现代性"取向。且不说30年代的"现代派诗"因《现代》而得名,也因《现代》的推动而走向鼎盛;也不说"新感觉派"的小说正是在《现代》上走向成熟的(如施蛰存刊发的刘呐鸥的《赤道下》、穆时英的

---

① 施蛰存:《〈现代〉杂忆》,见《北山散文集》(一),第247页,上海:华东师范大学出版社,2001年版。

《上海的狐步舞》等作品，都是"新感觉派"作家成熟期的作品，而穆时英以在《现代》发表11篇原创小说的业绩高居《现代》小说创作者之榜首[1]，这个"新感觉派的圣手"的确是在《现代》上"成圣"的），单是《现代》持续地大篇幅地介绍西方现代文学的办刊策略，在现代刊物史上就是数一数二的。除了1934年创刊的伍蠡甫主编的《世界文学》是介绍外国文学的专门性杂志外，《现代》对西方现代文学介绍最力，眼光最新，譬如第5卷第6期推出的"现代美国文学专号"，"全书四百多页，是郑振铎为《小说月报》编的'中国文学专号'以后的最大专号"[2]。史上或许只有1918年《新青年》第4卷第6期推出的"易卜生专号"可以媲美。也正是通过《现代》，国人进一步认识了西方的"现代派"作家如阿波里奈尔、约可伯、桑德拉尔、茹连格林、海明威、福克纳、桑得堡等人。如果总结现代中国对西方"现代派"的接受，甚至对现代世界以及现代性本身的认知，《现代》杂志起的都是独一无二的历史作用。

而《现代》杂志在具体编辑方针、营销策略、宣传手段、广告运作等方面取得的经验，也堪称是现代出版史上值得大书一笔的案例。例如《现代》"特大号"和"专号"的不定期推出，就有助于扩大影响和发行量。据施蛰存自己在《〈现代〉杂忆》中叙述：

> 三十年代的定期刊物，在创刊和每卷开始的时候，通常都增加篇幅，称为"特大号"。这也许是从日本出版界传来的风气。编刊"特大号"的意义，首先是为了吸收预定户。因为每本"特大号"的零售价贵些，对预定户则不增价，这样就有人愿意预定了。其次是刺激销路。一本"特大号"刊物，非但篇幅增加，内容也比较充实、丰富些。它给读者以好印象，可以保证以后各期的销路。

施蛰存编《现代》的三年中，"对于'特大号'的作用，和期刊读者的心理，颇有体会"[3]。除"特大号"，《现代》还屡出"增大号"，甚至"狂大号"，都是刺激读者购买欲，增加杂志分量的重要举措。

此外值得一提的是《现代》的营销方式与广告运作。书局比较重视杂志的

---

[1] 参见孙琳：《论〈现代〉杂志的编辑理念》，青岛大学硕士论文，2007年。
[2] 施蛰存：《〈现代〉杂忆》，见《北山散文集》（一），第275页。
[3] 同上书，第274页。

发行，"《现代》还进一步加强外埠发行工作，现代书局分店由最初的北平、成都、汉口、汕头、开封五处增加到后来的十六处，新增的分销处先后设在南京、厦门、郑州、福州、杭州、南阳、九江、广州、徐州、洛阳、贵阳、济南和重庆等城市，聘请经理人负责杂志在当地的发行事宜。对一些没有设置分店地区的读者则委托邮局代寄，邮资另加。"《现代》的发行城市越来越多，读者数量与日俱增，杂志的影响力也在不断扩大，社会各界纷纷在《现代》刊登广告。"《现代》所刊载的广告涉及面很广，"似乎成了老上海现代生活的物质消费指南"①。有研究者曾制表对《现代》登载的书籍以外的广告内容进行过统计（表见下页）②。

《现代》上刊载的这些广告透露出一种集物质性、消费性与都市性于一体的综合图景，"勾勒了都市繁华、市民阶层勃兴、工业化程度提高导致消费观变革等现代性质素"，"在推销商品的同时，也向社会灌输着一种全新的生活样式"③。《现代》上的广告由此构成了杂志试图总体上塑造的"现代感"的重要一部分。

《现代》杂志之所以能成为当时中国杂志的翘楚，正是现代的办刊理念、经营策略、营销宣传以及广告运作综合努力的结果，《现代》的发行量也创下了当时期刊之最。据张静庐回忆："《现代》——纯文艺月刊出版后，销数竟达一万四五千份，现代书局的声誉也连带提高了……第一年度的营业总额从六万五千元到十三万元。这是同人们对于这初步计划努力的收获，也是我个人尝试的成功。"④

尽管《现代》办刊的初衷之一是"并不预备造成任何一种文学上的思潮、主义，或党派"，不过《现代》杂志还是不可避免地卷入文学论争。

《现代》第1卷第3期发表了苏汶（杜衡）的《关于"文新"与胡秋原的文艺论辩》，在文艺界引起了一场延续一年之久的关于"第三种人"的大论战。鲁迅、冯雪峰、周扬、瞿秋白等都介入了这场争论，其文章也都在《现代》杂志上发表，使《现代》成为论辩的主战场。

---

① 孙琳：《论〈现代〉杂志的编辑理念》，青岛大学硕士论文，2007年。
②③ 颜湘茹：《从〈现代〉看20世纪30年代上海市民新型身份的建构》，载《社会科学》2008年第4期。
④ 张静庐：《在出版界二十年》，第102页，南京：江苏教育出版社，2005年版。

《现代》登载的书籍以外广告内容分类表

排序	类别（以及在版面上特殊位置）		数量（次）
1	香烟	1. 美丽牌 7 次（封底广告）	29
		2. 一字牌 2 次	
		3. 金鼠牌 20 次（封底广告）	
2	药品	虎标万金油 6 次（封二）	22
		妇女药 5 次	
		防疫药水 4 次	
		麦精鱼肝油 3 次	
		人造自来血 2 次	
		胃药 1 次	
		八卦丹 1 次	
3	调味品		21
4	稿纸或信笺		20
5	银行		9
6	丝织厂		4
7	学校招生广告		各 2 次
	电光公司		
	医师		
7	化妆品		各 1 次
	帽子		
	时装公司		
	印刷公司		
	眼镜公司		
	窑业公司		
	印制铁罐		
	电器行		
	纸业		
	蚊香		

施蛰存在《〈现代〉杂忆》中回忆："对于'第三种人'问题的论辩，我一开头就决心不介入。一则是由于我不懂文艺理论，从来没写理论文章。二则是由于我如果一介入，《现代》就成为'第三种人'的同人杂志。在整个论辩过程中，我始终保持编者的立场，并不自己认为也属于'第三种人'——作家之群。"[①]但由于杜衡与施蛰存以及《现代》杂志的密切关系，客观上使得《现代》

---

① 施蛰存：《〈现代〉杂忆》，见《北山散文集》（一），第 252 页。

的立场难以表现出施蛰存最初所确立的非同人和非党派的独立性。而更重要的是，即使是非党派的立场，也是一种政治立场，更何况是在"左""右"对垒、旗帜鲜明的30年代，想保持中立的姿态比高空走钢丝都难。正如有研究者所指出："《现代》尽管从表面上看是谨小慎微的，但并非是全然去政治化的，政治性的内涵哪怕是被统治当局所镇压的异端政治诉求仍然存在着被容忍、被接纳的可能性，而这则要取决于这种政治性的诉求是否能和文学性的规范致密地缝合在一起，产生出文学杰作。《现代》由文学立场进而建立起政治立场的思路，应该是相当清晰的。""在处理丁玲失踪事件以及法国著名的左翼作家伐扬·古久列访沪事件的时候，《现代》基本上遵循了上述原则，从而一方面似游离于现实政治之外，另一方面却又相当深刻地以自己的方式介入了现实政治。"[1]

而现代书局与《现代》编辑部内部也同样存在一个微缩版的政治小气候。据施蛰存回忆：张静庐引入杜衡与施蛰存一起编辑《现代》之后，"使有些作家不愿再为《现代》撰稿，连老朋友张天翼都不寄稿了。我和鲁迅的冲突，以及北京、上海许多新的文艺刊物的创刊，都是影响到《现代》的因素"[2]。而通观《现代》的出版过程，也是主编与书局以及社会压力之间博弈的过程。《现代》共计6卷34期，但版权页上编辑人的名字几次更替。据施蛰存自述：

> 我个人事实上只编了《现代》的第一卷和第二卷，共十二期。从第三卷第一期起，杜衡（苏汶）参加了编辑任务。这一改变，不是我所愿意的。当时现代书局资方，由于某一种情况，竭力主张邀请杜衡参加编辑工作，并在版权页上标明二人合编。杜衡是我的老朋友，我不便拒绝，使他难堪。但心里明白，杜衡的加入，会使《现代》发生一些变化。编辑第三卷和第四卷的时候，我竭力使《现代》保持原来的面貌，但已经有些作家，怕沾上"第三种人"的色彩，不热心支持了。编到第五卷，由于我和鲁迅先生为《庄子》与《文选》的事闹了意见，穆时英被国民党收买去当图书杂志审查委员，现代书局资方内讧，吵着要拆伙，我感到这个刊物已到了日暮穷途，无法振作，就逐渐放弃编务，让杜衡独自主持。不久，现代书局资方分裂，张静庐退出书局，另外去创办上海杂志公司。洪雪帆病故。现代

---

[1] 董丽敏：《文化场域、左翼政治与自由主义——重识〈现代〉杂志的基本立场》，载《社会科学》2007年第3期。

[2] 施蛰存：《我和现代书局》，见《北山散文集》（一），第327页。

书局落入流氓头子徐朗西手里,我和杜衡便自动辞职。徐朗西请汪馥泉接手主编《现代》,只出版了二期,因现代书局歇业而停刊了。我和杜衡编的《现代》,至第六卷第一期止,共出版了三十一期。以后的《现代》,可以说是另外一个刊物。①

汪馥泉接手主编《现代》,共出版了三期,而非施蛰存叙述的"二期"。不过施蛰存之后的三期《现代》已经改为综合性的文化杂志,的确可以说"是另外一个刊物"了。施蛰存时代的无奈终结,意味着一个刊物的创办受到多方面条件的制约,既有书局发行人的意图和资本的制衡,又有主编人脉关系的牵扯,更有施蛰存所谓"商业观点"的约束,最后则难以脱离整体的时代文化和政治语境。但在1932年文坛寥落的大气候下起步,又赶上了1933年到1934年所谓"杂志年"的热潮,施蛰存主编的《现代》仍然可以说创造了一个中国杂志创办史上并不多见的"准神话"。

(吴晓东)

---

① 施蛰存:《〈现代〉杂忆》,见《北山散文集》(一),第248页。

6月

《地泉》三部曲和它的五大序言的"清算"作用

华汉的三部曲　地泉

欢迎预约　每册实价一元六角　预定自取者诚售每册一元　邮寄者每册一元一角预定期即日起，七月十五日截止　定于七月内出版

《地泉》是华汉先生的三部曲，即一、深入，二、转换，三、复兴：是一部反映大时代底力作。书前有茅盾，易嘉，钱杏邨，郑伯奇等等诸大家的批评及作者的自序，这不独对于本书给了一个适当的评价，即对于过去异军突起的新兴文艺，也实行了一次正确的清算，诚一切爱好文艺的青年不可不读的一部文艺巨制。

预约期间有限，定者请速。外埠以邮戳日期为准。

上海七浦路七三四号湖风书局出版

（原载 1932 年 6 月 13 日《文艺新闻》第 59 号）

一书而有五个序言，应当是不大多见的，更何况这本书并非多了不起的小说精品，它具有的只是文学史某一发展阶段的标志性意义。

《地泉》的作者华汉，即后来作为剧作家为人所知的阳翰笙（1902—1993）。他是创造社的骨干之一，初时写过小说。广告中所称的"大时代底力作"，就是他的小说在当年显示的状况。比起蒋光慈、洪灵菲的作品来，《地泉》更加政治化，且并不依仗"革命加恋爱"的套路，而直接诉诸工农运动的广阔场景。三部曲的中篇《深入》，1928 年由创造社出版部初版时题为"暗夜"，通过老罗伯一家的觉醒过程表现大革命失败后的农村斗争，显然有那种不甘革命仅处于低潮的一厢情愿式的描写。另一中篇《转换》，1929 年初版时原名"寒梅"，写的是大革命失败后一群知识者如何经幻灭、颓伤到重新投入追求的历程。我们很容易想到茅盾《蚀》三部曲的同样主题，证明这一题材在当年曾萦回于多少革

华汉《地泉》书影,湖风书局1932年版。

命者的心头。当然,茅盾对那个共同拥有的时代的感受力、表现力,是要胜过华汉许多的。第三部《复兴》1930年出版同名的单行本,并与前两个中篇合成《地泉》,都由上海平凡书局初版。《复兴》转而写工人运动,以1930年上海法商电车公司工人的罢工为基本线索,用粗放、狂暴的语言表达都市革命斗争在"左倾"思想领导下的奋力再起。整部《地泉》囊括了广阔的社会图景,表现群众场面颇有力度,但没有像样的人物与故事。作为小说,只觉得充满闪动的画面、口号和革命浪漫主义的情绪。如果要找左翼初期的概念化作品,《地泉》是个典型。

所以,当左翼文学到了一定时刻,准备认识自己、反省自己的时候,他们就把目光投向了这个"典型"。1932年7月上海湖风书局出了《地泉》的第二版,由作者亲自约稿,印上了这五篇序言。而上述广告词也十分明显,光束都是打在这些序言身上的。《地泉》文学史的价值也正在这里:序言超过作品了!

《地泉》的序言,是左翼文学试图摆脱初期幼稚的一种理论努力。因此,经《地泉》而对左翼文学这一时期进行概括,几乎成了每个序文作者的出发点。华汉同意易嘉(瞿秋白)的提法,自称《地泉》是"过去中国新兴文学难产期的代表"。郑伯奇则说是"普洛革命文学第一期的作品"。钱杏邨虽也使用"普洛文学"这一用词,但对它的内质却加以揭示,说"初期中国普洛文学,实际上,都是些小资产阶级的文学"。如果考虑到在"革命文学论争"中创造社、太阳社批评鲁迅、茅盾的那些人里,钱杏邨首当其冲,所执的观点即认为鲁、茅是小资产阶级文学;现在几年的"普洛文学"实行期过去了,下一句"都是些小资产阶级的文学"的断语,确乎要有点勇气。瞿秋白采用了当时和"无产阶级文艺"同义的"新兴文学"一语,却指出《地泉》是它的一个"难产时期的斑点","正是新兴文学所要学习的:'不应当这样写'的标本"。他对左翼文学寄希望之殷,批评之切，可见一斑。①而茅盾在整个五篇序言中的用语最意味深长。他拒将《地泉》这样的作品和"普洛文学"、"新兴文学"、"无产阶级文学"联系起来，他用来概括这一特殊文学时期的词句是："本书的缺点不是单独的，个人的，而实是一九二八到一九三〇年顷大多数（或竟不妨说是全体）此类作品的一般的倾向。"②茅盾本是中国最早介绍"无产阶级文艺"的一个人，现在大家又都是"左联"成员，他却吝用此词，显示了与华汉、郑伯奇、钱杏邨几人"与自己算账"稍稍不同的身份。我们只要看郑伯奇用与"华汉兄"通信的形式作序，华汉在自序后半部分一面接受茅盾提出的《地泉》两大缺点，一面说"然而他的批评方法以及基于他这种方法所得出来的我们每个作家应走的道路，我却认为还有探讨的必要"③。"革命文学"倡导者们的战友对白，与山头外的左翼作家的客观批评（茅盾序言的开头是"本书的作者问我对于本书有什么意见。我的回答是：'正和我看了蒋光慈君的作品后所有的感想相仿'"④）显然是有区别的。

至于对《地泉》的分析，主要观点倒是一致，都用批评"浪漫谛克"来作结。瞿秋白高屋建瓴，用了"革命的浪漫谛克"为题，说它"连庸俗的现实主义都没有做到"。并举出《深入》中雇主和雇工的关系，《复兴》里女学生和浪人转化的"英雄"的关系的描写，认为都是理想化的，没有生命，甚至将"现实神秘化"了。⑤郑伯奇认为《地泉》等类似的作品，"题材多少是有事实根据的，人物多少是有模特儿存在着，然而题材的剪取，人物的活动，完全是概念"。还说"最后的《复兴》一篇，简直是用小说体来演绎政治纲领"⑥。其他华汉对"我走过的浪漫谛克的路线"的自我否定，钱杏邨对四种不正确倾向"个人主义的英雄主义"、"浪漫主义的倾向"、"才子佳人英雄儿女的倾向"、"幻灭动摇的倾向"的更宽泛的批判，茅盾所指的"脸谱主义"等，也都在这个范畴之内。细微的差别在于做了如此分析之后，应该怎样总体评价前一阶段的左翼文学。钱杏邨可能是具一定代表性的，他说还应看到"这些不健康的，幼稚的，

---

① 易嘉（瞿秋白）：《革命的浪漫谛克——〈地泉〉序》，见《阳翰笙选集》第4卷，第78页，成都：四川文艺出版社，1989年版。
② 茅盾：《〈地泉〉读后感》，见《茅盾全集》第19卷，第332页，北京：人民文学出版社，1991年版。
③ 华汉（阳翰笙）：《〈地泉〉重版自序》，见《阳翰笙选集》第4卷，第75页。
④ 茅盾：《〈地泉〉读后感》，见《茅盾全集》第19卷，第331页。
⑤ 易嘉（瞿秋白）：《革命的浪漫谛克——〈地泉〉序》，见《阳翰笙选集》第4卷，第77—81页。
⑥ 郑伯奇：《〈地泉〉序》，见《阳翰笙选集》第4卷，第82页。

犯着错误的作品，在当时是曾经扮演过大的脚色，曾经建立过大的影响。这些作品是确立了中国普洛文学运动的基础，我们是通过这条在道路工程学上最落后的道路走过来的"①。用语颇带感情色彩，但基本不失为一种历史主义的评价。

这次讨论实际还关联到对左翼文学前景的看法。在左翼内部，自然有远视与近视的区分。比如华汉在序言里谈到对瞿秋白观点的修正，说"他只教我们应该怎样走，还没有告诉我们究竟要怎么样才能走得到"。华汉归结到要点是转变阶级立场，"正因为我们的作家的生活观点和立场都是小资产阶级的，所以，他才把残酷的现实斗争神秘化，理想化，高尚化，乃至浪漫谛克化"。这是和后来毛泽东的《在延安文艺座谈会上的讲话》直接相通的，是争辩了多年的带有左翼特色的理论兼实践的问题。但华汉、郑伯奇等对近期左翼文艺前途又是短视的，认为消除了"革命浪漫谛克"倾向之后，就可以"走到唯物辩证法的现实主义的路线上去了"②。看不到"唯物辩证法的现实主义"并不是什么康庄大道。

瞿秋白给左翼树立的前景，是他这篇序言开头所引的苏联作家法捷耶夫的话。这段话包括三层意思，即真正的"普洛的先进艺术家"，既"不走浪漫谛克的路线"，又"不走庸俗的现实主义的路线"，也与以往一切"伟大的现实主义者不同"。这是要将普洛文学提高到人类文化迄今为止最先进的水平，"比过去的任何一个艺术家都要更加有力量的——不但去理解这个世界，而且自觉的为着改变这个世界的事业而服务"③。这显示了无产阶级文艺追求者的理想，是带有光环的。后来的事实表明，这在一定程度上也陷入了乌托邦。

比较实际的，是茅盾在《地泉》序言中表达的"一切有价值的作品"应具备的条件（他没有强调是否名为"无产阶级文学"或别的什么文学）。他是从内容和形式两个方面着眼的，却还被华汉硬批评为"只是一个注重作品的形式的基本观点"④。这种忽视形式但又给别人扣上形式主义的做法，在左翼文学的整个进程中一直顽固地存在。这样，反使得鲁迅、茅盾等成为重视文学艺术特性的左翼作家。茅盾的原话被他自称为是序言的"中心论点"，是这么说的：

---

① 钱杏邨：《〈地泉〉序》，见《阳翰笙选集》第4卷，第91页。
② 华汉（阳翰笙）：《〈地泉〉重版自序》，见《阳翰笙选集》第4卷，第74页。
③ 易嘉（瞿秋白）：《革命的浪漫谛克——〈地泉〉序》，见《阳翰笙选集》第4卷，第77—78页。
④ 华汉（阳翰笙）：《〈地泉〉重版自序》，见《阳翰笙选集》第4卷，第75页。

> 一个作家不但对于社会科学应有全部的透彻的知识，并且真能够懂得，并且运用那社会科学的生命素——唯物辩证法；并且以这辩证法为工具，去从繁复的社会现象中分析出它的动律和动向；并且最后，要用形象的言语、艺术的手腕来表现社会现象的各方面，从这些现象中指示出未来的途径。[1]

这段话不免染有当时苏联式马克思主义文艺理论的颜色，但已具茅盾本人的意思。这是茅盾日后被称为是左翼的一支"社会分析派"的较早阐释。它并非是百分之百的真理，却很合乎茅盾的创作实际。

左翼文学的创作实践与理论建设并行，显然不是经过一次《地泉》式的清算就能毕其功于一役的。左翼文学界受机械唯物论的长期影响，概念化、公式化痼疾难以全部消除，在这些要害问题上左翼内部的理论分歧或明或隐的也始终存在着，一直延伸到解放区的延安，直到共和国的文学时期。其中的原委引人深思。

（吴福辉）

---

[1] 茅盾：《〈地泉〉读后感》，见《茅盾全集》第19卷，第331—332页。

7月

从《现代儿童》看儿童文学的兴起

三四五六年级小学生的恩物　现代的科学的文学的艺术的儿童读物
文字浅显　图画精美　宋易主编　糜文焕插画　现代儿童　半月刊

本半月刊内容浅显，图画特多，每期有数十幅，执笔者均为著名儿童文学作家，及富有经验的小学教师，为1932年最充实之儿童读物。

第2卷第1期内容

第二卷开始的话

〔童话〕　　　　　　　　　　　〔科学世界〕

大林和小林（长篇童话）⋯张天翼　　山海经博士（常识）
盲从的阿三（寓言）⋯⋯⋯黄金菊　　对流的科学把戏
妈妈生日的礼物⋯⋯⋯⋯⋯方　红　　独轮汽车（科学新闻）
象哥象弟（图画故事）⋯⋯宋　易
大鼻子上当（滑稽画）⋯⋯小　萍　　关于投稿

〔诗歌〕

把花颜色比血色⋯⋯⋯⋯⋯陈伯吹
谁是大好老（故事诗）⋯⋯蒲公英
飞机（新儿歌）⋯⋯⋯⋯⋯糜文开

第2卷第2期内容

〔童话〕　　　　　　　　　　　〔游戏〕

两只小鸭⋯⋯⋯⋯⋯⋯⋯蒋薋女士　红豆与白豆⋯⋯⋯⋯⋯薇芗
阿羊顽皮的结果（象哥象弟）宋　易　怎样做纸的桌椅⋯⋯⋯丁　熙
可怜的小囡囡⋯⋯⋯⋯⋯⋯方　红
大林和小林（续）⋯⋯⋯⋯张天翼

　　　　〔诗歌〕　　　　　　　　　　〔科学世界〕
请你歌唱革命……………… 陈伯吹　儿童科学讲座
牛奶（新儿歌）…………… 何公超　山海经博士（续）
　　　　　　　　　　　　　　　　飞机种种
　　　　　　　　　　　　　　　　编辑者的话／小小百科全书

　　欢迎预定　本半月刊每期两万余言，月出二册，每卷十二期全年两卷。一日及十五日准期发行。定价每册大洋六分，预定全年二十四册，洋一元二角，外埠另加邮费二角四分，国外一元。

　　优待会员　凡加入"现代儿童读书会"者，除赠送本半月刊全年一份，计二十四册以外，再有"十四种大利益"，"八大奖赏"，"五大权利"等；详章函索即寄。

　　　　　　　　现代书局发行

　　　　　　（原载1932年7月1日《现代》第1卷第3期）

　　这篇广告大张旗鼓宣传的是一种儿童文学刊物《现代儿童》。它的创刊达半年了，第1卷的12期都已出齐。我们从第2卷开始介绍，是因为这一卷的起头就登载了张天翼的长篇童话《大林和小林》，这篇作品标志着中国现代儿童文学的一个新阶段。

　　我们已经讨论过：为儿童写作始自五四时代，冰心、叶圣陶等是最早直接为儿童创作的五四文学家。但在30年代鲁迅回顾这一段历史时，却说了这样一段话："十来年前，叶绍钧先生的《稻草人》是给中国的童话开了一条自己创作的路的。不料此后不但并无蜕变，而且也没有人追踪，倒是拼命的在向后转。看现在新印出来的儿童书，依然是司马温公敲水缸，依然是岳武穆王脊梁上刺字；甚而至于'仙人下棋'，'山中方七日，世上已千年'；还有《龙文鞭影》里的故事的白话译。"[①]鲁迅对中国儿童文学的较少创作和严重的复古倾向给予当头一棒，使我们透过个别的作品更看到普遍的儿童文学贫瘠现象。在此背景下，也就更显示了张天翼等儿童文学作家出现的不易。

　　[①] 鲁迅：《〈表〉译者的话》，见《鲁迅全集》第10卷，第396页，北京：人民文学出版社，1981年版。

本广告所涉及的《现代儿童》，便是当年荒芜的儿童文学园地中的刊物之一。在这类专刊中，大概登载叶绍钧（圣陶）童话的《儿童世界》要算较早而且权威的了。《儿童世界》为商务印书馆1922年1月创刊，初为周刊，后改半月刊，专载给小学生阅读的诗歌、童话、故事、谜语和儿童创作等。因有"商务"的支撑，寿命较长，直到1937年抗战军兴后才停刊。到1930年后，随着整个现代文学的走势，儿童文学略有起色。如1930年1月创刊的《中学生》，开明书店的夏丏尊、丰子恺及从"商务"转"开明"的叶圣陶，都是它先后的编辑。该刊影响很大，但它并非专门的儿童文学刊物。1930年这年陈伯吹主编的《小学生》半月刊由北新书局出版，也是拿"文学"擦个边。同年还有张一渠集资办上海儿童书局，这是专门的儿童出版物机构，从成立到1937年，共出版书籍千余种，有陈鹤琴、陶行知、董纯才的教育著作，也有陈伯吹、丰子恺的儿童文学读物。还可将有关"丛书"计算进去，如1930年10月商务印书馆出版《世界儿童文学丛书》，到1950年1月仅出12种；1931年10月上海世界书局出版《世界少年文库》，到1937年3月出版译作47种。综上所述，是围绕当年儿童文学刊物、丛书、出版机构的一些基本材料，也是《现代儿童》发刊前的背景。

由于资料的缺乏，关于《现代儿童》本身的状况我们所知不多。这是现代书局的一种杂志，主编宋易是否本名不清楚，从刊物目录看也从事儿童文学写作，但并不知名。广告说刊物的作者除文学家以外，还有富于经验的小学教师，这个方针不俗。现代书局办有一个"现代儿童读书会"，"读书会"广告说凡入其会者能获得所谓"十四种大利益"，包括得到《现代儿童》刊物全年一套，得到它出版的《现代儿童丛书》。这样我们也就知道这《丛书》包括《中国名人故事》、《外国名人故事》、《童话》、《童谣》、《谜语》、《故事连环画》、《滑稽连环画》、《自然科学讲话》、《英儿的通讯》、《小学生日记》、《小学生演说法》等。如果都出版了，洋洋洒洒也很了得。

从上面广告所示的《现代儿童》第2卷前两期的目录，可以看到当年儿童文学重要的两个信息：

第一，张天翼和他的长篇童话《大林和小林》的显著地位。张天翼其时是个青年作家，他先是写左翼小说，1931年连出了两部集子《从空虚到充实》、《小彼得》，特别是发表了用兵士口语写出的《二十一个》，被认为突破了原来左翼的公式而崭露头角的。到了1932年他同时写童话和儿童小说，兼做了儿童文学家。他童年时代是个调皮、灵动、善于恶作剧的孩子，在杭州的小学会给同学讲刚看完的侦探故事，会跟老师捣乱，但有客人来校参观老师还要让他当众表演家传的书法。他成年后仍然保持着好奇、好动、好思的童心人格。在南京生活时期，他亲友中在小学教书或读书的大有人在，造成他想与儿童对话的创作冲动和契机。而他又觉得以往的童话只讲"从前"，只讲"国王"、"公主"，不讲"现在"和"孩子自己"，从左翼的立场出发是感觉不满足的，于是，新型的长篇童话《大林和小林》就在他笔下产生了。《大林和小林》1932年1月最初发表于"左联"刊物《北斗》第2卷第1期，第2卷第3、4期合刊，没有续完就遭封禁。7月于《现代儿童》重发，这也是少有的。单行本于1933年10月由现代书局初版。1939年文化生活出版社改名《好兄弟》再版。称"好兄弟"其实是个讽刺，因全书写两兄弟在老父母去世后走出家门，遇到巨大怪物被冲散，大林成了富人的儿子，小林被人拾起，按国王的法律成为奴仆，辗转为机车工人收留，也成为机车工人，正是两个阶级的后代了。后大林改称"唧唧少爷"，由200个差人伺候穿衣吃饭，不会做任何事。在与国王等出行时因弟弟小林拒开火车而掉在海里，在蜜蜂、蚂蚁工作的岛上无法生存，流落到富翁岛，虽宝石满地却无人干活，只能等死。童话的现实性、教育性，所贯穿的"穷人创造历史"的观点是显然的。而童话的想象力丰富充沛，人物性格充满童趣，叙述文字夸张、轻快、爽利，把幻想与写实、讽刺性童话和讽刺性小说高度结合，读起来主题外露的缺陷似得到某种掩饰，仍是十分生动。张天翼在童话写作上发挥出自己的天才，他也确实突破了"爱"与"美"的童话，把童话在中国第一次写成长篇，写成左翼的作品。1932年2月南京政府教育部公布《审查儿童文学课外读物标准》，也从一个方面说明左翼儿童文学登台的事实非同小可。

实际上这一年张天翼还写出了有名的儿童小说《蜜蜂》。这是他儿童文学创作的另一类作品，不仅是用小说文体写"儿童"，而且有"儿童视角"、"儿童情绪"、"儿童语言"。这些小说多半选择表现下层儿童的题材，比如花匠的孩子、妓女的儿子、流浪儿等等。这里的儿童都写得生动异常，喜剧式的人物速写，叙述节奏活泼多变，能吸引儿童读，也适合成人看。代表作有《小账》、《团圆》、《巧格力》、《奇怪的地方》、《把爸爸组织起来》。而长篇童话的写作从《大林和小林》开始,以后又有《秃秃大王》、《金鸭帝国》、《宝葫芦的秘密》,不绝如缕。由童话发展为短篇说理的寓言,有《老虎问题》大约三十则陆续面世。而讽刺性的特色,于幽默机智的说笑中寓理,是一直保持不变的。

第二,出现了陈伯吹这样的专业儿童作家。张天翼无论如何是个兼职的儿童文学家,而专职儿童作家陈伯吹的浮出,是中国现代儿童文学于艰难中成长的另一标志。《现代儿童》每期所载陈伯吹的诗歌这里仅是举例而已,他1932年写有童话《阿丽思小姐》,北新书局版。到1934年他给北新书局主编《儿童杂志》,这又是一种专门的儿童文学刊物。不少上海的书店出版家这时都瞄准了少年读物,再贫瘠的中国儿童文学土壤,也要结出些果实来了。这一年的《现代儿童》半月刊和张天翼、陈伯吹名字的出现,就是个值得关注的现象。

(吴福辉)

叶灵凤的《灵凤小说集》及其他

叶灵凤先生的创作、小品、翻译

现代中国文坛的创作收获极少。在这极少量的收获中,这册灵凤小说集实在是最可珍贵的一粒。本集是叶灵凤先生短篇创作的总集,包括他历年所发表的最精粹的作品。全书共二十万言,近五百页,质与量可说是同等的丰富。

红的天使(长篇创作) 实价五角
天竹(小品) 实价四角五分
法国 R. Rolland, *Pierre et Luce*[①] 白利与露西 实价四角五分
法国 T. Gautier, *The Mummy's Romance*[②] 木乃伊恋史 实价三角

[①] 罗曼·罗兰(R. Rolland, 1866-1944),法国作家。主要作品有音乐史、名人传记和小说等。其《贝多芬传》、《约翰·克利斯朵夫》在中国有广泛影响。这里的小说《白利与露西》即《皮埃尔和吕丝》。

[②] 戈蒂耶(T. Gautier, 1811-1872),法国作家。曾习画,提倡"为艺术而艺术"的理论,写有诗歌和小说。小说《木乃伊恋史》即《木乃伊故事》。

法国短篇小说集　九月的玫瑰　实价四角五分
现代书局发行

（原载 1932 年 7 月 1 日《现代》第 1 卷第 3 期）

　　叶灵凤的人生道路比较复杂。如果按照他 1975 年于香港逝世的情况来看，他在港地后期是一位进步的、有名望的老作家。如从 1930 年代（那时他初涉文坛不久，还是个二十几岁的小伙子）的文学阵营看，他的身份很特别，那是频繁出入于左翼和非左翼的文人之间的。叶灵凤先是后期创造社的成员，俨然站在时代前列。后与创造社文人一起最早加入了"左联"，不过仅一年就被"左联"开除了，这可见于 1931 年"左联"常委会公开发布的《开除周全平，叶灵凤，周毓英的通告》。这个通告第二节关于"叶灵凤"的部分，是以叶的"半年多以来，完全放弃了联盟的工作，等于脱离了联盟"，"竟已屈服于反动势力，向国民党写'悔过书'，并且实际的为国民党民族主义文艺运动奔跑"这样两条理由，做出开除决定的。但比较微妙的是在叙述这两条时都带有某种不确定性：第一是"组织部多次的寻找他，他都躲避不见，但他从未有过表示，无论口头的或书面的"，第二屈服反动势力云云均"据同志们的报告"。因此开除前十日，"左联"曾再次给他机会，限其在一个星期内用书面方式回答他究竟有没有上述行为，结果是在"未接到他的答复"的前提下开除他的。①这件公案里面有无历史误会，目前尚无当事人出来辨清，后人已很难搞明白，但根据以上材料足可认定叶灵凤当年是主动脱离左翼阵营的，此点属实。如果由之后他的创作倾向、趣味和在文艺界朋友圈子的亲疏情况来看，叶灵凤从此流入了新市民文学的"都市海派"一脉，是无疑的了。以专业兴趣论，他少年时代习画，曾在上海美专学习过。后来作小说、写

《灵凤小说集》书影，现代书局 1931 年初版。

---

①《通告》载 1931 年 8 月 5 日《文学导报》第 1 卷第 2 期。

散文、弄翻译，都有些成绩。他是当年上海滩上著名的文学编辑和美术编辑，主编过的刊物单是早期就有《洪水》、《幻洲》、《戈壁》、《现代小说》、《现代文艺》、《文艺画报》这么多，又是现代书局、上海杂志公司当家的编辑之一，画封面，做插图自不必说，还兼藏书家、藏书票收藏家等。他带有文学气味的美术事业本来是很有前途的，却因与鲁迅有隙，被揭露模仿英国画家比亚兹莱唯美的擅长表现女体的装饰性黑白画，模仿得过了度，几近于抄袭。鲁迅印了一本《比亚兹莱画选》，内选比亚兹莱的原画12幅，以朝花社的名义出版，等于挖了他的老底，让他狼狈不堪。

现在我们来读这则现代书局的综合广告，就能证明叶灵凤的多才多艺。到1932年夏天为止，他已写了许多短篇小说和中篇，出了散文集，并有翻译多种。作为小说家，《灵凤小说集》是他的短篇代表作。广告强调它质与量俱佳，是有道理的：质的方面它囊括了叶灵凤六七年中最好的短篇，量的方面竟达五百页，相当于一般短篇集子的两倍到三倍。除了后来良友图书公司给张天翼出的《畸人集》、给沈从文出的《从文小说习作选》达到如此的厚度，其他便很难企及。到1934年此集子已印四版，也算比较多的（短篇集子印得最多的当然是《呐喊》）。《灵凤小说集》大体显示了叶灵凤叙事作品的风貌和倾向。他所写的都是五四之后觉醒的城市男女知识青年争取婚恋自由的心理过程，在得到基本的权利后又向异化的层次延伸，开始处理婚外情和各种变态心理等。写于1925年属叶灵凤成名作的《女娲氏之遗孽》，就是通过一个有夫之妇的笔记描述了交织着幸福感与罪孽感的成年女性的复杂心理。这奠定了他的小说混合知识型、后五四婚恋体和现代市民哀情体的基本色调。《浪淘沙》、《浴》都属此类，后者更加上女子手淫和窥阴这样的大胆描写。据作者在此书前言所述，他似乎很明白当时的上海市民读者需要什么，"他们的要求，乃是希望我能不断的写出像《浴》或《浪淘沙》那样，带着极强烈的性的挑拨，或极伤感的恋爱故事的作品"[①]。但是他不想全部满足这些读者。在这一点上，叶灵凤又显示出与同在创造社阵营中却因倾向现代市民读者已与"革命"分道扬镳的张资平的相异之处。他要有意扩展自己的艺术触角——不断地追随世界新兴文艺的潮流。在那个年代里，革命文学是"新兴"的，现代主义文学也是"新兴"的，后者更是叶灵

[①] 叶灵凤：《灵凤小说集·前记》，见《灵凤小说集》，上海：现代书局，1931年版。

凤通过学画和翻译阅读所偏爱而真切感受到的。所以《灵凤小说集》里，就有了用二重叙事作性心理分析的《菊子夫人》，有了人性复活导致破戒的《摩伽的试探》。而最能表现他的特点的，是将都市的今与古、现实与幻象、明亮喧闹与冥冥鬼气打成一片的唯美小说。《鸠绿媚》演绎古代公主与其教师的恋情，现实和历史与梦境交相进行；《落雁》写青年作家在都市戏院门口邂逅名门闺秀，被邀夜访深宅，却是冥间，小说渲染出富丽神秘交错的意境。这类作品正像他自己所说的，取材"异怪反常"，"颇类于近日流行的以历史或旧小说中的人物来重行描写的小说——但是却加以现代背景的交织，使它发生精神综错的效果"[①]。它们最有叶灵凤倾心的艺术味道，仿佛是穆时英为代表的"新感觉派"没有正式登场前的预演。应该说，叶的意义正在于此。如果回溯，便是将五四以郁达夫为代表的创造社男女婚恋浪漫题材，经了他之手向前延伸，转化为现代性十足的心理小说、唯美的神秘小说等等。

当然，这部《灵凤小说集》还不能说明他的全部。广告里所标出的《红的天使》是叶灵凤的中长篇小说，也是婚恋题材的，这与他后来写报章连载长篇小说相关。这种体裁后来就有了《时代姑娘》、《未完的忏悔录》、《永久的女性》等三部。1934年他出版另一本重要的短篇小说集《紫丁香》，里面所收的都是更接近"新感觉派"性质的作品，单听名字也能有所感觉，比如《第七号女性》、《忧郁解剖学》、《朱古律的回忆》等，文字的节奏更加跳荡，擅长造出新奇的、多义的流行语式和意象，甚至将最先锋的电影分镜头剧本写法（分出远景、中景、近景和特写镜头）直接引入小说，以增加叙事的滑动感。这种实验性写作符合叶灵凤追求都市新风的个性，一直是他的主流。

《天竹》是一部散文集，1928年现代书局版，收叶灵凤早期小品《天竹》、《北游漫笔》、《噩梦》多篇。之前还有1927年的《白叶杂记》，光华书局版，将他在《洪水》连载的《白叶杂记》（从"之一"到"之十七"）收进。他的《狱中五日记》、《太阳夜记》（后者也包括多篇，如"之四"的《指甲》）刚刚有些反应。这个时候他写小品的名声还没有以后那么响，稍逊于小说，但至少已不比翻译差。后来出版了《灵凤小品集》，与《灵凤小说集》配套。他的文笔细致，抒情性强，以风物小品、文艺随笔、读书笔记见长。1938年定居香港后，

[①] 叶灵凤：《灵凤小说集·前记》，见《灵凤小说集》。

在编报纸副刊的余暇,主要撰写史地掌故、文坛轶事、读书札记诸文,长期开有《霜红室随笔》专栏,成为著名的散文名家。这是后事了。

(吴福辉)

《珊瑚》:"五光十色"的爱国杂志

以美的文艺,发挥奋斗精神,激励爱国的情绪,以期达到文化救国的目的。

珊瑚的颜色,有红有白有青有黑,这小册子的文艺也是五光十色,什么都有一点。

(范烟桥:《不惜珊瑚持与人》,原载 1932 年 7 月 1 日《珊瑚》创刊号)

一份杂志之所以得到这样的推崇,是由于它做出了独特的贡献。论述《珊瑚》杂志的贡献要从这份杂志三个特别的地方说起。

在现代中国有影响的文学杂志大都在上海编辑和发行,唯独这份《珊瑚》在苏州编辑,在上海发行。"苏州特色"就成了这份杂志的重要特点。近现代苏州最活跃的文人群体是南社。《珊瑚》杂志的主编范烟桥,是南社中人,《珊瑚》的主要撰稿人陈去病、柳亚子、胡朴安、邵力子、顾明道、程瞻庐、吴双热、包天笑、陈莲痕、周瘦鹃、何海鸣、徐碧波、汪仲贤等等,大多数也是南社的重要成员。因此说《珊瑚》就是南社办于 20 世纪 30 年代的一份文学杂志,也未尝不可。

《珊瑚》杂志为半月刊,创刊于 1932 年 7 月 1 日,停刊于 1934 年 6 月,共出 48 期。这个时期的中国发生了两件大事,即 1931 年东北的"九·一八"事件和 1932 年上海的

《珊瑚》创刊号

"一·二八"事变。民族存亡，迫使中国各个社会阶层的人都要表明自己的态度。此时，曾经活跃于20年代传统文学领地的大型杂志几乎都已停刊，因此，《珊瑚》也就成了传统文学作家表明政治态度的一个重要窗口。

30年代初的上海文坛，新文学和传统文学两大阵营都有新的变化，新文学的"左翼文学"正在发展，传统文学处于巅峰状态。此时传统文学的重要作品是张恨水的《啼笑因缘》，催生出一批"啼笑因缘迷"。根据向恺然的《江湖奇侠传》改编的《火烧红莲寺》还在熊熊燃烧。因此，引来左翼作家对传统文学的又一次批判高潮。究竟怎样面对左翼文学的批评，《珊瑚》必须做出回答。

南社成员都是江南名士，他们办的刊物当然名士气息浓厚。杂志中诗文较多，柳亚子的《亚子近作》、金鹤望的《天放楼近诗》、包天笑的《钏影楼诗话》等作品均占有相当篇幅。学术性较浓的考古文章也多，徐碧波的《中国有声电影展望》、潘心伊的《书坛话堕》、胡寄尘的《文坛老话》、孙东吴的《八股文废话》、凌景埏《〈再生缘〉考》、范烟桥的《沈万山考》以及陈去病编订的《孙中山家世表》，柳亚子的《柳亚子自传》、《苏玄瑛正传》等，这些文章都有相当的学术价值。

《珊瑚》上最令人感奋的文学作品就是"爱国文学"。主编范烟桥要求杂志承担起"文化救国"的责任。《珊瑚》成为当时传统文学作家写作"爱国文学"和表达爱国情绪最为集中的刊物。从第7期开始，连续刊登一份《爱国连索》的广告。杂志还专门出了"九·一八"专号和"一·二八"专号。文学作品就更多了。有些作品艺术上并不出色，但是有着相当的鼓动性，例如顾明道的《国难家仇》写东北"九·一八"事件，小说中有这样一段肺腑之言："我辈生此乱世，自感怅触，倘然庸庸碌碌，老死牖下一无建立，徒然辜负了七尺之躯，不但如此，恐怕国家将亡，大家要做亡国奴，受人家的奴使，不容你老死牖下呢，为今之计，我辈苟有爱国之心的，只有挺身而起，和恶魔奋斗，杀开一条血路，所谓坐而待亡，不如赶快自救。"当时，十九路军在上海抗战，杂志中就有很多《拟十九路军军歌》的文字，例如王佩净作的歌词："精忠兮报国，追岳家旗帜痛饮黄龙河时，我军乎奋武鹰扬，百战沙场，扫尽妖氛奠定我中原，我军乎神川无恙。"在那个时代背景下，读这样的文字确实令人感奋。《珊瑚》办了两年，爱国主义精神始终强烈，在当时并不多见。

主编范烟桥是位学者型的作家，他曾在东吴大学教小说史，写过不少小说，主要是社会小说、侠义小说，代表作品有《孤掌惊鸿记》、《留影录》等。他不写言情小说，甚至痛恨言情小说。他说过："言情之乐近乎荡，言情之哀近乎伤。荡则为青年蛊，伤则为青年鸩。"①对于文坛上新旧之争，他很不以为然。他认为文学创作应该是"五光十色"，"什么都有一点"。从第13期开始，《珊瑚》专门开辟了《说话》栏目，表明自我的文学态度并对当前的文学创作展开批评。这些署名"说话人"的文章共18篇，既批评新文学作家的作品，也批评通俗文学作家的作品，摆出了一副超然的模样。《说话》开宗明义："不管什么正统文学，什么鸳鸯蝴蝶派，什么自由主义，什么革命，什么不革命，什么破锣，什么破鼓等等，我以为有一点好处，足以引起我的同情的，应该褒他一下；我以为有一点破处，足以引起我反感的，贬他一下。自问弯曲了批评的意义，没落了批评的价值，缺乏了批评的态度。但是我是我，我有我的眼、脑、手，不能不如此看，不能不如此想，不能不如此写。"从这种批评态度出发，"说话人"对吻云的《红棉袄》、漱六山房的《反倭袍》、程瞻庐的《唐祝文周四杰传》、顾明道的《国难家仇》、白薇的《敌同志》、茅盾的《林家铺子》、汪仲贤的《烟犯》和《万里江山图》、鲁彦的《兴化大炮》等作家作品做了专文评论。这些作家作品属新旧不同作家，"说话人"的评论则只论特色，不分新旧。

但是新文学作家却批评《珊瑚》是旧文学杂志，对此他们深为不满。"说话人"明确地说："新文学派里，确有当得起新，够得上文学的作品。礼拜六派里，也有极新极文学的作品。"他举例说："《林家铺子》确是一篇观察极深刻的小说，但是《往哪里逃》和他的姐妹篇《食指短》，实在是一二八背景下很有意义的写实小说，我们似乎不应当因着他署名卓呆而拉不上新文坛去。"此时的新文学作家当然不会因为《珊瑚》的呼吁停止对传统文学的批判，反而更加激烈了，例如鲁迅的《上海文艺之一瞥》、瞿秋白的《鬼门关以外的战争》、沈雁冰的《上海事变与鸳鸯蝴蝶派文艺》等著名的批判文章均发表在此时。在《珊瑚》第20期上发表了彳亍的文章《新作家的陈迹》，现全文录之如下：

  刘半农（原名半侬，《小说大观》中时有作品）
  鲁迅（原名周豫才，著文言小说甚多，发表于绍兴《越铎日报》副刊中）

---

① 严芙孙：《范烟桥小传》，见魏绍昌：《鸳鸯蝴蝶派研究资料·民国旧派小说名家小史》，上海：上海文艺出版社，1984年版。

施蛰存（原名青萍，著有《江干集》）
戴望舒（原名梦鸥，作品散见《星期》、《半月》诸杂志）
黄中（即黄花奴，《小说新报》中时见其作品）
俞长源（即俞牖云，作品见《小说丛报》）
老舍（原名舒金波，《礼拜六》常见其作品）
楼建南（原名剑南，《礼拜六》中作品颇多）
叶绍钧（原名圣陶，《礼拜六》中作品颇多）
吻云（即许啸天）
苏凤（即姚赓夔）
杜衡（原名戴克重，昔年常有文字发表《小说时报》中）
滕固（原名若渠，昔年文言作品颇多）

文章之中没有任何评论，只是罗列（其中"老舍"一条恐是另一个老舍，而不是舒舍予），但是作者的意图很明显，就是要揭鲁迅、刘半农等人的"老底"，说他们本来就是旧文学作家出身。

《珊瑚》的装帧很朴素，虽然刊名题签者也是名人逐期更换，封面的色彩却仅有一色。有特色的是每期集中对某一位作家介绍，并对下期主要作家作品进行预告，称之为"结网者言"。在刊物中还集中刊登名胜风景、文物书画、裸体美女的照片，作为"刊中刊"，称之为"珊瑚画报"。

（汤哲声）

8月

国民党政府推动的通俗文艺运动

《通俗文艺运动计划书》(摘要)

(国民党中央宣传委员会制定,经国民党第四届中央执行委员会三十五次常委会议通过)

通俗文艺运动之意义:

中国历来流行民间之传奇、演义、歌谣、曲调之类,即吾人现在所谓之通俗文艺。此种文艺因其内容切近现实生活,体裁通俗,趣味浓厚,遂为一般民众所爱好,而视为日常精神生活上必需之品,故于无形中对于民众心理发生一种极大影响,而一般民众对于人生及社会的观念和认识,即由此种影响联系而来。惟中国流行的通俗文艺,其内容所表现的,大都关于神怪、迷信、封建思想,狭义的英雄崇拜主义,俚俗的个人享乐主义等。此种思想迄今还是根深蒂固的盘踞于一般民众心里,所以他们对于人生社会始终没有正确的认识,对于民族国家始终没有正确的观念。最近一般所谓左翼作家,已鉴及通俗文艺之急切需要,以着手提倡其所谓"大众文艺",想把一般知识程度尚在水平低下的民众,引诱到他的阶级斗争的路上去,故本党要铲除根深蒂固的封建思想及遏止共产党之恶化宣传,而使民众意识有一种正确的倾向——三民主义的倾向。在党的文艺政策上,对于通俗文艺的提倡,实为当今最紧要而迫切的工作。为欲使此种文艺的影响能普遍的及于全国,应有一个具体的计划,由全国各级党部一致动员,从事于有计划、有步骤之活动,以期造成一个大规模的通俗文艺运动。

通俗文艺的题旨,须依据本党主义,切合民众心理,从思想上予以正确的指导,以改变其生活意识。撮要言之,约可分左列各项:

(1)激发民众应有之民族意识及民族自信力;
(2)灌输民众以牺牲个人自由及为民族及社会而工作之精神;

（3）指导民众以正确的反帝思想；

（4）激励民众使其有继续抗日之耐心；

（5）鼓励民众自动剿匪，并揭露赤匪之罪恶；

（下略）

通俗文艺的体裁，必须用浅明的文字及简易的图形与结构，俾民众易以了解，除创造民众易于了解的新形式外，亦可采用旧形式之优点。

通俗文艺运动仅为三民主义文艺运动之一部分，其特点不在高深理论之研究阐发或推动，而在将三民主义社会形成过程中所需训练人民之要件藉文艺以灌输于一般民众，故在实施上不宜仅注重都市而忽略县城及农村。……依我们目前农村情形，农村通俗文艺实较都市通俗文艺尤为切要。

（1932年8月25日，摘自《中华民国史档案资料汇编》第5辑第1编"文化"（一），第321页，南京：江苏古籍出版社，1994年版）

30年代，中国共产党所领导的"左联"发动"文艺大众运动"，这是人们所熟知的；但却很少有人注意到，同时期国民党政府也发动了一个"通俗文艺运动"，而且二者间存在着相当纠缠的关系。比较其中的异同，是特别有意思的。

很显然，国民党的"通俗文艺运动"是针对共产党的"大众文艺运动"所采取的对策，《计划书》也不回避这一点。但这又是建立在两党的一个共识基础上的：他们都承认民间流行的文艺形式对民众的思想和生活有着极大的影响和塑造作用，同时又都不满于自然生长的民间文艺的内容，并希望能用本党的意识形态去加以改造。这样，民间文艺就成为国共两党在30年代争夺民众和文化领导权的一个短兵相接的"战场"。

《计划书》同时宣布"通俗文艺运动为三民主义文艺运动之一部分"。这是基于这样的一个认识："大众文学原是民族主义文学中应有的一种，民族主义文学是需要大众文学补助的。"[①]从《计划书》规定的"通俗文艺的题旨"，如要"激发民众应有之民族意识和民族自信力"，"灌输民众以牺牲个人自由及为民族及社会而工作之精神"，"指导民众以正确的反帝思想"，也不难看出，发动通俗文艺运动，就是要借助文艺培养普通民众的民族国家意识。这和国民党政府所致力的现代民族国家建设的目标完全一致，应该是其有机组成部分。人们也很

---

① 柳丝：《大众文学与民族主义文学》，载1934年11月30日《黄钟》第5卷第8期。

容易就注意到，前述国民党所要竭力培育的民众民族意识，和共产党的意识形态（如强调牺牲个人自由）也有着惊人的一致。

有研究者将通俗文艺运动和1934年蒋介石倡导的"新生活运动"联系起来考察，这是有充分理由的。蒋介石坚信：中国的复兴，"一定要根本上先从提高国民的知识、道德这一点来做"①。蒋介石试图把传统的儒家道德规范（"礼义廉耻"）和德国法西斯主义对民众的组织动员方式有机地结合在一起，通过一场全民性的运动来重振国民精神，以实现国家的现代化目标。在这样的目标与视野下，通俗文艺在对国民精神和不良风俗的改造与民众动员上的特殊作用，受到高度重视，就不是偶然的。共产党在同时期发动大众文艺运动，所看重的也是通俗文艺的民众动员作用，只是动员目标不一样：共产党是要引导民众进行推翻国民党政权的阶级斗争，作为执政党的国民党则要引导民众参与"剿共"，并建设它所主导的现代民族国家。他们的目的，都是要"使民间文艺党化"②，为党的利益和目标服务。

在通俗文艺各种样式里，国、共两党都特别重视歌曲和戏剧的宣传鼓动作用。在通俗文艺运动中，国民党政府和党部的主要着力点，就是"剿匪歌曲"的创作、传唱，以及对地方戏曲的管制和改造。浙江、武汉和广西的省、市政府都下令取缔当地民间戏曲（绍剧、花鼓戏、汉剧等）。江西省教育厅则成立"推行音乐教育委员会"，推动"平剧（即京剧）改良"，编导演出了《平民抗日记》、《西门豹》等改良京剧。因此，三四十年代的中国戏曲改良运动其实是有三个推动力的：戏曲界自身在商业需要推动下的自我变革之外，也还有国、共两党出于意识形态需要的参与和推动。

《计划书》强调"依我们目前农村情形，农村通俗文艺实较都市通俗文艺尤为切要"，说明国民党政府是深知其统治的薄弱环节的。如何把农村组织到国家生活中来，加以有效的控制，一直是南京政府30年代的治国目标之一，他们在

---

① 1934年2月起，蒋介石在江西南昌连续做了几次演讲：《教养卫》（2月12日）、《新生活运动之要义》（2月19日）、《新生活运动之中心准则》（3月5日），见张其昀主编：《先总统蒋公全集》第2卷，第803—815页，台北："中国"文化大学出版部，1974年版。转引自倪伟：《"民族"想象与国家统制：1928—1948年南京政府的文艺政策及文学运动》，第206—207页，上海：上海教育出版社，2003年版。

② 国民党宣传工作会议通过的《请中央推进民众文艺运动案》，收《文艺宣传会议录》，国民党中央宣传委员会编印，1934年。转引自倪伟：《"民族"想象与国家统制：1928—1948年南京政府的文艺政策及文学运动》，第201页。

实行保甲制度，以求组织上的基本保证之外，也试图通过农村通俗文艺的建设，寻求意识形态的影响与控制。但由于政府和政党的官僚化导致自身的软弱无力，《计划书》并没有得到认真、有力的执行，最后成了一纸空文。

（钱理群根据倪伟《"民族"想象与国家统制：1928—1948 年南京政府的文艺政策及文学运动》一书第四章第二节"通俗文艺运动"编写）

9月

周作人的《中国新文学的源流》和鲁迅的"晚明观"

《沈启无选辑近代散文钞目录》编者附记

沈先生所编《近代散文钞》原名《冰雪小品选》,大抵以明季公安竟陵两派为中心,自万历以至清之乾隆,"文学革命"散文方面之新文学,搜罗几备矣。周先生讲演集,提示吾人以精辟之理论,而沈先生《散文钞》,则供给吾人以可贵之材料,不可不兼读也。印附录沈书篇目于此。沈先生并嘱编者为记数语焉。(平白)

(原为1932年9月10日北平人文书局出版的《中国新文学的源流》"附录二")

1932年,北平人文书局同时推出了两本书:周作人的《中国新文学的源流》和其弟子沈启无编选的晚明小品选集《近代散文钞》。如编者《附记》里所说,《源流》提供理论,《散文钞》给以材料,又同时印发《晚明二十家小品》(施蛰存编选)等选本,重新标点、出版《袁中郎全集》(刘大杰标点,林语堂校阅),再加上林语堂编辑出版《论语》、《人间世》的推波助澜,于是,就在30年代引发了声势浩大的"晚明小品热",对现代文学,特别是现代散文的发展,以及现代文学史的研究,都产生了深远的影响。

《中国新文学的源流》是周作人于1932年2月至4月在北平辅仁大学所作八次学术演讲的记录稿。其初衷大概有二,一是要为五四新文学寻找"源流",另一是要对新文学传统重作阐释,以为自己在30年代的文学、人生选择寻找依据。这两个意图都聚焦于晚明,乃是出于周作人自身的"晚明情结"。周作人与"明末人"的神交,在童年时期即已开始,他称羡不已的绍兴地方前贤王思任(谑庵)、张岱(宗子)都是明末知识界的代表人物。在大革命失败以后,来自现实的历史循环感,使他一再说到"我恐怕也是明末什么社里的一个人"[①]。

[①] 周作人:《历史》,见《周作人自编文集·永日集》,第134页,石家庄:河北教育出版社,2002年版。

在 1932 年间，周作人要大谈"新文学源流"，则表现了他，或者更是他所生活的时代，对新文学认识、态度上的一个重要转折：如果五四新文化运动的主要精神是"重新估定价值"，力图在"新（文学）"与"旧（文学）"之间划清界限，那么，30 年代所要强调的，就是"日光底下无新事"，要在新、旧之间寻找历史联系。于是，就有了全新的判断："现代的散文在新文学中受外国的影响最少，这与其说是文学革命的还不如说是文艺复兴的产物。"①《中国新文学的源流》所要讨论的，正是这个"文艺复兴"的源头问题。周作人的意图

周作人《中国新文学的源流》书影

是要从文学观念、作家内在气质、审美意识以及文学语言这样一些文学的更深层次上寻找五四新文学与传统的内在联系，他重新发现并强化了明末公安、竟陵派的那场"反复古"运动。他这样公布自己的新发明："胡适之的所谓'八不主义'，也即是公安派的所谓'独抒性灵，不拘格套'，和'信腕信口，皆成律度'的主张的复活"，"今次的文学运动，其根本方向和明末的文学运动完全相同"②，现代散文，以至现代文学，"好像是一条湮没在沙土下的河水，多少年后又在下流被掘了出来；这是一条古河，却又是新的"③。

这其实是周作人式的新文学观、文学史观和现代文学史观的确立。周作人由公安派、竟陵派与复古派的对立中提升出了"言志"和"载道"的概念，认为前者是文学的，而后者是非文学的，并为他所理解的"文学"下了这样的定义："文学只有感情没有目的。"④如研究者所说，这里所说的"'感情'是个人意义上的，而'目的'是社会意义上的"；"言志派之'志'，即是'个人感情'，载道派之'道'，即是'社会目的'"；在周作人看来，言志派与载道派"这两种潮流的起伏，便造成了中国的文学史"，也即是"文学与非文学之相合消长"⑤。

---

① 周作人：《陶庵梦忆序》，见《周作人自编文集·苦雨斋序跋集》，第 115 页。
② 周作人：《中国新文学的源流》，见《周作人自编文集·中国新文学的源流》，第 46—47 页、54 页。
③ 周作人：《杂拌儿跋》，见《周作人自编文集·苦雨斋序跋集》，第 118 页。
④ 周作人：《中国新文学的源流》，见《周作人自编文集·中国新文学的源流》，第 14 页。
⑤ 止庵：《关于〈中国新文学的源流〉》，见《周作人自编文集·中国新文学的源流》，第 2 页。

周作人的"言志"文学观,其实并没超出他在五四时期"个性文学"的主张,但在30年代如此张扬个人"性灵",淡化以至否认文学家的社会责任,显然有他自己所说的"现在中国情形又似乎正是明季的样子,手拿不动竹竿的文人只好避难到艺术世界里去"的因素。①但他却要把自己和同类知识分子的这种选择合理化,描述出一幅"清代文学是明末新文学运动的反动,五四新文学运动是对这反动的反动"的文学发展图景,同时又暗示一个现实的文学图景:30年代的左翼"遵命文学"(周作人有意说明这是引用鲁迅的说法)是载道的文学,正是对五四新文学的反动;因此,提倡晚明文学的"复兴",也是对这反动的反动,目的在恢复五四新文学传统。②

问题的复杂性在于,尽管周作人煞费苦心地为逃避现实的"性灵文学"提供理论与历史的依据,但他自己却人"有闲"而心"无暇",写不出与世无关的性灵文字。他承认自己作为开创五四传统的那一代人对五四新文学是有"期待"与责任的,因此"不肯消极,不肯逃避,不肯心死"③。他30年代的散文,"貌似闲适",其实内中有许多的"苦味",周作人自己就为人们不能体味而"颇感苦闷"④。而且如他的弟子废名所说,周作人的散文"同公安诸人不是一个笔调",他没有明末才子的"那些文采",更没有"兴酣笔落的情形"⑤。周作人自己欣赏公安派文人,例如袁中郎的文章,也没有忽略其中"怨以怒"的"乱世之音","有些闲适的表示实际上也是一种愤懑"⑥。

阿英在当时就有一个观察与分析,很值得注意。他说,周作人"对黑暗之力的逃避"是"不得已"的,他的倾向是"说明奋斗的无力";而他的弟子或受他影响的年轻人,因为缺乏他那样的与五四传统的血肉联系,他们的小品文写作,对黑暗的逃避就并无思想障碍,他们的倾向干脆就是"根本不要奋斗"⑦。这就是说,周作人对晚明小品的倡导所产生的影响,和他的初衷,既一致又不

---

① 周作人:《燕知草跋》,见《周作人自编文集·苦雨斋序跋》,第124页。
② 参看周作人:《中国新文学的源流》,见《周作人自编文集·中国新文学的源流》,第19、46页。
③ 周作人:《苦茶随笔后记》,见《周作人自编文集·苦茶随笔》,第195页。
④ 周作人:《药味集序》,见《周作人自编文集·药味集》,第2页。
⑤ 废名:《关于派别》,载1935年4月《人间世》第26期。
⑥ 周作人:《重刊袁中郎集序》,见《周作人自编文集·苦茶随笔》,第59—60页。
⑦ 阿英:《俞平伯》,见《夜航集》,上海:良友图书印刷公司,1935年版,又收上海光明书局1935年3月版《现代十六家小品》,题为《〈俞平伯小品〉序》。

《春夜宴桃李园图》（汪子美作），画中人物自左至右为：老舍、丰子恺、俞平伯、林语堂、郁达夫、周作人

一致，情况是相当复杂的。如鲁迅所说，"小品文本身本无功过，今之被人诟病，实因过事张扬"①，"此地之小品文风潮，也真真可厌，一切期刊，都小品化，既小品矣，而又唠叨，又无思想，乏味之至"②。如果再进一步，"要它成为'小摆设'，供雅人的摩挲，并且想青年摩挲了这'小摆设'，由粗暴而变为风雅"，那就必须认真对待了。鲁迅于是写了《小品文的危机》。鲁迅对五四时期散文小品的幽默、雍容、漂亮、缜密的写法，予以了肯定，因为这是"为了对于旧文学的示威"。但他要强调的是，"小品文的生存，也只仗着挣扎和战斗的"，"生存的小品文，必须是匕首，是投枪，能和读者一同杀出一条生存的血路的东西；但自然，它也给人愉快和休息，然而这并不是'小摆设'，更不是抚慰和麻痹，它给人的愉快和休息是休养，是劳作和战斗之前的准备"③。——显然，鲁迅更看重的是小品文助人"生存"的"战斗"作用，其"给人愉快和休息"的功能是服从于此的：这是与周作人不同的小品文观、文学观，也是对

---

① 鲁迅：《340602 致郑振铎》，见《鲁迅全集》第13卷，第134页，北京：人民文学出版社，2005年版。
② 鲁迅：《340621 致郑振铎》，见《鲁迅全集》第13卷，第158页。
③ 鲁迅：《小品文的危机》，见《鲁迅全集》第4卷，第591、592—593页。

五四新文学传统的不同理解和阐释。

由于周作人、林语堂倡导的"性灵小品",是建立在对"晚明"小品文的文学史建构基础上的,鲁迅也就必须对"晚明"思想、文学作重新考察,以"褫其华衮,示人本相"①。

鲁迅在清代以来到 30 年代流行的明代(包括晚明)叙述里,发现了两大遮蔽:一是对历史的血腥的遮蔽。鲁迅从被禁的野史《安龙逸史》里看到一段被忽略的历史:身为永历王朝的秦王的孙可望将弹劾他的御史"剥皮示众",联想起明初永乐皇帝也曾剥御史大夫的皮,由此发现"大明一朝,以剥皮始,以剥皮终",但这却是历史学家和文学家所要竭力回避的,"残酷的事实尽有,最好莫如不闻,这才可以保全性灵","比灭亡略早的晚明名家的潇洒小品在现在的盛行,实在也不能说无缘无故"②。同样被遮蔽的,是历史上的血性人物、反抗精神。鲁迅举出的例子,是明末的东林党人周顺昌被陷害入狱,激起数万苏州民众的公愤,上街声援。鲁迅说,"老百姓虽然不读诗书,不明史法",却"明黑白,辨是非,往往有决非清高通达的士大夫所可几及之处"③。这样的存在于普通百姓中的反抗传统,却是从来进入不了中国的历史叙述的。以上两大遮蔽,在对晚明小品的选择与阐释里,就表现为经过精心的放大与筛除而造成的曲解。鲁迅一针见血地指出:"明末的小品虽然比较的颓放,却并非全是吟风弄月,其中有不平,有讽刺,有攻击,有破坏。"④即以被当做"招牌"的袁中郎而言,他"正是一个关心世道,佩服'方巾气'人物的人,赞《金瓶梅》,作小品文,并不是他的全部",以偏概全,只能把历史"画歪"⑤。

如一位研究者所说,鲁迅最为关注的,是"丰富多彩的晚明文学被哪些隐秘的文化机制刀劈斧削,最后怎样只剩下了'性灵'?"⑥于是,又有了两个重大发现。首先是清代康熙、雍正、乾隆三朝的"文艺政策,或说得较大一点的'文化统制'"。除了大兴文字狱之外,更"恶辣"的是"钦定《四库全书》,于

---

① 鲁迅:《330618 致曹聚仁》,见《鲁迅全集》第 12 卷,第 404 页。
② 鲁迅:《病后杂谈》,见《鲁迅全集》第 6 卷,第 172 页。
③ 鲁迅:《"题未定"草(九)》,见《鲁迅全集》第 6 卷,第 449 页。
④ 鲁迅:《小品文的危机》,见《鲁迅全集》第 4 卷,第 591—592 页。
⑤ 鲁迅:《"招贴即扯"》,见《鲁迅全集》第 6 卷,第 236 页。
⑥ 郝庆军:《两个"晚明"在现代中国的复活——鲁迅与周作人在文学史观上的分野和冲突》,载《中国现代文学研究丛刊》2007 年第 6 期。

汉人的著作,无不加以取舍"①。晚明小品文中的"感愤"经过这样的"销毁,劈扳","我们所见,就只剩了'天马行空'似的超然的性灵"②。此外,还有"选本"之灾。"选本所显示的,往往并非作者的特色,倒是选者的眼光","选本可以借古人的文章,寓自己的意见",选文时必要采其合于自己意见的,而删其不合自己意见的,"读者的读选本,自以为是由此得到了古人文笔的精华的,殊不知却被选者缩小了眼界"。就以此时被炒得火热的《近代散文钞》、《晚明十二家小品》而言,作为一家之"晚明观"看,自无不可;如果将其所选小品视为晚明小品的全部或精华,那就有被"遮眼"的危险,所以鲁迅说"这才是一个'文人浩劫'"③。

(钱理群)

电影《啼笑因缘》显示世俗生活的现代性趋向

著名说部　有声有色　连集巨片　今天准映首集　本片首集第一次在本埠公映　如昙花一现未餍观众　今日起本院特再公映　各界勿再失此机会　本院特装西电公司发音机布此声片

啼笑因缘

上海明星影片公司伟大出品

本片根据风行全国著名说部张氏恨水原著　首集包括天桥识凤喜起营屋劝学月下唱四季想(相)思止

---

① 鲁迅:《买〈小学大全〉记》,见《鲁迅全集》第6卷,第59页。此文字发表时,"文艺政策"、"文化统制"等语均被检查官删去。30年代围绕《四库全书》的重印,还有一场论争。参看钱理群:《20世纪30年代有关古代文化的几次思想交锋——以鲁迅为中心》,见《钱理群讲学录》,桂林:广西师范大学出版社,2007年版。

② 鲁迅:《杂谈小品文》,见《鲁迅全集》第6卷,第431—432页。

③ 鲁迅:《"题未定"草(六)》,见《鲁迅全集》第6卷,第436页;鲁迅:《选本》,见《鲁迅全集》第7卷,第138、139页。

张恨水　原著
张石川　导演
严独鹤　编剧
胡蝶　郑小秋　主演
夏佩珍　严月闲（娴）　王献斋　萧英　龚稼农（等各大明星合演）

本院代售啼笑因缘特刊　每册小洋六角

（原载 1932 年 9 月 30 日《申报》）

《啼笑因缘》电影广告

1931 年"九·一八"事变后，政治局势的严峻性导致中国的社会、经济结构和文化形态发生了剧烈的变异。在电影界，旧市民电影出现大面积萎缩和退潮的迹象。20 年代至 30 年代初的明星公司，除去洪深编过一些"叫好不叫座"的"心理影戏"外，依靠的大都为"鸳鸯蝴蝶派"文人（如包天笑、程小青、严独鹤、姚苏凤等）。面对业内的激烈竞争，为了挽回颓败的局面和重新占领市场的主导地位，郑正秋和明星公司的两个主事者（张石川和周剑云）共同决策投拍张恨水在当时广受欢迎的通俗言情小说《啼笑因缘》，①为此，明星公司投入大笔资金，采用刚进入中国不久的电影有声技术，还集中了公司在 1920 年代培育起来的几乎所有大牌编导、摄影，由在主演《火烧红莲寺》

---

① 1930 年 3 月 17 日，上海《新闻报》开始连载张恨水的小说《啼笑因缘》，至 11 月 30 日连载完毕，期间读者反响强烈。

电影《啼笑因缘》剧照

第二集时蹿红的影星胡蝶领衔,"明星"老板之一张石川亲自参与。因此,《啼笑因缘》的投入资金之雄厚,制作阵容之强大在当时几乎是史无前例的。虽然时代氛围、整体生态环境和文化结构的转变使得旧市民电影已经成了观众眼中的"明日黄花",这场几乎破釜沉舟的"翻身仗"从某种意义上来讲,并不能使明星公司完全摆脱濒临破产的前景,也不能改变旧市民电影将遇到左翼电影和新市民电影挑战的命运,但是,《啼笑因缘》作为旧市民电影落幕前一场最华丽的演出,除了其固有的娱乐性和传统文化气质之外,我们还能够从中感受和发现一些珍贵的现代性趋向。

1920年代对于中国来说是一个特殊的新旧转换时期,五四运动是使传统中国走向现代中国的一个重大转折点。五四运动后,新文学逐渐占据中国文坛的主导地位,整个中国社会文化环境和读者群体衰退的严峻现实对于旧通俗小说的生存来讲已经极为不利,张恨水正是出现在这样的背景下,他的贡献和意义就在于采用了改良主义的方法,对旧通俗小说进行继承和革新,从而保留了旧通俗小说对于读者群体文化心理的娱乐性、商业性的考量,从而保留了和传统文化之间的血脉关联；另一方面，他又重新定位和自我反思，如说："到我写《啼笑因缘》时，我就有了小说必须赶上时代的想法。"①作为旧章回小说的改良先锋，张恨水的《啼笑因缘》无疑是他最下力写作并有代表性的文本。这部作品更加强化叙事的功能，注重人物的形象性和心理描写，突出反封建的先进意识。这些都充分说明张恨水在中西文化对撞和新旧文学之争中寻找到了一条现代性转换道路，从而为《啼笑因缘》改编为电影时所具有的现代性趋向奠定了基础。

今天看来，小说《啼笑因缘》改编为电影直至上映的过程，可以称为当年一次声势浩大的"电影事件"。其间还发生过我们已经讨论过的官司，即轰动一时的"双包案"②。"双包案"虽是一起法律诉讼，然从另一角度看，却颇具新闻点，当时众多报纸媒体借机大肆炒作，无意间充当了幕后推手，加大了电影的知名度，使得《啼笑因缘》还未上映就已经先声夺人，从而成为一个很现代的营销典范。

1932年9月，《啼笑因缘》终于横空出世，上海各大首轮影院马上争取到放映权并在报上展开新一轮宣传攻势，张恨水再次成为媒体瞩目的焦点。《申报》1932年9月29日、30日曾先后发布两个影院（北京大戏院、中央大戏院）同时上映《啼笑因缘》首集的广告。到两年后的1934年，我们仍能感觉到电影《啼笑因缘》被炒作的余温：比如，打开1934年8月下旬上海最具影响力的报纸《申报》为各家影院所做的《啼笑因缘》放映广告，便应接不暇地出现在眼前：

> 1934年8月21日，东南大戏院放映一二集；
> 1934年8月23日，东南大戏院放映三四集；
> 1934年8月25日，恩派亚大戏院放映一二集；

---

① 张恨水：《写作生涯回忆》，第47页，太原：北岳文艺出版社，1993年版。
② 大华电影公司总经理顾无为掌控下的娱乐场南京大世界先把《啼笑因缘》排成舞台剧演出，接着又欲将其拍成电影，和明星公司一争雌雄。并暗通关节，获得电影检查机关的营业执照。而明星公司则按惯例，一边送审剧本，一边开拍。不久双方争执起来，在南京对簿公堂，同时又暗中斗法：大华电影公司以上海滩的老霸主黄金荣为后台，明星公司则请出社会名流章士钊做法律顾问，后又请出更具力度的杜月笙出面调停。最后在黄、杜二人调节下达成协议：大华电影公司放弃，明星公司获得拍摄权；但明星公司需出资10万元赔偿大华电影公司的经济损失。

据粗略统计：仅《申报》上12天内就有关于《啼笑因缘》的广告9则。值得注意的是，电影明星、导演，甚至是技术手段与投入，都成了包装打造《啼笑因缘》不可缺少的要素，被熔铸突显至广告中来。如东南大戏院的广告宣示：胡蝶领衔主演，张石川导演，张恨水原著，为明星公司有声有色伟大出品，显然打的是明星牌。而恩派亚大戏院则从拍摄投入和技术方式的更新上，证明该片的不同凡响："震撼全国影坛，耗资十二余万，明星公司有声有色配音巨片。"电影的介入及其随之而来的广告推介[①]，虽均出于商业目的，但在客观上却大大拓宽了《啼笑因缘》的受众面，也增进了作者的知名度。在商业与文化的双重包装下，众多推手共同铸就了《啼笑因缘》的出台，从今日的眼光看，这部名噪一时的旧市民电影，已经具备了现代社会商业电影生产、营销等运作模式的某些雏形。

而在电影《啼笑因缘》中，也已经能够看到现代人文精神的光辉。民初的旧派言情小说已经对所属时代发生在婚姻爱情领域的新旧交锋有所体现，如徐枕亚的《玉梨魂》、吴双热的《孽冤镜》等哀情小说对封建婚恋制度的控诉都十分着力，具一定程度的启蒙色彩。现在的《啼笑因缘》无疑更突破了礼教文化的思想限制。主人公樊家树所持爱情观极为纯粹，他认为爱情是脱离了金钱、利益和社会身份而存在的，樊家树和沈凤喜之间存在鲜明的社会阶层和身份差异（一个是有文化的新青年，一个是唱大鼓的女戏子），但他们所展现的感情是以相互尊重为基础的，而他与剧中的其他人物，如关寿峰、沈母这类社会下层人物交往时也具有平等意识。因此，樊家树是张恨水按照新文学所强调的价值标准去塑造的新青年形象。他身上所体现的深厚的人道主义和人性美好奠定了整部作品的现代人文精神趋向。而女主人公沈凤喜在金钱作用下暴露了其性格固有的弱点，对于樊家树的爱意和愿帮她自立的善意，凤喜起初也充满了感激和欣悦，但是爱情尚不能帮助凤喜克服性格中隐伏的悲剧因素。作者早就在她和樊家树的交往过程中，埋下了爱慕虚荣的伏笔，她在物质上有着较强的欲望和攀比心，在面对物质的利诱时最终沉沦。最后，凤喜精神崩溃。这悲剧的酿成恰是因人性的弱处被缠绕进某种存在的困境，具有强烈的人文深度和普世意

[①] 刘少文：《众媒体联手打造神话——论20世纪30年代〈啼笑因缘〉的包装出品》，载《北方论丛》2006年第4期。

味。《啼笑因缘》的现代性趋向恰恰反映在其脱离传统的"才子佳人"悲欢离合的旧套路，开始透视人性，审视现实人生，以平民的生命存在为观照对象，关照社会现代性转变过程中国民群体所特有的焦虑和痛苦。

从小说到电影的《啼笑因缘》，代表着旧通俗文学和由其改编的旧市民电影既借鉴新文学又与之有所疏离的现代转换路径。这一路径的特殊性在于创作者无意中摒弃了作为整体的五四新文学所倡导的新旧、中西二元对立的价值取向，从而构成了一个具有改良主义和现代性趋向的特殊文本。《啼笑因缘》是1930年代一个受众广泛、历久不衰的神话，一个文学界与电影界共创的神话。我们依稀能在其落幕之后的余烟残火之中，窥到一丝丝动人的光辉，而这些是会被历史永恒记载的。

（丁亚平）

10 月

告别奥尼尔：洪深 30 年代的转向

洪深戏曲集

现代书局印行　实价五角五分

　　洪深先生为中国话剧运动中最努力的一员，不但丰富于舞台经验，且对于剧本制作之技术上亦有极深刻之研究。本集包含有两个时代性剧本《赵阎王》与《贫民惨剧》，均为精心构思之作，内容技巧尤多独到之处，且均经各处上演，获得极大之成功，允推为洪深先生之得意杰作。书前附有自序《属于一个时代的戏剧》，对于戏剧与时代，详细阐明，引证丰富，立论透辟，对于戏剧运动，颇多贡献。

（原载 1932 年 10 月 1 日《现代》第 1 卷第 6 期）

　　现代书局印行的《洪深戏曲集》事实上有两个版本，第一个版本的版权页上标注的是"1932 年 9 月 1 日改版"，定价"五角五分"。这一版收有洪深的自序《属于一个时代的戏剧》以及《贫民惨剧》、《赵阎王》两个剧本。[①]次年，《洪深戏曲集》又出了一个新版本，版权页上注明的是"1933 年 6 月 1 日初版"。这一"初版"本比前一年的"改版"本新增了一篇文章《欧尼尔与洪深（代序）》，承担的是序言的功能。而前一"改版"本中的自序《属于一个时代的戏剧》则作为一篇创作谈编在两篇戏剧之前，不再承担序言的功能，书的定价也改为"实价六角"。

　　《洪深戏曲集》所收二剧《贫民惨剧》[②]和《赵阎王》，分别创作于 1916 年和

[①] 这一版本的内容其实与 1928 年 9 月上海东南书店出版的《洪深剧本创作集》完全相同，均由《属于一个时代的戏剧》（自序）以及《贫民惨剧》、《赵阎王》组成。1932 年现代书局的《洪深戏曲集》或许正是对东南书店版的"改版"。

[②] 洪深的五幕话剧《贫民惨剧》原刊 1920 年 6 月、9 月、12 月的《留美学生季报》第 2、3、4 期，曾先行收入 1928 年 9 月上海东南书店出版的《洪深剧本创作集》。

《洪深戏曲集》广告

1922年，两部戏的并置非常直观地表现出洪深跨越式的成长。如果说《贫民惨剧》还多少有文明戏的痕迹，那么《赵阎王》则是洪深回国后在剧坛的第一次亮相，也以对奥尼尔的表现主义的借鉴令中国戏剧界耳目一新，标志着现代主义戏剧在中国本土最初的实绩。1924年洪深为上海戏剧协社执导《少奶奶的扇子》，标志着中国话剧演出作为剧场舞台艺术开始走向成熟，也由此确立了话剧的专职导演制度。1932年10月《现代》第1卷第6期刊载的这则《洪深戏曲集》的广告词堪称对洪深在现代戏剧史上诸方面贡献的一次简明扼要的总结。其中"最努力的一员"以及"丰富于舞台经验，且对于剧本制作之技术上亦有极深刻之研究"等语均中肯到位，非一般广告语所难免俗的溢美之词。但这部《洪深戏曲集》收入的却是洪深的两篇早期创作，而且早已有了上海东南书店的版本。两篇早期创作的再度刊行虽体现了现代书局对洪深应有的看重，却难以反映《赵阎王》之后洪深的戏剧实践。值得一读的，倒是《洪深戏曲集》1933年"初版"本中增收的《欧尼尔与洪深（代序）》一文。

这篇"代序"有一个副标题"一度想象的对话"。洪深为这"想象的对话"拟设的时间是1933年1月；地点则是"太平洋的两岸"，对话的双方是奥尼尔与洪深本人。这次虚拟的对谈堪称精彩绝伦，一方面表现出洪深不拘一格的写作风格，另一方面也透露出洪深的戏剧道路一直笼罩在奥尼尔的阴影之下。而奥尼尔正是洪深早年在哈佛大学师从培克教授学习戏剧与文学时的师兄弟。在这场虚拟的对话中，洪深一开始即让奥尼尔提及与自己的渊源：

欧尼尔：我和你相隔二年。

> 洪　深：是的，你在一九一七年离开哈佛，我在一九一九年才进哈佛；我和你是相隔二年的先后同学，都是培克教授的弟子。

接下来，洪深以一个师弟的姿态虚心叩问，事实上是借助奥尼尔的权威性，来传达自己的戏剧观。这次"对话"也是洪深反躬自省的过程，并在自省的同时寻求对奥尼尔影响的超越。尤其有意味的是这次对话的结尾，洪深让奥尼尔阐释了关于"命运"的理论：

> 欧尼尔：古人处在大自然威胁之下，许多事不能了解，所以迷信神权与命运。……但在我，解释做"一切都由于社会环境"，环境当然包括人和人的以往的历史的关系，以及一个人的生理状态在内。而社会的环境，不是可以用科学的方法改造的么？
>
> 洪　深：唯——唯。（他不再开口了，但是暗自寻思着，创作与非创作，实在是极小的一部分问题，最重要的，还是一出戏的社会效果。食与色，本来是人生的两件大事；是生理所需要，一个人不能不去满足它的。为了争食而互相残杀，古往今来的作者，能正确地彻底地有力地描写的，已经是很少很少。至于为了争色而互相残杀，剧本虽多，但不是歪曲，便是浅薄，能如欧尼尔这样深刻，已经是十分难得的了。不过，争食争色，是两件独立的事么！争色，能不为争食所影响么！欧尼尔的社会环境，何以只包括生理而竟完全忘记生产了呢！这个，将来还要找一个机会谈谈的。）

洪深的"不再开口"并非唯唯诺诺的表现，作者恰恰通过虚拟一个叙述者的声音呈现出一个思索的自我，从而使这次拟想的对谈，也构成了洪深的两个自我的潜对话。一个是深受奥尼尔影响的《赵阎王》时期的自我，另一个则是意图超越奥尼尔的30年代的自我。这次对谈既是对奥尼尔的致敬，也是一次超越，堪称是"为了告别的聚会"，尤其是洪深所暗自寻思的"欧尼尔的社会环境，何以只包括生理而竟完全忘记生产"，更是昭示了洪深已经有着戏剧观念新的取向的生成。

转向的标志，是洪深的《农村三部曲》的问世，即1930年创作的《五奎桥》（乃洪深参加左翼活动后第一个话剧剧本）、1931年创作的《香稻米》、1932年创作的《青龙潭》。《五奎桥》为第一部，也是最成功的一部，当时也有广告：

以农村生活为题材的创作，在戏曲方面实以洪深先生为第一人。本书为著者近来伟大计划的三部曲之第一部，曾在著者指导下，由复旦剧社上演轰动一时，被推为一九三二年最优秀的创作剧本之一。内容非常充实，无一句空话；至结构的绵密，对话的生动流利，犹其余事。首附著者《戏剧的人生》长文代序，详述著者从事话剧运动的经过，可为当世名贤借镜，并附以历次演剧经验为系统之插画二十余幅，尤为珍贵。

（原载1934年1月1日《现代》第4卷第3期）

《五奎桥》演出广告及剧照（五幅）

洪深在《农村三部曲》中所追求的，大概就是把社会环境扩展到"争食"与"生产"的环节，应和的是左翼的文学观和社会观。而背后则是洪深加入"左联"之后所携带的鲜明的倾向性："我已阅读社会科学的书；而因参加左翼作家联盟，友人们不断予以教导，我个人的思想，对政治的认识，开始有若干改变。这两部戏所表现的企图，因之也较为明确。我是想说，地主乡绅们，执行'六法'维持秩序的官吏们，放高利贷的资本家们，代表帝国主义者深入农村进行经济侵略的买办们，以及依附他们为生的鹰犬走卒们，由于他们在旧社会所处的地位，是不可能不剥削农民，不可能不压迫农民的。制度决定了他们的品性，制度规定了他们的行为。制度不推翻，他们自然继续作恶的。"①正是基于这种意识形态，洪深在《五奎桥》②中把"五奎桥"塑造成一个旧制度的

---

① 《洪深选集·自序》，北京：开明书店，1951年版。
② 《五奎桥》最初发表于1932年11月、12月《文学月报》第1卷第4期及第5、6期合刊。1933年12月现代书局出单行本，后收入1936年6月上海杂志公司《农村三部曲》。

象征:

> 这座五奎桥不仅仅是一座桥,而是一个重要的象征了。"五奎",一般乡下人迷信是司理命运的天上的星宿;桥名"五奎",或者还许是对于科举时代那读书人的功名际遇的一种颂祷。事实上这座桥的来历,果然是因为前清某某年间,本城一家姓周的,一门两代,出了一个状元四个举人,于是衣锦还乡;除了重新在祖茔上树起石人石马,又把那祖茔前河流上原有的一顶小桥,修理了改名"五奎"……直到现在,这座桥还是周乡绅家对于乡下人的一种夸耀、迷信、愚昧、顽旧的制度,封建势力、地主的特殊利益,乡绅大户欺压平民的威权!似乎五奎桥存在一日,这些一切,也是安如磐石,稳定地存在着的。①

"五奎桥"也由此成为洪深所设计的戏剧冲突的焦点。《五奎桥》所塑造的李全生,正是为了拆除五奎桥,让洋水龙通过,为桥东的稻田浇水,而与五奎桥的主人周乡绅进行斗争的农民形象,也汇入到30年代一批左翼作家所塑造的农民群像之中。

30年代的洪深同时超越的还有自己的艺术手法。到了《五奎桥》中,写实性成为艺术主旋律,如洪深在《五奎桥》代序《戏剧的人生》中谈到自己的《贫民惨剧》时所说:"在题材方面,我坚决地要描写贫民生活情形,虽不免有空想和过分夸张的地方,而精神却是写实的。"②这种写实精神在《五奎桥》中成为洪深更自觉的世界观和方法论的追求,也使《五奎桥》成为1932年关于农村题材的代表性作品之一,正如《中国文艺年鉴(1932)》所说:"洪深虽然仅仅产生以农民斗争为题材的《五奎桥》,然而这是更现实的,更精细的,不愧为1932年的话剧的代表。"③

而在洪深告别了奥尼尔的象征主义的同时,得与失恐怕就蕴藏其中了。30年代的洪深力图像《洪深戏曲集》自序所说的那样,创造"属于一个时代的戏剧"。因此,他认为:"一个时代有一个时代的精神与状态,有特殊的思想人事与背景……凡一切有价值的戏剧,都是富于时代性的。换言之,戏剧必是一个

---

① 洪深:《五奎桥》,第37—38页,上海:现代书局,1933年版。
② 洪深:《戏剧的人生(代序)》,见《五奎桥》,第7页。
③ 《一九三二年中国文坛鸟瞰》,见中国文艺年鉴社编辑:《中国文艺年鉴(1932)》,第34页,上海:现代书局,1933年版。

时代的结晶,为一个时代的情形环境所造成,是专对了这个时代而说话,也就是这个时代隐隐的一个小影。"①试图对时代说话的洪深,必然强调戏剧对重大社会主题的反映。左翼戏剧理论家张庚当年曾经这样论及洪深的《农村三部曲》:"最近数年来,他更花了精力,尽他的可能,在我们面前呈现了他所理解的江南农村的疾苦,农村中的思想动摇和激变。在他的世界观中,个人的,小有产者的苦闷是不被重视的。每一个题材,每一个题材中所表现的主题,在他,都有一种必要的价值的衡量:那便是当做一个社会问题、道德问题而提出来;而且在可能范围之内给予解决或者解答。"为了反映和解释时代的本质、主流和全貌,"首先吸引他的注意的,不是事件,人物,而是现象一般,从这现象一般,他首先去取得一个科学地正确的解释与解决"。"因此,事物的发展不是沿着现象对于作者兴趣的逼近,却是沿着最后的结论所逼成的戏剧的 Action 前进的。也因此,人物不是闪烁在作者头脑中的不可磨灭的'幻影',而是为了整个戏剧 Action 上的需要才出现的代言者。"②因此,张庚把洪深的现实主义概括为"与动的现实主义相对立的一种机械的现实主义"②。有文学史家进一步认为这种洪深式的"'机械的现实主义'的戏剧创作规范、模式,逐渐占据了现代戏剧的中心地位,不仅成为支配性的创作倾向,而且逐渐成为一种传统,影响、制约着后来的创造者"④。

《现代》上刊出的《洪深戏曲集》和《五奎桥》两个广告都把洪深戏剧演出的成功,作为图书推销的重要策略,从中见出洪深的戏剧在中国现代话剧演出史上也占有一席之地。不过《洪深戏曲集》广告中称《赵阎王》与《贫民惨剧》,"均经各处上演,获得极大之成功",恐与事实不尽相符。至少1923年由洪深自己出资自饰主角自任导演在上海笑舞台演出的《赵阎王》,即难说成功。洪深自己回顾说:"那时的观众,看惯了'荡妇之道'的优伶,一致地说我是有神经病。""这出戏到民国十八年冬间重演,才获到了观众的同情。"⑤倒是《五奎桥》的演出,取得了轰动。《五奎桥》公演后,《良友》画报即登出剧照若干幅,所配文字称:"全剧意义正确,表现农民之反抗封建势力之压迫,含义至

---

① 洪深:《洪深戏曲集·自序》,见《洪深戏曲集》,第1页,上海:现代书局,1932年版。
②③ 张庚:《洪深与〈农村三部曲〉》,载1936年8月《光明》第1卷第5期。
④ 钱理群:《大小舞台之间》,第11页,杭州:浙江文艺出版社1991年版。
⑤ 洪深:《我的打鼓时期已经过了么?》,载1935年8月《良友》画报第108期。

大。此剧曾由复旦剧社演出，由朱公吕氏导演。特聘袁牧之氏客串饰周乡绅一角，使该剧之出演，得获更大之成功。"① 戏中饰周乡绅的袁牧之是话剧演员中的翘楚。1933年12月现代书局印行袁牧之著《演剧漫谈》，《现代》杂志登出的该书广告语称：

> 我国非职业话剧运动中，在从事实地表演上，袁牧之先生实为最努力之一人。袁先生是一位天才的演剧家，历次主演各名剧如《文舅舅》《五奎桥》《怒吼吧，中国》等，均轰动一时，且表演深刻，化妆神妙，对于剧中人神情尤能传达。本书系集其数年来之随笔四十篇而成，以一个戏剧演员，历述主演各剧时之心理情调，技巧经验，足供努力戏剧运动者作实际之参考。话剧运动自发轫以来近十余年，关于临场演剧之实际经验谈的出版物殊不多见，本书虽为著者个人散文体的纪述，然内容之真实，非身经表演者不能道也。②

在洪深的话剧创作、表演和导演的一体化视野中，"戏剧是感化人类的工具，而演员能透彻地理解与充分地发挥剧本的作用，则是戏剧表演成功的关键"③。《五奎桥》的演出，也堪称是现代话剧凝聚导演、演员、剧场、剧作家、剧本的文学性诸种元素于一身的结果，预示了30年代中国剧场艺术的走向成熟。④

（吴晓东）

左翼新人沙汀短篇集《法律外的航线》

这是由现实生活的体验与观察抽绎出来的十余个短篇小说。体裁是写实的。是深耕的刻画，是统一的内容与形式，并不像单纯的纪事与步韵填词。题材有反帝的，有涉及"一·二八"的，有崩溃的农村摄影，有没落小布尔乔亚的悲

---

① 《洪深名剧〈五奎桥〉公演（五幅）》，载1933年6月《良友》画报第77期。
② 袁牧之著《演剧漫谈》的广告见1933年12月出版的《现代》杂志第4卷第2期。
③ 孙青纹：《洪深小传》，见《洪深研究专集》，杭州：浙江文艺出版社，1986年版。
④ 参见钱理群：《大小舞台之间》，杭州：浙江文艺出版社，1991年版。

哀……这是近三年来中国文艺界的寂寞中骤然出现的一株青草,并不让于奇花异卉。书已付印,不日出版。

(1932年10月上海辛垦书店出版发行广告,原载《二十世纪》)

沙汀《法律外的航线》书影,辛垦书店1932年初版。

出版沙汀第一个短篇小说集《法律外的航线》的辛垦书店,是1928年前后因国共分裂从"大革命"第一线退下的革命者重新集结的产物,是在上海突然冒出的众多社会科学书店之一。类似的书店如陈望道、汪馥泉的大江书铺,如南强书局等。辛垦书店的创办人便是由一批四川籍的流亡者杨伯凯、任白戈、葛乔和杨子青(即后来的沙汀)组成的。这个集子等于是在自己的出版社出版,广告做得十分恳切到位。其中指出题材的尖锐性、广泛性,是写实主义的,暗示有"统一"的形式内容,并不是一般的单纯纪事或形式主义创作可以比拟的。这些都能归结到"左联"力图摆脱初期的幼稚,不再一味开展运动的"左倾"做法,而是到了更加推重创作的阶段上来了。

此集的12篇作品,写于1931年到1932年间。沙汀是1928年为躲避故乡四川安县国民党右派的迫害,打着投考"中国公学"的旗号只身来到十里洋场上海的。他很快就找到了志同道合的"辛垦"一伙革命文人。1931年4月,他在北四川路的横浜桥上,于大城市千万人流中又巧遇了从南洋被逐出回国的省一师同班同学汤道耕(艾芜)。他们开始住在闸北的弄堂里自学写作,这些小说便自然产生了。集子中的《俄国煤油》、《风波》等数篇写得最早,这些小说的题材正是流落城市的知识者和乡土下层劳动者这两类,是他熟悉的,但对于正在提倡的"普罗文学"风气来说,却是连后者都不能算直接反映时代大潮流的。当年的"普罗文学"只有写工人罢工和农民土地革命的故事,才可被称道。这是一个"写什么"大于"怎么写"的左翼时代,而直接反映工农斗争正是沙汀、艾芜这两个向往"普罗"的文学青年的生活储备所不具备的。于是在苦恼中他们向一直敬重的、现就住在附近景云里的鲁迅先生发信请教:他们所掌握的写

"熟悉的小资产阶级的青年"和"熟悉的下层人物——现在时代大潮流冲击圈外的下层人物"这两类内容,"究竟对现时代,有没有配说得上有贡献的意义"[①]?鲁迅1931年12月25日的回答很有名,他的意见富有针对性,是针对着那时的某种"左倾"声音而发的。第一,他认为,题材无分大小。"如果是战斗的无产者,只要所写的是可以成为艺术品的东西,那就无论他所描写的是什么事情,所使用的是什么材料,对于现代以及将来一定是有贡献的意义的。"第二,虽然发问的两人都承认自己仍属小资产阶级,但鲁迅认为"所举的两种题材,却还有存在的意义"。"两位是可以各就自己现在能写的题材,动手来写的。不过选材要严,开掘要深。"[②]这是非常合用的意见,年轻的沙汀、艾芜两位不可能全部理解鲁迅的话,但显然受到了前辈的鼓励,接下来就将自己的新作,艾芜的《太原船上》、沙汀的《俄国煤油》,随信再送给鲁迅讨教。1932年,沙汀就再接再厉,写了收到集子后半部分的作品。其中《法律外的航线》在长江航程的描写中插进了沿岸的农民革命场面;《码头上》写三个贫苦的流浪儿童在夜晚野灶的柴火映照下,向往着"那里"(红色根据地)。沙汀在知识者和劳动者两个圈子里寻找自己,都在写着,不放弃,不退缩,但大时代冲击圈里面的生活用侧笔也要染指一下,这种左翼"重大题材"论的影响还是留下了很深的烙印。在发表《法律外的航线》这个处女集子的部分作品时,他采用了由"沙丁"转化为"沙汀"的笔名,也是因想起了故乡采金矿的苦力们,想起了五四"劳工神圣"的精神。

当时,"左联"的理论家在提倡"新写实主义"。丁玲的《水》发表的时候,冯雪峰曾经用"画室"的名字写过《关于新的小说的诞生》一文,他所归纳的"新写实"的几条,一要取"巨大的现实题材",二要有"新的描写方法"(包括不写个人心理,而刻画集体群像),这都合乎沙汀《法律外的航线》这批作品的风格。因为受苏联"同路人"作家巴伯尔的《信》《盐》,伊万诺夫的代表作《铁甲列车》的影响,在自己的作品里也用印象式的跳荡笔法,人物群体的雕塑式堆积,都是当年左翼青年作家一时的风气。根据后来沙汀、艾芜对复旦大学《鲁迅日记》注释组的回忆,因鲁迅对沙汀有"顾影自怜,有废名气"的评语,

---

① 此信收入鲁迅《二心集》,在"关于小说题材的通信"总题下,作为"来信"载出。见《鲁迅全集》第4卷,第366页,北京:人民文学出版社,1981年版。

② 鲁迅:《关于小说题材的通信》,见《鲁迅全集》第4卷,第367—368页。

虽然他的乡土描写如《法律外的航线》里面的《风波》，是拟鲁迅乡土作品用了同名的，但他也承认确实受到废名（冯文炳）《竹林的故事》的影响。写知识分子的《俄国煤油》都写出"顾影自怜"了，总是不好的，于是在《法律外的航线》1937年2月改名《航线》在上海文化生活出版社再版时，沙汀便索性删去了《俄国煤油》和《酵》这两篇。

除了鲁迅，茅盾是公开对《法律外的航线》发表书面评论的第一人。出版仅两个月，茅盾就在《文学月报》上发文加以评价。茅盾赞赏《法律外的航线》、《恐怖》中显示出来的"用了写实的手法，很精细地描写出社会现象——真实的生活的图画"的描写力，运用活的来自群众的语言，"是活生生的四川土话，是活的农民和小商人的话"，能掌握生活细节，真正拥有生活经验。①而日后，在沙汀认识到川北乡土是他的创作之根，在1940年代写出他的长篇《淘金记》、短篇力作《在其香居茶馆里》的时候，他已经充分吸取了茅盾社会分析的方法，解剖社会，表现生活，成为社会剖析派的中坚。

侍桁在《现代》上发表的长篇连载评论《文坛上的新人》，认为在1933年的文坛上活跃的新起作家有六位，即臧克家、徐转蓬、沙汀、艾芜、金丁、黑婴。这里包括"新月"、文学研究会、"海派"诸家，这时的沙汀、艾芜都已经加入"左联"，他们显然是属于左翼青年作家的代表。侍桁的文章针对茅盾先期的评价，在许多小的地方看法一致，同意沙汀描写社会现象很"精细"，其特点为"强调起集团生活的描写"，使用"活生生的四川土话"，"是有着新写实主义的路线的"。但是侍桁从大处批评这"新写实主义"的具体实践，认为"于是在他的作品里，不但没有个人生活的干骼，就连个性的人物都没有，而且他也没有像一向的小说中所取用的材料——即以某一事件为中心的故事的发展——为只有社会的表面的观察"。这样的结果，是"现实的真实之不完全的表现"，使得"新写实主义对于我们直到如今也不过是一个空洞的名辞而已"。侍桁的全文并非要全盘否定沙汀，实际上他将沙汀作为"新人"来推荐，文章里也不乏艺术上的肯定，说他的小说"切成了断片看，那仿佛是描绘得很真实而有趣"，只是不能"构成一个整个的东西"罢了。②他从左翼外部传来对"新写实主义"的

---

① 茅盾：《〈法律外的航线〉》，载1932年12月《文学月报》第1卷第5、6号合刊。
② 侍桁：《文坛上的新人（下）》"三，沙汀"，载1934年4月1日《现代》第4卷第6期。

批评。沙汀的《法律外的航线》无意之中成了"新写实主义"的标本，也成了批评"新写实主义"的一个靶子。假若不抱成见，允许别人批评，也允许自己改进，就像沙汀最后抛弃了茅盾也不以为然的这种"印象式的写法"一样，左翼文学最终扬弃了"新写实主义"，终止了"唯物辩证法创作方法"，对"社会主义现实主义"不断地进行阐释，这就是世界上任何事情可以在否定自己的过程中得到进步的道理。沙汀和左翼的文学也可作如是观。

（吴福辉）

11月

"新月派"的另一独特贡献

《新月诗选》

陈梦家编　实价七角

《新月诗选》是一般少数人以友谊并同一趣向相缔结的人,以醇正的态度谨严的格律所写的抒情诗。这里八十多首虽各人有各人的作风,但也有他们一致的方向。这诗是从北京晨报诗镌及新月月刊内挑选——徐志摩,闻一多,饶孟侃,孙大雨,朱湘,邵洵美,方令孺,林徽音,陈梦家,方玮德,梁镇,卞之琳,俞大纲,沈祖牟,沈从文,杨子惠,朱大柟,刘梦苇等人的诗编成,实一册最精美最纯粹的诗选。

(原载1932年11月1日《新月》第4卷第5号)

《新月诗选》广告

虽然我们不知道这则广告是由谁撰写的，但因为是发表在《新月》杂志上的，因此可以判断是出自"新月"中人之手，该不会错吧？"醇正的态度谨严的格律"之说，应该是出自《新月》发刊词；而"抒情诗"，则是《新月诗选》的编者陈梦家在这本诗选的序言中的说法："在我选好了以后我发现这册集子里多的是抒情诗，几乎占了大多数。我个人，最喜欢抒情诗。抒情诗的好处，就是那单纯的感情单纯的意象，却给人无穷的回味。"①重要的是，广告所谓的这本诗选的作者"是一般少数人以友谊并同一趣向相缔结的人"、"虽各人有各人的作风，但也有他们一致的方向"之说，这显然是不自觉地承认了"新月派"的存在，也承认这本《新月诗选》是一个流派的诗选。虽然当时的人们确实认定"新月派"的存在，但"新月"中人却似乎不大愿意公开承认，特别是受到1928年开始的左翼文学界的批评之后。所以《新月》出到第2卷，曾经连续两期发表《敬告读者》，声明："我们办月刊的几个人的思想是并不完全一致的，有的信这个主义，有的信那个主义"；"我们几个人说的话并不一定是一致的"②。这是很奇怪的说法，哪个流派的所有成员的思想是"完全一致的"、"一定是一致的"？反过来说，即使思想"并不完全一致的"、"并不一定是一致的"，就不可能属于同一个流派吗？这个声明显然是在左翼的激烈批评的压力之下的张皇其辞。

这本诗选，如编者所说，"入选的共十八人，诗八十首"③。"十八"与"八十"，这两个数目放在一起，似乎有点反向巧合的意味。单纯地看，这十八个诗人都是《新月》的作者，入选的也都是发表在《新月》上的作品，即使看做是"新月派"的成员，也没有什么大问题，但如果仔细推敲，也不免有些疑问：为什么如于赓虞和稍后的臧克家等当时著名的诗人没有入选，而刚刚在《诗刊》上发表作品并且尚未成名的卞之琳却名列其中？陈梦家在序言中说："卞之琳是新近认识很有写诗才能的人。"④似乎是说，虽然是"新近认识"的，但因为"很有写诗才能"，所以入选了。而这"才能"，似乎就是接着这句话所说的："他的诗常常在平淡中出奇，像一盘沙子看不见底下包容的水量，如《黄昏》，如《望》都是成熟了的好诗。"⑤说《黄昏》、《望》"都是成熟的好诗"，

---

① 陈梦家：《〈新月诗选〉序言》，见《新月诗选》，上海：新月书店，1932年版。
② 载1929年6、7月《新月》第2卷第6、7期。
③④⑤ 陈梦家：《〈新月诗选〉序言》，见《新月诗选》。

显然是夸张了;"在平淡中出奇"倒确实是卞之琳的诗风,但这种卞之琳自己所谓的"冷淡盖深挚"、"玩笑出辛酸"的写法①,又恰恰是和"新月派"诗风大异其趣的。虽然后来的事实证明,卞之琳确实是"很有写诗才能",但问题是陈梦家怎么那么早就慧眼识人?就凭《黄昏》、《望》这样的作品?这实在有点匪夷所思。原因恐怕还是因为徐志摩的赏识吧?据卞之琳回忆:"1931年徐志摩取走我在1930年写的一部分诗稿,回上海与沈从文共读后,用我的真名,分发给刊物发表,同时由沈给这些诗取名《群鸦集》,写了一篇《附记》发表了,由徐交新月书店准备出版单行本,结果'九一八'事变发生、志摩遭空难",诗集也就没有能够出版。②这个事实,与卞之琳的入选,应该说是很有关系的。

作为一个补充,这里不妨再看看卞之琳对这本《新月诗选》的看法。卞之琳在1988年读了何其芳写于1957年的《论"新月"诗派信》,这样说:

> 虽然他(引按,何其芳)写信已在"反右派"运动开始了的1957年7月的政治气压下,难免还有些"左"。他在信中澄清的一点,我以为应是常识而很重要。他不赞成一般人以陈梦家1931年编的《新月诗选》画线定派,说"《新月诗选》主要还是陈梦家个人的工作,不能算作'新月诗派'共同的活动"。首先在《新月》上发表诗而为世所知的臧克家没有诗被陈梦家选入。他编的《诗选》,是纯属偶然。我在《诗刊》上发表过的几首诗被收入,就没有征求我的同意(因此也收入了我自己早已一见发表就厌恶的个别诗)。这就证明其芳所说的合乎实情。③

卞之琳之所以这样说,也许还与何其芳没有入选有关。因为如卞之琳所说,"大约也就在1932年吧,他(引按,何其芳)和我开始相识的时候,谈到写诗,曾告诉我他学过'新月'诗派";"我在新月书店出版的《诗刊》第2期上发表几首诗以前,他倒是在当年《新月》月刊上另名发表了百多行的一首诗"④。

关于"新月派"的诗,各种研究成果已经不胜枚举了。但这里不妨再由卞之琳来谈一个小问题。卞之琳在纪念闻一多时说:

---

① 卞之琳:《〈雕虫纪历〉自序》,见《雕虫纪历》(增订版)第4页,北京:人民文学出版社,1984年版。

② 卞之琳:《追忆邵洵美和一场文学小论争》,载《新文学史料》1989年第3期。

③④ 卞之琳:《何其芳与诗派》,载1988年1月7日《人民日报》。

其实，平心而论，只就我而说，我在写诗"技巧"上，除了从古、外直接学来的一部分，从我国新诗人学来的一部分当中，不是最多的就是从《死水》吗？例如，我在自己诗创作里常倾向于写戏剧性处境、作戏剧性独白或对话、甚至进行小说化。从西方诗里当然找得到较直接的启迪，从我国旧诗的"意境"说里也多少可以找得到间接的领会，从我的上一辈的新诗作者当中呢？好，我现在翻看闻先生自己的话了，"尽量采取小说戏剧的态度，利用小说戏剧的技巧"等等（《全集》卷首朱序22页）。而以说话的调子，用口语来写干净利落、圆顺洗练的有规律的诗行，则我们至今谁也还没有能赶上闻、徐旧作，以至超出一步，这不也是事实吗？①

卞之琳所谓的"我在自己诗创作里常倾向于写戏剧性处境、作戏剧性独白或对话、甚至进行小说化"，主要的当然是如其自云"从西方诗里当然找得到较直接的启迪"。是否有闻一多的影响？有多大的影响？难以判断。不过闻一多的《死水》中确实有"戏剧性独白"体和"戏剧性对话"体的作品，如《飞毛腿》、《天安门》等就是以"戏剧性独白"体写的，并且是写得很成功的作品，而《罪过》则是"戏剧性对话"体的作品。这里且举《飞毛腿》为例：

> 我说飞毛腿那小子也真够别扭，
> 管包是拉了半天车得半天歇着，
> 一天少了说也得二三两白干儿，
> 醉醺醺的一死儿拉着人谈天儿。
> 他妈的谁能陪着那个小子混呢？
> "天为啥是蓝的？"没事他该问你。
> 还吹他妈什么箫，你瞧那副神儿，
> 窝着件破棉袄，老婆的，也没准儿，
> 再瞧他擦着那车上的俩大灯罢，
> 擦着擦着问你曹操有多少人马。
> 成天儿车灯车把且擦且不完啦，
> 我说："飞毛腿你怎不擦擦脸啦？"
> 可是飞毛腿的车擦得真够亮的，

---

① 卞之琳：《完成与开端：纪念诗人闻一多八十生辰》，见卞之琳：《人与诗：忆旧说新》，第10页，北京：三联书店，1984年版。

> 许是得擦到和他那心地一样的!
> 嗐!那天河里漂着飞毛腿的尸首,……
> 飞毛腿那老婆死得太不是时候!

全诗都是飞毛腿的朋友关于飞毛腿的诉说,读者不仅从这个诉说中读出了飞毛腿被他朋友所不能理解的形象,而且也读到了飞毛腿的朋友对飞毛腿命运的深切同情;诗的最后两句意味深长:飞毛腿为什么死了,怎么死的?和他妻子的死是什么关系?卞之琳30年代初写北平"社会下层平凡人、小人物"、表现"北平街头郊外,室内院角,完全是北国风光的荒凉境界"的作品①,如《叫卖》、《酸梅汤》、《过节》等,就是"戏剧性独白"体的作品,他当然能够欣赏闻一多《飞毛腿》、《天安门》这样的作品,甚至别有启发。

当然这种启发也不止来自闻一多。徐志摩也有这种"戏剧性独白"体和"戏剧性对话"体的作品,前者如《残诗》、《一条金色的光痕》、《翡冷翠的一夜》等,后者如《大帅》等。卞之琳得到过徐志摩的赏识和提拔,他与徐志摩的关系也比与闻一多更密切、更有渊源。他说:"就人的关系说,我做他(引按,徐志摩)的正式学生,时间很短,那就是在1931年初,他回北京大学教我们课,到11月19日他遇难为止,这不足一年的时间;就诗的关系说,我成为他的读者,却远在1925年我还在乡下上初级中学的时候。我邮购到《志摩的诗》初版线装本。这在我读诗的经历中,是介乎《女神》和《死水》之间的一大振奋。"②并且,卞之琳在40年代出版诗集《十年诗草》时,还把这本诗集作为对徐志摩的纪念,他在诗集的"题记"中说:"为了私人的情谊,为了他(引按,徐志摩)对于中国新诗的贡献。"③

香港学者张曼仪说:"要说卞之琳在创作上经历了一个'新月时期',是与事实相符的,但时间上的分界却不容易确定。大抵1930年到1931年影响最明显,1932年'新月'的影响还在,却不占主导地位,可说是过渡时期,1933年'新月体'的诗已消声灭迹了。"④张曼仪还说:

---

① 卞之琳:《〈雕虫纪历〉自序》,见《雕虫纪历》(增订版),第4页。
② 卞之琳:《徐志摩诗重读志感》,载《诗刊》1979年第9期。
③ 卞之琳:《十年诗草》之"题记",见《十年诗草》,桂林:明日社,1942年版。
④ 张曼仪:《卞之琳著译研究》,第12页,香港:香港大学中文系,1989年版。

如果"戏剧性独白"泛指凡用第一人称说话、而说话人并不是作者本人的诗篇的话，卞之琳的确写过好几篇这一类的诗，但如果专指闻、徐有意识地模仿过的英国维多利亚时代那种"戏剧性独白"（dramatic monologue），那么，严格称得上的，就只有《酸梅汤》一首。这首诗正是"以说话的调子，用口语来写干净利落、圆顺洗练的有规律的诗行"，即在写作的时候（1931年9月）已赶得上闻、徐的作品了。①

这是很准确而细致的分析。需要补充的是，和闻、徐有意识地模仿过的英国维多利亚时代那种"戏剧性独白"有所不同的是，卞之琳的"戏剧性独白"乃至"戏剧性处境"、"小说化"，恐怕主要还是来自20世纪的T.S.艾略特的影响，限于篇幅，这里就不详细分析了。

"新月派"诗人闻一多、徐志摩引进英语诗中的"戏剧性独白"体，为新诗的艺术发展做出了独特贡献，而由卞之琳与闻一多、徐志摩在这一点上的艺术影响关系来看，我们可以将这个问题看得更透彻，更深入。

陈梦家编《新月诗选》时，没有注意到这个问题，他在序言里主要是谈论格律问题；后来的研究者，注意到这个问题的，也很少；然而这却是"新月派"艺术成就中很小却很独特很有意义的一点。

（高恒文）

"旧文人"在30年代

《本志出世之微旨》（陈瀍一）（摘录）

国而亡者，学之不讲耳。一人不学，能伤其身；大众不学，能亡其国。世界文化之渊宏，宜莫吾国者。治乱盛衰之迹，当于学术观之也。……

共和之兴廿余年，学术益棼如乱丝。恐更阅十载，将使琼林檠铅委弃于泥沙粪土中，熟视无睹。是吾国灿烂光华之古学，不亡于历史专制之朝，而亡于

---

① 张曼仪：《卞之琳著译研究》，第17页。

今日共和之世，不尤重可哀耶。……

本志之作，新旧相参。颇思于吾国固有之声名文物，稍稍发挥，而于世界思想潮流，亦复融会贯通……勤求理论，不植党援，不画畛域，不纳货利，不阿时好。

（原载 1932 年 11 月 15 日《青鹤》第 1 卷第 1 期）

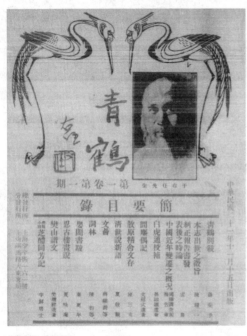

《青鹤》创刊号

《青鹤》于 1932 年 11 月 15 日创刊于上海，月出二期，历时五年，终刊于 1937 年 7 月 30 日第 5 卷第 18 期，共出版 114 期。在 30 年代的出版热中，并不十分惹眼，一般的出版史、文学史都不会论及。但它却聚集了一批曾作为五四新文化运动的对立面的"旧文人"，并且是少见的以文言为主的刊物，在新文学、白话文逐渐确立了主流地位的 30 年代，就成了研究者所说的"另类存在"。或许正因为如此，它所显示的"身处 30 年代上海旧式文人的生存和创作空间，以及文化心态"，却引起了研究者的兴趣：它理应进入我们的文学史叙述。①

从主编撰写的《本志出世之微旨》看，这批已经充分边缘化的旧文人，仍然坚守着他们的基本立场：从"学术盛衰之变迁，诚国家存亡之关键"的认识出发，他们依然认定："吾国灿烂光华之古学"衰亡于"今日共和之世"乃民族危亡之象，必奋起捍卫，"为国学谋硕果之存"②。他们同时又宣称"于世界思想潮流，亦复融会贯通"，志在"新旧相参"，以及"勤求理论"、"不植党援"、

---

① 魏泉：《旧文人：现代文学中的另类存在——〈青鹤〉研究》，第 158—159 页，文收陈平原等编：《大众传媒和现代文学》，北京：新世纪出版社，2003 年版。
② 汤漪：《青鹤别叙》，载《青鹤》第 1 卷第 1 期。

"不阿时好"的独立姿态……这都使人想起当年《学衡》"论究学术，阐求真理，昌明国粹，融化新知"，"无偏无党，不激不随"的宣言。① 在这个意义上，我们可以把《青鹤》看做是《学衡》在30年代的余响，但已无公开对抗新文学的气势，反而声明"吾不反对新文化"②，只求在文坛上占有一席之地了。尽管如此低调，但仍然没有产生预期的社会影响。这样，《青鹤》的实际意义与作用，如研究者所说，主要在其"同人"性（刊物也公开宣示："向未征求外稿，盖同人之心力尚有余裕也"③），提供一个"可供对话与交流的同人圈子"，收集、整理、刊发先人遗文，也"保存了一份传统文人习性的完整的当代遗存"④。

于是，就注意到了主编陈灨一和他的"圈子"。陈灨一出身世家，为江西"新城陈氏"一族，曾入袁世凯幕中办文案，又在张学良幕中参与机要多年，1928年离开政界，在京津教书写作，遂创办《青鹤》，利用其姻亲师友故旧的人脉关系，建立了一个旧文人圈子，在《青鹤》创刊号上就列出了多达105人的"特约撰述"名单。

最著名的自然是师长辈的陈三立、章太炎、陈衍。陈三立晚年隐居所作的《散原精舍文存》几与《青鹤》相始终，是《青鹤》连载的"名著"中最具号召力的文稿。《青鹤》还转载了陈三立之子陈寅恪的《与刘叔雅论国文试题书》，陈方恪的唱和之作，以及叶恭绰为《陈师曾遗诗》所作的序。章太炎有多篇文章发表在《青鹤》的《文萃》专栏里，其旧作《救学弊论》（1924）、《重订三字经》（1928）也被《青鹤》在《论评》栏上重刊。陈衍与《青鹤》则有更深的直接、间接关系。其《石遗室诗话续编》未刊稿即在《青鹤》上连载，所论列的诗人中即有不少人可以在《青鹤》所登诗文中互见。在《近人诗录》专栏里，也常有石遗翁的唱和诗作。清末民初与20年代活跃于陈衍周围的同光体诗人，很多在30年代也聚集于上海。陈衍和他讲学的无锡国学专科学校的师生唐文治、钱基博等，也过从甚密，他们多是《青鹤》的作者。陈衍刊登在《青鹤》第1卷第17期的一首诗即风趣地描述了诗友间的交往："饭我眠我复载我，汽车晷刻无滞淫。六十年来百聚散，垂髫直到鬓霜侵。墥乡绝好沈郎院，宾客杂

---

① 《学衡》每一期都标明此宗旨。
② 陈灨一：《本志出世之微旨》，载《青鹤》第1卷第1期。
③ 《本志编辑部白示》，载《青鹤》第2卷第4期。
④ 魏泉：《旧文人：现代文学中的另类存在——〈青鹤〉研究》。

还酒交觥","评诗谱画谈星相,棋声静院间沈沈"。这大概也是《青鹤》同人之间交往和生活状态的写照吧。

《青鹤》同人中跟陈灨一为世谊或姻亲的有祈师曾、孙宣、梁鸿志等。孙宣为桐城马其昶门下,与李国松、叶玉麟并称"马门三杰"。梁鸿志与黄浚(秋岳)齐名,属于以陈衍为代表的闽派,这样的闽籍同乡结成的圈子,据梁鸿志回忆,早在"旧京"时即已开始,到30年代"流寓上海者复踵行之,前后逾二十年"①。他们聚集在《青鹤》,除撰写笔记、随笔外,主要是整理先人遗作以传后世。

参与编务的杂志社同人,介于诗友之间或有忘年之谊的,还有李宣龚、夏敬观、冒广生、章士钊等。李宣龚在《青鹤》与商务印书馆之间起了纽带作用。夏敬观是文廷式弟子,光绪举人,民国后任浙江省教育厅厅长,除在《青鹤》发表《清世说新语》等诗文外,还主编了《艺文》双月刊,和《青鹤》相仿,也是以旧式诗文学术、金石书画、目录考证为主要内容,是声气相求的。

《青鹤》同人中还有一类是术业有专攻的学者或拥有著名藏书楼的目录版本学家,除前已提及的钱基博外,还有傅增湘、蒋维乔、刘承干、秦更年、张元济等。他们之间还有过一次影响很大的争论:1933年5月教育部令当时的中央图书馆筹备处和商务印书馆订立合同,影印北京故宫博物院的文渊阁本《四库全书》未刊本,北京图书馆馆长袁同礼和善本部主任赵万里主张以善本代库本,并得到了蔡元培、傅增湘、叶恭绰、刘承干等学者和藏书家的支持,由此引发了所谓"库本"与"善本"之争。《青鹤》参与了这场论争,于第1卷第20至第23期连续发表了论战双方代表袁复礼、张元济的往复通信和陈灨一、钱基博、孟森表达学者意见的评议文。鲁迅在其《四库全书珍本》一文里,对这场争论作了这样的概括:"官商要照原式,及早印成,学界却以为库本有删改,有错误,如果有别本可得,就应该用别的'善本'来替代",并进一步指出版本之争背后更深刻的分歧:库本的根本问题在"故意的删改",如果以库本为依据的"新本流布",就可能"使善本淹没",造成历史真相的某些遮蔽:这也正是清朝统治者纂修《四库全书》的目的所在。②因此,孟森在《青鹤》上的评议文章抉

---

① 梁鸿志:《陈任先先生及德配甘夫人六十双寿序》,载《青鹤》第4卷第11期。
② 鲁迅:《四库全书珍本》,《鲁迅全集》第5卷,266—267页,北京:人民文学出版社,2005年版。

发四库搜书毁书的几大公案，也是要揭露其背后的文字狱。

《青鹤》除了拥有同人作者外，还有相对稳定的读者群，即"中年以上的读书人"，据说这是《青鹤》得以"保持其存在"的重要原因。[①]其所指大概是少时受过旧式教育，略有些传统经史和旧体诗文底子的人。陈灝一就谈到他曾应某大学之邀，偷闲授课，将《青鹤》赠送给研究文学之学生，受到欢迎的经历，颇为自得。

有意思的是，《青鹤》的资金来源，主要依靠广告；而所登广告有半数以上来自沪上各家银行，如交通银行、中南银行、四明银行、上海金城银行、中国实业银行、浙江兴业银行等。浙江兴业银行总经理徐新六、交通银行总会计谢霖还是《青鹤》特约撰述人。此外，商务印书馆、上海永安有限公司，以至明星影片公司等也都是固定的广告大户，据说这都是"友情赞助"。这里的原因自然是复杂的，但至少说明，在30年代《青鹤》这样的旧文人聚合的刊物，还是有其生存空间的。

（钱理群根据魏泉《旧文人：现代文学的另类存在——〈青鹤〉研究》一文编写）

[①] 汤斐予：《青鹤卷二导言》，载《青鹤》第2卷第1期。

12月

《自由谈》里的"伪自由书体"杂文写作

幕前致辞

《自由谈》正可以当作自由"台",在这"台"上,我们可以自由的"表演",那便是自由的"谈"。

到昨天为止,这"台"上所"表演"的,已告一段落了。闭幕了。从今天起,新的活动开始,幕又重新开了,其中有些什么,这里也不多说,瞧着罢。

不过在观众渴欲知道幕内情形以前,我们这些"台上人"都不能不将我们的态度概述一下。

我们认定世界上一切都在进步中,都在近代化,一则理论上应该,二则事实上需要。我们认为,我们之生活涵养,大有赖于文艺,而文艺之应该进步与近代化,需要进步与近代化,乃是当然的事实。我们此后在这"台上"表演些什么,虽然在节目方面不能预先一一的报告出来,而我们对于进步和近代化的立足点,都是要牢牢站定的,即使是一些插科打诨,一些装腔作势,我们也不敢随便应付。

但是话还是得说回来些,我们虽然不肯扮演猴子戏,模仿人的行为,以睹观众一笑,不肯唱几句十八摸,五更相思,或者哼几句"云淡风清近午天",以迁就一般的低级趣味,而我们也决不愿大唱高调,打起什么旗号,吹起什么号筒,出什么堂堂正正"像煞有介事"的雄狮,以宣传什么主义,将个人和一小部分人的嗜好,来勉强大多数人的口味。我们只认定生活的要素,文艺,是应该而需进步的,近代化的;同时也不愿离观众太远,"自喝锣鼓自唱戏",只在"台里喝彩"。

幕在开了,自由的"台上"在出现了,台上的人在自由的"表演"了,瞧着吧。

(原载1932年12月1日《申报·自由谈》)

《申报》是中国现代报刊史上寿命最长的报纸，从1872年4月30日创刊，到我们要讨论的1932年，正好60年；以后又延续到1949年5月26日停刊，历时77年零26天。作为其副刊，《自由谈》历史也很悠久，开设于1911年，到1932年也有21年。其首创者王钝银也是《礼拜六》周刊的主要编辑，此后《自由谈》的历任主编姚鹓雏、陈蝶仙，以及从1920年起主持《自由谈》长达12年的周瘦鹃，都是"鸳鸯蝴蝶派"的代表人物，以及与之有密切联系的文人。因此，长期以来，人们都把《申报·自由谈》看做是"鸳鸯蝴蝶派"的阵地，是有道理的。其办刊方针重在争取市民读者，偏于世俗生活趣味与文人趣味。这也是和《申报》商业性报纸的定位相一致的。但到了纪念60周年的时候，主掌《申报》的史量才在内外力量推动下，开始酝酿某种程度的变革。在1932年11月30日的《今后本报努力之工作——纪念本报六十周年》一文里，明确提出了"传达公正舆论，述说民众痛苦"的新的办报方针，并为《自由谈》规定了"不违时代潮流与大众化"两大原则。正是在这样的改革背景下，史量才决定聘用曾为文学研究会会员、刚从法国回来、未曾加入过任何党派、留欧时专治文学的黎烈文，取代周瘦鹃，主持《自由谈》。①黎烈文在《今后本报努力之工作》一文发表第二天，就走马上任，并在《幕前致辞》里宣布：他的所有前任的"鸳鸯蝴蝶派"的"表演"已经"闭幕"，他所主持的《自由谈》要建立在"进步和近代化的立足点"上，旗帜鲜明地宣布了自己促进社会"进步"和文学"近代化"（即我们今天说的"现代化"）的五四新文学立场。并且由此而尖锐批评了为"睹观众一笑"，"迁就一般低级趣味"的办报方针。在这样的指导思想下，他以读者来信表示"倦意"为理由，终止刊载张资平的长篇小说是很自然的。②这都表明，30年代的《申报·自由谈》改换主编，确实是五四新文学和"鸳鸯蝴蝶派"的一次阵地争夺战，人们由此联想起20年代《小说月报》的改革，并非没有道理，尽管双方力量的对比已经发生了很大变化。

但同时，黎烈文在《幕前致辞》里又宣布，他"决不愿大唱高调，打起什么旗号"，"宣称什么主义"，这是自觉地和30年代坚持"主义"的左、右两翼划清界限。他并且宣称，自己既不迎合观众，"也不愿离观众太远"，决不"将

---

① 参见袁省达：《〈申报·自由谈〉源流》，载《新文学史料》1978年第1期。
② 见《编辑室启事》，载1933年4月22日《申报·自由谈》。

个人或一小部分人的嗜好，来勉强多数人的口味"。他在随后的《编辑室启事（二）》里重申："编者抱定宗旨，凡合用的稿件，不问作者为谁，决定刊载；凡不合用的稿件，就是最好的朋友的作品，也断然割爱。自由谈不是一个人或一部分人的自由谈。"①也就是说，黎烈文是要将《自由谈》打造成让新文学阵营中不同倾向、不同派别、不同追求、不同风格的作家都能够发表意见和作品的相对自由的平台。看来，黎烈文以及他的后任张梓生基本上都执行了这样的办刊方针。唐弢在总结他们两位主持下的《自由谈》时说："《自由谈》其实是'五四'以来一个最讲究广泛团结，真正做到'兼容并包'的刊物"，"看来大家都意识到自己文章的限度。将这些有限度的文章集合在一起，团结了更多的作家"，"这正是《自由谈》的主要成功"。这一评价是符合事实的。唐弢还具体分析了黎、张时期《自由谈》的几个特点。例如，作者队伍的包容性，连章太炎、吴稚晖这样的多年夙敌都同在《自由谈》上出现；更推出了大批文学新人，像姚雪垠、柯灵、黑婴、周而复、林娜（司马文森）、罗洪、荒煤等大都发硎于此。《自由谈》还推出了许多作家、学者的特色品种，如郁达夫的游记，陈子展（于时夏）的《诗经试译》、《蓬庐絮语》，阿英的考证、掌故文字，艾芜（刘明）的边地速写，叶紫、彭家煌、黑婴、草明的速写、小小说，等等。《自由谈》更组织了大大小小连续不断的论争，如大众语论争、儿童教育论争、小品文与"方巾气"之争、翻译论争、旧戏锣鼓讨论、批评与谩骂之争、"四库全书珍本"之争，对"文人相轻"、"京派与海派"、"别字与简字"的驳难等等，确实是"感应敏锐，包罗万象"，"相当热闹，相当活泼"。②《自由谈》能够吸引这么多老人、新人的佳作，也和《申报》经济实力雄厚，稿费从优、发放及时有关。据研究者考证，那时一般作者的稿费从每千字"四五角"到"三大元"不等，而《自由谈》给鲁迅的稿费就高达每千字十元左右。1936年1元法币约合今人民币30元，千字稿费10元就相当于今天的350元。③

但《自由谈》的最大特色和贡献，还在对杂文的提倡。文学史家陈子展说，"如果论述《新青年》以后的杂感文的发展"，黎烈文主编的《自由谈》是"不

---

① 《编辑室启事（二）》，载1932年12月12日《申报·自由谈》。
② 唐弢：《影印本〈申报·自由谈〉序》，见《唐弢文集》第9卷，第249、250、248、259、256、252页，北京：社会科学文献出版社，1995年版。
③ 黎保荣：《鲁迅〈自由谈〉稿酬考证及其启发意义》，载《新文学史料》2008年第2期。

能不写"的。①黎烈文初上任时,《投稿简章》上表示最欢迎的稿件是:"四百字以内,意味深长之幽默文字","内容充实的有艺术价值之短篇小说创作"等;但半个多月后,在12月19日的《自由谈》上就发布启事,说:"本刊日来所收稿件,以短篇小说为多;希望投稿诸君以后改寄描写实际生活之文字,或含有深意之随笔杂感等,愈短愈佳。"②其最主要的举措,就是请出鲁迅与茅盾,并特地提醒读者:"编者为使本刊内容更为充实起见,近来约了两位文坛老将何家干先生和玄先生为本刊撰稿。希望读者不要因为名字生疏的缘故,错过'奇文共赏'的机会。"③据统计,鲁迅在《自由谈》上发表的杂文多达125篇(另有10篇用鲁迅笔名发表,实为瞿秋白所作)。茅盾也用"玄"、"珠"、"郎损"、"仲方"等笔名,每隔两三天发表一篇。在他们的带动下,左翼青年纷纷出动,老作家如陈望道、夏丏尊、周建人、叶圣陶大力响应。连小说家老舍、沈从文、郁达夫、巴金也都寄来他们的杂感、短文,一时蔚然成风。④这就极大地扩大了《自由谈》在读者,特别是青年人中的影响力,提高了其在思想文化界的地位。

这也就必然使《自由谈》遭到合力的围剿,既有鸳鸯蝴蝶派的旧文人,还有各种背景(包括国民党背景)的新式文人,更有不择手段谋取政治与商业利益的"小报文人",一时谣言四起:什么鲁迅与茅盾以"《申报·自由谈》为地盘"发动左翼文化运动、垄断文坛;什么《自由谈》主编黎烈文已"加入左联",等等。在空前的压力下,黎烈文只得发表声明:"这年头,说话难,摇笔杆尤难","编者谨掬一瓣心香,吁请海内文豪,从兹多谈风月,少发牢骚,庶作者编者两蒙其休"⑤。但如鲁迅所说,"有趣的是谈风云的人,风月也谈得,谈风月就谈风月罢,虽然仍旧不能正如尊意","想从一个题目限制了作家,其实是不能够的";而且"以为'多谈风月',就是'莫谈国事'的意思,是误解的。'漫谈国事'倒并不要紧,只是要'漫',发出去的箭石,不要正中了有些人物的鼻梁,因为这是他的武器,也是他的幌子"⑥。在"不准谈风云"的政治压力下,明说风花雪月

---

① 转引自唐弢:《影印本〈申报·自由谈〉序》,见《唐弢文集》第9卷,第246页。
② 《编辑室启事》,载1932年12月19日《申报·自由谈》。
③ 《编辑室告读者书》,载1933年1月30日《申报·自由谈》。
④ 黎保荣:《鲁迅〈自由谈〉稿酬考证及其启发意义》,载《新文学史料》2008年2期;唐弢:《影印本《申报·自由谈》序》,见《唐弢文集》第9卷,第247—248页。
⑤ 《编辑室启事》,载1933年5月25日《申报·自由谈》。
⑥ 鲁迅:《〈准风月谈〉前记》,见《鲁迅全集》第5卷,第199—200页,北京:人民文学出版社,2005年版。

鲁迅《伪自由书》

而暗谈政治风云；在不能"纵论时事"的情况下，改而"漫谈国事"，这意味着一种杂文写作方式与策略的调整。也就是说，在30年代国民党政府日趋严重的舆论控制、越来越不自由的言说环境下，鲁迅和《自由谈》的杂文作者就被逼出了一种杂文的特殊写作体式，可以借用鲁迅为自己的《自由谈》杂文编集子时的命名，将这样的写作体式称之为"伪自由书体"的杂文：这是一种在不自由中争取自由，而终于不自由的文体。这是可以用来概括鲁迅的后期杂文，以及《自由谈》中其他杂文作者的写作的。

首先是正视"不自由"。黎烈文在改刊第一天就特地编发了叶圣陶的《"今天天气好啊"》，一语点破："'自由谈'，这是一个幻影似的名词。"而在鲁迅看来，这样的"不自由"是由杂文的本性决定的。他把自己的杂文集命名为"南腔北调"，意即"不入调，不入流"[①]，杂文的批判性，就决定了它永远是异质的、非主流的、边缘的，杂文家只能永远在各种限制下，在不自由的状态中写作。

最重要的是"争自由"，这也是叶圣陶文章里说的另一个意思：要在"夹迫的狭缝"里求得"转侧自如"。这也就是鲁迅说的，"戴着镣铐跳舞"。于是就有了写作策略的考虑："文章也就不能划一不二，可说之处说一点，不能说之处便罢休"，"我也毫不强横"[②]：这是鲁迅式的"壕堑战"。也就有了鲁迅式的文风："我的'装腔作势，吞吞吐吐'的文章，倒正是这社会的产物。"[③]鲁迅的杂文言说，有说与不说，明说与暗说，正说与侧说、反说，详说与略说，言里和言外，言与意的区分，读者只能在显隐露蔽之间去体会他的真意、深意。鲁迅说，要学会"钻文网"，他也自有"'钻网'的法子"[④]。大概有四法：一是化用各种笔名。他在《自由谈》上发文章，就用了"何家干"、"丁萌"、"游光"等等笔名。二是钻审查官书籍审查相对疏松的空子，在杂文编辑成册时，将在报刊上发表时删去

---

①② 鲁迅：《〈南腔北调集〉题记》，见《鲁迅全集》第4卷，第427页。
③ 鲁迅：《〈不通两种〉附录》，见《鲁迅全集》第5卷，第26页。
④ 鲁迅：《两地书·一〇》，见《鲁迅全集》第11卷，第41页。

的文字一一补上，旁加黑点，以"立此存照"。三是平时写杂文，东写"一鼻"，西画"一嘴"，其实是玩"遮眼法"，不让审查者完全弄清自己的意图，编成书时，通过精心编排，特别是序言和后记（常常多达万字，把有关的背景材料，包括围剿文章，一一摘录），就显出完整的形象，把读者从一个一个具体问题的反省引向对时代大问题的追问。最后，为每一部杂文集取一个独特而传神的书名，以"画龙点睛"。我们几乎可以根据其杂文集的书名，勾画出一幅20世纪30年代杂文家鲁迅的生存和写作图景：他是在"且介亭"（半租界）里，怀着对同阶级的"二心"，背着革命文学家赐予的"三闲"罪名，以"不入调，不入流"的"南腔北调"，写着"伪自由书"，因禁论国事风云而作"准风月谈"，却被同一营垒的青年战友，讥为"花边文学"。

最终依然是"不自由"。鲁迅早就发出感慨：在统治者的"明诛暗杀之下，能够苟延残喘，和读者相见的，那么，非奴隶文章是什么呢？"[①]鲁迅因此这样看待他自己的，以及《自由谈》上的同代人的杂文的意义：不过"聊存一时之风尚耳"[②]。但他同时又期待："将来的战斗的青年，倘在类似的境遇中，能偶然看见这记录，我想是必能开颜一笑，更明白所谓敌人者是怎样的东西的。"[③]

（钱理群）

爱国小说、国难小说和抗战小说

《爱国连索》

一、永远不买日本货。

二、永远不要卖东西给日本。

三、对日本要存报仇雪耻的决心。

[①] 鲁迅：《花边文学·序言》，见《鲁迅全集》第5卷，第438页。
[②] 鲁迅：《且介亭杂文·附记》，见《鲁迅全集》第6卷，第219页。
[③] 鲁迅：《伪自由书·后记》，见《鲁迅全集》第5卷，第191页。

四、永远要团结精神，一致与日本断交。

（原载 1932 年 12 月 15 日《珊瑚》第 9 期）

先讲这则广告的由来。1932 年 7 月 1 日《珊瑚》主编范烟桥收到了胡寄尘寄来的一份在民间广为流传的传单《爱国连索》。范烟桥看后极为感奋。他认为与其让它在民间流传，不如利用杂志的发行公开呼吁。于是，他就根据这份传单的主要内容写了一则同名爱国广告，不间断地刊登在《珊瑚》杂志上，引起了强烈的反响。1931 年"九·一八"事件、1932 年"一·二八"事变，日本侵略者步步紧逼，中华民族到了生死存亡的关头，团结抗日群情鼎沸，这则爱国广告就是这种民情的集中表现。

通俗小说作家以中国传统的价值观念作为"做人"的标准。在中国传统的价值观念中民族气节被看成是"做人"的大节。在现代中国，传统作家在民族气节问题上毫不含糊，成为爱国小说、国难小说和抗战小说的主要创作者。

爱国小说出现在晚清，又被称为政治小说。晚清中国最重大的社会忧患是国家沉沦和民族存亡，这种社会忧患辐射并渗透于中国社会的各个方面，成为中国社会变革的最初出发点和最终根据。爱国小说也就在这样的背景中产生了。晚清的政治小说分为两类，一类着眼于中国的未来，做的是未来中国如何强大繁荣的"强国梦"，以梁启超的《新中国未来记》、吴趼人的《新石头记》、陆士谔的《新野叟曝言》等作品为代表。另一类着眼于当下，焦虑的是现实的中国如何强大起来，其中最为关心的是晚清所实行的"新政"。1901 年到 1911 年，晚清政府进行了所谓的政治改革，被称为是晚清新政。在这期间，清政府曾派了五位大臣出国考察，一时成为国

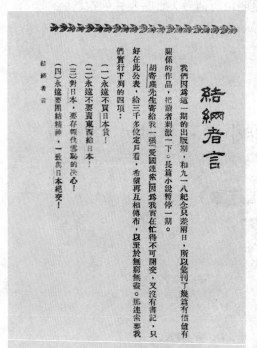

《结网者言》：《珊瑚》上的《爱国连索》

人的热点话题。对清政府的新政，小说家们十分期待，但是期待不至，于是转为讽刺。吴趼人写了篇小说《立宪万岁》，小说有个副标题"吁嗟乎新政策"。小说写上天玉帝派孙行者、列子、雷公、哪吒、戴宗五位大臣到下界考察新政，从而，引起了天界的畜生们的不满，它们设计阻止五大臣成行。虽然它们使得五大臣受了点伤，但考察照样进行。五大臣到了下界吃喝玩乐一通，回来胡乱通报了一下，就宣布天界也进行新政了。看到这种情况，天界的畜生感到前番谋害五大臣实在是多余了，它们一起高喊起来：立宪万岁！立宪万岁！换汤不换药，新政只不过是遮掩腐败的一个幌子。与《立宪万岁》同一主题的还有《立宪魂》（作者未署名），它是写幽冥世界里的立宪，结果，立宪之后幽冥世界的官员们更加腐败，群鬼们的生活更加贫困，"饿得大鬼晃晃摇，饿得小鬼吱吱叫，饿得摸壁鬼靠着墙倒，饿得落水鬼爬上岸跳"。幽冥世界的立宪只肥了阎王，肥了官差，穷了群鬼。这次立宪终于在群鬼的风潮中结束了。无论是对中国强盛的梦想，还是对中国现实的焦虑与讽刺，都说明了传统文学作家具有很强的国家意识和民族意识。

　　爱国小说还有一份激情，但是这样的激情很快就被现实击得粉碎。进入民国以后爱国小说也就被国难小说所取代了。什么是国难小说？施冰厚曾发表了一篇小说专论《爱国小说的借镜》做了这样的解释："足以激励爱国之小说，其艺术有正反两面。或写亡国惨痛，读之触目惊心，令人愤慨；或写爱国事迹，可以感奋。然无论如何，欲创作深刻之印象，固不能仅以单纯之观念，就事实铺陈之即已。必有内容，有深度，始可言动人。"[①]国难小说实际上就是些写亡国惨痛或爱国事迹的爱国小说。由于日本对中国虎视眈眈，自1894年中日甲午战争之后日本亡华之心不死，对日关系也就成了中国国家意识最鲜明的体现，成了文学作品表现国难和弘扬民族精神最集中的表现。对日本浪人在中国的飞扬跋扈晚清社会小说中多有描述，将日本作为侵略国，并以反日为主要情节的小说，据现有资料看，最早的大概是叶小凤刊载在1914年、1915年《小说大观》上的《蒙边鸣筑记》。这部小说写日本间谍平小川为了获取中国的情报而忍辱负重，书生江南生和女侠李朝阳识破了平小川的诡计，在胡子首领铁鹞王的帮助下，擒杀了平小川，挫败了敌国的阴谋。这部小说不仅表现了时代的情绪，还

---

① 施冰厚：《爱国小说的借镜》，载1932年12月1日《珊瑚》第11号。

对中国政府的腐败和人民的麻木表示了愤怒和激愤。作者特地将平小川窃取的情报和他对中国社会状态的分析报告公布出来，虽是出自敌人口中，却句句切中时弊，令人触目惊心。国难小说主要围绕着两大事件写作，一个是 1914 年 9 月日本和德国为争夺中国的青岛开战。两个国家在中国的领土上打仗，受难的是中国老百姓，中国政府却无能为力。消息传到上海，传统文学作家哀鸣、感奋，写下了一系列国难小说。有影响的作品有：1915 年 4 月《礼拜六》第 46 期发表的剑侠的纪实小说《弱国余生记》，同年 5 月《礼拜六》第 51 期开始连载的长篇纪实文学《国耻录》。此时，周瘦鹃一连写了《中华民国之魂》、《祖国重也》、《为国牺牲》等小说，强调祖国利益高于一切。特别是他 20 年代初发表在《半月》上的《亡国奴家的燕子》，用寓言的笔法写了"几个矮外国兵"在中国土地上烧杀抢掠的行径，哀切悲愤之语令人动容。第二件大事是 1931 年的"九·一八"事件和 1932 年的"一·二八"事变，激发了国难小说写作的另一个高潮。代表作有含凉生的《国难中的苏州》、玉峰客的《国难中之昆山》、叶慎之的《国难中之太仓》以及郑逸梅的《沪变写真》。它们以纪实的笔法写了上海"一·二八"事变中苏州、昆山、太仓的社会状况，写了日本军队在上海的烧杀抢掠。上海"一·二八"事变引发的难民潮，茅盾的《林家铺子》曾有间接的描写，国难小说作家们则以此为直接题材写了不少小说。许廑父的《流离》写难民的生活状况；王天恨的《失落》写"一·二八"深夜上海外白渡桥人挤人、挤死人的惨状；徐卓呆的《食指短》写难民战后回到江湾时看见的各种凄惨情景。与写亡国惨痛的作品多为短篇纪实不同，表现爱国事迹的国难小说以长篇小说为主。比较引人注目的作品有邓启炘《抵抗日记》、程瞻庐《不可思议》。邓启炘是十九路军的一位连长，受伤后曾受到程小青的精心照料。在程小青的辅导下，以日记的形式写了十九路军的上海抗战过程。程瞻庐的《不可思议》写了一个刻章世家的子弟如何丢下刻刀拿起战刀参加义勇军的故事。顾明道的《国难家仇》以"九·一八"事件为背景，写东北人民如何建立义勇军奋起抗敌。

抗战小说出现在 1931 年之后，其中贡献最大的是张恨水。和其他作家相比，张恨水有两个重要的贡献：他是中国现代作家中创作抗战小说最丰的作家。他直接将抗战作为主要素材的作品有近十部，涉及抗战生活的作品数十部，在中国现代作家中这样的创作量首屈一指。他又是将抗日作品从"国难小说"的层面带入"抗战小说"层面的作家。如果我们纵向地看张恨水的小说就会发现一个现象，以1931年为界，前期张恨水主要写社会言情小说，后期张恨水主要写抗战小说。事实是1931年"九·一八"事变爆发时，张恨水正在写社会言情小说《太平花》，了解到事件之后，他立刻将小说内容从言情转向抗战，明知道这样做有损于这部小说的完整性，也要硬改过来。

1937年抗战全面爆发后，张恨水准备上山打游击，还差一点当上游击队司令。当时张恨水的家乡安徽潜山已经成了抗日的前沿阵地，而且潜山与大别山相连，可守可攻，民风也很剽悍，有战斗力。于是有人建议张恨水拉起一支队伍来抗日。这个时候张恨水43岁，虽然大病初愈，两鬓已经霜白，但还是准备做这个司令了。部队组织起来，正准备开拔，张恨水犹豫了起来。他毕竟经过了很多社会历练，知道有队伍就要有军火，有军火就要向当时的政府报备，否则会被当做土匪消灭掉。于是他就起草了一个申请跑去找政府。此时全国各地，小武装纷纷成立，很多就是土匪性质，政府正为这事伤脑筋，张恨水这样一个文人现在也要拉杆子、占山头了，政府怎么能同意呢？所以张恨水碰了个壁，他冷静下来，考虑再三决定继续到重庆去，做一个文人应该做的事情。后来这个游击队在张恨水四弟张牧野的带领下，还是拉出去了。牧野自任司令，坐镇司令部，人称文司令；裁缝出身的张凯出任副司令，负责带兵外出打仗，人称武司令。据说他们还真的与日本人打过几次仗。张恨水虽然没有参加游击队，却很关心这支队伍。他的小说《巷战之夜》（一名《冲锋》）中有一支活跃于大别山的游击队，就是以这支队伍为原型的。这支队伍后来果然是被政府军当做土匪消灭掉了。司令张牧野被关押在梅成镇，据说要被枪毙，幸亏张恨水多方营救，才放了出来。

张恨水来到重庆，立刻投入到抗战小说的写作之中。他写了反映"南京大屠杀"的作品《大江东去》，自费出版了抗战短篇小说《弯弓集》以及长篇小说《前线的安徽，安徽的前线》、《巷战之夜》、《虎贲万岁》等。特别值得一说的是他的《虎贲万岁》。《虎贲万岁》写的是一件真事。1944年初，张恨水在重庆的家来了两位军人，满脸黝黑，风尘仆仆。张恨水看见两位军人先是一惊，再问是74军57师的，他马上肃然起敬。他知道这个师被称为"虎贲之师"，他们刚刚打过惨烈的常德会战。1943年10月日本的华中部队横山勇13军，渡过长江和湘江进攻常德。当时守常德的就是74军57师的八千多人。他们被四面包围，形势十分险恶，在师长余程万的带领下，整整守了十多天。后来在援军的合围下，日军退去，"虎贲之师"只剩下83人走出常德。这两个军人就是这83人中的2人，他们来找张恨水就是要请张恨水将常德之战写成小说。张恨水一开始很为难，他不懂军事呀。这两位军人中有一个是参谋，将战场上的地图、照片、日记、简报拿出几大包给张恨水，还详细讲解战场上的事情，甚至炮怎么打，子弹在夜里怎么会发光等等，张恨水写到哪里写不下去了就问他们，所以这是一部相当典型的纪实小说。当然，由于小说来自第二手资料，其艺术性的确乏善可陈。然而，这部小说同样具有重要的意义，它是中国现代文学史上为数不多的描述以国民党军队为主战场的小说。小说材料都有根据，作者在序言中说得很清楚："关于每位成仁英雄的故事，我是根据《五十七师将士特殊忠勇事迹》。""那战事的主要将领，除了书中曾述及的周庆祥师长外，有王耀武、李钰堂、欧震、扬森、王陵基、王赞绪几位将军，这是报纸曾披露过的。"更为重要的是小说完全是赞颂的态度，作者同样说得很清楚："一师人守城，战得只剩下八十三人，这是中日战史上难找的一件事，我愿意这书借着五十七师烈士的英灵，流传下去，不再让下一代及后代人稍有不良的印象，所以完全改变了我的作风。"这些牺牲的人是为国捐躯的烈士，作者不愿留一点污点在他们身上。在大敌当前时，国家的利益为上，国民党的抗战部队是代表着国家利益的，这是当时张恨水创作抗战小说的基本认识。

从爱国小说到国难小说，再到抗战小说，中国通俗小说作家们随着社会的变动调整着自己的步伐。他们紧跟着时代，而贯穿始终、不变的是一颗爱国的心。

（汤哲声）

"文章之美":"破天荒"的废名小说

废名先生的创作

短篇《桃园》五角五分 短篇《枣》五角 长篇《莫须有先生传》八角 长篇《桥》一元三角 开明书店出版

周作人先生说:

……我觉得废名君的著作在现代中国小说界有他的独特的价值者,其第一的原因是其文章之美。……

……文艺之美,据我想形式与内容要各占一半,近来创作不大讲究文章,也是新文学的一个缺陷。的确,文坛上也有做得流畅或华丽的文章的小说家,但废名君那样简练的却很不多见。……

(原载1932年12月开明书店版《莫须有先生传》书末)

开明书店关于废名作品的广告语借用周作人对于废名的评论是很聪明的做法。作为周作人的四大弟子之一,废名所有小说的单行本都由周作人写序或跋,亦可见周作人对这一弟子的看重。附于1932年开明书店版《莫须有先生传》书末的这一广告语中的前一段即引自周作人为《枣》与《桥》写的序言,后一段则出自《桃园》的跋。

开明书店版《莫须有先生传》书末的广告所择取的这两段文字中,周作人都对"文章"的范畴予以强调。而通观周作人对废名创作的评论,可以看出,对"文章"的重视的确是周作人一以贯之的文学主张,在写于1943年的《怀废名》一文中,周作人引用自己1938年的文字:"(废名)所写文章甚妙……《莫须有先生传》与《桥》皆是,只是不易读耳。"[①]

周作人把"不大讲究文章",视为"新文学的一个缺陷",这可能是周作人格外看重废名文章的原因所在。周作人也曾选择从文章的角度来读废名从1925年即在报刊上连载并于1932年出版的第一卷单行本长篇小说《桥》,以至在编选《中国新文学大系·散文一集》时也选了《桥》的六章,分别为《洲》、《万

[①] 药堂(周作人):《怀废名》,见冯文炳(废名):《谈新诗·附录》,北京:新民印书馆,1944年版。

寿宫》、《芭茅》、《"送路灯"》、《碑》、《茶铺》。在《中国新文学大系·散文一集》导言中周作人这样说明理由:"废名所作本来是小说,但是我看可以当小品散文读,不,不但是可以,或者这样更觉得有意味亦未可知。"这种"意味",大概主要来自于"文章之美"。而借助于周作人"文章之美"的眼光,读者或许可以看出《桥》的一些精义之所在,也或许更能准确定位废名的《桥》以及废名小说文体在中国现代文学史上的意义。

在1925年写的《桃园》跋中,周作人引述了废名《桃园》中的一段文字:

> 铁里渣在学园公寓门口买花生米吃!
> 程厚坤回家。
> 达材想了一想,去送厚坤?——已经走到了门口。
> 达材如入五里雾中,手足无所措,——当然只有望着厚坤喊。……

周作人称:"这是很特别的,简洁而有力的写法,虽然有时候会被人说是晦涩。这种文体于小说描写是否唯一适宜我也不能说,但在我的喜含蓄的古典趣味(又是趣味!)上觉得这是一种很有意味的文章。"[①]周作人肯定废名的是"简洁而有力的写法",从自己"喜含蓄的古典趣味"出发读出了废名"文章"的别有意味。

如果说在这篇《桃园》跋中,周作人对废名的小说文体还有些拿不准,"晦涩"的评价还有些负面,那么到了《枣》与《桥》的序中,周作人则借助对"晦涩"的深入讨论明确表达了对废名"文章之美"的赞赏:"我读过废名君这些小说所未忘记的是这里面的文章。如有人批评我说是买椟还珠,我也可以承认,聊以息事宁人,但是容我诚实地说,我觉得废名君的著作在现代中国小说界有他的独特的价值者,其第一的原因是其文章之美。"周作人继而称:"从近来文体的变迁上着眼看去,更觉得有意义。废名君的文章近一二年来很被人称为晦涩。据友人在河北某女校询问学生的结果,废名君的文章是第一名的难懂,而第二名乃是平伯。本来晦涩的原因普通有两种,即是思想之深奥或混乱,但也可以由于文体之简洁或奇僻生辣,我想现今所说的便是属于这一方面。在这里我不禁想起明季的竟陵派来。……公安派的流丽遂亦不得不继以竟陵派的奇

[①] 周作人:《桃园·跋》,见废名:《桃园》,上海:开明书店,1930年版。

僻，我们读三袁和谭元春刘侗的文章，时时感到这种消息，令人慨然。公安与竟陵同是反拟古的文学，形似相反而实相成……民国的新文学差不多即是公安派复兴，唯其所吸收的外来影响不止佛教而为现代文明，故其变化较丰富，然其文学之以流丽取胜初无二致，至'其过在轻纤'，盖亦同样地不能免焉。""简洁生辣的文章之兴起，正是当然的事。"①周作人也正是在"简洁生辣"的意义上评论俞平伯的，在《燕知草》跋中，周作人认为："我平常称平伯为近来的一派新散文的代表，是最有文字意味的一种，这类文章在《燕知草》中特别地多。……我想必须有涩味与简单味，这才耐读。"②周作人的这种思路在《中国新文学的源流》中说得更加

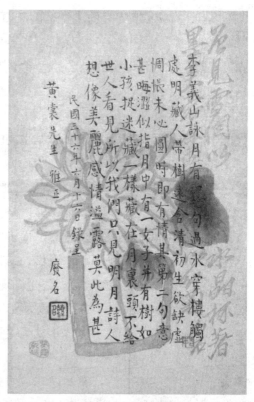

废名手迹。笺纸系黄裳购于琉璃厂荣宝斋，并托人求得废名手书，为仅见之废名题笺。

清楚，称公安派的流弊在于"过于空疏浮滑，清楚而不深厚"，"于是竟陵派又起而加以补救"。"胡适之，冰心，和徐志摩的作品，很像公安派的，清新透明而味道不甚深厚"，"和竟陵派相似的是俞平伯和废名两人，他们的作品有时很难懂，而这难懂却正是他们的好处"③。

周作人对废名文章的称许当然与他自己的文学理想有关。废名在某种意义上也实践了周作人的文学史方略。但是，周作人从竟陵派的文学资源上讨论废名的文章，或许只说出了《桥》的文体特征的一部分。《桥》的文学渊源和文体风格乃至诗学语言远为丰富而复杂，而《桥》的真正意义或许在于，它所汲取的文学养分其实是难以具体辨识的，已经为废名的创造性所化。

---

① 周作人：《枣和桥的序》，见废名：《桥》，第3—5页，上海：开明书店，1932年版。
② 周作人：《燕知草·跋》，见俞平伯：《燕知草》，上海：北新书局，1929年版。
③ 周作人：《中国新文学的源流》，第51—52页，北平：人文书店，1934年版。

其实在 1925 年所写的《竹林的故事》序中，周作人即曾经赞赏过废名的"独立的精神"："冯君从中外文学里涵养他的趣味，一面独自走他的路，这虽然寂寞一点，却是最确实的走法，我希望他这样可以走到比此刻的更是独殊的他自己的艺术之大道上去。"①这种对"自己的艺术之大道"的期许，可以说在废名的《桥》中大体上实现了。其实《桥》作为现代小说，的确内含着丰富的"中外文学"的"涵养"，其语言和思维也同时表现出西方文学的影响，这与废名读英文系，读莎士比亚、哈代和波德莱尔大有关系。但《桥》之所以是别开生面之作，主要表现在融会贯通的化境及其独创性方面。鹤西便称赞《桥》说："一本小说而这样写，在我看来是一种创格。"②朱光潜把《桥》称为"破天荒"的作品："它表面似有旧文章的气息，而中国以前实未曾有过这种文章。它丢开一切浮面的事态与粗浅的逻辑而直没入心灵深处，颇类似普鲁斯特与伍而夫夫人，而实在这些近代小说家对于废名先生到现在都还是陌生的。《桥》有所脱化而却无所依傍，它的体裁和风格都不愧为废名先生的特创。"③《桥》之所以是中国以前实未曾有过的"文章"，朱光潜认为主要的原因在于它摈弃了传统小说中的故事逻辑，"实在并不是一部故事书"。当时的评论大都认为"读者从本书所得的印象，有时像读一首诗，有时像看一幅画，很少的时候觉得是在'听故事'"。因此，如果为废名的小说追根溯源的话，废名可以说最终接续的是中国作为一个几千年的诗之国度的诗性传统，他在小说中营造了一个让人流连忘返的诗性的世界。在这个意义上说，废名堪称是中国现代"诗化小说"的鼻祖。从废名开始，到沈从文、何其芳、冯至、汪曾祺，中国现代小说史中能够梳理出一条连贯的诗化小说的线索。而废名作为诗化小说的始作俑者，为现代小说提供了别人无法替代的"破天荒"的文体。在某种意义上说，废名的文体是融汇了古今中外的养分，"特创"出的一种文体。正像批评家刘西渭对废名的评价："在现存的中国文艺作家里面……很少一位像他更是他自己的。……他真正在创造，遂乃具有强烈的个性，不和时代为伍，自有他永生的角落。成为少数人流连忘

---

① 周作人：《竹林的故事·序》，见冯文炳（废名）：《竹林的故事》，第 3 页，北京：北新书局，1925 年版。

② 鹤西：《谈〈桥〉与〈莫须有先生传〉》，载 1937 年 8 月 1 日《文学杂志》第 1 卷第 4 期。

③ 孟实（朱光潜）：《桥》，载 1937 年 7 月 1 日《文学杂志》第 1 卷第 3 期。

返的桃源。"①这个让"少数人流连忘返的桃源",就是废名所精心建构的诗意的小说世界。

这个诗意的小说世界从语言上说当然得益于废名的文章之美,而废名的文体的"涩味与简单味"也许的确与周作人追溯的竟陵派相关,但是就《桥》的文学语言的精髓而言,则或许是废名追慕六朝和晚唐的结果,就像废名后来自述的那样:"我写小说,乃很像古代陶潜、李商隐写诗","就表现的手法说,我分明地受了中国诗词的影响,我写小说同唐人写绝句一样"②。废名小说的诗化文体之精炼、浓缩,以及意境的空灵、深远,正得益于陶潜、庾信、李商隐的影响。如《桥》中的文字:"一匹白马,好天气,仰天打滚,草色青青。"可以说充满了跳跃、省略和空白,作为小说语言,其凝练和简洁,与六朝和晚唐诗境相比,实在不遑多让。而《桥》更擅长的,是意境的营造:

> 实在他自己也不知道站在那里看什么。过去的灵魂愈望愈渺茫,当前的两幅后影也随着带远了。很像一个梦境。颜色还是桥上的颜色。细竹一回头,非常惊异于这一面了,"桥下水流呜咽",仿佛立刻听见水响,望他而一笑。从此这桥就以中间为彼岸,细竹那里站住了,永瞻风采,一空倚傍。(《桥·桥》)

一个普通的生活情景,在废名笔下化为一个空灵的意境,充满诗情画意,有一种出世般的彼岸色彩。

《桥》作为一部"创格"的"破天荒的作品",它的特出之处还表现在废名对古典诗歌中的意象、典故、情境甚至是完整的诗句的移植。如:"琴子心里纳罕茶铺门口一棵大柳树,树下池塘生春草。"谢灵运的"池塘生春草"就这样直接进入废名的小说中,嫁接得极其自然,既凝练,又不隔,同时唤起了读者对遥远年代的古朴、宁静的田园风光的追溯和向往。又如:

> 就在今年的一个晚上,其时天下雪,读唐人绝句,读到白居易的《木兰花》,"从此时时春梦里,应添一树女郎花",忽然忆得昨夜做了一梦,梦见老儿铺的这一口塘!依然是欲言无语,虽则明明的一塘春水绿。大概是她的

---

① 刘西渭:《〈画梦录〉——何其芳先生作》,见郭宏安编:《李健吾批评文集》,第132页,珠海:珠海出版社,1998年版。

② 废名:《废名小说选·序》,北京:人民文学出版社,1957年版。

30年代的废名

意思与诗不一样,她是冬夜做的梦。(《茶铺》)

这一繁复的语境也是从唐人绝句中衍生出来的,梦中"老儿铺"的一塘春水绿,与白居易的诗句互相映衬,诗性意味便更加浓郁。可以看出,古典诗句和典故在小说中经过废名的活用,具有了某种诗学的功能。它不再是独立存在的意象与意境,而是参与了叙述和细节构建,所谓"字与字,句与句,互相生长"①。废名正是由古典诗词中的意境引发小说中虚拟性联想性的情境,从而使传统意味、意绪、意境在现代语境中衍生、生长和创生,传统因此得以具体地生成于现代文本中。在这个意义上说,《桥》是中国文学以及文化中"诗性的传统"或"传统的诗性"的具体体现,传统存留于废名的诗性想象中,也存留于废名对晚唐和六朝诗意的缅想之中。

周作人把废名的晦涩主要归于文体问题,但《桥》之所以晦涩恐怕更与废名试图处理的是意念和心象有更直接的关系。《桥》营造与组织了大量的意念与心象,套用废名在《桥》中的表述,《桥》乃是一部"存乎意象间"的作品。有相当多的心象体现了废名个人化的特征,"晦涩"与这种"个人化"有着更直接的关系。《桥》中富有表现力的部分正是其中濡染了作家自己个人化色彩的意念:

> 走到一处,夥颐,映山红围了她们笑,挡住她们的脚。两个古怪字样冲上琴子的唇边——下雨!大概是关于花上太阳之盛没有动词。不容思索之间未造成功而已忘记了。(《花红山》)

在琴子看来,花上太阳之盛的情状没有动词可来形容,只好暂时借用了"下雨",这在人们所习惯了的"下雨"的既有意义之外赋予了它新奇的意义,其中关涉了语言发生学的问题。下雨本身并不古怪,"古怪"的是废名赋予"下雨"以"花上太阳之盛"的意思,这显然是作者个人化的意念,没有公共性和通约

---

① 废名:《说梦》,载1927年5月《语丝》第133期。

性。这里关键问题尚不在于"下雨"与"花上太阳之盛"是否有内在的相似性，而在于废名试图借此激发汉语的新的表现力。又如：

> "春女思。"
> 琴子也低眼看她，微笑而这一句。
> "你这是哪里来到一句话？我不晓得。我只晓得有女怀春。"
> "你总是乱七八糟的！"
> "不是的，——我是一口把说出来了，这句话我总是照我自己的注解。"
> "你的注解怎么样？"
> "我总是断章取义，把春字当了这个春天，与秋天冬天相对，怀是所以怀抱之。"（《花红山》）

这固然有废名的笔墨趣味在里面，但并不是一种文字游戏，细竹自己的"注解"与"断章取义"反映了废名在现代语境下对重新激活传统语言的刻意追求，其中包含废名对语言的陌生化观照，对媒介的自觉，对语言限度的体认。在《已往的诗文学与新诗》一文中，废名认为"文字这件事情，化腐臭为神奇，是在乎豪杰之士"，这种化腐朽为神奇的本领尤其体现在复活古典文学所惯用的比喻之中。有研究者指出："使'死'的或者'背景的'隐喻复生是诗人的艺术中不可缺少的部分。"[1]废名在激活了古典文本中程式化了的隐喻的同时，也就突破了对语言传统的惯常记忆，使古典词语在新的意指环境中复活。他对古诗的引用，对典故的运用，都是在现代汉语开始占主导地位的历史环境中思考怎样吸纳传统诗学的具体途径。他对古典诗歌的理解也是把古典意境重新纳入现代文本使之获得新的生命。虽然《桥》常常移植古典的诗文意境，但往往经过了自己的个人化改造，并纳入自己的文本语境之中。

> "北方骆驼成群，同我们这里牛一般多。"
> 这是一句话，只替他画了一只骆驼的轮廓，青青河畔草，骆驼大踏步走，小林远远站着仰望不已。(《树》)

一句"青青河畔草"被纳入小林的一个想象性情境之中，在与"骆驼大踏步走"的组合中获得了废名的个人性，小林所仰望着的这一切其实是他虚拟的情境，

---

[1] 泰伦斯·霍克斯著，穆南译：《隐喻》，第135页，太原：北岳文艺出版社，1990年版。

被"青青河畔草,骆驼大踏步走"的组合提升了。《桥》中不断表现出废名对古典诗歌的充满个人情趣的领悟。如《桥》一章:"李义山咏牡丹诗有两句我很喜欢,'我是梦中传彩笔,欲书花叶寄朝云。'你想,红花绿叶,其实在夜里都布置好了,——朝云一刹那见。"琴子称许说"也只有牡丹恰称这个意,可以大笔一写"。在《梨花白》一章中,废名这样品评"黄莺弄不足,含入未央宫":"一座大建筑,写这么一个花瓣,很称他的意。"这也是颇具个人化特征的诠释。鹤西甚至称"黄莺弄不足"中的一个"弄"字可以概括《桥》的全章。"弄"字恐怕正表现了废名对语言文字个人化的表现力的玩味与打磨。鹤西称《桥》是一种"创格",也正是指废名在诗化的语言和意境方面的个人化的创造。①

(吴晓东)

---

① 参见吴晓东:《废名·桥》,上海:上海书店,2011年版。

1933 年

2月

郁达夫的《她是一个弱女子》

她是一个弱女子　郁达夫著长篇小说

　　这是搁笔了多年的郁达夫先生在一九三二年日本帝国主义者炮轰上海时写成的杰作。她，是一个被色情的本能所支配着作了许多无意识活动的女子。她因为"一刻也少不得一个寄托之人"于是演成了她一生的大悲剧，也就是目下中国社会中大多数女子的悲剧。书中穿插着革命青年冯世芬，玩弄女性的资产阶级者李文卿，都能给与读者一个永远不能忘记的印象。实为近来我国创作界的一本名著。

每册实价六角　现代书局新出版

（原载1933年2月1日《现代》第2卷第4期）

　　上述郁达夫小说《她是一个弱女子》的广告，强调的是此作对作家本身的意义，又非常简洁地叙述了本书三个女主人公尤其是郑秀岳的悲剧故事，挑明了小说的主线。1932年是郁达夫小说创作的第二个高峰期，与第一期《沉沦》时代不同的是他的眼光更宽阔、更深沉了。就以男女两性的描写为例，这虽仍是他继续描写的中心，但由己及人，能从自己的体验出发更扩大到对别人的体验了。《迟桂花》、《东梓关》等都是更成熟的作品，两篇都与《她是一个弱女子》写在同一年里。《她是一个弱女子》1932年4月由上海湖风书局初版。到1933年12月现代书局易名出版，书名改为《饶了她》。这在1934年2月的《现代》杂志上也有广告登出，其文字显然是在上述广告词的基础上修改而成的。它有了一个提示性的标题："以一二八战役为背景的长篇创作　搁笔多年后写成的精彩品。"内中强调"搁笔"的意思，说《饶了她》的出版，为郁先生重新文艺生活的第一声"。将先前广告遗漏的第一主人公的名字郑秀岳补上，而删除了另两位女性人物冯世芬、李文卿的名字。①广告只字未提与《她是一个弱女子》的关联，却在《饶了她》一书的扉页，利用被内政部批令修正改名出版的理由，巧妙地为小说做了进一步的宣传。

该小说最初的酝酿，据作者1927年1月10日的日记载，当在由广州回上海参与整顿创造社出版部期间。那时连题目都确定了，说"未成的小说，在这几月内要做成的，有三篇：一，《蜃楼》；二，《她是一个弱女子》；三《春潮》。"②《春潮》原有，是个未完稿，后来一直是个残篇。《蜃楼》、《她是一个弱女子》却是因了郁达夫动荡不定的漂泊生活，和他那易受波动的懒散敏感的心思，一直拖到1931年至1932年间才总算相继写完而面世。

郁达夫《她是一个弱女子》书影，湖风书局1932年初版。

《她是一个弱女子》写出后，评价不一。触犯国民党政府当局的原因，说起来好笑，完全在于小说的背景叙述。小说中三位在杭州名女校同学的女性，1927年在上海遇到了北伐战争中的上海工人起义，和接踵而至的"四·一二"政变，于是各人有了各人的命运：郑秀岳逃难流连于沪地正与编《妇女杂志》的吴一粟恋爱，在去吴淞的大学询问投考章程的时候碰上了李文卿；其时冯世芬却因参加工人纠察队在反抗缴械的战斗中受伤，转向沪东的工厂掩蔽起来。对于这一历史事件的描述，郁达夫所持的是与左翼文人相同的立场。所用的语句如："新军阀的羊皮下的狼身，终于全部显露出来了。""一九二七年四月十一日的夜半，革命军阀竟派了大军，在闸北南市等处，包围住了总工会的纠察队营部屠杀起来。""中国的革命运动，从此又转了方向了。南京新军阀政府成立以后，第一件重要工作，就是向各帝国主义的投降和对苏俄的绝交。"③郁达夫的用词用句，如冠以"革命军阀"、"南京新军阀"这样的头衔，是当局容不得的，这就是需修改后才能解禁的缘故。如从郁达夫的角度说，作者对该小说由一起

---

① 《饶了她》的广告初见1934年2月《现代》第4卷第4期封面里。
② 《村居日记》，见《郁达夫文集》第9卷，第43页，广州：花城出版社，1984年版。
③ 《她是一个弱女子》，见《郁达夫文集》第2卷，第272—273页。

始就不满意。他在《后叙》中说:"我觉得比这一次写这篇小说时的心境更恶劣的时候,还不曾有过。因此这一篇小说,大约也将变作我作品之中的最恶劣的一篇。"①所谓心境恶劣者是指与王映霞的婚恋,并非"一·二八"的淞沪战争。这在作者1931年的书信中说得很清楚,比如对周作人诉苦称:"自广东回沪之后,迄今五年,因为一时的昏迷,就铸下了大错。""五年来的无心创作,无心做事情,原因都在于此。""近来消沉更甚,苦痛更深,不知者还以为我恋爱成功,不想做事情。"②他长期搁笔的原因也正在此。而对日作战这一巨大的历史事件,在当时郁达夫的心境上,正好是一大激励,是促使他最终走出个人逆境的兴奋剂。写《她是一个弱女子》的时候,郁达夫多少还没有摆脱困境,所以留下许多痕迹。半年之后,国家大事调适了私事的苦恼不幸,即迎来了自己第二度的小说写作潮。《她是一个弱女子》便因此成了一个转折点。

历来的文学史跟着作者的自述走,对此有极低的评价,而没有细心地去辨别作者为何只说"心境不好"是将本应写好的作品写坏的主因。这篇小说并没有许多郁达夫作品普遍存在的结构松散的毛病,三女性的故事以郑秀岳为主线,主副分明。只是结尾以"一·二八"战事中郑秀岳被日本浪人轮奸杀害,冯世芬收敛她的尸身结束,比较仓促。对于郁达夫,这是一部难得的具有时代长篇轮廓的作品。"我的意思,是在造出三个意识志趣不同的女性来,如实地描写出她们所走的路径和所有的结果,好叫读者自己去选择应该走哪一条路。三个女性中间,不消说一个是代表土豪资产阶级的堕落的女性,一个是代表小资产阶级的犹疑不决的女性,一个是代表向上的小资产阶级的奋斗的女性。"③作品不是按照大时代叱咤风云的女性的情节线为主来展开的,冯世芬始终是个正面的副线,李文卿是个反向的陪衬,郑秀岳是个美丽聪慧的女性,但一生软弱,无独立性,"一刻也离不得爱,一刻也少不得一个依托之人",这成了小说的主线,以构成全部故事的悲剧热点(设计得不错,只是写出来不十分理想)。这比起茅盾等的"时代女性"主体描写来,是大不同的,却是社会生活里的常态:一个时代所能给一个普通进步女子的影响,如果沦为"日常"的故事,就可以是这个样子。

---

① 《她是一个弱女子》,见《郁达夫文集》第2卷,第300页。
② 《(1931年7月6日)致周作人》,见《郁达夫文集》第9卷,第421页。
③ 《沪战中的生活》,见《郁达夫文集》第3卷,第194页。

在讨论本书的特点时，很难逾越的是女性和男女两性的有关描写。应当说，如果脱离了文学作品形成的历史环境，我们很难准确地给予估价。《她是一个弱女子》里有女校同性恋的细致描写，这在其他的五四文学作品中也有涉及。描写李文卿和郑秀岳半强迫的同性恋，可以刻画一个强势女性与一个弱势女性的性格。同时，在那种时代气氛下，女校的同性恋也带有叛逆的一面。即便是"乱伦"，也要具体分析。冯世芬与小舅的私奔，如果脱开近亲结合不利于优生的科学性，而单纯从社会角度来看，舅甥相恋，也有反抗社会的效应。比如直到1930年代的左翼作家，如果深入阅读他们的传记，还能发现这种"舅甥恋"的个别例子是作为叛逆的行为而得到大家同情的。至于李文卿的父女乱伦不足训，是个恶劣的例子。总体来说，郁达夫的这类描写也是他小说的时代特征之一。

《她是一个弱女子》在当时的图书审查制度下，被作为"普罗文学"看待，实际上是个误会。郁达夫曾经被鲁迅推举参加过"左联"，但他确实不是"左翼"作家。这里的三个女性人物就被他明确地注释为小资产阶级，他要写的是三个不同的小资产阶级人物而已，并没有轻易地将冯世芬定性为"无产阶级"（如果左翼作家来写就可能成了无产阶级英雄）的用意。而现代书局利用郁达夫的书被禁这一事实，乘着改名再出版的机会，反用来大做广告宣传，这也是书商和作者联合起来做出的合法之事，也算一种文学的抗争方式吧。

（吴福辉）

3月

田汉的转变

话剧运动中的权威作！ 新的技巧与新的内容！
各剧均经上演获得极大之成功！

田汉戏曲集

现代书局印行　每集实价八角

田汉先生为五四运动以来，从事戏剧运动最努力之一人，开辟荒寂之中国剧坛，洪深先生尊为"跌了，爬起来再干"，想见其努力之猛。惟田汉先生各作，散见各处，向无完本，致爱读者，时感不便。本局为应此需要起见，特怂恿田汉先生将数年来各作，搜集编纂，每集并加撰长序，计五集，现均已出齐。从此五集中，可以看出田汉先生思想之进路，自初期浪漫主义运动以至最近之向新的艺术方向之转变，均历历在目。

（原载1933年3月1日《现代》第2卷第5期）

一共五集的戏曲集，总计收入26部戏，差不多把田汉的戏曲全部收集其中，堪称30年代初中国话剧界最大的收获。广告中尤其强调"各剧均经上演获得极大之成功"，戏曲集中所收剧本差不多都是以舞台脚本为基础的书面创作，经历过舞台演出的一次次的检验，与纯粹为了在报纸杂志上发表的文学性剧本自然不可同日而语。陈子展总结田汉剧本的成功经验时亦说："田先生的戏曲倘若有什么成功之处，我以为不是在乎可读，而是在乎好演的。他的戏曲之所以好演，所以获得舞台上的效果，这也不是出于偶然。因为他的脚本，大都是先在舞台上试练，在这试练的期中是不会写成定本的，要等到在舞台上奏了相当的效果，才把它写定起来。这样，关于情节的错综，人物的配当，语言的洗练，不知已经费过许多的匠心了。所以一经写定之后,人家不得不惊异他的技巧之熟练。"①

《田汉戏曲集》中的第一集1933年2月由现代书局初版,比其余各集晚出。田汉在《第一集自序》中说:

> 这戏曲集是一九三〇年底就开始编的。但在四五集发行之后到一九三二年下半期的现在才编定第一集不能不说是可怪的事。然而在明白这经过的人又毫无足怪,因为这集子是和一九二九以来的新兴文化运动共着运命的。在它开始发展中立定这集子的编辑计划,发行其一部分;在它的受难期间这集子也完全停顿,在它将入复兴期的现在,又重新开始工作。

所谓"一九二九以来的新兴文化运动",与田汉休戚相关的是南国社的上海、杭州、南京、广州的一系列公演;"受难期间"则可以看做是由于《卡门》的上演,南国社遭禁而解散,从而结束了轰轰烈烈的燠热的"南国期";"复兴期的现在"则指的是1930年田汉先后参加了中国自由大同盟、中国左翼作家联盟、中国左翼戏剧家联盟等革命团体之后,政治上的转向所带来的戏剧艺术上的转型期。这就是广告词中所谓"田汉先生思想之进路,自初期浪漫主义运动以至最近之向新的艺术方向之转变"。

而田汉的这种"转变"实际上在南国社公演时期就已经酝酿了。

南国社的公演,在好评如潮的同时,也有评论者出于对"南国""爱之深,望之切",提出了许多善意的建议和批评。如署名"莫邪"的观众写了一篇《南国公演的第一日》的剧评,针对《苏州夜话》"非战"的中心思想,指出"为要达到我们的理想社会战争是必经的阶段","要想不经激烈的战争一径达到我们理想的社会那是一种幻想",继而在文章中分析了战争的性质,试图使南国社成员认识正义战

1930年6月,田汉为南国社《卡门》公演所绘的法国作家梅里美像。

---

① 陈子展:《〈田汉戏曲集〉第四集》,载1932年3月20日《青年界》第2卷第1号。

争与非正义战争的区别所在，而不应一味地"非战"。①又如田汉公演结束后接到一封署名"一小兵"的观众来信，令南国社感到"警醒"："最后的苏州夜话剧情是诅咒战争与贫穷。这种乞怜声气，你们或许以为可以讨得那班吸血鬼似的军阀们的同情罢。他们会要发慈悲心放松那抽紧的索子罢。先生！伟大的先生！你的作品是多么背着时代的要求啊。……我所倾慕的先生，莫要自命清高，温柔，优美，我们被饥寒所迫的大众等着你们更粗野的更壮烈的艺术！"②在南国社广州公演期间，有厉厂樵在《民国日报》上发表文章称："田先生的戏在感情方面说确乎很热烈；但在情节，性格，思想各方面细细研究起来，我觉得他的戏离现实的人生不很近，仿佛是超而又超的东西。在现代的中国果否需要这样的戏剧？"还有署名"护花长"的观众则在《国华报》上撰文说："南国的戏艺术是有的。我觉得可惜离开了平民——中国的平民。……离开了平民，就失去了平民，戏剧的艺术单靠非平民的人们欣赏很容易变成贵族化。假如南国已上了艺术的大道则请领导平民也同到艺术之宫。"③这些意见和批评集中针对的是南国社脱离民众的贵族化倾向，令田汉为之警醒。而"护花长"文中的警句"离开了平民，就失去了平民"也成了南国社的座右铭，平民意识的生成构成了田汉转变的直接动因。

田汉的转变在他为《田汉戏曲集》第四集和第五集写的自序中即可看出。第四集的自序交代自己"由唯美的残梦，青春的感伤，到现实底觉醒。……"第五集自序则再度引用"南京公演时一个小兵的来信"："他说：'第一出《古潭的声音》是多么"玄"啊，"灵"啊。好一个追求灵魂的诗人！但在我们这些衣不蔽体、食不充饥的人们何须乎这避开现实去求灵魂的东西。'这简单的几句话真是像那跃入古潭的蛙儿似的震破古潭的空寂，同时震破了低迷在我的脑筋里的艺术至上主义的残梦。"田汉在引述自己《古潭的声音》中诗人的台词"你那水晶的宫殿真比象牙的宫殿还要深远吗？"之后这样表达自己观念的转变：

> 什么地方有着比象牙的宫殿还要深远的水晶的宫殿呢？这是指示着肉的破产与灵的胜利吗？不，这只是表示不以实生活为根据的艺术至上主义的殿堂的崩溃，及其哀歌。把这意思翻译成南国社实际的教训时便是从前那样很浪漫地集合着许多所谓"波西米亚青年"们虽然一时会造出相当的

---

①②③ 田汉：《我们的自己批判》，载1930年4月《南国》月刊第2卷第1期。

艺术的空气，但其组织不结根于每个人的实际生活，他们一感着生活的不安，自然就要一个个地分离了。①

田汉悟到的是艺术至上主义与"实生活"的脱节，无力于应对"生活的不安"，最终导向艺术家群体的分崩离析。有研究者富有洞见地指出，"'南国'是一个具有政治、经济双重意义上的乌托邦"。"就'南国'对流浪艺术家的吸引力而言，它的确可与巴黎拉丁区和纽约格林威治村媲美。"而最终，"'南国'这个艺术家乌托邦和一切形式的乌托邦一样，注定是短命的"②，一方面是经济的困顿，另一方面则是政治的渗透："随着国共两党把文艺领域视为意识形态斗争的战场，随着左右两翼争夺中间派文化人的动作加剧，'南国'这个乌托邦遂不复存在。"③当"许多南国社的分子在解决个人的生活以后，都离开了田汉"④，譬如1929年3月7日，欧阳予倩邀田汉和洪深率南国社赴广州与广东戏剧研究所联合演出，演出结束后，被称为"南国社明珠"的唐叔明和骨干唐槐秋等却留在广州，就此离开了南国社。⑤"明珠沉海化顽石，古井对雨生苍烟"，田汉以这样两句联语"'速写'了我在粤两月间的情绪"，并称"从广州——那'荔枝与明珠之国'我是载了许多很深刻的具体的幻灭回来的"⑥。田汉在《谈谈"南国的哲学"》一文中，已经敏锐地预见了这种"一个个地分离"的前景：

> 南国社没有钱，社会上没有多大理解，要靠着感情集合许多男女青年作费力不讨好的艺术运动，结果到处要碰着障碍，感着寂寞，且好好的团体随时有破坏之虞。南国社戏剧运动从开始至今，除一二效死不去之徒外，曾经过多少次破坏啊。当你正高兴做着很美满的梦的时候，人家已经预备着离开你了。
>
> 南国的戏，其中必含着一种新的悲哀。因此南国社的社员越发达，便可知其旧分子越转动得激烈。这是贫乏的南国社无可如何的出路，就是它

---

① 《田汉戏曲集》第五集自序，上海：现代书局，1930年版。
② 葛飞：《戏剧、革命与都市漩涡——1930年代左翼剧运、剧人在上海》，第56、57页，北京：北京大学出版社，2008年版。
③ 同上书，第61页。
④ 马彦祥：《洪深论》，见《马彦祥文集》第3卷，第54页，北京：文化艺术出版社，1997年版。
⑤ 丁景唐：《上海的田汉故居和南国社旧址——田汉在打浦桥日晖里的时候》，载《新文化史料》1998年第2期。
⑥ 《田汉戏曲集》第五集自序。

伟大的哲学。①

这就是作为中国都市里的波西米亚人之浪漫乌托邦走向"分离"的内部动因，其在根本上决定于艺术观和社会观之间难以调和的冲突，正像田汉检讨的那样："我对于社会运动和艺术运动持着两元的见解。即在社会运动方面很愿意为第四阶级而战，在艺术方面却仍保持着多量的艺术至上主义。"②

《现代》杂志上为《田汉戏曲集》做的广告语所云"自初期浪漫主义运动以至最近之向新的艺术方向之转变"，指涉的即是田汉最终的"向左转"。其表征之一是1930年4月，田汉洋洋近十万言的《我们的自己批判》一文的问世，《南国》月刊第2卷第1期整本只刊登了这一篇长文。文章总结了南国剧运，检讨了田汉和南国社话剧实践中的小资产阶级意识形态，从中可以看出田汉"转变"的非常完整的思想历程。文章尤其表现了田汉的自我批判和超越的精神，"结论"部分指出："于创作者方面也自然非丢弃其朦胧的态度斩截地认识自己是代表那一阶级的利益了。岂止得答复时代底诘问，真正优秀的作家们还得以卓识热情领导时代向光明的路上去。但过去的南国的热情多于卓识，浪漫的倾向强于理性，想从地底下放出新兴阶级的光明而被小资产阶级底感伤的颓废的雾笼罩得太深了。"

田汉把南国社的浪漫主义的热情归于小资产阶级的感伤与颓废，强调阶级利益的重要性，进而与南国时期作彻底的告别："先把过去的得失清算一过，考察现在世界文化发展的潮流，中国革命运动底阶段，研究在这样的潮流，这一个阶段上我们中国青年应做何种艺术运动然后才不背民众底要求，才有贡献于新时代之实现。"③到了1930年6月，钱杏邨发表了评论《关于南国的戏剧》，总结了南国社戏剧观念的转变历程："它是怎样的出发于艺术至上主义，而转变到人生主义的社会问题的戏剧，又是怎样再通过不彻底的革命的信仰期，转变到走向无产阶级戏剧运动的努力，是大体的加以究明了。"

田汉"向左转"的表征之二，是1930年6月，由田汉改编的六幕话剧《卡门》在上海中央大戏院上演，借梅里美的故事影射中国社会现实，标志着田汉向自己随后反映现实题材的话剧创作的转变。而正是这部《卡门》成了南国社

---

① 田汉：《谈谈"南国的哲学"》，载1929年7月30日《上海画报》第492期"南国戏剧特刊"。
②③ 田汉：《我们的自己批判》，载1930年4月《南国》月刊第2卷第1期。

的绝响,演出的第三天,《卡门》即被禁演,罪名是"鼓吹阶级斗争,宣传赤化",南国社也因之被查禁。田汉的浪漫主义的南国时期,就此以其所可能具有的最圆满的方式,悲壮地终结。

从此,田汉进入了自己的左翼戏剧创作的高峰期,《梅雨》《一九三二的月光曲》《顾正红之死》《洪水》《乱钟》《战友》《回春之曲》《姊姊》《暴风雨中的七个女性》等反映现实题材的话剧纷纷问世。洪深曾经这样评价转变后的田汉的戏曲集:"近几年来,中国也有不少写作戏剧的人,也刊行过不少戏剧集子,但是,要寻觅一部作品,能够概括地反映最近四五年中国政治经济社会的情形,并且始终不曾失去'反封建和反帝国主义是中华民族的唯一出路'那个自信的,除了田先生这集子外,竟不容易再找到第二部。"①因此,有文学史家通过总结田汉的转向得出如下结论:"要求戏剧作品直接反映当代重大政治经济社会问题,揭示社会主要矛盾,并给观众明确地指明出路,展示光明前景——可以看到,一个适应日趋政治化、革命化的接受对象要求的新的戏剧创作规范、批评规范正在形成。"②

即便如此,仍有批评家感到田汉的转变不够彻底。《一九三二年中国文坛鸟瞰》一文中这样评论说:"像前几年一样,田汉和洪深依然保持着戏剧界的双璧的地位。田汉所做颇多,而多数作品还是充满着通俗的罗曼气氛,这些作品在纸面上的成功不能像在舞台上那么大,那是当然的了。"③所谓"充满着通俗的罗曼气氛",在这一批评者的眼中,自然是需要"奥伏赫变"的因素,但对于转变后的田汉是得是失,至少在那些怀念"南国诗人"的观众和读者那里,是委实难以立决的。

(吴晓东)

---

① 转引自钱理群:《大小舞台之间》,第9页,杭州:浙江文艺出版社,1991年版。
② 钱理群:《大小舞台之间》,第9页。
③ 中国文艺年鉴社编辑:《中国文艺年鉴(1932)》,第34页,上海:现代书局,1933年版。

穆时英与左翼的殊途：从《南北极》到《公墓》

南北极

改订本　穆时英作　版式　三十二开　页数　二七五页
定价　七角五分　现代书局印行

请读这批评

施蛰存先生——

我们特别要向读者推荐的，是《咱们的世界》的作者穆时英先生，一个能使一般徒然负着虚名的壳子的"老大作家"羞惭的新作家。《咱们的世界》在Ideologie上固然是欠正确，但是在艺术上面是很成功的。这是一位我们可以加以最大希望的青年作者。

文艺新闻——

穆君的文字是简洁，明快而有力，却是适合于描写工人农人的慷爽的气概，和他们有了意识的觉悟后的敢作敢为的精神。所以我最初看到穆君的这种作品，我觉得他若能用这种文字去描写今日的过着斗争生活的工农的实际生活，前途实是不可限量。

傅东华先生——

在四月底买到了刚出版的写明着是一月十日发行的《小说月报》——中国历史最久的文艺杂志，中有使人惊奇的创作《南北极》一篇。先不谈这篇创作的笔调像谁，我觉得不像谁，而也许要比那类似的别的笔调要较好的。是生动、别致、简洁、沉着的调皮。……这篇创作非但在小说自身完成了它的价值，也可以作为新兴电影的好材料。

杜衡——

关于《南北极》那一类，我到现在还相信，他的确替中国的新文艺创造了一种独特的形式。在文学大众化的问题被热烈地提出之前，时英是已经巧妙地运用着纯熟的口语来造出了一种新形式的，而不是旧形式的作品。只就文字一方面而言，像这样的作品（以及天翼一部分作品）是比不论多少关于大众化的"空谈"重要得多的。

《南北极》再版书影,现代书局1933年版。　　穆时英《公墓》初版书影,现代书局1933年版。

北斗——

以流氓的意识作基调,作者颇能很巧妙地用他的艺术手腕,把穷富两层的绝对悬殊的南北极般的生活写出来,给我们一个深刻的印象……这些地方都可以说是作者的技巧得到了成功的地方。

钱杏邨先生——

作者的表现力是够的,他能以发掘这一类人物的内心,用一种能适应的艺术的手法强烈的从阶级对比的描写上,把他们活生生地烘托出来。文字技术方面,作者是已经有了很好的基础,不仅从旧的小说中探求了新的比较大众化的简洁,明快,有力的形式,也熟习了无产者大众的独特的为一般智识分子所不熟习的语汇。

(原载1933年3月1日《现代》第2卷第5期)

纵观《现代》杂志上的广告,很少能找到与穆时英的《南北极》的广告相媲美的。由于主编施蛰存与穆时英较特殊的关系,1933年3月《现代》第2卷第5期上关于《南北极》改定本的广告想必是经过了施蛰存的精心运作,因此既有分量又有内容,广告词都选自当时的杂志与批评家对穆时英小说创作的评论。而之后《现代》上所载的穆时英作品广告便要简单些,比如次年出版的

《公墓》广告是：

> 本书系著者写《南北极》同时所作，而题材则完全相反。这位轰动中国文坛的年青作者，实为一具有南北极之矛盾性的人。读过《南北极》者，本书亦必一读。（原载1933年12月《现代》第4卷第2期）

次年出版的《白金的女体塑像》，广告则是：

> 读过《南北极》及《公墓》的人，总会感到作者描写的手腕是明洁轻快，而其笔调是又细腻又泼辣的。这本《白金的女体塑像》，是作者最近脱稿的八个短篇的结集。作者说："为了纪念自己生活上的变迁，我把这八篇零落的东西汇印了。"因此，这集子是会使读者感受到更深刻的刺激的。（原载1934年9月《现代》第5卷第5期）

评论界对最初闯入文坛的穆时英是非常关注的。1930年，当时还在担任《新文艺》杂志编辑的施蛰存惊喜地从一篇小说中发现了一个冉冉升起的文坛新星，这篇小说就是发表在《新文艺》第1卷第6期首篇位置上的穆时英的《咱们的世界》。在《编辑的话》中，推荐语正是《现代》广告词中施蛰存的这段话，称《咱们的世界》的作者穆时英先生，是"一个能使一般徒然负着虚名的壳子的'老大作家'羞惭的新作家。《咱们的世界》在Ideologie上固然是欠正确，但是在艺术上面是很成功的。这是一位我们可以加以最大希望的青年作者"[1]。同年，经施蛰存的推荐，穆时英在《小说月报》第22卷第1期上发表了短篇小说《南北极》。在《南北极》中，"穆时英不仅描绘了无产阶级的生存状况，也同样着墨于上海中产阶级的生活情态，两个阶层经济地位和社会等级的差异恰如南北极一样对比鲜明。小说通过青年小狮子闯荡上海的经历，将社会的两极展现在了读者面前"[2]。作为有流氓无产者气质的形象，《南北极》中的"小狮子"与《咱们的世界》中的"我"（海盗李二爷），都吸引了左翼的目光。"当时正值'左联'积极推动文艺大众化运动，穆时英的几篇小说用地道的工人口吻叙述了工人的生活和思想，立刻引起了当时左翼文坛的高度关注，

---

[1] 施蛰存：《编辑的话》，载1930年2月15日《新文艺》第1卷第6期。
[2] 燕子：《移动的风景线——以中国现代文学中的新式交通工具为视角》，北京大学硕士论文，2011年。

一度将其认作左翼作家的同盟。"[1]譬如钱杏邨就从"阶级对比"、"大众化的形式"以及"无产者大众的独特的语汇"等几个角度肯定了穆时英的创作[2]，也正是这一段肯定的文字，被收入《现代》这则《南北极》的广告中。广告词中所录《北斗》上的一段话（"作者颇能很巧妙地用他的艺术手腕，把穷富两层的绝对悬殊的南北极般的生活写出来，给我们一个深刻的印象"）则出自阳翰笙[3]，亦是从阶级的观点观照穆时英的小说的。广告征引的《文艺新闻》中评论穆时英的文字则出自署名"巴尔"的文章《一条生路与一条死路——评穆时英君的小说》[4]，更是希望作者"能用这种文字去描写今日的过着斗争生活的工农的实际生活"。即使是广告中引述的杜衡的一段话也是从"大众化"的角度对穆时英予以赞扬的[5]。这些评论大都是从左翼立场对穆时英的小说持欢迎态度，至少希望把穆时英引为同路人。

历史如果可以假设，不妨说如果穆时英继续沿着这条为左翼所期许的"反映工农的实际生活"的大众化之路走下去，左翼阵营或许可以增添一部分文学实绩，不过现代文学史上可能就失去了这位"新感觉派"的"圣手"了。得失之间，委实难以定夺。

穆时英最后走向了"新感觉派"的道路，这条路其实在他出道伊始就已经注定了。评论界吃惊地发现穆时英随后不久出版的《公墓》风格大变，其实《公墓》不过是这一"圣手"所挥洒的另一套笔墨。在《公墓》自序中，穆时英写道：

> 有人说《南北极》是我的初期作品，而这集子里的8个短篇是较后期的，这句话，如果不曾看到我写作的日期，只以发表的先后为标准，那么，从内容和技巧判断起来都是不错的。可是，事实上，两种完全不同的小说却是同时写的——同时会有两种完全不同的情绪，写完全不同的文章，是被别人视为不可解的事，就是我自己也是不明白的，也成了许多人非难我的原因。这矛盾的来源，正如杜衡所说，是由于我的二重人格。我是比较

---

[1] 阎浩岗：《中国现代小说研究概览》，第402页，保定：河北大学出版社，2008年版。
[2] 钱杏邨：《一九三一年中国文坛的回顾》，载1932年1月20日《北斗》第2卷第1期。
[3] 寒生（阳翰笙）：《南北极》，载1931年9月20日《北斗》创刊号。
[4] 巴尔：《一条生路与一条死路——评穆时英君的小说》，载1932年1月3日《文艺新闻》第43号。
[5] 杜衡：《关于穆时英的创作》，载1933年2月1日《现代出版界》第9期。

爽直坦白的人,我没有一句不可对大众说的话,我不愿像现在许多人那么地把自己的真面目用保护色装饰起来,过着虚伪的日子,喊着虚伪的口号,一方面却利用着群众心理,政治策略,自我宣传那类东西来维持过去的地位,或是抬高自己的身价。我以为这是卑鄙龌龊的事,我不愿意做。说我落伍,说我骑墙,说我红萝卜剥了皮,说我什么可以,至少我可以站在世界的顶上,大声地喊:"我是忠实于自己,也忠实于人家的人!"

即如《现代》第4卷第2期上为《公墓》所作广告中说的那样:"本书系著者写《南北极》同时所作,而题材则完全相反。这位轰动中国文坛的年青作者,实为一具有南北极之矛盾性的人。"苏雪林也曾指出,穆时英"有两副绝对不同的笔墨;一副写出充满原始粗野精神的《南北极》,一副写出表现现代细腻复杂的感觉的《公墓》和《白金的女体塑像》"①。或许正是穆时英所谓的"两种情绪"以及"二重人格",决定了穆时英在《南北极》之外还有《公墓》以及《白金的女体塑像》所表现的文学技巧和美学风格,并在以后的创作道路上成为穆时英更具代表性的方向。这就是都市化的"新感觉"的方向,也是穆时英之所以成为穆时英的方向,正像杜衡在《关于穆时英的创作》一文中说:

中国是有都市而没有描写都市的文学,或是描写了都市而没有采取了适合这种描写的手法。在这方面,刘呐鸥算是开了一个端,但是他没有好好地继续下去,而且他的作品还有着"非中国的"即"非现实的"缺点。能够避免这缺点而继续努力的,这是时英。②

文学史家也由此最终确立了穆时英的文学史地位,称穆时英"以他耀眼的文学才华和对上海生活的极度熟悉,创建了具有浓郁新感觉味同时语言艺术上也相当圆熟的现代都市小说"③;"穆时英跳起'上海的狐步舞',代表了海派中期的某种全新姿态。以他和刘呐鸥为主的'新感觉派',将西方植根于都会文化的现代派文学神形兼备地移入东方的大都会,终于寻找到了现代的

---

① 苏雪林:《新感觉派穆时英的作风》,见严家炎、李今编:《穆时英全集》第3卷,第516页,北京:北京出版社出版集团、北京十月文艺出版社,2008年版。
② 杜衡:《关于穆时英的创作》,载1933年2月1日《现代出版界》第9期。
③ 严家炎:《略说穆时英的文学史地位——〈穆时英全集〉代序》,见严家炎、李今编:《穆时英全集》第1卷,第2页。

都市感觉。"①

而早在1933年即有评论者从都会主义文学的角度讨论穆时英的变化：

> 穆时英在1932年也放弃了《南北极》那一类型作品，而把全力移注于新形式的创造上，而他的丰富的产量更使他受到了读者最大的注意。时英是一个有现代性的灵魂的青年作家，加以他的卓绝天资，他的作品也便比并不十分熟练于本国文字的侨民作家刘呐鸥更容易被一般所认识。他没有呐鸥那样深入，但更为明快而且魅人。至于时英同时还进行着那种写无产者生活的作品，由于并非作者由衷的抒发之故，显然是比较薄弱一点，而他自己也渐渐地放弃这方面的努力了。②

评论者从"新形式的创造"以及"现代性的灵魂"等角度较为合理地解释了穆时英"放弃了《南北极》那一类型作品"的原因，同时看出了穆时英"写无产者生活的作品"，"并非作者由衷的抒发"，这是格外有洞察力的判断。可以说，在穆时英这里，对流氓无产者和左翼文化的最初的追慕，也堪称是对一种既先锋又时尚的文学思潮的趋时，穆时英更为着迷的，可能恰恰是左翼的先锋性和时尚感的一面。在某种意义上，对左翼的最初的追逐，可以纳入穆时英对都市先锋性和现代性的整体追求中一起解读。

但也应该看到，穆时英之所以背离左翼的希冀而在"新感觉派"的道路上越走越远，还与左翼阵营对他的批判有直接的关联。譬如钱杏邨在肯定了穆时英创作的左翼诉求之后又称："《南北极》的作者的小说，是一贯的反映了非常浓重的流氓无产阶级的意识。……作者的前途，是完全基于他此后能否改变他的观点和态度，向正确的一方面开拓。横在他的前面的，是资产阶级代言人与无产阶级代言人的两条路，走进任何一方面，他都有可能。"③文章为穆时英指明了两条路，而最终穆时英选择的恰恰是与评论者的希望背道而驰的路。而当穆时英在1931年发表了《被当作消遣品的男子》这一"新感觉派"风格鲜明的小说后，更是引发了左翼阵营激烈的批评。署名"舒月"的文章《社会渣

---

① 吴福辉：《老中国土地上的新兴神话——海派小说都市主题研究》，见吴福辉：《深化中的变异》，第37页，杭州：浙江文艺出版社，1999年版。
② 《一九三二年中国文坛鸟瞰》，中国文艺年鉴社编辑：《中国文艺年鉴（1932）》，第29—30页，上海：现代书局，1933年版。
③ 钱杏邨：《一九三一年中国文坛的回顾》，载1932年1月20日《北斗》第2卷第1期。

滓堆的流氓无产者与穆时英君的创作》不满文坛把穆时英当做一个"特起的新星"看待,"不特表现中国文坛上批评家麻木无感,且是作者和读者两方面有害无益的危害",认为《被当作消遣品的男子》"连社会问题的初步都没有触到,真只是大学生拖着广东式的木屐彳亍人生,新的说部而已",进而指出"穆时英君的失败,完全因为生活不能和思想的倾向一致。因而所表现的人物,就理想地失去了现实性。意识也因而陷入不正当。技巧呢,也是不适用地失败了"[1]。尤其是该文断言穆时英技巧失败,这对于"抱着一种试验及锻炼自己的技巧的目的","所关心的只是'应该怎样写'"[2]的穆时英来说,应该是一个更沉重的打击。而给予穆时英打击最力的是化名为"司马今"的瞿秋白,在《财神还是反财神(乱弹)》一文中,瞿秋白讽刺创作了《被当作消遣品的男子》的作者是"红萝卜":"外面的皮是红的,里面的肉是白的。它的皮的红,正是为着肉的白而红的。这就是说:表面做你的朋友,实际是你的敌人,这种敌人自然更加危险。"[3]这就把穆时英推到了"敌人"的阵营中去。因此有了前引《公墓》自序中,穆时英的激烈反弹。

检讨穆时英从《南北极》到《公墓》的创作历程以及与左翼批评界的纠葛,一方面可以说左翼阵营出于革命立场的纯洁性的考虑,对穆时英的创作的评论有些过苛,也多少暴露了党派性的历史局限;另一方面,也最终显露出穆时英骨子里都市浪荡子的天性,与真正的左翼之间隔着一道难以逾越的鸿沟。鲁迅当初给沙汀和艾芜写的回信中说:"两位都是向着前进的青年,又抱着对于时代有所助力和贡献的意志,那时也一定能逐渐克服自己的生活和意识,看见新路的。"[4]穆时英也同样看见了一条"新路",不过这条新路与左翼渐行渐远,终成殊途。

(吴晓东)

---

[1] 舒月:《社会渣滓堆的流氓无产者与穆时英君的创作》,载1932年7月《现代出版界》第2期。
[2] 穆时英:《南北极·序言》,见《南北极》,第1页,上海:现代书局,1933年版。
[3] 司马今(瞿秋白):《财神还是反财神(乱弹)》,载1932年7月20日《北斗》第2卷第3、4期合刊。
[4] 鲁迅:《关于小说题材的通信》,见《鲁迅全集》第4卷,第368页,北京:人民文学出版社,1981年版。

《西线无战事》与"非战小说"的主题广告

现代书局印行　非战小说　轰动全世界的第一部非战小说

西线无战事

德国雷马克原著　洪深马彦祥合译　每册实价一元二角

不久以前，有一部小说轰动了全世界的文坛，抓住了全世界每一个读者的心，使他们战栗，使六架印书机和十架装订机为这部小说忙碌。在数年内被译成数十国文字，销行数千万册，开从来未有的新书销售的记录。这部小说就是《西线无战事》。当此第二次世界大战的危机日迫之际，一般人已忘却了第一次大战时的痛苦，本书正确地记录着战时的痛苦印象，为非战的最利害武器。末附洪深氏二万余言的长序，畅论战争文学，旁征博引，备极精彩丰富。

光明

H. barbusse, *Glarté*　敬隐渔译

巴比塞是写战争小说的唯一的能手。他不但从正面来描写现代的战争，并且从直接参加战斗的士兵以外的人那里，写出战争之残酷，唤醒每一个活着的人来反对战争。本书《光明》便是为这一个目的而写的。在本书中，他从一个平庸的书记的眼中，描出战争的恐怖，使他对于过去的生活起了幻灭，从他的口中，他向全人类叫出建设"世界共和国"的呼声，击碎各种形式的奴隶制度，是一本有意识地批判着战争的非战小说。每册实价大洋一元。

战争中

孙席珍著

孙席珍先生是我们写战争小说的唯一的作家。他曾亲历戎行，参加北伐战役，于士兵生活，具有深刻的观察，本书是他数年来军队生活经验的结集，主

人公是几个饱经战阵的士兵。在几次残酷战争中，几个在一起活着的同伴，勇敢的与胆怯的，都死的死了，伤的伤了，最后觉悟到救了"国"，救了"民"，却没有救了自己的命。描写极为动人，实价大洋四角。

雷马克评传

杨昌溪编　实价大洋五角

（原载 1933 年 3 月 1 日《现代》第 2 卷第 5 期）

《西线无战事》的这则广告大约是在《现代》杂志上露面次数最多的广告，在 1932 年 6 月《现代》第 1 卷第 2 期首次登出之后，直至终刊，约重复刊载十几次之多。第 1 卷第 2 期的同一页还登出《雷马克评传》的广告，为杨昌溪编，广告称：

> 《西线无战事》的著者雷马克氏，现已成为全世界每个青年人所欲知的人物了。本书即详细无遗地把他介绍给你们了。为留心现代文艺的人们所必读。

而到了 1933 年第 2 卷第 5 期则在"非战小说"的专题下，继续登出《西线无战事》和《雷马克评传》的广告（《雷马克评传》在这期上大概因为篇幅的原因而去掉了广告语），此外还增加了巴比塞的小说《光明》以及孙席珍的小说《战争中》的广告。这四部现代书局所印行的作品广告，汇成了编者刻意设计的"非战小说"的总主题。

从反战潮流的角度设计这一主题，既是编者的妙手偶得，同时也是匠心独运。长期目睹和历经国内军阀混战的现代中国作家和翻译者，对于反战

《现代》第 1 卷第 2 期上的《西线无战事》广告

思潮和战争小说，一直有着浓厚的兴趣和持续的关注。《小说月报》第15卷第7、8号（1924年7月10日、8月10日发行）就组织过一个"反战文学"专号，沈雁冰还专门写了《欧洲大战和文学》的文章。这种关注，在20年代末30年代初又与国际左翼反战思潮交汇在一起，凸显出中国战争题材创作与翻译的世界性。研究者指出："国际左翼阵线的反战立场，使左翼文学经常与反战文学相交叉。虽然在第一次世界大战后，以战争为题材的作品陆续出了不少，但真正能够在中国引起强烈共鸣的是后来的反战小说。"尤其是20年代末在德国出现的几部反战小说，"在世界突然掀起了'出版界的大风暴'，雷马克（E.M.Remarque）的《西线无战事》、雷恩（L.Renn）的《战争》、格莱塞（E.Glaeser）《一九〇二级》几乎同时问世，又都在'世界出版界中卖了满座'"①。

施蛰存翻译《一九〇二级》的《译者致语》中，解释了为什么非战小说在欧洲乃至全世界大行其道：

> 对于这个问题，倘若我们对于德国的现状，不，简直是对于世界列强的现状，加以一番考察，就可以恍然于这种暴露战争的惨恶的文学是的确有迫切的需要了。
>
> 正为了大战的恐怖和悲哀，不是在当年大战的炮火轰天的时候，不是在战后的满地呈现着断井颓垣的时候，而是在表面上套着光华灿烂的和平的假面具的现在。所以，把当年大战的真意义真面目揭示出来的书及其作者，其为大众小百姓所欢迎，其为所有的统治阶级者所禁止，也就成为当然的现象了。②

其中的《西线无战事》堪称是对欧洲和世界文坛影响巨大的作品。王公渝在《战争·小引》中写道："自从雷马克的《西线无战事》发表以后，欧洲战争文学便独树一帜，大大地改变了先前低能战争小说家的滥调，以平淡的文笔，描写战争的残酷，以伟大的非战热情来促醒欧洲市民的觉悟。"③在《现代》第1卷第

---

① 李今：《二十世纪中国翻译文学史·三四十年代·俄苏卷》，第13页，天津：百花文艺出版社，2009年版。
② 格莱塞著，施蛰存译：《一九〇二级》，第4页，上海：东华书局，1930年版。本书的扉页上注明的时间为1931年，版权页则为1930年5月初版，施蛰存为本书写的《译者致语》的时间落款是1931年5月20日。
③ 王公渝：《战争·小引》，上海：启明书店，1937年版。"王公渝"在版权页为"王公谕"。

2期登出的《西线无战事》的广告中,编撰者的措辞与第2卷第5期稍有不同:"本书是轰动全世界的第一部非战小说。在一九二九年出版时,顷刻间销行了数万册。全世界每一个读者的心都被本书抓住了。六架印书机和十架装订机整日整夜地为本书忙碌。到了现在,更被译成数十国文字,摄成了电影,为全世界的厌战群众所热烈欢迎着。"根据《西线无战事》改编的有声电影,在小说问世的次年就由好莱坞(美国环球公司)拍摄,被称为电影史上"最伟大的反战电影"之一。①也是在电影问世的1930年,《西线无战事》即由日本作家村山知义改编成戏剧,②由上海艺术剧社在1930年的3月21日到23日在上海演艺馆演出。③

《西线无战事》在30年代中国文坛引起的轰动从施蛰存后来的回忆中可见一斑:

> 《西部前线平静无事》是第一次世界大战后第一部描写这场战争的小说,1929年1月在德国出版,三个月内,发售了六十万册。英译本出版后,在四个月内,发售九万一千册。法译本在十一天内发售七万二千册,这简直是一部轰动全世界的书。林疑今是林语堂的侄子,在圣约翰大学读书,他在暑假中把这本书译成中文。大约在9月间,他带了译稿来找我们,希望我们给他印行。当时我们已知道马彦祥和洪深也在译这本书,而且听说原稿已由现代书局接受,已付印刷厂排版。因为洪深在写一篇二万字的文章,论战争文学,预备附在译文后面,而这篇文章尚未交稿。我们都知道洪深的拖拉作风,他这篇文章未必很快就会写成。于是我们把林疑今的译稿接受下来,做好付排的加工手续,我和望舒带了五听白锡包纸烟,到和我们有老交情的华文印刷所,找到经理和排字房工头。请他们帮忙,在一个月内把这部二十多万字的译稿排出,排字工加百分之二十,另外奉送纸烟五听,让他们自己分配。他们都很高兴地接受了这个任务。过不了十天,就送来了初校样。我们的书在11月上旬出版,在《申报》上登了一个大广告。等到洪深、马彦祥的《西线无战事》出版,我们的林译本已经再版。以后,在五个月内,再版了四次,大约卖了一万二千册,在1930年的

---

① 《西线无战事》1930年由路易斯·迈尔斯通导演,获得第三届奥斯卡最佳影片、最佳导演奖,在1962年美国西雅图世界博览会评选的"电影诞生以来的十四部最伟大的美国影片"中名列第三。
② 村山知义改编的《西线无战事》的剧本单行本1930年由南京拔提书店出版。
③ 参见葛飞:《戏剧、革命与都市漩涡——1930年代左翼剧运、剧人在上海》,第41页,北京:北京大学出版社,2008年版。

中国出版界，外国文学的译本，能在五个月内销售一万多册，已经是了不起的事了。这本书，恐怕是水沫书店最旺销的出版物①。

施蛰存所说的《西部前线平静无事》这一译本，实际上是由上海水沫书店1929年10月出版，由译者林疑今的五叔林语堂写序。而洪深、马彦祥合译的版本，也并没有因为施蛰存所谓的"洪深的拖拉作风"而晚出，也是在1929年10月即由现代书局初版，这一译本上海平等书局也在1929年10月同时印行。在洪深、马彦祥合译的这个版本中，洪深写的是两万余言的《后序》，而序言则是马彦祥写的，序前还引用了李白的《战城南》：

烽火燃不息，征战无已时。
野战格斗死，败马号鸣向天悲。
乌鸢啄人肠，衔飞上挂枯树枝。
士卒涂草莽，将军空尔为。
乃知兵者是凶器，圣人不得已而用之。

作者试图把非战主义追溯到中国古代诗人那里，说明反战思想中国古已有之。与此相似，林语堂在给《西部前线平静无事》写的序言中，也谈及中国古代关于战争的文学"描写小百姓，在兵戈战乱时期，受尽颠沛流离之苦（自从《国风》许多叙述士女旷怨的诗人以至作《新丰折臂翁》的白居易，及作《石壕吏》的杜甫均在此类）"②。

《西线无战事》此后又有1934年过立先译的"通俗本"③以及1936年钱公侠译的开明书店版④，可见在30年代有着持续的影响。借着《西线无战事》畅销的东风，雷马克《西线无战事》的续篇在1931年问世的同年，也在中国推出了至少四种译本，被不同的译者译成的《退路》、《战后》、《西线归来》、《后方》、《归来》等译名⑤，凸显了现代中国译坛译名难以统一的混乱性。

此外雷恩（L.Renn）的《战争》、格莱塞（E.Glaeser）《一九〇二级》等战

---

① 施蛰存：《我们经营过三个书店》，载《新文学史料》1985年第1期。
② 林语堂：《西部前线平静无事》序。亦收入林语堂：《大荒集》，上海：生活书店，1934年6月初版。
③ 过立先译：《西线无战事》，上海：开华书局，1934年1月版。
④ 钱公侠译：《西线无战事》，上海：开明书店，1936年5月版。
⑤ 参见李今：《二十世纪中国翻译文学史·三四十年代·俄苏卷》，第14—15页。

争小说也纷纷被译到中国。雷恩的《战争》30 年代有麦耶夫（林疑今）和王公渝等译本。王公渝在《战争·小引》中称路易棱（即雷恩）的"《战争》的动人场面，决不在于：法国少女的调情，狂雨中哀壮的国歌，深夜凄恻的四弦琴，和拂晓地平线上的红旗等等。它的伟大的精神，实寄托在揭破'爱国狂'的幻灭，与描写战争的残酷和惨烈上面。它把战争的结果清算给读者，使读者惊心动魄，宛如眼见到一幅毒气杀人，大炮轰城图画一样。所以《战争》的销路达二十余万，也绝非偶然的"①。

麦耶夫（林疑今）翻译的《战争》，则由英译本转译，译者在《译序》中写道：

> 《战争》此书与雷马克的《西部前线平静无事》，E.Glaeser 的《一九〇二级》，及使法国少女用嘴唇来亲的《四兵士》，同称为战后德国文坛的四大杰作，像《默示录》的四骑士一样：马蹄过处万里战栗！
>
> 读者中间有的或许曾迳过胸膛，冲冠一怒，拔剑而起，誓报不共戴天之仇，因而只为了某姓狗和某姓猫的争地盘，抢政权，牺牲了几十万人民的生命，但是在指挥战争的司令爷爷看来还值不得他贵夫人一根毛的失落！
>
> 这本书若能喊醒几个在战场上"爱国热"的同志，译者的希望也就够了；同时希望几位专门躺在女人的裤裆里，抽大烟，打麻雀，口口声声主张"战争"的大人先生将朦然的醉眼放开点，究竟你们赶同胞冲上去的"爱国运动"其实是怎么一回事。②

译者"话糙理不糙"，对中华大地上演的军阀战争的活剧之义愤溢于言表，充分反映了中国文坛和翻译界对西方反战小说之热情的本土现实语境，也同时说明了中国文坛"在三十年代初形成了翻译反战小说的热潮"③的原因。正如钱杏邨在《一九三一年中国文坛的回顾》一文中所总结："战争小说的产生，以及雷马克的流行，是一九三一年中国文坛上的一件主要现象。"④《现代》杂志关于"非战小说"主题广告的推出，也正敏锐地利用了这一现象级思潮。

现代书局出版的巴比塞的《光明》也被视为伟大的非战小说。《现代》杂志

---

① 王公渝：《战争·小引》，上海：启明书店，1937年版。
② 雷恩（L.RENN）著，麦耶夫（林疑今）译：《战争》，第1—2页，上海：东华书局，1930年初版。
③ 李今：《二十世纪中国翻译文学史·三四十年代·俄苏卷》，第15页。
④ 钱杏邨：《一九三一年中国文坛的回顾》，载1932年1月20日《北斗》第2卷第1期。

上的广告称"巴比塞是写战争小说的唯一的能手",《光明》也"是一本有意识地批判着战争的非战小说"。正因如此,当施蛰存在1933年初得知巴比塞将随同"反帝大同盟"①所组织的"满洲调查团"到中国来的消息,马上在《现代》发布通讯:"世界反帝大同盟所组织之满洲调查团,将于日内到华,团员中有法国文学家巴比塞,罗曼·罗兰,美国特莱散,德国路易·朗诸人。本埠文艺界已数度集会,预备招待云。"②多年以后,施蛰存回忆说:"这四位是世界著名的反帝反战作家,调查团中有他们,使我们感到十分鼓舞,我在《现代》五月号上又发表了适夷的一篇小文:《萧和巴比塞》,是对这两位大作家送往迎来的表示。"③楼适夷在《萧和巴比塞》中说:"现在,我们又快要迎接一位更可爱的巴比塞。巴比塞不是从旁的观察者或关心者,而是投身在实践的战阵中的;他想着什么,信仰着什么,就怎样去实地的干。他以为第一次世界大战是消灭强权的正义之战,他就去当联队的兵士,立刻他发觉这是帝国主义者屠杀大众牺牲大众的阴谋,他就站在被屠杀被牺牲者的一边,大声地告发了阴谋;他是一个战士了。""为奴隶的光明,为全人类的前途而战斗的巴比塞。"④作者不仅仅把巴比塞看成一个反战的作家,更看成一个战士。早在1929年,沈起予就发表文章称巴比塞是一个"无产阶级的斗士"⑤。而今这一斗士即将登陆中国,给左翼文化界和出版界都带来热切的期待。现代书局也趁着巴比塞即将来华的"西风",特价销售《光明》,在《现代》上不失时机地刊出欢迎巴比塞的广告:

> 法国大文豪巴比塞将于本月中负着世界反帝同盟特派调查员的使命来华。本局为向这位作家表示敬意起见,特将敬隐渔先生译的巴氏名著《光明》举行特价出售。本书是现代最伟大的非战小说,译文流畅,欲认识巴比塞氏者不可不读。原价一元。剪此广告来购者只售七角。⑥

可惜的是,原拟来华的罗曼·罗兰并没有来,巴比塞也因健康原因未能成行,

---

① 全称为"世界反对帝国主义战争大同盟"。
② 见1933年4月《现代》第2卷第6期《书与作者》栏目。
③ 施蛰存:《访问伐扬·古久列》,见《北山散文集》(一),第344页,上海:华东师范大学出版社,2001年版。
④ 适夷:《萧和巴比塞》,载1933年《现代》第3卷第1期。
⑤ 沈起予:《巴比塞(H·Barbusse)之思想及其文艺》,载1929年《创造月刊》第2卷第6期。
⑥ 欢迎巴比塞的广告载1933年7月《现代》第3卷第3期。

改派英国有"红色贵族"之称的马莱爵士为代表团团长,法国《人道报》主笔伐扬·古久列为副团长,并延迟到 1933 年 9 月初才来到上海。

《现代》杂志上"非战小说"的主题广告中唯一一部有关中国本土的小说是孙席珍的《战争中》①。如同巴比塞的《光明》的广告中说"巴比塞是写战争小说的唯一的能手",广告也称"孙席珍先生是我们写战争小说的唯一的作家"。小说中被卷入内战的士兵"最后觉悟到救了'国',救了'民',却没有救了自己的命",昭示了小说的"非战"主题。这部小说与孙席珍的《战场上》②、《战后》③合称《战争三部曲》,埃德加·斯诺在英文版《活的中国——现代中国短篇小说选》④一书"作者小传"中这样介绍孙席珍:"他的家乡一带不断发生拉锯战,也就难怪他的很多作品都是反映这战事的,他最著名的是他的三部曲:《战场上》、《战争中》、《战后》。"写过《从军日记》的谢冰莹也曾评论说:"《战场上》、《战争中》、《战后》是描写内战的残酷。""他(引按,指孙席珍)曾在战场上生活过一时期,所以《战争》三部曲里,描写战争的残酷,淋漓尽致,颇有雷马克的作风。"⑤

而真正被称为"中国的《西线无战事》"的则是黑炎的小说《战线》⑥。黑炎在《战线》序中自称:

> 《战线》所描述的全部,是以一九二六——一九二七年间的战争为描写背景。
>
> 这混战的结果,被逼到战地用武的兄弟们,逐渐深悟到:是谁唆使我们去屠杀;我们互相是残杀了谁个;而我们又该杀哪个仇敌?……

《现代》曾登出署名"凌冰"的关于黑炎的《战线》书评:"描写中国士兵生活与其心理的《战线》是一部成功的战争小说,它的成功在于情景逼真而有力。深入军队生活的内里而曲绘其形态。这是一部中国的西线无战事。"⑦钱杏邨也对《战

---

① 孙席珍:《战争中》,上海:现代书局,1930 年版。
② 孙席珍:《战场上》,上海:真美善书店,1929 年版。
③ 孙席珍:《战后》,上海:北新书局,1932 年版。
④ 该书英文版于 1936 年由英国伦敦乔治·C·哈拉普公司出版,中文版于 1983 年 4 月由湖南人民出版社出版。版权页标注:埃德加·斯诺主编;中文材料记录者陈琼芝;英文材料翻译者文洁若;编辑朱正。
⑤ 谢冰莹:《孙席珍》,见《谢冰莹文集》中册,第 200 页,合肥:安徽文艺出版社,1999 年版。
⑥ 黑炎:《战线》,上海:现代书局,1933 年版。
⑦ 凌冰:《〈战线〉书评》,载《现代》第 3 卷第 6 期。

线》予以了极高评价:"在战争小说的写作上,倒是在《小说月报》上发见的新人黑炎的《战线》(连载10、11、12期),可说是一篇生活体验的优秀的出产。"①

《现代》推出"非战小说"的主题广告,虽然迎合的是文坛对战争这一焦点主题的关注,但另一方面,在"九·一八"事变尤其是"一·二八"沪战之后,"反思与暴露第一次世界大战的残酷与非正义的反战文学,显然与面临着日本帝国主义侵略,中国需要动员一切力量抗日的现实需要不再合辙。左翼阵营及时对以雷马克为代表的非战小说展开了批判,以扭转出版界的非战热情"②。同人(瞿秋白)在《上海战争和战争文学》一文中指出:"文学对于战争的态度是一个极严重的问题。""中国的革命文学和普洛文学,没有疑问的,一定要赞助这种革命的战争","反对帝国主义并且反对中国地主资产阶级的战争"③。《文艺新闻》也发表一篇不具名的"德国通讯"《雷马克,一个轻薄的和平论者》,称对于雷马克的《西线无战事》及其续篇的"反对热","正横溢于苏联全土",而"雷马克在本质上是个和平论者,在意德沃罗基上是不足取的轻薄者"④。1932年6月《文学月报》则发表苏联理论家O.Biha的文章《雷马克底退路》,称雷马克的"路"是"一条退后的路"。蓬子在《编后记》中写道:"雷马克底《西线无战事》和《退路》的销路,甚至在读书界十分落后的中国,也给予了我们一个非常惊人的数目,这可见他那种麻醉性的非战论的效力之大了。这是非揭破不可的假面具,正如蜜砒一样,在甜味之中含有毒质的。"⑤

1935年《出版消息》终刊号上刊登了一篇译文《世界文学与战争》,文章指出雷马克的小说其实仍旧受到了"帝国主义的束缚","雷马克本人反对战争,但是他拒绝和刽子手战斗",而"文学上的和平主义底观念的完全破产是很明显的。离开和平主义者的欺骗,近代文学向战争的公开预备走去。现在正在发展着一种公开预备这次战争的文学。在日本正向这一门文学专心创作着,疯狂地描写未来的战争的小说整批地出现着,而且分送到千万民众间去"。这批战争小说"是为

---

① 钱杏邨:《一九三一年中国文坛的回顾》,载1932年1月20日《北斗》第2卷第1期。
② 李今:《二十世纪中国翻译文学史·三四十年代·俄苏卷》,第15页,天津:百花文艺出版社,2009年版。
③ 同人(瞿秋白):《上海战争和战争文学》,载1932年4月25日《文学》半月刊第1卷第1期。
④《雷马克,一个轻薄的和平论者》,载1931年10月12日《文艺新闻》。
⑤ 蓬子:《编后记》,载1932年6月10日《文学月报》。

未来的尸体制造厂所作的广告材料"①。翻译的文笔虽然不忍卒读，但是文章本身却准确地揭示了世界文坛一个与反战文学恰相背离的趋势——新的战争文学和"英雄文学"在日本和德国的兴起，敏锐地指出这些好战文学对未来战争的形象化预演以及在意识形态上为未来战争所做的准备，惊心动魄且别出心裁地把这批战争小说形容为"为未来的尸体制造厂所作的广告材料"。

曹聚仁在《战争与战争文学》一文中也认为："'战争'和'流亡'，使得雷马克成为虚无主义者。一种浮萍主义的观点，有着'天地不仁，以万物为刍狗'的嘲弄人生的幻灭观。"而历经了抗日战争，"在战争中成长的"曹聚仁又重新把雷马克的小说《西线无战事》看了一遍，获得的是如下观感：

> 我自己也还是属于巴比塞、杜甫型的非战主义者。然而，我已经明白，战争乃是最现实的，必须面对着迎接上去的，躲避着是没有用的。②

只有亲历漫长的民族解放之战，迎上前去，才能真正克服战争虚无主义，透彻理解和最终实现反战的精义。③

（吴晓东）

"茶话"与"咖啡座"："海派"散文的都市语境

灵凤小品集 预告

作者 叶灵凤

内容 艳阳天气，在水滨，在花间，在灯下，都是读小品文的好时光，从三四分钟便可读毕的短文中，你将获得生活苦的慰安，神经衰弱的兴奋剂，和

---

① K. Radek 讲，霍夫译：《世界文学与战争》，载 1935 年 3 月 30 日《出版消息》第 46、47、48 期合刊。
② 曹聚仁：《书林又话》，第 448 页，上海：上海书店出版社，1999 年版。
③ 本文写作从李今的《二十世纪中国翻译文学史·三四十年代·俄苏卷》一书受益良多，特此致谢。

幻梦的憧憬。

装帧　三十二开本·三百零九页·上等印刷·穿线钉的上下切

（原载 1933 年 3 月 1 日《现代》第 2 卷第 5 期）

衣萍半集

章衣萍著　最新刊　现代书局出版

章衣萍先生的笔，向以灵敏见称，他善写爱情，也善写秀逸的随笔。他所写的爱情是活的，有生命的，是现实的血与泪的交流，里面有微笑，有悲哀，有疯狂，也有嫉妒。《情书一束》和《友情》便是章先生写情的代表作。他的随笔尤能使读者在微笑中觉到好像受了苦的矛盾味。年来因卧病遂使他的随笔益增丰富精彩。《枕上随笔》《窗下随笔》《风中随笔》等，风行一时，几乎爱好文学的青年，都有人手一编之概。现章先生将他的杰作汇印起来，从此便利读者不少了。

衣萍半集之一　情书一束　全书三零零页·厚纸印　每册实价大洋八角
衣萍半集之二　友情　全书二零零页·厚纸印　每册实价大洋七角
衣萍半集之三　随笔三种　全书一七五页·厚纸印　每册实价大洋六角

（原载 1934 年 2 月 1 日《现代》第 4 卷第 4 期）

"如果是冬天，便坐在暖炉旁边的安乐椅子上，倘在夏天，则披浴衣，啜苦茗，随随便便，和好友任心闲话，将这些话照样地移在纸上的东西，就是essay。"自从厨川白村的《出了象牙之塔》中介绍英国随笔（essay）的这段文字被鲁迅翻译引入中国文坛之后，中国现代作家对于散文的理解就与一种"闲话"的现场感，一种美学性的氛围以及一种话语情境密切关联在一起。周作人在《雨天的书·自序一》中便勾勒了一幅与厨川白村极其相似的五四特有的"闲话"境界："如在江村小屋里，靠玻璃窗，烘着白炭火钵，喝清茶，同友人谈闲话，那是颇愉快的事。"

如果说，厨川白村的"暖炉"、"浴衣"、"苦茗"等话语元素描绘的是日本化情境，那么周作人则赋予"闲话"一种本土化的乡野气息。而到了 30 年代，移居上海的章衣萍也勾勒了一幅都市化的"茶话"情境：

> 在斜阳西下的当儿,或者是在明月和清风底下,我们喝一两杯茶,尝几片点心,有的人说一两个故事,有的人说几件笑话,有的人绘一两幅漫画,我们不必正襟危坐地谈文艺,那是大学教授们的好本领,我们的文艺空气,流露于不知不觉的谈笑中,正如行云流水,动静自如。我们都是一些忙人,是思想的劳动者,有职业的。我们平常的生活总太干燥太机械了。只有文艺茶话能给我们舒适,安乐,快心。它是一种高尚而有裨于智识或感情的消遣。①

这种都市茶话,构成的是"海派"作家们忙里偷闲的舒适消遣,同时也是"不知不觉的笑谈中"酝酿的"文艺空气"。"海派"散文正是诞生于这种"茶话"般的话语情境中。②

与章衣萍主持的《文艺茶话》相映成趣的,是1928年8月6日《申报》出现的专栏《咖啡座》,并直接催生了张若谷的一部散文集《咖啡座谈》:"咖啡座不但是近代都会生活中的一种点缀品,也不止是一个幽会聚谈的好地方。它的最大效益,就是影响到近代的文学作品中。咖啡的确是近代文学灵感的一个助长物。此外凡是一件作品里能够把咖啡当做题材描写进去的,就会表现出都会的情调与享乐的生活,浓郁的氛围气,与强烈的刺戟性。"③对都市先锋作家们来说咖啡是以其"浓郁的氛围气,与强烈的刺戟性"与"都会的情调与享乐的生活"相关联的,实在是不容小觑。张若谷还引用黄震遐的文字:"小小的咖啡店充满了玫瑰之色,芬馥而浓烈的咖啡之味博达四座,这种别致的法国艺术空气,在上海已经渐渐的兴起了。"④如果说,章衣萍的"茶话"语境中多少存有一些本土文化意味的话,那么"咖啡座"则更裹挟一种"别致的法国艺术空气",是《申报》直接移植和挪用西洋艺术语境的产物。

这种"海派"散文创作的原发性语境也同时要求一种与之适应的阅读情境,

---

① 衣萍:《谈谈〈文艺茶话〉》,载1932年8月《文艺茶话》第1卷第1期。
② 本文所讨论的"海派"散文,取一种狭义的"海派",侧重讨论以《幻洲》、《金屋》、《狮吼》、《贡献》、《现代》、《真美善》、《新文艺》、《无轨列车》、《时代画报》、《文艺画报》、《文艺茶话》等为中心的都市先锋—唯美主义报刊,以及聚拢在这批报刊周围的叶灵凤、邵洵美、章克标、章衣萍、林微音、张若谷、徐霞村、徐蔚南、无名氏、施蛰存、刘呐鸥、穆时英等作家,以区别于包含了左翼、自由主义以及"鸳鸯蝴蝶派"的通俗文学的广义的"海派"。
③ 张若谷:《咖啡座谈》代序,见《咖啡座谈》,第7—8页,上海:真美善书店,1929年版。
④ 张若谷:《咖啡座谈》,第7页。

1933年3月《现代》第2卷第5期上关于《灵凤小品集》的广告描绘的正是与"海派"散文的话语相适应的读者阅读情境:"艳阳天气,在水滨,在花间,在灯下,都是读小品文的好时光,从三四分钟便可读毕的短文中,你将获得生活苦的慰安,神经衰弱的兴奋剂,和幻梦的憧憬。"与周作人笔下五四特有的"闲话"小品文的语境对比,即可看出,周作人描述的"江村小屋","烘着白炭火钵","喝清茶","同友人谈闲话",可以看成是"京派"小品文的理想。而"艳阳天气,在水滨,在花间,在灯下",则是"海派"所追求的带有浓厚唯美化意味的境界,或许与大都市生活的繁复、苦闷、刺激、疲惫以及梦幻般的心态

《良友》画报所登《都会的刺激》,画面由摩登女郎、爵士乐队、摩天大楼、跑马场、电影《金刚》的海报等都会图景组成。

相互生发。而《灵凤小品集》的广告词中"生活苦的慰安,神经衰弱的兴奋剂,和幻梦的憧憬"的措辞也令人联想到波德莱尔在散文诗集《巴黎的忧郁》所收入的《窗》中描绘的情境:"从一个开着的窗户外面看进去的人,决不如那看一个关着的窗户的见的事情多。再没有东西更深邃,更神秘,更丰富,更阴晦,更眩惑,胜于一枝蜡烛所照的窗户了。日光底下所能看见的总是比玻璃窗户后面所映出的趣味少。在这黑暗或光明的隙孔里,生命活着,生命梦着,生命苦着。"那些大都市中"活着"、"梦着"、"苦着"的读者在读"海派"散文的过程中所获得的,也许恰是"生活苦的慰安,神经衰弱的兴奋剂,和幻梦的憧憬"。在第2卷第6期《现代》杂志中,另有一则关于《灵凤小品集》的新广告:

> 叶先生的文字,素来以艳丽见称,这集子里的小品,更能代表他那一称婉约的作风。所描写的都是一种空灵的无可奈何的悲哀,和昙花一样的欢乐,如珠走盘,如水银泻地,能使读者荡气回肠,不能自已。几年以来,

1934年10月10日，叶灵凤、穆时英主编的杂志《文艺画报》创刊。

为作者这种文笔所倾倒的已经不知有多少人，实在是中国文坛上小品文园地中唯一的一畦奇葩。对于追求梦幻和为生活所麻醉的人们，这是最适宜的一贴安神剂。

两则广告都强调了叶灵凤散文"安神剂"的效用，这与章衣萍所说"只有文艺茶话能给我们舒适，安乐，快心"，在精神深处是相通的。

"海派"散文的精髓由此与大都会的气质构成了同一的关系。都会滋养了"海派"小品，而"海派"散文也形神毕肖地描摹了都市。都市的繁复性、都市的日常性、都市的先锋性、都市的刺激性……都是"海派"散文大显身手的地方。从"海派"散文中，可以随处捕捉到的，是作家们对都市生活的耽溺，正像胡兰成复述的40年代张爱玲的话："现代的东西纵有千般不是，它到底是我们的，与我们亲。""海派"散文在骨子里所表现的，正是作家与都市的亲和力。当然，在表象上，"海派"先锋—唯美作家们力图表现的，是都市体验的复杂性甚至悖论性。"海派"散文的悖论式图景体现在，一方面作家们试图提供给读者对"生活苦的慰安"，而另一方面，则是提炼着"神经衰弱的兴奋剂"，愈加刺激读者"自家的神经"。因为作家与读者所共同分享的以及时时面对的，是"都会的诱惑"：

> 大都会所给予我们的，不消说，便是一个五光十色，像万花筒一样的集合体。……我们若跑到南京路、外滩、虹口那一带去，则各种奇特刺眼的色彩，真使我们的眼睛应接不暇。例如大商店里的窗饰，汽车马车的油塗，活动写真的大广告，太太小姐妓女电影明星的绸缎的衣服，都好像在那里竞奇斗艳，互相比赛的样子。

"都会的诱惑"已成为近代艺术文学绝好的题材与无上的灵感。[①]

这种"都会的诱惑"，刺激着"海派"作家们的神经和欲望，激发出的是都

[①] 张若谷：《异国情调》，第13—14页，上海：上海世界书局，1929年版。

市享乐主义的倾向。如张若谷在《刺戟的春天》中的表白:"我爱看丰姿美丽,肌肤莹白,衣饰鲜艳,行动活泼的少女;我爱听出神入化的大规模的交响乐会;我爱看可歌可泣富于魅诱性的歌剧;我爱嗅浓郁馨芳化装粉麝;我爱尝甜蜜香甘的酒醴;我对于享受艺术文明的欲望繁复而且强烈,不胜謦书。"①这种繁复而且强烈的"享受艺术文明的欲望"已经成为30年代上海的都市意识形态的基座和底蕴,甚至被赋予了文明再造的正当性,如《时代画报》即名正言顺地倡导一种享乐的"意趣":"我们要为国家造富源,尤其要使人民心理向上勿苟且,务须发挥具有享受的意趣……我们大胆地极力提倡时髦和漂亮,不作无病呻吟,完全抱着奋斗前进应有的进展。"②这番话虽然说得疙里疙瘩,但背后的理念是清楚而鲜明的。"海派"散文所顺应的正是这种都市理念,表现出对都市摩登的沉迷和眷恋。纸醉金迷的物质生活图景,因此首先进入作家们的书写视野。如张若谷在《都会的诱惑》中描绘的那样:

> 近代科学的突进,机械业的发达,化装品,妆饰术,大商业广告术的进步,使大都会一天一天的增加艳丽,灿烂,引得一般人目迷心炫,像妖魔一般的有媚人的力量。……他方面一群神经过敏的艺术家,受了资本主义的压迫,而生出无限苦闷,于是拼命地要求肉的享乐,想忘记了苦闷;酒精呀,烟草呀,咖啡呀,淫荡的女性呀,愈是刺激的东西愈好。……而他们所表现出来的艺术,也当然是力求新奇的刺激的东西。③

作者描述了大都会的日渐"艳丽灿烂"的图景对都市中人的魅惑,以及与享乐主义相伴生的苦闷,最终揭示了都市艺术力求"新奇的刺激"的必然性。与左翼作家对都市文明的批判姿态形成鲜明对照的,是"海派"先锋——唯美文学家们把都市看成是现代艺术的中心:"我始终还信仰文化的发祥,必集中于大都会,都会间的一切生动活跃与热闹刺戟的现象,都是酝酿为文化的'酵素'。"④"近代艺术,必集中于都市,盖伟大之建筑,音乐会,歌剧,绘画展览会,大公园,华丽之雕刻等,非有城市不足以表现。""中国人实然太不知道都会是艺术文化中心地

---

① 张若谷:《异国情调》,第7页。
②《编余谈话》,载1930年《时代画报》第9期。
③ 张若谷:《异国情调》,第12—13页。
④ 张若谷:《咖啡座谈》,第86页。

的道理，所以自己尽管一方面住在大都会里，而另一方面却在那里痛骂都会的一切。"①最后一句话或许是在借机嘲讽同样生存在都会的天空下的左翼作家群。

但是无论是在西方还是在东方，享乐主义所面对的历史性难题在于：欲望的耽溺之中是无法生成生命的精神拯救和自我救赎的超升的可能性的，所以愈是追求刺激的强度，愈是"拼命地要求肉的享乐"，愈是"想忘记了苦闷"，生命的苦闷反而愈发强烈。这就是"海派"散文所蕴含的都市的终极悖论。《现代》杂志上关于章衣萍的随笔的广告称"尤能使读者在微笑中觉到好像受了苦的矛盾味"，恰到好处地描绘出章衣萍以及"海派"随笔携有的复杂而矛盾的美感特征。正如"海派"散文的另一个代表人物章克标所回顾的那样：

> 我们这些人，都有点"半神经病"，沉溺于唯美派——当时最风行的文学艺术流派之一，讲点奇异怪诞的、自相矛盾的、超越世俗人情的、叫社会上惊诧的风格，是西欧波德莱尔、魏尔伦、王尔德乃至梅特林克这些人所鼓动激扬的东西。我们出于好奇和趋时，装模作样地讲一些化腐朽为神奇，丑恶的花朵，花一般的罪恶，死的美好和幸福等，拉拢两极、融合矛盾的语言。《狮吼》的笔调，大致如此。崇尚新奇，爱好怪诞，推崇表扬丑陋、恶毒、腐朽、阴暗；贬低光明、荣华，反对世俗的富丽堂皇，申斥高官厚禄大人老爷。②

章克标揭示了先锋—唯美派特有的矛盾性，既是审美的矛盾性，更是世界观的矛盾性。这种矛盾性也同样体现在章衣萍的创作中。

章衣萍虽然早期在北京崭露头角，但是风格却似乎天生倾向于"海派"。有论者当年即评价章衣萍说："本来，像他那样徘徊于趣味的氛围里的观念，随时都有跑到唯美派的道路的可能。"③譬如章衣萍早期的作品，列为《衣萍半集》之一的小说集《情书一束》，就以唯美派式的颓废、大胆的自我暴露以及曲折的三角恋爱风靡一时，该小说集1925年6月由北新书局初版，至1930年3月已印至10版，发行近两万册，在当时是名副其实的畅销书，也曾经与张竞生的《性史》等一道被南开大学的校长张伯苓列为学生的禁书。《情书一束》中最出名的

---

① 张若谷：《异国情调》，第1页。
② 章克标：《回忆邵洵美》，南京师范大学编：《文教资料》1982年第5辑。转引自李欧梵著，毛尖译：《上海摩登》，第281页，北京：北京大学出版社，2001年版。
③ 余慕陶：《读书杂记》，载1932年8月《文艺茶话》第1卷第1期。

第一篇《桃色的衣裳》即是以章衣萍和画家叶天底、女作家吴曙天的三角恋爱为故事原型①，里面也不乏露骨的情色场面。到了1934年《情书一束》被收入《衣萍半集》的时候，《现代》杂志上的广告语称："他所写的爱情是活的，有生命的，是现实的血与泪的交流，里面有微笑，有悲哀，有疯狂，也有嫉妒。"可以想见衣萍式的爱情在30年代的上海文坛或许仍有足够的市场。

鲁迅1932年做的一首打油诗活化出章衣萍在海上文坛的丰富形象。章衣萍曾在《枕上随笔》单行本②中说："懒人的春天哪！我连女人的屁股都懒得去摸了！"由此被誉为"摸屁股的诗人"。又据说他向北新书局预支了一笔版税，便开始炫耀"钱多了可以不吃猪肉，大喝鸡汤"。然而鸡汤没喝多久，就因编辑儿童读物《小猪八戒》冒犯了回教，引起一场诉讼，导致北新书局一度关门。遂有鲁迅打油诗中善意的讥讽："世界有文学，少女多丰臀。鸡汤代猪肉，北新遂掩门。"③

《衣萍半集》之一的小说集《情书一束》和《衣萍半集》之二的《友情》④都是章衣萍在北京时期的作品。而稍晚近的上海时期的创作则更多地集中在《衣萍半集》之三《随笔三种》之中，包括《枕上随笔》、《窗下随笔》⑤和《风中随笔》。三种随笔在文体上仿《世说新语》，堪称现代文坛的"新世说"，梁启超、章太炎、李大钊、陈独秀、冰心、陶行知、郁达夫、钱玄同、孙伏园、汪静之、茅盾等文人雅士都曾忝列其中。其中一则言及鲁迅的轶事：

> 大家都知道鲁迅先生打过吧儿狗，但他也和猪斗过的。有一次，鲁迅说："在厦门，那里有一种树，叫做相思树，是到处生着的。有一天，我看见一只猪，在啖相思树的叶子，我觉得：相思树的叶子是不该给猪啖的，于是便和猪决斗。恰好这时候，一个同事来了。他笑着问：'哈哈，你怎么和猪决斗起来了？'我答：'老兄，这话不便告诉你。'……"

---

① 陈漱渝：《〈情书一束〉与〈情书一捆〉》，见杨天石主编：《民国史谈：弹指兴衰多少事》，北京：中共中央党校出版社，2008年版。

② 衣萍：《枕上随笔》，上海：北新书局，1929年版。

③ 鲁迅：《教授杂咏四首》之三，见《鲁迅全集》第7卷，第435页，北京：人民文学出版社，1981年版。

④《友情》在章衣萍的计划中要写三卷，共三十章，收入《衣萍半集》之二的部分仅为已经写出的上卷，共十章。

⑤ 1929年12月北新书局曾经出过《窗下随笔》的单行本。

在这则轶事中，章衣萍讽喻的是厦门时期鲁迅与许广平的"两地相思"。至于为鲁迅讥讽过的那句"懒人的春天哪！我连女人的屁股都懒得去摸了"，当章衣萍把《枕上随笔》、《窗下随笔》、《风中随笔》合编为《随笔三种》时，则将它删去了。

章衣萍在 1929 年 6 月 25 日致胡适的信中自称："《枕上随笔》所说虽杂乱不值一笑，然语必有征，不敢作一谎语。"胡适读后称此书"颇有趣味"[①]。这种"海派"的"趣味"与当年周作人所激赏的"如在江村小屋里""喝清茶，同友人谈闲话"的境界相较，已经相去甚远了。

（吴晓东）

[①] 参见陈漱渝：《〈情书一束〉与〈情书一捆〉》，杨天石主编：《民国史谈：弹指兴衰多少事》。

4月

作为中介的日本

欧洲最近文艺思潮

宫岛新三郎著　高明译　现代书局版　七角

《俄国现代思潮及文学》一书中所附高尔基像

欧洲最近文艺思潮，目的是在于欧洲文艺的主要思潮的最简明且要约的叙述；所以可以说是欧洲文艺史的入门书。在这小册子里，比较着重的是现代，尤其是大战前后的文艺思潮——换句话说，便是浸透了全世界底以社会意识为基础的新兴文艺的思潮。类似的书，虽并不是没有，但是把现代的文艺思潮和旧文艺思潮对照观察的，却或许只有这一本。因此，这本书量虽不大，却是多少有些自负的呢！

——录自原著者序

本书内容

一　欧洲最近文艺思潮的源流
二　浪漫主义的消长
三　现实主义运动
四　新浪漫主义诸相
五　改造期的文艺思潮

（原载1933年4月1日《现代》第2卷第6期）

现代书局最新出版

俄国现代思潮及文学

升曙梦著　许亦非译　每册实价二元二角

本书分列各著名作家，衬以时代思潮而详述俄国现代的文学，上溯至正当全俄国上下的人心被灰色的暗影所笼罩住的一八九〇年，下及于苏联治下的一九三〇年。议论见解，均极精辟而有独到之处。著者升曙梦为现今日本最闻名的俄国文学研究者，已半生埋头并浸沉于俄国文学研究之中，于俄国文学有极深切的体会。此书即系结晶其半生的研究而成，其价值可见。关于论述俄国现代文学的专书，如同本书那样详备卓出的，实属罕见。本局特请许君译出以飨一般研究俄国文学者，并备大学外国文学系学生作为重要参考用书。全书近八百面，精印一厚册，附有铜版插图数十幅，卷首并冠有著者《写给中译本的序》一篇。

（原载1933年10月1日《现代》第3卷第6期）

30年代的出版界集中出版了一批译介西方文艺思潮的著述。《欧洲最近文艺思潮》以及《俄国现代思潮及文学》即是现代书局推出的既有概观性又有专题性的专著，两部书的作者都是30年代在中国形成了影响力的日本知名学者。

陈雪帆翻译的《苏俄文学理论》

有当代研究者这样介绍《欧洲最近文艺思潮》的作者宫岛新三郎："宫岛新三郎（1892—1934）以研究世界文艺思潮史、文学批评史见长。他著有《欧洲最近的文艺思潮》、《明治文学十二讲》、《大正文学十二讲》、《文艺批评史》、《现代文艺思潮概说》等。中国译有他的《欧洲最近文艺思潮》（现代书局1930年版）、《现代日本文学评论》（开明书店1930年版）、《文艺批评史》等。其中，影响最大的是《文艺批评史》。《文艺批评史》以欧洲文艺批评为主，对世界文艺批评的起源发展做了全景式的描绘，在日本属于这一领域中先驱性的著作。该书1928年在日本出版后，当年中国就有人把它编译成中文,以'世界文艺批评史'为题出版(美子译述,厦门国际学术书社版)。1929年和1930年,先后又有上海现代书局和开明书店出版了黄清峨和高明的两个译本。宫岛的《文艺批评史》是现代中国翻译的唯一一种世界文艺批评史著作。"①

与宫岛新三郎全景式的《文艺批评史》相比,《欧洲最近文艺思潮》侧重讨论的西方思潮的时间段比较集中,"着重的是现代,尤其是大战前后的文艺思潮",对于东方读者了解西方的"新兴文艺",是一本入门性的小册子。但作者"把现代的文艺思潮和旧文艺思潮对照观察",构成了本书一大特色。

而升曙梦的《俄国现代思潮及文学》则是中译本近七百页的皇皇巨著。升曙梦也是介绍俄苏文学最力的日本学者,除了现代书局出版的《俄国现代思潮及文学》,他关于俄苏文学的近十种著述也基本上被译介到中国文坛,其中大部分都翻译于30年代,迎合了中国文坛了解俄苏文学的热情。升曙梦在《写给中译本的序——呈译者许亦非君》中的一番话,多少道出了中国文坛关注俄苏文学的内在原因:

> 原来,我是个认为在贵国与俄国之间是有着很多的共通点的一人。在国家的特征上,在国民性上,在思想的特质上,这两个国家是非常类似的。在这意义上,即使说中国乃是东方的俄国,俄国乃是西方的中国,似乎也决非过甚之词。所以,俄国文化,比之世界任何一国,我相信在贵国是最能接受并最能正当地理解。就从那一点来说,本书由着你的秀逸的翻译和非凡的努力,比之在日本,在贵国怕会看到更多的成功吧,我私自这样期待着。②

升曙梦的判断颇有远见,堪称预言了中俄两国在未来几十年间错综复杂的关系。但中俄之间的共通点,除了升曙梦所谓的"国家的特征"、"国民性"以及"思想的特质"上的类似,恐怕还在于30年代苏联的当下,即是中国的未来。《俄国现代思潮及文学》的译者许亦非在《译后记》中写道:

> 片上伸氏曾说:"俄国是从最初以来,就有着当死的运命的。……"但俄国却毕竟已摆脱这所谓当死的运命而自行苏甦了转来,在这苏甦转来的

---

① 王向远:《中国现代文艺理论和日本文艺理论》,载《北京师范大学学报》(社会科学版)1998年第4期。
② 升曙梦著,许亦非译:《俄国现代思潮及文学》,第2页,上海:现代书局,1933年版。

过程中，俄国的文学是与有大力的；至少可说是因为有这文学的推动力，俄国这才至于苏甦过来了的。中国在目前，也正如过去的俄国一样，已有当死的运命临到头上；然而，中国目前的文学又何其这样浮浅而毫不隐含着一点深沉的力呢？这译本倘能略略使惊觉到这一点，为译者的我，就已十分满足了。①

译介的意义，似乎不仅仅关乎文学，甚至也关乎民族的命运，关乎中国在"当死的运命临到头上"的历史关头，如何"苏甦过来"。翻译的意义恐怕更应该在这一高度进行体认吧？只要想到鲁迅在从事文学创作的同时，把毕生相当一部分精力持续地投入在翻译工作上，就可以体会到翻译之所以堪称"伟业"的原因所在。

关于升曙梦，译者许亦非在《俄国现代思潮及文学·译后记》中介绍说："著者升曙梦，号直隆，我不大知道他的生平，只知道他曾经当过陆军大学的教官，现已自行告退，在乡间埋头于俄国各方面的研究；他系日本最有名的一个俄国文学研究者。""正如关于十九世纪前半欧洲文学上的运动，全世界只有布兰兑斯的一部十九世纪文学主潮史一般。在这一点上，本书可说是世界仅有的一部关于现代俄国文学的最翔实的历史文献或研究。"《俄国现代思潮及文学》的确当得上许亦非以及《现代》杂志上的广告语的评价："关于论述俄国现代文学的专书，如同本书那样详备卓出的，实属罕见。"因此，升曙梦在《写给中译本的序》里毫不谦虚地自称："虽然像是自称自赞，但关于这时代的研究，如同本书那样完备的，就连俄国本国也还没有。"这种"自称自赞"在宫岛新三郎那里也同样见出。《现代》上关于宫岛新三郎《欧洲最近文艺思潮》的广告语"录自原著者序"，序中作者亦自吹自擂："类似的书，虽并不是没有，但是把现代的文艺思潮和旧文艺思潮对照观察的，却或许只有这一本。因此，这本书量虽不大，却是多少有些自负的呢！"

两本书中都可以看出作者的自负。这是近代以来日本人特有的自负。在现代文学思潮的传播史上，日本对西方的文学介绍得最力，他们在传递和研究西方文学与文化方面也的确当得起这种自负。也因此，使得中国留日的诸留学生作家通过日本人翻译和介绍西方文学与文化思潮的中介，获得了新知。鲁迅、

---

① 升曙梦著，许亦非译：《俄国现代思潮及文学》，第686页。

周作人和创造社、太阳社诸公,都通过日本文坛了解西方的文艺思想。鲁迅说"别求新声于异邦",其中日本的中介作用不容小觑。

最典型的例子当然是中国文坛通过厨川白村对弗洛伊德和象征主义的接受。在鲁迅和郭沫若对弗洛伊德理论的借鉴过程中,厨川白村的中介作用是非同小可的。厨川白村也因此成为对现代中国影响最大的日本理论家,甚至比他在日本本土的影响还要大。梁盛志在40年代就曾经说过,厨川白村的"主要著作,几乎翻完,他在中国所享的盛名,可说超过在本国以上"①。五四时期诸多中国作家都对他情有独

鲁迅翻译的《苦闷的象征》

钟,其中鲁迅亲自翻译了厨川白村的《苦闷的象征》和《出了象牙之塔》,并用《苦闷的象征》作教材在北京高校开课。

厨川白村在中国影响之大的原因其实很简单,他的"苦闷的象征"理论是把象征主义和弗洛伊德焊接在一起的文学发生学和创作论。象征主义和弗洛伊德都是五四时期最时髦的西方理论,两者结合在一起当然就威力倍增。鲁迅在《苦闷的象征》翻译序言中阐释这本书的主旨是"生命力受压抑而生的苦闷懊恼乃是文艺的根柢,而其表现法乃是广义的象征主义"②。所以《苦闷的象征》既是对创作心理的研究,又是文学发生论,处理的既是文学的本质,也是生命的本质。这也就是《苦闷的象征》第一章中所谓"人生的深的兴趣,要而言之,无非是因为强大的两种力的冲突而生的苦闷懊恼的所产罢了"。所谓的"两种力"一是生命力,二是对这种生命力的压抑之力。厨川白村没有把压抑之力看成是生命的负面因素,而是认为"无压抑,即无生命的飞跃"③。正如伊格尔顿在《审美意识形态》中所说:"对内驱力的压抑是所有伟大艺术与文明的基

---

① 梁盛志:《日本文学对于中国文学的影响》。见上篇青木正儿著,梁盛志译;下篇梁盛志著:《中国文学与日本文学》,第111页,北京:国立华北编译馆,1942年版。

② 鲁迅:《译〈苦闷的象征〉后三日序》,见厨川白村著,鲁迅译:《苦闷的象征》,第3页,北京:人民文学出版社,2007年版。

③ 厨川白村著,鲁迅译:《苦闷的象征》,第14页。

础。"①鲁迅的《不周山》、郭沫若的《残春》、郁达夫的《沉沦》都印证了这一点。理解了这一点，就很容易明白为什么鲁迅、郁达夫和郭沫若全都在小说中处理苦闷与压抑的主题。周作人当年为《沉沦》辩护，也从苦闷的角度着眼：

> 综括的说，这集内所描写是青年的现代的苦闷，似乎更为确实。生的意志与现实之冲突，是这一切苦闷的基本。②

郭沫若在1923年也说："我郭沫若所信奉的文学的定义是：'文学是苦闷的象征'。"③鲁迅、郭沫若和郁达夫揭示的正是人性自我压抑的历史，而他们的创作中的一个无意识的目的，就是把这种压抑的历史进程揭示出来，把非理性还原为历史的另一种动力。

厨川白村的中介性表明，任何理论在旅行和传播的过程中，都要经过某种中介环节，也必然要发生某种变异，这就是萨义德在《旅行中的理论》中提出的"理论旅行"概念，认为一种理论从一种境域一类文化一个时代旅行传播到另一境域文化和时代的时候，势必要受到传播过程中的具体的时空和历史语境的制约。而经过厨川白村改造过和变异了的弗洛伊德就是中国人更容易接受的精神分析学，其原初理论中诸如性驱力、死本能、俄狄浦斯情结等等容易令东方人产生陌生感的理论都经过了厨川白村的淘洗。厨川白村在《苦闷的象征》中这样表达对弗洛伊德的不满："我所最觉得不满意的是他那将一切都归在'性底渴望'里的偏见，部分底地单从一面来看事物的科学家癖。"④换句话说，厨川白村纠正了弗洛伊德用"性的渴望"来解释一切的偏颇，这种纠正得到了鲁迅的赞赏："弗罗特归生命力的根柢于性欲，作者则云即其力的突进和跳跃。"⑤而经过厨川白村这一层纱布的过滤，弗洛伊德的理论就更有生命美学的色彩，作为一种文学理论，它也在具有前沿性的同时显得更加温和，更对中国人的胃口。

在中国现代文坛接受西方文艺思潮的过程中，作为中介的日本是一个值得

---

① 伊格尔顿：《审美意识形态》，第235页，桂林：广西师范大学出版社，2001年版。
② 周作人：《〈沉沦〉》，载1922年3月6日《晨报副刊》。
③ 郭沫若：《暗无天日的世界》，载1923年6月23日《创造周报》第7号。
④ 厨川白村著，鲁迅译：《苦闷的象征》，第24页。
⑤ 鲁迅：《苦闷的象征·引言》，见厨川白村著，鲁迅译：《苦闷的象征》，第5页。

专门研究的题目。20年代末直到战前，中国出版界翻译日本学者介绍西方文艺思潮的著作达到了一个高潮。仅上海出版界出版的日本学者和作家的关于西方文学理论和思潮的著作就有近30种。大致如下：

1926年，北新书局出版升曙梦著，雪峰译《新俄文学的曙光期》。

1927年，北新书局出版升曙梦著，画室（冯雪峰）译《新俄的无产阶级文学》；升曙梦著，画室译《新俄的演剧运动与跳舞》。

1928年，北新书局出版内崎作三郎著，王璧如译《近代文艺的背景》。启智书局出版厨川白村著，绿蕉、大杰译《走向十字街头》。现代书局出版藤森成吉著，张资平译《文艺概论》。开明书店出版本间久雄著，沈端先（夏衍）译《欧洲近代文艺思潮概论》。

1929年，北新书局出版有岛武郎著，张我军译《生活与文学》；片山孤村等著，鲁迅译《壁下译丛》。大江书铺出版片上伸著，鲁迅译《现代新兴文学的诸问题》。华通书局出版升曙梦著，陈俶达译《现代俄国文艺思潮》。现代书局出版宫岛新三郎著，黄清嵋译《文艺批评史》。

1930年，大江书铺出版冈泽秀虎著，陈雪帆（陈望道）译《苏俄文学理论》。开明书店出版宫岛新三郎著，高明译《文艺批评史》；本间久雄著，章锡琛译《文学概论》。现代书局出版小泉八云著，杨开渠译《文学入门》；藏原惟人著，之本译《新写实主义论文集》。启智书局出版厨川白村著，绿蕉译《小泉八云及其他》。神州国光社出版千野龟雄等著，张我军译《现代世界文学大纲》。商务印书馆出版伊达源一郎著，张闻天、汪馥泉译《近代文学》。

1931年，现代书局出版小泉八云著，杨开渠译《文学十讲》；宫岛新三郎著，高明译《欧洲最近文艺思潮》。大东书局出版厨川白村著，夏绿蕉译《欧美文学评论》。北新书局出版升曙梦著，汪馥泉译《现代文学十二讲》。

1932年，现代书局出版小泉八云著，孙席珍译《英国文学研究》。

1933年，中华书局出版荻原朔太郎著，孙俍工译《诗的原理》；岸田国士著，陈瑜译《戏剧概论》。现代书局出版吉江乔松著，高明译《西洋文学概论》。光华书局出版芥川龙之介著，高明译《文艺一般论》。

1934年，商务印书馆出版小泉八云著，侍桁译《文学的畸人》。

1935年，开明书店出版松村武雄著，钟子岩译《童话与儿童的研究》。

1937年，中华书局出版冈泽秀虎著，侍桁译《郭果尔研究》。开明书店出版升曙梦著，胡雪译《高尔基评传》。①

或许正是基于这种译介的盛况，当年就有研究者指出：

> 日本新文学创作的翻译，事实上是日本摄取了西洋文学，完全消化生长成立后，向中国的输出。至于理解吸收西洋文学理论，以谋自国文学的革新，中国所走的路，正是明治以后日本曾走过的路。一方面直接学习西洋文学，一方面间接译读日本研究介绍西洋文学的论文批评，自属事所当然。这方面作品的翻译介绍，其数量之多，影响之大，要在日本的文学创作以上。②

论者认识到，日本对西洋文学不仅仅是生吞活剥的摄取，同时也有个"完全消化生长成立"的过程。其中蕴含的启示在于：当30年代的中国现代文坛以日本为中介的同时，或许也需要思考应该怎样以日本为"方法"吧？

（吴晓东）

换个角度看"文艺自由论辩"

文艺自由论辩集

苏汶编纂　现代书局印行

一九三二年的中国文坛上，发动了一个很重要的论争，那就是因为在本志第一卷第三期上一篇论文而引起的关于文艺创作之自由的辩论。现在由苏汶先生自己把关于这一次的论文集合起来，加以诠次，并冠以序文让读者对于这次的辩论有一个较有系统的认识。全书二十万言，三十二开本，堂堂一巨册，以最惠价发兑，每部仅售八角。

（原载1933年4月1日《现代》第2卷第6期）

---

① 上海市地方志办公室编：《上海出版志》http://www.shtong.gov.cn/node2/node2245/node4521/node29060/node29267/node29269/userobject1ai54474.html。

② 梁盛志：《日本文学对于中国文学的影响》。见上篇青木正儿著，梁盛志译；下篇梁盛志著：《中国文学与日本文学》，第111页。

自左至右：施蛰存、穆时英、戴望舒、杜衡

1931年底，《文化评论》创刊号刊载胡秋原写的社评《真理之檄》，称"文化界之混沌与乌烟瘴气，再也没有如今日之甚了"，因此"自由的智识阶级"们开始承担批判的责任，并表示"完全站在客观的立场说明一切批评一切。我们没有一定的党见，如果有，那便是爱护真理的信心"①。同一期更有影响的宏文是胡秋原的《阿狗文艺论——民族文艺理论之谬误》，文中几句因为屡屡成为对手批判的靶子而载入史册的名言是："文学与艺术，至死也是自由的，民主的"，"将艺术堕落到一种政治的留声机，那是艺术的叛徒。艺术家虽然不是神圣，然而也决不是叭儿狗，以不三不四的理论，来强奸文学，是对于艺术尊严不可恕的冒渎"。在随后发表的《勿侵略文艺》一文中，胡秋原以"自由人"的形象继续强调"艺术不是宣传"，反对"某一种文学把持文坛"②。如果说，胡秋原的这些言论还可以被看做是对国民党"民族主义文艺运动"的批评的话，那么，当

---

① 胡秋原：《真理之檄》，载1931年12月25日《文化评论》创刊号。
② 胡秋原：《勿侵略文艺》，载《文化评论》1932年第4期。

胡秋原写出《钱杏邨理论之清算与民族文学理论之批评》一文时，矛头则同时指向左翼文学运动："最近三四年来，中国文艺理论界有一个最大的滑稽与一个最大的丑恶。前者即是左翼文艺理论家批评家钱杏邨君之'理论'与'批判'，后者即是随暴君主义之盛衰而升沉的民族文艺派之'理论'与'创作'。"[1]由此遭到"左联"的迎头痛击，就是不可避免的了。左翼人士以《文艺新闻》为核心阵地，连续发表多篇文章对胡秋原给予回击。洛扬（冯雪峰）的《"阿狗文艺"论者的丑脸谱——洛扬君致编者》[2]、瞿秋白的《"自由人"的文化运动——答复胡秋原和〈文化评论〉》[3]标志着左翼向"自由人"的正式宣战。

随后，苏汶（杜衡）在《现代》上先后发表《关于"文新"与胡秋原的文艺论辩》、《论文学上的干涉主义》等文，宣告参与论辩，史称"第三种人"。周起应（周扬）、瞿秋白、鲁迅、冯雪峰等先后在《现代》杂志上发表文章批评苏汶，这就是史上著名的"文艺自由论辩"。而施蛰存主编的《现代》杂志正是这场论辩的一个主战场。1932年，苏汶把论辩中的重要论文结集，冠以序文由现代书局印行。《现代》杂志上的广告称其目的是"让读者对于这次的辩论有一个较有系统的认识"。

以往的文学史涉及这段论争，"自由人"和"第三种人"们都处在左翼批判火力的笼罩下而很难露头一现尊容。偶有眉眼浮出水面，也是在批判文章中作为靶子而出现的。而借助于苏汶编辑的这本《文艺自由论辩集》，似乎可以换一种眼光，从苏汶的角度重新释读一下当年这场论战。在《文艺自由论辩集》的编者序中，苏汶称"只想说一些可以帮助读者更理解这次论争真相的话"。其中一个目的即是想澄清左翼阵营对自己以及胡秋原等的误解。苏汶首先力图澄清的是："胡（秋原）先生和我虽然在这次论争中显得主张类似，但在我们之间并没有'联合战线'，这是应当声明的一点。"[4]这篇编者序中更主要的申述则是："向左翼文坛提出创作自由的意见，陈雪帆先生已极公平地说过，并不是'对于

---

[1] 胡秋原：《钱杏邨理论之清算与民族文学理论之批评》，载1932年1月10日《读书杂志》第2卷第1期。
[2] 洛扬（冯雪峰）：《"阿狗文艺"论者的丑脸谱——洛扬君致编者》，载1932年6月6日《文艺新闻》第58号。
[3] 瞿秋白：《"自由人"的文化运动》，载1932年5月23日《文艺新闻》第56号。该文发表时无署名。
[4] 苏汶编纂：《文艺自由论辩集》，第2页，上海：现代书局，1933年版。

无产阶级文学不满'。"不过,通观这篇不算太长的编者序,苏汶对左翼的"不满"其实依旧溢于言表:"我没有如鲁迅先生所说,心造出一个横暴的左翼文坛的幻影来;当时的左翼文坛事实上是横暴的。至于其所以如此横暴之故,一半固然由于残留的宗派性,但一半究竟也可以说是出于误解。"因此,这篇编者序兼有继续发泄对左翼文坛"横暴"的不满和消除误解的双重目的。

这种"误解论"在有的研究者那里被进一步理解为左翼的有意"误读":"在20世纪30年代特殊的政治文化语境中,左翼作家对'自由人'、'第三种人'的批判,存在着本文误读与过度诠释倾向。他们'误读'了'自由人'和'第三种人'的'作者意图',把本是'同路人'的'自由人'、'第三种人'错误地当做敌人加以批判。这极有可能是一种集体性的、刻意的本文'误读',以便唤起左翼作家的集体战斗意识。"①

其实,施蛰存在《〈现代〉杂忆》一文中也曾经委婉地暗示过左翼存在误读的可能性:

> 关于文学的阶级性问题,苏汶也有过明确的阐释:
>
> "在天罗地网的阶级社会里,谁也摆脱不了阶级的牢笼,这是当然的。因此,作家也便有意无意地露出某一阶级的意识形态。文学有阶级性者,盖在于此。然而我们不能进一步说,泄露某一阶级的意识形态,就包含一种有目的意识的斗争作用。意识形态是多方面的,有些方面是离阶级利益很远的。顾了这面,会顾不了那一面,即使是一部攻击资产阶级的作品,都很可能在自身上泄露了资产阶级或小资产阶级的特征或偏见(在十九世纪以后的文学上可以找到很多例子),但是,我们却不能因此就说这是一部为资产阶级服务的作品。假定说,阶级性必然是那种有目的意识的斗争作用,那我便敢大胆地说:不是一切文学都是有阶级性的。"(《"第三种人"的出路》)

这一段话只表明论战双方对文学的阶级性有不同的理解。苏汶并没有根本否定文学的阶级性,但何丹仁的概括却说苏汶以为"文艺也甚至能够脱离阶级而自由的"②。

---

① 黄德志:《左翼对第三种人与自由人的误读》,载《中国现代文学研究丛刊》2007年第4期。
② 施蛰存:《〈现代〉杂忆》,见《北山散文集》(一),第251页,上海:华东师范大学出版社,2001年版。

如果说施蛰存替苏汶关于"阶级性"的观点进行了解释，称"苏汶并没有根本否定文学的阶级性"，而苏汶本人在《编者序》中也着力为自己和胡秋原主张的"自由"范畴做了申辩，试图重申"自由"的限度，以消除左翼的误解："我所要求的自由，曾几次声明过，实际上是单限于那些多少是进步的文学而言；我决没有，而且决不想要求一切阿猫阿狗的文学的存在。即如胡秋原先生，似乎也应该附带说起，他虽然说过'文学至死是自由的'那一类话，但这是在批判民族文学的时候所说，究竟有点两样，而且后来也就把这意见相当地修改了；只就他猛烈地攻击民族文学这一事实看来，似乎他也并不是绝对自由的主张者吧。"①

苏汶这段话还试图透露一个信息，即胡秋原本来是民族文学派别的批判者，仅就批判民族文学的共同立场而言，"自由人"、"第三种人"与左翼之间似乎原本可以不必如此剑拔弩张、你死我活，甚至本来就是革命的"同路人"。言语中似乎很有向左翼示好甚至乞怜的意味。

施蛰存的《〈现代〉杂忆》对后人理解这段论辩的历史语境还有着更值得留意的交代：当年对战双方的几位主要人物，其实都是彼此有了解的，双方文章措辞尽管有非常尖刻的地方，但还是作为一种文艺思想来讨论。许多重要文章，都是先经对方看过，然后送到施蛰存这里来发表。"鲁迅最初没有公开表示意见，可是几乎每一篇文章，他都在印出以前看过。最后他写了总结性的《论'第三种人'》，也是先给苏汶看过，由苏汶交给我的。这个情况，可见当时党及其文艺理论家，并不把这件事作为敌我矛盾处理。"

上述说法其实也是晚年的施蛰存在为自己做一点辩护。

施蛰存当年也被归入"第三种人"的行列，与他和苏汶的密切关系有关。苏汶原名戴克崇，与戴望舒、叶秋原、张天翼四人同为杭州宗文中学的同学。1922年，施蛰存在杭州之江大学就读，结识了苏汶等四人，一起成立"兰社"。此后几个人在沪上一直过从甚密，还一起合办同人杂志《璎珞》。当《现代》杂志成了"文艺自由论辩"的主战场，在世人眼中，就成了"第三种人"的同人刊物。施蛰存本人，也同样难免被视为"第三种人"。因此，多年后的施蛰存仍耿耿于怀，觉得有进一步澄清的必要：

---

① 苏汶编纂：《文艺自由论辩集》，第3页。

> 对于"第三种人"问题的论辩,我一开头就决心不介入。一则是由于我不懂文艺理论,从来没写理论文章。二则是由于我如果一介入,《现代》就成为"第三种人"的同人杂志。在整个论辩过程中,我始终保持编者的立场,并不自己认为也属于"第三种人"——作家之群。十多年来,鲁迅著作的注释中,以及许多批判文章中,屡见不鲜地说我是"自称为'第三种人'",这是毫无根据的,我从来没有"自称"过。①

了解施蛰存的态度,以及作为论辩主战场的《现代》杂志的倾向,对深入了解这场论辩的性质有一定的历史价值。

在后来的文学史书写,尤其是1949年后以"阶级斗争"为纲的历史叙述中,左翼与"自由人"和"第三种人"的论战往往被定位为两个敌对阵营生死攸关的斗争。但是关注《现代》杂志发表一系列论辩文章的前前后后,有助于回到当时的具体讨论语境。论争的双方,虽然都秉持着一种大是大非的原则进行认真的当然也不乏剑拔弩张的争论,但显然不是一种敌我关系。按照鲁迅当年的期望,有可能是一种"同路人"的关系。鲁迅说:"左翼作家并不是从天上掉下来的神兵,或国外杀进来的仇敌,他不但要那同走几步的'同路人',还要招致那站在路旁看看的看客也一同前进。"②连"看客"尚可以"一同前进",团结与感召"同路人"同行,当然更在情理之中了。

有研究者指出,由"自由人"以及"第三种人"构成的作家群体无论在当时,还是在其后,都曾一度被看做是"左联"的"同路人":

> 施蛰存自己也曾说过,他们这批人,对革命有所"顾虑",而"在文艺活动方面,也还想保留一些自由主义,不愿受被动的政治约束",因而成了左翼革命作家"政治上的同路人,私交上的朋友"。这批作家中,有许多人曾对苏联"同路人"作品感兴趣,胡秋原、戴望舒、韩侍桁等人都曾译介过"同路人"作品,这绝不是偶然的。……但能够"同路"却未必能够共体,由于终极政治目标的不一致,由于在政治和文学的一些根本问题上看法的不一致,其分手是必然的。③

---

① 施蛰存:《〈现代〉杂忆》,见《北山散文集》(一),第252页。
② 鲁迅:《论"第三种人"》,见《鲁迅全集》第4卷,第439页,北京:人民文学出版社,1981年版。
③ 朱晓进:《政治文化与中国二十世纪三十年代文学》,第91页,北京:人民出版社,2006年版。

胡秋原和苏汶对"自由"的要求也同时表明,"同路人"未必能够与革命阵营完全"同心"、始终"同德",其实"第三种人"的言论反映出某些"同路人"对"左联"意识形态干预文学的做法以及左翼阵营宗派主义的不满。苏汶自己即说:"所谓'第三种人'也者,坦白地说,实在是一个被'左倾宗派主义'的铁门弹出来的一个名词。"①这一"弹",很可能把革命的同路人也弹出了门外,同时暴露的是"同路人"理论所隐含的历史性悖论。研究者指出:"给'同路人'理论造成困难的正是其革命主体十分激进的意识形态诉求。'同路人'理论从其内在的理论逻辑上来讲存在一个可能瓦解自身理论基础的重要前提,那就是'同路人'必须是马克思主义和党的真诚追随者。作为马克思主义感召的对象,其早先的主体性必须为组织纪律和阶级性所'扬弃'。然而如果'同路人'不愿意向代表无产阶级和党组织执行意识形态审查的'左联'盟员进行妥协,那么双方的矛盾冲突就不可避免。尤其值得玩味的是,如果与担当'革命主体'功能的盟员发生冲突的'同路人'自居于不能够整体地理解革命的'同路人'的位置,那么他也就从'同路人'理论自身获得了可以拒绝革命主体进行意识形态审查的理论基础,从而可能脱离'同路人'理论的约束而得到'自由'。"②

"自由人"和"第三种人"或许正是想获得这种"自由"。这是试图逃离文学的党派性约束的自由,而"第三种人"的属性也在这个意义上得以界定。正如施蛰存所总结的那样:

> 苏汶所谓"第三种人"根本不是什么中间派。这里不能不引录苏汶自己的话来说明问题:
>
> "在'知识阶级的自由人'和'不自由的、有党派的'阶级争着文坛霸权的时候,最吃苦的却是这两种人之外的第三种人。这第三种人便是所谓作者之群。"(《关于"文新"与胡秋原的文艺论辩》)
>
> 这话是讲得很明白的。所谓"知识阶级的自由人",是指胡秋原所代表的资产阶级自由主义者及其文艺理论。所谓"不自由的、有党派的"阶级,是指无产阶级及其文艺理论。在这两种人的理论指挥棒之下,作家,第三

---

① 苏汶:《一九三二年的文艺论辩之清算》,载 1933 年 1 月《现代》第 2 卷第 3 期。
② 吴述桥:《"第三种人"论争与"左联"组织理论的转向——从"左联"的宗派主义、关门主义问题谈起》,载《中国文学研究》2010 年第 11 期。

种人,被搞得昏头转向,莫知适从。作家要向文艺理论家的指挥棒下争取创作自由,这就是苏汶写作此文的动机。不是很明白吗?"第三种人"应该解释为不受理论家瞎指挥的创作家。①

其实,这一点意思苏汶在《文艺自由论辩集》编者序里已经说得很清楚:"我所发表的意见,大部分可说是根据于从事创作时或不敢创作时的一点小小的感想,而同时也根据于常和我谈起创作问题的好一些朋友的感想。我和我的朋友们都因为尊重理论家的批评和指导的原故,都觉得这些指导和批评,固然有时候是极好的帮助,但有时候却也同样地成为创作的困难的根源。""出于这动机,我才来要求创作的自由;解除创作的困难是我唯一的目标。"

在《编者序》的结尾部分,苏汶不无乐观地认为:"总之,这次论争,到现在为止,是已经发生了极大的意义:这意义便是创作原则之重新认定。在作者一方面,创作的困难是解除了;在理论家一方面,则理论已因这次论争的刺激和教训而得到重要的修改。"应该说,左翼阵营经过这次旷日持久的文艺论辩,的确重新认定了某些"创作原则",革命文学理论也更加成熟,但是恐怕与"第三种人"作家对解除创作困难的希望南辕北辙吧?

(吴晓东)

---

① 施蛰存:《〈现代〉杂忆》,见《北山散文集》(一),第250页。

5月

左翼文艺运动的国际联系和相互支持

为横死之小林遗族募捐启

日本新兴文艺作家小林多喜二君,自九一八事变后,即为日本国内反对侵略中国之一人。小林君及其同志的活动,不但广布于日本劳苦大众间,更深入于日本海陆军,因此深受日本帝国主义的畏忌,必要杀之。小林君及其同志在严重的白色恐怖之下,犹复努力进行反抗日本军阀的工作。日本警察探网密布,终于在本年二月二十日侦得了小林潜藏的所在,而加以逮捕,沿途殴打,未到警察所,小林已被打死了。小林君生前著作有《蟹工船》,中国早有译本,我著作界同人当爱其为人,现在听得了小林君因为反对本国的军阀而遭毒手,想及同愤慨。小林君故后,遗族生活艰难,我们因此发起募捐,慰恤小林君家族,表示中国著作界对于小林君之敬意。是为启。

发起人　郁达夫　茅　盾　叶绍钧
陈望道　洪　深　杜　衡
鲁　迅　田　汉　丁　玲

(原载1933年5月15日《文学》第1卷第2期)

中国左翼文艺运动的兴起,显然有一个20世纪30年代世界经济危机所导致的全球知识分子"左倾"化的大背景,因此,它从一开始,就是一个国际性的运动。当时在不少国家都有左翼组织,早在1927年就在莫斯科建立了"国际革命作家联盟"的国际组织。中国左翼作家联盟在1930年成立以后,就派代表参加了同年11月在苏联哈尔柯夫召开的国际革命作家联盟第二次代表大会,并正式成为其中的一个支部。"左联"还专门设置了国际联络委员会。哈尔柯夫大会通过了一个《国际革命作家联盟对于中国无产阶级文学的决议案》,明确提出,"国际革命作家联盟必须帮助中国支部建立国际间的关系,特别是和日

史沫特莱：《中国的战歌》　　　鲁迅、茅盾选编：《草鞋脚》　　　埃德加·斯诺：《西行漫记》

本，美国，及苏联支部（的关系）"，并特别指出："凡侵略中国的帝国主义各国内的国际革命作家联盟的支部，应努力反帝国主义及保护革命的苏维埃中国的运动。"①正是在国际革命作家联盟的推动下，"左联"和全日本无产者艺术同盟（纳普）和日本无产阶级作家同盟有着密切的联系和交往。②鲁迅等中国左翼作家和日本左翼作家小林多喜二之间的"生死之交"，就是一个最突出的例证。

鲁迅曾经感慨于世界各国"民族不同，地域相隔"，彼此是很隔膜的，"只有用文艺来沟通"③。特别是在 30 年代，随着日本军国主义对中国的觊觎和入侵，中日关系日趋紧张，彼此的隔膜日益加深，在这样的情况下，通过文学作品达到两国人民和知识界的心灵沟通，就显得特别重要。再加上倡导无产阶级革命文学的创造社、太阳社成员大都是留日学生，日本左翼文学作品就成了一时之选，先后翻译、介绍到中国的，有德永直的《没有太阳的街》（1930，何鸣心译），叶山嘉树的《叶山嘉树选集》、《卖淫妇》（1930，冯宪章、张我军译），金子洋文的《地狱》（1928，夏衍译）等。也就是在这样的背景下，小林多喜二的《蟹工船》特别引起了中国左翼作家的关注。小林多喜二是日本无产阶级作

---

①《国际革命作家联盟对于中国无产阶级文学的决议案及左联秘书处按语》，原载 1931 年 11 月 15 日《文学导报》第 1 卷第 8 期，另载《新文学史料》1980 年第 1 期。

② 参看陈早春：《中国左翼作家联盟文件选编》，载《新文学史料》1980 年第 1 期。

③ 鲁迅：《〈呐喊〉捷克译本序言》，见《鲁迅全集》第 6 卷，第 544 页，北京：人民文学出版社，2005 年版。

家同盟的常务中央委员、书记长和代表性作家,1929年5—6月他的《蟹工船》在《战旗》一发表,即引起巨大反响,尽管单行本被禁止发行,仍以民间流传的方式,售出了35000部,并被改编成话剧。中国的反应也很及时,夏衍在1930年1月至3月连续发表《关于〈蟹工船〉》等三篇文章,称《蟹工船》是一部日本和世界"普罗列塔利亚(无产阶级)文学的杰作",它的发表,是"一桩划时代的事件"①。在夏衍看来,《蟹工船》描写的是日本"殖民地资本主义侵入史的一页",既深刻地揭示了日本劳动者所受的"毒龙一般的资本主义"的残酷剥削,同时又"暴露帝国主义之日本向外侵略榨取",这两方面都会引起中国读者的强烈共鸣。②夏衍更把小林多喜二的作品看做是"普洛列塔利亚(无产阶级)写实主义"文学的典范。③研究者认为,夏衍1936年所写的《包身工》,"从所依据的创作理论到取材构思,甚至包括文体修辞"都是向《蟹工船》的"致敬和借鉴","没有《蟹工船》,就没有《包身工》"④,这是有道理的。紧接着夏衍的大力推荐,4月,大江书铺就推出了从日本明治大学法学部留学归国的潘念之翻译的《蟹工船》中译本,为中国左翼作家和读者所瞩目。鲁迅还专门收藏了《蟹工船》的1929年战旗版和小林多喜二1930年版的《不在地主》和《工厂细胞》。⑤

因此,小林多喜二于1933年2月13日被日本警方严刑拷打致死,在中国左翼作家中引起爆炸式的反响,就是可以理解的。鲁迅立即撰文悼念,指出:"日本和中国的大众,本来就是兄弟",表示要"坚定地沿着小林同志的血路携手前进"⑥。郁达夫拍案而起,怒斥日本警视厅秘密杀害小林,"你们自在夸耀的世界一等强国的正义在那里,法治精神在那里?"⑦"左联"也发表《小林同

---

① ③ 夏衍:《关于〈蟹工船〉》,原载1930年1月《拓荒者》第1卷第1期,署名"若沁"。

② 夏衍:《1929年日本文坛》,原载1930年3月《大众文艺》第2卷第3期"新兴文学专号"上册,署名"沈端先"。

④ 秦刚:《罐装了现代资本主义的〈蟹工船〉》,见应杰、秦刚译:《蟹工船》,第9页,北京:人民文学出版社,2009年版。

⑤ 参看乐融:《从一份捐赠书目看日本"左翼"文学对中国的影响》,载《上海鲁迅研究》2010年春季卷。在小林遇害后,鲁迅还专门收藏了1933、1935、1936年版《小林多喜二全集》。

⑥ 鲁迅:《闻小林同志之死》,最初以日文发表于1933年5月1日日本《无产阶级文学》第2卷第4号,收《鲁迅全集》第8卷,第375—376页。

⑦ 郁达夫:《为小林的被害檄日本警视厅》,原载1933年5月1日《现代》第3卷第1期,见《郁达夫文集》第8卷,第96页,广州:花城出版社、三联书店香港分店,1983年版。

事件抗议书》，指出"日本帝国主义者此种空前的暴行，就证明了它在侵略中国的过程中，同时更加紧地压迫它本国的反帝国主义的革命者"，同时证明"帝国主义国家内的被压迫阶级和殖民地国家内的被压迫阶级的战线是统一的"[①]。现在，郁达夫、茅盾、鲁迅、叶绍钧、丁玲等中国最有影响的作家联合发起，为小林遗族募捐，这是从未有过的。在中日两国对峙的情况下，作家之间的相濡以沫，自有其特殊意义而令人感动。

30年代中国左翼文艺运动的国际联系，苏联和日本之外，关系最为密切的，还有美国。当时在上海工作的美国革命作家艾格尼丝·史沫特莱在其间起了很大作用。"左联"成立以后，就是通过她的引荐，在美国共产党的刊物《新群众》1931年1月出版的第6卷第8期上发表了《中国作家的来信》，这是第一次在国际上发出的中国左翼作家的声音。以后，《新群众》还发表了史沫特莱的《中国的革命戏剧》和《穿过中国的黑暗》等文介绍"左联"和革命文学创作。美国"中国人民之友"于1934年创办了《今日中国》（又译为《现代中国》），介绍中国文学，除发表鲁迅《中国文坛上的鬼魅》，还刊登了王际真翻译的《阿Q正传》。1935年美国作家代表大会召开，《今日中国》特意发表了"左联"和宋庆龄的贺信。[②]美国左翼作家的作品也在这一时期介绍到中国，影响最大的是辛克莱。郭沫若连续翻译了他的有着社会主义倾向的三大作品《石炭王》、《屠场》和《煤油》，风靡了整个文坛。《屠场》发行到1930年的第三版，印数达一万，1931年又印了第四版。郁达夫也翻译了辛克莱的《拜金艺术》，其所提出的"一切的艺术是宣传"的观点，甚至成为革命文学论争的一个焦点。

对于信奉国际主义的左翼知识分子而言，国际间的交流，相互声援、支持，是很自然的。"左联"在1931年发表的《告无产阶级作家革命作家及一切爱好文艺的青年》里，就明确宣布："工人没有祖国，各国的工人要联合起来，反对帝国主义的战争。"[③]我们已经讨论过在"左联五烈士"被杀害以后，革命作家国际联盟发表的抗议书；1934年高尔基还领衔发表了一份《世界各国作家对中国焚

[①] 中国左翼作家联盟：《小林同志事件抗议书》，原载1933年4月13日《中国论坛》第2卷第4期，另载《新文学史料》1980年第1期。

[②] 戈宝权：《谈在美国发表的三封中国左翼作家联盟的信》，载《新文学史料》1980年第1期。

[③] 左翼作家联盟执行委员会：《告无产阶级作家革命作家及一切爱好文艺的青年》，载1931年10月23日《文艺导报》第1卷第6、7卷合刊。

书坑儒的抗议书》，其中特意谈到世界各国作家的作品在中国被禁的情况："契诃夫的小说《决斗》被禁止，因为'决斗'一语同于'争斗'，即被认为'阶级争斗'；高尔基的小说《母亲》，约翰·里德的小说《震动世界的十天》，辛克莱的《煤油》以（及）其他几百种书，在中国都被禁止。《西线无战事》那个电影片子，在南京、广州禁止演放，因为'在剿赤期尚未完竣时，反战争的宣传是非欲的'"，"好像和希特勒比赛似的，蒋介石及其党徒大烧其书"。这就是说，国际左翼作家共同感受到了：希特勒的德国法西斯和日益法西斯化的蒋介石政权，他们实行的"焚书坑儒"的文化政策，正在构成对人类文明的威胁，"站在人类文化最前线的我们，对此能够缄口无言吗？"①这样，中国左翼文艺运动反抗国民党的"文化围剿"的斗争，就成为国际反法西斯斗争的有机组成部分。

中国左翼和国际左翼运动之间，最重要的一次联合行动，是1934年9月30日在上海秘密召开的"远东泛太平洋反战大会"。早在1932年，以罗曼·罗兰为主席，巴比塞为副主席，宋庆龄为名誉主席的国际非战大同盟，在荷兰阿姆斯特丹召开"世界反战大会"，有四百多个左翼团体参加，会议决定在远东举行一次代表大会。会议实际由中共和日共及他们所领导的左翼团体负责组织。为制造舆论，还发动工人、学生举行游行，欢迎代表，后来巴比塞因病未能前来，而由英国工党党员、著名和平人士马莱爵士，法国《人道报》主编、革命作家伐扬·古久列等四人作为国际代表出席。在开会前，国民党突然实行大逮捕，会议只能在宋庆龄主持下，秘密举行，通过了反对日本帝国主义侵略中国和反对帝国主义战争的宣言，抗议帝国主义和中国军阀进攻中国红军的抗议书，以及抗议帝国主义武装干涉苏联的抗议书等文件。②这在当时曾发生过一定的影响。

（钱理群）

---

① 高尔基（苏）、巴比塞（法）、马耳诺（法，今译"马尔罗"）、阿拉公（法，今译"阿拉贡"）等（共11国44名作家）：《世界各国作家对中国焚书坑儒的抗议书》，原载1935年1月中国左翼文化总联盟油印机关刊《文报》新年号。参看孔海珠：《"左联"后期重要的国际支持和交流——关于不可湮没的三封信探究》，载《新文学史料》1998年第3期。

② 参看楼适夷：《关于远东反战大会》，载《新文学史料》1984年第2期；冯雪峰：《在北京鲁迅博物馆的谈话：关于反战大会》，见《鲁迅回忆录》（散篇，中册），第999—1001页，北京：北京出版社，1999年版。

读者热购《子夜》

《子夜》的读者

茅盾之《子夜》，不独此书本身之巨大，为过去文坛所仅见；即以销路论，亦前所未见者。据北平晨报月前某日《北平景况》一文中所记，则市场某书店竟曾于一日内售出至一百余册之多，以此推测，则《子夜》读者之广大与热烈，不难想象云。

（原载1933年5月15日《文学杂志》第1卷第2期）

这则消息看似简单，反映的却是《子夜》在上海以外的读书市场如当时已沦为边缘的北平，受北方普通读者欢迎的情景。纪事并不精确，何市场何书店都较模糊，倒很能从一个侧面让人们了解《子夜》的巨大影响，了解左翼文学畅销者在当时能与读者建立什么样的关系。

茅盾作《子夜》，大约从1930年后开始酝酿，写的就是1930年代初期上海及其附近乡镇的现实，几乎是同步的。到1931年10月动笔，一年的时间完成。1933年1月由开明书店出单行本，以左翼作品的面目得到社会上的热烈反响，也奠定了茅盾作为中国左派现实主义伟大作家的声名。茅盾能写出《子夜》，有各方面的条件促成。这时的左翼文学越过了自己初创的幼稚期。鲁迅和茅盾这样的"左联"老作家，本来就对左翼的关门主义，不重视创作而只热衷于开展飞行集会和通讯员运动等政治做法不满，现在在办刊、培养新人等方面就更有所改善。大家对《地泉》等概念化的作品也有了初步的检讨，真正思想激越而又立足于现实生活的大作品呼之欲出。茅盾自日本回来就参加了"左联"，两次担任行政书记的职务，但他一直不同意将"左联"办成一个政党，也询问过为什么文学研究会的老朋友郑振铎、叶圣陶

《子夜》初版扉页

这样的进步作家都不能吸纳进来。他觉得自己的位置还是在写作方面。正好有一段时间他眼疾、胃病、神经衰弱一齐发作，便利用严格不能用眼的机会，在上海卢学溥（鉴泉）表叔的公馆里广泛接触来客中的同乡故旧，其中不乏银行家、企业家、政府公务人员、投机家、商人、军界人士等，他又阅读了"中国社会性质论战"中各方的论文，听到在苏维埃苏区开展的土地革命和"反围剿"消息，了解了这时期中国社会全方位的复杂情势。于是，就如同写作《蚀》三部曲所显示出来的大规模表现中国城乡历史性变动的文学动机一样，他起意要写一部1930年代初都市和农村斗争交织的社会史诗。最初的写作大纲中，仅都市部分就要写名为"棉纱"、"证券"、"标金"的三部曲，但在几次调整的提纲、提要里面，他逐渐收缩下来。他认识到自己最熟悉的特殊的题材并不在乡村和土地革命，他无法如在眼前般有声有色地描绘它们。他熟悉的是卢学溥这样有魄力、有才智的商业金融"铁腕"，只需把他移植到一个中国工业资本家身上就行了。他也熟悉在卢表叔家出入的金融家，丝厂、纱厂、火柴厂老板，交易所投机者诸等人物，知道他们的性格、故事、来龙去脉。他听说正在进行的蒋（介石）、冯（玉祥）、阎（锡山）大战中有人以30万元价格买通冯玉祥部沿津浦铁路北退30里，以操纵交易所行情（后写入《子夜》的股市部分）；还听说过某小老板用女儿的身体来套取某人的股市涨落情报，结果落了个赔了女儿又折兵，羞愧自杀的结局（《子夜》冯云卿父女的原型，当然这个进城的土财主在作品里并没有上吊）。他亲临了卢学溥的继母（茅盾的姑表祖母）念"还寿经"的大场面，这为他在《子夜》一开头铺写吴老太爷的大公馆丧礼提供了真实依据。这些材料都使他把原先的计划一再缩小，除了已经写好的第四章双桥镇部分（以自己的故乡乌镇为原型）留在《子夜》中成了一个不太和谐的结构伤痕，其余都归向了以吴荪甫为首的民族资本家和以赵伯韬为首的买办资本家之间的斗争，插入的人物达百人以上。

《子夜》的出版稍有曲折。最初也像《幻灭》等一样，并未写完就交《小说月报》连载，总题为"夕阳"（还拟过《燎原》、《野火》等书名，后来才用《子夜》）。第一章排在了1932年1月《小说月报》的新年号上。还署了一个貌似旧派的笔名"逃墨馆主"，取孟子说的"天下不归于杨朱即归于墨"之意，"逃墨"便是归杨朱，朱便是"赤化"。这个曲里拐弯的笔名可惜没有用出去，突发的上海"一·二八"事变，从头打断了这次连载。日本炸弹的一场大火毁掉了闸北商务印书馆的总厂，老舍的长篇《大明湖》和茅盾的《夕阳》都炸在里面，老牌的《小说月报》就此终刊。幸亏茅盾交给郑振铎的只是副本，后来第二章用"火山上"的题目，第四章以"骚动"为名，先后发表在《文学月报》上。到开明书店出版单行本，第一版印了3,000册，很快卖光，三个月内重版4次，每次都印5,000册，竟达23,000册之数，这是绝无仅有的。在上海，《子夜》的买者从一贯爱好新文学的青年学生扩展到都市中上层如公司白领、舞女、电影从业人员等。据参与书店业、本身开着大江书铺的陈望道说："向来不看新文学作品的资本家的少奶奶、大小姐，现在都争着看《子夜》，因为《子夜》描写到他们了。"茅盾自己的经验也能证明此点：作为卢表叔的女儿、茅盾表妹的宝小姐便是个从来不读新文学的人，她现在逢人便说书中的吴少奶奶是以她为模特儿写的。①社会上甚至有人专门组织了"子夜会"，来阅读讨论这本书。在此情况下，前述北平读者购读《子夜》的热情，一家书店一日可卖出百余册的记录，就完全可以理解了。

左翼和进步文化界的反响非常热烈。"左联"把它看成是自己阵营的胜利，在一次鲁迅、茅盾、丁玲、周扬、冯雪峰、楼适夷等都参加的"左联"执委会上，"大家在雪峰的提议下，对茅盾《子夜》的出版表示了诚挚的祝贺"②。东京"左联"曾专门召开讨论会，据当事人杜宣回忆，出席者踊跃，后来成为捷克著名汉学家的普实克也曾参加并发言。鲁迅、瞿秋白是从《子夜》写作开始，就密切关注着它的进程的人。为了集中精力写作长篇，茅盾向冯雪峰提出辞去"左联"行政书记的职务，结果没有被批准，只是同意请长假，这些鲁迅都是知道的。鲁迅不仅赞成茅盾创作，还多次询问小说的进展。所以到茅盾从书店拿到样书后，第一个念头就是把《子夜》亲自送到鲁迅手上。在鲁迅1933年2月3日日记里便记有："茅盾及其夫人携孩子来，并见赠《子夜》一本，橙子一筐，报以积木一合，儿童绘本二本，饼及糖各一包。"③即送书当日的情景。据茅盾回忆，他在此前是不在自己新书扉页上签名赠书的，是鲁迅那天当场要求他题签，后来才养成了习惯。鲁迅对《子夜》的称道，可见他受书不久给在苏联的

---

① 茅盾：《回忆录一集：〈子夜〉写作的前前后后》，见《茅盾全集》第34卷，第516页，北京：人民文学出版社，1997年版。
② 金丁：《有关左联的一些回忆》，载《新文学史料》1980年第1期。
③ 鲁迅：《日记廿一[一九三三年]二月》，见《鲁迅全集》第15卷，第63页，北京：人民文学出版社，1981年版。

曹靖华的信:"我们这面,亦颇有新作家出现;茅盾作一小说曰《子夜》(此书将来当寄上),计三十余万字,是他们所不能及的。"①引以为豪的口气,跃然纸上。瞿秋白当年从中共党内斗争退了出来,在去苏区之前隐藏在上海,与茅盾曾多次讨论过《子夜》的写作。一次避住在茅盾家里近一星期,看了部分的手稿,天天研讨不止,对《子夜》的主旨、人物、故事、细节一一提出意见。瞿秋白是个懂文艺的政治家,他对《子夜》创作的影响大多是积极的。比如他建议茅盾将原先吴荪甫和赵伯韬在结尾处握手言和的情节,改成现在的赵胜吴败。他还主张吴荪甫在小说一开头到码头迎接父亲吴老太爷从乡下来沪所坐的不应是福特车,而应是最流行、最气派的雪铁龙。这些都很到位。待到《子夜》出版,瞿秋白连续写了《〈子夜〉和国货年》、《读〈子夜〉》两文,给予高度评价,说《子夜》"是中国第一部写实主义的成功的长篇小说"。并预言:"1933 年在将来的文学史上,没有疑问的要记录《子夜》的出版。"②

其他作家的反应,如开明派的人便都非常看重《子夜》。叶圣陶是经手出版此书的主要编辑,他给该书封面与扉页用两种不同的篆字题写了书名,在与书同月出版的《中学生》第 31 号上还亲自写了《子夜》的广告。朱自清在北方大型刊物《文学季刊》发表评论《子夜》,说:"这几年我们的长篇小说渐渐多起来了,但真能表现时代的只有茅盾的《蚀》和《子夜》。"③与《子夜》出版同年发生的评论出自吴组缃之手,他是青年作家中得到茅盾启发最强烈的一位,在《子夜》一文里他几次提到"新兴社会科学者"能用"严密正确"、"严密精审"的数字或论证告诉我们中国社会政治、经济近况,而他们不能如茅盾的小说那样给我们具体的故事和人物形象。社会科学分析与文学的结合,后来也是吴组缃创作的特色之一。所以吴读完此书的印象,在文中用鲜明的与中国新文学和世界进步文学比较的视野来观照:"中国自新文学运动以来,小说方面有两位杰出的作家,鲁迅在前,茅盾在后。""'中国之有茅盾,犹如美国之有辛克莱,世界之有俄国文学。'这话在《子夜》出版以后说,是没有什么毛病的。"④说得很诚恳很确切。

---

① 鲁迅:《330209 致曹靖华》,见《鲁迅全集》第 12 卷,第 148 页。
② 瞿秋白:《〈子夜〉和国货年》,见《瞿秋白文集·文学编》第 2 卷,第 71 页,北京:人民文学出版社,1986 年版。
③ 朱佩弦(自清):《子夜》,载 1934 年 4 月 1 日《文学季刊》第 1 卷第 2 期。
④ 吴组缃:《子夜》,载 1933 年 6 月 1 日《文艺月报》第 1 卷创作号。

最奇特的读者是茅盾于五四后期批判过的人物,学衡派的吴宓。他在《子夜》出版三个月后,于《大公报》副刊发表了《茅盾著长篇小说〈子夜〉》一文,客观公正地指出自己"激赏此书者"有三:"第一,以此书乃作者著作中结构最佳之书";"第二,此书写人物之典型性与个性皆极轩豁,而环境之配置亦殊入妙";"第三,茅盾君之笔势具如火如荼之美,酣恣喷薄,不可控搏。而其微细处复能委婉多姿,殊为难能而可贵。"①一直到晚年茅盾写回忆录,仍不忘吴宓对他作品体验的别具匠心。

而政府当局对左翼巨型作品的出现及所形成的热浪,要到第二年才做出"查禁"的反应。后虽经书店的通融努力,改为删除后(如第四章写农村的全删,第十五章写工潮的部分删改)才能出第五版。不过很快,坊间就有假托为巴黎救国出版社翻印的未删节本流传开了。这给《子夜》的读者接受史,无疑添上了一笔重彩。

(吴福辉)

---

① 云(吴宓):《茅盾著长篇小说〈子夜〉》,载 1933 年 4 月 10 日《大公报·文艺》。

6月

刘云若及其"津味小说"

名记者刘云若君十八万余言长篇巨著　社会言情小说

《春风回梦记》

名记者刘云若君,为身经地狱之人,故所著各种小说,文笔深刻,描写入微,久已脍炙人口。书中以叙少年男女真挚纯洁之爱情为主干,旁及娼寮烟窟缙绅家庭社会百状之写真,如温汤禹鼎,烛物无遁形。而感情紧张,笔致缠绵尤为独擅胜场,是以学士人等与贩夫走卒同被刺激感动。全书十八万余言,后幅尤为波澜壮阔,情节诙奇。文笔则愈后愈健,结果更不落恒蹊,真足称为哀怨顽艳凄心动魄之好小说。

（函购）外阜函购寄费一角五分邮票代洋九五折　（特价）上下十八万余言分订全书两居册大洋一元　总售处天津（法租界海大道／大中银行旁路西）
大陆广告公司营业部

（原载1933年6月13日《天风报》第4版）

1903年出生于天津的刘云若,开始只是个到处投稿的文学青年。他1926年成为《北洋画报》的编辑,算是真正踏上文学之路。但是,他此时虽然作品极多,反响却平平。就在这个时候,有个人看中了他的才华,那就是沙大风。沙大风是民国时期天津的文化名人,是天津《商报》的编辑。1930年沙大风得到了天津中原公司经理黄文谦和京剧四大名旦之一的荀慧生的资助,创办了《天风报》。创报之初,沙大风就邀请刘云若加盟,主持《天风报》副刊《黑旋风》。刘云若欣然前往。为了不辜负沙大风的期望,也想充分表现一下自己的才华,刘云若在《天风报》上开始连载他的《春风回梦记》。这部小说在津京地区大受欢迎，人们争相阅读，报刊集中评说，前所引广告中那些广告词不少都来自于各种评说文章中。刘云若一下子成了天津的名作家。成名之后的刘云若辞掉了编辑的工作，专心写作。到40年代末时，他大概写了四十多部小说，代表作品有《春风回梦记》《小扬州志》《旧巷斜阳》《粉墨筝琶》等。

在《春风回梦记》的自序中刘云若有一段自述："书中不愿有头巾气、书卷气，而江湖气不能免，脂粉气亦多，是则为笔势所趋，不可撄逆者也。"这段话实际上已经说明了刘云若小说的特点：津味。所谓的"头巾气"和

北方社会言情小说家刘云若

"书卷气"指的是名士气息，因此，把自己与民国初年上海的那些"鸳鸯蝴蝶派"作家作品区分开来。所谓的"江湖气"和"脂粉气"指的是天津特色。换句话说，他的小说写的就是津味小说，并势不可逆。

之所以将"江湖气"作为天津特色，就在于天津特有的码头文化，而最能体现天津码头文化的人物是"天津混混"。对这些人物生动的描述充分体现出刘云若小说的津味。天津混混往往用自戕的手法显示勇猛，并以此来获取地盘。这些自戕手法血淋淋的，乃至残忍。《旧巷斜阳》中有一个混混名叫马二成，混混世家出生。他的祖上为了争得地盘，曾经干过"油炸孩子"的事情："马家先把孩子扔进油锅，一阵青烟，孩子就成了油条，还满不带相的预备炸第二个。他的对头一见马家炸孩子的惨样，心头一软，就善让了。"到了马二成这一代，继续保持着这样的狠劲。他与另一个混混过铁争地产，"用两个指头将那煤球捏起，只听得肉被炙得喳的一声。马二成对过铁一笑，立把煤球放在大腿根的平坦地方。这一来真非同小可，立时一股青烟升起，腿上的肉呲拉呲拉发出声音，和厨房用热油锅煎鱼声音一样。只见那煤球靠肉部分，先见发暗，继而冒出浅蓝色小火焰，深黄色的油质循着大腿流到地上，一股腥臭的气味，立时弥漫院中，熏人欲昏。马二成居然面不改色，仍带笑容，望着过铁。"过铁虽然也是混混，却被这个场面吓傻了，"看得毛发森竖，面无人色，两腿不知因为赤裸受冻，或是惊慌过度，只弹琵琶"。能显示这个特色的，是刘云若还写了不少女

混混。其中写的最生动的是《粉墨筝琶》中的大巧儿。这个大巧儿长得很漂亮，但是极其泼辣，人称"母老虎"。她"不骂街不说话"，有一次与一个巡警厮打，"不怕死，任他摔打，只不松手"，最后竟然将这个巡警撞翻在地，然后再到警局告状，结果这个巡警"挨了二十军棍，又被开革"。她的行为举止更是充满了混混气。她在争斗中胜了，也采用"灌尿"刑罚惩治败者，舀一勺尿灌在败者的口中，败者自去，却再也称不上是个人物了。

不过，别以为天津混混就这么死缠烂打，耍泼耍赖，他们也是有自己的规矩和原则的。他们收黑钱，但是也尽心尽责地成为一方的保护人和是非的判决者。《春风回梦记》中的华老二，人称二大爷，平时并不出面，但是在最关键的时候总是能掌控局面。小说中有个泼辣女性马四姑到处耍泼要挟别人。一次她又在耍泼，别人都不敢劝，二大爷来了，"猛得将她肩膀一拍，那马四姑猛吃一惊，回头想骂，及至瞧见是那老头，便赔笑叫道：二大爷呀，您来了！"此时马四姑还要闹，"那老头儿听了，白眉一皱，满面倏的放出凶光，把拐棍柱得乱响道：马四姑，你要知道是我二大爷在这儿劝你。马四姑抬头看看他，又低下头，便不敢再喊了"。即使是那些女混混，之所以能够称霸一方，也是得到了民众的信任，而要想得到民众信任，处事公道必不可少。《旧巷斜阳》的女混混老绅董，要为妓女璞玉赎身，因为她觉得璞玉是被骗来的，她成功了，受到了人们的赞誉，被称为"市井女侠"。侠有侠道，混有混道。生动的天津混混的事迹描写和稀奇古怪的规矩介绍，充满津味十足的"江湖气"。

"江湖气"一般是刘云若小说中的副线，"脂粉气"则构成了刘云若小说的主要情节，讲述的是爱情故事。不过，他小说中"脂粉气"并不高贵，散发出来的是廉价的油脂气。那些女性不是市井女性就是风尘女性，她们的故事往往以悲剧告终。例如他的成名作《春风回梦记》，写的是已婚少爷陆惊寰与风尘女子何如莲的爱情故事。它的传奇色彩在于男女两人的社会地位悬殊，他们的爱情必然引发出很多故事；男女两人竟然是同父异母的兄妹，这样的身份演化出的爱情更是令人称怪。小说以悲剧告终，陆惊寰的夫人和何如莲为情双双病死，陆惊寰远走日本。将传奇故事与悲剧女性形象联系在一起，生动写出了一个落难女子获取爱情的坚决态度和获取了爱情之后表现出来的疑虑、担忧和多愁善感的复杂心态。这样的故事情节在他以后的小说中多次出现。从小说情节上说，刘云若多少受到了翻译小说《茶花女》和徐枕亚《玉梨魂》的影响。

显示刘云若小说特点的是他将这些故事情节置于天津的平民社会中表现，有着很浓厚的地域神韵。天津是个九国租界城市，围绕着租界的是华人区，例如南市。刘云若的小说大多发生在华人区，故事环境是风尘女子常常涉足之地：烟馆、赌馆、茶楼、妓院以及黑黑的小巷之中的破旧小屋，其中活跃着的是天津市井人物，因此小说散发出浓浓的世俗民风。以《春风回梦记》为例。小说一开始就写了一张烟馆掌柜的脸，说他"鬼脸上的表情，时时的变化不定"，变化的依据全在客人的行为举止和衣装服饰。看见衣装华贵、气宇轩昂者，他满脸堆笑；可一会儿"露出一脸怒容"，原来他要与"那缩在破沙发上吸烟的一个穿破棉袄的中年人"说话，要与那些坐在椅子上穷酸面目的人说话；可是过了一会儿他又"缓和了颜色"，因为与他说话的人换作"旁边独睡的小烟榻上躺着的一位衣服干净面容枯瘦的小老头"。有钱人是大爷，无钱人是芥粒。赌馆里热气腾腾，"才一推门，只觉一阵蒸腾的人气从里面冒出来，熏得人几乎倒仰。接着又是人声嘈杂，仿佛成千上万的苍蝇聚成一团儿飞"。输家和赢家都头冒热气，一个是红了眼，一个是眼睛在发光。茶楼与戏院连在一起，台下喝茶，台上唱戏，买曲卖曲，捧角贬角，混成一片。小说用大量的篇幅写了妓院的生活。这是一个"脂粉地狱"。能够为老鸨弄来钱的红倌人可以吆三喝四，弄不来钱的只能做下人，那些下人们受的是非人之罪。小说中两位伺候老鸨的丫头受不了这个罪，商量着投济良所，结果被老鸨发现了，"一顿打几乎没把俩孩子打死，每人身上都教她咬下一块肉"。小巷深处的破楼是小说主人公的住所。这里破旧的家具使人手脚无法伸开，屋外的冷风钻着墙缝进来，门口是黑帮人物四处乱窜，门里是鸦片灯如鬼火一般。小说的世俗性还表现在那些泼妇的语言描述上。例如："我把你个王八蛋的蛋，老娘的精米白面，把你撑肥疯了，就忘了当初当茶壶的时候，穷得剩了一条裤子，我替你洗，你蹲在床上……"这是马四姑骂罗九爷的话。这样的市井语言，马四姑说，老鸨说，如莲的母亲怜宝说，充斥于小说的始终。天津本是个世俗文化浓厚的码头城市，刘云若长期生活在市井氛围里，对那些发生在身边的事太熟悉了，随手拈来，就成文章。

20世纪二三十年代天津的曲艺开始繁盛起来，刘云若看来对说唱艺术比较熟悉。说唱艺术情节的铺设依靠的是戏剧性。《春风回梦记》显然是将说唱艺术的戏剧性运用其中了。陆惊寰到妓院与如莲相会的那一天正是陆惊寰的新婚之日；如莲为情病死之日也是陆夫人撒手人寰之时。整部小说就是一个大戏剧的关目。在这个大的戏剧性结构中，又不断穿插着一些小的戏剧性场面，如怜宝与周七烟馆里夫妻相认；如莲与陆惊寰妓院里拜堂；如莲与陆惊寰熬着烟水互相度口自杀；如莲为了断绝陆惊寰的痴迷假戏假做，一直到最后的扫墓拜坟，似乎都与传统戏文里的那些情节有着忽隐忽现的联系。小说的语言也夹杂不少评话腔，如："忽闻从隔巷吹送来一阵弦竹管声音，慢慢的把二人引得清醒，都抬起头来看时，觉得灯光乍然变成白苏苏的光，房子也似乎宽阔了许多，又对看了一下，都仿佛做了一个好梦。"如果拿着戏文的腔调读起来，那是铿锵有致。

刘云若早期小说不涉及政治时事，后期作品《粉墨筝琶》有了重要的变化。小说还是写弱女子的爱情悲剧，但其背景却是抗战时期的天津社会。小说中的爱恨缠绵自不用说，天津抗战事件的记载也很珍贵。小说写了天津抗战组织怎么除掉亲日的南京政府副主席蔡文仲，写了伪政府为了挖防空壕与市民冲突，特别是对当时日本军队在天津地区强征慰安妇的事件做了较为详细的记载，小说如此记述："原来在太平洋战役起后……久不还乡，自然需要肉体上的安慰，于是无论住在哪里，就要就地解决。中国的妇女，许多受到蹂躏。不过日子一久，乡村妇女闻风逃避……日本军官很引为殷忧，就改计向都市征发妓女和各种卖淫妇人，分遣到各地慰劳军队。天津是繁华区域，征发的数目最多，一时莺燕纷飞，惨不可言，有许多倒运的被捉了去。……不过这事原取的是轮班制，一批送去，经过若干日期，便送回来，再换一批送去。无奈头几批在途中死走逃亡，所余不及半数，到地方又过着酷毒的生活，简直没几个能够回来。"这大概是中国文学作品中为数不多的有关慰安妇的记载。

（汤哲声）

丁玲失踪及其长篇小说《母亲》的出版

良友文学丛书之七　母亲

**丁玲女士　长篇创作　全书都十余万言洋装布面乳黄道林纸精印
每册计大洋九角国内邮费二分半**

这是写前一代革命女性的典型作品。作者以一九一一年辛亥革命为背景，叙述自己的母亲在大时代未来临以前，以一个年轻寡妇，在旧社会中遭遇了层层的苦难和压迫，使她觉悟到女性的伟大使命，而独自走到光明去。

作者亲笔签名计数本一百册售价不增　二十八日本公司门市函购部各半发卖

（原载 1933 年 6 月 25 日《时事新报》和 1933 年 6 月 27 日《申报》）

丁玲未完长篇小说《母亲》的出版，划出了她创作的前期阶段。此书出版时，作者本人不久前刚遭国民党特务秘密绑架，生死不明。读者们这天到北四川路良友图书公司的门市部去买这本小说的时候，大多人觉得这位富有才气的女作家很可能和她的亡夫、"左联五烈士"之一的青年作家胡也频一样，已经遇难了。

这则广告多半是赵家璧写的。因书稿为他所组，按当时的规矩，这样的文字也不可能找别人来写。广告概述了小说的人物故事，简要准确。难得的是小说里三少奶奶曼贞（原型即丁玲母亲）的女儿小菡（原型为幼年丁玲）只是一个次要人物，可广告词通篇却是从丁玲的角度着眼，"独自走到光明去"像句暗暗的祷词。书中这个柔弱的富家小姐，在突然守寡

《良友》画报 1933 年为丁玲《母亲》一书所做的广告，头像为蔡元培之女蔡威廉 1929 年所绘。

后体验到家道中落的艰难以及人们的无情倾轧，而终于在新时代风气刚刚萌芽的时节冲破种种禁锢，挺身走上社会，含辛茹苦、百折不回地接受新式学堂教育，并在后来投身到女子教育的事业中去，走完她的道路。是母亲给予丁玲最初的人生教育，让她终生领悟到新女性的时代使命。有了这样一个母亲，才有这样一个丁玲。

而书中"母亲"的形象，完全可以与丁玲其时已经写出的时代女性莎菲，由农村进城的女性梦珂、阿毛，和未来将要写出的贞贞、陆萍这些保持着时代和女性双重气味的人物，比较着来解读。坚忍、独立、采取各种形式的叛逆反抗，是丁玲塑造此类女性性格的核心。《母亲》的特出之处，在于细致描写了近代以来最先突围的第一代职业妇女，是怎样冒着礼教压力和社会讥笑而挺直腰杆的。小说开头，"母亲"的身世凄凉、无助，但她"是不愿意只躲在里屋过一生的"，她是可以卖掉剩余的田产，带着两个年幼的孩子，干出"一个做媳妇的夹着书包上学"这样的事情来的。为了早一天把脚放大，她忍痛上体操课跟着年幼的同学一起跑步。小姐们由于吃不起苦一个个退学了，她却读了下来。一个"放大脚"的女人如何走入新时代，这就是"母亲"的意义。书中的曼贞还与年纪虽小，却聪明有魄力的夏真仁（原型为向警予女士）结下了深厚的友谊，其中的场景描写很有历史价值。小说的心理笔触是比较欧化、放得开的。但一支笔写到衰落的封建地主家族的凄清，内部生长着断裂的力量，涉及农事、土地的个别段落，文字都颇有神采，也不乏传统味道。在大家庭的日常场景描写上，更是有点《红楼梦》的笔意。

不过，这究竟是部并不完整的作品。全书侧面写到了辛亥革命的发生，但"母亲"在这场划时代的历史事件中的表现，她的心理、思想丝毫都没有得到展开，便戛然而止了。小说写作的原初动机，强迫性中断留下的痕迹，在作品的文字中处处可见。此作的由来和出版过程，与胡也频的牺牲和丁玲的神秘失踪直接相关。1931年，丁玲在沈从文护送下将出生才两月就丧父的孩子送回湖南常德老家，归母亲抚养。在家的短短三天时间里，母亲的镇静表现，所见所闻故乡的变迁，都给予丁玲强烈的触动，很快就酝酿成一个全新的长篇结构。回到上海后，先是楼适夷1932年5月主持创办的《大陆新闻》（日刊）约她写长篇，才正式执笔。最初计划写三四十万字，"从宣统末年写起，经过辛亥革命，一九二七年之大革命，以至最近普遍于农村的土地骚动"（见1932年6月11日丁玲致《大陆新闻》楼适夷的信），算得上是个宏大的构思。当《母亲》以每天一千字的速度连载到20天左右时，却因刊物停刊被迫中断了。接着，正好良友图书公司的赵家璧要编辑《良友文学丛书》，闻讯后便向丁玲邀稿，希望她能写完成书。该年秋，丁玲根据《丛书》的体例，将长篇调整为三部曲，第一部就写到"母亲"走出大家庭完成学业，到辛亥后1914年的长沙女师辍学为止。三部曲分册出版，每册都是独立的，很灵活。丁玲延续了报纸连载时的办法，也可能是考虑本身生活的不安定因素，写完一章就随手将原稿送给赵家璧一章。到1933年4月中旬，良友已经拿到了四章约八万字内容，只差一两章便能达到十万字出书了，不料就在此时发生了丁玲失踪事件。

1933年5月14日，在上海昆山路丁玲的临时寓所，丁玲、潘梓年被国民党特务秘密绑架。当天特务继续埋伏在此寓所，另有一位左翼作家应修人进入，在抗拒时不幸坠楼牺牲。此后，良友再也没得到丁玲的《母亲》续稿。5月17日上海的英文《大美晚报》最早透露出这一消息。中国民权保障同盟的蔡元培、柳亚子、鲁迅、杨杏佛等人在报上发表电文，组织丁潘营救委员会，联合文化各界展开营救和抗议活动。6月18日，杨杏佛惨遭暗杀。鲁迅也上了黑名单，但两天后仍然参加吊唁，并在八天后给王志之的信中说，"杨杏佛也是热心救丁的人之一，但竟遭了暗杀"。作为抗议活动的一个部分，据赵家璧回忆，也在良友图书公司任编辑的郑伯奇很快转达了鲁迅的建议：把丁玲那部未完成的长篇立即付排，书出得越快越好，在书前可有意写个编者按做出交代，并在各大报大登广告进行宣传。鲁迅的意见是非常及时的。① 我们现在看到的《母亲》广告，就是在这样一个背景下产生的。

当时不要说上海的大小报刊，连北方的左翼刊物都纷纷报道，如：

> 1933年5月《文学杂志》第1卷第2期《文坛消息》栏里有"丁玲巨制《母亲》正努力写作中"的报道。
>
> 1933年《文艺杂志》创刊号目录有"关于丁玲女士的被捕"的文章。
>
> 1933年《今日妇女》第1期特大号目录，在《专载》栏内列有"丁玲小史"、"丁玲惨死经过"、"丁玲事件与妇女运动"等题目。

---

① 详见赵家璧：《重见丁玲话当年——〈母亲〉出版的前前后后》，《赵家璧文集》第2卷，上海：上海文艺出版社，2008年版。

1933年7月15日《文艺月报》第1卷第2号《文艺情报》栏有"北平将开丁玲追悼会"、"丁玲遗著《母亲》《夜会》出版"等消息。

实际上因丁玲被秘密押解到南京软禁日久，外界的消息封锁得铁桶一般，当时盛传丁玲已被处死了。所以在《母亲》售书当天的6月28日，鲁迅在日记上留下了《悼丁君》的诗："如磐遥夜拥重楼，剪柳春风导九秋。湘瑟凝尘清怨绝，可怜无女耀高丘。"

而《母亲》广告里所说的作者亲笔签名本，当天上午九时是如期售出的。那天，北四川路良友门市的铁门一拉开，蜂拥进入的读者就将这种里封衬页裱有签名纸的一百册布面精装本一抢而空。连非签名本也售出许多。当天下午，在门市还发生了两名身份不明的人来责骂书店的签名本是假的，声称丁玲被捕失踪，哪里会在新书上签字的事情。结果，赵家璧和经理出示了良友公司在与这套《丛书》作者签稿约时就预先准备下的一百张编号的签名纸样件，给他们看，让可能是"特务"的捣乱者无言以对，灰溜溜地走了。鲁迅日记里也清楚记载，他在该书发售前一日（6月27日）就得到了赵家璧寄赠的"《母亲》（作者署名本）一本"。

借着凶险的政治风云，和聪明、熟练的现代出版手段，《母亲》出版后成为这套《良友文学丛书》中的最佳畅销书。它也是丁玲早期篇幅较大的重要小说。

（吴福辉）

8月

《望舒草》：为什么删去《雨巷》？

望舒草

戴望舒定本第一诗集

　　戴望舒先生的诗，是近年来新诗坛的尤物。凡读过他的诗的人，都能感到一种特殊的魅惑。这魅惑，不是文字的，也不是音节的，而是一种诗的情绪的魅惑。从前戴先生曾有过一册题名为《我底记忆》的诗集，但其中有大部分已不为作者自己所喜，所以现在删去他自己所不满意的，加入许多新作，编成这定本第一诗集。卷首有作者老友杜衡先生的序文，给这一集诗以欣赏的估价。卷末附作者之诗论零札，使读者得以约略窥见作者对于新诗的主张。每册定价五角。

《望舒草》广告

现代书局版

（原载1933年8月1日《现代》第3卷第4期）

　　这是戴望舒继第一本诗集《我的记忆》之后的第二本诗集，1933年8月在"现代派"大本营《现代》杂志登出这个广告，同月诗集出版。

　　这个广告写得很切实，不仅没有虚夸，而且很符合戴望舒创作变化的实际和诗集所表现的创作特色。话说得很到位，连对杜衡的序文和戴望舒《诗论零札》的只言片语的提示，也显示了独特而准确的眼光。虽然这个广告的作者已难以考证,但出诸行家之手是肯定的,贸然猜测作者可能是《现代》主编施蛰存或序文作者本人杜衡,恐怕也不算太离谱吧?进而言之,如果以孤证来推论,似乎可以说是出诸施蛰存的手笔,因为广告中"一种诗的情绪的魅惑"一语,尤其是"情绪"一词,几乎就是施蛰存在《现代》中回答读者而给"现代"之"诗"所下的那个著名定义中的关键词,而杜衡,就其为这本诗集作的序文而言,"情绪"一词仅仅出现过一次("情绪底节奏"),反复使用的倒是"感情"("真挚的感情"、"架空的感情"等)。由此进而推论,"尤物"、"魅惑"等词,也恰恰是施蛰存的常用语,尤其是在《石秀》等小说中。并且这"魅惑"一词,一再连用,亦宛如定义"现代"之"诗"时刻意一再连用"现代"一词,此殆施氏个人语言习惯乎?须眉而成"尤物",自然不是用词不当的问题,当以亲昵的玩笑而论之,这种口吻自然也符合施氏与诗人莫逆之交的身份。不过,1933年的诗人戴望舒,确实是当时中国最著名的诗人之一,并且是"海派"诗坛上最著名的诗人,"近年来新诗坛的尤物"之说,不当以通常的广告用语而视之,也不是后台喝彩。

1928年就以《雨巷》著名文坛,那"丁香一样的女郎",确实"尤物",十分"魅惑"。只是那"魅惑"倒确实在"文字的"、"音节的",如杜衡在序文中说:戴望舒写《雨巷》,"在'彷徨','惆怅','迷茫'那样地凑韵脚"①。卞之琳也说:"《雨巷》读起来好像旧诗名句'丁香空结雨中愁'的现代白话版的扩充或者'稀释'。一种回荡的旋律和一种流畅的节奏,却乎在每节六行,各行长短不一,大体在一定间隔重复一个韵的一共七节诗里,贯彻始终。用惯了的意象和用滥了的辞藻,却更使这首诗的成功显得浅易、浮泛。"②卞之琳的这个评论,是对《雨巷》十分准确的艺术判断,似乎不为研究者注意,倒是杜衡的序文说得很明白:"我们自己几个比较接近的朋友却并不对这首《雨巷》有什么特殊的意见;等到知道了圣陶先生特别赏识这一篇之后,似乎才发现了一些以前所未曾发现的好处来。就是望舒自己,对《雨巷》也没有像对比较迟一点的作品那样地珍惜。"③研究者常常转引杜衡序文中的叶圣陶称道这首诗的那句话——"替新诗的音节开了一个新的纪元",其实这一评论并不确实,因为"新月派"此前早已在理论和实践两个方面完成了"替新诗的音节开了一个新的纪

---

① ③ 杜衡:《〈望舒草〉序》,见戴望舒:《望舒草》,上海:现代书局,1933年版。引自梁仁编:《戴望舒诗全编》,第53页,杭州:浙江文艺出版社,1989年版。

② 卞之琳:《〈戴望舒诗集〉序》,载《诗刊》1980年第5期。

元"的历史贡献。研究者还忽略了一个重要问题：戴望舒的创作，开始于"新月派"主导诗坛的时期，并且他的整个第一个阶段的创作，也处于"新月派"的鼎盛时代，因而"新月派"的诗风对他最初的创作，和比他的创作稍晚的何其芳、卞之琳等象征主义诗人一样，显然是有很大影响的。也就是说，《雨巷》为代表的第一个阶段的创作，其实和"新月派"一样，是浪漫主义的。尤其是《雨巷》，其"情绪的魅惑"，确属浪漫的、唯美的典型诗风。而《诗论零札》其实也可以看做是对"新月派"诗学理论的一个十分明确的否定，因为戴望舒在其中首先否定的恰恰是"新月派"的"三美"理论：除了第一条明确反对诗的"音乐美"，第二条是"诗不能借重绘画的长处"，第七条说"韵和整齐的字句会妨碍诗情，或使诗情成为畸形的"，则是反对"绘画美"、"建筑美"。①

然而到《望舒草》这第二本诗集，则确实"不是文字的，也不是音节的"，因为戴望舒的创作理念发生了重大变化。1932年发表的《诗论零札》的第一条，就明确指出："诗不能借重音乐，它应该去了音乐的成分。"②这其实也可以看做诗人对自己第一个阶段创作的自我否定，也是对《雨巷》的自我否定。而据杜衡说，这种变化远在"《雨巷》写成还不久"的"几个月"之后，写作《我的记忆》一诗就已经开始了："望舒自己不喜欢《雨巷》的原因很简单，就是他在写成《雨巷》的时候，已经开始对诗歌底他所谓'音乐的成分'勇敢地反叛了。"③这个广告说："从前戴望舒先生曾有过一册题名为《我底记忆》的诗集，但其中有大部分已不为作者自己所喜，所以现在删去他自己所不满意的，加入许多新作，编成这定本第一诗集。"这段话不仅仅是事实的叙述，而且和"不是文字的，也不是音节的"之说一样，也说明了戴望舒的创作从第一个阶段的《我底记忆》到第二个阶段的《望舒草》的艺术变化。对照这两本诗集，分析一下删去了哪些作品，哪些是诗人"自己所不满意的"，是研究者应做的基本工作，远比轻率地引用诗人的诗论或评论家的评论更扎实。于此，一个醒目的事实是，《雨巷》这首名作被删去，而《我底记忆》则保留在《望舒草》中。由此看来，广告词特意强调"戴望舒定本第一诗集"，"定本"之说，所言不虚，大

---

①② 戴望舒：《诗论零札》，载1932年11月《现代》第2卷第1期。按，《诗论零札》曾作为附录收入1933年版《望舒草》，亦作为附录收入1937年版《望舒诗稿》，但删去了第4条。

③ 杜衡：《〈望舒草〉序》，见戴望舒：《望舒草》，上海：现代书局，1933年版。引自梁仁编：《戴望舒诗全编》，第53页。

有意味,不是广告的噱头。再看这个广告词在特意说明《望舒草》"删去"了《我底记忆》中的作品之后,接着提示注意杜衡的序文和诗人的《诗论零札》,其实是点明了《望舒草》的三个重要看点,也是这本诗集反映了戴望舒新的诗学理论和实践的三个编辑重点。

《望舒草》的这个广告词写得好,是值得研究者深思的重要史料。

(高恒文)

"高尔基在中国"与"中国的高尔基"

高尔基的生活

高尔基自述·顾路兹台夫编记

高尔基不仅是苏俄最大的作家,而且也是现代最伟大的世界作家。他幼年时代的生活很困苦,但他是一个生活的战士,他终于成为有世界名闻的文豪。去年是他著作生活四十年纪念,苏联政府曾为他举行了盛大的祝典,其于革命事业的功绩于此可见。本书是他亲口所讲述的生活奋斗史,由苏联名作家顾路兹台夫记录编纂的。从高尔基诞生起,直至他的处女作《麦楷尔·秋特拉》出版止,包含他二十一年间的坎坷生活,在苏联,这本书是行销最广的少年读物,兹由林克多先生直接由俄文译出,忠实流利,较坊间所出其他高尔基传记,更为翔实有趣。有志于文艺者不可不读,有志于生活奋斗者,尤不可不读。

【本书内容】父亲·在外祖父家·蓝桌布罩的历史·火灾·博识的噪林鸟·水井·在小学校中·在街道上·恐怖·在森林中·魔术家·演技场·在轮船上当仆役·未出征的兵士·在图案师家中·征服书籍·危险的渡河·到客柴求学·奇想者·反抗·土尔斯基的手枪·农村商店·生机未毁灭·漫游·新朋友·二千里·奇异的援救·旅途中止了·第一部小说。

以上共二十九篇·十余万言·每篇是一个可以独立的极有趣味的故事。

林克多译·三十二开本·三一四页　每册实价大洋八角·现代书局出版

(原载1933年8月1日《现代》第3卷第4期)

革命文豪高尔基（再版）

韬奋编译　一册　一元二角

　　高尔基为当代革命文学家，此书叙述其生平奋斗之生涯，由码头脚夫而登世界文坛的经过情形，充满着引人入胜令人奋发的有趣的事实，等于一本令人看了不能释手的极有兴味的小说。有志奋斗者不可不看，有意在读书中寻趣味者尤不可不看。全书约二十万言，附铜版插图十余幅，均为外间所罕觏之珍品，书末并附有高尔基著作一览颇详，更可供有志研究文艺者的参考。

（原载1933年10月上海生活书店初版《高尔基作品选集》一书版权页后）

俄罗斯的童话

高尔基著　鲁迅译

　　高尔基所做的大抵是小说和戏剧，谁也决不说他是童话作家，然而他偏偏要做童话。他所做的童话里，再三再四的教人不要忘记这是童话，然而又偏偏不大像童话。说是做给成人看的童话罢，那自然倒也可以的，然而又可恨做得太出色，太恶辣了。

　　作者在地窖子里看了一批人，又伸出头来在地面上看了一批人，又伸进头去在沙龙里看了一批人，就看得熟透了，都收在历来的创作里。这种童话里所写的却全不像真的人，所以也不像事实，然而这是呼吸，是痱子，是疮痍，都是人所必有的，或者是会有的。

　　短短的十六篇，用漫画的笔法，写出了老俄国人的生态和病情，但又不只是写出了老俄国人，所以这作品是世界的；就是我们中国人看起来，也往往会觉得他像讲着周围的人物，或者简直自己的顶门上给扎了一大针。

　　但是，要痊愈的病人不辞热痛的针灸，要上进的读者也决不怕恶辣的书！

（鲁迅撰，原载1935年8月上海文化生活出版社版《俄罗斯的童话》一书版权页后）

　　《现代》杂志上《高尔基的生活》的广告，首先是给高尔基的文学历史地位以至高评价，称高尔基不仅是苏俄最大的作家，而且也是现代最伟大的世界作

鲁迅翻译的高尔基的《俄罗斯的童话》扉页

周扬（周起应）编的《高尔基创作四十年纪念论文集》初版本（上海良友印刷公司1933年版）封面，及书中所收的漫画，漫画中的高尔基已经"著作等身"。

家，赋予高尔基以世界级文豪的历史地位。其次则试图把高尔基塑造成一个在艰苦条件下成长起来的"生活的战士"形象，《高尔基的生活》也就同时被定位为一部励志的传记著作，一方面针对的是有志于创作的文艺青年，另一方面则对普通青年的生活与奋斗，也能起到激励作用。这则广告的结尾很聪明地列出了书的具体内容，仅从各章诸如"火灾"、"博识的噪林鸟"、"恐怖"、"魔术家"、"危险的渡河"、"奇想者"、"土尔斯基的手枪"、"漫游"、"二千里"、"奇异的援救"等标题看，即可给读者以好奇心和吸引力，让读者想象这是一部英雄作家的传奇史。高尔基在社会大学自学成才的例子，尤其对那些没有进过大学的非科班出身的文学青年具有驱策和榜样作用，与30年代中国文坛一大批来自社会各个阶层的青年作家的崛起也构成了互证的关系。至少与稍后出版的《从文自传》对照着读，可以提供非常难得的艺术家成长史。

而邹韬奋编译的《革命文豪高尔基》的广告也同样强调该书对高尔基生平奋斗之生涯的叙述，"由码头脚夫而登世界文坛的经过情形"突出的也是其传奇性。而"有志奋斗者不可不看，有意在读书中寻趣味者尤不可不看"等语，直令人怀疑是照搬了《现代》杂志上关于《高尔基的生活》的广告语。

《高尔基的生活》的出版，孤立地看，也许并不是多么重大的事情，但这本书同时汇入的是30年代中国文坛对高尔基其人其文集中介绍的热潮，成为

"高尔基热"的一部分,这就具有值得深入分析的文学史意义了。现代书局出版的还有秋萍编译的《高尔基研究》,其广告也登在《现代》杂志上,称"本书是研究现存世界文学巨匠高尔基氏的唯一有系统的著作"①,也是从"世界文学巨匠"的高度寻求对高尔基的定位,可谓对"高尔基热"有同样的敏感度。而如果说《高尔基的生活》叙述的还是高尔基的成长史,那么邹韬奋这本根据美国的康恩所著《高尔基和他的俄国》一书改编而成的《革命文豪高尔基》②则同时状写了高尔基"登世界文坛的经过情形"。书中对苏联1932年9月25日为高尔基的文学活动四十周年举行的"世界上从来不曾有过的盛大的庆祝典礼"的叙述尤见精彩:

> 同日起,在一星期里,全国各剧院竞演高尔基的戏剧,各影戏院放映以他的历史做题材而摄制的影片《我的高尔基》,和他的作品电影化的新影片;国内各地的街道,建筑物,图书馆等等,改以"高尔基"为名的,不可胜数;世界各国的文学团体,都举行高尔基夜会,刊行高尔基专号等等。③

对高尔基的评价到了1936年6月8日高尔基逝世之际达到了顶点。苏联为高尔基举行了最高规格的追悼会,葬礼在红场举行,斯大林亲自守灵,④把高尔基的逝世看成是列宁逝世以后,苏联甚至"人类的最重大的损失"⑤。"至此,对于高尔基的推举可谓登峰造极。苏联赋予高尔基以实际上任何阶级的作家都无法企及的最高地位和荣誉,事实上也制造了一个无产阶级政权与文学的神话,它象征着无产阶级文学的道路与无产阶级的政治革命相结合所能达到的最完美的境界。"⑥

30年代中国文坛对高尔基的译介与苏联国内对高尔基评价的极度升温有直接的关系。茅盾在《高尔基与中国文坛》一文中曾经总结说:"高尔基对中国文坛影响之大……没有第二个人是超过了高尔基的。""抢译高尔基,成为风

---

① 载1932年10月《现代》第1卷第6期。
② 上海生活书店1933年7月版的《革命文豪高尔基》,版权页只注明"编译者韬奋"。到了1946年由韬奋出版社重版的《革命文豪高尔基》,版权页作者栏则增写"原著者美·亚历山大·康恩"。
③ 韬奋编译:《革命文豪高尔基》,第440页,上海:生活书店,1933年版。
④⑥ 参见李今:《二十世纪中国翻译文学史·三四十年代·俄苏卷》,第127页,天津:百花文艺出版社,2009年版。
⑤ A.罗斯金著,葛一虹、茅盾、戈宝权、郁文哉译:《高尔基》,第100页,哈尔滨:北门出版社,1948年版。

尚。"①1947 年戈宝权有《高尔基作品中译本编目》，共统计出 102 种。据戈宝权研究，从 1932 年到 1942 年间由钱杏邨和夏衍等人做的不下七种高尔基中译本的编目看，其中 1936 年寒峰编的《中译高尔基作品编目》②最为详尽③。而据今人的研究，"三四十年代有关他的评价研究专著不少于二十三种，个人戏剧、小说、散文翻译集不下一百三十种"④。论者详尽地分析了高尔基的翻译热潮与中国左翼文学运动的关系，指出："'高尔基热'在中国的形成是与中国革命，特别是中国左翼革命文学运动紧紧地联系在一起的，高尔基的领袖和导师地位在中国文坛的确立也是与中国革命，特别是左翼革命文学运动紧紧地联系在一起的，他的形象和作品对中国革命和中国现代文学的发展有着特殊的影响和作用。""高尔基在三四十年代中国文坛的地位和影响，只有逝世后的鲁迅才可与之比肩。"⑤

也正是在苏联把高尔基看成是"世界上空前的最伟大的政治家的作家"的背景下，中国现代文坛也出现了把鲁迅比成"中国的高尔基"的说法，并迅速成为文化人的共识。连史沫特莱在《中国的战歌》一书中都曾经提及鲁迅是"中国的高尔基"："鲁迅是一位伟大的作家，被一些中国人称作中国的'高尔基'，但是在我看来，他实际上是中国的伏尔泰。"称鲁迅是"中国的伏尔泰"或许是更高的评价也未可知，但显然，文坛更认同鲁迅是"中国的高尔基"的命名。而鲁迅和高尔基在同一年去世，更为两个作家之间的类比增加了一种必然性。1936 年的《中国文艺年鉴》即给鲁迅和高尔基各做了一个"哀悼特辑"，两个人篇幅也相差无几。

而在文坛把鲁迅塑造成"中国的高尔基"的过程中，瞿秋白起到了关键作用，这就是瞿秋白在《鲁迅杂感选集》序言中所完成的历史性使命。在序言开头，瞿秋白引用了卢那察尔斯基的话：

> 象牙塔里的绅士总会假清高的笑骂："政治家，政治家，你算得什么艺术家呢！你的艺术是有倾向的！"对于这种嘲笑，革命文学家只有一个回答：

---

① 转引自罗果夫、戈宝权编：《高尔基研究年刊（1947）》，第 217 页，上海：时代书报出版社，1947 年版。
② 寒峰编：《中译高尔基作品编目》，载 1936 年 6 月 25 日《光明》第 1 卷第 2 号。
③ 戈宝权：《高尔基作品中译本编目》，见罗果夫、戈宝权编：《高尔基研究年刊（1947）》，第 217 页。
④ 李今：《二十世纪中国翻译文学史·三四十年代·俄苏卷》，第 128 页。
⑤ 同上书，第 129 页。

你想用什么来骂倒我呢？难道因为我要改造世界的那种热诚的巨大火焰，它在我的艺术里也在燃烧着么？①

这番话出自瞿秋白译《高尔基创作选集》中的原序，即卢那察尔斯基写的《作家与政治家》一文。原文称："高尔基是一个政治家的作家，他是这个世界上空前的最伟大的政治家的作家。这就因为在世界上以前不曾有过这样巨大的政治。所以这样的政治一定要产生巨大的文学。"②

瞿秋白也正是在"政治家的作家"的意义上理解鲁迅的。在这篇近两万言的序言中，把鲁迅与高尔基进行类比是瞿秋白写作中的一大关键策略，堪称具有战略性的眼光：

> 革命的作家总是公开地表示他们和社会斗争的联系；他们不但在自己的作品里表现一定的思想，而且时常用一个公民的资格出来对社会说话，为着自己的理想而战斗，暴露那些假清高的绅士艺术家的虚伪。高尔基在小说戏剧之外，写了很多的公开书信和"社会论文"（Publicist articles），尤其在最近几年——社会的政治斗争十分紧张的时期。也有人笑他做不成艺术家了，因为"他只会写些社会论文"。但是，谁都知道这些讥笑高尔基的，是些什么样的蚊子和苍蝇！
>
> 鲁迅在最近十五年来，断断续续的写过许多论文和杂感，尤其是杂感来得多。于是有人给他起了一个绰号，叫做"杂感专家"。"专"在"杂"里者，显然含有鄙视的意思。可是，正因为一些蚊子苍蝇讨厌他的杂感，这种文体就证明了自己的战斗的意义。鲁迅的杂感其实是一种"社会论文"——战斗的"阜利通"（feuilleton）。谁要是想一想这将近二十年的情形，他就可以懂得这种文体发生的原因。急遽的剧烈的社会斗争，使作家不能够从容的把他的思想和情感镕铸到创作里去，表现在具体的形象和典型里；同时，残酷的强暴的压力，又不容许作家的言论采取通常的形式。作家的幽默才能，就帮助他用艺术的形式来表现他的政治立场，他的深刻的对于社会的观察，他的热烈的对于民众斗争的同情。不但这样，这里反映着五四以来中国的思想斗争的历史。杂感这种文体，将要因为鲁迅而变

---

① 何凝（瞿秋白）编：《鲁迅杂感选集》，第1页，上海：青光书局，1933年版。
② 卢那察尔斯基：《作家与政治家》，见萧参（瞿秋白）译：《高尔基创作选集》，第8页，上海：生活书店，1933年版。

成文艺性的论文（阜利通——feuilleton）的代名词。自然，这不能够代替创作，然而它的特点是更直接的更迅速的反映社会上的日常事变。

瞿秋白一方面强调的是鲁迅、高尔基二人都从事"社会论文"的写作，创作的是战斗的"阜利通"，另一方面则是在"革命的作家总是公开地表示他们和社会斗争的联系"这共同的大前提下，运用类比修辞的方式把鲁迅确立为"中国的高尔基"。

也许，当瞿秋白把鲁迅推到中国文学和政治舞台的前台高光处，推出一个"中国的高尔基"的同时，潜意识里自己充当的正是卢那察尔斯基的角色——瞿秋白也的确无愧为"中国的卢那察尔斯基"。

而当瞿秋白把鲁迅推到一个堪与高尔基比肩的高度的同期，鲁迅对高尔基的推重与理解也达到了一个新的高度。

在外国作家中，或许鲁迅对高尔基最有惺惺相惜的伙伴般的亲近感。鲁迅1933年5月9日写信给邹韬奋说："今天在《生活》周刊广告上，知道先生已做成《高尔基》，这实在是给中国青年的很好的赠品。我以为如果能有插图，就更加有趣味。我有一本《高尔基画像集》，从他壮年至老年的像都有，也有漫画。倘要用，我可以奉借制版。制定后，用的是那几张，我可以将作者的姓名译出来。"[1]字里行间可以见出鲁迅对高尔基的热情。而在鲁迅《译本高尔基〈一月九日〉小引》，为自己翻译的《俄罗斯的童话》写的小引以及自己亲自写的《俄罗斯的童话》广告语[2]等文字中，更可以见出鲁迅对高尔基知音般的理解和洞见。

与斯大林试图塑造的一个具有鲜明政治化符号色彩的高尔基不同，鲁迅在《译本高尔基〈一月九日〉小引》中强调的高尔基是一个"'底层'的代表者，是无产阶级的作家"，是"用了别一种兵器，向着同一的敌人，为了同一的目的而战斗的伙伴"[3]。这与田汉所说高尔基是"广大被压迫民众的'灵魂的工程

---

[1] 鲁迅：《330509 致邹韬奋》，见《鲁迅全集》第12卷，第175页，北京：人民文学出版社，1981年版。

[2] 鲁迅自己亲自写的《俄罗斯的童话》广告语最初印入1935年8月上海文化生活出版社出版的《俄罗斯的童话》一书版权页后，未署名。1935年8月16日鲁迅致黄源信中说"《童话》广告附呈"，即指此篇。《俄罗斯的童话》，高尔基著，内收童话16篇，俄文本出版于1918年。鲁迅据日本高桥晚成译本译成中文，由文化生活出版社列为《文化生活丛刊》第三种。参见《鲁迅全集》第8卷，第458页注释。

[3] 鲁迅：《译本高尔基〈一月九日〉小引》，见《鲁迅全集》第7卷，第395页。

师'"①意思是相似的，但是鲁迅的表述中更有亲切之感，像述说一个战友或者同伴。或许鲁迅在高尔基的身上也见出了自己的影子，比如鲁迅这样评价高尔基著作的命运："从此脱出了文人的书斋，开始与大众相见，此后所启发的是和先前不同的读者，它将要生出不同的结果来。"或许鲁迅自己30年代的杂文转向的一个内在原因，正蕴含在他评价高尔基的这段话中。鲁迅30年代的杂文或许期待的正是"和先前不同的读者"，由此也期待"将要生出不同的结果"。

鲁迅在给自己翻译的《俄罗斯的童话》写的小引中称："这《俄罗斯的童话》，共有十六篇，每篇独立；虽说'童话'，其实是从各方面描写俄罗斯国民性的种种相，并非写给孩子们看的。"②这个意思在鲁迅自己写的广告词中被重新予以强调，也说是给成人读的，"可恨做得太出色，太恶辣了"。"所写的却全不像真的人，所以也不像事实，然而这是呼吸，是痱子，是疮疽，都是人所必有的，或者是会有的"。这番话恰像鲁迅谈自己的小说及杂文创作笔法一样。或许也只有这个"中国的高尔基"才能真正触及"原版"高尔基的艺术精髓，以及高尔基所创造的"人所必有的，或者是会有的"——一个经由可能性而通向必然性的——世界的深处。

（吴晓东）

30年代回眸初期白话诗

初期白话诗稿

刘半农先生以所藏新青年杂志时代之中国白话诗初期作者之原稿精印一册，由北平星云堂书店出版，实为新文学文献之珍品。兹转印三页，（1）沈尹默写自作诗《三弦》，（2）胡适写自作诗《除夕》，（3）周作人写鲁迅

---

① 田汉：《高尔基的飞跃》，见《田汉文集》第14卷，第547页，北京：中国戏曲出版社，1987年版。

② 鲁迅：《俄罗斯的童话·小引》，见《鲁迅全集》第10卷，第399页。

诗《人与时》。

（原载1933年8月1日《现代》第3卷第4期）

《初期白话诗稿》的精装本

刘半农编。　民国二十二年北平琉璃厂南街星云堂书店影印流通。
实价：棉边纸本一元六角，毛边纸本一元。

　　北平友人，越来越阔。信笺是"唐人写《世说新语》格"的，请帖是琉璃厂荣宝斋印的，图章是古雅大方的，官话是旗人老妈调的。这本用珂罗版印的《初期白话诗稿》，也是一样精致可爱的。深蓝的封面，洒金的红签，洁白的纸质，美丽的装潢，都令人爱惜。但是这并不是挖苦的话，因为它的内容是胡适、李大钊、沈尹默、沈兼士、陈独秀、周作人、陈衡哲诸人《新青年》时代的笔迹——"唐俟"（即鲁迅）之诗稿是周岂明代钞的，尤为宝贵。这类笔迹，虽然装潢美丽也是应该的，几百年后，也许可与道、咸、同、光名人手札，明代经师手简一样地有古董的价值。

（林语堂撰，引自《林语堂文集》第10卷，第384页，
北京：作家出版社，1996年版）

《初期白话诗稿》书影

　　林语堂写的"广告"，殊为难得。一开口便说"北平友人，越来越阔"，自有调侃的意味；但写着写着，便严肃起来，因为所要评介的《诗稿》是胡适诸人"《新青年》时代的笔迹"，林语堂虽出山稍晚，也是圈子中人。

　　他是带着情感去欣赏的，首先击节叫好的是装潢的"精致可爱"。此刘编《诗稿》确实处处都显出讲究。林氏描述的"深蓝的封面，洒金的红签，洁白的纸质"不说，扉页即系马衡题签，并钤有菱形朱文印章。马衡，字叔平，是当时联袂执教于北京大学著名的马氏三兄弟之一，时正主掌故宫博物院。书前为刘半农特地用当年《新青年》专用稿纸手书《目录》及《引言》，下署"中华民国二十一年十二月廿八日　半农刘复书于平寓之含晖堂"。诗稿均据原稿大小、原色影印，"不仅如实地保留了作者书翰的神韵，而且逼真地再现了这些诗人所用的五色杂呈的笺纸，其中有印着'国立北京大学'（或'北京大学用笺'）一行篆字的朱丝栏信笺，有行距宽阔、气概不凡的绿格《新青年》稿纸，（红格'北京大学讲义稿'纸），有署'积跬步斋'的'清艺文志第一次稿本'专用纸，甚至也有巴掌大的明信片"[1]。这些墨迹及笺纸，后人来看，自然都成了宝了。林语堂说，"几百年后，也许可与道、咸、同、光名人手札，明代经师手简一样地有古董的价值"，诚哉斯言，而且似乎不用等到几百年后。

其实，讲究书的装帧，喜欢出线装书，已经是刘半农的一个嗜好。他自己出的第一本诗集《扬鞭集》，就是用连史纸中式排印，纸拈装订，蓝泥印；唐弢先生在其《书话》里，谈到此书时，用了"精致异常"四字评语。据说，刘半农先生也因此受到一些进步青年的抨击，斥为陈尸人的装束。[2]那么，刘半农是旧习不改了。有此"旧习"的，也不止刘半农一人。俞平伯的诗集《忆》，徐志摩的《志摩的诗》都是线装，《忆》还是手书。徐志摩遇难，后人为他编《爱眉小札》，由良友图书公司印行，也是手札影印，在版权页上还特地写明："真迹手写本限定印一百部每部实售国币二元"，这样的版权页就很珍贵。[3]还有"新月"诗人于赓虞的《晨曦之前》，1926年10月由北新书局印行，"线装毛边纸印，每页九行，框以黑边，诗题页码居框外，卷首及卷末各题诗四句，红泥印，版式极为讲究"。后来此书再版时，改为洋装道林纸印，便顿感逊色了。译书用线装本的也不少见。中华书局就出过泰戈尔的《飞鸟集》、梵乐希的《水仙辞》线装本。新文人作旧体诗，用线装本的，为数更多，沈尹默的《秋明集》、刘大白的《白屋遗诗》都是。[4]

---

[1] 胡从经：《新诗人的鸿爪，先行者的足迹——〈初期白话诗稿〉》，见《柘园草》，第485页，长沙：湖南人民出版社，1982年版。括号内的文字系引者所补充。

[2] 参看唐弢：《〈扬鞭集〉无后》、《线装诗集》、《晦庵书话》，见《唐弢文集》第5卷，第753页、373页，北京：社会科学文献出版社，1995年版。

[3] 张泽贤：《线装书的版权页》，见《书之五叶：民国版本知见录》，第293—294页，上海：远东出版社，2008年版。

[4] 参看唐弢：《线装诗集》、《线装诗集补叙》、《晦庵书话》，见《唐弢文集》第5卷，第373—375页、742—743页。

当然，林语堂与读者更为在意的，还是《初期白话诗》的文献价值。刘半农作为编者在《引言》里就有相当精当的说明。我们不妨作一些摘录："说到正式提倡要用白话作诗，却不得不大书特书：这是民国六年中的事。从民国六年到现在，已整整过了十五年。这十五年中国国内文艺界已经有了显著的变动和相当的进步，就把我们这般当初努力于文艺革新的人，一挤挤成了三代以上的古人，这是我们应当于惭愧之余感觉到十二分的喜悦与安慰的；同时我以为用白话诗十五周年纪念的名义来印行这一部稿子，也不失为一种藉口罢。"他因此将当年的白话诗比作"以鞋子里塞棉絮的假天足，和今日'裙翻鸵鸟腿'的真天足相比，那算得了什么东西呢？然而假天足的解放史可以占到一个相当的位置，总还是事实"。——把白话诗的创作历史看做是足的解放史、思想与文体的解放史，这概括和总结是准确的。

刘半农因此回忆了当年创业的艰难："在民国六年时，提倡白话文已是非圣无法，罪大恶极，何况提倡白话诗。所以适之诗中有了'两个黄蝴蝶'一句，就惹恼了一位黄侃先生，从此呼适之为黄蝴蝶而不名；又在他所编的《文心雕龙札记》中大骂白话诗文为驴鸣狗吠"，"卫道的林纾先生却要于作文反对之外，借助于实力——就是他的'荆生将军'，而我们称之为小徐的徐树铮。这样，文字之狱的黑影，就渐渐向我们头上压迫而来，我们就无时无日不在栗栗畏惧中过活"。——这都是真实的历史，大概是不能忘记的吧。

在谈及所保留的墨迹的意义时，刘半农特意提到李大钊、陈独秀的手稿："李先生已在几年前做了牺牲，陈先生目下正在他的看守所生活，这两首诗稿就愈见珍贵了。"又说到鲁迅的诗稿是周作人代抄，鲁迅自己写了个名字，"现在岂明住在北平，鲁迅住在上海，恐怕不容易再有那样合作的机会，这一点稿子，也就很可珍贵了"。连说两个"珍贵"，是包含了无尽的情意的。

我们还可以作一点补充。朱自清在《中国新文学大系·诗集·导言》里说，"新诗第一次出现在《新青年》四卷一号上"，其中有胡适的《鸽子》和《一念》。如今这两首诗的手稿都收入《诗稿》里，而且我们从中还得知，《一念》原题"唯心论"，《鸽子》则是胡适对刘半农的《大风歌》的回赠。第4卷第1号里，还登载了刘半农的《相隔一层纸》，大概是因为刘半农的编者身份，就没有收入，是有点遗憾的。《诗稿》里有三首同题诗，即沈尹默的《除夕》、胡适的《除夕诗》和陈独秀的《丁巳除夕歌》。胡适诗中透露："除夕过了六七日，忽然有人来讨除夕诗",那么,是有人组稿的,并同时发表在《新青年》第4卷第3号,看来是《新青年》同人的一次集体写作;组织者应该就是刘半农,他在《除夕诗》专栏里,也写了一首,说除夕"这天我在绍兴县馆里",和"主人周氏兄弟"筹谋在《新青年》作一番战斗。——但这也都是"当年事"了。编印《初期白话诗稿》时,刘半农已经和鲁迅分道扬镳,但友情依存,《诗稿》出版后,刘半农托台静农代寄白纸本五册赠鲁迅,鲁迅保存两本,其余则转赠许寿裳、茅盾等友人。

(钱理群)

9月

现代书局首创编写《中国文艺年鉴》

现代书局最近新书

中国文艺年鉴(第一回)　实价一元六角　一九三二年

《中国文艺年鉴(1932)》书影

本书系中国文艺年鉴社编辑,为中国首创唯一之文艺年鉴。全书分三部:第一部为"一九三二年中国文坛鸟瞰",第二部为"一九三二年中国创作选",分短篇小说、诗、戏曲、散文四目,将去年创作界之精华全部收录,第三部为一九三二年中国作家著作编目,及一九三二年出版文艺书籍编目,尤便读者。全书八百余页,皇皇一巨帙,只售一元六角,凡加入现代读书会者,得赠阅一册。

(原载1933年9月1日《现代》第3卷第5期)

现代中国编写《文艺年鉴》自1933年始,所编为1932年发生的文学作品及与作家相关的著作资料。如果今后我们不能再找到其他比它更早的《年鉴》,那么此书所标明的"第一回",以及广告中所使用的"首创"或"唯一"的字样,也就算如实了。全书用"中国文艺年鉴社"的名义编辑,据说是现代书局的杜衡、施蛰存两人编的。① 书前置《中国文艺年鉴创刊缘起》短文,其中谈及本年鉴的编写宗旨"是企图给我国文艺界每年摄一帧清晰的照

---

① 参见《怎样编制"文艺年鉴"》一文的注释①,见《茅盾全集》第19卷,第507页,北京:人民文学出版社,1991年版。

片"；回顾了近年来各家书店所出类似"年鉴"的《小说年鉴》、《新诗年选》、《小说年选》等书籍，指出"单是选录作品，这决不成为年鉴"；因而决定了本年鉴的基本编法，在选录作品之外要有全年的简明总结，即作一"鸟瞰"式文字，要给这一年出现的作家作品情况包括单行本、杂志报章的初刊、新出版的文艺书报等，作一索引。我们可以看到，这种从国外引进的"文艺年鉴"样式，是一种让读者在文学现象刚刚逝去的一刻，立即加以把握，帮助读者迅速掌握上一年文学概况，以作文学史积累的方式，其时略具规模，有了点雏形。

该年鉴对于1932年文学总图的描述，在那个年代应当说是较为全面的。这就是广告所说的"第一部"《一九三二年中国文坛鸟瞰》（下称《鸟瞰》）。《鸟瞰》为杜衡所写，他在施蛰存、刘呐鸥、穆时英这个"海派"圈子里以批评家著称（虽然也写过小说散文），与施蛰存共同编辑《现代》，现代书局不编年鉴则罢，要编年鉴，要对1932年度做文坛总评，他自是合适的人选。但要求他不带自己的流派观点、纯客观，也是很难做到的。《鸟瞰》认为这一年的文艺总的说来是"衰落"。原因是日本侵略所造成的对"文化中心的上海"的破坏。"最初四个月之间根本没有文坛"，"一·二八战事"摧毁了文化机关（虽然没有点出中国最大的出版机关商务印书馆的大楼、厂房、图书馆被炸毁，但却是人人都知道的事），出版中断，发行网络被截止。其中举出最大的文学损失有两宗：一是"一九三一以来硕果仅存的文艺刊物《小说月报》与《北斗》的停顿"。《北斗》后来还恢复了两期，"而有几十年历史的《小说月报》却竟至到现在没有复活的可能"。一是战时文艺作品除极个别以外，差不多被"礼拜六派"的作品所占据。后者可参见阿英的《上海事变与鸳鸯蝴蝶派文艺》一文，它代表了当时新文学阵营对此事的基本看法。关于文坛的恢复，举了《现代》、《文学月报》的创刊，但与1929年上海一地就有"二十多种重要的纯文艺刊物"相比，还是太少了。《鸟瞰》进一步指出，战争带给文艺的只是"暂时的间断"，而"一般社会经济的衰落"引起文艺市场不振及知识分子的普遍失业，才是衰落的"主要原因"。此外"当局检查出版物的日趋严厉"，"政治势力的干涉"也是另一原因。《鸟瞰》认为，除了"民族主义文学家"，甚至连并非左翼的郁达夫也受到检查官注目，左翼的《北斗》、《文学月报》更在当年遭禁。我们可以从这一部分的《鸟瞰》内容，体会到本年鉴较接近于早年受马克思主义影响、后又倾向自由主义的"海派"观点。

《鸟瞰》对 1932 年的理论活动，追溯至 1928 年后，认为由"理论争执的重心的左翼文坛"发起，经历了盛极一时——零星消沉——重新兴起的过程。这一过程围绕着两个"问题中心"。一是"文艺大众化"讨论，提到史铁儿、宋阳（都是瞿秋白）的《大众文艺的问题》，周起应（周扬）的《关于文学大众化》，认为原则上是对的，但质疑两点：对五四白话不能否定太过，而且不能叫整个文艺都从大众旧文艺重新进化一遍作出发点。引用了止敬（茅盾）的《问题中的大众文艺》的不同观点。同时提出苏汶（杜衡）、鲁迅围绕连环画问题的争议。这场讨论最大的缺点是没有产生大众文学作品来予以支持。二是"文艺创作自由"即所谓"第三种人"的讨论。围绕文艺和政治的关系列出了 1931 年年尾以来胡秋原的《阿狗文艺论》、《勿侵略文艺》，苏汶（杜衡）的《论文学上的干涉主义》，以及左翼理论家的驳斥等文。评述避开了鲁迅，而以何丹仁（冯雪峰）《关于第三种文学的倾向与理论》中所称的"各种作家有极端充分的创作自由"为结，并承认不能说确实解决了问题。

至于《鸟瞰》对 1932 年文学创作的认识，可见当年运用创作方法来分析作家作品的强势。概括为："罗曼主义或一切跟罗曼主义类似的主观主义的衰落和客观的现实主义的抬头。""衰落"举了蒋光慈、郁达夫、郭沫若。郁达夫的复出提到《她是一个弱女子》和《东梓关》（没有更重视同年写的《迟桂花》），不能再掀起波澜"是这时代已经容受不了这一类隽永的，但是纤弱的艺术品的原故"。而巴金的突起，显示了抒写感情可以"把个人的，特殊的，扩大到全人类"，"文学上的罗曼主义是因了巴金才可能把寿命延续到一九三二年以后去"。至于"抬头"，它指出半数以上的创作可归向现实主义，尤其是左翼。对茅盾的评价极高，举《春蚕》、《林家铺子》为例说"缺乏鼓动性"正是其优长的地方。这样无形中就将茅盾超出左翼来批评了。对丁玲认为她没能突破《水》的高点，往往由切身的刺激而形成对政治的热情，而《夜会》、《消息》是"运用得不确当的政治热忱损坏了对现实的认识的好例子"。其他提到蓬子、魏金枝、新人沙汀和东平，而对张天翼给予"横溢的才气"、"比任何人都更是独创"的评价，说他在左翼作家中"仅次于茅盾"。在所谓"人生的"现实主义作家中低调地提出鲁迅、叶圣陶，却过誉地推崇杜衡，失了水准。

现实主义之外，用"Stylists"来代表"专注力于文字"的一派作家。首举的是沈从文。沈从文和张天翼一样，"是不容许才力赶不上他的人们模仿的"。

而施蛰存以《夜叉》为例,指认他"是把弗罗伊特的学理运用到作品里去的中国第一个作家"。这个评价在50年后才被我们普遍接受。而说施蛰存被"误解为新感觉派"也是作家本人始终一贯的意思,到今天仍能提醒我们去分辨施蛰存和穆时英的不同。关于废名(冯文炳),提到这年发表的《桥》和《莫须有先生传》两个长篇,说他是"最最肆力于文章者",也算确评。最后是在"都会主义文学"旗帜下评价"近来中国文坛上重要姿态之一"的作家,即是如今被称为"新感觉派"的一群。刘呐鸥这年仅有《赤道下》一篇,但回溯了他的创作《都市风景线》和翻译《色情文化》,认为他是"这一派在中国的开山祖"。叶灵凤是"本年度开始转向这种近代倾向的作风来"的作家。而穆时英更是从《南北极》的倾向移到新形式的创造上,赞美他具有"现代性的灵魂"。这些小说评论最大的遗漏是对老舍的漠视。

小说之外的年度评价,诗歌分成三派。归入"象征诗派"的有其创始者李金发,有在1932年诗坛上大放光芒的戴望舒和尝试写作"意象抒情诗"的施蛰存。归入"新月诗派"的是承已故诗人徐志摩遗风,却无复当年盛况的诗人饶孟侃、陈梦家、卞之琳、朱湘等人。属于"新兴阶级诗派"的,认为已无代表诗人,只剩从象征派转过去的蓬子。散文小品稀少,提到写《故乡杂记》的茅盾,老作家周作人、俞平伯,早夭的梁遇春,以及叶灵凤、缪崇群等。话剧的状况,认为在时代刺激下社会题材剧大盛,而艺术性剧作酝酿数年后终于流产。田汉所作仍充满通俗罗曼气氛,洪深写出了现实剧《五奎桥》可称年度话剧代表作,其他还有白薇、适夷等。全篇《鸟瞰》以不预言今后的文坛发展趋势,告一结束。

第二部年度创作选,占了年鉴绝大部分的篇幅,实在太多了。短篇小说大部是精品,选了茅盾的《林家铺子》而未选《春蚕》。选了沙汀却没有选艾芜,而从当年左翼接受这两个同步写作的青年文学家的角度看,本来艾芜是在沙汀之前的。少数作品如《溺》(靳以)、《怀乡病》(杜衡)如今已被湮没。诗歌确立了戴望舒的地位,沈祖年今已默默无闻。散文将周作人、茅盾、梁遇春置于前列。剧本选田汉,而蒋本沂的《一条战线》在今日几乎佚亡。

第三部作家及出版索引,从作家与著作两个角度分列书名、篇名目录。这里面会有重复或缺漏,是可理解的。书籍类除创作外,有翻译、理论、综合集和史传评传等,算得全面了,但书籍外所缺仍多,如缺文学报刊目录(至少应有重点文学报刊、新的文学报刊目录），缺文学评论目录和评论选文，缺文学社团目录和新建文学社团介绍，缺一年文学大事记等，显露了"第一回"编年鉴的仓促处、幼嫩处。作家名中注意列出笔名，常用的笔名如丁玲的"彬芷"、"丛喧"，沈从文的"红黑旧人"，周扬的"绮影"，叶圣陶的"郢人"等，都是很有价值的资料。我们可以从索引轻易看到这一年的文学创作量，了解每个作家的近作，发现"鸟瞰"、"创作选"中有所忽略的内容。如鲁迅这年出版了《三闲集》、《二心集》，让我们发现作品选未采杂文的显著问题。如发现《鸟瞰》中未提老舍的《猫城记》、王文显的《委曲求全》，可能包含着当年对幽默和喜剧的轻视。

全书设计上，编者自己就承认仅有"文艺"之名，而无"艺术"方面内容的缺陷，但仍坚持不用"文学年鉴"书名，恐是为"第二回"留下补余的空间吧，但可惜并没有"第二回"了。现代书局出版该书后受到左翼的猛烈批评，便缩了回去。仅茅盾就写了《怎样编制"文艺年鉴"》、《一张不正确的照片》两文。揭出此《年鉴》粗疏不完善的地方并没有错，但当年左翼的立场也很难比"海派"客观，则是显然的。应当看到现代书局的此项首创，留下了时代的面影，影响还是积极的，后来北新书局有杨晋豪编辑的《1935年中国文艺年鉴》、《1936年中国文艺年鉴》出版，便是它的延续。不过这些《年鉴》均不成系统，不能一年一年地坚持编下去，终于成了断尾巴的蜻蜓。

（吴福辉）

叶圣陶为巴金写广告谈《家》的典型性和成书过程

巴金著　《激流》第一部《家》

著者在《激流》的总序中这样说："在这里我所欲展示给读者的乃是描写过去十多年间的一幅图画。自然这里只有生活的一小部分，但已经可以看见那一段由爱与恨，欢乐与受苦所组织成的生活之激流是如何地在荡动了。"在本书的后记中这样说："这只是一年以内的事，……然而单从这一年内大小事变的描写，我们已经可以看到一个正在崩坏的资产阶级的家庭底全部悲欢离合的历史了。这里所描写的高家正是一个这类家庭底典型，我们在各地都可以找到和这相类似的家来。"从这两段话中，我们可以知道这本书的内容如何值得注意了。全文曾经在一九三一年《时报》上发表，共二十余万言。现经作者增删修改，排印成单行本，读者连续读去，一定比从报纸上逐日读一小段更能得到此书的妙处。

（原载1933年9月1日《中学生》第37号）

巴金《家》书影，开明书店版。

《家》是巴金前期的代表作，在中国现代文学史上也是印数最多、影响最大的长篇小说之一。这篇叶圣陶为《家》的开明初版本所写的广告词，运用作者的自述来介绍它的基本内容，十分得当（巴金是现代作家中谈论自己作品最多的一位）。一句表现"一个正在崩坏的资产阶级的家庭底全部悲欢离合的历史"，只要将"资产阶级的家庭"换做作者后来改的"封建大家庭"，就完满了。不过这里已经露头的"激流"名称，和总序称原想写"十多年间"的生活，后记说结果只写出"一年以内的事"，却把《家》的构思、写作过程的曲折性从一个角度反映了出来。

世人现已知道，《家》是依照巴金从小生活过19年的成都北门正通顺街的老家，一个四世同堂的官僚地主家族生活为原型而写成的。写的目的不是为了当作家，而是为了代那些在封建礼教、宗族制度压迫下，接受摧残、凌辱和不幸婚姻的男女们，道出他们血泪般的痛楚，为包括自己的一代青年发出巴金式的"我控诉"！写这一切，他酝酿已久。1928年11月巴金从法国马赛回上海途中，在邮船的四等舱里便开始思考，打算写这部小说。那时他已将在法国写的处女作长篇《灭亡》第一次用"巴金"的笔名寄往国内，而且并不知道朋友会将它推荐给《小说月报》的代理主编叶圣陶去发表。他把这部拟写自己家族的小说起名为"春梦"，试着涂抹了几个片断。1929年他在上海见到前来探视他的大哥，两人谈起过《春梦》。他大哥回到成都还写信来表示支持，说"我家的历

1929年巴金（后）与大哥在上海合影

史很可以代表一切家族的历史",本是自己也想写的,但写不出,现在听说弟弟能写便要向他鞠躬致敬了。①到 1931 年,巴金在无政府社会主义思潮中认识的一位学世界语的朋友,替上海当时的大报《时报》副刊编辑来约他写连载小说。他意识到这是一个机会,便答应下来。其时他并无全书大纲,没有想好所有的人物及故事结尾,只是写了篇上面提到的总序与前两章"两兄弟"、"琴",交给报纸试看,通过后便在当年 4 月开始在《时报》第 5 版登载,题目也由"春梦"改成"激流"。连载期间还没有"家"这个名字。巴金当年租住在上海闸北宝山路宝光里 14 号一幢二层石库门房子里,边写边发表,写毕第六章"做大哥的人",却收到老家的电报:大哥服毒自杀。在那个怀念的日子里,巴金更加强了书中以大哥为原型的"觉新"的描写。悲愤的情绪在他胸中燃烧,《家》的生活图景和活生生的人物仿佛在借他的手来说话,来行动。他并不完全清楚下一节的故事如何,只任凭人物按自身的性格往下发展,落到稿纸上的文字如流水一般流淌,眼前最大的敌人是吃人的封建制度和它的代表人物,写得痛苦的是委曲求全的觉新,痛快的是觉慧终于出走。这样,一年后报纸连载完毕。完篇时写了前面广告所引的后记,一计算书里的情节仅发生在 1920 年冬到 1921 年夏末的一年内,离写十年的预计差得老远了。也才确定这是《激流》的第一部,定名为"家"。他在后记里还说:"用了二十三四万字我写完了一个家庭底历史,假如我底健康允许我,我还要用更多的字来写一个社会底历史,因为我底主人公是从家庭走进社会里面去

---

① 转引自巴金:《关于〈激流〉》,见《巴金自传》,第 136 页,南京:江苏文艺出版社,1995 年版。

了。如果还继续写的话，第二部底题名便是《群》。"①这个《群》后来巴金曾经写过几页，终于停下了，没有专去写觉慧走入社会后的经历，反是仍回到《家》的后事上来。1936年到1937年他写了《家》的续篇《春》，1939年到1940年写了《秋》。到《家》、《春》、《秋》出齐，才有了"激流三部曲"的总称，但如论长篇的成就，《春》、《秋》仍远在《家》之下。

《家》主题的典型意义无可置疑。第一，这是一个"崩坏"的家。高老太爷、冯乐山等在这个"家"里维持着封建伦理的陈规，有着最高的经济、道德、话语的生杀权力，专横地反对一切新事物。觉新的理想毁灭，对梅的爱情遭摧残，与瑞珏的婚姻等都操纵在他们手里。也是他们阻止小辈参加进步的社会活动，拆散了觉慧与丫环鸣凤，造成鸣凤投湖自尽。叔辈的克明、克安、克定，或充伪善的封建卫道士或明目张胆地男盗女娼，从两个方面瓦解着封建家庭的根基。直到高老太爷已死，还阴魂不散，以血光之灾为名酿成瑞珏难产身亡的悲剧。青年一代的苦难，造就了他们逐步走上叛逆、反抗的道路；封建家族的每一罪行也等于在挖自己的坟墓，为自己制造掘墓人。第二，腐朽的"长子"继承制度，在日薄西山的背景下使《家》里的觉新沦为牺牲品。觉新这个人物是《家》中刻画得最深刻的形象。他的地位决定他要服从高老太爷为他安排的不继续求学深造，反要早生重孙的命运。他受到五四的启蒙，本该有所作为，但他善良、懦弱、妥协，既受到叛逆的弟妹们同情性的谴责，又在大家庭的倾轧、斗争、崩溃中勉强挣扎，执"作揖主义"、"不抵抗主义"，希图通过自己的牺牲来维持住封建大厦之将倾，但已于事无补。而"长子"形象的深远含义令人思索，比如在整个人类中占据古老文明位置的民族国家包括中国在内，现在都处于后发达的状态，这与它们夹在古老和现代之间背负沉重的包袱（如鲁迅说的"先前也阔过"）息息相关。摆脱历史的"长子"地位，正是现代"觉新"面临的命题。那就是第三，离家，走出家，显示出恒久的寓意。它过去曾激励了千万青年人打破旧家的牢笼、藩篱，奔向光明，奔向革命和新社会的建设。觉慧、觉民、琴的逐渐觉醒，终于迈出离家的一步，成为无数青年思考的出发点。加上读巴金小说会被其中如火的情绪裹挟，受感情大于理性的文字冲击，他的作品便成了自五四创造社以来一直持续着

---

① 巴金：《激流〈后记〉》，转引自陈思广编著：《中国现代长篇小说编年（1922.2——1949.9）》，第108页，成都：四川大学出版社，2008年版。

"青春气息"（少了创造社唯我独革的霸气和才子气）的读物，成为引导几代青年走向社会的前灯。多少年来，人们都在《家》的魅力面前感到迷惑：为什么一部作者自己也一再声称"无技巧"的小说，故事不吸引人，人物刻画和文字运用不能说是上上乘的，却能被几代青年读者热情接受？上述三点的意义就不可忽视。《家》的经典性由此产生，并影响了此后的文学潮流。单是"家族小说"一项，即可溯源至《红楼梦》（确实有人做过《家》与《红楼梦》的比较研究），下伸到端木蕻良的《科尔沁旗草原》（1939）、林语堂的《京华烟云》（中译本又名《瞬息京华》，1940）、路翎的《财主底儿女们》（共两部，1945—1948）、老舍的《四世同堂》（共三部，1946—1975）等，绵延不绝。

叶圣陶广告的后半部分特别提到《激流》（即《家》）在《时报》初刊时的情况，借此突出了单行本阅读的优越性。叶好像知道内情一样，给读者比较了初刊和初版之不同。实际上初刊《激流》是差一点被"腰斩"的。1931年4月18日开始连载时，编者称年轻的巴金为"新文坛巨子"，这种与叶圣陶广告语有天壤之别的夸张用词，透露了报纸对《激流》连载的极高期望值。小说逐日以一千字速度登载，巴金每周送一次稿大约够用十天到两星期，从未耽误过。登了6个月到瑞珏惨死，在未通知作者的情况下突然停载。这时编辑换人，新编者与巴金联系抱怨他写得太长。两个月后由于作者提出不要余文稿酬的办法，只求全书登完，问题方得解决。1932年1月26日编者于续载前发表《关于小说》，声称因发生"九·一八"沈阳事变多登国难新闻才造成暂停的。小说过长和国难新闻太挤这两条理由，后来成了巴金和所有传记作者都采用的解释，其实都中了《时报》的圈套。战争新闻占据版面造成紧张虽是事实，但一张商业性综合报纸是不会全部都登新闻的。后来恢复了连载，从1月26日到5月22日将《激流》载毕，时间上正值淞沪"一·二八"事变全程，家门口的战事报道比东北的"九·一八"还应紧张十分，却并不妨碍《激流》的载完。而据巴金回忆，他是在看到《时报》登了林疑今、沈从文的小说后才发现自己的小说停载的。我们看上海另一张比《时报》还要老牌的《新闻报》，1931年9月到1933年3月，也处在"九·一八"、"一·二八"两事件的全过程，也需多登战时新闻，但毫不影响它不停顿地连载张恨水并不出名的《太平花》。如说小说长度，《激流》的字数与《太平花》相当。再看同时间连载张恨水《金粉世家》的北平《世界日报》（北平离沈阳"九·一八"更近），那部小说是110万字，却不受战时影响照登不误。可见关键在于报纸连载小说的本意是什么，这个目的达没达到。只要小说能促进报纸的销量，时局和长度就都不在话下。我们现在得不到《时报》连载《激流》后的销售实际数字，但可以想象并不理想。这不是一个爱国主义的时事宣传问题，而是个经济问题，所以巴金一旦不要余下的稿费，问题就迎刃而解了。但是接下来发生了怪事，1933年，《激流》改为《家》后由开明书店初版，这本小说立即热销了！粗粗统计，到1951年止，仅开明版的《家》就印了33次。其他的版本、盗印本蜂拥而起。到1951年后人民文学出版社每印都是几万到几十万册，《家》的总印量大概在千万册左右。以至于香港的司马长风在他的《中国新文学史》中称《家》是"中国自新文学诞生以来第一畅销小说"，此言不虚。那是为什么？只有一种解释：《时报》每日读千字小说的读者，与开明单行本读完整部现代长篇的读者，是截然的两批人。都市中逐日浏览报章小说的读者，是抱休闲态度的市民大众，而花钱购买《家》的读者，则是欲获取思想力量的广大青年，是处在幻灭和觉悟间正待选择道路的旧家庭出身的进步青年，是积极思考自己人生意义和价值的光明青年。或许市民读者在未来的岁月里也开始注意报端出现频率渐多的"巴金"，但也是在青年读者的带动之下了。叶圣陶所说的连续读，要比逐日从报纸读一小段更能得作品之精髓，正是分清了两种读者面向文学的不同情形。是这些青年成为巴金持久的有特色的读者群，参与了《家》作为一部经典作品的形成。

（吴福辉）

10月

《山雨》和王统照的创作道路

《山雨》广告

作者数年来未有长篇创作,去岁遂成此二十万言之巨制。书中描写近年来北方农村生活的动荡:外国资本势力的侵入,军匪的肆扰,捐税的繁苛,使诚朴的农民受尽苦难,逃入都市另求生路。作者着眼于经济力量之足以决定生活及意识,写农村崩溃之原因,至为详尽,并暗示农民不安而引起的社会转变,是时代呼声之新创作。

(原载 1933 年 10 月 1 日《中学生》10 月号)

1933年9月,开明书店郑重推出五四老作家王统照的长篇力作《山雨》:叶圣陶亲自校对,题写书名,并撰写广告词。但书刚出版,即被中央图书审查委员会认定其"宣传阶级斗争",由国民党上海市党部勒令禁止,经出版社再三交涉,删去第二十四至二十八章后,始得发行,初版本因此流布极少。[①]作者也上了黑名单,不得不于次年去了欧洲。

由此引发的问题是:国民党当局为什么要查禁《山雨》,而且特别要删去第二十四至二十八章?或许可以从当时的两篇书评,看到某些端倪。

当时在武汉大学任教的苏雪林发表评论,指出"《山雨》发表时,作者的学问阅历都比从前进步","倾向新写实主义的文学的写法比之他从前那些带着浪漫气氛的作品自不可同日而语"[②]。这里谈到了王统照的文学发展道路,我们也不妨作一点历史的回放。"王统照"的名字,第一次出现在报刊上,是1916年12月1日《新青年》第2卷第4号发表的他和陈独秀的通讯。此时王统照

[①] 唐弢:《〈山雨〉》,见《唐弢文集》第5卷,第493页,北京:社会科学文献出版社,1995年版。
[②] 苏雪林:《新文学研究》,第67—68页,国立武汉大学1934年印字第15号。

还是山东省立第一中学的学生,年仅 19 岁,就致书《新青年》,痛陈"今之青年"精神的沉沦,"统照窃以为吾国衰弱不振之原因","尤在青年好学性之颓丧"。陈独秀回复说:"来书疾时愤俗,热忱可感。中学校有如此青年,颇足动人中国未必沦亡之感。惟国中大多数人,缺乏进步向上之心。此问题甚大,似非报纸可医,且恐非教育可救也。"① 此后王统照的一生,就始终贯彻着陈独秀这里所说"疾时愤俗"、"进步向上"的精神。五四时期,他参与发起文学研究会,主编《晨报》副刊《文学旬刊》,是《小说月报》的主要作者。他在新文学第一个十年的主要创作有小说集《春雨之夜》、诗集《童心》等,都是苏雪林所说的"带着浪漫气氛的作品"。如茅盾《中国新文学大系小说一集·导言》所分析,他着力正面表现"'爱'与'美'的伟大力量",这一时期的代表作《微笑》,就是写一青年小偷,无意得到一位女犯人的微笑,就此得到精神的"超度"而成为一个勤苦的工人;但那超度了他的"微笑"本身却是"终身监禁",这又"象征地说明了因为'爱'与'灵'的化身尚未有'自由',所以人生的真、善、美的境地,还不能实现"②。王统照自己则说他的早期创作,"多从空想中设境或安排人物",故"重在写意"。③ 这就形成了一种独特的文学风格,即沈从文所说的"'哲学的'象征的抒情"④。正是这种将"哲学"、"诗"与"小说"融为一体的文体试验,成了王统照对第一个十年新文学的重要贡献。但"疾时愤俗"的王统照是不可能长时间沉湎于"简单的幻想"里的,他必定要"由轻飘飘的云絮里坠下来",落到真实的中国大地上。⑤ 因此,在王统照早期著作里,也就出现了《湖畔儿语》、《生与死的一行列》、《搅天风雪梦牢骚》这类表现下层人民不幸的现实之作。如茅盾所说,王统照"从理想的诗的境界走到《山雨》那样的现实人生的认识,当然是长长的一条路",而这些写实之作就是其间的"里程碑"。⑥ 这样的由"浪漫"到"写实"的发展在新文学作家中是有一定代表性的。此后写出的《山雨》,苏雪林说"倾向新写实主义的文学的写法",这也是

---

① 王统照:《致〈新青年〉杂志记者信》,原载 1916 年 12 月 1 日《新青年》第 2 卷第 4 号,引自《王统照全集》第 6 卷,第 2、3 页,北京:中国工人出版社,2009 年版。

②⑥ 茅盾:《中国新文学大系小说一集·导言》,见冯光廉、刘增人编:《王统照研究资料》,第 220 页,银川:宁夏人民出版社,1983 年版。

③ 王统照:《王统照短篇小说选集·序》,见《王统照研究资料》,第 162 页。

④ 沈从文:《论中国创作小说》,见《王统照研究资料》,第 218 页。

⑤ 王统照:《王统照短篇小说集·序》,见《王统照研究资料》,第 148 页。

王统照《山雨》书影，开明书店1933年版。

叶圣陶在广告里要强调的："作者着眼于经济力量之足以决定生活及意识，写农村崩溃的原因"，"并暗示农民不安而引起的社会的转变，是时代呼声的新创作"。这都显示了30年代王统照思想与政治上的左倾化，所受历史唯物主义历史观的影响，他终于像陈独秀所期待的那样，从更大、更根本的方面来思考中国的问题了。因此，《山雨》一出，就有左翼文学青年写读后感，"把《山雨》跟《子夜》并论：一写中国农村的破产，一写城市民族资产阶级的败落"，因此称"1933年为子夜山雨季"①。这自然就引起国民党当局的警惕，他们突然感到"这个平日忠诚纯朴的作家，对他们是个危险人物"，必要严加查禁了。②

关于《山雨》对中国农村问题的思考与描写，茅盾在书刚出即写出的评论里，有一个概括：小说所写的"大部分还是山东农民怎样'活不下'；二十二章以后，是写到怎样'另打算'了"，"故事的背景也从乡村移到帝国主义铁蹄下的都市了"③。小说因此精心选择了"除了在土里挣扎便什么都不知道的农民"奚大有作为主人公；但接踵而至的灾难，却使得奚大有最后也明白"'靠地吃饭'是不行了"，这意味着传统的中国农民已经被逼到了绝路，必须另找出路。乡亲们或当兵，或当土匪，都失败了；奚大有最后抛弃了对土地的依恋，来到城市，在之前已经进城当上了产业工人的老乡杜烈、杜英兄妹的影响下，开始思考："为什么自家的乡村是那样的衰落；为什么抵抗不了外国货"，产生了朦胧的反抗意识，小说就在"山雨欲来风满楼"的气氛中结束。④这样的描写与暗示，在30年代自然具有政治的尖锐性，国民党上海市党部坚持要删去最后五章，原因即在于

---

① 吴伯箫：《剑三，永远活着》，见《王统照研究资料》，第74页。
② 田仲济：《淳朴的性格，凝练的风格——王统照文集·序言》，见《王统照研究资料》，第324页。
③ 东方未明（茅盾）：《王统照的〈山雨〉》，原载1933年12月《文学》第1卷第6号，引自《王统照研究资料》，第188页。
④ 王统照：《山雨》第二十七、二十八章，见《王统照全集》第3卷，第235、244页。

此。其实，王统照通过小说的描写把农村与城市相连接，是暗含着他对中国现代化发展道路更为深远的思考的：在他看来，"若不从稳定政潮，改善农民生活上作施政之基，徒知膨胀新工商业，徒知片面的增加都市的繁荣，其结果反易促成新资本势力与'旧劳工'的急度冲突，未来危难，殆可预想"，依然是"疾时愤俗"的王统照，为此"悱恻难安，所以借笔抒感"。[①]如果我们因为其作品"思想大于形象"的不足，而忽略了他这些思考的价值，那倒真是一个损失。"破产农民流入城市后的命运与思想、心灵变迁"，这应该是中国现代社会与文学的重大命题，王统照的《山雨》较早地在这方面作自觉的探讨与试验，这是和同时期农村题材小说的不同之处，大概也是其独特价值所在吧。

（钱理群）

《春蚕》成为文学与民族电影融合的新形态

新光大戏院　宁波路（即南京路新新公司后面）
电话九四五九〇号　时间　下午三时　五时半　九时一刻
今天价目　五角　七角　一元　日夜一律
中国第一流小说家茅盾原著　新文坛与影坛第一次的握手
是一九三三年影坛上的一个奇迹　全部音乐有声巨片

春蚕

明星影片公司出品
程步高　导演
郑小秋　高倩苹　萧英　严月闲（娴）　龚稼农　艾霞　主演

《春蚕》开摄，震撼了整个影坛！
《春蚕》放映，乐煞了全国观众！

[①] 王统照：《银龙集·序》，见《王统照研究资料》，第159页。

不论阶级・不论职别・不论男女・不论老幼・
只要是中国国民都有看《春蚕》的权利与义务！

农村经济破产的素描　社会组织动摇的缩影
暴露洋货猖獗的狂流　暗示土产衰落的病根

教育影片的第一炮　生产作品的压道车

昨日客满　今日请早

（原载 1933 年 10 月 2 日《申报》）

  茅盾和夏衍，这两位浙江籍的老乡相识于 20 世纪 30 年代上海的"左联"时期，结缘于电影《春蚕》的拍摄。①茅盾在《回忆录》中曾写他奔祖母丧事期间见到的故旧亲友："都是从附近的市镇和乡村来的，有的已多年不见，有的似相认识。在大家的叙谈中我听到了不少这几年来周围农村和市镇发生的变故，大家都在叫苦……这就是一九三二年在中国农村发生的怪现象——'丰收灾'。……于是我就决定用这题材写一短篇小说。十月份写成，取名《春蚕》。"②1932 年 11 月，茅盾的《春蚕》在《现代》第 2 卷第 1 期上发表后，受到广泛好评。几乎后来所有的中国现代文学史均给予《春蚕》很高的评价：小说《春蚕》"不但是茅盾的杰作，同时也是无产阶级小说中出类拔萃的一本代表作"③，"不论在茅盾的创作中，还是中国现代文学发展史上，都标志着一个新的里程"等等。④在 1933 年 5 月开明书店出版《春蚕》小说集时，夏衍非常喜欢这部具有极高思想性和时代感的小说，也曾化名"罗浮"对小说集予以评论。在其后的新兴电影运动中，夏衍更是将其改编为电影剧本。由电影《春蚕》的拍摄，茅盾和夏衍建立了深厚的友谊，"此后，夏衍就成了我家的常客"，茅盾事后回忆

---

  ①《春蚕》（故事片，黑白，配音），明星影片公司 1933 年出品，时长 94 分钟。原著：茅盾；编剧：蔡叔声（夏衍）；导演：程步高；摄影师：王士珍；置景：董天崖；配音：何兆璜、何兆璋；演员表（以出场先后为序）：老通宝——萧英，小宝——张敏玉，阿四——龚稼农，四大娘——严月娴，多多头——郑小秋，六宝——高倩苹，荷花——艾霞，李根生——王征信，绅士——严工上，小姐——顾梅君。
  ②茅盾：《回忆录十四——〈春蚕〉、〈林家铺子〉及农村题材的作品》，载《新文学史料》1982 年第 1 期。
  ③夏志清：《中国现代小说史》，第 114 页，上海：复旦大学出版社，2005 年版。
  ④郭志刚、孙中田：《中国现代文学史》上册，第 338—339 页，北京：高等教育出版社，1994 年版。

电影《春蚕》剧照

道。《春蚕》拍摄成功后,上海《晨报》副刊《每日电影》为此专门召开过一个座谈会,参加这个座谈会的有程步高、姚苏凤、沈西苓、阳翰笙、叶灵凤、赵铭彝、郑伯奇、阿英、夏衍等人,在当时的文坛、影坛也引起了极大的反响。新中国成立后,夏衍从上海调到北京担任文化部副部长,与文化部部长茅盾共同为新中国的文化事业呕心沥血,此后他们一同经历了电影《林家铺子》的一波三折,"文革"浩劫的重重苦难,也一同迎来了改革开放后人生的绚丽晚霞。当然这些都是后话了,在这里,我们的视阈仍要聚焦在那石破天惊的第一次跨界合作——1933年《春蚕》由文学到电影的改编。

尽管就严格意义而言,当时的《春蚕》仍是一部无声电影,但这毕竟是中国新文艺作品搬上银幕的第一次尝试。尽管《春蚕》自诞生之日起,其思想力度和艺术特征就引发争论,尽管这部作品深陷于宣传话语的洪流和艺术成就的芜杂声响中,但《春蚕》作为经典文本的意义,并不仅仅在其文学本体、文化思考、美学价值、社会批判等方面,重要的是在整个中国文学史、电影史的递进过程中的开创性意义,以及它所构成的左翼文学与民族电影联姻的一次大胆尝试和新形态。《春蚕》所构成的新形态代表着左翼文学的力量、政治意识和时代先锋革命人物对于电影业的介入，在这种介入的过程中，不仅促成文学与电影联姻，也在很大程度上纠正了日益低俗和散乱的都市文艺现状，补充了中国早期电影中所缺失的鲜明的时代感和民族性，也构成了一种新的电影美学风格。

在《春蚕》产生之前，对处于萌芽和初创时期的中国电影来说，其艺术观念是缺乏主导话语和行动纲领的。中国影人在艰难探索中渐渐领悟到了"怎么拍"，但对于"拍什么"还存在较大的分歧。这也就是说，整体艺术观念的缺失，使得中国的民族电影缺乏可以恒久依靠的内在文化精神支柱，而电影界长期的商业混战更催化了中国电影"娱民化"和低俗化的危险倾向。从这个角度来说，《春蚕》的破茧而出具有了一定的挽救性意义。《春蚕》是"第一次将五四之后的新文学作品搬上银幕，把中国电影和新文学运动结合起来"[①]，它的诞生也标志着中国民族电影摒弃旧文学尤其是"鸳鸯蝴蝶派"通俗言情小说的桎梏，展现了一种焕然一新的面貌和精神气质。电影在以其独到的视觉语言具象化文学语言的同时，也获得了一种内在的"精神支撑"，这就是以马克思主义文艺观为指导的现实主义创作原则，这种文艺观的注入对于中国电影现实主义传统的延续和民族性的确认具有至关重要的作用。《春蚕》所具有的现实主义艺术观与欧洲现实主义创作中的精英化文艺观有所区别，它是一种较为彻底的平民化的现实主义。为此赵家璧站在中国新文艺史的立场，在《小说与电影》一文中给予充分估价，认为《春蚕》的演出是值得歌颂的，因为他是第一部新文艺小说被移入了开麦拉的镜头"[②]。电影《春蚕》所衍生出的中国特色的现实主义，成为一种潜在的精神纲领和话语导向，规导着整个民族影业的健康发展和时代氛围。

进入1930年代的中国社会，内忧外患，危机四伏。左翼思潮以激进的姿态对当权者文化全面抗击。另外，1930年代初期旧市民电影的审美疲劳，以及观众群体的巨大变化，合力扭转了电影的市场走向。[③]1930年代，由知识阶层和青年学生为主构成的新的观众群体，以及联华影业公司的新电影制作方针，直

[①] 程步高：《影坛忆旧》，转引自封敏主编：《中国电影艺术史纲》，天津：南开大学出版社，1992年版。

[②] 赵家璧：《小说与电影》，载1933年11月《矛盾》月刊第2卷第3期。

[③] 袁庆丰：《〈野玫瑰〉：从旧市民电影向左翼电影的过渡——现存中国早期左翼电影样本读解之一》，载《文学评论丛刊》第11卷，第214—220页，南京：南京大学出版社，2008年版。

接、大量地分流,抢占了本就利润微薄的国产片市场份额。[1]因此,采取和左翼文艺合作的制片路线,也是当时的电影公司本身"救亡图存"的必然选择。

1932年夏夜,夜凉如水,在上海一间咖啡馆里,明星影片公司总经理周剑云约请沈端先(夏衍)、钱杏邨(阿英)、郑伯奇见面。议定三人担任明星公司编剧顾问的事项,内容主要有:一、编剧顾问的任务是每月开编剧会议一至二次,讨论将要开拍的剧本,提出电影剧本或故事素材;二、对公司内外可不用真名,公司担保不暴露他们的左翼立场与政治面貌;三、每一顾问每月致车马费50元,写剧本另付稿酬。明星公司诚邀他们担任电影公司顾问,或策划,或编剧,或批评,将文学与时代的新命题纳入其中。[2]电影《春蚕》就是在这样的历史背景下孕育和诞生的。在这种背景下,夏衍化名"蔡叔声"将《春蚕》改编成电影剧本,在1933年《明星月刊》第1卷第5、6期上连载。明星电影公司决定采纳剧本,由程步高担任导演,将其拍摄成影片。作为五四以来第一次被搬上银幕的新文艺作品,《春蚕》的改编为中国电影带来了前所未有的时代感和民族性,在处于民族危亡关头的中国承担起"救世"和"启蒙"的功能。《春蚕》所描绘的现实内容和当时中国银幕上那些充斥着鬼怪和色情的商业武侠片形成了鲜明对比,其对社会的批判性力量和真实感引起了观众和文艺界对电影的重视。连这则《申报》广告虽然守着尽力避开政治的立场,也隐约指出这是"教育影片的第一炮"。《春蚕》算得上"新兴电影运动"中破茧而出的一部代表作。

其实,开创了"中国电影文化运动"的"一个新阶段"[3]的《春蚕》并不应该被看做是左翼革命力量介入电影的政治产品,或者作为"软硬之争"中意识形态表征的工具,而应该将它放在一个更为广阔的历史和时代层面上进行分析。正如1933年1月1日,上海《申报》刊登明星公司《一九三三年的三大计划》所宣告的那样,"时代的轮轴是不断的向前推进,电影艺术界不能抓住时代,于新文化发展有所贡献,必然为时代所抛弃"。时代是电影运动和变革的孵化器,《春蚕》以及其后的《三个摩登女性》、《狂流》、《天明》、《城市之夜》、《都会的早晨》、《脂粉市场》、《前程》、《压迫》等作品的出现,充分说明民族电影的部

---

[1] 程季华主编:《中国电影发展史》第1卷,第211页,北京:中国电影出版社,1963年版。
[2] 李少白:《影史榷略——电影历史及理论续集》,第407页,北京:文化艺术出版社,2003年版。
[3] 凤吾:《论中国电影文化运动》,载1933年5月1日《明星月报》第1卷第1期。

分力量已经在时代的号角中努力走出一条新的道路：关注现实，反映民生，具有鲜明的时代感和社会意识。

作为电影本体，《春蚕》的另一个重要历史意义在于一种新的电影美学风格的产生。30年代的中国电影业仍然沉浸在好莱坞电影幻象的笼罩中，大多数创作者无法逃脱"他们对有效率的美国片之复杂的崇拜心情"[1]。《春蚕》在文学性到电影性的语言转译过程中，却采用了区别于好莱坞叙事的非戏剧性的"生活流"方式，用这种自然朴素的叙事方式书写下层民众的苦难，深刻揭示出资本主义在"公平交易"外衣下巧取豪夺的性质。在电影中，导演有意识地用影像突出原著文学语言的描绘性，如蜂拥的当铺、帝国主义船只在内河航行、倒闭的茧厂等等，并尽可能表现其"言有尽，意无穷"的美学韵味。

电影《春蚕》对于文学性特质的移植大多是成功的，这也就使得《春蚕》感染了文学性的特征，具有了一定的散文化电影的色彩。然而由于镜框的限制，使得这种存在于文学之中可供认知、于电影的审美意味上却很大程度遭到直观化的消解，由于叙事性的缺乏而被当年的市民观众评价为"太没戏"，被软性电影论者诟病为"缺乏电影的感觉"[2]。同期的电影评论中也有人指出"这一影片也许可以说是'太文学的'了"[3]。但我们并不能否定其对于新型美学范式的探索精神。虽然，《春蚕》所建立的美学范式还不尽成熟，但其独树一帜的散文化特质还是不容忽视和抹灭的。

总之，《春蚕》作为左翼文学与民族电影大胆结合的一次探索和尝试，它所构成的新形态在内容选材、艺术语言的转换、改编创作的理念上对于其后的左翼电影有着不可忽视的影响，其在文学界和电影界的历史意义也许要远远大于其真正的艺术价值。

（丁亚平）

---

[1] LeydaDianying，转引自 Royarms 著，廖金凤、陈儒修译：《第三世界电影与西方》，第73页，台北："国家"电影资料馆，1997年版。

[2] 《映画春蚕之批判》，载1933年11月《矛盾》第2卷第3期。

[3] 原载1933年10月8日《晨报·每日电影》，转引自《中国左翼电影运动》，第441—444页，北京：中国电影出版社，1997年版。

沈从文一语惊起"京海论争"

　　近些年来，对于各种事业从比较上皆证明这个民族已十分落后，然而对于十年来的新兴国语文学，却似乎还常有一部分年青人怀了最大的希望，皆以为这个民族的组织力、道德与勇敢诚朴精神，正在崩溃和腐烂，在这腐烂崩溃过程中，必然有伟大的作品产生。这种伟大文学作品，一方面记录了这时代广泛苦闷的姿态，一面也就将显示出民族复兴的健康与快乐生机。然而现在玩票白相的文学家，实占作家中的最多数，这类作家露面的原因，不属于"要成功"，就属于"自以为成功"或"设计成功"，想从这三类作家希望什么纪念碑的作品，真是一种如何愚妄的期待！……

　　……平常人以生活节制产生生活的艺术，他们则以放荡不羁为洒脱；平常人以游手好闲为罪过，他们则以终日闲谈为高雅；平常作家在作品成绩上努力，他们则在作品宣传上努力。这类人在上海寄生于书店、报馆、官办的杂志，在北京则寄生于大学、中学以及种种教育机关中。

　　（沈从文：《文学者的态度》，原载1933年10月18日《大公报·文艺》）

　　发生于1933年末至1935年初，大约历时一年半，在空间上曾波及南北上下的一场文学、文化争端，史称"京海论争"者，就是由上面这篇短文的作者沈从文引发的。当时，沈从文刚刚执掌了天津《大公报》文艺副刊的编辑权，他主动发起对一种恶劣文学风气的批评，在他这一定是酝酿已久，态度也是十分严正的。当然，一句"玩票白相的文学家"的称呼，给新接手的副刊树了对立面，同时带来生气、活力，引来文学界的长期反响。

　　沈从文的批评主旨是要使民族文学健康生长，所批评的文学现象如不知节制的放荡不羁，游手好闲却自以为高雅，只夸大宣传而不在作品本身质量下工夫等等，其内涵本较宽泛，所涉人群也是京沪两处都在内的。"白相"为南地吴语，"玩票"却是北方惯用词，二者并用则意味深长，而且通篇并没有出现"海派"这一字样。因文中谈及"伟大文学作品"如何产生，反倒像是在暗讽上海的左翼（1932年丁玲主编的《北斗》曾组织众多作家讨论过"创作不振之原因及其出路"，不少征文都使用"伟大时代为何没有伟大作品产生"这样的话来开头）。可是，远远的便有苏汶（杜衡）在黄浦江畔著文"呼应"了。这即是载于

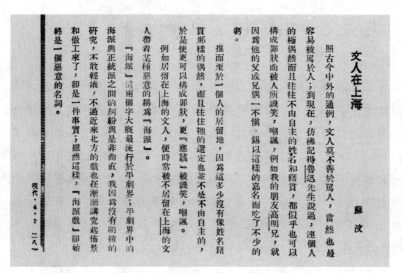

苏汶（杜衡）：《文人在上海》，原载 1933 年 12 月 1 日《现代》第 4 卷第 2 期。

同年12月《现代》杂志第4卷第2期上的《文人在上海》。此文表面上没有提及沈从文的那篇文章，它的特点有二：一是挑头带出了"海派"的概念，说上海的文人"时常被不居留在上海的文人带着某种恶意的称为'海派'"。二是认为"海派"文人"作品的低劣"、"爱钱"、"商业化"的倾向固然存在，但不能一味指责，原因出在社会。苏汶（杜衡）说："上海社会的支持生活的困难自然不得不影响到文人。""上海的文人不容易找到副业（也许应该说'正业'），不但教授没份，甚至最起码的事情都不容易找，于是在上海的文人更急迫的要钱。这结果自然是多产，迅速的著书，一完稿便急于送出，没有闲暇搁在抽斗里横一遍竖一遍的修改。这种不幸的情形诚然是有，但我不觉得这是可耻的事情。"意见的分歧很明显，沈从文于是正式披挂上阵，指名道姓批评苏汶（杜衡）这篇文字，写了《论"海派"》一文，"京海论争"就此拉开序幕。

相继卷入这场讨论的文学家不在少数。除沈从文、杜衡外，还有曹聚仁、芦焚、杨邨人、曾今可、胡风、姚雪垠、鲁迅都在《大公报·文艺》、《申报·自由谈》、《现代》、《文化列车》等报刊上发文。开始的讨论状态，纠缠于"海派是否就在上海"这个狭小的问题上，虽然许多人都一再申明上海的文人不等于都是"海派"，北平也不是没有"海派"，但是《文化列车》就已经在那里抓"谁是海派"，清理门庭了。结果只能是让真"海派"煞有介事地在那里浑水摸鱼。这是讨论的歧路。而沈从文、曹聚仁偏于概括"海派"、"京派"的实质性内涵。沈从文在《论"海派"》里对"海派"最早下的定义是："过去的'海派'与'礼拜六派'不能分开。那是一样东西的两样称呼。'名士才情'与'商业竞卖'相结合，便成立了我们今天对于海派这个名词的概念。"曹聚仁并非不同意沈从文的"海派"概念，但他不同意沈从文隐隐的"京派"高于"海派"的态度。他连续在《申报·自由谈》上发表了《"京派"与"海派"》、《续谈"海派"》两文，首先将"京派"引入这次讨论，并尖锐地指出北方的"京派"和南方的"海派"没有什么不同。他在《"京派"与"海派"》里说："海派冒充风雅，或远谈希腊罗马，或近谈文士女人；而京派则独揽风雅，或替摆仑出百周纪念千周纪念，或调寄'秋兴'十首百首律诗关在玻璃房里，和现实隔绝；彼此有以异乎？曰无以异也。海派文人从官方拿到了点钱，办什么文艺会，招纳子弟，吃吃喝喝；京派文人，则从什么文化基金会拿到了点钱，逛逛海外，谈谈文化；彼此有以异乎？曰无以异也。"曹聚仁从左翼的文学与现实斗争的关系角度看过去，"京派"和"海派"就一样了。而如果要加以区别，曹聚仁便打了个比方说："京派不妨说是古典的，海派不妨说是浪漫的；京派如大家闺秀，海派则如摩登女郎。"已经在暗指"海派"是属于大都会的，是现代文化的了。所以他的结论是"京派"没有资格批评"海派"，"沈从文先生要叫京派来扫荡海派只怕言之过早呢"。

鲁迅以解剖"中国文化"的现实表象和探溯根源为目标，对"京海论争"有很大的兴趣，先后发表了《"京派"与"海派"》、《"京派"和"海派"》两文。他简捷地下了定义："海派"是"商的帮忙"，"京派"是"官的帮闲"。这被公认是经典的概括，影响深远。但因鲁迅和曹聚仁都具左翼的文化立场，为文都较犀利，看法上比较一致。这种一致性就是将"海派"、"京派"同时并举，加以批判。鲁迅指出"京派"、"海派"的共性和区分，是说："从官得食者其情状隐，对外尚能傲然，从商得食者其情状显，到处难于掩饰。"在"得食"这一点上找到同样的为主子服务的"奴性"。所以在整个论争过程里，针对"京派"显示出来的优越感，经常加以讥刺。比如两文的开头都颇有侧重："自从北平某先生在某报有扬'京派'而抑'海派'之言"，"去年春天，京派大师曾经大大的奚落了一顿海派小丑"，哪次都将重点放在"京派"身上。这是鲁迅看到在中国文化中"京"强"海"弱的现实，而采取的一种批判策略。而在他其他的杂文里，批评上海的文化、香港的文化、殖民地的文化，谈上海女人、上海娘姨、上海儿童的时候，他对"海派"的批判并不留丝毫情面。值得注意的是《"京派"和"海派"》一文写在京、海之争已经停歇的 1935 年,鲁迅仍然抓住不放,并且追问原因,因而注意到"京、海合流"的趋向:"也许是因为帮忙帮闲,近来都有些'不景气',所以只好两界合办,把断砖、旧袜、皮袍、洋服、巧克力、梅什儿……之类,凑在一处,重行开张,算是新公司,想借此来新一下主顾们的耳目罢。"

这场论争的直接意义,是将晚清以来形成的"海派"、"京派"的概念定型,并正式运用到文学上来。自此,"海派"、"京派"既是一个文化概念,也是一个文学概念,为当时左翼文学以外的上海的商业文学找到了"海派"的命名,为左翼以外的北平文学,在"大公报作家群"、"北方作家群"之外,增加了"京派作家"的称呼。这对于现代文学流派的形成都有一定的促进作用。而从文化批评的情况来看,这场论争进一步揭开了中国现代南北文化冲突的内幕,批判的重点所在,预示了现代文明在中国形成的长期艰难历程。"京派"和"海派"的文化意义及文学意义虽然有不可分割的关系,但两者的混淆,也是这次论争遗留的问题。即便是鲁迅对"京"、"海"的"官"、"商"定位,运用在文化涵义上是多么明快,一目了然,但用在文学上就相当模糊不定了。

这场论争的绵延不绝,充分说明了它的生命力。无论是 1940 年代,或今日,我们仍然可以听到关于"京派"、"海派"的声音。这种讨论一般围绕着对"京派"、"海派"历史价值的重新认识,特别是对"海派"与中国现代文明形成的积极意义或消极意义的持续认识。曹聚仁在 1935 年便有《大陆文明与海洋文明》一文,这个命题与"京派"、"海派"的对接,具有先知先觉的意义。到 1947 年 3 月,杨晦又一次拿起"京派与海派"的题目做文章,谈到"海派"的未来性。他认为"京派"代表"新士大夫"和"洋士大夫"的性质,是注定要没落的(此处说得比较绝对),"至于所谓海派的作家呢,虽然是跟着工商业都市的兴起一样,是挟带着污浊和罪恶的,却要从这种污浊和罪恶里逐渐成长,壮大起来,有着他们的进步性,有着他们光明的前途"[①]。你完全可以不同意杨晦的观点,但你不能不承认 1930 年代中期发生的这次"京海论争"在不断深化,在不断提出新问题要求回应,它不是简单的一次文人口舌之战。

(吴福辉)

[①] 见《杨晦文学论集》,北京:北京大学出版社,1985 年版。

11月

彭家煌的遗作

彭家煌先生遗著三种　现代书局版

彭家煌先生是寂静地逝世了，他所遗下来的作品，却不会和他的死一样地寂静的。他是个沉默的然而是不平凡的人，他的作品中除包含了这一个特性之外，还具有深刻的思想上的剥凿，体裁是清澈严格简练，使我们有如读北欧作品的浓重性。假使我们不因为他不被文艺批评家们所注意而有所成见的话，彭君不及在他得到他艺术上的完成就寂静地死去，确实是近年来文艺界上的一个损失。

《皮克的情书》这一个中篇，是彭先生遗给我们的作品中被认为代表作的一本。读者从这里可以得到彭君生前对于自己是怎样的严肃，于一般轻薄的所谓热烈的"情书"之外，他是愈显得深刻与真挚。

《茶杯里的风波》是作者写《皮克的情书》同时期中所收获的一部短篇小说集，计包含了八个短篇，讽刺得隽妙而带着一点苦味，这正是彭先生所具有的特长的作风，是跟了彭先生的逝世而成绝响了。

《彭家煌先生遗著三种》广告

茶杯里的风波　　实价伍角

一七一页・三十二开本・上等纸精印

皮克的情书　　实价三角

一〇二页・三十二开本・厚报纸印刷

喜讯　　现代创作丛刊第十三

・彭家煌著・　・印刷中・

（原载 1933 年 11 月 1 日《现代》第 4 卷第 1 期）

彭家煌是个乡土小说家，也是左翼作家，年仅 35 岁就因病去世了。广告词所谓的"假使我们不因为他不被文艺批评家们所注意而有所成见的话，彭君不及在他得到他艺术上的完成就寂静地死去，确实是近年来文艺界上的一个损失"，"他所遗下来的作品，却不会和他的死一样地寂静的"，既是事实，也是很准确的判断，因为彭家煌在中国现代乡土小说家中，是比较有成就、有特色的一位。鉴于一般文学史著作对他介绍不多，兹简述如下。[①]

彭家煌（1898—1933），字蕴生，别字韫松，又名介黄，笔名曾用韦公，湖南湘阴人。1924 年到上海中华书局工作，1925 年转入商务印书馆编译所工作，先后主编《教育杂志》、《儿童世界》等，其间曾发表童话和儿童故事，滑稽多趣，未结集出版。1926 年在《晨报副镌》发表小说《Dismeryer 先生》，始受人注意。30 年代初加入"左联"。1931 年 7 月被国民党当局逮捕，狱中受到严酷的刑讯，两个半月后经营救出狱，从此疾病缠身。1933 年 9 月 4 日去世。

彭家煌主要作品及出版情况如下：

《怂恿》，短篇小说集，1927 年 8 月，上海：开明书店，《文学周报社

[①] 此处关于彭家煌的生平和创作出版情况的叙述，依据严家炎编：《中国现代文学百家——彭家煌》，北京：华夏出版社，1995 年版。

丛书》之一

《茶杯里的风波》，短篇小说集，1928年6月，上海：现代书局

《皮克的情书》，中篇小说，1928年7月，上海：现代书局

《平淡的事》，短篇小说集，1929年5月，上海：大东书局

《在潮神庙》，小说，1933年10月，上海：良友图书印刷公司，《一角丛书》之一

《喜讯》，短篇小说集，1933年12月，上海：现代书局

《出路》，短篇小说集，1934年1月，上海：大东书局，《新文学丛书》之一

由此也可以看出，《现代》登载的广告《彭家煌先生遗著三种》，实际上是已经出版过的作品。

虽然文学史著作都将彭家煌当做乡土小说家，但实际情况却是，彭家煌既写农民和农村生活，也写市民和知识分子，都取得了较好成就，后者甚至显得更出色。正如严家炎所说："从第一个短篇集《怂恿》开始，彭家煌就同时显露了两副笔墨、两手本领：既能写具有浓重湖南乡土气息的农村生活，也能用细腻而带有嘲讽的笔法写知识分子、市民。他写知识分子和市民的一些好作品，不亚于叶绍钧和张天翼，像《Dismeryer先生》、《贼》、《父亲》、《莫校长》、《茶杯里的风波》等写得都较为精彩。20年代写知识分子就能达到像他这种程度，这是不多的。他的乡土小说，比许杰的要活泼风趣，比许钦文的要深刻成熟。尽管他的乡土作品不算很多，在乡土作家中，他却是一个佼佼者。……总之，彭家煌是一个有成就的但在文学史上尚未得到应有的评价的作家。"[①] 广告词所谓的彭家煌及其创作"不被文艺批评家们所注意"，不幸被后来的事实所证实。

但在1930年代，彭家煌的作品却受到一定的注意，并得到过很好的评价。

彭家煌刚刚去世，同是乡土作家的黎锦明就发表《纪念彭家煌君》一文，高度评价彭家煌的乡土小说，并且这样说："彭君有那特出的手腕的创制，较之欧洲各小国有名的风土作家并无逊色。"[②] 广告词中的"有如读北欧作品的浓重

[①] 严家炎：《中国现代小说流派史》，第59页，北京：人民文学出版社，1989年版。

[②] 载1933年11月1日《现代》第4卷第1期，署名"黎君亮"。

性"之说，恐怕就是从黎锦明的这句话来的。

1935年，茅盾在《中国新文学大系·小说一集·导言》中，也对彭家煌的创作给予高度评价：

> 彭家煌的独特的作风在《怂恿》里就已经很圆熟。……他写出朴质善良而无知的一对夫妇夹在"土财主"和"破靴党"之间，怎样被播弄而串出了一出悲喜剧。浓厚的"地方色彩"，活泼的带土音的"对话"，紧张的"动作"，多样的"人物"，错综的故事的发展，——都使得这一篇小说成为那时期最好的农民小说之一。①

"农民小说"，即乡土小说。

直到1980年代，严家炎在《中国现代小说流派史》中特意以较大的篇幅细致分析彭家煌的小说，并做出切实的评价，才改变了1949年以来文学史对彭家煌评论的状况。严著在做出总的评论之后，从以下几个方面细致地论述了彭家煌小说的艺术特征：1、"彭家煌乡土小说的显著特点是用细腻而又简练的笔触，生动地反映了湖南洞庭湖边闭塞、破败的农村，真实地描写了活动在这个环境里的形形色色的人物"；2、"彭家煌笔下的农村人物绝不单调，而是色彩斑斓，多种多样"；3、"彭家煌的小说具有相当多的喜剧色彩"；4、"彭家煌这些乡土作品的又一特点，是很讲究结构而又做到了相当自然，没有多少人工的斧凿的痕迹"②。

这些话是对彭加煌遗作的再评价、再肯定。

（高恒文）

---

① 转引自严家炎：《中国现代小说流派史》，第63—64页。
② 严家炎：《中国现代小说流派史》，第60—64页。

12月

《月下小景》：沈从文的"新十日谈"

现代创作丛刊　现代书局刊

月下小景

沈从文著　二○五页　七角五分

本书是作者转变作风后的杰作集，即被文艺界注意的"新十日谈"，故事是如何的动人，情感是如何的真挚，凡读过他零星发表的作品者，无不为之流泪。

（原载1933年12月1日《现代》第4卷第2期）

《月下小景》是沈从文1932—1933年写就的一个短篇小说集，共收入《月下小景》、《寻觅》、《女人》、《扇陀》、《爱欲》、《猎人故事》、《一个农夫的死》、《医生》、《慷慨的王子》等9篇小说，外加《题记》共10篇，1933年11月曾由上海现代书局出版单行本，1936年5月全书辑入《从文小说习作选》。

沈从文在1935年打算将《月下小景》全部收入《从文小说习作选》时，曾经这样解释过《月下小景》的创作意图：

> 这些故事照当时估计，应当写一百个，因此写它时前后都留下一个关节，预备到后来把它连缀起来，如《天方夜谭》或《十日谈》形式。[①]

可见广告词称《月下小景》是"新十日谈"，不是无根之说。虽然广告词的这个说法在沈从文的这个自我解释之前，但从小说本身，除了第一篇《月下小景》之外，确实可以看出类似于《《十日谈》形式》的叙事特征。比如《寻觅》开头说：

[①] 沈从文：《〈月下小景〉题记》，见《沈从文全集》第9卷，第215页，太原：北岳文艺出版社，2002年版。

> 在这故事前面那个故事,是一个成衣人说的,他让人知道在他那种环境里,贫穷与死亡如何折磨到他的生活。……他说过这故事以后,在场众人觉得悒郁不欢。这不幸故事,使每个人都回想到自己社会中那一部分,于是火堆旁边,忽然便沉默无声了。

接着"成衣人"便请求别人替他讲"一个好听的故事",于是就由另外一个被称为"胡子"的人"说了下面的故事";这样下面才开始叙述一个关于"寻觅"的故事。很显然,这和《十日谈》中那种轮流讲故事的叙事形式,是很相似的。相似之处当然不止这一点,比如故事讲完之后,讲故事的人和听众还会就故事进行交谈、讨论。《寻觅》中"胡子"讲完故事之后,听众中"有人提出质问","那胡子于是便告给众人"答案。只是沈从文并没有完全完成写作计划,所以写成的几篇故事,有的有连续性,有的就没有。比如《寻觅》开头所说的"在这故事前面那个故事",就没有写出来。①

沈从文尝试过多种叙事方式,因此他被称为"会讲故事的人"。早在30年代,苏雪林就称沈从文"原是个'说故事的人'"②。汪曾祺说沈从文小说"很讲结构"③,也是指小说的叙事和故事安排。《月下小景》这样的作品,其叙事特征当然也引起了研究者的充分注意。吴晓东《从"故事"到"小说"——沈从文的叙事历程》一文,对沈从文小说创作的叙事问题,进行了全面而深入的研究,他说:

> 沈从文小说中的"故事"的讲述都由刻意塑造的一个叙事者讲出,并且辅以叙事氛围、叙事环境、叙事契机的交代与描绘,而不是纯粹民间故事形态的写法。即使《月下小景》这类更像故事的小说也是对《十日谈》的刻意模仿,这种戏仿本身就显示出一种现代小说意识。沈从文所营造的讲故事语境有一种虚拟性,小说中讲故事的现场感在都市中是并不存在的。虽然讲出来的是故事,但是对故事语境和框架的精心营造和反复指涉,已经使笔下的故事不同于传统意义上的形态。④

---

① 沈从文:《月下小景·寻觅》,见《沈从文全集》第9卷,第213—245页。
② 苏雪林:《沈从文论》,载1934年9月《文学》第3卷第3期。
③ 汪曾祺:《沈从文和他的〈边城〉》,见汪曾祺:《晚翠文谈》,第151页,杭州:浙江文艺出版社,1988年版。
④ 吴晓东:《从"故事"到"小说"——沈从文的叙事历程》,载《长沙理工大学学报》(社会科学版)2011年第2期。

这里所说的"虚拟性"、"现场感",尤其符合《月下小景》的叙事特征,并且这种叙事特征的"传奇"性质,更有效地突显了"传奇"叙事所要表达的作品的思想主题,即通过弱化、淡化故事的现实性,表达作者对人生的某种形而上的思考,亦即沈从文所谓的"抽象的抒情"。

关于《月下小景》的创作,沈从文还说:

> 这只是些故事,除《月下小景》在外,全部分出自《法苑珠林》所引诸经。……本书虽署明"辑自某经",其实则只可说是就某经取材,重新处理。①

这是说故事的来源和改写的问题。后来在《水云》中,沈从文说:"来把佛经中小故事放大翻新,注入我生命中属于抑压的种种纤细感觉和荒唐想象","因此又写成一本《月下小景》";"我认为人生因追求抽象原则,应超越功利得失和贫富等级,去处理生命与生活"②。这个说明,对于理解《月下小景》的思想主题,十分重要。凌宇在《从边城走向世界》中对《月下小景》的故事来源和叙事特征进行了比较深入、细致的分析和论述,他说:

> 因此,在这里,需要关注的不仅是故事情节内容的详略取舍、增补删减,更需要从情节内容改动处,探究作者如何在这些古老的佛经故事中"注入我生命中属于抑压的种种纤细感觉和荒唐想象",以及如何借旧故事的躯壳注入自己的"生命"意识,使死的故事变成活的故事。③

这个说法,是很有道理的,由此可以对《月下小景》的思想内涵进行深入的解读。

《月下小景》中的《女人》、《扇陀》和《爱欲》等作品,都是写男女故事,充分肯定了爱欲的合理性,甚至将性欲视为自然的人性。而《月下小景》中的第一篇小说,即《月下小景》,更是一曲爱情的颂歌:小说写一对相爱的青年男女的故事,由于当地的"女人同第一个男子恋爱,却只许同第二个男子结婚"的传统习俗,所以这对青年男女在一次"两人皆在忘我行为中","得到了对方的力,得到了对方的爱,得到了把另一个灵魂互相移入自己心中深处的满足",

---

① 沈从文:《〈月下小景〉题记》,见《沈从文全集》第9卷,第216页。
② 沈从文:《水云》,见《沈从文全集》第12卷,第104—105页。
③ 凌宇:《从边城走向世界》(修订本),第317—318页,长沙:岳麓书社,2006年版。

沈从文《月下小景》书影，现代书局1933年初版。

最后欣然相拥自杀，浪漫、热烈而凄美。①《月下小景》中这种对爱欲的充分肯定和赞美，显然是对故事来源的佛经故事的改写，因为佛经故事所要传达的训诫是：色戒是佛教的五戒之一；爱欲是人生苦难的根源。因此，沈从文在小说集《月下小景》中所表现的现代意识是很明确的。

但是，如果仅仅把《月下小景》中的作品看做是对佛教故事的改写，表达对爱与欲的肯定或赞美，恐怕也没有充分意识到问题的复杂性。《女人》、《扇陀》和《爱欲》等作品固然讴歌了作为人性自然的爱与欲，但在作品中同时被着力书写的还有因爱与欲而来的死亡，死亡显然也是作品中和爱与欲同样重要的主题。像《爱欲》中的"一匹母鹿所生的女孩的爱"故事，女孩在发现爱情不再存在时拔剑自刎②，如《月下小景》中恋爱中的青年男女服毒自杀一样，固然可以解读为对爱的忠贞与热烈，但作为爱与欲的结果，死亡应当被赋予同样的积极意义和正面价值吗？难道必须以死亡来见证爱与欲的意义和价值吗？其与佛教故事的区别不就仅仅剩下价值判断的不同了吗？因此，如果说《月下小景》中的这些作品在肯定叙事的同时，也具有内在的反讽、解构这样的否定叙事特征，恐怕不是仿效"后现代"进行"过度阐释"吧？

《女人》尤其值得注意，小说写一个青年和一个国王的故事，他们的妻子都背着他们和别人幽会、私通，因此有了这样的想法："这世界上作女子的，既皆那么不可信托，何以许多动人诗歌，又特为女子而起？因此看来，则女子不是上帝，就是魔鬼，若不是有一分特别长处，就定是有一种特别魔力。或者另外一个阶级，另外一种女人，还值得人类讴歌值得人类崇拜？"于是青年和国王出走了，"去寻觅'女人被尊敬的真正理由'"去了。③这显然不是对爱情的歌

---

① 沈从文：《月下小景·月下小景》，见《沈从文全集》第9卷，第217—231页。
② 沈从文：《月下小景·爱欲》，见《沈从文全集》第9卷，第290—297页。
③ 沈从文：《月下小景·女人》，见《沈从文全集》第9卷，第246—252页。

颂，尽管"去寻觅'女人被尊敬的真正理由'"可以被理解为仍然是追求爱情，但读者都知道，爱情双方的背叛是什么地方都可能有的事实，因为这个原因而"去寻觅'女人被尊敬的真正理由'"，恐怕是永远也"寻觅"不到答案的。因此，不管怎么改写，这篇小说所表达的思想主题，和佛教对爱与欲、对女性的否定，本质上是没有什么区别的。

《寻觅》也值得注意，小说表现的不仅不是爱情故事，而且是写一个青年和一个国王情愿"离开新婚美丽妻子同所有财富"、权力，远走异国他乡，"为了有所寻觅"而寻找生活和人生的意义。①虽然也可以说这体现了小说主人公对现实生活的不满足而试图寻求人生更高的价值和更积极的意义，但不能不让人疑惑的是，这样的情节设置，不是更近乎佛教所说的抛弃一切人间的爱恋和荣华富贵走向佛门的教义吗？

因此，《月下小景》的意义，值得深入探讨，任何简单的论述，恐怕都难免误入歧途。比如有的论者就首先把《月下小景》解读为对爱与欲的颂歌，然后根据作家的婚姻履历，轻而易举地得出结论说，小说隐含着作者对自己刚刚得到的爱情的欢愉。这显然是没有意识到沈从文小说叙事文本的复杂性。沈从文在1934年确实这样对张兆和说过《月下小景》小说集的创作："这文章的写成，同《龙朱》一样，全因为有了你！写《龙朱》时因为要爱一个人，却无机会来爱，那作品中的女人便是我理想中的爱人。写《月下小景》时，你却在我身边了。前一篇男子聪明点，后一篇女子聪明点。我有了你，我相信这一生还会写得出许多更好的文章！有了爱，有了幸福，分给别人些爱与幸福，便自然而然会写得出好文章的。对于这些文章我不觉得骄傲，因为等于全是你的。没有你，也就没有这些文章了。"②这也许适用于《月下小景》这篇唯一不是改写自佛经故事的小说，但对集子中其他改写自佛经故事的作品，如上文论及的《女人》、《寻觅》、《爱欲》等作品，问题恐怕没有这么简单。

（高恒文）

---

① 沈从文：《月下小景·寻觅》，见《沈从文全集》第9卷，第231—245页。
② 《沈从文别集·湘行集》，第43页，长沙：岳麓书社，1992年版。

1934 年

3月

评论界推介现代女作家

中国现代女作家

贺玉波著 实价七角

本书是本极有系统的研究著作,所研究的当代女作家,有十余位,都是可注意的第一流作家。各篇都能独立,对个人的生活思想作品,以及生平,均有极精密的研究,而且观点与思想极为准确纯正。

(本书为现代书局印行的《文艺研究用书》之一种)

(原载1934年3月1日《现代》第4卷第5期)

冰心所开启的中国现代女作家的文学风景在20年代末30年代初呈现出绚丽多姿的景象。由黄人影(阿英)编,上海光华书局1933年出版的《当代中国女作家论》收集了时人评论当时九位女作家的文章二十余篇,其中第一篇署名"毅真"的文章《几位当代中国女小说家》[①]具有全书的总论性质,文中称:

> 几年来,在文坛上能稍微占一席地位者,如冰心、庐隐、CF、沅君、学昭、凌叔华、白薇、曙天、陈衡哲、沈性仁、袁昌英、林兰、张娴、高君箴、陆小曼、蒋逸宵、丁玲、雪林、等等,加在一块儿,也不过一二十人。

这个名单可能的确构成了当时中国文坛女作家较为完整的点名簿,涵容了冰心、庐隐、冯沅君、陈学昭、凌叔华、白薇、陈衡哲、袁昌英、丁玲、苏雪林等可以载入后来文学史书写的知名作家。此外作者提及的在文坛崭露头角的作家中,曙天即吴曙天,《语丝》撰稿人、作家章衣萍之妻。沈性仁,乃北大教授、社会学家陶孟和的夫人,五四时期曾翻译戏剧《遗扇记》(即《少奶奶的扇子》)于《新

---

① 此文原刊1930年《妇女杂志》第16卷第7号。

草野《现代中国女作家》书影

青年》发表,并与徐志摩合译《玛丽·玛丽》,1925年翻译房龙的《人类的故事》,在中国掀起"房龙热"。高君箴,文学研究会的"才女",郑振铎夫人,和郑振铎合译童话集《天鹅》。蒋逸霄,则是天津《大公报》编辑、记者,与吕碧城、陈学昭、彭子冈、杨刚等同为天津《大公报》史上的著名女杰。而CF(或C.F女士)和林兰(也常署名林兰女士),则均是北新书局创始人李小峰的笔名,被毅真误作女作家。①

尽管30年代初期中国女作家的总体数量不算太多,"不过一二十人",但蜚声文坛的成名女作家却不可谓少。因此30年代初的文坛集中出现了几本关于中国现代女作家的研究性著述,如黄英的《现代中国女作家》②、草野的《现代中国女作家》③、贺玉波的《中国现代女作家》④,以及黄人影编的《当代中国女作家论》⑤。与此呼应配套的,还有《现代中国女作家创作选》⑥,是现代文学史上较早的女作家新文学作品的选集。这些著述和作品选的问世,集中展示了现代女作家的实力,也说明女作家群体从五四伊始到30年代初期,渐成声势。而评论界对此"现象级"的女作家创作的批评和总结,堪称正当其时。

署名"雪菲女士"的编者在《现代中国女作家创作选》前记中指出:"虽然大家都很努力的在从事于女作家作品的研究,并选编各种各样的选集,而相应着这些研究,使读者们能很经济的,在少数作品里,认识并接近女作家们作品的选册,到现在却没有人做。"编者认为这本《现代中国女作家创作选》的刊行因此至少有三点"意义":

---

① 参见蔡漱六:《关于林兰》,载《鲁迅研究动态》1985年第5期。贺玉波在《中国现代女作家》中也把"C.F女士"当成一个女作家。
② 黄英(阿英):《现代中国女作家》,上海:北新书局,1931年版。
③ 草野:《现代中国女作家》,北平:人文书店,1932年版。
④ 贺玉波:《中国现代女作家》,上海:现代书局,1932年版,另有上海复兴书局1936年的版本。
⑤ 黄人影(阿英)编:《当代中国女作家论》,上海:光华书局,1933年版。
⑥ 雪菲女士编:《现代中国女作家创作选》,上海:文艺书局,1932年版。

第一，是含有总检阅的意味，读了这一册书，可以了解女作家们对于文学运动的努力，以及她们整个的发展。第二，中国的女作家人数虽不能说多，但她们的作品亦不能说少，有此一书，可以使读者们即不尽读全书，亦能了解主要女作家全体；这也可以说是一部介绍的，入门的书。第三，我希望这一部选集的刊行，能引起无数的女性读者的创作的兴味，全国女学校里，能得到一种适当的文学教本或课外读物。

贺玉波《中国现代女作家》书影

编者的"总检阅"的初衷，可谓气魄宏大志向高远，而为"全国女学校"编辑一本"适当的文学教本或课外读物"的立意，则反映出使女作家的新文学创作进入文学教育体制的努力。本书选入了十位女作家的十六篇作品，分别为冰心三篇：《超人》、《爱的实现》、《赴敌》；黄庐隐一篇：《苹果烂了》；陈衡哲两篇：《络绮思的问题》、《小品二章》；冯沅君两篇：《隔绝》、《隔绝之后》；凌淑华（凌叔华）两篇：《有福气的人》、《春天》；丁玲一篇：《莎菲女士的日记》；苏绿漪（苏雪林）两篇：《鸽儿的通信》、《收获》；谢冰莹一篇：《给S妹的信》；袁昌英一篇：《活诗人》；白薇一篇：《姨娘》。其中有些篇目是曾经影响文坛一时的作品，如冰心的《超人》，冯沅君的《隔绝》、《隔绝之后》，丁玲的《莎菲女士的日记》等。

如果说，《现代中国女作家创作选》对女作家的选择多少反映的是编者个人趣味的话，那么，黄人影编的《当代中国女作家论》所收录的关于女作家的评论，则体现了评论家的立场和判断，更能反映出文坛所推重的重要女作家。《当代中国女作家论》目录以女作家为单元进行编排，计有：丁玲，评论二篇；白薇，一篇；冰莹，四篇；沅君，一篇；绿漪，一篇；冰心，七篇；庐隐，二篇；陈衡哲，一篇；凌淑华（凌叔华），一篇。其中评论文章的作者署名"方英"的三篇，署名"钱杏邨"的三篇，应都是编者黄人影（阿英）本人的作品，而阿英为推介女作家所做的工作在30年代也堪称独步文坛。从阿英选入的评论文章数量上看，冰心以七篇高居榜首，说明了冰心在文坛独领风骚的地位。而其他女作家则大体上势均力敌，平分秋色，冰莹虽选入四篇评论文章，但都是讨论《从军日记》的，并不表示她的名声大于其他女作家。

如果把阿英所选入的女作家与雪菲女士选本进行对照，会发现两者所选作家重合度很高。证诸前面所提到的几本评论著作所论及的作家，可以看出评论界对 30 年代初期的重要女作家有基本的共识。如黄英（阿英）的《现代中国女作家》，论及谢冰心、庐隐、陈衡哲、袁昌英、冯沅君、凌淑华（凌叔华）、绿漪、白薇、丁玲九位作家。贺玉波的《中国现代女作家》论及谢冰心、庐隐、凌淑华（凌叔华）、丁玲、绿漪、冯沅君、沉樱、陈学昭、白薇、陈衡哲十位作家。草野的《现代中国女作家》论及谢冰心、黄庐隐、绿漪、冯沅君、丁玲、黄白薇六位作家。另有《清华中国文学会月刊》发表的署名"赵奇"的文章《现代中国的几位女作家》则推举了冰心、庐隐、凌叔华、绿漪、冯沅君、丁玲六位作家。①通观上述评论界的著述可以看出，冰心、庐隐、绿漪（苏雪林）、冯沅君、丁玲、凌叔华，堪称是 30 年代初期评论界大体形成共识的六大女作家。

毅真在文章《几位当代中国女小说家》中则集中讨论了五位作家："我要谈的几位女作家，乃是经过一番审慎的选择的。我选择的标准，乃以时代为重，摘其能代表时代，而其作品又能为侪辈中之佼佼者，共得五人。此五人即冰心女士，绿漪女士，凌淑华女士，沅君女士和丁玲女士。"作者围绕"爱"的主题以及女作家对"爱"的表现方式，把五位作家分为三派：第一期，以冰心、苏雪林为代表的"闺秀派的作家"；第二期，以凌叔华为代表的"新闺秀派"；第三期是以冯沅君和丁玲为代表的"新女性派作家"。这种分类方式稍嫌简约了一些，而以"爱"为线索也忽略了女作家的丰富性。倒是贺玉波的著作《中国现代女作家》对十位女作家的讨论，视野较为开阔。如第五章"自然的女儿绿漪女士"，对苏雪林的评论从以下诸种角度展开："绿漪女士的作品与工笔的草虫画"、"自然景物的描写"、"对于珍禽异兽以及草虫蝶蜂的爱好"、"美丽的文字和纤细的描写"、"不懂结构"、"绿漪女士的性格和言论"、"对于大自然的爱好"、"个人主义"、"自然的女儿的解释"、"宗教的信仰"、"绿天和棘心"、"狭义的国家主义"、"对于绿漪女士的希望"……评论的角度既多重又不乏具体针对性。比较难能可贵的是贺玉波对各个女作家创作中的缺陷的洞察，

---

① 赵奇：《现代中国的几位女作家》，载 1931 年 8 月《清华中国文学会月刊》第 1 卷第 4 期。

如认为绿漪"不懂结构",称陈学昭思想贫乏和"不懂技巧",冯沅君则叙述死板、"没有结构",都不乏真知灼见。而从事一种"公平的批评工作"的确是贺玉波的自觉追求,正像他在本书的序言中所说:"在这本书里面找不出存心捧腿或毁骂的地方,完全以作品的思想与技巧为批评根据。"①或许正因如此,《现代》杂志上关于贺玉波著《中国现代女作家》的广告词称:"本书是本极有系统的研究著作,所研究的当代女作家,有十余位,都是可注意的第一流作家。各篇都能独立,对个人的生活思想作品,以及生平,均有极精密的研究,而且观点与思想极为准确纯正。"不过"极为准确纯正"的措辞则显然有些过誉,贺玉波这本专著的问题是对女作家显得过于苛刻,有时难免成为"酷评"。如对凌叔华的总结:

1933年,丁玲被捕后左翼画家制作的丁玲木刻像,署纫君作。

  作者因为是个大学教授的夫人,生活环境舒适,所以装满一脑子的享乐主义的思想。所以她的作品里充满着物质赞美和幸福歌颂的气味。甚至于有些作品简直谈不到什么思想。
  作者的创作态度不严肃郑重。因为她是个有闲阶级的夫人,便养成了无聊、轻薄、滑稽、开玩笑的恶习。而这种恶习便很充分的表现在她的作品里,使人读到那种作品时,发生一种轻视厌恶的心理。②

这种批评多少有轻侮人格之嫌,倒显出批评家自己的态度"不严肃郑重",实在有违"公平的批评工作"之初衷。

这样的评论显然难以给女作家们创造一个良性互动的批评环境,有时激起女作家的不满和反弹也是很自然的。沈从文在《记丁玲》中所反映的丁玲对批评界的意见具有一定的代表性:

---

① 贺玉波:《中国现代女作家·序》,见《中国现代女作家》,第1页,上海:现代书局,1932年版。
② 贺玉波:《中国现代女作家》,第55—56页。

如钱杏邨诸人，就莫不陷入那个错误中，既不明白那些作品中人物型范所自来，又不理解作者在何种时代何种环境里产生她的作品，所知道的实际只那么少，所说的却又必然的那么多，这种印象地得出若干论点，机械地说出若干意见，批评的意义，除了在那里侮辱作者以外，可以说毫无是处。关于她的任何批评，登在什么刊物上，为她所见到时，总常常皱了双眉轻轻地说：

"活在中国许多事情皆算犯罪，但从无人以为关于这种胡说八道的批评文章是罪过。故第一个作了，还有第二个照抄来重作。没有可作了，还在小报上去造谣言增加材料。中国人好讲道德，一个女人不穿袜子在街上走走，就有人在旁批评：'真不要脸！'为什么有些人把别人文章读过一篇，就乱来猜一阵作者为人如何，对于社会革命如何，对于妇女职业观如何，胡扯那么一大套，自己既不害羞，旁人也不批评一句'真不要脸'？"

这个人在各方面皆见得十分厚道，对于文学批评者却一提及时总得皱眉。那原因不是批评者对于她作品的指摘，却常在批评者对于她作品荒谬的解释。一切溢美之词皆不脱俗气的瞎凑，带着从事商业竞卖广告意义的宣传，她明白这点，加上她还留下了某一次被商人利用而增高其地位的不快印象，故在写作上她日益出名，也日益感到寂寞。一九三零年左右，她有一次被一群青年大学生请去某大学演讲时，到了那里第一句话就说：

"各位欢喜读我的文章，找我来谈谈，可不要因为我怎么样出名，因为我文章得到如何好评而起。请莫相信那些曲解作品侮辱作者的批评文章。我的文章只是为宽泛的人类而写的，并不为寄食于小资本家的刻薄商人方面的什么批评家写的。"①

如果说丁玲激愤的措辞针对的是无良批评家，而凌叔华即使对朋友善意的溢美之词也不买账。1927年《花之寺》问世，《新月》在第1卷第1号广告栏中刊出了徐志摩给《花之寺》的序文："作者是有幽默的，是恬静最耐寻味的幽默，一种七弦琴的余韵，一种紫兰在黄昏人静时微透的清芳……"这段文字充满了志摩式的华丽，欣赏和称赞溢于言表。但不知何故，这篇序文在《花之寺》正式出版之际没有收入书中。而《花之寺》问世后，徐志摩、沈从文、苏雪林等都把凌叔华与曼斯菲尔德相比。晚年的凌叔华在一次答记者问中回顾说："记得

---

① 沈从文：《记丁玲》，第79—82页，上海：良友图书印刷公司，1934年版。

《写信》刚发表当天,徐志摩一早来恭贺我,赞我是中国的曼殊菲尔,我当时心里极不服气,就愤愤地说:'你白说我了,我根本就不认识她!'"[1]这里或许有女作家意气用事的成分,但在彰显了女作家自尊的同时,也昭示了批评界尽管不乏蜂拥而上的批评,但真正缺乏的是给女作家们以切中肯綮的教益者。或许批评家与作家之间这种天敌般的关系,在女作家这里体现得更为鲜明。因为与男性作家相比,她们所面临的文坛大环境或许更为恶劣,女作家本能地产生自我防护甚至戒备之心,也是大可以理解的。

(吴晓东)

白薇戏剧集《打出幽灵塔》长久引人注目

打出幽灵塔

新出版书　白薇女士著　实价八角五分

和易卜生底《娜拉》一样,白薇女士底《打出幽灵塔》正是一个叫醒那些沉睡着的,作了半生家庭傀儡的不幸的妇女们底沉痛的呼声。在这几千年来的男权社会里,多少被镇压在幽灵塔下可怜的奴隶们,在没有太阳,没有生命的黑暗里,送掉了她们底青春,她们底花,她们底一切。现在白薇女士站在女性的立场,代表被侮辱与被损害的妇女们发出了这一声"打出幽灵塔"的春雷,这真是多么有力的一个叫喊呀!其他如《姨娘》,如《假洋人》,如《乐土》诸篇,也都是充满了同情那"被侮辱与被损害"的女子的眼泪和积极的反抗性,是她这几年来的得意之作。当各篇发表在《奔流》,《小说月报》,《北(斗)》等大杂志时,曾引起多少青年的赞赏和讨论。至于文笔的美丽,情绪的热烈,对话的生动,则文坛上早有定评,在这里毋用赘述。现汇印成书,共约三百页(卅二开本),道林纸精印。

(原载1934年3月1日《春光》创刊号)

---

[1] 郑丽园:《如梦如歌——英伦八访文坛耆宿凌叔华》,载1987年5月6日、7日台湾《联合报》。

白薇《打出幽灵塔》书影，湖风书局1931年初版。

用"新出版书"的名义做足广告的白薇（1894—1987）戏剧集《打出幽灵塔》，实际上是一种早在1931年便面世的旧作。但是三年后甚至直到1936年，此书似乎仍带着左翼女性文学的魅力，一版再版，吸引着当年的读者。

从广告的行文中也能看出，《打出幽灵塔》是一奇特的剧本。这部剧按照文后的《附白》称，原名为《去，死去！》，写于1928年夏的武昌。那时的白薇在国民政府总政治部国际编纂委员会任日文翻译，是用一星期的时间"拼命写完"此多幕剧的，却被向培良以组织演出的名义骗走，不予归还。结果是作者大病了一场，回到上海于贫病交困中重写，认为"已像碎瓦难缝的散漫"[①]。剧本首次揭载，是在鲁迅主编的《奔流》上（第1、2、4期连载）。

剧本的故事发生的特定环境，是国共从合作到破裂的北伐战争时期。正因为有了大革命年代农民运动的宏大背景，这才给剧中的女性、农民以及乡村士绅带来翻天覆地的变化。土豪劣绅胡荣生的家庭就是在这一变革中彻底解体、覆灭的。如果没有农民协会委员带领群众到胡家来清算他无理打伤农民的罪行，要求他开仓粜谷赈灾，清查他私藏的鸦片，就不会有豪绅们的外表服从、内心反对和用计逃逸等事发生。同样的，如果没有农运的强大势头，妇联委员萧森怎么能够到胡家来调查姨太太郑少梅提出的离婚案，并给予批准呢。而且也是农民和妇女的组织公开支持了胡的养女萧月林从家出走，混入农运队伍的受贿农协委员会有权力暗中庇护劣绅，最后在获得胡荣生私藏鸦片的证据之后，农会可以给劣绅以致命的打击！这都从不同角度反映了那场农民革命的来势凶猛。我们不仅可以从本剧，也可以从蒋光慈的长篇《田野的风》、叶紫的中篇小说《星》里，感受到那个时代的强烈气息。

[①] 白薇：《打出幽灵塔·附白》，见《打出幽灵塔》（外三篇），第146页，上海：湖风书局，1931年版。

于是，一个士绅家庭的沉沦便和时代风云紧密相关，以悲剧的面目上演了。剧中的人物均围绕萧月林展开。其养父胡荣生最后证明就是她的生父，却处心积虑地要占有她，逼她结婚。而她所爱的是两个曾经救助过她的恩人。一是胡荣生之子胡巧鸣，他同情农人，主动低价粜谷赈济灾民，在带萧月林逃出家庭时被其父刺死。刺后被胡荣生嫁祸的人，正是萧月林另一恋爱对象农协委员凌侠。妇联委员萧森来胡家办理郑少梅的离婚手续时，意外地发现胡荣生便是多年前侮辱她的胡灿，是造成她产下私生女送育婴堂的仇人。萧森还发现萧月林很可能是自己的亲生女儿。而胡荣生的管家贵一，是这一切的见证人。他本是萧森的恋人，在萧森遭污被迫出国后救出了被胡荣生狠心抛掷河心的女孩，在女孩辗转被卖到胡家做丫环的时候又潜回来暗中保护萧月林。最后也是由他揭开了全部事实的真相，将剧情引向高潮：贵一被胡荣生打死；萧森和胡荣生相互同时开枪，胡被击毙；萧月林为掩护生母身受重伤，在临终前与萧森母女相认。这个剧作出现六年之后才有曹禺的《雷雨》，但两剧家庭伦理关系的错乱情况十分相像，却是个事实。《打出幽灵塔》有多个呈三角的男女关系：萧森、贵一和胡荣生；萧月林、凌侠和胡巧鸣。有多个局中人暂时被蒙在鼓里的男女乱伦关系：胡荣生的逼婚对象实际是自己亲生女儿；萧月林以为是和养父之子恋爱，其实胡巧鸣与她是同父异母的兄妹；姨太太郑少梅单恋着胡巧鸣，而胡应叫她小妈。在如此复杂的男女关联中，以胡荣生为首的地方土豪势力构成了强大的压迫阶级，大部分人却是被胡荣生欺侮、损害的对象。他们即便是反抗了，也要付出绝大的牺牲。"幽灵塔"在剧中象征压迫阶级制造的黑暗魔窟。胡家房子的地盘原是一座古塔，作者借剧中仆人挑明："'幽灵塔'是少爷指老爷的哪。老爷本身虽然不像个幽灵，但他压迫家里的青年，不和雷峰塔镇压白蛇精是一样的吗？"①胡荣生一人之死，所对着的是胡巧鸣、贵一、萧月林三人之死。幽灵塔这个封建专制堡垒垮掉的代价是很大的，并不如高歌猛进一般容易。此点表现得较为真实。

而剧中的三个女性萧月林、萧森、郑少梅，无论是处于养女、生父之间游移不定又向往光明的青年女子，或者是饱尝人世间婚姻痛楚的成熟中年妇女，都表现了该剧作者强烈反抗男性社会对女性压迫的不屈精神。女子在社会中所

---

① 白薇：《打出幽灵塔》，《打出幽灵塔》（外三篇），第117页。

受的多方面压迫,主要是通过不平等的婚姻关系、专制的两性关系来表达的。就连比较柔弱的萧月林在最后一场,面对兽性的胡荣生也不禁喊出:"我做了你的私生女,又要做你的小老婆么?"并在临死前愤激地说道"我'去死''去死''去死'","我们要以死抵抗一切,我们'新生''新生'!"①这就是该剧原来题名"去,死去!"的本意:以包括新女性在内的一代青年人的死,来换取整个社会的新生。如果联系白薇创作的原动力,就会发现上述广告文字所强调的此剧"站在女性的立场",像易卜生《娜拉》一样唤醒妇女摆脱"家庭傀儡"的角色,为"被侮辱与被损害的妇女们"发一声春雷的意义,是很有道理的。

我们从白薇自身作为一个被压迫女性的独特生平,从她的其他戏剧、小说作品中,照样能窥探到她极强的女性创作个性。白薇的经历就极富戏剧性。先是反抗包办婚姻,冒死从夫家出走。为了不返回牢笼,在长沙女一师行完毕业礼的第三天,便突破别人组织起来的守卫圈,钻学校围墙的粪洞逃离,只身经上海到日本横滨,上岸时口袋里只剩下两角日元了。她在异国充当女佣、挑夫,勤工俭学,与革命的却也是男性中心主义的杨骚相识相恋,反反复复地遭遗弃,受伤害。最初她考上御茶水女高师学习生物,后自学文学,以文学为武器参与社会斗争,宣泄自己对革命的热情,对社会的不平之气。从1926年始,在《小说月报》《语丝》发表剧本《苏斐》、《琳丽》、《访雯》等,以女性剧作家的身份登上文坛。陈西滢当年在读到她为女性冲破爱情藩篱呼号的诗剧《琳丽》时,曾说过:

> 《琳丽》二百几十页,却从头至尾就是说的男女的爱。它的结构也许太离奇,情节也许太复杂,文字也许有些毛病,可是这二百几十页藏着多大的力量!一个心的呼声,在恋爱的痛苦中的心的呼声,从第一页喊到末一页,并不重复,并不疲乏,那是多大的力量!②

评者显然震惊于一个白面弱女子身上的强大表现力。这种强力贯穿于白薇的主要创作。尤其是1926年她放弃刚补上的官费从日本毅然归国,1927年经历了大革命失败的壮阔一幕,1928年以后写出了她的代表作:三幕剧《打出幽灵塔》、长篇小说《炸弹与征鸟》、长篇自传《悲剧生涯》。这些作品无一不具备陈西滢

---

① 白薇:《打出幽灵塔》,《打出幽灵塔》(外三篇),第132、141页。
② 陈西滢:《新文学运动以来的十部著作(下)》,见《西滢闲话》,上海:新月书店,1928年6月版。

所称许的特征。《炸弹与征鸟》主人公两姊妹余玥、余彬的故事,带有部分自叙性质,其描述冲出重围投身大革命的女性命运,甘为"花瓶"的妹妹(读书期的绰号是"炸弹"),及不甘为"花瓶"却被人当做"花瓶"的姐姐(自称"征鸟"),意味深长。如这种爆发式的语言,"啊!何处有赤血儿的仪表?啊!何处是如火如荼的群众底愤焰?啊!这影动的夜街,彻彻底刺着我受伤的饥饿的征鸟之怀!"①和《打出幽灵塔》的"反了,一切都是新鲜的了!我在'生'之摇篮里摇,摇,摇……我生了。我生了!"②这样《女神》式的抗暴语言,却都是同一个女性作家发出的。而在《悲剧生涯》的序言中,她悲痛地说出:"在这个老朽将死的社会里,男性中心的色彩还浓厚的万恶社会中,女性是没有真相的。"③沉痛的话语道出她写作的真谛,在中国已是十分难得了。

白薇是由五四过渡到左翼的女性作家。她是"左联"、"左翼剧联"的盟员。其他剧作,如本集所收的《乐土》(原名《革命神受难》)、《姨娘》,均写于参加"左联"之前。《假洋人》写于"左联"时期,载1931年的《北斗》。据白薇《悲剧生涯》记载,她认识鲁迅后,曾以多灾多病之身向学过医的鲁迅请教:人开刀后会不会丧失感情,以至写不出文章来?可见她的作品是依仗情感的,自己十分了然。白薇反抗的激情有时可达痉挛式的程度,她革命浪漫主义的写法也掺和了表现主义、象征主义的成分。这是生命型女性写作的一种极致。

(吴福辉)

---

① 白薇:《炸弹与征鸟》,见《白薇作品选》,第162—163页,长沙:湖南人民出版社,1985年版。
② 白薇:《打出幽灵塔》,《打出幽灵塔》(外三篇),第141页。
③ 白薇:《悲剧生涯·序》,见《白薇作品选》,第15—16页。

4 月

《人间世》的创刊与林语堂的小品文运动

《人间世》发刊词

十四年来中国现代文学唯一之成功,小品文之成功也。创作小说,即有佳作,亦由小品散文训练而来。盖小品文,可以发挥议论,可以畅泄衷情,可以摹绘人情,可以形容世故,可以札记琐屑,可以谈天说地,本无范围,特以自我为中心,以闲适为格调,与各体别,西方文学所谓个人笔调是也。故善冶情感与议论于一炉,而成现代散文之技巧。人间世之创刊,专为登载小品文而设,盖欲就其已有之成功,扶波助澜,使其愈臻畅盛。小品文已成功之人,或可益加兴趣,多所写作,即未知名之人,亦可因此发见。盖文人作文,每等还债,不催不还,不邀不作。或因未得相当发表之便利,虽心头偶有佳意,亦听其埋没,何等可惜。或且因循成习,绝笔不复作,天下苍生翘首如望云霓,而终不见涓滴之赐,何以为情。且现代刊物,纯文艺性质者,多刊创作,以小品作点缀耳。若不特创一刊,提倡发表,新进作家即不复接踵而至。吾知天下有许多清新可喜文章,亦正藏在各人抽屉,供鱼蠹之侵蚀,不亦大可哀乎。内容如上所述,包括一切,宇宙之大,苍蝇之微,皆可取材,故名之为人间世。除游记诗歌题跋赠序尺牍日记之外,尤注重清俊议论文及读书随笔,以期开卷有益,掩卷有味,不仅吟风弄月,而流为玩物丧志之文学已也。半月一册,字数四万,逢初五二十出版。纸张印刷编排校对,力求完善,用仿宋字排印,以符小品清雅之意。尚祈海内文士,共襄其成。

(原载 1934 年 4 月 5 日《人间世》第 1 期)

我的话

林语堂著　论语丛书之三　每册七角

《我的话》是林语堂先生最近论文的随笔结集。林先生在论文中说"看透道理是幽默，解脱灵性有文章"，本书就是看透道理解脱灵性的幽默文章。在序文中他说："信手拈来，政治病亦谈，西装亦谈，再启亦谈，甚至牙刷亦谈……去经世文章远矣。所自奇者，心头因此轻松许多。"世有因满目经世文章而头痛气闷者，请以本集来轻松一下。全书三十八篇二百五十页，售价七角。时代图书公司。

（原载 1934 年 8 月 16 日《论语》第 47 期）

鲁迅发表于 1933 年 10 月的《小品文的危机》一文中关于五四"散文小品的成功，几乎在小说戏曲和诗歌之上"[①]的判断，与林语堂在《人间世》发刊词[②]所说"十四年来中国现代文学唯一之成功，小品文之成功也"有异曲同工之处。但鲁迅的文章发表在先，所以倘使有影响关系，应是林语堂的说法受了鲁迅影响，尽管鲁迅把小品文称为"小摆设"的批评针对的其实恰是林语堂创办的《论语》。

不过虽然同样称赞小品文的成功，林语堂所强调的，主要是小品文作为一种"与各体别"的"文体"本身的独特价值。他的《人间世》发刊词则可以读作一篇关于小品文的文体学论文。林语堂首先强调的是小品文写作在文体训练方面的作用，他甚至认为其他文体如"创作小说"也由"小品文训练而来"。其次，林语堂突出的是小品文其文体独有的"大杂烩"性质：

林语堂像

---

① 鲁迅：《小品文的危机》，载 1933 年 10 月 1 日《现代》第 3 卷第 6 期。
② 《人间世》发刊词为林语堂本人撰写，同时发表于 1934 年 4 月 1 日《论语》半月刊第 38 期，题为"发刊人间世意见书"。

> 盖小品文，可以发挥议论，可以畅泄衷情，可以摹绘人情，可以形容世故，可以札记琐屑，可以谈天说地，本无范围，特以自我为中心，以闲适为格调，与各体别，西方文学所谓个人笔调是也。故善冶情感与议论于一炉，而成现代散文之技巧。

虽然"以自我为中心，以闲适为格调"的主张屡受诟病，也的确窄化了小品文的可能性，不过称小品文"善冶情感与议论于一炉，而成现代散文之技巧"，确是恰如其分的论断。

而林语堂接下来的表述："盖文人作文，每等还债，不催不还，不邀不作。或因未得相当发表之便利，虽心头偶有佳意，亦听其埋没，何等可惜。或且因循成习，绝笔不复作，天下苍生翘首如望云霓，而终不见涓滴之赐，何以为情。且现代刊物，纯文艺性质者，多刊创作，以小品作点缀耳。"其实触及的是小品文写作方式区别于林语堂所谓纯文艺创作的特殊性。进行纯文艺创作，在一些作家那里总难免郑重其事，如临大敌，虽不至焚香沐浴，但也每每正襟危坐，希求一举成就当时评论界一直呼唤的"中国的伟大作品"。而小品文则不需要像写长篇小说和"三一律"戏剧那样长久酝酿，精心构思，一个念头偶尔闪过，即可敷衍成千字文。但小品文的写作也需要契机，"心头偶有佳意"，才不致"埋没"。编辑的催稿以及专门登载小品文的杂志的存在，就有助于改变作家"因循成习，绝笔不复作"的惯性，即林语堂所谓"文人作文，每等还债，不催不还，不邀不作"之意。因此，一个好的编辑以及一个有特色的杂志，往往会催生出一个具有文学史意义的园地乃至潮流。林语堂在30年代编辑的《论语》、《人间世》和《宇宙风》，即促成了一个小品文运动。

《人间世》发刊词关于作者类型也进行了有意识的划分，无论是"已成功的人"还是"未知名之人"和"新进作家"，都是《人间世》试图网罗的对象，似乎值得从"作者社会学"的角度进行揣摩。事实上，当时专业的以及业余的观察家们，的确十分留意《人间世》究竟吸纳了哪些作者。创刊号上的作者，就有蔡元

《人间世》第1期

培、周作人、刘半农、沈尹默、林语堂、郁达夫、徐志摩、废名、丰子恺、朱光潜、庐隐、傅东华、陈子展、简又文、阿英、徐懋庸、刘大杰、李青崖、全增嘏、徐訏、程鹤西等，的确以"已成功之人"为主，因此，有人评价《人间世》说："它也和其他的所谓伟大的文艺杂志——例如《文学季刊》——一样，由多少员大将，多少员特请撰稿人组成的，盖此既具有权威，亦合乎文坛之时尚也。"①其实，《人间世》除了在意"多少员大将，多少员特请撰稿人"，也同样重视培养"未知名之人"与"新进作家"，包括徐懋庸、唐弢、凤子、阿英、杨骚等左翼作家也是《人间世》的座上宾。在问世了大量短命的同人刊物的30年代，注重吸收多层次的作者群，显然是颇具眼光的办刊方略。

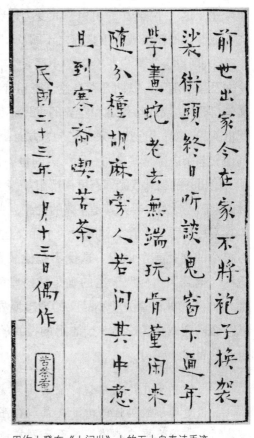

周作人登在《人间世》上的五十自寿诗手迹

在《论语》和《人间世》的影响下，30年代出现了不少的小品文刊物，如《太白》、《新语林》、《文饭小品》、《芒种》、《西北风》等以刊登小品文为主的刊物。同时，"小品"概念也由此泛滥，"科学小品"、"文艺小品"、"戏剧小品"、"历史小品"、"幽默小品"、"讽刺小品"……不一而足。

不过，多少有点可惜的是，林语堂办《人间世》的中心命意，最后仍落实在"以自我为中心，以闲适为格调"上，与鲁迅指明的"以后的路，本来明明是更分明的挣扎和战斗，因为这原是萌芽于'文学革命'以至'思想革命'的"主张大相异趣，倒是与鲁迅所谓"现在的趋势，却在特别提倡那和旧文章相合之点，雍容，漂亮，缜密，就是要它成为'小摆设'，供雅人的摩挲，并且想青

---

① 鹤翎：《人间世》，载1934年《刁斗》第1卷第2期。

年摩挲了这'小摆设',由粗暴而变为风雅了"①亦步亦趋。鲁迅强调小品文"挣扎和战斗"的精髓被林语堂弃之不顾。

《人间世》当然也不会以"小摆设"自居。其《发刊词》强调"注重清俊议论文及读书随笔,以期开卷有益,掩卷有味,不仅吟风弄月,而流为玩物丧志之文学已也",或许与鲁迅和左翼的批评不无关系。因此,有观察家注意到了《人间世》的改变:"近几年来文艺杂志方面,别开生面的是林语堂主编的《人间世》,其他文艺杂志都是些杂货,而《人间世》是纯粹以小品文为主干的,它已经解脱了《论语》的幽默气派,态度尚严肃。"②其实《人间世》在创办过程中,可以看出林语堂已经针对各界尤其是左翼的批评,明显做出了趋向"严肃"的调整。

不过从总体上看,林语堂的小品文运动毕竟是以"闲适"、"幽默"、"格调"为核心的文化美学诉求。这倒不是他故意与鲁迅和左翼"对着干",其实"闲适"、"幽默"、"格调"也的确是林语堂的小品文观念演变到30年代的必然结果。30年代林语堂关于小品文的理想境界庶几从他的小品文集《我的话》中可见一斑。刊载在《论语》杂志上的《我的话》的广告词,征引的大都是林语堂自己的表述:

> 林先生在论文中说"看透道理是幽默,解脱灵性有文章",本书就是看透道理解脱灵性的幽默文章。在序文中他说:"信手拈来,政治病亦谈,西装亦谈,再启亦谈,甚至牙刷亦谈……去经世文章远矣。所自奇者,心头因此轻松许多。"世有因满目经世文章而头痛气闷者,请以本集来轻松一下。

末一句或许针对的就是以鲁迅为代表的左翼的批评声浪。而"看透道理是幽默,解脱灵性有文章"的说辞则堪称从《人间世》发刊词的境界又有所退步了,与林语堂早期的《翦拂集》中那种"单刀直入的笔调及嫉恶如仇的精神"就更无法比拟。

林语堂的散文风格也经历了一个变化的过程。《翦拂集》序中令人印象深刻的是林语堂对自己曾经有过的意气风发时代的神往:

---

① 鲁迅:《小品文的危机》,载1933年10月1日《现代》第3卷第6期。
② 鹤翎:《人间世》,载1934年《刁斗》第1卷第2期。

>在这太平的寂寞中回想到两年前"革命政府"时代的北京,真使我们追忆往日青年勇气的壮毅及与政府演出惨戏的热闹。天安门前的大会五光十色旗帜的飘扬,眉宇扬扬的男女学生的面目,西长安街揭竿抛瓦的巷战,哈达门大街赤足冒雨的游行,这是何等的雄壮!国务院前哔剥的枪声,东西牌楼沿途的血迹,各医院的奔走弃尸,北大第三院的追悼大会,这是何等的激昂![1]

当年《语丝》上登载的《翦拂集》的广告语,一开始援引的即是"语堂先生打狗檄文中提倡气节的痛快话":"我们应该能肉搏奋击,不能肉搏奋击,至少也应能诟谇恶骂,不能诟谇恶骂,也应能痛心疾首憎恶仇恨,若并一点憎恶仇恨的心也没有,已经变为枯萎待毙的人了。"广告进而写道:

>语堂先生是最早主张"先除文妖再打军阀"的人。这本文集所收的都是对北京学者文妖段章嫖客而发的言论。凡段祺瑞的"革命政府",章士钊的"整顿学风",名流学者的彷徨软化,正人君子的丧心病狂,叭儿狗的无耻阿谀,言论家的出卖公理,三一八的屠杀,长安街的巷战,多经过作者用单刀直入的笔调及嫉恶如仇的精神,尽情写出,读之不但可明白当日知识界分裂的真相,也可令人追思往日言论界奋斗的精神。[2]

这就是苏雪林所谓的"林语堂在《语丝》时期主张谩骂主义"。

而到了《论语》时期,林语堂的小品文也不是即刻就变成了"小摆设"的。曹聚仁曾说:"林语堂提倡幽默,《论语》中文字,还是讽刺性质为多。即林氏的半月《论语》,也是批评时事,词句非常尖刻,大不为官僚绅士所容,因此,各地禁止《论语》销售,也和禁售《语丝》相同。"[3]但是随着政治气候的日益严峻,《论语》终于开始宣称远离政治,如1932年12月1日第6期《编辑后记——论语的格调》称:"对于思想文化的荒谬,我们是毫不宽贷的;对于政治,可以少谈一点,因为我们不想杀身以成仁。"《论语》创刊号的《编辑后记》亦说:"在目下这一种时代,似乎《春秋》比《论语》更需要,它或许可以

---

[1] 语堂:《〈翦拂集〉序》,载1928年《语丝》第41期。
[2]《翦拂集》广告载1928年12月17日《语丝》第4卷第49期。
[3] 曹聚仁:《〈人间世〉与〈太白〉·〈芒种〉》,见《文坛五十年》,第271页,上海:东方出版中心,1997年版。

匡正世道人心，挽既倒之狂澜，跻国家于太平。不过我们这班人自知没有这一种的大力量，其实只好出出《论语》。"①出于生存的考虑，《论语》的编辑方针或许不是难以理解的。这种疏离政治的策略在《人间世》也得以延续，第2期更在《人间世投稿规约》中以加框的醒目方式添加三句话："本刊地盘公开。文字华而不实者不登。涉及党派政治者不登。"类似提醒在以后各期的编辑寄语中多有，可见林语堂为《人间世》的基本定位是"不谈政治"了。

从客观上说，《论语》和《人间世》迎合或者说催生了闲适小品文杂志创生的潮流。《人间世》出版的1934年也因此号称"小品年"或"杂志年"。茅盾在1934年发表的《所谓杂志年》一文指出："最近两个月内创刊的那些'软性读物'则又几乎全是'幽默'与'小品'的'合股公司'。"茅盾进而引用6月16日《申报·自由谈》上一篇题为"零食"的短论大加发挥：

> 现今杂志之盛行是因为"广大的读者"爱吃"消闲的零食"。读者此种"爱吃零食"的脾胃就说明了何以今年的最"时髦"的刊物是幽默而又小品。
> 一部分的读者本来因为胃弱只喜吃"零食"，大鱼大肉是消化不了的；但另一部分的读者却有好胃口，需要大鱼大肉，不幸我们的"特别国情"不许有新鲜的大鱼大肉供给他们，几家老厨房搬来搬去只是些腐鱼臭肉，几家新厨房偶然摆出新鲜货来，就会弄得不能做生意。于是这些胃口好的读者也只好拿"零食"来点饥，于是定期刊多了一批主顾。②

青年人只能天天吃"零食"，难免会有营养不良之虞。而鲁迅所谓"想青年摩挲了这'小摆设'，由粗暴而变为风雅"的担心也并非无的放矢。有一位教师发表文章谈了自己的亲身经历："去年的秋间，我以偶然的机会在一个中学里教了半年国文；在批改文章的时候，发现许多青年喜欢写一些不三不四油腔滑调的文字，也有人发一些不痛不痒的牢骚，更有人简直在文章中蕴藏着浓厚的出世思想，意态消极，飘飘欲仙，大有隐士之风。我调查的结果，原来他们在课外手执《论语》一卷，或者躺在宿舍里的床铺上低低吟着《人间世》，他们像《论语》一样的所谓幽默笔调固然学不像，结果文章乃流于空疏油滑；像《人间世》那种脱尽烟火气的所谓语录体，他们也是弄不来，结果却使一班青年的思想一

---

① 《编辑后记》，载1932年9月16日《论语》创刊号。
② 兰（茅盾）：《所谓杂志年》，载1934年8月1日《文学》第3卷第2号。

天天离开现实，成为得过且过，与世无争的顺民。这就是《论语》和《人间世》在青年中所起的作用，也就是他们的主要任务吧！？"①

因此，"'幽默'与'小品'的'合股公司'"的纷纷"上市"，引起舆论的反弹，也是情理之中。连《现代》杂志也刊文批评《人间世》的"复古"：

> 上一次②我们曾经把一九三四称为"杂志年"，但也有人把它称为"小品年"的。
>
> 这是说，在一九三四年，小品文成为一种流行。
>
> 只有周作人发刊《语丝》的那几年间，可以相当说是小品文的时期；而我们的几个优秀的小品文作家，也大部分从这个圈子里产生。在《语丝》迁移到上海来之后，似乎连特别注重小品文的刊物都不常见。（至于以"幽默"为招牌的《论语》，实是不能算在内的。）
>
> 《人间世》，在许多地方可以说是继承了《语丝》的倾向。（再说，即连林语堂的"幽默"，实际上也是《语丝》的遗产，可是在这里不想多说了。）不过，这是表面的看法。本质上，《人间世》和《语丝》之间是有着许多的差异；即是说，写作的林语堂和过去的周作人之间是有着本质的区别的。
>
> 第一，《语丝》，它是一方面能够认识小品文的重要性，而另一方面也同样的承认所谓"正式文学"（这是一个非常随便的称法）的重要性。它的存在，尽可与各种正式文学的存在并行不悖；……共同来装点这个文学的园地。《人间世》便不然，她开始即以向正式文学挑战的姿态出现；……显然是表示着他们以为小品文与正式文学不能共存。
>
> 第二，《语丝》的态度是革新，是足以领导青年的；《人间世》却在许多地方带着复古的意味，是和旧的传统妥协的。③

今天看来，30年代文坛对于《人间世》在政治立场上的妥协姿态或许缺乏一些同情的理解，同时也对"杂志年"的虚假繁荣缺乏足够的认知。只有茅盾富于洞见地指出："杂志的'发展'恐怕要一年胜似一年。不过有一点也可以预言：即此所谓'发展'决不是读者人数的增加，而是杂志种数的增加。"④而"种数

---

① 星：《〈论语〉与〈人间世〉》，载1935年3月30日《出版消息》第46、47、48合刊，《十日短论》栏。

② 指1934年6月《现代》第5卷第2期的《文坛展望》。

③ 编者：《文坛展望》，载1934年7月《现代》第5卷第3期。

④ 兰（茅盾）：《所谓杂志年》，载1934年8月1日《文学》第3卷第2号。

的增加"并不意味着真正的繁荣。正如有研究者指出:"在当局文化专制主义高压下,许多刊物只出了创刊号就面临停办查封的局面。为了办刊,主办者们往往被迫采用转移、分散的方法引开当局注意力,让刊物至少能够在一段时期内继续出版发行下去,犹如文化战线上的'游击'或'迂回'战术。因此'杂志年',并非杂志命运真正亨通。"① 即便是《人间世》这一"小品年"抑或"杂志年"的始作俑者,创刊仅一年半的时间,也在 1935 年 12 月 20 日出版第 42 期后无奈地宣告终刊。

(吴晓东)

"看萧和'看萧的人们'"

《萧伯纳在上海》

萧伯纳一到香港,就给了中国一个冲击,到上海后,可更甚了,定期出版物上几乎都有记载或批评,称赞的也有,嘲骂的也有。编者便用了剪刀和笔墨,将这些都择要汇集起来,又一一加以解剖和比较,说明了萧是一面平面的镜子,而一向在凹凸镜里见得平正的脸相的人物,这回却露出了他们的歪脸来,是一部未曾有过先例的书籍。编者是乐雯,鲁迅作序。

每本实价大洋五角。

(鲁迅撰,原载 1934 年 4 月上海联华书局发行的《解放了的董吉诃德》书末)

外国知名作家访华一向造成文坛热点。从毛姆、罗素、杜威到泰戈尔、伐扬·古久列,再到抗战时期的海明威、奥登、伊舍伍德,都给中国文坛留下不大不小的冲击。萧伯纳 1933 年 2 月 17 日的半日访沪,也同样给沪上文坛造成闪电般的冲击波。鲁迅即称:"伯纳萧一到上海,热闹得比泰戈尔还利害,不必

---

① 颜湘茹:《从〈现代〉看 20 世纪 30 年代上海市民新型身份的建构》,载《社会科学》2008 年第 4 期。

萧伯纳访沪期间与宋庆龄、蔡元培、鲁迅、史沫特莱、林语堂等合影。

说毕力涅克和穆杭了。"①

上海新闻界在1933年初即传出77岁高龄的萧伯纳在宋庆龄、蔡元培、鲁迅、杨杏佛发起的中国民权保障同盟的邀请下,将乘不列颠皇后号到上海作短暂访问的消息。萧伯纳尚未到沪,各大媒体已掀起"萧伯纳热"。2月2日,《申报·自由谈》发表郁达夫的《萧伯纳与高尔斯华绥》:"我们正在预备着热烈欢迎那位长脸预言家的萧老。"2月9日,又发表玄(茅盾)的文章《萧伯纳来游中国》;2月15日起连载宜闲(汪倜然)翻译的萧伯纳小说《黑女求神记》。而在萧伯纳抵沪的当天和次日,《申报·自由谈》还连续两天刊出"萧伯纳专号",其中有何家干(鲁迅)的《萧伯纳颂》、郁达夫的《介绍萧伯纳》、林语堂的《谈萧伯纳》、玄(茅盾)的《关于萧伯纳》、郑伯奇的《欢迎萧伯纳来听炮声》、许杰的《绅士阶级的蜜蜂》和杨幸之的《HelloShaw》等等②。

---

① 鲁迅:《萧伯纳在上海·序言》,见乐雯剪贴翻译并编校:《萧伯纳在上海》,第1页,上海:野草书店,1933年版。

② 参见陈子善:《幽默大师萧伯纳闪电上海行》,见《边缘识小》,第98—99页,上海:上海书店,2009年版。

此后，1933年3月《论语》第12期出了"萧伯纳访华专号"，刊登了蔡元培、鲁迅、宋春舫、邵洵美、洪深和主编林语堂本人对萧伯纳访沪的观感，《现代》杂志在萧伯纳访沪的前前后后也做足了文章。据施蛰存回忆：

> 萧伯纳到上海，我虽然没有参加欢迎，《现代》杂志却可以说是尽了"迎送如仪"的礼貌。二月份的《现代》发表了萧的一个剧本，四月份的《现代》发表了萧在上海的六张照片，当时想有一篇文章来做结束，可是找不到适当的文章。幸而鲁迅寄来了一篇《看萧和"看萧的人们"》，是一篇最好的结束文章，可惜文章来迟了，无法在四月份和照片同时发表，于是只得发表在五月份的《现代》。同期还发表了适夷的《萧和巴比塞》，这是送走了萧伯纳，准备欢迎巴比塞了。萧参远在莫斯科，得知上海正在闹萧翁热，译了一篇苏联戏剧理论家列维它夫的《伯纳萧的戏剧》来，介绍苏联方面对萧的评价。这篇译稿来得更迟，在十月份的《现代》上才刊出，它仿佛也是鲁迅转交的。①

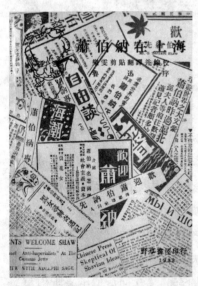

鲁迅设计的《萧伯纳在上海》封面

萧伯纳的这次半日访沪还顺便给鲁迅和瞿秋白的友谊增加了一个砝码。由瞿秋白与鲁迅一起"闪电"编辑，鲁迅作序言的《萧伯纳在上海》一个月左右即"闪电"推出，毛边道林纸，封面由鲁迅本人亲自设计，图案为剪贴各报记载，白底红色，如画家所作"倒翻字纸篓"一样。②出版后鲁迅将全部稿费付给瞿秋白，③此书也成了鲁迅和瞿秋白深厚友谊的一个历史性见证。

《萧伯纳在上海》1933年3月由上海野草书店出版，封面上的作者栏写得繁复而有趣："乐雯剪贴翻译并编校，鲁迅序"。乐雯原是鲁迅的笔名，但具体做"剪贴翻译并编校"工作

---

① 施蛰存：《〈现代〉杂忆》，见《北山散文集》（一），第261页，上海：华东师范大学出版社，2001年版。
② 唐弢：《野草书屋》，见《唐弢书话》，第95页，北京：北京出版社，1996年版。
③ 王铁仙：《心灵的相通相契——鲁迅与瞿秋白友谊之我见》，载2007年2月14日《中华读书报》。

的，其实应是瞿秋白。"当时瞿秋白住在上海，个人生活奇穷，鲁迅劝其编集此书，一来可以换点钱，二来亦可以保存各方面因萧的到来而自暴其本来面目的事实。"①全书共五部分，第一为"Welcome"，分"不顾生命"及"只求幽默"两节，收的是诸家或欢迎或痛骂的文章；第二为"吓萧的国际联合战线"，收上海各外报的社评；第三为"政治的凹凸镜"，收同题文章一篇，附录日文报上的记载两种；第四为"萧伯纳的真话"，收萧伯纳在香港、上海、北平三地所做的片段谈话；第五为"萧伯纳及其批评"，收黄河清作《萧伯纳》及德国特甫格作《萧伯纳是丑角》两篇。总括五部分的是编者的《写在前面》。全书卷首还有鲁迅的序言。

鲁迅的序言以及该书的《写在前面》（应该是瞿秋白执笔）都是大可一书的佳构。从《写在前面》末尾落款的时间（2月22日）上看，鲁迅和瞿秋白在几天内就"剪刀加糨糊"地编好了这本书。鲁迅对这部《萧伯纳在上海》堪称重视，除了为该书写序，亲自设计封面之外，还亲自写广告语，即刊登在1934年上海联华书局发行，瞿秋白翻译的《解放了的董吉诃德》书末这一则。广告中称该书"是一部未曾有过先例的书籍"，把萧伯纳比喻成"平面的镜子"，使"一向在凹凸镜里见得平正的脸相的人物，这回却露出了他们的歪脸来"，"未曾有过先例"指的正是萧伯纳访华洞见出中国文人的真实嘴脸。可见鲁迅和瞿秋白编辑此书所真正关注的，也许并非萧伯纳本人，而是中国文坛借萧伯纳访华事件而折射出来的众生相。与其他知名作家来访的差异或许在于，萧伯纳的闪电式访沪正使华界众生相得以凸显。因此，编了一本书，鲁迅仍意犹未尽，在2月23日所写《看萧和"看萧的人们"记》一文中，仍在继续萧伯纳"并不是讽刺家，而是一面镜"的话题。②也正如鲁迅在《萧伯纳在上海》的序言中所说：

> 萧在上海不到一整天，而故事竟有这么多，倘是别的文人，恐怕不见得会这样的。这不是一件小事情，所以这一本书，也确是重要的文献。在前三个部门之中，就将文人，政客，军阀，流氓，叭儿的各式各样的相貌，都在一个平面镜里映出来了。说萧是凹凸镜，我也不以为确凿。

---

① 唐弢：《野草书屋》，见《唐弢书话》，第94页。
② 鲁迅：《看萧和"看萧的人们"记》，见《鲁迅全集》第4卷，第497页，北京：人民文学出版社，1981年版。

鲁迅讽刺的这些"样貌",在施蛰存多年后的回忆中可见一斑:

> 过了几天,李尊庸送来了七八张照片,我在二卷六期的《现代》上选刊了六张,其中有一张是《现代》所独有的,可惜现在我已记不起是哪一张了。有一个上海文人张若谷,一贯喜欢自我宣传,到了不择手段的地步。他不知以什么记者的名义,居然能混进宋宅和世界社,每逢摄影记者举起照相机的时候,他总去站在前头。萧伯纳在世界社靠墙壁坐着,让记者摄影,张若谷竟然蹲到萧伯纳背后,紧贴着墙壁。记者没有办法,只好把他也照了进去。洗印出来的照片是:他的整个身子都被萧伯纳遮住了,只从萧伯纳肩膀底下探出了一个头面。这张照片使我很厌恶,但是我当时还不懂得照片可以涂改,就只好照样给印出来。①

正因当初没有今天司空见惯的图像处理技术,《现代》才得以为后来的读者给鲁迅讽刺过的"样貌"立此存照。

《萧伯纳在上海》的序言由于是鲁迅所作,更为人熟知,而可能主要是瞿秋白执笔的《写在前面》则值得多介绍几句。《写在前面》的副标题为"他非西洋唐伯虎",文中侧重讨论的是萧伯纳的"幽默"这一话题:

> 萧伯纳在上海——不过半天多功夫。但是,满城传遍了萧的"幽默"、"讽刺"、"名言"、"轶事"。仿佛他是西洋唐伯虎似的。他说真话,一定要传做笑话。他正正经经的回答你的问题,却又说他"只会讽刺而已"。中国的低能儿们连笑话都不会自己说,定要装点在唐伯虎徐文长之类的名人身上。而萧的不幸,就是几乎在上海被人家弄成这么一个"戏台上的老头儿"。
>
> 可是,又舍不得他这个"老头儿",偏偏还要借重他。于是乎关于他的记载,就在中英俄日各报上,互相参差矛盾得出奇。原本是大家都把他做凹凸镜,在他之中,看一看自己的"伟大"而粗壮,歪曲而圆转的影子;而事实上,各人自己做了凹凸镜,把萧的影子,按照各人自己的模型,拗扳得像一副脸谱似的:村的俏的样样俱备。
>
> 然而萧的伟大并没有受着损失,倒是那些人自己现了原形。
>
> 我们收集"萧伯纳在上海"的文件,并不要代表什么全中国来对他"致敬"——"代表"全中国和全上海的,自有那些九四老人,白俄公主,

---

① 施蛰存:《〈现代〉杂忆》,见《北山散文集》(一),第261页。

洋文的和汉文的当局机关报；我们只不过要把萧的真话，和欢迎真正的萧或者欢迎西洋唐伯虎的萧，以及借重或者歪曲这个"萧伯虎"的种种文件，收罗一些在这里，当做一面平面的镜子，在这里，可以看看真的萧伯纳和各种人物自己的原形。

文章堪称痛快淋漓，从中可以看出，鲁迅所撰广告与这篇《写在前面》的内容多有重合，想必也可以看成是惺惺相惜肝胆相照的两位知己共同的杰作吧？

（吴晓东）

苏区"文艺大众化"运动新模式

俱乐部纲要（摘录）

（1934年4月教育人民委员会订定）

俱乐部应该是广大工农群众的"自我教育"的组织，集体的娱乐、学习、交换经验和学识，以发扬革命情绪，赞助苏维埃革命战争，从事文化革命为目的；所以俱乐部是苏维埃社会教育的重要组织之一。俱乐部的一切工作都应当是为着群众来响应共产党和苏维埃政府每一号召的，都应当是为着革命战争，为着反对封建主义及资产阶级意识的战斗的。……

二，……俱乐部是每一级政府机关或每一个大的工厂企业，每一地方的工会，合作社之内的组织。乡村的俱乐部，同时也是该乡一切农民基本群众的俱乐部。……

……

六，最简单的俱乐部除各种政治动员由主任即管理委员会负责外，其组织可分为三部分：

演讲股……在讲演会时，同时组织小规模的晚会（山歌队、音乐队、双簧、化装表演等）……

游艺股……组织歌谣音乐（中国乐器）图画（壁画、布景画、标语、插画）以及戏剧等组，……可以组织各种体育游艺的竞赛。

文化股……负责编辑墙报……组织读报组……消灭文盲小组，组织识字班，以至夜校，半日学校等。

七，俱乐部的工作必须深入群众，因此在乡村农民中，在城市贫民中，尤其是在文化水平较低的群众之中，一定要尽量利用最通俗的广大群众所了解的旧形式而革新它的内容——表现和发扬革命的阶级斗争的精神。……

（原载《苏维埃教育法规》，引自《中央苏区戏剧集》，
南昌：百花洲文艺出版社，1992年版）

工农剧社简章（摘要）

（1934年4月教育人民委员会批准）

一，工农剧社是工人、农民、红军、苏维埃职员等研究革命戏剧的组织，以发展戏剧战线上的文化革命斗争，替（赞）助苏维埃革命战争的艺术运动为宗旨。

二，凡是不脱离生产或工作，而对于苏维埃艺术运动尤其是戏剧，有特殊兴趣，愿意研究的，都可以加入工农剧社为社员。……

三，本社的基本组织为工厂、工会、合作社、学校、部队、各级苏维埃机关及革命团体之内的"工农剧社支社"。工农剧社支社以隶属于某个团体机关之俱乐部为原则。……

……

十，工农剧社支社各在所属俱乐部筹备，并举行演戏晚会或表演活报，组织音乐队，唱歌队，以及其他更简易的化装表演、双簧、说故事等游艺；平时有系统的有计划的研究戏剧理论与剧本，收集当地材料，并按时将工作情形及所收集的材料报告分社。

……

十三，工农剧社所编剧本等，即以常委委员会为最初审定机关，如有争议或疑问时，当报告同级教育部决定；最后审定权属于中央教育部人民委员部艺术局。

……

（原载《苏维埃教育法规》，引自《中央苏区戏剧集》，
南昌：百花洲文艺出版社，1992年版）

这是两个非常特别的文件：其订定、批准者是"教育人民委员会"，而"教育人民委员会"是隶属于"中华苏维埃共和国临时中央政府人民委员会"的。"中华苏维埃共和国"（简称"苏维埃政府"）成立于1931年11月7日，这是一个"国中之国"，在其发布的《通告》里，宣告中华领土内有绝对不同的国家，"中华苏维埃共和国"是和国民党领导的"中华民国"相对抗的，由共产党领导的"广大被剥削被压迫的工农兵士劳苦群众的国家"。[①]中华苏维埃共和国由毛泽东任主席，人民委员会是其中央行政机关，下设若干专门委员会，瞿秋白被任命为教育人民委员，相当于教育部长。因此，这有关苏区文艺和教育的三个文件，都收入《苏维埃教育法规》，是一个政府、国家的文件。这就提供了一个十分重要而有意思的信息：我们知道，瞿秋白在30年代参与和领导左翼文艺运动时，曾着力提倡与推动"文艺大众化"运动。在讨论中鲁迅有一个重要的提醒。他说，读者要能接受文艺，"也应该有相当的程度。首先是识字，其次是有普通的大体的知识，而思想和情感，也须大致达到相当的水平线。否则，和文艺即不能发生关系"。结论是："文艺大众化"的"大规模的实施，就必须政治之力的帮助，一条腿是走不成路的"。[②]瞿秋白当然会注意到鲁迅的这一意见；因此，苏维埃政权的建立，就提供了一个利用"政治之力"，也即国家、政府的政治权力的力量，来推动文艺大众化的绝好机会。也就是说，苏区的"文艺大众化"，就必然具有不同于"左联"依靠民间力量推动的大众化运动的新特点。

苏区的文艺工作是完全置于党和国家、政府领导下的，是其有机组成部分。这样的领导有两个方面。首先是思想、观念上，确立文艺"大众化，通俗化，采取多样形式，为工农兵服务"的方针，[③]赋予文艺两大功能。一是"政治动员"的功能，"一切工作都应当是为着动员群众来响应共产党和苏维埃政府每一个号召的，都应当是为着革命战争"，为其服务的。在各个群众政治集会，战争动员和庆功集会上，都要有文艺演出。其二是"社会教育"的功能。在国家组织的"俱乐部"里，"游艺"（音乐、舞蹈、戏剧、美术、体育活动）是和"演讲"

---

① 《中华苏维埃共和国临时中央政府通电》（1931年12月1日），见《毛泽东年谱》（上册），第361页，北京：人民出版社、中央文献出版社，1993年版。

② 鲁迅：《文艺的大众化》，见《鲁迅全集》第7卷，第365—366页。

③ 参见赵品三：《关于中央革命根据地话剧工作的回忆》，见《中国话剧运动五十年史料集》第1辑，第191页，北京：中国戏剧出版社，1958年版。

苏区演出盛况漫画

（政治教育与科学知识普及）、"文化"（文化教育：图书、读报、识字、夜校等）三位一体的。这大概就是鲁迅所说的"多条腿走路"吧。一方面，用"广大群众所了解"的通俗文艺来提高群众文化水平；同时又通过群众文化水平的提高，反过来促进群众对文艺的接受。

其次是组织领导。一是军队的政治工作系统，红军各军团、军、师各级政治部都设有艺术股，演职员都是军队政治工作者。其二是直接由教育人民委员会领导的教育系统。教育系统又有两大组织。一是"俱乐部"，这是"广大工农群众的'自我教育'的组织，集体的娱乐、学习、交换经验和学识"。俱乐部下建立有各种剧社、音乐队、演讲队、舞蹈队，后来就集中成立了"工农剧社"、"蓝衫团"。二是建立"高尔基戏剧学校"，每期四个月，带有训练班的性质，以培养群众戏剧运动的骨干。值得注意的是，对文艺的组织领导中，已经建立了审查制度,《工农剧社简章》就规定演出剧本的"最后审定权属于中央教育人民委员部艺术局"。当事人也回忆说,瞿秋白本人就亲自审查剧本。①

按上述文件的规定,这样的俱乐部、工农剧社是要普及于全苏区的各级政权机关,以至农村基层的;但在战争的环境下,却很难实现,因此,真正落为实体的,基本上限于红军部队。但也确实进行得轰轰烈烈,有声有色,而且显示了全新的精神。首先是民主、平等的精神和作风。许多人都回忆说,部队的戏剧演出和歌咏活动,都是干部、士兵齐上舞台,同歌共舞。苏区的许多高级领导,也都亲自参与编导、演出。据说1933年除夕之夜,剧社为正在准备迎战国民党第四次围剿的红军一军团演出四幕话剧《庐山之雪》,军团将领林彪、罗荣桓、罗瑞卿(一说还有刘伯承)都纷纷登台。在古庙里搭起戏台,四周点燃篝火,场面极为壮观。②整个苏区的文艺创作、演出与活动,都始终洋溢着高昂的革命热情、艰苦奋斗的精神。许多剧本都是在敌人的包围下,在松油灯照耀下写成的;演出化妆,也是以木炭代墨,以红色纸泡水代胭脂,幕布不够也是以被单凑合。③这都是大城市里的大剧场演出所难以想象的。但就是这些看似粗陋的文艺创作和演出,却凝聚了民心,鼓舞了士气,为中国革命做出了贡献。当时的创作大部分都已散失,但经过革命胜利后数十年的收集、整理,已辑为《中央苏区戏剧集》一书,由百花洲文艺出版社于1992年出版,收有话剧、歌剧、地方戏曲、活报剧等74部作品,其中有些作品,如《欢送哥哥上前方》(即《十送红军》)至今还在传唱。苏区还培养了自己的剧作家(沙可夫、李伯钊、胡底、韩进等)、演员(石联星等)。

或许更应该注意的,是苏区所提供的"文艺大众化"的新模式。它既不同于左翼"大众化运动",比之同时期也是由国家、政府推动的,国民党的"通俗文艺运动",也显得更有活力。后者为官僚体制所累,最后落入了形式主义而收效甚微。同时,它也成为以后解放区文艺运动的雏形,为共产党全面掌握国家政权以后的文艺观念、体制的建立,积累了最初的经验。

(钱理群)

---

① 参见赵品三:《关于中央革命根据地话剧工作的回忆》,见《中国话剧运动五十年史料集》第1辑,第191页。

② 参看钱理群等:《中国现代文学三十年》,第426—427页,北京:北京大学出版社,2001年版。

③ 参见赵品三:《关于中央革命根据地话剧工作的回忆》,见《中国话剧运动五十年史料集》第1辑,第194页。

5月

蒲风诗集《茫茫夜》与中国诗歌会的创作

《茫茫夜》 诗集出版

实价四角　蒲风著　四月廿日出版

蒲风集五年来在海内外发表过的诗歌,经诗人杨骚再三精选,而成《茫茫夜》集。全集有诗廿五篇,以农村生活为中心题材,诚不愧称为农村前奏曲。集首有陈子展先生森堡先生的序,集中更插有新波先生的木刻图画,及魏猛克先生代画的像。全书用厚瑞典纸精印,形式非常美观,而定价不外大洋四角。该书业已于四月廿号出版。

春光书店发行

（原载1934年5月1日《春光》第1卷第3期）

《茫茫夜》是蒲风（1911—1942）代表诗作的选集。蒲风是早期左翼现实主义诗派的代表性诗人。

薄薄的一册诗集,按广告所说,前有于时夏（陈子展）、森堡（卢森堡,任钧）的短序,及并未提到的作者"自己的话"。其中卢森堡不愧是挚友,对蒲风诗的理解相当中肯:一,认定"他是一个现实主义的诗人";二,指出其中"找不到所谓恋爱诗或是情诗",虽然绝不反对写情诗,仅仅是反对"情诗过剩";三,集子主要是农村的诗,"描绘了被压迫,被剥削的农民的痛苦和他们的斗争的情绪与生活;有时,还有更进一步地刻画出变革后的新的农村的姿态",但同时"作者的生活究竟还欠充实";四,诗的形式"自然,活跃,绝无雕琢和牵强",却"仍不免有抽象化,概念化之嫌"。说得够诚恳的。

蒲风是广东梅县人氏,写农村确乎有一定实感,易懂。用作书名的那首《茫茫夜——农村前奏曲》,穿插母子对话来表达,母亲情重意深却是懵懂地劝儿子回家,加入了"穷人军"的青儿毅然作答:"为什么天灾人祸年年报?/为什么苛捐杂税没停过?/为什么家家使用外国货?/为什么乞丐土匪这么多?""为着我们大众我离开了家,/为着我们的工作离开了你和她!/母亲,母亲,别牵挂!"①质朴通俗,人物口气符合身份,跃跃欲动。《动荡中的故乡》也是对话体,是回乡的赤子和家乡父老的对谈。《地心的火》描述急赴起事地点的农民战士如何赶夜路,情景逼真。新波的四幅木刻插图中就有一幅表现此景,说明词引用了诗句"看!那闪闪的星星,/伴着那在黑暗中移动的二条人影。/是二个年青青的战士在兼赶路程"②。显得十

蒲风诗集《茫茫夜》木刻插图之一(新波作)

分清新。而《农夫阿三》写逃避当兵的农民半路折回,从弃枪到主动要枪,杀回老家。虽然意识形态化更重些,但全诗用阿三的心理做线索,思想变化的脉络是清晰的,容易理解的。这就是蒲风的农村诗,往往有叙事性,擅长于铺叙场面、景象,很有气势。他的诗又常常拟定各种人物的倾诉角色,如回乡者、村妇、兵士、农夫,兵士中有起义兵、逃兵、赶路的兵等等,使得诗歌的抒发具体可见。在蒲风农村诗的意象中,他重视"火",从灯火、星火、电火、天火到所谓心火,无不描写尽致。十二篇乡村诗中仅与"火"有关的诗题就有《火·风·雨》《星火》《地心的火》《闪电》《从黑夜到光明》《扑灯蛾》等六篇。《星火》里的诗句是这样的:

　　小小的火星,
　　出现在荒原中;
　　不用说,人们都对此
　　有不少的惊恐。
　　他们都习惯于

---

① 蒲风:《茫茫夜——农村前奏曲》,见《茫茫夜》,第28—29页,上海:国际编译馆,1934年版。
② 蒲风:《地心的火》,见《茫茫夜》,第50—51页。

> 没有光没有热的生活中，
> 他们甘愿屈服在
> 这平庸的妥协里。
> 但是，热是摩擦的儿子，
> 又是光明的母亲。
> 现今，日夜不停地
> 齿轮互相接合的转动起来，
> 那（哪）个抑得住这爆发的光明？

将火与光明、与热、与革命联系在一起，是平常得不能再平常的借喻。但是在蒲风的诗里它变得深沉、易解，而且能打动普通民众的心灵。

《茫茫夜》集中还有政治鼓动诗、政治讽刺诗，为森堡的序言所忽略。《跃跳·咆哮（一九三二年交响曲）》是部宏大的政治交响诗，它放眼这一年的全球上下，从淞沪"一·二八事件"到东北义勇军，从日内瓦军缩会到暹罗的立宪成功，既有墨索里尼法西斯党建国十周年的现场，又有莫斯科红场庆祝五年计划四年完成的人头攒动。它宣称："这个世界老早就分成两个——/ 哦！每一个人都在大时代中跃跳！/ 每一个城市都在咆哮！"①是当年无产阶级世界胸襟的一种张大。《真理》讽刺日本侵略军太阳旗下刺刀的真理。《挖掉奴隶的心》批判中国人"从娘胎"带来的奴隶性。该诗结尾引用两种截然不同的对"谁是主子"的解答，一是"谁的胳膊粗，拳头大，/ 谁是主子"。注明是穆时英小说《南北极》里的话。另一是"谁团结得紧干得彻底，/ 谁是主子"。注明是司马今（瞿秋白）杂文《财神还是反财神》的文字。②而《见面礼》写了作者亲见的中国人在东南亚出关，被殖民者押往移民厅拘留所的屈辱性场面："铁的栅门为我们开，/ 棕色的门警 / 向我们睁着两对大眼睛"③。并没写成"华人与狗不得入内"，但也够惊心动魄。这些诗也很有一股昂扬不屈的雄大气势。粗些，但有粗的魄力。

蒲风的诗不是个别的现象。在他之前，有"左联五烈士"之一的殷夫的诗，是比蒋光慈的政治诗更有力量的。殷夫的代表作《一九二九年的五月一日》是一篇都市群众"五一"大游行的赞歌和史诗，写了游行的全过程以及作为个体

---

① 蒲风:《跃跳·咆哮（一九三二年交响曲）》，见《茫茫夜》，第66页。
② 蒲风:《挖掉奴隶的心》，见《茫茫夜》，第75—76页。
③ 蒲风:《见面礼》，见《茫茫夜》，第97页。

的"我"如何融入群体的具体真切的感觉:

> 我突入人群,高呼:
> "我们……我们……我们……"
> 白的红的五彩纸片,
> 在晨曦中翻飞像队鸽群。
>
> 呵,响应,响应,响应,
> 满街上是我们的呼声!
> 我融入于一个声音的洪流,
> 我们是伟大的一个心灵。

这种阳刚豁达的诗风,到了"左联"时期的发扬光大者即中国诗歌会诗人群。中国诗歌会于1932年9月,由蒲风、卢森堡(任钧)、杨骚、穆木天等人发起组成。它是"左联"下面一个群众性的诗歌团体。除上海总会外,后来在北平、广州、东京还设置了分会。1933年2月办了《新诗歌》旬刊作为会刊,后改为月刊。穆木天为该刊所写的《发刊词》,很能代表这一群人的诗歌观念。诗曰:

> 我们不凭吊历史的残骸,
> 因为那已成为过去。
> 我们要捉住现实,
> 歌唱新世纪的意识。
> ……
> 我们要使我们的诗歌成为大众歌调,
> 我们自己也成为大众的一个。①

"捉住现实",便要直接表现斗争,表现工农运动;提倡"大众歌调",就是要让群众看得懂,就是要白描、要歌谣化,让诗歌琅琅上口。如果按照这两条要求,杨骚这个曾为《茫茫夜》遴选诗歌的诗人,便写过反映农村斗争的《乡曲》及其他作品。《茫茫夜》序言作者之一的任钧,则写过《起来,黄帝的子孙们!》、《当那一天来到的时候》等诗。穆木天曾写了《奉天驿中》、《守堤者》、《黄浦

---

① 穆木天:《〈新诗歌〉发刊词》,见《中国新诗库第一辑·穆木天卷》,第44—45页,武汉:长江文艺出版社,1988年版。

江舟中》等贴近大众的诗歌。这类诗作都要求诗人汇入大众，无论是思想感情，还是诗歌的语言体式，都要与群众打成一片。有意思的是，杨骚与早先的殷夫一样，都写过同题诗《我们》，来表达这种融进群众中去的愿望。而穆木天在1920年代，曾经是创造社有名的象征主义诗人，现在他隶属于中国诗歌会，就转变方向写出了富有革命群众气势的现实主义诗歌。而成就相对较大的，正是《茫茫夜》的作者蒲风。蒲风对农村的认识优于别的诗人，这一点使他的诗可免于概念化、口号化倾向。可惜他在1940年代初期便早夭了，否则是应有更远大的文学作为的。

中国诗歌会的诗歌，在整个1930年代像一支冲锋号在吹响。它与"新月"诗、现代诗、象征诗同时并存，占据着特有的左翼诗歌的领地。中国诗歌会现实主义的影响一直向后延伸，指向抗战时期的诗歌，指向延安诗歌，包括广场诗、墙头诗、枪杆诗、朗诵诗，指向未来的政治抒情诗，真是不绝如缕。

（吴福辉）

8月

旅游产业的兴起与中国现代"风景的发现"

郁达夫著　每册实价八角五分

屐痕处处

现代创作丛刊第十六种　现代书局最近出版

　　达夫先生近年来对于文艺作品，极少写作。最近应杭江铁路局通车纪念之邀，旅游浙省中部名胜，山川佳丽，都来笔底，凡成游记文十余篇，都为此集。达夫先生之散文小品，久已脍炙人口，此书尤可推为今年"小品年"之上选。并附游侣郎静山先生所摄风景名作十余帧尤足供读者卧游之助。

（原载1934年8月1日《现代》第5卷第4期）

郁达夫游记《屐痕处处》书影

新书出版

富春江游览志

周天放　叶浅予合著　申层福校阅　每册六角

　　富春江位杭县南四十余里，山水之胜，甲于天下，沿江尤多名胜古迹，如桐君山，阆仙洞，七里泷，灵岩山等，其中以严子陵钓台尤有胜境，本书叙述甚详，并附名贵照片数十帧，睹此一书，胜如游览一周。

上海时代图书公司发行　地址福州路三百号　电话九二〇三一号

（原载1934年8月16日《论语》半月刊第47期）

黄山揽胜集

许世英著　铜版纸插图　每册洋六角　良友图书印刷公司印行

安徽黄山之雄伟奇秀，实兼五岳之长，而云海松林，尤称卓绝。自蒋委员长倡议开发东南交通以来，浙皖建设厅即以开发黄山为当务之急，乃另组建设委员会，聘请中央赈务委员会主席许世英先生担任委员长。五月中旬，许委员长特作黄山之游，畅览天都莲花等重要胜迹。归至海上，作黄山始游记，多二万余字。复汇集全山名胜摄影，各系以古今诗文记载，集成黄山揽胜集，由本公司用最上等之黄道林纸加工印刷。书前并冠以郎静山陈万里叶浅予邵禹襄诸摄影名家之美术照片，书后附以游览日程等，封面三色铜版精印。际此东南五省交通展览会即将举行之秋，凡欲一睹黄山真面目者，当人手一册也。

（原载 1934 年 10 月 5 日《人间世》第 13 期）

1930 年代是中国现代旅游业开始兴盛发展的时代，旅游杂志也应运而生。文人雅士的文学书写由此进一步与旅游业建立了关联性，也印证了一个以旅游文化为表征之一的消费主义时代的逐渐形成。其中郁达夫 30 年代的游记书写最具有典型性，山水纪游不仅构成了他更自觉的写作形式，而且一度有了资本和政府的介入。1933 年秋，杭江铁路即将通车，从钱塘江起，经过萧山、诸暨、义乌、金华、江山等地，最终到江西的玉山，全长 333 公里。杭江铁路局邀请郁达夫先生乘快车，沿着新开辟的铁路在浙东遍游，最后写出游记由杭江铁路局出版，算作《杭江铁路导游丛书》的一种。按郁达夫事后比较谦虚的说法，自己"虽在旅行，实际上却是在替铁路办公，是一个行旅的灵魂叫卖者的身份"[①]，游记写作成为地方政府有意识策划的结果，也是文人与资本的结合催生出的产物。对铁路局来说，这是非常有眼光的举措，文学中对于风景的描绘往

《黄山揽胜集》书影

[①] 郁达夫：《二十二年的旅行》，载 1934 年 1 月 1 日《十日谈》旬刊"新年特辑"。

往是最好的旅游广告，也证明了在消费主义时代，风景的发现与文学艺术媒介之间有着不同寻常的密切关系。

郁达夫在出版于1934年的游记《屐痕处处》自序中说："近年来，四海升平，交通大便，像我这样的一垛粪土之墙，也居然成了一个做做游记的专家——最近的京沪杭各新闻纸上，曾有过游记作家这一个名词，——于是乎去年秋天，就有了浙东之行，今年春天，又有了浙西安徽之役。"①这段话中有一个值得关注的信息：30年代初"游记作家这一个名词"在"京沪杭"的报纸上一度很流行，透露出当时形成了一个旅游热，也催生了"游记作家"的流行，或者反过来说也许同样成立，"游记作家"的出现，给旅游热推波助澜，两者间有内在的同一性关系。杭江铁路局独具慧眼地看到了这种旅游与作家之间的关系，于是，读到《屐痕处处》中《杭江小历纪程》的开头，读者就对郁达夫浙东之行的起因有了更明晰的了解："一九三三年十一月九日，星期四，晴爽。""前数日，杭江铁路车务主任曾荫千氏，介友人来谈；意欲邀我去浙东遍游一次，将耳闻目见的景物，详告中外之来浙行旅者，并且通至玉山之路轨，已完全接就，将于十二月底通车，同时路局刊行旅行指掌之类的书时，亦可将游记收入，以资救济 Baedeker 式的旅行指南之干燥。我因来杭枯住日久，正想乘这秋高气爽的暇时，出去转换转换空气，有此良机，自然不肯轻易放过，所以就与约定于十一月九日渡江，坐夜车起行。"②

这种政府行为在推动旅游事业方面所起的作用，在《黄山揽胜集》③一书中得到更为突出的表现。《黄山揽胜集》的出笼，主要为响应蒋介石开发东南交通的倡议，"浙皖建设厅即以开发黄山为当务之急，乃另组建设委员会，聘请中央振务委员会主席许世英先生担任委员长"。《黄山揽胜集》即为"许委员长特作黄山之游"的游记。而良友图书印刷公司对于《黄山揽胜集》的推出也着实下了一番工夫，"汇集全山名胜摄影，各系以古今诗文记载"，"由本公司用最上等之黄道林纸加工印刷。书前并冠以郎静山陈万里叶浅予邵禹襄诸摄影名家之美术照片，书后附以游览日程等，封面三色铜版精印"，可谓是一部相当精美的"揽胜"图书，既应和了开发黄山的"当务之急"，同时也不失时机地

---

① 郁达夫：《屐痕处处》，上海：现代书局，1934年版。
② 郁达夫：《屐痕处处》，第1—2页。
③ 许世英：《黄山揽胜集》，上海：良友图书印刷公司，1934年版。

汇入了方兴未艾的旅游热。

尽管风景游记的"生产"与旅游产业，与政府的推动有极大关系，但是出版界的闻风而动以及主动出击也在其中起了重要的"触媒"作用。书局在旅游书籍的制作方面每每显示出既精心又专业的眼光。比如在游记文字之外往往收入大量风景图片，为此《黄山揽胜集》的出版人不惜聘请专业摄影家和著名画家郎静山、陈万里、叶浅予、邵禹襄等共襄盛事。《黄山揽胜集》中收入的照片作者中，郎静山和陈万里都是一时之选，二者均是中国较早的摄影艺术家和摄影

《黄山揽胜集》插图（郎静山摄）

记者。陈万里五四时期即发起组织了艺术写真研究会，随后与郎静山等筹组中华摄影社，史称"华社"。据郁达夫的《屐痕处处》中的《杭江小历纪程》，浙东之行的同行者中，即有郎静山，《现代》杂志上的广告也不失时机地宣称"附游侣郎静山先生所摄风景名作十余帧尤足供读者卧游之助"，在这个意义上说，现代意义上的风景堪称是摄影家与作家一同"发现"的。

由周天放和叶浅予编撰的《富春江游览志》①尤其表明了30年代旅游文化产品出版的发达，被称为"开中国旅游手册之先河"。在政府和资本的介入之外，传媒由此也大力推动了旅游产业，并从中获益。1934年的《论语》半月刊第47期登载的《富春江游览志》广告词称"睹此一书，胜如游览一周"，可见旅游书籍有文化产品自身的自足性，读者从旅游书中获得的乐趣甚至可以超过实地旅行本身，正如有读者读罢郁达夫的游记后去实地印证，发现实物并没有广告介绍得那么美一样。也正是在这个意义上，《黄山揽胜集》在《人间世》杂志上的广告把"供读者卧游之助"作为书籍宣传的一个策略，也肯定会有相当一部分读者的确是在床上借助旅游杂志而"卧游"黄山的。

30年代旅游文化产品出版的发达更表现在旅游书籍的专业性和具体性方面。

---

① 周天放、叶浅予：《富春江游览志》，上海：上海时代图书公司，1934年版。

《富春江游览志》在《编撰大意》中称："本书编撰之目的有二，一为游览富春江之山水者之指南，二增加游览时之兴趣。"两个编撰目的都在具体编撰策略上得到落实。风景照片是吸引眼球极佳的方式，"风景照片最足动人向往及游后回味，故编者不惮跋涉，摄影附入"。除了收入数十帧富春江沿岸的风景名胜照片外，《富春江游览志》尤为重视对各个景点的文化意蕴和历史积淀的强调："名人题咏，足为江山生色，而游人踪迹所到，不待搜索得读前人佳句，油然而添逸兴。惟富春江上，前人题咏繁如乱发，择尤附丽数首于胜迹之后，作登览时之吟赏。富阳桐庐严滩钓台等处佳什较多，不忍割舍，精选百首另列一篇。"①其中对严子陵之于钓台的意义更是大力渲染。这也同样是在书中附上了《古今诗文记载》的《黄山揽胜集》的编撰策略。到了郁达夫的《屐痕处处》，附录则是歙县黄秋宜写的《黄山纪游》。至于《屐痕处处》中郁达夫自己撮录的《黄山札要》一篇，则是由于郁达夫计划中的黄山未能成行，"先把从各志书及游记上抄落来的黄山形势里程等条，暂事整理在此，好供日后登山时的参考"②，前人的纪行在郁达夫尚未登临之前已然汇入了郁达夫自己对于黄山的文学想象中。

作为一本专业的旅游指南，《富春江游览志》的具体性还表现在"本书取材之目标，一取便于游览行程，二古迹之足凭吊及名胜之足赏玩者"。这一"取材之目标"在目录中一览无遗，该书分十六章，分别为：富春江概述、交通、风景概述、钓台、严先生史略、桐庐、桐君山、阆仙洞、九里洲梅花、天子冈、富阳、观山、沿江古迹名胜、物产、诗词等。附录中还设计有长达48日的详细游览日程，堪称是一次"身体强健，有闲而又有钱的人"③才有条件践行的"慢游"。

当杭江铁路局通过友人邀请郁达夫作风景游记的时候，政府一方堪称很懂得郁达夫的文人游记会带来可观的旅游效益，懂得文人身上所携带的文化资本会给风景带来附加值。地方风景的发现有赖于作家的足迹和眼睛，就像当年徐霞客游记所起的历史性作用一样。当年浙江风景得以向全体国民展示，就有郁达夫不可埋没的贡献。30年代的郁达夫自称把两浙山水走遍了十分之六七，并出版了一册游记总集，这就是1934年6月现代书局出版的《屐痕处处》一书，反映的是风景游记散文的"生产"与资本以及政府的新关系。作家游记与政府行为、旅游

---

① 周天放、叶浅予：《富春江游览志·编撰大意》。
② 郁达夫：《屐痕处处》，第183页。
③ 郁达夫：《屐痕处处》自序。

产业以及出版传媒一起催生了中国现代风景的发现。

郁达夫作为游记作家介入中国现代风景的发现的过程,一方面说明风景游记的生产性,另一方面也说明旅游业对于作家与文学所起到的功效的依赖。在中外旅游史上,经常会出现对于风景的叙述造就了风景的发现和旅游的盛况的先例。柄谷行人提到卢梭与阿尔卑斯山的风景的发现的关系:"卢梭在《忏悔录》中描写了自己在1728年与阿尔卑斯的大自然合一的体验。此前的阿尔卑斯不过是讨厌的障碍物,可是,人们为了观赏卢梭所看到的大自然纷纷来到瑞士。Alpinist(登山家)如字义所示乃诞生于'文学'。"①

在西方文学史上讨论风景与民族性的关系,人们经常谈及的是司各特的例子。司各特以对苏格兰的风景描写著称,可以说一时间把苏格兰稍微有名一点的地方都写光了,没有给他人留下可写的余地,引起了其他作家的不满和抱怨。英国诗人穆尔当年就有诗挖苦司各特:

> 如果你有了一点要写上几行的诗兴,
> 我们这里有一条妙计献上——你可得抓紧,
> 要知道司各特先生已经离开英格兰—苏格兰边境,为了寻求新的声名,
> 正拿着四开本的画纸向镇上走近;
> 从克罗比开始(这活儿肯定会有一笔好进账)
> 他想要把路上所有的绅士庄园一一描写,在它们身上"大做文章"——
> 我们的妙计就是(虽然我们的任何一匹马都赶不上他)
> 赶紧捧出一位新诗人穿过大道去和他对抗,
> 迅速写出点东西印成校样——千万别修改——还要把文章拉长,
> 抢先描写它几家别墅,趁司各特还没有到来的时光。②

正因为司各特对苏格兰风景的集中描写,使司各特成为苏格兰民族风景的重要发现者,甚至成为苏格兰民族性的塑造者。有研究者分析过司各特创作中的苏格兰风景描写,试图从中辨认和分析风景如何体现出苏格兰的民族性,以

---

① 柄谷行人著,赵京华译:《日本现代文学的起源》,第19页,北京:三联书店,2003年版。
② 转引自勃兰兑斯著,徐式谷等译:《十九世纪文学主流》第4分册,第8页,北京:人民文学出版社,1984年版。

及司各特如何把浪漫主义的自然之热爱转译成一种文化民族主义的表达。按以赛·伯林的表述，苏格兰人是"根据风景来理解他们自己并获得他们作为苏格兰人的认同"。在这个意义上，司各特创造了一种新的风景神话，给苏格兰人提供了"一种深厚的情感和文化连接"①。苏格兰高地也成为今天英伦三岛上最有代表性的风光。

类似这样的文学书写对地方风景的发现、民族文化的塑造所起到的特殊作用，其实在中国，也是有传统的。1935年郁达夫作了一首《咏西子湖》的诗："楼外楼头雨似酥，淡妆西子比西湖。江山也要文人捧，堤柳而今尚姓苏。"诗歌道出了西湖的苏堤、白堤都是以文人命名的史实。而"江山也要文人捧"一句，则揭示了风景与文人两者间相互依存的关系。不仅仅是文人墨客需要寄情山水，同时山水也需要文人的题咏和赞颂。

郁达夫的意义在于他正处在现代中国文学中风景发现的现场。一方面，在郁达夫五四初期的《沉沦》等小说中创生了中国现代小说中最早的风景描写，另一方面，他的山水游记也是现代作家所创作的最具典型性的风景散文，最有文人化特征，沿袭的也是山水文人化的中国游记传统，在散文中多征用古代名人的笔记和游记，并援引大量诗词联语入文，也常常从地方志中取材，在行文中经常以现实中所见之风景去比附山水画。从文学艺术对风景的描绘与建构这一角度上说，山水画与风景的发现之间的关联性当然更为直接，山水画在宣纸上处理的正是风景。而在创作风景散文之际，郁达夫感受风景的方式和书写风景的文字更是难免受到传统山水画的影响，何况中国的山水画中本来就氤氲着丰沛的文人化传统。

中国山水的这种文人化传统丰沛到一定程度，就会累积成风景的一种"人文化"特征。所谓"山水的人文化"或许正是由山水中这些从帝王将相到庶民百姓的历史印记所构成，意味着人的主体曾经如此深刻地嵌入自然风景中，继而成为风景重要的一部分。

郁达夫的山水游记也最典型地体现出风景的人文底蕴。《钓台的春昼》之所以成为郁达夫最著名的散文之一，很大程度上是因为钓台本身所蕴含的人文背景：

> 从钓台下来，回到严先生的祠堂——记得这是洪杨以后严州知府戴槃

---

① 张箭飞：《风景与民族性的建构——以华特·司各特为例》，载《外国文学研究》2004年第4期。

重建的祠堂——西院里饱啖了一顿酒肉，我觉得有点酩酊微醉了。手拿着以火柴柄制成的牙签，走到东面供着严先生神像的龛前，向四面的破壁上一看，翠墨淋漓，题在那里的，竟多是些俗而不雅的过路高官的手笔。最后到了南面的一块白墙头上，在离屋檐不远的一角高处，却看到了我们的一位新近去世的同乡夏灵峰先生的四句似邵尧夫而又略带感慨的诗句。夏灵峰先生虽则只知崇古，不善处今，但是五十年来，像他那样的顽固自尊的亡清遗老，也的确是没有第二个人。比较起现在的那些官迷财迷的南满尚书和东洋宦婢来，他的经术言行，姑且不必去论它，就是以骨头来称称，我想也要比什么罗三郎郑太郎辈，重到好几百倍。

从上述"点名簿"中可以知道，钓台在中国山水中最能体现人文化特征，也正因如此，《富春江游览志》花了两章的篇幅重点推出严老先生："七里泷严先生钓台名闻天下，本书特详述之，沿江古迹名胜皆由钓台顺流下数。"正如黄裳在给郁达夫的《忏余集》写的书评中所做的精彩总结："严子陵的钓台确是一个好题目，历代文人（特别是清人）的集子里，总免不了有一篇'过钓台'之类的诗，其实早在明代中叶就有人编过一本《钓台集》了。说到钓台，好玩的故事真的足足有一箩筐，什么'客星犯帝座'；'买菜求益'；'先生之风，山高水长'（范仲淹《严先生祠堂记》）；谢皋羽祭文天祥的遗址西台；以及严子陵当日在山顶台上垂钓，要准备多长的钓丝……真是目不暇接。在有的作者看来，真是眼花缭乱，来不及抄撮，背上了这一捆重载，结果弄得自己也爬走不动。弄不好还会弄出一些小小蹉跌，摔个鼻青脸肿，惹人笑乐。"①郁达夫的《钓台的春昼》也同样"背上了"这一捆由文人墨客名号构成的"重载"，尽管郁达夫在负重行走之际尚能游刃有余，驾轻就熟，但人文的负载如果过重，山水中的历史沉疴难免会使风景丧失掉风景的本意。

格外有意味的是，郁达夫笔下的诸多风景在东方文化底蕴外，其实也经过了西方文化的洗礼。早在日本期间写作的小说《沉沦》中，日本的风景即与西方文化视野的参照密不可分：

从他住的山顶向南方看去，眼下看得出一大平原。平原里的稻田都尚

---

① 黄裳：《拟书话——〈忏余集〉》，见《珠还记幸》（修订本），第350页，北京：三联书店，2006年版。

未收割起。金黄的谷色，以绀碧的天空作了背景，反映着一天太阳的晨光，那风景正同看密来（Millet）的田园清画一般。

所见风景的意义其实是从密来（米勒）的"田园清画"那里转借来的，或者说是借助于米勒的风景绘画才能为自己看到的实景赋予深度。风景的景深处是一种借来的深度和意义，渗透着来自异域的人文性和意识形态的特征。

这种喜欢把东方风景与西方景观进行类比的倾向，在郁达夫后来的散文游记中得到更充分的体现。比如形容福建的闽江"扬子江没有她的绿，富春江不及她的曲，珠江比不上她的静"，进而则"譬作中国的莱茵"（《闽游滴沥之二》）；见到南国的海港以及"海港外山上孤立着的灯塔与洋楼"，则"心里倒想起了波兰显克微支的那一篇写守灯塔者的小说，与挪威伊孛生的那出有名剧本《海洋夫人》里的人物与剧情"（《闽游滴沥之一》）；看到江西境内"一排疏疏落落的杂树林"，就与"外国古宫旧堡的画上所有的那样的那排大树"相比较；而玉山城里"沿城河的一排住宅，窗明几净，倒影溪中，远看好像是威尼斯市里的通衢"；游程结束则念着戴叔伦的一句"冰为溪水玉为山"，"觉得这一次旅行的煞尾，倒很有点儿像德国浪漫派诗人的小说"（《浙东景物纪略》）。

似乎不能把郁达夫这种与外国景观的比附完全看成是炫耀知识，而是其中透露出一种不自觉的心理：只有与西方风景和文化攀上关系，才能增加本土风景的分量。或许当年远涉重洋的"海归们"都有类似的习惯，郁达夫的《屐痕处处》中《出昱岭关记》写一行人到了安徽绩溪歙县：

> 第一个到眼来的盆样的村子，就是三阳坑。四面都是一层一层的山，中间是一条东流的水。人家三五百，集处在溪的旁边，山的腰际，与前面的弯曲的公路上下。溪上远处山间的白墙数点，和在山坡食草的羊群，又将这一幅中国的古画添上了些洋气，语堂说："瑞士的山村，简直和这里一样，不过人家稍为整齐一点，山上的杂草树木要多一点而已。"

一般的游客可能感觉不到这一幅"中国的古画"上的"洋气"从何而来，郁达夫大概是为了要引出林语堂与"瑞士的山村"的类比。可见这种以本土景致比附域外风景的习气不唯郁达夫所独有。

郁达夫动用阅读资源所类比的往往都是西方书本和图片中的"拟像的风景"，而不是亲眼所见的景观。所谓"拟像的风景"就是媒介上所再现的风景，往往经过了他人的观照,是风景的人工化。诸如郁达夫屡屡提及的米勒的风景,伦勃朗的风景,还有西方明信片上的风景,都是风景的再造,是第二自然,是本雅明所谓机械复制的产品。居伊·德波在《景观社会》中认为:"世界已经被拍摄。"发达资本主义社会已进入影像物品生产与物品影像消费为主的景观社会,景观已成为一种"已经物化了的世界观",而景观本质上不过是"以影像为中介的人们之间的社会关系"①。当景观成为"物化了的世界观"之后,人们的风景意识也被重新编码。尤其进入后现代,人们经历风景也通常是先看图片和影视作品,然后才有可能在旅游的时候看到真实的景观。所以往往是想象在先,实景在后。拟像的风景早已先在地对我们的风景意识进行了渗透甚至重塑。

郁达夫所展示的风景中即有这种拟像的风景因素,尤其对风景意蕴进行阐释之时更借助于拟像的方式,是米勒的画,是外国古宫旧堡的画,是显克微支的小说与易卜生的话剧,都不是与真实的风景进行比照。在某种意义上说,真实的风景本身并没有"意义",意义是人为赋予的,是阐释出来的。恰如郁达夫《屐痕处处》中的名篇《钓台的春昼》:

> 我虽则没有到过瑞士,但到了西台,朝西一看,立时就想起了曾在照片上看见过的威廉退儿的祠堂。这四山的幽静,这江水的青蓝,简直同在画片上的珂罗版色彩,一色也没有两样,所不同的,就是在这儿的变化更多一点,周围的环境更芜杂不整齐一点而已,但这却是好处,这正是足以代表东方民族性的颓废荒凉的美。

尽管作者力图传达的是"代表东方民族性"的美,但这种美感的来源——或者说它的原版——恐怕依旧在西方。郁达夫把严子陵钓台的西台风景与"照片"上的威廉·退尔的祠堂和"画片"上的"珂罗版色彩"比照尤有深意。瑞士中部的四森林洲湖是欧洲著名的风景区,湖边有中世纪瑞士的民族英雄威廉·退尔的纪念祠堂。"珂罗版"(collotype)是19世纪由德国人发明的印刷技术,用这种技术印刷出来的图片与绘画可以达到以假乱真的印制效果,是19世纪印刷资本主义高度发达的标志之一,也顺应了机械复制技术时代的发展。风景图片在郁达夫时代的普及恐怕正依赖于这种高仿真的印刷技术,当西方的风景图片借助于这种技术在全世界传播,同时传播的或许还有一种西方式的"现代性"。

---

① 居伊·德波著,王昭风译:《景观社会》,第3页,南京:南京大学出版社,2006年版。

如郁达夫在《苏州烟雨记》中所揭示的那样：

> 我觉得苏州城，竟还是个浪漫的古都，街上的石块，和人家的建筑，处处的环桥河水和狭小的街衢，没有一件不在那里夸示过去的中国民族的悠悠的态度。这一种美，若硬要用近代语来表现的时候，我想没有比"颓废美"更适当的了。

文中的"近代语"在日语中即是"现代"的意思。借助于"颓废美"这个"近代语"，"中国民族的悠悠的态度。这一种美"就被纳入到西方现代性的颓废美学谱系中，而赋予了新的阐释意义。

郁达夫与西方图片的这种比照暴露出了他的资源，也暴露了郁达夫建构知识的方式：颓废美显然是借助西方的有色眼镜观照的结果。因此，悖论恐怕便隐含其中：这种"东方民族性的颓废荒凉的美"也正是借助于他者的眼光透视出来的。风景也成为西方的他者的眼睛所见的风景，而多少丧失了东方自己的自足性。这里便显示出一种风景与权力的一种更内在的相关性。一方面，是郁达夫只有借助于西方知识和资源，才能在眼前的东方风景中看出米勒和颓废之美，另一方面，东方的风景也只有经过西方的印证才似乎得到命名和表达，进而获得文化和美学的附加值。其背后因此关涉着东西方之间固有的权力关系，而这一点，在郁达夫炫耀知识的同时大概是没有意识到的。

郁达夫在把中国风景与西方进行比对的同时，多少印证了西方现代性在郁达夫留学和写作时代的强势影响。从本体论的意义上说，风景问题还涉及人们如何观照自然、山水甚至人造景观的问题，以及这些被观照的风景如何反作用于人类自身的情感、审美、心灵甚至主体结构，最终则涉及人类如何认知和感受自己的生活世界问题。

因此，当深入追究风景背后的意识和主体层面，郁达夫的创作便呈现出一种矛盾的风景观。在郁达夫笔下既有自己曾经近观的身临其境的风景，也有只是明信片上看过的拟像的风景。郁达夫风景意识的复杂性甚至悖论性也正体现在这里。

（吴晓东）

国民政府尊孔盛典与胡适、周作人、鲁迅的"孔子观"

《申报》报道

廿七日本市各界在文庙举行孔诞纪念会,到党政机关,及各界代表一千余人。有大同乐会演奏中和韶乐二章,所用乐器因欲扩大音量起见,不分古今,凡属国乐器,一律配入,共四十种,其谱一仍旧贯,并未变动。聆其节奏,庄严肃穆,不同凡响,令人悠然起敬,如亲三代以上之承平雅颂,亦即我国民族性酷爱和平之表示也。

(原载 1934 年 8 月 30 日《申报》)

1934 年 7 月,南京国民政府根据国民党中央执行委员会常务会议通过的《先师孔子诞辰纪念办法》,明令公布以 8 月 27 日孔子生日为"国定纪念日"。这是国民党政府继当年 2 月发动"新生活运动"以后,第二个重建国家意识形态的重要举措,意在借助孔子之力来"奋起国民之精神,恢复民族的自信"。南京、上海等地都举行规模盛大的"孔诞纪念会",如胡适所描述:"四方城市里,政客军人也都率领着官吏士民,济济跄跄的行礼,堂堂皇皇的演说,——礼成祭毕,纷纷而散。"① 这是"民国以来第二次"尊孔盛典。第一次是 1914 年袁世凯颁布祀孔令,并亲自在北京主持盛大祭孔,这是直接引爆了新文化运动和《新青年》关于"重新估定孔子价值"的讨论的。20 年后,再度由国家、政府发动祭孔,这在五四老战士看来,正是周作人所说的"故鬼重来",也是对五四新文化运动的一个反动与挑战。胡适与鲁迅分别写了《写在孔子诞辰纪念之后》、《不知肉味和不知水味》,做出了批判性的反应,但其着眼点又各有不同。

胡适尖锐地指出:"当政的领袖好像都不免有一种'做戏无法,出个菩萨'的心理,想寻求一条救国的捷径,想用最简易的方法做到一种复兴的灵迹","手忙脚乱的恢复了纪念孔子诞辰的典礼",但却于事无补,"假期是添了一日,

---

① 胡适:《写在孔子诞辰纪念之后》,见《胡适全集》第 4 卷,第 528 页,合肥:安徽教育出版社,2003 年版。

口号是添了二十句，演讲词是多出了几篇，官吏学生是多跑了一趟，然在精神的人格与民族的自信上，究竟有丝毫的影响吗？"

胡适更警惕的是，重新请出孔子，是要借此否定"近二十年"即辛亥革命以来的思想文化变革，实现思想的复辟，他愤然指出："孔圣人是无法帮忙的；开倒车也决不能引你们回到那个本来不存在的'美德造成的黄金世界'的！"①

鲁迅则一眼看穿：当局在内外交困的30年代大肆祭孔，无非是要制造"太平盛世"的假象，掩盖社会、阶级矛盾，于是着意将在孔诞纪念会上演奏"韶乐"的新闻，与同日报纸上宁波农村因争水殴斗而死人的报道并置，提醒人们注意："闻韶，是一个世界，口渴，是一个世界。食肉而不知味，是一个世界，口渴而争水，又是一个世界。"②显示的是鲁迅的左翼立场：对底层的关怀与阶级意识，与胡适"同"（都坚持和捍卫五四传统）中有"异"。

这或许纯属巧合，或许不是。1934年中国新文化营垒里最重要的领军人物胡适、周作人和鲁迅，都写了专文，讨论对孔子的评价，提出了不同的看法，形成了一种"隐性的交锋"——虽然并没有直接论战，但处在同一思想文化场域里，各说各的，也是一种交锋。

胡适于1934年5月完成了《说儒》这篇影响很大的长文，强调孔子是五百年"应运而生的圣人"，他超越了老子为代表的正统的儒，创造了"新儒教"、"新儒行"。按胡适的分析，孔子创导并身体力行的"新运动的新精神"大概有三个要点：一是以"博大的'择善'的新精神"，接受从"旧文化"（夏、商文化）演变出来的"现代文化"（周文化），从而开创了"调和三代文化的师儒"传统；其二是提倡"知其不可为而为之"的"任重而道远"的"担负得起天下重任的人格"；其三是养成"宏毅进取"的精神，完成了"振衰而起儒"的大事业。胡适还着重讨论了孔子开创的"儒家运动的历史使命"，即"要做中国的'文士'阶级的领导者"，而不是"一般民众所能了解的宗教家"③。——胡适所描述的"圣者"孔子，多少透露了他自身的理想与追求。此时的胡适，因为创办《独立评论》，在知识界的影响如日中天，蒋介石也接见他，"对大局有所

---

① 胡适：《写在孔子诞辰纪念之后》，见《胡适全集》第4卷，第528、534页。
② 鲁迅：《不知肉味和不知水味》，见《鲁迅全集》第6卷，第116页，北京：人民文学出版社，2005年版。
③ 胡适：《说儒》，见《胡适全集》第4卷，第88、63、64、65、66、73、82页。

垂询",或许在胡适看来,这是实现他的"专家治国"与充当"天下文士的领导者"和"国师"的理想的一个时机。他从孔子身上挖掘出这些"新儒行"、"新精神"显然有以此自励的意思。

周作人于 1934 年 12 月写了《论语小记》一文,开头就说:"近来拿出《论语》来读,这或者由于听见南方读经之喊声甚高的缘故。"这里所说"南方读经之喊声",系指地方军阀何键、陈济棠主张尊孔读经,大学教授汪懋祖等提倡"中小学文言运动"①。周作人在这样的背景下,重读《论语》,但他读了的"印象只是平淡无奇四字",于是就提出了一个别开生面的"孔子观":"孔子压根儿只是个哲人,不是全知全能的教主",《论语》里"有好思想也是属于持身接物的,可以供后人的取法,却不能定作天经地义的教条,更没有什么政治哲学的精义,可以治国平天下"。结论是:"《论语》仍可以读,足够常识完具的青年之参考,至于以为圣书则可不必。"②周作人曾说,他只是"爱智者",而非宗教徒:"我自己也是儒家,不过不是儒教徒","当勉为孔子之益友而已"③。他所要做的工作,一是将孔子"凡人化",二是将儒学"学术化",强调常识性,而消解其治国平天下的功能。

鲁迅于 1934 年 5 月撰《儒术》,依然延续五四的思路,不关心"原教义",而把目光集中于孔子及儒学在中国 30 年代的现实生活中的命运,以及实际发生的影响与作用。鲁迅在历代儒生与儒学的关系的考察中,发现了"儒术":孔子及其儒学,在儒教徒那里,不过是"登龙术",或在官场"献教",或在商场"卖经",都能得到"利益"。鲁迅特别注意到,一旦成了儒学大师,"虽被俘虏,犹能为人师,居一切别的俘虏之上",在日本大军压境的 30 年代许多人热心宣讲儒学,大概就是看中了这特殊"儒效"吧。④"儒术"、"儒效"之外,还有"吃教":鲁迅说这两个字"真是提出了教徒的'精神',也可以包括大多数的儒释道教之流的信者",他们都是"做戏的虚无党",从来不信,只是"吃"

---

① 参看胡适:《所谓"中小学文言运动"》;1935 年初又有萨孟武、何炳松等十教授发表《中国本位的文化建设宣言》,胡适也写有《评所谓"中国本位的文化建设"》。两文均收《胡适全集》第 4 卷。

② 周作人:《论语小记》,原载 1935 年 1 月 10 日《水星》第 1 卷第 4 期,引自《周作人自编文集·苦茶随笔》,第 14—15 页,石家庄:河北教育出版社,2002 年版。

③ 周作人:《〈夜读抄〉后记》,见《周作人自编文集·夜读抄》,第 202 页;《逸语与论语》,见《周作人自编文集·风雨谈》,第 95、99 页。

④ 鲁迅:《儒术》,见《鲁迅全集》第 6 卷,第 32、33、34 页。

而已。①于是就有了 1935 年所写的《在现代中国的孔夫子》，鲁迅一针见血地指出：孔子不过是"摩登圣人"，"孔夫子之在中国，是权势者们捧起来的，是那些权势者或想做权势者们的圣人，和一般的民众并无什么关系"②。

胡适、周作人、鲁迅不同的"孔子观"集中反映了他们的不同立场：胡适站在治国者的立场（他自称是国家的"诤臣"与掌权者的"诤友"），因而肯定孔子为民族中兴与建国的"圣人"；周作人站在个人的立场，视孔子为"智者"、"凡人"；鲁迅站在民众和民间批判者的立场，指孔子为权势捧起来的"摩登圣人"。这同时也折射出他们自身在 30 年代的不同选择，他们对自己所处的时代、社会的不同判断，以及对自己历史角色的不同认定与承担。这当是更有意思的。

人们还注意到，大概在 1934 年到 1936 年间，鲁迅对中国传统文化、传统文人有一次相对集中的再思考、再审视，其主要成果都集中在《且介亭杂文》、《且介亭杂文二集》、《且介亭杂文末编》里，像这里提到的《儒术》、《在现代中国的孔夫子》，以及《病后杂谈》、《"题未定"草》，前后七论《文人相轻》，围绕着对孔子、庄子、陶渊明的评价，以及对明代文学、清代学术的评价，分别和胡适、周作人、林语堂、朱光潜、施蛰存等展开了或公开或隐性的论争，其讨论命题之重要，参与者的学术水平与分量，都是前所未有的。这是现代思想、文化、文学史和学术史上的重要一页。③

（钱理群）

---

① 鲁迅：《吃教》，见《鲁迅全集》第 5 卷，第 328 页。
② 鲁迅：《在现代中国的孔夫子》，见《鲁迅全集》第 6 卷，第 326、327 页。
③ 参见钱理群：《20 世纪 30 年代有关古代文化的几次思想交锋——以鲁迅为中心》，收《钱理群讲学录》，桂林：广西师范大学出版社，2007 年版。

9月

"大众语文论战"的始末

《大众语文论战》书影,上海启智书局1934年初版。

这是一本大众语文论战的特辑,收集的前后计有七十余篇;而参加此次的战士,也有三十余员,且属一时知名之士;所发议论,多极中肯,实此次论战之良好收获。因此,我们有将它收集起来的必要,作为将来实践的张本。……

本辑材料之收集,以《申报》的《自由谈》《读书问答》及《本埠附刊》为中心,间取《中华日报》的《动向》及《大晚报》的《火炬》,《晨报》的《晨曦》的几篇。本来,在我底意思,很想把它收集齐全,做一个总的结束,充当此次论战的纪念物;可是,事实上未能如愿,所收集的只是部分的,不过这部分的汇集已将此次大众语文的运动,不仅鸟瞰式的展开,并且已是扼要的把它的意义阐明了。

但,此次论战最初的引子——吴研因先生和汪懋祖先生的两篇文白之争的文章,始终未能寻获,这实是本辑的憾事,虽然后来论战的形态又移到了另一个中心。

(宣浩平:《前记》,原收宣浩平编:《大众语文论战》,上海启智书局,1934年9月版)

作为1934年发生的所谓"大众语文论战"的资料集,编者当时在《前记》里便自认并未收集齐全,看来是属实的。他说已寻到了70余篇,实际首编印出的仅只51篇,比发现的数目还要少。好在到了次年1月,同一编者在同一书局又出版了此书的续集(称"续二"),做了补救。这次收入了38篇,估计是由留下的篇目再添加若干新搜罗的合成。我们今天想看到当年争论的真实情景,除这两本集子外,还可参读上海天马书店1934年文逸编辑的《语文论战的现阶段》一书。如以鲁迅、茅盾这两位大家来鉴别此三书的编辑状况，就可知道未入集的文章确实不在少数，足可窥见这场讨论的热闹。这年初，左翼阵营本来最关心大众语文问题的瞿秋白离开上海赴江西苏区，于是鲁迅担起了责任，他一连写了十几篇有关"大众语文"的文字，后都收进《花边文学》《且介亭杂文》中，如《答曹聚仁先生》《此生或彼生》《大雪纷飞》《中国语文的新生》等。他用"仲度"笔名在《中华日报·动向》上发表的《汉字和拉丁化》被宣浩平收入该书。尤其是用"华圉"笔名在《申报·自由谈》连载的《门外文谈》共计12节，其中第9节"专化呢，普遍化呢？"和第11节"大众并不如读书人所想象的愚蠢"，均以单篇形式收入此集。全篇还与其他谈大众语文的文字，于次年由天马书店出过《门外文谈》的专书。茅盾的情况很相似，用"仲元"名字写的《白话文的洗清和充实》《不要阉割的大众语》两文被宣浩平选入，而其他化名写的如《对于所谓"文言复兴运动"的估价》《大众语运动的多面性》《大众语文学有历史吗？》各文，就未入集，我们现在可以在《茅盾全集》第20卷轻易地翻找出来。仅鲁迅、茅盾二人就遗漏如此，其他各人的文字一定还有，而使用通常大家熟悉的笔名参加这场讨论的如编者所说的"一时知名之士"，在此书中就有曹聚仁、徐懋庸、陈子展、胡愈之、夏丏尊、傅东华、叶圣陶、王任叔、陶行知、吴稚晖、黎锦熙、汪馥泉等。如果把集内集外的这些材料拢在一起，便可对这场论争有一宽广视角了。

这场笔仗起因于又一次"文白之争"。文言与白话的争议，原是五四新文化运动的一个漩涡中心。那场硝烟已经过去十几年了，现在重新提起，缘于汪懋祖1934年5月在南京《时代公论》周刊第110号上发表的《禁习文言与强令读经》一文。光看题目，很容易以为这是一篇正面批评文言和读经的文字，其实不然。汪本人虽长期在大学中学任事，其时正在中央大学当教授，但他在五四时期就是个公开反对白话文的教育家。现今所写，是借着学生往往不会写等因奉此的文言公文而影响就业，主张在中小学恢复文言和读经。于是引起吴研因在南京、上海的报纸上同时发表《驳小学参教文言中学读孟子》一文，替中小学的白话教育辩护（以上两文即编者当年未找到者）。于是，再次拉开了文化界关于"文白之争"的序幕。但是时代究竟不同，白话进入小学教科书业已十年，批判文言的声浪一起便淹过了那些认为文言对就业和文化有用的唠叨。以曹聚仁为首的反驳者，或批汪的文字只是梁启超的新民体并非文言，或批个别倡导文言的文章标题使用了"自然性"、"必然性"的白话词汇，对方似乎也真不堪一击。而且这时的文言主张者已不说白话应当消灭，往往是共存的意思。不久陈子展的《文言——白话——大众语》、陈望道的《关于大众语文学的建设》两文一登场，讨论立刻转向，便是所说的"论战的形态又移到了另一个中心"。

　　为什么要转而提倡"大众语文"呢？讨论者指出，文言已经失势（陈子展说"文言白话的论战早已分过胜负了"），问题是白话并没有达到真正"话文合一"的目标。不但没有达到或接近，甚至还有越来越脱离"大众语"、"口语"的趋势。这个观点就与两年前瞿秋白（宋阳，易嘉）谈"大众文艺"时论及的"五四式的所谓白话"联系起来了。瞿称这种脱离大众的欧化白话简直是"一种新式的文言"（《五四和新的文化革命》，着重号为原文所有）。也即是说妨碍白话发展的阻力已经不在外部，而是在白话内部，所以需再一次的革命。不过这一次参与论争的并非都是左翼，它大大扩展了，所以在论述"什么是大众语"的时候，寻求现代中国语文的民族立场就比较鲜明。比如陈望道补充陈子展的概括，说是"不违背大众说得出，听得懂，写得顺手，看得明白的条件"；《申报》说的"大众语是大众表达自己的生活，从大众自己生活中成长起来的语言"（《怎样建设大众文学》）；胡愈之说是"代表大众意识的语言"（《关于大众语文》）；傅东华说"可假定拿现在高级小学的教育程度做我们的大众语的标准"（《大众语问题讨论的现阶段及以后》）等。大部分人基本同意二陈的定义，但忽略了两个问题，一是充分的口语化即是大众语吗？二是讨论大众语的人使用的并不是大众语，争论了一大气，大众语究竟能不能拿出"货色"来呢？这样就自然进入如何建设大众语文的讨论。从开始将白话和大众语完全对立，逐渐变成：王任叔认为反对白话与反对文言的性质不同，"反古文是从其对立形态上来说的，反白话则是一种自身底扬弃与调整"（《关于大众语文学底建设》）；高荒指出，白话和大众语不是对立的，"大众语会部分地部分地征服白话，部分地部分地把白话变成自己底东西"，"以学生，知识分子，店员，小市民为对象的文艺作品，这样的白话也是绝对必要的（我曾见过能看《一天的工作》《伪自由书》的工人）"，"可以成为高级的大众语底前身"（《"白话"和"大众语"的界限》）；佛朗说，"五四时代的国语统一运动我以为和当时的白话文学运动一样，是不能一概抹煞其价值的"，"我们不是把文化的水准降低到大众去，而是要在大众中把大众的水准提高起来"。这些意见与鲁迅匿名文章的观点都十分相近。

整个讨论历时一年多，也有人在后期试做可充"大众语"样本的作品，一般仅限于多用口语、土语、方言的词句而已，并没有拿出有说服力的成果。论争所引发的问题倒是很多，第一是如何看待五四的语文运动？以鲁迅、茅盾为首的作家们，维护五四新文化运动提倡白话、提倡国语，注意向国外先进文化借鉴，以及以知识者为先驱的立场，对"右"的保守立场和自瞿秋白以来在这次论战中的某些"左"的思想偏向（鲁迅与瞿秋白的语文观点是同多异少，对五四的批评不同是他们的相异之处）都是有所纠正的。鲁迅一再指出，"精密的所谓'欧化'语文，仍应支持，因为讲话倘要精密，中国原有的语法是不够的，而中国的大众语文，也决不会永久含胡下去"（《答曹聚仁先生信》）。"启蒙时候用方言，但一面又要渐渐的加入普通的语法和词汇法。先用固有的，是一地方的语文的大众化，加入新的词，是全国的语文的大众化。""至于开手要谁来做的问题，那不消说：是觉悟的读书人。""凡有改革，最初，总是觉悟的智识者的任务。"（均见《门外文谈》）第二是涉及对语文的人文性质的认识。讨论中不时可以见到"左翼"的社会学理论对语言的无阶级性的侵袭，以及语言工具性和言语人文性的界限混淆。从当时的语言学界的理论状况来看，这也是不可免的。比如说"土语是封建社会的产物，大众语乃该是完全反封建买办的语言"，"我们以为'五四'时代所成就的白话，是官僚买办语"（《申报·读者问答·怎样建设大众文学》）。如说不应把"到现在为止的半封建半民主的'白话文'奉为至上"（陈颉：《对于"文言""白话""大众语"应有的认识》）。而等到语言学家黎锦熙发话，他说"大众语"的定义应是"一国全民族大多数的人同时彼此都能听得懂说得出的语言"。他分离出"全民族"，而不仅仅是"下层民众"的概念。"'大众'就是众人不但阶级宗教种种制限都没有，并且也不必聚作一堆。"如果将"大众语"的阶级、上下层的意义都剥离掉，"简直不知道它和'国语'或'白话'有什么异同"（《大众语真铨》）。黎的看法鹤立鸡群，与任何人都不同，但现在看来可能是比较科学的。

这场论战对于现代文学"大众化"的实践具有深远意义，但对民族语言的现代生成也带来某种困惑。鲁迅在汉语拉丁化、拼音化的想法上与瞿秋白接近，也是当时许多文化人所关心的，在这次讨论中并未成为焦点，因那毕竟是更遥远的汉语未来了。

（吴福辉）

10 月

中国现代作家的欧洲游记

布面洋装　良友文学丛书　一律九角

欧行日记

十月新献　郑振铎作　从未发表　长篇游记

作家私人生活的记录,最受读者所欢迎,也最被作者自己所宝重,所以轻易不肯发表。作者郑振铎先生,三年前曾赴欧洲游学,旅途中把所见所闻,每天写信给他的夫人高君箴女士。现在从这许多宝贵的家书中集成了这一部十万余字的日记,有作者旅途的感想,有在欧洲时的读书生活等,可以当作作者某一时期的自传读。(月内发售)

(原载1934年10月5日《人间世》第13期封底)

1933年11月,由新绿文学社编,文艺书局出版的《名家游记》问世,收录了中国现代作家鲁迅、郭沫若、冰心等人的37篇游记,分为上编"本国风光",下编"异邦情调"。作为"代序"的是编者写的长文《游记文学》,堪称现代文学史中论述文学游记体裁的较系统的学术论文。文章分"游记文学的背景"、"游记文学的分类"、"游记文学的特征"几个方面,可以说是在游记大行其道的时代所作的适时总结,也呼应了30年代出现的现代作家发表和结集出版域外游记的热潮。

刘思慕(小默)在1935年1月为自己的《欧游漫忆》写的自序中说:"近来游记一类的货色在文学市场售出不少,单是欧洲游记,也有好几种,恐怕快可以上'游记年'的封号了。"[①]所谓"游记年"尽管是对"小品年"说法的戏仿式概

---

① 小默:《欧游漫忆》,第2页,上海:生活书店,1937年版。

括，但以"游记年"来冠名，也大略说明了游记的风行。其中域外游记格外引人瞩目。如果说，19世纪末20世纪初晚清一代的外交官以及出访外国的文人政客们书写了第一批外国游记的话，五四以后作家型的游记则成为域外游记的主体。倘若不算冰心的《寄小读者》，那么孙福熙初版于1925年的《大西洋之滨》[①]以及1926年的《归航》[②]是较早收入了域外游记的散文集。徐志摩的《巴黎的鳞爪》[③]也收入了泰半篇幅的欧洲游记。接下来的现代作家有陈学昭（野渠），她于1927年赴法留学，其间曾任天津《大公报》驻欧特派记者，为《国闻周报》

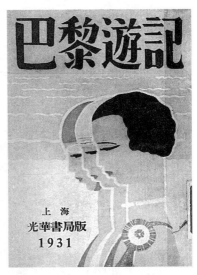

徐霞村《巴黎游记》书影

写稿，也担任《生活》周刊特约撰稿人，1934年底获博士学位后回国，是在欧洲游历时间较长的现代作家。1929年10月陈学昭出版署名"野渠"的《忆巴黎》[④]，书中的主要篇幅是回国后书写的留学巴黎印象记。到了30年代，游记书写几乎成了一个文学史热潮，出现了一批外国游记、欧游书信、日记，如徐霞村的《巴黎游记》[⑤]、蔡运辰的《旅俄日记》[⑥]、王统照的《欧游散记》[⑦]、朱自清的《欧游杂记》[⑧]、朱湘的《海外寄霓君》[⑨]、卢隐的《东京小品》[⑩]、李健吾的《意大利游简》[⑪]、邓以蛰的《西班牙游记》[⑫]……在展现中国作家域外见闻的同时，也表现了中国人的世界想象和世界眼光。

[①] 孙福熙：《大西洋之滨》，北平：北新书局，1925年版。
[②] 孙福熙：《归航》，上海：开明书店，1926年版。
[③] 徐志摩：《巴黎的鳞爪》，上海：新月书店，1927年版。
[④] 野渠：《忆巴黎》，上海：北新书局，1929年版。
[⑤] 徐霞村：《巴黎游记》，上海：光华书局，1931年版。
[⑥] 蔡运辰：《旅俄日记》，天津：大公报社，1933年版。
[⑦] 王统照：《欧游散记》，上海：开明书店，1933年版。
[⑧] 朱自清：《欧游杂记》，上海：开明书店，1934年版。
[⑨] 朱湘：《海外寄霓君》，上海：北新书局，1934年版。
[⑩] 卢隐：《东京小品》，上海：北新书局，1935年版。
[⑪] 李健吾：《意大利游简》，上海：开明书店，1936年版。
[⑫] 邓以蛰：《西班牙游记》，上海：良友图书印刷公司，1936年版。

郑振铎速写（徐悲鸿作）

其中，在《人间世》上做广告的郑振铎的《欧行日记》尽管以日记的形式记录自己的欧洲游历，但却内含着更为自觉的游记书写意识。

1934年8月，郑振铎从北平赴上海，见赵家璧。此前，赵家璧曾给巴金写信，请巴金代约郑振铎为《良友文学丛书》写稿，这次沪上之行，郑振铎就把1927年赴欧洲游学的部分日记整理成册交给赵家璧，是为《欧行日记》。

郑振铎的欧游起因于"四·一二政变"。1927年4月，为了抗议蒋介石的屠杀，郑振铎与胡愈之、周予同等七人联名写了一封给国民党当局的抗议信，公开发表之后，引起当局震怒，在屠杀共产党的白色恐怖中，七人无疑也面临险境。郑振铎的岳父——商务印书馆的高梦旦先生力促郑振铎出国避险。5月21日，郑振铎登上法国"阿托士"号邮轮，开始了长达一年多的欧洲游学。其间差不多每天都记日记，有些遗憾的是所出版的《欧行日记》只收入三个月零十天的记录，起于登上"阿托士"号邮轮的1927年5月21日，终于1927年8月31日。其余一年多的欧游日记，则因为后来屡经迁居而遗失了。[①]

《人间世》上的广告是从作家"私人生活的记录"角度，把郑振铎的《欧行日记》"当作作者某一时期的自传读"，在1934年文坛正注重作家自传（如沈从文的《从文自传》、胡适的《四十自述》等）的背景下，广告的这种写法不失为一个较能吸引读者眼球的宣传策略，不过这对郑振铎《欧行日记》具体内容的解读恐怕难说全面。

《欧行日记》中有两个多月的日记集中在法国巴黎，除了在国立图书馆的"钞本阅览室"查阅中国明清小说之外，郑振铎的巴黎之旅堪称是一次博物馆之旅。在6月25日的日记中，郑振铎记下了第一次参观博物馆——朗香博物馆的心情："这是在法国第一次参观的博物馆。其中所陈列的图画与雕刻，都很使我醉心；有几件是久已闻名与见到它的影片的。我不想自己乃在这里见到它们的

[①] 参见陈福康：《郑振铎传》，北京：北京十月文艺出版社，1994年版。

原物，乃与画家，雕刻家的作品，面对面的站着，细细的赏鉴它们。我虽不是一位画家，雕刻家，然而也很愉悦着，欣慰着。只可惜东西太多了，纷纷的陈列到眼中来，如初入宝山，不知要取那一件东西好。"

现代欧洲民族国家的博物馆既有民族志特点，可以集中展示一个国家的文化、艺术与习俗，乃至民族性格，同时由于殖民掠夺的历史，也汇集了大量世界文化和艺术遗产。郑振铎在8月21日参观的就是巴黎的人种志博物馆："那里有无数的人类的遗物，自古代至现代，自野蛮人至文明人，都很有次序排列着；那里有无数的古代遗址的模型，最野蛮人的生活的状况，最文明人的日用品和他们的衣冠制度；我们可以不必出巴黎一步而见到全个世界的新奇的东西与人物。"郑振铎在《欧行日记》中着力展示给读者的，正是对"全个世界"的新奇之感。

对博物馆和美术馆的记录，占据了各个作家欧游纪行的大量篇幅。邓以蛰在《西班牙游记》弁言中说："(《西班牙游记》)是我于一九三三——三四年间游欧洲的笔记。本来，所想写的预备分作两部分：一部分写各地之所见，一部分记各博物馆中重要之艺术。"也把博物馆中的艺术设计成欧洲游记的重要部分。到了刘海粟的《欧游随笔》，其中关于欧洲艺术的介绍更成为游记的主要内容。

1929年到1931年，刘海粟游历欧洲，"兴之所至，辄将所见所闻，信笔漫记"，于是有《欧游随笔》一书。虽然称"信笔漫记"，但由于作者美术家的身份，关于欧洲博物馆、美术馆和欧洲建筑的集中叙述自是该书题中应有之义。作者参观的与建筑和艺术主题相关的计有巴黎圣母院、莫奈画院、写实派大师库尔贝纪念展、1929年春季沙龙、嘉尔文石像、日内瓦美术与历史博物院、布尔德尔的艺术、野兽派、马蒂斯、1929年秋季沙龙、凡尔赛宫、西班牙名作展与日本现代画展、圣彼得梵诃里教堂、圣彼得大教堂——梵蒂冈教皇宫、罗马西斯廷的壁画、波尔盖世画廊、圣保罗大教堂等等。章衣萍在为《欧游随笔》一书作序言时说："我们觉得艺术是文化中的光与热。绘画与雕刻是人类最高精神的表现。我国数千年以来，艺人辈出，唐宋灿烂的余风，在如今已渺远而不可追攀了。近代艺术界的堕落，令人叹息。我们的民族精神是萎靡到了极点。许多留学生都艳羡西洋的物质文明的灿烂，研究艺术的人，更是'寥寥可数'了。我们如何能使中国的文艺复兴，使我们的民族也大放光明于世界呢？那些在外国吃牛肉和以学术为敲门砖的人是没有希望的，有希望的是那些以学术为生命，以研究学术为毕生事业的少数的人们。"在章衣萍看来，刘海粟即隶属于这"少数的人们"。

但是除了刘海粟这种专业人士，欧行作家们对自己游历的博物馆和美术馆，免不了有些走马观花式的印象速写。如果在欧洲城市不曾留学或者长住，只是做旅游式的观光，一般都会渲染名胜古迹和各种各样的博物馆、美术馆。朱自清的《欧游杂记》也是如此，序中朱自清写道："这本小书是二十一年五月六月的游踪。这两个月走了五国，十二个地方。巴黎待了三礼拜，柏林两礼拜，别处没有待过三天以上；不用说都只是走马看花罢了。其中佛罗伦司，罗马两处，因为赶船，慌慌张张，多半坐在美国运通公司的大汽车里看的。大汽车转弯抹角，绕得你昏头昏脑，辨不出方向；虽然晚上可以回旅馆细细查看地图，但已经隔了一层，不像自己慢慢摸索或跟着朋友们走那么亲切有味了。滂卑故城也是匆忙里让一个俗透了的引导人领着胡乱走了一下午。巴黎看得比较细，一来日子多，二来朋友多；但是卢佛宫去了三回，还只看了一犄角。"虽然作者在观光前后也做了功课，查阅了些资料，但想必有些资料都是观光指南式的，如《欧游杂记》序中所写："我所依靠的不过克罗凯（Crockett）夫妇合著的《袖珍欧洲指南》，瓦德洛克书铺（Ward, Lock & Co.）的《巴黎指南》，德莱司登的官印指南三种。此外在记述时也用了雷那西的美术史（Reinach：*A'pollo*）和何姆司的《艺术规范》（C.J.Holmes：*A Grammar of the Arts*）做参考。"而到了《伦敦杂记》，情况就好了一些，因为朱自清在伦敦住了七个月，时间充裕得多，笔下的风物就细腻多了，既叙述了伦敦人的生活方式，也摹写了英国人的生活态度。这种风物志的写法也构成了30年代欧洲行纪的一个突出特点。

相对说来，刘思慕的《欧游漫忆》在风景描述的同时更为关注国际问题与社会问题。"他写的游记无论欧洲或日本，都属于异域风光，文中也不乏景物风貌的速写或勾勒，但这并不是它吸引读者的主要原因；更重要的是他写出了时代风云笼罩下的社会风貌，是风俗画而不仅是风景画。"[①]这种风俗画的风格也是朱自清所追求的，为此他在行文上力图避免"我"的出现，也是追求客观化呈

[①] 王瑶：《刘思慕（小默）〈野菊集〉序》，见《王瑶全集》第5卷，第563页，石家庄：河北教育出版社，2000年版。

现域外风物的写作态度的体现。相比之下，王统照的《欧游散记》则把目光投向了西方社会的各个阶层，笔下写到了"失业者"、"厨子"、"工人与建筑师"、"乡人"、"渔民"……在辉煌壮丽的博物馆文化之外，呈现给读者更丰富平凡的欧洲社会风貌。

30年代比较集中出现的中国作家的外国行纪和域外见闻，有助于从一个侧面考察中国作家走出国门之后的域外眼光和世界想象。与世纪之交以外交官为代表的外国行纪相比，30年代中国作家的域外叙述和世界想象已经祛除了猎奇式的心理，显得更为从容不迫，在文化想象中也有一种世界主义式的文化整体观，当然其中也难免走马观花式的粗疏与浅尝辄止的浮泛。

（吴晓东）

沪上"八大女明星"和丁玲的"梦珂"

中国女明星照相集

爱好中国电影者之好消息　预告
第一辑先出八册　十一月内出版　十开大本　全部铜版
(1) 王人美女士 (2) 阮玲玉女士 (3) 胡蝶女士 (4) 徐来女士 (5) 袁美云女士 (6) 陈燕燕女士 (7) 叶秋心女士 (8) 黎明晖女士　（以笔划多寡为次）
摄制者　陈嘉震　出版者　上海良友公司

一九三四年秋，本公司筹备数月之第一辑中国女明星照相集，已摄制就绪。沪上电影界出版界，均目为对爱好电影者之莫大贡献。九月八日，本公司合宴胡蝶，王人美，陈燕燕，叶秋心，徐来，袁美云，阮玲玉，黎明晖八女士于极斯非而路之秋圃，明星会聚，千载难逢，乃摄合欢图如上。

（原载1934年10月20日《人间世》第14期）

1934年秋，上海良友图书印刷公司为当时影坛红极一时的胡蝶、阮玲玉、王人美、陈燕燕、袁美云、叶秋心、黎明辉、徐来等八位女明星，各出版一本

《中国电影女明星照相集》之叶秋心专辑，封底（右）是八大女明星的合影。

《中国电影女明星照相集》（而非《人间世》广告上所说《中国女明星照相集》），与良友公司的《良友》画报常以女性形象的封面招揽读者的惯技一脉相承。不过以当红电影女明星为卖点，显然更吸引眼球。出版八本女明星照相集，在当时的确想造成轰动娱乐界的事件。为此，良友公司在9月8日，宴请了八位女明星，八位明星的合影照片随即在《申报》、《人间世》、《电影画报》等报刊上刊出，流布全国，30年代上海"八大女明星"的说法，也从此风行起来，始作俑者正是良友《中国电影女明星照相集》的刊行。

《中国电影女明星照相集》每集收入一个女明星的照片二十余幅，照片中半身照居多，多为摆拍，也有少量生活照。衣着以旗袍、休闲装为主，也偶有运动装。胡蝶一集收有一张手挥网球拍的运动照，但姿态别扭，显然很少打网球；也有穿超短裙的略显性感的照片，但更多则是时装化的淑女装照片。阮玲玉则是清一色的旗袍装，也有一张怀抱网球拍的照片，可见网球拍是为女明星拍照而设计的运动型时尚道具。总体上说，《中国电影女明星照相集》没有同时期好莱坞女明星照片常有的那种暴露而性感的作风，带有唯美情调的淑女气质是摄影家力图塑造的女星形象。李欧梵通过对当时女性杂志《玲珑妇女图画杂志》的观察指出：

> 我们也应注意到上海，这个新兴的消费和商品世界（其中电影扮演了重

要角色），并没有全盘复制美国的发达资本主义时期的文化。一个显著差别就是，由中国电影杂志上的照片所展示的"流行女性气质"并没有好莱坞影星的那种大胆性感。从《玲珑》杂志的范例看来，那些亮丽的好莱坞明星照无一例外地展现着对身体的狂热崇拜——浓妆艳抹的脸庞，半遮半掩的身体以及最经常裸露着的双腿。相比之下，中国著名影星像胡蝶、阮玲玉等的照片除了露着双臂之外，身体都藏在长长的旗袍里。这种根本性的区别表达了一种不同的女性美学。事实上，这种美学自世纪之交以来，就常见诸杂志封面的女性肖像和照片，而那个年代也因之被永远地保存在无数的月份牌上，至于那些明星照总含着令人惊讶的"内在谱系"的相似性。①

《中国电影女明星照相集》中的照片也同样表现出这种风格的"相似性"，或许其技术上的原因在于，它们都出于同一个摄影家。

给八位女明星拍照的陈嘉震是《良友》新任主编马国亮聘任的摄影记者，虽专职担任新闻照片的拍摄，却以偶尔拍到的电影明星照片获得同人的赞赏，因此，良友图书公司八大女明星摄影集的任务就交给当时刚刚二十出头的陈嘉震。他也果然不辱使命，所拍摄的明星照片，"不同以往出现在杂志报章中的明星肖像，他总是用自己独到的视角和光线，恰到好处的反映被拍摄者的特点，而深得喜欢"②。陈嘉震从此一炮走红，成为沪上当红影星们的御用摄影师。1935年他加盟艺声出版社后，还编辑出版了大型画册《中国电影明星大观》和《胡蝶女士旅欧纪念册》，并主编《艺声》。《艺声》几乎每期都会刊出名人题词手迹，如赵丹题"只此一家，并无分店"，费穆题"无言之美"，施蛰存题"明察秋毫"，老舍题"摄取万象"，胡蝶题"摄影大王"，从中可见陈嘉震的春风得意。沪上还风传陈嘉震先后和当红明星袁美云、貂斑华恋爱的新闻。但两次恋情均以失败告终，尤其是貂斑华悔婚后还在《时代日报》上发表文章，辱骂陈嘉震，最终陈嘉震只能对簿公堂，由此身心俱疲，一蹶不振，1936年因肺病离世，年仅24岁。③

---

① 李欧梵著，毛尖译：《上海摩登——一种新都市文化在中国1930—1945》，第110页，北京：北京大学出版社，2001年版。

② 雨辰：《只此一家并无分店——记摄影青年陈嘉震》，见"良友画报吧"，http://tieba.baidu.com/p/1266367450。

③ 陈嘉震的资料参考了雨辰：《只此一家并无分店——记摄影青年陈嘉震》，见"良友画报吧"。

如果说，陈嘉震利用摄影师身份的便利，试图把对女明星的远距离观赏转化为零距离的亲近，有悖于超功利的审美原则，最终势难修成正果，那么，普通市民中的电影爱好者和追星族却能借助这组照相集，得以瞻仰女明星甜美的影像，并透过摄影师的拍摄镜头，在拟像的世界中投射自己潜意识中的白日梦。虽然在男性读者这里可能不乏难登大雅之堂的欲望化凝视，但正像张爱玲论及林风眠一幅以妓女为题材的绘画时所说："林风眠这张画是从普通男子的观点去看妓女的，如同鸳鸯蝴蝶派的小说，感伤之中不缺乏斯文扭捏的小趣味，可是并无恶意。"[①]30年代大多数消费明星影像的市民看待女明星的心理当然不能等同于林风眠对妓女的观照，不过在把女明星当做潜意识的客体而投射自己不便明察的欲望和想象的时候，当也是可以用"感伤之中不缺乏斯文扭捏的小趣味，可是并无恶意"来形容吧？

而在女明星这里，习惯并接受自己的影像被消费成欲望对象的过程，却可能是20世纪20—30年代短短十余年间的事情。

这就要说到丁玲发表于1927年的短篇小说《梦珂》。《梦珂》叙述的是一个本不乏天真烂漫的纯洁女学生梦珂如何在都市里从对男性的凝视反感乃至反抗，到逐渐习惯于无所不在的欲望的目光，最后自己也投身于电影界，成为一个女明星的过程。小说开头写的就是一个女学生模特的屈辱，背后隐含的是都市男性目光的凝视逻辑：

> 靠帐幔边，在铺有绛红色天鹅绒的矮榻上，有一个还没穿外衣服的模特儿正在无声的揩眼泪；及至看见了这一群闯入者的一些想侦求某种事实的眼光，不觉又陡的倒下去伏在榻上，肌肉在一件像蝉翼般薄的大衫下不住的颤动。

把这一女模特从众目睽睽之下奋勇解救出来的就是女学生梦珂。而当梦珂历经都市的摩登与浮华之后，渐渐由"女学生"变成一个"modern girl"，"她的眼光逐渐被'凝视'的逻辑所捕获，愈益认同表哥和表姐常常出入的都市娱乐和消费空间"，"别无选择地成为'女明星'，用另一种方式参与和分享了城市的娱乐

[①] 张爱玲：《忘不了的画》，见《流言》，第168页，上海：五洲书报社，1944年版。

和消费空间"①。小说这样结尾:

> 以后,依样是隐忍的,继续到这纯肉感的社会里去,那奇怪的情景,见惯了,慢慢的可以不怕,可以从容,使她的隐忍力更加强烈,更加伟大,能使她忍受非常无礼的侮辱了。
>
> 现在,大约在某一类的报纸和杂志上,应当有不少的自命为上海的文豪,戏剧家,导演家,批评家,以及为这些人呐喊的可怜的喽罗们。大家用"天香国色"和"闭月羞花"的辞藻去捧这个始终是隐忍着的林琅——被命名为空前绝后的初现银幕的女明星,以希望能够从她身上,得到各人所以捧的欲望的满足,或只想在这种欲望中得一点浅薄的快意吧。②

丁玲的《梦珂》因此反映了都市中女性作为一个欲望客体的地位,并揭示出无处不在的使女性无所遁形的男性目光。这种饱含欲望的凝视具有某种现代独有的特征,表现为它是与现代都市和现代技术紧密地结合在一起的,即在现代都市文化中生成为一种"技术化观视"(the technologiced visuality)。"相对于'肉眼观视'而言,所谓'技术化观视'指的是通过现代媒体如摄影、幻灯、电影等科技和机械运作而产生的视觉影像,有别于平日单靠肉眼所看到的景象。现代媒体能将细微的事物放大好几十倍,炫目而怪异。这种革命性的发明,为人们提供了过去肉眼前所未见的视像,改变了人们感知世界的方式,带给人们一种巨大的震撼性视觉体验。"③这种"震撼性视觉体验"尤其反映在电影、绘画、照片中。由于技术上的进步,现代男性对女性的"技术化观视"与当年西门庆斜睨潘金莲的"金莲",贾宝玉注目薛宝钗的"皓腕"的时代已经不可同日而语。现代男性不需与女性直接面对面,即可从诸种影像媒介中获得名正言顺地观视女性的可能性和自由度。也正是这个原因,各种各样以女性尤其是女明星的玉照为封面的画报,如《银星》、《电声》、《艺声》、《良友》画报、《妇人画报》、《现代电影》、《玲珑妇女图画杂志》等登载大量女性照片的杂志纷纷面世,抗战开始后还有《影迷周报》、《好莱坞》等杂志相继创刊。月份牌的图像多为时髦女郎尤其是沪上女明星。都市女性也渐渐习惯了自己在照片、广告、海报

---

① 罗岗:《视觉"互文"、身体想象和凝视的政治——丁玲的〈梦珂〉与后五四的都市图景》,载《华东师范大学学报》(哲学社会科学版) 2005年第5期。本文的写作从罗岗的论文中受益良多,特此致谢。

② 丁玲:《梦珂》,载1927年12月《小说月报》第18卷第12号。

③ 罗岗:《视觉"互文"、身体想象和凝视的政治——丁玲的〈梦珂〉与后五四的都市图景》。

1923年丁玲与母亲在湖南常德

以及电影镜头中被世人凝视的都市风尚,明星制的电影也有助于女明星的出名和风靡,甚至相当一部分电影女明星开始积极配合明星照片的拍摄和出版活动。更重要的是,当现代都市女性,尤其是某些电影女明星们通过"技术化"影像媒介在电影、杂志、广告、橱窗和诸如"女明星照相集"里被观众和读者瞩目的时候,由于脱离了当面被审视的现场,所谓的"技术化观视"中所蕴含的本能欲望的投射并不是直接反诸女性的身体,因而都市女性难以对这种被观视的客体地位产生自觉和警惕。乃至可能会慢慢习惯和屈从这种"技术化观视"的情境,在被万众瞩目的想象中,甚至可能得到极大的心理满足。

从丁玲笔下的梦珂最初的反抗到"惊诧、怀疑",到"隐忍"以及能够"忍受非常无礼的侮辱",再到《中国电影女明星照相集》的出现,是中国某些现代女明星对"观视"由警觉、陌生到习以为常,最后主动迎合甚至取悦的过程。张爱玲在《谈女人》中写道:"以美好的身体取悦于人,是世界上最古老的职业,也是极普通的妇女职业,为了谋生而结婚的女人全可以归在这一项下。这也毋庸讳言——有美的身体,以身体悦人;有美的思想,以思想悦人,其实也没有多大的分别。"① 而女明星则以悦目的形象风靡浮华的海上世界,女明星照相

---

① 张爱玲:《忘不了的画》,见《流言》,第95页。

集的出现,与她们电影中的美丽影像一样,均在取悦大众的同时自己也名利双收,同时也迎合了对女明星追捧消费的"海派"文化——20年代末到30年代是"海派"消费主义软文化取得突飞猛进的繁荣时代。

30年代沪上影坛的"硬性电影"与"软性电影"之争,正出现在这一消费主义都市文化甚嚣尘上的历史背景中。当"软性电影"论者主张"电影是给眼睛吃的冰激凌,是给心灵坐的沙发椅"①的时候,"硬性电影"论者则认为"在半殖民地的中国,欧美帝国主义的影片以文化侵略者的姿态在市场上出现,起的是麻醉、欺骗、说教、诱惑的作用",除"色情的浪费的表演之外,什么都没有"②;当"软性电影"的先驱们谈论"银幕是女性美的发见者,是女性美的解剖台",认为"全世界的女性是应该感激影戏的恩惠的,因为影戏使她们以前埋没着的美——肉体美,精神美,静止美,运动美——在全世界的人们的面前伸展"③的时候,"硬性电影"论者则认为此类电影不过是"拿女人当作上海人口中的'模特儿'来吸引观众罢了。自然观众们简单说一句,也只是看'模特'——女人——而不是看电影"④。"软性电影"论者所谓"电影是给眼睛吃的冰淇淋",这种"冰淇淋"的主体成分正是由女明星提供的视觉影像,"给眼睛吃的冰淇淋"这一联通视觉与味觉的通感式表述所建构的正是大都会的消费主义意识形态融汇文化与审美的一体性,并由于对好莱坞的追风而同时带有世界性。正如有研究者指出的那样:"好莱坞电影对女体的发现,以及它对女体所造成的一种观赏及快感的价值和魔力使展示女体美至少在20年代末30年代初的上海成为一种文化时尚和潮流的重要的刺激条件之一。"⑤(可参看本卷"以'软'击'硬':刘呐鸥的《永远的微笑》"条目)

但在20世纪30年代中国乃至世界电影文化达到了一个难以企及的高峰的黄金时代,男权社会仍然支配着整个世界运转的逻辑。在良友推出的八大女明星中,当阮玲玉留下"人言可畏"的遗言服药自尽的时候,当徐来受到阮玲玉自杀的极大刺激迅速息影的时候,当胡蝶被戴笠一眼看中强留在身边过着软禁

---

① 嘉谟:《硬性影片与软性影片》,载1933年12月《现代电影》第1卷第6期。
② 唐纳:《清算软性电影论》,载1934年6月27日上海《晨报》。
③ 葛莫美:《影戏漫想》,载《无轨列车》1928年第4期。
④ 尘无:《电影与女人》,载1932年7月12日《时报》。
⑤ 李今:《新感觉派和二三十年代好莱坞电影》,载《中国现代文学研究丛刊》1997年第3期。

般的生活的时候……女明星们被"观视"的形象其实也是自己真正的社会地位的表征。正如有研究者通过对丁玲《梦珂》的研究所洞察的那样：

> 《梦珂》的意义不仅在于暴露了"凝视"逻辑的秘密，更重要的是，它把梦珂受控制的"眼光"扩展为一种社会和历史的"视野"，经由这种"视野"批判性地建构了一幅后五四时代的都市景观，在这幅图景中，何者被安放在显眼位置，何者被排斥在视线之外，全由"凝视"的逻辑来决定，它构造出一种"观看"的政治。
>
> 丁玲不是在理性的层面上讨论"娜拉走后怎样"，而是在都市的消费文化、社会的凝视逻辑和女性的阶级分化等具体的历史背景下，把抽象的"解放"口号加以"语境化"了，透过"视觉互文"的方式描绘了一幅令人绝望的图景：一方面女性解放的口号因为无法回应分化了的社会处境而愈显"空洞"；另一方面刚刚建立起来的现代体制已经耗尽"解放"的潜力，反而在商业化的环境中把对女性的侮辱"制度化"了。面对这种情景，妇女如何寻找新的"解放"的可能，是后五四时代丁玲持续追问却无法回答的问题。

而丁玲超出一般女明星的伟大之处在于，尽管当初她也曾经被成为电影女明星的可能性诱惑过①，但她终以一个女性的敏感看透了这个世界中女性"被凝视"的历史命运，从此以无畏的抗争精神与充满欲望和暴力的男权世界独自对抗，始终如一地进行着注定难以取胜的"一个人的战争"。

（吴晓东）

---

① "1926年，著名戏剧家洪深受明星公司张石川委托，去北京参加影片《空谷兰》的献映仪式，并应邀到北京艺专演讲，此间结识了丁玲。聆听洪深充溢激情的演讲，增强了丁玲从影的信念。于是，她给洪深写了封信，倾吐自己的心愿。洪深回信中给予她热情的鼓励，而且两人在北海公园会晤，作进一步交谈。洪深回上海之后，丁玲与胡也频筹资造访上海。经洪深推荐，丁玲去明星公司报到。但是纯真、充满幻想的她，刚涉足影坛，便觉察这一领域与自己的想象反差太大，只好满怀歉意告别了对她寄予厚望的洪深，没有签约就离开片场。此后南国电影剧社的田汉，又邀她去舞台演出，因不擅演剧生涯的浪漫，丁玲的明星之梦终于幻为泡影。"引自罗岗：《视觉"互文"、身体想象和凝视的政治——丁玲的〈梦珂〉与后五四的都市图景》。

"古意"与新意:《春野与窗》的意义

春野与窗 林庚作

在中国所流行的意象诗派中,林庚先生是十分杰出的一人。其第一诗集《夜》,李长之先生曾有仔细的推荐,本集为继续前书而辑的,风格又不像李长之先生所批评的了,据作者说,那是要求"浑成"的缘故。读者可以看一看。

(原载 1934 年 10 月《文学评论》第 1 卷第 2 期)

自从戴望舒发表《谈林庚的诗见和"四行诗"》①以后,林庚影响最大的诗集《北平情歌》有戴望舒所谓的"古意"之说,被后来的研究者充分注意并沿用。然而,大多数研究者将戴望舒批评林庚"只是拿白话写着古诗而已",片面地理解为只是关于形式的批评。其实,如研究者所说,戴望舒(署名"钱献之")"所质疑的不是林庚发明的四行诗作为一种新格律诗体是否得当,而是林庚把他所发明的新诗体'四行诗'实际上写成了'旧诗'——'诗人林庚在以白话文做旧诗了'"②;而从林庚对戴望舒的批评的回复看,"林庚只看到自己'写白话的格律诗而走向文言化'是个失败,却没有认识到其新格律诗如'蓝天上静静的风意正徘徊'的问题,并非仅仅在于语言文字的文言化了,更在于情调意境的旧诗化——林庚始终没有意识到他是在'拿白话写着古诗'"③。

1934 年,林庚第一本诗集《春野与窗》出版。

---

① 戴望舒:《谈林庚的诗见和"四行诗"》,载 1936 年 11 月《新诗》第 1 卷第 2 期。在这篇文章中,戴望舒批评林庚《北平情歌》中的诗"是一种古诗的氛围气","林庚先生原也不过想用白话去发表一点古意而已"。

② 解志熙:《林庚的洞见与执迷——林庚集外诗文校读札记》,见解志熙:《考文叙事录——中国现代文学文献校读论丛》,第 142 页,北京:中华书局,2009 年版。

③ 同上书,第 148 页。

或许我们正可以从这里入手,来重新考察林庚的《春野与窗》。于是,就不难发现:从 30 年代初开始,林庚最初的新诗创作,就有十分明显的情调、意境之"古意"的特征。

且以《春野与窗》中的《沪之雨夜》一诗为例。全诗如下:

> 来在沪上的雨夜里
> 听街上汽车逝过
> 檐间的雨漏乃如高山流水
> 打着柄杭州的油伞出去吧
>
> 雨水湿了一片柏油路
> 巷中楼上有人拉南胡
> 是一曲似不关心的幽怨
> 孟姜女寻夫到长城①

这首诗收入诗集《春野与窗》,写于 1933 年。就常理而言,对于在北平长大的林庚来说,第一次来到当时中国最繁华并且有"十里洋场"之称的上海,应该对这个现代大都市有惊奇之感吧?毕竟和上海相比,北平更是一个古旧的城市,林庚在他的诗中不是也一再称之为"古城"吗?然而,在这首诗中,我们几乎丝毫没有这种感受。废名独具慧眼,在分析这首诗时说:"诗是写实,'来在沪上的雨夜里,听街上汽车逝过',上海街上的汽车对于沙漠的来客一点也不显得它的现代势力了。"②细读之下,我们不难发现:第一,题目"沪之雨夜",明确表明这是一首写旅居、客居之孤独、寂寞情怀的作品;"雨夜"二字,令人想起晚唐诗人李商隐的名作《夜雨寄北》;题目中这种文言的句式,也强化了这种旅居、客居情怀的"古意"性质,让读者联想到中国古代大量书写这种旅居、客居之孤独、寂寞情怀的诗词。第二,北平也有"汽车"(如废名《街头》),但"柏油路"极少,更不可能像上海这样连"巷"(北平的"胡同")的地面也铺上了"柏油"。也就是说,除了"汽车"和"柏油路"之外,诗中没有

---

① 林庚:《沪之雨夜》,收入诗集《春野与窗》,引自《林庚诗文集》第 1 卷,第 125 页,北京:清华大学出版社,2005 年版。

② 废名:《谈新诗·林庚同朱英诞的诗》,见《废名集》第 4 卷,第 1792 页,北京:北京大学出版社,2009 年版。

更为典型的现代大都市的意象。并且,即使是"汽车"、"柏油路"这两个分别出现在第一和第二节中的意象,其现代气息也被第一节中紧接着"汽车"这个意象在下一行中同时出现的"雨漏"和"高山流水"这两个古典意象的意味冲淡了,更何况接下来连续出现的"油伞"、"南胡"、"孟姜女"、"长城"等古典意象,仿佛诗人一步步地沉浸到古典诗词抒写旅居、客居之孤独、寂寞情怀的境界中了。第三,第一节中的"乃如"自然是文言语汇,第二节中的"幽怨"其实也是婉约情味的古典诗词中常用词语,和题目的文言句式相呼应,烘托、渲染出全诗"古意"浓厚的思想、情感的氛围。

但是,这首诗的思想、情感的性质,却并非如此简单。上文所分析的这种似乎是刻意经营的充满"古意"的思想、情感的氛围,原来是别具匠心的艺术处理。使用古典意味的意象、语汇和句式,营造充满"古意"的氛围,完全是为了在全诗的最后一句完成一个反讽:由抒发旅居、客居之孤独、寂寞的情怀,到无意中听到一个著名的古曲"孟姜女寻夫到长城"的苦难,构成了对照关系,也就使得前者显得自怜而可笑。这首诗因此对旅居、客居这个古典诗词的传统主题进行了颠覆性的改写,体现了诗人对传统诗词的常见主题深刻反思的现代意识。因为在传统的古典诗词中,类似主题的抒写,作为一种常规,是沉湎于自我感伤的抒发的,几乎没有《沪之雨夜》这样的通过反讽给以自嘲的例子。

尽管可以这样高度评价《沪之雨夜》,但我们也应注意到,林庚在诗中能够这样娴熟地使用充满"古意"的意象、语汇和句式,这样精彩地模拟"古意",难道就不可能有另外一方面的影响吗?也许可以借用一句"子曰"来提出这个问题:"攻乎异端,斯害也已"?也就是说,这种深刻的与古典诗词的关系,自然也会深刻地影响到林庚的创作,并且这种影响肯定是复杂的,既会有《沪之雨夜》这样有积极意义的影响,自然也会有戴望舒所谓的消极意义的影响。

其实,不仅是创作,而且谈诗、论诗的时候,林庚的思想中萦绕的也几乎全是中国古典诗词;通读他30年代所发表的关于新诗的创作和艺术问题的文章,其中所举的例子,几乎完全来自中国古典诗词,如《极端的诗》、《为什么为文学》、《什么是艺术》等;对于外国诗,仅仅只是提到篇名而已:"荷马的史诗,但丁的《神曲》,米尔顿的《失乐园》"[①]。尤其意味深长的是这样两个细

[①] 林庚:《极端的诗》,载1935年2月《国闻周报》第12卷第7期。

节：一是《极端的诗》的结尾——

> 记得一个下午，那时我还在清华读书，因为有点要紧事，骑一辆自行车赶到城里，等事情办完了，日已傍山，我仍又出了城沿着铁路赶回清华，当时便不断的念起："谁能瘦马关山道，又到西风扑鬓时！"一路上翻覆的念似便得到无限的精神，其实我那时并无悲凉的事，更无所谓关山，瘦马。诗正是这样的会在并不华丽的物质条件上开出可爱的花果来；而人生只要有时间，我想，他的时间便是该由这些诗句来陪伴的；然而这话并非说诗人能无中生有，如"大漠孤烟直"，即可证明。①

纳兰性德《鹧鸪天》中的这两句词在此可说是具有"准创作"的意义；而所谓的人生"便是该由这些诗句来陪伴的"，也可说是把古典诗词的阅读当成创作的一种替代了。二是《甘苦》：

> 自九一八后，清华因有过一度三星期全校军事训练；从那时起，每天天才亮时有升旗号，日暮时又有落旗号。……没有一个人听见那悠扬的声音不会怀疑，怎么如此简单的乐器也有那样缠绵和美的声调；更没有人不因此会联想到"悲笳"两个字义上去了。②

这是自叙写作《破晓》一诗的来历时说的。由现代的军号声竟然会联想到古代"边塞诗"中常见的"悲笳"一词，此亦可见林庚的思想、情感与中国古典诗词的情调、境界之间的深刻联系。并且，《破晓》一诗的第二节竟然是这样的：

> 远远无人的城楼上
> 第一个号兵
> 吹起清脆的羌管③

诗的第一节中有"如一卷迷濛的古代的画"一句，表明这首诗书写的完全是现代的境界和情感，但这第二节中的"羌管"意象，使得诗意隐隐有"羌管悠悠霜满地"那样的古代边塞诗词意境了，"古意"盎然。由此可见，林庚的思想、情感与中国古典诗词的情调、境界的深刻联系，自从他30年代初开始自由体新诗创作时，就一直存在，只不过不如30年代中期写作《北平情歌》那种格律体

---

① 林庚：《极端的诗》，载1935年2月《国闻周报》第12卷第7期。
②③ 林庚：《甘苦》，载1935年6月《文饭小品》第5期。

的"四行诗"之"古意"表现得那样醒目、突出而已。

进而言之，林庚的思想、情感与中国古典诗词的情调、境界的这种深刻联系，也不完全是不自觉的，只不过他有另外的解释。在《诗的韵律》一文中，林庚这样说过：

> 一个文学作品有三件基本的东西，一是人类根本的情绪；这情绪是亘古不变的；所以我们才会读到佳作时，便觉得与古人同有此心。二是所写到的事物，这也是似变而其实不变的。……曰然则文章岂不亘古不变乎？岂不写来写去不过如此乎？曰不然，还有第三呢，那便是感觉……①

林庚只是认为"感觉"是世代"进展"的："一方面固要靠已有的诗情为其基础，一方面却更要从新的生活中体会。"这里林庚对他所谓的"一个文学作品"的"三件东西"的解说，第一和第二与我们现在讨论的问题密切相关。第一，"情绪"既然"是亘古不变的"，那么离愁别恨、寂寞、孤独之类的人情之常，就没有什么"古意"与"今情"之别了，本质上是完全一样的，因此现代诗中所表现的思想、情感，看似"古意"盎然，也就没什么值得奇怪的了。第二，这种所谓"是亘古不变的""情绪"，通过"所写到的事物"来表现，而这种"所写到的事物"也是"似变而其实不变的"，那么"是亘古不变的""情绪"不就更被表现得"古意"盎然了吗？林庚尚且这样以自己创作《破晓》一诗为例说：

> 如从前写一刀一枪的战争，现在写飞机大炮的战争，从前人写武士恋爱，现在人写洋泾浜恋爱；中国字的二加三等于五与阿拉伯字的 $2+3=5$，似变而其实没变。古人写海，今人亦写海，古人写青山，今人亦写青山，古人写背井离乡，今人亦写，不过古人坐牛车而今人或乘飞机，略不同耳。②

但如果如上文所分析的那样，林庚在创作中践行像《破晓》一诗中把现代的军号这种"事物"写成"羌管"那样的古典诗词中的意象一样，"今人"的"情绪"不就被表现成了宛如"古人"的"情绪"了吗？而在写于1934年《春野与

---

①② 林庚：《诗的韵律》，载1935年4月《文饭小品》第3期。

窗》的《自跋》中，林庚说："内容则古今如一"，"材料虽然时时不同"③。这里的"内容"和"材料"，即上引《诗的韵律》那段话中所谓的"情绪"和"事物"。可见林庚的这个思想是一以贯之的。更值得注意的是，林庚之所以在《自跋》里说到这个问题，是因为文章前面的一个问题而来的："我好像到如今还不大懂得什么是'内容'，也不很懂得什么叫'意识正确'，什么叫'没落'。"②这显然是在回应对他的诗的批评；"没落"显然是指他的诗的"内容"——即思想、情感——的"古意"吧？由此也可以看出，早在《北平情歌》之前，就有批评林庚诗"没落"的"古意"之思想、情感特征了。

总之，林庚30年代诗的"古意"之思想、情感特征，早在戴望舒批评《北平情歌》的"古意"之前，就一直存在，并且是有其特殊原因的。废名说得好："在新诗当中，林庚的分量或者比任何人要重些，因为他完全与西洋文学不相干，而在新诗里很自然的，同时也是突然的，来一份晚唐的美丽了。"③因为废名津津乐道"晚唐诗"，自然不免偏爱林庚诗的"晚唐的美丽"，甚至溢美，但他所谓的"完全与西洋文学不相干"，却是十分准确的，毕竟十分了解林庚其人其诗的，皆是莫逆之交，所言自然有据。

（高恒文）

---

③ 林庚：《春野与窗·自跋》，见《林庚诗文集》第1卷，第152页，北京：清华大学出版社，2005年版。

② 林庚：《春野与窗·自跋》，见《林庚诗文集》第1卷，第151页。

③ 废名：《谈新诗·林庚同朱英诞的诗》，见《废名集》第4卷，第1789页。

11月

《水星》的"个性"

水 星 编辑室

  刊物名字太难取，我们那一晚在某处坐谈，也许是举头见星，低头见水的缘故，有人提议叫作"水星"，大家觉得还来得别致，"水星"就"水星"吧。实在我们并不想学 La Mercure de France London Mercury, American Mercury, 这几种刊物名字译作"水星"根本就不妥，虽然在中国大家都这么译下来了。误会自然是难免，London Mercury 初出版时就有人以为是学 La Mercure de France，我们更不该有这种误会，我们也早料到这一点，所以曾一度改用过别的名字，结果因为误会更多，只好改回来了。总之，这个小刊物用了"水星"的名字，正如八大行星中这个小行星用了神使 Mercury 的名字，也正如人名字叫作阿狗阿猫——记号而已。

  开场无白，编后无记，封面无画，正文前无插图，正文中无广告，这个刊物初次露面就不像一本杂志吧，可是我们倒想能这么老老实实的办就这样办下去。至于论文与翻译我们也知道是重要的，不过我们想暂时把理论和介绍的工作让旁的刊物去办。要不然，既非同人杂志，又无相当个性，这个刊物办在这个杂志世界里实感多此一举。少浪费一点，亦是好事。

  本期因字数太多，有几篇小说早已排完，而临时抽出移作下期用，特向作者蹇先艾，毕奂午，沈从文诸先生致歉。

（原载1934年11月10日《水星》第1卷第2期）

  迟至第1卷第2期，《水星》才在杂志的第一页，以一页的页面发表这样一篇文字，除了第三段之外，第一、二两段可以独立成章，实际上就是一篇发刊词，这样做的本身就不同寻常，显示出了刊物的个性：不打招牌，不立宗旨，以刊物本身来显示个性。

《水星》发刊词

第一段释名,所谓"我们那一晚在某处坐谈,也许是举头见星,低头见水的缘故",故意说得平淡、写实,其实远不是这么回事。"以星取名,也知道这颗行星离太阳最近,星上也不可能有水"①,但毕竟是天空的行星,远离尘寰,固然是脱俗的,这不就是"纯文学"的意思吗?卞之琳80年代回忆说:"当时文学刊物名称也不像今日这样流行了各种各样带有诗意的名称,而一般性文学刊物名称也用尽了。"②但"水星"二字,不是提示了充满诗意的"星水微茫"的境界吗?下文更长的文字,什么"La Mercure de France London Mercury",什么"阿狗阿猫",都是虚辞,故意绕来绕去,试图以"假语村言"而将"真事隐去"耳。

第二段微露办刊意图。所谓"开场无白,编后无记,封面无画,正文前无插图,正文中无广告,这个刊物初次露面就不像一本杂志吧",其实就是强调刊物的独特个性:不自我标榜("开场无白");不自我推荐作品("编后无记");不搞花样,以文字说话("正文前无插图");无商业习气,不沾染铜臭("正文中无广告");要的就是这种区别于一般杂志的特立独行的个性("不像一本杂志")。至于不发表"论文和翻译"作品,大有原因。不发"翻译",大概是因为稿源和审稿的困难。不发表"论文",恐怕是不想引起论争,不提倡任何"主义",以示以作品为重。

因此,从这篇以"编辑室"名义发布的文字,完全可以看出《水星》对独特"个性"的追求。

---

①② 卞之琳:《星水微茫忆〈水星〉》,载《读书》1983年第10期。

那么，这个"个性"，具体来说在刊物中又是如何表现的呢？

引人注意的是，从发表作品来看，尽管有来自上海的作者，如茅盾、巴金、张天翼、艾芜、芦焚、辛笛等，但周作人、朱自清、沈从文、废名、梁宗岱、李健吾、曹葆华、蹇先艾、林庚、萧乾、方敬、鹤西、南星和卞之琳、何其芳、李广田等似乎更频繁地出现在《水星》上，尤其是周作人、沈从文、卞之琳、何其芳、李广田、萧乾等人，在此发表作品达三篇以上，而该刊只出了九期。因此，《水星》的"京派"色彩是很明显的。卞之琳回忆《水星》时说："刊物虽是同人刊物，却不是宗派刊物，是开放的，没有排他性，不偏狭，又自有特色，并不趋时看风。"这个说法，也是事实，但却是明显在淡化《水星》的"京派"特征。《水星》公布的该刊"主编人"为：卞之琳、巴金、沈从文、李健吾、靳以、郑振铎。①但实际主编是卞之琳。上文所说的以"编辑室"名义发表的告白，就出自卞之琳之手。由此我们也可以看出《水星》与"京派"的关系。

这里不能、也没有必要进一步讨论这个刊物，但我们可以讨论一个饶有意味的问题。

卞之琳回忆《水星》时曾说："周作人后来虽有一个极不光彩的下场，但从历史主义的观点看，他迟至一九三七年全面抗日战争爆发前，还没有什么汉奸言行。他在一九三四、五年间发表在《水星》第一卷上的三篇文章是《骨董小记》、《论语小记》和《关于画廊》，也只是隐约透露出一些不甘寂寞的矛盾心情。"②80年代初，周作人还是一个敏感的话题，卞之琳这样说到周作人，尽量客观，已经难能可贵了，但还是以"不甘寂寞"一词以示批评；到了1993年，卞之琳在另外一篇自述性的文章中则说：周作人"如约寄来《骨董小记》和《论语小记》先后发表在《水星》月刊上，至今还是耐读的小品"③。这应该是卞之琳对周作人及其文章更真实的看法吧？《水星》第一卷共六期，隔一期就有周作人的文章，可见对周作人的重视。事实上，《水星》创刊之前，就急切地主动向周作人约稿的，卞之琳回忆说：

> 知堂老人喜说他的一个笑话：一天这位弟子（引按，俞平伯）兴冲冲

---

① 见《水星》各期的倒数第二页。
② 卞之琳：《星水微茫忆〈水星〉》。
③ 卞之琳：《毕竟是文章误我，我误文章》，载《收获》1994年第2期。

> 带了笛师去老师（引按，周作人）家为他清唱昆曲，不料唱到高亢处，竟然惊起了院中家犬的狂吠，大杀风景，云云。我亲听到此说，是在1934年秋后，当时我协助靳以执编《文学季刊》，主要分担附属创作月刊（引按，即《水星》）的编务，找知堂老人约稿，由与他相识的李广田陪去八道湾，承老先生慨允供稿。在苦雨斋受苦茶款待，佐飨了这则隽永的笑料，这则并非虚构的新"世说"，令人开怀，令人难忘。①

一再是"知堂老人"，还深切感慨"令人开怀，令人难忘"，这才是卞之琳30年代对周作人的真实感情，一种深深的敬意。

《水星》出版以后，马上引起注意。有意思的是，是"京派"的沈从文首先著文介绍这个刊物的；他在《水星》创刊号出版的当月，就在《新刊介绍》一文中说：

> 《水星》月刊，第一期已出版。此刊物在国内可谓一极理想刊物，内容以纯创作为主。第一期单是小说就有六篇。有余一《春雨》，何家槐《木匠》，芦焚《劫数》，靳以《离群者》，君蔷《夜袭》。游记文有四篇，为沈从文，西谛，蹇先艾，盛成等作。散文有李健吾，鹤西，李广田等作六篇。诗有何其芳，臧克家，林庚等作五篇。序跋有郑振铎，巴金，臧克家，靳以等作四篇。内容结实，为年来任何文学刊物所不及。字数约十万，装订朴雅，定价每册二角，全年二元二角。出版者为北平文华书局，上海方面由生活书店经售。②

这是对《水星》的高度评价，虽然是书刊推荐、介绍文字，但沈从文是一个很严肃的人，他是反对商业气的胡乱吹捧的，并且对文学刊物的评论一向持论甚严。1935年他在《谈谈上海的刊物》一文中，曾严厉批评《论语》、《人间世》等著名的文学杂志"它的目的在给人幽默，相去一间就是恶趣"③。可见他对《水星》的赏识。

（高恒文）

---

① 卞之琳：《毕竟是文章误我，我误文章》。
② 柏子（沈从文）：《新刊介绍》，载1934年10月24日《大公报·文艺》第113期。
③ 炯之（沈从文）：《谈谈上海的刊物》，载1935年8月18日《大公报·小公园》。

12月

吴组缃处女集《西柳集》深得茅盾佳评

创作文库之四　西柳集

吴组缃　短篇小说集　精装八角　平装六角

本书著者的作品曾散见于《文学》,《文学季刊》,《清华月刊》,《清华文学月刊》等杂志,结集发行这是第一次。《文学》二卷二期惕若先生评作者的作品说:"这位作者出现于文坛,好像不过一年来的事,然而他的作品有令人不能不注意的光芒,就我所读过的两三篇而言,这位作者真是一支生力军。……委实这位作者的开始已经说明了他是一位前途无限的大作家。……"读者可以自己去证实这几句话。

上海生活书店发行

吴组缃《西柳集》扉页,生活书店1934年初版。

（原载1934年12月5日《太白》第1卷第6期）

吴组缃出版自己第一个短篇小说集《西柳集》前后,他的文学才情即被茅盾所看中。前述广告的大部分文字,即引自惕若（茅盾）在《文学》杂志上对《文学季刊》创刊号发的议论。那期刊物发表了日后给吴组缃带来很大名声的小说《一千八百担》。而只凭读过两三篇作品便评定其作者是"生力军"和"大作家",这对一位远在五四时期便执文艺批评牛耳的前辈作家来说,也不多见。如此的评论在吴组缃1933年前后迅速走上文坛之后,仅茅盾一人就用"惕若"笔名在《文学》发表的《〈清华周刊〉文艺创作专号》,论了《卍字金银花》；用

"仲方"笔名在《申报·自由谈》写的《读〈文学季刊〉创刊号》,在一期大型刊物中明确首推《一千八百担》;在与鲁迅为《草鞋脚》草拟供外国翻译的中国进步文学初选篇目时,又推荐了《一千八百担》并写了作者简介;在《〈文学季刊〉第二期内的创作》一文更大力赞誉《樊家铺》(此篇收在《西柳集》之外)。这些评论都发生在吴组缃小说结集之前。到了该年7月,生活书店推出阵容浩大的新老作家混编的《创作文库》,《西柳集》夹在许多成名作家佳作之中问世,年底即再版,同时茅盾又在《文学》第3卷第5号上不厌其多地写了《西柳集》评论,涉及集子里面的《黄昏》、《一千八百担》、《天下太平》、《金小姐与雪姑娘》、《卍字金银花》各篇。《西柳集》共计十个短篇,除今日史家经常提到的《官官的补品》,其余重要小说都在茅盾批评视野之内。后来的文学史将茅盾一路的小说定名为"社会剖析派",即包含吴组缃、沙汀等人,看来他们之间惺惺惜惺惺,是有渊源的了。

《西柳集》的左翼倾向很明显,吴组缃尊鲁迅、茅盾,并与张天翼友善,但在1930年代他始终未像以上三位那样参加"左联"。他是安徽泾县人,熟悉皖南乡村的人情世态,在宣城、芜湖、上海等地读书,后进入清华大学读经济后转中文,毕业后读研究院,与妻女同住在清华园附近的西柳村。这是《西柳集》名字的来源。西柳村应当是在精神上直通他的泾县茂林村的。他没有把研究院读完,中途到南京工作,后应聘至泰安担任冯玉祥将军的国文教师兼秘书直到抗战时期。他是个组织外的思想左倾的文学家,一个文笔缜密精细,擅长描写农村人物和社会场景,作品不多却精,写作一丝不苟,宁缺毋滥的作家。

我们读《西柳集》中的小说,很少会有作者是初出茅庐的感觉。他分析安徽乡村生活的眼光颇激进,但扎实可信。那个社会的形态是衰败的、凋敝的,经济在外有帝国主义压迫内有封建主义盘剥的情况下(和茅盾一样写了稻谷、蚕茧、织布的没有出路)今不如昔,农夫、店员、主妇、乡绅都不好过活,民生凄惨。读过《一千八百担》、《天下太平》,你不能不佩服作者对皖南偏僻农村上下阶层,乡村里面的和走出乡村的人们的普遍了解,这和他在散文《村居记事二则》、《柴》里写帮工、伙计、柴夫之熟稔程度相一致。吴组缃的文学,一切都围绕他的人物展开。社会世态是投影到人物身上,经过人物的细节、命运来表现的。比如《卍字金银花》并不直接写"我"和乡人的"家境大坏",却是将路遇在破屋基、破墙、破竹棚环境中呻吟待产的孕妇的今天,去与十多年前那个迷路的喜爱卍字花的小姑娘的昨天作比较。《天下太平》写往昔丰坦村在外做店家大朝奉的王小福,如何沦落到爬上古庙的尖顶去盗那传说中给乡民带来"太平"的"一瓶三戟"的境地。更有那"七月十五日"在宋氏家族祠堂里集会讨论一个荒旱的坏年成里义庄积谷去留的乡绅们,大小十几个乡村头面人物像义庄的管事、京广洋货布店老板兼商会会长、豆腐店老板、洋学堂出身的少爷、讼师、小政客、区长、塾师、中学教员、小学校长、郎中兼阴阳先生(加上未出场的家族长辈)等人,围绕着这一千八百担稻米大动心思;有的想吞、有的想分的真实原因,无非是店门敞不开,街上少了买东西的主顾,欠租农民准备退佃、逃荒、抢粮,下一代出现革命者等严重的经济政治情势。各色人等构成了社会现实的面貌,社会现状辐射到各类典型人物身上,生动多彩,这是吴组缃小说之魅力所在。

《西柳集》的一鸣惊人处,还在于小说文本的精致。吴组缃是晚清至1930年代中期,中国现实主义小说比前完善成熟的标志性作家之一。白描的手法,继承中国古典小说运用对话不玩花枪地直接刻画人物、表达人物,在《一千八百担》里收到绝大的成功。因为这么多的人物,要用"速写"方法来描摹,最经济的便是让每个人具有个性十足的话语。"你这个话,我也略知一二。可是,这个义庄,不是我宋柏堂的;要是我宋柏堂的,那,那不谈竹山的话,就是白手借这么二千块,我也放心。"这是极有心计的、左右逢源的义庄管事柏堂,拍着胸脯说假话的口风。而商会会长子寿当着求他说服义庄买竹山的洋少爷松龄(他在等钱用,已经是不会挣钱只会吃祖宗饭的青年)的面,背着管事柏堂,声口是这样的干脆、挖苦:"又是个扶不起来的汉献帝。教他曲子唱不响。柏堂官,那个笑面虎,玩了个手段,摆起了叔叔的架子,六二三,八二四把他教训一顿。我们这位松龄官,就三百钱买了个瘟猪仔,死活不开口。"一笔三面,将三个人物都活活托出。如果换成年老的习惯巴结柏堂的小老板步青,就变成这样:"这个话你错了。""柏堂是个正直君子,人精明,把稳:他是个掰住卵子才肯过河的。他是个天天在铜钱眼里打秋千的。有这个义庄,就少不得这个人。这是一定的宗旨,一定的。"①真心巴结,并不是在做说客。而心理刻画

---

① 吴组缃:《一千八百担》,见《吴组缃小说散文集》,第80、92、89页,北京:人民文学出版社,1954年版。

的细密并结合场面一节节铺排的结构能力,可见诸《篆竹山房》。此篇很得《聊斋》趣味,但完全是现代写法。新婚夫妻在阴气一层深似一层的"邀月"花园屋里,把被礼教摧残一生的二姑姑当成鬼魅对待了。"女鬼"的病态性心理揭示,完全是不动声色的,是逐步加重和恰到好处地达到高潮的,叙事也非常到位。《西柳集》外的《樊家铺》写主人公线子嫂穷困无奈,被解救丈夫的动机驱动着逐步走上杀害吝啬母亲的绝路,心理刻画也堪称深入。《官官的补品》是这些年来受到人们称赞的小说,更是显示出吴组缃的现代叙事技巧在1930年代所能到达的高点。官官是小说的主要人物,又兼叙事人身份。他是个农村纨绔子弟,白面孔白手,过惯饭来张口衣来伸手的生活,还向往大城市的"文明",在那里学到更多的毛病。所以他是非正面的人物,他的叙述是不可靠的。他在城市里开车兜风闯了祸,在医院里输了来自家乡的打工失业而流浪的小秃子的新鲜血液,回家又让小秃子的妻子扔下自己新生的孩子挤人奶给他当"补品"(巧合了一点),他都认为是天经地义般正当的。但是这种故事,经过这样"不可靠的叙述",我们仍然能从左翼文学的"正面"加以理解,甚至更真实,更自然。而小说中的每一人物,少爷官官、母亲富婆、铁芭蕉嫂子女佣、小秃子妻子即奶婆、佃户小秃子、管事大叔,个个性格都被这不可靠的叙事衬托得活灵活现。人称叙事在吴组缃笔下的纯熟使用,也超出一般作者的水平。吴组缃在《西柳集》之后还出版有短篇小说集《饭余集》、长篇小说《鸭嘴涝》(后改名《山洪》),属于少产作家。散文从未结集,以《泰山风光》一篇为代表。1950年代辑印过《吴组缃小说散文集》。

1930年代出现过一批登上文坛就出手不凡的左翼青年文学家,有其历史的必然,一直绵延至中期。至于这位作家是萧红,还是吴组缃,在继丁玲、张天翼之后面世,自然也有他们天才形成的独特性。

(吴福辉)

北大"拉丁区"的"精神流浪汉"

《独立评论》131号《编辑后记》(适之)

有人说,北大的沙滩一带,从北河沿直到地安门,可说是北平的"拉丁区"。① 在这里,有许多从各地来的学生,或是预备考大学,或是在北大的各系"偷听",或是自己做点专题研究。北大的"偷听",是一个最有趣的制度:"旁听"是要考的,要缴费的;"偷听"是不考的,不注册的,不须缴费的。只要讲堂容得下,教员从不追究这些为学问知识而来的"野"学生。往往讲堂上的人数比点名册上的人数多到一倍或两倍以上。"偷听"的人不限于在沙滩一带寄住的学生,其中也有北平各校的学生,但多数是那个"拉丁区"的居民。——"寿生"先生也是这个"拉丁区"的一个居民,他这篇《走直道儿》里就用了不少关于北大的琐事做材料。他在"拉丁区"里听来的舆论,得来的观察,也许是我们大家都乐意听听的罢。

(原载1934年12月16日《独立评论》131号,"适之"即胡适)

胡适的这篇《编辑后记》提供了两个很有意思的信息。它首先提醒我们:在考察北大,以至新文学运动的历史时,不能只看到"红楼",而不注意红楼旁边的"沙滩("拉丁区");不能只关注校园里的"天之骄子":那些在新文学中呼风唤雨的教授与学生,而忽略了校园外的"精神流浪汉":那些蹭课的"偷听生",以及并不进校听课,只借这方宝地自学卖文的"文学青年"。这两个空间("大学校园"与围绕校园的"公寓")和两个群体("大学师生"和"文学青年"),相互关联,共同构成了新文学最基本的社会基础。如研究者所说,正是这些向往变成精英的外省、城镇边缘青年,是新文学最积极的拥护者和追随者,他们千里迢迢来到北京,却因为经济和文化知识的种种原因被拒斥在大学校园之外,进入不了新文化的中心,据统计,北大1923年度投考1486名学生,仅录163人,不及7%;这些落榜生中一部分死心塌地要献身于新文学者,就在"公寓(拉丁区)"这样的"新文化空间的边缘地带",找到了自己的发展空间,从"文学青年"(不

---

① "拉丁区"在法国巴黎,从1830年代起,就成为举世闻名的"穷文人街",那里聚集着一批流浪艺术家。

青年沈从文

仅喜好文学，而且以卖文为生）这里找到了自己"社会参与和身份认同的可能"①。他们中的佼佼者，就是通过这样的途径，而登上了新文学的大殿的，其中的代表人物，也最为人们所津津乐道的，自然是沈从文。尽管郁达夫那篇写给沈从文的《给一位文学青年的公开状》里写尽了身处"窄而霉"公寓里的辛酸与愤激，②但在事后的记忆里，却是充满温馨的："以红楼为中心，几十个大小公寓，所形成的活泼文化学术空气，不仅国内少有，即在北京别的学校也希见。"③其实，北大人自身也是以此为豪的。胡适在这篇《编辑后记》里就干脆认为这是一种"最有趣的制度"，不仅是北大所独有的自由散漫随便的学术风气，养成了这样的"偷听生大量存在，而且昂首阔步"的校园奇观，而且北大经常开设奇奇怪怪的"绝学"之课，选课的学生绝少，也非得偷听生来撑场面。④

胡适的《编辑后记》背后，还有一个胡博士和贵州文学青年交往的动人故事。《后记》里谈到的"寿生"就是来自贵州边远小县务川苗乡的青年，本名申尚贤，20岁来到北京，由于学业偏科严重，数次报考北大，均未被录取，就如胡适所说，成了"拉丁区的居民"。他的幸运之处，在得胡适之助，从1934年至1936年在《独立评论》上先后发表了10篇短篇小说和12篇时论。当时，《独立评论》撰稿人多为名流学者，胡适为何特别青睐于这样一位素不相识的边地青年？胡适曾把寿生的一篇小说《新秀才》推荐给一位文学青年，说《独立评论》"只要一些清楚明白说平常话的好文字"⑤。鲁迅于1935年在《中国新文学

---

① 参看姜涛：《从会馆到公寓：空间转移中的文学认同——沈从文早年经历的社会学再考察》，载《中国现代文学研究丛刊》2008年第3期。

② 郁达夫：《给一位文学青年的公开状》，原载1924年11月16日《晨报副镌》，引自《郁达夫文集》第3卷，第116—121页，广州：花城出版社、三联书店香港分店，1982年版。

③ 沈从文：《忆翔鹤——二十年代前期我们同在北京我们一段生活的点点滴滴》，见《沈从文全集》第12卷，第255页，太原：北岳文艺出版社，2002年版。

④ 参见陈平原：《老北大的故事》，第25、26页，南京：江苏文艺出版社，1998年版。

⑤ 胡适：《致朱企霞》（1934年9月11日），见《胡适全集》第24卷，第211页，合肥：安徽教育出版社，2005年版。

大系·小说二集》序言里，赞扬寿生的贵州老乡、也是 20 年代的"拉丁区居民"蹇先艾文字的"简朴"，说"贵州很远，但大家的情境是一样的"①，这是人们所熟知的；但很少人知道，在此之前的 1934 年，胡适也同样赏识于寿生平实的写作"路子"，并为其描写的真实而震惊。他说寿生的《乡民》，"描写内地的黑暗与残忍，我们读了之后，真不能不为民族前途寒心。但我们相信这是写实之作，所以虽不愿意发表，却不能不发表"②。他介绍另一篇《黑主宰》："很可以作鸦片毒祸的史料看"，并且发表了这样的议论："我们常想：中国大部分的民族都显出衰老的状态，需要新血液的灌注，而这种民族新血脉的一个重要来源当然是那同化较晚的西南各省。所以四川云贵各省受鸦片的毒害，等于斩灭我们整个民族的新血脉的来源，是绝对应该赶紧扫除净尽的。"③胡适（或许还有鲁迅）在思虑、筹谋民族和文学发展的未来时，特别关注于"同化较晚"的西南地区，不遗余力地培养边远地区的作者，这样的战略眼光，是值得注意的。④

如果说沈从文、蹇先艾是"拉丁区"第一代居民，那么，寿生就应该属于第二代了。这些 30 年代的外省文学青年，来到京城，不仅是被新文学所吸引，更怀着对革命的向往；他们到北大，也不仅是蹭课听，还混杂在学生游行队伍里：新一代的精神流浪汉大部分都是"左倾"青年，这是由他们政治、经济、文化上的边缘地位所决定的。据说，他们当时主要居住地有三：除北大沙滩附近外，还有中国大学附近的辟才胡同、南半壁街公寓，以及朝阳大学一带；当时中国大学和朝阳大学都是左翼力量比较强大的学校。聚集在这里的，有的是所谓"职业学生"，是革命低潮时来避难的；更多的是因为政治活动空间受到压制，转而从事文学创作，他们听课，读书，写作，又一起议论国事，研讨革命理论，形成了一个既是文学的，又是政治的松散群体。这确实是"藏龙卧虎"之地，以后活跃于 40 年代文坛的许多作家，都是此时的"文学青年"，如姚雪垠、芦焚、王西彦、田涛、严文井、陈荒煤、刘白羽、李辉英等。田涛对他们当年的生活有过一个回

---

① 鲁迅：《〈中国新文学大系〉小说二集序》，见《鲁迅全集》第 6 卷，第 254 页，北京：人民文学出版社，2005 年版。
② 胡适：《编辑后记》，载 1934 年 11 月 18 日《独立评论》第 127 号。
③ 胡适：《编辑后记》，载 1935 年 10 月 6 日《独立评论》第 171 号。
④ 以上关于寿生及其和胡适关系的介绍，见何光渝：《20 世纪贵州小说史》，第 113—126 页，贵阳：贵州民族出版社，2000 年版。

忆:"包伙食或单租房,都很便宜","吃窝窝头就咸菜,也是常事","到严寒的冬天,北风如刀搅,住公寓要生煤球火炉取暖。北京图书馆里有暖气,阅览大厅里,温暖幽静,我往往不到闭馆的铃声响,彻夜都不想离开",情境和沈从文等的回忆差不多,但因为有更明确的革命理想,气势就更旺盛。①

而且当时的北京文坛似乎也更重视他们,《世界日报》《世界晚报》副刊、《北平晨报·学园》,特别是《华北日报·每日谈座》(后改为《每日文艺》)都逐渐成为他们的发表阵地。最有意思的,是第一代拉丁区居民沈从文此时正在主持文学青年最为向往的《大公报·文艺》,据姚雪垠回忆,沈从文已是"北平文坛的重镇",被视为"京派作家"的主要代表(另一位"京派盟主"是被尊为"知堂老人"的周作人,但他的反左翼立场自然为"左倾"青年所排斥)。②沈从文似乎也义不容辞地为自己的精神兄弟开路。1935年冬,《大公报·文艺》的另一位编辑萧乾为组稿设宴,第一批请了周作人、俞平伯等学院派老作家,第二批就是卢焚、王西彦、严文井、刘祖春、田涛等学院外的文学青年。此后,大约每隔一两个月,沈从文即会邀请这批青年作者在北海或中山公园聚会,完全有意识地在"北京那些老牌'名人'的世袭领地上挤出一些地盘,放进一批有些异端味儿的青年来,让他们唱唱自己的歌"③。除了为他们改稿、发文、编书之外,还竭力将他们中的杰出者推向文坛:1936年出版的《大公报文艺副刊小说选》就特意选了刘祖春、芦焚、李辉英的作品,芦焚还成为1937年"大公报文艺奖金"的获得者。④

(钱理群)

---

① 田涛:《记北京公寓生活》,载《新文学史料》1990年第1期。
② 姚雪垠:《学习追求五十年(一)》,载《新文学史料》1980年第3期。
③ 见王西彦:《梦想与现实——〈乡土·岁月·追寻〉之五》,载《新文学史料》1984年第4期;田涛:《记北平公寓生活》,载《新文学史料》1990年第1期;严文井:《关于萧乾的点滴回忆》,见《萧乾研究专集》,第6页,北京:华艺出版社,1992年版。
④ 本条目分析参考了季剑青:《北平的大学教育与文学生产:1928—1937》,第234—246页,北京:北京大学出版社,2011年版。

《边城》:"牧歌"的意义

边城

沈从文　中篇小说　精六角　平四角

　　本书为作者最近写成的一个中篇。《北平晨报》批评本书说:《边城》整个调子类牧歌,可以说极近于风,然而章法严,针线密,又觉雅多于风。文章能融化唐诗意境而得到可喜成功。其中铺叙故事,刻镂人物,皆优美如诗,不愧为精心结构之作,亦今年出版界一重要收获也。

(原载1934年12月20日《太白》第1卷第7期)

　　关于《边城》,自发表以来,评论、研究已很深刻了,似乎已经说不出什么新意了,甚至难免流于"过度阐释"了。但是,在"京派"的题目之下,似乎可以讨论这样的小问题吧:周作人和沈从文都有专文高度评价废名的创作,而废名是影响过沈从文的,由此我们或许可以有一个别样的眼光?

　　1925年,在《〈竹林的故事〉序》中,周作人曾经提出"文学不是实录,乃是一个梦"这样一个很有厨川白村"苦闷的象征"意味的理论命题,为废名的创作辩护:"冯君的小说我并不觉得是逃避现实的。"① 到了1928年,周作人在《〈桃园〉跋》中进而这样说道:

> 废名君的小说里的人物也是颇可爱的。这里边常出现的是老人、少女与小孩。这些人与其说是本然的,无宁说是当然的人物;这不是著者所闻见的实人世的而是所梦想的幻景的写象,特别是长篇《无题》中的小儿女,似乎尤其是著者所心爱,那样慈爱地写出来,仍然充满人

《边城》初版扉页

---

① 载1925年10月《语丝》第48期。

情,却几乎有点神光了。①

这里仍然回避了直接讨论废名作品是否"逃避现实"的问题,而将先前的"文学不是实录,乃是一个梦"的说法换成了"本然"与"当然"之说,暗用亚里士多德关于"历史"与"史诗"之别的理论,从而巧妙地肯定了"这不是著者所闻见的实人世的而是所梦想的幻景的写象"的创作手法的合理性;而"神光"一词,似乎暗示了作品的"田园诗"("牧歌")的思想特征,因而也就赋予了废名这种"梦想的幻景的写象"作品的主题之思想价值。

周作人的"神光"之说,使我们想到沈从文所谓的"牧歌的原始的单纯"。沈从文在论述废名的作品时,敏感地注意到周作人这里使用的"神光"一词,并且做了这样的解说:"作者的作品,是充满了一切农村寂静的美";"作者所显示的神奇,是静中的动,与平凡的人性的美"。接着比较《上元灯》的作者施蛰存君"与废名的异同时说,施蛰存的作品"无牧歌动人的原始的单纯",并进而认为"把作者,与现代中国作者风格并列,如一般所承认,最相称的一位,是本论作者自己(引按,沈从文)",只是强调自己的作品"表现出农村及其他去我们都市生活较远的人物姿态与言语,粗糙的灵魂,单纯的情欲,以及在一切由生产关系下形成的苦乐"比废名的作品"为宽而且优"②。沈从文的这个论述,似乎可以这样来概述:"神奇"——"牧歌动人的原始的单纯"——"粗糙的灵魂,单纯的情欲"云云。这样我们就可以看出,沈从文的论述中显然有周作人"神光"之说的思想踪迹与启发。然而更重要的则是,我们因此也就清楚了周作人之所以如此评说废名作品的意义。因为沈从文这样明确说明了他自己和废名之所以这样书写"牧歌的原始的单纯"的相同的创作目的:

> 同样去努力为仿佛我们世界以外那一个被人疏忽遗忘的世界,加以详细的注解,使人有对于那另一世界憧憬以外的认识。③

这段话看似简单,其实语意复杂。"我们世界"指的是作者的世界,即现实社会,尤其是"我们都市生活"这样的现代社会;"一个被人疏忽遗忘的世界",

---

① 《周作人散文全集》第5卷,第506页,桂林:广西师范大学出版社,2009年版。
② 沈从文:《论冯文炳》,见《沫沫集》,第1—10页,上海:大东书局,1934年版。
③ 沈从文:《论冯文炳》,见《沫沫集》,第9页。

则是作品中的世界,即所谓的"去我们都市生活较远"的"农村";而"使人有对于那另一世界憧憬以外的认识",指的却是作品的意义不是让读者"对于那另一世界憧憬",即对于"农村"那"一个被人疏忽遗忘的世界"的"憧憬",而是"对于那另一世界憧憬"之"以外"的对于理想的世界有所"认识"。简单地说,在沈从文看来,他和废名的作品描写"农村"这样"一个被人疏忽遗忘的世界",目的就是为了与"我们都市生活"构成对照,使得读者对于未来的理想世界的创建有所"认识"。这个思想在沈从文后来的《〈长河〉题记》中有清楚的表述:

> 在《边城》的题记上,且曾提起过一个问题,即拟将"过去"与"当前"对照,所谓民族品德的消失与重造,可以从什么方面着手。《边城》中人物的正直和热情,虽然已经成为过去了,应当还保留些本质在年轻人的血里或梦里,相宜环境中,即可重新燃起年轻人的自尊心和自信心。①

在沈从文的思想和作品中,"都市"和"农村"并不只是空间、地域概念,更重要的则是时间的、历史的概念,"都市"对应的是现代世界("当前"),"农村"对应的则是传统社会("过去"),因此,"将'过去'与'当前'对照",虽然包含着对现代世界的批判,却并不意味着仅仅是对已经成为"过去"的那"一个被人疏忽遗忘的世界"的"憧憬",并不是说回到"过去",而是着眼于将来,而书写那"一个被人疏忽遗忘的世界"的意义就在于对"所谓民族品德的消失与重造,可以从什么方面着手"这一问题有所"认识"。所以沈从文在《论冯文炳》中又说:

> 时代的演变,国内混战的继续,维持在旧有生产关系下而存在的使人憧憬的世界,皆在为新的日子所消灭。农村所保持的和平静穆,在天灾人祸贫穷变乱中慢慢的也全毁去了。使文学,在一个新的希望上努力,向健康发展,在不可知的完全中,各人创作,皆应成为未来光明的颂歌之一页,这是新兴文学所提出的一点主张。②

在沈从文的这种"过去"("农村";"使人憧憬的世界")、"当前"("都市";"新

---

① 《沈从文全集》第10卷,第5页,太原:北岳文艺出版社,2002年版。
② 沈从文:《论冯文炳》,见《沫沫集》,第10—11页。

的日子"）、"未来"的历史意识中，"过去"不仅与"当前"构成对照关系，而且对关于"未来"的"认识"具有特殊意义，"成为未来光明的颂歌之一页"，这也就是他和废名把"农村"写成"使人憧憬的世界"的创作目的之所在。

这样，我们也就理解为什么周作人说废名作品中的人物具有"神光"了，而他同时借用出典于亚里士多德"实然"与"本然"之说来说明废名作品"这不是著者所闻见的实人世的而是所梦想的幻景的写象"的特征，并非借亚里士多德理论来为废名的作品强作辩解，而是因为对废名的创作思想有深刻的洞察，只不过没有展开论述而已。上文分析的沈从文所谓的"使人有对于那另一世界憧憬以外的认识"，他的"论冯文炳"，看起来似乎是现身说法，通过比较他与废名创作的异同，来阐释周作人的"废名论"。周作人的论述表现出理论的睿智，而沈从文的论说则是来自创作体验的"同情的理解"——毕竟他在创作上受到废名的深刻影响。

在结束这个问题之前，引证一位西方学者对威廉·福克纳作品的论述，也许不是没有意义的。美国批评家克林斯·布鲁克斯说：

> 要考察福克纳如何利用有限的、乡土的材料来刻画有普遍意义的人类，更有用的方法也许是把《我弥留之际》当作一首牧歌来读。首先，我们必须把说到牧歌就必得有牧童们在美妙无比的世外桃源里唱歌跳舞这样的观念排除出去。所谓牧歌——我这里借用了威廉·燕卜荪的概念——是用一个简单得多的世界来映照一个远为复杂的世界，特别是深谙世故的读者的世界。这样的（有普遍意义的）人在世界上各个地方、历史上各个时期基本上都是相同的，因此，牧歌的模式便成为一个表现普遍性的方法，这样的方法在表现时既可以有新鲜的洞察力，也可以与问题保持适当的美学距离。①

布鲁克斯借用燕卜荪重新阐释的"牧歌"概念对福克纳作品的这种论述，对我们理解废名、沈从文作品同样具有启示意义。批评废名、沈从文的作品"逃避现实"，书写"世外桃源"，是来自批判立场——尤其是左翼批评界——的常见论点，而即使在"京派"内部，甚至是李健吾（刘西渭）这样的"京派"作品

---

① 转引自李文俊：《一个自己的天地》，见《我弥留之际》，第9页，李文俊等译，桂林：漓江出版社，1987年版。

的发言人，也不免有类似的批评。他在自称"例如我，一个《桥》的喜爱者"的同时，惋惜地说："不幸他逃避光怪陆离的人世，如今收获的只是绮丽的片断。"①而对沈从文的《边城》，则在宣称"我爱《边城》"的同时称之为"一部idyllic 杰作"②，恰恰是特意用"idyllic"这样一个醒目的词汇来强调其特指西方中世纪"牧歌"、"田园诗"及其特质的原典意义。这种关于"牧歌"的传统理解，一直是理解废名、沈从文作品的重要"先见"，但是诚如汪曾祺所说：

> 提起《边城》和沈先生的许多其他作品，人们往往愿意和"牧歌"这个词联在一起。这有一半是误解。沈先生的文章有一点牧歌的调子。所写的多涉及自然美和爱情，这也有点近似牧歌。但就本质来说，和中世纪的田园诗不是一回事，不是那样恬静无为。有人说《边城》写的是一个世外桃源，更全部是误解（沈先生在《桃源与沅州》中就把来到桃源县访幽探胜的"风雅"人狠狠地嘲笑了一下）。《边城》（和沈先生的其他作品）不是挽歌，而是希望之歌。③

所以，正如布鲁克斯借用燕卜荪对"牧歌"的重新阐释来发掘福克纳作品的深刻意义时所强调的那样，"首先，我们必须把说到牧歌就必得有牧童们在美妙无比的世外桃源里唱歌跳舞这样的观念排除出去"，这也是我们深入理解废名、沈从文作品的一个重要思想前提。其次，上述分析已清楚地表明，废名和沈从文的创作不同样是"用一个简单得多的世界来映照一个远为复杂的世界"，并以此来表现他们对现实世界的批判和未来世界的希望吗？虽然废名、沈从文的作品和福克纳的作品有着明显的巨大差异，但在这一点上却无疑是相近或类似甚至是一致的，这反过来不仅也证明了布鲁克斯的论断——"这样的（有普遍意义的）人在世界上各个地方、历史上各个时期基本上都是相同的，因此，牧歌的模式便成为一个表现普遍性的方法"，而且我们由此也可以领会废名、沈从文创作更深刻的思想价值和艺术价值。

（高恒文）

---

① 刘西渭（李健吾）：《〈画梦录〉——何其芳先生作》，见《咀华集·咀华二集》，第 84 页，上海：复旦大学出版社，2005 年版。
② 刘西渭（李健吾）：《〈边城〉——沈从文先生作》，见《咀华集·咀华二集》，第 28 页。
③ 汪曾祺：《沈从文的寂寞——浅谈他的散文》，见《晚翠文谈》，第 160—161 页，杭州：浙江文艺出版社，1988 年版。

1935 年

1月

走向成熟的老舍和30年代长篇小说创作

老舍创作（老舍自撰广告）

《老张的哲学》，是本小说，不是哲学。（商务，一元二角）
《赵子曰》，也是本小说。（商务，一元）
《二马》，又是本小说，而且没有马。（商务，一元四角）
《小坡的生日》，是本童话，又不像童话。（生活，五角，七角）
《离婚》，是本小说，不提倡离婚。（良友，九角）
《猫城记》，是本小说，没有真事。（现代，八角）
《赶集》，是本短篇小说集，并不去赶集。（良友，九角）
《老舍幽默诗文集》，不是小说，什么也不是。（时代，七角）
《牛天赐传》，是本小说，还在《论语》登露。（论语，五百元）
《易经》，不是本小说，也不是我作的。（宋版，非卖品）

（原载1935年1月16日《论语》第57期）

将老舍这个自撰广告中的小说，列一个时间年表，是很有必要的：

《老张的哲学》：发表，1926；出版，1928

《赵子曰》：发表，1926；出版，1928

《二马》：发表，1929；出版，1931

《小坡的生日》：发表，1931，出版，1934

《猫城记》：发表，1932；出版，1933

《离婚》：出版，1933

《赶集》，出版，1934

《牛天赐传》：发表，1934；出版，1936

由此可见，老舍自 1926 年发表《老张的哲学》以来，创作是勤奋而多产的，考虑到《赶集》之外，都是长篇小说，我们更应该认识到这一点。但是，也应该看到，直到 1935 年发表短篇小说《月牙儿》、1936 年发表长篇小说《骆驼祥子》，老舍才被公认为一个优秀的小说家。或者说，1935 年之前，老舍一直是一个主流以外的小说家，我们几乎没有看到重要的批评家对老舍的作品有过高度的评价。这也许与老舍的特殊文学出身、经历有关，但恐怕也有这样两个不可忽略的因素：一是老舍的作品中对"自由恋爱"、"学潮"等持严厉的批判、反对态度；二是老舍的作品在艺术上有十分明显的不成熟之处。当年朱自清在《〈老张的哲学〉与〈赵子曰〉》一文中，即已指出，老舍的小说"以文笔论，与其说近于《儒林外史》，还不如说近于'谴责小说'。即如两位主人公，老张与赵子曰：老舍先生写老张的'钱本位'的哲学，确乎是酣畅淋漓，阐扬尽致；但似乎将'钱本位'这个特点太扩大了些，或说太尽致了些。我们固然觉得'可笑'，但谁也未必信世界上真有这样'可笑'的人。"①尽管小说的主题是严肃的，但发挥过度的幽默笔调和叙事态度，严重削减了作品思想的严肃性；更严重的是，有时作品中过于浓重的市民趣味、民间情趣，使得作品的幽默流于油滑了。所谓"近于'谴责小说'"之说，是含蓄地批评老舍小说不仅艺术粗糙，而且思想和艺术上都很落后，不具备"现代作品"的现代性。这都是很重要的批评。

《离婚》初版书影

老舍自撰的这个广告，仿佛可以看做是对自己前期创作的一个总结，此后，老舍马上写出了著名的《骆驼祥子》，标志着老舍小说创作达到了一个前所未有的高度。事实上，30 年代初，老舍的创作就在走向成熟的过程中，并且是自觉的艺术追求。1933 年 11 月出版的《现代》杂志上登载了这样一个《离婚》广告：

作者是中国特出的长篇小说家，在独特的风格里，蕴蓄着丰富的幽默味。本书十六万

---

① 载 1929 年 2 月 11 日《大公报·文艺》。

言,作者在信上说过:"比《猫城记》强得多,紧练处更非《二马》等所能及"。全书最近脱笔,从未发表,是一九三三年中国文坛上之一贡献。①

"作者"显然就是老舍;老舍自己所谓的"比《猫城记》强得多,紧练处更非《二马》等所能及",显现了他对自己以前作品的不足,有着一定的比较清醒的认识。《骆驼祥子》出版时,《宇宙风》上的广告则是这样的:

《骆驼祥子》是近年来中国长篇小说中的名篇,是名小说家老舍先生的巨著,作者自云这部小说是重头戏,好比谭叫天之唱定军山,是给行家看的。书中主人公祥子是个洋车夫,他好胜要强,勤苦耐劳,流血流汗,想做个好人。可是恶劣的社会不容好人。结果使他堕落。故事动人,描写深刻,全书十七万字,只售国币八角。②

老舍所谓的"重头戏"、"是给行家看的",不正表明他自己对《骆驼祥子》的期许吗?并且,所谓"是给行家看的",是否也表明老舍意识到自己以前小说的通俗性和民间趣味,从而在创作《骆驼祥子》时有了明确的创作变化的追求?

1933年《离婚》出版,是老舍小说创作开始变化的一个重要开端。有意味的是,也正是这一年,中国现代长篇小说也开始繁荣起来。以1933年为例,有这样一些重要作品出版:

张天翼:《一年》,1月
茅盾:《子夜》,1月
李辉英:《万宝山》,3月
巴金:《家》,5月
老舍:《猫城记》,8月
老舍:《离婚》,8月
巴金:《新生》,9月
王统照:《山雨》,9月
李健吾:《心病》,11月

---

① 载1933年11月《现代》第4卷第1期。
② 载1939年5月《宇宙风》第5期。

如果算上 1932 年废名的《桥》和 1934 年沈从文的《边城》等作品的出版，我们似乎有理由说，老舍的小说创作走向成熟，与中国现代长篇小说的繁荣，几乎是同步的。这大体上是一个可以成立的文学史的判断吧？

（高恒文）

田汉《回春之曲》的大剧场演出

1935 年中国戏剧运动的急先锋！！！　　上海舞台协会　今天公演　日夜二场　金城大剧院　预定公演三天机会错过永不再来！时间：今明两天下午二时半　九时一刻　注意后天时间下午二时　五时半

回春之曲（三幕剧）　　水银灯下（独幕剧）

集舞台银幕的人才于一堂　黄金万两买不到的空前盛会
融文艺美术演剧音乐于一炉！　创中国剧坛演出最新之姿态！
描写摄影场中的生活及富有悲壮热烈情感之两大名剧！
上海剧坛总动员势将哄动全国！演剧技术大展览当然先睹为快！
请仔细读一读下列的人名便知此为开天辟地的第一遭！

演　　员	（以姓氏笔画多寡为前后次序）		丁子明	王人美	王　引
王明霄	王　莹	白　璐	吴　湄	宋小江	李丽莲	周伯勋
袁牧之	袁美云	尚冠武	金　焰	金　刚	金　毅	英　茵
洪　逗	施　超	胡　萍	徐流云	徐肖冰	徐　韬	凌子清
黄　惶	梅　熹	张　谔	万籁天	杨霁明	赵　丹	赵　明
郑君里	刘　茫	刘　琼	魏鹤龄	罗　朋	顾梦鹤	

导演团	应云卫	万籁天	孙师毅	袁牧之
舞台监督	应云卫			
舞台装置	吴永刚	张云乔	许　可	倪安东
灯　光	毕志萍	樊伯滋		
效　果	聂　耳	欧阳山尊		

化　　装　辛汉文　宋小江

（座价：六角　八角　一元　日夜一律　一元票对号入座）

（原载1935年1月31日《申报·本埠增刊》）

这是一篇颇可琢磨的戏剧演出广告。人们注意到，广告首先突出的是演出组织者"上海舞台协会"的身份，即"1935年中国戏剧运动的急先锋"，这样，这场演出就具有了某种先锋性，是"1935年中国戏剧运动"的一个新实验，预示着一种新的发展趋势。

为了证明这一点，我们需要作一点历史的回顾。1929年11月，中国话剧运动创始人之一欧阳予倩在《戏剧》杂志上发表《戏剧运动之今后》，明确提出"爱美剧团往往不能持久"，戏剧发展必须走职业化的道路。欧阳予倩还具体规划了实现职业化的具体蓝图：强调必须抓好鼓励创作，培养职业的导演、演员、舞台美术工作者，建设专业剧场，发展健全的剧评等基本环节。欧阳予倩在文章里，首次透露了"话剧"这一名词在中国的产生经过：那是1927年一次聚会上，田汉提及"爱美剧"这个名词不妥，才由洪深提出、大家一致通过重新命名为"话剧"①："话剧，是用那成片段的、剧中人的谈话，所组成的戏剧"，"话剧的生命，就是对话"②。

随后1930年的戏剧运动，在"左联"及其领导下的左翼剧团联盟（后改组为左翼戏剧家联盟）推动下，走上"民众戏剧革命化"的道路。一

《回春之曲》演出广告

---

① 欧阳予倩：《戏剧运动之今后》，载《戏剧》1929年第4期。
② 阎折梧等：《赞洪深先生在艺术上的首创精神》，载《戏剧艺术》1981年第2期。

方面，利用各大学机关的游艺会和革命团体的政治集会，进行政治煽动剧的公益性演出，这些左翼剧团本身也是一个半政党式的组织，演员经常因参加飞行集会而被捕；另一面，则在"戏剧更深深地浸透到大众中去"的要求下，积极推动业余剧团的演出，据统计，1930年到1935年，在左翼剧团联盟领导下，约有8个工人剧团（时称"蓝衫剧社"），1个农民剧团，13个城市业余剧团，15个大学生剧团，13个中学生剧团和2个儿童剧团。①这样，就极大地扩大了左翼戏剧在工人、农民和青年学生中的影响。同时招致了国民党政府的严厉打压，自身也出现了新的危机，主要是演员没有基本生活保障，演出缺乏基本物质保证，在难以维持的情况下，难免出现演员的懈怠、演出的草率等业余演戏的积弊。在这样的内外压力下，戏剧，特别是左翼戏剧的内在矛盾，即所谓"作为商品的艺术品与反抗被消费的先锋意识"之间的"无法调和的矛盾"，就越发突出，并逐渐偏向市场化、艺术化，"不得不从先锋立场有所后撤"②。《1934年中国戏剧运动之回顾》一文里，即明确指出："现在，戏剧职业化，已经成为戏剧运动的一致要求。"③

正是在这样的背景下，1935年初，"剧联执委会几次召开会议，总结了几年来单纯致力于工厂、农村、学校等社会宣传鼓动工作，以至多人被捕牺牲这种单线作战的得失与教训，主张改变战略，注意扩大剧场演出，建立舞台艺术，争取观众。同时兼顾工农学生演出"④。这次以上海舞台协会的名义，组织在刚刚斥资12万元兴建，有新的"国片之宫"之称的金城大剧院演出田汉的两出新戏《回春之曲》和《水银灯下》，真正推动者，正是左翼戏剧家联盟，是贯彻其新的戏剧战略的关键的第一步。演出广告自称"1935年中国戏剧运动的急先锋"，绝非一般的广告词。

进入大剧院演出，这本身就意味着演出对象、观众成分的巨大变化。中国话剧（新剧）历来的观众，都是以大中学校里的学生和部分店员、下层职员为

---

① 参看赵铭彝：《关于左翼戏剧家联盟》，见《中国左翼戏剧家联盟史料集》，第31—35页，北京：中国戏剧出版社，1991年版。

② 葛飞：《戏剧、革命与都市漩涡：1930年代左翼剧运、剧人在上海》，第128页，北京：北京大学出版社，2008年版。

③ 刘念渠：《1934年中国戏剧运动之回顾》，载1935年《舞台艺术》创刊号。

④ 于伶：《中国新文学大系·戏剧集·导言》，见《中国新文学大系》（15），第9页，上海：上海文艺出版社，1989年版。

主体的，左翼戏剧又将其观众扩大到部分工人和少数农民。田汉在谈到本来是以自我表现为目的的南国社转变时，就特地提到这样的平民观众日趋政治化、革命化的影响："（在）以明确的意识看戏的观众一天天多了的今日，认识不彻底或者简直不过是动于个人的情热与朦胧的倾向底戏剧，是必然地要走向没落之路了。"①但现在，剧团，包括左翼剧团，一旦进入大剧场，这些普通学生、工人、农民、店员就基本被拒之门外了。于是，我们又注意到，这则《广告》标明的"座价"："六角，八角，一元，一元票对号入座"，引人注目地取消了站票，并实行级差票制，票价在六角与一元之间，为同期营业性话剧演出之冠，并大致等同于首轮国产片票价，略高于文明戏和海派京剧的票价（当时天蟾舞台上演《济公传》，票价一至七角），大大高于以放映旧片为主的影院门票价（只收二角），仅低于专映外国片的大光明剧院，以及梅兰芳、马连良等京剧名角的票价。这就表明，大剧院的话剧演出，是以都市里的中间社会阶层为主要观众的。这又包括了两部分人，一部分是都市小市民，一部分则是受到过良好现代教育的都市白领，研究者注意到，从五四新文化运动的发动，到30年代中期，已有了近二十年的时间，"昔日学生中稍有成就者自然已成'中年绅士'"，他们可以说是新文化运动自身培育、滋生的潜在话剧观众。②

　　新的观众，就必然有新的需求，这首先是对剧目选题和戏剧表现编剧上的需求。这也是这篇广告竭力渲染的："创中国剧坛演出的最新姿态"，表现"富有悲壮热烈（之）情感"。当时的报纸评论也注意到了"剧本本身的 Melo（melodrama 缩写，中译情节剧）与趣味上适合了一般小市民的胃口"③。剧本写爱国青年高维汉从南洋回来参加抗日，在"一·二八"战争中受伤失去记忆，每日只高喊"杀呀，前进！"被称为"南洋野蔷薇"的女主人公梅娘逃离恶少的纠缠，赶来精心护理三年，在过年的鞭炮声中，高维汉奇迹般醒来，并依然保持着战斗的勇气。这里，"爱国抗日"的时代时髦主题，市民百看不厌的"三

---

① 田汉：《我们的自己批判——〈我们的艺术运动之理论与实际〉上篇》，原载《南国》月刊第 2 卷第 1 期，引自《田汉文集》第 14 卷，第 335 页，北京：中国戏剧出版社，1987 年版。
② 以上关于剧院票价与观众的材料与分析，见葛飞：《戏剧、革命与都市漩涡：1930 年代左翼剧运、剧人在上海》，第 138—141 页。葛书第 139 页还提供一个材料：当时上海月入 50 元的无子女家庭的预算，娱乐费仅有 1 元。而月薪 50 元左右，正是当时中小学教师和普通记者的收入。
③ 克铭：《二十四年中国的话剧》，载 1936 年 1 月 6 日《申报·本埠增刊》。

角恋爱"模式,记忆丧失又恢复的离奇情节,悲壮热烈的情感宣泄,异国情调的着意渲染,哀怨动人的歌曲的精心插入,自然都会造成极佳的剧场效果。田汉本人,则因此恢复了曾过于趋向政治宣传性一度丧失的抒情性与传奇性的艺术风格,剧中《春回来了》、《再会吧,南洋》、《梅娘曲》放歌三首,当时就不知使多少观众为之倾倒,并迅速流布海内外,引得无数爱国华侨回国抗战效力,其影响远远超过了戏剧本身。几年后,田汉又和聂耳合作,创作了《义勇军进行曲》,更是激励了几代中国人,成为中华人民共和国国歌。

广告刻意打造的另一个卖点:"熔文艺美术演剧音乐于一炉","演剧技术大展览当然先睹为快",也是适应文化素养较高,追求艺术趣味的新观众的需求,同时也满足了戏剧从业人员"训练自己",提高艺术水平的内在需求。正是在1935年,提出了"话剧艺术整体化"的要求,除强调话剧表演的整体化外,也重视戏剧文学、美术、表演和音乐的统一与和谐。人们不难注意到,《回春之曲》的成功,正是因为集中了这四个方面的第一流人才,达到了第一流的水平。前文提到的欧阳予倩所说的戏剧职业化的四大条件:文学剧本的创作,职业化的导演、演员、舞台艺术家的培养,专业剧场的建设,以及健全的戏剧评论,可以说,到《回春之曲》的演出,才基本上达到,这就成了30年代戏剧职业化的一个标志。

最吸引观众的,还是广告词中的这句话:"集舞台银幕的人才于一堂"。组织者特地约请当红的电影明星金焰和王人美分饰《回春之曲》的男女主角,同时配备赵丹、袁牧之、王莹、魏鹤龄等实力派话剧演员和著名女星袁美云饰演配角。这大概是演出引起轰动最重要的原因:许多观众是为了"看明星"而来。"演员们带着明星的光环,从银幕回舞台,也带来了'模拟演技'",当时所模拟的,主要是西方电影的电影表演技术;而'明星制度'(演员只顾自我表演,不顾整体效果和导演安排)亦从此楔入舞台。"[①]

(钱理群)

[①] 葛飞:《戏剧、革命与都市漩涡:1930年代左翼剧运、剧人在上海》,第156页。当时戏剧评论家张庚就在《中国舞台的现阶段——"业余剧人"的技术的批判》(载1935年2月《文学》第5卷第6号)里指出,"明星制度"的消极影响,是从《回春之曲》演出开始的。

3月

阿英遴选小品文的眼光

介绍　现代十六家小品　阿英编选

在小品文被看重的现在，阿英先生给我们编选了一本《现代十六家小品》，这所谓十六家为周作人，俞平伯，朱自清，钟敬文，谢冰心，苏绿漪，落花生，王统照，茅盾，鲁迅，林语堂，陈西滢，叶绍钧，郭沫若，郁达夫，徐志摩。差不多自五四时代到五卅时代的重要作家的小品文都被选收了。每卷前又有编者的序引，详论作者的文章及其思想，对于读者极有帮助。全书三十五万字，二十五开一巨册，只售一元贰角。上海光明书局发行。

（原载 1935 年 3 月 5 日《文饭小品》第 2 期）

30 年代由林语堂在《论语》和《人间世》上倡导的"幽默的小品文"，引发了文坛上热闹一时的"小品文热"，这本《现代十六家小品》，当然也可以说是这个"小品文热"的产物。阿英是著名的左翼文学批评家，而左翼文学界对"幽默的小品文"的批评很严厉，但这本书中所谓的十六家，显然包括了当时文坛各方著名的小品文作家，至少从入选的作家来看，这本书的"选家的眼光"，基本上是比较客观的，诚然是"差不多自五四时代到五卅时代的重要作家的小品文都被选收了"。更重要的是，正如这则广告所说，"每卷前又有编者的序引，详论作者的文章及其思想，对于读者极有帮助"。"帮

阿英编：《现代十六家小品》，光明书局 1935 年初版。

助",是对一般读者的,对研究者而言,从"序引"的"详论作者的文章及其思想",可以看出一个左翼批评家的立场和观点。这是一个有意味的大问题,姑且不论,这里只谈阿英对周作人、俞平伯的评论。

阿英对周作人和俞平伯,也确实是"详论作者的文章及其思想"了,但分析起来,亦当以专文,简洁的"抓住一点而不及其余"是一个讨巧的好办法,那么,阿英的论说,最重要的是这样一个著名的论断:"周作人的倾向,只是说明奋斗的无力;俞平伯的倾向,则是根本不要奋斗。……他们虽同属于一个体系,对社会的态度,是有如此的不同。"①

更准确的批评,恐怕是:周作人和俞平伯都认识到个人对社会反抗的无力。此说可引周作人《〈燕知草〉跋》中的一句话为证:"现在中国情形又似乎正是明季的样子,手拿不动竹竿的文人只好避难到艺术里去,这原是无足怪的。"②

1931 年"九·一八"事变刚刚发生,周作人有《老生常谈》,语重心长地说:"咒骂别国的欺侮,盼望别国的帮助,都靠不住,还只有自己悔悟,自己振作,改革政治,兴学,征兵;十年之后可以一战,但是大家阿Q式的脾气如不能改,则这些老生常谈也无所用,只好永远咒骂盼望而已。"③《关于征兵》云:"这回辽宁事件之发生,大家知道错在日本,但在中国方面没有错么?我想是有的。"④这样著文论述时事、发表个人感想的举动,对30年代的周作人来说,是很破例的,表明了他对国事异乎寻常的关注和热心,只是在举国同仇敌忾的群情激奋之中,他这种和俞平伯当年《雪耻与御侮——这是一番闲话而已》一样的论说,难入国人之耳,甚至刺耳。

与此同时,俞平伯也有激烈的反应。1931 年 9 月 30 日,他致信胡适表述自己对国事的忧虑,以为知识分子救国之道在于启发民智,抵御外侮,希望胡适领导此事。⑤1932 年 3 月 1 日,俞平伯竟然作《致国民政府并二中全会快邮代

---

① 阿英:《俞平伯》,原见《夜航集》,上海:上海良友图书印刷公司,1935 年版,引自《阿英文集》,第 116 页,北京:三联书店,1981 年版。
② 周作人:《〈燕知草〉跋》,见《周作人散文全集》第 5 卷,第 519 页,桂林:广西师范大学出版社,2009 年版。
③ 周作人:《老生常谈》,载 1931 年 10 月 19 日《文艺新闻》第 32 号。
④ 周作人:《关于征兵》,见《周作人散文全集》第 5 卷,第 790 页。
⑤ 俞平伯致胡适的信,1931 年 9 月 30 日,见《胡适来往书信选》中册,第 83—84 页,香港:中华书局香港分局,1983 年版。

电》，随即上陈，并公开发表，表达忧国之心，敦促政府"如何措施"而尽"在位者之责"①。这也是因为"九·一八"事变刺激而慷慨陈词。公开发表文章则如1931年12月21日写作的《救国及其成为问题的条件》，虽然是其《雪耻与御侮——这是一番闲话而已》以来一贯的思想，却说得十分痛切，文风迥异于平常：

> 舍己从人总是高调，知道自己以外还有别人的这种人渐渐多起来，只知道苟生独活的家伙渐渐少起来，那就算有指望了。然而又谈何容易呢！这在个人已需要长时间的、无间断的修持与努力。吾乡有谚曰"说说容易做做难"，此之谓也。
>
> 在所谓士大夫阶级里，睁开眼睛，净是些明哲保身的聪明人，看不大见杀身成仁的苦小子，我竟不知道救国是一个问题不是，也不知道什么时候，在我们才会成为问题。②

这种对"所谓士大夫阶级"的痛斥，是值得注意的。

而在私下，周作人和俞平伯的通信、言谈中，也深切忧虑国事。1933年2月24日，周作人致俞平伯信中说，"日内极想动手译书，只是鼙鼓动地来，不知能译多少耳。寄寓燕山，大有釜底游魂之慨，但天下何处非釜乎，即镇江亦不易居也"③。"镇江"，隐语，隐指当时的首都南京；"即镇江亦不易居也"，即国将不国之意。1935年6月1日，周作人在《〈苦茶随笔〉后记》中记述：

> 五月三十一日我往新南院去访平伯，讲到现在中国情形之危险，前日读《墨海金壶》本的《大金吊伐录》，一边总是敷衍或取巧，一边便申斥无诚意，要取断然的处置，八百年前事，却有昨今之感，可为寒心。近日北方又有什么问题如报上所载，我们不知道中国如何应付，看地方官厅的举动却还是那么样，只管女人的事，头发、袖子、袜子、衣祛等，或男女不准同校，或男女准同游泳，这都是些什么玩意儿，我真不懂。我只知道，关于教育文化诸问题信任官僚而轻视学人，此事始起于中小学之举行会考，

---

① 俞平伯：《致国民政府并二中全会快邮代电》，公开发表时题目为"北平清华大学教授俞平伯致国民政府并二中全会快邮代电"，载《大公报》1932年3月15日。

② 俞平伯：《救国及其成为问题的条件》，载1932年1月16日《大公报·现代思潮》第17期，署名"平伯"。

③《周作人散文全集》第6卷，第140页。

而统一思想运动之成功，则左派朋友的该项理论实为建筑其基础。《梵网经》有云："如狮子身中虫自食狮子肉，非馀外虫，如是，佛子自破佛法，非外道天魔能破坏。"我想这话说得不错。平伯听了微笑对我说，他觉得我对于中国有些事情似乎比他还要热心，虽然年纪比他大，这个理由他想大约是因为我对于有些派从前有点认识，有过期待。他这话说得很好，仔细想想也说得很对。①

可见忧心国事也是他们师生私人话题。这里有两点值得注意：一、"前日读《墨海金壶》本的《大金吊伐录》云云，使人想到当时批评界对周作人的"读书抄"的批评，指斥他整天读古书而不问世事，是为逃避现实，由此亦可见这种批评，不免误解，这段记述由《大金吊伐录》说到《梵网经》，不殆一篇"读书抄"。二、俞平伯觉得周作人"对于中国有些事情似乎比他还要热心，虽然年纪比他大"，可见俞平伯自"九·一八"事变之后，见国事日非，已十分失望。此亦论者在论述"周作人与俞平伯、废名"时，所谓的"这种学生比先生'消极'得更彻底的现象"②。

上述考察、分析表明，周作人和俞平伯的"闲适"，是被他们自己和批评家们夸张了的：批评家们的批评立场、"先见"固然是重要原因，他们自己在诗文中说"梦"记"趣"，自诩"闲适"，既掩盖了他们内心的思想冲突，也迷惑了批评家们把他们对"闲适"的理想、追求当做已然实现的事实。1933年2月15日，周作人致俞平伯的信中说：

> 近来颇有志于写小文，乃有暇而无闲，终未能就，即一年前所说的猫亦尚在屋上乱叫，不克捉到纸上来也。世事愈恶，愈写不进文中去，或反而走往闲适一路，于今颇觉旧诗人作中少见乱离之迹亦是难怪也。③

"小文"，即随笔、小品文；"近来颇有志于写小文"，这其实是周作人20年代中期就十分明确而且公开宣布的创作理想，1925年说"我近来作文极慕平淡自然的景地"④，1926年宣布"我以后想只作随笔了"⑤。"有暇而无闲"之"闲"，

---

① 周作人：《〈苦茶随笔〉后记》，载1935年7月14日《益世报》，署名"知堂"。
② 参阅钱理群：《周作人论》，第402页，上海：上海人民出版社，1991年版。
③《周作人散文全集》第6卷，第141页。
④ 周作人：《〈雨天的书〉序二》，载1925年11月30日《语丝》第55期。
⑤ 周作人：《〈艺术与生活〉序》，载1926年8月10日《语丝》第93期，署名"岂明"。

当作"闲适"解。"世事愈恶"之说，值得注意，周作人和俞平伯30年代的作品——尤其是小品文——亦当作如是观，而不能因为"少见乱离之迹"之表象，真的以为就是"闲适"了。研究者说得好：周作人"后期时时标榜闲适，其潜在动因之一就是内心深处并不平静，即所谓'有闲而（心）无暇'（引按，似错引，应为"有暇而无闲"）。并且有时也会冒出'极辛辣的，有掐臂见血的痛感'的'神来之笔'"；"无视或夸大周作人'并不平和'这一面，都得不到真实的周作人"①。诚哉斯论也！但问题是，并不仅仅是有时也会冒出的"凌厉浮躁"的那些文章，即使"平淡闲适"的文章，也是"貌似闲适"，有其"苦味"、"苦闷"，这才是周作人散文"往往误人"并且自"误"之处。这种"反而往闲适一路"的文章，如其自谓"拙文貌似闲适，往往误人，唯一二旧友知其苦味"②，其实"神"似闲适，因而更加"往往误人"，引起误读的指斥，究其原因亦如其自述，"唯其无奈何所以也就不必多自扰扰，只以婉而趣的态度对付之，此所谓闲适亦即是大幽默也"③，这才是问题更为复杂之处。至于因为笔法等艺术原因而导致的"貌似闲适"，姑且不论。

而俞平伯，模拟晚明小品抒写自我颇得神韵，如周作人那样将"杂文"的思想以"小品文"出之，不免比乃师技逊一筹。他1932年11月写作的《广亡征》，历数各种"亡征"，不可不谓之忧世伤时也，何乃"反而往闲适一路"却不得要领，开头即声明"这是闲话"，又以这样一段话结束全文：

> 数了这一大套贫嘴，很对不起诸君。但谚曰，"为人不作亏心事，半夜敲门鬼不惊"，敲之在我，惊否由君。即使有一夜，忽然听见鬼来了，似乎不大名誉相，而在另一意义上，五更不寐，何必非佳。乌鸦固丑，却会哀音，大雅明达，知此心也。④

这显然是远比其《雪耻与御侮——这是一番闲话而已》更令人齿冷的文字。这篇文章发表在林语堂主编的《论语》杂志，切近杂志的"幽默"风格，庶几如林氏所谓"化沉痛为幽默"，由亡国之征而至于谈"鬼"说"乌鸦"，这样的"闲话"在严肃的读者看来也就近乎"油滑"了。这是俞平伯"反而往闲适一

---

① 钱理群：《周作人论》，第207页。
② 周作人：《〈药味集〉序》，见《周作人散文全集》第8卷，第627页。
③ 周作人：《自己的文章》，载1936年10月《青年界》第10卷第3期。
④ 俞平伯：《广亡征》，载1933年2月1日《论语》第1卷第10期。

路"往往更加误人亦误己的问题复杂之处。

尽管这里对阿英的说法有所辩证,但阿英的评论还是比较准确的,而没有所谓的"党派"之"偏见"。一般都以为对小品文的批评,左翼批评家的批评是最严厉的。其实这是一个误解,因为事实上"京派"也对林语堂倡导的"幽默的小品文"给予了十分严厉的批评。这里且抄引、排比几条材料如下——

沈从文在批评"海派"时,1933年有一篇文章《谈谈上海的刊物》,在称道《中学生》、《译文》这两个严肃杂志之后,笔锋一转,严厉地批评说:

> 至于《论语》,编者的努力,似乎只在给读者以幽默,作者随事打趣,读者却用游戏心情去看它。它的目的在给人幽默,相去一间就是恶趣。

这是批评林语堂及其主编的《论语》杂志对"幽默"的"小品文"的倡导。文章的结尾,又说到《人间世》,则直指林语堂提倡的"性灵"、标榜"袁中郎":

> 它的好处是把文章发展出一条新路,在体制方面放宽了一点,坏处是编者个人的兴味同态度,要人迷信"性灵",尊重"袁中郎",且承认小品文比任何东西还重要。真是一个幽默的打算!……作者的"性灵"虽存在,试想想,二十来岁的读者,活到目前这个国家里,哪里还能有这种潇洒情趣?哪里还直于培养这种情趣?①

再看第二条材料,是朱光潜的"一封公开信"——《论小品文》,写于1936年1月。朱光潜说:

> 《人间世》和《宇宙风》所提倡的小品文,尤其是明末的小品文,别人的印象我不知道,问我自己的良心,说句老实话,我对于许多聪明人大吹大擂所护送出来的小品文实在看腻了。……我并不反对少数人特别嗜好晚明小品文,这是他们的自由,但是我反对少数人把个人的趣味加以鼓吹宣传,使它成为弥漫一时的风气。晚明式的小品文聊备一格未尝不可,但是如果以为"文章正轨"在此,恐怕要误尽天下苍生。

朱光潜进而严厉地批评"幽默"的"小品文":

> 现在一般小品文的幽默究竟近于哪一个极端呢?滥调的小品文和低级

---

① 《沈从文文集》第12卷,第175页,广州:花城出版社,1984年版。

的幽默合在一起，你想世间有比这更坏的东西么？

这就和沈从文所谓的"恶趣"是同一个意思了。文章的结尾，朱光潜也和沈从文一样说到"社会影响"，而和鲁迅的批评几无二致：

> 我到东安市场书摊上闲逛，看见"七折九扣"的书中《袁中郎全集》和《秋水轩尺牍》《鸿雪姻缘》之类的书籍摆在一起，招邀许多青年男女的好奇的视线。我回头听到未来大难中的神号鬼哭，猛然深深地觉到我们的文学和我们的时代环境间的离奇的隔阂。①

第三个例子是朱自清《什么是散文》中的话，写于1935年7月。其中谈到"风行一时"的"幽默"的"小品文"时，这样说道：

> 这种散文的趋向，据我看，一是幽默，一是游记、自传、读书记。若是走向幽默去，散文的路确乎更狭更小，未免单调。……读书记需要博学，现在几乎还只有周启明先生一个人动手。游记、传记两方面都似乎有很宽的地步可以发展。②

这段话显然是对林语堂的含蓄批评。后面几句话，尤其耐人寻味，将林语堂提倡"幽默"、"性灵"、"闲适"，标榜"晚明小品"、"袁中郎"，和周作人区别开来了。朱自清为人为文均很严谨，又是"京派"中人，他之所以特意为周作人开脱，一是因为他的忠厚，二是因为他和沈从文、朱光潜一样清楚地知道，他们的批评对象与周作人有着十分重要的直接与间接的关联。间接的关联是，30年代中期的这股"晚明小品文"热，源于周作人20年代后期对"晚明小品文"的推举；直接的关联是，林语堂提倡"幽默"的"小品文"时对"晚明小品"和"袁中郎"的标榜，是打着周作人旗号的。来自鲁迅和"左联"的批评可以不顾，而对这种来自"京派"同人的批评，周作人、废名不能不有所表示，所以也就有了上述周作人自我表白在前、废名更为直接地批评林语堂说法在后的举动。虽然朱自清、朱光潜对"幽默"的"小品文"的上述批评是在周作人、废名的辩白文章之后，但因为是"京派"同人，交往密切，因而各人的思想状况、艺术趣味，相互之间自然十分清楚；或者反过来说，因为对周作人的尊敬

---

① 《朱光潜全集》第3卷，第429页，合肥：安徽教育出版社，1987年版。
② 《朱自清全集》第4卷，第364页，南京：江苏教育出版社，1996年版。

而有的批评的顾虑，在周作人、废名的辩白文章之后已经没有了，所以朱自清、朱光潜才公开发表批评文章。对此，周作人自然是冷暖自知。时过境迁，到了40年代，周作人回首这段公案，也不得不说："这里我不能不怪林语堂君在上海办半月刊时标榜小品文之稍欠斟酌也。"①

这样，我们回过头来再读阿英的评论，也许就更能欣赏其客观、公允的论断？

（高恒文）

赵家璧与《中国新文学大系》

中国新文学大系

全书十大部　中国新文学运动以来第一次历史上的总结算　一流作家执笔

编辑者：胡适　郑振铎　鲁迅　茅盾　郑伯奇　周作人　郁达夫　朱自清　洪深　阿英

第一个十年间理论小说散文诗歌戏曲的精粹成绩，由各部门有专长而有历史关系的文学家，全体动员编选。在十年间所有杂乱的材料里，用客观的态度选辑有历史价值之作品。十年间的代表作，可称无一遗漏。

共五百万字

四百万字内容，把十年间的文艺成绩做一次清算的工作

二十万字导言，给过去的新文学运动下一次历史上的评价

本书的特点：十位编选人的二十万字的十篇导言，等于一部分篇的中国新文学批评史

五百万字的选文，等于一部全备的新文学文库

（封二）

一九三五年中国文坛上的英雄事迹

---

① 周作人：《国语文的三类》，引自《周作人散文全集》第9卷，第440页。

全国名流学者对《中国新文学大系》之评语摘录

蔡元培先生说:"我国的'复兴',自五四运动以来,不过十五年。新文学的成绩,当然不敢自诩为成熟;其影响于科学精神,民治主义(即《新青年》所标揭的赛先生与德先生)及表现个性的艺术,均尚在进行中。但是吾国历史,现代环境,督促吾人,不得不有奔轶绝尘的猛进。吾人自期,至少应以十年的工作,抵意大利的百年。所以对于第一个十年,先作一总检查,使吾人有以鉴既往而策将来,绝不是无聊的消遣!"

林语堂先生说:"民国六年至十六年在中国文学开一新纪元,其勇往直前精神,有足多者;在将来新文学史上,此期总算初放时期,整理起来,尤觉有趣。"

冰心女士说:"这是自有新文学以来最有系统,最巨大的整理工作。近代文学作品之产生,十年来不但如笋的生长,且如菌的生长,没有这种分部整理评述的工作,在青年读者是很迷茫紊乱的。这些评述者的眼光和在新文学界的地

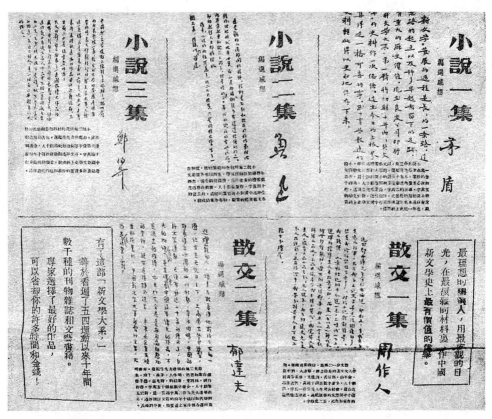

《中国新文学大系》广告

位，是不必我来揄扬了。"

甘乃光先生说："当翻印古书的风气正在复活，连明人小品也视同至宝的拿出来翻印的今日，良友公司把当代新文学的体系，整理出来，整个的献给读者，可算是一种繁重而切合时代需要的劳作。"

叶圣陶先生说："良友邀约能手，给前期的新文学结一回账，是很有意义的事。"

傅东华先生说："将新文学十年的成绩总汇在一起，不但给读者以极大便利，并使未经结集的作品不至散失，我认为文学大系的编辑是对于新文学的发展，大有功劳的。"

茅盾先生说：现在良友公司印行新文学大系第一辑，将初期十年内的"新文学"史料作一次总结，这在出版界算得是一桩可喜的事情。至少有些散逸的史料得以更好的保存下来。

郁达夫先生说：中国的新文学运动，已经有将近二十年的历史了；自大的批评家们，虽在叹息着中国没有伟大的作品，可是过去的成绩，也未始完全是毫无用处的废物的空堆。现在是接踵于过去，未来是孕育在现在的胞里的。中国新文学大系的发行主旨，大概是在这里了罢。

（插页）

（原载 1935 年 3 月 20 日《人间世》第 24 期）

《中国新文学大系》为新文学运动第一个十年（1917—1927）理论和文学作品的选集，由上海良友图书公司赵家璧主编，于 1935 年至 1936 年间出版。全书共十大卷，由蔡元培作总序，胡适编《建设理论集》，郑振铎编《文学论争集》，茅盾编《小说一集》，鲁迅编《小说二集》，郑伯奇编《小说三集》，周作人编《散文一集》，郁达夫编《散文二集》，朱自清编《诗集》，洪深编《戏剧集》，阿英编《史料索引》。

诚如主编赵家璧在《〈中国新文学大系〉缘起》中自述："这部《大系》不单是旧材料的整理，而且成为历史上的评述工作。"①蔡元培的总序，十位编选者的 20 万字导言，集中而且极具权威性地给第一个十年的新文学运动做了一次历史性的评价与总结。

刊登在《人间世》上的广告强调的正是《大系》所做的乃"清算的工作"

---

① 赵家璧：《〈中国新文学大系〉缘起》，载 1935 年 3 月 20 日《人间世》第 24 期封底。

和"历史的评价",把新文学历史化构成了《大系》编辑者的基本方略。

《大系》既声势浩大地编辑,也声势浩大地宣传。就力度而言,《大系》的广告投入在新文学史上也是少见的。如在1935年《新小说》第1卷第2期做广告,在1936年1月27日《申报》第1版做整版综合广告,都是扩大《大系》影响力的举措。即如1935年3月20日《人间世》第24期,封底用赵家璧800余字的《〈中国新文学大系〉缘起》,封二是宣传页,此外还有一大幅插页,插页中醒目的标题是"一九三五年中国文坛上的英雄事迹",简直把《大系》的编辑出版叙述成一种史诗般的英雄壮举。插页同时摘编了全国名流学者对《中国新文学大系》之评语,可谓下足了工夫。这些工作想必是出于年轻的总策划人和主编赵家璧之手。在《谈书籍广告》一文中,赵家璧自述"二十、三十年代在良友图书公司,我兼管所有我编的出版物在内外报刊上的广告设计和内容方面","包括林语堂主编由良友出版的大受左翼作家批评的《人间世》各期封底广告,以及巴金、靳以主编良友出版的《文学月刊》上所有本版书广告,都出于我手","对《新文学大系》,又出了三个样本,在发售预约时,等于赠送给预约者的(三十六开一小册,收成本一角)"①。各分卷主编的"《新文学大系》编选感想"就是赵家璧据主编们的手稿制版印入1935年2月良友图书公司印行的《中国新文学大系》样本中的。

而赵家璧策划如此大型的出版,在当时堪称首屈一指,对新文学也是开天辟地的事情。堪与媲美的或许只有郑振铎主编的《世界文库》。1935年的《文学》月刊上曾有一篇《最近的两大工程》的评论文章,把《世界文库》与《中国新文学大系》并称为当时的"两大工程"。②

赵家璧当年提出《大系》的编辑设想是希望"把民六至民十六的第一个十年间(1917—1927)关于新文学理论的发生、宣传、争执,以及小说、散文、诗、戏剧主要方面所尝试得来的成绩,替他整理、保存、评价"。这一工作得以成功进行,也因为得到了新文学界元老级人物的鼎力相助,每集的编者基本上都是一时之选。《诗集》原来准备请郭沫若主编,但被当时国民党的图书杂志审查会否决了,"理由"是郭沫若写过骂蒋介石的文章,结果只好临阵换将,以朱

---

① 赵家璧:《谈书籍广告》,见范用编:《爱看书的广告》,第176—177页,北京:三联书店,2004年版。

② 姚琪:《最近的两大工程》,载1935年7月《文学》第5卷第6期。

漫画《文坛茶话图》（鲁少飞绘），各派文学家济济一堂，原载1936年《六艺》创刊号。

自清顶替。① 但也算失之东隅收之桑榆，因为从学理和谨严的意义上说，朱自清的编选尤其是导言的写作显然要更加中规中矩。

赵家璧能够组织如此强大的编辑阵容，与他在出版方面积累的人脉有关。《大系》的编选者中，鲁迅、茅盾、郑振铎、阿英、郁达夫、郑伯奇等六位是赵家璧的作者，均有书编入赵家璧主编的《一角丛书》或《良友文学丛书》。如鲁迅的译作《竖琴》和《一天的工作》，茅盾的散文集《话匣子》，郑伯奇的短篇小说集《打火机》都曾收入《良友文学丛书》。阿英的《创作与生活》、《灰色之家》和郑伯奇的小说《宽城子大将》曾收入《一角丛书》。1934年8月，正当《大系》即将正式投入运作的关键时刻，郑振铎把《欧行日记》原稿从北平带到上海，赵家璧通过巴金向郑振铎约稿，将它收入《良友文学丛书》。与郑振铎初

---

① 参见赵家璧：《话说〈中国新文学大系〉》，载《新文学史料》1984年第1期。

次见面时,赵家璧便"不失时机地向他请教了关于《大系》的编辑问题"。他原本想将理论文章编为一卷,郑振铎认为一卷容纳不下,建议分为《理论建设集》和《文学论争集》两卷,自己允诺编辑《文学论争集》,而《理论建设集》则建议由胡适来主编。"后来的事实证明,正是由于请胡适参加,使这套《大系》的出版计划比较顺利地通过了国民党图书杂志审查会的'审查'。"此外,阿英、鲁迅也是郑振铎建议的人选。"周作人编《散文一集》,也是征得他的同意,并由他在北平代为联系的。特别是《诗卷》本是商定请在日本的沫若编的,但国民党的'审查会'通不过,家璧与他和雁冰商量后,临时决定改换佩弦来编,而这件事也是通过他去力请佩弦承担的。"①胡适、周作人、朱自清三位北京教授的加盟,除《大系》本身的吸引力,郑振铎的牵线是决定因素之一。在《大系》的选题实施过程中,主编赵家璧充分信任诸位编选者,从而使《大系》的设计日臻完善。诸如阿英、茅盾也都为《大系》贡献过好点子。"如小说部分选编方案由茅盾拍板定音,《大系》编选范围的划定与副题的由来出自茅盾等。赵家璧说,茅盾'真是所有编选者中,对我帮助最大,对《大系》出力最多,为期最长,感情最深的前辈作家'。"②而衡量一个编辑的标准之一,正在他是否对编选者充分信任以及能否赢得编选者的充分信任。

当然,《大系》问世后,在赞扬声中也多少出现了不和谐音。沈从文的文章《读〈新文学大系〉》也是从编辑的意义上评价《大系》的:

> 中国新文学运动,比中国革命运动慢一点,如今算算,也快到了二十年。它对于目前整个中国社会大有影响,是不可否认的事实。倘若有人肯费一分心,把一部分经过分别来检查一番,算算旧账,且能综合作一个结论,——老实公平的结论,不是无意义的工作。这工作即或从商业上着眼,目的只在发展营业,打破出版界的不景气,也较之抄印《太平广记》,同影印明人小品文集,以为在促成伟大杂文时代的实现,方法高明多了。③

不过沈从文在赞誉《大系》"无可疵议"之余,也对《大系》每集的具体问题做了评议,是《大系》问世后一片叫好声中稍显清明的批评:"读过这几本书后个

---

① 陈福康:《郑振铎传》,第333—334页,北京:北京十月文艺出版社,1994年版。
② 李频:《"邀约能手":〈中国新文学大系〉成因解析》,载《编辑学刊》2001年第1期。
③ 沈从文:《读〈新文学大系〉》,见《沈从文全集》第16卷,第236页,太原:北岳文艺出版社,2002年版。

人有点意见说说。茅盾选小说，关于文学研究会作者一部分作品，以及对于这个团体这部分作品的说明，是令人满意的。鲁迅选北京方面的作品，似乎因为问题比较复杂了一点，爱憎取舍之间不尽合理。（王统照、许君远、项拙、胡崇轩、姜公伟、于成泽、闻国新几个人作品的遗落，弥洒社几个人作品的加入，以及把沉钟社莽原社实在成绩估价极高，皆与印行这种书籍的本意稍稍不合）郑伯奇选关于创造社一方面作家的作品，大体还妥帖（惟应当选淦女士《隔绝之后》却不选）。周作人选散文，大约因为与郁达夫互商结果，选远远的郭沫若而不选较近的朱自清，（正与郁选冰心朱自清相同）令人微觉美中不足。郁达夫选散文全书四百三十余页，周氏兄弟合占二百三十一页，分量不大相称。（其实落花生不妨多选一点，叶绍钧可以不选）洪深选戏剧，在已出六本书中可算得是最好的一个选本。剧本入选一篇，作为代表。导言叙述中国新剧活动，它的发展及其得失成败，皆条理分明。称引他人意见和议论，也比较谨慎。虽对北方剧运与演出事疏忽甚多，就本书意义言，却可算得一册最合标准的选本。"沈从文还着重强调"一种书的编选不可免有'个人趣味'，不过倘若这种书是有清算整理意思的选本，编选者的自由就必需有个限制。个人趣味的极端，实损失了这书的真正价值"①。沈从文的具体评论中，尤对鲁迅选本中"抑彼扬此处"以及选北京作品的"取舍之间不尽合理"有些微词，也许与鲁迅对他的误解（鲁迅曾经把丁玲给他的信误认为沈从文冒充女性作家给他写信，为此十分愤慨）有关。另外，鲁迅负责的"京派"小说的选文中也没有收入沈从文早期的作品，对于1935年已经如日中天的沈从文来说，心理难免有些不平衡吧？但总的来说，沈从文的具体评价还是客观公允的。

今天的文学史家也或从史学的立场或从编辑的角度，高度评价《中国新文学大系》，如温儒敏认为："在现代文学学科史上，论影响之大，很少有哪部论著比得上1935年上海良友图书公司出版的《中国新文学大系》（1917—1927）。这部十卷本的大书，是新文学第一代名家联手对自身所参与过的新文学历程的总结与定位。"《中国新文学大系》无疑是现代编辑出版史上的一个成功的典型。主持《大系》责任编务的是良友图书公司的赵家璧，当时还只是一位青年编辑。能够组织那样一批文坛上的压阵大将来共同编撰了这一套大书，很重要的原因，就

---

① 沈从文：《读〈新文学大系〉》，见《沈从文全集》第16卷，第237—238页。

是顺应了上面所说的要为新文学的发生做史的需求,当然,正好也满足了先驱者们将自身在新文学草创期'打天下'的经历和业绩,进行'历史化处理'的欲望。"①当年《文学》月刊上发表的《最近的两大工程》一文,即已经格外强调《大系》的"文学史的性质":"《新文学大系》虽是一种选集的形式,可是它的计划要每一册都有一篇长序(二万字左右的长序),那就兼有文学史的性质了。这个用意是很对的。不过是因为分人编选的缘故,各人看法不同,自然难免,所以倘若有人要把《新文学大系》当作新文学史看,那他一定不会满意。……倘使拿戏班子来作比喻,我们不妨说《大系》的'角色'是配搭得匀称的。"②

"角色"配搭得匀称,不意味着彼此之间没有分歧,正如有研究者指出的那样:

> 人们也许很难理解,在政治、文化和文学立场急剧分野的30年代,位居于左、中、右不同阵营的作家,比如胡适、周作人、鲁迅、茅盾、阿英和郑伯奇,怎么可能如此轻易地跨越态度的畛域,聚集在一项共同的事业上?当然不能简单地把原因归结在良友图书公司和它的年轻编辑赵家璧的"神通广大"上。问题在于这项共同的事业并没有弥合他们之间的分歧,在公司出于广告目的要求撰写的"编选感想"中,郁达夫和郑伯奇仍然继续打着关于"伟大作品"的笔战,周作人则皮里阳秋地捎带了几句左翼文人对小品文的批评:"我觉得文就是文,没有大品小品之分。"但种种分歧又不妨碍他们为编选"大系"走到一起来,这意味着分歧的背后还存在某种更高准则的制约。赵家璧在为《大系》写的出版"前言"中说得很清楚:"在国内一部分思想界颇想回到五四以前去的今日,这一件工作,自信不是毫无意义的。"③

这种"更高准则",激发的是新文化的鼻祖们为以五四为原点的新文学树碑立传的历史激情,从而保证了不无分歧的一干人马为编选《大系》暂时走到一起,在赵家璧的组织与协调下,合力完成了这一致力于建构新文学合法化的堪称伟大的工程。

(吴晓东)

---

① 温儒敏:《论〈中国新文学大系〉的学科史价值》,载《文学评论》2001年第3期。
② 姚琪:《最近的两大工程》,载1935年7月《文学》第5卷第6期。
③ 罗岗:《危机时刻的文化想像》,第258页,南昌:江西教育出版社,2005年版。

4月

北新书局版的"半部文学史"

现代四大作家名著　　上海北新书局

鲁　迅

苦闷的象征……………五角五分	热风………………四角五分
出了象牙之塔………………九角	华盖集…………………六角
壁下译丛……………………九角	华盖集续编……………八角五分
中国小说史略………………一元	而已集…………………六角五分
彷徨…………………………九角	三闲集…………………七角
野草………………………四角五分	坟………………………一元
朝花夕拾…………………五角五分	小约翰…………………八角
思想山水人物……………九角五分	近代美术思潮论………一元八角
两地书………………………一元	鲁迅论…………………六角五分
鲁迅杂感选集……………一元二角	

周作人

自己的园地…………………八角	雨天的书………………九角
玛加尔的梦………………三角五分	周作人书信……………八角
过去的生命…………………四角	冥土旅行………………四角
狂言十番……………………七角	谈虎集…………………一元八角
泽泻集……………………五角五分	永日集…………………九角
夜读抄………………………一元	周作人论………………五角
苦茶庵笑话选……………六角五分	

冰　心

冰心小说集	一元	春水	五角五分
南归	二角五分	冰心散文集	一元
姑姑	二角五分	闲情	三角
去国	五角	冰心论	五角
冰心诗集	一元		

郁达夫

敝帚集	七角	薇蕨集	五角五分
奇零集	七角	小家之伍	七角
迷羊	五角五分	断残集	八角
寒灰集	七角	日记九种	八角
鸡肋集	七角	郁达夫论	五角
过去集	七角		

鲁迅《呐喊》九角对折　冰心《寄小读者》七角对折

（原载 1935 年 4 月 20 日《人间世》第 26 期）

萧乾曾经说过："如果把当时每天进出翠花胡同（引按，北新书局所在地）的文学界人物开列出来，也许会占那个时期半部文学史。"[1]这从《人间世》上登载的这一则北新书局《现代四大作家名著》的广告中即可见一斑。本广告汇集的是北新书局出版的鲁迅、周作人、郁达夫、冰心四位作家的作品集。四个人的名头俨然就是五四新文学的半壁江山。其中鲁迅著作 18 种，加上广告末尾打折预告的《呐喊》共 19 种；周作人 12 种；冰心加上打折的《寄小读者》有 9 种；郁达夫 10 种。虽然诸种图书是陆陆续续在北新出版，而且一开始北新书局也许并非有意把四位作家整体推出，但是在广告中，这四大作家各持相当数量的作品集闪亮登场，也自然而然地形成了一种声势。这则广告，在一定意义上，堪称推出了北新书局版的中国现代四大作家，也对新文学运动中出现的排名前数位的著名作家做了一次检阅。同时也可以看出北新书局的出版策略、眼光以

---

[1] 傅光明采访整理：《风雨平生——萧乾口述自传》，北京：北京大学出版社，1999 年版。

及对新文学作家在推广方面所做出的巨大贡献。

作为北新书局的创办人，同为北大新潮社成员的李小峰与孙伏园锐意继承北京大学新潮社之精神，给新生的书局定名"北新"，即北京大学新潮社之简称，因此，从1925年3月创设书局伊始即可显示北新书局与现代新文学密切的精神关联。而鲁迅、周作人与北新关系之密切（二人为《语丝》的主要筹划者，北新书局里分别称他们为"大先生"、"二先生"①），鲁迅对李小峰与孙伏园的大力扶持，也成为北新出版史上的重要史迹。北新书局选择的开张日即和鲁迅有关，这一天是鲁迅译作《苦闷的象征》出版、发行的日子。

1926年6月北新书局上海分局成立，为北新书局后来的南迁做了准备。1927年鲁迅与李小峰先后赴上海，二人的感情关联也与日俱增，以致"在1934年之前，其他书店很难得到鲁迅创作的初版权"②。鲁迅在1933年1月2日致李小峰的信中这样谈及自己与北新的关系："我以为我与北新，并非'势利之交'，现在虽然版税关系颇大，但在当初，我并非因北新门面大而送稿去，北新也并不是因我的书销场好而来要稿的。"1931年3月，北新书局因为出版进步书籍被封，鲁迅将《三闲集》、《出了象牙之塔》交付北新书局出版。1932年底，北新书局再次被封，鲁迅又馈以《两地书》、《伪自由书》、《鲁迅杂感选集》。这多少可以说明何以在北新书局推出的新文学作家中，鲁迅占据了独一无二的位置。

有研究者指出：北新书局在为新文学提供畅通的传播渠道之外，还以"把关人"的身份引导、规约着中国现代文学的发展，而且为鲁迅、周作人、郁达夫等现代知识分子搭建了重要的言论空间与公共平台，从而在中国现代文学史上扮演了重要角色。③《现代四大作家名著》的大规模推出，在特定的历史阶段起到的正是搭建公共文学平台，规模化展示新文学实绩的作用。如有研究者说，鲁迅、周作人、郁达夫、冰心大概是新文学到30年代形成的四人经典作家，与1949年后定的"鲁郭茅巴老曹"六大家可有一比。但他们同时又都是畅销书作家。四大作家集体在广告上亮相，一方面展示了北新书局在推举新文学作家方面所做的卓绝努力，另一方面则在客观上有助于建构一个新文学的场域空间。

中国现代作家的经典化过程伴随着整个现代文学史的发展，而北新书局推出

---

① 参见傅光明采访整理：《风雨平生——萧乾口述自传》。
② 陈树萍：《北新书局"半部文学史"》，载2011年2月20日《新民晚报》。
③ 参见陈树萍：《北新书局与中国现代文学》，上海：上海三联书店，2008年版。

的这四位作家既在五四文学阶段就树立了极高的声望，进入30年代的过程中又有持续的创作佳绩。从一定意义上说，四大作家的地位在1935年《人间世》推出广告之际已经如日中天。鲁迅在生前即开始被文坛经典化，其中瞿秋白编辑的《鲁迅杂感选集》是鲁迅经典化过程中的重要环节，尤其对鲁迅杂文历史地位的确立起了重要作用。郁达夫的10种著作，基本上被收入他的七卷本《达夫全集》里面。《达夫全集》由郁达夫自己选编，1927年起由上海创造社、上海开明书店、上海北新书局等几家出版社陆续刊行。刚30岁就自编全集，差不多在现代文学史上首屈一指，也堪称是自我经典化的自觉行为。郁达夫在创造力最活跃之际开始编全集，除了生计的需求之外，一方面是对自己的影响颇有信心，另一方面也是借此继续给自己制造声势和影响，客观上也的确有助于郁达夫成就和完善自己在文坛上的历史地位。而《现代四大作家名著》中的《日记九种》在现代作家经典化过程中尤值得分析，堪称是作家形象自我塑造的典型案例。1927年12月31日出版的《语丝》第4卷第3期登载了《日记九种》的广告，称"日记是最富于真实性的文学，是文学的核心，是正统文学以外的一个保障。有美丽而细腻的散文诗，有灵活生动的小品文，有刻画心理变迁的小说。读日记比读有始有终，变化莫测的小说更要有趣。倘若不信，请一读郁达夫先生这部日记便可以证明了"。"在这部日记里，我们不但可以欣赏这部日记的自身，并且藉此而赤裸裸地窥见郁达夫先生的实生活，使我们读他的作品时，能得到更深切的了解。"作家的经典化在很大程度上取决于读者的阅读，而借助于日记，读者"赤裸裸地窥见郁达夫先生的实生活"，当然更容易导致对作家的痴迷。黄裳亦曾说过："坦率地说，郁达夫的著作，我最欣赏耽读的是他的日记。"[1]《日记九种》在郁达夫经典化的过程中，起到了不可忽略的作用。

在四大作家中，冰心的代表性尤其值得一提。1932年，北新书局即编辑出版《冰心全集》，分三卷本（小说、散文、诗歌各一卷），这是中国现代文学中较早的全集。这次在《人间世》上推出单行本广告，虽然数量不及其他三个作家，却最有体裁的广泛性，她的小说、诗歌、散文，都在五四时代形成了巨大影响。用阿英的话来说，"青年的读者，有不受鲁迅影响的，可是，不受冰心

---

[1] 黄裳：《拟书话——〈忏余集〉》，见《珠还记幸》（修订本），第348页，北京：三联书店，2006年版。

文字影响的，那是很少，虽然从创作的伟大性及其成功方面看，鲁迅远超过冰心"①。叶圣陶在 40 年代主持开明书店期间给开明版的《冰心著作集》写的广告也印证了阿英的观点："二十多年以来，她一直拥有众多的读者。文评家论述我国现代文学，谁也得对她特加注意，作着详尽的叙说，这原是她应享的荣誉。"②

冰心在五四时期尤以儿童文学著称，由北新书局出版的《寄小读者》中的通信最初发表在《晨报副镌》的《儿童专刊》，1926 年 5 月集结成书。这本文集在现代史上是影响最大的文学名著之一，到 1941 年为止共再版了 36 次，被认为是冰心最广为人知的作品。③"虽然这组散文在名义上是写给小读者，但在 1920 年代所吸引的读者远远超越儿童的范围。"④阿英认为其读者实是青年人："特别是《往事》（二篇），《山中杂记》（《寄小读者》），以及《寄小读者》全书，在青年的读者之中，是曾经有过极大的魔力。"⑤一部《寄小读者》，即足以使冰心迈入现代经典作家的行列。

除了选取四位作家自创的著作之外，本丛书同时分别编选了四大作家论，力图汇集关于四大作家的重要评论，构成了作家经典化进程中同样重要的步骤。在现代作家影响力扩大的过程中，批评与评论环节承担了不可或缺的角色。即如五四时期周作人评郁达夫的《沉沦》，评李金发的《微雨》，为废名的每一本小说写序，都针对的是当时文坛和社会舆论对这些作家的诟病和不理解，有助于新文学理念和作品的普及和推广。

此外值得一说的是，除冰心外，其他三作家入选《现代四大作家名著》的，除了创作，还有翻译。鲁迅的译作多达六种，计有《苦闷的象征》、《出了象牙之塔》、《思想·山水·人物》、《壁下译丛》、《小约翰》、《近代美术思潮论》。其中《苦闷的象征》是名噪一时的译作，鲁迅在北京大学、北京女子师范大学等校兼课时，还将这部理论著作作为教材讲授。而《出了象牙之塔》也堪称是理论家和学者的小品文典范，是理论的普及性著作。而《思想·山水·人物》也

---

① 阿英：《谢冰心小品》序，见阿英编校：《现代十六家小品》，上海：光明书局，1935 年版。
② 转引自范用编：《爱看书的广告》，第 16 页，北京：三联书店，2004 年版。
③ 参见徐兰君："风景的发现"与"疾病的隐喻"：冰心的〈寄小读者〉（1923—1926）与二十年代中国文学中的抒情现代性，见徐兰君等编：《儿童的发现：现代中国文学及文化中的儿童问题》，北京：北京大学出版社，2011 年版。
④ 同上书，第 184 页。
⑤ 阿英：《谢冰心小品》序。

是鲁迅译文中最具美文效应的，标志着鲁迅日译的日臻佳境。

鲁迅翻译的大部分是日本作家的作品，尤以文学理论和学术随笔为主，而周作人的翻译胃口则驳杂许多。北新书局推出的这几种译作即充分证明了这一点。《冥土旅行》和《玛加尔的梦》是周作人《苦雨斋小书》中的两种。在《苦雨斋小书序》中，周作人这样谈及这两本译作："《冥土旅行》是二世纪时的希腊哲人所写，此外四篇的作者是十八世纪的英人斯威夫德（Swift），十九世纪的法人法布耳（Fabre），以及十四世纪的日本和尚兼好法师。《玛加尔的梦》则是近代俄国的作品。这可以说是杂乱极

生活书店关于鲁迅先生译作的广告

了，虽然我觉得并不如此，不但这些都是我所同样欢喜的，我还以为其间不无一种联属。我曾说，'重读《冥土旅行》一过，觉得这桓灵时代的希腊作品竟与现代的《玛加尔的梦》异曲同工，所不同者只因科罗连珂（korolenko）曾当西伯利亚的政治犯，而路吉亚诺思（Lukianos）乃是教读为业的哲人（Sophistes）而已。'除了那个'科学之诗人'是超然的以外。兼好法师也就不是真个出世间的人，不过他有点像所谓快乐派，想求到'无扰'的境地做个安住罢了；至于斯威夫德主教的野蛮的诙谐，则正是盾的背面，还是这个意思，却自然地非弄到狂易而死不可了。我译的这些东西，虽似龙生九子，性相不同，但在我总觉得是一样的可爱，也愿意大家同样地看待他们。"[1] 周作人自称的"杂乱"和"龙生九子，性相不同"恰好可以说明他翻译趣味的广泛。

1928年，郁达夫应鲁迅之约，翻译了德国作家鲁道夫·林道的中篇小说《幸福的摆》。随后，郁达夫又陆续翻译了四篇，都在《奔流》上发表，最后结

---

[1] 周作人：《苦雨斋小书序》，见周作人译：《冥土旅行》，上海：北新书局，1927年版。

集为《小家之伍》,意为收入了并非大家的五位小作家的创作。郁达夫在《幸福的摆》篇末译者附记里说:"小说里有一种 Kosmopolitisch 的倾向,同时还有一种厌世的东洋色彩。"这种"厌世的东洋色彩"多少影响了郁达夫后来创作的小说《迟桂花》:"《迟桂花》的内容,写出来怕将与《幸福的摆》有点气味相通,我也想在这篇小说里写出一个病肺者的性格来。"①

郁达夫的文学翻译,由此介入了自己的文学创作,最终汇入的是作家经典化的历程。

(吴晓东)

---

① 郁达夫:《沧州日记》1932 年 10 月 10 日,见《达夫日记集》,第 254 页,上海:北新书局,1947 年版。

5月

《世界文库》：中外名著翻译、整理之集大成

世界文学史上永不朽灭的伟大工作

世界文库

本文库是世界文学宝藏的发掘，有系统地介绍中外文学名著，搜罗得极宏博，选择整理得极精当。中国之部分固多孤本秘笈之新刊，为一般人所不易见到的；外国部分尤多伟大名著，且均为国内名作家的新译，名著名译，相得益彰。印刷装订之精美，售价之低廉，亦为空前。从此读者可不费搜求之劳，不出高价，能完全读到重要的中外名著了。

一般读者备此《世界文库》 可以读遍了中外古今的文学名著
研究文学者备此《世界文库》 可以获得了文学技巧的修养钥匙
学校中备此《世界文库》 可以网络了世界文学的基本读物
图书馆备此《世界文库》 可以树立了文学部门的坚实基础
藏书家备此《世界文库》 可以得到了许多未见的秘笈新刊
家庭中备此《世界文库》 可以当作了随时浏览的万有文粮

上海　生活书店发行　一次预定　甲种十四元　乙种九元
另加挂号寄费　国内一元九角二分　国外十元二角

（原载1935年5月20日《太白》第2卷第5期）

这都是1935年中国文坛的重要记录：2月17日晚，郑振铎在上海设宴招待鲁迅、沈雁冰（茅盾）等十几位友人，正式商妥创刊《世界文库》。5月1日起，全国很多报刊都发布了郑振铎撰写的《世界文库》的《发刊缘起》，宣布："有计划的介绍和整理"中外名著，"乃是我们这一时代的人的最大的任务（或权利）和愉快"。5月间，生活书店就出版了一本《世界文库》的样本，收有蔡元培的序言，还宣布编辑委员会成员共有122人，真可称得上"全国作家总动员"了。茅盾、胡愈之、许地山、朱光潜、陈望道、叶圣陶、夏丏尊、傅东华、

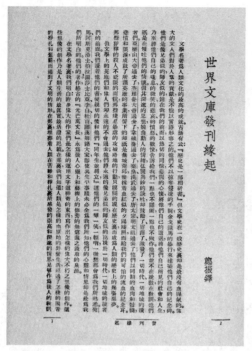

郑振铎为《世界文库》所写的《缘起》，该丛书于1935年由生活书店出版。

谢六逸等各方面的作家、学者也纷纷题词，盛赞这是"破天荒"的工作。到5月20日，各方翘首已久的《世界文库》第一册如期出版，采用刊物和丛书结合的形式，精装一厚册，约四十万字，并附以插图，每月一册，长篇作品则每期连载。第一册的阵容也确实壮观：开始连载的长篇，即有郑振铎自己校勘标点的《金瓶梅词话》、《警世通言》，鲁迅翻译的果戈里的《死魂灵》，（傅）东华翻译的塞万提斯的《吉诃德先生》，（黎）烈文翻译的《冰岛渔夫》，真正做到了广告词里所说的"名著名译，相得益彰"。《世界文库》一出手，即轰动文坛与出版界，被誉为"中国文坛的最高努力"，并和良友图书印刷公司出版的十大卷《中国新文学大系》，并称为"最近的两大工程"①。郑振铎在五四新文化运动中，发起文学研究会，编辑《小说月报》，就已经发挥了组织者的作用；此时又在《世界文库》的编辑出版上显示了他杰出的组织才能，和"充满着激情和活力的品格"（叶圣陶语）。

《世界文库》之引起轰动，并非偶然。叶圣陶在题词里说："系统地介绍外国文学，这句话说了十多年了，直到现在《世界文库》出版，才算是走上了实做的路途。"茅盾的题词，则特别注意"中国之部"里，"有三十多种罕见的秘本，重要名著又注重于原本的钞本和刻本，且加初步的整理"，因此称这是一个"集大成"。五四时期提出的"翻译世界名著"与"整理中国经典"的任务，经过十数年的积累，到了30年代，确实到了"集大成"的时候。所谓"集大成"，不仅指收罗作品的范围、规模和计划性、系统性，更指观念的阔达。郑振铎在其起草的《发刊缘起》、《编例》，所拟《目录》里，即显示了极大的包容性。翻译的外国名

---

① 以上材料来自陈福康：《郑振铎传》，第322—332页，北京：北京十月文艺出版社，1994年版。

著，既有古希腊、罗马，文艺复兴时期的西方经典，也包括近现代的西方名著；同时又注重东方（埃及、希伯来、印度）古代经典，日本、印度的现代名著，以及北欧、东欧的作品。整理的中国名著，不仅包括《论语》、《庄子》、《诗经》、《楚辞》等传统诗文经典，更偏重戏曲、小说、变文、弹词的发掘：这都是五四新文学运动的眼光。

如研究者所说，《世界文库》的出版，还"反映了世界文学名著从五四的精英圈子向一般读者，从启蒙的工具向知识传播的转变"[①]。前述题词里，就有学者特别提出，希望出的书能够做到"三易"：使"一般人"容易买，容易看，容易携带，真正成为"大众底文粮"。[②]于是，就有了广告词里所预设的读者。其中尤可注意者，是"文学的研究者"、"学校"的师生，以及"图书馆"的借阅者。文学的研究者，当然也包括新文学的创作者，有研究者根据《中国现代文学总书目》所辑录的13,500种书籍，统计出作者有5,500位，"这批人应是文学名著的最积极的消费者"。研究者还注意到，五四以后中国大学文科的"文学史"课程设置，"建立了经典名著知识传承体系，不仅造成了对文学名著教学用书的需求，同时也培养了一批读者"。30年代图书馆的发展更为世人所瞩目：1925年全国图书馆仅有502所，到1930年就猛增到2,935所，1936年发展到5,956所。这就给文学名著的出版提供了最基本、最稳定的市场，更培育了大批学校内与社会上的读者。据说1929年商务印书馆启动《万有文库》（王云五主编）这一浩大工程，直接动因就是为了给全国图书馆配书。[③]这都说明，在30年代，和中国社会现代化步伐加快相适应，中国教育、文化、文学事业都有一个大的发展，培育了有着较高文化素养与要求的新读者群，这就为文学名著的普及提供了基础条件。"集大成"的《世界文库》正是应运而生。

同时掀起的是一个"丛书出版热"。其中影响较大的有：商务印书馆的《万有文库》（1929—1934）、《世界文学名著丛书》（1933—1937）、《文学研究会世界文学名著丛书》（1930—1939），中华书局的《现代文学丛刊》（1932—1937），文化生活出版社的《译文丛书》（1935—1953），晨光出版公司的《晨光世界文学丛

---

① 李今：《二十世纪中国翻译文学史·三四十年代·俄苏卷》，第21页，天津：百花文艺出版社，2009年版。

② 参看陈福康：《郑振铎传》，第329、328页。

③ 参看李今：《二十世纪中国翻译文学史·三四十年代·俄苏卷》，第22、23页。

书》等。①尽管在出版的炒作中难免良莠不齐，但确实介绍了大量世界文学经典，为"大规模的，有计划的，系统的介绍中外名著"的文化、文学、出版、教育工程奠定了基础，其影响是深远的，而《世界文库》则起了带头、示范作用。

（钱理群）

艾芜 30 年代的南国世界

良友文库　一律布面精装　烫金脊袖珍本　每册五角

南国之夜　艾芜创作

本书为艾芜先生的最近结晶集，计收最近创作短篇小说：《南国之夜》；《咆哮的许家屯》；等五篇。每篇均有动人的故事和簇新的技巧。其中《咆哮的许家屯》一篇，计二万余字，尤为全书生色不少。内容纯系描写苟生在铁蹄下的同胞，给蹂躏糜烂的情形。

（原载 1935 年 5 月 20 日《人间世》第 28 期封底）

1931 年 11 月，两个籍籍无名的青年作家给鲁迅写信，就文学创作的题材问题向鲁迅讨教，鲁迅认真作答，遂成就了现代文学史上知名前辈扶持奖掖后进的一段佳话。这两个青年作家就是 30 年代中国文坛的四川籍双子星座——沙汀与艾芜。

在给鲁迅的信中，两个青年作者这样表达自己的困惑：

我们曾手写了好几篇短篇小说，所采取的题材：一个是专就其熟悉的小资产阶级的青年，把那些在现时代所显现和潜伏的一般弱点，用讽刺的艺术手腕表示出来；一个是专就其熟悉的下层人物——在现时代大潮流冲击圈外的下层人物，把那些在生活重压下强烈求生的欲望的朦胧反抗的冲动，刻划在创作里面，——不知这样内容的作品，究竟对现时代，有没有配说得上

---

① 参看李今：《二十世纪中国翻译文学史·三四十年代·俄苏卷》，第 24—32 页。

有贡献的意义？[1]

信中"专就其熟悉的下层人物——在现时代大潮流冲击圈外的下层人物，把那些在生活重压下强烈求生的欲望的朦胧反抗的冲动，刻划在创作里面"的作者就是艾芜。1925年离乡出走的艾芜，在中国西南边境及缅甸等国有过五年多的流浪生活经历，这些他人所难以企及的丰富阅历构成的是艾芜进入文坛的最独特的象征资本，也赋予自己一种传奇性与神秘感，而艾芜所熟悉的那些"在现时代大潮流冲击圈外的下层人物"，则是他流浪生涯中所接触与结识的西南边陲以及南亚国家的诸如盗马贼、死刑犯、流浪汉等形形色色的人物。就像沈从

《南国之夜》书影

文构建了一个他人无法描绘的"湘西世界"一样，艾芜进入文坛之后，也充分利用自己得天独厚的生活资源为文坛贡献了一幅别样的"南国风情画"。

1935年是艾芜取得成功的一年。3月，小说集《南国之夜》出版[2]，4月，散文集《漂泊杂记》出版[3]，12月，小说集《南行记》出版[4]，从而在现代文坛刮起一阵南国的熏风，为海上文学注入狂野而清新的异域风情。良友图书出版公司也不失时机地在《人间世》上推出收入《良友文库》的《南国之夜》的广告，称小说集中"每篇均有动人的故事和簇新的技巧"。但广告中所说"五篇"有误，实际上，《南国之夜》计收《南国之夜》、《咆哮的许家屯》、《左手行礼的士兵》、《伙伴》、《强与弱》和《欧洲的风》共六篇小说。

凭借1935年的收获，艾芜也跻身现代文坛冉冉升起的耀眼新星之列，进而受到评论界广泛关注，以至于《1935年中国文艺年鉴》中有至少两篇年度综述文章专门论及艾芜的创作。其中伍蠡甫的《一年来的中国文学界》把《南国之

---

[1] 鲁迅：《关于小说题材的通信》，见《鲁迅全集》第4卷，第366页，北京：人民文学出版社，1981年版。

[2] 艾芜：《南国之夜》，上海：良友图书印刷公司，1935年版。

[3] 艾芜：《漂泊杂记》，上海：生活书店，1935年版。

[4] 艾芜：《南行记》，上海：文化生活出版社，1935年版。

夜》归入反映"对外关系"的小说题材，认为在写"'对外关系'的小说中，觉得艾芜先生的《南国之夜》（良友文库本）值得注意"。不过随后伍蠡甫的评论基本上是持批评态度的："然而作者自家只顾情热，却不会怎样影响读者，因为他所致力的不过是架空的描写，和浮夸的浪漫主义，字面难像有力，实在仍是运输着抽象事物，而'每一个'等等更觉得'公性'太强，'个性'太弱，至多也只是鼓吹的文字，不是小说里的文章。又如同书《咆哮的许家屯》一篇尾上'满洲平原的地雷炸裂了。''许家屯在黑暗中咆哮着。''各处涌着被压迫者忿怒的吼声。'——也同样空洞。""结果仅仅表现一些观念，而内里缺少激发性的形象。"①而署名"立波"的文章《一九三五年中国文坛的回顾》则把《南国之夜》和《咆哮的许家屯》称为"反帝的作品，都值得高的评价"，并称伍蠡甫的批评"分明是对反帝作品的轻蔑"②。立波这种题材决定论式的褒奖当然不足为训，相比之下，倒是伍蠡甫的批评显示出了文学眼光。《南国之夜》的确自觉实践着当初给鲁迅的信中所谓的"把那些在生活重压下强烈求生的欲望的朦胧反抗的冲动，刻划在创作里面"的构想，但是这部小说集中贯穿性的"反抗"有鲜明的"主题先行"的味道。为践行这一"反抗"主题，艾芜甚至不惜在自己熟悉的南国题材之外，写了一篇东北沦陷区人民反抗日本入侵者的故事，即《南国之夜》中收入的《咆哮的许家屯》。而其他几部小说中，《南国之夜》写的是英帝国主义殖民统治下缅甸人民的反抗，《欧洲的风》写中缅边境的中国百姓和白人做生意，用自己的马队为欧洲远征军驮货运输（小说中把此种生意命名为"走洋脚"），最终也是奋起反抗的故事。而"反抗"的主旨未能与故事和情节水乳交融，导致的即是伍蠡甫所谓"公性"（即"共性"）太强，"运输着抽象事物"的弊病。

其实，鲁迅当初给两位青年作家的回信中早已经对此予以告诫：

> 两位是可以各就自己现在能写的题材，动手来写的。不过选材要严，开掘要深，不可将一点琐屑的没有意思的事故，便填成一篇，以创作丰富自乐。这样写去，到一个时候，我料想必将觉得写完，——虽然这样的题

---

① 伍蠡甫：《一年来的中国文学界》，《1935年中国文艺年鉴》，第88—89页，上海：北新书局，1936年版。

② 立波：《一九三五年中国文坛的回顾》，《1935年中国文艺年鉴》，第99页。

材的人物,即使几十年后,还有作为残滓而存留,但那时来加以描写刻划的,将是别一种作者,别一样看法了。然而两位都是向着前进的青年,又抱着对于时代有所助力和贡献的意志,那时也一定能逐渐克服自己的生活和意识,看见新路的。

总之,我的意思是:现在能写什么,就写什么,不必趋时,自然更不必硬造一个突变式的革命英雄,自称"革命文学";但也不可苟安于这一点,没有改革,以致沉没了自己——也就是消灭了对于时代的助力和贡献。①

艾芜的创作的确遵循了鲁迅的教诲:"选材要严,开掘要深,不可将一点琐屑的没有意思的事故,便填成一篇,以创作丰富自乐",但是鲁迅所给出的"现在能写什么,就写什么,不必趋时,自然更不必硬造一个突变式的革命英雄,自称'革命文学'"的忠告,在艾芜这里却多少落空了。《南国之夜》的几部小说中的反抗者,恰如鲁迅所预言的那样,多少落入了"硬造一个突变式的革命英雄"的窠臼。而更重要的是,青年作者"克服自己的生活和意识,看见新路"的过程,却不是一朝一夕所能实现的。

但另一方面,伍蠡甫所谓《南国之夜》"至多也只是鼓吹的文字,不是小说里的文章"也是苛评之语。伍蠡甫缺乏对《南国之夜》的优长之处的体贴与洞察。平心而论,《人间世》的广告词也没有描摹出艾芜小说的独特性。艾芜真正具有竞争力和象征性资本的,是笔下南国浪漫而神秘的气息。小说集中随处可见如下描写:

> 夜是清新的,到处都漾着树叶和野草的气味。灯光只能照到几丈远的地方,此外就是无边无际的乌黑。四周有野鸟发着怪声,碰动树枝一惊飞起来。又有野猪,冲着丛莽的骤响,驰到山沟里去。
>
> 天亮时,清新的晨风拂去了绕在林梢和峰尖的白雾。四围黛色的山层,像浴过似的,在朝日中裸了出来。青猴欢欣的呼啸声,洋溢在远远近近的山峡里。

艾芜最擅长的是把读者带进奇异的南国地域与人生。他笔下的典型环境大多是边地、野店、破庙、荒山、峻岭,在这种南国特有的神秘气息中,艾芜刻绘了独具特色的人物长廊,盗马贼、烟贩子、流浪汉、脚夫、逃犯……构成的

---

① 鲁迅:《关于小说题材的通信》,见《鲁迅全集》第4卷,第368—369页。

是艾芜所谓"现时代大潮流冲击圈外的"各色人等,脱离了正常的生活轨道,不可能接受文明社会中"制约人的定型的生活"。借用巴赫金的分析,他们生活在一种"边沿的时间",而非"传记体的时间"中,过着"从生活里注销的生活"①,形成的是边地特殊环境下的特殊性格。在这些小说中,神秘而绮丽的自然风光与人物的强悍气质,"性情中的纯金"②以及古朴的心灵融为一体,有一种南方丛林固有的浪漫气息,是其他现代作家很难提供的生活景观,因此在现代文学中也构成了一种异数的存在。在此基础上,可以进一步提升出艾芜小说中内含的某种生存哲学。正如研究者在评论艾芜的另一部小说集《南行记》时所指出的那样:"人们对《南行记》的理解,逐步从异域风光、浪漫漂泊情调、对底层人民品性的挖掘与赞美,进而深入到人的生命本质的某些层面。从这个意义上,我们可以重新发现《南行记》集子里的名篇《山峡中》的价值。""读《山峡中》,最引人思索的是关于盗贼的生活哲学。"③

盗贼自成一体的生活哲学,意味着艾芜对人生诸种或然性境遇的独特思索与展示。由此可以发现艾芜在中国现代文学史上真正重要的意义与贡献:艾芜所代表的30年代新起的来自各个地域和各个阶层的青年作家,差不多每个人都有自己的独特经历和生活背景,而且大都是平民出身。当他们大规模地进入30年代中国文坛之后,也自然带给现代文学更为广阔的全景式世界。艾芜的小说创作,不仅仅标志着30年代文学题材视野的进一步拓展,而且真正展示了蕴含独特的生活境遇和人生哲学的创作景观,进而构成了中国社会全方位的文学图景弥足珍贵的一部分。

(吴晓东)

---

① 巴赫金:《陀思妥耶夫斯基诗学问题》,第240页,北京:三联书店,1988年版。
② 艾芜:《艾芜》,第240页,北京:人民文学出版社,1986年版。
③ 吴福辉:《关于艾芜〈山峡中〉的通信》,载《中国现代文学研究丛刊》1993年第3期。

6月

晚明小品:周作人和俞平伯的"低回"趣味

《燕知草》

本书内有诗、有谣、有曲、有散文,所写均为杭州的情景,杭州的西湖,是古今中外所称道的,画意诗情,俯拾即是。俞先生的文章,又是情意深浓,笔调隽永,故一读本书,当如花间小酌,月下低回,每有无穷的兴味发生也。

《杂拌儿》《杂拌儿之二》

俞先生的这两本书,是一种具有独特风致的小品文集。内中有一部分是属于考据性质的,一部分是抒情说理之作,而且兼有思想之美。周作人先生特加称许,谓其为一般文士之文所万不能及的。此外尚有关于两性与亲子问题的文章,这是以科学的常识为本,加上明净的感情与清澈的理智调和成功的一种人生观。以此为志,言志固佳,以此为道,载道亦复无碍。

(原载1935年6月1日《中学生》第56号)

这是叶圣陶撰写的广告词。"低回"一词,十分准确;引周作人的"称许",也很有眼光。

俞平伯与晚明小品的关系,周作人对晚明小品的揄扬,均为众所周知的事实,然而,问题的另外一面似乎也很有意味:俞平伯散文与晚明小品的关系,对周作人来说,似乎更有重要意义。这一点似乎不为研究者注意。

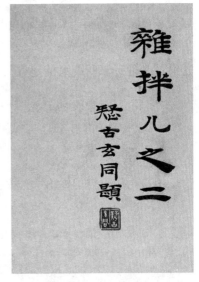

俞平伯《杂拌儿之二》书影,开明书店1933年初版。

当周作人别出心裁地说"我常常说现今的散文小品并非五四以后的新出产品,实在是'古已有之',不过现今重新发达起来罢了"①,将现代散文与晚明小品联系起来,口说无凭,必须有事实依据吧?虽然他稍后一再以俞平伯、废名的"文章"为例,说明晚明小品的"重新发达",但当时废名的那些为周作人称道的作品还没有问世呢,更何况废名对晚明小品其实没有什么兴趣,与之也没有什么关系。虽然周作人所谓的"重新发达"只是类比的说法,而不是指影响关系、承转关系,但这种匪夷所思的说法,能有俞平伯的散文这样来印证一下,不是十分难得吗?进而论之,有了俞平伯这样的实例,周作人"常常说"的理念,不是更加坚定了吗? 1926年周作人在《〈陶庵梦忆〉序》中还只是泛泛地说"我们读明清有些名士派的文章,觉得与现代文的情趣几乎一致"②;两年之后,有了俞平伯的创作实例,他说:

> 在这个情形之下,现代的文学——现在只就散文说——与明代的有些相像,正是不足怪的,虽然并没有去模仿,或者也还很少有人去读明文,又因时代的关系在文字上很有欧化的地方,思想上也自然要比四百年前有了明显的改变。现代的散文好像是一条湮没在沙土下的河水,多少年后又在下流被掘了出来;这是一条古河,却又是新的。我读平伯的文章,常想起这些话来,现在便拿来写在后边,算作一篇题记。③

这是周作人在为俞平伯《杂拌儿》所写的"跋"中的一段话。同年,周作人又为俞平伯的《燕知草》写了"跋",其中有云,"平伯的文章便多有这些雅致,这又就是他近于明朝人的地方",但更值得注意的还是其中的这句话:

> 中国新散文的源流我看是公安派与英国的小品文两者所合成,而现在中国情形又似乎正是明季的样子,手拿不动竹竿的文人只好避难到艺术世界里去,这原是无足怪的。④

这恐怕是周作人较早提出"公安派"这个与晚明小品同样重要的概念,也是借俞

---

① 引自《周作人自编文集·周作人书信》,第86页,石家庄:河北教育出版社,2002年版。
② 周作人:《〈陶庵梦忆〉序》,载1926年12月18日《语丝》第110期,署名"岂明"。
③ 周作人:《〈杂拌儿〉跋》,见钟叔河编:《周作人散文全集》第5卷,第455—556页,桂林:广西师范大学出版社,2009年版。
④ 周作人:《〈燕知草〉跋》,见钟叔河编:《周作人散文全集》第5卷,第519页。

平伯的散文作进一步的发挥，因为俞平伯散文与"公安派"没有什么关系，周作人自己也在这段引文之后说："平伯这部小集（引按，《燕知草》）是现今散文一派的代表，可以与张宗子的《文秕》（刻本改名《琅嬛文集》）相比"①。而所谓"手拿不动竹竿的文人只好避难到艺术世界里去"的，似乎不当是"公安派"，用来说张岱等人似乎更准确、更形象。"艺术世界"，即"象牙之塔"也，也是周作人所谓的"梦"的世界。在写《〈燕知草〉跋》的同时，周作人在为废名的《桃园》所写的"跋"中说：

> 废名君的小说里的人物也是颇可爱的。这里边常出现的是老人，少女与小孩。这些人与其说是本然的，无宁说是当然的人物；这不是著者所见闻的实人世的，而是所梦想的幻景的写像，特别是长篇《无题》中的小儿女，似乎尤其是著者所心爱，那样慈爱地写出来，仍然充满人情，却几乎有点神光了。②

这显然是含蓄地指出废名作品的"逃世之倾向"，而周作人在《〈陶庵梦忆〉序》亦云：

> 《梦忆》大抵都是很有趣味的。对于"现在"，大家总有点不满足，而且此身在情景之中，总是有点迷惘似的，没有玩味的余暇。所以人多有逃现世之倾向，觉得只有梦想或是回忆是最甜美的世界。讲乌托邦的是在做着满愿的昼梦，老年人记起少时的生活也觉得愉快，不，即是昨夜的事情也要比今日有趣：这并不一定由于什么保守，实在是因为这些过去才经得起我们慢慢地抚摩赏玩，就是要加减一两笔也不要紧。③

这两段话显然是可以"互训"的，可以视为"互文"关系。再看俞平伯的作品，《〈燕知草〉自序》云：

> "浮生若梦，为欢几何？"真一句老话。然而不说是梦又说什么呢？
> ……
> 此书作者亦逢人说梦之辈，自愧阅世深而童心就泯，遂曰"燕知"耳。

---

① 周作人：《〈燕知草〉跋》，见钟叔河编：《周作人散文全集》第5卷，第519页。
② 周作人：《〈桃园〉跋》，见钟叔河编：《周作人散文全集》第5卷，第507页。
③ 周作人：《〈陶庵梦忆〉序》，载1926年12月18日《语丝》第110期，署名"岂明"。

仍一草草书也,亦曰"燕知草"耳。①

俞平伯的这个自序,几乎就是对周作人《〈陶庵梦忆〉序》之"梦"说的呼应,自诩"逢人说梦之辈";所谓"自愧阅世深而童心就泯","自愧"实自得也,亦周作人"人多有逃现世之倾向"之说之回声耳。

就作品而论,张岱的《陶庵梦忆》是写杭州的前朝旧梦,书写山水风物而别有寄托——亡国之家仇国恨也。俞平伯的《燕知草》如朱自清所说:"处处在写杭州,而所着眼的处处不是杭州","这正因杭州而外,他意中还有几个人在——大半因了这几个人,杭州才觉可爱的","他依恋杭州的根源在此,他写这本书的感兴,其实也在此"②。周作人则说:"平伯所写的杭州还是平伯多而杭州少。"③两人的说法不尽相同,但都指出了《燕知草》借山水风物而抒怀的艺术特征,也就是别有寄托的写法,而这正是《燕知草》和《陶庵梦忆》的相近之处。论者的评论,亦可证之于作家的自述和作品。《清河坊》是《燕知草》中的一篇,据文末自注,1925年10月23日写于北京,是作者对杭州名为"清河坊"的一条街的追忆,但作者开头即云:

> 我决不想描写杭州狭陋的街道和店铺,我没有那般细磨细琢的工夫,我没有那种收集零丝断线织成无缝天衣的本领;我只得藏拙。我所亟亟要显示的是淡如水的一味依恋。一种茫茫无羁泊的依恋,一种在夕阳光里,街灯影傍的依恋。这种微婉而入骨三分的感触,实是无数的前尘前梦酝酿成的,没有一桩特殊事情可指点,也不是一朝一夕之功。

而在文末,作者这样结束他的当年和姐妹们在清河坊流连光景的追忆:

> 若我们未曾在那边徘徊,未曾在那边笑语;或者即有徘徊笑语的微痕而不曾想到去珍惜它们,则莫说区区清河坊,即十百倍的胜迹亦久不在话下了。我爱诵父亲的诗句:"只缘曾系乌篷艇,野水无情亦耐看。"④

《燕知草》中关于杭州的所有追忆,完全是这种"只缘曾系乌篷艇"的个人情

---

① 俞平伯:《〈燕知草〉自序》,见《俞平伯散文杂论编》,第249—250页,上海:上海古籍出版社,1990年版。
② 朱自清:《〈燕知草〉序》,见俞平伯:《燕知草》上册,第1—5页,上海:开明书店,1928年版。
③ 周作人:《〈燕知草〉跋》,见钟叔河编:《周作人散文全集》第5卷,第519页。
④《俞平伯散文杂论编》,第169、173—174页。

怀。对此，朱自清有这样的解说：

> 近来有人和我论起平伯，说他的性情行径，有些像明朝人。我知道所谓"明朝人"，是指明末张岱、王思任等一派名士而言。这一派人的特征，我惭愧还不大弄得清楚；借了现在流行的话，大约可以说是"以趣味为主"的吧？他们只要自己好好地受用，什么礼法，什么世故，是满不在乎的。他们的文字也如其人，有着"洒脱"的气息，平伯究竟像这班明朝人不像，我虽不甚知道，但有几件事可以给他说明，你看《梦游》的跋里，岂不是说有两位先生猜那篇文像明朝人做的？平伯的高兴，从字里行间露出。这是自画的供招，可为铁证。标点《陶庵梦忆》，及在那篇跋里对于张岱的向往，可为旁证。而周岂明先生《杂拌儿》序里，将现在散文与明朝人的文章，相提并论，也是有力的参考。但我知道平伯并不曾着意去模仿那些人，只是性习有些相近，偶尔暗合罢了；他自己起初是并未以此自期的；若先存了模仿的心，便只有因袭的气分，没有真情的流露，那倒又不像明朝人了。①

这个分析是很准确的。这种"只要自己好好地受用，什么礼法，什么世故，是满不在乎的""以趣味为主"的人生态度，表现在文章里就是与此"人品"相应的"文品"，在晚明小品里得到最淋漓尽致的体现，所以周作人由晚明小品而论现代小品文的创作时说：

> 我卤莽地说一句，小品文是文学发达的极致，它的兴盛必须在王纲解纽的时代。……一到了颓废时代，皇帝祖师等等要人没有多大力量了，处士横议，百家争鸣，正统家大叹其人心不古，可是我们觉得有许多新思想好文章都在这个时代发生，这自然因为我们是诗言志派的。小品文则在个人的文学之尖端，是言志的散文，它集合叙事说理抒情的分子，都浸在自己的性情里，用了适宜的手法调理起来，所以是近代文学的一个潮头。②

"颓废时代"的晚明文人及其作品的"颓废"性质，因为"什么礼法，什么世故，是满不在乎的"，所以也就具有了积极意义和正面价值。而所谓的"浸在自己的性情里"，本来是西方小品文的本质特征，经周作人这样一解释、论述，

---

① 朱自清：《〈燕知草〉序》，见俞平伯《燕知草》上册，第1—5页。
② 周作人：《〈冰雪小品选〉序》，载1930年9月29日《骆驼草》第21期。

也就赋予了"言志"的新意。周作人所谓的"浸在自己的性情里",和朱自清所谓的"以趣味为主",可以互训,其实是同一个意思。然而这里值得注意的是,在他们这样立说的时代,即"革命文学"兴起之后,个人与集体(阶级),个人的趣味与国家民族的大义,犹如"象牙之塔"与"十字街头"一样,已经成为对立的概念了,所以周作人别出心裁地提出"言志"(的文学)与"载道"(的文学)这样对立的两个概念,如他自己所说,"集团的'文以载道'与个人的'诗言志'两个口号成了敌对"①。俞平伯的《燕知草》以趣味为主,自然是典型的言志的文学,周作人的称赞,倒也名副其实。至于和晚明小品——尤其是张岱散文——的关系,朱自清所谓"并不曾着意去模仿",不过是客气的说法,正面称道其没有因为模仿而来的"只有因袭的气分,没有真情的流露"的缺点而已。事实上,《燕知草》的"真情的流露",也不过是青春情怀,那种"所亟亟要显示的是淡如水的一味依恋",说到底还是一种十分典型的浪漫主义的低回、感伤而已,远非张岱《陶庵梦忆》国破家亡的沉痛,所以周作人《〈燕知草〉跋》最后一句说,和张岱及其作品相比,"所不同者只是平伯年纪尚青,《燕知草》的分量也较少耳"③。

《清河坊》以父亲的诗句结束,所谓"我爱诵父亲的诗句",当属实话,未必是"为文而造情"。"只缘曾系乌篷艇,野水无情亦耐看",俞陛云的这两句诗,诚为佳句,可以移来作为周作人名作《乌篷船》的笺评,似乎这么多年来的纷纭评论都不及这两句诗能够准确道出《乌篷船》的境界,也不见有论者引论过这两句并不应该陌生的诗。如果说俞平伯爱诵这两句诗可能也与周作人的这个名篇不无关系,似乎有些牵强附会,那么上文所引《清河坊》开头所谓的"我所亟亟要显示的是淡如水的一味依恋。一种茫茫无羁泊的依恋,一种在夕阳光里,街灯影傍的依恋",这种低回的趣味,显然和周作人《乌篷船》、《北京的茶食》等散文的情调十分接近。《北京的茶食》云:

> 我们看夕阳,看秋河,看花,听雨,闻香,喝不求解渴的酒,吃不求饱的点心,都是生活上必要的——虽然是无用的装点,而且是愈精炼愈好。③

---

① 周作人:《〈冰雪小品选〉序》,载 1930 年 9 月 29 日《骆驼草》第 21 期。
③ 周作人:《〈燕知草〉跋》,见钟叔河编:《周作人散文全集》第 5 卷,第 519 页。
③ 周作人:《北京的茶食》,载 1924 年 3 月 18 日《晨报副镌》,署名"陶然"。

有此情趣,周作人自然会对蔼理斯的这段话欣赏不已:

> 没有一刻无新的晨光在地上,也没有一刻不见日没。最好是闲静地招呼那熹微的晨光,不必忙乱的奔向前去,也不要对于落日忘记感谢那曾为晨光之垂死的光明。①

"珍惜光景惜流年",俞平伯的《燕知草》表达的不就是这样的人生趣味吗?

俞平伯五四时期主要是著名诗人,此文之后,作者几乎停止了新诗的创作,转而以散文家名世,此亦可见与晚明小品的关系是俞平伯创作转向及其创作历程中的重大事件。而就在俞平伯追踪晚明小品,开始了他的以趣味为主的小品文创作时,周作人也在调整自己的创作路向。1925年新年伊始,周作人在《元旦试笔》中说:"以前我还以为我有着'自己的园地',去年便觉得有点可疑,现在则明明白白的知道并没有这一片园地了。……目下还是老实自认是一个素人,把'文学家'的招牌收藏起来。"②第二年8月则进而宣布:"我以后想只作随笔了。"③有论者据此认为:"可以说文学批评家周作人从此就让位于散文家周作人了"④。这个判断是准确的。从《自己的园地》到《雨天的书》,正是这个变化的分界,前者主要是文学批评的文集,后者则主要是散文集。《〈雨天的书〉序二》云:

> 这集子里共有五十篇小文,十分之八是近两年来的文字,《初恋》等五篇则是从《自己的园地》中选出来的。这些大都是杂感随笔之类,不是什么批评或论文。据说天下之人近来已看厌这种小品文了,但我不会写长篇大文,这也是无法。我的意思本来只想说我自己要说的话,这些话没有趣味,说又说得不好,不长,原是我自己的缺点,虽然缺点也就是一种特色。⑤

自称"这些大都是杂感随笔之类",又统称为"小品文",联系到周作人即将大力推荐晚明小品,"小品文"("随笔")将成为他文章中持续出现的最重要的文体概念,因而与其说是"散文家"还不如说是"小品文"、"随笔"作家更准确。

---

① 周作人:《蔼理斯的话》,载1924年2月23日《晨报副镌》,署名"槐寿"。
② 周作人:《元旦试笔》,载1925年1月12日《语丝》第9期,署名"开明"。
③ 周作人:《〈艺术与生活〉序》,载1926年8月10日《语丝》第93期,署名"岂明"。
④ 止庵:《周作人传》,第125页,济南:山东画报出版社,2009年版。
⑤ 周作人:《〈雨天的书〉序二》,载1925年11月30日《语丝》第55期。

"说我自己要说的话",重视"趣味",正是"小品文"("随笔")的精魂之所在。再者,周作人的这种创作变化与俞平伯突然转向不同,如其自云,是将《自己的园地》中刚刚开始却又偶然中止的小品文的创作重新开始,并作为以后创作的主要文体。《雨天的书》中《初恋》等五篇则是从《自己的园地》中选出来的",原因也正在于此。这样,《雨天的书》中的《怀旧》、《怀旧之二》、《学校生活的一叶》、《娱园》、《初恋》、《故乡的野菜》、《北京的茶食》等作品,书写的是"怀旧"的主题,其中充满着"低回的趣味"。所以,周作人的这种创作变化及其宣言"我以后想只作随笔了",对俞平伯创作的转变,可能有示范、启发意义。也许是因为我们太重视"梦游"的佳话,而过于单纯地认定俞平伯与晚明小品文的关系,从而忽略了来自周作人的上述更为直接的影响。

最后,俞平伯这种"以趣味为主"的创作,使我们想起几年前他与周作人的论争。曾经认定文学是"平民的"之俞平伯,现在却在创作着"贵族的"作品,表现其"贵族的""低回的趣味"。俞平伯在《与佩弦讨论"民众文学"》一文中,批评朱自清"以为文学底鹄的,以享受趣味,是以优美为文学批评的标准,所以很想保存多方面的风格,大有对贵族底衰颓,有感慨不能自已的样子"[1],这段话现在反倒可以用来作为朱自清评论俞平伯作品"以趣味为主"这句话的注释。朱自清为人朴实、厚道,不至于对俞平伯反唇相讥,以彼之矛攻彼之盾,但俞平伯此前对朱自清的批评,和他自己现在的作品,却构成了一个实实在在的自我讽刺:主张"平民的"文学之昨日俞平伯,一变而成为抒写"贵族的"自我之今日俞平伯。

(高恒文)

---

[1] 俞平伯:《与佩弦讨论"民众文学"》,载 1921 年 11 月 12 日《时事新报·文学旬刊》第 19 号。

王文显的喜剧艺术和《委曲求全》的演出

卡尔登影戏院　今明两天　日场三时　夜场九时
今明两天　楼下：六角　一元　楼上：一元　元半

复旦大学复旦剧社第十八次公演
最华贵的戏院　最悠久的剧社　最成功的导演
最幽默的剧本　最优秀的演员　最努力的演出
完成这一时无两的剧坛盛会

委曲求全　三幕喜剧

应云卫先生导演　王文显先生原著　李健吾先生译
欧阳予倩先生　顾仲彝先生　顾问
音乐指导　Mr. T.Lagaspi
复旦弦乐队全体参加演奏

戏券代售处

（一）北四川路商务印书馆虹口分馆
（二）南京路六一一号时新花纸公司

（原载 1935 年 6 月 7 日《申报·本埠增刊》）

说起 30 年代清华大学研究院，人们通常提到的是四大特级教授：梁启超、王国维、陈寅恪和赵元任。其实，还有一位外文系的系主任王文显，他也是特级教授，据说月薪都是 500 元。从清华于 1929 年正式改为大学以来，王文显就担任外文系主任。他的学生李健吾说他是一位"循规蹈矩的上流人"，这倒是体现了 30 年代清华大学的某些风格与追求。①王文显在清华外文系主要开了三门课，最初讲欧美戏剧史和西洋戏剧理论的"外国戏剧"和"莎士比亚"，1933 年又增设了一门"近代戏剧"，介绍西方易卜生以后的戏剧。他的学生不多，但都很显赫，全是现代戏剧史上绕不开的人物：洪深、陈铨、石华父（陈麟瑞）、李

---

① 李健吾：《〈王文显剧作选〉后记》，载《新文学史料》1983 年第 4 期。

《委曲求全》广告

健吾、曹禺、张骏祥（袁俊）都听过他的课，李健吾、张骏祥还先后担任过他的助教。张骏祥说："我们对西洋戏剧的接触，大约都是从此开始的"，"中国话剧史上也不该漏掉这位在北方默默无闻的戏剧开拓者"[①]。

他自己也是一个有鲜明艺术风格的剧作家。他写的剧本不多，影响最大的有两部：《委曲求全》和《梦里京华》（原名《北京政变》），都是用英文写的，由李健吾译成中文，这在现代话剧史上也是罕见的。《委曲求全》写的是最高学府里一些道貌岸然的"师表"们之间勾心斗角的丑态：善于玩弄手段的顾校长想要辞掉王会计员、宋注册员和校役陆海，引起一场风波；关教授利用这个机会，拉拢部分学生和宋、陆，挑拨是非，想取代校长的地位；派来调查事件的张校董事长，却看上了王会计颇有姿色善于交际的太太，居然向她求吻，她也"委曲求全"地给他一吻。作者的兴趣显然在表现人情世态，挖掘和玩味其中的喜剧趣味。《梦里京华》看起来写的是袁世凯称帝，但剧中写的人和事，不过是抓住一点听到的时事，借以施展从欧美戏剧中学来的编剧技巧。也就是说，王文显的戏剧创作，虽然并不脱离社会人生、人情人性，但其着力处、出发点与归宿都在喜剧趣味和表现技巧的实验。剧本给表演和导演提供了很大的空间，其俏皮的台词，人物矫情的议论，客气的恶嘲，游离的态度，首先吸引了演员，通过精心的表现，传递给观众，就让人品味不已，并享受其中机智、幽默的快

[①] 张骏祥：《〈王文显剧作选〉序》，载《新文学史料》1983年第4期。

感。这样的艺术趣味与追求，显然启发了他的学生，我们在40年代杨绛所写的《称心如意》《弄真成假》，袁俊（张骏祥）的三个喜剧"故事"《小城故事》、《边城故事》、《山城故事》里，都可以或隐或显地看到其影响。张骏祥曾指出，王文显的《委曲求全》的技巧，可以上溯到17、18世纪英国王政复辟时代的"世态喜剧"[①]；其实我们也可以把王文显和他的学生的这些创作，称之为"世态喜剧"，在中国现代话剧史、喜剧史上是别具一格的。

《委曲求全》不仅是用英文写的，也是在美国耶鲁大学首演，时间是1929年11月4日。其后又在波司顿演出，据说一时评者鹊起，深为赞美。《波司顿报》专门发表评论，说演出"实在是中国人对于喜剧的一种贡献"[②]。国内最初是由协和医学校用英文演出，后由北京青年会剧团采用李健吾的中译本，于1935年2月13日在协和礼堂公演，演出阵容相当强大，由当时北平剧坛的著名演员马静蕴饰女主角王太太，李健吾演张董事长。朱光潜还发表文章，称赞剧本"没有过于村俗的玩笑，没有浅薄的道德教训，只是很客观的而且很文雅的把社会内幕揭开给你看。写喜剧做到这种雅俗共赏的地步已经就很不容易了"[③]。后来，中国旅行剧团也演了此剧，巡回演出于全国各大城市。

近四个月后，1935年6月7日，在上海又有一次更为轰动的演出。这里选录的广告，用六个"最"来形容，不是没有根据："最华贵的剧院"——卡尔登影剧院，它开幕于1923年2月，专映外国影片，有"上海第一影剧院"之称，30年代以来，虽因大光明、南京、大上海等影院和金城大戏院的兴起，地位有所下降，但依然是上海最重要的娱乐场所之一；[④]"最悠久的剧社"——复旦大学复旦剧社，早在1925年就开始演出，这是中国历史最久，也最有影响的学校剧团之一，广告特地说明这是它的"第十八次公演"，在此之前，先后排演过田汉的《咖啡店之一夜》、洪深的《五奎桥》、丁西林的《压迫》，以及哥独尼的《女店主》、契诃夫的

---

① 张骏祥：《〈王文显剧作选〉序》。

② H.T.P：《〈委曲求全〉的胜誉》，载1930年5月12日《波司顿报》，又载《新文学史料》1983年第4期。

③ 朱光潜：《读〈委曲求全〉》，载1935年2月10日天津《大公报·文艺》，见《朱光潜全集》第8卷，第362页，合肥：安徽教育出版社，1993年版。

④ 参看葛飞：《戏剧、革命和都市漩涡：1930年代左翼剧运、剧人在上海》，第164页，北京：北京大学出版社，2008年版。

《蠢货》、奥尼尔的《琼斯王》等外国名剧;①"最成功的导演",这次演出特请应云卫执导,他是当时公认的最善于排演喜剧的导演;"最幽默的剧本"——中国最出色的幽默喜剧作者,丁西林之外,就是王文显;"最优秀的演员"——扮演女主角的凤子,是当时中国最有影响的话剧女演员之一;"最努力的演出"——最能说明这一点的,就是广告所强调的"复旦弦乐队全体参加演奏",并有专门的"音乐指导"。复旦剧社后来还到南京演出。交通大学也曾排演了此剧。

(钱理群)

1935—1937年几次话剧的经典演出

金城大剧院　上海业余剧人首次联合公演
本院已数度公演话剧无不令人满意　今者好戏又临沪人士其注意之
本院现由冷气大王约克洋行日夜赶装标准冷气设备不日即可开放
座价　五角七角一元　日夜一律　欲免拥挤购票请早
今天起日夜演　日夜公演两场
每日两场（日）二时半（夜）九时一刻　上午十时开始预售戏票

轰动世界大名剧　易卜生不朽杰作
娜拉——是中国妇女的一部圣经　娜拉——是假绅士伪君子的写照!
看娜拉:是男女恋爱经的先决问题　看娜拉:是家庭障碍物的消灭良剂
十九世纪的古装演出,直追闺怨名片!　北欧罗巴的写实装置,堪称独创风格!
亮晃晃的演员　白热化的演技　写人性善恶的矛盾　写男女情爱的纵错

娜　拉

导演团　万籁天　赵默　徐韬
舞台监督　章泯

---

① 参看葛飞编写:《复旦剧社1—18次公演基本情况》,见《戏剧、革命与都市漩涡:1930年代左翼剧运、剧人在上海》,第120—122页。

话剧《娜拉》演出广告

演员：（以姓氏笔划多少为序） 吴 玲 吴 湄 金 山 赵 丹
　　　　钱千里　韩曼松　蓝 苹　魏鹤龄

古色古香　可歌可泣
欲谋家庭幸福，不可不看《娜拉》·欲谋爱情永久，不可不看《娜拉》·
无论男女老少，均当一看《娜拉》·
风行东西两半球曾被搬演数千次之名剧自有其真价值！

（原载 1935 年 6 月 27 日《申报·本埠增刊》）

　　1935 年 1 月《回春之曲》的成功，成为大剧院演出的开端；4 月，左翼戏剧家联盟组建了上海业余剧人协会，正式将工作重心转向大剧场。在 1937 年转为职业剧团之前，业余剧人协会共上演了五部多幕剧，即《娜拉》、《钦差大臣》、《大雷雨》、《欲魔》和《醉生梦死》，其中《娜拉》（易卜生作）、《钦差大臣》（果戈里作）、《大雷雨》（奥斯特洛夫斯基作）的演出影响最大，成为现代话剧史上的经典剧目。研究者认为，业余剧人协会这一系列的公演，和同一时期的唐槐秋组建并领导的中国旅行剧团一道"开启了话剧回归市民社会的先河，而且在建立正规的剧场艺术诸方面超过了'中旅'，走在时代的最前列，起到了很好的示范作用"[①]。

[①] 马俊山：《演剧职业化运动研究》，第 113—114 页，北京：人民文学出版社，2007 年版。

人们首先注意到，演出所选剧目全是外国话剧经典，这也是演出广告所竭力渲染的："轰动世界大名剧"，"易卜生不朽杰作"，"风行东西两半球曾被搬演数千次之名剧自有其真价值"（《娜拉》）；"苏俄戏剧节历届上演大悲剧，业已搬上银幕轰动世界大贡献"（《大雷雨》）；"是话剧界想排演了数年而未敢轻试的名剧，是话剧迷想欣赏了数年而没有看到的好戏"（《钦差大臣》），等等。这些广告词既是针对有较高文化素养的、生活和趣味比较欧化的中上层观众，又是为吸引同行的观众和话剧迷们：这两方面的人，都是新文化运动自身培育出来的潜在观众，他们对易卜生的戏剧、俄罗斯的戏剧，确实神往已久了。而且也没有忽视另一部分小市民观众，于是又有了"十九世纪的古装演出，直追闺怨名片"这一类的广告词。研究者分析说，这是在煞费苦心地寻找两类观众：小市民喜欢的低级趣味与中上层社会看重的经典性之间的契合点。举出的例子，还有《大雷雨》的广告："描写少女思春如火如荼 刻画专制暴虐可歌可泣"，"性的苦闷 肉的烦恼 心的空虚 灵的追求"——"思春"应该是"鸳鸯蝴蝶派"的笔调，"性的苦闷 肉的烦恼"则是典型的新文艺腔，"刻画专制暴虐可歌可泣"更是左翼所看重，现在都一锅煮了。①

几个广告都突出了"导演"（导演团）、"舞台监督"的作用，这也很值得注意。有研究者指出，大剧场演出，意味着中国话剧走出了"用不着特殊训练和教养，只要有感情就可以在舞台上获得成功"的"野生的艺术"状态；其中的关键，就是从业余剧人协会的演出开始实行"导演负责制"。②研究者还特意谈到《大雷雨》和《钦差大臣》导演、《娜拉》舞台监督章泯的贡献：他在舞台调度、演出节奏控制、整体情调营造方面的精心打造，他对舞台艺术提出的三大要求：按原作直译演出，不做改编；演员须体验角色，把握贯穿动作，并找到适当的表现形式；舞美要据史设计，不得违背历史的真实，特别是他要求演员在登台演出之前必须先进行"心灵化装"的思想，可以看做是中国话剧表演史上"具有划时代意义的事件"③。也正是在这些经典性的演出里，演员的表演艺术达到了新的水平，并显示了不同的表演风格。如《娜拉》女主角蓝苹的"本

---

① 葛飞：《戏剧、革命与都市漩涡：1930年代左翼剧运、剧人在上海》，第184、182—183页，北京：北京大学出版社，2008年版。
② 马俊山：《演剧职业化运动研究》，第138、137页。
③ 同上书，第115、202、169页。

色演技"(她自述"我总觉得'娜拉'底个性太和我亲近了',台词仿佛是'自然底从我的口中背出来'"①,也有人称蓝苹扮演的娜拉堪称战前"体验演技"的代表②)。对《娜拉》、《大雷雨》男主角赵丹的表演,则有这样的描述:"首先得益于他从欧美电影中学到的演技。其做派、语气、神态是切合表现对象的;其次才是通过意识达到下意识的心灵化装方式,这是章泯教给他的。"③这可能是一种内心体验和外在形式的统一吧。

人们还注意到,《大雷雨》广告的一个卖点是:"剧本,演员,布景,灯光,众口同声赞美";《钦差大臣》广告也强调:"继《娜拉》公演之精神,服装、装置完全考古,完全新制!"《钦差大臣》广告还列举了"装置"、"灯光"、"化妆"、"服装"负责人的名字;《大雷雨》、《钦差大臣》广告又分别介绍它们特聘的"配音"冼星海和"音乐"设计吕骥、贺绿汀。这不仅显示了舞台技术的大飞跃,更表现出对"完备的舞台艺术体系"的自觉追求。《大雷雨》置景费用逾千余元,灯光花费二百余元;《娜拉》舞台装置、服装全是19世纪样式,单服装一项,就用去二百余元。④这都是前所未有的。研究者由此而评价说:中国"话剧舞台艺术的正规化,是从1935年上海业余剧人协会演大戏开始的,舞台美术的大发展亦由此而起步"⑤。

这也是人们所公认的:"在左翼大剧场的演出中,《大雷雨》获得了最高艺术成就。"有研究者做了这样的分析:"与批判现实主义的经典剧作配套的斯坦尼斯拉夫斯基的表、导演'体系',强调人的内面真实,有助于中国左翼剧人理解人的复杂性,而不是简单地把人贴上阶级标签。"⑥而在当事人心中,留下的则是《大雷雨》首演的那个历史瞬间的永恒记忆:"到最后落幕时,简直出现了一个惊人的情景——大幕落了好一会儿,观众一点儿声音都没有,但又没有一个起堂。然后突然间响起了一阵暴风雨般的掌声,真是一阵接一阵。此时,章泯

---

① 李成:《蓝苹访问记》,载1935年8月28日—9月1日上海《民报》,转引自葛飞:《戏剧、革命和都市漩涡:1930年代左翼剧运和剧人在上海》,第157页。
② C.L.T(陈鲤庭):《演技试论》,转引自葛飞:《戏剧、革命与都市漩涡:1930年代左翼剧运、剧人在上海》,第157页。
③ 马俊山:《演剧职业化运动研究》,第168页。
④ 参看葛飞:《戏剧、革命、都市漩涡:1930年代左翼剧运、剧人在上海》,第169、176页。
⑤ 马俊山:《演剧职业化运动研究》,第198页。
⑥ 葛飞:《戏剧、革命、都市漩涡:1930年代左翼剧运、剧人在上海》,第169页。

由侧幕边直奔到我的面前，涨红着脸，把我紧紧抱住……"①有一次，在卡尔登后台，赵丹刚卸完妆，忽见唐槐秋站在他面前，久久不言，然后非常庄严地说了一句："美极了。"②……

在1935年业余剧人协会的演出以后，1936年11月由四十年代剧社在金城大剧院演出了《赛金花》（夏衍编剧，洪深、欧阳予倩、应云卫、史东山导演，金山、王莹主演）；1937年3月，上海话剧集团又组织春季联合公演，在卡尔登大剧院举行了连续20天的演出，除《大雷雨》外，还推出了《春风秋雨》（阿英编剧，唐槐秋导演，中国旅行剧团演出）这样的新编历史剧；以后，业余剧人协会改组为中国业余实验剧团，又推出了《武则天》（宋之的编剧，沈西苓导演）、《金田村》（陈白尘编剧，贺梦斧导演）、《罗密欧与朱丽叶》（莎士比亚作，章泯导演）等新剧目。在剧目的选择上，明显地由外国大戏转向中国现代历史剧。这自然有演出者要借历史讽喻现实的动因，恐怕也还有要争取和迎合观众，主要是小市民观众的因素：他们对外国戏剧经典是既无兴趣也看不懂的。这种戏剧演出进一步市场化、商业化的趋向，引起了不安，茅盾在批评《赛金花》、《武则天》时，其着眼点，就是前者"近于'低级趣味'的所谓噱头"，后者"以玩弄男性为报复，在一般观众的哄笑声中也失去了深远的意义而成为笑料"③。这其实还是反映了戏剧，特别是左翼戏剧的意识形态性和商业性的矛盾。

左翼戏剧进入大剧院以后，也同时会面临失去自己的基本群众：工人、农民和青年学生的危险。于是，在1936、1937年间，随着工人运动的趋于活跃，一部分左翼剧人和从事工人夜校教育的团体（如基督教青年会、女青年会、国难教育社）又开始组织工人剧团（回声剧团、山海剧团、时代剧社、青年会剧团、女青年会剧团等）和学生剧团，深入到工厂、农村、学校，多用上海话演出，在上海工人和近郊农村中产生了一定影响。④

（钱理群）

---

① 赵丹：《地狱之门》，第32页，上海：上海文艺出版社，1980年版。
② 转引自马俊山：《演剧职业化运动研究》，第115页。
③ 茅盾：《谈〈赛金花〉》，载1936年12月30日《中流》第1卷第8期；《关于〈武则天〉》，载1937年7月《中流》第2卷第9期。
④ 参看葛飞编写：《1936—1937年上海工人剧团及工厂区、郊区农村话剧演出情况》、《部分"国防剧"在工厂村镇演出情况》，见《戏剧、革命、都市漩涡：1930年代左翼剧运、剧人在上海》，第214—216、234—235页；姚时晓：《剧联领导下的工人戏剧运动》，见《中国话剧运动五十年史料集》第2辑，北京：中国戏剧出版社，1958年版。

7月

文坛忆念刘半农

良友文库　刘半农先生遗著

半农杂文二集

　　半农先生是中国新文学运动史上的历史人物。他当时所发表的许多文章，可以看到当时的社会背景以及作者思想的前进和透澈处。他文章中所特长的辛辣味，在半农先生刚死了不久的现在，敬仰和爱好半农先生的读者，这本书是不能放过的。本集包含杂文五十余篇，二十五万字。

　　　　业已出版发售·全书四百余页·布面烫金精装·每册大洋九角

（原载1935年7月5日《人间世》第31期）

　　关于刘半农之死的叙事要追溯到1926年，这一年，写过《亚洲腹地旅行记》的著名瑞典探险家斯文·赫定来中国考察，与北京的学术团体成立了西北科学考察团。刘半农代表北大方面参加了考察团，并与斯文·赫定有着良好的合作。1935年2月19日是斯文·赫定的七十大寿，瑞典皇家地理学会计划出版纪念文集，向刘半农约稿。刘半农为了写一篇有关平绥沿线方言声调的祝寿论文，决定于1934年6月19日携白涤洲等助手前往绥远进行实地调查。[1]临行之前，在北京大学语音乐律实验室收拾所携带的仪器杂物时，刘半农伏案写了"半农杂文"四个字，对弟子商鸿逵说："这四个字一时写不好，将就用作杂文护叶上的题签吧！封面，请斟酌代办，但颜色勿要红蓝，因我最不喜欢书皮上有这两种色。"[2]

---

[1] 参见马嘶：《刘半农之死》，载《传记文学》2007年第6期。
[2] 商鸿逵：《半农杂文第二册序》，见《半农杂文二集》，第1页，上海：良友图书印刷公司，1935年版。

刘半农像

刘半农所托付的是即将付梓的《半农杂文》第一册的封面与扉页题字事宜。随后刘半农即赴包头等地,等到途中被蚊虫叮咬患上回归热,于1934年7月10日仓促返回北平医治之时,虽然《半农杂文》第一册已经由北平星云堂书店出版,但商鸿逵却无暇拿给刘半农寓目。谁料,五日之后刘半农即溘然逝去。①

刘半农去世后近一年,生前即已亲自编定的《半农杂文二集》亦由上海良友图书公司出版,列入《良友文库》,遂成"刘半农先生遗著"。

在给《半农杂文二集》写的序言中,商鸿逵对自己老师的杂文风格也略略评论了几句:

一是"清趣",无论长篇短幅,写来都是那么"清新",那么"带风趣",读之无不令人趣来神往。甚至像那些专门讨论语音乐律的文字,原不讲究所谓辞采,算够干枯寡味的了,可是经先生一写,便也顿觉新鲜有味道。

一是"恳直",不管属于夸赞,属于勉励,属于责斥,语语都是本诸至诚,出于坦率,绝无什么成见在胸,可是,就这样,便有时因持论过直,容易开罪于人,但,又何必,且怎么着才会见好于人呢?②

所谓"开罪于人",经典的例子是刘半农在《世界日报》骂南京政府考试院院长戴季陶的打油诗《南无阿弥陀佛戴传贤》。其中有"南无不惭世尊戴传贤菩萨","疯头疯脑,不可一世"的诗句,导致戴季陶盛怒,《世界日报》被封三日。如此打油诗,"开罪于人"是难免的,也才有了刘半农去世后,林语堂和陶亢德合撰的那副著名挽联:

半世功名,活着真太那个,此后谁赞阿弥陀佛
等身著作,死了倒也无啥,而今你逃狄克推多③

---

① 商鸿逵:《半农杂文第二册序》,见《半农杂文二集》,第1页。
② 同上书,第2页。
③ "狄克推多",英文dictator(独裁)的音译。

只是不知道当商鸿逵称刘半农"容易开罪于人"时是不是也把鲁迅包括在内。鲁迅与刘半农之间的恩怨也构成了民国文人轶闻史上堪称浓墨重彩的一笔。①两个人曾经是《新青年》的盟友、《语丝》的伙伴,但到最后邂逅于饭局竟连寒暄客套都免了,即鲁迅在《忆刘半农君》一文中所谓"五六年前,曾在上海的宴会上见过一回面,那时候,我们几乎已经无话可谈了"。按鲁迅的说法,误会的起因应该是1926年刘半农标点《何典》请鲁迅作序,鲁迅在六百余字的《何典》题记中不甚恭维地"说了几句老实话"。

刘半农题签的《半农杂文》,星云堂书店1934年初版。

而鲁迅为纪念刘半农的去世而写的《忆刘半农君》则为这场恩怨画了个句号,堪称鲁迅悼亡文中的经典:

> 但半农的活泼,有时颇近于草率,勇敢也有失之无谋的地方。但是,要商量袭击敌人的时候,他还是好伙伴,进行之际,心口并不相应,或者暗暗的给你一刀,他是决不会的。倘若失了算,那是因为没算好的缘故。
>
> 《新青年》每出一期,就开一次编辑会,商定下一期的稿件。其时最惹我注意的是陈独秀和胡适之。假如将韬略比作一间仓库罢,独秀先生的是外面竖一面大旗,大书道:"内皆武器,来者小心!"但那门却开着的,里面有几枝枪,几把刀,一目了然,用不着提防。适之先生的是紧紧的关着门,门上粘一条小纸条道:"内无武器,请勿疑虑。"这自然可以是真的,但有些人——至少是我这样的人——有时总不免要侧着头想一想。半农却是令人不觉其有"武库"的一个人,所以我佩服陈胡,却亲近半农。
>
> ……
>
> 现在他死去了,我对于他的感情,和他生时也并无变化。我爱十年前的半农,而憎恶他的近几年。这憎恶是朋友的憎恶,因为我希望他常是十年前的半农,他的为战士,即使"浅"罢,却于中国更为有益。我

---

① 参见朱洪:《鲁迅与刘半农误会始末》,载《百年潮》2006年第12期。

愿以愤火照出他的战绩，免使一群陷沙鬼将他先前的光荣和死尸一同拖入烂泥的深渊。

援用刘半农弟子在《半农杂文二集》序中的表述，鲁迅的话也"语语都是本诸至诚，出于坦率"，诸如"我佩服陈胡，却亲近半农"、"半农的忠厚，是还使我感动的"以及"这憎恶是朋友的憎恶，因为我希望他常是十年前的半农，他的为战士"等"恳直"之语，相信半农地下读了，也会有所触动吧？鲁迅这种爱憎分明的情感与周作人的悼念文字形成了对照：

半农从前写过一篇作揖主义，反招了许多人的咒骂。我看他实在并不想侵犯别人，但是人家总喜欢骂他，仿佛在他死后还有人骂。本来骂人没有什么要紧，何况又是死人。无论骂人或颂扬人，里边所表示出来的反正都是自己。我们为了交谊的关系，有时感到不平，实在是一种旧的惯性，倒还是看了自己反省要紧。譬如我现在来写纪念半农的文章，固然并不想骂他，就是空虚地说了好些好话，于半农了无损益，只是自己出乖露丑。所以我今日只能说这些闲话，说的还是自己，至多是与半农的关系罢了，至于目的虽然仍是纪念半农。半农是我的老朋友之一，我很悼惜他的死。在有些不会赶时髦结识新相好的人，老朋友的丧失实在是最可悼惜的事。①

"仿佛在他死后还有人骂"等语讥刺的可能正是鲁迅。黄裳晚年撰文称周作人在这篇《半农纪念》中的打油诗"漫云一死恩仇泯，海上微闻有笑声。空向刀山长作揖，阿旁牛首太狰狞"，是"图穷而匕首见，一支利箭射向了阿兄参预的海派文坛左翼。知堂是主张'意思要诚实，文章要平淡'的（《苦茶随笔》后记），读到这里，但见剑拔弩张、杀气腾腾，不能不废然掩卷。'二周'的人品、文品，于此可以得一清晰的比照了"。黄裳进而指出："'二周'也都写有纪念半农的文字。这是新文苑中难得的际遇。两人同作一个题目，是极难得的比较文学批评的好素材。记得七十年前先后从杂志上读到两篇纪念文后的感触，仿佛左面是一盆火，右面是一窟冰，判然迥异。我本来同样爱读'二周'的文字，但此后对知堂的文章就不像过去那样喜欢了。"②

同样值得进行比较的，可能还有刘半农与"二周"的杂文风格。五四时期，

---

① 知堂：《半农纪念》，载1934年12月20日《人间世》第18期。
② 黄裳：《鲁迅·刘半农·梅兰芳》，载《读书》2008年第8期。

三个人都曾是《新青年》杂文作者群中的一员，对五四文坛杂文风格的多样化都有所贡献。尽管与"二周"相比，刘半农的创作实绩有所逊色，但其风格的独异性却是"二周"所无法替代的，尤其是刘半农寓庄于谐，嬉笑怒骂皆成文章的《人间世》广告语中所谓的"辛辣味"，堪称在周氏兄弟之外，另开辟出杂文的一种路子。也正是凭借这种风格的杂文，刘半农成为鲁迅所说《新青年》里的一个战士。他活泼，勇敢，很打了几次大仗"。其历史功绩在钱玄同给刘半农长达148字的挽联中可见一斑：

> 当编辑《新青年》时，全仗带感情的笔锋，推翻那陈腐文章，昏乱思想；曾仿"江阴四句头山歌"，创作活泼清新的《扬鞭》《瓦釜》。回溯在文学革命旗下，勋绩弘多；更于世道有功，是痛诋乩坛，严斥"脸谱"。
>
> 自首建"数人会"后，亲制测语音的仪器，专心于四声实验，方言调查；又纂《宋元以来俗字谱》，打倒繁琐谬误的《字学举隅》。方期对国语运动前途，贡献力量；何图哲人不寿，竟祸起虮虱，命丧庸医。

这种"带感情的笔锋"到了刘半农30年代的杂文中，同样有所延续，并最终关涉到刘半农对杂文文体及其功能的独特理解。《半农杂文》自序中这样夫子自道：

> 今称之为"杂文"者，谓其杂而不专，无所不有也：有论记，有小说，有戏曲；有做的，有翻译的；有庄语，有谐语；有骂人语，有还骂语；甚至于有牌示，有供状；称之为"杂"，可谓名实相符。
>
> 语有之："文章千古事，得失寸心知。""千古"二字我决然不敢希望；要是我的文章能于有得数十年以至一二百年的流传，那已是千侥万幸，心满意足的了。至于寸心得失，却不妨在此地说一说。我以为文章是代表语言的，语言是代表个人的思想情感的，所以要做文章，就该赤裸裸的把个人的思想情感传达出来：我是怎样一个人，在文章里就还他是怎样一个人，所谓"以手写口"，所谓"心手相应"，实在是做文章的第一个条件。因此，我做文章只是努力把我口里所要说的话译成了文字；什么"结构"，"章法"，"抑，扬，顿，挫"，"起，承，转，合"等话头，我都置之不问，然而亦许反能得其自然。所以，看我的文章，也就同我对面谈天一样：我谈天时喜欢信口直说，全无隐饰，我文章中也是如此；我谈天时喜欢开玩笑，我文章中也是如此；我谈天时往往要动感情，甚而至于动过度的感情，我

文章中也是如此。你说这些都是我的好处罢,那就是好处;你说是坏处罢,那就是坏处;反正我只是这样的一个我。我从来不会说叫人不懂的话,所以我的文章也没有一句不可懂。①

"我是怎样一个人,在文章里就还他是怎样一个人",刘半农的坦率为文,与其坦率为人恰互为表里。正如赵景深对刘半农其人所作的评价:"他很随便……是那样地谈笑风生,妙语连珠,我至今还仿佛看见一个像电影中陈查礼一般的圆圆的脸,带几撇胡子,在那儿侃侃而谈。可是他没有陈查礼那样尖锐而且凶猛的眼光,相反地,他是一个老太婆的和煦的脸。他的心正如丰子恺所说像他的宝宝一样是赤红的,一层纱布也不包的。他不用下棋的方法与人谈话,有什么说什么,决不包许多纱布。我最喜欢这种略带一点粗率的人。"②这种"不包纱布"或许就是鲁迅在《忆刘半农君》中所说的"如一条清溪,澄澈见底,纵有多少沉渣和腐草,也不掩其大体的清"③以及《人间世》关于《半农杂文二集》的广告语中所谓的"透澈"吧。

(吴晓东)

丰子恺的"消夏新书"

今日出版　良友文学丛书之十九　十万余言　子恺散文集　一部分从未发表

车厢社会

消夏新书　丰子恺作　每册大洋九角　布面洋装订　二百六十页

子恺先生最近所写之散文,都收在这本集子里,附原版插图数幅,一部分从未在刊物上发表,今日出版,每册九角。

---

① 《半农杂文·自序》,见《半农杂文》,第7—8页,北平:星云堂书店,1934年6月初版。
② 赵景深:《刘半农》,见《文人印象》,上海:北新书局,1946年版。
③ 鲁迅:《忆刘半农君》,见《鲁迅全集》第6卷,第72页,北京:人民文学出版社,1981年版。

本书内容

车厢社会／故乡／作客者言／画友／穷小孩的跷跷板／肉腿／送考／市街形式／野外理发处／三娘娘／看灯／鼓乐／荣辱／蜜蜂／杨柳／惜春／放生／素食以后／米叶艺术颂／纪念近世音乐的始祖罢哈／学画回忆／比较／闲／劳者自歌／送阿宝出黄金时代／云霓／都会之音／谈自己的画／我的书：《芥子园画谱》／半篇莫干山游记

（原载 1935 年 7 月 20 日《人间世》第 32 期）

《人间世》上刊载的关于丰子恺的《车厢社会》①的广告策略堪称别致，"消夏新书"四个字，言简意赅，却引人瞩目，既体现出"良友"的文学趣味，也吻合《人间世》的办刊风格。

消夏的方式在 30 年代的上海可能各种各样。在这本《车厢社会》付梓的同时，丰子恺还写了一篇《纳凉闲话》，三个都市中人从一句"天气真热"引发的天马行空的闲谈，似乎才是最好的消夏方式。但是在炎炎盛夏，打出"消夏新书"的招牌，则可

《车厢社会》插图《都会之客》（丰子恺作）

能格外会吸引那些暑热难当的读者。把读书作为消夏的方式，既新颖别致，又不费什么钱，可能比起从旅游杂志上获取关于莫干山的消夏广告进而去旅游避暑更轻而易举。而且绝大部分都市人是不大可能去莫干山消夏的，更可行的消夏方式是读读充满丰子恺式趣味的小品。比起鲁迅金刚怒目式的杂文读了令人郁热难当，丰子恺的小品文显然更适于"消夏"。丰子恺的散文，传承的是五四闲话风的小品文精髓，在 30 年代更是渐入佳境。在 1934 年作为"小品年"的文学气候中，《车厢社会》得到出版界乃至读者的格外青睐，是很自然的。

如果带着消夏的目的在酷暑中翻开这本书，读者多半会首先翻看集子的最

---

① 丰子恺：《车厢社会》，上海：良友图书印刷公司，1935 年版。

末一篇《半篇莫干山游记》。莫干山以竹、泉、云和清、绿、冰、静著称,素享"清凉世界"的美誉,与北戴河、庐山、鸡公山并称为四大避暑胜地。1927年,蒋介石和宋美龄在杭州大华饭店举行结婚仪式之后曾拟上莫干山度蜜月。现代诸多文人雅士也都在此山留过踪影,郁达夫1917年即有诗咏莫干山:

  田庄来作客,本意为逃名。
  山静溪声急,风斜鸟步轻。
  路从岩背转,人在树梢行。
  坐卧幽篁里,恬然动远情。①

如果说,郁达夫是为"逃名"而作客莫干山(尽管作诗时的作者还没有后来那么大的名气),丰子恺则缺少类似郁达夫的这种名人的自觉,是现代史上最具有平民气质的文学家和艺术家。30年代中期的丰子恺,早已脱离世外桃源一般的白马湖生涯,扩大了对人间社会的观察视野,尤其对底层社会保持着关注,这种关注,不同于五四时期的相当一部分启蒙者,没有高高在上的优越感,而把自己也视为普通人的一员。正如《半篇莫干山游记》所写:"据我在故乡所见,农人、工人之家,除了衣食住的起码设备以外,极少有赘余的东西。我们一乡之中,这样的人家占大多数。我们一国之中,这样的乡镇又占大多数。我们是在大多数简陋生活的人中度着噜苏生活的人;享用了这些噜苏的供给的人,对于世间有什么相当的贡献呢?我们这国家的基础,还是建设在大多数简陋生活的工农上面的。"而《半篇莫干山游记》也与旅游消夏的动机相去甚远,实际上恰恰相反,游记号称"半篇",写的只是作者去莫干山途中所乘长途汽车因"螺旋钉落脱"而长时间抛锚于"无边的绿野中间的一条黄沙路上"的情景。作者虽"本想写一篇'莫干山游记',然而回想起来,觉得只有去时途中的一段可以记述,就在题目上加了'半篇'两字"。文章记录的并非莫干山的清凉,而是抛锚路上的所见所感。

如果说对都市里的读者来说,欣赏丰子恺的《半篇莫干山游记》这类游记也算消夏的话,实有如酷暑中吃麻辣火锅,在汗如雨下中觅得清凉。而如《半篇莫干山游记》这类散文的精髓实在于为酷暑中的都市人提供一种心境或关于

---

① 郁达夫:《游莫干山口占》,见《郁达夫全集》第7卷,第53页,杭州:浙江大学出版社,2007年版。

另一种生活方式的颖悟,恰如丰子恺早期的散文《山水间的生活》中所写:

> 我曾经住过上海,觉得上海住家,邻人都是不相往来,而且敌视的。我也曾做过上海的学校教师,觉得上海的繁华与文明,能使聪明的明白人得到暗示和觉悟,而使悟力薄弱的人收到很恶的影响。我觉得上海虽热闹,实在寂寞,山中虽冷静,实在热闹,不觉得寂寞。就是上海是骚扰的寂寞,山中是清静的热闹。①

心静自然凉,丰子恺所谓的聪明的读者自能从《半篇莫干山游记》中获得关于如何才能"消夏"的"暗示和觉悟":

> 我和Z先生原是来玩玩的,万事随缘,一向不觉得惆怅。我们望见两个时髦的都会之客走到路边的朴陋的茅屋边,映成强烈的对照,便也走到茅屋旁边去参观。Z先生的话又来了:"这也是缘!这也是缘!不然,我们哪得参观这些茅屋的机会呢?"

《半篇莫干山游记》在呈现作者"万事随缘"的生活态度的同时,更值得读者瞩目的是丰子恺观察社会时作为艺术家的自觉意识以及作为艺术家的观察方式。这种艺术家的方式尤其体现在丰子恺的散文名篇《车厢社会》中,作者提供了自己对车厢里人间百态的洞察,角度既独特,看法也就因此别致,透露着一个时时留意人生世态的艺术家才具有的眼光。文章追溯了作者本人坐火车的三个阶段:从"新奇而有趣"到"讨厌",继而"心境一变",乘车"又变成了乐事"。"最初乘火车欢喜看景物,后来埋头看书,最后又不看书而欢喜看景物了。"第三个阶段与其说是看景物,不如说是看"车厢社会",看众生百态,品味"车厢社会里的琐碎的事"②,车厢社会展现的是更加饶有意味的"风景":"凡人间社会里所有的现状,在车厢社会中都有其缩图。故我们乘火车不必看书,但把车厢看做人间世的模型,足够消遣了。"

这本貌似可用来"消夏"的散文集其实提供的正是足供读者"消遣"的"人间世的模型"。消夏理念虽然是出版社的一种聪明的营销策略,但是,丰子恺这

---

① 子恺:《山水间的生活》,载1923年6月1日《春晖》第13期。
② 燕子:《移动的风景线——以中国现代文学中的新式交通工具为视角》,北京大学硕士论文,2011年。

《车厢社会》插图《旷野中的病车》(丰子恺作)

本包含着"人间世的模型"的散文集中所呈现的,却不尽是莫干山般的清凉世界,而有相当一部分文字内敛着火气与燠热,很难说适于消夏。在林语堂主张"闲适"散文观的时代,丰子恺的小品文,或许不尽符合"论语派"的理想。譬如在《肉腿》一篇中,作者展现出的是一幅故乡农人踏水的壮观场景,作者称之为"天地间的一种伟观,这是人与自然的剧战":

> 从石门湾到崇德之间,十八里运河的两岸,密接地排列着无数的水车。无数仅穿着一条短裤的农人,正在那里踏水。我的船在其间行进,好像阅兵式里的将军。船主人说,前天有人数过,两岸的水车共计七百五十六架。连日大晴大热,今天水车架数恐又增加了。我设想从天中望下来,这一段运河大约像一条蜈蚣,数百只脚都在那里动。我下船的时候心情的郁郁,到这时候忽然变成了惊奇。这是天地间的一种伟观,这是人与自然的剧战。火一般的太阳赫赫地照着,猛烈地在那里吸收地面上所有的水;浅浅的河水懒洋洋地躺着,被太阳越晒越浅。两岸数千百个踏水的人,尽量地使用两腿的力量,在那里同太阳争夺这一些水。太阳升得越高,他们踏得越快,"洛洛洛洛……"响个不绝。后来终于戛然停止,人都疲乏而休息了;然而太阳似乎并不疲倦,不须休息;在静肃的时候,炎威更加猛烈了。

作者继而发挥道:"这次显然是人与自然剧烈的抗争。不抗争而活是羞耻的,不抗争而死是怯弱的;抗争而活是光荣的,抗争而死也是甘心的。"这种农人"与自然的剧战"的场面以及内在的抗争精神恐怕是不十分吻合"消夏"精神的。《劳者自歌》则设身处地地站在劳动者和农人的立场看待问题,甚至作者把自己也同样看做一个"劳者"。这种"劳者"意识可以催生一种真正的平等主义的立场,使丰子恺的《车厢社会》中由此蕴含着都市人的自我审视的精神。这种自省精神才是在酷暑给都市人的头脑和身体降温的最好方式,正如《肉腿》的结尾作者反思的那样：

> 无数赤裸裸的肉腿并排着，合着一致的拍子而交互动作，演成一种带模样。我的心情由不快变成惊奇；由惊奇而又变成一种不快。以前为了我的旅行太苦痛而不快，如今为了我的旅行太舒服而不快。我的船棚下的热度似乎忽然降低了；小桌上的食物似乎忽然太精美了；我的出门的使命似乎忽然太轻松了。直到我舍船登岸，通过了奢华的二等车厢而坐到我的三等车厢里的时候，这种不快方才渐渐解除。唯有那活动的肉腿的长长的带模样，只管保留印象在我的脑际。这印象如何？住在都会的繁华世界里的人最容易想象，他们这几天晚上不是常在舞场里、银幕上看见舞女的肉腿的活动的带模样么？踏水的农人的肉腿的带模样正和这相似，不过线条较硬些，色彩较黑些。近来农人踏水每天到夜半方休。舞场里、银幕上的肉腿忙着活动的时候，正是运河岸上的肉腿忙着活动的时候。

在"劳者"辛苦劳作的映衬下，作者"船棚下的热度似乎忽然降低了"，正可谓不期然之间就把"夏"给"消"了。而关于舞厅中"舞女的肉腿"与踏水的"农人的肉腿"的对比，则或许有助于生成大都会中人的"暗示和觉悟"。而这种"暗示和觉悟"，或许与良友推出这则"消夏新书"广告词的初衷，多少有些相悖吧？

（吴晓东）

9月

"文化生活出版社人"的信仰与精神

巴金拟《文化生活丛刊》刊行广告

在闹着知识荒的中国社会里,我们现在来刊行这一部《文化生活丛刊》,这工作并不是没有意义的。"没有书读"、"买不起书"……这样的呼声我们随处可以听到。在欧美有学问的各部门已经渐渐普及到了大众中间。在那里我们遇见过少数的劳动者,他们的学识比得上一位中国大学教授。但是在我们这里学问依旧是特权阶级的专利品,无论是科学、艺术、哲学,只有少数人可以窥见它的门径,一般书贾所看重的自然只是他们个人的赢利,而公立图书馆也只以搜集古董自豪,却不肯替贫寒学生作丝毫的打算。多数人的需要就这样地被人忽略了。然而求知的欲望却是无法消灭的。青年们在困苦的环境中苦苦挣扎为知识而奋斗的那种精神,可以使每个有良心的人流下感激之泪。我们是怀着这种心情来从事我们的工作的。我们的能力异常薄弱,我们的野心却并不小。我们刊行这部丛刊,是想以长期的努力,建立一个规模宏大的民众的文库,把学问从特权阶级那里拿过来送到万人的面前,使每个人只出最低廉的代价,便可以享受到它的利益。至于以我们的薄弱的能力能否完成这一个宏大的志愿,那就完全靠着读者大众的支持了。本丛书是真正的万人的文库:以内容精选、售价低廉为第一义,无论著译编校,均求精审,不限门类,所有各个学艺部门,无不包罗。

(原载1935年9月20日《申报》)

文化生活出版社是1935年由吴朗西、武禅、郭安仁(丽尼)等创立的;后来,巴金又应吴朗西之约,主持编辑工作。论及创办文化生活出版社的动因,当事人和研究者大都谈到,1934、1935年被称为"杂志年",刊物比较容易销售,书商都不愿意出版单行本书籍;而丽尼此时正翻译了法国作家纪德的《田园交响乐》,没有书店肯接受,几个朋友就决定集资办出版社,自己出书。①这当然都是事实,但却有意无意地忽略了一个事实:这几位发起人,在此之前,都是福建泉州黎明中学(1929年创办)和平民中学(1930年创办)的教员;后来也成为文化生活出版社骨干的陆蠡、吴克刚、卫惠林等当时都在那里任教。而这两所学校正是30年代初期中国的安那其主义者(无政府主义者)从事革命活动的根据地。巴金于1930年八九月间,1932年四五月间,1933年五月下旬曾三次去泉州,和这些信仰安那其主义的朋友相聚;那时,泉州的工人、农民、市民的反抗运动正进行得

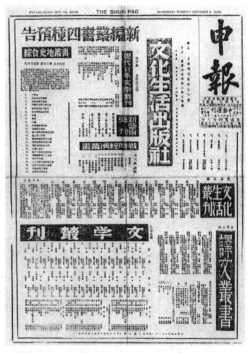

文化生活出版社在《申报》上刊登的广告

如火如荼,多年后巴金还写下这样的深情回忆:"在那个阴暗的旧式房间里,围着一盏发出微光的煤油灯,大家怀着献身的热情,准备找一个机会牺牲自己","在这里每个人都不会为他个人的事情烦心,每个人都没有一点顾虑。我们的目标是'群',是'事业';我们的口号是'坦白'","我的心至今还依恋着那个地方,那些友人"②。1933年12月写出的《电》,就取材于这批泉州朋友的斗争经历。此书的发表和出版也特别曲折,原定在《文学》第2卷第1号发表,却被检查官抽去,只得改题为"龙眼花开的时候——一九二五年南国的春天",用"欧阳镜蓉"的笔名刊登在《文学季刊》上。到1934年夏,黎明中学和平民中学先后被国民党当局查封,泉州一带的安那其运动走向低潮,这批朋友都被迫先后流落到上海等地,③到1935年,才重新聚集在文化生活出版社。

---

① 参看吴朗西:《文化生活出版社的创建》,转引自陈思和、李辉:《记文化生活出版社》,载《新文学史料》1982年第3期。

② 巴金:《黑土地》,见《巴金全集》第13卷,第280—282页,北京:人民文学出版社,1986年版。

③ 以上泉州安那其运动情况,参看辜也平:《论巴金的革命叙事与泉州30年代的民众运动》,载《中国现代文学研究丛刊》2006年第2期。

理清"黎明中学、平民中学—文化生活出版社"这条发展线索，我们就会明白：以巴金为代表的"文化生活出版社人"和"开明人"一样，也是通过自己的特殊途径走向30年代中期以后的新文化运动的，他们是怀着安那其主义的革命理想，献身于文化出版事业，实现自己的人生价值的。巴金在1936年反击徐懋庸对安那其主义和自己的攻击时，曾有过这样的表白："虽然我自己喜欢被称为安那其主义者，我到现在还相信着那主义，而且我对前面提过的那般人也很敬仰，但其实我已经失掉了这个资格，我这几年来离开了实际运动的阵营，把自己关在坟墓一般的房间里，在稿纸和书本上消磨生命。"[①]这很清楚地表明，尽管巴金从"实际运动的阵营"离开，转向书斋里的写作与出版工作，充满了矛盾、无奈和自责，但他依然坚守着自己安那其主义的理想与追求。明白于此，我们才能读懂这里抄录的巴金为《文化生活丛刊》所拟的广告。他在广告里，如此尖锐地批判"特权阶级"对"科学、艺术、哲学"的垄断，热切地"替贫寒青年打算"，这样坚定地立下"宏大的志愿"，要"建立一个规模宏大的民众的文库，把学问从特权阶级那里拿过来送到万人的面前，使每个人只出低廉的代价，便可以享受到它的利益"，贯彻其中的，正是安那其主义的"反特权阶级"的思想和"平民主义"的理想，并洋溢着安那其主义的英雄主义的"革命战士"的战斗激情。他和他的文化生活出版社的同人，是在文化积累与普及这里，找到了实现安那其主义理想的新的燃烧地的。和当年在泉州的革命活动一样，目标依然是"群"和"事业"：此时具体追求的是大众"群（体）"精神上的解放，所要做的"事业"，是在青年中播下知识、文化的火种。这样，我们也就发现，30年代所出现的文化普及运动，新文学出版普及热，其实是由各种不同的力量推动的，存在着不同的动因："左联"所发动的"文艺大众化"运动，其着眼点，除向工农大众进行革命启蒙之外，还有通过工农通讯员的培养，从根本上改造文学队伍的长远目标；我们已有过讨论的"开明人"则是坚持五四文化、教育启蒙主义，着重在中等程度的青年学生和社会青年中普及新文学、新文化；现在，我们又看到"文化生活出版社人"，他们是站在安那其主义反对文化特权的平民主义立场上，向文学青年，特别是渴求新文化、新知识的"贫寒读者"提供优质廉价的文化服务，其重心也在支持新文学作品的出版和外国文学名著的译介。应该说，这三种力量

[①] 巴金：《答徐懋庸并西班牙的联合战线》，原载1936年9月15日《作家》第1卷第6期，转引自山口守：《巴金与西班牙内战》，载《中国现代文学研究丛刊》2007年第1期。

在30年代都是相互支持、配合的，构成了所谓"进步文化界"。

文化生活出版社的主要工作与贡献，影响也最大的，是两大丛书《文学丛刊》和《译文丛书》的编辑与出版。《文学丛刊》如研究者所说，主要有两大作家群，一是"京派的后起之秀"，如沈从文、何其芳、卞之琳、李健吾、吴组缃、曹禺等，一是"上海一群与鲁迅先生关系密切的左翼青年"，如萧军、萧红、胡风、周文（何谷天）、沙汀、艾芜、张天翼、叶紫等。研究者由此认为，《文学丛刊》在"聚集京沪两地文学主力，尤其在把京派文学推向市场、沟通京派作家与上海作家的联系方面颇多贡献"①。《文学丛刊》的另一个特点，是自觉地扶持青年作家。巴金在为《文学丛刊》撰写的广告里，就特意声明："不敢捐起第一流作家的招牌欺骗读者"，"作者并非金字招牌的名家，编者也不是文坛上的闻人。不过我们可以给读者担保的，就是这丛刊里面没有一本使读者读了一遍就不要再读的书"。尽管文化生活出版社也很重视发挥老作家（如鲁迅、茅盾、郑振铎、王统照以及巴金自己）的"压阵"作用，但的确是以"发现新的作家，推荐新的创作"为其基本出版方针的。有人统计，《文学丛刊》推出的新生作家的处女作达36部之多，除了前面提及的30年代新秀曹禺的《雷雨》、何其芳的《画梦录》、卞之琳的《鱼目集》、艾芜的《南行记》等外，当时还是城市"拉丁区"的文学青年，后来也都在《文学丛刊》出版了他们的处女作或代表作，如芦焚的《谷》、田涛的《荒》、王西彦的《古屋》、荒煤的《长江上》、刘白羽的《草原上》、端木蕻良的《憎恨》等。40年代《文学丛书》更推出了一批新人新作，如郑定文的《大姊》、穆旦的《旗》、郑敏的《诗集》、陈敬容的《盈盈集》、汪曾祺的《邂逅集》等。这些作品在今天都已经成为现代文学的经典了。如果再加上《文学丛刊》和相配套的《文季丛刊》、《现代长篇小说丛书》、《新时代小说丛书》、《水星丛书》、《剧作家选集丛书》、《文学小丛刊》里陆续推出的名家名作，如鲁迅的《故事新编》，沈从文的《八骏图》，萧红的《牛车上》，艾青的《北方》，冯至的《十四行集》、《伍子胥》、《山水》，萧军的《第三代》，老舍的《骆驼祥子》，巴金的《憩园》，沙汀的《淘金记》，师陀的《马兰》，刘西渭的《咀华集》、《咀华二集》，以及《曹禺戏剧集》、《丁西林戏剧集》、《李健吾戏剧集》、《袁俊戏剧集》，其本身就构成了一部三四十年代中国现代文学史的缩影。据统

---

① 孙晶：《理想与希望之孕——文化生活出版社与现代文学》，载《中国现代文学研究丛刊》1998年第3期。

计,《文学丛刊》从1935年编起,到1949年终止,不间断地出了10辑,共包括86位作家的160部作品。这些书,有着统一的设计:"三十二开本,纯白色带勒口重磅道林纸封面,不加任何装饰,仅在左上方设套色二号仿宋书名,下面印黑色四仿作者名,书名的右上角横印黑色四仿的丛刊书名,右下端距底边四分之一处与丛刊名平行印上黑色五仿的社名,全系横排。朴素,大方,稳重。"①此外,每本书封底正中都有文化生活出版社特有的"出版标记":是一幅罗丹雕塑作品,"一个少女的左脚盘于右大腿上,低头在拔脚上的荆刺,神情十分专注",据说雕塑的题目叫"拔荆刺的少女",以此为社标,自是意味深长。②

《译文丛书》是和鲁迅合作的成果,大约出了五十本,也同样形成了一种系统的规模,计有八大系列:屠格涅夫系列(《猎人笔记》、《罗亭》、《贵族之家》、《前夜》、《父与子》等,译者有耿济之、巴金、丽尼、陆蠡等),果戈里系列(《死魂灵》、《密尔格拉得》、《巡按史及其他》,译者鲁迅、孟十还、耿济之),普式庚(今译普希金)系列(《普式庚短篇小说集》、《上尉的女儿》等,译者孟十还、孙用等),托尔斯泰系列(《复活》、《战争与和平》、《安娜·卡列尼娜》,译者高植),冈察洛夫系列(《悬崖》、《一个平凡的故事》等,译者李林、黄裳),福楼拜系列(《包法利夫人》、《情感故事》等,译者李健吾),左拉系列(《娜娜》、《劳动》、《萌芽》等,译者焦菊隐、毕修勺等),狄更斯系列(《大卫·高柏菲尔》、《双城记》等,译者许天虹)。此外,还翻译了英国王尔德、勃朗特,法国梅里美、纪德,美国杰克·伦敦,德国雷马克的代表作。但主要还是集中于俄、法两国,这是反映并影响了20世纪三四十年代,以至五六十年代中国读者对外国文学的接受的。《译文丛书》的影响,还在于培养了一大批译者,他们都专注于某一作家作品的翻译,并形成了独特的翻译风格。《译文丛书》的另一大特色是它的广告,由鲁迅、茅盾、巴金、丽尼、陆蠡等亲自撰写,巴金一人就写了19篇,而且是当做创作来写的,极富见解与文采。如他为《安娜·卡列尼娜》写的广告:"小说一开始,便以抒情般的文字把我们摄住:恋爱的疯狂,凄苦情操造成的悲剧,从安娜认识佛隆斯基直到她投身于火车轮下;

---

① 李济生:《文化生活出版社始末》、《独具风格的装帧与广告》,见《巴金与文化生活出版社》,第27、85页,上海:上海文艺出版社,2003年版,并请参看所附《文化生活出版社图书目录》。

② 张泽贤:《出版标记》,见《书之五叶:民国版本知见录》,第185页,上海:上海远东出版社,2008年版。

这整个故事是如此逼取我们的泪水。安娜，高傲、勇敢，受得了爱的煎熬，但终于在破碎的爱情中毁了自己。舞会、赛马、戏院和沙龙，都在列车经过的一瞬间完成了。——只有托翁能写出这样的悲剧。"①如评论者所说，这本身就是"一篇美丽、动人、深刻的散文"②。

更重要的是，以巴金为代表的文化生活出版人所创造的精神传统。一位研究者说得很好：他们是"将政治激情转化为一种伦理道德层面的坚守，在出版工作中实践安那其主义'正义、互助、奉献自己'的价值理想"③。由此形成的是一种基于信仰的献身精神。巴金和他的同事都坚持不拿工资，巴金在晚年自己总结说："我在文化生活出版社工作了十四年，写稿、看稿、编辑、校对，甚至补书，不是为了报酬，是因为人活着需要多做工作，需要发散、消耗自己的精力。我一生始终保持着这样一个信念：生命的意义在于付出、在于给予，而不是在于接受，也不是在于争取。"④这样的"献身"已经内渗为一种精神伦理，因此，在日本占领的沦陷区，面对巡捕房的查封，留守出版社的陆蠡，几乎是义不容辞地挺身而出，并因此献出了自己的生命。在日常生活里，这样的献身精神就更多地表现为一种埋头苦干，不怕做小事情，而且要做得最好的"认真"精神。这正是鲁迅所期待和赞赏的。1936年3月18日，鲁迅在一封通信里曾发出感慨："中国正需要肯做苦工的人，而这种工人很少，我又年纪渐老，体力不济起来，却是一件憾事。"但十多天以后，他在4月1日写给翻译家曹靖华的信中，就欣慰地提到，"近来有一些青年，很有实实在在的译作，不求虚名的倾向了"⑤。此时鲁迅正和文化生活出版社合作编辑出版《译文丛书》，他显然在这些年轻人身上发现了"实实在在"、"不求虚名"的"苦工"精神，后来鲁迅为巴金辩诬，说他是"一个热情的有进步思想的作家，在屈指可数的好作家之列的作家"⑥，就是很自然的了。

（钱理群）

---

① 巴金撰写的广告，见《巴金与文化生活出版社》，第95页。
② 郭风：《关于书籍广告及其他》，见《巴金与文化生活出版社》，第100页。
③ 孙晶：《理想与希望之孕——文化生活出版社与现代文学》。
④ 巴金：《上海文艺出版社三十年》，见《巴金全集》第16卷。
⑤ 鲁迅：《360318 致欧阳山、草明》、《360401 致曹靖华》，见《鲁迅全集》第14卷，第48、59页，北京：人民文学出版社，2005年版。
⑥ 鲁迅：《答徐懋庸并关于抗日统一战线问题》，见《鲁迅全集》第6卷，第556页。

12月

《奴隶丛书》与萧红的《生死场》

奴隶社小启

我们陷在"奴隶"和准奴隶的这样地位,最低我们也应该作一点奴隶的呼喊,尽所有的力量,所有的忍耐。——《奴隶丛书》的名称,便是这样被我们想出的。

奴隶社小启(二)

诸同志:只要你是这世界上正被:压迫,绞榨,屠杀者的奴隶;或者是一个人类正义的拥护者,真理的追求者,而不是一个甘心诚意的奴才——我们就有权称作同志,有权请你为自己的运命,为正义,为真理——起来和自己的当前敌人战斗!只有战斗才能解脱奴隶的运命,决定奴隶们的力量;发见真理和正义……

我们也勉力在战斗着……只是力量感到太单!但我们都切盼更有若干部《奴隶丛书》出版,印行……一面要克服无耻者们加来的迫害和艰难,同时也衷心切盼进步的读者们给予一些赤诚的助力。

已印出的书有三部了:《丰收》、《八月的乡村》、《生死场》。《丰收》是六个短篇结成的集子,大都题材取诸中国内地农村。读者想要知道内地农村一些太平盛世的奇闻,就请读这一部。

《八月的乡村》是一部十几万字的长篇。读者要想知道一些东北义勇军的消息,那么就请读读它。至于还想要知道一些关于内在满洲的农民们,怎样生,怎样死,以及怎样在欺骗和重重压榨下挣扎过活;静态和动态的故事,就请你读一读这《生死场》吧。

当然,如果力量够——只要够——我们还要有《奴隶丛刊》第四部献给读者们。

奴隶社

(原载《生死场》,上海容光书局,1935年12月版)

这里的两种《奴隶社小启》，均出自叶紫之手。第一则《小启》真小，但出语不凡，给"奴隶"和"奴隶丛书"下了言简意赅的定义。第二则的言辞充满正义和愤懑之情，并回叙了后来颇引人注目的《奴隶丛书》的全部作者和作品（虽然声明只要力量够便出第四部，但终于没能出）。奴隶社是个虚拟的组织，完全是为了出版以上几本书而被构想出来的。书出完了，它的使命也就结束。《生死场》初版本印了以上的《奴隶社小启》，似乎再也没有在任何报刊上登载过。这几位自称"奴隶"的青年作家，就是当年与鲁迅关系密切的来自东北沦陷区的萧红、萧军（田军），以及来自湖南农民运动爆发地的叶紫。据说当年他们三人在十里洋场的上海漂泊，经常饥肠辘辘，一次实在馋惨了，便由萧红执笔写信去建议周先生在"小一点儿的馆子"请大家搓一顿。后来鲁迅真的请他们（加上临时在内山书店碰上的黄源、曹聚仁）在上海北四川路附近的桥香夜饭店吃了饭，席间便谈起奴隶社、《奴隶丛书》的事情，得到鲁迅的全力支持，说了"奴隶总比奴才强，因为奴隶是要反抗的"一席话。我们可以由此知道，这三位围绕鲁迅特别近的青年作家（还可加上胡风等人），他们的文学才华，他们的人生经历，以及在一段时间内穷困潦倒、挣扎奋发的状况，是很能代表当时一大群左翼青年作家的个性与处境的。

叶紫，湖南益阳人，原名余昭明（鹤林），笔名里的"叶"字为母姓，这个"紫"字代表了他身世中闪现的"血光"。他家满门都是湖南农民运动时期的骨干，在国共分裂时父亲、二姐惨遭杀害，四叔、大姐出逃，年仅15岁的叶紫侥幸脱身一个人流浪寻找组织，他做过苦工、兵士、车夫、乞丐，吃尽千辛万苦，到达上海后在小学和报馆短期任事开始接触左翼文学。这一段无法想象的颠沛史正如鲁迅所说，"作者还是一个青年，但他的经历，却抵得太平天下的顺民的一世纪的经历"[①]。加入"左联"后，1933年叶紫写出了短篇小说《丰收》、《火》、《电网外》（初载时名《王伯伯》），因真切描写农村激烈的斗争画面，和几代农民经腥风血雨锤炼而成的不屈灵魂，引起人们的广泛关注，并认识了鲁迅。鲁迅助他校读、推荐作品，写序，转达稿酬，到法租界他蜗居的住处去看望他。《丰收》结集用"奴隶丛书之一"的名义最早出版，所收的六个短篇，就

[①] 鲁迅：《叶紫作〈丰收〉序》，见《鲁迅全集》第6卷，第220页，北京：人民文学出版社，1981年版。

受到鲁迅的称道:"作品在摧残中也更加坚实","也是对于压迫者的答复:文学是战斗的!"①后来的中篇小说《星》写农民运动中女性的觉醒心理更是细腻、复杂,富生活实感。另有《山村一夜》集出版。但终于,他经不住肺病的煎熬,29岁就在回到家乡后不久去世了。

叶紫的短寿源于他的贫病交困。他在大都会熬着心血创作,过的却是非人的生活,一家三代五口住在法租界的亭子间里,只老母有一张小折叠床晚间可睡,其余的人都打地铺。饥饿更是常态。与鲁迅的通信存留下来的多半是讨论如何卖稿、催稿费。1935年7月的信就是如此:《星》经推荐给《文学季刊》了,一时无着落;《丰收》在内山书店代售,销去不多无从算账;鲁迅认为最"稳当"的办法只有借钱给他度日。信末书"即颂饿安"②四字,正是寓悲愤于幽默。

我们也可以从萧军、萧红的作品里找到关于"饥饿"的描写。那些非饿过而写不出的刻骨铭心的文字,是一种共同命运的结合。出身于辽西义县农家的萧军,原名刘鸿霖,天生一副反骨、傲骨,在小学或讲武堂都因反抗教师、上司而遭开除。在哈尔滨萧军交了从事左翼文艺的朋友,他越左倾,越为社会不容,就越发反抗。萧红虽生在黑龙江呼兰县(她的家乡呼兰将因她后来在香港写成的《呼兰河传》而名垂史册)的一个大户人家,家里两个大院共有三十多间房子,但为争取女子读书的权利萧红像"娜拉"一样背叛家庭出走了。这种义无反顾地反抗的结果,便是穷困。"二萧"在哈尔滨的东兴顺旅馆相遇。萧军受《国际协报》的委托去看因缴不出房费被困当做"人质"的文学女青年萧红,于是发生了多少年两人同命运从事左翼写作的热烈感情。两人共有的"财富"是赤贫,是饥饿。萧军写他小说里的人物谈挨饿的感觉:"啊!饿,饿也得要经验!不就是那样:腹内空索索的,什么也不喜欢,什么也没力气干了。由愤怒而仇恨,而抢掳,而斗争,而流血……!"③萧红的饥饿体验,心理层次尤深:"那女人一定正像我,一定早饭还没有吃,也许昨晚的也没有吃。她在楼下急迫地来回的呼声传染了我,肚子立刻响起来,肠子不住地呼叫……我拿什么来喂

---

① 鲁迅:《叶紫作〈丰收〉序》,见《鲁迅全集》第6卷,第220页。
② 《350730 致叶紫》,见《鲁迅全集》第13卷,第182页。
③ 三郎(萧军):《桃色的线》,见《跋涉》(二萧合集),第3页,广州:花城出版社,1983年版。

肚子呢？桌子可以吃吗？草褥子可以吃吗？"①

从所谓的"满洲"逃到青岛，"二萧"在这个"祖国"写完了他们各自的第一部中长篇小说《八月的乡村》和《生死场》。带着手稿，坐在轮船货舱里到达上海见到鲁迅，印出了《奴隶丛书》。在上海他们还是最穷的作家。居无定所，从一个亭子间搬到另一个亭子间。当掉萧红的毛衣，才能让萧军步行由南至北穿过上海去买复写纸誊写修改好的《八月的乡村》。为第一次赴约到梁园豫菜馆见鲁迅，萧红看萧军没有像样的衣服就倾其所有买块布料连夜用手针缝出一件高加索式套头衫来。也是这第一次见面就被迫向鲁迅借钱。鲁迅将叶紫介绍给

《生死场》初版书影

他们，让比他们早到上海的这个"奴隶"来保护另两个"奴隶"，可"奴隶"们都是一无所有。三种书在鲁迅的关怀下，曾经交给有意出版的黎明书店，但终因色彩过于鲜明遭到婉拒。这才有了上述自费出版《奴隶丛书》的提议，并首先出版了《丰收》和《八月的乡村》二书。鲁迅显然是更看重《生死场》的，希望内容上比较隐蔽的这本描写东北农民生与死的书，能够在愿意承印的"文学社"公开出版。但最后仍被书报检查委员会在拖至半年后"枪毙"。于是《生死场》以"奴隶丛书之三"的名义，同样与另两书一般得到鲁迅的珍贵序言（多了一篇胡风的《读后记》），而非法出版了！

《生死场》比《八月的乡村》隐蔽的地方，是因后者直接写"九·一八"后一支名为"人民革命军"的游击队所开展的武装斗争，很容易让人想到法捷耶夫的《毁灭》。鲁迅是《毁灭》最早的中译者，他在序言里虽然明确地说《八月的乡村》不及《毁灭》，"然而严肃，紧张，作者的心血和失去的天空，土地，受难的人民，以至失去的茂草，高粱，蝈蝈，蚊子，搅成一团，鲜红的在读者眼前展开，显示着中国的一份和全部，现在和未来，死路与活路"②。评价还是

---

① 萧红：《饿》，见《萧红全集》（下），第917—918页，哈尔滨：哈尔滨出版社，1991年版。
② 鲁迅：《田军作〈八月的乡村〉序》，见《鲁迅全集》第6卷，第287页。

不低的。《生死场》完全是用萧红特别的笔法来写沦亡的东北和它的民众。这时候的萧红虽然不比日后写《呼兰河传》的萧红成熟，但鲁迅在序言中已经点出了她的重要之处：一是表现了"五年以前，以及更早的哈尔滨"。这"更早"就一直指向中国农民恒久的生存方式，至少也是"北方人民的对于生的坚强，对于死的挣扎"。二是"女性作者的细致的观察和越轨的笔致"，虽说"叙事和写景，胜于人物的描写"这一句也包含着批评，但她叙事写景的笔法的不一般，已经说得很清楚。三是"精神是健全的"，便是"深恶文艺和功利有关的人"读了《生死场》也不会无所得。这第三点一向无人强调，其实鲁迅已经讲明了萧红的将来：她的艺术从阶级的"功利"出发，又超越"功利"。

《生死场》初名《麦场》，是胡风在出书期间从小说的文句中提炼出了"生死场"的概念，得到作者和连同鲁迅在内的一切人的赞同，而采用的。我们不能不佩服胡风提议的高明。但是当初大家都没有看明白萧红用印象式、散文的诗意式来叙述小说故事的独特写法，是多么符合她的文学个性，是突破小说既定的现实主义模式而造成1930年代左翼文学丰富性、创造性的重大现象，以致在很长时间里总认为那是她的缺陷。而实际上萧红面对她的乡人、面对大自然她的后花园、她的麦场、她的大地，那种对下层大众的怜悯理解，对自由生命的向往，搅和着一个女性作家对女性苦难的全部敏感，是十分鲜明的。于是，她对乡民动物一样生生死死的活法的呼喊（文字背后不绝于耳的"还能这样活下去吗"的潜台词），对金枝被男人所昧而生育（其他妇女的生产、难产的描写混合着家畜的生产）、月英瘫死、王婆服毒的作者与写作对象同等地受刑般的描写，二里半、赵三各自以不同的方式和理解汇入李青山的反叛洪流的奔腾，就都在萧红深深体验过的笔下一一呈现了。《奴隶丛书》的青年作家在左翼理论的规约之中，又怀着一颗自由、叛逆的心，走上文坛。叶紫虽早逝，但在1940年代，萧红和萧军还有自己独特的文学道路要走。

（吴福辉）

1936年

1月

夏丏尊的文学创作和教育事业

夏丏尊《平屋杂文》

作者不肯轻易作文,动笔总求其有意义;又不很爱惜自己的文章,作成以后往往任其散失。这回经了朋友的怂恿,才从找得到的若干篇中选出一部分,编成了这一本集子,里面包含小说随笔感想文等体。读者读了这些文章,仿佛听着一位心慈情厚的好朋友述说他生活的体验,所得的不仅是文艺的欣赏,而且是衷心的感受。如果大学中学的学生要选择语文科的读物,这本集子是很值得向他们推荐的。

(原载1936年1月1日《中学生》第61号)

先"释题"。"平屋"者,平房也。书名"平屋杂文",作者自云:"自从祖宅出卖以后,我就没有自己的屋住。白马湖几间小平屋的造成,在我要算是一生值得纪念的大事。集中所收的文字,大多数并不是在平屋里写的,却差不多都是平屋造成以后的东西,最早的在民国十年,正是平屋造成的那一年。"①盖纪实也。"祖宅",亦所谓"祖宗基业"也,"祖宅出卖",当为不得已之事,所以"自从祖宅出卖以后,我就没有自己的屋住"一句,出语平淡,自有感慨在其中也。鲁迅的《故乡》是小说,但叙述者的感情具有真实性;为什么小说一开始就弥漫着感伤的气氛,原因就在于:"我这次是专为了别他而来的。我们多年聚族而居的老屋,已经公同卖给别姓了,交屋的期限,只在本年,所以必须赶在正月初一以前,永别了熟识的老屋,而且远离了熟识的故乡,搬家到我在谋食的异地去。"②这"老屋",亦"祖宅"也。小说中有这样一个细节:"瓦楞上许多

---

① 夏丏尊:《自序》,见《平屋杂文》,第1页,上海:开明书店,1935年版。
② 载1921年5月《新青年》第9卷第1号。

枯草的断茎当风抖着,正在说明这老屋难免易主的原因。"①这是生动的一笔,暗示着叙述者伤感的心境。

作者又云:"就文字的性质看,有评论,有小说,有随笔,每种分量既少,而且都不三不四得可以,评论不像评论,小说不像小说,随笔不像随笔。近来有人新造一个杂文的名词,把不三不四的东西叫做杂文,我觉得我的文字正配叫杂文,所以就定了这个书名。"②这不是谦虚,"杂文"在这里的意思确实是指这本书中的文字的文体混杂。广告云:"作者不肯轻易作文,动笔总求其有意义;又不很爱惜自己的文章,作成以后往往任其散失。这回经了朋友的怂恿,才从找得到的若干篇中选出一部分,编成了这一本集子,里面包含小说随笔感想文等体。"广告是叶圣陶撰写的,他与本书作者是老朋友了,他解释本书的来历,说得很客气,不过夏丏尊的文学创作数量之少,则是事实,所以也就只能这样才能出成一本书。还是作者在本书的自序中说得实在:"我对于文学,的确如赵景深先生在《立报言林》上所说'不大努力'。我自认不配作文。写的东西既不多,而且并不自己记忆保存。这回的结集起来付印,全出于几个朋友的怂恿,朋友之中怂恿最力的要算郑振铎先生,他在这一年来,几乎每次见到就谈起出集子的事。"③那么,夏丏尊的"努力"又在何处呢?

说其"努力",先要识其人。因为文学创作很少,所以现代文学史本不大提起夏丏尊其人其文。1946年夏丏尊去世,故友姜丹书撰《夏丏尊先生传略》,叙事确实,节略引述如下:

> 夏先生名铸,字勉旃,别号丏尊。浙江上虞崧厦乡人也。曾小筑于白马湖边,未遑久居。清光绪十二年生,十九岁留学日京,二十二岁归。初任浙江两级师范学堂译教,旋任学舍监,司训育,合兼授国文、日文。余与先生计交于宣统三年秋,同事者十年。民国元二年之际,是校遵令改制,易名浙江省立第一师范学校,故友经亨颐先生为校长。……自是以后,历任长沙湖南省立第一师范、宁波浙江省立第四中学、上虞私立春晖中学、上海私立南屏女子中学等校教职,所至悦服。又在上海与诸同志创办立达学园,并任开明书店编辑主任十数年,间尝为法藏寺译藏经,贡献于文化

---

① 载1921年5月《新青年》第9卷第1号。
②③ 夏丏尊:《自序》,见《平屋杂文》,第1页。

> 与教育界者实多。……丁丑以后，八年国难，先生与余同陷于沪，乃同誓以守约工夫，克服困厄。……中华民国三十五年国历四月二十三日即旧历三月二十二日，先生以病卒于沪，享寿六十有一。①

由此可知，夏丏尊实为一教育家，文学创作乃为余事。朱自清悼念夏丏尊的文章，题目为"教育家的夏丏尊先生"，文章最后一句为"夏先生才真是一位诲人不倦的教育家"，是为知人之论，引述如下：

> 夏丏尊先生是一位理想家。他有高远的理想，可并不是空想，他少年时倾向无政府主义，一度想和几个朋友组织新村，自耕自食，但是没有实现。他办教育，也是理想主义的。最足以表现他的是浙江上虞白马湖的春晖中学，那时校长是已故的经子渊先生（亨颐）。但是他似乎将学校的事全交给了夏先生。是夏先生约集了一班气味相投的教师，招来了许多外地和本地的学生，创立了这个中学。他给学生一个有诗有画的学术环境，让他们按着个性自由发展。学校成立了两年，我也去教书，刚一到就感到一种平静亲和的氛围气，是别的学校没有的。我读了他们的校刊，觉得特别亲切有味，也跟别的校刊大不同。我教着书，看出学生对文学和艺术的欣赏力和表现力都比别的同级的学校高得多。
>
> 但是理想主义的夏先生终于碰着实际的壁了。他跟他的多年的老朋友校长经先生意见越来越差异，跟他的至亲在学校任主要职务的意见也不投合；他一面在私人关系上还保持着对他们的友谊和亲谊；一面在学校政策上却坚执着他的主张，他的理论，不妥协，不让步。他不用强力，只是不合作；终于他和一些朋友都离开了春晖中学。朋友中匡互生等几位先生便到上海创办立达学园；可是夏先生对办学校从此灰心了。但他对教育事业并不灰心，这是他安身立命之处；于是又和一些朋友创办开明书店，创办《中学生杂志》，写作他所专长的国文科的指导书籍。《中学生杂志》和他的书的影响，是大家都知道的。他是始终献身于教育，献身于教育的理想的人。②

"教育救国"是中国现代著名的口号，有理论也有实践，在乱世中国的艰难环境中为现代教育事业做出了辉煌的成就，实在令人钦佩！白马湖的春晖中学和上

---

① 《夏丏尊文集》第1卷，第5页，杭州：浙江文艺出版社，1983年版。
② 《朱自清全集》第4卷，第406页，南京：江苏教育出版社，1996年版。

海的立达学园,是实验理想的现代中学教育的两个著名中学,即使事与愿违,最终没有能够实现其教育理想,但在中国现代教育史上,是应该留下重要一笔的。这使我们联想到叶圣陶的著名小说《倪焕之》。朱自清、朱光潜、丰子恺等人和夏丏尊是春晖中学的同事,朱光潜说:"当时我们向往教育自由,为着实现自己的理想。"①

朱自清所谓的"写作他所专长的国文科的指导书籍",有《文章讲话》、《文心》、《国文百八课》、《阅读与写作》(以上作品均为与叶圣陶合著)等;而"和一些朋友创办开明书店,创办《中学生杂志》",据朱光潜回忆说:

> 我们的目的是争取青年中学生,因为他们是社会中坚。所以开明书店从开办之日起就以青年为主要对象。我们首先出版了一种刊物,先叫《一般》,后改称《中学生》。在编辑方面出力最多的是夏丏尊和叶圣陶。"开明"就是"启蒙",这个名称多少也受了法国百科全书派启蒙运动的影响。《中学生》这个刊物当时是最受欢迎的,除介绍一般科学知识和发表文艺作品之外,夏丏尊和叶圣陶两位主编特别重视语文教育方面的问题,曾特辟"文章病院"一栏,以具体的例子,生动地说明了当时官方报刊的公文和社论的思想和语文的毛病所在以及治疗的方剂。这不仅讽刺了官样文章及其所表现的思想,也对当时的文风和学风乃至语文教学都起了难以估计的保健作用和示范作用。这个"文章病院"至今还令我特别怀念。②

由此我们可以看出夏丏尊的教育事业的特点及其事功。

最后,我们不能忘记的是,夏丏尊还是著名的儿童书《爱的教育》的译者;这本意大利作家亚米契斯的名著,是夏丏尊由日译本转译的。翻译此书,对夏丏尊来说,显然不仅是文学工作,而且更是重要的教育事业吧。

(高恒文)

---

① 朱光潜:《缅怀丰子恺老友》,载《艺术世界》1980年第1期。
② 朱光潜:《回忆上海立达学园和开明书店》,载1980年12月2日《解放日报》。

开明语文读物和语文教育及新文学的传播

《国文百八课》广告

(夏丏尊、叶圣陶合编)

本书是编者写成《文心》以后的产品,适合初中程度,教学和自修都可以采用。全书六册,每册十八课,所以叫《国文百八课》。

本书每课是一个单元;包括文话、文选、文法或修辞、习问四项。文话将一般的文学理法作为题材,体裁是亲切而活泼的谈话体。文选是古今文章两篇和文话相应,作为具体的范例。文法或修辞注意切合实用,例子大多从文选中采取,但一方面仍保持文法或修辞的固有的系统。习问根据着文选,对于本课的文话、文法或修辞提举复习及考试的事项。

国人对于文科一向抱着玄妙笼统的观念,本书最重要的旨趣就是希望排除这种观念,使国文科也具有科学性。学者按照次序把这《百八课》修习完毕,对于阅读和写作自能有确实的进境。因为这不比冥行盲索,而是认清了目标向前走去。

(1936年1月1日刊出,发表刊物不详,见《叶圣陶集》第18卷,南京:江苏教育出版社,2004年版)

开明教育读物的主要编著者叶圣陶、夏丏尊、朱自清等,都是新文学的重要作者,同时又是关注和参与中学语文教育实践与改革的语文教育家。因此,在他们编著的语文读物里,必然有对语文教育的独特理解和追求,以及传播新文学的高度自觉。

在开明书店成立20周年纪念时,叶圣陶曾把编写国文教科书和辅助读物的意图,概括为两个"从早":"从早唤起"改革教育的意识,"从早准备"改革教育的工具。[①]并为此大体做了三个方面的努力。

首先是确立语体文(即现代白话文)在语文教材中的地位。著名语言学家吕叔湘在评论《国文百八课》时,首先注意的,就是在文选部分,"语体文比文

[①] 叶圣陶:《开明书店二十年》,载《中学生》第178期。

《开明国语课本》书影

言文多",并具体分析说:"4册72课有选文144篇,其中语体文86篇,文言58篇,大致是三比二。"同时指出:"这是很突出的。当时流行的几种初中国文课本都是文言文比语体文多,销行最广的正中书局出版的初中国文课本几乎全是文言,只有很少几篇语体文点缀一下。"[1]这样的"三比二"的比例,一方面表明对语体文和文言文的兼顾,但又突出语体文的地位,并且明确宣布:"现代青年学文言,目的在阅读文言书本,并不在练习用文言写作。"[2]学生的写作训练重心在语体文写作。这样,就在中学语文教育,以至更大的范围内,"确立语体文的正宗地位",并逐渐养成学生"以规范的语体文为主要语言(生活语言、文学语言以至学术语言)"的观念、能力与习惯。这不仅是语文教育改革的基本任务,而且是五四新文化运动创造的语体文真正成为现代民族国家的"国语"的决定性步骤。[3]

吕叔湘的评论,还强调了一点:《国文百八课》的选文,"应用文和说明文

---

[1] 吕叔湘:《国文百八课》,见《叶圣陶教育文集》第5卷,第410页,北京:人民教育出版社,1994年版。

[2] 叶圣陶:《开明文言读本》广告,见《叶圣陶集》第18卷,第330页,南京:江苏教育出版社,2004年版。

[3] 参看叶桐:《新文学传播中的开明书店》,载《中国现代文学研究丛刊》1999年第1期。

比较多","应用文有十多篇","说明文有二十来篇","篇数之多,方面之广,也都胜过同时的别种读本"①。这是直接反映了叶圣陶对语文学科性质和任务的理解的。他在《国文教学的两个基本观念》一文里明确提出:"国文的涵义和文学不同,它比文学宽广得多,所以教学国文并不等于教学文学",他是反对将语文课上成文学课的;而重视应用文和说明文,则表明叶圣陶对语文实际功用的注重,也包含了他对语文教育应用功能的理解。他的另一个观念是:"国文是语文学科,在教学的时候,内容方面固不容忽视,而方法方面尤其应该注重",他认为"国文教学自有其独当其任的任,那就是阅读和写作的训练",以求养成学生通过语言文字理解与表达的"习惯"和"能力"。②正是从这样的语文学科性质观出发,《国文百八课》以及开明编写的语文教材(包括影响很大的《开明新编国文读本》、《开明新编高级国文读本》)都是"侧重于文章形式",以"阅读和写作的训练"为中心;③同时又编写了《文心》、《文章例话》这样的引导学生读与写的辅助读物。

叶圣陶还给《国文百八课》的编写提出了一个"给与国文科以科学性"的任务。④这是一项极富开创性的语文教材编写和教学的试验:打破了历来课本选文各不相关、毫无系统可循的传统编辑模式,而创制了一种尽可能体现语文教学科学程序的编辑体例。一课就是一个单元,有一定目标。包括文话、文选、文法或修辞、习问四项,各项打成一片。文话是每课中心,讲文章知识,涉及叙述、描写、说明、议论、抒情等基本写作能力,以及小说、诗歌、戏剧、散文的文体、写作知识;文法或修辞,从文选中取例,并保持自己的系统;习问是对前三项的复习巩固。可以看出,叶圣陶和开明书店编者完全自觉地尝试建立语文教育的知识体系(文章学知识体系,文法、修辞体系等),并产生了深远的影响。

开明书店语文读物的另一个功能与贡献,是新文学的传播。首先是新文学的观念。叶圣陶早在1923年和顾颉刚合编《新学制初中国语教科书》时,就在

---

① 吕叔湘:《国文百八课》,见《叶圣陶教育文集》第5卷,第410页。
② 叶圣陶:《国文教学的两个基本观念》,原载1940年9月《中等教育季刊》创刊号,转引自叶桐:《新文学传播中的开明书店》,载《现代文学研究丛刊》1999年第1期。
③ 叶圣陶:《关于〈国文百八课〉》,见《叶圣陶教育文集》第5卷,第405页。
④ 叶圣陶:《〈国文百十课〉编辑大意》,见《叶圣陶教育文集》第5卷,第3页。

《编辑大意》里,开宗明义:"本书的选择,以具有真见解、真感情、真艺术、不违反现代精神,而又适合于学生的领受为标准。"①叶圣陶在《文章例话》的《序》里,介绍作为范文的新文学作品时,也强调:"第一,这些文章都不是无聊消遣的游戏笔墨,各篇各有值得一写的价值才写下来的。第二,这些文章都不是魔术那样的特殊把戏,而是作者生活的源泉里流出来的一股活水,所以那么活泼那么自然。"②这实际上都是在传播新的文学观念。

开明语文读物所选的语体文范本,大都是新文学的名家名篇,也即最能显示五四文学革命"实绩"的作品,如研究者所说,同时具有"文学的国语"和"国语的文学"的双重典范性。如选入开明教科书的冰心的《寄小读者》、《超人》,鲁迅的《孔乙己》、《药》、《社戏》、《故乡》、《秋夜》、《聪明人、傻子和奴才》、《风筝》、《纪念刘和珍君》,胡适的《差不多先生传》,叶圣陶的《藕与莼菜》、《古代英雄的石像》,朱自清的《背影》、《荷塘月色》、《绿》、《匆匆》,周作人的《乌篷船》、《小河》,萧红的《火烧云》,徐志摩的《再别康桥》,郭沫若的《地球,我的母亲》、《天上的街市》,闻一多的《发现》、《一句话》,张天翼的《华威先生》,赵树理的《小二黑结婚》,许地山的《落花生》,丁西林的《压迫》等,都是显示了新文学所达到的文学高度的,不仅能提高中学生对语体文的感悟和修养,而且有利于养成青年学生对新文学的信仰,是新文学作品"经典化"的一个重要环节。③

(钱理群)

---

① 叶圣陶、顾颉刚:《新学制初中国语教科书·编辑大意》,见《叶圣陶教育文集》第4卷,第3页。
② 叶圣陶:《文章例话·序》,见《叶圣陶集》第10卷,第245页。
③ 叶桐:《新文学传播中的开明书店》,载《中国现代文学研究丛刊》1999年第1期。

3月

林徽因的眼光

文艺丛刊小说选题记（节选）

林徽因

《大公报·文艺副刊》出了一年多，现在要将这第一年中属于创造的短篇小说提出来，选出若干篇，印成单行本供给读者更方便地阅览。这个工作的确应该使认真的作者和读者两方面全都高兴。

这里篇数并不多，人数也不多，但是聚在一个小小的选集里也还结实饱满，拿到手里可以使人充满喜悦的希望。

（原载1936年3月1日《大公报·文艺》）

30年代接替杨振声、沈从文主编《大公报·文艺》的萧乾后来回忆说："1936年9月是新记公司接办《大公报》十周年，报馆决定大举纪念。7月间，老板一天把我找去，说想以纪念十周年名义，在全国举行一次征文，让我拟个具体办法……我忽然记起读新闻系时，了解到美国哥伦比亚大学设立了一年一度的普利策奖金，是颁给已出版并有初步评价的现成作品的，比较容易掌握，于是，就向老板建议，仿照哥伦比亚大学办法，设立'大公报文艺奖金'。另外，为了纪念，出版一部《大公报小说选》。"[①]这便是这本由林徽因编选的《文艺丛刊小说选》的由来，所选作品均为《大公报·文艺》上发表的小说。

林徽因有敏锐的艺术眼光，更何况30年代她也写作小说：1934年《学文》创刊号上发表了她的《九十九度中》，很受称赞，卞之琳以为"允称吾国早期最像样的意识流小说"[②]；1935年开始发表的《模影零篇》，则是写实的笔法，

---

① 《萧乾全集》第5卷，第77页，武汉：湖北人民出版社，2005年版。
② 卞之琳：《赤子心与自我戏剧化：追念叶公超》，载《文汇月刊》1989年第12期。

素朴而隽永。所以她当然是这个小说选理想的编者。

林徽因的这篇《文艺丛刊小说选题记》，置于《文艺丛刊小说选》卷首，题目称"序言"。这是一篇重要的文章，可以看出林徽因对当时小说创作的批评。她说：

> 在这些作品中，在题材的选择上似乎有个很偏的倾向：那就是趋向农村或少受教育分子或劳力者的生活描写。这倾向并不偶然，说好一点，是我们这个时代对于他们——农人与劳力者——有浓重的同情和关心；说坏一点，是一种盲从趋时的现象。最公平地说，还是上面的两个原因都有一点关系。描写劳工社会，乡村色彩已成一种风气，且在文艺界也已有一点成绩。初起的作家，或个性不强烈的作家，就容易不自觉地，因袭种种已有眉目的格调下笔。尤其是在我们这时代，青年作家都很难过自己在物质上享用，优越于一般少受教育的民众，便很自然地要认识乡村的穷苦，对偏僻的内地发生兴趣，反倒撒开自己所熟识的生活不写。拿单篇来讲，许多都写得好，还有些写得特别精彩的。但以创造界全盘试验来看，这种偏向表示贫弱，缺乏创造力量。并且为良心的动机而写作，那作品的艺术成分便会发生疑问。我们希望选集在这一点上可以显露出这种创造力的缺乏，或艺术性的不纯真，刺激作家们自己更有个性，更热诚地来刻画这多面错综复杂的人生，不拘泥于任何一个角度。①

林徽因选辑：《大公报文艺丛刊小说选》，大公报社1936年初版。

这是对30年代中国小说创作的一个敏锐而尖锐的批评。除了"新感觉派"，表现农村生活和城市下层百姓生活，是五四以来中国小说"在题材的选择上"的一个重要特点，但30年代的这种写作，和此前的同类写作，有一个明显区别：由五四的国民性批判的文化叙事，转变为一种揭示政治或社会问题的政治叙事或社会叙事。1928年以来的左翼文学就是以"阶级意识"进行政治叙事；影

---

① 载1936年3月1日《大公报·文艺》。

响所及，左翼以外的创作，如叶圣陶的《多收了三五斗》、老舍的《骆驼祥子》等，也致力于"社会剖析"，以表现农民生活和城市下层百姓生活的苦难，揭示中国社会的黑暗和溃败。① 只有"京派"小说，如废名和沈从文的创作，在另外的意义上进行书写，表现淳朴的风俗和优美的人性，这是文化的挽歌或牧歌。可见林徽因所指出的当时小说创作"在题材选择上"的"很偏的倾向"，确实是很普遍的事实，体现了林徽因敏锐的眼光。林徽因显然知道造成这个现象的根本原因，所以她说"这倾向并不偶然"，但她还是没有进一步指出根本原因之所在，避免把批判的矛头直接指向左翼文学；她所谓的"刻画这多面错综复杂的人生，不拘泥于任何一个角度"，也显然不仅仅是指"农村或少受教育分子或劳力者的生活描写"这个角度，恐怕也指拘泥于"阶级意识"吧？因为我们知道，30年代的左翼文学，许多重要作品都是农村题材的，如丁玲的《水》，茅盾的"农村三部曲"《春蚕》、《秋收》、《残冬》，叶紫的《丰收》，等等。林徽因强调"作品最主要处是诚实"，而左翼文学对农村的表现则明显是主题先行，带有概念化、公式化的毛病；左翼作家如丁玲、茅盾等人一直生活在大都市，他们是从某种"主义"或政治需要出发，描写他们并不熟悉的农村生活和阶级矛盾的。

林徽因也并不是一概反对表现农村生活和城市下层百姓生活。她自己的作品《九十九度中》也有城市下层百姓生活的描写，《模影零篇》中的《吉公》等就完全是集中表现下层百姓的生活和人生。她之所以批评这种"在题材选择上"的"很偏的倾向"，还以为这反映了作家创作态度的"盲从趋时"，而这是艺术上不真诚的表现；"修辞立其诚"，这种"反倒撇开自己所熟识的生活不写"，仅仅出于"同情和关心"是写不好作品的，盲目听从批评家所谓的"阶级意识"当然更写不出好作品。林徽因这样立论，理论上没有任何问题，事实上也可以验诸文学史屡见不鲜的实例，但更重要的是，林徽因对此是深有体会并进行过深入思考的。1934年，林徽因写了一篇散文《窗子以外》，感慨自己的书斋生活总是与外面世界隔着一个窗子，只能看着窗外的一角来想象外面广阔的世界。"窗子"是这篇文章的中心意象，也是一个生动而形象的象征。作者这样感慨道：

  永远是窗子以外，不是铁纱窗就是玻璃窗，总而言之，窗子以外！

---

① 参阅严家炎：《中国现代小说流派史》相关章节，北京：人民文学出版社，1995年版。

> 所有的活动的颜色、声音、生的滋味，全在那里的，你并不是不能看到，只不过是永远地在你窗子以外罢了。多少百里的平原土地，多少区域的起伏的山峦，昨天由窗子外映进你的眼帘，那是多少生命日夜在活动着的所在；每一根青的什么麦黍，都有人流过汗；每一粒黄的什么米粟，都有人吃去；其间还有的是周折，是热闹，是紧张！可是你则并不一定能看见，因为那所有的周折，热闹，紧张，全都在你窗子以外展演着。

尽管是对窗外的世界充满想象，好奇，甚至是向往，但作者最后还是清醒地认识到：

> 算了算了！你简直老老实实地坐在你窗子里得了，窗子以外的事，你看了多少也是枉然，大半你是不明白，也不会明白的。①

这篇文章绝不是抒发浪漫的情怀，而是有感而发。文章写于1934年暑假林徽因和梁思成到晋汾野外考察古代建筑之后，正是这次考察途中见到的内地农村贫穷、落后的种种事实，使得林徽因第一次真切认识到自己闲暇、优雅的学院生活和农民艰难、贫穷的生活状况之间的巨大差别，因而才有了如这篇文章中所慨叹的自己"得天独厚的闲暇生活"原来是"叫做什么生活"；同时也清楚地知道，即使自己想了解、体验农村生活，希望自己与农民有所沟通，体会他们那种艰难的人生，也是难以做到的。所以说，林徽因这篇文章的思想情感是真诚的，她同情农民的艰难困苦、贫穷落后生活，体现了一个正直的知识分子所应有的"良心"；同时也表现了她因此对自己的人生形式有所自省，不再安然甘心沉湎于"象牙之塔"。但是，社会总是存在着不同的人生形式和社会阶层，知识分子、学者的工作和人生，也自有其个人的和社会的意义和价值。林徽因慨叹自己的书斋生活和外面世界的隔绝，这种思想情感是真诚的，但她并未因此放弃自己的工作、改变自己的人生形式，同样也是真诚的。

所以，林徽因在《文艺丛刊小说选题记》中批评"青年作家都很难过自己在物质上享用，优越于一般少受教育的民众，便很自然地要认识乡村的穷苦，对偏僻的内地发生兴趣，反倒撒开自己所熟识的生活不写"，绝不是单纯出于理性的或理论的训导，而是深有体会、语重心长的真诚告诫。

---

① 载1934年9月5日《大公报·文艺》。

林徽因的文章,和茅盾对"京派"的批评,也许存在着某种呼应关系。1934年,《学文》创刊不久,茅盾便发表了《〈东流〉及其他》一文,将《学文》和"左联"的文学杂志《东流》进行对照,称《东流》是"向上生长的幼芽",而《学文》则是"烂熟的果子";在茅盾看来,对《学文》,"你一眼看到的,是他们那圆熟的技巧,但圆熟的技巧后面,却是果子熟烂时那股酸霉气——人生的虚空",并且"人生的虚空"的原因就在于"生活条件和社会阶层的从属关系决定了人们的意识"①。《学文》的编者和作者都是清一色的学院中人,这一点茅盾当然知道,因此他所谓的"生活条件和生活阶层"显然是有明确所指的;但问题是,如创刊号上林徽因发表的《九十九度中》,表现城市上层社会的堕落和下层民众的不幸,茅盾也不至于误读,所以根本的原因仍在于茅盾的批评代表了30年代左翼文学批评界一个共同的思维模式,就是先入为主地对作家的阶级身份和阶级意识定性,并以此为出发点进行作品的批判,如同1928年创造社和太阳社对鲁迅、周作人的批判。

难道林徽因有可能看到《东流》这个发行数量很少、流传也不广的杂志?看到过茅盾的这篇文章,并且有兴致在自己的文章中做出回应?

(高恒文)

---

① 载1934年10月《文学》第1卷第4期。

4月

大陆视野中的台湾二三十年代文学

胡风译《山灵》(朝鲜台湾短篇集)

这里包含六个短篇,都是精心的选择,由朝鲜和台湾现代作家中挑选出来。被压迫、被剥削、被宰割的殖民地民众的真实情形,在这些短篇里有着极透彻的描写。尤其因为我们目前所处的境地已经和这些作品里所描写的相差不远——也许更甚——。所以,这些作品对于我们中国的读者是更为亲切,更有感动力量。

(《山灵》,文化生活出版社,1936年4月版。广告引自范用编:《爱看书的广告》,第60—61页,北京:三联书店,2004年版)

1926年8月11日,鲁迅和当时还在北京师范大学国文系读书的台湾籍学生张我军(鲁迅误记为"张我权")之间,有过一次谈话。张我军沉重而感伤地说:"中国人似乎都忘记了台湾了,谁也不大提起。"鲁迅"当时就像受了创痛似的,有点苦楚",口上却说:"不。那倒不至于的。但因为本国太破烂,内忧外患,非常之多,自顾不暇了,所以只能将台湾这些事情暂时放下。……"对照台湾青年对中国的关注,鲁迅感慨万分:"正在困苦中的台湾的青年,却并不将中国的事情暂且放下。他们常希望中国革命的成功,赞助中国的改革,总想尽些力,于中国的现在和将来有所裨益,即使是自己还在做学生。"①

10年以后的1936年,著名左翼批评家胡风,在一个"深夜"里,读到了发表在日本左翼刊物上的台湾作家杨逵的《送报夫》、吕赫若的《牛车》,不知不

---

① 鲁迅:《写在〈劳动问题〉之前》,见《鲁迅全集》第3卷,第444页,北京:人民文学出版社,2005年版。

觉中"走进了作品里的人物中间","和他们一起痛苦,挣扎"①。如一位研究者注意到的那样,鲁迅那一代人对割日以后的台湾确实有"陌生感",但到了30年代,胡风这一代就能够通过文学作品"较深入地体验台湾作家的处境了",如广告词里所说,面临被日本殖民威胁的内地,和台湾的处境已经"相差不远"②。正是怀着这样的同呼吸、共命运的情感,胡风决定将两位台湾作家和有同样状态的朝鲜作家张赫宙等的作品介绍给大陆读者,翻译了《山灵》(朝鲜台湾短篇集),于1936年4月由文化生活出版社出版。书一出,立刻受到读者欢迎,5月就再版,这是相当罕见的。鲁迅1936年5月18日还有这样的记录:"午后胡风来并赠《山灵》一本。夜发热三十八度二分。"③重病中的鲁迅大概已经无力细读他始终关注的台湾作家的作品了。

无论如何,1926年鲁迅与张我军的相见,1936年胡风翻译出版《山灵》,介绍杨逵、吕赫若的作品,已经构成了两个意义重大的文化、文学事件。鲁迅、胡风和张我军、杨逵、吕赫若都是两岸文学重镇的标志性人物,因此,他们的历史性相遇,也就足以揭示并象征大陆新文学和台湾新文学之间深刻的血肉联系。

张我军主动接近鲁迅是很自然的:因为他不仅深受鲁迅影响,而且是将五四新文学火种播撒到台湾的先驱者,是台湾新文学运动的奠基者之一。他和鲁迅见面时,就以他担任编辑的《台湾民报》相赠,而《台湾民报》是被视为台湾的《新青年》的。《台湾民报》的前身是创刊于1920年的《台湾青年》,在其《卷头辞》里,即旗帜鲜明地表示要"摈除利己的、排他的、独尊的野蛮生活,企图共存的、牺牲的文化运动",由此掀起"反日的文化启蒙运动",显然既是对《新青年》的回应,又突出了台湾自身的问题。1922年《台湾青年》改名为《台湾》,1923年后又改为《台湾民报》,开宗明义:"专用平易的汉文,满载民众的知识,宗旨不外欲启发我岛的文化,振起同胞的元气,以谋台湾的幸福。"1924年张我军担任《台湾民报》的编辑,更先后发表了《致台湾青年的一封信》、《为台湾文学界一哭》、《新文学运动的意义》等重要理论文章,系统而

---

① 胡风:《〈山灵〉序》,1936年3月31日作,见《胡风全集》第8卷,第676页,武汉:湖北人民出版社,1999年版。
② 黎湘萍:《从吕赫若小说透视日据时期的台湾文学》,载《中国现代文学研究丛刊》1999年第2期。
③ 鲁迅:《日记廿五[一九三六年]五月》,见《鲁迅全集》第16卷,第607页。

全面地介绍了胡适和陈独秀发起五四文学革命运动的"八不主义"和"三大主义"等主张,从而在台湾岛上引发一场新、旧文学的论争。在论争中张我军提出了一系列建设台湾新文学的主张,其中最重要的,是宣称"台湾文学乃中国文学的一支流","我们主张用白话做文学,换句话说,我们欲把台湾人的话统一于中国语,再换句话,是把我们现在所用的话改成中国语",而有音无字的台湾方言应依中国国语加以改造,使之成为言文一致的文学语言,以实现"白话文学的建设,台湾语言的改造"的目标。同时,张我军又在《台湾民报》上

赖和像

转载了大量大陆新文学代表作,如鲁迅的《故乡》、《狂人日记》、《阿Q正传》、《鸭的喜剧》,冰心的《超人》,淦女士的《隔绝》,郭沫若的《仰望》等。张我军自己也出版了台湾新文学史上第一本新诗集《乱都之恋》(1925年在台北自费出版)。张我军以他在提倡台湾新文学的理论与新诗创作上的贡献,而被视为"台湾的胡适之"。①

台湾新文学运动的另一位奠基者,被称为"台湾新文学之父"、"台湾的鲁迅"的赖和,也是在《台湾民报》上发表台湾新文学史上第一篇白话小说《斗闹热》(1925)和他最杰出的代表作《一杆秤仔》(1926)的。以后赖和在《台湾民报》主编文艺副刊,大力扶持新人,杨逵的《送报夫》就是由他推荐而发表在《台湾民报》改名的《台湾新民报》上,但只登了前篇,就被日本殖民当局查禁了。②

胡风和杨逵、吕赫若的共鸣和亲切感,还因为他们同是30年代左翼文艺运动的推动者。鲁迅曾经说过,大陆的"革命文学的旺盛",是因为"革命的挫折","几个青年被从实际工作排出,只好借此谋生",革命文学因此"具有

---

① 以上关于张我军的介绍、分析,参看秦贤次:《台湾新文学运动的奠基者——张我军》,载《中国现代文学研究丛刊》1990年第3期;武柏索:《〈台湾民报〉和台湾新文学运动》,载《新文学史料》1998年第3期。

② 武柏索:《〈台湾民报〉和台湾新文学运动》,载《新文学史料》1998年第3期。

杨逵小说集《鹅鸟的嫁人》书影

社会的基础",并"很有极坚实正确的人存在"①。台湾左翼文学运动也是如此:1927年,台湾的左翼政治运动,特别是工人、农民的反抗运动曾经达到一个高潮,杨逵即是"台湾农民组合"的领导人之一,在组织特别行动队、发动农民抗争活动中,先后十次被捕入狱。但1931年日本开始入侵中国东北后,为稳住后方,就将台湾民众运动强力镇压下去。赖和、杨逵、张深切等社会革命家只得将战线转移到文学阵地,成为左翼文艺运动的主要发动者。在1932年成立的具有左翼色彩的"南音社"、"台湾艺术研究会"、"台湾文艺协会"的基础上,于1934年联合成立了"台湾文艺联盟",明确表明了在"1930年以来席卷了整个世界的经济恐慌"的背景下向往社会主义的左翼立场,并提出了"左翼文学"的路线:把"富有特异性的作品,拿到大众里头去",给大众一个"新的刺激",以在革命低潮中激发民众内在的反抗性。为此,台湾文艺联盟创刊了《台湾文艺》,杨逵和赖和等又创办了《台湾新文学》,以"反映台湾劳苦大众生活现实为依归,因此有浓厚的社会主义倾向",并"带着较浓厚的写实主义的色彩"②。

胡风翻译介绍的杨逵的《送报夫》即是创造台湾左翼文学的自觉尝试和最重要的成果。如研究者所分析,小说以台湾青年杨君为第一人称叙述,有两条线索,一则回忆"我"的故乡地狱般的庶民生存境况,二则叙述"我"的异国生活和觉醒。"我"企图为苦难的台湾乡村和亲人寻找解救之道来到东京,却在老板的盘剥下难以维持生计,所幸与同甘共苦的日本工友建立了友谊,并在左翼思潮影响下,参加了报馆罢工并取得了胜利,从而懂得了"在现在的世界上,有钱的人要掠夺穷人们底劳力",台湾人和日本的劳动者有着共同的利益。这就使《送报夫》对台湾庶民阶层命运的描写,突出了"左翼思想中的世界性

---

① 鲁迅:《上海文艺之一瞥》,见《鲁迅全集》第4卷,第304页。
② 参看安兴本:《台湾艺术联盟与左翼文学运动》,载《中国现代文学研究丛刊》1991年第4期。

视野",具有鲜明的"国际主义色彩",同时显示了"阶级意识与民族精神并重"的思想特色。[①]

《送报夫》的结尾这样写道:"我怀着确信,从巨船蓬莱丸底甲板上凝视着台湾的春天,那儿表面上虽然美丽、肥满,但只要插进一针,就会看到恶臭逼人的血脓的进出。"[②]这是一个深刻的揭示:日本殖民者是把台湾当做自己统治版图的后方来经营的,它野心勃勃地要在台湾构建"现代文明"社会,即建造所谓的"台湾的春天",而且也确实有了"表面"的"美丽、肥满",这是日本殖民者的辩护士们至今还在炫耀的。真正的台湾左翼文学,就是要对抗这种虚假的历史叙述,"插进一针",以进出被掩饰的"恶臭逼人的血脓"。这正是吕赫若的《牛车》这样的左翼作品的意义所在:它真实地揭露了"殖民者的'现代文明'给原来的传统文化与社会生产结构带来的毁灭性打击",给台湾的庶民带来的无尽苦难。小说的主人公,依赖传统的牛车为生的杨添丁,永远也弄不明白,为什么在工业文明借助国家权力强行侵入他的乡村以后,他非但没有从中受益,生活却每况愈下,终于只能依靠妻子出卖肉体来谋生,沦为"男奴",最后因被迫偷鹅被抓而在这个世界消失。[③]胡风说他读了这样的作品,有"好像整个世界正在从我的周围陷落下去一样"[④]的感觉,这是真的。

最令人震撼的,却是无论是杨逵还是吕赫若的作品,都是用日语写的,这是三四十年代日本殖民者强行废止汉文,推行"皇民化运动",实行"文化统合"的结果。如论者所说,"日文的表现形式与中国的内在焦虑,这两者构成的张力,展现出殖民地时期台湾知识人的更为真实的处境和精神结构";这些日据时代的台湾作家(杨逵、吕赫若),"他们在失去母语的状态下用日语写作属于自己的而不是日本的文学",它的这一独特价值却只能经由自己的内地同胞(比如胡风)借助日文来认识和传播,这是一种"凝聚着历史、语言与精神之创伤的,令人感到悲凉而沉重的文学'十字架'"[⑤],特别引人深思。

(钱理群)

[①] 朱立立、刘登翰:《论杨逵日据时期的文学书写》,载《中国现代文学研究丛刊》2005年第3期。
[②] 胡风译:《送报夫》,见《胡风全集》第8卷,第357页。
[③][⑤] 黎湘萍:《从吕赫若小说透视日据时期的台湾文学》。
[④] 胡风:《〈山灵〉序》,见《胡风全集》第8卷,第676页。

海上惊《雷雨》

轰动京,汴,平,津,名满全国,唯一中国职业话剧团!
全沪人士渴望已久之—— 中国旅行剧团
将以下列脍炙人口的著名杰作第一次献给上海士女

日期及剧名
四月廿九日(明日)星期三

茶花女 陈绵博士导演

四月三十日(星期四)

雷雨 唐槐秋先生导演

五月一日(星期五)

梅萝香 应云卫先生导演

注意 时间特别提早 二时半 八时 地点 卡尔登大剧院 请速定座

(原载1936年4月28日《申报·本埠增刊》)

30年代中期,中国现代话剧史上终于出现了一位大师级的剧作家——曹禺。但1933年夏,这位23岁的清华大学西洋文学系三年级学生写出以后成为中国

《雷雨》广告

现代话剧经典的《雷雨》时,却无人问津。一年以后,经巴金、靳以之手,在1934年7月1日出版的《文学季刊》第1卷第3期发表后,没有一个批评家注意到它,或为它说过一句话。谁也没有料到的是:第一个发现它,并将它搬上舞台的,竟然是浙江上虞县春晖中学高二学生景金城,他在《文学季刊》上看到了剧本,立刻"若获至宝",并组织同学排演,在1934年12月2日校庆纪念会上演出。这次在"幽静的白马湖畔"的《雷雨》首演,看似偶然,却也渊源有自:春晖中学其办学理念"智、德、体、美、群全面发展"就来自五四;朱自清、夏丏尊、丰子恺、朱光潜都曾在这里任教;春晖中学的学生剧团也有演出现代话剧的传统,1926年就排演过郭沫若的《棠棣之花》;1929年,高中部的学生还演出了易卜生的《娜拉》。① 这些中学生(还有大学生)中的戏剧爱好者,都是五四新文化运动和现代教育自身培养出来的话剧潜在观众与读者,由他们首先发现《雷雨》,是很自然,而特别有意义的。

接着,《雷雨》又在东邻日本得到回响:1935年4月27—29日,中华话剧同好会在东京神田一桥讲堂演出《雷雨》。日本戏剧前辈秋田雨雀先生观看以后,特地撰文推荐,指出:"近代中国社会和家庭悲剧,由这位作者赋予意义深刻的戏剧形象,这是最使人感兴趣的。"② 东京《帝大新闻》还发表专论,认为《雷雨》出现以后,"日本人(如仍)以为中国的戏剧还(停)留在梅兰芳阶段,(将)是笑话"③。人们很容易就联想起,28年前的1907年,春柳社在东京首演《黑人吁天录》,那是中国现代话剧演出的起端。中、日之间的戏剧之缘,是令人感动与感慨的。曹禺的剧本最容易走出国门,成为最具国际声誉的中国剧作家,大概也不是偶然的。

《雷雨》真正进入中国戏剧市场,是1935年10月13日中国旅行剧团在天津新新影剧院的公演。中国旅行剧团成立于1933年11月,开始仅是一个四处流浪、朝不保夕的艺术团体,却是中国最早的职业剧团,在1935年已经有了相当的影响,它们此时和《雷雨》"相遇",以最强大的阵容演出,由剧团老板唐槐秋亲任导演,主要演员有唐若青(饰侍萍)、戴涯(饰周朴园)、赵慧深(饰

---

① 参看刘家思:《关于〈雷雨〉首演的深度考证》,载《现代文学研究丛刊》2008年第5期。
② 秋田雨雀:《关于中国现代悲剧〈雷雨〉的出版》,载1936年1月19日《汽笛新刊月报》第76号。这是为《雷雨》的第一个日译本(邢振铎译,东京汽笛社,1936年2月出版)写的序言。
③ 罗亭:《〈雷雨〉的批评》,载1935年7月15日《杂文》第1卷第2号。

蘩漪)、章曼萍(饰四凤)、陶金(饰周萍)等,都是一时之最佳人选,因此,演出获得极大成功。1936年2月5日再度在天津公演,同样引起轰动。中国旅行剧团顺势南下,到了中国最大的商业市场上海。我们这里引录的广告,就是正式公演前,在当时最有影响的大报《申报》上登出的。可以看出,广告的中心,是突出"剧团",而非"剧本"。所谓"轰动京,汴,平,津,名满全国,唯一的中国职业话剧团",其卖点也是:这个"全沪人士渴望已久之"中国旅行剧团,将以什么样的"脍炙人口的著名杰作第一次献给上海士女"?而演出剧目中,《雷雨》仅是其中之一,并未着意宣传,连作者曹禺的名字都没有出现。这是可以理解的:其时《雷雨》及其作者都未被社会和市场承认,还处在"剧团养剧本"的阶段。广告公布的演出时间是1936年4月30日,实际上演是在1936年5月6日。演出一炮打响,连演三个月,场场客满。9月,再次演出,上座率仍不减,观众连夜排队,甚至有人从外地赶来观看,茅盾因此有"当年海上惊《雷雨》"的诗句。①话剧的卖座超过了电影,这是所有人都没有料到的。善于抓住商机的卡尔登经理立刻宣布,从1937年起只演话剧而停映电影,并将剧院改名为上海艺术剧院,除和中国旅行剧团订了长期合同之外,也请业余剧人协会经常在该院演出,这才有了1937年的"春季联合公演"。

同年5—6月及10月,中国旅行剧团先后赴南京、武汉演出《雷雨》,同样引起轰动。剧团离开南京以后,曹禺、马彦祥、戴涯等组织的中国戏剧学会又在南京世界大剧院演出《雷雨》,由曹禺亲自扮演周朴园。在上述剧团演出带动下,全国各地剧团纷纷排演《雷雨》,一些本来只以京剧名伶为衣食父母的戏剧商人,纷纷从长江中下游的大中城市赶到上海,按照当时邀请京剧名伶的条件,争相邀请"唱话剧的唐家班";有人统计,至1936年底,上演达五六百场。②同年,《雷雨》还被拍成无声电影;如文学史家曹聚仁所说,"每一种戏曲,无论申曲、越剧,文明戏,都有了他们所扮演的《雷雨》"③。有意思的是,话剧与地方戏曲的长期反复演出,竟培育出了《雷雨》的"老观众",他们"像听京剧一样,闭着眼睛,打着拍子来听《雷雨》的台词,不少人心目

---

① 茅盾:《赠曹禺》,载1979年1月28日《人民日报》。
② 据1937年1月24日《大公报》,转引自田本相等:《曹禺年谱》,天津:南开大学出版社,1985年版。
③ 曹聚仁:《文坛五十年续编》,第287页,香港:新文化出版社,1973年版。

中都有一个繁漪,一个周朴园……如同人们心目中都有一个林黛玉,一个贾宝玉一样,足见这个戏的人物,在观众心目中已有了'定型'"①,这就意味着,《雷雨》已经把旧戏和文明戏的观众吸引过来,和传统戏曲的经典剧目一样,真正扎根于观众心上了。

这样,经由中国旅行剧团这样的职业剧团示范性的演出,以及电影、戏曲等传播手段的扩大影响,曹禺的《雷雨》在很短的时间内,就和中国现代话剧的主要接受对象:中国都市"各阶层小市民发生关联,从老妪到少女,都在替这群不幸的孩子们流泪"②。在这一过程中,以中国旅行剧团为代表的中国职业剧团也逐渐在中国观众中扎下了根,从而大大推动了中国话剧职业化的历史进程,促进了中国现代剧场艺术的发展,1936年《雷雨》的演出,也就成为中国话剧"从幼稚期进入成熟期"的一个标志性历史事件。于是就有了这样的出版广告:"是《雷雨》支持了中国话剧舞台。中国的舞台是因为有了《雷雨》以后才有了自己的脚本。"③从此,就不再是"剧团养剧本",而是"剧本养剧团,养剧人",可以说,中国话剧以后几代剧人:导演、演员、舞台工作者,以至观众,都是曹禺的戏剧培育出来的,许多人都是看曹禺戏、演曹禺戏长大的。

《雷雨》之所以有如此惊人与持久的剧场效应,首先是因为其高超的艺术技巧。可以说,曹禺是现代话剧史上第一个有"戏剧整体感"的剧作家,无论对剧情的编造,人物性格的刻画,台词的推敲,动作的安排,舞台的调度,布景、灯光、音响、道具的设计,演出节奏的掌控,情调的把握,无不精心打造,真正做到了剧本的文学性与演出性高度统一,《雷雨》能够吸引如此多的导演、表演和舞台艺术家,激发出他们源源不断的想象力和创造力,原因即在于此。他的剧本和演出浑然一体,形成高度和谐、精美的艺术品,使观看戏剧演出,成为真正的艺术享受,如此震撼灵魂(因其对人性开掘之深),又赏心悦目(因其艺术的精致)的艺术境界,是此前相对粗糙的话剧演出所从未达到,甚至是未被意识到的。在这个意义上,正是曹禺的《雷雨》使中国话剧成了具有长远鉴赏力的真正艺术。

更为重要的,是曹禺对大综合、大融合的戏剧艺术的自觉追求。《雷雨》所

---

① 郑榕:《我认识周朴园的过程》,见《〈雷雨〉的舞台艺术》,上海:上海文艺出版社,1982年版。
② 曹聚仁:《文坛五十年续编》,第287页。
③ 载1937年6月16日《戏剧时代》第1卷第2期。

表现的，是一个多重悲剧：下层妇女（侍萍）被离弃的悲剧，上层妇女（繁漪）个性受压抑的悲剧，青年男女（周萍与四凤）得不到正常爱情的悲剧，青春梦幻（周冲）破灭的悲剧，以及劳动者（大海）反抗失败的悲剧。血缘关系和阶级关系相互纠缠，社会悲剧的背后更深藏着命运的悲剧：几乎所有的观众都可以从其中某一个侧面，看到自己，引起共鸣。在戏剧的体式上，曹禺试图将中国文明戏的某些因素和西方的性格剧、心理剧、佳构剧综合，不同艺术趣味的观众都可以从中得到某种满足。在艺术表现上，曹禺更将中国传统戏剧艺术和西方现代戏剧艺术融为一体。在戏剧情节设置上，周朴园与侍萍的恩怨，演绎的显然是中国戏曲"始乱终弃"的传统模式；而繁漪与周萍爱的纠葛和繁漪的复仇，又和希腊悲剧《希波吕托斯》、《美狄亚》之间存在某种相似。强烈的抒情性、煽情性，自然是中国观众所习惯与喜爱的；但所要表现的非理性的情欲，则又是具有现代意味的，繁漪式的大爱大恨的极端情感，疯狂的复仇所显示的生命的魔性状态，更是中国传统中所缺少的。中国观众看《雷雨》，既感到熟悉，又觉陌生，这两个方面都会产生吸引力。或许这正是曹禺的追求：他既要适应观众，使之能够接受；又不迎合观众，并在一定程度上改造与提升观众。这其实是现代话剧能够在中国立足的关键所在，是曹禺戏剧在30年代"马到成功"的最具启发性之处。

（钱理群）

5月

鲁迅和凯绥·珂勒惠支及新兴木刻运动

一九三五年九月，三闲书屋据原拓本及艺术护卫社印本画帖，选中国宣纸，在北平用珂罗版印造版画各一百零三幅，一九三六年五月，在上海补印文字，装订成书。内四十本为赠送本，不发卖；三十本在外国，三十三本在中国出售，每本实价通用纸币三元二角正。

上海北四川路底施高塔路十一号内山书店代售。　　第　本　有人翻印　功德无量

（鲁迅撰，最初印于1936年5月三闲书屋版《凯绥·珂勒惠支版画选集》扉页后）

这是鲁迅的老朋友许寿裳先生心中的永恒记忆：1936年7月底看望鲁迅时，鲁迅以刚装订成册的《凯绥·珂勒惠支版画选集》相赠，并亲手题写："印造此书，自去年至今年，自病前至病后，手自经营，才得成就，持赠季市（引按，许寿裳）一册，以为纪念耳。"许寿裳手执这本巨大而珍贵的画册，与鲁迅握手告别，不料竟成永诀。[①]这里所说"自病前至病后，手自经营"并非虚言。许广平就有这样的回忆："那已经是大病以后的七月间，在近百度的暑热中，我和先生一同在地席上一页一页地排次序，衬夹层，成为病中的纪念出品了。"[②]一位鲁迅身边的年轻人更有这样的近距离观察："他穿了一身短衫裤，显着骨瘦棱棱的四肢，正弯着腰在折叠珂勒惠支的《版画选集》。"[③]鲁迅可以说是拼将生命的最后一点力气来编印凯绥·珂勒惠支的《版画选集》的。这是为什么？

这首先是出于鲁迅的美术情结、木刻情怀。许寿裳回忆说，鲁迅是最能体会蔡元培的"美育代宗教"的思想深意，并身体力行的，这其实是构成了五四

[①] 许寿裳：《亡友鲁迅印象记》，见《鲁迅回忆录》（专著，上册），第242页，北京：北京出版社，1999年版。

[②] 许广平：《关于鲁迅的生活·鲁迅与中国木刻运动》，见《鲁迅回忆录》（专著，中册），第724页。

[③] 黄源：《鲁迅先生》，载1936年12月《文季》第1卷第6期。

鲁迅设计的《珂勒惠支版画选集》广告

新文化运动的一个重要发展线索的。而"鲁迅的爱好美术,自幼已然,爱看戏,爱描画;中年则研究汉代画像;晚年则提倡版画"①。人们公认鲁迅是"中国现代木刻之父"。在30年代他不遗余力地推动中国木刻运动,这里寄寓着他的文学理想、美学追求。大体有三。其一,在鲁迅看来,"创作底木刻"的最大特点,是"不模仿,不复刻,作者捏刀向木,直刻下去",这"放刀直干"的艺术,就有一种"有力之美"。鲁迅说:"有精力弥满的作家和观者,才会生出的'力'的艺术来。'放笔直干'的图画,恐怕难以生存于颓唐,小巧的社会里的。"②他显然希望提倡、扶植一种充满"有力之美"的"刚健质朴的文艺"③,以纠正中国社会和文艺"颓唐小巧"之弊。其二,鲁迅非常看重苏联版画适应"革命的需要",所发挥的"宣传,教化,装饰和普及"的作用。在他看来,版

---

① 许寿裳:《亡友鲁迅印象记》,见《鲁迅回忆录》(专著,上册),第242页。
② 鲁迅:《〈近代木刻选集〉(1)小引》、《〈近代木刻选集〉(2)小引》,见《鲁迅全集》第7卷,第336、351页,北京:人民文学出版社,2005年版。
③ 鲁迅在《为了忘却的记念》里说,他和柔石等一起编印《文苑朝华》、《朝花旬刊》,输入外国版画,就是为了扶植一点"刚健质朴的文艺"。见《鲁迅全集》第4卷,第496页。

画形式简便,"顷刻能办","仅有若干青年们的一副铁笔和几块木板,便能发展得如此蓬蓬勃勃",并展现"现代社会的魂魄",这是特别适合和有利于条件简陋,处于草创期的中国革命艺术的发展的。①其三,鲁迅多次指出,"木刻的图画,原是中国早先就有的东西",而且它有着深厚的民间基础,"它本来就是大众的,也就是'俗'的";但现代木刻又来自西方现代艺术,在其"有意味的形式"里,"在光耀的黑白相对中有东方的艳丽和精巧的白线底律动"。这样,中国的现代木刻艺术就有可能实现东、西方艺术的融合,并"淆乱了雅俗之辨"②。这样的"内外两面都和世界的时代思潮合流,而又并未桔亡中国的民族性"的艺术境界,是鲁迅所神往的。③鲁迅由此而提出:"中国的新木刻的羽翼",应该是一面"绍介欧美的新作",一面"复印中国的古刻","采用外国的良规,加以发挥,使我们的作品更加丰满是一条路;择取中国的遗产,融合新机,使将来的作品别开生面也是一条路"④。因此,鲁迅对中国木刻运动的发展的推动,除主办木刻讲习班,举办各种木刻展览会以外,主要着力点始终是翻印各种画册。其中最重要的是两大工程,一是和郑振铎合作,编选、印制《北平笺谱》和复制《十竹斋笺谱》,这是对明代和近代以来文人和民间木刻资源的一次挖掘与抢救,如鲁迅在《〈北平笺谱〉序》里所说:"纵非中国木刻史之丰碑,庶几小品艺术之旧苑,亦将为后之览古者所偶涉欤。"⑤另一大工程即是《凯绥·珂勒惠支版画选集》的选印。在此之前,鲁迅已经印制了《近代木刻选集》,介绍欧美、日本的版画;印行了《苏俄画选》和《引玉集》,将来自"广大的黑土"的苏联木刻引入中国;现在,继《梅斐尔德木刻士敏土之图》之后,鲁迅又重点出版《凯绥·珂勒惠支版画选集》,将德国版画推到年轻的中国版画家面前。在鲁迅看来,法国木刻艺术"纤美",苏联木刻"真挚"、"有力",德国作品"多为豪放"⑥,正可为中国年轻的艺术学徒广泛吸取。正是在鲁迅的引导下,中国

---

① 鲁迅:《〈新俄画选〉小引》,见《鲁迅全集》第 7 卷,第 362、363 页;《〈全国木刻联合展览会专辑〉序》,见《鲁迅全集》第 6 卷,第 350 页。

② 鲁迅:《〈全国木刻联合展览会专辑〉序》,见《鲁迅全集》第 6 卷,第 350 页;《〈近代木刻选集〉(2)附记》,《鲁迅全集》第 7 卷,第 353 页。

③ 鲁迅:《当陶元庆君的绘画展览时》,见《鲁迅全集》第 3 卷,第 574 页。

④ 鲁迅:《〈木刻纪程〉小引》,见《鲁迅全集》第 6 卷,第 50 页。

⑤ 鲁迅:《〈北平笺谱〉序》,见《鲁迅全集》第 7 卷,第 428 页。

⑥ 鲁迅:《记苏联版画展览会》,见《鲁迅全集》第 6 卷,第 500 页。

新兴木刻运动从一开始就走上了广阔、健全的发展道路，并取得了最初的成果。鲁迅亲自主持编印《木刻纪程》，总结经验，以作中国木刻发展的"路程碑",[1]又及时将中国木刻推向世界，先后在法国巴黎和苏联莫斯科举办"革命的中国新艺术展览会"，受到了两国艺术家和观众的好评，有力地证明了鲁迅的论断："有地方色彩的，倒容易成为世界的。"[2]

鲁迅之所以全力以赴地引荐凯绥·珂勒惠支，更是出于他们同作为左翼艺术家的精神的共鸣和心灵的相通。鲁迅如此评价珂勒惠支："她以深广的慈母之爱，为一切被侮辱和损害者悲哀，抗议，愤怒，斗争；所取的题材大抵是困苦，饥饿，流离，疾病，死亡，然而也有呼号，挣扎，联合和奋起。"[3]珂勒惠支的代表作，也是鲁迅着重介绍的，是《农民战争》和《织工的反抗》两套组画和《面包》、《德国的孩子饿着》等单页作品，如美国左翼作家史沫特莱应鲁迅之约而写的序言里所说："欧洲大陆上没有第二个艺术家曾经在他或她的作品中那么正确地，而且深刻地反映了德国大众的生活与痛苦"，她是"劳动阶级有力的代言人"。在鲁迅看来，这都是受压迫的中国劳苦大众和战斗的中国艺术最急需的精神养料。尤其是珂勒惠支曾毅然在声援"左联五烈士"的国际革命作家宣言书上签名；她自己却受着希特勒法西斯政权的迫害，丧失了发表作品的权利，鲁迅在此时印行珂勒惠支的创作，并且特地托日本作家将画册送赠珂勒惠支本人，正是要向她遥致声援之意。打动鲁迅的，还有她的作品里的"强有力的，无所不包的母性"，他曾专门著文介绍珂勒惠支"刻一母亲含悲献她的儿子"的《牺牲》,[4]并将其发表于1931年9月20日的《北斗》创刊号，作为对刚牺牲的、同样倾心于珂勒惠支的柔石的心的纪念。

《凯绥·珂勒惠支版画选集》更以编印的精心、精致，而永存于中国美术史、出版史。这正是文学史家唐弢所要强调的："这本画册封面用泥金笺题签，在磁青纸上显得特别健朴可爱，纸的大小与封面的比例，十分匀称，而四行题签，更是疏落相间，鲁迅都花过一番心思，一加改动就不是那么一回事了。"还如唐弢所说，这样的精印本，"不用说翻检内容，就是一看到版式装帧，也使人

---

[1] 鲁迅：《〈木刻纪程〉小引》，见《鲁迅全集》第6卷，第50页。
[2] 鲁迅：《340419 致陈烟桥》，见《鲁迅全集》第13卷，第81页。
[3] 鲁迅：《〈凯绥·珂勒惠支版画选集〉序目》，见《鲁迅全集》第6卷，第487—488页。
[4] 鲁迅：《凯绥·珂勒惠支木刻〈牺牲〉说明》，见《鲁迅全集》第8卷，第350页。

美感突兴,神驰不已"①。唐弢特意提到,鲁迅印书,"精妙绝伦,往往奇少"。《凯绥·珂勒惠支版画选集》虽印103部,但如鲁迅所拟广告所言,其中"四十本为赠送本,不发卖;三十本在外国",国内出售仅33本,"难得可知"。据说《北平笺谱》,也只印100部,"售价十二元,在当时确属奇昂,然犹一出即罄"②。鲁迅如此沉迷于书的装帧,严格控制书的印数,显示了他对美的趣味、敏感和鉴赏力,以及对完美的追求。这一面的鲁迅,是常常被忽略而不应该忽略的。

鲁迅所撰广告里"有人翻印,功德无量"一语,引起了许多研究者的兴趣。官僚的禁毁与商人的翻印,曾被认为是30年代中国图书之二厄。有人收集1932年翻版书,就多达201种;是年7月成立了中国著作出版人联合会集体维权,但也收效甚微,只能在书的版权页写上"版权所有,翻印必究",聊示抗议和警告。而鲁迅的"有人翻印,功德无量"却揭示了另一种出书困境:真正精美的图书无人愿意投资出版或翻印。鲁迅原来有一个更大规模的编印《德国版画集》的计划,就因为资金不足而搁置,转而先出规模较小的《凯绥·珂勒惠支版画选集》,这也是鲁迅节衣缩食换来的。③鲁迅因此发出感慨:"目前的中国,真是荆天棘地,所见的只是狐虎的跋扈和雉兔的偷生,在文艺上,仅存的是冷淡和破坏。而且,丑角也在荒凉中乘势登场,对于木刻的绍介,已有……帮闲们的讥笑了。但历史的巨轮,是决不因帮闲们的不满而停运的;我已经确切的相信:将来的光明,必将证明我们不但是文艺上的遗产的保存者,而且也是开拓者和建设者。"④

(钱理群)

---

① 唐弢:《晦庵书话·画册的装帧》,见《唐弢文集》第5卷,第389、390页。
② 唐弢:《晦庵书话·北平笺谱》,见《唐弢文集》第5卷,第484、485页。
③ 唐弢《晦庵书话》中的《翻版书》、《再谈翻版书》、《"有人翻印,功德无量"》,见《唐弢文集》第5卷,第303、315、321页。参看杨燕丽:《鲁迅为什么编印〈凯绥·珂勒惠支版画选集〉》,载《鲁迅研究月刊》2008年第6期。
④ 鲁迅:《〈引玉集〉后记》,见《鲁迅全集》第7卷,第440—441页。

6月

《谈美》：一个美学家的人生情怀和社会关怀

谈 美

朱光潜著　四角

本书是朱光潜先生《给青年的十二封信》后的第十三封信，朱先生对于美学颇多心得。他自己说："在这封信里，我想把这一点心得介绍给你，假若你看过之后，看到一首诗，一幅画，或是一片自然风景时，比较从前更感到浓厚的趣味，懂得像什么样的经验就是美感的，然后再以美感态度推到人生世相方面去，我的心愿就算达到了。"他的态度亲切和谈话的风趣，是和《给青年的十二封信》是一样。

开明书店发行

（原载1936年6月1日《中学生文艺季刊》第2卷第2号）

朱光潜的《给青年的十二封信》，是他留学英国期间写的，曾以"给一个中学生的十二封信"为题，以连载的形式发表于1926年11月至1928年3月的《一般》杂志，1929年由开明书店出版。朱光潜后来回忆说：

> 这部处女作现在看来不免有些幼稚可笑，但当时却成了一种最畅销的书，原因在我反映了当时一般青年小知识分子的心理状况。我和广大青年建立了友好关系，就从这本小册子开始。此后我写出文章不愁找不到出版处。①

《给青年的十二封信》出版以后确实是"成了一种最畅销的书"，至少是开明书

---

① 朱光潜：《作者自传》，见《朱光潜全集》第1卷，第4—5页，合肥：安徽教育出版社，1987年版。

店最畅销的书，而作者此后的好几部著作，也都是在开明书店出版的。因为《给青年的十二封信》谈读书、谈作文、谈社会运动、谈爱恋、谈升学选科等等，涉及青年的人生各方面的问题，而《谈美》则是专门"谈美"的，似乎可以看做是谈一个问题的，所以说是"'给青年十二封信'后的第十三封信"。

作者自云，《谈美》是他的美学专著《文艺心理学》的"缩写本"①。实际上，《文艺心理学》是美学理论著作，而《谈美》却不仅仅是谈"美"，而是以谈美为出发点来谈论人生；作者所谓的"以美感态度推到人生世相方面去，我的心愿就算达到了"，乃《谈美》的主旨和写作目的。所以，在《谈美》的《开场话》里，作者说：

青年朱光潜

> 谈美！这话太突如其来了！在这个危急存亡的年头，我还有心肝来"谈风月"么？是的，我现在谈美，正因为时机实在是太紧迫了。……我坚信中国社会闹得如此之糟，不完全是制度的问题，是大半由于人心太坏。我坚信情感比理智重要，要洗刷人心，并非几句道德家言所可了事，一定要从"怡情养性"做起，一定要于饱食暖衣、高官厚禄等等之外，别有较高尚、较纯洁的企求。要求人心净化，先要求人生美化。②

可见"谈美"是意在"要洗刷人心"，或者反过来说，就是"要求人心净化，先要求人生美化"。这段话，充分体现了作者强烈的社会关怀。"人心"何以"净化"？这与美感态度、审美情感或艺术心理，有何关系？朱光潜在下文这样提供了自己的答案：

> 人要有出世的精神才可以做入世的事业。现世只是一个密密无缝的利害网，一般人不能跳脱这个圈套，所以转来转去，仍是被利害两个大字系住。在利害关系方面，人已最不容易调协，人人都把自己放在首位，欺诈、

---

① 朱光潜：《作者自传》，见《朱光潜全集》第1卷，第5页。
② 朱光潜：《谈美·开场话》，见《朱光潜全集》第2卷，第5—6页。

> 凌虐、劫夺种种罪孽都种根于此。美感的世界纯粹是意象世界，超乎利害关系而独立。在创造或是欣赏艺术时，人都是从有利害关系的实用世界搬家到绝无利害关系的理想世界里去。艺术的活动是"无所为而为"的。我以为无论是讲学问或是做事业的人都要抱有一副"无所为而为"的精神，把自己所做的学问事业当作一件艺术品看待，只求满足理想和情趣，不斤斤于利害得失，才可以有一番真正的成就。伟大的事业都出于宏远的眼界和豁达的胸襟。①

所以说，《谈美》实则谈人生，充分体现了一个美学家的独特的人生情怀和热切的社会关怀。

朱自清是很有眼光的，他对《谈美》及其与《文艺心理学》的关系，看得很清楚。他在《〈谈美〉序》中这样说：《谈美》并非《文艺心理学》的"节略"，"它自成一个完整的有机体；有些处是那部大书所不详的；有些是那里面没有的。——'人生的艺术化'一章是著明的例子；这是孟实先生自己最重要的理论"②。

"'慢慢走，欣赏啊！'——人生的艺术化"是全书的第十五章，也是最后一章，《谈美》的主旨尽在于此，确实如朱自清所说"这是孟实先生自己最重要的理论"。本章开头即云：

> 一直到现在，我们都是讨论艺术的创造与欣赏。在收尾这一节中，我提议约略说明艺术和人生的关系。

关于人生的命题就这样提出来了。那么，这个关系是什么呢？朱光潜说：

> 严格地说，离开人生便无所谓艺术，因为艺术是情趣的表现，而情趣的根源就在人生；反之，离开艺术也便无所谓人生，因为凡是创造和欣赏都是艺术的活动，无创造、无欣赏的人生是一个自相矛盾的名词。

进而认为：

> 人生本来就是一种较广义的艺术。每个人的生命史就是他自己的作品。这种作品可以是艺术的，也可以不是艺术的，正犹如同是一种顽石，这个

---

① 朱光潜：《谈美·开场话》，见《朱光潜全集》第2卷，第5—6页。
② 朱自清：《〈谈美〉序》，见《朱光潜全集》第2卷，第100页。

人能把它雕成一座伟大的雕像,而另一个人却不能使它"成器",分别全在性分与修养。知道生活的人就是艺术家,他的生活就是艺术作品。

那么,何为"人生的艺术化"?朱光潜的答案是这样的:

> 艺术是情趣的活动,艺术的生活也就是情趣丰富的生活。人可以分为两种,一种是情趣丰富的,对于许多事物都觉得有趣味,而且到处寻求享受这种趣味。一种是情趣干枯的,对于许多事物都觉得没有趣味,也不去寻求趣味,只终日拼命和蝇蛆在一块争温饱。后者是俗人,前者就是艺术家。情趣愈丰富,生活也愈美满,所谓人生的艺术化就是人生的情趣化。

所谓"趣味"、"情趣",就是欣赏的审美态度,所以朱光潜说"情趣愈丰富,生活也愈美满,所谓人生的艺术化就是人生的情趣化",并且补充说:

> "觉得有趣味"就是欣赏。你是否知道生活,就看你对于许多事物能否欣赏。欣赏也就是"无所为而为的玩索"。

"无所为而为的玩索",这是西方哲人的名言,即"disinterested contemplation",也就是朱光潜在《开场白》中所说的"人要有出世的精神才可以做入世的事业"。这样,朱自清所谓的"孟实先生自己最重要的理论",就完全提出来了。最后,朱光潜以这样生动的话语结束全书:

> 阿尔卑斯山谷中有一条大汽车路,两旁景物极美,路上插着一个标语牌劝告游人说:"慢慢走,欣赏啊!"许多人在这车如流水马如龙的世界过活,恰如在阿尔卑斯山谷中乘汽车兜风,匆匆忙忙地急驰而过,无暇一回首流连风景,于是这丰富华丽的世界便成为一个了无生趣的囚牢。这是一件多么可惋惜的事啊!
>
> 朋友,在告别之前,我采用阿尔卑斯山路上的标语,在中国人告别习用语之下加上三个字奉赠:
>
> "慢慢走,欣赏啊!"①

这是对"趣味"、"情趣"和"欣赏"的生动解说,令人想起汉语中那句常常被

---

① 朱光潜:《谈美·十五"慢慢走,欣赏啊!"——人生的艺术化》,见《朱光潜全集》第2卷,第90—97页。

误解的古老名言:"流连光景"!

"趣味"、"人生的艺术化",朱光潜文艺理论的这些关键词,很自然地使人想起周作人的人生与艺术理论。

关于"趣味",周作人同样很看重,他说:"我很看重趣味,以为这是美也是善,而没趣味乃是一件大坏事";"平常没有人对生活不取有一种特殊的态度,或淡泊不经意,或琐琐多有取舍,虽其趋向不同,却各自成为一种趣味";"最不行的是似是而非的没趣味,或曰假趣味,恶趣味,低级趣味均可"①。"趣味"既是艺术态度也是生活态度,所以说"这是美也是善";朱光潜的理论和周作人的这种说法,有什么区别?

而"人生的艺术化",不就是周作人所谓的"生活之艺术"吗?周作人在《生活之艺术》一文中说:

> 动物那样的,自然地简单地生活,是其一法;把生活当作一种艺术,微妙地美地生活,又是一法:二者之外别无道路,有之则是禽兽之下的乱调的生活了。生活之艺术只在禁欲与纵欲的调和。②

而在《北京的茶食》一文中,周作人则有进一步的解说:

> 我们于日用必须的东西以外,必须还有一点无用的游戏与享乐,生活才觉得有意思。我们看夕阳,看秋河,看花,听雨,闻香,喝不求解渴的酒,吃不求饱的点心,都是生活上必要的——虽是无用的装点,而且是愈精炼愈好。③

这不就是朱光潜借用西方名言"无所为而为的玩索"所说的"人生的艺术化"之人生的"趣味"吗?同样,周作人所谓的"生活之艺术",不仅是一种人生观,而且也包含着社会关怀的思想,所以周作人在《生活之艺术》最后说:

> 中国现在所切要的是一种新的自由与新的节制,去建造中国新的文明,也就是复兴千年前的旧文明,也就是与西方文化的基础之希腊文明相合一了。这些话或者说的太大太高了,但据我想舍此中国别无得救之道。④

---

① 周作人:《笠翁与随园》,载 1935 年 9 月 6 日《大公报·文艺》,署名"知堂"。
②④ 周作人:《生活之艺术》,载 1924 年 11 月 17 日《语丝》第 1 期,署名"开明"。
③ 周作人:《北京的茶食》,载 1924 年 4 月 5 日《晨报副刊》,署名"陶然"。

这和朱光潜所谓的"要求人心净化,先要求人生美化",说法有差异,但其社会关怀的热情则是一样的;并且,有意思的是,他们都知道在当时的中国这样谈"生活之艺术"、谈"人生的艺术化",显得不合时宜,显得有些迂腐。

《生活之艺术》和《北京的茶食》都是周作人散文集《雨天的书》中的文章,朱光潜早在1926年——这本散文集出版之初——就发表了对《雨天的书》的书评,高度称赞周作人的散文及其人生态度,并且这样心仪:

> 让我们同周先生坐在一块,一口一口的啜着清茗,看着院子里花条蛤蟆戏水,听他谈"故乡的野菜","北京的茶食",二十年前的江南水师学堂,和清波门外的杨三姑一类的故事,却是一大解脱。①

很显然,周作人对朱光潜有着巨大的影响。或者更准确地说,朱光潜的"人生的艺术化"理论,是对周作人"生活之艺术"说以美学理论为基础而进行的理论化、系统化的发展,周作人其实是这一理论命题的最早提出者。

(高恒文)

在"两个口号"论争下中国文艺家协会等成立

中国文艺家协会宣言(节选,简章及会员名录略)

……

文艺作家有他特殊的武器。文艺作家在全民族一致的救国阵线中有他自己的岗位。中国文艺家协会在今日宣告成立,自有它伟大的历史的使命。

是全民族救国运动中的一环,中国文艺家协会坚决拥护民族救国阵线的最低限度的基本的要求:团结一致抵抗侵略,停止内战,言论出版自由,民众组织救国团体的自由。

是文艺家的集团,中国文艺家协会要求作家们切身权利的保障,要求同一

---

① 朱光潜:《〈雨天的书〉》,载1926年11月《一般》第1卷第3期。

目标的作家们的集体的创造和集体的研究。

中国文艺家协会特别要提议：在全民族一致救国的大目标下，文艺上主张不同的作家们可以是一条战线上的战友。文艺上主张的不同，并不妨碍我们为了民族利益而团结一致；同时，为了民族利益而团结一致，并不拘束了我们各自的文艺主张向广大民众声诉而听取最后的判词。

是全民族一致救国的要求，使我们站在一条战线上，同时，亦将是民族解放斗争的更开展与更深入，无情地淘汰了一些畏缩的，动摇的，而使我们这集团锻炼成钢铁一般的壁垒！

中国文艺家协会要求更多的作家们来共同负起历史决定了的使命。

把我们的笔集中于民族解放的斗争吧！

中华民族自由解放万岁！

（原载 1936 年 6 月 10 日《光明》创刊号）

这个宣言的文字在内容上自有当时抗战团体慷慨陈词的庄严性，也有与其他抗战组织大体类同的习惯用语。但这些并不是我们在此引用它的主要目的。我们只是为了说明在这年 6 月此宣言发表之后，到了 7 月就又有《中国文艺工作者宣言》登载在《现实文学》第 1 期上。两个宣言都发表在两个刊物的创刊号，这件事本身就很不一般。宣言之后均附参加者名单，可以看出里面包含了各派作家，而许多原"左联"作家也在其中，显示了统一战线在文艺界的聚合。令人费解处是有一些左翼青年作家如胡风、萧军、萧红等只与鲁迅一起列于后一名单之中，而有的重要作家如茅盾，又同时出现在两个宣言的后面。这才是我们通过两个宣言要谈的左翼文学阵营内部的显著裂痕。

问题的近因，起于文化界抗日统一战线的形成和"左联"的解散。1935 年 11 月，"左联"驻国际革命作家联盟的代表萧三从莫斯科写来一封长信，经史沫特莱转给鲁迅，再由鲁迅转给"左联"当时的实际负责人周扬。此信明眼人一看便知不是萧三的私人意见，是代表

参与"两个口号"之争的《光明》创刊号

中共驻共产国际代表团根据新形势对"左联"发出的指示：它总结了"左联"的成绩，指出其"关门主义"、"宗派主义"的缺陷，并根据共产国际第七次代表大会的决议精神，要求解散"左联"，成立一个更广大的便于公开活动的文学团体。周扬等人立即同意解散"左联"，并提议重新建立新组织。鲁迅则表示最好不要解散"左联"，可以让它在抗日统一战线内部发挥核心作用；如一定要解散，也需发一宣言，以免敌对当局借故散布"左联"溃散的消息，使亲痛仇快。周扬们表面上答应了鲁迅的条件，却没有做到。1936年初在未发一言的情况下，"左联"悄悄自动解体了。

这件事加剧了"左联"本来就存在的一些较"左"的领导人视鲁迅为"同路人"所暗含的矛盾。"左联"1930年成立前本有后期创造社、太阳社成员联合"攻击"鲁迅、茅盾之举，后来虽然整合进了"左联"，但彼此的隔阂并未全部化除。冯雪峰、胡风等和鲁迅接近的作家渐渐和周扬等一批作家有了距离和误解。1933年冯雪峰赴江西苏区，胡风不做"左联"领导工作之后，许多事情就不通报鲁迅，甚至还发生了1934年"左联"全年工作总结没有与鲁迅商量，便在内部刊物《文学生活》上披露的事情。到了"左联"解散前后，从1935年底到次年2月，周扬们提出了"国防文学"的口号，同时酝酿成立文艺家协会，这些事最初都没有和鲁迅沟通。后来夏衍在郑振铎家里与茅盾见面，经由茅盾去请鲁迅参加此会并担任"领导"，自然遭鲁迅拒绝。4月，冯雪峰以中共特派员的名义从陕北来沪，其中的一项使命是促进文艺界统一战线的形成。冯先是住在鲁迅家里，和鲁迅磋商一切，后来才开始与周扬们接触，这都引起了不满，误会在进一步加深。

中国文艺家协会这时已定于6月上旬开成立会，通知也在5月份发出了。6月1日胡风在《文学丛报》发表了题为"人民大众向文学要求什么"的文章，其中提出了后来被鲁迅表示事先是经他同意的"民族革命战争的大众文学"的口号，立即引起左翼阵营的不同声音。6月7日下午2时，中国文艺家协会假上海四马路大西洋菜社召开成立大会。非左翼的夏丏尊任主席，傅东华报告此会筹备经过，会议通过了协会《简章》与上述的《宣言》，选举了理事，并由理事会推举茅盾为常务理事会召集人。但不久周扬等建立文艺家协会的会刊《文学界》，却是徐懋庸负责，茅盾并不能过问此刊工作。一个星期后，《中国文艺工作者宣言》也发表了（没有成立"文艺工作者协会"）。两个宣言的用词大同小异，表面上都未提及两个口号，好像压根就没有口号之事似的。而茅盾在被推上文艺家协会领导位置后，依然在经鲁迅修改过的《中国文艺工作者宣言》上签下了字。

自此，左翼的两派作家围绕两个口号，在各自的刊物上公开争论。《文学界》、《光明》以及日本东京的《质文》等杂志，属于"国防文学"派。《文学界》还出版了"国防文学特辑"。《夜莺》、《现实文学》、《文学丛报》等属于"民族革命战争的大众文学"派，《夜莺》也发行了"民族革命战争的大众文学特辑"。"国防文学"周扬一边，完全排斥另一口号，不许共存，并扣上破坏抗日统一战线的吓人帽子。鲁迅其时正在大病中，却不得不通过口述，由冯雪峰起草了两篇文章进行反击，一篇是《答托洛斯基派的信》，一篇是《论现在我们的文学运动》。前文似与两个口号无关，其实是因"国防文学"拥护者攻击鲁迅不听从建立统一战线的政策，而借回答托派的信来明确表态同意"毛泽东先生们的'各派联合一致抗日'的主张"的。① 不用暗示的语言而点出"毛泽东"的名字，实属稀少，也可见当时误解之深，不得不这样做。后文《论现在我们的文学运动》是明确论述两个口号的。指出"民族革命战争的大众文学，是无产阶级革命文学的一发展，是无产革命文学在现在时候的真实的更广大的内容"，"大概是一个总的口号罢"，而"国防文学"可以是"随时应变的具体的口号"。归根到底口号要应用到"批评与创作"才是最重要的。② 到了该年8月，鲁迅抱病（离逝世仅两个月）在冯雪峰的再度帮助下写了《答徐懋庸并关于抗日统一战线问题》。这是回敬"国防文学"派的一篇长文，内容极为丰富：第一，针对对方把"没有加入'文艺家协会'的人们"，加上了"'破坏联合战线'的罪名"，鲁迅再次表态："中国目前的革命的政党向全国人民所提出的抗日统一战线的政策，我是看见的，我是拥护的，我无条件地加入这战线。"文字上强调的意味十足。第二，对于"文艺家协会"的态度。虽然"认为它是抗日的作家团体"，"但不能以为有了'文艺家协会'，就是文艺界的统一战线告成了，还远得很，还没有将一切派别的文艺家都联为一气。那原因就在'文艺家协会'还非常浓厚的含有宗派主义和行帮情形"。结论是"我暂不加入'文艺家协会'"。第

---

① 鲁迅：《答托洛斯基派的信》，见《鲁迅全集》第6卷，第588页，北京：人民文学出版社，1981年版。
② 鲁迅：《论现在我们的文学运动》，见《鲁迅全集》第6卷，第590—591页。

三，阐释自己与"民族革命战争的大众文学"口号的关系。首先指清，"这口号不是胡风提的，胡风做过一篇文章是事实，但那是我请他做的"。其次说明，提这口号既不是为"标新立异"，也不是为"对抗"国防文学，"它是为了补救'国防文学'这名词本身的在文学思想的意义上的不明了性，以及纠正一些注进'国防文学'这名词里去的不正确的意见"（也说了"国防文学"口号的优点，"颇通俗，已经有很多人听惯，它能扩大我们政治的和文学的影响"等）。表示认可"这两个口号的并存"，甚至如"以为'国防文学'提出在先，这是正统"，"也未始不可"（语含讥讽）。第四，详述半年来（"两个口号"提出前后）因与对方交涉而发生的同身边作家的交往。徐懋庸信中点了鲁迅周围作家的名字，指胡风为"内奸"，其他人非"诈"即"谄"，竟说"打击本极易，但徒以有先生作着他们的盾牌"才发生"绝大的困难"，鲁迅于是奋起为胡风、巴金、黄源等辩正。这一段论述后来成了批评以革命的名义、在革命队伍中肆意践踏他人的权益，批评宗派主义的恶性发展可将破落户飘零子弟出身的"破落文学家"，演变成"以鸣鞭为唯一的业绩"的"奴隶总管"的名文，并称"首先应该扫荡的，倒是拉大旗作为虎皮，包着自己，去吓唬别人；小不如意，就倚势（！）定人罪名，而且重得可怕的横暴者"。整个事情起于"左联"如何解散及另组统一战线新团体的问题，所以鲁迅在结尾处反问："在'统一战线'这大题目之下，是就可以这样锻炼人罪，戏弄威权的？"①借"两个口号"事件，对革命内部的专制行为提出发人深省的反诘。

"两个口号论争"主要是"左联"宗派主义的一次爆发，但透过"两个口号"之争的派别原因、理论原因，我们可以发现在派别掩盖下左翼文艺思想的深刻分歧。"革命文学论争"的时候，有可不可以写"小资产阶级"的问题，有"写什么"和"怎么写"的问题；在"左联"时期有文学是不是"留声机"和"辱骂和恐吓决不是战斗"的问题；现在又有了"宗派主义者"和"革命内部横暴者"的问题。这些问题内藏着左翼文艺思想的差异，到1940年代之后就发展为对文学与政治的关系，作家创作的自由度，文学的独立性、艺术性可以有多大的存在价值等一系列理论争议，和"左"的机械论长期发生着矛盾。

但在当时，因大部分左翼作家是赞成两个口号"共存"的，是对鲁迅抱有

---

① 鲁迅：《答徐懋庸并关于抗日统一战线问题》，见《鲁迅全集》第6卷，第529—538页。

五四以来一直保持的充分尊重的,所以在该年9月,在冯雪峰的奔忙周旋下,鲁迅、茅盾、郭沫若、巴金、夏丏尊、叶绍钧、谢冰心、包天笑、周瘦鹃等21人签署了一份《文艺界同人为团结御侮与言论自由宣言》。该声明淡化了"两个口号"所造成的不利于团结的气氛,宣告"全国文学界同人应不分新旧派别,为抗日救国而联合"。

(吴福辉)

夏衍的报告文学精品《包身工》

社语

《赛金花》的作者夏衍的《包身工》一篇可算在中国的报告文学上开创了新的记录。

(原载1936年6月10日《光明》第1卷第1号)

1936年被认为是中国报告文学的丰年。这一年有两件突出的报告文学事件发生,即夏衍的《包身工》的发表和茅盾的《中国的一日》的征集及出版。一为作家专写的报告文学精品,一为群众性报告文学写作活动的结晶,从不同侧面勾勒出报告文学的新景象。关于《包身工》,当年的《光明》创刊号上用这么一句看似平平、实际分量很重的话,迅速给予了"史"的评价,就很不简单。"开创了新的记录"的含义十分丰富,但并无确定性,既可指这种反映劳工非人境遇的报道题材是从未有过的,也道出了其文质兼胜、突破了以往报告文学水平的特征。

报告文学这种文体会兴起于1930年代,是有其原因的。五四以来虽有瞿秋白等早年的通讯文字,但越出新闻的范畴究竟不远。大约自1930年"左联"成立,这个左翼文学组织就号召盟员到工厂农村去"开展工农兵通信运动"并写作"通讯报道"。这是从苏联学来的培育"无产阶级文学"的经验。我们从《包身工》的成因就能知道,此文与夏衍在上海工人夜校中的活动紧密相关。当时很多左翼作家都曾深入到这类学校去与工人交朋友，发展工人通讯员，寻找写作材料。1931年东北"九·一八"事变和次年上海的"一·二八"事件掀起日本侵华战事以来，报道战争状况的"通讯"便迅速流行起来。这种"通讯"有即时的新闻性，基本材料包括时、地、事件、人物等要求如实，要求及时发布，同时讲究叙述文笔、结构技巧，比较有文艺性，是一种文学性很强的采访手记。后来慢慢被叫作报告文学。当时结集的就有阿英主编的《上海事变与报告文学》，文艺新闻社编辑的《上海的烽火》等。也的确产生了一批作家采写的佳作，如夏衍的《两个不能遗忘的印象》、适夷的《战地的一日》。之后，该文体又以美国作家里特《震撼世界的十天》的传入、捷克作家基希的访华及他《秘密的中国》和狄密勒《上海——冒险家的乐园》的翻译为契机，让中国作家得到具体的借鉴，了解到这一文体的世界性写作所能达到的高度。至1936年夏衍的《包身工》发表时，"报告文学"的称呼已为大家熟悉。当然也有称之为"速写"的，像胡风就写过《关于速写及其他》，这"速写"在文体上指的便是"文艺通讯"、"报告文学"，在1930年代中期的中国就此扎下了根。

《包身工》既然不是民间写作，它的形成必有一个作家深入采访、体验、整理、提高的过程。这对于大部分脱离工人劳动的都市文人来说，还是个蛮新鲜的事情。夏衍原来在沪东工人区居住的时候，就曾耳闻那些从农村流入上海的女孩子被"包身"的悲惨故事。她们多半是苏北等穷困农村出来的少女，有的甚至是童工，由"带工"的同乡以三年五年期限内包吃包住，并付给家里少许"包银"为诱饵，骗进城来，无人道地高强度榨取其劳动价值。后来，夏衍认识了工人补习夜校的教员冯秀英，一个大学生出身却为工人授课的坚定职业女性，更从她那里了解到许多"包身工"的遭遇。1935年，夏衍有了一段相对稳

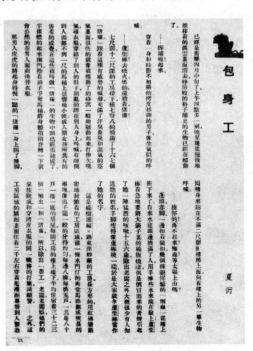

《光明》创刊号上所刊的《包身工》

定的需隐蔽身份的时间，便想到了暗地调查上海纱厂"包身工"的真相，并加以揭发的写作计划。他先找到一位在日本纱厂做职员的中学同学，在他的帮助下数次潜入"包身工"劳动的车间，避开"那摩温"（车间负责管理的工头）秘密窥探她们的劳动环境、劳动状况。为真正了解"包身工"的生活，还亲临被警察、工头、流氓们封闭起来与外界隔绝的"工房"去实地观察，这就是夏衍在《"包身工"余话》里所写的，由冯秀英介绍认识了补习夜校的学生，在杨树浦福临路东洋纱厂（正是《包身工》所写的那个工厂）做工的杏弟，由她沉着镇定地佯称亲妹妹是自己"同乡"、而夏衍则是这同乡的"爷叔"，才得以混过关卡，非常难得地两次冒险进入"工房区"。他还请女工们帮助提供口述材料，等于现在常见的做社会调查问卷，所设的问题包括工作地点、岁数、来自何地、包工年限、已做够年限、包银多少、由谁做主包身等项。夏衍在文章里曾披露过一份7名"江北帮包身工"和2名"绍兴帮包身工"的调查资料（因为地域的不同，"江北帮"女孩父母所得包银往往最少，歧视性待遇的差别更显出压榨的残酷）。① 为了观察女工两头不见太阳的上下班情况，夏衍还半夜3点多起床，步行十几里路，从沪西走到沪东纱厂林立的地区，好在5点钟之前到达厂门口；晚上再到狭窄肮脏的弄堂去做夜访。如此从3月到6月，夏衍付出辛苦，等于也做了两个多月的"夜工"，感同身受地体验了"包身工"的生活，才算获得了报告文学创作所必要的第一手材料，使写出的作品不隔膜、有真情，具体可信并且鲜活，取得了相当的成功。

读《包身工》，此文以4月中旬一天的清早四时一刻，上海东洋纱厂蜂窝般的"工房"里包工头一声夹杂着"猪猡"、"懒虫"的喊叫开头，展开对一种现代"饲养小姑娘谋利的制度"的形象性控诉。这篇作品的整体结构，以时间为线索，把"包身工"的生活压缩为"一天"的劳作实况，非常典型地加以展示。早上混乱中的起床、抢粥（所谓包饭是每天两粥一饭），然后是五时排队入厂打印子上工（这些未长成的女孩每日要工作12小时），不停歇地干到天黑。这是叙述的主体。中间穿插"带工头"下乡诈骗性招工的情景，穿插"包身工"在嘈音、尘埃、湿气三者包围下人间地狱一样的劳动环境，穿插个别不堪忍受的"包身工"写家信说明真相反遭审讯吊打的惨象。以上这些插入的部分，有叙

---

① 夏衍：《"包身工"余话》，见《夏衍选集》下册，第806页，北京：人民文学出版社，1980年版。

事，有议论，有综合想象，发挥出报告文学特别灵活的文体优势。

全文对"包身工"的纪实描写，群体的和个体的互相交织。群体描写也是挑出细节而并非泛泛的，如"包身工"起床一节，写众人穿错鞋子、踏在别人身上、半裸着身子抢夺马桶等等，衬托出一个七尺阔十二尺深的工棚里挤满十六七个人的恶劣居住条件。饭桌挂在墙上需女孩们起来后放下，就在刚刚睡人的地方喝粥，稍迟即连粥都喝不上等等。个体的描写计有"芦柴棒"、"小福子"和无姓名者三人，特别是"芦柴棒"，写她早起烧火、生病也得起床，受到虐待、身体瘦到放工时连"抄身婆"都不愿触她的程度，这是个尖锐的典型，"包身工"制度已将一个少女变成活骷髅，借此突出了全篇的控诉主题。

主题主要依仗叙述场景，还有起辅助作用的议论。不要小看了这些"议论"，它们是这篇报告文学片断与片断之间的黏合剂，是构成作品"评述"风格的重要手法。几段重要的穿插，靠议论来支撑，比如指出11年前日本纱厂发生"顾正红事件"引起"五卅"运动之后，殖民资本家对"自由劳动者"的态度稍微缓和了一点，但为何建立起这种剥夺人身自由、进行封建式管理而工价极低廉的"包身工"制度呢？便使用了分条议论的办法，罗列理由。"包身工"在极度污染的环境下做苦工，也是一二三分别论证，其中包括列举数字，作为表现"包身工"命运的牢固依据。如30年前日本三井系资本收购中国纱厂，最初仅一厂2万个锭子；现在已拥有6个纱厂、5个织布厂、25万个锭子。但工人中的"包身工"与日俱增，仅杨树浦某厂的条子车间，每32个女工中就有24个"包身工"。这些女工没有健康的脸色，每日做12小时的工，每人平均要吸入0.15克的花絮！这些带有正义感的评述语言，也像叙述文字一样形象生动。比如作者说，"包身工"制度让他"禁不住想起孩子时候看到过的船户养墨鸭捕鱼的事了"，"在这千万的被饲养者的中间，没有光，没有热，没有希望，……没有法律，没有人道。这儿有的是二十世纪的烂熟了的技术、机械、制度，和对这种制度忠实地服务着的十五六世纪封建制下的奴隶！"在文中另一处评论说："美国哲人爱玛生的朋友，达维特·索洛曾在一本书上说过，美国铁路每一根枕木下面，都横卧着一个爱尔兰工人的尸首，那么我也这样联想，在东洋厂的每一个锭子上面，都附托着一个中国奴隶的冤魂！"[①]评论用响亮的声调激越地点

[①] 夏衍：《包身工》，见《夏衍选集》下册，第801、798页。

出了全篇的主旨。

夏衍在现代文学史上是以改编茅盾的小说《春蚕》为早期电影,及写作话剧《上海屋檐下》、《心防》、《芳草天涯》等闻名的,报告文学《包身工》却为他挣得了杰出的左翼报告文学家的声名。《包身工》被看做是30年代报告文学的代表作。同是写产业工人的李乔的《锡是怎样炼成的》,就显然是它的后继者。而宋之的《一九三六年春在太原》、周立波的《晋察冀边区印象记》、沙汀的《随军散记》等则是此类作品的延长。

(吴福辉)

胡风渐露理论特质和锋芒

文艺笔谈

胡风作　批评论文集　实价九角

全书共四百余页,分四部。第一部收作家论两篇,就两个作家的思想历程或创作实践展开到文艺本质和创作方法问题,指明了围绕着他们的社会纷扰或时代潮流怎样地造成了他们,影响了他们,也阐明了他们和时代要求的关系。是两幅色调鲜明的肖像。第二部收论文十一篇,就现实的文艺现象或理论问题发表所见,指明了每一个问题底发生基础和解决途径。有的论到文艺样式,有的批评具体论见,有的是论战,有的是答"问"。第三部收创作批评五篇,就具体的论文和作品说明创作实践和生活实践的关联。第四部收外国作品(已有翻译的)底批评介绍六篇,从实例出发,或者说到一个作家底发展历史,或者说到一个文艺样式。附录一篇,是作者怀恋地然而是批判地告白了他和文艺的姻缘。这是一本赠给严肃地想理解文艺的读者大众的书。从这里可以看到一个干粗叶茂的理论体系,也可以感到作者底涌动着然而是控制着的热情。

文学出版社出版　生活书店总经售

(原载1936年6月10日《光明》创刊号)

胡风自1933年7月因从事进步活动被日本当局驱逐,停止了庆应大学的学业回国参加左翼文学活动始,一边接任"左联"的宣传部长、行政书记,一边集中力量进行他的文艺理论批评工作。到推出他这第一本理论著作《文艺笔谈》为止,为时还不到三年。此著颇为厚实,竟有四百多页。我们可以在上述广告里了解到全书四个部分加附录共计25篇文章的大致内容。广告还指出它的受众是想要"严肃"理解文艺的大众,也即左翼读者的意思。其中的评价语已经不低,认为已显现了"一个干粗叶茂的理论体系",又是带有充满理性"热情"

胡风最初的评论集《文艺笔谈》,此为泥土社1951年版书影。

笔调的。稍嫌过火的评价也有,比如更早一个月也属左派文学刊物《夜莺》所载的该书广告,便称《文艺笔谈》的作者,"是中国文艺批评坛上的权威"[①]。但即便是这种广告语,也能从一个侧面表明胡风的理论崛起在当时是一个显眼的事实了。

中国左翼文学理论现象我们在此前已通过鲁迅、瞿秋白等人翻译马克思主义文艺理论著作,《地泉》重版时瞿秋白、茅盾等五大序言的总结作用等条目做过一些介绍。到了"左联"中后期,钱杏邨唯物机械论批评的残余虽仍存在,但已不占主流。苏联"拉普"的消极影响得到了否定,"社会主义现实主义"的一套新概念传入中国,左翼内部年青一代的理论力量如周扬等人在前已有表现,所以,胡风加入的契机所负以往的理论包袱较轻。等到他最初的两个理论集子《文艺笔谈》、《密云期风习小纪》将他在抗战之前的理论活动作一小结,胡风作为左翼内部鲁迅一派的理论批评家的特质,他在马克思主义文艺理论阵营中与众渐有不同的地方,也就显现了出来。

胡风的理论活动围绕着鲁迅逐步展开。在当时,他与鲁迅的关系是比较密切的。胡风在北大时期听过鲁迅的课,在北京翠花胡同的北新书局多次遇见过

[①] 见1936年5月10日《夜莺》第1卷第3期广告。全文为"文艺笔谈胡风著每册大洋九角作者是中国文艺批评坛上的权威,这里所收的都是近作,爱好文艺者,不可不入手一编。出版处上海四马路中市生活书店"。

先生。当然有了更多接触还是在上海"左联"时期，在内部的会议和内山书店里经常见面，承担先生的部分工作，互相通信并到家中访问，连打胎这样私密的事情都请鲁迅介绍过医院。关于评论方面的联系，如本书第一部分两篇带创作路向性的批评文字，其一的《林语堂论》很容易使人想到鲁迅与他的老朋友林语堂的分道扬镳，以及其他一系列的批评文字。有趣的是写《林语堂论》所用的部分材料，便是鲁迅收藏后来提供给他的。最早用笔名发表此文时，社会上还不知道"胡风是谁"，以至于林语堂本人一个时期内都错以为文章是鲁迅写的。本书第三部分对左翼新人新作的推荐，许多也是在鲁迅指导下做的。直到1935年按照鲁迅的意见给萧红第一部长篇《生死场》写序，后鲁迅也执笔写了序言，出版时胡风的序就改作"读后记"印出了。至1936年他还帮助鲁迅选编、校订日本进步作家翻译的中国左翼作品，在日本《改造》杂志刊登，并写系列简论。鲁迅逝世前，在"两个口号"论争中胡风与冯雪峰还共同拟就"民族革命战争的大众文学"的口号，经鲁迅同意，后由胡风撰文提出。这些理论事件有的发生在《文艺笔谈》出版之后，但其基本精神的端倪已见该书。

胡风理论活动另一重要方面表现在《文艺笔谈》第一、三部分里面。第一部分除《林语堂论》外，另一篇是《张天翼论》，第三部分里包含评论欧阳山的《新客》和《七年忌》、澎岛的《蜈蚣船》、艾芜的《南国之夜》等文章。即使今天我们也得承认，胡风那么早发表的对张天翼的评论，堪称经典。胡风提出张天翼的"新"是因由他开始了左翼摆脱知识分子型的"感伤主义"和"恋爱与革命"的"老调子"的努力；张天翼的小市民批判性主题，他的现实主义人物描写的真实夸张，他杰出的世态讽刺，他的融汇了口语的、富有"动力学"（讲究节奏）的劲捷文学语言，都被胡风以评论家的敏感，一一提了出来。至于他后来对萧红、萧军、端木蕻良、田间、艾青等的评论，都是细致热情的。而他对"京派"的评价却是自觉划清界限，如在评澎岛的作品时有意写了"'京派'看不到的世界"的副题，这就可以想象他会如何评价周作人、李长之了。书中第二部分的各种理论议题，和他的这种鲜明理论姿态是一致的，他所感兴趣的题目也是当年左翼文学经常讨论的题目，像大众语、内容和形式、文学遗产、翻译等等，尤其以现实主义和典型论的问题为重。《什么是"典型"和"类型"》一文，预示了不久之后他和周扬在这个问题上的短兵相接，将引出收在《密云期风习小纪》里的《现实主义底一修正》、《典型论底混乱》两文。

胡风的理论来源基本和左翼是一致的。承续了五四文学"为人生"的观念，从苏联或经日本引进马克思主义文艺思想，加上1928年以来提倡"革命文学"、"无产阶级文学"的正反面的实践经验，逐渐形成有关"普罗现实主义"的一些理论认知。中间又经过苏联"拉普"、日本"福本主义"等"左倾"思想的冲击，都是一边吸收着、一边批判着，不断地跌撞着走过来的。胡风在本书的一篇自述《理想主义者时代底回忆》里，就谈过这种杂沓的行进脚步。那么，作为他自己的东西，究竟在《文艺笔谈》中能看出些什么呢？如果从他后来在《文艺笔谈》新版后记里所强调的"从战斗的唯物主义出发的革命文艺"①，你可以说他的理论战斗性很强是一特点。比如前面说过的壁垒分明地评价"京派"作家和左翼青年作家。不过"战斗性"却是所有的左翼理论家都会具有的，很难说是唯一的。当然还可以举出胡风理论立场的严正性：他明明知道"左联"内部周扬等在批评所谓的"作家主义"、"作品主义"，但仍把精力用在评价左翼青年作家身上。在肯定张天翼、欧阳山、艾芜等人特殊文学贡献的同时，他又会毫不客气地指出他们的弱处，甚至恳切地说出艾芜写反帝题材的《咆哮的许家屯》有"主题的分裂"的缺陷，张天翼的讽刺叙述是"冰冷的旁观者"这样严重的评语。不过类似的实事求是的评论作家，恐怕只要是正直的、坦诚的，也都会如此。从《文艺笔谈》能看出的胡风理论特质，大概是在反映论前提下突出的创作主体精神，这是他现实主义理论的精髓。比如他评说艾芜的《南国之夜》远胜于《咆哮的许家屯》，就使用了"作者是把他的对于人物的爱渲染到了他们的生活环境上面"的句子，②力主只有主观性的感情和客观描写高度结合，才为上品。在评价欧阳山的《七年忌》时，用了"作家在描写过程上和他的对象融和"，"用自己肉体和心灵把握到了的真实"，"作者和人物是缠在一起的。是人物也是作者"③这样的评论语言。不能说这种评论语言只是偶然出现于年轻胡风的作品论文字里面，这是他有意识的说法，自觉的说法。在一篇收入该书的创作理论谈里，他有更明确的话：

---

① 胡风：《第三次排字后记》，见《胡风评论集》（上），第259页，北京：人民文学出版社，1984年版。
② 胡风：《南国之夜》，见《胡风评论集》（上），第162页。
③ 胡风：《七年忌》，见《胡风评论集》（上），第164、169页。

> 艺术底根底是对于流动不息的人生的认识,而真正的艺术上的认识境界只有认识底主体(作者自己)用整个的精神活动和对象物发生交涉的时候才能够达到。①

这样的"交涉论",就和后来胡风长时间遭批判的主观精神"扩张"、"拥入"客观世界,作者需和现实"肉搏"的"搏战论",似乎很相仿了。而实际上,这仅是胡风独特的现实主义理论刚刚露出的一个苗头。他到1940年代还有《民族战争与文艺性格》、《论民族形式问题》、《在混乱里面》、《逆流的日子》、《为了明天》、《论现实主义的路》等论集出版,有十分令人瞩目的批评家的前程。等到他成为一个所谓"反革命"事件的中心,全部理论被扣上"唯心论"帽子的时节,他竟还有"三十万言上书"的理论文献提供给被颠倒的历史。现在的这本论文集《文艺笔谈》是通向未来路途的一个起始。它是一个初步学习马克思主义文艺理论的青年交出的文卷,当然是在唯物主义的范畴内。但很快,连那些号称"马克思主义家"的人面对胡风也要失语了,他们不知如何来命名这一反映论里的异端理论现象,只好简单化地把它推到"唯心论"里拉倒。

(吴福辉)

---

① 胡风:《为初执笔者的创作谈》,见《胡风评论集》(上),第222页。

7月

显示各派作家面影的书简集

现代作家书简

孔另境编　鲁迅作序　实价六角五分

本书包括现代作家五十八人的书简,共计二百十二通,都是向诸作家直接搜集而得,从未发表过的。鲁迅先生序文中说:"从作家的日记或尺牍上,往往能得到比看他的作品更其明晰的意见,也就是他自己的简洁的注释。……另境先生的编这部书,我想是为了显示文人的全貌的。"又插有各家手迹十五幅,更可珍贵。

（原载 1936 年 7 月 10 日《光明》第 1 卷第 3 期）

孔另境编著过许多书籍,但恐怕连他自己都没有料到,除了属于散文杂文创作的《横眉集》之外,流传至今的这册当年平常的作家书信合集,竟是很多人记得他的重要原因。广告突出了此书的特点,书简涉及的作家人数较多,总量也不少,均来自收信人的未刊稿,是第一次正式发表的。而鲁迅的序言显然加重了此书的分量,鲜明地指出了作家书信对研究文学史的无可辩驳的价值。

编者孔另境原是 1920 年代中期上海大学中文系毕业的左翼文学青年,曾因从事进步文化活动遭国民党当局和日本宪兵的逮捕。他是茅盾的亲属,受其影响长期编辑兼创作,还曾助茅盾编辑大型报告文学集《中国的一日》,

孔另境编:《现代作家书简》,生活书店 1936 年初版。

后在抗战中助编《文艺阵地》等。此时收集作家的书信并请鲁迅作序，自然是一种机缘。鲁迅对今人书简日记等带有私密性的写作，从来就有独到的见解，在其他文章里也阐述过。他为孔另境所写的这篇序言，内容比上述广告所引的要丰富得多。他一方面认为书简是作家的"简洁的注释"，能够"显示文人的全貌"，"要知道这人的全般，就是从不经意处，看出这人——社会的一分子的真实"。另一方面他也挑明有些书信日记会有做作的成分，会有掩饰的隐秘动机，"别人以为他这回是赤条条的上场了罢，他其实还是穿着肉色紧身小衫裤"。但是即便如此，书信日记的价值仍然是别的史料无法代替的，"比起峨冠博带的时候来，这一回可究竟较近于真实"[①]。反复强调了书简所含材料的"真实"性质。

我们在下面将按照作序者鲁迅、编者孔另境所提示的如何看待作家书信和文学历史的关系，来分析集子中58位现代作家写的212通书柬，如鲁迅说的在私人书信里既可"钩稽文坛的故实"，又能"探索作者的生平"[②]，或按照孔另境在书前《钞例》所说的书信可内含"事务"、"风趣"、"情致"与"作家生活之一肢一节"[③]等要素，这些书信可以分作两大类，即表现作家个人性格、独特生平的，和披露文学史上的珍贵稀有材料的。当然许多信可能两者兼得。

表现作家性格魅力的底里和文人全貌的书信，在集子中俯拾即是。我们读鲁迅为与郑振铎两人编辑《北平笺谱》所写的信，就能认识鲁迅那种目光如炬，而做事又极其缜密、细致，对美术、文物真是内行的学者兼办事家的风格。他得了一点北平留黎厂（琉璃厂）当今的笺纸，从绘画、刻印就看出"已比《文美斋笺谱》时代更佳"，"在日本木刻专家之上，但此事恐不久也将消沉了"。这样才要将它们经过编印保留下来，"不独为文房清玩，亦中国木刻史上之一大纪念耳"。你看鲁迅对小小的信纸看得多么深远。而对于书名、用纸、用色、目录、大小尺寸、署画者刻者时如何区分，甚至对页码的颜色建议"任择笺上之一种颜色，同时印之，每页不尽同，倒也有趣"，设想得十分周

[①] 鲁迅：《孔另境编〈当代文人尺牍钞〉序》，见《鲁迅全集》第6卷，第414—415页，北京：人民文学出版社，1981年版。此书出版时改为《现代作家书简》。

[②] 同上书，第414页。

[③] 孔另境：《现代作家书简·钞例》，见《现代作家书简》，广州：花城出版社，1982年版。

全。①如果我们将郭沫若在书信中与书店编辑谈稿酬的语言，同本书几乎有很大比例的讨稿酬信相比，你会对郭沫若的个性有非常鲜明的印象。郭沫若在早期受尽了书店的盘剥是因为年轻没有社会经验，也是因创造社同人傲视独立看不起金钱，可才子型的风格并没有丝毫改变。现在，正在日本流亡的郭沫若急需钱用，他对现代书局的叶灵凤谈稿子，《创造十年》全书要价3000元，"你们如仍照从前不爽快，那就不能说定"；十万字的《同志爱》稿酬是1500元，"此书乃余生平最得意之作，自信书出后可以掀动国内外"。施蛰存约他为《现代》做篇"创造社历史"的文字，郭沫若却说已经有了《创造十年》"我没意趣再写"，"在时间上没有长久性，在价值上无可无不可的东西，我是没有兴趣做的"，断然拒绝。对现代书局计划给他出全集的事，他让叶转告"张静庐愿意替我出全集，只要他改变从前的态度，我是可以同意的"。大约除了郭沫若，也不会有另外的作家对出版家说出如此严厉的话，而且写在纸上。②此外，我们看郁达夫致赵家璧的信，谈购买英法德文原版文学书如数家珍，可以感受到他在日本留学期间就读过上千册的外国作品，此言不虚，他的外国文学功力我们可能还低估了。③至于钱玄同谈自己"生平最怕做文章，真与独秀所谓'要我作文，宁担大粪'有同样之发愁"。其中形容写不出的心理，"愈延搁，愈觉不好意思随便写几句，于是愈想多写，愈觉吃力，而愈延搁矣"④，真是惟妙惟肖，说得一点不差。杜衡分析自己"有着一个傻子和一个通达世故的人底二重人格"，并把自己的长篇小说《再亮些》与"我跟与我一'类'的人对中国革命诸姿态的认识"联系起来，说不会将革命者写成"天神"，因信奉"世界是因为有缺陷而才有美满，一味盲目地歌功颂德，那是宣传家底本份"⑤，就见出杜衡由左派思想脱出后的真实境况了。

涉及文学史宝贵史料的书信是另一大类。在鲁迅、施蛰存之间发生青年要不要读《文选》、《庄子》的争论时期，沈从文、周作人给施蛰存的信都是劝其不要参加任何争辩的。连与鲁迅友善的郁达夫，也称是"意外的唇舌"（见致杜

---

① 鲁迅：《致郑振铎函三通》，见《现代作家书简》，第169—172页。
② 郭沫若：《致叶灵凤函十通》，见《现代作家书简》，第139—145页。
③ 郁达夫：《致赵家璧函三通》，见《现代作家书简》，第92页。
④ 钱玄同：《致吴文祺函五通》，见《现代作家书简》，第187页。
⑤ 杜衡：《致立贞函一通》，见《现代作家书简》，第32—33页。

衡信）。沈从文当时借此争论引申出了多创作小说、少作杂论的看法，他的话于有一定道理的论述中夹杂了对鲁迅杂文的轻视心理，这观点有相当的代表性。他在给施蛰存的信里说："作者间若能有五年'私人攻击'的休战，一定有许多好作品产生。我希望有朋友在这方面努点力，莫使大家尽写局外人看不懂的小评闲话。写杂论自然一时节可以热闹些，但毫无用处。""中国似乎还需要一群能埋头写小说的人，目前同政治离得稍远一点，有主张也把主张放在作品里，不放在作品以外的东西上，这种作品所主张的，所解释的，一定比杂论影响来得大，来得远。"①这些现在都是客观地来研究当年文潮的材料了。此外如文人穷困的自述，在全册书中比比皆是。急于低价出卖手稿的求友书信，是种类极多的。连丰子恺在 1930 年代初叶也穷得丁当响，答应汪馥泉译《现代人生活与音乐》一书的同时，为能预支生活费 200 元，而向汪承认已欠债"千余元"的事实。②其他左翼亭子间作家之生活还用问吗？还有 1928 年前后上海出现办小书店的潮流，与现代文人纷纷译介社会科学理论有关。在陈望道信里可以找到办大江书铺的资料，信中列出的"小书店潮"，"新开者亦有春野、新月、现代"，"新近开的又近十家，如金屋、阳春、晓山、人间、爱的、真美善、嘤嘤、爱文、南华等"③。汪馥泉要从南洋回沪开小书店，向钟敬文了解书籍市场的情况，在通信中留下了当年创造社出版部、北新书局的书籍在广州的销售数字："创造社的出版物，如达夫沫若资平的小说，每种可以销到千部左右。北新呢，鲁迅的为最好，大约也可以销到千册，其它的，多三数百册，少则一二百册，以至数十册不等。"④这是珍贵的文学接受资料。

由于编者的文学活动范围对收集作家书信的特定限制，也会带来这本书信集的某些特色。比如收信人中多两栖的编辑，谈稿件书籍，评价作品，转送稿酬，其中也不乏与了解作家生平、风貌相关的内容。像老舍致良友图书公司的赵家璧的信，透露老舍对刚完成的长篇《离婚》的自我感觉，"比《猫城》强得多，紧练处非《二马》等所及"⑤。还有一个显著之处，是因在上海收集的，风

---

① 沈从文：《致施蛰存函四通》，见《现代作家书简》，第 42 页。
② 丰子恺：《致汪馥泉函二通》，见《现代作家书简》，第 206 页。
③ 陈望道：《致汪馥泉函四通》，见《现代作家书简》，第 112—114 页。
④ 钟敬文：《致汪馥泉函六通》，见《现代作家书简》，第 214 页。
⑤ 老舍：《致赵家璧函三通》，见《现代作家书简》，第 14 页。

头正健的"海派"作家、"新感觉派"作家的书信较集中,施蛰存、戴望舒、穆时英、刘呐鸥、叶灵凤、杜衡等人的均有,而且书简的质量较高。它们或者描摹了"海派"青年作家的写作生活状况(在刘呐鸥住宅写小说、乘凉、上马路骑脚踏车、乡间漫步、看电影、借读《尤里西斯》),或记录了戴望舒游欧期间施蛰存如何全力以赴资助他在巴黎、西班牙坚持学习的情景,或概括中国现代主义的美学特质(刘呐鸥致戴望舒的两封信对现代生活美是"战栗和肉的沉醉"),异常的精彩,是不可多得的。

1930年代所编的这本作家书信集是兼收并蓄的。编者本有左翼倾向,但集子中"海派"和非左翼的作家书信反是大宗。请鲁迅写了序言,但书信里面对鲁迅、施蛰存的争论,却很客观,各种观点的书信都照样列入。这种打破狭隘文人圈子的做法,透视了那个年代比较真切的文学场景。

(吴福辉)

以"软"击"硬":刘呐鸥的《永远的微笑》

明星公司非常大贡献　明日问世　特别献映地点　金城大戏院

新春巨片第一声　胡蝶最新代表作
哀感顽艳　荡气回肠　歌坛佳话　千古绝唱
笙歌队里,罗绮丛中,　她是颠倒众生的尤物!
烟花巷口,歌女班头,　她是不染污泥的莲花!
巨大资本最红明星　一流人才融合而成
红歌女蜜意痴心,为郎憔悴。　马车夫惜玉怜香,难补情天。
导演　吴　村
编剧　刘呐鸥
主演　胡　蝶　舒绣文　龚秋霞　龚稼农　王献斋　徐莘园
　　　吴小珠　尤光照　王吉亭　王若希　谢云卿　沈　骏

永远的微笑

秦淮河边风月 紫金山下笙歌

描写一段歌女圣洁的恋情,她爱着一个马车夫,同情他,帮助他,为他牺牲,为他犯罪。马车夫因她的帮助而做了法官,但第一次审理的案件,就用公正无私的态度,亲手判决了他爱人的死刑,于是她终于嫣然一笑,香消玉殒,完成了一出伟大感人的悲剧。

本片在南京公映,观众倾巷来归,举市若狂。空前盛况,足证感人之深!

（原载 1936 年 7 月 12 日《申报》）

左翼逐渐介入电影界之后,开始借助上海各主要报纸刊物的电影副刊,宣传推荐进步影片和批评落后或带殖民色彩的影片,以期更大规模地唤醒民众,加入到救亡图存的运动中来。而对于中国电影业和观众来讲,美国片"几乎独占了当时和以后中国的全部银幕"[①]。充斥于耳目的几乎都是"极尽罗曼司妖媚与美丽"[②]的好莱坞式幻象。以刘呐鸥等人为代表的"新感觉派"成员,他们在文艺作品中所表现出来的精神气质和创作理念无不清晰地体现了都市摩登生活和好莱坞影片的巨大影响。所以当转入电影界时,他们浸淫已久的好莱坞电影便毫无疑问地成为其标榜和模仿的对象。1933 年 3 月,刘呐鸥创办《现代电影》杂志,标志着"新感觉派"的一些成员由文学转向电影,而且在中国电影发展史上也标志着左翼电影运动的对立面"软性电影"的出台,[③]这里也成为软性电影论者与左翼影人的对峙阵地。一时之间,"软硬"之争,硝烟四起。一般地看,这是一场电影社会性/时代性与电影艺术性/娱乐性之争,实质上这差不多亦是一场影戏论与影像论、娱乐论的另类美学交锋。

刘呐鸥和穆时英是当时在城市小说写作上显示一定天赋而后来均短命的作家。参与论争时,刘呐鸥仅 33 岁,与夏衍同龄,穆时英则更年轻,才 21 岁。刘呐鸥说:统观现今的国产片,在许多症状中,最大的毛病就是内容偏重主义。"记得在不很远的过去,国产片曾经因为它的无内容或内容的浅薄挨过人家一顿

---

① 程季华主编:《中国电影发展史》,第 12 页,北京:中国电影出版社,1998 年版。
② 壮游:《女性控制好莱坞——她们主宰着电影题材的选择》,载 1935 年 3 月 4 日《晨报》。
③ 李今:《海派小说与现代都市文化》,第 181 页,合肥:安徽教育出版社,2000 年版。

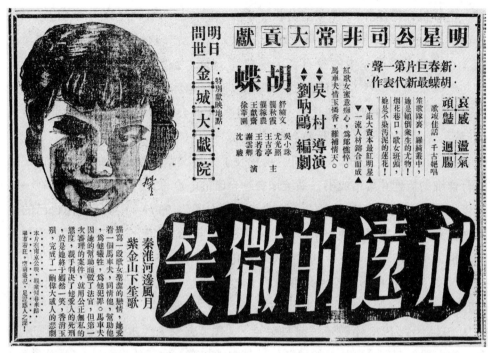

刘呐鸥担任编剧的《永远的微笑》电影广告

的大骂,然而现在却是一走便走上这可喜的有内容的正路了。"穆时英讽刺左翼电影评论家虽像是很刻苦、很用功的学生,可惜的是他只是把一大套公式、一长串术语当做人参果,囫囵一口吞了下去,而没有细细咀嚼,把那些东西放在胃里消化了来营养自己。他认为电影的目的是给观众以艺术的快感,"正确地、忠实地反映客观现实就不能有倾向性,有倾向性,就不能反映客观现实的"。江兼霞发表文章也这样批评:"中国电影,每一张新片开映,总有'意识正确'的影评人在检查它的成绩;内容是否空虚,意识是否模糊,用着膺造的从西伯利亚贩来的标准尺,来努力提高中国电影的水准,使其不致成为资产阶级,甚而至于小市民的享乐品,要使它负起教育大众的使命。"这些人以超主义、超党派的形式出现,研究影片,要使中国影业"决不带着什么色彩",似乎是持了纯艺术纯电影的立场,其实背后是有着别样意识形态和审美趣味的影子的。左翼影人对此进行了尖锐的反击:尘无认为,刘呐鸥的"美的观照态度论",离开了内容而观念地讲所谓艺术技巧,"是为了布尔乔亚的利益"而"否定艺术的阶级性"(《清算刘呐鸥的理论》)。唐纳则指出:电影表现社会的真实,是批评的基准；电影批评的任务，"不仅是分析、批评一部作品而给以评价，他还应该顾到作品的客观效果，指出这作品在现代的意义"（《清算软性电影论》）。罗浮（夏衍）也发表《玻璃屋中的投石者》、《白障了的"生意眼"》等文，说明电影意识与电影市场（生意）并不矛盾："两年以来，从续映日期和卖座纪录看来，最'多得利润'的影片是下列几部：《姊妹花》、《都会的早晨》、《三个摩登女性》、《狂流》、《母性之光》、《小玩意》等。"

在这场"软硬之争"中，刘呐鸥发表了大量文章阐述自己的电影观，试图进行详细的梳理并集结成书，系统地梳理自己的电影思想。虽未如愿，却在一定程度上说明了刘呐鸥电影观的系统性和论争力度。1934年下半年为使自己的电影观得到具象的呈现，淡出论争的刘呐鸥进入当时的艺华公司，提出"意识与兴趣并重，品质与产量均等"的主张来拍摄电影。从1935年下半年至1937年抗日战争爆发，"软性电影"论者共摄制了《化身姑娘》（正集、续集、三集、四集）、《新婚大血案》、《弹性女儿》、《女财神》、《三〇三大劫案》等19部影片。而刘呐鸥从1934年到1940年被暗杀前共参与了《民族儿女》、《永远的微笑》、《初恋》和《密电码》四部故事片的拍摄制作，其中《初恋》由其独立编导，《民族儿女》和《密电码》分别是与黄嘉谟和张道藩联合编导，《永远的微笑》由他负责编剧。此外他还拍摄了纪录片《持摄影机的男人》（共五卷），在《文艺风景》创刊号上发表"A lady to keep you company"。在这些作品中，《永远的微笑》、《化身姑娘》等被认为是"软性电影"的代表作。《永远的微笑》"上映后各报的舆论竞相推介，尤其是观众口碑载道，咸谓为明星作品中鲜有之佳作；因而轰动全沪，是故营业鼎盛创廿五年度之最高票房纪录"①。作为反击，左翼电影人大量拍摄进步影片，《桃李劫》、《狼山喋血记》、《十字街头》、《马路天使》等一大批进步影片都是此时问世的，拥有大量的观众。一时，两种电影的对峙从媒体蔓延至电影院。

《永远的微笑》能够反映刘呐鸥的电影观和美学主张，其中既可感受到刘呐鸥大量观摩好莱坞电影，对其情节设置、人物关系和影像造型上的模仿和借鉴，也可以看到刘呐鸥在对西方电影理论学习和翻译中所获得的深厚积淀。不可否认的是，《永远的微笑》表现出了一种极具摩登都市意味的电影情境，同时还具有强烈的现代电影感，这是难能可贵的。这种电影感的产生，与刘呐鸥对于形

---

① 见1933年《矛盾》月刊第2卷3期《矛盾丛辑预告》中的刘呐鸥电影文论集广告。

式、造型和运动等重要元素在电影创作中重要性的充分认识是分不开的。他认为电影是沿着由兴味而艺术、由艺术而技巧的途径走的，同时坚持视觉要素的具象化就是一部影片形式上最终的决定性因素。关于形式，他的理解即使现在看也相当辩证：艺术作品之所以成为艺术作品是形式的关系；内容是形式之一个出现，艺术的内容只存在于艺术形式里。客观地看，刘呐鸥对于形式的重视和表现，在某种程度上是值得肯定的，但是真正"有意味的形式"（贝尔语）始终是内容与形式相统一而产生的，单方面地强调形式难免会陷入机械性或形式主义的误区中，从而抹杀了形式与内容的辩证性和真正的艺术美感。

1935年，论战不断升级，转化为意识形态之争，刘呐鸥、穆时英、江兼霞等人爱贴标签（这是论争双方都采用的法子），对"带有一点马化风味"的影片都表示不满。"软性电影"论者中某些偏激分子将左翼影人统称为"马克思主义者"，甚至带有侮辱性质地称其为"赤狗"，双方矛盾激化。在这种胶着状态下，政治力量开始介入，"软性电影"论的一些主要成员包括刘呐鸥、黄嘉谟等都纷纷右倾，他们在政治力量的帮助下扩大自身的势力，甚至对一些左翼进步人士进行迫害。1935年春，田汉、阳翰笙相继被捕，下半年《民报·影谭》的主编鲁思被迫逃亡日本。至此，"软硬之争"表面上以"软性电影"论者的暂时胜利而告一段落。

如果淡化政治干预和意识形态影响，刘呐鸥们所持有的艺术观点和其所创作的作品，相对于社会派，无疑是一种具有一定积极意义的质疑与刺激，提供了另一种历史观照的方式。以《永远的微笑》为代表的"软性电影"，与以《城市之夜》等影片为代表的"硬性电影"，在票房上的成败与理论阵地的论战共同构成了一个饶有意味的历史现象。这个以"软"击"硬"的电影事件恰恰说明：在当时的中国，仅仅关心电影的形式美而忽略内容上的现实意义，或仅关注意识形态的导向性和先进性却忽略形式都是不可取的。在今天看来，"软性电影"似乎在某种程度上更接近所谓"消费文化"的商业内涵，它的生产过程和产品模式更符合市场运行规律，也更符合大众的审美接受。穿越历史烟尘，我们似乎看到了刘呐鸥"永远的微笑"。尽管在国族危难、进步人士振臂高呼动员民众的紧要关头，这个微笑显得有些不合时宜，然而它还是有一定启示意义的。

（丁亚平）

8月

《中国的一日》征文写作推动了1930年代中期的报告文学潮

现代中国的总面目　全书八十余万言　廿三开本八百余页

中国的一日

主　　编　茅盾
编辑委员会　王统照　金仲华　陶行知　张仲实　钱亦石　沈兹九　柳湜
　　　　　　章乃器　傅东华　韬奋

本书共十八编：一、全国鸟瞰；二、南京；三、上海；四、江苏；五、浙江；六、江西·安徽；七、湖北·湖南；八、北平·天津；九、河北·绥远·察哈尔；十、"失去的土地"；十一、山东·河南；十二、山西·陕西·甘肃；十三、广东·福建；十四、广西·贵州·云南·四川；十五、"海、陆、空"；十六、侨踪；十七、一日间的报纸；十八、一日间的娱乐。除第一第十七第十八三编为富有历史意义之统计材料，余十五编皆属一日间各地各项生活之素描。插图方面，计有精美木刻七幅及全国各地之风景及生活摄影等八组，现摘录本书主编茅盾先生序文的一段，以证明本书内容的丰富与人人都有一读的价值。

内容一斑（下列各要目尚不及全书五分之一）

蔡元培先生序 / 关于编辑的经过 / 全国鸟瞰 / 一个童子军教育的工作者 / 关饷 / 民众识字教育会闭幕后之感想 / 巡捕日记的一页 / 被遗忘的人们 / 看护们 / 在国恩寺 / 盗用公款者 / 女性的徬徨 / 百货商店的一日 / 商品检验员的一日 / 绸厂工人的日记 / 我是排字学徒 / 在香烟厂里 / 救国的自由 / 法庭上 / "特别留置所"里 / 一封从监狱来的信 / 大家庭中的冤鬼 / 队伍开到的一晚 / 医务日记 / 匪警 / 抽丁 / 青年微弱喊声的又一韵 / 逮捕 / 慰劳大会 / 这一日走的私货 / 永不能忘

记的一晚／悲惨中的一幕喜剧／平凡的荒村生活／晨会训话速记／修堡速写／塞外的一日／绥远的一日／喇嘛／这一日包头河西的农民／这碗饭真不容易啊／抢人／这天我在作禁烟论文／也是放赈

赠送办法　凡在本月底前定阅《文学》一年（全年三元五角国外加倍）即赠价值一元六角本书一册，旧定户续定全年赠特价券一张。以直接向本总店定阅为有效。

特印本　重磅米色道林纸精印皮面烫金精装只限五百册售完为止　二元四角

（原载1936年8月10日《光明》第1卷第5期）

茅盾主编的大型报告文学集《中国的一日》，当年邹韬奋的生活书店是把广告做得相当活泛的。临到出版前夕，广告在各大报刊多有登载，即便是《光明》各期也不尽相同。对全书内容的概括，列举"要目"是一种形式，拟用标语文字也是一法，比如："这里有：富有者的荒淫与享乐　饥饿线上挣扎的大众　献身民族革命的志士　女性的被压迫与摧残"，"落后阶层的麻木　宗教迷信的猖獗　公务人员的腐化　土豪劣绅的横暴"等等。有的还将主编所写《关于编辑的经过》一文摘要刊出，措辞更为详尽全面："以文字内容言，有在'中国的一日'都市及农村所发生之富有社会意义的事件，有在此一日间各色人群——军人，警士，公务员，工人，店员，学生，农民，知识分子，商人，各种各样的生活记录。以文字言，有速写，有报告文学，有小说，有日记，有通讯，有诗歌，乃至短剧。在其中将一日间的中国人生的面影已经相当地表现得明显了。一方面是商业的不景气，一方面是农村的崩溃，一方面是帝国主义侵略的加紧，一方面是民气奋扬，一方面是荒淫与无耻，一方面是严肃的工作。"看到这些广告文

《中国的一日》广告

字，读者很易受此书编者、出版者的思想感染，看出他们的人民立场。此外，因此书是一次发动民间的破天荒征文的结果，民众写，民众读，它在"一日间"的限时文体中更强调出其社会的广泛性、新闻性和文学性来。

《中国的一日》成书的过程大体是这样：1936 年，茅盾等一批文化名人模仿当时苏联文学活动家高尔基发起的"世界的一日"的做法（并没有谁亲眼见过高尔基征文活动的具体情况），确定展开全国性的征文。茅盾以"文学社、《中国的一日》编委会"的名义起草征稿启事，首载于当年 4 月 27 日上海《大公报》，宣布说："《中国的一日》意在发现一天之内的中国的全般面目。这预定的一日是随便指定的。我们现在指定的日子是'五月二十一日'。""凡是'五月二十一日'二十四小时内所发生于中国范围内海陆空的大小事故和现象，都可以作为本书的材料。这一日的天文，气象，政治，外交，社会事件，里巷琐闻，娱乐节目，人物动态，无不是本书愿意包罗的材料。"[①]一个月不到的准备时间，三个多月便编辑出版了包括 4 市、20 省、部分失陷地区、海陆空军种、华侨踪迹等地域的近五百篇文章，近百万字的全书。编者在此过程中深感吃惊的是：第一，来稿之踊跃，之众。到 6 月 10 日左右已收三千篇以上，不下六百万言。第二，反映地域阶层职业之宽，除新疆、青海、西康、西藏、蒙古五个边远地区和"僧道妓女"、"跑江湖"等特殊人群外，连南洋、日本的华侨都参与进来。第三，作者人员之广。原先征稿的对象预计是"全国的作家，艺术家，各职界的人，学生，电影演员，戏剧演员"[②]，而被来稿大大突破加进了工人、商人、农民、军警等各类人员，尤其是增加了基层的大众作者。最后选定篇目的作者比例，竟是"学生的来稿约占总数百分之三四又九，教员占百分之一五又五，工人占百分之一又七，商人占百分之九，农民占百分之小数点四，文字生活者占百分之四又七，其他自由职业，军警及属性不明者占百分之三三又八"。平时不以文字为生的作者远远超过了"文字生活者"，不能不使编者惊呼为"脑力的总动员"，可见"我们民族的潜蓄的文化的创造力有多么伟大！"[③]于是，经茅盾数次压缩删选，张仲实编定了"全国鸟瞰"，孔另境任

---

① 茅盾：《〈中国的一日〉征稿启事》，见《茅盾全集》第 21 卷"中国文论四集"，第 109—110 页，北京：人民文学出版社，1991 年版。

② 同上书，第 111 页。

③ 茅盾：《关于编辑〈中国的一日〉的经过》，见《茅盾全集》第 21 卷"中国文论四集"，第 174、169 页。

助理编辑并选定"一日间的报纸",到该年9月,厚厚的一巨册《中国的一日》奇迹般面世了。

从今天的立场去看《中国的一日》,我们会发现它远比上述广告词的概括要丰富复杂。由于各篇报道相对接近事实,它所含有的时代生活容量是相当大的;所择取的多样叙述形式,也往往更能传达出当时人们的普遍心理。这中间,社会名人的报道如黄炎培、陈子展、卢冀野、沈兹九、陈伯吹、陈独秀、包天笑、韬奋等所写,反显得单薄。而工人所写的纱厂、煤矿、码头、筑路,农民所写的催租、械斗、打饥荒,兵士壮丁写的营房、出操、清乡,囚犯写的逮捕、监牢、反省院,游客的影戏、进香、赶会,灾民所见的大水、放赈等,是异常多姿的。这真实地发挥出报告文学表现"现代中国的一个横断面"的功能。报告集里还不乏特殊的生活材料,像江苏苏州《长生库里》用学徒眼光旁观当日"当汛"期间每日从三百号降至五十号以下的典当业萧条景况,朝奉先生对付烟馆伙计、水上公安、乡庄(种田人)押当的各种花样,以及老板小心侍候中间商"买包客人"的嘴脸。河北赞皇《抢人》写守寡的章氏遭大伯小叔所卖,外逃后居然判刑,期满释放当日仍在监狱外面被男人强抢的现实。甘肃平凉《一件事实》反映当地有资产的知识家庭也守着产妇于秽土中跪伏分娩的陋习。而河北《定县的五月二十一日》表现定县农民教育的实况(有孙伏园工作的侧面描写),山东邹平《一封家信》、山东济宁《一天》写梁漱溟的乡村建设实验,都留下了宝贵的社会面影。从大都会到传统县城,从东南沿海到内陆广漠峻岭,虽然同在1936年危机四伏的时代气氛下,全国不同地区面对日本进一步侵略的共同形势,外观景象是不尽相同的:华北是高气压下有不愿做亡国奴的愤慨,也有冀东贩毒走私猖獗和汉奸横行;山西处在民要抗日、日机天天空袭和上层积极防共还未"睡醒"的情势;广东福建商机浓厚、城乡百怪丛生,移民、自治的谣言四起;广西、贵州、云南、四川一面在振兴战时工业、训练壮丁、演习国军,一面是偏远地区百姓吃观音土、吃人,成都三分之一的人失业,二分之一是文盲的局面。我们从中看到《中国的一日》具有的社会历史档案的性质,以及编辑者本来预定的全方位的观察点。茅盾在自述编辑经过的时候说明:"例如上海之部我们收了写纱厂生活的稿子两篇,一为职员所作,一为工人所作。(要是有纱厂老板也来一篇,我们觉得更好;我们最初'发动投稿'时本来是这样计划着的，不幸效果等于零。)"①多元地表现中国的企图，受到时代大多数人（投稿者）的眼界、观点的限制，而当时的富有阶级是不理会这一文化人发动的征文活动的。不过在当时有这种企图和没有这种企图，究竟不同。《中国的一日》推崇一种记录体，原原本本照抄，尽量备存。极其迷信愚昧的材料如广西梧州《救国良方》所谓玉皇大帝御赐良方的传单，就全文照录。抄录日记也可谓大宗，有南京的《医学生的日记》、《水兵日记》，上海的《巡捕日记的一页》、《戏剧从业员的一日杂记》、《印花厂图案画者的日记》、《一个绸厂工人的日记》，江苏的《集训日记之一日》、《土地清丈一日记》，浙江的《助产日记》、《乡村小学教师日记》，山东的《不常记的日记》，山西的《演剧者的日记》等，客观上增加了全书的多元视角。最典型的如浙江对蚕桑业的集中反映，《桑叶与蚕》（杭州）、《茧市》（硖石）、《在乡镇上》（长安镇）诸篇，与茅盾的著名小说《春蚕》一样，都把东洋和国际市场的压迫，茧价大跌，逼使蚕农将吃不起桑叶的僵蚕烂蚕倒掉的现实，作一倾诉。而从《蚕事通信——一个巡回指导员一天的生活行程》（双林镇）、《农村杂记》（诸暨）等篇看，当时的政府为提高丝价竞争力，在指导浙江农民养日本种方面所下的工夫也很可观。仅湖州一区即分发三万五千张东洋种，每一合作社约有二百余张，都需指导员经过烘暖到二眠才分配给蚕户，这是一项繁重的工作，是《春蚕》故事的另一面，今日在这些篇目里作为社会资料保存着。

《中国的一日》兼有一日时事的横截性与文学生动性的两面。这些大部是非文学工作者的执笔人，一旦拿起笔来，本着他们对材料的熟稔程度，自然进入了文字艺术加工的境地。近五百篇报告文学中，对话体、自白体的大量运用，十分显眼。山东《枣庄的一日》，由煤矿的职员、中小学生、工人、伙计等人集体创作，各写煤井、擦车、脚行、拾煤渣、学校、实习、掘炭夫与发牌子工头谈话、杂货店顾客与店伙、乞丐谈话，像是小说与剧本的合成。江苏泰县《退回来的礼物》，模拟小学生的口气给告诫学生讲"卫生"的老师写信，叙述门口便是垃圾堆、厕所，日日吃馊饭的家庭实在无法接受这一"礼物"："因为我是穷人家的孩子，没有资格谈卫生的孩子哩！"②河北磁县的《晨会训

---

① 茅盾：《关于编辑〈中国的一日〉的经过》，见《茅盾全集》第 21 卷 "中国文论四集"，第 171 页。
② 曼流（泰县）：《退回来的礼物》，见茅盾主编：《中国的一日》第 4 编，第 85—87 页，上海：生活书店，1936 年版。

话速记》以教员训话的不可靠叙述人的身份,来谈当日政府推行农村义务教育的结果(河北省一年花几百万办短期小学,一个小学一年经费需三四百块钱):农民家长认为读书填不饱肚皮,学生纷纷逃学。全篇语气是这样的:"最后,我总结一下:明天,手脸洗净,谁没来把谁弄些来,叫李科长看一看就算。不许光脚,不许傻笑,捉虱子,啃糠团子,更不许!都不要听毛金贵娘吴有富爹那种没学问人的傻话,都要学吕蒙正饿着肚子读书!听明白了的举手!放下!完结!"[①]以上两篇讽刺的运用都很纯熟老到。《中国的一日》既然涵盖中国如此幅员广大的土地,各省市的经济、政治、文化发展极不平衡,所能显示的中国的"真面目"及由小聚大的中国"总面目",毕竟有限。但就当时来说已经达到了从未有过的水平,发挥出报告文学轻型、快速、具象、生动、贴近人民大众的作用。

之后,《中国的一日》对群众性报告文学创作的热潮更发生直接的推动作用。抗战初期的孤岛上海,便有朱作同、梅益发起、主编的《上海一日》,征集写"八·一三"事变一周年以来任何一日的文字,编成集子竟达百万言,规模浩大。还有1941年在河北的八路军控制的抗日根据地,曾发起过《冀中一日》的征文活动,发动群众广泛,共收到五万多篇稿件,后由王林、孙犁等选择了其中的二百余篇,分为四辑,在极简陋的印刷条件下坚持石印或油印出版。《中国的一日》正为这些后继者做了宝贵的准备。

(吴福辉)

[①] 郭大风(河北磁县):《晨会训话速记》,见茅盾主编:《中国的一日》第9编,第16—18页。

10月

鲁迅去世

中国文坛巨星陨落　鲁迅先生今晨去世
昨日起突发恶性气喘症医治罔效
今晨五时长逝遗体送万国殡仪馆
中外各界一致表示哀悼

（原载1936年10月19日《大沪晚报》）

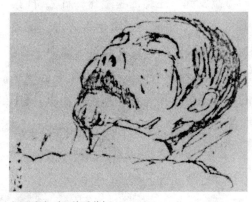

鲁迅遗容（司徒乔作）

鲁迅刚沉入无边的黑暗，他逝世的消息就风一样地传遍了中国大地。人们自发地从四面八方拥来，向鲁迅作最后的告别，四天之内达9,470人。①唁电、挽联雪片般飞来："全国学生救国联合会代表平、津、京、沪、汉、杭、晋、桂、济、青等廿七学联廿四万学生鞠躬"，"我们的朋友"（上海丝厂工人同挽），"弱小民族的救星死了"（韩国一青年敬献），"著述最严谨非徒中国小说史，遗言太沉重莫作空头文学家"（蔡元培）。10月22日，上万群众拥上街头，为鲁迅送行。在葬礼上，上海民众代表将一面白地黑字旗覆盖于鲁迅灵柩，上书"民族魂"三个大字……

鲁迅的逝世，成了民族凝聚并显示自己力量的纪念日，此后年年都有纪念，从未停止过；鲁迅也就成为某种群体的力量、精神的代表。1936年10月

---

①《签名统计：10月19日至22日瞻仰遗容及送殡人数》，见《鲁迅先生纪念集》，第8页，上海：上海书店，1997年据鲁迅先生纪念委员会1937年初版复印。

人们最初面对他的背影时，首先认定的，他是"一位青年的导师"，"被压迫民族与民众的代言人"；以后，随着中国革命和历史的发展，鲁迅又获得了各种"代表性"，这大概是鲁迅的宿命。或许是看到了太多群体情感的表露（其真诚性是毋庸怀疑的），偶尔在萧红的《海外的悲悼》里读到"告诉许女士：看在孩子的面，不要太多哭"①这样的女人之间的私人关照是会引起一种莫名的感动与惆怅的。

《中流》"哀悼鲁迅先生专号"

不难注意到，对于鲁迅的逝世，反应最强烈的是思考与反抗着的年轻人。天津《益世报》做了这样的对比："中国在这半年的短时间内，失掉了两位值得追悼惋惜的文人，一位是章太炎先生，一位是周树人（笔名鲁迅）先生。在今日中国社会中，中年以上的人，大概颇多景仰太炎先生；中年以下的人，大概颇多景仰鲁迅先生。"②许多悼念文章都特意谈到年幼的儿童和普通劳动者对鲁迅的哀悼。萧乾这样描述他所看到的"最感人"的一刻：一个衣衫褴褛，腿下微跛的孩子，"一拐一拐的，一直来到灵前。两只颇清秀的眼睛直直地凝视着鲁迅先生的遗骸，……连鞠了七个躬，才红涨着脸，红涨着眼睛，走出灵堂"。萧乾深情地说："我不知道如果鲁迅先生这时醒转过来，他将怎样热烈地抱起那微跛的孩子。"③

最引人注目的，自然是鲁迅生前的论敌的态度。在"故都文化界"追悼会发起人名单上，人们发现了顾颉刚、梁实秋、沈从文等人的名字。④鲁迅的最后一个论敌徐懋庸送了挽联，上书"敌乎友乎余惟是问，知我罪我公已无言"16个字。⑤"四条汉子"中的夏衍写了篇短文，其余则沉默。

但围绕对鲁迅的认识与评价的争论，仍未平息。在鲁迅逝世当天，周作人接

---

① 萧红：《海外的悲悼》，见《鲁迅先生纪念集》"悼文"第4辑，第77页。
② 天津《益世报》社论：《悼鲁迅先生》，见《鲁迅先生纪念集》"悼文"第1辑，第110页。
③ 萧乾：《朦胧的敬慕》，见《鲁迅先生纪念集》"悼文"第2辑，第78—79页。
④《鲁迅先生纪念集》"逝世消息"，第10页。
⑤《鲁迅先生纪念集》"挽联辞"，第25页。

受《大晚报》记者采访,谈到鲁迅的思想时说:"最近又转到虚无主义上去了,因此,他对一切事,仿佛都很悲观。"叶公超也发表文章,支持周作人的意见,认为鲁迅"始终是个内倾的个人主义者"。这些看法引起了左翼思想界的猛烈反击。李何林写了《叶公超对鲁迅的谩骂》针锋相对地引述瞿秋白对鲁迅的评价:"他的讽刺和幽默,是最热烈最严正的对于人生的态度",强调鲁迅"与脱离现实,否定一切,理想过高的虚无主义者,是有很大的区别的"①。同样引起强烈反响的是天津《大公报》的短评:"他拿刻薄尖锐的笔调,给这个文坛划了一个时代,同时也给青年人不少的不良影响。"上海一些小报和大报,也指责鲁迅"用很大精神打无谓的笔墨官司","把许多力量浪费了"②。回应者则指出,"十年前的陈源(西滢)教授,就已把'绍兴师爷'、'刀笔吏'的名号加在鲁迅头上,冀图取消他的'杂感'的反封建、反买办学者的文化战斗的意义和价值"③,现在不过是老调重弹。

而且还有国家与政党政治的介入。人们很容易就注意到治丧委员会名单中有中国共产党领导人毛泽东的名字。南京政府只由行政院院长孔祥熙以个人的名义送上了挽联,其辞曰:"一代高文树新帜,千秋孤痛托遗言。"④

这年底,女作家苏雪林致书胡适,大骂鲁迅"连起码的'人'的资格还够不着",惊呼"鲁迅给青年的不良影响,正在增高继长",呼吁"政府方面似乎不能坐视",杀机毕露。胡适则一面表示"我很同情于你的愤慨",一面又说应以"恶而知其美"的"持平"态度对待鲁迅。⑤

真正关注鲁迅个人命运,为其鸣不平的,还是许寿裳。他以鲁迅几十年不变的老友身份,把鲁迅"终于躺倒不起"的原因归之于"心境的寂寞"、"精力的剥削"与"经济的窘迫"。他说:"鲁迅是伟大的,竟不幸而孤寂穷苦以终。是谁之过欤!是谁之过欤!"⑥

同样感受着这沉重的,还有郁达夫。他在一篇不足千字的文章里,说了这

---

① 《鲁迅先生纪念集》"悼文"第 2 辑,第 24 页。周作人、叶公超的观点也转引自此文。
② 鲜予昧:《纪念鲁迅先生》,《鲁迅先生纪念集》"悼文"第 3 辑,第 33 页。
③ 何林:《为〈悼鲁迅先生〉》,《鲁迅先生纪念集》"悼文"第 3 辑,第 171—172 页。
④ 《鲁迅年谱》(修订本)第 4 册,第 393 页,北京:人民文学出版社,2000 年版;《鲁迅先生纪念集》"挽联辞",第 22 页。
⑤ 胡适、苏雪林:《关于当前文化动态的讨论》,见《鲁迅研究论著资料汇编》第 2 辑,第 689—693 页,北京:中国文联出版公司,1986 年版。
⑥ 许寿裳:《怀亡友鲁迅》,见《鲁迅先生纪念集》"悼文"第 1 辑,第 7—8 页、10 页。

样一句话:"因鲁迅一死,使人们自觉出了民族的尚可以有为,也因为鲁迅一死,使人家看出了中国还是奴隶性很浓厚的半绝望的国家。"[1]

真正清醒的是鲁迅自己。他早就说过:"千万不要给我开追悼会或者出什么纪念册。因为这不过是活人的演讲或挽联的斗法场。"[2]

(钱理群)

---

[1] 郁达夫:《怀鲁迅》,见《鲁迅先生纪念集》"悼文"第1辑,第101页。
[2] 鲁迅:《病后杂谈(四)》,见《鲁迅全集》第6卷,第177—178页,北京:人民文学出版社,2005年版。

11月

鲁迅与瞿秋白在左翼文艺运动中的相遇

绍介《海上述林》上卷

  本卷所收,都是文艺论文,作者既系大家,译者又是名手,信而且达,并世无两。其中《写实主义文学论》与《高尔基论文选集》两种,尤为煌煌巨制,此外论说,亦无一不佳,足以益人,足以传世。全书六百七十余页,玻璃版插画九幅。仅印五百部,佳纸精装,内一百部皮脊麻布面,金顶,每本实价三元五角,四百部全绒面,蓝顶,每本实价二元五角,函购加邮费二角三分。好书易尽,欲购从速。下卷亦已付印,准于本年内出书。上海北四川路底内山书店代售。

      (鲁迅撰,原载1936年11月29日《中流》第1卷第6期)

  瞿秋白于1935年6月18日在福建长汀罗汉岭前遇难。我们现在所看到的鲁迅最初的文字反应,是他于同年6月24日写给曹靖华的信:"中国事其实早在意中,热心人或杀或囚,早替他们收拾了,和宋明之末极像。但我以为哭是无益的,只好仍有一分力,尽一分力,不必一时特别愤激,事后却又悠悠然。"信中第一次透露:"它兄(引按,指瞿秋白)文稿,很有几个人要把它集起来,但我们尚未商量。"①从后来鲁迅给郑振铎的信看来,这里说的"几个人"大概就是鲁迅、茅盾、郑振铎,还有陈望道、胡愈之和叶圣陶诸人,他们集体集资,决定"先印译文","一面渐渐收集作品,俟译集售去若干,经济可以周转,再图其它可耳"。鲁迅又主动承担了编辑、校对、设计封面、装帧、题签、拟定广告及购买纸张、联系印刷、装订等全部工作,以便使书籍更臻完美。②以后又确定了

---

 ① 鲁迅:《350624 致曹靖华》,见《鲁迅全集》第13卷,第485页,北京:人民文学出版社,2005年版。

 ② 鲁迅:《350911 致郑振铎》,见《鲁迅全集》第13卷,第541—542页。

编辑原则：此番出文集，"纪念的意义居多，所以竭力保存原样，译名不加统一，原文也不注了，有些错处，我也并不改正——让将来的中国的公谟学院来办罢"①。"公谟学院"即"共产主义学院"，这是苏联革命成功以后建立的国家最高学术科研机构。鲁迅的意思是，现在所能做的，是保留先烈著述的原貌，真正进入学术的整理与研究，要留待建立新中国以后，鲁迅是将为瞿秋白编选文集，视为严肃的历史性工作来做的，思虑极为深远。因此，装帧与印制也极为讲究。唐弢说："初版本甲、乙两种《海上述林》，在中国出版界中，当时曾被认为是从来未有的最漂亮的版本。"②鲁迅自己在看到样本时，写信给茅盾，评论说："皮脊太'古典的'一点，平装是天鹅绒面，殊漂亮也。"③于是又想起了

鲁迅撰《海上述林》上卷出版广告手稿

瞿秋白："倘其生存，见之当亦高兴，而今竟已归土，哀哉。"④鲁迅还将虚拟的出版社命名为"诸夏怀霜"，这就把深广的情意充分地诗化了。

这"深广的情意"从哪里来？鲁迅大概很早就知道瞿秋白，因为瞿秋白在五四时期就和郑振铎一起创办《新社会》、《人道》，并参与筹备文学研究会，而他在20年代所写的《饿乡纪程》、《赤都心史》都是新文学早期报告文学的经典；但当1932年春末或夏初，他们第一次见面时，鲁迅还是对瞿秋白充满了期

---

① 鲁迅：《361015　致曹白》，见《鲁迅全集》第14卷，第169页。
② 唐弢：《晦庵书话·革命的感情》，见《唐弢文集》第5卷，第324页，北京：社会科学文献出版社，1995年版。
③ 鲁迅：《360831　致沈雁冰》，见《鲁迅全集》第14卷，第140页。
④ 鲁迅：《360827　致曹靖华》，见《鲁迅全集》第14卷，第136页。

待。此时的鲁迅正渴望从苏联窃得天火,却苦于自己不能阅读原文,在文艺理论上也缺乏准备;因此,当他从冯雪峰处得知瞿秋白正在从事文艺著译,并愿意与闻和领导"左联"工作时,连忙说:"我们抓住他!要他从原文多翻译这类作品!以他的俄文和中文,确实最合适的了。"接着又说:"马克思主义的文艺理论,能够译得精确流畅,现在是最要紧的了。"①瞿秋白也不负所望,先后翻译了《恩格斯论巴勒扎克》、《恩格斯论易卜生的信》,以及列宁的《列甫·托尔斯泰是俄国革命的一面镜子》,译述了《马克思恩格斯和文学上的现实主义》、《恩格斯和文学上的机械论》,撰写了《文艺理论家的普列汉诺夫》等重要论文,这都是为建立中国马克思主义文艺理论奠定基础的;鲁迅在编选《海上述林》时首先选入这些翻译经典,在所拟广告里,赞扬这些译著为"煌煌巨制","信而且达,并世无两",绝非偶然。在私下通信里,更一再表示痛惜:"中文俄文都好,像他那样的,我看中国现在少有。"②

因此,完全可以想象和理解,鲁迅与瞿秋白一见面,就像许广平从旁观察到的那样:"如久别重逢有许多话要说的老朋友,又如毫无隔阂的亲人骨肉一样,真是至亲相见,不须拘礼的样子。"③这在鲁迅是少有的。这样,瞿秋白执笔的杂文,用鲁迅的笔名发表,又收入鲁迅的杂文集,就是很自然的事。许广平回忆说,共计14篇的杂文(如《伸冤》、《出卖灵魂的秘诀》、《透底》、《真假堂吉诃德》、《王道诗话》等)大抵是这样创作的:瞿秋白"在他和鲁迅见面的时候,就把它想到的腹稿讲出来,经过两人交换意见,有时修改补充或变换内容,然后由他执笔写出"④。冯雪峰则有这样的回忆:鲁迅多次说,瞿秋白的文章"明白晓畅,是真可佩服的!"也表示过其杂文"深刻性不够,少含蓄,第二遍读起来就有'一览无余'的感觉"⑤。现在瞿秋白写这批杂文就自觉地向鲁迅杂文靠拢,有了鲁迅风,以至长期收在鲁迅杂文集里,也无人察觉,这是他们一次有意思的合作。⑥

---

① 冯雪峰:《回忆鲁迅》,见《鲁迅回忆录》(专著,中册),第638页,北京:北京出版社,1999年版。
② 鲁迅:《350627 致萧军》,见《鲁迅全集》第13卷,第488页。
③ 许广平:《鲁迅回忆录·瞿秋白与鲁迅》,见《鲁迅回忆录》(专著,下册),第1181页。
④ 同上书,第1189页。
⑤ 冯雪峰:《回忆鲁迅》,见《鲁迅回忆录》(专著,中册),第639页。
⑥ 参看季樟桂:《重读瞿秋白的一首诗——兼谈他与〈自由谈〉改革的关系》,载《鲁迅研究月刊》2010年第1期。

瞿秋白于1931年初至1934年初介入左翼文艺运动，他的着力点是建设中国化的马克思主义文艺理论，除翻译介绍经典之外，更关注的是中国自身经验的总结。如研究者所注意到的那样，他主要做了两件工作，即以他所理解的马克思主义理论，重新梳理与评价五四新文化运动，重塑鲁迅形象。① 瞿秋白在1931年10月所写的《普洛大众文艺的现实问题》里，明确地把五四新文学运动定性为"资产阶级的自由主义启蒙主义的文艺运动"，同时又提出"我们要一个无产阶级的'五四'，这应当是无产阶级的革命主义社会主义的文艺运动"，"一个广大的反帝国主义的国际主义，反封建宗法的劳动民众的民权主义和社会主义的文艺运动"②，这大概是瞿秋白为30年代左翼文艺运动的性质所作的一个理论设想，但却是后来毛泽东所批评的将"社会主义的任务，合并在民主主义任务上面去完成"的"毕其功于一役"的"空想"。③ 为推动"无产阶级'五四'"，实现"文艺的大众化"，瞿秋白认为关键是"革命的作家要向群众去学习"，他激烈地批评了"不能把艺术降低了去凑合大众的程度，只有提高大众的程度，来高攀艺术"的主张，认为即使是革命的知识分子也是"不配"去"提高大众的程度"的。④ 瞿秋白对五四新文化运动和五四启蒙主义知识分子激烈的批评态度，和他自己在思想与情感上对鲁迅的高度亲和之间，显然存在矛盾与缝隙，这也是他在编选《鲁迅杂感选集》时所面临的困境。但他却在《序言》里从理论上做出了一个合理的分析。其主要论点和策略有二。首先是描述了一个"转变"的"鲁迅"："从进化论进到阶级论，从绅士阶级的逆子贰臣进到无产阶级和劳动群众的真正的友人，以至于战士。"同时又塑造了一个"中国的高尔基"的"鲁迅"：他们都是这样的"革命的作家"："公开地表示他们和社会斗争的联系；他们不但在自己的作品里表现一定的思想，而且时常用一个公民的资格出来对社会说话，为着自己的理想而战斗，暴露那些假清高的绅士艺术家的虚伪。"瞿秋白在阐释鲁迅的"革命传统"时，除高度评价其"最清醒的现实主义"和"'韧'的战斗"精神，表现了对鲁迅的深切理解外，还着意强调鲁迅的

---

① 傅修海、陈华积：《瞿秋白与鲁迅经典化进程——以〈鲁迅杂感选集〉的编选为中心》，载《鲁迅研究月刊》2011年2期。

②④ 瞿秋白：《普洛大众文艺的现实问题》，载1932年4月《文学》第1卷第1期。

③ 毛泽东：《新民主主义论》，见《毛泽东选集》（一卷本），第646页，北京：人民出版社，1966年版。

"反自由主义"和"反虚伪的精神",又表现了很强的意识形态性。瞿秋白的这两大"重塑",以后就成为左翼文艺界、鲁迅研究界阐释鲁迅的经典模式,而开启了"鲁迅经典化"的过程。①

人们关注的是鲁迅对瞿秋白序言的反应。据冯雪峰的回忆,鲁迅高度认同的主要有两点,一是对其"杂文的战斗作用和社会价值"的"应有的历史性的估计",二是对"他前期思想上的缺点"的批评。②鲁迅一直非常看重自己的杂文写作,但人们总是从不同立场与角度淡化以至抹杀其价值;因此,当瞿秋白在序言里高度评价鲁迅杂文作为"文艺性论文"在"中国思想斗争史"上的价值和"现时的战斗"意义,指出他的杂文里的批判对象,全是"社会上的某种典型",而绝非"攻击个人",鲁迅读了以后,产生知遇之感,是不难理解的。鲁迅早就说过,他一直在"等待有一个能操马克斯主义批评的枪法的人来狙击我"③,现在终于出现了:瞿秋白把鲁迅看做是和中国农村与农民有着血肉联系的知识分子,"这些农民从几千百年的痛苦经验之中学会了痛恨老爷和田主,但是没有学会,也不能学会怎样去回答这些问题,怎样解除这种痛苦";瞿秋白同时指出鲁迅身上的"个性主义——怀疑群众的倾向",使他往往看不见群众"笨拙的,守旧的口号背后隐藏着的革命的价值",鲁迅读了也应该是心服口服的。对瞿秋白所提出的"转变模式",鲁迅未置一辞;但对瞿秋白和当时的左翼所塑造的"中国的高尔基"形象,鲁迅是明确表示拒绝的。他在给萧军的信中说:"我看用我去比外国的谁,是很难的,因为彼此的环境先不相同","使我自己说,我大约也还是一个破落户,不过思想较新,也时常想到别人和将来,因此也比较的不十分自私自利而已。至于高尔基,那是伟大的,我看无人可比"④。

鲁迅与瞿秋白关于翻译的"讨论",也是很耐寻味的。瞿秋白在给鲁迅的信中提出了对翻译的两个绝对要求:"绝对的正确和绝对的中国白话文"⑤。要求"绝对的正确"即"翻译应当把原文的本意,完全正确的介绍给中国读者",对这种"信"的翻译标准,鲁迅与瞿秋白是一致的;分歧在对"绝对的中国白话

---

① 参看傅修海、陈华积:《瞿秋白与鲁迅的经典化进程——以〈鲁迅杂感选集〉的编选为中心》。
② 冯雪峰:《回忆鲁迅》,见《鲁迅回忆录》(专著,中册),第640页。
③ 鲁迅:《对于左翼作家联盟的意见》,见《鲁迅全集》第4卷,第241页。
④ 鲁迅:《350824 致萧军》,见《鲁迅全集》第13卷,第528页。
⑤ 《关于翻译的通信·来信》,见《鲁迅全集》第4卷,第381页。

文"的理解与要求。在瞿秋白看来，五四新文化运动所推行的"白话文"是一种"非驴非马的新式白话"，"半文言"，或可称作"五四式的假白话"[①]，因此，"无产阶级的'五四'"应该是一个"俗语文学运动"，提倡"用中国口头上可以讲得出来的白话来写（作）"，来翻译，"所谓绝对的白话，就是朗诵起来可以懂得的"，这样才能真正实现文艺的大众化。[②]鲁迅在回信中，实际是在两个重大问题上表示了不同的意见。一是强调"首先要决定译给大众中怎样的读者"，"识字无几"和"略能识字"的读者，都是"不能用翻译的"作品的；译本的读者对象只能是"很受了教育"的读者。也就是说，"现在是使大众能鉴赏文艺的时代的准备"，"倘若此刻就要全部大众化，只是空谈"[③]。其次，即使是对受了教育的大众读者，翻译和创作作品也不可能采用所谓"完全的白话文"，"只好采说书而去其油滑，听闲谈而去其散漫，博取民众的口语而存其比较的大家能懂的字句，成为四不像的白话"，也就是说，现代白话语言的创造，"有些是从民众的口头取来"，有些则是要从更广泛的吸取中"注入"到民众里面，"装进异样的句法去，古的，外省外府的，外国的，后来便可以据为己有"[④]。文艺本应有"提高大众"的作用，"若文艺设法俯就，就很容易流为迎合大众，媚悦大众。迎合和媚悦，是不会于大众有益的"[⑤]。——如研究者所指出的，鲁迅与瞿秋白"在翻译观上的分歧，从根本上说，是他们文学观的不同，反映了文学家和政治家，文化启蒙和政治启蒙的差别"[⑥]。

这样，我们就看到了，鲁迅与瞿秋白在30年代的左翼文艺运动中相遇后，所建立的真实关系：他们既充分认识对方的价值，彼此欣赏，相互吸取；又保持各自的独立，坚持自己的原则立场，彼此辩驳，相互补充、制约。当鲁迅以"人生得一知己者足矣"一语书赠瞿秋白，他心目中的"知己"就应该是这样的。

（钱理群）

[①] 瞿秋白：《大众文艺的问题》，载1932年6月《文学月报》创刊号。
[②]《关于翻译的通信·来信》，见《鲁迅全集》第4卷，第384、382页。
[③][⑤] 鲁迅：《文艺的大众化》，见《鲁迅全集》第7卷，第367页。
[④] 鲁迅：《关于翻译的通信·回信》，见《鲁迅全集》第4卷，第393、391页。
[⑥] 李今：《二十世纪中国翻译文学史·三四十年代·俄苏卷》，第54页，天津：百花文艺出版社，2009年版。

历时五年的定县"农民戏剧实验"

　　戏剧是艺术教育的一种，在广大的民众教育上占有重要的地位，因为它是直接影响民众生活的。我国昔日有所谓"高台教化"之说，足见戏剧与教育关系之密切。可惜现在流行的传统戏剧不能适应这一时代民众生活的需要，且现在一般人都把戏剧看成一种消遣品，实已失去了戏剧的教育使命。我们平教会有鉴于此，特在定县实验区从事戏剧的研究与实验，请熊佛西先生主持其事，以期在农村中创造一种适应时代需要的大众戏剧。我们除作戏剧本身的内容与形式的研究实验外，尤着重戏剧与教育的效力的研究。整个的定县农村就是我们的实验室，就是我们的大舞台。定县四十万农民的生活就是我们研究实验的对象。

　　熊佛西先生著的这本《戏剧大众化之实验》，就是我们在戏剧方面研究实验的经过——亦可以说是我们的得失经验。我希望这本书出版之后，不但能影响整个的中国剧坛，并且还能予以我国教育界极大的启示。书中第七章所说的戏剧制度或"戏剧网"的建设，尤有深长的意义。

（晏阳初写于1936年11月，原载熊佛西：《戏剧大众化之实验》[①]，为序言之一）

　　上面这则序言的作者，无疑是介绍熊佛西所主持的定县"农民戏剧实验"的权威人士。作序者晏阳初是20世纪二三十年代在全国推行平民教育运动的中华平民教育促进会（简称"平教会"）总会领导人，而地处河北的定县正是其主要实验区之一。平教会的宗旨是改造民族生活，对象虽称是"全民"，重心后来都放在"农民"身上，可以说是进行"乡村建设实验"、"农民教育实验"的机构。晏阳初本人的大学学业是在香港大学和美国耶鲁大学完成的，又获得普林斯顿大学历史学硕士学位，眼界阔大，对建设民族国家有持久的热情。他领导的是个民间组织，不拿当时国民政府的钱，主要经费募自美国洛克菲勒基金会等处，所以他的活动相对独立，手脚也比较放得开些。经由改造中国乡村来救中国，大概是当年许多有识之士的共同见解，陶行知在江苏办晓庄师范进行乡村教育实践，梁漱溟在邹平创办"山东乡村建设研究院"，他们的志向是相互呼

[①] 熊佛西：《戏剧大众化之实验》，正中书局1937年4月南京初版，1947年6月上海第1版。

定县"农民戏剧实验"者们,右二为熊佛西。

应的。平教会1926年起选定定县进行的"乡村实验"是全方位的,包括政治、经济、卫生、文化各个方面,重点却在人,在将旧式农民转化为"新民"。"平教会最初以识字运动开始,以后该会干事长晏阳初又发现我们的民族不仅缺乏知识,而且缺乏经济,缺乏健康,缺乏合群的习惯。简而言之,可用愚穷弱私四个字来代表我们民族的病源。"[①]因为重点在人,"教育"便成了中心,"以文艺教育救愚,以生计教育救穷,以卫生教育救弱,以公民教育救私",四大教育把"文艺教育"放在了首位。而最适于农民的"文艺"显然便是戏剧,于是,定县的"农民戏剧实验"便在1932年到1937年间扎扎实实地展开了。到熊佛西《戏剧大众化之实验》出版,就是获得成果的一个显著标志。

熊佛西自称"农家子弟",他在燕京大学读书期间曾与欧阳予倩、茅盾等人组织过民众戏剧社,写过话剧。之后赴美国哥伦比亚大学研究文学、戏剧,回国后担任中国第一个戏剧教育机构国立北京艺术专门学校戏剧系主任。晏阳初所聘平教会各部门负责人多为专家型的欧美留学生,熊佛西各方面都符合条件,

---

① 熊佛西:《戏剧大众化之实验》,第19—20页。

遂成为平教会教育部"农村戏剧研究设计"的负责人,也是顺理成章的。1932年1月定县的乡村戏剧实验最初的参与者有陈治策、张鸣歧、杨村彬等,重视挖掘、提高乡村固有的戏剧形式秧歌,改编了许多秧歌,出版过新编秧歌选本。这很像后来延安鲁艺"闹秧歌"的情景。熊佛西并不是完全忽视农民秧歌,不过他认为旧的形式浸透了旧的内容是很难彻底改变的,他力主"不但不改革传统的戏剧,也不硬抄袭西洋的戏剧,虽说它们的一部分原则和原素也是我们在创造过程中所要参考的资料"。他继承五四的启蒙精神,选择话剧这种新型样式来加以改造,但"主要的依据只是大众,只是大众的生活及其环境",目标是"要把戏剧大众化,要致力于大众戏剧的实践","根据中国今日农民的现况,在农民当中创造一种新的农民戏剧"[1]。

熊佛西等人致力的"农民戏剧"是什么样子的呢?他们通过改编、改译、创作这三种途径来改造剧本的内容,再通过训练农民剧团、设计农村剧场来改变话剧的演出方式,综合起来完成了定县戏剧实验的样本,并加以推广。他们提出以"向上的意识"为写剧本的原则。这包括"必须钻到农村里去,必须深入民间,在那里观察,在那里体验,观察体验农民的生活,体验观察农民的心理(政治的与经济的心理)。这样才能了解农民的情感,不,我们才能有农民的情感"。而在中国的农民"未具现代生活最低的条件"之前,主张不宜进行政治党派的思想训练。认为"在农民的生活和意识都向上了之后,他们才能理解左或右的问题,他们才能明白向左或向右的意义,他们才能有力量担当左或右的行动"[2]。这种貌似中间、抽象的立场,因为有了结合广大农民切身利益的前提,其所谓"向上意识"的剧本便必然成了能够表现农民生活、具有农民思想感情的剧本。定县农民戏剧"改编"历史故事和民间传说,如《卧薪尝胆》、《兰芝与仲卿》,显然都是发扬民族正气和人民自由精神的。"改译"的剧,如爱尔兰女作家葛瑞格雷夫人的代表作《月亮上升》成了东北爱国志士的逃亡故事;俄国果戈里的代表作《巡按》是将官场的腐败尽数暴露给农民看,都是运用农民眼光来观察世界,欣赏趣味尽量接近农民的。尤其是"创作"的话剧,如熊佛西的《屠户》、《过渡》,杨村彬的《龙王渠》,陈治策的《鸟国》等,都是站在

---

[1] 熊佛西:《戏剧大众化之实验》,第18—19页。
[2] 同上书,第21—23页。

农民一边，来反映农村不公平的、痛苦无保障的生活，及群起斗争的事实。《屠户》"此剧是对于农村中土豪劣绅剥削贫苦农民的描写，尤其着重于今日中国农村一大问题的高利贷罪恶的暴露"①。剧中主要人物孔大爷向农民重利借贷，拨弄是非，欺压良善，横行乡里，绰号为"孔屠户"。此人的诡计终于败露，天人共愤，老百姓忍无可忍地向县政府告发了他。这个剧在定县农村巡回演出二十多次，有一次在某村演到孔屠户强夺还不起高利贷的王大房屋时，台下一个青年农民突然站起来，脸红耳热地朝台上高声骂道："揍他妈的老浑蛋！"同时各乡出现了流行语，凡碰上放印子钱的人就在后面说："他简直是孔屠户。"可见其影响力之大。《过渡》更是定县农民戏剧的代表性作品。此剧围绕某农村横隔河道上的修桥问题，表现乡民和乡绅的矛盾：乡民要解决河东河西交通的便利，乡绅胡船户要把持往日渡河船资可以随意勒索的好处。下乡服务的青年学生带动大家筑桥，胡船户明里是设法驱逐外来青年，暗地却鼓动保守的船夫谋杀青年桥工，船工寡妻索钱葬夫反被踢死，事败后横行霸道的胡船户受到官厅拘捕，船工们也觉悟了，反而加入了建桥工作。建桥是为了解决河的"过渡"，农民从不觉悟到觉悟也有一个逐渐"过渡"的问题，剧目的含义就此凸现。这剧的"教育"指向非常明显，剧中人物众多（需要更多群众演员），场面气氛热烈，适合于广场演出。在县里东不落岗村晚上排练的时候，吸引了本村和周围三里五里外村的人来围观。一天有五六里外的唐城村人来参观，看完了感叹说：我们村里的事都编出戏来了！编得真快！实际上熊佛西等人并不知道邻村真的发生了农民搭桥、本村乡绅反对的事件。后来农民戏剧实验者们去县政府调集案卷，才知道那个村的乡绅手段更加厉害，是先发制人一纸告了农民，造谣说是本村无赖修桥勒索过桥费，发生斗殴，要求取缔修桥来维持治安。这件事振奋了所有的演剧人员，因为《过渡》的剧在前，唐城村此案在后，等到依据案情进一步完善剧本，大大调动起演出者的情绪之后，有人指出这是"实事模仿了戏剧"。后来就更加认识到，这是定县农民戏剧的真谛之一即"的的确确的把握住了真实的社会性"②。《过渡》在定县演出后，剧中的《造桥歌》开始在各村传唱，男女老幼都会哼，一时成了农村流行歌曲。东不落岗村的农民保卫团还

---

① 熊佛西：《戏剧大众化之实验》，第24页。
② 同上书，第26—27页。

以《造船歌》为团歌。除此之外，这些剧在写作中还遵循了多写故事，少抽象，把现实农村的人物"类型化"（"典型化"），写活，注意动作性，对话符合人物口吻，简单不复杂等方法，初步做了理论上的归纳。

《过渡》排练的时候，定县农民戏剧已经从"我们演剧给农民看"，进一步"到农民演剧给农民看"了。农民自己演剧与否是戏剧大众化有无根基的大事，所以平教会刚去定县的时候，当地只是由职员中的玩票者在城里过去的贡院考棚——当时的礼堂做过话剧售票公演（售票的目的主要不是为收入，倒是要培养农民持票看戏，以至于免费的农民专场演出照样发票入座），不久便开设戏剧训练班，以两年为期培训当地学员。到1933年2月9日，尧方头村的农民演员在县城考棚礼堂第一次演出《车夫之家》、《穷途》、《屠户》三剧，成功后到水磨屯、西平朱谷村做巡回演出，引起农民对新剧的兴趣，各村纷纷效仿，要求平教会派人指导培训。西平朱谷村一下子成立了男女两个农民剧团，一个月后便打破女子不能登台的陋习，在本村庙会演出熊佛西的《四个乞丐》、《兰芝与仲卿》。到1934年底，全县有13个村成立了自己的农民剧团，能上演13个以上的新剧。农民开始打破源于西方的镜框式舞台，自发地建起具有演戏、开会、选举、检阅、议事等多个功能的大众化露天剧场。熊佛西考虑到农民剧场应具备的经济、适用、坚固、美观四原则，联系到古希腊的剧场，做出如下的设想：利用村庄坡地二三亩，让观众席后高前低，舞台在观众席的最低处，台后建土房做化妆休息室，台前设阶三层到五层，演员观众上下无大的间隔，两边有泄水通道，周围植树，同大自然浑然一体。后来根据这一设计，挑选具备较好农民剧团的村庄，在东不落岗村和西建阳村先后建设了示范性的农民露天实验剧场，一个能容纳1,500—2,000人，一个能容纳3,000人。两个露天剧场的最大缺点是舞台功能差。于是，1935年10月又对东不落岗村的露天剧场加以改造，舞台分主台和副台，利用墙头和柱子解决灯光问题，场型由长方形变为卵形，容量扩大到3,000—4,000人。修建剧场时农民自动献工捐料，往往只用极少的钱（西建阳村的剧场建设仅花了100元），让人感动。修好后自己来管理，成为一村乃至几村的政治文化活动中心和公共空间。演出人员、演出方式、演出场地的改革都向着农民大众化的方向发展，到了熊佛西写《戏剧大众化之实验》一书，分章记叙论述了"实验的动机"、"剧本问题"、"剧团问题"、"剧场问题"、"演出问题"等，最后还提到农民戏剧教育的制度问题，主张改散漫的、自生自灭的艺术教育为在一定政治力量推动下一种有计划、有效果的社会行动，形成自县到省到国的"戏剧网"，是具有训练人才和经济投入计划的国家决策。由于晏阳初的角度是全社会的，他在序言中说对这部分更有兴趣就是很自然的了。

抗日战争打断了定县这场戏剧教育实验。后来熊佛西到大后方办四川省立戏剧教育实验学校，可以看成是定县事业的继续，但究竟气势、规模都大不同了。延安后来的"新秧歌剧"运动、"新编平剧（京剧）"的试验，偏于传统和民间，与定县戏剧实验不尽相同。抗日根据地的战士话剧团及后来解放战争中的文工团话剧演出活动与此倒是有些接近，它们是戏剧大众化的余脉。

（吴福辉）

12 月

叶圣陶指认张天翼老舍的幽默不同

《追》 张天翼著　**《蛤藻集》** 老舍著

张天翼先生和老舍先生同以幽默著称于文坛,然而他们两位的风格、思想、技巧都是各不相同的,我们只要一读这两个集子,就可明白。这两本都是他们最近的结集,也是最精彩的结集。《追》中有八个短篇小说,《蛤藻集》中有六个短篇,一个中篇,都曾传诵一时,博得好评。

（原载 1936 年 12 月 1 日《中学生》第 70 号）

这则广告的特殊之处,是同时给两个当年在文坛崛起已经很有名声的作家做宣传,点出了他们共同拥有的"幽默"品质,但实际上在文学各方面的品位上又是很不相同的。这在 1930 年代中期是个十分典型的文学现象。

能够放在一起品评的作家并不多,而张天翼、老舍确实是能被放在一起的。从外部看,他们同时在开明书店出了短篇小说集子,收在了《开明文学新刊》丛书里面。叶圣陶恰是两人的编辑,才会执笔为他们写新书的广告。那时的张天翼和老舍的名气都很大了,《开明文学新刊》的收录只是一个例子而已。从文学内部看,两人幽默讽刺的对象大体相近,而且现代文学是从他们开始才在鲁迅等的讽刺农民、知识者之外,开辟出讽刺都市市民的新领域,在讽刺的艺术品质、方法技巧、语言风格等方面又都有新探索,南北呼应,将现代讽刺文学引向深入的。

张天翼最初走上文坛,是以 1931 年发表《二十一个》这种结结实实写士兵哗变的小说开始。他摆脱开左翼作品"革命加恋爱"的感伤调子,用节奏明朗的口语,活泼简明的叙事形式,让自己的小说散发出一股新鲜的气息,迅速赢得了"新人"的称号。那时候,他的《鬼土日记》所使用的诙谐戏谑的文字,

1923年的老舍

1934年的张天翼

已经透露出日后绝大的讽刺才能了。接着陆续写出了《大林和小林》、《脊背与奶子》、《包氏父子》、《笑》等，如胡风所说："数年间，天翼已由'新人'转成了最流行的作家之一。"① 良友图书公司的赵家璧，在挑选当时最受读者欢迎的作家出巨型自选本时，选择了他。我们现在所能看到的这种精装本选集，厚度超过两三个长篇的，仅有两种，一种是沈从文的《从文小说习作选》，一种便是张天翼的《畸人集》。《畸人集》也是1936年出版，包括长篇《鬼土日记》、剧本《时代的英雄》、《老少无欺》等24篇（部）作品，可见他当年的名望。张天翼的代表性篇目都在短篇小说上，长篇如《齿轮》、《洋泾浜奇侠》，还有稍好的《清明时节》，都不大出名，以至有人在当年的评论中称："如果有人以：'从一九三三——一九三五年，这三年，在中国文坛上，短篇小说方面，谁贡献最大'这问题见询，那末，我将毫无犹夷地答道：张天翼。"② 在这本开明出版的《追》里，共选了八篇短篇小说，其中的《砥柱》、《度量》、《照相》、《蛇太爷

---

① 胡丰（胡风）：《张天翼论》，载1935年9月16日《文学季刊》第2卷第3期。
② 汪华：《评〈畸人集〉》，载1936年8月3日《国闻周报》第13卷第30期。

的失败》均是他的讽刺佳作。《追》和包含了《包氏父子》的《移行》、包含了《华威先生》的《速写三篇》，都是他最优秀的短篇讽刺小说集。

老舍成名比张天翼早。1926年他把在英国写成的《老张的哲学》寄给《小说月报》发表，一出手就在全国最重要的文学刊物露面；1928年此书在商务印书馆初版，又是老牌的实力雄厚的出版社。所以影响一下子就大了，朱自清给他最初的两部长篇小说《老张的哲学》和《赵子曰》写了评论，开宗明义就点出"这两部书的特色是'讽刺的情调'和'轻松的文笔'"。朱自清谈老舍的讽刺，还从《儒林外史》的"戚而能谐，婉而多讽"，讲到晚清"谴责小说"的"辞气浮露，笔无藏锋"（鲁迅《中国小说史略》语），一直到"近来才有"的"不涉游戏的严肃的讽刺"。按照他的意思，老舍早期的倾向是既有"游戏的调子"，又"有一个严肃的悲惨的收场"，因而赞成商务在《时事新报》所登广告的用语，"讽刺的情调"、"轻松的文笔"这两句即取自那篇广告，还引用了广告结尾的一句："使我们始而发笑，继而感动，终于悲愤了。"①这个评价已相当高了。后来在《蛤藻集》出版前，老舍写了长篇《二马》、《猫城记》、《离婚》、《牛天赐传》，特别是《离婚》，"能找到一些沉痛的故事作书的骨干"，"是完完全全的写实小说，不过作者能自身远远站在事外，看出了人生根本具有的幽默"②。显然提高了对他幽默才能的评价。他在长篇小说已经成功后才写短篇，自认短篇比长篇难，"长篇有偷手"，"全篇中有几段好的，每段中有几句精彩的，便可以立得住"。但短篇一丝不能偷懒，"它差不多是仗着技巧而成为独立的一个体裁"③。他的这话说得很地道，很内行，是真正懂得写短篇的甘苦的。在《蛤藻集》之前已经出版了《赶集》、《樱海集》两种，而这里的《蛤藻集》里收了《老字号》、《断魂枪》、《且说屋里》、《新韩穆烈德》等六个短篇与《新时代的旧悲剧》一个中篇，其中包含老舍最好的短篇小说，是窥探他的讽刺技巧的重要途径。

我们就以张天翼、老舍这两个集子为主，来分析他们"幽默"品质的异同。虽然到现在为止我们也很难将"讽刺"和"幽默"这两个概念说得泾渭分

---

① 知白（朱自清）：《〈老张的哲学〉与〈赵子曰〉》，载1929年2月11日《大公报·文艺》第57期。

② 赵少侯：《论老舍的幽默与写实艺术（评〈离婚〉）》，载1935年9月30日《大公报·文艺》第18期。

③ 老舍：《我怎样写短篇小说》，载1936年1月1日《宇宙风》第8期。

明,但大体上张天翼是偏于社会批判性的讽刺,而老舍一开始就表现出温和的、发出会心微笑的、批评旁人但也关涉自身的幽默才能。当然不能说张天翼的讽刺里面没有幽默语言的基础和幽默的趣味,也不能说老舍就没有讽刺保守落后妥协的国民的动机和手段,但无论讽刺或幽默如何相通,在初期,两人都有一个逐步成熟的写作阶段。鲁迅就指出张天翼不要流于"油滑",老舍有句名言叫"当幽默变成油抹",这大体即是张天翼写《皮带》等小公务员的故事和老舍写《老张的哲学》和作为杂志《论语》的作者所写的那些发笑的短文时期。到1933年鲁迅致信张天翼就说"你的作品有时失之于油滑,是发表《小彼得》那时说的,现在并没有说,据我看,是切实起来了"①。老舍在写作《大明湖》(写济南"五·三"惨案的长篇小说,原稿因上海"一·二八"事件商务印书馆被日本飞机炸毁而同归于尽,后取其中情节人物写成出色短篇《月牙儿》)、《猫城记》时有意不使用"幽默",结果"双双失败",到写《离婚》以后又决心"返归幽默",同时"求救于北平"。②运用幽默和叙写北平,后来一直成为老舍的两个创作中心点。这从一个侧面反映了现代作家和读者对"幽默"、"讽刺"两面性的认识:高可达到艺术的佳境,低俗和低级的只不过是打趣耍贫嘴,张天翼、老舍本身的经历就是证明。

张天翼是左翼"讽刺"型的天才作家。他讥刺的社会面宽广,喜剧情境分明、强烈,像理学研究会的绅士领女儿在船上遇到高谈男盗女娼的同会会员(《砥柱》),在洋车上被跌翻的先生暗自庆幸省了车钱(《度量》),一向用怀柔手法的财主终于控制不住等待赈济的农民抢仓(《蛇太爷的失败》),请穷亲戚过节的主人骂所有的人都揩他的油让饭局不成(《中秋》),做小公务员的父亲要追上儿子的思想却看不下进步书籍(《追》),这集子里的故事统统折射出一个荒唐分裂的世界。老舍也写男盗女娼的官场,如《新时代的旧悲剧》,如《且说屋里》,但强调的不是阶级差别,而是新旧转型中的喜剧境况。在《老字号》、《断魂枪》这两个名篇里,无论是老绸缎铺子"三合祥"的老派经营方式怎样在大减价、洋鼓洋号、蒙混掩盖日货的新派面前败下阵来,还是老镖师沙子龙宁肯徒弟输在别人手中也不露他的"五虎断魂枪",旧的都不可逆转地将要逝去,却在逝去

---

① 鲁迅:《330201 致张天翼》,见《鲁迅全集》第12卷,第144页,北京:人民文学出版社,1981年版。

② 老舍:《我怎样写〈离婚〉》,载1935年12月16日《宇宙风》第7期。

前保持了自尊的人格,在文明前行的历史脚步中守住一点精神。老舍抓住世俗变化的关节点发出他同情的批判的笑声。从刻画人物来看,张天翼的讽刺人物世界多样而对峙,如官绅、下级军官、财主、小公务员,老舍讽刺的多半是老式市民、城市出卖劳动力者、小警官,各种小人物他给予的批判与同情也不同。老舍讽刺大学生,在这个集子里就有两篇:《听来的故事》写步步升官爬上去的大学生,《新韩穆烈德》写左翼大学生人格分裂,都是在新旧变异的当口做文章。但要说人物喜剧的夸张性,张天翼更浓烈,老舍则作人性的分析,普遍表现国民的劣根性,特别是保守妥协的一面。当然应当注重指出的是,张天翼所以是左翼文学阵营里面的出色者,他对人物入木三分的阶级刻画,有人性刻画作为底子。比如《度量》里面那个面对倒霉的洋车夫幸灾乐祸的"先生",阶级面貌并不清楚,你可以看做一切吝啬鬼。《照相》里在市面萧条的照相馆退照,却发现交出的钱已被老板娘花去一半的尴尬情形,遭遇的都是普遍的小市民性的可笑。在幽默讽刺的文学语言上面,张天翼和老舍都是大家,都善于提炼口语,但一南一北地域不同,喜感不同。张天翼的尖利、敏捷、峭拔、冷峻,老舍的温和、宽容、调侃、机智,都是不可多得,并对现代白话做出贡献的。

一个幽默讽刺的角度,让我们看到1930年代中期中国文学的丰富性。这是一个讽刺、批判的时代,又有左翼、非左翼各种流派的存在。它们互相对峙又互相渗透依存,构成了多元共生的文学。

(吴福辉)

1937 年

5月

《文学杂志》:"京派"的未竟事业

我对本刊的希望(节选)

朱光潜

这是一种新刊物。照例,一种新刊物在与读者初次见面时,常有一篇宣言,表示它的态度和希望。……

我们所呈献给诸位读者的是一种文艺刊物,开头就提到思想问题,诸位或许不以为它是题外话。在现代中国,我们一提到文艺,就要追问到思想。这是不可避免的。……

这是我们对于文化思想运动的基本态度,用八个字概括起来,就是"自由生发,自由讨论"……

对于文艺本身,我们所抱的态度与对于文化思想的相同。中国的新文艺也还是在幼稚的生发期,也应该有多方面的调和的自由发展。我们主张多探险,多尝试,不希望某一种特殊趣味或风格成为"正统"。……我们努力的方向尽管不同,但是"条条大路通罗马",只要真正努力前进,大家终于可以殊途同归地替中国新文艺开发出一个泱泱大国。

根据这个信念,一种宽大自由而严肃的文艺刊物对于现代中国新文艺运动应该负有什么样的使命呢?……

(原载1937年5月1日《文学杂志》第1卷第1期)

1937年5月,《文学杂志》创刊。

我们知道,和"海派"相比,"京派"几乎没有自己的杂志,《骆驼草》和《学文》还是"京派"形成期间的刊物,并且存在的时间很短,只有《大公报·文艺》这样一个报纸副刊,办得有声有色。而上海的各个文学流派、团体恰恰是因为有自己的杂志,才扩大了其社会影响,如"左联"的《文学》、《中流》等,"现代派"的《现代》,倡导"幽默的小品文"的《论语》、《人间世》、《宇宙风》等,尤其是后两者,如果没有自己的杂志,显然不会在30年代文坛上造成那样与其自身力量并不完全相称的巨大声势。对此,"京派"自然是很清楚的。

1936年7月,邵洵美和他的美国朋友项美丽(Emily Hahn)到北平游历,拜访"京派"作家。在一次宴请"京派"作家的宴会上,邵洵美提出和"京派"合办一个文学杂志的计划:由"京派"在北平负责编辑,他在上海负

"京派"刊物《文学杂志》创刊号

责出版。邵洵美之所以提出这样一个自己花钱出力替"京派"办事的计划,大概也有借重"京派"的意图。因为和林语堂合作创办《论语》之后,两人关系破裂,林语堂自立门户创办《人间世》,声势远在《论语》之上,何况邵洵美和徐志摩、叶公超、沈从文曾经一同创办过《新月》杂志和新月书店。邵洵美不仅看到"京派"需要自己的刊物这样一个事实,而且相信"京派"的实力和社会影响,更有可能是受到林语堂的启发。林语堂创办《人间世》,借重"京派"是其获得巨大成功的关键:一是在《人间世》上重新发表周作人的《五十自寿诗》,引起巨大的轰动效应;二是未经作者同意就将许多"京派"著名作家列为该刊的编委或特约撰稿人,名字印在杂志的封面上。但是"京派"回绝了邵洵美提出的计划:担心编好稿件寄到上海,邵洵美会有所改动,加进什么东西,"京派"远在北平,难以监控;担心邵洵美不过是借重"京派",最终有可能把杂志办成《论语》一样不严肃的刊物,有损"京派"的声誉。

不过,邵洵美的计划虽然被否决了,却因此触动了"京派"办一个自己的刊物的念头。杨振声、沈从文等人找胡适想办法;胡适欣然出面和商务印书馆洽谈办刊事宜。20年代商务印书馆看到新文学的巨大声势,曾毅然改版《小说月报》,由新文学作家主持;现在也正是因为看到"京派"的实力和影响,便

欣然赞同胡适的建议,并且提出只负责出版、发行和经费诸事,概不干涉编辑事务。

《文学杂志》设立了一个名副其实的编委会。最初的编委会是八人:周作人、叶公超、朱自清、废名、林徽因、沈从文、杨振声和朱光潜。后来考虑到这八人均在北平,便在认真斟酌之后,加上了上海的李健吾和武汉的陈源。陈源因自己在20年代曾经引起《现代评论》和《语丝》的论争,认为自己不便参加这个编委会;朱光潜于是便改请陈源的夫人凌叔华担任编委。无论是最初的八个人,还是增补后的十个人,这个编委会的成员,其实都是"京派"成员。由此可以看出,《文学杂志》不仅是一个完全意义上的"京派"杂志,而且是集合了"京派"各方面人物的第一个杂志。①

据常风回忆,"编委会以朱光潜、杨振声、沈从文三人为核心",朱光潜负责管理编务和召集编委会开会审稿等具体工作,②是《文学杂志》的主编。据朱光潜回忆:

> 当时正逢"京派"和"海派"对垒,……我由胡适约到北大,自然就成了"京派"人物。……他们看我初出茅庐,不大为人所注目或者易成为靶子,就推我当主编。③

朱光潜留学回国不久,尚未卷入文坛的重大纷争,所以"不大为人所注目或者易成为靶子";另一方面,朱光潜在"京派"内部,和各方面都有密切的联系:他和朱自清早就是好朋友④;出国之前就写过《雨天的书》书评,对周作人的散文十分推崇⑤;留学英美的胡适、叶公超等人对他也很欣赏。所以,朱光潜确实是主编的最佳人选。叶公超晚年回忆说:

> 《学文》同人,除了《新月》的原班人马,新人中有个朱孟实先生。那时他刚回国不久,在北大教文艺心理学。书教得很好,很叫座,北大师生

---

① 以上关于《文学杂志》创刊经过的叙述,主要参考常风:《回忆朱光潜先生》、《回忆叶公超先生》、《留在我心中的记忆》等文章,见常风:《逝水集》,沈阳:辽宁教育出版社,1995年版。
② 常风:《回忆朱光潜先生》,见常风:《逝水集》,第77页。
③ 朱光潜:《自传》,见朱光潜:《艺文杂谈》,第284页,合肥:安徽人民出版社,1981年版。
④ 朱光潜:《敬悼佩弦先生》:"在文艺界的朋友中,我认识最早而且得益也最多的要算佩弦先生。那还是民国十三年夏季。"载1948年8月23日《天津民国日报》。
⑤ 朱光潜:《〈雨天的书〉》,载1926年11月《一般》第1卷第3期。

很多自动去旁听他的课。我们邀请他加入我们的阵容,他自己也很乐意。他是生力军,有他参加,使《学文》增色匪浅。①

目前没有任何材料可以证明朱光潜参加过《学文》的编辑,大概是叶公超记忆有误;真实的情况也许是叶公超把《学文》和《文学杂志》记混了。但不管怎样,叶公超到晚年还特意指出朱光潜在"京派"中的意义,此亦可见朱光潜在"京派"中深受欢迎。

《文学杂志》就这样顺利创刊了。

在《文学杂志》的创刊号上,有一篇长长的发刊词——《我对本刊的希望》②。这是由朱光潜执笔,也是经过编委会讨论的,因此,虽然由朱光潜个人署名,但依然可以看做是"京派"的集体意见。发刊词的开篇就提出"思想问题":"在现代中国,我们一提到文艺,就要追问到思想。这是不可避免的。"朱光潜认为:

> 在任何时代,文艺多少都要反映作者对于人生的态度和他的时代的影响。各时代文艺成就的大小,也往往以它从文化思想背景所吸收的滋养料的多寡深浅为准。整部的文学史,无论是东方的或西方的,都是这条原则的例证。

这种观点,在理论上是无懈可击的;如果加上"阶级的观点"之类的说法,几乎就是出自左翼批评家之手的文字了。然而,也正是因为没有这一点,就不仅仅体现了朱光潜措辞严谨,而且也隐含了意味深长的微妙:将普遍的公理和一家、一派的某一主义的观点,严格区别开来了。因此,朱光潜在下文就将隐含的理论锋芒,完全显露出来了:

> 着重文艺与文化思想的密切关联,并不一定走到"文以载道"的窄路。从文化思想背景吸收滋养,使文艺植根于人生沃壤,是一回事;取教训的态度,拿文艺做工具去宣传某一种道德的、宗教的或政治的信条,又另是一回事。这个分别似微妙而实明显。从历史的教训看,文艺上伟大收获都有丰富的文化思想做根源,强文艺就范于某一种窄狭信条的尝试大半是失

---

① 叶公超:《我与〈学文〉》,载 1977 年 10 月 16 日台湾《联合报·副刊》。
② 载 1937 年 5 月《文学杂志》第 1 卷第 1 期。

败。……在现时的中国文艺界，我们无论是右是左，似乎都已不期而遇地走上了这条死路。一方面，中国所旧有的"文以载道"这个传统观念很奇怪地在一般自命为"前进"作家的手里，换些新奇的花样而安然复活着。文艺据说是"为大众"、"为革命"、"为阶级意识"。另一方面，一般被斥为"落伍"的作家感到时代潮流的压迫，苦于左右做人难，于是对于时代疑惧与厌恶，抱"与人无争"的态度而"超然"起来。结果我们看得见的。搬弄名词，呐喊口号，没有产生文学；不搬弄名词，呐喊口号，也没有产生文学。失败的原因是异途同归的。大家都缺乏丰富的文化思想方面的修养。

虽然"无论是右是左"，都在批评之列，但批评的锋芒显然主要直指左翼文学界。并且我们知道，对将左翼文学视为"载道"的文学一并进行批判，是周作人20年代后期以来的文章最具现实性的思想主题之一，只不过由直接的批判演变为间接的批判或嘲讽，以讨论"中国新文学的源流"、批判韩愈文章的形式来表述的；周作人说："言他人之道即是载道，载自己的道亦是言志。"①朱光潜把周作人的思想表述得理论化、系统化了，也更有理论气势和逻辑力量了。值得注意的是，朱光潜为每一期《文学杂志》都写了《编辑后记》；在第1期的《编辑后记》中说，"周煦良先生趁评《赛金花》的机会，很清楚地指出借文学为宣传工具而忽略艺术技巧的危险"②；第3期《编辑后记》中推荐周作人《再谈俳文》时说，"俳文的倾向是由'替政治或宗教去办差'转到'游戏就是正经'，他（引按，周作人）认为这是'往好的一方面转'"③。这样的评点，显然是与上述发刊词中的思想相呼应的。

发刊词的第二个重要内容就是自由主义的文学观。朱光潜将这种观点概括为"自由生发，自由讨论"八个字，并且特意声明："这是我们对于文化思想运动的基本态度。"朱光潜颇为激动地说：

> 我们用不着喊"铲除"或是"打倒"，没有根的学说不打终会自倒；有根的学说，你就唤"打倒"也是徒然。我们也用不着空谈什么"联合战线"，冲突斗争是思想生发所必须的刺激剂。不过你如果爱自由，就得尊

---

① 周作人：《中国新文学大系·散文一集·导言》，见《中国新文学大系·散文一集》，第11页，上海：上海良友图书印刷公司，1935年版。
② 载1937年5月《文学杂志》第1卷第1期。
③ 载1937年7月《文学杂志》第1卷第3期。

重旁人的自由。在冲突斗争中,我们还应该维持"公平交易"与"君子风度"。造谣、谩骂、断章摘句做罪案,狂叫乱嚷不让旁人说话,以及用低下手腕或凭仗暴力钳制旁人思想言论的自由——这些都不是"公平交易",对于旁人是损害,对于自己也有伤"君子风度"。我们应该养成对于这些恶劣伎俩的羞恶。

这显然仍是针对左翼文学界的。卞之琳晚年也说,30年代的左翼文学界,是"当时确也未免过分专横的'左'得不可一世的宗派主义定于一尊的文艺批评界"。

最后,朱光潜这样表达他对《文学杂志》的"希望":

  它应该认清时代的弊病和需要,尽一部分纠正和向导的责任;它应该集中全国作家作分途探险的工作,使人人在自由发展个性之中,仍意识到彼此都望着开发新文艺一个共同目标;它应该时常回顾到已占有的领域,给以冷静严正的估价,看成功何在,失败何在,作前进努力的借鉴;同时,它应该是新风气的传播者,在读者群众中养成爱好纯正文艺的趣味与热忱。它不仅是一种选本,不仅是回顾的而同时是向前的,应该维持长久生命,与时代同生长;它也不仅是一种"文艺情报",应该在陈腐枯燥的经院习气与油滑肤浅的新闻习气之中,辟一清新而严肃的境界,替经院派与新闻派作一种康健的调剂。

是否期望过高?这是一个多么崇高的"希望"啊。这就是"京派",这就是"京派"的"纯正的口味和严肃的态度"。

然而,卢沟桥头响起了枪声、炮声,"渔阳鼙鼓动地来"……

仅仅出了四期的《文学杂志》被迫停刊。"京派"的这个"希望"终于成了未竟的事业。"京派"也基本结束了。

(高恒文)

"《画梦录》是一种独立的艺术制作"

《画梦录》的评语

在过去，混杂于幽默小品中间，散文一向给我们的印象多是顺手拈来的即景文章而已。在市场上虽曾走过鸿运，在文学部门中，却常为人轻视。《画梦录》是一部（种）独立的艺术创（制）作，有它超达深渊的静趣。

（原载 1937 年 5 月 15 日《大公报·文艺》）

《画梦录》初版书影

1936 年《大公报》举行了"文艺奖金"的评选活动。这次评奖活动，是《大公报》为纪念该报复刊十周年而举行的纪念活动，同时还有"《大公报》科学奖金"的评奖活动。①

我们先看文艺评奖委员会的组成。这次活动由于具体工作由萧乾负责，因而评委大部分是"京派"主要成员。共由十人组成：杨振声、朱自清、朱光潜、叶圣陶、巴金、靳以、李健吾、林徽因、凌叔华、沈从文。② 也许考虑到评委要代表各地、各方面的意见，才有了叶圣陶、巴金、靳以三人。从这个名单可以看出，"京派"作家是评委会的主体。事实上，评选活动主要在北平进行，叶圣陶、巴金、靳以，以及李健吾、凌叔华只有书面意见，评奖结果由在北平的"京派"作家反复讨论产生。据熟悉内情的卞之琳回忆说，正是由于林徽因的推荐和游说，何其芳的《画梦录》才获奖的。

评选结果是何其芳的散文集《画梦录》、曹禺的话剧《日出》和芦焚的小说集《谷》获奖。何其芳是"京派"成员，曹禺、芦焚与"京派"关系相当密切。因此，我们可以说，这次评奖活动是"京派"作家主持的，并且是"京派"作家获奖的文艺活动。

---

①② 1936 年 9 月 3 日上海《大公报》所载的关于两项评奖的《启事》。

与此同时，为了配合这次纪念活动，萧乾还请林徽因编选了一本《大公报文艺丛刊小说选》。因为都是从《大公报·文艺》上发表的作品中选出的，所以"京派"作家的作品在入选的 25 位作家的 30 篇作品中占绝对多数。③

总之，1936 年《大公报》的上述文艺活动，进一步扩大了"京派"的社会影响，从一个侧面展示了"京派"文学的部分成就（评奖只限于 1936 年发表的作品）。

特别值得一提的是，当时上海的良友图书公司也进行了"文学奖金"的评奖活动。评委是蔡元培、郁达夫、叶圣陶、王统照、郑伯奇等人，与"京派"无关。评奖结果是左兵的《天下太平》和陈涉的《像样的人》两部小说获奖，也与"京派"无关。有意味的是，常风在 1937 年 7 月写了一篇书评，评《天下太平》。针对良友的广告中宣传《天下太平》"是从许多应征文稿中最先也是最后被评判先生认为值得获奖的一部"，常风分析的结论是这部作品完全是失败的作品，十四五万字几乎"只留下个概念"，即"概念化"的失败之作。常风文章开头特意将《大公报》"文艺奖金"和良友图书公司的"文艺奖金"相提并论，认为是"今年我们出版界两件值得纪念的事"。这样，常风的文章显然是对良友图书公司"文艺奖金"评奖活动的一个讽刺，褒贬十分分明。②这几乎是不被研究者注意的一个文学史史实。

再看《大公报》文艺奖对何其芳散文集《画梦录》的评语。

所谓"即景文章"、"常人轻视"云云，是由"幽默小品"说起的，可见"京派"对林语堂等人倡导的"幽默小品"实在难以释怀，于此特予以否定。"京派"对"幽默小品"的严厉批评，我们很熟悉，已经有过讨论。这里再补充一条常风在《张天翼〈反攻〉》中的批评："近年来北方文坛比较的消沉，南方文坛却有相当的昌旺。许多有名而热闹的争辩都发生于南方，北方的作家简直不曾过问。有些与文坛消息相辅而行的文坛相骂的文章，在北方的人有时就看不懂。讲到'幽默'文学和小品文，那更是南方正应景儿的玩艺儿。"③最后一句"南方正应景儿的玩艺儿"，似乎就是《画梦录》评语所谓的"即景文章"之意。

不过，谈论"散文"，这样只从批评"幽默小品"说起，且有"过去"、"一

---

③ 林徽因选辑：《大公报文艺丛刊小说选》，天津：大公报社，1936 年版。
② 常风：《左兵〈天下太平〉》，见《逝水集》，第 172—173 页。
③ 常风：《张天翼〈反攻〉》，见《逝水集》，第 122 页。

向"之语，不尽符合文学史的实际，因为我们知道，自五四新文学运动兴起，就有周作人著名的"美文"之提倡，是何等的重视？1923年，胡适在《五十年来中国之文学》中论述新文学的成绩时说："这几年来，散文方面最可注意的发展乃是周作人等提倡的'小品散文'。这一类的小品，用平淡的谈话，包藏着深刻的意味；有时很像笨拙，其实却是滑稽。这一类的作品的成功，就可彻底打破那'美文不能用白话'的迷信了。"①甚至有散文的成就在小说、诗、戏剧之上的说法。可见这个评语所谓的"散文一向给我们的印象"，明显是囿于对"幽默小品"的成见了，抑或说，刻意批评"幽默小品"而故意夸大其词，以致言过其实了。

"《画梦录》是一种独立的艺术制作"，此乃强调散文应有的独立艺术价值，而不仅仅是对《画梦录》的高度肯定。这种散文艺术价值的本体论，周作人早就在《美文》中论述过了，不过"京派"确实最为重视散文的创作，并且其成员几乎都有散文方面独特而显著的成就，废名、林徽因、卞之琳等人30年代不过寥寥几篇散文，也颇得赏誉，更不用说梁遇春、李广田等人专门致力于散文创作的了。

"《画梦录》是一种独立的艺术制作"，也许还有另外一层含义。卞之琳在《〈李广田散文选〉序》里回忆说："我们（引按，指何其芳、李广田和卞之琳三人）都倾向于写散文不拘一格，不怕混淆了短篇小说、短篇故事、短篇评论以至散文诗之间的界限，不在乎写成'四不像'，但求艺术完整，不赞成把写得不像样的坏文章都推说是'散文'"；"他们两个（引按，指何其芳、李广田）在这方面倾注了不少的诗情、诗艺"②。也就是说，之所以"《画梦录》是一部独立的艺术创作"，就在于作者借鉴了小说、诗的艺术技巧，使得散文具有了小说化、诗化的艺术特征。如《画梦录》中的《秋海棠》，写一年轻女性独自凭栏，人物自然是虚拟的，宛如小说的一个片段，也让人想起晚唐五代诗词中的"闺怨"类作品，精于意象的经营，以暗示人物的情绪和精神状态，诚如卞之琳所谓"写得精雕细琢，浓郁、华丽"③。何其芳写作《画梦录》的同时，也致力于诗和小说的写作。据其自云："我记得我有一个时候特别醉心的是一些富于情调的唐人的绝句，是李商隐的《无题》，冯延巳的《蝶恋花》那样一类的诗

---

① 胡适：《五十年来中国之文学》，见《胡适文集》第3卷，第263页，北京：北京大学出版社，1998年版。

②③ 卞之琳：《〈李广田散文选〉序》，载《读书》1979年第9期。

词";"我喜欢读一些唐人的绝句。那譬如一微笑,一挥手,纵然表达着意思但我欣赏的却是姿态";喜欢古代诗词的"那种锤炼,那种彩色的配合,那种镜花水月"①。这是在说"写诗的经过"。诗文相通,这种喜好自然也反映在其散文创作之中。在《画梦录》的《代序》中,何其芳说:"对于人生我动心的不过是它的表现。"②这不是完全同于其诗歌创作的"纵然表达着意思但我欣赏的却是姿态"之审美追求吗?

《画梦录》评语的最后一句称赞《画梦录》有"超达深渊的静趣",指的是《画梦录》的思想境界。"静趣"一词,使人联想到沈从文《论冯文炳》中对周作人散文和废名小说的"趣味"的评论:周作人"用平静的心感受一切大千世界的动静,从为平常眼睛所疏忽处看出动静的美";废名"所显示的神奇,是静中的动,与平凡的人性的美"③。还有朱光潜《说"曲终人不见江上数峰青"》一文中将"静穆"视为"诗的情趣"的"最高理想"之说。④"静趣"确实是"京派"审美理想的一个重要特征。如果进一步推论,由"静趣"一语的使用,以及对"幽默小品"的批评,这篇《画梦录》的评语作者,恐怕就是沈从文或朱光潜,不会是第三者。再大胆断言,作者殆沈从文乎?

(高恒文)

话剧上演税制的倡导与确立

重要启事(摘要)

最近中国剧运,由于客观的需要,正在以空前的迅速向前迈进,因而"剧

---

① 何其芳:《写诗的经过》,见《何其芳文集》第5卷,第137、156、156页,北京:人民文学出版社,1983年版。
② 何其芳:《画梦录·扇上的烟云(代序)》,引自《画梦录》,第Ⅱ页,上海:文化生活出版社,1936年版。
③ 沈从文:《论冯文炳》,见《沫沫集》,第2、4页,上海:大东书店,1934年版。
④ 载1935年12月《中学生》第60期。

本荒"的解决,也就成了更近切的问题。

过去一个剧本上演以后,演出团体可以有一笔相当的收入,而剧作者得不到一个铜板的酬劳。

我们认为,抽取上演税这一运动,是鼓励剧本创作的主要方法之一,是为谋中国剧运的顺利开展所必须推行的一个制度。

(原载1937年5月16日上海《戏剧时代》创刊号)

收取上演税运动始于1937年,绝非偶然,可以说,这是30年代中国话剧发展,特别是1935年以后"演剧职业化"运动发展的必然结果。

不妨回顾一下历史:话剧开创期的文明戏极少成文剧本,当然更谈不上剧作家及其合法权益的问题。所以,北洋政府1925年公布的《著作法》只保护"戏曲",而和话剧无关。五四时期的"爱美剧"是有剧本,有作家的,中国出现了第一批从事剧本创作的剧作家。但"爱美剧"的演出,是排斥盈利的,常常得剧社成员贴钱演戏,谁也不要想从演出中获得经济利益;而那时剧作家的创作也是着眼于文学价值,而较少顾及演出的要求,他们获取的是稿费,而非演出费。那时的编剧、导演、演员是分离的,他们都是业余的参与者,更不可能成为一个利益共同体。只有到了戏剧职业化的时候,这样的状况才可能改变。

1935年至1937年,短短三年,中国话剧的职业化有了迅猛的发展。这一方面,是话剧自身发展的态势所致,同时,也和30年代以来,中国社会的现代化、都市化发展直接相关。职业化导致了话剧演出的空前繁荣。有研究者根据战前上海、北平、南京部分报纸、杂志的广告统计,1935—1937年间,共上演话剧150出,其中多幕剧近30部,改译40种左右。这些演出,除一部分自娱或宣传、募捐外,有相当数量是售票公演而有所盈余的。特别是随着中国旅行剧团、40年代剧团、业余实验剧团以及南京中国戏剧协会、广西国防艺术社等一批职业和半职业剧团的诞生,演剧逐渐具有了商业盈利的性质。这些剧团都先后实行了各种形式的工薪制。"中旅"1935年即与演员拆账,中国戏剧协会1937年3月开始按时发工资,4月,业余实验剧团亦全面推行。

在调整了剧团内部的经济利益以后,剧团和剧作家的利益关系问题就凸显出来了。首先感到的是所谓"剧本荒"的问题。当时就有人发现了"剧团活跃但寿命短,剧场紧张,剧本匮乏,新作尤少"的现象。①这背后有两个问题,一是剧作家创作动力不足,二是剧作家和剧团分离,不考虑演出的需要,不能提供"卖座有把握而艺术成就又高"的剧本。要解决这两个问题,就必须建立话剧创作与演出的新关系:剧作家为剧团演出而写戏,又从演出中获取经济利益,从而获得不断创作的动力。《戏剧时代》于1937年发动抽取上演税运动,强调这"是鼓励剧本创作的主要方法之一,是为谋中国剧运的顺利开展所必须推行的一个运动",是反映了中国话剧发展的客观要求的,也是促进中国话剧现代化的一个重要步骤。

讨论话剧上演税制的《戏剧时代》创刊号

《戏剧时代》又在第3期所载的《中国剧作者协会会报》里,公布了《上演税实施办法》,表明话剧同人在上演税问题上达成了共识:作者按票房收入(捐税除外)抽取3%。这种做法一直维持到1949年新中国成立。这虽然只是一种共识,但还是有法律依据的:南京政府1928年制定的《著作权法》是把"剧本"明确列入保护范围的。

1936年2月27日至31日,刚刚成立四个来月的国立戏剧学校举行第一次公演,剧目是果戈里的《观察专员》(即《钦差大臣》),由该校教师陈治策改编,余上沅导演。因前台售票较好,演出有所盈余,陈治策拿到了一笔改编费。有研究者因此说陈治策是"国内第一位获得上演税的作家"。国立戏剧学校之外,中国旅行剧社、上海业余实验剧社和汉口民族剧社也都先后实行上演税。②

但在中国的社会条件下,特别是抗日战争爆发后的混乱情况下,要认真实施上演税确实障碍重重,侵权盗演之事到处发生。老舍在1943年曾写过一篇文章,谈到"中国人也喜欢看戏,而且不断嚷嚷着要看好戏。可是,大家并没管中国的剧作者是以自己的血汗代别人挣钱——戏演过了,上演税呢?十之八九

---

① 刘念渠:《1934年中国戏剧运动之回顾》,载1935年3月《舞台艺术》创刊号。

② 老舍:《不要饿死剧作家》,原载1943年3月《戏剧月报》第3期。引自《老舍全集》第14卷,第331—332页,北京:人民文学出版社,1999年版。

是一字不提"。他提到自己这些年写了不少剧本，上演税却仅属"偶然的收入"。他和宋之的合作的《国家至上》，在重庆、成都、香港、桂林、西安、兰州，甚至在云南的大理，都演出过。只有重庆、桂林两处给过上演税。老舍愤慨地说："这岂只是剥削作家，也是屠戮戏剧"，它逼迫作家停笔，"岂不就有'戏剧种子绝矣'之险么？"老舍文章的题目是"不要饿死剧作家"，够沉重的了。于是，就有了1942、1943年间的"保障上演税运动"。除了在各种座谈会上不断呼吁外，还发表了《我们的申诉——剧作家联谊会为保障剧作上演税宣言》，署名者有欧阳予倩、熊佛西、阳翰笙、章泯、曹禺、陈白尘、郭沫若、夏衍、洪深、李健吾、田汉、于伶、丁西林等23人，几乎囊括了大后方的优秀剧作家。宣言后附有《创作上演税暂行办法》，基本条款和战前（1937）的《实施办法》保持了一致，但增添了"不问任何募捐公演，上演税不得捐除"的规定，并明确规定首演费的底线在200元至500元之间，比战前的100元起码翻了一倍，但1937年至1943年重庆物价却涨了六十多倍。1943年4月重庆的米价是每石630元，一个剧本的首演税，还买不到一石大米。

在大后方剧人的积极呼吁、争取、推动下，1943年4月28日国民政府中央图书杂志审查委员会公布通令："自六月一日起，凡各剧团申请上演剧本，必须附有剧作者同意之函件。"5月28日又公布《重庆市审查上演剧本补充办法》六条，增加了演出预审和随审程序，在保障上演税的同时加强了对演剧的控制。这是国民政府制定著作权法之外，第一次明确规定法律保障剧作者在演剧当中的主权和利益的条文。这个法律解释后来被吸收进1944年4月27日修订并公布实施的新《著作法》的第一、二、三、二十五款中。

从民间约定到国家立法，上演税运动经过七年（1937—1944）的持续努力，剧作家的合法权益终于得到了体制上的保证。这就促成了职业剧作家的诞生。这样的职业剧作家，一方面，和话剧市场建立了平等的买卖关系，和剧团、剧院建立了更加亲密、协调的合作与依存关系；另一方面，又得到了国家的保护。但也因此承受着两方面的巨大压力，要同时面对市场经济和国家政治的诱惑与控制，并且只能在夹缝中求生存。

（钱理群根据马俊山的《演剧职业化运动研究》一书第二篇编写）

6月

王统照等力推端木蕻良

现在九卷一号特大号的稿件大致就绪，举其重要者，则有——

一，长篇小说：《大地的海》，端木蕻良作。端木之出现于文坛，是去年间值得大笔特书的一件事。已发表之短篇已经引起批评界和读书界一致之注意，毋待本刊多告。此篇《大地的海》长约十三四万言，是作者的"红梁三部作"的第二部，第一部名《科尔沁旗草原》，约二十余万言，正由开明书店排印，不久想可出版。《大地的海》本亦定径出单行，本刊征得作者同意，先在本刊发表，预定四期登完。这长篇的背景也是东北，作者以他特有的雄健而又"冷艳"之笔给我们画出了伟大沉郁的原野和朴厚坚强的人民。作者自谓他更爱这《大地的海》，这比长了一倍的《科尔沁旗草原》更多倾注了心血。

（王统照撰，原载 1937 年 6 月 1 日《文学》第 8 卷第 6 号）

端木蕻良在 30 年代进入文坛的过程中得到了许多伯乐的赏识和举荐。陈福康在《郑振铎传》中详尽地叙述了郑振铎对端木蕻良的提携：

> 素不相识的青年学生曹坪（端木蕻良），从天津给他（引按，郑振铎）寄来长篇小说《科尔沁旗草原》第一部的原稿，他认真地读了，并给作者写了回信，说："我是如何地高兴啊！这将是中国十几年来最长的一部小说；且在质上，也极好。我必尽力设法，使之出版！"他并且鼓励说："盼望第二部小说立刻便能动手写。"还说要亲自到天津去看这位青年作者。后因书稿中有"违碍"国民党统治的内容，书店不敢出版，直至 1940 年，才在他和雁冰的帮助下由开明书店出版。端木后来给在上海的鲁迅写信，提到在当时的文学青年中流传着"对新进作家爱护的有南迅北铎"这样的话。[①]

所谓的"南迅北铎"指的正是鲁迅和郑振铎。端木蕻良的短篇小说《鹭鹭湖的

[①] 陈福康：《郑振铎传》，第 246 页，北京：北京十月文艺出版社，1994 年版。书中称《科尔沁旗草原》第一部"直至 1940 年"，才由开明书店出版，误，《科尔沁旗草原》第一部系于 1939 年 5 月由开明书店出版。

忧郁》也是由郑振铎推荐给《文学》刊出。①《科尔沁旗草原》正是在端木蕻良与鲁迅通信中受到鼓励而最终写成，同时端木蕻良的短篇小说《爷爷为什么不吃高粱米粥》，也是经鲁迅转到《作家》发表。②茅盾也曾热心帮端木蕻良联系《科尔沁旗草原》的出版事宜，最终推荐给开明书店付印。③到了1936年初，端木蕻良奔赴上海，完成了长篇小说《大地的海》，更是被王统照大力推举，《大地的海》也在《文学》第9卷第1、2号连载两期（但因抗战爆发而中止）。

在《文学》第8卷第6号的《编后记》中，王统照预告即将刊载在《文学》第9卷第1号特大号上的作品，称"端木之出现于文坛，是去年间值得大笔特书的一件事"，并把《大地的海》放在首要的位置予以推荐。王统照的推荐语中具体论及作为小说文本的《大地的海》的言语其实只有一句，却触及了小说核心的美感风格和主题指向："作者以他特有的雄健而又'冷艳'之笔给我们画出了伟大沉郁的原野和朴厚坚强的人民。""雄健而又'冷艳'"的判断，揭示了端木蕻良小说创作把一种雄强的"力"之壮美与"冷艳"华丽的抒情格调融为一体的小说美学，这种审美研判也在后来的评论者论述中得到体现。黄伯昂（王任叔）即在《直立起来的〈科尔沁旗草原〉》一文中，给予《科尔沁旗草原》的小说艺术以至高的评价，称其为"一篇巨大的叙事诗"："我们作者是个小说家吗？不，他是拜伦式的诗人。""电影的剪接法，在我们的作者的笔下，却成为音乐的诗的叙述。多么浩瀚、嘹亮、雄壮的诗篇！""有诗的叙述，也有诗的刻画。有《铁流》的劲与光与彩与音乐，又有《静静的顿河》的如画的场面。"王任叔进而指出《科尔沁旗草原》"最大的成功处"：

> 语言艺术的创造，超过了自有新文学以来的一切作品：大胆的、细密的，委宛的，粗鲁的，忧郁的，诗情的，放纵的，浩瀚的……包含了存在于自然界与人间的所有的声音与色彩，在风格上则是"莎士比亚的华丽+拜伦的奔放+道斯托以夫斯基的颤鸣=直立起来的《科尔沁旗草原》"——一种印象的现实主义的作品。④

---

① 端木蕻良：《鹭鸶湖的忧郁》，载1936年8月1日《文学》第7卷第2号。端木在《文学》上发表的作品，还有《遥远的风砂》，载1936年11月1日《文学》第7卷第5号。
② 参见王培元编选：《东北作家群小说选·前言》，北京：人民文学出版社，1992年版。
③ 参见端木蕻良：《科尔沁旗草原》重版后记，见《端木蕻良文集》第1卷，第417页，北京：北京出版社，1998年版。
④ 黄伯昂（王任叔）：《直立起来的〈科尔沁旗草原〉》，载1939年《文学集林》第2期。

论者把《科尔沁旗草原》归结为一部"印象的现实主义的作品",在经典的现实主义之外又添加了"莎士比亚的华丽"与"拜伦的奔放",事实上是融汇了诗的因子。王任叔主要是从"诗的叙述"角度评价端木蕻良的《科尔沁旗草原》,而这种"叙事诗"的小说美学在《大地的海》中表现得更为鲜明,而且进一步发展成一种"土地的诗学"。《大地的海》的开头即自觉塑造着一种关于土地的叙事史诗的风格:

  这是多么空阔、多么辽远、多么幽奥渺远呵!多么敞快得怕人,多么平铺直叙,多么宽阔无边呀!比一床白素的被单还要朴素得令人难过的大片草原啊!夜的鬼魅从这草原上飞过也要感到孤单难忍的。

  多么寂寥呵!比沙漠还要幽静,比沙漠还要简单。一支晨风,如它高兴,准可从这一端吹到地平线的尽头,不会在途中碰见一星儿的挫折的。倘若真的,在半途中,竟而遭遇了小小的不幸,碰见一块翘然的突出物,挡住了它的去路,那准是一块被犁头掀起的淌着黑色的血液的混凝的泥土。

如果说,端木蕻良在长篇小说处女作《科尔沁旗草原》中奠定了关于土地的文学母题。那么《大地的海》则进一步把对土地的歌吟设计为一种整体化的小说视景。在《大地的海》后记中,作者称:"我写的都是一些关于土壤的故事。"[①]在《我的创作经验》一文中,端木蕻良展开的是关于土地的更富有诗意的畅想:"在人类的历史上,给我印象最深的是土地。仿佛我生下来的第一眼,我便看见了她,而且永远地记起了她。……土地传给了我一种生命的固执。土地的沉郁的忧郁性,猛烈的传染了我。使我爱好沉厚和真实。""土地使我有一种力量,也使我有一种悲伤。""我活着好像是专门为了写出土地的历史而来的。"[②]有文学史家认为:"在中国现代小说史上,至少不容易找到另外一篇,将'大地'作为独立的对象对其**本身**做这样热情的礼赞,赋予这一形象以这般迷人的色彩,把农民与土地的关系,提高到如此诗意的境界。"[③]在这种诗意的礼赞中,端木蕻良展现的是一种人格化的大地,它具有生命、灵性、情感,甚至思想,构成了小说家的生命历程乃至文学性格的巨大背景,正如作者自己说的那样:

[①] 端木蕻良:《〈大地的海〉后记》,载1937年《中流》第2卷第3期。
[②] 端木蕻良:《我的创作经验》,载1944年11月《万象》第4卷第5期。
[③] 赵园:《论小说十家》(修订本),第180页,北京:三联书店,2011年版。

《大江》书影

土地是一个巨大的影子,铺在我的眼前,使我的感情重添了一层辽廓。当感情的河流涨起来了,一个人就想起了声音和词句。夏天和秋天,积水和水沟一般平了。泪水和眼眶平潮了,泪珠就滚落了。我的接近文学是由于我的儿时的忧郁和孤独。

这种忧郁和孤独,我相信是土地的荒凉和辽廓传染给我的。在我的性格的本质上有一种繁华的热情。这种繁华的热情对荒凉和空旷抗议起来,这样形成一种心灵的重压和性情的奔流。这种感情的实质表现在日常生活里就是我的作人的姿态,表现在文章里,就是《科尔沁旗草原》、《大地的海》、《大江》、《大时代》。①

忧郁和孤独,成为作者与土地共同分享的元素,而"繁华的热情"与"荒凉和空旷"的对抗,则造就了端木蕻良小说美学如王统照所谓的"雄健"而又"冷艳"的繁复性。这种繁复性,也使端木蕻良的小说,在中国现代小说史上独具一格,堪与萧红一起构成两峰对峙却又双水分流之美。

作为一种小说美学意义上的"土地的诗学",是端木蕻良把土地作为诗性符号的抒情性与小说故事情节的史诗性紧密结合的产物。在构想自己小说的主体元素——情节与人物的时候,端木蕻良也格外强调灌注一种诗意的生命哲理。譬如《科尔沁旗草原》后记中所强调的那样:"我每一接触到东北的农民,我便感悟到人类最强烈的求生的意志。……我每看到那带着牦貉的大风帽的车老板子,两眼喷射出马贼的光焰,在三尺厚的大雪地里,赶起车,吆喝吆喝的走,我觉得我自己立刻的健康了,我觉出人类的无边的宏大,我觉出人类的不可形容的美丽。"②这种生命意志的升华以及对"美丽"所赋予的人类属性,都反映了作者具有超越性的审美化追求。同时,这种超越感也与战争年代特有的民族话语达成了对话关系。当《大地的海》中的反抗者唱起"反满洲国歌"的时候,当集体的和声"通过了广阔的原野,凝铸成一只覆盖了大地的洪钟"的时候,

---

① 端木蕻良:《我的创作经验》,载 1944 年 11 月《万象》第 4 卷第 5 期。
② 端木蕻良:《科尔沁旗草原》,第 515—516 页,上海:开明书店,1948 年第 3 版。

"大地的海"的宏大忧郁便同时汇入一种中华民族团结御侮的凝重的精神洪流之中。在抗日战争的历史背景下，如同艾青的诗歌中所表达的忧郁意绪，端木蕻良关于土地的忧郁也同样上升到一种民族性的高度，如研究者总结的那样："端木蕻良的作品与所有东北作家群的作品一样，始终浸透着一种浓郁的民族意识和民族精神，这种浓郁的民族意识和民族精神在他们的作品中具体表现为一种广大的忧郁。"①也正是在这个意义上，有研究者指出："端木蕻良已经建构起来了一种展现'大地的海'的史诗，一种东北农民抗击日本殖民侵略的'力之美'的宏大叙事。"②端木蕻良正是在波澜壮阔的民族历史的具体语境中，以忧郁的抒情的独特笔触，书写着一曲"大地的史诗"。

端木蕻良在《大地的海》后记中曾经表达过这样的期许：

> 呵，倘能有人以天才的笔触，在这广厚的草原上，测出她社会的经济的感情的综合的阔度，再赋以思想的高度和理想的深度，使之凝固，作出那大地之子的真实的面型……我心中伏着悸痛的感激和期待！③

或许未来的文学史终将会给出确认：端木蕻良即是那个"以天才的笔触"，"作出那大地之子的真实的面型"的不二人选。

（吴晓东）

李劼人的"大河小说"

我真是愉快，最近得以读到《大波》、《暴风骤雨》、《死水微澜》这一联的宏大的著作。……三部书合计起来怕有四十五万字，整整使我陶醉了四五天。像这样连续着破整天的工夫来读小说的事情，在我，是二三十年来所没有的事

---

① 《王富仁序跋集》（下），第106页，汕头大学出版社，2006年版。
② 张丽军：《乡土中国现代性的文学想象——现代作家的农民观与农民形象嬗变研究》，第205页，上海：上海三联书店，2009年版。
③ 端木蕻良：《〈大地的海〉后记》，载1937年《中流》第2卷第3期。

了。……李的创作计划是有意仿效左拉的《鲁弓·马卡尔丛书》,①每部都可以独立,但各部都互相联系。他要一贯地写下去,将来不知道还要写多少。……

作者的规模之宏大已经相当地足以惊人,而各个时代的主流及其递禅,地方上的风土气韵,各个阶层的人物之生活样式,心理状态,言语口吻,无论是男的的女的的老的的少的的,都亏他研究得那样透辟,描写得那样自然。他那一支令人羡慕的笔,自由自在地,写去写来,写来写去,时而浑厚,时而细腻,时而浩浩荡荡,时而曲曲折折,写人恰如其人,写景恰如其景,不矜持,不炫异,不惜力,不偷巧,以正确的事实为骨干,凭借着各种各样的典型人物,把过去了的时代,活鲜鲜地形象化了出来。真真是可以令人羡慕的笔!

作者似乎是可以称为一位健全的写实主义者。他把社会的现实紧握着,丝毫也不肯放松,尽管也在描写黑暗面,尽管也在刻画性行为,但他有他一贯的正义感和进化观,他的作品的论理的比重似乎是在其艺术的比重之上。……

唯一的缺点是笔调的"稍嫌旧式"。但这"稍嫌旧式"之处,或者怕也正是作者的不矜持,不炫异,而且自信过人之处,也说不定。就如兵力不足时便要全靠着出奇以制胜的一样,研究不足或能力单薄的作家便每每爱弄奇笔,爱在文字的末梢上讲求技巧,以掩盖自己的空虚。而作者却不然,他是有"真力弥满万象在旁"之概的。新式的末梢技巧,其有也,在他自会是锦上添花;其无也,倒也无伤乎其为四川大绸。古人称颂杜甫的诗为"诗史",我是想称颂劼人的小说为"小说的近代史",至少是"小说的近代《华阳国志》"。

(郭沫若:《中国左拉之待望》,原载1937年6月15日《中国文艺》第1卷第2期)

这是郭沫若对李劼人长篇小说的一个高度评价。郭沫若是很少用这样的词句来赞扬一个小说家的,虽然他与李劼人既是同乡,又是成都高等学堂分设中学的丙班同学,但他们之间并无深交,郭是三年级才进入的插班生,毕业后两人失了联系,后来一个留日,一个留法,等到相互都从事文学写作了,却20年间未通音讯。现在李劼人于1936年7月和12月由老牌的中华书局分别出版了《死水微澜》、《暴风雨前》,转年1月又出了《大波》上卷。郭沫若可能是含有对国内评论界轻视李劼人、不发声音的不平,又充满着对于故乡川地人事的感情,他并没读到《大波》的下卷(下卷是1937年7月出版的,晚于此文)

---

① 左拉此系列小说大约包括20部长篇,如著名的《小酒店》、《娜娜》、《萌芽》、《金钱》等,总名今译为"卢贡·马卡尔家族"。

便来写这篇文字的。此外在艺术上的评论就比较客观,赞誉的话和批评的话都说了,而且能说到关节要害处。而将此小说三部曲推举为"小说的近代史"、"小说的近代《华阳国志》",与杜甫的"诗史"、左拉的"长河小说"相比而称之为一部形象化的巨大的四川地方史志,听起来这赞语是到了顶了,倒是基本符合作品实际的。

李劼人《死水微澜》书影,中华书局1936年初版。

李劼人会写出他最重要的、能得到郭沫若褒奖的作品,绝非偶然。他1891年生于成都,极熟悉成都。这三部所谓"一联"的小说,写的都是成都或成都近郊。《死水微澜》写自1894年甲午战争到1901年签订辛丑条约为止,是在成都北门外20里处天回镇发生的故事。通过"教民"和"袍哥"两种势力及其背后靠山此消彼长的较量,表明中国社会已掀起现代波澜但又仅仅是个开始。《暴风雨前》写1901年到1909年间,围绕着"民智渐开"后成都一个半官半绅家庭所展开的维新党人和革命党人的纷争,表现西方思潮推动下四川的新学新政带给新型知识分子、官绅上流社会以及下层市井平民的激荡变化。其时的成都如山雨欲来,预示了大变革的到来。《大波》则直接铺写大变革:1911年辛亥革命前夕四川保路运动的始末。小说还是以成都一个官绅家庭为主线,从立宪党人组织"保路同志会"到赵尔丰于制台衙门血腥镇压请愿民众,到成都"假独立",大汉军政府建立等,组织起更为广阔的各阶层政治力量对比、社会的民情风俗以及家庭生活细节,构成晚清封建王朝全盘崩塌映现于川地一角的历史画面。四川发生保路运动风潮时,李劼人是以成都学生代表身份正式参与的,他是亲历者,当然有写这小说的优势。个人体验之外,他还有对彼时成都各阶层人们动向的具体了解,因为他在1919年赴法勤工俭学前后,便在《四川群报》任主笔,在《川报》任社长兼编辑,在少年中国学会成都分会内创办《星期日》周刊。记者编辑的采访生涯,撰写与成都社会息息相关的评论、杂文、小说的经历,让青年李劼人深深地扎根于四川土壤。他在法国读书期间从事写作、翻译,谙熟了法国和欧美文学,包括左拉、巴尔扎克式的"大河小说"（此概念本源于法国）。加上他对中国传统说部（旧式小说）从小的了解，拿起笔来自然就采写实小说的样式。他三岁的儿子曾遭绑架，27天的时间里他奔波于成都与周边地区才将孩子赎出，由此和乡镇的袍哥打过交道，这帮助他将《死水微澜》写得最为成功。他熟悉历史又研究历史，熟悉成都生活（曾辞去成都大学教授而在成都街巷开设"小雅"餐馆，夫妇两人亲自下厨。创办过纸厂，当过机器修理厂厂长）而又研究成都生活，正如郭沫若所说他是个"健全的写实主义者"，从事艺术却有"论理"的兴趣。他是成都历史、风土的研究家，甚至写过长达15万字的类似地方志的《说成都》，历述成都的城池、沟渠、街市、名胜、茶馆、酒肆等的建制和沿革，是真正的"成都通"。所以他在《死水微澜》开头写"川北大道"的代步工具，就能说出"成群的驼畜，载着各种货物，掺杂在四人官轿、三人丁拐轿、二人对班轿以及载运行李的杠担挑子之间"①等十分内行的话。写天回镇逢集时的活猪市、米市、家禽市、杂粮市及大市外的小市，娓娓道来。写过年时节成都东大街的灯笼（铺面灯、牌坊灯）、铺面、春联、花炮、游人、耍刀等，更是如数家珍。这些风俗描写都和历史人物描写紧密结合，显然不是作者经历过的便是研究过的。这种严格的写实精神既让他的历史小说真实，有生活气息，也带来某种拖累。至少《大波》的艺术魅力低于《死水微澜》和《暴风雨前》，后来的修改进展迟缓，反复斟酌，以至造成没有完篇的遗憾，究其原因，历史材料理性研究之后的综合、分析，有时不能水乳交融地汇入到全体结构之中，历史描写大过了艺术描写，恐怕也是有的。《大波》中引用公文布告函电过长，注释的字数过多，如"赵次帅赵尔巽"便引出关于清朝官制的注文达两千字，对"全城三十二家注册当铺"也下了近千字的注释，无论如何在有效创造历史氛围的同时也是会影响阅读的。

整体上作为杰出的"大河小说"，它那宏大时代结构与个别人物命运相得益彰的特色，是与此前叶圣陶的《倪焕之》、茅盾的《蚀》三部曲和《子夜》、巴金的《家》相近的。不过三作家所写，与现实生活没有拉开多大的距离，一般也不称为"历史小说"（《倪焕之》略似）；再一点是所写历史事件，如"五四运动"、"五卅运动"、"北伐誓师"等，均为叙事大背景下的有机组成部分，与《死水微澜》、《暴风雨前》相似，却与正面直接叙写历史事件的《大波》不同。

---

① 李劼人：《死水微澜》，见《李劼人选集》第1卷，第23页，成都：四川人民出版社，1980年版。

所以《大波》中具真名的历史人物和虚构人物相互混杂，历史细节和风俗、风土细节高度结合，而那几本著名小说基本上都是虚构人物、虚构事件，也很少风俗描写（《家》里也写四川却不涉地方风物最是明显）。而李劼人的作品最合西方"大河小说"的真谛，宏伟的历史场景，一个家庭、数个人物的升降沉浮和历史纠结在一起，其主旨既有对人的命运和灵魂的深刻解读，又有对历史走向和规律谜团的不断探询，在处理"人"和"历史"的关系方面，最终是以解读历史为指向的，而且越到《大波》越是明显。因为就全体的结构来说，四川保路运动引来了武昌的辛亥革命，《死水微澜》和《暴风雨前》引向了《大波》。《大波》相对没有前两部小说成功，影响了对李劼人的总体评价。

纵观全体，《死水微澜》在形象塑造上的造诣，使得它高出了一筹。小说中的三个主要人物：袍哥大爷罗歪嘴、后来吃教的大粮户顾天成、从乡镇走向城市的蔡大嫂（结婚前的邓幺姑，再嫁顾天成之后被叫做顾三奶奶）都是成功的典型。尤其是人才出众的蔡大嫂，是个处于近代历史风云中的女性：向往城镇生活，富有幻想，大胆心细，懂得风情；她肯嫁给兴顺号小掌柜蔡傻子为妻，使得自己摆脱了农民的穷困生活；在与罗歪嘴产生恋情之后，爱得风生水起，敢于藐视、挣脱乡间礼教的束缚，让生命再造一般地充满活力；袍哥败于官府和教会两相勾结的巨大压力下，她为救丈夫、救情人，决意再嫁给顾天成。这个决定把蔡大嫂的个性张扬到了极致：她冲天一搏的勇气，不顾舆论，不顾"廉耻"，敢于破坏成规，并不忠于任何一个男人的泼辣性格，被表现得淋漓尽致。在蔡大嫂的有关段落中，世态风情的时代气质，地方文化的丰厚内涵，都得到了张扬。蔡大嫂突破封建藩篱，突破闭塞的近代乡土社会，勇于抵制压制自己的任何势力，持着敢爱敢恨的反叛性格却终不能完全摆脱男性中心的宿命，迷恋物质繁华又沉浸于情爱的带有某种义无反顾性质的复杂人格特征，是近代以来中国文学创造"现代女性"形象的开端，是孙舞阳（茅盾）、繁漪（曹禺）、莎菲（丁玲）的一个源头，一个先声。在这一点上，李劼人在历史小说范畴内对人性的挖掘、思考，达到了相当的高度。

从思想文化和地缘文化的角度看，李劼人的创作在当时就有一股不入创作主流的倾向，大体上保持了时代写作的差异性和统一性。在作家人事上他安于边缘，内心里他富有中国文人的洁癖，愿交朋友，对人温和却安之若素。这也是除了郭沫若的评价外，当时评论界对他比较冷漠的一个缘故。这三部连续性历史小说，在初版后曾长期经作者修改或重写。1954年他应作家出版社之约改写了《死水微澜》、《暴风雨前》，当年出了新版。前者变动不大，后者抽去了若干章又补写了若干章，此外的改动约占原四分之一的篇幅。作者对《大波》的初版最不满意，1955年重起炉灶彻底改写，这演变成了一场旷日持久的笔耕。先是计划仍写成上下卷的，后决定按一、二、三部分别出版。待到1961年费力地写完第三部时，却发现不能煞尾，还须写第四部才成。第四部原计划写40万字到1963年底完成，不料仅写至该部第四章计12万字时，作者于1962年12月猝然去世。后来出版时附加了第四部前四章未竟稿的《大波》，作为定本。李劼人创作的其他小说还有短篇小说集《好人家》（1946）、未完长篇《天魔舞》（1948）等。

（吴福辉）

7月

《荒原》：叶公超的独到阐释及其意义

艾略特著 赵萝蕤译 新诗社版

荒　原

普及本四角　豪华本八角

　　《荒原》是英国现代大诗人艾略特的代表作品，发表以来，震撼了全世界的诗坛。因为迻译不易，所以国内至今没有一个译本，现在赵萝蕤女士以极大的努力将它译出，并附以三万余言的注释，译笔流丽畅达，注释精细详明，卷首有叶公超先生序言，对作者作精密的研究，并附有作者肖像，均为此译本增色不少。（初版限印三百五十册）

（载1937年7月10日《新诗》第2卷第3、4期）

　　尽管我们可以在历史的烟尘里找到更早的关于艾略特在中国译介的只言片语，如1923年茅盾在《几个消息》这样的短文中提到过[1]，即使30年代更多人、更频繁地介绍艾略特[2]，但确实改变不了叶公超是真正介绍、评论艾略特第一人这个事实。因为在此之前，实在没有如叶公超那样有分量、有深度的评论艾略特的文章，并且是专文。叶公超在晚年曾经这样自许："大概第一个介绍爱氏（引按，今译艾略特，下同）的诗与诗论给中国的，就是我。"[3]这不是自夸，而是符合事实的，并且说"介绍"还是很谦虚的说法。熟悉并且受到过艾略特

---

[1] 茅盾：《几个消息》，载1923年8月27日《文学周报》。
[2] 董洪川：《"荒原"之风：T.S.艾略特在中国》，第88—103页，北京：北京大学出版社，2004年版。
[3] 叶公超：《文学·艺术·永不退休》，见《新月怀旧——叶公超文艺杂谈》，第179页，上海：学林出版社，1997年版。

艾略特《荒原》书影，赵萝蕤译，新诗社1937年版。

某种程度影响的诗人辛笛，晚年也曾这样说："当年国内著文介绍艾略特的诗和诗论的，恐怕叶氏就是第一人了。"①这是有依据的吧。而徐志摩，早在1926年就当面向胡适介绍叶公超说："这是一位T.S.Eliot的信徒。"②

除了在文章中提及或略论艾略特的诗和诗论之外，叶公超论述艾略特的诗的专文是《爱略特的诗》和《再论爱略特的诗》，这是两篇极其精彩的文章。

在《爱略特的诗》中，叶公超对威廉生的《爱略特的诗》一书，提出了批评。他先引述了威廉生下面这段著名的话：

唯一用艺术形式来传达情绪的方法就是先找着一种物界的关连东西（objective correlative）；换句话说，就是认定一套物件，一种情况，一段连续的事件来作所要传达的那种情绪的公式；如此则当这些外界的事实一旦变成我们的感觉经验，与它相关的情绪便立即被唤起了。

"objective correlative"，是一个著名的诗学概念，中译也不少，通常译为"客观对应物"，似不及叶公超这里的译法更准确、达意。叶公超认为，威廉生以为"爱略特的诗都是用这种表现法的，似乎说这就是他独到的技术"，其实是不对的：

这是一句极普通的话，象征主义者早已说过，研究创作想象的人也都早已注意到这种内感与外物的契合，并且有更精细的分析。爱略特的技术的特色似乎不在这里。

接着叶公超引述艾略特的这段话：

大概我们文明里的诗人，尤其是现代阶段中的诗人，必然是不容易了解的。我们的文明包括极端的参差与复杂的成分，这些参差与复杂的现象戏弄着一个精敏的知觉，自然会产生差异的与复杂的结果。以后的诗人必

---

① 辛笛：《叶公超二三事》，见《嫏嬛偶拾》，第110页，上海：上海教育出版社，1998年版。
② 叶公超：《深夜怀友》，见《新月怀旧——叶公超文艺杂谈》，第153页。

要一天比一天的包括广大，必要更多用引喻的方法，必要更加间接，为的是要强迫文字，甚至于使它脱榫，去就他的意思。

叶公超由此阐释说：

> 其实爱略特在技术上的贡献可以说完全出于这句话的理论，尤其是关于文字的这句话。他在技术上的特色全在他所用的metaphor的象征功效。他不但能充分的运用metaphor的衬托的力量，而且能从metaphor的意象中去暗示自己的态度与意境。要彻底的解释爱略特的诗，非分析他的metaphor不可，因为这才是他独到之处。①

即使到今天，叶公超的这个论点也是十分精彩的，因为人们似乎至今还在津津乐道所谓"客观对应物"。《爱略特的诗》一文，是书评性质的论文，所以不能对艾略特的诗进行全面的评论，但指出了艾略特的诗与诗论的真正"独到之处"，可见叶公超对艾略特有深刻的理解。

《再论爱略特的诗》就是广告中所说的"叶公超先生序言"，这篇文章对艾略特的诗和诗论进行了全面而深入的论述，认为"爱略特的诗与他的理论是可以互相印证的"。文中的论点，精彩纷呈，这里就不一一转述了，但文章最后提出的一个问题，却是我们应该特别重视的——

> 爱略特之主张用事与用旧句和中国宋人夺胎换骨之说颇有相似之点。《冷斋夜话》云："山谷言，诗意无穷，而人才有限。以有限之才追无穷之意，虽渊明少陵不得工也。不易其意，而造其语，谓之换骨法。规摹其意而形容之，谓之夺胎法。"又《蔡宽夫诗话》有云："荆公尝云，诗家病使事太多，盖取其与题合者类之，如此乃是编事，虽工何益？若能自出己意，借事以相发明，变态错出，则用事虽多，亦何所妨，故公诗如'董生只被公羊惑，岂信捐书一语真，桔槔俯仰何妨事，抱瓮区区著此身'之类，皆意与本处不类，此真所谓使事也。"前一段的话与爱略特对于传统的理论很可以互相补充。爱略特的历史的意义（见《传统与个人的才能》）就是要使以往的传统文化能在我们各个人的思想与感觉中活着，所以他主张我们引用旧句，利用古人现成的工具来补充我们个人才能的不足。②

---

① 载1934年4月《清华学报》第9卷第2期。
② 此文为赵萝蕤翻译《荒原》之序言，亦载1937年4月5日《北平晨报·文艺》第13期。

下面还具体地以宋代诗人苏轼、黄庭坚"用古人句律而不用其原句意义者"为例，说明艾略特《荒原》中对17世纪"玄理派"诗人马佛尔（Marvell）诗句的借用，进行对比分析，以为是"同样的例子"。叶公超这个论说的意义，不在于什么"比较文学"，而是以实例说明艾略特诗论的历史意识，指出艾略特创作中"传统与个人的才能"的问题，以此提出艺术创新的同时如何继承传统的论点。这里叶公超对中国现代新诗的艺术发展，含蓄地提出了自己的意见。我们知道，这段引文中提到的《传统与个人的才能》，是艾略特的一篇重要论文，是艾略特的历史意识——"使以往的传统文化能在我们各个人的思想与感觉中活着"——的集中体现，而叶公超早在1934年就特意嘱咐卞之琳把它翻译、发表在他主编的《学文》杂志创刊号上，此举显然不仅仅意在译介艾略特的诗论，而且也是对卞之琳这类年轻诗人一个意味深长的提示或忠告。卞之琳在回顾这件事时说：叶公超"特嘱我为《学文》创刊号专译T. S.艾略特著名论文《传统与个人的才能》，亲自为我校订，为我译出文前一句拉丁文motto。这些不仅多少影响了我自己在30年代的诗风，而且大致对三四十年代一部分较能经得起时间考验的新诗篇的产生起过一定的作用"[1]。

（高恒文）

---

[1] 卞之琳：《赤子心与自我戏剧化：追念叶公超》，载《文汇月刊》1989年第12期。

后 记

吴福辉

编完本卷觉得还有几句话可说。主要是对我们这种文学史写作尚保持着热度，想说说新感想、新认识。

当初，记得理群君和我讨论预备再合作一次，编写一种新的大型著作的时候，我是立即答应了的。我意识到，我们将要从事的是一部全新的文学史了。那么，什么是以文学广告为中心视点的文学史呢？它能否成立？注重商业利益的广告能够在多大程度上公平地、准确地、全面地反映现代文学史的整体面貌？说句实在话，开始我也没有太大的把握。其时，我刚刚出版了独立写作的《插图本中国现代文学发展史》，转过头来又扎进这样一种集体的、前途不可测的文学史写作中，完全是被"多样文学史"的目标所召唤，被一个严肃的富有很大学术挑战性的课题所吸引了。回想三十多年前我们读研究生时，凭借着大量翻阅现代报刊，曾直觉地嗅闻到往昔时代的文学空气，眼前仿佛掠过纷至沓来的社团流派和各种姿态的作家身影，这情景有的就是经过"广告"的文字图像而获得的。在我看来，文学广告的视点，就是一种读者反应。广告是特殊的"读者"写的，这种文学史可说是"各样文学史"中的一种。它可以突破历来文学史的全知、单一的俯视文学的眼光（实际却是有限），通过广告中内含的各种"语言密码"泄露出各种声息、各种音调。这也应该是现场感极强烈的一种文学史。如果说我们努力接近文学的原生状态，以使过去因种种原因遭受一定歪曲变形的文学史更接近于"原样"，让文学史后来的接受者也有自己判断的权力，那么好了，这正是此种文学史的强项。因为文学广告系当时人所写，它包容了当时社会的接纳心理，当时人的文学理想、价值观念，以及文学对当年的人和社会的反作用力，是以历史资料形式保存到今日的活化石。而对这些不同历史材料的了解、分析、阐释，必将引发出今日人们的参与性（对相关广告的某种解释必然煽起读者试作另外一种解释的欲望，而新的文学史应当给读者留下空间），是既保留了文学现场又被今昔时空充分穿透的文学史。当然，因为文学广告的人文性质、思想文化性质和商业销售性质的掺杂混合，这种文学史必然也是将文学和商业的关系作为一条基本线索来处理的，是充满了文学与商业的双重张力的。我们可以从中望见文学作为"商品"被推行的现代进程（文学自然也具非商品性，比如郁达夫的游记可以是美文，也可以是浙江公路局的推销书），及商业化如何促进文学、改造文学、腐蚀文学的各个侧面。抱着对此种文学史性质基本的也是比较朦胧的想法（后来逐渐加深），我沉入到这部别出心裁的文学史的编写中去了。

整个编写过程，关键处有三：寻找广告、确定条目并写作。寻找广告的过程加深了我对文学广告与文学史关系的认识。这里，广告是全部文学史叙述的出发点。广告按照编年顺序排列，成为全书的基本结构。就像中外作家可以用人物、场所、生活的词条构成小说，我们是用广告词条构成文学史。全卷的广告经过"海选"，即尽量不带框框，撒下网子去捞取。主要是将凡属1928—1937年散落于报刊书籍上的书面文字广告，从作品、期刊，到重要的文学思潮、活动、宣言、组织章程，发刊词、编后记，新闻及其他杂类，尽量多地收集起来。按照写作分工寻找，待有了一定数量之后，互相传阅影印件，在会上自由讨论。这使得初选少带主观成见，以广告的实存为第一位，把特别具有启发性的、格式图样富有创意的文学广告真正遴选出来。当然要防止有广告便重、无广告便轻的简单化倾向，在初选后加上纵观全局、全史的前提下，进行适当调整，如《子夜》的北方读者反响、《地泉》三版时左翼自己的"清算"、民族主义文学的主要作家作品分析等都是后补的。我们发现李劼人的《死水微澜》等三部"大河小说"找不到广告，可能与留法归蜀的作家的生活方式有关（他虽然把书稿给了中国最大的出版机构商务印书馆，但本人太疏离上海的作家群、出版界了，所以才会没有广告）。还有1932—1937年在河北定县由熊佛西主持的"农民戏剧实验"也找不到广告。这又是一种类型，是思潮活动类文学事件不适于登载广告作自我宣传造成，就都要设法弥补。总之，寻取广告是由个别到全体，再由全局到个别，这样反复进行的。我们不能说自己在发现资料的工夫上做得有多好，中国图书报刊资料的管理大部分还不能开架阅读的现况也给这种资料疏漏的可能性加码，但广告选择从一开始就提醒我们认识到自己的局限，便慎之又慎。

而寻找广告是为了确定条目。在确定条目时，你不能不更深入地认识到广告的内在性质与价值。广告中有丰富的历史、文化、文字信息，但我们要挖掘的主要是文学信息，这包括广告对文学作品的介绍、文学社团和作家的活动、文学报刊的目录、文学出版传播的通报、文学事件现象的报道、文学理论思潮的宣示、文学交流的记录以及与文学有关的艺术、教育、文化、历史信息等等。广告可以是作家所写、编辑家所写，可以是编辑兼作家所写，甚至极少数广告便是书局出版社的从业人员所写（后期创造社的青年作家便同时聚集在创造社出版部当伙计），他们的文字内涵、风格不同，文学史的价值也有不同侧面。现代文学史上的许多著名作家如鲁迅、叶圣陶、巴金都曾写过为数不少的文学广告。鲁迅为北新书局，叶圣陶为开明书店，巴金为文化生活出版社……所谓"大手笔写小广告"是我们的一个文学传统，这类广告简直就是这几位大作家的"作品"，个性化很强，从中可以发掘出更充沛的文学生命力和文学史价值来。从寻找广告到确定条目，让我们认识到广告之于文学史来说，可能有的囊括面大，包含了多种的意味；有的富于典型性，虽然是小作家、小现象却躲不开，代表着主流以外深刻的倾向，或启示多种发展的可能；有的极具开拓性，很可能打开了这扇窗子就投进一束强的光亮。当我们去确定哪些是可以写的广告，哪些是可以合并的连锁广告，哪些是必须对比的广告时，广告的"史"的价值就更加凸显。广告即是文学史叙述的"切口"，就像一个优秀的外科医生，他要找准动刀的地方，要能开出最小（最适合）的口子，却能逮住最大（最要害）的病患。我们在排列中寻找最佳广告，被选中的广告条目，它要让你有话可说、有话要说，围绕它有发挥的余地，有广阔的引申空间。这样，在"重写文学史"的视野上，富有意义的广告条目，能使你有话可说的广告条目，便逐渐地沉淀下来，形成本卷文学史的框架。

关于这些条目，还有一点我本人的意思可说。便是我发现思潮类、事件类的条目眼看着多起来，比如鲁迅与木刻与珂勒惠支、女作家和女明星、刘呐鸥"软性"电影、"开明"的风格和语文教育、大作家甚至不是大作家的刘半农之死等等，真是琳琅满目。相对来说，虽然也重视作品条目，但比例在减少。这就造成文学史作品条目的偏弱、所涉论题看似驳杂的特点。在文学史"重写"

的当口，在文学史与文化史挂钩，以至于大大扩展了文学史的深广度的同时，我们会不会丢失文学史的文学性呢？这其实是我在《插图本中国现代文学发展史》的讨论中已经提出的问题。包括读后"凌乱"的印象（也有评者强调了"凌乱"能打破"一统"的正面意义，但我也想到有无负面作用）、"驳杂"的印象（有评者强调了当今写文学史就需"驳杂"的学术价值。自然也无须否认最后我们应该将文学史写得"简约"、"清爽"和"骨是骨，肉是肉"，后者如黄仁宇写"中国大历史"采用"综合"的方法）等等。现在这套文学史依我看来，与传统的（苏式和欧美式）文学史所给予的阐释空间是完全不同的，它更标示出了从"凌乱"、"驳杂"出发，以达到全方位的立体的文学全景的效果。是耶？非耶？大家可以讨论。

在具体写作中，我进一步体会到本书的特点。每一条目都有它的独立性、自足性。执笔者一段一段地写，读者一段一段地读。文学史呈现出编年大事记的特色，但它们依靠从外部到内在的连续性，构成完整和系统。尤其是抓住条目之间"似连非连"的关系来写，就显得特别重要。在写作中我还体会到文学广告又可分成实事求是、夸大其词和评价基本适合略有夸张这样三类。这是广告的文学性和商业性纠缠的结果。写作时也应分门别类，对实事求是类充分肯定，对夸大类给予批评。如施蛰存为自己的朋友戴望舒的诗集所写的广告，同意删去《雨巷》一诗，言之成理，并无噱头，条目中给予了支持。而陈铨《天问》的广告，竟将其与《石头记》相比拟，就受到条目作者的讥刺，成为《新月》自有广告以来最不靠谱的一则（肯定了大部分的《新月》书籍广告）。这是在已经大量淘洗掉一味吹捧的广告之后的做法。实际上我们发现在此时期的旧广告中，真正低级趣味的广告并不多，至少不比今天多！而我们形成的条目写法：褒贬清晰的"书话体"，是始终一贯坚持的。有好说好，有差说差，扣住话题加以发挥，每一发挥都着边际（挖掘文学"史"的深意），文字尽量活泼，好读。我在做本卷的统稿时，已经领悟到它的可读性。而且这可读性是由全书的特性带来的，一本文学史你可连读，也可跳读，足以享受到自由阅读的乐趣。

本文学史的"新颖"之处是明显的。不管它有多少毛病，却是独一无二的。史料的重新发现，是新。从材料的实证研究，到引申发挥的历史叙述，每一个执笔者追求的也是与过去文学史观点的差异，是写出继承之后的新来。本卷不仅鲁迅、周作人的条目多，而且在非鲁迅、非周作人的条目里，也不时可以触及"二周"的线索、"二周"的灵魂，而使得写作者的魂灵怦然一震。这也是写出 1928—1937 年中国文学的新之所在。本卷的写作者又各有各的特点，即便是集体写作也并没有掩盖住各自的个性。我还特别注意到文学史写作的集团性一面。私人著述的长处和发挥学术集体的力量、短时间写出大型著作的优处，是共存的。我们发扬学术群体的潜力，也特别注意吸取 30 来年的现代文学研究成果（其中有一类条目基本是根据一种论文或著作的独特材料和结论写就的），都在文后尽量标明参考书籍的出处。我想，也是依靠了这种广告书话体的写作样式，文学史或许可望由此跨进一小步。

还有一点要申明的是，理群君本来只管这卷的鲁迅条目和他所熟悉的几个条目，后来他的"大文学史"观越发地扩大"疆域"，原来要请专门家写的条目他又不辞辛苦地统统包揽了，以至于现在一算总账，此卷他比我这个分卷主编写得都要多，理应评为"劳动模范"。整个写作期间，因大家尤其是中年教授实在太忙了，不免有所拖拉。但最后终于同心协力将它完成了。十月怀胎，一朝分娩，其苦乐冷暖自知，岂是几句话能说得清的？

2013 年 3 月 7 日改毕

参考文献

《1935年中国文艺年鉴》，上海：北新书局，1936年版。
阿英编校：《现代十六家小品》，上海：光明书局，1935年版。
《阿英全集》，合肥：安徽教育出版社，2003年版。
艾芜：《南国之夜》，上海：良友图书印刷公司，1935年版。
艾芜：《南行记》，上海：文化生活出版社，1935年版。
艾芜：《漂泊杂记》，上海：生活书店，1935年版。
艾晓明：《中国左翼文学思潮探源》，长沙：湖南文艺出版社，1991年版。
《巴金全集》，北京：人民文学出版社，1986年版。
《巴金自传》，南京：江苏文艺出版社，1995年版。
《白薇作品选》，长沙：湖南人民出版社，1985年版。
柏彬编：《中国当代文学研究资料·田汉专集》，南京：江苏人民出版社，1984年版。
《卞之琳文集》，合肥：安徽教育出版社，2002年版。
柄谷行人著，赵京华译：《日本现代文学的起源》，北京：三联书店，2003年版。
勃兰兑斯著，徐式谷等译：《十九世纪文学主流》，北京：人民文学出版社，1984年版。
蔡运辰：《旅俄日记》，天津：大公报社，1933年版。
曹聚仁：《书林又话》，上海：上海书店出版社，1999年版。
曹聚仁：《文坛五十年》，上海：东方出版中心，1997年版。
曹聚仁：《文坛五十年续编》，香港：新文化出版社，1973年版。
曹禺：《雷雨》，上海：文化生活出版社，1936年版。
草野：《现代中国女作家》，北平：人文书店，1932年版。
常风：《逝水集》，沈阳：辽宁教育出版社，1995年版。
陈白尘：《对人世的告别》，北京：三联书店，1997年版。
陈福康：《郑振铎传》，北京：北京十月文艺出版社，1994年版。
陈衡哲：《小雨点》，上海：新月书店，1928年、1930年版。
陈梦家编：《新月诗选》，上海：新月书店，1933年版。
陈平原：《老北大的故事》，南京：江苏文艺出版社，1998年版。
陈铨：《天问》，上海：新月书店，1928年版。
陈树萍：《北新书局与中国现代文学》，上海：上海三联书店，2008年版。
陈思广编著：《中国现代长篇小说编年（1922.2—1949.9）》，成都：四川大学出版社，2008年版。

陈源：《西滢闲话》，上海：新月书店，1928年版。
程季华主编：《中国电影发展史》，北京：中国电影出版社，1963年版。
程小青：《霍桑探案》，上海：上海文华美术图书公司，1933年版。
程瞻庐：《葫芦》，上海：世界书局，1929年版。
《戴望舒诗全编》，杭州：浙江文艺出版社，1989年版。
邓以蛰：《西班牙游记》，上海：良友图书印刷公司，1936年版。
《丁玲文集》，长沙：湖南人民出版社，1984年版。
《端木蕻良文集》，北京：北京出版社，1998年版。
范用编：《爱看书的广告》，北京：三联书店，2004年版。
《废名集》，北京：北京大学出版社，2009年版。
丰子恺：《车厢社会》，上海：良友图书印刷公司，1935年版。
冯光廉、刘增人编：《王统照研究资料》，银川：宁夏人民出版社，1983年版。
冯雪峰：《雪峰文集》，北京：人民文学出版社，1985年版。
《冯至全集》，石家庄：河北教育出版社，1999年版。
傅光明、孙伟华编：《萧乾研究专集》，北京：华艺出版社，1992年版。
傅光明编：《风雨平生——萧乾口述自传》，北京：北京大学出版社，1999年版。
高恒文：《京派文人：学院派的风采》，上海：上海教育出版社，2000年版。
葛飞：《戏剧、革命与都市漩涡——1930年代左翼剧运、剧人在上海》，北京：北京大学出版社，2008年版。
宫岛新三郎著，高明译：《欧洲最近文艺思潮》，上海：现代书局，1931年版。
郭宏安编：《李健吾批评文集》，珠海：珠海出版社，1998年版。
郭沫若、宗白华、田汉：《三叶集》，上海：亚东图书馆，1923年第3版。
郭沫若：《沫若文集》，北京：人民文学出版社，1958年版。
何凝（瞿秋白）编：《鲁迅杂感选集》，上海：青光书局，1933年版。
《何其芳文集》，北京：人民文学出版社，1983年版。
何天言编：《上海抗日血战史》，上海：现代书局，1932年版。
贺玉波：《中国现代女作家》，上海：现代书局，1932年版。
洪灵菲：《流亡》，上海：现代书局，1928年版。
洪深：《农村三部曲》，上海：上海杂志公司，1936年版。
《洪深戏曲集》，上海：现代书局，1932年版。
《胡风全集》，武汉：湖北人民出版社，1999年版。
《胡适全集》，合肥：安徽教育出版社，2003年版。
《胡适文集》，北京：北京大学出版社，1998年版。
黄人影（阿英）编：《当代中国女作家论》，上海：光华书局，1933年版。
黄裳：《珠还记幸》（修订本），北京：三联书店，2006年版。
黄震遐：《大上海的毁灭》，上海：大晚报馆，1932年版。
吉明学、孙露茜编：《三十年代"文艺自由论辩"资料》，上海：上海文艺出版社，1990年版。
季剑青：《北平的大学教育与文学生产（1928—1937）》，北京：北京大学出版社，2011年版。
季进、曾一果：《陈铨：异邦的借镜》，北京：文津出版社，2005年版。

季培刚编注：《杨振声编年事辑初稿》，济南：黄河出版社，2007年版。
姜德明编：《巴金书话》，北京：北京出版社，1996年版。
《蒋光慈文集》，上海：上海文艺出版社，1985年版。
解志熙：《考文叙事录——中国现代文学文献校读论丛》，北京：中华书局，2009年版。
解志熙：《美的偏至：中国现代唯美—颓废主义文学思潮研究》，上海：上海文艺出版社，1997年版。
居伊·德波著，王昭风译：《景观社会》，南京：南京大学出版社，2006年版。
《瞿秋白文集》，北京：人民文学出版社，1953年版。
孔另境编：《现代作家书简》，广州：花城出版社，1982年版。
《老舍全集》，北京：人民文学出版社，1999年版。
乐雯编：《萧伯纳在上海》，上海：野草书店，1933年版。
李济生编著：《巴金与文化生活出版社》，上海：上海文艺出版社，2003年版。
李健吾：《意大利游简》，上海：开明书店，1936年版。
《李劼人选集》，成都：四川人民出版社，1980年版。
李今：《二十世纪中国翻译文学史·三四十年代·俄苏卷》，天津：百花文艺出版社，2009年版。
李今：《海派小说与现代都市文化》，合肥：安徽教育出版社，2000年版。
李欧梵：《上海摩登：一种新都市文化在中国1930—1945》，北京：北京大学出版社，2001年版。
李欧梵：《中国现代作家浪漫的一代》，王志宏等译，北京：新星出版社，2005年版。
李少白：《影史榷略——电影历史及理论续集》，北京：文化艺术出版社，2003年版。
李泽厚：《中国现代思想史论》，北京：东方出版社，1987年版。
梁实秋：《看云集》，台北：皇冠出版社，1984年版。
梁实秋：《浪漫的与古典的》，上海：新月书店，1928年版。
梁实秋：《梁实秋怀人丛录》，北京：中国广播电视出版社，1991年版。
梁实秋：《文学的纪律》，上海：新月书店，1931年版。
《林庚诗文集》，北京：清华大学出版社，2005年版。
林徽因选辑：《大公报文艺丛刊小说选》，天津：大公报社，1936年8月版。
林语堂：《大荒集》，上海：生活书店，1934年版。
《林语堂文集》，北京：作家出版社，1995年版。
《林语堂自传》，石家庄：河北人民出版社，1991年版。
《灵凤小说集》，上海：现代书局，1931年版。
《灵凤小品集》，上海：现代书局，1933年版。
凌宇：《从边城走向世界》（修订本），长沙：岳麓书社，2006年版。
刘半农：《半农杂文》，北平：星云堂书店，1934年6月初版。
刘半农：《半农杂文二集》，上海：良友图书印刷公司，1935年版。
刘半农编：《初期白话诗稿》，北平：星云堂书店，1933年版。
刘云若：《春风回梦记》，北京：人民文学出版社，1989年版。
刘增人、冯光廉编：《叶圣陶研究资料》，北京：北京十月文艺出版社，1988年版。
卢隐：《东京小品》，上海：北新书局，1935年版。
鲁迅编：《凯绥·珂勒惠支版画选集》，上海：三闲书屋，1936年版。

《鲁迅回忆录》，北京：北京出版社，1999年版。
《鲁迅全集》，北京：人民文学出版社，1981年、2005年版。
《鲁迅书信集》，北京：人民文学出版社，1976年版。
《鲁迅先生纪念集》，上海：上海书店，1997年版。
《鲁迅研究论著资料汇编》，北京：中国文联出版公司，1986年版。
马国亮：《〈良友〉忆旧》，北京：三联书店，2002年版。
马俊山：《话剧职业化运动研究》，北京：人民文学出版社，2007年版。
《马彦祥文集》，北京：文化艺术出版社，1997年版。
《茅盾全集》，北京：人民文学出版社，1990年版。
茅盾主编：《中国的一日》，上海：生活书店，1936年版。
《穆时英全集》，北京：北京十月文艺出版社，2008年版。
南强编辑部编：《上海事变与报告文学》，上海：南强书局，1932年版。
倪伟：《"民族"想象与国家统制：1928—1948年南京政府的文艺政策及文学运动》，上海：上海教育出版社，2003年版。
蒲风：《茫茫夜》，上海：国际编译馆，1934年版。
钱理群：《大小舞台之间》，杭州：浙江文艺出版社，1991年版。
钱理群：《钱理群讲学录》，桂林：广西师范大学出版社，2007年版。
钱理群：《周作人论》，上海：上海人民出版社，1991年版。
钱理群等：《中国现代文学三十年》，北京：北京大学出版社，2001年版。
青木正儿、梁盛志：《中国文学与日本文学》，北京：国立华北编译馆，1942年版。
沙汀：《法律外的航线》，上海：辛垦书店，1932年版。
邵洵美：《花一般的罪恶》，上海：金屋书店，1928年版。
邵洵美：《火与肉》，上海：金屋书店，1928年版。
邵洵美：《诗二十五首》，上海：上海时代图书公司，1936年版。
《沈从文别集》，长沙：岳麓书社，1992年版。
沈启无编：《近代散文抄》，北平：人文书店，1932年版。
施蛰存：《北山散文集》（一），上海：华东师范大学出版社，2001年版。
收应杰、秦刚译：《蟹工船》，北京：人民文学出版社，2009年版。
苏汶编：《文艺自由论辩集》，上海：现代书局，1933年版。
苏雪林：《新文学研究》，武汉：国立武汉大学，1934年版。
孙福熙：《大西洋之滨》，北平：北新出版社，1925年版。
孙福熙：《归航》，上海：开明书店，1926年版。
孙青纹编：《中国当代文学研究资料·洪深研究专集》，杭州：浙江文艺出版社，1986年版。
孙席珍：《战后》，上海：北新书局，1932年版。
孙席珍：《战争中》，上海：现代书局，1930年版。
《唐弢文集》，北京：社会科学文献出版社，1995年版。
韬奋编译：《革命文豪高尔基》，上海：生活书店，1933年版。
田本相等：《曹禺年谱》，天津：南开大学出版社，1985年版。
《田汉文集》，北京：中国戏剧出版社，1983年版。

汪木兰、邓家琪编：《中央苏区戏剧集》，南昌：百花洲文艺出版社，1992年版。
《汪曾祺全集》，北京：北京师范大学出版社，1998年版。
王培元编选：《东北作家群小说选》，北京：人民文学出版社，1992年版。
王世家等编：《鲁迅著译编年全集》，北京：人民文学出版社，2008年版。
《王统照全集》，北京：中国工人出版社，2009年版。
王小逸：《春水微波》，上海：上海文化出版社，2006年版。
《王瑶全集》，石家庄市：河北教育出版社，2000年版。
王哲甫：《中国新文学运动史》，北平：杰成印书局，1933年版。
温源宁著，江枫译：《不够知己》，长沙：岳麓书社，2004年版。
文化部党史资料征集工作委员会编：《中国左翼戏剧家联盟史料集》，北京：中国戏剧出版社，1991年版。
闻一多、叶崇智编：《近代英美诗选》，上海：新月书店，1928年版。
闻一多：《死水》，上海：新月书店，1928年版。
吴奔星：《中国现代诗人论》，西安：陕西人民出版社，1988年版。
吴福辉：《深化中的变异》，杭州：浙江文艺出版社，1999年版。
吴福辉编：《梁遇春散文全编》，杭州：浙江文艺出版社，1992年版。
吴宓：《吴宓日记》，北京：三联书店，1998年版。
吴晓东：《废名·桥》，上海：上海书店，2011年版。
《吴组缃小说散文集》，北京：人民文学出版社，1954年版。
《夏丏尊文集》，杭州：浙江文艺出版社，1983年版。
《夏衍全集》，杭州：浙江文艺出版社，2005年版。
夏志清：《新文学的传统》，北京：新星出版社，2005年版。
夏志清：《中国现代小说史》，上海：复旦大学出版社，2005年版。
萧参（瞿秋白）译：《高尔基创作选集》，上海：生活书店，1933年版。
萧红、萧军：《跋涉》，广州：花城出版社，1983年版。
《萧红全集》，哈尔滨：哈尔滨出版社，1991年版。
《萧乾全集》，武汉：湖北人民出版社，2005年版。
小默：《欧游漫忆》，上海：生活书店，1937年版。
谢冰莹：《女兵自传》，成都：四川文艺出版社，1985年版。
熊佛西：《戏剧大众化之实验》，正中书局1937年4月南京初版，1947年6月上海第1版。
徐兰君等编：《儿童的发现：现代中国文学及文化中的儿童问题》，北京：北京大学出版社，2011年版。
徐霞村：《巴黎游记》，上海：光华书局，1931年版。
徐志摩：《巴黎的鳞爪》，上海：新月书店，1927年版。
许世英：《黄山揽胜集》，上海：良友图书印刷公司，1934年版。
宣浩平编：《大众语文论战》，上海：启智书局，1934年9月版。
雪菲女士编：《现代中国女作家创作选》，上海：文艺书局，1932年版。
严家炎：《中国现代小说流派史》，北京：人民文学出版社，1989年版。
阎折梧编：《南国的戏剧》，上海：萌芽书店，1929年版。

《阳翰笙选集》，成都：四川文艺出版社，1989年版。
《杨晦文学论集》，北京：北京大学出版社，1985年版。
杨天石主编：《民国史谈：弹指兴衰多少事》，北京：中共中央党校出版社，2008年版。
野渠：《忆巴黎》，上海：北新书局，1929年版。
叶公超：《新月怀旧——叶公超文艺杂谈》，上海：学林出版社，1997年版。
《叶圣陶集》，南京：江苏教育出版社，1987年版。
《叶圣陶教育文集》，北京：人民教育出版社，1994年版。
叶永蓁：《小小十年》，上海：生活书店，1933年版。
伊格尔顿：《审美意识形态》，桂林：广西师范大学出版社，2001年版。
《俞平伯散文杂论编》，上海：上海古籍出版社，1990年版。
《郁达夫全集》，杭州：浙江大学出版社，2007年版。
袁庆丰、阎佩荣选编：《常风：彷徨中的冷静》，天津：天津人民出版社，1998年版。
张爱玲：《流言》，上海：五洲书报社，1944年版。
张赫宙等著，胡风译：《山灵——朝鲜台湾短篇集》，上海：文化生活出版社，1936年版。
张恨水：《写作生涯回忆》，太原：北岳文艺出版社，1993年版。
《张恨水文集》，武汉：华中师范大学出版社，1997年版。
张静庐：《在出版界二十年》，南京：江苏教育出版社，2005年版。
张静庐编：《中国近现代出版史料》，上海：上海书店出版社，2003年版。
张曼仪：《卞之琳著译研究》，香港：香港大学中文系，1989年版。
张秋虫：《新山海经》，沈阳：春风文艺出版社，1997年版。
张若谷：《咖啡座谈》，上海：真美善书店，1929年版。
张若谷：《异国情调》，上海：上海世界书局，1929年版。
张若谷：《战争·饮食·男女》，上海：良友图书印刷公司，1933年版。
张泽贤：《书之五叶：民国版本知见录》，上海：上海远东出版社，2008年版。
章衣萍：《随笔三种》，上海：现代书局，1934年版。
章衣萍：《枕上随笔》，上海：北新书局，1929年版。
赵丹：《地狱之门》，上海：上海文艺出版社，1980年版。
赵家璧等编：《中国新文学大系》，上海：良友图书印刷公司，1935年版。
《赵家璧文集》，上海：上海文艺出版社，2008年版。
赵景深：《文人印象》，上海：北新书局，1946年版。
止庵：《周作人传》，济南：山东画报出版社，2009年版。
中国第二历史档案馆编：《中华民国史档案资料汇编》，南京：江苏古籍出版社，1994年版。
《中国电影女明星照相集》，上海：良友图书印刷有限公司，1934年版。
中国电影艺术研究中心编：《中国左翼电影运动》，北京：中国电影出版社，1993年版。
《中国话剧运动五十年史料集》，北京：中国戏剧出版社，1958年版。
中国社会科学近代史研究所中华民国史组编：《胡适来往书信选》，北京：中华书局，1979年版。
中国社会科学院文学研究所现代文学研究室编：《"革命文学"论争资料选编》，北京：人民文学出版社，1981年版。
中国文艺年鉴社编辑：《中国文艺年鉴（1932）》，上海：现代书局，1933年版。

钟叔河编：《周作人散文全集》，桂林：广西师范大学出版社，2009 年版。
周天放、叶浅予：《富春江游览志》，上海：上海时代图书公司，1934 年版。
《周作人自编文集》，石家庄：河北教育出版社，2002 年版。
朱湘：《海外寄霓君》，上海：北新书局，1934 年版。
朱晓进：《政治文化与中国二十世纪三十年代文学》，北京：人民出版社，2006 年版。
朱正：《鲁迅的人脉》，上海：东方出版中心，2010 年版。
《朱自清全集》，南京：江苏教育出版社，1990 年版。

巴尔：《一条生路与一条死路——评穆时英君的小说》，1932 年 1 月 3 日《文艺新闻》第 43 号。
卜立德：《英国随笔与中国现代散文》，《中国现代文学研究丛刊》1988 年第 2 期。
陈树萍：《北新书局"半部文学史"》，2011 年 2 月 20 日《新民晚报》。
陈树萍：《北新书局新文学书籍出版研究——经典、推销与滞销》，《南京师范大学文学院学报》2008 年第 3 期。
陈思和、李辉：《记文化生活出版社》，《新文学史料》1982 年第 3 期。
陈早春编选：《中国左翼作家联盟文件选编》，《新文学史料》1980 年第 1 期。
丑文：《读胡适之先生的〈白话文学史〉》，1929 年《革命周报》第 101—110 期合订本。
戴望舒：《诗论零札》，1932 年《现代》第 2 卷第 1 期。
戴望舒：《谈林庚的诗见和"四行诗"》，1936 年 11 月《新诗》第 1 卷第 2 期。
戴望舒：《望舒诗论》，1932 年《现代》第 2 卷第 1 期。
杜衡：《关于穆时英的创作》，1933 年《现代出版界》第 9 期。
费冬梅：《"花一般的罪恶"——论邵洵美的唯美主义实践》，北京大学硕士论文，2010 年。
凤吾：《论中国电影文化运动》，1933 年《明星月报》第 1 卷第 1 期。
葛莫美：《影戏漫想》，《无轨列车》1928 年第 4 期。
辜也平：《论巴金的革命叙事与泉州 30 年代的民众运动》，《中国现代文学研究丛刊》2006 年第 2 期。
寒峰编：《中译高尔基作品编目》，1936 年《光明》第 1 卷第 2 号。
郝庆军：《两个"晚明"在现代中国的复活——鲁迅与周作人在文学史观上的分野和冲突》，《中国现代文学研究丛刊》2007 年第 6 期。
鹤翎：《人间世》，1934 年《刁斗》第 1 卷第 2 期。
鹤西：《谈〈桥〉与〈莫须有先生传〉》，1937 年 8 月 1 日《文学杂志》第 1 卷第 4 期。
嘉谟：《硬性影片与软性影片》，1933 年《现代电影》第 1 卷第 6 期。
姜涛：《"新诗集"与"新书局"：早期新诗的出版研究》，《中国现代文学研究丛刊》2003 年第 4 期。
姜涛：《从会馆到公寓：空间转移中的文学认同——沈从文早年经历的社会学再考察》，载《中国现代文学研究丛刊》2008 年第 3 期。
黎保荣：《鲁迅〈自由谈〉稿酬考证及其启发意义》，《新文学史料》2008 年第 2 期。
黎湘萍：《从吕赫若小说透视日据时期的台湾文学》，《中国现代文学研究丛刊》1999 年第 2 期。
李今：《新感觉派和二三十年代好莱坞电影》，《中国现代文学研究丛刊》1997 年第 3 期。
李频：《"邀约能手"：〈中国新文学大系〉成因解析》，《编辑学刊》2001 年第 1 期。

刘念渠：《1934年中国戏剧运动之回顾》，1935年《舞台艺术》创刊号。
刘少文：《众媒体联手打造神话——论20世纪30年代〈啼笑因缘〉的包装出品》，《北方论丛》2007年第6期。
柳丝：《大众文学与民族主义文学》，1934年11月30日《黄钟》第5卷第8期。
罗岗：《视觉"互文"、身体想象和凝视的政治——丁玲的〈梦珂〉与后五四的都市图景》，《华东师范大学学报》（哲学社会科学版）2005年第5期。
欧阳予倩：《戏剧运动之今后》，《戏剧》1929年第4期。
秋田雨雀：《关于中国现代悲剧〈雷雨〉的出版》，1936年1月19日《汽笛新刊月报》第76号。
山口守：《巴金与西班牙内战》，《中国现代文学研究丛刊》2007年第1期。
施冰厚：《爱国小说的借镜》，1932年12月1日《珊瑚》第11号。
舒月：《社会渣滓堆的流氓无产者与穆时英君的创作》，1932年7月《现代出版界》第2期。
苏雪林：《论邵洵美的诗》，1935年11月1日《文艺》第2卷第2期。
苏雪林：《沈从文论》，1934年9月《文学》第3卷第3期。
孙晶：《理想与希望之孕——文化生活出版社与现代文学》，《中国现代文学研究丛刊》1998年第3期。
孙琳：《论〈现代〉杂志的编辑理念》，青岛大学硕士论文，2007年。
唐纳：《清算软性电影论》，1934年6月27日上海《晨报》。
田涛：《记北京公寓生活》，《新文学史料》1990年第1期。
王向远：《中国现代文艺理论和日本文艺理论》，《北京师范大学学报》（社会科学版）1998年第4期。
温儒敏：《论〈中国新文学大系〉的学科史价值》，《文学评论》2001年第3期。
吴福辉：《关于艾芜〈山峡中〉的通信》，《中国现代文学研究丛刊》1993年第3期。
吴述桥：《"第三种人"论争与"左联"组织理论的转向——从"左联"的宗派主义、关门主义问题谈起》，《中国文学研究》2010年第11期。
吴晓东：《从"故事"到"小说"——沈从文的叙事历程》，《长沙理工大学学报》（社会科学版）2011年第2期。
吴组缃：《子夜》，1933年6月《文艺月报》第1卷创刊号。
武柏索：《〈台湾民报〉和台湾新文学运动》，《新文学史料》1998年第3期。
星：《〈论语〉与〈人间世〉》，1935年《出版消息》第46、47、48合刊。
严芙孙：《范烟桥小传》，见魏绍昌：《鸳鸯蝴蝶派研究资料·民国旧派小说名家小史》，上海：上海文艺出版社，1984年版。
颜湘茹：《从〈现代〉看20世纪30年代上海市民新型身份的建构》，《社会科学》2008年第4期。
燕子：《移动的风景线——以中国现代文学中的新式交通工具为视角》，北京大学硕士论文，2011年。
杨次道：《读胡适之白话文学史》，1929年《一般》第6卷第3号。
姚琪：《最近的两大工程》，1935年7月《文学》第5卷第6期。
叶桐：《新文学传播中的开明书店》，《中国现代文学研究丛刊》1999年第1期。
《映画春蚕之批判》，1933年11月《矛盾》第2卷第3期。
袁省达：《〈申报·自由谈〉源流》，《新文学史料》1978年第1期。

张骏祥：《〈王文显剧作选〉序》，《新文学史料》1983 年第 4 期。
张旭光：《评胡适白话文学史上卷》，1929 年《清华周刊》第 32 卷第 8 期。
张荫麟：《评胡适〈白话文学史〉上卷》，1928 年《大公报·文艺》第 48 期。
赵景深：《现代中国诗集目录》，1929 年《开明》第 2 卷第 4 号。

《巴尔底山》
《北斗》
《奔流》
《晨报副镌》
《晨报副刊》
《创造》季刊
《创造日》
《创造十年》
《创造月刊》
《创造周报》
《春潮月刊》
《春光》
《大公报》
《大众文艺》
《独立评论》
《儿童世界》
《革命周报》
《光明》
《红旗日报》
《洪水》
《幻洲》
《金屋月刊》
《开明》
《良友》
《论语》
《骆驼草》
《莽原》
《萌芽月刊》
《民国日报》
《南国》月刊
《前锋周报》
《前哨》
《青鹤》

《清华周刊》
《人间世》
《日出》旬刊
《沙仑》
《珊瑚》
《上海画报》
《申报》
《狮吼》
《十字街头》
《时事新报》
《世界日报》
《世界晚报》
《世界文化》
《世界文学》
《思想》
《天风报》
《拓荒者》
《文化斗争》
《文化批判》
《文学》
《文学丛刊》
《文学导报》
《文学季刊》
《文学评论》
《文学旬刊》
《文学月刊》
《文学杂志》
《文学周报》
《文艺生活》
《文艺新闻》
《文艺月报》
《文艺周刊》
《无轨列车》

《戏剧》
《戏剧时代》
《现代》
《现代电影》
《现代儿童》
《现代评论》
《现代文学》
《现代文艺》
《小说月报》
《新青年》
《新诗》
《新诗歌》
《新文艺》
《新闻报》

《新月》
《学衡》
《学文》
《一般》
《艺术》
《益世报》
《宇宙风》
《语丝》
《真美善》
《中国青年》
《中国文艺》
《中流》
《中学生》
《紫罗兰》

索引

A

艾略特（爱略特） 039—040, 102, 240, 297, 713—716
艾芜（汤道耕、刘明） 125, 288—290, 304, 338, 409, 513, 562—566, 597, 650—651
爱美剧 533, 700

B

《巴尔底山》 046, 123
巴金（欧阳镜蓉） 027, 034, 075—082, 156, 197, 199—200, 242, 305, 408, 410—415, 494, 513—514, 531, 547—548, 594—599, 625, 643—644, 696, 710
《白话文学史》 017—021, 199
白薇 046, 242, 264, 409, 439, 441—442, 445—449
《包身工》 374, 644—648
包天笑 110, 262—263, 276, 644, 665
《北斗》 043—044, 046—047, 100, 125, 257, 335, 337—338, 344, 347, 407, 425, 449, 632
北新书局 010—011, 157, 229, 231, 233, 256, 258, 315—316, 346, 354—355, 363, 403, 410, 440, 493, 552—558, 564, 588, 649, 656
《奔流》 087, 168, 445—446, 557
《边城》 027, 228, 523, 525, 527, 532

卞之琳 038—040, 086—087, 096, 101—102, 156, 208—209, 235, 292—297, 392—393, 409, 512—514, 597, 614, 695—696, 698, 716
冰心 008, 010, 027, 046, 094, 197, 199, 211, 214—217, 232—234, 255, 315, 355, 439, 441—442, 492—493, 537, 545, 550, 553—556, 613, 621, 644

C

C.L.T（陈鲤庭） 581
蔡元培 017, 300, 387, 389, 452, 459, 460, 545—546, 559, 629, 662, 668, 697
曹靖华 202, 204—206, 380, 599, 672—673
曹聚仁 157, 274, 348, 426—428, 455, 489, 491, 601, 626—627
曹禺 096, 447, 576, 597, 624—628, 696, 702, 711
《草儿》 009
《尝试集》 009, 234
沉钟社 198, 550
陈白尘 051—052, 242, 582, 702
陈伯吹 254—256, 258, 665
陈独秀（仲甫） 014, 019, 071, 085, 355, 402, 404, 416—418, 585, 621, 665
陈瀚一 297, 299—301

陈衡哲（莎菲） 012—016，018，402，439，441—442
陈亮（田舍郎） 117—120
陈梦家 065，156，292—294，297，409
陈铨 029—033，231，575
陈望道（陈雪帆） 024，107，123，196，198，221，288，305，363，372，379，490，559，656，672
陈学昭（野渠） 196，439—440，442—443，493
陈源（陈西滢） 083，212，670，692
陈子展（于时夏） 095，304，326—327，453，468，489—490，665
《晨报副镌》 140—141，430，520，556，572—573
《晨报副刊》 129，362，638
成仿吾 002，004—005，203
程小青 176—180，276，310
程瞻庐 148—152，262，264，310
《初期白话诗稿》 402，405
厨川白村 157—158，199，349，361—363，523
《创造》季刊 044
《创造日》 044
创造社 003—007，042，044—045，068，088—089，106—108，113，121，123—124，134，155，164，198，200，203，226—227，249—250，259—261，323，361，373，413—414，472，550，555，618，641，655—656
《创造十年》 226—227，655
《创造月刊》 003—005，044—045，106，167，203，345
《创造周报》 002—004，044，362
《春蚕》 027，242，408—409，419—424，616，648，666
《春潮月刊》 087
《春风回梦记》 382—385

《春光》 445，468
《春明外史》 173，182，184，186
《春野与窗》 505—506，509

D

《打出幽灵塔》 445—449
《大公报》 099，169，231—232，381，425，440，493，539，614，626，664，670，696—697
大江书铺 107，205，288，363，374，379，656
《大众文艺》 042，045，070，113，123，125，166，374
《大众文艺丛书》 206
大众语文论战 488
戴望舒（梦鸥、钱献之） 046，156，235—236，239—240，242，265，365，368，369，391—394，409，505，507，510，657
《地泉》 071，249—253，377，649
第三种人 245—247，366—371，408
丁玲 027，046，073—074，097，100，125，169，190—191，193—194，196，198—199，205，233—234，242，247，289，375，379，387—390，408，410，425，439，441—444，497，500—502，504，518，550，616，711
丁西林 197，200，577—578，597，613，702
《冬夜》 009
《独立评论》 168，485，519—521
杜衡（苏汶、戴克崇、戴克重） 104，156，235，242，245—248，265，332，335—336，364—371，391—394，406—409，425—426，655—657
端木蕻良（曹坪） 125，414，597，650，703—707
《对于左翼作家联盟的意见》 091，125，676

E

《俄国现代思潮及文学》 357—360
《儿童世界》 256, 430

F

《法律外的航线》 287—291
范烟桥 262—264, 308
废名（冯文炳） 087, 096, 138—142, 157, 209—213, 242, 272, 289—290, 313—320, 409, 453, 506, 510, 513, 523—527, 532, 540, 543—544, 556, 568—569, 616, 692, 698—699
丰子恺 023—024, 027, 033, 242, 256, 273, 453, 588—592, 609, 625, 656
冯乃超 002, 004—006, 104, 121, 124—125, 134
冯雪峰（画室、洛扬、何丹仁、丹仁） 006, 046, 104—106, 124—125, 192, 194—195, 203, 206, 221, 245, 289, 363, 366—367, 376, 379, 408, 641—642, 644, 650, 674, 676
冯至 008, 011, 131—132, 138, 232, 235, 316, 597
复旦剧社 198, 284, 287, 575, 577, 578
傅东华 196, 199, 204, 332, 453, 489—490, 546, 559, 641, 662

G

高尔基 034, 107, 204, 357, 364, 375—376, 394—401, 466, 664, 672, 675—676
革命加恋爱 032, 072—074, 116, 194, 249, 684
歌德 049, 230—232
革命文学论争 006—007, 090—091, 123, 125, 164, 226, 250, 375, 643
《革命周报》 017—018, 020—021

革命作家国际联盟 193, 375
《公墓》 332—336, 338
顾明道 262—264, 310
光华书局 015, 062, 104—105, 136, 226—227, 233, 261, 363, 439—440, 493
《光明》 079, 125, 286, 339, 340, 344—346, 398, 640, 642, 644—645, 648, 653, 663
郭安仁（丽尼） 594, 598
郭沫若（杜荃） 003—005, 007, 009, 100, 108, 156, 169, 194, 196, 198—199, 225—227, 230—236, 242, 361—362, 375, 408, 492, 537, 547, 550, 613, 621, 625, 644, 655, 702, 708—711
国防文学 126, 641—643
国剧运动 197, 200
《过渡》 680—682

H

海派 069, 117, 120, 199, 223, 237, 259, 290, 304, 336—337, 348, 350—356, 392, 407, 410, 425—428, 503, 535, 542, 586, 657—658, 690, 692
海派弄堂小说 117—121
贺梦斧 582
何其芳 087, 096, 156, 235, 242, 294, 316—317, 393, 513—514, 527, 597, 696—699
《红黑》 193
《红旗日报》 071
《红烛》 009, 126
洪灵菲 073, 113—116, 121, 125, 249
洪深 048, 052—053, 125, 156, 197, 221, 242, 276, 281—287, 326, 329, 331, 339, 342—343, 409, 460, 504, 533, 544, 546, 550, 575, 577, 582, 702

《洪深戏曲集》 281—282, 285—286
《洪水》 044—045, 201, 260—261, 331
胡风（胡丰） 034, 108, 125—426, 597, 601, 603—604, 619—623, 640—641, 643, 645, 648—652, 685
胡秋原 147, 231, 242, 245, 365—366, 368—370, 408
胡适（适之） 009, 012—022, 093—096, 100, 139, 196, 199, 207, 211—212, 227—229, 233—234, 271, 315, 356, 401—402, 404, 484—487, 494, 519—521, 538, 544, 546, 549, 551, 585, 613, 621, 670, 691—692, 698, 714
胡也频 046, 097, 100, 114, 125, 190—194, 196, 198, 200, 227, 387—388, 504
胡愈之 024, 221, 232, 489—490, 494, 559, 672
湖风书局 249—250, 322—323, 446
《虎贲万岁》 311
《花一般的罪恶》 062—063, 065, 067
《画梦录》 597, 696—699
《幻洲》 167, 260, 350
《黄人之血》 187, 189
黄震遐 187—189, 222—224, 350
《回春之曲》 331, 532—534, 536, 579
《蕙的风》 009, 011
《霍桑探案》 176, 178—180

J

《寄小读者》 010, 199, 493, 553, 556, 613
《家》 027, 410—415, 531, 710, 711
《剪拂集》 055—056, 060, 454—455
蒋光慈（光赤） 002—004, 006, 008, 046, 070—074, 094, 106, 113—114, 121, 124—125, 204, 249, 251, 408, 446, 470

焦菊隐 008, 011, 598
《金粉世家》 173, 182—184, 186, 414
《金屋月刊》 062, 066, 068
《近代英美诗选》 037, 040
靳以 156, 242, 409, 513—514, 547, 625, 696
京海论争 425—428
京派 046, 084, 086—087, 117, 138—139, 142, 199, 208, 240, 304, 351, 426—428, 513—514, 522—523, 526, 542—543, 550, 597, 616, 618, 650—651, 690—693, 695—699

K

《开明》 010, 023, 033—035
开明书店 023—028, 034—035, 058, 075, 077, 157—158, 160, 162—163, 210, 256, 284, 313—315, 343, 358, 359, 363, 377, 379, 411, 415—416, 418, 420, 430, 493, 555—556, 567, 570, 606—613, 634—635, 684, 703—704, 706
《科学的艺术论丛书》 104—105, 107
孔另境 653—654, 664
《苦闷的象征》 199, 361—362, 554, 556
狂飙社 198

L

拉丁区 052, 329, 519—522, 597
拉普 006, 123—124, 346, 649, 651
赖和 621—622
蓝白黑（汪焚稻） 117
蓝苹 580—581
《浪漫的与古典的》 083
老舍 031, 156, 236, 242, 265, 273, 305, 379, 409—410, 414, 499, 529—532, 597, 616, 656, 684—688, 701—702
楼适夷（适夷） 221, 345, 376, 379, 388—

389，409，460，645
《陇海线上》 187—189
《雷雨》 447，597，624—628
黎锦明（黎君亮） 156，231，431—432
黎烈文 303—306
《礼拜六》 265，303，310
李初梨 002，004—006，121
李大钊 085，355，402，404
李健吾（刘西渭） 081，096，242，316—317，493，513—514，526—527，531，575—577，597—598，692，696，702
李劼人 707—712
李金发 008，011，145，156，193，235—236，240，242，409，556
李希同 233
李小峰（CF女士） 008，439—440，554
《丽莎的哀怨》 070—074
《良友》 229，237，286—287，351，387，498—499，501
良友图书印刷公司 056，136，223，229，272，431，444，474—475，493，497，538，560，563，583，589，694
《良友文学丛书》 389—390，494，548
梁启超 227，308，355，489，575
梁实秋 005，037，038，083—087，094，096—097，127—128，130—131，147，156，203，242，669
梁遇春（秋心） 156—161，207，209—211，409，698
梁宗岱 096，235，513
林庚 020，096，156，236，240，242，505—510，513—514
林徽因（音） 086—087，100，102，207，242，292，614—618，692，696—698
林语堂 018，027，055—060，085，149，196，199，270，273—274，342—343，402—404，414，450—451，452—457，459—460，481，487，537，541，542—545，547，584，592，650，691，697

《灵凤小品集》 261，351
《灵凤小说集》 258—261
凌叔华（凌淑华） 046，100，156，197，199，439，441—445，692，696
刘半农 007—008，011，264—265，401—405，453，583—588
刘呐鸥 117，242—243，336—337，350，407，409，503，657—661
刘思慕（小默） 492，496
刘云若 382—386
《流亡》 073，113—116
柳亚子 262—263，389
芦焚 242，426，513—514，521—522，597，696
鲁迅（仲度、华圉、何家干、丁萌、游光） 003—007，010，012—014，019，034，036，044—047，058—059，066—068，084—091，094，101，104—108，117，121，123—126，135—137，140—141，145—147，149，157，163，167—170，185—186，189，191—192，194—196，198—199，202—206，212，217，221，224—227，229，231，233—234，242，245，247，250，252，255，260，264—265，270，272—275，288—290，300，304—307，325，338，349，355—356，360—363，366—369，373—377，379—380，389—390，395—396，398—402，404—406，408，410，413，426—428，440，446，449，451，453—454，456，458—463，465—466，484—487，489，491—492，516，520—521，537，543—544，546，548—557，559—560，562—565，585—589，597—599，601—604，606，613，618—622，629—633，640—644，649—650，653—657，668—678，684，686—687，703—704
吕赫若 619—621，623
《论语》（半月刊） 168，270，451—457，

460，473，476，514，529，537，541—542，561，687，691
《骆驼草》 137—142，571—572，690

M

马彦祥 156，197，200，329，339，342—343，626
《茫茫夜》 468—472
《莽原》 059，201
茅盾（玄、珠、郎损、仲方、仲元、惕若、兰、东方未明） 005，024，027，046—047，073—074，086，094，106，123—125，136，156，162—165，169，189，196，198—199，217，221，229，233—234，242，249—253，264，290—291，305，310，324，355，373，375，377—381，397，405—406，408—410，417—421，432，456—457，459，489，491，513，515—516，531，537，544，546，548—551，559，560，582，597—598，616，618，626，640—641，642，644，648—649，653，662—667，672—673，679，704，710—711，713
梅光迪 014
《萌芽》（左拉作） 168，598，708
《萌芽月刊》 045，104，123—125
孟超 004，121，134
《灭亡》 075，077—081，200，411
《民国日报》 053，328
民族主义文艺 143—147，155，188，190，259，365
缪崇群 154，409
《莫须有先生传》 142，313，409
《母亲》（丁玲作） 204，376，387—390
穆木天 002，471—472
穆时英 117，156，242—244，247，261，332—338，350，352，365，407，409，470，657—659，661

N

《南北极》 332—338，409，470
《南国》月刊 048—049，052，328，330，535
南社 262—263
南国社 048，050—055，135，156，327—331，535
《呐喊》 010，199，260，553
《倪焕之》 027，162—164，200，609，710
农民戏剧实验 678—679，681
《奴隶丛书》 600—601，603—604
《女神》 009，296，449

O

欧阳予倩 052，150，156，197，200，242，329，533，536，575，582，679，702

P

彭家煌 242，304，429，430—432
彭康 004—005，121
蒲风 468—472
普罗文学 004，074，155，214—217，288，325

Q

前锋社 145，147，154—155，167，188—189，223
《前锋周报》 144—145，154，166—167
《前哨》 043，046，125
钱杏邨（阿英、黄英、黄人影） 006，015，071，116，121，125，134，136，222，231，242，249—252，272，304，330，333，335，337，344，346—347，366，398，407，421，423，439—442，444，453，537—538，542，544，546，548—549，551，555—556，582，645，649

钱玄同　355，587，655
《桥》　141—142，313—320，409，527，532
《青鹤》　298—301
《清华周刊》　020，231
瞿秋白（萧参、易嘉、何凝、宋阳、司马今、同人）　046，067，073，105，108—109，125，245，249—252，264，305，338，347，366，379—380，398—400，408，460—462，465，467，470，489—491，555，644，649，670，672—677

R

饶孟侃　083，292，409
《人间世》　213，270，272，450—454，456—458，474，476，492，494，497—498，514，537，542，546—547，553，555，562—563，565，583，586—589，691
《日出》旬刊　042，044
任钧（森堡、卢森堡）　468，470—471
柔石　046，090—091，105，114，121，124—125，190—193，196，198，204，630，632
软性电影　424，503，658，660—661

S

三民主义文艺运动　267
《沙仑》　123，135，167
沙汀　125，229，242，287—291，338，408—409，516，562，597，648
《山雨》　416—419，531
《珊瑚》　262—265，308—309
商务印书馆　008，010，013，017—018，023，035—036，086，150，163，220，231，256，300—301，363，378，407，430，494，561，575，686—687，691
《上海画报》　052，330
上海戏剧协社　282
上海业余剧人协会　579，581

邵洵美　062，063—069，087，242，292，294，350，354，460，691
社会主义现实主义　291，649
《申报》　241—242，276，278—279，303—304，342，350，387，420，423，484，488，490，498，547，594—595，626，658
沈从文（柏子、炯之）　008—011，027，046，065，087，092—094，096—097，100，141—142，156，193，197，199—200，227—228，242，260，292，294，305，316，388，408，410，414，417，425—427，433—37，443—444，494，511，513—514，520—527，532，542—543，549—550，563，597，614，616，655—656，669，685，691—692，696，699
沈西苓　134，421，582
沈尹默　401—404，453
生活书店　034，343，395，397，399，492，514—516，557，559—560，563，648—649，653，663，666
《生死场》　600—601，603—604，650
《狮吼》　062—063，067—068，350，354
施蛰存（青萍）　034，049，117，156，231，234—244，246—248，265，270，332—334，341—343，345，350，365—371，392，406—407，409，460，462，487，499，524，655—657
《十字街头》　125，660
《时事新报》　004，222，387，686
《蚀》　027，162，164—165，249，378，380，710
史东山　582
史沫特莱　123，134，373，375，398，459，632，640
《世界日报》　414，522，584
《世界晚报》　522
《世界文化》　046，125

《世界文库》 547，559—562
《世界文学》 244
（韩）侍桁 242，290，363，369
石华父（陈麟瑞） 575
水沫书店 105，343
《水星》 058，235，486，511—514
司马文森（林娜） 304
《思想》 044—045
《死水》 011，038，126—129，200，295—296
宋之的 582，648，702
苏雪林 064—065，079，094，242，336，416—417，434，439，441—442，444，455，670
苏广成（王大苏） 117
孙伏园 355，554，665

T

《她是一个弱女子》 322—325，408
台湾文艺联盟 622
太阳社 004，006，044—045，072，088—089，106，108，113，121，123—124，134，203，250，361，373，618，641
泰东（图）书局 009，229
《谈美》 027，634—636
唐槐秋 048—049，200，329，579，582，624—625
唐弢 194，304—305，403，416，453，460—461，632—633，673
陶晶孙 002，045，121，134，197
陶行知 256，355，489，662，678
《啼笑因缘》 172—175，181—182，184—186，263，275—280
《天风报》 382
《天问》 029—033
田汉 048—055，121，125，156，169，197，221，232，326—331，400—401，409，504，532—536，577，661，702

《田汉戏曲集》 048，050，327—330
通俗文艺运动 266—269，467
同路人 106，108，204，289，335，367—370，641
《拓荒者》 042，045—047，071，090，123，125，133，166，374

W

汪馥泉 197，199，248，288，363，489，656
汪静之 009，011，355
汪懋祖 486，488—489
汪曾祺 228，316，434，527，597
王平陵 137，154，197
王任叔（黄伯昂） 489—490，704—705
王统照 156，164，416—419，493，497，531，537，550，597，662，697，703—704，706
王文显 096，410，575—578
王小逸 117—118，120
王云五 035，561
《望舒草》 391—394
唯美派 062，064—065，067，069，354
唯物辩证法创作方法 291
《未名丛刊》 106
未名社 198，201
《文化斗争》 043，166
《文化批判》 002—005，007，044，106
文化生活出版社 034，257，290，395，400，561，563，594—599，619—620，699
《文学》（生活书店出版） 047，229，372，418，434，456—457，515—516，536，547，551，595，618，663，691，703—704
《文学月刊》 547
《文学丛刊》 597—598
《文学导报》 046，125，189，193，259，

373
《文学季刊》 047，380，453，514—515，
595，602，625，685
《文学评论》 505，551
《文学旬刊》 417
文学研究会 008，155，163—164，166，
198，215，226，290，303，377，417，
440，550，560—561，673
《文学杂志》（朱光潜主编） 040，084，092，
316，690—695
《文学周报》 106，713
文艺大众化运动 334
《文艺生活》 044—045
《文艺新闻》 190—191，196—198，202，
205，207，214—216，222，226，249，
335，347，366，538
《文艺月报》 047，380，390
《文艺周刊》 154
文艺自由论 125，147，364，366，368，
371
闻一多 009，011，037—038，040，083—
084，086，126—132，147，197，199—
200，292，294—297，613
《我的话》 451，454
我们社 113，121
无产阶级文学 004，006，043—044，089—
090，106，166，193，203—205，215，
251—252，363，367，372—374，397，
644，651
《无轨列车》 167，350，503
无政府主义（安那其主义） 077，080，146，
167，595，608
吴朗西 594—595
吴宓（云） 029，032—033，084—086，
098—100，208，381
吴组缃 096，125，380，515—518，597
武禅 594
《五奎桥》 283—287，409，577
伍蠡甫 231，242，244，563—565

X

《西柳集》 515—518
《戏剧》 533
《戏剧时代》 627，700—701
夏丏尊 023—028，035，163，196，199，
256，305，489，559，606—610，625，
641，644
夏衍（沈端先、若沁） 027，090，123—
126，134—135，167，221，363，373—
374，398，420—421，423，582，641，
644—648，658，660，669，702
《现代》 047，072，074，220，226—227，
230，233—236，240—248，255，259，
281—282，284，286—287，290，322—
323，326，330，333—336，340—341，
344—347，349—351，354—355，357—
358，360，364，366，368—370，374，
391—397，402，406—407，420，426，
430—431，433，439，443，451，454，
457，460，462，473，476，530—531，
655，691
《现代创作丛刊》 430，433，473
《现代电影》 501，503，658
《现代儿童》 254—258
现代派 009，096，102，156，234—240，
243—244，336，391，691
《现代评论》 212，692
《现代十六家小品》 272，537，556
现代书局 070，078，113，115，145，166，
219—220，225—226，233，241—243，
245，247—248，255—257，259—261，
281—282，284—287，322，325—327，
329，331—333，337—340，342—346，
349，357—359，363—364，366，391—
394，397，406—407，410，429，431，
433，436，439—440，443，473，475，
477，655
《现代文学》 157

《现代文艺》 260
《现代作家书简》 653—656
《萧伯纳在上海》 458—462
萧红 091, 125, 518, 597, 600—604, 613, 640, 650, 669, 706
萧军 091, 125, 206, 597, 601—604, 640, 650, 674, 676
萧乾 094, 513, 522, 553—554, 614, 669, 696—697
萧三 125—126, 640
小林多喜二 372—374
《小品文选》 156—158, 160
《小说月报》 074—075, 077, 149, 162, 173, 191, 231, 244, 303, 332, 334, 341, 347, 378—379, 407, 411, 417, 445, 448, 501, 560, 686, 691
《小小十年》 087—090, 204
《小雨点》 012—016
谢冰莹 228, 346, 441
辛垦书店 288
新潮社 092, 554
新感觉派 117, 237, 243—244, 261, 335—337, 409, 503, 615, 657—658
新古典主义 083—087
《新青年》 013—014, 071, 085, 140, 199, 243—244, 304, 402—405, 416—417, 439, 484, 545, 585, 587, 606—607, 620
《新山海经》 109—112
《新诗》 235, 505, 713
《新诗歌》 471
《新文艺》 334, 350
《新文艺丛书》 097, 099
《新闻报》 109, 117, 148, 172—174, 176, 181, 186, 276, 414
新写实主义 289—291, 363, 416—417
《新月》 012, 016—017, 020, 029—030, 031, 037, 039—040, 067, 083—086, 101—102, 126, 201, 203, 212, 217, 227, 292—294, 444, 691—692
《新月诗选》 292—294, 297
新月书店 013—014, 016—017, 020, 065, 084, 231, 293—294, 448, 493, 691
性灵 056, 058—059, 098, 271—272, 274—275, 542—543
熊佛西 197, 200, 678—683, 702
徐迟 237—239
徐懋庸 453, 489, 596, 599, 641—643, 669
徐訏 242, 453
徐志摩 010—011, 046, 052, 065—066, 086, 094, 097—102, 128—129, 207—213, 217, 292, 294, 296—297, 315, 403, 409, 440, 444—445, 453, 493, 537, 613, 691, 714
徐卓呆 148—152, 310
《学衡》 097, 099—100, 299
学衡派 381
《学文》 039, 084, 102, 614, 618, 690, 692—693, 716

Y

亚东图书馆 009, 228, 232
严独鹤 173—175, 276
晏阳初 678—679, 683
《燕知草》 058, 138, 272, 315, 538, 567—573
阳翰笙（华汉） 071, 125, 249, 251—252, 335, 421, 661, 702
杨逵 619—623
杨骚 448, 453, 468, 471—472
杨振声 092—094, 164, 208—209, 614, 691—692, 696
《永远的微笑》 503, 657, 659—661
叶公超 037—041, 084, 086, 096, 098—099, 102, 157, 207—211, 614, 670, 691—693, 713—716

叶灵凤　145，197，199—200，242，258—261，348，350，352，409，421，655，657

叶圣陶（叶绍钧）　024—028，034，046，075，162—165，200，221，242，255—256，305—306，377，380，392，408，410—411，414—416，418，489，546，556，559—560，567，607，609—613，616，672，684，696—697，710

叶永蓁　087—090，204

叶紫　091，125，242，304，446，597，601—604，616

业余实验剧团　582，700

《一般》　021，024—025，165，609，634，639，692

《一九三二年中国文坛鸟瞰》　078，242，285，331，337，407

《艺术》　042，166

艺术剧社　133—135，198，200，342

《译文丛书》　561，597—599

易卜生　244，445，448，482，575，578—580，625，674

《益世报》　540，669

殷夫　046，121，125，190—194，197—198，470，472

引擎社　121

应云卫　532，575，578，582，624

于赓虞　008，011，156，293，403

余上沅　099，197，200，701

俞平伯　009，058，094，138，140—142，272—273，315，403，409，513，522，537—541，567—574

《宇宙风》　098—099，452，531，542，686—687，691

《语丝》　004，008，010，056—057，059，085，100—101，140，168，201，212，318，439，448，455，457，523，540，554—555，568—569，573，585，638，692

郁达夫　010—011，045，056—059，072，074，094，098—099，115，119，121，124—125，145，196，199，207，229，233—234，242，261，273，304—305，322—325，355，362，372，374—375，407—408，453，459，473—483，520，537，544，546，548，550—551，553，590，655，670—671，697

袁牧之　156，197，287，532，536

鸳鸯蝴蝶派　090，172，186，264，276，303，305，350，383，407，422，500，580

《月下小景》　433—437

Z

臧克家　125，156，235—236，242，290，293—294，514

曾朴　200

曾虚白　200，223

战国策派　029，030

张爱玲　187，352，500，502

张恨水　172—174，181—187，263，276—279，310—312，414

张竞生　231，354

张骏祥（袁俊）　576—577，597

张秋虫　109—112

张若谷　223，350，352—354，462

张天翼　046，125，242，247，254—258，260，368，408，431，513，516，518，531，597，613，650—651，684—688，697

张我军　363，373，619—621

张资平　002，145，164，196，200，233—234，242，260，303，363

章泯　200，580—582，702

章衣萍　008，197，199，349，350，352，354—356，439，495—496

赵丹　135，499，536，581—582

赵家璧 228，242，387，389—390，422，494，544，546—551，655—656，685
赵景深（诗矗） 010，095，145，197，199，231，588，607
《真美善》 147，167，200，223，350
郑伯奇 002—004，121，124，134，135，242，249—252，389，421，423，459，544，546，548，550—551，697
郑振铎（西谛） 019，046，093，229，232，244，273，377，379，440，492，494—495，513—514，544，546—549，559—561，597，607，631，641，654—655，672—673，703—704
《志摩的诗》 010，296，403
《中国的一日》 644，653，662—667
中国旅行剧团 577，579，582，624—627，700
《中国青年》 006
中国诗歌会 468，471—472
《中国文艺》 708
中国文艺家协会 126，639—641
《中国文艺年鉴（1932）》 077—078，242，285，331，337，406
中国文艺社 154—155，167
中国戏剧运动 532—534，701
《中国新文学大系》 534，544—546，547，550，560
《中国新文学的源流》 094，270—272，315
中国左翼作家联盟（左联） 007，042—043，045—047，100，107—108，113，121，123—126，134，145，154—156，166，191—195，198，206，214，227，251，257，259，267，284，288—290，305，325，327，334，372，366，369，370，373—377，379，387，420，430，449，465，471，516，533，543，596，601，618，640—641，643—644，649—651，674，691
中华书局 010，035—036，139，363，403，430，505，538，561，708—709
《中流》 582，669，672，691，705，707
《中学生》 026—027，141，162，256，380，411，416，542，567，606，609—610，684，699
钟敬文 008，236，242，537，656
周全平 044—045，121，197，259
周瘦鹃 262，303，310，644
周文 206，485，597
周扬 108，125—126，145，205，221，242，245，366，379，396，408，410，640—642，649—651
周作人（知堂、仲密、岂明、启明、槐寿、开明） 010，057—058，086—087，094，138—142，157，159—160，196，199，207，211—213，242，270—274，313—318，324，349，351，356，361—362，401—402，404，409，453，457，484，487，513—514，522—524，526，537，541，543—544，546，549—554，556，557，567—574，586，613，618，638，639，650，655，669—670，691—692，694，698—699
朱光潜（孟实） 023—025，027，094，316，453，487，542—544，559，577，609，625，634—639，690，692—696，699
朱镜我 004—005，121
朱湘 011，145，235—236，242，292，409，493
朱自清（知白） 023—028，084，092—093，095，099—100，164—165，380，404，493，496，513，530，537，543—544，546，548—550，570—572，574，608—610，613，625，636—637，686，692，696
《子夜》 027，165，169，377—381，418，531，710
《紫罗兰》 110
自由人 058，365—370

邹韬奋 396—397,400,663

左联五烈士 190—191,194—195,198,375,387,470,632

左翼剧团联盟 166,533—534

左翼戏剧家联盟 135,327,533—534,579